XXVII . 7. 16

OBRAS ESCOGIDAS

JAIME TORRES BODET

OBRAS
ESCOGIDAS

letras mexicanas

FONDO DE CULTURA ECONÓMICA

Primera edición,   1961
Segunda edición,   1983
Primera reimpresión, 1994

D.R. © 1994, El Colegio Nacional
Lusi González Obregón, núm. 23, Centro, México, D. F., 06020

D.R. © 1961, Fondo de Cultura Económica
D.R. © 1994, Fondo de Cultura Económica
Carretera Picacho-Ajusco 227; 14200 México, D. F.

ISBN 968-16-1433-X

Impreso en México

POESÍA

POESIA

POESÍAS DE JUVENTUD

De *NUEVAS CANCIONES*
[1923]

CANCIÓN DE LAS VOCES SERENAS

SE NOS ha ido la tarde
en cantar una canción,
en perseguir una nube
y en deshojar una flor.

Se nos ha ido la noche
en decir una oración,
en hablar con una estrella
y en morir con una flor;

y se nos irá la aurora
en volver a esa canción,
en perseguir otra nube,
y en deshojar otra flor;

y se nos irá la vida
sin sentir otro rumor
que el del agua de las horas
que se lleva el corazón...

LA PRIMAVERA DE LA ALDEA

LA PRIMAVERA de la aldea
bajó esta tarde a la ciudad,
con su cara de niña fea
y su vestido de percal.

Traía nidos en las manos
y le temblaba el corazón
como en los últimos manzanos
el trino del primer gorrión.

9

A la ciudad, la primavera
trajo del campo un suave olor
en las tinas de la lechera
y las ·jarras del aguador...

INVITACIÓN AL VIAJE

CON LAS manos juntas,
en la tarde clara,
vámonos al bosque
de la sien de plata.

Bajo los pinares,
junto a la cañada,
hay un agua limpia
que hace limpia el alma.

Bajaremos juntos,
juntos a mirarla
y a mirarnos juntos
en sus ondas rápidas...

Bajo el cielo de oro
hay en la montaña
una encina negra
que hace negra el alma:

Subiremos juntos
a tocar sus ramas
y oler el perfume
de sus mieles ásperas...

Otoño nos cita
con un son de flautas:
vamos a buscarlo
por la tarde clara.

MÚSICA OCULTA

COMO el bosque tiene
tanta flor oculta,

parece olorosa
la luz de la luna.

Como el cielo tiene
tanta estrella oculta,
parece mirarnos
la noche de luna.

¡ Como el alma tiene
su música oculta,
parece que el alma
llora con la luna !...

De *LA CASA*
[1923]

LA CASA

HEMOS alzado el muro y hemos tendido el techo.
Hemos abierto al claro del cielo las ventanas
y hemos regado flores sobre el umbral estrecho.
En una copa, brillan las primeras manzanas.

Desde el umbral, las rosas nos dan la bienvenida.
¿Lo véis? La casa entera tiembla de amor profundo.
¡Si para hacerla amable, la hicimos como el mundo:
un vaso en que pudiera caber toda la vida!

Queremos que una tarde, cuando su puerta se abra
a vuestra voz de amigos, deseosa de acogeros,
el cielo esté contando sus más puros luceros
y el alma ya no pueda ceñirse a la palabra.

Que al advertir la franca presión de nuestra mano,
os envuelva el aroma del huerto agradecido,
y que, al cerrar la puerta, entréis en el olvido
de cuanto fuera origen de vuestro error humano.

De *LOS DÍAS*
[1923]

MEDIODÍA

TENER, al mediodía, abiertas las ventanas
del patio iluminado que mira al comedor.
Oler un olor tibio de sol y de manzanas.
Decir cosas sencillas: las que inspiren amor.

Beber un agua pura, y en el vaso profundo,
ver coincidir los ángulos de la estancia cordial.
Palpar, en un durazno, la redondez del mundo.
Saber que todo cambia y que todo es igual.

Sentirse, ¡al fin!, maduro, para ver, en las cosas,
nada más que las cosas: el pan, el sol, la miel...
Ser nada más el hombre que deshoja unas rosas,
y graba, con la uña, un nombre en el mantel.

PAZ

No NOS diremos nada. Cerraremos las puertas.
Deshojaremos rosas sobre el lecho vacío
y besaré, en el hueco de tus manos abiertas,
la dulzura del mundo, que se va, como un río...

...12 DE JUNIO

AMADA, en estos versos que te escribo
quisiera que encontraras el color
de este pálido cielo pensativo
que estoy mirando, al recordar tu amor.

Que sintieras que ya julio se acerca
—el oro está naciendo de la mies—

13

y escucharas zumbar la mosca terca
que oigo volar en el calor del mes...

Y pensaras: "¡Qué año tan ardiente!",
"¡cuánto sol en las bardas!"... y, quizás,
que un suspiro cerrara blandamente
tus ojos... nada más... ¿Para qué más?

VOLUNTAD

SI YO pudiera acariciarte, oh fina
suavidad de la música del viento,
en las ramas profundas de la encina...
¡Oh, si tuviera tacto el pensamiento
para palpar la redondez del mundo,
el rumor de los cielos transparentes,
el pensar de las frentes
y el viaje del suspiro vagabundo!

¡Si al corazón llegara
en su forma real, el infinito;
lo que fue llanto en la pupila clara,
saciedad en el grito;
si la verdad me hiriera
con su arista cruel, en tajo rudo;
si todo lo que viera
estuviera desnudo!

¿Qué palabra soberbia y rebosante
daría esa expresión apetecida?
¡Pensar que bastaría, así, un instante
para borrar las formas de la vida!

De *POEMAS*
[1924]

LA FLECHA

QUIERO doblar el arco de la vida
hasta que forme un círculo.
De mis manos saldrá, entonces, la flecha
de la certeza que persigo.

El aire, desgarrado por su vuelo,
irradiará, y el signo
de las constelaciones
palpitará en lo azul del infinito.

¡Ay, si pudiera el arco doblarse, sin romperse,
hasta formar un círculo!
¡Ay, si la flecha que lanzara el arco
llegara a su destino!

AGOSTO

VA A llover.... Lo ha dicho al césped
el canto fresco del río;
el viento lo ha dicho al bosque
y el bosque al viento y al río.

Va a llover... Crujen las ramas
y huele a sombra en los pinos.

Naufraga en verde el paisaje.
Pasan pájaros perdidos.

Va a llover... Ya el cielo empieza
a madurar en el fondo
de tus ojos pensativos.

RIO

¡Río EN el amanecer!
¡Agua de tus ojos claros!
Caer —¡subir!— en lo azul
transparente, casi blanco.

Cielo en el río del alba
—mi amor en tus ojos vagos—
oh, naufragar
                    —¡ascender!—
¡siempre más hondo!
                         ¡Más alto!
...Río en el amanecer...

EL PUENTE

¿Cómo se rompió, de pronto,
el puente que nos unía
al deseo por un lado
y por el otro a la dicha?

¿Y cómo —en mitad del puente
que a pedazos se caía—
tu alma rodó al torrente
y al cielo subió la mía?

RUPTURA

Nos HEMOS bruscamente desprendido.
Y nos hemos quedado,
como si una guirnalda
se nos hubiese ido de las manos;
con los ojos al suelo,
como viendo un cristal hecho pedazos:
el cristal de la copa en que bebimos
un vino tierno y pálido...

Como si nos hubiéramos perdido,
nuestros brazos
se buscan en la sombra... ¡Sin embargo,
ya no nos encontramos!

En la alcoba profunda
podríamos andar meses y años,
en pos uno del otro,
sin hallarnos.

LA COLMENA

COLMENA de la tarde, diálogo en el vergel:
la palabra es abeja, pero el silencio es miel.

AMBICIÓN

Nada más, Poesía:
la más alta clemencia
está en la flor sombría
que da toda su esencia.

No busques otra cosa.
Corta, abrevia, resume;
¡no quieras que la rosa
dé más que su perfume!

De *BIOMBO*

[1925]

CANTAR

DE ORO la arena.
De esmeralda el mar.
La tarde ha tendido
la red de la lluvia a secar.

El silencio suena
bajo el platanar.
El estío esparce ruidos de colmena.
La miel del olvido
quisieran las horas labrar.

Con la luna llena,
corazón, barquero, saliste a pescar.
Regresas vencido:
tus redes cayeron al fondo del mar.

Se aquieta la tarde... Serena
la brisa el palmar.
Se oye al olvido
hilar y cantar:

Yo tuve una pena.
Fue sólo una vela sombría en el mar.

SOLEDADES

QUERÍA, en la misma flor:
de la de ayer, el aroma;
de la de hoy, el color...

Criterio de mariposa.
Al alma, por los sentidos;
por el perfume, a la rosa.

¿Cómo podía expresar
con la palabra ¡tan lenta!
el corazón, tan fugaz?

Amaba el agua en la fuente.
Pero más en el arroyo.
Pero más en el torrente.

No sabía distinguir
entre pensar y cantar,
entre hablar y sonreír.

Su manera de ser rubia:
la de una tarde con sol
que se peinara en la lluvia.

Pude cortar en sazón
el racimo de sus viñas
¡y no el de su corazón!

LA SOMBRA

Sol de otoño en las bardas del sendero,
¿por qué alargas mi sombra
del lado en que principian
a amarillear las rosas?

Y tú, luna de invierno,
si voy a media noche por la costa,
¿por que me echas al mar y me destrozas
en los espejos de las olas rotas?

En vano en lo más alto de las rocas
detengo el paso. En vano alzo la frente
adivinando la secreta aurora.

¡Ay, que si más mi cuerpo se levanta,
más mi sombra se ahoga!

SINCERIDAD

DUERME ya, desnuda.
El sueño te viste
mejor que una túnica.

MÚSICA

AMANECÍA tu voz
tan perezosa, tan blanda,
como si el día anterior
hubiera
llovido sobre tu alma.

Era, primero, un temblor
confuso del corazón,
una duda de poner
sobre los hielos del agua
el pie
desnudo de la palabra.

Después,
iba quedando la flor
de la emoción, enredada
a los hilos de tu voz
con esos garfios de escarcha
que el sol
desfleca en cintillos de agua.

Y se apagaba y se iba
poniendo blanca,
hasta dejar traslucir,
como la luna del alba,
la luz
tierna de la madrugada.

Y se apagaba y se iba
¡ay! haciendo tan delgada
como la espuma de plata
de la playa,
como la espuma de plata
que deja ver, en la arena,
la forma de una pisada.

LA DOBLE

ERA DE noche tan rubia
como de día morena.

Cambiaba, a cada momento
de color y de tristeza,
y en jugar a los reflejos
se le iba la existencia,
como al niño que, en el mar,
quiere pescar una estrella
y no la puede tocar
porque su mano la quiebra.

De noche, cuando cantaba,
olía su cabellera
a luz, como un despertar
de pájaros en la selva;
y si cantaba en el sol
se hacía su voz tan lenta,
tan íntima, tan opaca,
que apenas iluminaba
el sitio que, entre la hierba,
alumbra al amanecer
el brillo de una luciérnaga.

¡Era de noche tan rubia
y de día tan morena!

Suspiraba sin razón
en lo mejor de las fiestas
y, puesta frente a la dicha,
se equivocaba de puerta.
No se atrevía a escoger
entre el oro de la mies
y el oro de la hoja seca,
y —tal vez por eso— no
supe jamás entenderla,

porque de noche era rubia
y de mañana morena...

MAR

Te he venido siguiendo, Mar de Otoño,
entre las hojas móviles del tiempo,
como se sigue un pensamiento hermoso.

¡Qué azul estabas en la madrugada!

Te vi saltar, desnudo, sobre el lomo
de los caballos vivos de la espuma.

Un látigo de luz cegó sus ojos.

Con rienda de zafiros los guiabas
hacia el ronco archipiélago sonoro.

Y luego, Mar, en esa arena tibia
en que el pie de la tarde
olvidó una sandalia de ceniza,
el pueblo de las barcas pescadoras
dormido entre los mástiles del día.

Mar de ojos delgados
como el filo del alba entre la niebla,
remendando las redes de la lluvia
te sorprendió la tarde, al volver de la pesca.

Ahora estás, fondeando, en la bahía.
Te alumbra,
intermitente faro, la marea
profunda de la música nocturna,
y como un ancla al puerto de lo eterno
has echado el creciente de la luna.

De lo alto del cielo,
con un cansancio de alas que se posan,
caen las velas húmedas del viento.

Vieja nave del mar, atada al mundo,
la tierra te protege
y te arrullan las voces de la orilla.
Esta noche, por fin, duerme seguro...
¡Ya zarparás mañana con el día!

EL VIENTO

AÚLLA, viento, aúlla.
Miedo mayor el de la pena muda.

Que tus manos sacudan
los troncos de los árboles, y crujan
lo mismo el tallo esbelto del que se hacen las flautas
y el ciprés que señala el sitio de las tumbas.

Incendiarás los campos. Del fuego que devore
la mies de los graneros, sembrarás la llanura.

Se romperán los diques. El agua en que se azula
el tallo de los lirios hará estallar las grutas.

Pastor de cataratas,
llevarás al abismo rebaños de la espuma.

Y más alto que el ala que más subiera un día
subirán los niveles delgados de la lluvia.

Aúlla, viento, aúlla.
Pena mayor la de la pena muda.

FINAL

VUELVO de andar a solas por la orilla de un río.
Estoy lleno de músicas, como un árbol al viento.
He dejado correr mi pensamiento
viendo en el agua el paso de una nube de estío.

Traigo tejido al alma el olor de una rosa.
En lo blando del césped puse, al andar, mi huella.
He vivido, ¡he vivido!... Y voy, como la estrella,
a perderme en el mar de un alba silenciosa.

De *DESTIERRO*
[1930]

DIAMANTE

TE DESCUBRÍ en el vértigo, diamante.

Aristas luminosas, púas vivas,
claras espadas y saetas finas
en tu nombre me hieren todavía.

¡Míralas!

Vertientes dobles, cumbres en que el cielo
al ojo es frenesí y al tacto hielo.

Frías aristas, enemigas cimas
de la prisa en la luz, islas de liras...

Batallas del sonido contra el aire,
de la voz contra el eco, del calor
contra la geometría del diamante.

Te encarcelé con triángulos, fulgor.

¿Iban?...
Venían mínimas delicias
de antiguas brisas y de cimas frías
en las orillas limpias de tus iras.

DANZA

LLAMA
que por morir más pronto se levanta,
flotas entre las brasas de la danza.

Y te arranca de ti,
al principiar, un salto tan esbelto
que el sitio en que bailabas
se queda sin atmósfera.

Así el pedazo negro de la noche
en que pasó un lucero.

Pero de pronto vuelves
del torbellino de las formas
a la inmovilidad que te acechaba
y ocupas,
como un vestido exacto,
el hueco
de tu propia figura.

Pareces una cosa
caída en el espejo de un recuerdo:
te bisela
el declive del tiempo.

Un minuto después, estás desnuda...

La brisa
te peina el ondulado movimiento
y a cada nueva línea
que las flautas dibujan en la música
obedece una línea de tu cuerpo.

¡No resonéis ahora,
címbalos, que la danza es como el sueño!

POESÍA

¡QUÉ FIRME apoyas, sobre el lecho duro
por cuyo reino te suponen muerta,
en la corona blanca de lo frío
esta
armadura yacente
de princesa dormida,
de dormida despierta,
Poesía!

¡Cómo,
a los súbditos que te niegan,
señalas estaciones y concilias poemas!

Fijas
desde tu sueño el tiempo que la brisa
pesa en el ala de la golondrina.

El que invierte el arroyo
en llegar hasta el puente del otoño.

El que tarda el poema
en pasar del candor a la pureza...

Indiferente al diálogo, te inclinas
al revés en el tiempo —en la memoria—
y, del espejo al que desciendes, subes.

Y te ves con los ojos que te miran.

Y estás en todas partes
en ti, segura, peregrina, inmóvil,
sonámbula, dormida, despierta, Poesía.

BUZO

EL AGUA de la sombra nos desnuda
de todos los recuerdos
en esta brusca
inmersión que anticipa, en los oídos,
la sordera metálica del sueño.

Y quedamos de pronto sostenidos
—en este mar en donde nadie flota—
de una cadena lógica de ausencias,
como el buzo que vive, en su escafandra,
de la sierpe del aire que lo sigue.

Ni una burbuja traicionó la asfixia.

Lento
y con ruedas de espuma en el insomnio,
giró el acuario rápido del sueño.

Mas ya el silencio abre
un pozo ardiente en la memoria fría,
un pozo
donde nuestras imágenes
se lavan de la atmósfera perdida.

¿Con qué dedos de música tocarte?

26

Porque sólo la música podría
devolverte una forma para el tacto
a ti, que tienes tantas
para el oído ávido.

Porque sólo la música
sabría componer con los fragmentos
de tu semblante muchas veces roto,
el nuevo,
el expresivo rostro nuevo
que de tu sueño lento está naciendo...

HIELO

HIELO de abril, contra el calor fundido
de esta última rosa del otoño
que resulta, de pronto, reflejada
—sobre un tiempo invertido—
la rosa de la nueva primavera.

Labras
al frío el esqueleto de una luz tan exacta
que la boca del aire ya no puede
tocar sin vaho, disolver sin mancha.

Y enseñas al jardín
la geometría blanca del invierno
emplomando con sol esos vitrales
a cuyo lago de cristal te asomas,
príncipe del dibujo,
hielo de abril, maestro del paisaje...

CABOTAJE

ME HASTÍAS, placidez,
fingido paraíso cotidiano:
dulzura
que me endurece para la dulzura;

calor
de la pereza enferma en que me dejo
llevar por el espectro de los muertos,
como un barco vacío
—a babor, a estribor—
al fuego lento de la chimenea,
a través de los meses
de un mar sin latitudes,
de una alcoba sin islas
y de un sueño sin sueños....

CRITPA

DÉDALO

ENTERRADO vivo
en un infinito
dédalo de espejos,
me oigo, me sigo,
me busco en el liso
muro del silencio.

Pero no me encuentro.

Palpo, escucho, miro.
Por todos los ecos
de este laberinto,
un acento mío
está pretendiendo
llegar a mi oído.

Pero no lo advierto.

Alguien está preso
aquí, en este frío
lúcido recinto,
dédalo de espejos.
Alguien, al que imito.
Si se va, me alejo.
Si regresa, vuelvo.
Si se duerme, sueño.
—"¿Eres tú?" me digo...

Pero no contesto.

Perseguido, herido
por el mismo acento
—que no sé si es mío—
contra el eco mismo
del mismo recuerdo,
en este infinito

dédalo de espejos
enterrado vivo.

POESÍA

SECRETO codicilo
de un testamento falso,
verdad entre pudores,
confesión entre líneas
¿quién te escribió en mi pecho
con invisible tinta,
amor que sólo el fuego
revela cuando toca,
dolor que sólo puede
leerse entre cenizas,
decreto de qué sombra,
póstuma poesía?

TIEMPO

COMO una enredadera
de la que sólo fueran perceptibles
al ojo las luciérnagas,
el tiempo te rodea
con una eternidad tan estudiada
que, en su nocturna urdimbre, sólo aciertas
a descubrir, de pronto,
las rosas de tus horas verdaderas.

Pero lo que te exalta
ay, corazón, a ti, no es la perfecta
corola de simétricos minutos
en que, de tarde en tarde, un faro extraño
—por azar o con ritmo— se proyecta,
sino la voluntad de esa invisible
enredadera sin descanso
que no sabes aún dónde comienza
y que, con sus guirnaldas, te conduce
hacia el amanecer de un alma nueva.

ANDENES

ANDENES son las horas
en que nos reunimos:
estrechísimas cintas
de cólera y de frío
entre dos paralelos
rápidos enemigos
que timbres y teléfonos
anuncian al oído.

Amor: empalme incierto,
por lámparas y gritos,
de minuto en minuto
cortado y sacudido;
descanso entre dos viajes,
tierra entre dos abismos,
apeadero brusco
por túneles ceñido...

¡Andenes son las horas
en que nos reunimos!

ISLA

TE IMAGINÉ castillo
ceñido de rencores,
fortaleza entre riscos,
ciudad entre cañones.
Pero tú descansabas
en una azul delicia
de plácidos canales
y torres cristalinas,
feliz como una isla
desnuda y sin memoria,
mujer, junto a la orilla
esquiva de ti misma.

En la mitad de un bosque
poblado de amenazas,
te imaginé... Murallas
y puentes levadizos,

31

barbacanas, escarpas,
corazas y alabardas
pensé que de tu alma
las puertas custodiaban.
Pero te vi entre flotas
de naves silenciosas,
brocados, azucenas,
crepúsculos y góndolas.

Y me infundiste entonces
horror, pues la batalla
—a sangre, a fuego, a muerte—
que contra mí librabas
no estaba ya ocurriendo
bajo los claros templos
que un pie de mármol hunden
en tus canales trémulos;
sino en esa lejana
bahía solitaria
donde las carabelas
de un almirante muerto
están, desde hace siglos,
venciéndome en silencio...

DICHA

DE PRONTO, aquí, en las últimas
hojas de la novela
para cuyos extremos nos creara
la pluma de un autor naturalista;
entre el miedo y la cólera
de seres que no hubiéramos dejado
ensombrecer nuestro destino
si fuera nuestro el libro que vivimos;
aquí, junto al epílogo
del que la muerte misma no nos salva,
esta felicidad: página pura
escrita por un mágico poeta,
impresa toda en nobles caracteres,
égloga interpolada
en la nocturna prosa que recorre
con ojos evasivos
un corrector de pruebas sin sentido...

LIBRA

¿QUIÉN, durante la noche,
con mano sin prudencia,
aligeró los astros
que de remotas pesas
servían al destino
para tener en alto
—simétricos y justos—
los dos platillos, alma,
de tu balanza eterna?

Ni la hartura de un cáliz,
ni el eco de una esencia
delataron la ruina
de las estrellas crédulas
que necesita el cielo
mover entre la sombra
para igualar el peso
de una conciencia recta.

SELLO

COMO cera
—antes de que las llamas la derritan
y de que el molde helado la endurezca—
eras maleable en mí... Tan obediente
a la presión más suave
que la menor caricia te alteraba.

Pero el dolor te disolvió. Corriste
sin forma exacta ya, líquida y pura;
incendiada en rencores
—por su esplendor tan nítido— invisibles.

Y, creyendo que no perdurarían,
que nada queda en lo que a nada opone
voluntad ni temor, tracé en tu alma,
no sé ya contra quien, estas palabras
que, al enfriarte el tiempo, se han quedado
hundidas para siempre
en tu dureza póstuma de lacre.

SOLEDAD

...sent
to be a moment's ornament...
WORDSWORTH

SI DAS un paso más te quedas sola...
En el umbral de un tiempo
que no es el tuyo aún y no es ya el mío.
Sobre el primer peldaño
de una escalera rápida que nadie
podrá jamás decir si baja o sube.
En el principio de una primavera
que, para tu patético hemisferio,
nunca resultará
sino el reverso casto de un otoño...

Porque la frágil hora
en que tu pie se apoya es un espejo,
si das un paso más te quedas sola.

PATRIA

MONTAÑAS, pasaportes,
banderas y leyendas
entre mi pensamiento
y tu alma se elevan.
Pero nos une un mundo
sin tiempo ni distancias;
un cielo igual desdeña
nuestras dos impaciencias
y en su instantánea sombra
—cuando decimos "nunca"—
con sólo no mirarnos
vemos la misma estrella.

Telégrafos, idiomas,
costumbres y monedas
ha combinado el hombre
para que no se entiendan
tu cólera y mi asombro,
mi silencio y tus quejas...

34

Pero de pronto cesan
el odio y la memoria.
En las manos que pugnan
por separarnos quedan
temblando los escudos,
las espadas inciertas
y —entre el arco y el blanco—
inmóviles las flechas.

Y empieza así la tregua
del sueño en que coinciden
—al fin reconciliadas—
nuestras vidas opuestas.
¡El sueño! Única patria
que ahora nos acepta:
litoral sin aduanas,
mundo al que todos entran
...y en el que todos callan,
pero en la misma lengua.

DESTINO

¿QUIÉN sabe qué secreto mecanismo,
como en un teleférico, equilibra
la canastilla en la que yo desciendo
y la que te conduce hasta la cima?

Una justicia extraña —o, tal vez, sólo
una máquina terca y sin justicia—
exige que decline
en mí un destino igual a tu destino
para que mi dolor pague tu dicha.

Pero no importa. Al cielo que pretendes,
renunciaré sin ira.
Y del compacto azul, del que desciendo,
se quedarán teñidas mis pupilas
mientras sepa mi alma
que su fuerza abolida
sirvió para exaltarte
hasta la cima estricta de ti misma.

PRESENCIA

DETRÁS de cada puerta
que cierras bruscamente,
debajo de la firma
de cada ser que olvidas
—y en cada ventanilla
de cada tren que pierdes—
una mujer sin pausa
medita y envejece.

En su mirada inmóvil
podrías ver la forma
segura de tu muerte.

ELEGÍA

No LA toquéis... Si en la yacente estatua
que la encarcela todavía
una sonrisa póstuma os alarma,
sepultadla de prisa;

y, si en los dedos de la noble mano
con que desanudó vuestras caricias,
os duele ver endurecerse el tiempo,
quitadle las sortijas.

Pero no la toquéis en esta carta
escrita para un ser que viaja solo
por un país de lámparas erguidas;

ni en el cristal de la ventana oscura
en que —a veces— venía
a descansar una lejana frente
cargada de tristezas y de cintas;

ni en el libro de versos
en que su pluma tímida
subrayó levemente las palabras:
Aldebarán, camelia, golondrina...

¡Oh, sobre todo en estas
sílabas conmovidas

—clave de los románticos cerrojos
que sólo al eco de su voz cedían—
no la toquéis!...

          Las criptas
de la noche y del alba intentaríais
en vano abrir con las sutiles voces
que, para comprender el universo,
—a ella únicamente—
de misteriosas cifras le servían.

GOZO

¿EN QUÉ luz principias,
repentina dicha?
¿Con qué luz te pones,
sol de media noche?

Lo que, en otros climas,
de ti espera el hombre
ensartado en finas
hebras de estaciones,
me lo das —de pronto—
aquí, en este polo
íntimo del gozo,
instantáneo vado,
sol entre las puertas
trémulas del año.

Gocen otros seres
inviernos clementes.
Otras almas gocen
júbilos conformes.
Yo, en el propio centro
de mi sombra quiero
sólo tu inmediato
día exasperado:
resplandor sin halo,
tarde sin adioses,
congelado y arduo
sol de media noche.

SOLEDAD

ESTÁS —en todas partes—
aprendiendo a morir; cerrando puertas
sobre el paisaje incauto de tu vida
y preparando, en todo,
ese desistimiento
que espera el corazón, pero no encuentra
sino en la resonancia
póstuma de un placer, en las extremas
violencias de una llama o de un volumen,
cimas de una pasión o de una época...

En la flor que deshojas
y del libro que cierras
no sé si lo que gustas es el breve
crepúsculo inmediato de la esencia,
el relámpago brusco del epílogo
o la ceniza lenta
que depositan en el alma
lo mismo una camelia que se rinde
que la disgregación de un vasto imperio
coronado de torres y leyendas.

Porque, en todas las cosas,
ensayas de la noche que anticipas
la paulatina y lenta pérdida,
despidiéndote vives
—aprendiz de fantasma— en una eterna
prisa por ascender a esa terraza
donde te buscarán los que no esperan
hallarte, suspirando,
tras de las puertas rápidas que cierras.

MÚSICA

COMO para aprenderte
fue menester pensarte
primero, día y noche,
sobre las blancas teclas
de un instrumento mudo;
ahora que la vida

me deja —a toda orquesta—
interpretarte, dicha
íntima y conmovida,
extraño el puro idioma
de puntos y de cifras,
el piano sin pedales
en que aprendí a tocarte
con notas de silencio
—ahora que, entre cítaras
coléricas y flautas,
la que soñé sonata
me hiere sinfonía...

RELOJ

EN EL fondo del alma
un puntual enemigo
—de agua en el desierto
y de sol en la noche—
me está abreviando siempre
el júbilo, el quebranto;
dividiéndome el cielo
en átomos dispersos,
la eternidad en horas
y en lágrimas el llanto.

¿Quién es? ¿Qué oscuros triunfos
pretende en mí este avaro?
¿Y cómo, entre la pulpa
del minuto impermeable,
se introdujo esta larva
de la nocturna fruta
que lo devora todo
sin dientes y sin hambre?

Pregunto... Pero nadie
contesta a mi pregunta,
sino —en el vasto acecho
de las horas sin luna—
la piqueta invisible
que remueve en nosotros
una tierra de angustia
cada vez más secreta,

para abrir una tumba
cada vez más profunda.

MUJER

¿QUÉ PALABRAS dormidas
en páginas de líricos compendios
—o, al contrario, veloces,
de noche —azules, blancas— recorriendo
los tubos de qué eléctricos letreros—
debo resucitar para expresarte,
cielo de un corazón que a nadie aloja,
anuncio incomprensible,
mujer: adivinanza sin secreto?

ABRIL

No SÉ ya en qué lugar
secreto del invierno
está oculto el botón
mecánico, la rosa,
el vals o la mujer
que un dedo sin esfuerzo
debería tocar
para ponerte en marcha,
automático abril
de un año descompuesto.

Lo siento. Estás ya aquí,
junto a mi pensamiento,
como —sobre el cristal
de una ventana oscura—
la exigencia sin voz
de un aletazo terco.
Pero, si salgo a abrir,
lo único que encuentro
es la noche, otra vez:
la noche y el silencio.

¿Palabras? ¿Para qué?
En ellas, por momentos,
creo tocarte al fin,
abril... Pero las digo
—raíz, pájaro, luz—
y me contesta el viento:
invierno; invierno el sol,
y soledad los ecos.

Libros de viaje busco.
Mapas de amor despliego.
A rostros de mujeres
que hace tiempo murieron,
en retratos y en cartas
pregunto cómo eras;
qué nubes o qué alondras
fueron, en otros puertos,
de tu regreso eterno
lúcidos mensajeros.

Pero nadie te ha visto
llegar, abril. A nadie
puedo pedir consejo
para esperarte. Nadie
conoce tus andenes,
sino —acaso— este ciego
que pugna por hallar
a tientas, en mis versos,
el secreto botón
que pone en marcha al mundo
cuando vacila el sol
y dudan los inviernos...

FUGA

¡Huyes, pero es de ti!
J. R. JIMÉNEZ

HUÍAS... Pero era en mí
y de ti de quien huías.

¿Cómo? ¿Adónde? ¿Para qué?
Por todo lo que es vial,

ascensor, tragaluz, puerto
para fugarse del hombre
en el hombre: por la voz,
por el pulso, por el sueño,
por los vértigos del cuerpo...

Por todo lo que la vida
ha puesto de catarata
—en el alma y en el alba—
huías... Pero era en mí.

NOCHE

Un JINETE de mármol
oscuramente viene
sobre la flaca yegua
de la noche silvestre.

Bajo el antiguo fardo
la bestia se estremece.
Pero en vano el cansancio
riberas le promete
y luminosas aguas
imagina su fiebre.

Cuando, en mitad del tiempo,
la flaca yegua torva
—con terror o de sueño—
parece detenerse,
una espuela de mármol
en el ijar exiguo
el sórdido jinete
le clava de repente.

Ruedan estrellas lentas
entre la crin rebelde
y los profundos ecos
de la fuga perenne
a poblar el camino
confusamente vuelven:
el camino, los bosques
y los torrentes...

¿A dónde va, en la sombra,
el pálido jinete
que nadie ha visto nunca
pero que todos temen?
En sus manos de mármol
las flojas riendas penden
y de su flaca yegua
una invisible aurora
imita, piensa, evoca
la cicatriz de un astro
en medio de la frente.

SITIO

PENETRO al fin en ti,
mujer desmantelada
que —al terminar el sitio—
ya sólo custodiaban
monótonos tambores
y trémulas estatuas.

Penetro en ti, por fin.
Y, entre la luz delgada
que filtran, por momentos,
estrellas y palabras,
encuentro a cada paso
que doy sobre los fríos
peldaños que conducen
al centro de tu alma
—un cuerpo junto a otro—
cien horas degolladas.

Me inclino... Una por una
las reconozco, a tientas.
Contra una jaula exacta
en ésta, oscuramente,
un ruiseñor estuvo
rompiéndose las alas.
En ésa... No sé ya
lo que en esa existencia
apolillada y blanda
moría o principiaba:
esquivas formas truncas,

presencias instantáneas,
deseos incompletos,
dichas decapitadas.

Y pienso: en mí, vencido,
y sobre ti, violada,
¿quién izará banderas
ni colgará guirnaldas?
Mujer, fantasmas eran
tus centinelas mudos;
relámpagos de níquel
sus pálidas espadas;
pero las sordas huestes
con que te rodearan
la noche y mis preguntas
también eran fantasmas
y las furias que bajan
ahora, hacia la muerte,
rodando por los bruscos
peldaños de tu alma,
ceniza solamente
serán en cuanto calles:
ceniza, polvo, sombra,
fantasma de fantasmas...

RESACA

POR MOMENTOS, el alba te devuelve
una tabla, un tornillo enmohecido
del barco en que hace siglos naufragaste..

Quisieras reunirlos
ahora, en plena luz. Pero los días
veleros son que entregan solamente
al océano en que zozobras
una brújula, un ancla, un nombre escrito
sobre la rueda de un timón...
                              El nombre
del puerto, nunca visto,
donde una mano, entre gaviotas, blanca,
señala —nave o sueño— tu destino.

COHETE

¡MENTIRA! Tú no estás
aquí, en el paraíso
del júbilo que enciende
—puntual, año tras año—
el mismo inofensivo
y trémulo castillo
de fuegos de artificio;

ni en esa rosa estás,
de mecánico ritmo,
brotada —cada vez
que cierro yo los ojos—
en el cambiante friso
del cielo derruido.

En luces que sujetan
—tradiciones y voltios—
incandescentes hilos
de música a la tierra,
no quieras brillar tú,
corazón imprevisto:
ballesta y flecha a un tiempo
¡cohete de ti mismo!

PALIMPSESTO

A TRAVÉS de las frases
que dices, adivino las que callas
como, bajo los versos
de un pergamino antiguo —mal borradas
por la mano del monje
que para un jefe gótico miniara
en su blancura el trance de un martirio—,
aparecen de pronto, reanimadas
por una terca tinta rencorosa
—a contraluz de un sueño—,
las líneas de un colérico epigrama.

AMOR

PARA escapar de ti
no bastan ya peldaños,
túneles, aviones,
teléfonos o barcos.
Todo lo que se va
con el hombre que escapa:
el silencio, la voz,
los trenes y los años,
no sirve para huir
de este recinto exacto
que a todas partes va
conmigo, cuando viajo.

Para escapar de ti
necesito un cansancio
nacido de ti misma:
una duda, un rencor,
la vergüenza de un llanto;
el miedo que me dio,
por ejemplo, poner
sobre tu frágil nombre
la forma impropia y dura
y brusca de mis labios...

PAISAJE

¿POR QUÉ te has puesto a pensar
de pronto, Sol, en voz alta,
esa fuente, ese jardín,
y este rostro de mujer
—desnudo, pálido, lento—
en la mañana de plata?

No grites, Sol, no declames...

De pronto, lo que la noche
no cuenta sino a la noche,
lo que las sombras desean
que sólo la sombra entienda,
estás queriéndolo tú

articular en voz alta:
hasta el lirio, hasta el ciprés,
hasta el aire, hasta la alondra,
¡toda, toda, toda el alba!

Y no es verdad. No es así
como este paisaje hubiera
querido ser deletreado.
Paisaje para una voz
tan imparcial, tan sin énfasis,
que el menor cambio de luz
lo vela, lo desenfoca,
le impone un azul que ya
no es el suyo, un amarillo
que no es su propio amarillo,
una expresión desleal
de aurora de cuadro al óleo
y de jardín de teatro.

Desnudo, fuente, jazmín...
¡Cómo a fuego los burilas,
a fuego, Sol, en acero!
Si estaban mejor pensados
para otra luz, concebidos
para que fuese una voz
de luna la que viniese
a decírmelos, de noche,
no sé cómo, no sé cuándo...

Entonces, ¿por qué los gritas,
Sol, por qué me los declamas?
Déjame al menos oír
lo que callas: el temblor
de esa nube que te pone
una sordina de lluvia;
lo que duda, lo que gira,
lo que ya la niebla está
traduciéndome del mármol
retórico en que lo esculpes
al idioma tornasol
del río en que yo lo entiendo:
a la sombra de esa luz
que tocan al mismo tiempo
el pensamiento y el tacto,
los ecos y los espejos...

ERROR

¿Para quién estaban hechos
hoy el tiempo, la ciudad,
la ingenuidad de esta risa
que muere, que no se va,
cual si pudiera su adiós
dolerme más que su muerte,
y este cielo que se empeña
en imitar el color
del cielo que debería
—si fuese lógico el mundo—
gustarle a un ser como yo?

¿Para quién estaban hechos
este día, aquel balcón,
y la flor de esa ventana,
y, en la ventana, esa voz
y, en la voz, esa tonada
en que otro —pues yo no—
tal vez adivinaría
lo que están queriendo ser
flor y sol, lámpara y alba?

¿Para quién, que murió en mí
sin duda desde hace años,
tuvo sentido el rumor
de la calle numerosa
por donde avanza este ser
que a la sombra fue a buscarme
y a la sombra me transporta?

SONETOS

Che'l velo è ora ben tanto sottile
certo che'l traspassar dentro è leggiero...

DANTE, Purgatorio, VIII

ARTE POÉTICA

AGOSTO endulza, inteligencia, el grano
en que el racimo al esbozarse piensa
y en gotas de ámbar lúcido condensa
el frenesí del cielo meridiano.

Lo que de la mirada hasta la mano
tarda la sed en consumar su ofensa
te deja recibir, uva indefensa,
el último derroche del verano.

Ay, pero entre los dedos transparentes
con que la asiduidad de la caricia
para una sabia copa te resume

¿de qué azúcar sincero te arrepientes,
tú, que la lentitud vuelves delicia,
arte el sabor y crítica el perfume?

RELOJ

LO QUE con ruedas invisibles pasa
y con saetas silenciosas hiero
no es el tiempo, reloj, que el minutero
ciñe al circuito de tu pista escasa.

El tiempo no se va. Queda la casa
y perdura el jardín... Hasta el lucero
que me enseña a vivir de lo que muero
se nutre del incendio en que se abrasa.

Mientras tanto, los días y las horas
giran en tu cuadrante, sin sentido,
buscando inútilmente esa presencia

que sólo advierto en mí cuando me ignoras;
pues con tus pasos, tiempo, lo que mido
no es tu premura, sino mi impaciencia...

FUENTE

EN LA fruta que toco, en la que dejo,
en el aire que exhalo, en el que aspiro,
en el agua que bebo, en la que miro,
y hasta en ésta —cristal— tumba y espejo;

si desciendo, si subo, si me alejo,
si duermo, si despierto, si suspiro,
si me hablan, si callo, si me quejo,
en todo estoy cambiando sin respiro.

Sangre tan rauda, fe tan impaciente,
carrera son en mí de un cuerpo brusco
que sin cesar, huyendo, me releva.

Y es así como todo me desmiente
de lo que fui con lo que soy, pues busco
en cada muerte igual un alma nueva...

FE

COMO en el mudo caracol resuena
del océano azul el sordo grito,
así ha quedado preso el infinito
en esta soledad que me encadena...

Aré en el mar, edifiqué en la arena,
en el agua escribí, sembré en granito
y, a través de lo hecho y de lo escrito,
mi propia libertad fue mi condena.

De cuanto pretendí, nada he logrado
y cuanto soy no sé si lo he querido
pues sin oriente voy hacia esa meta

que no tiene presente ni pasado...
Y no te culpo, fe, no me has mentido:
¡brújula te creí —y eras veleta!

CÍRCULO

MURIENDO y renaciendo a cada instante,
sobre esta ruta en círculo tendida,
cada paso que doy hacia adelante
me acerca más al punto de partida.

Pues río soy que busca, en el cambiante
fluir del tiempo, no la playa erguida
sino el secreto manantial constante
en que brota y acaba toda vida.

Comencé por huir; pero de modo
tan obediente al cauce en que progreso
que escapo menos, hoy, si más camino.

Y, tras de haberme repetido en todo,
siento que mi llegada es un regreso
y descubro en mi origen mi destino.

ROSA

AUNQUE apenas dura, ya
del crepúsculo segura,
¡cómo, rosa, en tu blancura
la futura noche está!

El día, que aún no da
forma a tu presencia, apura
con el sol que te inaugura
la luz que te olvidará.

Pues del cáliz que agradeces
hasta el pétalo que ignoras
toda tu nieve, al caer,

está pagando con creces
lo que nos cobran las horas
por consentir en no ser.

UVA

¿Qué FINA mano cincelada en hielo
cortó al racimo del calor el grano
de esta uva que el musgo quiso en vano
vestir, para la sed, de terciopelo?

Mido en su piel henchida el breve arcano
de un mundo en que la miel es luz sin velo,
caricia al tacto, al paladar consuelo,
límite a la aridez, cetro al verano.

Pero, sin exigir que satisfaga
la dicha que anunciaba su hermosura,
lo dejo resbalar sobre la mesa:

denso minuto en perfección tan pura
que cuanto más se niega más me halaga
porque su don mejor es su promesa.

LUCIDEZ

Si ME quemo en el hielo y no en la llama
—aunque con menos insolencia y brío—
es porque el alma, para arder, reclama
un fuego así, como el del hielo: frío.

Pasó la edad violenta en que el estío
abrasa el árbol por dorar la rama
y queda ahora, en blanco, el panorama
del invierno interior, nunca tan mío.

Junto a la hoguera que pagó en cenizas
el breve triunfo de vivir airada
¡qué incendio más sutil, el del diamante!

¡Y cómo, entre sus fuegos, te deslizas,
frío de la verdad: único instante
en que, sin lucidez, la luz no es nada!

TESTAMENTO

SÓLO al trasluz del tiempo, la dorada
lengua del fuego avivará esta historia
que —con tinta secreta— está apagada,
como en un palimpsesto, en mi memoria.

Crónica de una luz sin alborada,
hecha para leída al sol sin gloria
de una pequeña flama tan pausada
que encienda el trazo sin quemar la escoria.

Confesión de ese astuto presidiario
que todos ocultamos, sin saberlo,
en nuestra libertad, siempre fingida.

¡Mensaje sin país ni calendario!
Llamas requerirá, para entenderlo,
quien trate de aprender su propia vida...

MUERTE

> ...contenía su muerte
> como su hueso el fruto.
>
> RILKE

¿POR QUÉ inquietarme de tu cercanía,
Muerte, si la existencia que me halaga
es sólo pulpa de la fruta aciaga
en la que yaces tú, simiente fría?

Te imaginé agresión. Te creí daga,
lanza, dardo, arcabuz, flecha sombría;

y en vano acoracé la mente mía
pues si, herida, te huí, te encuentro llaga...

Llaga que de mí propio se sustenta:
úlcera primordial y previsora,
oculta ya en la célula sedienta

en que mi vida actual tuvo su aurora.
Nada me matará —Muerte tan lenta—
sino el ser que, por dentro, me devora.

AGONÍA

I

DE LA noche que sube en tu conciencia
mientras en todo y para todos mueres
tú solo sabes, cuerpo, lo que quieres
y es tu querer final póstuma ciencia.

En amores, en odios, en violencia,
en paisajes, en libros y en mujeres,
moriste antes que aquí; pero prefieres
creer que mueres hoy, por indolencia.

Sin embargo —si abrieras a esa muerte
ulterior de tu nombre en nuestro olvido
los ojos que cerraste para verte—

sentirías que el tiempo que has vivido
no fue sino un paréntesis inerte
entre dos estertores sin sentido.

II

PORQUE no fuiste nada, cuando fuiste,
sino lo que el vivir quiso que fueras
y tus únicas horas verdaderas
son éstas, ay, que a nadie prometiste.

Sólo tu muerte es tuya, pues viviste
sueños extraños, rápidas quimeras,

54

plagiando sucesivas primaveras
de un mundo que no más ausente existe.

Te vivieron los otros. Las pasiones
que creíste sentir eran, apenas,
un eco de sus duros corazones.

Copias fueron tus risas y tus penas.
Poseído de ajenas ilusiones,
lloraste siempre lágrimas ajenas.

Y tu primera voluntad la pones
en volver a esa nada que enajenas
por una libertad sin condiciones.

BAÑO

MUJER mirada en el espejo umbrío
del baño que entre pausas te presenta,
con sólo detenerte una tormenta
de colores aplacas en el río...

Sales al fin, con el escalofrío
de una piel recobrada sin afrenta,
y gozas de sentirte menos lenta
que en el agua en el aire del estío.

Desde la sien hasta el talón de plata
—única línea de tu cuerpo, dura—
tu doncellez en lirios se desata.

Pero ¡con qué pudor de veste pura,
recoges del cristal que te retrata
—al salir de tu sombra— tu figura!

SENTIDOS

UN CIEGO oye la luz y el color toca
—en mí— cuando, al cerrar los ojos lentos,
dejo que sólo vivan los momentos
que nacen del contacto de tu boca.

Un sordo ve la voz y el canto evoca
cuando, al callar tus últimos acentos,
vuelven a amanecer mis pensamientos
en una aurora de cristal de roca.

Inmóvil, correría por seguirte
y cantaría, mudo, por hablarte
y, muerto, nacería por quererte;

pues en mi vida ya no existe parte
que, sin oídos, no supiera oírte
y, sin labios, besarte y, sin luz, verte...

Y, sin alma ni cuerpo, recordarte.

MADRUGADA

CONTRA la insolencia fortuita
de la mañana sin cendal
una obstinación de cristal
¡al invierno, al invierno invita!

¿Qué mano tácita me evita
en esta música hiemal
y, a cada cambio de pedal,
una más blanca nota cita?

Llama sin fiebre ni arrebol,
dentro del hielo suscitada
por un relámpago de alcohol...

¡Esplendor de la madrugada!
Con un reflejo por espada
el frío lucha contra el sol.

LIRIO

¿CON QUÉ lápiz de punta diamantina
rayó la luz, contra el jarrón oscuro,
este lado del lirio que se inclina
—más que la sombra que proyecta— al muro?

De su cáliz de mármol brota, en fina
cascada de paciencia, el tallo duro
y de su propia fuga se ilumina
como el río que nunca está maduro.

Pasa del ónix de la copa clara
que en la indolencia de nacer lo anima
a la indolencia plácida en que muere

y lo miro cambiar, como una cara
que envejece el color y cansa el clima
del espejo pausado al que se adhiere.

PÁRPADO

CORTINA, como tú, párpado leve
—que el día excluyes al bajar, sin ruido,
sobre el cristal de un cielo prometido—
quisiera ser mi amor y no se atreve.

Plácida abdicación, ausencia breve
entre el pasado y el futuro: olvido
de un presente que está siempre eludido,
hoy, por el sol; mañana, por la nieve.

Noche obediente, oscuridad sumisa
tras cuyo velo tímido siguiera
la vida su espectáculo suspenso.

Y que, a su arbitrio, el corazón pudiera
cerrar o abrir el tiempo tan de prisa
que fuera ya memoria lo que pienso.

CASCADA

DE LO que tengo lo que soy me priva
y lo que pude ser de lo que he sido
pues vivo descontando lo vivido
y moriré sin pausa mientras viva.

Tiendo la mano hacia la forma esquiva
de lo que va a pasar... ¡Y ya se ha ido!
Así —cascada que en silencios mido—
me llevas, tiempo, siempre, a la deriva.

Entre el día que fue y el que no empieza,
el presente no es sino el camino
que va de una ambición a una añoranza.

Cesa la dicha. Cambia la tristeza.
¡Y no sabremos nunca si el destino
cediendo insiste y, sin moverse, avanza!

CORAZÓN

CUANDO, extendido sobre el lecho austero
en que —si no dormir— callar procuro,
siento el hachazo rítmico y seguro
del corazón talando lo que espero;

el árbol de mi sueño verdadero
—para la realidad siempre inmaturo—
comparo con el lento cuerpo oscuro
en que, a pedazos, sin reposo, muero.

Cuanto en aquél hubiera —si durara—
debido presagiar pétalo y nido,
es, en éste, dolor, silencio, tumba.

La vida que los une los separa.
Y sólo vibran juntos al latido
del terco leñador que los derrumba.

OCTUBRE

YA EMPIEZAS a dorar, Octubre mío,
con las cimas del huerto, ésas —distantes—
del pensamiento a cuyas frondas fío
la sombra de mis últimos instantes.

Corazón y jardín tuvieron, antes,
cada cual a su modo, su albedrío;
pero deseos y hojas tan brillantes
necesitaban, para arder, tu frío.

Aterido el vergel, desierta el alma,
más luz entre los troncos que despojas
a cada instante, envejeciendo, veo.

Y en el cielo ulterior, de nuevo en calma,
cuando terminen de caer las hojas
miraré, al fin desnudo, mi deseo.

ORQUÍDEA

FLOR que promete al tacto una caricia
más que el otoño de un perfume, suave,
y que, pensada en flor, termina en ave
porque su muerte es vuelo que se inicia.

Párpado con que el trópico precave
de su luz interior la ardua delicia,
música inmóvil, flámula en primicia,
aurora vegetal, estrella grave.

Remordimiento de la primavera,
conciencia del color, pausa del clima,
gracia que en desmentirse persevera,

¿por qué te pido un alma verdadera
si la sola fragancia que te anima
es, orquídea, el temor de ser sincera?

BAJAMAR

CONFORME va la vida descendiendo
—bajamar de los últimos ocasos—
se distinguen mejor sombras y pasos
sobre esta playa en que a morir aprendo.

Acaba el sol por declinar. Los rasos
de la luz se desgarran sin estruendo
y del azul que ha ido enmudeciendo
afloran ruinas de horas en pedazos.

Ese que toco, desmembrado leño,
un día fue timón del barco erguido
que por piélagos diáfanos conduje.

En aquel mástil desplegué un ensueño.
Y en estas velas, ay, siento que cruje
todavía la sal de lo vivido.

MADRIGAL

ERES, como la luz, un breve pacto
que de colores fragua su blancura;
y en iris —como a ella— te figura
de la nieve menor el prisma abstracto.

Dejas, como la luz, un sordo impacto
de sombra en la retina y, por la oscura
huella que de su tránsito perdura,
recuerdo el esplendor de tu contacto.

El cristal te deshace, no el acero;
aunque, más que el cristal, la geometría,
pues transparencias sin aristas nunca

lograron traducir tu ser ligero.
Y, por eso tal vez, el alma mía
te descompone cuando no te trunca.

REGRESO

I

VUELVO sin mí; pero al partir llevaba
en mí no sólo cuanto entonces era

sino también, recóndita y ligera,
esa patria interior que en nadie acaba.

Oigo gemir la aurora que te alaba,
músico litoral, viento en palmera,
y me asedia la enjuta primavera
que la razón, no el tiempo, presagiaba.

Entre el capullo que dejé y la impura
corola que hoy en cada rama advierto
pasaron lustros sin que abrieran rosas.

Viví sin ser... Y sólo me asegura,
entre tanta abstención, de que no he muerto
la fatiga de mí que hallo en las cosas.

II

¿QUIÉN habitó esta ausencia? ¿Qué suspiro
interrumpo al hablar? ¿A quién despojo
del recobrado cuerpo en que me alojo?
¿Quién mira, con mis ojos, lo que miro?

La luz que palpo, el aire que respiro,
el peso del silencio que recojo,
todo me opone un íntimo cerrojo
y me declara intruso en mi retiro.

En vano el pie que avanzo coincide
con la huella del pie que hundió en la arena
el invisible igual que sustituyo;

pues lo que el alma, al regresar, me pide
no es duplicarse en cuanto me enajena
¡sino ser otra vez lo que destruyo!

III

¡ESPEJO, calla! Y tú, que en el furtivo
recuerdo el filo de la voz bisela,
eco, responde sin palabra. Y vela
por que en tu ausencia al menos esté vivo...

Del mármol con que el ocio me encarcela
quiero en vano extraer un brazo esquivo

hacia ese blando mundo infinitivo
en que todo está aún y todo vuela.

Estatua soy donde caí torrente,
donde canto pasé, silencio duro
y donde llama ardí, ceniza esparzo.

Nada me afirma y nada me desmiente.
Sólo tu golpe, corazón oscuro,
a fuerza de latir agrieta el cuarzo.

IV

POR ESA fina herida silenciosa
que siquiera da paso a la agonía
¡ay! entra, muerte, en mí, como la guía
de la hiedra que el sol prende en la losa.

Abre —¡aunque sea así!— la última rosa
en que tu fuerza adulta se extasía,
ansia de ya no ser, llama tan fría
que a su lado la luz parece umbrosa.

Rompe la plenitud, la simetría,
el basalto en que acaba toda cosa
que dura más de lo que tarda el día;

y, arrancándome al tedio que me acosa,
envuélveme en tu vértigo, alegría,
¡afirmación total, muerte dichosa!

ESCLUSA

¿QUÉ INVISIBLES y tácitas poleas
—corazón sin motor, nave en olvido—
te alzan hacia el mar desconocido
que para ser exige que lo creas?

En el crucero estás de dos mareas.
Canal es tu quietud, tiempo abolido.
Y, a cada aspiración, cada latido
aviva en sorda luz fúnebres teas.

Inmóvil te suponen los que, al verte
anclado al hoy, ignoran que el mañana
cambió ya de nivel tu barco oscuro.

¡Qué alto litoral el del futuro!
¡Y cómo, corazón, la hora más vana
te eleva —en esta esclusa— hacia la muerte!

HUÉSPED

HUÉSPED de una ciudad en que agoniza
un rey astuto, errático y distante
y en cuyas torres la tormenta iza
un relámpago nuevo a cada instante;

aunque no he sido llama, soy ceniza
y piedra, aunque jamás seré diamante:
polvo que con la roca se eterniza
o polvo que dispersa un viento errante...

¡Sombra —entre cuyos átomos diversos—
perpetúan ociosas competencias
ecos, seres, imágenes y cosas,

astillas de columnas y de versos,
ruinas de catedrales y de esencias,
cadáveres de estrellas y de rosas!

BAUTIZO

ABRE el oído, tiende la mirada,
pesa tu liviandad, mide tu aliento.
Ésta es la sal del mundo: un elemento
sin cuyo simulacro no eres nada.

Barca te trajo, cuna tan delgada
que le impone destino el menor viento
y playa es hoy la luz en que presiento
—náufrago sin querer— tu alma sellada.

63

Del mar que atravesaste para hacerte
buscarías en vano, entre las horas,
ese tiempo que al par te da y te olvida.

Vives. Y esto es vivir: buscar tu muerte.
Ya principiaste a ser pues ya te ignoras.
¡Bienvenido al dolor, forzado a vida!

PUREZA

Bajo la cárcel rota del cabello
que en indolencia y en calor la abruma,
emerge de una cólera de espuma
con otro armiño rescatado al cuello.

Agobio del verano, algún destello
de su pureza a su impaciencia suma
y la adormece, péndulo de pluma,
el abanico de un silencio bello.

La nieve del candor que la aureola
al devolverla a la blancura viva,
no toca sino elude su pureza

y, del cabello amotinado en ola,
un rizo —a la garganta que lo esquiva—
roba la prontitud de una cereza.

MANZANA

Conciencia del frutero campesino,
manzana, entre los higos y las nueces
¡de qué rubor ingenuo te embelleces
ante el otoño elemental del vino!

Gira en la piel de tu contacto fino
una tersura exacta, sin dobleces,
y del reflejo en que tu forma acreces
tiñes, de pronto, el vaso cristalino.

Porque es tan sobria la pulida esfera
de tu carne de plata —y tan segura—
que el paisaje que copia, refrigera.

Y corre, al verte, por la dentadura
una acidez helada que no altera
la sed, sino la moja y la madura...

GOLONDRINA

DE TI —que, por precoz y por soltera,
anuncias y no haces el verano—
golondrina sutil, tenue vilano,
la urgencia envidio y la ansiedad quisiera.

Última flecha del invierno arcano,
buscas el blanco de la primavera
con tal celeridad que asirte fuera
detener el destino con la mano.

Ay, pero sólo a prometer nacida,
vives para escapar de lo que ofreces,
paraíso mental, presagio puro.

Y es tan indispensable tu partida
que acabaría en ti nuestro futuro
si, un instante no más, permanecieses...

OTRA ROSA

COMO la dura estrella tenebrosa
que de la estrella luminosa dura
en la pupila fiel donde reposa
el edificio de la noche pura,

esta rosa de sombra que a la rosa
imaginada opone, en su negrura,
la rosa de verdad, tan ambiciosa
que, por morir más alta, se apresura.

Flor en que el pensamiento —como el ojo
cerrado tras de ver un sol intenso—
devuelve en gris lo azul, lo verde en rojo;

corola de mi espíritu suspenso,
¿por qué si te comprendo te deshojo
cuando vives no más porque te pienso?

CARACOL

EL MAR del tiempo incontenible canta
dentro del caracol de este momento
tan repentino y, a la vez, tan lento
que su instantánea eternidad me espanta.

Toda mi vida gime en su garganta:
cuanto fui, cuanto soy, cuanto presiento,
pues el alma no abriga un pensamiento
que abarque tanta luz ni sombra tanta.

Sobre la arena en que la ola oscura
más a olvidarlo que a traerlo vino
—y bajo el nácar de su concha adversa—

ríe el dolor, solloza la ventura:
¡voz semejante en todo a mi destino,
cambiante, igual, monótona y diversa!

ESPEJO

ELENA, que florece junto al río
de una conciencia demasiado hermosa,
pasa con él y mira, en cada cosa,
un eco de cristal, rápido y frío.

Quiere poner un límite al estío
de la luz que la lleva, perezosa,
y la desvía el sueño que la acosa
y la encuentra, dejándola, el desvío.

Por eso el agua que la entiende fluye
y el tiempo corre, al que se da, sumisa.
Un reflejo la forma y la destruye.

No tiene más constancia que la brisa,
más regla que morir porque se huye,
ni otra razón de ser que estar de prisa.

VIAJE INMÓVIL

I

CUANDO la noche cierra en ti esa puerta
que ya no puede abrir ninguna mano
mortal, y del dolor —como de un vano
sueño, en el sueño— el sueño te despierta;

cuando el cansancio de la voz incierta
no toca ya de ti sino el lejano
litoral en que el ángel cotidiano
deja, al partir, su túnica desierta;

cuando un río de sombra y una espada
—¿caída de qué puño indiferente?—
te aíslan de ti misma y de mi vida,

¿qué dios cruel ordena tu alborada?
¿quién, bajo de tu frente, se arrepiente?
¿quién eres tú, sin ti, desconocida?

II

POR LA memoria en ruinas, entre aciagos
escombros de proyectos y esperanzas,
pisando espejos que se vuelven lagos,
irguiendo lirios que resultan lanzas,

cruzas, mientras yo aquí —frente a los vagos
límites de un país que ya no alcanzas
a recordar— en súbitos estragos
advierto tus sonámbulas andanzas.

Segura de volver cuando la aurora
para otra guerra inútil te rescate
¡con qué prisa sin pies mi noche huellas!

¡qué muerte das, soñando, a quien te llora!
¡y de qué oculto y lúgubre combate
son tu sonrisa y tu silencio estrellas!

III

PORQUE con alguien vas rumbo a ese abismo
del que regresas perdonada y muda;
alguien, que de tu cuerpo me desnuda,
y ese rival ¿quién es, sino yo mismo?

Te busco en el colérico espejismo
que, mientras no me sientes, te demuda;
pero descubro nada más mi duda,
tu ausencia, mi rigor, nuestro egoísmo...

Inerte al bien y al mal, esquiva al celo
que nos promete póstumas coronas,
la batalla que libras es conmigo,

el infierno que cruzas es mi cielo
y el ser con quien, sin brazos, me traicionas
soy yo que, hasta en tus sueños, me persigo.

VEJEZ

ME INCLINO hacia lo azul de ese reflejo
que, de la llama que perece, nace.
Y, de pronto, en cristal, lámpara, espejo,
miro cómo la noche me rehace.

¡Tribus de lo que fui! Duro entrecejo;
paralítica voz; ojo en que yace
—última luz— un último consejo.
Ardor como ése, gélido, me place.

Luces guillotinadas... Viejas voces
sangrando en los fonógrafos suspensos...
Segado de paréntesis veloces,

libro en que palpo otra presencia mía.
¡Tribus de lo que fui! ¡Trágicos censos!
El cuerpo es un fantasma que me espía.

NOCTURNO

I

CIERRA, punto final, única estrella
del firmamento claro todavía,
la estrofa de silencio de este día
en que tu voz, por tácita, descuella.

Desde el alba lo azul te prometía,
última gota en ignición tan bella
que sólo ardiendo —como el lacre— sella
y sólo sella al tiempo que se enfría.

Ser el adiós de un cielo sin querella,
igual que tú mi espíritu quería
y que, como tu luz, la Poesía

cristalizara en mí diáfana estrella
más transparente cuanto más sombría
fuese la oscuridad en torno de ella.

II

PRINCIPIA pues, aquí, tu obra futura,
Noche, y con lengua libre de falacia
explícame la edad, el sol, la acacia,
el río, el viento, el musgo, la escultura...

De los colores adjetivos cura
esta instantánea flor, póstuma gracia
de un idioma que fue —con pertinacia—
retórica guirnalda a la hermosura.

Brújula sin piedad, tiniebla pura,
orienta, Noche, mis sentidos hacia
las torres de tu intrépida estructura

y deja que, en racimos de luz dura,
se apague esta inquietud que nada sacia
sino el terror de ser tiempo y figura.

III

TIEMPO y figura fui, mientras la esquiva
curiosidad de ser distinto en cada

minuto de la frívola jornada
arrojaba mi anhelo a la deriva.

Tiempo y figura: cólera pasiva,
impaciencia de luz en llamarada,
alma a todos los cauces derramada
y, aunque a ninguno fiel, siempre cautiva.

Pero de pronto, ay, conciencia armada,
coraza de amazona pensativa,
toco de nuevo, en bronce, tu alborada

¡y descubro por fin que la hora ansiada
estaba en mí, pretérita y furtiva,
y, al oírla sonar, siento mi nada!

IV

HECHO de nada soy, por nada aliento;
nada es mi ser y nada mi sentido
y, muerto, no seré más que al oído
un roce de hojas muertas en el viento...

A nada me negué. De nada exento
—pasión, fiebre o virtud— he persistido
y de esa misma nada envejecido
sombra de sombras es mi pensamiento.

Pero si nada dí, nada he pedido
y, si de nada soy, a nada intento:
espectador no más de lo que he sido.

Como inventé el nacer, la muerte invento
y, sin otro epitafio que el olvido,
a la nada me erijo en monumento.

VOZ

Tú ME llamaste al íntimo rebaño
—única voz que manda cuando implora—
mientras la burla despreciaba el daño
y florecía, en el cardal, la aurora.

Era la intacta juventud del año.
Principiaban el mes, el día, la hora...
Y el corazón, intrépido y huraño,
te oía sin creerte, como ahora.

Ay, porque —desde entonces— ya disperso
sobre la vanidad del universo,
a cada paso, infiel, te abandonaba

y con cada promesa te mentía
y con cada recuerdo te olvidaba
¡y con cada victoria te perdía!

CONTINUIDAD

I

No HAS muerto. Has vuelto a mí. Lo que en la tierra
—donde una parte de tu ser reposa—
sepultaron los hombres, no te encierra;
porque yo soy tu verdadera fosa.

Dentro de esta inquietud del alma ansiosa
que me diste al nacer, sigues en guerra
contra la insaciedad que nos acosa
y que, desde la cuna, nos destierra.

Vives en lo que pienso, en lo que digo,
y con vida tan honda que no hay centro,
hora y lugar en que no estés conmigo;

pues te clavó la muerte tan adentro
del corazón filial con que te abrigo
que, mientras más me busco, más te encuentro.

II

ME TOCO... Y eres tú. Palpo en mi frente
la forma de tu cráneo. Y, en mi boca,
es tu palabra aún la que consiente
y es tu voz, en mi voz, la que te invoca.

Me toco... Y eres tú, tú quien me toca.
Es tu memoria en mí la que te siente:
ella quien, con mis lágrimas, te evoca;
tú la que sobrevive; yo, el ausente.

Me toco... Y eres tú. Es tu esqueleto
que yergue todavía el tiempo vano
de una presencia que parece mía.

Y nada queda en mí sino el secreto
de' este inmóvil crepúsculo inhumano
que al par augura y desintegra el día.

III

Todo, así, te prolonga y te señala:
el pensamiento, el llanto, la delicia
y hasta esa mano fiel con que resbala,
ingrávida, sin dedos, tu caricia.

Oculta en mi dolor eres un ala
que para un cielo póstumo se inicia;
norte de estrella, aspiración de escala
y tribunal supremo que me enjuicia.

Como lo eliges, quiero lo que ordenas:
actos, silencios, sitios y personas.
Tu voluntad escoge entre mis penas.

Y, sin leyes, sin frases, sin cadenas,
eres tú quien, si caigo, me perdonas,
si me traiciono tú quien te condenas...

Y tú quien, si te olvido, me abandonas.

IV

Aunque si nada en mi interior te altera,
todo —fuera de mí— te transfigura
y, en ese tiempo que a ninguno espera,
vas más de prisa que mi desventura.

Del árbol que cubrió tu sepultura
quisiera ser raíz, para que fuera
abrazándote a cada primavera
con una vuelta más, lenta y segura.

Pero en la soledad que nos circunda
ella te enlaza, te defiende, te ama,
mientras que yo tan sólo te recuerdo.

Y, al comparar su terquedad fecunda
con la impaciencia en que mi amor te llama,
siento por vez primera que te pierdo.

V

PORQUE no es la muerte orilla clara,
margen visible de invisible río;
lo que en estos momentos nos separa
es otro litoral, aun más sombrío.

Litoral de la vida. Tierra avara
en cuyo negro polvo, ávido y frío,
del naufragio que en ti me desampara
inútilmente busco un resto mío.

Es tu presencia en mi la que me impide
recuperar la realidad que tuve
sólo en tu corazón, cuando latía.

Por eso la existencia nos divide
tanto más cuanto más en mi alma sube
la vida en que tu muerte se confía.

VI

SÍ, CUANTO más te imito, más advierto
que soy la tenue sombra proyectada
por un cuerpo en que está mi ser más muerto
que el tuyo en la ficción que lo anonada.

Sombra de tu cadáver inexperto,
sombra de tu alma aún poco habituada
a esa luz ulterior a la que he abierto
otra ventana en mí, sobre otra nada...

Con gestos, con palabras, con acciones,
creía perpetuarte y lo que hago
es lentamente, en todo, deshacerte.

Pues para la verdad que me propones
el único lenguaje sin estrago
es el silencio intacto de la muerte.

VII

Y SIN EMBARGO, entre la noche inmensa
con que me ciñe el luto en que te imploro,
aflora ya una luz en cuyo azoro
una ilusión de aurora se condensa.

No es el olvido. Es una paz más tensa,
una fe de acertar en lo que ignoro;
algo —tal vez— como una voz que piensa
y que se aísla en la unidad de un coro.

Y esa voz es mi voz. No la que oíste,
viva, cuando te hablé, ni la que el fino
metal del eco ajustará en su engaste,

sino la voz de un ser que aún no existe
y al que habré de llegar por el camino
que con morir tan sólo me enseñaste.

VIII

VOZ INTERIOR, palabra presentida
que, con promesas tácitas, resume
—como en la gota última, el perfume—
en su paciente formación, la vida.

Voz en ajenos labios no aprendida
—¡ni siquiera en los tuyos!—; voz que asume
la realidad del alba estremecida
que alcanzaré cuando de ti me exhume.

Voz de perdón, en la que al fin despunta
esa bondad que me entregaste entera
y que yo, a trechos, voy reconquistando;

voz que afirma tan bien lo que pregunta
y que será la mía verdadera
aunque no sé decir cómo ni cuándo...

¿NI CUÁNDO?... Sí, lo sé. Cuando recoja
de la ceniza que en tu hogar remuevo
esa indulgencia inmune a la congoja
que, al fuego del dolor, pongo y atrevo.

Cuando, de la materia que me aloja
y cuyo fardo en las tinieblas llevo,
como del fruto que la edad despoja,
anuncie la semilla el fruto nuevo;

cuando de ver y de sentir cansado
vuelva hacia mí los ojos y el sentido
y en mí me encuentre gracias a tu ausencia,

entonces naceré de tu pasado
y, por segunda vez, te habré debido
—en una muerte pura— la existencia.

EPITAFIO

ENDURECES, mármol, el
rayo de luna que toca
en lo vivo de la roca
lo póstumo del laurel.

Del ausente que el cincel
en esta lápida evoca,
todo el cuerpo es ya una boca
a su *no* rotundo fiel.

Pero, mientras llora así
—con lágrimas de basalto—
el ser que en su historia fui,

¿contra quien, para qué asalto
organizas, tumba, en mí,
la noche y el sobresalto?

FRONTERAS

¡Fronteras del silencio con el canto,
de la vigilia con el sueño
y de la soledad con el tumulto...!

LA EXPLICACIÓN

COMO el mar, al partir, deja en la arena
la huella de su audacia luminosa,
como, al ponerse, el sol dora las cimas
erguidas en la sombra,
como en el fruto seco
se advierte más la próvida semilla,
así,
junto a mi corazón irremediable,
entre las ruinas de la edad caída,
mientras más solo estoy mejor entiendo
tu luminosa audacia,
tu deslumbrante sombra,
tu aspereza fecunda, Poesía.

¡Cómo has ido venciendo en lo que pienso,
en lo que escribo, en lo que soy, en todo
lo que intenté oponer sin esperanza
a tu justicia inapelable y muda!
¡Con qué secreto resplandor cegaste
todo lo que no era
espejo en mí de tu presencia armada!

Despierto y eres tú la que despierta.
Principio y eres tú la que concluye.
Me esfuerzo, avanzo —y sólo llegas tú.

Te toco
en el oro del pan recién horneado
y en la delgada piel del agua limpia.
Te siento
en el calor del sol sobre el mosaico,
en el vacío en que pasó un silencio
y en el papel donde la pluma impregna
de espesa y negra tinta
los surcos de tu lápiz invisible.

Te miro en lo que más te esconde al hombre,
detrás de la batalla, como un triunfo,
y detrás del placer, como un reproche.

Te oigo en la campana que me juzga,
en el hacha del pulso que me tala
y en el polvo del tiempo que me entierra.

En el alud eres mi asilo,
en el desierto eres mi pueblo,
y, entre la multitud, mi soledad.

La espada con que rompe
el insomnio la red de un sueño pío
tu fuego la forjó, de ti está hecha.
Porque te nombran luz, cántico, fuente,
pero eres sanción, cólera, incendio
¡y, sobre todo, herida, eterna herida!

Subes, mientras perezco. Te sustentas
de cuanto en mí declina, enferma y calla.
En la leña que soy tu llama cunde:
cuanto más me iluminas más me abrevias,
cuanto más me devoras más me exaltas,
cuanto más me consumes más me explicas.

ALTER EGO

Junto a mi alma canta un río
desde el día en que nací.
Pero nunca hasta ahora lo oí.

Río tímido y furtivo
que sin distanciarte avanzas
¿por qué sigues mis mudanzas
y sollozas mientras vivo?
Nadie te sintió a mi lado.
Pero hoy, que he despertado.
oyéndote por doquier,
conocí tu padecer
y descifré mi pasado,
río inaudito hasta ayer.
Te escucho. Y al fin comprendo

por qué —como tú— viví
sin mí, tan cerca de mí,
en todo tiempo muriendo,
por nadie en verdad sabido,
y fiel desde que nací
a un cantar siempre escondido:
el que hoy descubro en ti...

Ese cantar lo he vivido.
Pero nunca hasta ahora lo oí.

RENUEVO

PRINCIPIAR otra vez. Ser nuevo en todo,
en el alba, en la nieve y en el lirio,
blancura tras blancura, hasta llegar
a la dureza diáfana del hielo,
donde la luz es tumba de sí misma.

Principiar otra vez. Ser nuevo en todo
lo que envejece y cambia y se deshoja,
en la noche que extingue
las últimas canciones de la tarde
y en el trino que apaga
el último lucero de la noche;

en el momento exacto del estanque
donde estalla de pronto el surtidor
—agua en columna y música en palmera—

allí donde comienzan
en el pájaro el ala,
en el nácar la perla,
la lágrima en el colmo de la dicha
y la herrumbre en el pétalo del tiempo;

en esos litorales
que se abren a veces en la sombra
en torno de un perfume o de una ausencia;

fronteras del silencio con el canto,
de la vigilia con el sueño
y de la soledad con el tumulto:

minutos
en que nada es aún y todo ha sido,
filtraciones del cielo de lo eterno,
tangencias misteriosas con un mundo
donde ya fuimos sin saber que fuimos...

¡Principiar otra vez, ser nuevo en todo!

ALAS

¿QUÉ ALAS se han cerrado
sobre mí, de repente?... Este silencio
clausura es de plumas invisibles,
desdén del vuelo, angélico descanso
entre el cenit de ayer y el de mañana.

Las siento: están vibrando de esperanza.
Pasaron sobre el mar. ¡Huelen a aurora!
Si se pudiera acariciar la luz,
así hallaría el tacto su impaciencia;
y si el azul sonara
no ofrecería música más lenta.
Porque las alas que ha plegado el tiempo
sobre mi soledad, nadie las oye
sino el que, bajo el sol, la noche ve.

Dicen los que me buscan: "¿Ha escapado?"
Están a un paso apenas de mi asombro,
y no descubren lo que nos separa.
—"¡Murallas deben ser!" piensan algunos...

Pero son nada más dos alas invisibles:
un ayer absoluto y un mañana intocable.
Dos alas silenciosas cerradas por el tiempo
sobre el alma que acepta su destino.

PRISA

¡AL DÍA, en la noche, voy
porque mañana principia hoy!

Arde, llama de la prisa.
Quémate en ella, deseo,
pues de todo cuanto veo
sólo el fuego me precisa
la dimensión del futuro.
Y por eso me apresuro
en iras de apremio a ser.
¡Alúmbrame, amanecer!

¿Cómo me aconsejas calma
y de mi urgencia te asombras,
lenta noche en cuyas sombras
dos hemisferios del alma
—separados por tu abismo—
están tratando en mí mismo
de unirse para aceptar
el día que va a empezar?

Esta hora es frágil puente
entre duros litorales.
Con espadas y puñales
la vedan al impaciente
soldados inmateriales.
¿Cómo andar inerme en ella?
¡Dénme su esplendor la estrella,
y sus alas el neblí,
para entrar otra vez en mí!

No cede el tiempo al que duda
ni la aurora al que se abate.
En las tinieblas combate
contra mí una grey sañuda.
Todo instante es una herida.
Pero ¿qué importa si estoy
cada vez más cerca, Vida,
de la tierra a la que voy?

...Porque mañana principia hoy.

EL DOBLE EXILIO

SOÑÉ que te soñaba.

Y, a pesar de ese doble exilio injusto
que obliga al sueño a desconfiar del sueño,
nunca te vi más alta y más presente;
nunca en la vida fueron
tus ojos más profundos,
tu andar más firme, tu perfil más tierno.

Miré una luz sin pausa, un cielo inmóvil,
un puerto de silencio
frente a un mar de palabras, incesante.
En ese puerto, un pueblo de gaviotas,
una invasión de alas...
Cada ala llevaba una pregunta.
Y, con sólo callar, las contestabas.

Era un tiempo sin horas, una plaza
donde no entraron nunca años ni siglos.
Un sitio del que no se descendía
por la escalera abstracta del minuto.
Una serenidad de aire sin aire
en la que respirar hubiera sido
engañarte otra vez, negar tu muerte.

Me contemplabas y me sonreías...
Era la vida, así, como la aurora
de un sueño en el ocaso de otro sueño.

Y ahora, al despertar, pienso de pronto
si te soñó mi alma
o fuiste tú, en el límite de nuestro doble exilio,
quien soñó que mi alma te soñaba.

PRIMAVERA

¡TODO en el alma es cielo,
todo en el cielo es alba
y toda el alba es voz
para anunciarte, azul, para llamaros,

sol nuevo, rosa nueva, césped nuevo,
intrepidez ante la dicha nueva,
sorpresa del primer
silencio que prolonga el primer canto
de la primera alondra
en la primer mañana
del primer día al fin, de primavera!

Todo en el alma es cielo:
memoria de cristal, verdad desnuda,
anunciación unánime, promesa...

Se toca, en la ilusión, el curvo arranque
de un arco inmenso bajo el cual podría
girar la tierra sin rozar un solo
capitel de nostalgia o de ternura,
fragmento de impaciencia o de esperanza.
Pensar, en esta hora,
es perdonar la noche y el invierno;
sentir es bendecir lo que se siente
y desear es ser de nuevo joven,
como el mundo en el orto, joven siempre,
y cada vez rehecho con la aurora.

Todo en el cielo es alba:
párpado leve abierto sobre el gozo,
ala que se despliega, hoja que brota,
agua de estrellas líquidas
corriendo entre las márgenes del tiempo,
y pájaros y pájaros y pájaros...

Pájaros que descubren
atlántidas aéreas, golfos de oro,
oasis de frescura
en el desierto de la luz sedienta,
¡orillas de lo azul, donde el color
es bandera de un pueblo libertado!

Todo en el alba es voz:
alegría de cítaras concordes,
rumor de flautas lentas en las frondas,
reír de fuentes límpidas, deshielo
de cataratas, eco
de un canto universal que une de pronto
al himno de los astros
el zumbo de la abeja transparente
y el blando zurear de la paloma...

Todo en el alba es voz para anunciarte,
abril. Y todo es alba
en el cielo por verte.
¡Y todo es cielo, abril, y todo es cielo
en el alma que alumbras, primavera!

ESTÍO

MEDIODÍA del año, junio urgente;
luz en diamante, trópico en espiga,
¿cómo quieres de pronto que te siga
si todo lo conjugas en presente?

Eres la plenitud. Nadie mitiga
tu sed de ser inextinguiblemente,
y de ser, sin aurora ni poniente,
en un inmóvil tiempo sin fatiga.

Esplendor vertical; sol sostenido
que a todo impones alta resonancia,
al cielo, al bosque, a la enramada, al nido,

y hasta al fluir del ánfora que escancia
en mi copa mortal el solo olvido
que tolere tu ávida constancia:

¡un chorro de agua, apenas presentido,
entre dos continentes de fragancia!

OTOÑO

¿POR DÓNDE entró el otoño?
¿Quién fue el primero en verlo?
¿En qué momento principió a dorarse
la sílaba final del largo estío?
¿Qué oído de mujer
escuchó resbalar sobre el estanque
la hoja —apenas rubia—
por la que empieza a despedirse el bosque?

¿Qué hacías, alma, entonces? ¿Por qué no me anunciaste
esta patria abolida, este abandono,
este brusco vacío
de algo que no sé si suspiraba,
ni qué era —si era—
y sin cuya presencia no me encuentro?

¿Contra qué acantilados te rompías,
viento del mar, augurio del otoño,
que tus clarines no me despertaron?
Y tú, luna de plata entre las frondas,
¿quién te enseñó a mentir? ¿cómo seguiste
contándome un verano
que nada retenía
en la noche, en el tiempo, en la conciencia?

Todo me traicionó. Nadie me dijo
que esa gloria de ser era el instante
en que comienza el miedo del otoño,
ni que esta fruta de orgullosas mieles
fuera la cima última
de una estación, de un árbol, de una vida...

Y no te culpo, otoño.
Yo te llevaba en mí desde la hora
en que más te negó la golondrina.
Estabas en la aurora y en la rosa.
La huella de ese pie desconocido
sobre la grama, en mayo, era tu huella.
Y aquel silencio súbito
del manantial de pronto intimidado
era tu delación en pleno abril.

Cada vez que el espíritu dudaba,
la mano —sin saberlo—
había acariciado
en quién sabe qué zonas del estío
una verdad de otoño,
el hombro de una diosa prohibida...

Peldaños que subían al otoño
eran los días de mi primavera.
Escalera de otoño era mi prisa,
y terraza de otoño mi descanso.

Por eso
te acepto en todo, octubre, y te consagro,

pues no eres tú quien llega de improviso
sino yo quien por fin se reconoce
y para ser más él se quema en ti.

INVIERNO

¿QUÉ EJÉRCITOS nos sitian?...

Desde un día que fue todo de oro,
con estandartes de oro en el poniente
y largas violas de oro por las calles,
parece que la vida se ha cerrado.

Cadenas inauditas
levantaron los puentes sobre el foso.
Caballeros de hielo
resguardan las almenas, y campanas
de hielo nos convocan
a la defensa de esta plaza fuerte,
postrer baluarte blanco del invierno.

Un rey se ha refugiado
en la torre más alta del castillo.
Entre rejas de hielo,
tras cristales de hielo,
adivinamos, por momentos,
la forma de su casco alucinante...
Y prosigue la lucha.
Y prosigue el invierno.

Todo en la capital amurallada
es luz de acero, espada suspendida
y proyección metálica de flecha.
Pero nadie sabría
decir en realidad quién nos asedia,
ni por qué están tapiados los pórticos del tiempo,
ni si el rayo del sol es un mensaje,
ni si el halcón es un refuerzo,
ni si en la sombra de los pozos hondos
el agua congelada podrá beberse un día.

La piedra, el bronce, el alma
son hielo que combate, armado hielo.
Oír es aprender a oír el hielo.

Hablar es cincelar frases de hielo
—inmóviles, delgadas, transparentes—
como las filacterias de un vitral
que dejara pasar sólo el silencio.

¿Qué ejércitos nos sitian?
Jamás los hemos visto. Sólo, a veces,
entre banderas rápidas de niebla,
escuchamos silbar un trozo de himno,
una música extraña, una amenaza
de tambores que pronto borra el viento.

Y continuamos esperando
el asalto que acaso nunca llegue,
sobre el hielo, en el hielo, bajo el hielo,
mientras ojos de hielo en las almenas
vigilan horizontes impasibles,
y campanas de hielo nos exhortan
a morir por un rey del que no vemos
sino el airado yelmo alucinante
en la alta ventana
de la última torre del invierno.

ETERNIDAD

LA NOCHE era más alta, la música más pura,
el corazón más hondo, la tierra más sumisa,
cuando llegaste tú, momento solo,
minuto sin pasado, ola sin mar,
primavera de un año sin octubre,
tiempo desposeído:
júbilo abstracto, sólido, inmutable,
más destructor que el odio y que la muerte.

La noche era más alta, la música más pura,
el corazón más hondo, la tierra más sumisa,
cuando toqué tu espada, Eternidad,
y me sentí de pronto sin recuerdo,
sin cuerpo, sin destino,
sola ambición de espíritu presente,
instante en que ya el ala es todo vuelo
—aire no más y rapidez y ausencia—
instante en que el bajel es vela todo

—viento no más y viento y sólo viento—
instante en que la estrella es toda luz:
¡fuego no más, que incendia lo que alumbra!

La noche era más alta, la música más pura,
el corazón más hondo, la tierra más sumisa,
cuando te abriste al fin, puerta implacable,
voluntad sin deseos,
sobre un paisaje exacto y sin memoria:
donde ya nada pasa,
donde ya nada puede
mellar el filo de la espada eterna,
dorar de otoño el infinito abril,
volver al mar la ola desasida
y empezar otra vez
—en la noche más alta— la música más pura
el corazón más hondo, la tierra más sumisa...

PARÉNTESIS

En el alma se ha posado,
sin aviso, un ruiseñor.
¡Cómo vuelve, en silencio, el amor!

¿De dónde regresas, canto
instantáneo y fugitivo?
Entre tus músicas vivo
un minuto sin quebranto;
pero tregua tan serena
en la cima de la pena
me da olvido —y no placer,
pues mañana será como ayer.

Eres, súbito gorjeo
en cúpula de laureles,
esclusa entre dos niveles
del hastío y del deseo.
¿Asciendo, o bajo, en tu trino?
En las sombras, el destino
no cambia de dirección.
Hoy es nave, y no puerto, ilusión.

Melodía inesperada,
invasión de un cielo ardiente
que iluminas de repente
la noche de la enramada
¿quién te ha dicho que te creo,
si entre el tedio y el deseo
eres, sólo, ruiseñor
—tregua, pausa, olvido, canto—
una esclusa en que levanto
a niveles más altos mi amor?

SER

No HAS aprendido a ser... Es entrar solo
en una casa ajena, de estancias rencorosas,
y no sentir el frío del hogar apagado;
hablar con el retrato de una ausente
y dar cuerda al reloj que ha de matarte.

No has aprendido a ser... Es ir, de noche,
guiado por un ciego,
y llegar al crucero de la cita
cuando se fueron ya los que aguardaban,
y saber que sobre ellos se han cerrado
el bosque y las tinieblas para siempre.

No has aprendido a ser... Es construirse
y disgregarse en todo, por igual;
forjar la espada con que vas a herirte,
escribir la palabra que te acusa,
amar lo que te arranca de ti mismo
cavar sin tregua en ti tu propia fosa,
y perdonar a los que no perdonan
que nadie aprenda a ser.

CIUDAD

CIUDAD atravesada, a media noche,
entre cristales lívidos de niebla
—y de la cual tan sólo el nombre oí—
¡cómo has ido creciendo,

semilla de dos sílabas, lanzada
desde el andén de la estación no vista,
por la voz de un fantasma, en el insomnio!

¿Qué avenidas soberbias te han nacido?
¿Qué campanarios suben de tu ausencia?
¿Y qué campanas doblan en sus torres?

Los seres que te habitan
hablan de tu color, saben tu historia.
Yo sé tu soledad, sé tu leyenda.
Conozco
la impaciencia de oro de tu otoño.
Comprendo
tu obstinación de hierro ante el invierno.
Y, cuando vuelve abril, me sobresalta
el heroísmo de tu primavera.

Pude nacer en ti. Podría verte.
Podría sonreír bajo tus árboles.
O caminar sobre tu asfalto.
O callar a la sombra de tus templos...

Y no sería
más tuyo, así, de lo que soy ahora,
ciudad imaginada,
equilibrio de plazas y de frondas
encontrado de pronto —entre las ruinas
de tantas capitales verdaderas—
en el aniversario de un insomnio.

EL DÍA DE LA ANGUSTIA

Tú FUISTE mi raíz. En ti empezaron
los sueños y los actos.
Tú me incitaste a ir entre los pueblos.
Tu voluntad fue cauce de mis ríos,
proa de mis galeras, brújula de mis noches.
Tú me enseñaste a distinguir el polvo
donde terminan las columnas
del polvo en el que surgen las antorchas,
y de la aurora en que una patria asciende
aquella en que se mustian, como hojas

sobre mástiles rotos, las banderas...
El día de la prueba no me acuses.
¡No me niegues al tiempo de la angustia!

Para mi corazón eras la sangre
y para mi palabra la garganta.
De tu sabor está mi boca llena.
Porque fuiste a la par la sal y el vino,
el pájaro y la honda,
la cólera y el bálsamo,
el estoque y la herida al mismo tiempo,
y porque, en mis arterias,
el galope del pulso
no me llevó jamás sino hacia ti,
no me abandones en la prueba.
¡No me niegues el día de la angustia!

Puertas que abrí, sobre tu enigma abrían.
Lámparas que encendí, te iluminaban.
Fuiste mi paso al caminar, mi aliento;
cuando subí, el descanso de mis cumbres,
cuando bajé, la mies de mi fatiga.
Haciéndome te hice —y me he quedado
de pronto sin más vida que tu ser...
El día de la prueba no me culpes.
¡No me niegues al tiempo de la angustia!

TIEMPO

Mientras digo "mañana"
un bosque de promesas se deshoja,
una guerra principia, un rey caduca,
un átomo se rompe en polvo de astros
y un caballo de nieve galopa sobre el tiempo.

Mientras dices "mañana", la tierra persevera,
las grúas de la noche están izando el día,
la muerte se arrepiente,
y un corazón indócil
quiere de nuevo descifrar la vida...

Mientras digo "mañana", un pueblo abdica;
mientras dices "mañana", nace un niño.

DOMINGO

ALGO me pides, música lejana
a través de los últimos jardines
de la tarde templada como un arpa.
Domingo de provincia, algo me pides
que nadie nunca, antes, me pidió...

Es un deseo de irse
y de llevarse todo lo que aquí se descubre:
la juventud, la iglesia, el eco triste
del viento entre los chopos del paseo,
y esta irredimible
soledad del crepúsculo en que nada
acepta ni renuncia a lo que existe.

¡Cómo suspiras, fuente, cuando cantas!
¡Y cómo cantas, fiesta, en los violines
del otoño distante en que sucumbes!
Ángeles invisibles
pasan entre las frondas que te envuelven...
Y la luz abnegada, el casto aroma
de tus rosas humildes,
el musgo de las piedras de tus calles,
los sueños de tus vírgenes,
el despuntar ingenuo de la noche
en tantos corazones pueriles,
todo en este minuto concentrado
como una esencia fiel, todo me dice
la historia de una aldea sin historia,
donde pensar es ausentarse
y sentir es, apenas, presentirse.

¿Qué puedo darte yo, música vaga
entre los chopos tristes?
Musgo en la soledad, en vano callas.
Fuente en la soledad, en vano gimes.
¡Domingo de provincia, en vano quieres
saber lo que me pides!

EL DÍA

TAMBORES enlutados
a través de la noche

91

—de un litoral a otro,
en la tierra sin hombres—
anuncian a los muertos
el día, el día, el día...

Alas de mica rozan
las vidrieras del alba
—de un litoral a otro
de esta noche sin lámparas—
llamando, ansiosamente,
el día, el día, el día.

Árboles de silencio
sacuden en la sombra
ramajes y recuerdos
—de un litoral a otro
de esta selva sin tiempo—
para que llegue —¿cuándo?—
el día, el día, el día.

Campanas de otros siglos
cantan bajo la lluvia
—de un litoral a otro
de este mundo sin luna—
porque está ya subiendo
en nuestras venas mudas
como una sangre nueva

el día, el día, el día...

VOZ

QUISIERA adivinar qué voz es ésa
que niega cuanto digo y cuanto pienso
con un "no" que no es odio,
con un "no" que promete muchos "síes"
para lo que diría y pensaría
si aceptara pensar en una cárcel
y hablar frente a un espejo
donde, al mirarme, viera el ser que fui...

¿Qué pretende esa voz? ¿Por qué la oigo
cuando el mar de la sangre alza en mi pecho

la ola indispensable
para doblar el cabo prometido?

Voz sin pasión, delgada, hasta indulgente,
hecha de melodías en que advierto
un estremecimiento que fue mío,
¿por qué enmudeces sólo cuando siento
subir en mi conciencia esa agua oscura
de cuya noche asoman
—mástiles en zozobra—
los días sin timón, los años náufragos?

Hoy he vuelto a escucharte, voz temida.
Pero por fin ya no me reconozco
en ti, como otras veces. Te sé extraña.
Y el solo mal que ya podrás hacerme
será decir que sí
a cuanto diga y piense,
tú que negaste todo
lo que me salvará de haberte oído.

EN LA ADUANA

Nadie me ha dicho nada.
Nadie tal vez lo sepa.
Pero siento que estamos detenidos
en una aduana trágica del tiempo.

Oigo voces de vidrio, de metal. . .
Las palabras que dicen —y no entiendo—
parece que no mandan, interrogan.
Son palabras sin patria. Las pronuncian
seres que deben ser como preguntas
que hubieran encarnado en cuerpos vagos
de nube, de perfume, o de espuma de música.

¿Qué vamos a decirles?
¿Qué desean saber? ¿Por qué preguntan?
¡Somos todos tan duros, tan concretos!
Venimos de una tierra en que vivir
no es escuchar las quejas de los hombres.
Buscamos en nosotros y advertimos
que jamás hemos dado a nadie una respuesta.

Tenemos libros, fechas, direcciones,
fantasmas —y hasta sueños, hasta enigmas—
¡pero no hemos traído, en este viaje,
una sola respuesta verdadera!

Estamos en la aduana de una edad.
Y las voces insisten.
Y lo que nos detiene
es un mundo invisible, un mundo de preguntas...

EL PARAÍSO

Yo VI una vez, un día solamente,
la perfección... ¡Qué isla de diamante!
¡Qué insolencia de luz exasperada!
¡Qué tierras altas donde nada empieza!
El alma era, en la cumbre, como un ojo
—sin párpados, sin sueños, sin pestañas—
abierto, a pesar suyo,
sobre el paisaje brusco de lo eterno.

Ninguna ala se abría.
Nada se marchitaba.
El sol brillaba siempre en el cenit.
No existían la aurora ni la noche.
La rosa era la estatua de la rosa.
El tiempo
estaba suspendido
como una catarata congelada.

Y regresé con efusión a ti,
oh paraíso fiel de lo imperfecto,
tierra donde las horas
dan sombra todavía, valle humano
donde aún se equivocan las luciérnagas,
mundo en que todo pasa y se transforma
y vuelve a cada instante a ser lo que era...

Y bendije el crepúsculo. Y sentí
qué perdón del estío es el otoño
y qué premio del canto es el silencio.
Agradecí a mi cuerpo sus defensas:
el olvido, el cansancio, la vejez.

94

¡Y comprendí tu dádiva infinita,
oh paraíso fiel, muerte segura!

¿SUEÑO?

UNOS tejían redes.
Otros hacían cántaros.

La vida, en aquel pueblo,
obedecía en todo al lago amargo
que le daba su nombre y su destino.
El tiempo se escapaba con los peces.
Y, para detenerlo, eran las redes.
Se bebía tan sólo agua de lluvia.
Y, para conservarla, eran los cántaros.
Por eso,
a través de los meses,
unos tejían redes,
y de padres a hijos, sin descanso,
otros hacían cántaros.
Redes de oro, sí, redes tan leves
que nadie las veía, en el verano,
cuando los pescadores las tendían
a gotear las sales de la noche
sobre los trigos ásperos.
Y cántaros tan hondos, ay, tan hondos,
que el corazón se hacía, al verlos, barro:
doloroso a la sed, sediento él mismo,
¡doloroso y sediento barro humano!

Y, a pesar de las redes, se iba el tiempo.
Y, a pesar de la lluvia, se secaban los cántaros...

Mientras dure la vida
en aquel pueblo, junto al lago amargo,
continuarán los hombres
unos tejiendo redes,
otros haciendo cántaros
—hasta que un día el tiempo
no pueda ya escapar de entre esas redes,
¡hasta que un día el llanto de la tierra
llene por fin los cántaros!

CANTAR

OTRA mañana se ha abierto
sobre el huerto del alcor:
a la estrella reemplaza la flor.

¡Cómo, cielo, tornasolas
el aire y el pensamiento,
y das a cada momento
—entre pétalos y violas—
la luz propia y necesaria:
de esmeralda en la araucaria
y de rubí en el clavel!
Toda el alma se ha hecho vergel.

La noche estuvo tejiendo
con hilos de luna helada
esta hora meditada
que recojo y no comprendo.
¿Es fragancia o melodía,
sabor o color del día?
Presencia del alhelí:
¡con qué gracia me dices que sí!

Pero la sombra ha quedado,
secreta semilla oscura
de la mañana madura
bajo la luz sin pecado,
como en la carne del fruto
el hueso de lo absoluto:
eternidad en prisión...
Los minutos no son lo que son.

Y al sentirte, alba fingida
con tantas penumbras hecha,
sube a mi boca una endecha
y una enseñanza a mi vida.
Nada con la aurora empieza.
Lo que sigue es la tristeza,
aunque le cambie el color:
a la estrella reemplaza la flor.

ESTRELLAS

No ES cierto, octubre, aunque lo digas
con la más persuasiva de tus voces.

No es cierto. Las estrellas
no nacen de la noche.

La noche,
en su infinita sombra, las desnuda.
Y el alma las comprueba, como letras
de un testamento escrito, desde hace muchos siglos,
con quién sabe qué tinta de huellas invisibles
para los que no ven sino de día...

El corazón tiene también palabras
que no brotan del miedo y de la angustia,
que están en él —desde la aurora eterna—
pero que sólo se oyen en la pena.

Y muchos, como tú, cielo de octubre
—tan claro entre las fuentes y los bosques—
piensan, al descubrirlas,
que esas palabras nacen de la noche,
que son dolor, congoja proclamada...

Sin embargo,
cuando las escuchamos en la cima del tiempo,
¡cómo nos damos cuenta
de que las pronunció lo que creímos
júbilo, amanecer, ternura, canto,
caricia, orgullo, amor, promesa, dicha!

Acaso las que hoy nos parecen más tristes
son las que fueron hechas de esperanza,
¡en una de esas horas
en que la vida, hasta los bordes,
se colmó de alegría!

POESÍA

MIENTRAS callas, escucho
lo que jamás tu voz podrá decirme,
porque entre tu palabra y tu silencio
hay la misma distancia
que entre la idea que se forma un ciego
de la luz y la luz, la nunca oída.

Hablas sin velos, manifiestas todo
lo que de ti conoce el pensamiento,
pero callas con todo lo que eres
y con lo que ya fuiste y con la aurora
de lo que, sin saberlo, vas a ser.

Más aún... Cuando callas
un pueblo calla en ti, calla una raza;
pues en tu voz se expresan los instantes,
pero —en lo que no dices— está hablando
una patria sin tiempo ni fronteras.

Ahora que padezco, deja que oiga
lo que, a través de ti, me promete aún la vida.
Toda la eternidad está presente
en esta hora muda
¡porque si tus palabras son a veces poemas,
tu silencio, sin más, es poesía!

MEDITERRÁNEO

Estatua junto al mar, hora de mármol
frente a una sucesión de olas de siglos,
límite a lo inefable,
frontera entre lo humano y lo inhumano,
piedra en que acaba el mundo
de los años labrados a cincel,
¿hacia qué eternidad tiendes los brazos,
último testimonio de la tierra,
estatua, contra el viento innumerable?
Contigo empiezo a ser; en ti principian
la conciencia y la historia, el duro idioma
de los paisajes verticales,
la voz tallada en verso,
la luz civilizada del vitral,
el bronce de los pórticos,
la aldea, la ciudad, la tribu, el pueblo;
todo mi orgullo de hombre —y también, toda
la angustia que ese orgullo impone al hombre:
la dicha inexpiable,
el deber de forjarse en cada instante
y de exaltar la vida, como tú,
¡en el confín de lo creado,
donde nos cerca —espuma— lo infinito!

Estatua junto al mar, única hermana
en esta soledad de arena y roca,
¿qué ruta me señalas,
qué juventud me ofreces,
qué libertad me ordenas,
desde la plataforma en la que, un día,
te levantaron manos religiosas,
allí, sobre ese cielo
que para interrogarte hizo la noche
y para comprenderte hizo la aurora?

Estatua sola y nunca desolada,
roída por la sal de un llanto inmenso
y, sin embargo, intrépida, incansable,
soñada por el hombre, hija del hombre,
hecha para esperar naves de hombre
y para bendecir victorias de hombre,
diosa de un templo ausente,
porque cada viajero lo construye
pero en su alma, estatua, frente a ti.

A tus pies me arrodillo, sombra exacta
de un ser que acaso nunca estuvo preso
en cárceles de músculos y arterias,
y que sólo en el mármol encarnó.
Bajo tus manos pongo mi esperanza,
último testimonio
de un pueblo que a pesar de estar ya muerto
me afirma aún en mi ansiedad terrestre
y, desde el polvo de sus tumbas, me habla
con el silencio intacto de tu boca.

Y miro el mar que te amenaza en vano
y toco el sol que en vano te fustiga
y oigo el aire silbar entre los pliegues
de tu veste obediente a un soplo extraño;
y recuerdo las horas que vacié,
como ánforas sordas, sobre el lodo;
y los días que puse, como redes,
a secar sobre ramas de impaciencia;
y las noches, desnudas como espejos,
en que no supe detener la vida...

Y te pido perdón de haber dudado
del hombre entre los hombres,
estatua junto al mar, presencia clara,
¡piedra en que empieza el mundo
de la verdad ganada sobre el tiempo!

REGRESO

TODAVÍA existes, alondra;
aunque del día que proclamas
no volveré a gozar jamás.

Una vez, dicha, me esperaste.

Todo en el alma era promesa,
todo en el bosque era solaz;
pero en el bosque nos perdimos
y al que esperaste en vano entonces
nunca de nuevo esperarás...

¿De quién eres hoy, primavera?

Hundo mis manos en tus fuentes
y lo que antaño era caricia
es agua y frío y nada más.
No hablamos ya el antiguo idioma.
Nos comprendíamos sin vernos.
Hoy sólo sé que otros te entienden
y que, más tarde o más temprano,
también para ellos pasarás...

Alondra, dicha, primavera,
nadie dos veces las disfruta.
Nadie las repite jamás.

SOLIDARIDAD

No sé cómo se llama,
ni en qué país existe.

Y, si pudiera oírlas,
no entendería sus palabras...

Pero siento
que su presencia súbita me acusa.
Es él... Un ignorado
a quien, acaso, nada añadiría
el que supiera yo poner un nombre
sobre los rasgos lentos
del rostro inmaterial con que se anuncia.

Un hombre nada más. Sin voz. Sin raza.

Un hombre que se yergue
frente a mí: lacerado, inerme, frágil.
Y, sin embargo, invulnerable a todo
lo que a todos nos hiere en carne y hueso.

Un hombre al que jamás he conocido
y del que debo responder, no obstante,
como del caminante atropellado
en una carretera tenebrosa.

No sé cómo se llama.
Pero sé que está hecho
de todas las piedades que no tuve
para los hombres que de mí esperaban
una mirada de consuelo,
una palabra de confianza,
o la dádiva, al menos,
de una mano tendida honrosamente.

No sé en qué tierra vive.
Pero sé que el país en que sus plantas
avanzan hacia mí
es tierra de mi patria verdadera.

Y lo llamo, sin nombre, y me avergüenzo...

SAETA

Guardóme en su aljaba...
Isaías, 49

TENME presente en medio de la lucha.
¡Para la redención, pónme en tu aljaba!

Porque en mí todo ha sido
una saeta vana,
de tanto estar previéndote, herrumbrosa,
y, contra olvidos y ocios, despuntada.

Pero, ahora que estoy conmigo a solas,
siento que la desgracia

la está aguzando en mí, como en los días
de las horas más altas.

Y la toco, sin verla, y me arrepiento
de tenerla guardada
desde hace tanto tiempo en mi destino.
Y espero aún el arco fuerte y justo
que sepa dispararla
en el fragor de la última batalla.

Con ella irá mi alma
a la paz y al amor sobre el incendio.
Dará vida y no muerte a quien la encuentre.
Acertará si deja
un perdón en el odio que ilumine.
Su herida será beso entre las llamas.

Ténme presente en medio de la lucha.
¡Para la redención, pónme en tu aljaba!

CIVILIZACIÓN

UN HOMBRE muere en mí siempre que un hombre
muere en cualquier lugar, asesinado
por el miedo y la prisa de otros hombres.

Un hombre como yo: durante meses
en las entrañas de una madre oculto;
nacido, como yo,
entre esperanzas y entre lágrimas,
y —como yo— feliz de haber sufrido,
triste de haber gozado,
hecho de sangre y sal y tiempo y sueño.

Un hombre que anheló ser más que un hombre
y que, de pronto, un día comprendió
el valor que tendría la existencia
si todos cuantos viven
fuesen, en realidad, hombres enhiestos,
capaces de legar sin amargura
lo que todos dejamos
a los próximos hombres:

el amor, las mujeres, los crepúsculos,
la luna, el mar, el sol, las sementeras,
el frío de la piña rebanada
sobre el plato de laca de un otoño,
el alba de unos ojos,
el litoral de una sonrisa
y, en todo lo que viene y lo que pasa,
el ansia de encontrar
la dimensión de una verdad completa.

Un hombre muere en mí siempre que en Asia,
o en la margen de un río
de África o de América,
o en el jardín de una ciudad de Europa,
una bala de hombre mata a un hombre.

Y su muerte deshace
todo lo que pensé haber levantado
en mí sobre sillares permanentes:
la confianza de mis héroes,
mi afición a callar bajo los pinos,
el orgullo que tuve de ser hombre
al oír —en Platón— morir a Sócrates,
y hasta el sabor del agua, y hasta el claro
júbilo de saber
que dos y dos son cuatro...

Porque de nuevo todo es puesto en duda,
todo
se interroga de nuevo
y deja mil preguntas sin respuesta
en la hora en que el hombre
penetra —a mano armada—
en la vida indefensa de otros hombres.

Súbitamente arteras,
las raíces del ser nos estrangulan.
Y nada está seguro de sí mismo
—ni en la semilla el germen,
ni en la aurora la alondra,
ni en la roca el diamante,
ni en la compacta oscuridad la estrella,
¡cuando hay hombres que amasan
el pan de su victoria
con el polvo sangriento de otros hombres!

103

NOCTURNO

Como el olor del cuarto
en que la noche aprisionó hace tiempo
una lenta agonía
de cirios y gardenias,
cuando entro en mi alma
me rodea de pronto un gran silencio
de músicas exhaustas
y de rostros cansados ya de verse
en espejos de azogues desteñidos.
Es el luto de un ser que, por espacio
de meses y de años,
aguardó inútilmente
que alguien descorriera las cortinas
y sobre el cielo matinal abriese,
un día, las ventanas...

Como el barniz marchito de un retrato,
me devuelve tan sólo el pensamiento
un póstumo reflejo de mí mismo:
el eco de la sombra que tendré
bajo la antorcha de otra tumba.

Como la rosa disecada
entre las hojas de un breviario,
con todos los colores que encendió
abril sobre sus pétalos,
la juventud perdida
ha pintado su ausencia en el papel
de esta oración que no repite nadie
—y en cuyos versos duros
me afirma, sin embargo, y me prolonga
una verdad nacida de la muerte.

LA PUERTA

¿Quién me lanzó este dardo de obsidiana
y lo clavó tan hondo en mi retina?
Desde entonces avanzo entre la noche.
Es noche cuanto palpo y cuanto escucho.
Contra muros de noche me tropiezo
¡y nadie me responde cuando llamo a esos muros!

Fue, primero, un relámpago siniestro;
luego, una estrella de odio, roja y clara;
luego, el caer de un mundo
deshecho, ceniciento, apolillado
donde las llamas eran astillas de otras llamas...
¡ Y más de prisa que el incendio
progresaba el naufragio de lo negro
hasta llenarme toda la mirada
como un mar silencioso y absoluto!

La noche estaba en mí. Yo era la noche.
Eran noche mis brazos y mis dedos;
noche mi corazón estremecido,
y lo que caminaba por mis venas
era noche y no sangre, espesa noche.

Entonces supe al fin qué gran desierto
es el cuerpo de un hombre abandonado;
por qué la madrugada es un perfume
y los atardeceres son presencias
que no anuncian la noche ya, en la noche.

Y a fuerza de buscar entre la sombra
hallé una puerta sólo... O, tal vez, sólo
la idea de una puerta.
Era algo informe, oscuro, y, sin embargo,
transparente al oído; algo cerrado
que parecía hecho para abrirse.
Y detrás de esa puerta hablaban seres.
En sus voces mi nombre resonaba.
Por lo que se decían
comprendí que aprobaban mi silencio
y que, para ellos solamente,
era mi noche luz, mi muerte vida...

Y perdoné a la noche porque, al menos,
ella, la insobornable, me había transportado
—como ninguna aurora supo hacerlo—
hasta la puerta oscura
tras de la cual me aguardan mis hermanos.

ESTELA

DENTRO de mí te llevo,
semilla de un silencio tan maduro

que, en el canto más puro,
solamente me atrevo
a imitar de tu voz el fruto nuevo.

Tan al fondo cautiva
de lo que soy ahora permaneces
como, en la noche esquiva
en que sin pausa creces,
la aurora oculta y sin embargo activa.

Aurora de un mañana
que no será de ti, de mí tampoco,
y en cuya luz cercana
—pero invisible— un poco
de tu presencia irrealizable emana.

Presencia que no advierto
sino en las horas en que no la busco,
cuando sueño despierto
o cuando el golpe brusco
del corazón me anuncia que no has muerto.

Porque, a todos inerte
y sólo en mí terriblemente erguida,
necesito perderte
para encontrar tu vida
y abandonar los ojos para verte.

Te niego si te llamo,
ay, y si te recuerdo te destruyo;
pero el último tramo
del tiempo en que te huyo
cuanto me aleja más me hace más tuyo.

La incertidumbre, el hielo
del invierno interior en que te escondo,
la música del cielo,
la soledad sin fondo,
la tregua entre el hastío y el anhelo;

todo lo que sería
una razón de amarte si existieras:
el cuerpo que porfía,
las pálidas praderas
donde renuncia a perpetuarte el día;

todo lo que empezaste
y que, con sólo ser, cumplo y termino:

la ilusión que dejaste
como copo de lino
en la rueca del tiempo que olvidaste;

la palabra incompleta
que no acabó tu boca de enseñarme
y que, ahora, me inquieta
porque sé —al escucharme—
que, en mi boca, tú eres el poeta;

la difícil dulzura
que, como abejas lúcidas, los días
labraban en la oscura
prisión en que latías,
convirtiendo las penas en ternura.

Todo lo que no fuiste
y lo que fuiste y lo que principiaste,
secretamente insiste
en la muerte que ansiaste
y prolonga la vida que me diste.

DIAMANTE

DIAMANTE contra diamante,
la luz con la luz talló
este lado del instante
en que principio a ser yo.

¿Fui?... Tal vez. Pero en la arista
que me aparta más de mí,
para que el tiempo persista
debo olvidar cuanto fui.

Dureza contra dureza
y pasión contra pasión,
lo que voy a ser empieza
donde acaba mi ambición;

pues, si comienzo, me obligo
—como el diamante— a cortar
en mí propio a un enemigo
que no existe sin testigo
y muere para brillar.

PORQUE TODO POEMA...

PORQUE todo poema
es un pacto de paz entre los hombres
y tú, desde los campos en que vives,
respondes a ese pacto,
con un signo de alianza, el arco iris;
porque tus versos son los surcos
de la tierra en que dejas
esa inmensa metáfora —la siembra—
como una exhortación, como una ofrenda,
trazo estos lentos surcos para ti.

Más por maestro de mi corazón
que por alumno de mis experiencias
te reconozco, profesor de vida,
doctor en ciencia de renunciaciones,
pobre hermano mayor para el que el mundo
es una gran verdad de polvo y cielo.

¿Qué valen los misterios que te explico
junto a la profesión en que me adiestras:
la de aceptar el tiempo
en su constante realidad diversa
y perdonar la espina por la rosa,
la noche por la estrella
y el nacimiento mismo por la muerte?

¡Enséñame a leer, analfabeto,
en el abecedario de esas fuerzas
que sólo dan al hombre
siglos de abnegación ante el destino!

MILLARES

YA SOMOS hoy millares,
millares de millares, vigilando
en las fronteras arduas de la noche.

Cada uno pronuncia
un nombre solamente: el de su orgullo.

Lo llama juventud, gloria, promesa,
o desdén, inquietud, desesperanza.
Muchos pueden medirlo: es la tierra que aran.
Muchos pueden contarlo: es el sueño que sueñan.
Muchos ya no lo miden ni lo cuentan.
Lo llevan en sí mismos, siempre oculto.
Es su obsesión, su úlcera, su angustia.
Condenados a vida, organizan su muerte.

Y cada cual combate
por un enigma al que infligió su forma.

¡Patria interior, pequeña como el mundo
y grande como el alma!
¡Patria sin litorales
que transmite el que parte al que principia
como un estandarte, siempre intacto
y siempre amenazado!

¿Qué somos? ¿Para qué nos vigilamos
en todas las fronteras de la noche?
¿Cuándo se afirmará nuestra victoria?...

Y cada quien la nombra como quiere.
Y cada quien la obtiene, sin saberlo,
para una humanidad desconocida.

¿QUIÉN VIVE?

Esta voz que pregunta
"¿quién vive?" en el destierro de la noche
o en la isla solar del mediodía;
esta voz que pregunta
"¿quién vive?" al que no sabe cómo vive,
ni quién es el que vive,
ni qué es lo que vive,
pues otros son quienes lo inventan,
otros quienes están viviendo en él...

Esta voz que pregunta
"¿quién vive?" mientras muere el que no tiene
sino una cosa al fin del todo suya:
la muerte que le dejan los demás...

Esta voz que pregunta, noche y día,
¿qué pretende? ¿qué es? ¿a quién denuncia?

¿Eres, destino, tú quien interrogas?
Entonces ¿con qué fin? ¿qué estás queriendo
que te digamos en nuestra ignorancia,
si —para responderte—
tendríamos, primero,
que saber en verdad quién vive en ti?

FUENTE

CIERTA fuente se ha callado,
no sé dónde ni por qué.
Pero que calla sí que lo sé.

Era una voz generosa
de agua clara al pensamiento,
que daba música al viento
y transparencia a la rosa.
Para dialogar con ella
resplandecía la estrella
y cantaba el corazón.
Y una y otro tenían razón.

De lo eterno procedía...
y era nueva a cada instante,
como la luz del diamante
y el ser cambiante del día.
Con su latido profundo
medía la edad del mundo
y, en su blando amanecer,
empezaban apenas las cosas a ser.

Fuente diáfana, poeta
de la noche cristalina,
pulsación de agua en sordina,
alegría tan secreta
que la juzgaron sollozo,
¿por qué enmudeciste, gozo,
que desde la infancia oí?

Algo callas, ahora, de mí.

ASESINATO

¡Con cuánta obstinación, en el silencio
de la casa vacía,
llamaba sin descanso lo invisible!

La soledad sangraba. Era el teléfono.

¿Qué huérfano, qué viuda
—ignorantes aún de su desgracia—
pretendían hallar una presencia
en esa soledad, un padre muerto,
un esposo perdido, y reiterarles
—desde otra ciudad, desde otro clima—
un consejo, un fervor, una esperanza?

Toda la casa era
una contestación amordazada.
Los retratos, las lámparas, los muebles
querían declarar por el ausente.
Y era tal la insistencia
del llamado patético en la noche
que el silencio se hacía responsable,
como si fuera
un acto voluntario, el "no" violento
de un ser oculto, irónico, imperioso,
que estuviese matando
otra vez al ausente en ese mundo
—luminoso quizá— que lo llamaba,
desesperadamente, por teléfono.

CABALLO

Ya nada más tu sombra
se encabrita al recuerdo de los látigos.

Ya nada más tu sombra
sale de ti, asustada, cuando la noche te inventa,
caballo muerto.

Pero tú,
lo poco de ti que duerme bajo este galope oculto,
¿qué sabes del sol, del aire, del frío de las espuelas?

111

No pienses.
No sueñes ya en esos niños de plata que te montaban.

No creas ya en esa luna.

¡Qué lento es cambiar ahora de preferencias, de gustos!
Si ya no puedes decir
de qué lado de la noche te duele menos la muerte...
Ni tus orejas elásticas.
Ni la serpiente de tu cola negra.
Nada.
Sólo tu sombra, ensillada.

MAR

UNA VEZ más sobre la arena escribes,
mar, tu dedicatoria interminable,
y de tus soledades infinitas
te despojas de nuevo, para ser
una línea no más frente a la tierra:
un solo verso inmenso
que no cierra jamás ninguna estrofa,
un arco de cristal siempre tendido
—y siempre diferente—
que nunca lanza la postrer saeta.

¿A quién dedicas, mar, tu obra incesante
y por qué, a cada triunfo, la transformas
y le añades un ay, un adjetivo,
una ola más diáfana o más tersa,
una risa, una cólera, a veces una lágrima?

¿Qué es lo que nos pides
cada vez que pareces expresarte
—y que no acabas nunca por decirnos?
¿Cómo insistes en ser lo que no eres
—línea, verso, cristal, frontera clara—
tú de quien las tinieblas son eternas?
Minuto quieres ser, tú que eres tiempo;
descanso y paz, tú que eres fiebre y lucha,
silencio tú que en todo eres clamor.

Y te miro, y me escuchas, y los años
pasan entre nosotros sin unirnos.

Y somos dos preguntas
que acaso se responden mutuamente,
pero que no sabrán jamás por qué...

EL GRAN CAÍDO

JUNTO al tronco aserrado,
miro el árbol inmenso, el gran caído.
Y no pienso, al mirarlo,
en la sombra que ayer enarbolaba
como bandera oscura del verano,
ni en el destino de las iniciales
que, en su corteza áspera, grabaron
amantes satisfechos de jurarse
eternidad bajo su eterno olvido;
ni siquiera en el hueco
que dejará su ausencia en este campo
habituado a su sed, a su egoísmo,
y también a su dádiva, en otoño,
a su oro mortal, fecundo y libre...

Junto al tronco aserrado, pienso ahora
en la mano que vino
a destruir de pronto, entre las hojas,
la hipótesis del nido,
la promesa del canto, el puerto aéreo
que una ciudad de pájaros había
previsto ya en su ramas impasibles,
la confianza del hombre
que solía medir por su presencia
las leguas que separan
el surco de la iglesia,
y la resignación, de la plegaria.

Un porvenir que no era solamente
el porvenir de un árbol derrotado
yace con él, se pudre con sus hojas.
Lo pisan los caballos sin mirarlo.
Lo devoran sin hambre las hormigas.
Es polvo —no de ayer—; polvo de un tiempo
que no marcan aún los calendarios.
Niega lo que no empieza.
Mata lo que tal vez no nace aún.

Un árbol aserrado, un hombre muerto
son más que sus cadáveres. En ellos
sepultaremos siempre
no un pasado de árboles y hombres,
sino una parte nuestra, irreemplazable:
lo que pudieron ser, para nosotros,
en el futuro que con ellos muere.

EN UNA TUMBA DE AMÉRICA

MANOS sin miedo, manos
hechas para cerrar, noche tras noche,
los párpados del sueño sobre el mundo
te cubrieron la frente
con la diadema de astros invisibles
que iba a permitirte prolongar
tu obstinación de rey inevitable,
esqueleto de un pueblo
confiado a la memoria de piedra de la muerte.

Lenguas sin pausa, adictas
al amargo sabor de la ceniza
que dejan en la boca las sílabas extintas,
te prometieron una raza nueva,
mientras siervos hieráticos
enlazaban con vínculos rituales
a tus pies de cacique
las sandalias de olvido que llevan sin reposo,
a través de los siglos, a los muertos...

Ojos de mármol, fijos
en el frío creciente de tus ojos,
esperaron
que el invierno se hiciera en tu semblante
para poder medir tu muerte entera,
príncipe interminable,
cabeza de una tribu sepultada
—con todos sus enigmas—
en la roca más honda del recuerdo.

Raíz entre raíces,
hueso entre huesos, rey, bajo la fría
lápida en que tu efigie persevera

¿qué sacerdote puso
esa hostia de jade entre tus dientes,
viático de silencio
para la vasta expedición nocturna
que realizas, sin nosotros,
por el azul de tus cosmogonías?

Astrólogos lampiños
ciñeron a tus dedos moribundos
anillos que resultan hoy tan grandes
para la dimensión de tu esqueleto
como para nuestra verdad de hombres fugaces
tu vasto Continente
coronado de garzas y de estrellas.

A dos pasos de ti, camina el bosque.
Una nación te continúa;
pero los que te hablan
usan —ahora— de un idioma extraño,
escuchan músicas lejanas,
llegan por rutas de aire a visitarte
y no saben qué angustias dominaste,
ni por qué dios moriste,
y te inventan —a ciegas— un destino.

Pero a ti volveremos,
desnudos como tú, súbditos tuyos
de nuevo, cuando el tiempo nos despoje
también de esta mentira de la historia,
rey de cuencas vacías,
monarca interminable
descubierto entre antorchas,
al pie de una escalera
en que cada peldaño era un abismo
y cada eco una pregunta
y cada paso más una respuesta...

¡Jefe sin nombre, pero rey sin tregua!

UN HÉROE

YA SE habrán apagado todas las lámparas de la iglesia
en los ojos de la lechuza

y las crines de los caballos
habrán incendiado, al huir, todas las salidas del bosque
—poeta de la bayoneta calada—
cuando la luz de ese día que principia del otro lado del mundo
te sorprenda, en mitad del campo,
con un grito inmóvil, mordido por la boca sin congelar.

Junto a las mazorcas acribilladas,
a unos cuantos centímetros
de la fuente que el cielo recobra todos los días,
en la majestad de la madrugada que sólo tú no interrumpes,
¡qué difícil le ha de parecer a tu alma
distribuir este año sin estaciones,
esta eternidad sin semanas, ni cuartos de hora, ni siglos
este minuto de bronce!

La última orden fue: "¡Pecho en tierra!"

Creedlo sin más preguntas de vuestros pájaros,
maizales de lacias hojas, aldeas, volcanes, bosques,
este laberinto de músculos y de huesos
en que la sangre no sabe ya cómo endurecerse
y la voz se anuda a la lengua para no hacer pedazos el cráneo,
tuvo también su administración de telégrafos
y sus cinematógrafos y sus aulas
y su salón de conciertos donde una orquesta invisible
está ejecutando, ahora, la Pastoral.

Pero no lo compadezcamos.
Una yegua ha pasado sobre su cuerpo.
Un gorrión se mira en el agua de su bayoneta desnuda.

La última orden fue: "¡Pecho en tierra!"

Pecho en tierra, en mitad del campo,
con un grito inmóvil, mordido por la boca sin congelar...

CLÍNICA

Estamos aguardando
—en esta sala abierta al viento huraño—
que nos reciba el médico increíble.
Nadie ha visto jamás su rostro enmascarado.
Nadie sabría pronunciar su nombre.

Tan sólo, por momentos,
de espaldas a la puerta,
escuchamos la voz con que repite:
"—Entre usted con cuidado. La noche empieza aquí."

Unos están sentados. Ven las cosas
como se ven las rejas de una cárcel.
Otros cierran los ojos para oír el reloj
que avanza sin descanso hasta su muerte.
Otras se han acercado a las ventanas.
Miran lo que recuerdan. Son mujeres.
Otros son niños solos, arrancados
a quién sabe qué juegos transparentes,
huérfanos de un país de ángeles ciegos.

Envejecemos todos en silencio.
Y, como el pasaporte
de una patria distante,
al llegar a la aduana de una nación en guerra,
todos secretamente nos buscamos,
en lo oscuro del ser, la oscura llaga...

Porque hemos venido
de todas las edades y los sitios,
de todos los idiomas y los pueblos,
con una llaga de hombre —bien cubierta,
bajo vendas de amor o de mentira—
hasta la sala inmensa
en la que nadie anuncia al visitante,
salvo una sombra más entre la sombra.

De vez en cuando, sale
por la puerta implacable, un compañero.
Hasta ahora, ninguno ha vuelto nunca.
Y, aunque no nos contamos
—y aunque han pasados muchos—
tenemos la impresión de ser los mismos.

Sabemos que la vida no ha cesado
porque sigue el desfile... Sin embargo,
nada altera la luz,
y todo, en las ventanas, manifiesta
la inútil impiedad de un cielo inerte.

Cada uno se toca, gravemente,
bajo la frágil venda,
en lo oscuro del ser la oscura llaga.

Su historia es nuestra historia.
La hemos cultivado como un arte,
como una vocación, como una llama.
"¿Estará a punto ya?" nos hemos dicho.
¡Y venimos, ansiosos, a enseñarla!

Algunos —los más serios, los más tristes—
parecen todos una pura llaga.
Bajo la venda fiel, se les ve el alma...

¿Cuándo será el minuto
en que nos llame el médico sin nombre?
¿Hasta cuándo, incurables,
seguiremos aquí, solos y juntos,
aguardando en silencio nuestro turno?

DIALOGO

No ME preguntes más. Oye la noche.
Oye la noche en ti... ¡Qué gran respuesta!
¿Conseguirían dar labios de hombre
una respuesta igual? Voces mortales
que pasan engañándose a sí propias,
mintiendo para ser, diciendo "siempre"
cuando todo en la vida nos enseña
que "siempre" es un desierto
donde nadie jamás entró de pie,
¿sabrían persuadirte
mejor que este silencio prodigioso,
este equilibrio de orbes justicieros,
esta balanza muda en que la estrella
no pesa más que el lirio —o que la ausencia
de un solo ruiseñor en la enramada?

No me preguntes más. La noche piensa
por nosotros mejor, y te responde
como nunca mi angustia lo podría.
Óyela meditar... ¡Cuánto resume
su clara inteligencia tenebrosa!
El arroyo que, al sol, es prisa y salto
es, en la noche, paz de agua aceptada.
La nube que es, al sol, odio y escudo
es párpado de astros en la sombra,

y el alma que, de día, nos combate
es, con la oscuridad, tregua del mundo.

No me preguntes más. Óyeme en ella,
en la noche en que soy al fin yo mismo
—sin edad, sin recuerdos, sin palabras—
por fin reconciliado
con el niño que fui, con el adulto
que me figuro ser y con el muerto
que ya en mi carne empieza a construirse.
Óyeme en ella, como en ella escucho
lo que jamás tu boca me dirá:
esa verdad que un ser lleva consigo
sin saber que la lleva y que lo alumbra
por dentro, como un vaso de alabastro;
esa luz que tan sólo
podemos contemplar cuando cerramos
los ojos a la tierra,
bajo el perdón inmenso de la noche...

LÁMPARA

ALMA fiel, lámpara sola,
en las tinieblas enhiesta,
¿te consumes porque alumbras,
o alumbras porque te quemas?

Quisieras, para durar
hasta la mañana incierta,
un aceite menos vivo,
una sed menos severa,
una más delgada llama,
una combustión más lenta...

Y te engañas, pues tu fuego
es fuego de leña seca:
la hoguera que enciende arde
y se apaga toda entera.

Alma fiel, lámpara sola,
en las tinieblas enhiesta,
resígnate a ser lo que eres,
entrégate sin reservas,

estremécete sin pausas
y consúmete sin tregua.
No te quemas porque alumbras...
¡Alumbras porque te quemas!...

AL HERMANO POSIBLE

I

HE SIDO. Soy. ¿Seré?... ¡Qué orgullo vano!
Otros serán por mí. Cuanto procuro,
otros lo alcanzarán, porque a mi mano
nada —ni aun el dolor— llegó maduro.

La fe que puse en el fervor humano
y en la eficacia del esfuerzo puro
acaso tú la expreses, lento hermano
que labras, con mi ausencia, tu futuro.

Acaso tú, de quien no sé ni el nombre
porque tan sólo en nieblas te presiento,
concluyas la experiencia interrumpida.

¡Y, al consagrarla al fin en monumento,
acaso te preguntes de qué hombre
fue cumplimiento y redención tu vida!

II

COMO tú te hallarás, me hallé a menudo
siempre a la orilla de la obra hecha,
entre el arco y el blanco, sorda flecha
que sólo suena al dar contra el escudo.

Como tú te verás, me vi desnudo
en la hora final de la cosecha,
cuando todo en el triunfo nos desecha
y al tajo nada más se rinde el nudo.

Porque yo, como tú, frente a la gloria
del alba entre gemidos conquistada,
me interrogué: ¿Quién lucha en mi memoria?

¿Qué brazo combatió con esta espada?
¿A quién le pertenece esta victoria
que para mí no estaba destinada?

III

YA NADA entonces te dirá que he sido
—¡ni esta voz sin rescate en que me entrego!—
pues sólo para mí seguirás ciego,
hermano indispensable y desvalido.

Como yo aquí mi corazón te lego,
a otro —como tú, desconocido—
ofrecerás tu ánfora de olvido
para que en ella apague un santo fuego.

Te pensarás en él, cuando despierte
tu alma al sol del día recobrado
y él te afirmará sin comprenderte,

porque frente a los dos se habrá cerrado
el mismo río de la misma muerte.
Y para un agua así no existe vado...

SIN TREGUA

Caminando sin tregua en torno de la noria
para beber, un día,
el agua lenta y dura del desierto...

DEDICATORIA

Todo *el año, contigo, es primavera*
y todo el día —hasta el ocaso— aurora,
pues rosa inmarcesible y luz sincera
se ganan duramente, hora tras hora.

Pasó la edad en que la vida entera
parece un blando y repentino ahora.
Y vemos hoy la dicha verdadera:
del llanto emerge y, sonriendo, aflora.

El vago abril que el tiempo nos depara
si con los días va, con ellos huye.
Lo conocemos sólo por su ausencia.

Pero la juventud que se construye
sobre la madurez de un alma clara
crece conforme avanza la existencia.

REPARACIÓN

De la arena del tiempo, removida
quién sabe por qué viento en la memoria
surgen cúpulas níveas, templos muertos,
murallas espontáneas,
horas que fueron torres: monumentos
que sólo existen hoy porque los ojos
que un día los miraron, existieron.

Legiones implacables,
estrellas como espadas, inauditas,
templadas en el frío inmenso y puro,
arados destructores como siglos,

pasaron sobre todo lo creado
—y fue, durante años, en mi alma,
la vida un gran desierto
y el tiempo arena, en vano arrepentida.

Estatuas destronadas, los minutos
rodaban sin rumor por los peldaños
de una blanda escalera, sorda y lenta.
Vacíos de sentido, los deseos
se alzaban sobre el cielo inevitable
como rotas columnas
ansiosas de encontrar sus capiteles...

El tiempo era de arena. Y, en la arena,
las huellas duran lo que el viento quiere.

Pero ¡cómo, de pronto, se levantan
—surtidores de mármol— los recuerdos!
¡Qué alto minarete el de la aurora
desde cuyo balcón descubrí el mundo
y no lo vi mayor que mi conciencia!

Ante ese altar sufrí. Tras esa puerta,
oí pasar ejércitos vencidos.
Y en esta fuente seca está cantando
el corazón de un manantial extinto...

De nuevo en piedra se condensa el polvo.
Prevaleció la vida sobre el tiempo.
Pues de cuanto viví nada fue nunca
tan mío y verdadero
como lo es, ahora, entre playas de arena,
esta blanca ciudad resucitada
porque lo quiso el viento:
el viento que a la vez hiela y abrasa,
el que alumbra y deslumbra al mismo instante,
el viento de la última justicia,
¡el viento del desierto!

MAREA

¿QUÉ AGUA incontenible,
qué ola hecha de lágrimas profundas
alza, de pronto, el mar de este momento?

Como una barca anclada entre las barcas,
al golpe de la ola el alma gime
y siento que el destino está pendiente
de la cuerda que ata
la barca estremecida al fondo oscuro
donde se obstina el ancla.
El nivel de la tierra no ha variado.
La noche sigue inmóvil.
Pero, en el mástil de la barca izada
por la oculta corriente dolorosa,
cuelga ahora una estrella
que no hubiera creído tan próxima y tan blanca. . .

Entre el ancla y la barca el agua crece.
Sobre el llanto invisible asciende el alma.

INVIERNO

En el nevado umbral, el primer paso. . .

¿Hacia qué paraíso
artificial, eléctrico, impaciente,
se dirige ese paso —y no persiste,
adelanta en la noche— y no se atreve?

¡Sería tan hermoso
rendirse al claro, al infinito invierno,
que nos llama en la sombra y nos sorprende!

Entrar, como en un alma persuadida,
en esta blanda inmensidad silente;
abrir la puerta al viento
y encontrarse en la paz de un mundo leve
donde los astros más inexorables
parece que sin tregua se disuelven
y ruedan por las ramas, gota a gota,
en lágrimas de estrellas indulgentes.

¿Por qué razón imaginar futuros
sobre el presente cauto de la nieve?
¿Por qué buscar un falso paraíso
donde la noche deje
de ser al fin la gran pregunta blanca,
la vasta indagación profunda y tenue,

a la que el hombre no contesta nunca
por no tener que contestarla siempre?

Y nos quedamos solos, contemplando
el primer paso en el umbral de nieve...

SIN TREGUA

HASTA el fin, hasta el fin de lo probable,
más allá de lo visto y de lo oído,
traspuestos ya los mástiles del tiempo,
en el arduo confín donde la estrella
—extinta hace mil años— fulgura todavía:
póstuma bendición, vigente orden,
mundo virtual regido por la ausencia.

Hasta el postrer adiós de lo que huye,
hasta la ola en que parece el agua
no cólera del mar sino del cielo,
hasta la isla súbita que emerge
de la blanca impaciencia de la espuma,
hasta la playa ardiente
donde es sangre el coral y el tiempo mármol,
hasta la huella rápida en la arena
que delata el pie brusco de la diosa,
hasta la cueva en que la diosa estuvo
antes de transformarse
en vértigo, en azul, en gris, en nada...

Hasta la extremidad de lo que ignoro,
hasta esa raíz, ávida y tierna,
de un siglo en que florecen las horas por sí solas,
sin que nada acontezca en ellas nunca,
en una estoica inmensidad poblada
de palabras no dichas, de actos no cumplidos,
sonora inmensidad donde no acaba
la música en la orilla de la música,
porque incluso el silencio
es un pacto de liras misteriosas.

Hasta el amanecer de lo que aguardo,
lejos de las ciudades y las fechas,
en esa patria nueva que llamamos futuro,
entrar como el tornillo en el acero

volviendo sin cesar sobre sí mismo,
pasar como la hélice en el viento
sosteniendo en la sombra un mundo luminoso,
y saber que no hay meta para el alma
sino seguir, seguir, seguir sin tregua,
mientras gire la hélice invisible,
¡hasta la extremidad de lo probable,
más allá de lo falso y de lo cierto!

ULTIMA NECAT

TODAS las horas miden el contorno
del cuerpo en que te ofreces al martirio;
mas una solamente
sabrá encontrar tu corazón esquivo.

Todas la flechas de las horas tocan
a tiempo tu destino,
sobre el tronco del roble al que te atan
—como apretadas cuerdas rencorosas—
deseos insaciables y miedos instintivos.

Pero sólo de una estás pendiente:
¡delgada flecha que vendrá sin ruido,
en medio de invisibles tempestades,
a liberar tu corazón cautivo
de la coraza inútil de ese cuerpo
que a nadie escuda cuando llega el trance
del combate divino!

AMANECER

EN EL lugar donde la ninfa empieza
a ser toda laurel bajo la mano
del dios que, si la capta, la transforma y la pierde;

en el tiempo que media
entre la llama y el fragor del rayo;

en la frontera que divide siempre
lo blanco de lo blanco;

126

en el instante mismo en que la boca
no sabe todavía lo que dicen los labios;

allí donde una idea está naciendo
y no es idea aún y no es ya sombra,
pues vive sólo porque la pensamos;

allí principia el mundo que yo busco:
incierto de tan próximo y tan claro...

NUNCA

NUNCA me cansará mi oficio de hombre.
Hombre he sido y seré mientras exista.
Hombre no más: proyecto entre proyectos,
boca sedienta al cántaro adherida,
pies inseguros sobre el polvo ardiente,
espíritu y materia vulnerables
a todos los oprobios y las dichas...

Nunca me sentiré rey destronado
ni ángel abolido mientras viva,
sino aprendiz de hombre eternamente:
hombre con los que van por las colinas
hacia el jardín que siempre los repudia,
hombre con los que buscan entre escombros
la verdad necesaria y prohibida,
hombre entre los que labran con sus manos
lo que jamás hereda un alma digna,
¡porque de todo cuanto el hombre ha hecho
la sola herencia digna de los hombres
es el derecho de inventar su vida!

HOJAS, FECHAS

EL AÑO es como el árbol.
Cuanto más hondo arraiga en el silencio
de la tierra nocturna, más se eleva
y más canta en la luz de la memoria...
Con raíces y frondas, sucesos y recuerdos,
profundidad y altura se compensan.

Uno y otro están sólo
íntegros en lo abstracto:
en el minuto previo al año nuevo,
o en la nostalgia ardiente del verano.
Doce meses completos:
¡colmada profusión de horas intactas!
Encina espesa en la mitad de junio:
¡redonda plenitud de adulta sombra!

Una armonía de hojas y de fechas
se impone al pensamiento
cuando unimos sus nombres: árbol y año.

Pero en seguida empiezan a engañarnos.
El año, cada tarde, pierde un día.
El árbol cambia siempre:
abdica de una sombra, o lo estremece un vuelo,
o lo puebla de música el estío,
o lo viste la luna de misterio...

Están, a toda hora, celebrando
no sé qué largas nupcias con la ausencia,
de lo que, un día, fueron:
el año, en la pendiente de otro siglo
y, sobre el fondo de otro cielo, el árbol.

Dejemos que maduren olvidos y recuerdos
en el árbol del año.

DIÁLOGO

Quisiera ser la vida para hacerte
a cada instante un don inesperado,
pero frente a tu audacia sin pasado
copiar la vida es admitir la muerte.

Amas tan sólo en mí tu rostro amado,
me ves como jamás lograré verte;
porque si más te sueño libre y fuerte
más me incluyo en tu alma y más la invado.

No sé lo que me pides cuando callas,
ni de qué riesgo escapas cuando lloras.
Mas para no estorbar tan lenta huída

rompo en mi noche inútiles murallas,
dejando que la muerte —en que me ignoras—
conteste las preguntas de tu vida.

PRESAGIO

A VECES, en la cima
de la noche desierta,
una luz se aproxima
y duda ante mi puerta.

Lo más leve de un ala
se denuncia en el viento
y siento que resbala
sobre mi pensamiento

en la última sombra
—tenue ya frente al día—
un alma que se asombra
de no ser aun la mía...

¿Qué teme? ¿Por qué duda?
tanto junto a mi puerta?
Música tan desnuda
no sé lo que despierta

en el oscuro espacio
donde lucha la vida
por volver más despacio
a la tierra abolida

y al corazón reacio.

AL PIE DE LA ESCALERA

AL PIE de la escalera,
los hombres llegan, se conocen, charlan...
Hablan de lo que ignoran, desdeñan lo que piensan
y, cuando van a despedirse, callan.
¿Vivir, después de todo, no es citarse,
citarse y despedirse al pie de una escalera?

Algunos —sin decirlo— se preguntan
quién mora allá, en los pisos de donde nadie baja.
Les parece advertir un son de fiesta.
Imaginan salones constelados de lámparas
y ventanas abiertas al misterio
de la noche estival, nunca tan clara.
Pero nadie se atreve —y todos dejan
que mueran sin respuesta sus preguntas.
Y, como nadie sube, todos pasan.
Todos pasan al pie de la escalera
de peldaños profundos, dura y larga.

Un día, yo también estuve a punto
de querer indagar quién habitaba
en las altas estancias intangibles
y de subir a ver, por las ventanas,
la inmensa noche, entre los pinos, clara...
Se oía, por momentos, en la sombra,
una música extraña,
un suspiro de flautas anhelantes
que, de pronto, al cerrarse alguna puerta,
como una llama tenue se apagaba.

Y yo también espero, desde entonces,
al pie de la escalera oscura y larga.

ISLAS

Somos islas aliadas contra el tiempo.
El mar que nos acerca nos separa
y los que luchan por nosotros, viven
lejos de nuestras playas,
en países remotos, bajo un cielo enemigo.
Y luchan sin saber quién los acosa
ni por qué nos amparan y nos salvan.

Nuestras banderas se unen solamente
en los aniversarios o en las guerras:
a los pies de la estatua de un vencido glorioso,
o en los timbres que sellan
las cláusulas de un pacto imprescindible,
el obligado anuncio de una tregua.

Somos un archipiélago en la historia,
pero no en la verdad presente y viva.

Tendremos en la historia el mismo nombre,
pero no hablamos nunca el mismo idioma
en el mismo lugar, el mismo día.

¡Quisiéramos formar un continente,
sin dejar de ser islas!

LEJOS

LEJOS de las ciudades perforadas de túneles;
lejos de los jardines donde sólo
florecen puntualmente los periódicos,
lejos de los balcones
que, en cualquier estación, dan al invierno;
lejos de la madera carcomida
de las cóncavas noches en que, a veces,
como rebeldes clavos herrumbrosos,
sentimos que se aflojan los luceros;
más allá de los hechos y las causas,
en la calle de un siglo al fin sin horas
¿dónde, cómo, por qué nos encontramos?

Soplaba un aire tenue, de música de arpas.
Estaba hecho el silencio
con las ruinas de un canto caído en la memoria.
Subía de la tierra un olor lento
que parecía el eco de un aroma.
Una luz sin violencia
nos rodeaba en esa calle sola,
más que luz de verdad, luz presentida,
fantasma de la luz, diáfana idea
de lo que puede ser la luz de un sueño:
no la luz que se ve, la que se inventa.

Era la vida en esa calle sola
una ausencia dichosa de la vida.
Nada moría en ella por completo:
ni la voz, ni la tarde, ni el recuerdo.
Y todo estaba lejos de sí mismo,
presente siempre, inaccesible siempre,
como el paisaje visto en un espejo.
Lejos del porvenir y del pasado,
en una soledad fuera del tiempo,
donde nada termina y nada empieza.
Allí, nos encontramos.

EN EL MAPA

EL NIÑO está pensando frente al mapa.
En ese mundo vertical, que tiene
—como dos grandes ojos de colores—
dos hemisferios hechos para verle,
sin nombre aún, desierta y conocida,
una isla entre todas lo convence.

Esa isla está en él. Es su conquista.
Y lo que la protege
no es el árido azul de un mar de imprenta,
sino la historia hermosa de un naufragio,
en un cuento escuchado hace ya meses.

En la isla sin nombre
la rosa de los vientos desfallece,
las guacamayas hablan
de selvas anteriores al diluvio
y la aurora rescata
de las honradas olas, diariamente,
todo lo que devuelve un buen naufragio:
brújulas y escopetas, mástiles y toneles...

Bajo la sombra húmeda
de las palmeras verdes
¡qué dulce es recordar lo que dejamos
de este lado del mundo: el jardín breve,
la casa sin piratas,
y el dócil mapa sobre el muro indemne!

El mapa está en el cuarto. En el mapa está el mundo.
En el mundo la isla. Y, de repente,
en la isla, otra vez, pero más bellas,
como no vistas nunca,
la ciudad familiar, sus viejas fuentes,
la casa muda y la ruidosa escuela,
¡las mismas cosas que se han visto siempre!

RIO

ALGO, secretamente, se desliza
entre hoy y mañana.

Es un ayer tenaz... Entra en voz baja
y no dice su nombre y, poco a poco,
principia a ser futuro para el alma.

Esto que ven ahora nuestros ojos
¿está hecho de hoy, o de mañana?
¿Cómo saber dónde quedó el recuerdo
y dónde ha comenzado la esperanza?

En la orilla del alba, nace el día.
En la orilla del mar, la tierra acaba.
Pero todo un pasado puede erguirse
entre hoy y mañana...
Porque el tiempo es un río que no avanza
jamás sino en nosotros, con nosotros.
¡Y de un ayer tenaz se han hecho siempre
los futuros del alma!

PRESENCIA

TE FUISTE sin partir, entrando a veces
más hondamente aún en lo que amabas
pero por cauces y horas diferentes.

Lo blanco de tus sienes se hizo aurora.
Tu voz se adormeció con los estanques.
Fueron de pronto selva tus recuerdos
y, árbol solitario en tanta selva,
tu corazón desnudo frente al tiempo,
tu corazón más alto que la vida.

Te fuiste, sin cesar de acompañarme.
Pero tu vecindad se hizo secreta.
Abril es un perdón que tú me otorgas.
El cielo mira en mí como querías
que tus ojos me vieran.
Detenerme en la noche es encontrarte
y es encontrarte andar a pleno sol.

Te fuiste, sin dejarme un solo instante.
Respiras con el mar. La ola más pura,
si me toca las manos, es tu llanto.
Cada gaviota vuelve hacia tus playas.

La música me dice lo que piensas.
No estás en ningún sitio y me pueblas el mundo.
Te fuiste sin pasar. Eres la vida,
tú que no vives ya sino por mí.

EL DÍA

CON MARZO, empiezan juntos
la primavera en México y en Australia el otoño.
Cuando muere la tarde en Samarcanda,
nace la aurora en Córdoba...

Pero los hombres buscan
algo que sea primavera siempre,
abril en cualquier parte, alba en cualquier idioma:
un tiempo sin fronteras,
una patria sin horas.

Y, una vez más, el día
que muere en Samarcanda, nace en Córdoba.

TRIUNFO

DE PRONTO, en lo más alto,
en la más ardua cima del deseo,
ese brusco torrente de luz pura,
esa invasión de música en deshielo,
esa cascada súbita y profunda
para la que no hay cauces en el alma
ni diques en el tiempo.

¡Qué alud el de la aurora desbordada!
Todo quedó cubierto en un momento
de inmerecida luz desoladora:
el corazón, el mar, la tierra, el cielo...

Espada era esa luz. Muerte su triunfo.
Estruendo su silencio.
Cólera su esplendor compacto y frío.

Y comprendí que el premio
mayor de la existencia no es el alba,
sino el ansia del alba, el largo esfuerzo,
la noche ardiente y casta,
¡el combate del hombre con el ángel
sobre la cima oscura del deseo!

TIERRA

¿HASTA dónde hay que ir para ser tuyo
y merecer, un día,
tu vasto y franco olvido luminoso,
oh tierra incomprensible, tan áspera y tan suave,
donde fue llanto la primer aurora,
la infancia un sueño junto al río esquivo,
la adolescencia un canto entre cipreses
y la dicha una estrella adivinada
tras el cristal de un alma sin memoria?
¿Hasta dónde hay que oírte y que tocarte,
palpar tus cicatrices insensibles,
medir tus continentes,
acariciar tus lagos,
buscar una ciudad entre tus selvas
y aprender a caer en tus abismos
para saber triunfar de tus montañas?

¿Por qué no nos perdonas
a todos, de una vez, cuando nacemos?
¿Por qué debemos rehacer tu historia
y envejecer contigo, y aceptarte
un día y otro día, palmo a palmo,
pidiendo ansiosamente que nos quieras,
tú que todo lo das —sin darte nunca?

Viento en el huracán, copo en la nieve,
agua despedazada en las tormentas,
silencio inmenso en los desiertos puros,
sal en la espuma enhiesta de los mares,
polvo en el polvo de tu polvo somos...

¡Y, sin embargo, nunca
podremos persuadirte de que baste
vivir, sufrir, morir, para ser tuyos!

HÉLICE

FINA, dura, cortante alma de acero,
hélice de avión, cuanto más rauda
en el diáfano azul más invisible,
porque si más veloz rasgas el viento
más viento eres para quien te sigue
y menos, de la luz donde penetras,
los ojos te distinguen...

Un alma activa, rauda y transparente
como la tuya, quise:
capaz de perforar cielos profundos
sin que la viese nadie, perceptible
tan sólo por el tiempo que venciese
—y en el ocio no más tangible y muda,
sobre la tierra firme.

Un alma como tú quise y no tengo,
hélice infatigable:
cuanto más eficaz menos visible.

¿POR QUÉ?

No SÉ lo que pregunto ni por qué lo pregunto
pero sé que pregunto eternamente.

Al empezar a ver fueron preguntas
mis ojos en la luz árida y tenue...
Se puso el sol. Y sigo preguntando,
sin esperar que nadie me conteste.

Amar es preguntar lo que no somos
a lo que —en otros cuerpos— nos parece
que podríamos ser, si en esos cuerpos
las almas que inventamos existiesen.

Y no somos jamás lo que pensamos.
Y preguntamos, preguntamos siempre.

Pero todo pregunta con nosotros:
la sangre en el galope de la fiebre,
la oreja sin cesar pegada al muro,
la noche que en las frondas se estremece.

Y cuando, entre las piedras y las horas,
brotan por fin los últimos claveles
¿qué son sino preguntas silenciosas
su brusco ardor y su perfume urgente?

Vivimos preguntando si la vida
no es sólo una pregunta de la muerte.

TODO

Todo es posible en esta noche clara.
Todo está, mientras calla, preparando
lo que será su realidad futura.
Como el tres en el dos que lo precede,
como abril en el vértice de marzo,
como el perdón en la venganza oculto
y como en la raíz secreta y honda
el laborioso porvenir del árbol,
todo está prometiéndose en silencio,
todo está principiando sin descanso.

En una noche tan compacta pueden
el ala más sutil romper un astro,
una azucena desviar la historia
y una sola palabra encadenarnos
a órbitas sin pausa, recorridas
—durante oscuros siglos impacientes—
por monótonos mundos solitarios.

Todo puede ocurrir en una noche
como ésta, de márgenes tan amplios,
donde la sombra es savia incontenible,
futuro en ascensión, perpetuo cambio,
complicidad activa con la aurora:
día en el manantial, luz en potencia,
amanecer apenas disfrazado...

¿HUMILDAD?

No DESDEÑES la sombra
de la noche en que piensas.

Puede ser una nube. El viento sopla.
Se irá la nube y quedará la estrella.

No desdeñes los surcos
que atraviesas de prisa.
Hoy son polvo no más. Vendrá la lluvia.
Y al sol de julio brillará la espiga.

No desdeñes el alma
difícil de querer. Está cerrada.
Pero con el dolor y con el tiempo
se abrirá lentamente a la esperanza.

¡Y verás cómo es dulce entrar, entonces,
en el cielo de un alma
que acaban de lavar lágrimas claras!

UN RUISEÑOR

Un ruiseñor perdido
regresa con la sombra...
Es un poco de olvido
que de nuevo te nombra.

¿Quién dijo que el recuerdo
sabe más que el olvido?
En la fruta que muerdo
todo un bosque está herido.

Todo un bosque de sombra
se abre, en el olvido,
sólo porque te nombra
el ruiseñor perdido.

SILENCIO

Quiero tocar de nuevo el sol cansado
sobre la aldaba de la antigua puerta,
acariciar las ramas de los fresnos
tan altos y tan libres sin nosotros;

saber lo que la ausencia
hizo con estas cosas resignadas:
el huerto exiguo, la ventana abierta,
el pozo en que guardábamos, de niños,
como peces de oro, las estrellas,
el aire, en el crepúsculo, impregnado
de una dulce obsesión de madreselvas,
el patio azul y fresco al mediodía,
la alcoba luminosa, y, en la mesa,
el libro que dejamos inconcluso:
una novela en cuyas hojas quietas
seres —por absolutos— invisibles
todavía, en la noche, nos esperan...

Quiero ser otra vez el que fui entonces.
Oír sonar en el reloj la lenta,
la grave y honda, lenta campanada
que no pude escuchar al despedirme;
imaginar la primavera nueva
por la que en esos días se anunciaba
y ver surgir del agua del espejo,
como un semblante fiel, mi adolescencia.

Pero nada, en verdad, es como entonces.
Cada lugar y cada flor me niegan.
La ventana se abre sobre un mundo
que el alma reconstruye y no recuerda.
La hora del reloj no es ya la mía.
No hay sol sobre la aldaba de la puerta,
ni luceros cautivos en el pozo.
Y al espejo, empañado por la niebla,
sube, cuando me acerco, un rostro huraño
que el corazón no acepta.

Sólo tu paz, silencio conmovido,
sólo tu paz me entiende sin reservas:
viejo silencio rústico y profundo,
hecho de juventud insatisfecha,
de sordos pasos en el césped mudo
y de un temblor de abejas en la yerba,
leve como el murmullo de una fuente,
denso como el otoño de una idea...

Conciencia del jardín, silencio activo
frente a quien vuelvo a ser el que antes era,
¡sólo porque te oigo estoy seguro
de no haber traicionado mi existencia!

LA TORRE

EN LA última torre nos veremos.
Donde nada se oculta a la mirada
de cuanto disfrazamos mientras somos.
En la torre lejana
donde nadie penetra con su historia,
allí sabremos lo que pesa el alma
desprendida de todos sus fantasmas,
sincera ya tras de la reja inmóvil,
¡desnuda al fin y sola entre las llamas!

VENTANA

CERRASTE la ventana. ¡Y era el mundo
lo que estaba queriendo entrar, de pronto,
en ese inmenso grito,
en ese grito inmenso, brusco y hondo
que no aceptaste oír —y que ya nunca
te llamará otra vez como ese día,
pidiéndote socorro!

Toda la vida estaba en ese grito:
el viento, el mar, la tierra,
sus polos y sus trópicos,
el cielo inacabable,
la espiga enhiesta en el trigal sonoro,
el espeso calor de los lagares,
el alba en la montaña, el bosque umbroso,
los labios que se pegan al deseo
del agua esbelta condensada en chorro
y todos los placeres y las penas
y todos los amores y los odios
estaban ese día, ansiosamente,
pidiéndote socorro...

Pero tuviste miedo de la vida.
Y te quedaste solo
detrás de la ventana silenciosa,
¡sin comprender que el mundo llama al hombre
sólo una vez así, con ese grito,
con ese brusco grito inmenso y ronco!

ANGUSTIA

¡ESTAR y ser! ¡Qué injusta asimetría!
Pues no soy, cuando estoy, sino ansia errante
y donde estoy me encuentro, a cada instante,
lejos de lo que soy, alba sin día.

Estoy en esta hora, en esta fría
luz exterior, delgada y deslumbrante;
pero de cuanto soy sólo el diamante
con su luz interior hablar podría...

Paso y no soy. El soplo más ligero
apaga la más alta llamarada,
porque estar es no ir a lo que espero.

¡Y en esta inmensidad desamparada
comprendo al fin que vivo cuando muero
y que ser, sin estar, es no ser nada!

PERFUME

¿DE DÓNDE viene este aroma
que llega tan extenuado?

Mensaje de una flor muerta
—de un nardo, sí, pero ausente
y arrepentido de tanto
haber perfumado el óleo
del cuadro en que lo pintaron
—un día lento de agosto—
sobre un vaso de alabastro...

Lo que intentaba decirme
¡de pronto se le ha olvidado!

Venía desde tan lejos,
tantos rumbos lo atrajeron,
tantos otros lo extraviaron,
que llegó desfallecido
como un mensajero exhausto.

141

Olor de nardo en la sombra,
de sombra más que de nardo:
alma de una forma vista
a la luz de un viejo cuadro...

Lo que no alcanzó a decirme
¿lograré nunca olvidarlo?

NUDO CIEGO

SOBRAN la luz, el día, las cúpulas, el tiempo,
los ejemplos heroicos y las máximas célebres,
cuando tantos millones de muertos —y de vivos—
rodean el silencio donde el alma se atreve...

¡Qué soledad, la historia, frente al inútil ruido
de todo cuanto el hombre ha lanzado al torrente:
coronas y países, repúblicas y templos,
cañones y estandartes, campanas y laureles!

Somos el solo nudo de una cuerda infinita
que nadie tejió nunca y que de nada pende.
Y, sin embargo, todo repercute en nosotros:
el júbilo de marzo y el ansia de septiembre.

Antepasados mudos hablan con nuestras bocas.
Brazos que fueron de otros en nuestros brazos crecen.
Ojos que no han nacido miran con nuestros ojos...
Pero, entre tantas sombras, estamos solos siempre.

Esta piedra, una honda la arrojó hace mil años.
Fue ira, y no lo sabe. ¡Parece hoy tan inerte!
Esa gota de lluvia, la lloró un dios caído.
¿Por qué ha tardado tanto en besarnos la frente?

Hay demasiadas cosas, demasiados paisajes,
demasiadas presencias en la hora más breve.
Seres desconocidos se aman en nosotros
y por nosotros sufren y con nosotros mueren.

Somos el nudo ciego de una cuerda infinita
que no cuelga de nada y que todo estremece.

INTRUSO

ESTA mañana no me pertenece.
He penetrado en ella, por descuido,
como en un tren que parte a un sitio extraño
donde nadie me espera y nada ansío...
Me fatiga este azul sin transparencia,
este cielo a la vez blando y esquivo
y esta alegría que me queda grande
porque no encuentro en ella nada mío.

En cambio, la mañana firme y clara
que parecía el alba prometerme
—la que todo anhelaba en mi destino—
otro la empaña ahora con su aliento,
y ni siquiera sabe que la empaña,
pues cuanto hubiera sido
para mí claridad, para él es frío...

Sin duda también él está diciendo,
en la mañana que a los dos defrauda
y que los dos, al par, hemos perdido:
"¿Quién me robó la aurora deseada?"
"¿Por qué discurro y callo y me detengo
cual si anduviera ausente de mí mismo?"

Y los dos nos quejamos de un intruso
a quien, sin convicción, sustituímos.

ESQUINA

EN CADA esquina un ángel se despide.
Una historia principia. Un mundo acaba.

En cada esquina aguarda una pregunta.
Estatua de algún rey, de alguna diosa:
preguntas de silencio —o de basalto—
con lanzas de granito al sol de junio,
con laureles de piedra sobre el casco,
por nadie y para nadie coronadas...

En cada esquina una esperanza muere.
Queda un abismo atrás. Concluye un siglo.

143

Y, en la última puerta
de la última casa de la calle,
la mujer que nos mira está evocando
el último fantasma de una época.

En cada esquina el viento nos aísla.
Una verdad inútil
empieza en cada esquina.

Pero en esa verdad entramos solos.
Más solos que en el sueño,
más solos que en la tumba,
más solos que en el vértigo del tiempo.

ESTRELLA

DESDE el alba hasta el poniente
está preparando el día
una estrella lenta y fría
que de noche se arrepiente.

Bajo el sol la presentimos,
en la sombra la pensamos:
pero siempre la esperamos
y jamás la descubrimos.

Tierna luz que todo augura
y que nadie al fin advierte
¿es verdad que para verte
no hay noche bastante oscura
—ni en la vida ni en la muerte?

EL PRECIO

MIENTRAS sean
el precio de tu dicha
una gota de sangre o una lágrima ajenas
—si la herida no es tuya,
si tus ojos no vierten ese llanto
¿cómo dices que es tuya la existencia?

Si la sal de la harina
en el pan de tu mesa
atestigua el sudor de un brazo esclavo
¿cómo satisfará nunca ese trigo
tu hambre —y tu conciencia?

Si todo lo que tocas
es préstamo no más; si no recuerdas
una sola verdad hecha en ti mismo
y por ti mismo y de ti mismo hecha,
con sudor y con llanto y sangre tuyos,
¿cómo puedes confiar en lo que piensas?

TENSIÓN

Lo MISMO que, en la cuerda
trémula del violín, entre dos notas,
la pausa donde muere y renace la música;

lo mismo que la angustia
con que el insomnio paraliza el tiempo
entre dos campanadas de una hora nocturna;

como la falsa paz del mar tendido
entre dos olas bruscas,
como la calle muda entre dos gritos
y como el corazón estrecho y solo,
terriblemente solo,
entre el latido que pasó y la espera
del latido que acaso no escucharemos nunca,

¡este minuto inmenso entre dos almas
que no saben aún por qué se buscan!

EL ALIADO PERDIDO

¿EN QUÉ región del sueño o de la historia
están muriendo un bosque,
la confianza invisible de una tribu,
o la llama de un alma
que todo, con su fuego, lo incendió?

¡Quién sabe qué pupilas han cegado
bajo un sol espectral, en qué momento
un corazón exhausto se detuvo,
o qué ancla tocó
una roca minada en las aguas del puerto,
y qué postes cayeron
interrumpiendo el cable
por el que ya avanzaba la noticia
de una ciudad feliz, de un orbe nuevo!

En vano me pregunto
qué dios capituló, qué pensamiento
se ha marchitado en el jardín de un libro,
qué llanto impregna ahora este silencio,
y qué astro está oculto
en el mar, en la noche, en el recuerdo.

¿Qué fue? ¿Quién me ha negado?
¿Por qué enmudece, ante la voz, el eco?
¿Qué nación se rindió sin prevenirme?
¿Qué aliado oscuro, férvido y distante,
dejó de pronto de luchar por mí?

Algo mío sucumbe en esta hora:
lejos de lo que soy, en una isla
del tiempo o del espacio, de la historia o del sueño...
Mi soledad ha muerto, no sé dónde.
Abdicó mi esperanza. ¡Y no sé en quién!

PERDÓN

MÍRALA, cómo cae blandamente
de la más alta cima, entre los olmos,
la clara, la dorada hoja sin prisa,
última en desprenderse del otoño.

Con mayor lealtad nadie se rinde.
Nada nunca murió con más decoro.
Toda hecha de luz, fue cielo a tiempo
y no la humilla ennoblecer el lodo.

Ninguna idea sucumbió en tal triunfo,
ni aceptó sin jactancias tantos oros,

ni abdicó de tan puro y frágil reino
con desdén tan completo y silencioso.

¡Quién pudiera imitar su adiós sereno
y dejar de su paso un dulce asombro,
acariciando el aire en que perece
y perdonando al viento del otoño!

RECUERDO

DESCUBRO, en el olvido, una sonrisa,
pero los labios no, que me la dieron;
una mirada y no su contenido;
a veces todo un rostro, pero entonces sin cuerpo;
una calle, una casa,
pero no la ciudad donde las vimos;
un número que fue sin duda urgente:
sumando de guarismos impecables,
cifra de intimidades misteriosas,
un número —de alcoba, o de teléfono—
capaz de abrir palacios invisibles
en pisos para siempre abandonados.

Extraigo de la nada un viejo puerto.
Y, sobre el puerto, un mástil. Y en la punta
del mástil solitario, una bandera.
Pero no sé qué júbilos proclama
ni quién la izó frente a la rada oscura.

Surgen, después, un trozo azul de cielo
y un granado en la luz de un sol de estío...
Y, de nuevo, los ojos imperiosos,
la sonrisa desnuda y sin objeto,
el número vacío de sustancia,
y la calle y la casa inexplicables
y, sobre el viejo mástil, desplegada
por un viento sin viento,
la bandera sin causa, terca y sola...

Y todas esas ruinas forman, juntas,
lo que llaman los hombres un recuerdo.

EL ESPEJO

EL DÍA en que ya nada
cuenta para nosotros
y todo se nos cuenta amargamente:
desde el primer suspiro
hasta el adiós final, la última queja;

el día en que se juntan la aurora y el ocaso,
y la estrella del norte marca el sur;

el día en que los hombres van desnudos
de toda la vergüenza de sus cuerpos,
al sol de ese presente irrenunciable
que llamamos eternidad;

el día en que el más rico es el más pobre
y el más pobre no alcanza a medir sus deseos;

el día del castigo, el de la fiebre

¿quién me contestará desde el espejo
donde, al mirarme, advertiré que fui?

Cuando nada
vale para nosotros
y todo se nos cobra en carne viva:

lo mismo el goce de haber visto el agua
adaptarse a la forma del vaso que la ciñe
y el dolor de verterla, inútilmente,
sobre la sed oscura de un árbol sin memoria;

cuando los párpados no pueden
negar lo que los ojos
no quieren y no saben aceptar;

cuando la hora es una espada
inteligente, sabia, incorruptible,
que nos separa de nosotros mismos;

el día en que el más pobre es el más rico
y el más rico está solo entre sus mieses;

el día del terror, el de la muerte

¿cómo sabré que fui, si en el espejo
donde sólo el recuerdo se duplica
contemplarse por fin es ya no ser?

VID

EN ESTE viejo nudo sarmentoso
toco entera la vid, toco la vida,
el esplendor de sus racimos lentos,
la gota sucesiva
de cada uva en germen, y la copa
donde será perfume derramado
el mosto de las próximas vendimias.

Un año más acaba de arrasarlo.
Y, sin embargo, mira: ¡cómo vibra,
al calor de las manos impacientes,
su eternidad recóndita y sin prisa!

Ni un relente de savia moja el tronco
de pálidas estrías.
Pero la primavera insobornable
lo invadirá por todas las heridas
y, cuando el sol de estío nuevamente
alumbre la colina,
agosto lo hallará, como otros años,
dispuesto siempre al generoso incendio
que, en la vid en sazón, prende la vida.

HISTORIA

UNA PALABRA sola,
urgente, árida, exacta
—¿capitel de qué templo
de estrofas y columnas simultáneas?—
atestigua, en dos sílabas de piedra,
la gloria de la urbe sepultada.

Una palabra urgente,
caída de un decreto —o de una carta—
como de un friso el mármol de un jacinto
o como el lauro de una frente odiada;
una palabra que marcó provincias,
flotó en banderas y rodó en medallas,
para llegar al fin, hasta nosotros,
sobre un río de lágrimas y sangre,
¡sin que de tanta sangre y tantas lágrimas

la más delgada huella
oscureciera su ambición intacta!

Una palabra sola,
pero por cuya hermosa resonancia
murieron hombres de ojos luminosos
y mujeres profundas como estatuas;
una palabra que sería inútil
pronunciar en la sombra o decir en voz baja,
porque sus claras sílabas de piedra
no las entiende bien quien no las palpa...

Una palabra así, póstuma y dura,
es preciso tocarla para verla
¡y que la grite el sol, para escucharla!

EN EL LINDERO

No VEREMOS la tierra prometida.
Ni su dorada miel disfrutaremos,
ni el perfumado aceite de sus lámparas
alumbrará en la noche nuestros sueños.
El agua de los ríos que vencimos,
otros la beberán. Y, en el invierno,
arderá para otros la leña de los árboles
que negaron su sombra a nuestros muertos.

Otros sabrán contar por alboradas
los días que nosotros contamos por luceros.
Y serán, para ellos, todo el año,
abundantes las fuentes y densas las espigas
—en la región feliz que conquistamos
y que jamás conoceremos...

No veremos la tierra prometida.
Nacimos y morimos en los tiempos del éxodo.
Pero, como el oasis más hermoso
es el que inventa al hombre la sed en el desierto,
ninguno de nosotros cambiaría
por la corona incierta de ese reino
esta pasión de ser que nos condujo
a través de emboscadas y de abismos,
alarmas y desvelos,

hasta el mañana infiel que nos recusa
y al que nunca entrará nuestro recuerdo.

La tierra prometida está en nosotros.
Mientras la codiciamos, existimos.
Y, cuando la ganamos, la perdemos.

PROGRESO

La ola de hace un siglo vuelve a abrirse
sobre el acantilado del minuto.
El siglo es un silencio entre dos olas
y el instante es un siglo diminuto.

Atravesar el aire nos contrista
pues, en avión, los ojos del viajero
llegan a su destino antes que el alma...
Por tierra, el corazón iba primero.

El mundo que soñábamos de niños
—tan hondo, tan inmenso, tan arcano—
¡lo tocamos ahora tantas veces
que se nos cae, solo, de la mano!

CALLE

Todos van con su llave en el bolsillo,
con su miedo en el alma.
Porque el miedo es también llave secreta
de quién sabe qué lóbregas moradas.

Todos van con su nombre en el sombrero
y con su pobre vida numerada
¡tan fácil de sumarse a cualquier censo
y, para cada cual, tan solitaria!

Todos van escondiendo su esqueleto
bajo una piel que hasta parece humana
y todos, reunidos, están solos
—más solos que en la cuna o en la tumba—
en la doliente multitud compacta.

Todos van con su daga en el costado.
Pero pocos se atreven a enseñarla.
Y, cuando nos la enseñan, es que han muerto.
Muerto para que al fin los traicionaran
la llave del bolsillo,
el nombre del sombrero,
el esqueleto oculto,
el número del censo,
la misteriosa daga
y —último en perderse y en mentirles—
el miedo que llevaban en el alma...

FUENTE

¿DE DÓNDE surges, transparente prisa,
velocidad de líquidas urgencias,
por ánforas de bronce derramada
sobre la fuente eterna?

¿Qué río te lanzó, desde el heroico
azul de qué montaña en primavera,
para llegar, así, tan pronta al salto
del surtidor donde la luz te incendia?

Eras. Y no eres ya. No admites pausas.
Como el alma del hombre que te observa,
anuncias sin cesar lo que no cumples:
vives de la promesa y de la ausencia.

Melodía que oímos con los ojos,
agua incansable, juventud sin tregua.
¡En el estanque mudo que te aguarda
encontrarás, un día, tu conciencia!

PATRIA

ESTA piedad profunda es tierra mía.
Aquí, si avanzo, lo que toco es patria:
presencia donde siento a cada instante
el acuerdo del cuerpo con el alma.

Esta voz es mi voz. Pero la escucho
en bocas diferentes. Y aunque nada
de cuanto dice pueda sorprenderme,
oírla me cautiva porque canta
en ella un corazón siempre distinto
que nos lo explica todo sin palabras.

Aquí, si avanzo, el mundo se detiene.
Todo es verdad primera y espontánea:
¡día, hasta fallecer, hecho de aurora!
¡vida, hasta concluir, hecha de infancia!

EL NARRADOR

ALGUIEN está contando lo que soy, lo que pienso,
a quién sabe qué público invisible.
Pero lo cuenta mal...

                                A cada instante,
anticipa, divaga, se desdice,
añade algún capítulo superfluo,
detalla sin razón las horas tristes.
Y los meses fragantes, los nobles días puros,
cuando no los abrevia, los omite.

Alguien está contando en otro idioma
—bajo el sol de un país de mentes impasibles—
esto que vivo yo con tanto esfuerzo
y que nadie comprende ni logra traducirme...
¿De quién es esa voz? ¿Por qué prohibe
todo lo que no manda expresamente?
¿Por qué sin tregua y sin fervor insiste?
Quisiera no escucharla; pero nunca
me opondré a lo que dicte.

¡Cuántos fragmentos de una vida ajena
descubro en este cuento imprevisible!
Y tendré que vivirlos, uno a uno,
mientras el narrador que los repite
no encuentre un buen final para su historia,
o no se canse y, por piedad, la olvide.

LA DÁDIVA

Están queriendo ser, queriendo abrirse
las semillas, las horas, las palabras,
las ideas, las playas, las naciones,
las fuentes y las almas.

Están queriendo ser, queriendo siempre
que las sintamos próximas y castas,
a punto de ofrecerse —y, sin embargo,
todavía en la sombra, recatadas.

Están queriendo ser, queriendo alzarse
de la secreta noche involuntaria
¡para que las toquemos
impregnadas aún de ese rocío
transparente y sutil que anuncia el alba!

Pero nunca sabemos dónde empiezan.
Y acertamos, apenas, a mirarlas
cuando acabaron ya por ser distintas
de lo que, sin decírnoslo, auguraban...

Si era tan lenta y limpia su promesa
¿por qué es tan brusca y sórdida su dádiva?

PRISA

Hablar, cantar, reír ¿no es prepararnos
al gran silencio que lo niega todo?

Tocar este segundo sin pasado
¿no es pretender asir la veste ardiente
de quién sabe qué dios rápido y malo?

Vivir de prisa ¿no es morir de prisa?...

¡Ay! pero ¿no es morir, vivir despacio?

ALTA MAR

Alta mar de la vida, donde el agua
del tiempo no parece ni más alta

ni siquiera más rauda que en el puerto
—y donde, sin embargo, la sabemos tan honda
que nos sentimos presos de su vértigo,
desamparados sobre el vasto abismo,
ciegos ante la cólera del viento,
a la merced de todas las corrientes
que luchan sin cesar por deshacernos.

Partimos en la luz. Era la infancia.

¡Qué súbita evasión!...
                        Y no supimos
exactamente dónde, en qué momento
fue haciéndose de plomo el mar de plata,
de plata el mar de vidrio,
de vidrio el mar de espuma;
ni cómo iban llevándonos los años
cada día más lejos
del fondo que tocamos tantas veces
al jugar, en la playa, con el tiempo...

Esta profundidad de olas mortales,
este constante, imperceptible ascenso,
¿qué recelan? ¿qué son? ¿por qué nos amenazan,
si continuamos solos en lo incierto?

Solos, sobre la gran montaña de agua
a la que sin querer fuimos subiendo;
solos, bajo el azul —distante siempre—
del cielo que verá nuestro naufragio
como vio nuestros juegos en el puerto:
conmovido tal vez, pero inflexible,
benévolo quizá, pero en secreto.

A LA PUERTA

DEJADME aquí, a la puerta de vuestro gran destino:
palacio de horas anchas y de penumbras frescas
donde la vida pasa como un desfile inútil
de silenciosas armas y de ruidosas sedas.

Dejadme aquí, en las gradas de las que nadie asciende:
cerca de los que viven al pie de la escalera,
guardando hasta la aurora los caballos nocturnos
y esperando que acaben la música y la fiesta.

Aquí, la sombra es pueblo y la luz es antorcha:
crepita, arde y no alumbra sino el trecho que incendia.
Pero mejor que el terso brillo de vuestras lámparas
su llama, honrada y corta, delata mi existencia.

ÉXODO

VENÍAN del terror y del tumulto,
huyendo de provincias bombardeadas
en donde solamente
siguen doblando a muerto esas campanas
que nadie ha visto y que ninguno atiende.
Venían de los límites de un mundo
perdido para siempre... ¡y perdido por nada!

Traían a caballo, a pie, en carrozas
de pompas funerarias,
o sobre antiguos coches de bomberos,
todo lo que se salva
—en el minuto ciego de la angustia—
de lo que fue un hogar, una costumbre,
un paisaje, una época del alma:
el retrato de un niño vestido de almirante,
el proyector de una linterna mágica,
un reloj descompuesto, un calendario,
la funda de un paraguas,
el pasaporte oculto donde sangran las visas
y, junto al corazón, no una medalla,
ni una carta de amor, sino un paquete
de billetes de banco —porque todos,
hasta los más modestos, esperaban
comprarse un porvenir dichoso y libre
al llegar a la aduana deseada.

Venían sin rencor, sin pensamiento,
formando un gran ciempiés de sombras cautas,
sorprendidos de ser tan numerosos
y de no descubrir en tantas caras
ni una sonrisa amable, ni unos ojos
donde verse, al pasar, sin desconfianza.

Iban hacia el destierro con el mismo
premioso paso, anónimo y oscuro,
que los llevó —en la paz abandonada—
al taller, a la escuela, a la oficina,

pidiéndose perdón unos a otros
cuando la multitud los agolpaba
en un recodo estrecho
de la ruta polvosa, ardiente y larga.

A veces una cólera surgía.
Era una llama rápida,
la luz de un grito que lograba apenas
probar hasta qué punto les mentían
el cielo, el sol, el viento, las distancias.

Pero pronto volvía a integrarse el silencio.
Porque nada hay tan mudo como una tribu en marcha
desde el amanecer hasta el exilio,
a pie, a caballo, en coche,
en carros de combate, en ambulancias,
ejército que avanza preguntándose
a cada instante si la blanca torre
adivinada al pie de la colina
anuncia ya la etapa:
el pajar donde pueden los vencidos
hallar al fin un sueño sin fronteras
sobre un suelo que ayer era una patria...

ARDIDES

UN VENADO no más... Y todo el bosque
entra con él, sin ruido, en el poema.
Todo lo que sabemos de los bosques:
su olor de hojas tenaces y de lluvias sinceras,
sus claras torres de húmedo silencio,
sus cárceles de yedra
y, de pronto, esas noches devueltas como cartas
donde faltaba el timbre de una estrella...

Una estrella no más... Pero marina.
Y es todo el mar, entonces, lo que puebla
la inesperada estrofa. Y no el de Ulises,
ni el de Simbad, ni el de Colón siquiera;
sino el mar de los náufragos sin nombre,
el de las altas ínsulas de niebla,
el que nunca advertimos en los puertos,
el que a solas por fin consigo mismo
el corazón inventa.

157

Otra vez, sin embargo, un puerto aflora
más allá del recuerdo y de la ausencia,
un puerto antiguo, de oxidados muelles
y de calles trazadas con palmeras...

Y en ese puerto empiezas nuevamente,
soledad interior, última tierra;
porque todos los viajes
son ardides no más para encontrarte
a ti que, en cada trozo de ti misma,
estás —para nosotros— toda entera.

RESUMEN

VIVIMOS de no ser... De ser morimos.
Somos proyecto en todo mientras somos.
Proyecto de esperanza en el deseo;
y, cuando poseemos lo esperado,
proyecto de evasión, sed de abandono.
En el joven trigal, lo verde es siempre
ansiedad de la espiga. Acaba en oro.
Pero ¿dónde comienza cuanto acaba?

Vivimos de inventar lo que no somos.

En cambio, este magnífico absoluto
de lo que ya no sufre deterioros,
de lo que ya no pueden
modificar ni el tiempo ni el olvido,
este sólido trozo
de vida inalterable que es la muerte
¡cómo nos garantiza y nos define
y nos revela y nos demuestra en todo!

Vivimos sólo de creer que fuimos.
Seremos siempre póstumos.

LLAMA

¡QUÉ SALTO, llama, indignación del fuego!
¿A dónde intentas ir en tanta sombra?
Te arrancas de ti misma a cada instante
y, a cada instante, me pareces otra.
Admiro sin piedad tu eterno cambio:
¡quisieras ser azul de ser tan roja!

¡Qué salto, llama!...
                    Oscuramente envidio
tu elástico desdén, tu erguida cólera,
tu ansia de eludir lo que recuerdas,
tu prisa por llegar a lo que ignoras...

Tan bello ardor inútil me avergüenza.
Tan necesaria muerte me alecciona.

¿DÓNDE?

PARA que perdurase
esta rosa impaciente y mal nacida,
una rosa perfecta ha muerto... ¿Dónde?
Para que el hielo ardiese en la mirada
de esta mujer ausente de sí misma,
una estrella ha dejado de mirarnos.
¿En qué país del cielo? ¿Dónde? ¿Dónde?
Para que resonase al fin el canto
de esta boca de barro, áspera y terca,
una lira se ha roto bruscamente...
Y no sabremos nunca
ni qué dolor en ella se expresaba
ni quién tocaba en esa lira... ¿Dónde?

Para que el mundo fuese
lo que este mundo es hoy, en esta noche
sin lágrimas ni estrellas,
un mundo vulnerable y luminoso
tuvo que renunciar a su destino.
Ese mundo giraba alrededor de un alma.
Y el alma de ese mundo, al presentirnos,
preguntaba tal vez, como nosotros,
lo mismo que nosotros: ¿Dónde? ¿Dónde?

EL ARADO

¡CON QUÉ tenacidad hunde el destino
su deslumbrante reja
en las tierras oscuras de la historia!
¡Cómo las rompe el implacable acero!
De abrirlas con tal fuerza, parece que las odia.

Alternan, como surcos, las noches y los días
bajo la helada media luna torva
del prodigioso arado
que avanza sin piedad entre las horas...

Máquina infatigable
de la que solamente el alma toca
—pero una vez, no más, y ante la muerte—
el filo de la proa luminosa,
¿hasta cuándo estarás abriendo surcos
en medio de las tierras sin memoria?

Acaba al fin tu destrucción fecunda.
¡Deja que el sembrador venga a explicarnos
la razón de tu obra!

A LA DERIVA

ISLA incendiada, a la deriva,
sobre olas de fango huyendo:
tierra de pájaros tan altos
y de laureles tan estrechos
que, entre las alas y las ramas,
no queda sombra para el sueño...

Isla sin fuentes en la lluvia
y sin canciones en el viento,
oscura al fin de haberle hurtado
toda su púrpura al incendio
¿hacia qué mar te lleva ahora
el río tácito del tiempo?

Trozo de un mundo a la deriva
sobre olas de fango huyendo

¿por qué, si pasas a mi lado,
oigo doblar desde tan lejos
el imperioso bronce antiguo
de tus campanas de silencio?

EPÍLOGO

MEDÍA, sin saberlo, esos minutos
que la existencia añade a la existencia
como una delación en la posdata:
epílogo imprevisto
que no incluyen jamás las biografías,
esclusa entre la vida traicionada
y la muerte confiante, pero oculta.

¿Quién podría indicarnos lo que tardan
en caer de la rama la hoja seca
y las barcas, seguras ya en el puerto,
en anclar finalmente junto al dique?

A ratos, presentía
—como en el ascensor los pasajeros—
que había concluido el viaje inmóvil.
Faltaba únicamente que se abriese
la automática puerta silenciosa
frente al gran corredor desconocido...
Estaba ante la puerta... Pero no lo sabía.
O prefería, al menos, no saberlo.

Sufría esa desgracia organizada
que la justicia llama período de gracia:
un tiempo sin cabida en ningún tiempo,
privado de la muerte, ausente de la vida.

Repetía un adiós lánguido y vano,
ni siquiera solemne,
porque lo repetía sin saberlo.

DEMASIADO TARDE

Como el día, la vida empieza tarde
—ay, demasiado tarde—
para el que aguarda que lo inventen otros.

Porque nadie sabrá reconstruirlo,
descompuesto rival de ausencias hecho,
laberinto de cóleras mortales
en donde cada paso abre un espejo
que nos revela, en vez de su figura,
nuestra flagrante y honda soledad...

Como la vida, el día empieza tarde
para el que no se atreve a ser tan sólo
—sin lámparas ni frases—
un cuerpo descubierto lentamente
a fuerza de dolores y costumbres,
un corazón de pronto sin latido
en la radiografía de un recuerdo,
un alma sepultada, como un libro,
bajo espesos infolios de otras almas
¡y un silencio tan lleno de verdades
que después de escucharlo, ofende hablar!

EL TESTIMONIO

¿Desde cuándo circula
con mi sangre, en mis venas, sordamente,
este coágulo terco y misterioso?
¿De qué lejana herida es su presencia
áspero testimonio?

Sobre la piel, tejida a cada instante,
la cicatriz ha ido poco a poco
borrándose en silencio hasta perderse...
Pero el coágulo sigue, duro y sordo.
Avanzo, lucho, vivo.
Y sin embargo sé que en lo más hondo
del río de la sangre que me arrastra a la muerte
—inadvertido, mudo, cauteloso—
un enemigo hecho de mi propia sustancia

162

me está continuamente amenazando
sin cólera y sin odio...

ESPERANZA

HAY PALABRAS que mandan.
Tú eres una de ellas, esperanza.

Te escribo en esta hoja amarillenta
de una carta de adiós —y el tiempo abdica.
Te repito a la sombra de los fresnos
y se llenan de nidos las ramas silenciosas.

Te anuncio frente al mar y acuden velas
de todos los países de la historia
al puerto abandonado en que te anuncio.
Te grito en el desierto —y el desierto
se puebla de ciudades invisibles.
Te digo a media voz junto al enfermo
y veo amanecer sobre sus ojos
un júbilo sin fiebre, un nuevo día...

Contigo, el menor brillo augura un faro,
isla de lo posible en lo probable,
perdón sobre los límites del mundo,
esperanza: ¡nostalgia del futuro!

EL HOGAR

YA SOLAMENTE vivo
—como, sobre el hogar, el tronco seco—
para el instante del supremo triunfo
que, en el leño final, proclama el fuego.

Todo, en mi alma y en mi carne, ansiaba
desde la juventud ese momento
en que se cambia por la luz la vida
y por la soledad el universo...

163

Como en el monte el arbol,
crecí para la hora del incendio.
Y tuve, como él, años y ramas,
heridas, cantos, sombras y silencios.

Como él, en la fiebre del verano,
hundí raíces que de sed murieron
—y vi pasar crepúsculos y otoños
pendiente sólo del invierno eterno.

Cuando venga la llama inevitable
—por el hacha puntual cortado a tiempo—
arderá el corazón sin amargura,
franco sobre el hogar, como en el pecho...

Un minuto de luz premia la vida.
Mas para conocer ese minuto
¡hay que abrir a la luz puertas de fuego!

LA NOCHE

TE PRESENTO la noche.
Óyela cómo viene, a la distancia,
por montes sin espigas, entre escombros
de siglos y de lunas degolladas,
al son de un atabal que ritma el pulso.
¡Óyela cómo avanza
desde las playas negras del poniente
hasta el oscuro amanecer del mundo!

Te presento la noche:
en el lento silencio que resbala,
como un agua pesada, sobre un cauce
donde nadie halló nunca
la piedra inexplicable de una palabra náufraga;
en la cerrada madurez del fruto
que sólo un ciego, acaso, lograría
reconocer a tientas en la rama;
bajo el escalofrío de la selva
donde pasa de pronto, entre los pinos,
como el soplo de un vuelo en la memoria,
la hipótesis de un ala...

164

Te presento la noche.
A ti que, por experta en alboradas,
no puedes advertir qué luz secreta
encierra a veces una sombra amada;
a ti para quien siempre
las dichas fueron nieve, lirio, nácar
—cimas de la blancura evanescente—
esta compacta, dura, ardiente sombra,
labrada en la obsidiana de mi alma.

AURORA

Pido una aurora más, sólo una aurora.

Pero si el tiempo al fin acepta el trato,
el día que yo arranque de esa aurora
tendrá más luz de la que el sol proyecta
durante todo el esplendor del año...

Quiero ese día brusco y absoluto:
exento de memoria y de presagios,
hecho para afirmar sólo el presente,
duro como una llama de basalto
y capaz de encerrar la vida entera
en su inmutable ardor petrificado.

Pido una aurora más, pero infinita.
Y no la anunciación de un nuevo ocaso.

LA ESCENA

Hace ya muchos años
—tal vez desde el momento en que nacimos—
estamos ensayando inútilmente
la misma escena lenta y sin sentido.

Una palabra nos traiciona siempre,
o bien una actitud... Y, cuando el ritmo
del diálogo parece concertarse,

nos avergüenza descubrir de pronto
que el verdadero asunto era distinto.

Revisamos el texto —y nada falta.
Todo cuanto intentamos o dijimos,
cada voz, cada paso, cada gesto,
¡hasta nuestro callar estaba escrito!...

¿Cómo explicar, entonces,
tanto ensayo trivial y sin sentido?

¿No será que el autor nos dejó en blanco
los párrafos mejores, el ímpetu imprevisto:
la escena brusca, luminosa y breve
que, si queremos ser lo que pensamos,
habremos de inventar nosotros mismos?

EL BARCO

No HAY anclas para el barco de este día.
Todo, en el agua rápida, lo empuja
a su constante adiós... La vida entera
puede acabar en una singladura.

Vamos en él sin recordar el puerto
donde vimos surgir, frente a la angustia
del alba inevitable,
sus grandes velas húmedas de luna.

Vamos en él sin conocer la prisa
del viento que lo lleva por la ruta insegura,
y ningún astrolabio, ningún mapa
sabría contestar nuestras preguntas.

Sentimos solamente el mar espeso
bajo la quilla brusca:
un tiempo hecho de olas invisibles
que a la par se suceden y se anulan.

Ayer es una playa desvaída.
Mañana una promesa prematura.

Entre la aspiración y la nostalgia,
no hay anclas para el barco de un presente
que vive de no estar presente nunca.

AHORA

AHORA que las últimas cohortes
incendiaron las últimas praderas,
en esta soledad de mármol roto,
de lámparas extintas y de palabras yertas;
sobre un polvo que fue tribuna o plinto,
corona de palacio o tímpano de iglesia;
mientras el odio se organiza
para un asedio más, en la tormenta,
contra el pavor de un reino devastado;
pienso en los que vendrán —¿desde qué estepas?—
a poblar estas ruinas,
a erigir su arrogancia en este polvo,
a confiar otra vez en estas piedras...
Y, humildemente,
con la ciudad caída hago una estela.

Ahora que la tierra toda cruje
como una semilla en la impaciencia
del surco ansioso de agua redentora;
de este lado del tiempo en que las ramas
son nada más raíces en promesa;
aquí, donde la selva presentida
está —desde hace siglos— anhelando
que nazca el río a cuyas ondas crezca
su aérea profusión de hojas vivaces;
en esta oscuridad de savia en germen
y de patria en potencia,
como un reto al desierto inexorable,
con el árbol caído hago una hoguera.

La hora se pregunta
qué va a salir de su esperanza en vela.
Todo parece muerto y todo vive.
¡La sombra está dispuesta
a convertirse en luz para el que sabe
cuán lenta es siempre el alba de una idea!
Soy el único náufrago de una isla invisible,

el postrer descendiente de una época,
el último habitante de una tumba.
Y sin embargo escucho
el corazón de un pueblo que me llama,
el grito de un hermano que me alienta.
¡Nadie muere sin fin! ¡Nadie está solo!
Y, silenciosamente,
con la noche caída hago una estrella.

ALGO

ALGO quiere la aurora
que la alondra propaga y no comprende.

Algo quiere el pinar, que ignora el pino,
algo la voz, que no repite el eco...
Y el mar, en sus tormentas, algo quiere:
algo que va de pronto a realizarse
y que duda, de pronto,
y en la ola más alta se arrepiente.

Algo quiere el jardín, que ni la rosa
acierta a proclamar, ni los claveles...
Algo quiere el enjambre que no sabe la abeja.
Y los pueblos que pasan, algo quieren;
algo que ningún hombre
advertirá jamás —aunque lo encuentre.

Porque olas y árboles y alondras,
abejas y claveles
y días y ecos y hombres se suceden
inevitablemente:
pero la voz, el mar, la selva, el alba
el jardín, el enjambre
y el gran desfile humano estarán siempre
pidiendo que los oigan
quienes viven más cerca de su angustia
y, de tanto sufrirla, no la entienden...

TIERRA NUEVA

ERA EL primer país de veras visto,
la primera promesa verdadera:
la primer noche a solas con el alma
en una tierra nueva.

Nada había servido en ese mundo
de tema a la novela más ingenua
o de asunto al pintor menos abstracto.
La noche era el augurio de la noche
y la estrella el ensayo de la estrella.

A través de la sombra
podíamos tocar la urdimbre tersa
de un tiempo a cada instante diferente.
Todas las horas parecían nuevas.

Era el primer silencio intacto y puro.
No el que se desliza entre las ruinas
de los ruidos opacos y de las voces muertas
como una frágil yedra entre las rocas,
sino el que ignora aún de qué está hecha
su blanda consistencia impenetrable
y de sí mismo nace y se sustenta.

Era el primer temblor de un pensamiento,
la juventud delgada de una idea:
algo como una niebla transparente
bajo la cual se viera una conciencia...

Era el primer contacto con el alma
en la verdad de una esperanza nueva.

PLAYA

POR EL vial de un sueño, regresaré a la playa
a donde nadie ha vuelto
siguiendo el litoral de la memoria...
Por el vial de un sueño umbroso, vago,
perdido entre los sueños
y, sin embargo, mucho más seguro

para volver al mar de ese momento
que el avión más raudo,
el caballo más ágil
o el deseo más firme y más secreto.
Hasta la antigua playa
de esa hora de azul y de cielo infinito
he de volver un día, sin quererlo,
como se vuelve siempre
a lo que más se quiere,
como se vuelve —a veces—
a la orilla más alta de un recuerdo:
por la memoria no, por el olvido,
en el recodo súbito de un sueño.

CANCIÓN

CANTAS para que nadie oiga los pasos
del impaciente huésped
que viene y va, en tu alma, noche y día.

Cantas para que nadie escuche el ruido
del corazón secreto que te roe.
Cantas para no hablar, porque tendrías
que decirnos, si hablaras, lo que sabes
del tiempo y de sus cárceles profundas,
del hombre y de sus dichas prohibidas.

Cantas para que callen las campanas
que doblan en nosotros
cada vez que la aurora nos obliga
a encarnar en el cuerpo abandonado
y continuar la lucha interrumpida...

Cantas para ignorar lo que te asedia.
Cantas porque el silencio gritaría
si no lo amordazaras con tu canto.
Cantas porque la muerte está subiendo
los últimos peldaños de la escalera en ruinas...

Y no quieres oír sus pies de bronce
cuando llegue a la puerta de tu vida.

DESCUBRIMIENTO

Oscuras guerras fueron necesarias,
valles de olvido, túneles profundos,
migraciones de tribus dispersas en la sombra,
antorchas a la entrada de las tumbas,
escaleras de sangre subiendo hasta los dioses
y mares derrotados por velas invisibles
y lunas en el bosque lucientes como lanzas,
para llegar a ti, para encontrarte.

Venías de las cumbres de una historia,
por el río de un tiempo nacido entre montañas
tan frías y tan altas,
que el agua —al reflejarlas— volvía a endurecerse
y en lápidas de hielo sus ondas te encerraban.

No era bastante el día para verte.
Estabas detenida en la memoria
de un mundo inaccesible y congelado.

Te cercaban murallas de palabras.
Y, para descifrar esas palabras,
era preciso oírlas en el llanto de un pueblo,
pegar la oreja al polvo de una raza caída
y adivinar —como el latir de un pulso—
los pasos silenciosos de un continente en marcha.

No era capaz el sol de iluminarte.
No podía adherir, sobre tu rostro,
su ardiente claridad devastadora.
¡Tu luz, tu oculta luz, era más clara!

En el dolor, en cambio, apareciste
como surgen de pronto, con la noche,
los números de fósforo que marcan
—en el reloj insomne—
las horas de la espera solitaria...

En el dolor te vi, completa y muda:
poesía sin tregua, alma sin pausa,
¡aurora merecida,
historia de la sombra conquistada!

FUGA

Los CABALLOS de la noche
van de prisa:
ay, más de prisa que el alma
hacia el contorno del día.

Tratamos de oír sus cascos
en la duna.
Pero el tiempo que más corre
es el que menos se escucha.

Avanzan bajo la sombra.
No los vemos.
Para su ímpetu oscuro,
son espuelas los luceros...

Inauditos, invisibles,
sin descanso,
los caballos de la noche
—junto al mar áspero y largo—

van de prisa, más de prisa
que el deseo.
¡Y están llevándonos siempre
al día que no queremos!

DESPERTAR

DESPIERTA la obsesión. Despierta el mundo.
Despiertan las distancias y las leyes
y los relojes de las antesalas
y los retratos sobre las paredes.
Y vuelven las espadas
a brillar en el puño de los héroes
que pueblan los museos
donde la historia, por vitrinas, duerme.

Despierta el vendaval. Despierta el hambre.
Despiertan las naranjas y las nueces
sobre el mantel de un bodegón de antaño.
Despierta el vino oscuro en los toneles

y en la tahona el pan —y el primer yunque,
al golpe del martillo honrado y fuerte.

Despierta en el buzón la primer carta
y el primer ascensor y el primer huésped
y, en el primer teléfono accesible,
ese primer saludo que la noche
estuvo madurando largamente
y que lanzado así, frente a la aurora,
en su dorada profusión se pierde.

Despiertan otra vez, como en los libros,
las cigarras de Sócrates y la alondra de Shakespeare.
Y vuelven a rimar deshielo y hielo
y principian de nuevo a cobrar forma
los mapas, las edades, los deberes...

¡Sólo en ti, corazón, la noche sigue:
porque tu despertar será tu muerte!

FLECHA

COMO el frescor del agua
conservada en el cántaro profundo
es efecto del barro que la tiene cautiva;

como la llama, trémula ante el viento,
no podría sin él rasgar la sombra
aunque la apague al fin el aire que la explica;

y como el surtidor señala siempre
con la altura que logra la que tuvo
en el nivel de su primera cima,
así tu libertad, alma, resulta
de los mismos obstáculos que vences.
Cuanto se opone a tu ambición, la afirma.

En vano te rebelas
contra el rigor del arco luminoso
que te lanzó a la noche estremecida...

Flecha eres, no más, entre las nieblas,
flecha para el perdón, flecha en la ira:

¡ciega flecha mortal que al cielo apunta
y que se salva, apenas, por la prisa!

No pretendas saber más que el arquero.
Él escoge la meta, el arco, el rumbo.
Tú pasas solamente...

Y llegar es la excusa de tu vida.

N A D A

MINUTO por minuto, estoy muriendo.
Pero no muero en mí; muero en el alma
de quienes se preguntan si vivo todavía,
en las cosas —antiguas o lejanas—
que fueron hueso y carne de mi asombro,
en las encrucijadas y en las plazas
de todas las ciudades
por donde ahora sin descanso vaga
una sombra que imita mi recuerdo
y que será, mañana, mi fantasma...

Muero en lo que pensé y en lo que tuve.
No en la vejez del cuerpo que me agobia,
sino en la eternidad que me reclama:
en la luz del abril que fue más mío,
en la primera estatua
que vi surgir del mármol de la noche,
en el libro leído por fragmentos
del que tal vez las páginas intactas
podrían explicarme lo que ignoro,
y sobre todo en esa nota extraña
que para mí no más daba la orquesta
pues —aunque un pueblo entero la escuchara—
sólo mi corazón la percibía
¡y sólo en él su dardo penetraba!

En la palabra amor estoy muriendo.
Cada vez que otros labios la pronuncian
—así la digan en la voz más baja—
una selva glacial me cierra el paso
y busco en vano el cielo entre sus ramas.

Porque no es cierto que muramos solos.
Nos vamos con el mundo que nos mata.
Morimos en las playas que cantamos
y en las doradas torres solitarias
donde la dicha izó nuestras banderas...
Y mueren con nosotros
las bocas que mejor nos persuadían
y los ojos que más nos perdonaban.

Sin ansia ni rencor, vamos muriendo
como la noche avanza,
con todo lo que un día arrebatamos
a la inmensa eclosión de lo posible,
descendiendo la vida grada a grada
y en cada grada abandonando un sueño,
un continente, un siglo, una esperanza:
algo que no termina con nosotros
pero que, sin nosotros, ya no es nada.

LA NORIA

HE TOCADO los límites del tiempo.
Y vuelvo del dolor como de un viaje
alrededor del mundo...
                    Pero siento
que no salí jamás, mientras viajaba,
de un pobre aduar perdido en el desierto.

Caminé largamente, ansiosamente,
en torno de mi sombra.
Y los meses giraban y los años
como giran las ruedas de una noria
bajo el cielo de hierro del desierto.

¿Fue inútil ese viaje imaginario?...
Lo pienso, a veces, aunque no lo creo.
Porque la gota de piedad que moja
mi corazón sediento
y la paz que me une a los que sufren
son el premio del tiempo en el desierto.

Pasaron caravanas al lado de la noria
y junto de la noria durmieron los camellos.

175

Cargaban los camellos alforjas de diamantes.
Diamantes, con el alba, rodaban por el suelo...
Pero en ninguna alforja
vi nunca lo que tengo:
una lágrima honrada, un perdón justo,
una piedad real frente al esfuerzo
de todos los que viven como yo
—en el sol, en la noche, bajo el cielo de hierro—
caminando sin tregua en torno de la noria
para beber, un día,
el agua lenta y dura del desierto.

EL DUELO

LIMPIA el umbral y cuelga de la puerta
una corona fresca de hojas vivas.
Cíñete bien el corazón al pecho.
Está llegando el día.

Míralo cómo acude, armado y solo,
a terminar tu espera y tu fatiga.
Lo cubre una coraza deslumbrante
donde las lanzas de la luz se astillan.

El duelo será aquí, frente a tu puerta.
Aquí le diste cita.
Y en aguardar que se cumpliera el plazo
se te pasó la vida.

Limpia el umbral y afronta al que se acerca
la espada en alto y con el alma erguida.
Caballero es el día que te brinda la muerte.
Recíbelo de pie. Nobleza obliga.

AL FIN

ESTE huracán me estaba prometido.
Esta angustia, esta fiebre, esta violencia
del mar, del viento y de la noche airada

eran ya mías, aunque sin saberlo,
desde que vi surgir —tácita y blanda,
como una gran ciudad bajo la nieve—
la primera mañana de la infancia...

Ocultas en el aire y en el tiempo,
disfrazadas de estrellas en la sombra,
de silencio en la música y de olvido en el alma,
todas esas presencias inasibles
estaban concertándose, en voz baja,
para la tempestad que la existencia
me tenía, al nacer, predestinada.

Antes del trueno el cielo era un arrullo,
una risa de espuma la cascada,
un temblor de alas tímidas la brisa;
y, sin embargo, cielo y brisa y agua
cuanto más, halagándome, insistían
menos con su insistencia me engañaban.

Porque yo te quería desde entonces,
catástrofe esencial, áspera, inmensa,
tormenta necesaria
donde tocamos la razón del mundo,
la ira de la tierra, la venganza
elemental y oscura de las cosas:
¡todo lo que se arranca de nosotros
cuando, por fin, el huracán nos salva!

TRÉBOL DE CUATRO HOJAS

MUERTE DE CIELO AZUL

Elegía en memoria de
BERNARDO ORTIZ DE MONTELLANO

MORISTE un día azul, como esperabas.
Era en abril: ardían las saetas,
pugnando por huir de sus aljabas;

enmudecían horas y veletas
bajo el peso del sol —y el cielo abría
sus pupilas más claras y secretas.

Glorioso azul la tierra prometía
desde la madrugada hasta el poniente
y era un zafiro inagotable el día.

México te dejaba estoicamente
cambiar la vasta luz de su altiplano
por otra luz más honda y más urgente.

Y solo al fin, como lo está la mano
que escribe un adiós último a las cosas,
cerraste a tiempo tu destino humano.

Desde ese día tan azul reposas
en tu mundo más íntimo: la muerte.
Una muerte sin frases y sin fosas,

la que erigiste en ti, callado y fuerte,
cuando ansioso de estar contigo mismo
aceptaste morir por conocerte.

Tamaña soledad no es ostracismo
para quien, como tú, cavó su pena
y de su propio ser hizo un abismo.

Ciego que ve, dijiste con serena
piedad para tu vida inadaptada,
y viste lo que a todos nos condena:

la ira de la sombra mutilada
en cada trozo arrebatado al sueño,
el terror de durar no siendo nada,

el infinito en gotas —tan pequeño,
que no lo mide bien sino el que llora—
la carne y su maléfico beleño,

la insistencia del sol llamada aurora
y en todo, en todo, la sangrante herida
que es fuerza restañar hora tras hora.

¡Ciego que ve! pensaste... Y, sin medida,
sustituiste al ansia de los ojos
la avidez de tocar lo que se olvida.

Palpaste una verdad hecha de abrojos,
un tiempo sólo perceptible al tacto
y un corazón al que se va de hinojos.

El sueño fue tu río más compacto.
Y tú, que no llegaste a nada en punto,
para soñar mejor te hiciste exacto.

En ese urente y pávido trasunto
de cuanto imaginamos, existías.
Soñar la realidad era tu asunto.

Y, por soñar tus versos y tus días,
apostaste la vida cada noche
en sigilosas y arduas loterías.

Un disparo, una queja, un timbre, un coche
pasando del asfalto al empedrado,
rompían de repente aquel derroche

del paraíso apenas recobrado.
Y estabas otra vez en la vigilia,
como Adán, persuadido y expulsado.

Formaban una súbita familia
—en tus poemas— inefables seres
que el lector reconoce y no concilia:

fantasmas disfrazados de placeres,
guitarras-ataúdes frente a Lorca,
provincias con tacones de mujeres,

vegetales sonrisas de mazorca,
telégrafo de grillos y, en la esquina,
el gran farol colgado de su horca...

¿Qué sueños piensas hoy tan en sordina
que no los capta ya ninguna antena?
¿Cómo quedó sin lámparas la mina

donde vimos rondar tu sombra buena?
Interrogo. Y tu libro me responde:
—Vivir, soñar; asume tu faena

sin preguntar por qué, cuándo ni dónde...

HORA DE JUNIO

Epístola a
CARLOS PELLICER

ENTRE las poesías que releo,
un libro tuyo, nítido y gozoso,
me ofrece ahora su estival paseo.

Dejando por el vértigo el reposo,
oigo la edad subir hasta mi puerta
y me pierdo en tu trópico imperioso.

¡Cuánta luz torrencial, súbita y cierta!
Bajo sus delirantes osadías
todo un país de músicas despierta.

Siento caer los cocos y los días
del bosque de palmeras donde avanzas
sobre una tierra de álgidas estrías

y te veo, entre oscuras añoranzas
de volcanes y templos derruidos,
enarbolando estrofas como lanzas.

El mar, el mar de intrépidos latidos
palpita en cada verso que proclamas
y nos llena de sal ojos y oídos.

180

Ídolos, plumas, flechas y oriflamas
pasan en procesión por tus poemas
sin que sepamos bien cómo los tramas,

pues de todas tus perlas y tus gemas
la más oculta es la que más cintila
y en su rescoldo místico te quemas.

Estrella de verdad, siempre intranquila,
lágrima entre los párpados discreta
que agranda y profundiza la pupila;

mientras a un sol triunfal tienes sujeta
la dulzura de ser, en ella sola
tu inacabable combustión se aquieta.

Cesa la tempestad, pasa la ola
y de la sangre el cálido torrente
en el espejo ustorio se arrebola;

pero esa luz delgada y transparente
no pasa, ni se nubla, ni agoniza
y ni el olvido mismo la desmiente.

Como esa luz que el tiempo cristaliza,
es tu ansiedad de ser lo que perdura:
alba sin tedio, fuego sin ceniza.

Para afirmar tu cielo en tanta altura
izaste alegre el pabellón del día
y negaste la noche y la negrura

—aunque ningún color borrar podía,
por mucho que brillase, la certeza
de la estrella interior, diáfana y pía...

Sacudiste horizontes de maleza,
látigo hiciste de la espuma airada
y tu nombre grabaste en la corteza

de la ceiba augural, frente a la arcada...
Pero la estrella continuaba entera,
¡más luminosa porque más callada!

Momento de diamante, hora cimera
a la que regresar tu voz pedía
como intenta volver la primavera

a esa anunciación de poesía
que ya no es ni soledad ni sombra,
y que no es aurora todavía.

¡Cómo, al leerte, el ánimo se asombra
de ver que ese *momento de diamante*
todo, en tus cantos, sin querer, lo nombra!

Pareces abolirlo, a cada instante,
hipnotizando esdrújulos y adverbios
en victoriosa marcha alucinante

hacia un orto de símbolos soberbios,
y su rigor, no obstante, es el que afina
la cítara profunda de tus nervios.

Todo a él te conduce y te destina,
pues en tu ardiente vocación discierno
la voluntad de ayer, terca y divina:

cincelar en el hielo del invierno
una hora de junio, como aquélla,
y regresar sin tregua hasta lo eterno

—porque el norte final lo da la estrella.

MUERTE SIN FIN

Epístola a
JOSÉ GOROSTIZA

COMO apenas principian a entenderte
y no descubren lo que les hechiza
en tu felicidad frente a la muerte,

algunos te suponen, Gorostiza,
nacido entre campanas funerales
un miércoles de angustia y de ceniza.

Yo no, porque pondero lo que vales
y sé cómo es cristal tu inteligencia
que traduce misterios siderales.

Ese cristal, no hay nada en la existencia
que pueda liberarlo, ni un minuto,
de su dura misión de transparencia.

En prisma tan sincero y absoluto
la más radiosa luz admite fallas
y la dicha mejor acaba en luto.

Pero precisamente porque hallas
el grano incierto en la más alta espiga
y porque son de vidrio las murallas

que te aíslan del tiempo y de la intriga,
tu corazón incorruptible y lento
vence al pesar e ignora la fatiga.

No es *páramo de espejos* el portento
de concebir las almas y las cosas.
Y si las reproduce el pensamiento

—como a Narciso el agua, entre las rosas
de una fuente que el término restringe
a concéntricas ondas silenciosas—

es porque, del reflejo en que las finge,
la idea dulcemente las separa
y, contemplada así, cede la esfinge...

¿Quién sabe, como tú, lo que la avara
forma pide al cristal del agua pura
en el rigor del vaso que la aclara?

¿Y por qué la conciencia y la figura
son ecos, una y otra, eternamente,
de un ser que sólo con morir perdura?

Vida sin fin y vida sin nepente
es la muerte sin fin que has exaltado:
agua de manantial —pero en la fuente;

maravillosa linfa sin pecado
de la que todo un mundo resucita
dichoso de saberse meditado.

El mirlo, el musgo, el sol, la margarita,
el león de Semíramis, ufano,
y la espada de César, infinita,

el olifante de Roldán que, en vano,
atronó Roncesvalles con su queja,
Hamlet y su delirio soberano,

Don Quijote y su noble adarga vieja,
cuanto una vez no más soñó la vida
en esa fuente muda se refleja.

¿Muerte sin fin?... ¡Jamás! Porque, en seguida,
adivinamos que no muere nada
de lo que un alma fiel comprende y cuida.

Tu aparente obsesión acongojada
afirma siempre más de lo que niega.
Como el roce de un ala en la enramada,

cien alas, al pasar, desasosiega
y enciende un horizonte de evasiones
hasta en los ojos de la alondra ciega,

así la obstinación que nos propones
despierta un almo orgullo en los que había
acostumbrado el tiempo a sus prisiones.

No quisiera llamarlo rebeldía,
aunque sé cuán rebelde es tu entereza.
Lo nombro: aspiración de un nuevo día.

Jornada abstracta que sin pausa empieza
y que por eso es nueva a cada instante,
vida sin fin y muerte sin tristeza;

dicha que se reitera en incesante
trasmutación de formas sucesivas
y que —al resucitar— sigue adelante

sobre el vestigio de sus muertes vivas.

NOCTURNO MAR

Evocación de
XAVIER VILLAURRUTIA

INTENTARÉ representarlo ahora.
Recuerdo un rostro imberbe de estudiante,
una palabra al par lenta y sonora,

y en ese rostro una tristeza errante
y en esa voz un dejo de ironía...
Pero en seguida surge otro semblante,

más suyo acaso, y que me parecía
corresponder mejor a su talento:
una máscara inquieta frente al día.

¿Era suya esa máscara —o la invento?
Porque el perfil de un hombre tan abstracto
más que perfil resulta pensamiento.

Había concertado un noble pacto
consigo mismo al empezar la vida:
el de pulir un mármol siempre intacto,

huyendo de la forma conocida
y arrancando a la flor de cada tema
la esencia pura que el profano olvida.

Organizada así, como un teorema,
su estética avanzó grado por grado
hasta las libertades del poema

y, exento al fin de su desesperado
propósito de ser siempre distinto,
entró de pronto —a fuego— en lo vedado.

¡Qué paso el suyo al descender del plinto
de la columna inteligente y sola
para aceptar la noche y el instinto!

La sangre lo llevó como una ola
hasta esas playas últimas del alma
donde una luz de fiebre lo aureola.

Era la noche y su ficticia calma,
la noche y su temblor fosforescente;
la que se toca, a ciegas, con la palma

de una mano dormida y no se siente;
la que habla tan sólo cuando calla
y en la ausencia no más está presente.

Ese invisible campo de batalla
tan hondo, por nocturno, y tan diverso
que se pregunta uno cómo estalla

en la terrible auscultación del verso,
fue para él escuela y oficina,
taller, laboratorio y universo.

Cuanto allí meditaba se adivina
en ese pulso heroico donde late
no sé qué vena aún, rápida y fina,

pues en su vibración triunfa y se abate
la isócrona marea cautelosa
que sin odio y sin término combate.

El espejo, el cronómetro, la rosa
cambian de voluntad y de sentido
cuando su oscuro asedio los acosa.

Un mundo que pensábamos perdido
aflora del insomnio y nos gobierna,
seguro como está de ser oído;

y en medio de la fúnebre cisterna
pedimos que alguien nos arroje un cable,
que se encienda en la sombra una linterna,

que una voz —aunque ríspida— nos hable
¡y que algo por fin venga y sacuda
esta falsa quietud inexorable!...

Volver de un libro igual, tocar desnuda
la espada que de lejos nos hería
y ver que todo sigue y se reanuda,

la juventud, el canto, la alegría;
entre la mies del sol hundir las manos
y sentir de esa mies cálido el día;

recorrer primaveras y veranos
y escuchar la magnífica opulencia
del viento en los maizales mexicanos:

era, sin duda, ésa la indulgencia
que Xavier nos tenía preparada.
Pero cumplió, en la noche, su sentencia

y nos dejó en proyecto la alborada.

AUTOBIOGRAFÍA

TIEMPO DE ARENA

Huyes, cual tiempo, veloz
y sordo, como en arena...
GÓNGORA

I. DESPERTAR

MI PRIMER recuerdo es el de una muerte: la de mi tío. Tenía yo, entonces, cinco años casi. Para atender a los males de su cuñado, mis padres se habían visto obligados a descuidar un poco mi educación. El tiempo se me iba en jugar con los dados de un inmenso alfabeto de letras multicolores, en el corredor decorado por las palmeras de las macetas, junto a la tinaja de cuya piedra, a cada minuto, se desprendía una gota límpida y regular. Me halagaba aquel oasis íntimo de la casa. Su frescura y su sombra estimulaban mi fantasía y rodeaban con hipótesis vagas mi timidez.

La enfermedad de mi tío me había enseñado a satisfacerme con la vecindad de la servidumbre y el parlar con los hijos de la portera. De éstos, apenas más crecidos que yo, aprendí en nuestras charlas no pocas cosas. Entre otras, el más pequeño (se llamaba Fernando) me reveló el significado de la agitación insólita de mis padres. De su boca salieron, por vez primera para mi oído, las palabras "agonizante", "tumba", "panteón". Todavía hoy me pregunto en qué circunstancias había él empleado tales vocablos. Porque no los repetía automáticamente, sino por gusto; como si se diese ya cuenta de que la muerte, al entrar en la residencia de sus patrones, disminuía ciertos prejuicios —de fortuna, de posición social— y acentuaba una sana fraternidad: nuestra común condición humana.

Fue también él quien me decidió a penetrar, cuando murió mi tío, en la pieza en que habían tendido las enfermeras su cuerpo enjuto. Consideramos la caja, tapizada de raso negro. Subidos sobre una silla, nos asomamos al ventanillo que, a la altura del rostro del ocupante, suelen ostentar los ataúdes. El semblante que adivinamos era el de un extranjero dormido, de negra barba. Una mano piadosa, pero insegura, le había cerrado insuficientemente los párpados. Entre la doble línea oscura de las pestañas, un blancor imprevisto nos alarmó por su densidad.

La casa en que vine al mundo puede verse aún, en la esquina de las calles que se llamaban de Donceles y del Factor. Desde los barandales de hierro de los balcones, solíamos contemplar la llegada de Don Porfirio a la antigua Cámara. Tres de los cuartos tenían vista sobre el Montepío de Saviñón. Uno, el más amplio, servía de sala. Lo seguía otro, más alargado que ancho, comedor y biblioteca a la vez. A continuación, se encontraba la alcoba donde mi madre había instalado mi lecho, bajo un mosquitero tan anacrónico como inútil.

De las habitaciones cuyas ventanas abrían sobre Donceles, conservo un recuerdo menos preciso. La más pequeña era la de mi padre. Todos los domingos, al ir a saludarle por las mañanas, la sobriedad de esa estancia me sorprendía. Sobre el piso, mis zapatos hacían un ruido brusco, que —en los pasillos— la alfombra aterciopelaba discretamente. Las puertas sin cortinas y las paredes sin cuadros y sin retratos me entristecían —por comparación, sobre todo, con el exceso de espejos y de consolas, óleos y cromos, que triunfaba en las otras piezas. ¡Infantil barroquismo del gusto!... Me parecía pobreza la sencillez.

Para no residir en un lugar que la muerte había solemnizado, determinaron mis padres cambiar de casa. Hallaron una, en la calle de Independencia, a dos cuadras de la Alameda. Nos mudamos un sábado por la tarde. Llovía. O, por lo menos, lo supongo —porque mi madre se opuso a que Fernando y yo saliésemos al balcón, a rendir homenaje a los caballos que tiraban del carro de transporte. Nos compensó del placer perdido el de acompañar a los cargadores, de arriba abajo de la escalera, y descubrir —junto a la imagen de nuestros rostros, en los espejos movilizados— no ya el papel floreado de las habitaciones, sino un paisaje, un jardín auténtico: las palmeras y los helechos del corredor.

Nuestra llegada a la nueva casa no se efectuó sin melancolía. La lluvia, si es que llovía, o la premura —si la lluvia resulta ser un invento tardío de mi memoria— nos obligó a prescindir de la azotehuela, en la que hubiese sido mucho más práctico depositar por lo pronto los bultos de uso menos urgente. Fue preciso hacinarlo todo en el interior de los cuartos. ¡Y qué cuartos! Eran tan pequeños que, por modestia, nadie se atrevía a rechazarlos; pero, por egoísmo, nadie se aventuraba a elegirlos.

Con los días, el desorden disminuyó. La necesidad de limitar nuestros movimientos a un escenario de proporciones más reducidas estableció entre nosotros vínculos más sutiles. Lo inconfortable de las alcobas hacía la permanencia en la sala más placentera. Se improvisaban juegos de cartas. Mi madre se apartaba del grupo, calladamente. A los monótonos pasatiempos de la brisca o del "paco monstruo", prefería ella los azares de la lectura. A las 11 en punto, cerraba el libro. A tal hora, yo dormía ya...

Me despertaban, al día siguiente, los pasos de la criada. Los objetos parecían reconocerme: el armario, la cómoda, el tocador. Se reanudaba, a través del velo del mosquitero, una amistad inmediata entre mi silencio y aquellos muebles. Durante largos minutos, hacía yo "el muerto" sobre la ola —a cada instante más alta— de la mañana. Mi madre entraba, y oprimía el conmutador de la veladora. Por contraste con la penumbra del cuarto, mientras no descorríamos las persianas, el resplandor de la lámpara, sólido y anguloso, imponía una crítica a mi pereza.

Desayunábamos solos. Juzgaba providenciales esos instantes en que mi madre (que abrigaba múltiples dudas acerca de las enseñanzas que me impartían las profesoras en el colegio) se divertía en hacerme leer los "encabezados" de los periódicos.

¡Curioso colegio aquel, frente a cuya puerta —todos los días, a las 8 y media— me abandonaba Margarita, nuestra criada, mochila al hombro, como al soldado ante su trinchera! Doña G...,* que lo dirigía, era una dama curtida en rezos. Su imagen no encajaría, ahora, dentro del marco de una actividad de carácter urbano bien definido. No puedo representármela, por ejemplo, en el acto de cruzar una calle, salir de un cinematógrafo o tomar un vehículo de alquiler. El ambiente en que la imagino no es jamás el de un parque público, el de una plaza; sino el de un corredor con equipales y pájaros trovadores: el de la casa en que, por espacio de varios meses, la vi transcurrir sigilosamente, apresurando nuestros trabajos y repartiendo nuestros ocios.

El predominio de las mujeres sobre los hombres explicaba una serie de suaves consentimientos en los métodos del plantel. Después del almuerzo, la población escolar se dividía, según los sexos, en dos porciones. Las niñas hacían costura. Los niños, menos disciplinados, esperábamos la hora de la merienda, jugando al burro o a las canicas. A las cuatro, doña G... nos conducía al comedor. Ahí, nos hacía compartir un refrigerio sumario, que excitaba nuestro apetito y que, por lo módico de las partes, lo defraudaba; pero que, por la variedad de los postres, educaba en nosotros, especialmente, el patriotismo lírico de la miel.

A la cantidad y al provecho de las sustancias, prefería doña G... el capricho, la gracia, la novedad. Las almendras garapiñadas, el turrón de pepita, los piñones salados, los alfajores, las nueces y los refrescos, que en recipientes diminutos nos ofrecía, no tenían como finalidad la de alimentarnos sino la de recompensar nuestra buena conducta con el conocimiento de una dulzura que, a su manera, completaba nuestra enseñanza por alusión a los sitios de que tales primores venían a México: cajetas de

---

* Por respeto a las personas que, sin notoriedad pública, figuran en este libro, he seguido una regla: la de citar sólo sus iniciales o sustituir, a sus nombres propios, otros, de fantasía.

Celaya, muéganos de Puebla, camotes de Querétaro, "ates" de Morelia —y tantos otros manjares que hacen de la geografía de la República, cuando no un paraíso de los ojos, una antología del paladar.

A las 5, las criadas pasaban por nosotros. Algunas veces, una labor retenía en casa a Margarita. Mi madre la reemplazaba. Para saludarla más pronto, doña G... descendía de prisa las escaleras. Me enorgullecían los elogios que dedicaba a mis aptitudes de calígrafo y de lector.

No debieron de convencer estas últimas a mi madre pues, retirándome del colegio, decidió hacerse cargo ella misma de mi instrucción. Había en casa una mesa pequeña, de cedro rojo. Un vecino, carpintero a sus horas, no tuvo dificultad en adaptarla a mi cuerpo, como pupitre. Una silla, un tintero, una esfera terrestre, varios cuadernos y un pizarrón plegadizo transformaron mi alcoba en aula.

Principiaron los meses más venturosos de mi niñez. De las 9 a las 12, todos los días, con excepción del domingo, me explicaba mi madre los textos que había reunido, no en atención a sus aficiones, sino por subordinación al programa de la Secretaría de Instrucción Pública: la *Geografía*, de Ezequiel Chávez, la *Historia*, de Carlos Pereyra. ¿Cuántos más?... Completaba mi dotación escolar una selección en francés, de poetas y prosistas del siglo XIX. Al deseo, que mi familia tenía, de prolongar en mí el idioma de mis abuelos maternos debía aquel volumen el honor de alternar con los otros, más necesarios.

Por las tardes, cuando mis tías no me llevaban al centro, mis distracciones se reducían al ejercicio de esas pequeñas actividades con que los chicos de hábitos sedentarios sustituyen los juegos al aire libre: construcción de puentes, estaciones y grúas con las piezas de un complicado "meccano", o simulacros en que un ejército de gigantes —granaderos de corcho, comprados en *El Jonuco*— combatía contra un ejército de pigmeos, soldaditos de plomo vendidos "a dos por cinco" en el estanquillo de doña Clara.

Mayor importancia que aquellos juegos, como anticipación de mis gustos, tenía sin duda un entretenimiento que ignoro si los muchachos cultiven hoy y que yo practicaba con entusiasmo: la calcomanía de colores.

Me encantaba adherir a los vidrios de las ventanas, a la convexidad de las copas y a las hojas en blanco de mis cuadernos esas tiras de cartulina engomada que, levemente, con las yemas humedecidas, iban adelgazando los dedos hasta lograr que las flores, los seres o los paisajes —que la cubierta disimulaba— se trasladasen, sin arrugas ni grietas, a la página o al cristal. Poco a poco, al través del papel, empezaban a amanecer una cara, una nube, un pétalo sin reproche.

¿A qué realidades correspondían aquellas líneas? ¿En qué

actitud me disponía yo a sorprender al culpable de aquella cara? Y esa nube ¿qué aguaceros me prometía?... Me ahogaba la tentación de descubrir de una vez el resto. Pero, en ese momento precisamente, comenzaba la prisa a ser peligrosa. Para que las figuras no "se moviesen", se hacía necesaria una presión delicada, suave, metódica. La menor brusquedad podría deshacer el milagro. Ciertos días, vencido por la impaciencia, la frotación de mis dedos resultaba demasiado ambiciosa. La imagen se desprendía, con cuarteaduras y con vacíos incoherentes. En otras ocasiones, el personaje o la escena representados aparecían impecables. En el fondo, no me importaban mucho los temas de aquellas formas. ¿Qué eran? ¿Señoritas en bicicleta? ¿Almirantes? ¿Gorriones? ¿Chozas? Más que el pretexto de los dibujos, me conmovía su técnica perfección.

Todo mi esfuerzo de hombre de letras ha consistido, también, en llegar al reverso de los asuntos por aproximaciones imperceptibles, como si el conocimiento de las cosas fuese tan sólo el papel opaco bajo el cual yace —cifrada para los otros— una calcomanía, reveladora para mí.

Sería sugestivo, aunque no sé si fructuoso, examinar el estilo de ciertas obras por comparación con los juegos que distrajeron a sus autores en los descansos de la niñez. Los casos de Gide y de Proust me parecen muy elocuentes. Sin la intención que apunto, uno y otro los han descrito. El primero en *Si le grain ne meurt*, al hablar del calidoscopio que descompuso a los doce años "para seguir más de cerca la evolución de sus elementos y percatarse mejor de los motivos de su placer". El segundo en *Por el camino de Swann*, cuando menciona ese pasatiempo (¿japonés?, ¿chino?) que consiste en introducir en una vasija llena de agua menudos trozos de papel blanco, informes en apariencia, los cuales, al humedecerse, se esponjan, se estiran, se colorean y acaban por convertirse en crisantemos o en mandarines, en pájaros o en estrellas.

¿Qué es, en efecto, la obra toda de Proust sino la dilatación de una célula, el desarrollo monstruoso de un germen breve, incoloro al principio, pero teñido —y alimentado secretamente— por la extraordinaria riqueza bacteriológica que el medio le deparó? ¿Y qué es el "acto gratuito" de las novelas de Gide sino la combinación de un calidoscopio en el cual las virtudes y los defectos no interesan ya al moralista por lo que valen, en sí mismos considerados, sino en función de los puntos que ocupan dentro del campo del objetivo?

Hay poetas cuyo deporte debe haber sido, a los 15 años, jugar a la lotería; prosistas que se ocuparon más de la cuenta en "iluminar", cuando niños, las ilustraciones de un folletón. Denuncia a aquéllos la metáfora inconsecuente. A éstos, la abundancia de los epítetos aplicados en frío, como los colores sobre una estampa. En lo que no sé si llamar mi obra, la vocación pueril que confieso tuvo sus consecuencias. Acaso la más visible sea la lentitud con que van desprendiendo mis frases —de la porosa memoria— la calcomanía de estos recuerdos.

II. RETRATO DE VARIOS AUSENTES

A FUERZA de apuntes y de incisiones, la cubierta de mi pupitre había ido adquiriendo un aspecto de carta de marear. Trazadas con una pluma indecisa (la mía de entonces) afloraban máximas escolares: "Conócete a ti mismo", "No dejes para mañana lo que puedas hacer hoy"... Alternaban con tales preceptos, escogidos sin duda por la voluntad pedagógica de mi madre, ciertos nombres históricos: Morelos, Juárez, Simón Bolívar. Y, más abajo, casi en el ángulo de la mesa, un apellido modesto: Duval.

¿Quién era el extranjero al que ese apellido correspondía? ¿Y por qué lo incluía mi infancia en el catálogo de sus héroes?

Se trataba del tenedor de libros de una joyería afamada de la ciudad de México. Tras de nacer en no recuerdo ya qué rincón de Francia, estudiar en París y ganar varios miles de pesos en la Argentina, había llegado a esta capital acompañado por su mujer y por sus dos hijos, con un diploma de contador en el fondo de su maleta, bajo un rimero de traducciones de Rudyard Kipling, varios frascos de sales y de loción inglesas y, dentro de su estuche forrado de felpa roja, una flauta que le servía ciertas mañanas, después del baño, para animar el silencio de su recámara con esas gráciles entelequias que, al conjuro de los aficionados menos expertos, surgen de las partituras de Mozart y de Beethoven.

Poco tiempo después de llegar a la capital, falleció su esposa. Recuerdo de ella un perfil distante: el del retrato que conservaban sus hijos en el cajón de una antigua cómoda. Desvaída fotografía que —al casarse, más tarde, con la hermana de la difunta— había dejado emigrar el señor Duval del salón a la biblioteca, de la biblioteca al velador de su primogénito y, de ahí, a la oscuridad de aquel mueble tácito.

He alterado la cronología de mis contactos con la familia Duval. En realidad, durante el período que este capítulo abarca el señor Duval vivía solo. La que había de ser su segunda mujer residía en París. Sus hijos —los nombraré aquí Enriqueta y Miguel— se hallaban en un colegio de Londres.

Para atenuar los efectos de ese aislamiento, el señor Duval aceptaba con gratitud la hospitalidad de mis padres y de mis tíos. Casi todos los domingos iba a almorzar con nosotros. Y después del café, cuando no se organizaba en casa alguna partida de *bridge* o de dominó, nos invitaba al cinematógrafo, a admirar a Gabriela Robinne en *La Reina de Saba* o a sonreír con las tribulaciones cómicas de Max Linder.

Para mí, aquéllas eran horas de intensa delectación. Me pasmaba la inmovilidad en el palco oscuro, frente a la pantalla en cuyo rectángulo plateado seguían mis ojos las aventuras de un pueblo mudo, elástico y transparente. En la sombra, las manos del invisible pianista acariciaban las olas de un viejo vals, los olanes de una mazurka o los polvosos pliegues de raso de un minueto. La música de aquel piano (no exenta de notas falsas) se avenía a veces muy mal con los argumentos de las películas.

La amistad entre mi familia y el señor Duval se hizo tan estrecha que éste decidió instalarse cerca de nuestra casa, en un departamento de la calle de Independencia. Aquella proximidad me dio pronto ocasión de ir a visitarle los domingos por la mañana. Mientras él se vestía para llevarme a pasear a Chapultepec, me asomaba yo por el balcón al patio interior. Habitaban el mismo inmueble dos o tres solterones empedernidos: un profesor de baile, veneciano de origen, de cuya cocina salían, junto con trozos de barcarolas, asoleados olores de queso y de tórtolas con polenta, y una mujer tapatía, delgada, alegre, segunda tiple del *Principal*, a quien visitaban señores de edad provecta y que, entre las jaulas de sus canarios y las romanzas de su fonógrafo, vivía una vida sin objeciones, sin prisas y sin corsé.

A veces el señor Duval ensamblaba su atril portátil y me ofrecía un concierto de autores clásicos. Esa parte de mis visitas no me halagaba excesivamente. Nuestro amigo tocaba sin entusiasmo, quizá para no olvidarse de lo que había aprendido cuando era joven. Mientras oprimía nerviosamente las teclas metálicas de su flauta, las guías de su bigote, negras y erectas, le daban un humorístico aspecto de músico militar. Como llevaba el compás con el pie derecho, la extremidad posterior de su zapatilla se le desprendía rítmicamente del talón, obligándome a atestiguar, por momentos, el refuerzo robusto del calcetín.

Al descubrir mi primer bostezo, se detenía.

"Voy a acabar de vestirme", exclamaba entonces; como si sólo ese indicio de aburrimiento le hubiese hecho apreciar lo breve de la mañana. Desaparecía un momento en su alcoba. Y regresaba enfundado en un traje negro al que, en ocasiones, cuando había recibido alguna felicitación de sus jefes o alguna carta de su cuñada, añadía un clavel violento, sólidamente hundido en la válvula del ojal.

El hábito de verme le inspiró la resolución de hacer venir de Londres a sus dos hijos. Fuimos a recibirlos a *Buenavista*. Miguel, el mayor, me saludó con lacónica displicencia. Le pareció inadecuado, sin duda, mi traje de marinero y sonrió de mi boina, de mi impermeable y de mi manera de pronunciar el apellido de su papá. Su hermana me llevaba sólo un año de edad. Pero parecía ya una señorita; o, por lo menos, el proyecto de una señorita, con su falda larga, sus ojos verdes, su tez morena y, en el manguito de nutria, sus manos disimuladas y friolentas.

En el coche, el señor Duval se sentó al lado de Enriqueta y escuchó con satisfacción los comentarios de Miguel sobre el largo viaje. Se le veía orgulloso de ser el padre de esos muchachos acostumbrados a viajar en barcos de primer orden y asistir a colegios de primer orden, en suma: a vivir una vida de primer orden, con mermelada en el desayuno, batas de seda en el guardarropa, partidas de tenis todos los jueves y, fuera del plan de estudios, clases particulares de piano y de equitación.

Para eso trabajaba él de las 8 a las 19 todos los días, frente a aquel escritorio en que me gustaba, cuando iba a verle a la joyería, buscar las plumas largas y negras con que sus manos acumulaban cifras y cifras sobre el papel resonante de los registros. Para que Miguel llamase a la avena *porridge*, *week-end* a los sábados por la tarde. Más que todo, para que le escribiese Enriqueta esas cartas encantadoras, que él recibía de Londres cada semana y que, aprovechando un paréntesis musical, solía enseñarme ciertos domingos, con un sentimiento en que se mezclaban —en proporciones que no discernía mi impaciencia— la nostalgia de un padre crédulo y las ortográficas acechanzas de un catedrático rigoroso.

La compañía de sus hijos y el anuncio del próximo arribo de su cuñada persuadieron al señor Duval de la necesidad de buscar nuevo alojamiento. Lo eligió en la colonia Roma: una casa moderna, en cuyas habitaciones no tardaron en alinearse todos los muebles que había adquirido al llegar a México y que, desde la muerte de su primera esposa, yacían en una bodega de Peralvillo.

La alegría con que Miguel y Enriqueta ambulaban entre esas camas y esos armarios no era tan honda como mi gozo. Con pretexto de ayudarles, fui a pasar con ellos tardes enteras junto a los tapiceros y los pintores que había congregado la esplendidez del señor Duval. El olor del barniz reciente, el yeso fresco, el golpe de los martillos y hasta el chirrido de los punzones y de las sierras formaban en torno nuestro un conjunto extraño.

Aunque menor que Miguel, Enriqueta se oponía a mis consejos con mejor táctica. A veces, discutíamos largamente en qué pared convendría colgar tal cuadro, en qué rincón de la sala se abriría de manera más convincente determinado biombo o en qué lugar del vestíbulo debería reinar cierta mecedora. Desdeñoso de nuestras indecisiones, Miguel iba a buscar en silencio el único mueble que le gustaba —un enorme sofá tapizado de seda color de rosa—, sobre el cual se extendía, de largo a largo, a leer una eterna novela de Conan Doyle.

La merienda le arrancaba difícilmente del mundo lleno de brumas y de gendarmes al que sus lecturas detectivescas lo transportaban. Volvía a nosotros como de un sueño. Y su padre tenía que presentarle dos o tres veces la cafetera, antes de que acertase a verter en su taza aquel líquido delicioso que, por lo negro y por lo bien hecho, le recordaba sin duda algún crimen no descifrado por Sherlock Holmes.

A menudo, el señor Duval obtenía de mi madre el permiso de retenerme a pasar la noche en lo que llamaba, no sin amable pompa, "el cuarto de los huéspedes imprevistos".

¡Noches magníficas, ésas, en las que nada importante podía ocurrirme y que, sin embargo, por lo variable de mi carácter y lo rutinario de mi niñez, me conmovían como un peligro, me seducían como un paseo y me alarmaban como un examen! Parece que estoy contemplándome aún, en el óvalo del espejo colocado frente a la cama tendida por Guadalupe, la recamarera de los Duval. Un olor a naftalina impregnaba las sábanas y las mantas. Sobre la mesa de noche, coja de nacimiento, el menor paso —o, desde la calle, la más leve trepidación del tranvía— hacía resonar la botella y el plato de una soberbia "polca" de vidrio azul.

A la izquierda, en la habitación vecina, dormía el señor Duval. Su tos frecuente golpeaba la noche con intervalos. Del otro lado del corredor, en la alcoba de enfrente, Miguel leía. Por las rendijas de la puerta, el brillo de su lámpara deslizaba una luz delgada, puntiaguda y sangrienta como un puñal. A la derecha, se dilataba un misterio vago, que nacía del vestíbulo solitario, que encañonaba el cubo de la escalera y luego, ya en la despensa, temía romperse contra los ecos que prolongaba la servidumbre en su afán de lavar a esa hora los platos y los cubiertos de la merienda.

Poco a poco el silencio iba adueñándose de las provincias últimas de la casa. ¡Qué lejos me sentía yo de mí mismo, de mis costumbres y del mundo pacífico de mi hogar! Me decidía a cerrar los ojos. Unas estrellas amarillas, cárdenas, verdes, se encendían bajo mis párpados. Sin saber de qué modo ni en qué minuto, la conciencia se me borraba, un zumbido lejano me ensordecía. ¿Sería ya el sueño? ¿Era yo quien, al fin, naufragaba en mí?

III. EN CUAUTLA

Durante el invierno, me llevaba mi madre a Cuautla. Allí había comprado mi tía Clotilde una casa exigua, pero risueña y acogedora. La puerta abría sobre la calle de Galeana. Adentro, en la profundidad de la huerta, las hojas curvas de los bananos

—doradas por la estación— simulaban los arcos de una mezquita.

Nada ha sido tan mío como el descanso de que gocé bajo aquellos arcos. Permanecía sentado tardes enteras, viendo abrirse y cerrarse en la epidermis del aire los poros húmedos del calor. Después, me marchaba al campo, a escuchar el gemido del viento contra las ramas y a lanzar piedras al agua rápida y cantarina.

Vivía, en calle no muy distante, una familia de damas, viudas o célibes, que dedicaban su madurez —y algunas de ellas su senectud— a la educación de una sobrinita, mayor que yo, a quien, por comodidad del relato, llamaré Atala. Elijo al azar este nombre hermoso. Y lo elijo no sé por qué, pues confieso no haber conocido a nadie de temperamento menos romántico. Sólo en circunstancias contadas (por ejemplo: al repasar, en el piano, *Sobre las olas*) parecía querer exaltarla el veneno lírico de los natchez. Entonces, en un arpegio o en un silencio, podía imaginar el oyente que la mano de Chactas se había apoyado sobre su puño. La alusión no justifica del todo la tutoría moral de Chateaubriand. Lo reconozco, de muy buen grado. ¿Pero no hay siempre algo arbitrario en el hecho de bautizar a un fantasma? ¿Y qué es ahora, sino un fantasma, el recuerdo de aquella niña?

Eran las damas que la rodeaban tan serviciales y tan modestas que habríamos podido nombrarlas, como lo hice en un cuento, vocales de la ciudad. En efecto, así como el auxilio de las letras vocales es necesario para la pronunciación de las consonantes, así el concurso de esas señoras nos resultaba imprescindible para entender el texto de Cuautla. Sin ellas —capitalinos nosotros y un poco pájaros migratorios— habríamos ignorado lo que significaban el luto, a la vez jovial y meticuloso, del señor L, las desgarradoras sonrisas de doña M, cuando volvía su primo de Cuernavaca o la decisión que tomó la señora H, al traspasar su expendio de comestibles...

Acompañados por la criada de su familia, Atala y yo emprendíamos excursiones, que estimábamos muy audaces —aunque no nos llevaban nunca muy lejos, ni en el plano de Cuautla, ni en ese otro, más abstracto y borroso: el de nuestra plácida intimidad. Con sólo cruzar la calle, una banca del jardín público nos brindaba un horizonte ya pintoresco. Transitaban sombras amables, de bigotes o con rebozo. Para Atala no eran sombras únicamente. La acariciaban. Le preguntaban por la salud de una de sus tías. Ella me hablaba de esos viandantes, no sin asomos de crítica o de censura. La oía yo embelesado como quien —sin tomarse el trabajo de leer el libro que se le tiende— se contenta con hojearlo y, al admirar sus estampas, inventa otro, más obediente a la voluntad del ilustrador.

Algunas tardes, de calor excesivo, nadie pasaba junto a nosotros. La conversación se poblaba, entonces, con sombras más insistentes y más poéticas: las que la criada de Atala nos describía. Aquella mujer, nacida en una aldea cercana a Cuautla, era una india sexagenaria, mística y elocuente. Una serie de ausencias y de abandonos, de fallecimientos y de ostracismos, había ido dejándola sin ramaje. La comparo hoy con un árbol seco, del que sólo el tronco nos amparaba, pero que ascendía desde muy hondo y que escondía, en un polvo de ídolos, la solidez valerosa y terca de su raíz.

Había tenido varios hijos. Seis, según creo. Todos estaban muertos, salvo uno —el menos presente— que trabajaba lejos de Cuautla. Una o dos veces al año, recibía de él una carta breve. Las tías de Atala se la leían en voz alta. Era analfabeta, pero no inculta: por lo menos en lo que importa que no lo fuese. Apreciaba las cualidades del alma y juzgaba a los seres con indulgencia. De cada pena —o de cada júbilo— sabía extraer una gota de compasión para los demás y de consuelo para ella misma.

Entre Atala y yo, su presencia instalaba un paréntesis misterioso. Todo en él adquiría enfática realidad. Los trasgos, en cuya fuerza —maléfica o bienhechora— creía apaciblemente, sin concesiones pero sin miedo. La hacienda, donde había trabajado durante lustros y de cuyo reino emigró una tarde, a la muerte del padre de sus muchachos, sin otro haber que una gratitud absurda para el patrón, un sarape roto y unas manos leales, encallecidas. La campana de su parroquia nativa que, por lo mucho que la elogiaba, debió haber sido tocada al amanecer por musicales ángeles campaneros. El vigor material de su primogénito, que subía —sin ayuda de nadie— fardos enormes hasta la azotea de la casa del hacendado. Y, sobre todo, una yegua ardiente, veloz y larga, "color de fuego", que constituía el orgullo del mayoral y que pasaba continuamente por sus relatos, sin que el asunto necesitara de ese galope, más como el tema de un rito que como la remembranza de un animal verdadero, de carne y hueso.

Fue la primera india que conocí. En México, ciertamente, había conversado con otras: nuestras sirvientas. Pero su trato excluía, de hecho, toda sinceridad. O la ciudad las había despojado de sus méritos esenciales, o ellas, para defenderse de las insidias capitalinas, los ocultaban con mucho esmero.

La criada de Atala no tenía por qué desconfiar de nuestra amistad. Sus historias nos transportaban a un mundo insólito, doloroso como un castigo, pero plástico y dominante como una mitología. Una raza hablaba por esa boca de labios grises y voz delgada, interrumpida frecuentemente, cuando no por la tos, por quién sabe qué súbitas evasiones a los purgatorios o a los infiernos de la memoria.

Durante esos intervalos, que solían prolongarse, callábamos con respeto, como ante un oráculo familiar. ¿Qué destino iba a descubrirnos?

Sobre la tierra, sus pies descalzos, viejos y heroicos, me conmovían oscuramente.

Gracias a esas conversaciones, Cuautla entera se me volvía un motivo de meditación. Por las noches, el sueño me traicionaba. Imaginaba, desde mi cama, a un capitán furibundo, de barba intonsa, a quien había que respetar —o injuriar— impetuosamente. Era el patrón, tal como nuestra amiga nos lo pintaba. O me perseguían ojos vidriosos y duros: los de esos hijos que, en sus relatos, nacían y morían a cada instante, tan pronto dulces y juguetones a los 6 años, entre los cañaverales de la hacienda, como en seguida mozos violentos, machete al cinto, a caballo sobre la yegua "color de fuego", en camino hacia ferias de las que nunca, si regresaban, volvían indemnes.

Por encima de aquellos duendes se deslizaban figuras menos temibles. Una, entre otras: la de una niña "igualita a Atala", la hija del hacendado, a quien nuestra narradora vistió de blanco cierto día de primavera para que fuese a ofrecer a la Virgen un ramo de flores recién cortadas. De su carita, sonriente bajo los velos, nos hacía una relación pormenorizada como un catálogo —y tierna como una égloga. O bien las de aquellos ángeles que iban "muy tempranito" a repicar la campana de su parroquia. ¡Ángeles párvulos y melómanos!... No conseguía representármelos claramente. Los que mi repertorio me deparaba eran demasiado frágiles y menudos para el oficio de campaneros.

Por fin, me rendía la fatiga. A la mañana siguiente, el despertar —incendiado de pájaros y de aromas— me parecía la continuación de uno de mis sueños. Una bugambilia entraba ya a saludarme por la ventana. No eran sino las 8. Pero, lejos de México, avanzaba la luz mucho más de prisa. Un ansia de ser me oprimía el pecho materialmente, como si el corazón me hubiera crecido mientras soñaba.

En vez de la alfombra de mi recámara urbana, me encantaba sentir —al saltar del lecho— el mosaico del piso, limpio y cuadriculado. El agua no estaba nunca, a mi juicio, bastante fría. Cogía su chorro con las dos manos y me hacía la ilusión de apretarla golosamente. ¿No era, acaso, ese chorro un testimonio del agua inasible a la que lanzaba piedras en el crepúsculo y que, durante la noche, se llenaba de astros —menos fijos e indiferentes que los del cielo? Sentía yo en su frescor el hielo de los luceros desvanecidos. Pretendía bañarme así dentro de un río de estrellas líquidas, que la aurora acababa de disolver.

Principiaba otro día de Cuautla; es decir, de fiesta.

Recuerdo un paisaje diluido por el calor. La silueta de Atala se me aparece, luminosa, aérea, dominical. Quiero determinar el motivo de aquella escena. ¿Íbamos a Jojutla? ¿O, más verosímilmente, no era esa opulencia del sol sino la moldura que, a las 10 de la mañana, enmarcaba el camino de la ciudad? Me circunda, de pronto, un interior penumbroso, de diligencia. En el pescante, oigo aún la risa de los cocheros.

¿Cuánto tardaban aquellos viajes?... Nuestros cuerpos se abandonaban a la pereza de los cojines.

Un látigo brusco inscribía su doble ocho de caligrama sobre lo azul de la ventanilla.

A mi lado, Atala se había dormido. ¡Qué figuras trazaba, sobre sus pómulos, la sombra de las pestañas! En verlas formarse, como las nubes, se me iba el regreso, hasta no llegar al recodo en que brutalmente —porque las ruedas ya no giraban sobre un pavimento compacto, sino en el centro de una calle mal empedrada y más bien abrupta— mi compañera me proponía, al volver en sí, un doble descubrimiento: el de su rostro, expresivo otra vez, y el de Cuautla, de nuevo recuperada.

IV. ESCUELA PRIMARIA

A PESAR de las estancias en Cuautla y de las excursiones al feudo de los Duval, la enseñanza en la cátedra de mi madre había ido perfeccionándose. Sin embargo, el tiempo corría, yo crecía con él —y empezó a discutirse en mi casa la necesidad de inscribirme en algún colegio.

Mi madre hubiese querido retenerme en familia hasta los 10 años. Pero conocía las limitaciones de mi carácter y le atormentaba el temor de no prepararme adecuadamente para la vida. De las diversas escuelas que sus amigas le aconsejaron, eligió la "anexa" a la Normal. Dirigía aquel establecimiento don Abraham Castellanos; indígena silencioso, sobre cuya cara de monolítico dios mixteca la alegría colgaba de tarde en tarde, como propiciatoria mazorca, una risa túmida y vegetal.

Resolvió mi madre ir a visitarle. Nos recibió en su despacho, muy cortésmente. Mientras nos exponía los requisitos de mi admisión, escuchaba yo, a través del muro, los gritos de los muchachos. En el patio cercano, disfrutaban de algún recreo. La inquietud de tener que participar en los juegos que a semejantes exclamaciones correspondían me angustió más, en aquel instante, que la perspectiva del plan de estudios.

Me examinaron dos profesores a los que después quise mucho: don Francisco César Morales y don Clemente Beltrán. Era el primero un joven alto, de rasgos trágicos e imperiosos. Bonaparte en el puente de Arcola, tal como lo encontré, al visitar el Museo del Louvre, en la tela del Barón Gros. Cosa extraña: bajo aquella máscara de guerrero, vibraba un espíritu de soldado.

Sus cualidades, no eran la agresividad o la vehemencia, sino el valor, el respeto, la disciplina.

De don Clemente —moreno, ceremonioso, pelirrizado y esferoidal— hasta el nombre era una confesión. De su pluma, en los diplomas de fin de curso, el apellido Beltrán salía escrito con la más tersa cursiva inglesa, entre arabescos tan musicales que los muchachos interpretaban aquellos trémolos caligráficos no sólo ya como el lujo de un minucioso copista, sino a guisa de consejo suplementario, de póstuma complacencia y, en ciertos casos, de melancólico parabién.

Dos meses mediaron entre mis exámenes y la inauguración de los cursos en el "anexo" de la Normal. Durante ese lapso, el temor de que mis padres pudiesen juzgar cobardía cualquier síntoma de tristeza me obligó a tratarles con frialdad. Desde pequeño he sentido que el despotismo más detestable es el que nuestro cariño ejerce sobre los otros. Por eso he procurado no practicar con los seres que me rodean ese amoroso chantaje del que son ciertas hembras especialistas. ¿No sabía yo que nuestra separación iba a ser dolorosa para mi madre? Demostrárselo resultaba superfluo. Ella, por su parte, no quería conceder importancia a lo que mi padre llamaba mi ingreso a filas. Por las mañanas, sus lecciones continuaron sujetas al horario que ya he anotado. Pero los problemas de geometría disminuyeron sensiblemente, en tanto que los resúmenes de historia y de geografía crecieron en proporción. Segura —como lo estaba— de que mis profesores no dejarían de inyectarme el antídoto matemático, consagraba las últimas horas de su enseñanza a la revisión de ese mundo (el de Tácito, el de Reclus) al que iban todas sus preferencias.

Un día, después del almuerzo, dispuso mi padre que le acompañásemos a la calle. Me sorprendió aquella decisión. ¿A qué sitio iríamos? La proximidad de la Navidad me hizo esperar que se tratase de escoger el juguete o el libro que me tenían prometido como aguinaldo. Sin embargo, nunca había intervenido directamente mi padre en compras de esa naturaleza. No era para eso, sin duda, para lo que exigía que mi madre y yo fuésemos con él. ¿Sería, entonces, para conducirme al consultorio del dentista, con el fantasma de cuyas pinzas mi tía Clotilde me amenazaba cada vez que osaba yo destruir la unidad estética de sus postres, arrancando al túmulo de las frutas la monumental avellana que coronaba, el domingo, nuestras comidas?

En la calle, se atenuaron mis inquietudes. El día estilizaba las cosas con esa luz del invierno de México que, por nítida y concentrada, comparo instintivamente con la prosa lacónica de Gracián.

"Iremos a pie", precisó mi padre. Acababan de dar las 4. La avenida del 16 de Septiembre se encontraba llena de transeúntes. Aunque me hubiese agradado detenerme a considerar los bombones y los juguetes exhibidos en los escaparates, comprendí que el momento no era oportuno. Mis padres avanzaban de prisa. No tardamos en llegar a la esquina del 5 de Mayo. Era ésa, entonces, la avenida del libro en México. Recorrerla constituía para mí un placer erizado de decepciones. Me parecía imposible adquirir todos los cuentos y las novelas que sus vidrieras me proponían. Relatos instructivos de Julio Verne, en las ediciones que recibía la Casa Bouret. O, en Herrero, historias de Emilio Sálgari y fábulas de Calleja; anteriores éstas, para mi daño, a los finos dibujos de Bartolozzi... Me interesaban también las reglas, los compases, los lapiceros y, sobre todo, en sus vainas de plástico, esas secretarias de precios inaccesibles cuyos nombres (estilográficas, plumas-fuente) me dejaban atónito y codicioso.

¿Cómo podía yo suponer que mi padre hubiese resuelto ofrecerme esos útiles tan deseados? Cuando, al entrar en la tienda, le oí pedir un equipo completo de tercer año, la magnitud de mi dicha me hizo dudar de su realidad. Durante algunos minutos, me fue imposible examinar los modelos de lapiceros y de cuadernos que acumulaba frente a nosotros una empleada vertiginosa, sonriente como Aladino —y magnánima como él. Hubiera querido comprarlos todos. Elegir uno —uno solo— de cada especie implicaba una operación superior a mi voluntad. En el desorden de mi apetencia, distinguía mi madre mejor que yo. Inducido por sus consejos, fui aceptando una regla T, una escuadra, un juego de tres compases, una caja de lápices de colores, una pluma *Watermann* y una mochila.

Al salir de la librería, mi madre me sugirió: "Dale las gracias a tu papá." Me acerqué a abrazarle. Pero ¡había tanta gente en la calle! No me atreví sino a deslizar una mano inquieta —y que pretendía ser elocuente— dentro de su diestra, sólida y generosa.

Mi acomodación al régimen de la escuela resultó mucho más sencilla de lo que, en casa, podíamos suponer. En el nuevo palacio de la Normal —parada de San Jacinto— ocupaba el "anexo" de la primaria toda el ala izquierda del entresuelo. Durante las horas de la mañana entraba por los balcones un aire límpido y campesino. Su frescura activaba nuestros trabajos. Por las tardes, era preciso correr las cortinas. Sin aquella pantalla, de tela verde, el sol habría caldeado excesivamente la atmósfera de las aulas.

Fui aceptado sin discusiones, aunque no sin desdenes y burlas, por los muchachos. En el fondo, lo que me impidió establecer amistad inmediata con muchos de ellos no fue tanto su alacridad —o su indiferencia— cuanto la simpatía demasiado evi-

dente de mis maestros. ¡Qué amablemente se preocupaban por
ahorrarme las amarguras del noviciado! Lamentable amabilidad... A cambio de las pugnas que me evitó, estuvo a punto de
acostumbrarme a una pasividad peligrosa e inoportuna. Lo que
me hacía falta no era una cura de afecto, sino una crisis: una
inmersión sin piedad en la lucha de la existencia.

Contemplado a la luz que proyectan los años sobre la infancia, el pequeño universo de aquel plantel no me parece tan
sistemático como entonces. En su mayoría, mis compañeros
eran muy buenos; inteligentes, ávidos, estudiosos. Destacaban
sobre el conjunto tres colegiales. El más joven era, asimismo, el
más complicado. Su padre, viudo, lo tenía depositado en casa
de sus cuñadas: dos solteronas que solían ir a buscarle al salir de clase. No hablaba nunca de su familia. Trabajaba con
terquedad. Ante su obstinación no había problema oscuro o
lección difícil. Todo era orden en su pupitre, pulcritud en su traje, brillantina en su pelo, hielo en su obediencia, distancia en
su corrección. Su estilográfica no dejaba escurrir, en ningún
momento, una gota inútil, ni ponía nunca una *s* por una *c*.

Tan bullicioso y cordial como N rígido y contenido, el coste-
ño R daba la impresión de mirarnos desde la cima de una palmera. A veces, cual un gran coco, nos lanzaba una broma enorme
—que nos dejaba tambaleantes, si nos tocaba. A pesar de sus
años de estancia en México, no acababa de acostumbrarse al clima capitalino. Recuerdo aún el abrigo espeso con que su madre
lo engalanaba, para protegerlo del frío del altiplano. Tal abundancia lanar limitaba sus movimientos y, agregada a su corpulencia, lo hacía temible, como vecino, en el rápido de Tacuba.

El tercero era un muchacho de más de 16 años. Sus padres
lo habían inscrito en la escuela, a pesar de su edad, con el
deseo —según supongo— de familiarizarlo con los usos del país.
Mucho mayor que nosotros, no cabía bien ni en su asiento ni
en el programa de estudios de nuestra promoción. Había vivido
fuera de la República. La influencia de sus viajes se advertía
en su espíritu, como, sobre lo blanco de un dique, en distintos
verdes, los diferentes niveles de la marea. Pensaba y hablaba
en un plano muy superior al nuestro. Me convencieron, desde
luego, sus respuestas y sus silencios, sus cuadernos de pastas
negras, el cuello alto de su camisa, la cadenilla de oro de su
reloj. En el patio, a la hora del recreo, nunca jugaba. Nuestras
distracciones le parecían, sin duda, pueriles y fatigosas.

V. VIAJE DE VACACIONES

ENTRE el final de mi aprendizaje en la escuela primaria y la iniciación del bachillerato, hubo de extenderse un período de des-

canso —que duró escasamente nueve semanas. Por la libertad que me deparó y por la condición de los ocios a que dio origen, aquella tregua me pareció entonces mucho más larga.

Para celebrar mis éxitos escolares, mi padre tuvo la idea de ofrecerme unos días de vacaciones en Veracruz. No sé ya si algo importante retuvo a mi madre en la capital. Creo, más bien, que la decidió a permanecer en México el escrúpulo de compartir con nosotros una aventura, que su sentido económico no aprobaba. Sin explicarse a sí misma la razón de su sacrificio, pretextó un cansancio —que no le impidió ejercitar la vigilancia más afectuosa sobre los preparativos de nuestro viaje. Insistió, incluso, en ir con nosotros a la estación. Pensaba que el verla en el andén, solitaria, enérgica y muda, castigaría un poco nuestro egoísmo.

En efecto, por espacio de varias horas, me sentí consternado de mi partida. Agravaba tal sensación el hecho de que mi padre, accesible y verboso por excelencia, me creía secreto y un tanto áspero. Tal vez por eso no conversaba conmigo frecuentemente. Y, cuando lo hacía, usaba un tono que le era impropio, abstracto e impersonal.

Aquella excursión implicaba la primera oportunidad de un contacto íntimo entre nosotros. En familia, muchas exigencias pequeñas nos separaban. A la hora en que yo apuraba mi desayuno, antes de ir a la escuela, él dormía aún. Por la noche, rara vez asistía a nuestras tertulias. Me había acostumbrado a verle durante la comida del mediodía. Y eso, no siempre. Porque, a veces, llegaba tarde. O anunciaba que algún amigo le había retenido a almorzar en el centro.

En el gabinete del "pullman", me reproché la prisa con que había aceptado el proyecto de acompañarle. Imaginé lo que hubieran podido ser, en la capital, esas vacaciones que tendríamos que invertir en quién sabe qué nómadas menesteres: alojamientos precarios, paseos por el puerto, comidas de restaurante. Todo lo que me había seducido en la primera perspectiva del viaje —conocer el mar, visitar la isla de Sacrificios, penetrar en San Juan de Ulúa— perdía de pronto sus atractivos frente a la idea del pesar que esas distracciones representaban para mi madre.

Mi padre era muy dinámico, según se dice ahora de los hombres activos. Apenas nos instalamos en el vagón y ya le hacía falta un periódico que leer, ya asaltaba el botón de la campanilla, ya ponía en receso el ventilador, ya, por fin, fatigado de no hacer nada, abría la puerta del gabinete con la esperanza de descubrir entre los viajeros la presencia de un conocido, la oportunidad de un saludo, el motivo de una conversación.

Poco a poco nuestra charla fue organizándose. Le agradecí que no me interrogase inmediatamente acerca de mis estudios. Con un tacto del que en seguida me percaté, prefirió hablarme de él mismo, sencillamente. Me contó sus tribulaciones de joven pobre, sus viajes, sus triunfos y sus derrotas. Llena de esguinces y de altibajos, su adolescencia no había seguido ningún programa dogmático, escogiendo los vericuetos más que las carreteras y buscando, en el crucero de todos los caminos, su libertad. Los laureles, que tantos muchachos obtienen en los institutos, como recompensa de su constancia, él los había cortado al atravesar un bosque, en el árbol mismo, como recuerdo de una excursión.

No pasaron dos horas sin que llamara tres veces al camarero; para pedirle una limonada, luego un café y, antes que nadie en el "pullman", la minuta de la merienda. Todas aquellas órdenes eran más bien simbólicas, pues él apenas si humedeció los labios en el café. A la hora de merendar, desdeñó los sándwiches y las frutas —con excepción de una pera, que se distrajo en mondar cuidadosamente.

Sobre la blancura del mantel y entre los plateados reflejos de los cubiertos, sus manos eran también una confidencia: la más honda, la más valiente, la última de la noche... Manos duras, viriles, de uñas robustas, venas espesas y articulaciones que deformaba ya el artritismo. Manos que no habían tomado la pluma sino para escribir compromisos fundamentales. Manos sin subterfugios y sin sortijas, que la cólera debía haber apretado violentamente, que las caricias no habían pulido y que —cortadas por el filo de los puños almidonados— parecían más viejas y más humildes que el resto de su persona. ¡Cuántas generaciones de labradores y de marinos, de herreros y de jinetes había necesitado la biología para producir ese par de patéticos instrumentos que se esforzaban por legarme una vida de honor y de probidad! Por comparación con aquellas manos, creí adivinar en las mías cierta indolencia. ¿Revelaría tal indolencia el desistimiento súbito de un destino?

En Veracruz, lo primero que hizo mi padre fue llevarme a que viese el mar. Mentiría si declarase que ese espectáculo suscitó en mí la inmediata euforia que yo esperaba. Encuadernado por las dársenas y los diques, contenido por el cantil de los rompeolas, aplastado y planchado por el calor... ¿era eso el mar? ¿Era sólo eso?

En vano se empeñaba mi padre por reanimar mi curiosidad. "Mira —me decía—, aquél es un transatlántico sueco." O bien, volviendo los ojos hacia otro muelle: "Ahí está el *Alfonso XIII.* Debe de haber tenido mal tiempo al salir de Cuba."

Por deferencia para sus aficiones itinerantes, le expresé el deseo de alquilar una lancha de gasolina. Aquel gasto suplementario le pareció desde luego oportuno y equitativo; algo así como la tributación de una ofrenda sobre el altar del dios de la vacaciones. Un dios sonriente, que él cultivaba con amenidad y que yo no había aún aprendido a reconocer.

Recuerdo la hora del desayuno, bajo el portal del Hotel Diligencias. Subía del pavimento recién regado una fragancia, de piedra húmeda, que se mezclaba con el aroma de las naranjas y del café. Sobre nuestros pies, entregados a la rivalidad de los limpiabotas, los zapatos iban cobrando lustre de espejos. Pasaban entre las mesas vendedores que proponían pañuelos, corbatas y cerillos "de contrabando". Otros, de voz menos clandestina, comerciaban con artículos más autóctonos: caracolas, cofres de nácar. En los barandales de la parroquia, principiaba la sesión de los zopilotes. Funcionarios municipales, adustos y laboriosos, el sol les bruñía uniformemente el ágata de los picos.

En Veracruz leí los libros más deliciosos de mi niñez. Todos ellos eran dádiva de mi padre. Y todos eran cuentos de viajes o de aventuras: *Robinsón Crusoe, Las mil y una noches, La isla del tesoro*. El mar, que me había parecido inexpresivo, adquiría un valor poético insuperable en cuanto la fantasía de un novelista me lo brindaba como fondo de alguna crisis sentimental.

Robinsón me inspiraba un respeto intenso. Sin embargo, ¡qué personaje tan rutinario! Del paraíso de su isla, sólo a él podía ocurrírsele hacer un fraccionamiento para turistas inexistentes. Busco ahora en vano, en las páginas de Defoe, la descripción de un atardecer o de un plenilunio no utilitarios. El paisaje —en su libro— es en ocasiones un cómplice, a menudo un socio, rara vez un testigo, nunca un poeta. Todo lo que el protagonista fue a rescatar de la cala de su goleta lo veo de pronto. Ahí están sus víveres y sus clavos, su Biblia y sus mosquetes, sus martillos y su estoicismo. Pero la naturaleza, a su lado, es casi una teoría. Resultan más verdaderos los paisajes fantásticos de Simbad. Siquiera en ellos hay serpientes que se devoran, pájaros que no hablan. En cambio, en la choza de Robinsón, todo es práctico e importado. Todo produce: las cabras leche, pan las espigas, heridas las escopetas. La orientación se convierte en seguida en brújula, la memoria en libro de caja, con su "debe" y su "haber", por partida doble. ¡Cuánto aparato a su alrededor! Hasta la aurora, para exhortarlo, usa un teléfono: la voz del loro.

Naufragar así, con sus recuerdos y con sus útiles, equivale a cambiar de casa. En el fondo, Crusoe no es un vagabundo, sino un colono. Le domina una manía de tierra firme: la de poseer con seguridad. Por eso la huella de un pie desnudo, descubierta en la playa, no le incita a esperar su liberación. Le hace temer por sus propiedades.

El narrador de *Las mil y una noches* me parecía entonces algo profuso. Cuando pienso en lo que ha llegado a ser para mí la fábula de Simbad, me avergüenza que haya excitado tan débilmente los entusiasmos de mi niñez. La encontraba incómoda y fatigosa. Mi sentido lógico se irritaba de lo que constituye la lógica de su historia: ese deseo de perderse —para encontrarse— y esa sed de peligros que hay en Simbad.

Imaginaba yo al personaje en los entreactos tranquilos de su experiencia. Le veía rodeado de amigos y de clientes, en un palacio de frescos patios umbrosos, sentado sobre una alfombra de lanas finas y envuelto por el perfume de los manjares que le servían —entre acordes de cítaras y de guzlas— esclavas de cabezas estrechas y cinturas cimbreantes e incorruptibles. ¿Qué fuerza le constreñía a desprenderse de todos aquellos goces, para cambiar el oasis por el desierto? ¿El amor del lucro? Ése era el pretexto que él invocaba cada vez que tomaba el camello para Bassora. Pero, en Bassora, al subir a la nave que había fletado, lo que le instaba a embarcarse de nuevo era un motivo que mi infancia no comprendía: el propósito de extraviarse, la esperanza de naufragar...

Después de todo, aquella incomprensión de mi parte no tenía nada de extraño. No se puede gustar a la vez de Simbad y de Robinsón. El primero es un personaje nietzscheano, que sólo se aprecia bien en la edad adulta. El segundo es un tipo escolar, digno del siglo que lo produjo. Siglo frío, razonador, que creyó en el generoso caníbal y en el *homo oeconomicus* de Quesnay.

Frente al adolescente pródigo de los Evangelios, Simbad es el hombre pródigo: ser que no viaja para vivir, puesto que vive para viajar. Ánimo curioso que no siente nunca, al partir, el estímulo del regreso, pues lo que le permite disfrutar del regreso es la certidumbre de la próxima despedida.

¿Habría pensado mi padre, al obsequiarme con aquella versión española de la traducción de Galland, en que él y Simbad el Marino se parecían terriblemente? No lo supongo. Para su manera de ver las cosas, la literatura y la vida constituían compartimientos estancos y, en ocasiones, fórmulas inconexas. Sin embargo, siempre que leo las "noches árabes" —ahora en el texto de Mardrus— recuerdo el sol de mis vacaciones veracruzanas. Una brisa atlántica me acaricia. Y me descubro otra vez en la empresa de colocar, sobre el cuerpo imaginario de Simbad, el semblante irónico de mi padre.

VI. 1913

PRINCIPIABA 1913. Entre proyectos y viajes, llegó el momento de ingresar en la Escuela Preparatoria. Los adolescentes de hoy no pueden imaginar lo que entonces significaba la iniciación del bachillerato. Desde hace lustros, uno de los propósitos perseguidos con más ahínco por las autoridades educativas ha consistido en atenuar el esfuerzo que requería, al salir del colegio primario, esa brusca inserción del alumno en los usos de la Universidad.

Para facilitar el ascenso de una colina, la ruta más natural no es la línea recta. Por la misma razón, para subir a una Facultad, la "preparatoria" menos difícil no es ya la heroica —salto mortal del positivismo— que mis contemporáneos conocieron. Resulta, acaso, más accesible el sistema actual: sucesión de pequeños obstáculos escolares que, por lo menos, cuando no afirma las vocaciones, abre a tiempo la puerta a la deserción. Así, la "secundaria" ha llegado a ser un peldaño de la escalera con que los nuevos programas han reemplazado lo que representaba en aquellos días, para no pocos, un puente sobre el abismo.

Se abandonaba, de pronto, la protección del plantel primario. Se prescindía de ese grupo de simpatías y antipatías en que toda cosa —hasta la rivalidad de los más tenaces— servía de apoyo. De repente, se caía en una cosmópolis turbulenta; presa en que se vaciaban las corrientes más impetuosas de la República: inteligencias de Guanajuato o de Zacatecas, metálicas y brillantes; jubilosos costeños, de Veracruz, de Tabasco o de Sinaloa; pesarosas nostalgias de Yucatán...

Lo que desarmaba al recién llegado era la libertad aparente de aquella vida. Prefectos, todavía invisibles. Maestros, todavía desconocidos. La fatalidad se había vuelto hipócrita. La disciplina no operaba directamente, sino por medio de rodeos burocráticos muy complejos. Ya no suponía el aprendizaje un vial trazado materialmente, de un año a otro, por la previsión o la deferencia de un director. Acostumbrado al acatamiento de un guía único —el excelente don Abraham Castellanos, que regía el destino de la Normal—, no sabía yo qué actitud asumir frente al tablero en que figuraba el horario de la Escuela Preparatoria. Para el solo curso de matemáticas la Dirección me ofrecía cuatro maestros: los señores Rafael Sierra, Ángel de la Peña, Mancilla y Ríos y Lamadrid. Se me había inscrito en el grupo de uno de ellos. Sin embargo, tal adscripción no tenía carácter obligatorio. Si lo deseaba, el secretario podría cambiarme de profesor. Sin conocer a ninguno, ¿cómo elegir?

La "decena trágica" vino a arrancarme de semejantes preocupaciones. Al estallar la rebelión de la Ciudadela, mi padre se hallaba enfermo de pulmonía. La situación nos impuso, para atenderle, a un doctor a quien no arredró el peligro de visitarnos, no obstante el terror que prevalecía en diversos sectores de la ciudad.

A pesar del instrumental amenazador que desplegó en un instante frente a nosotros, la auscultación duró poco, el diagnóstico fue certero y las prescripciones no resultaron embarazosas de conseguir.

Para llegar hasta nuestra casa —vivíamos ya en San Rafael—

el doctor se veía obligado a cruzar, en su "victoria" más bien decrépita, tres desolados barrios de México. Cierto día, en la calle Ancha, una patrulla lo detuvo por sospechoso. En otra ocasión, un muchacho de 12 años cayó cerca de su coche. Nuestro doctor era un virtuoso del arte de describir las más graves escenas sin elocuencia. "Una balita perdida...", le oí decir.

A fuerza de hablar en diminutivo y de recomendar a los pobres de su parroquia una serie de "cucharaditas", de "capsulitas" y de "calditos", aquel generoso varón había acabado por verlo todo en escala breve, como por el extremo empequeñecedor de un anteojo. Se tenía inclusive, al estrecharle al mano, la sensación de que le inquietaba el tamaño de nuestros dedos, normal sin duda, pero superior al volumen de las extremidades que su imaginación de miniaturista nos concedía.

Desde su primera visita, comprendí que a mi padre no podría serle simpática la persona de aquel Hipócrates sentencioso. Le importunaba, durante la auscultación, la cortesía excesiva de sus modales. Y, en la charla, el rebuscamiento de ciertos giros. Esas frases, que el doctor no empleaba por vanidad, sino por respeto profesional para sus clientes, le parecían (como el chaqué y el bastón de los médicos de provincia) inevitablemente relacionadas con sus métodos curativos.

A tal género de expresiones pertenecía una, que a mí también me ha sido siempre poco agradable: ese "entiendo que" del que algunas personas se valen, no por modestia, para disminuir el vigor de una afirmación, sino, al contrario, con el propósito de acentuarla, fingiendo que dudan de ella. "Entiendo que son las 4", decía, por ejemplo, nuestro doctor si le preguntábamos qué hora era. O bien, si mi madre inquiría por qué motivos se negaba a emplear varios analgésicos, que ella calificaba de irreemplazables: "Entiendo que son dañinos, señora —le contestaba—, entiendo que son dañinos."

Sin embargo, impresionados por su puntualidad (que demostraba, entre otras virtudes, su amor propio de hombre y su concienzudo rigor en la profesión), le recibíamos, cada vez, con mayores pruebas de gratitud. Las merecía él tanto más cuanto que el caos de la ciudad, que cruzaba valientemente todas las tardes para ir a vernos, le permitía considerarse no sólo como el médico de mi padre, sino también como el postrer consejero de la familia, nuestro amigo y único informador.

VII. COLEGIAL EN SAN ILDEFONSO

LA MUERTE del Presidente Madero desencadenó en el país un movimiento profundo de rebeldía. A pesar de lo cual, nuestros trabajos escolares se reanudaron. ¡Pero en qué circunstancias!

212

Huerta no vaciló en ordenar la militarización de la Escuela Preparatoria. Al leer la noticia, sentí deseos de no volver a San Ildefonso. ¿Dónde inscribirme?

Entre las aventuras de una enseñanza privada y los métodos militares que el Gobierno nos imponía, no sabíamos qué escoger. Mi padre, poco afecto a la indecisión, determinó que debería yo continuar en la Escuela Preparatoria. Le ofendían, tanto como a mi madre, los procedimientos de Huerta. Pero conservaba, de sus años mozos, cierta debilidad por las armas. Y un instintivo respeto para los lujos del uniforme.

La Comandancia distribuyó en tres grupos a los alumnos. Con los mayores, del cuarto y del quinto año, constituyó un escuadrón de caballería. Con otros, de edad escolar menos avanzada, formó la banda y el cuerpo de zapadores. En la infantería —más numerosa— ingresamos todos los "perros", sin protestar.

Por lo pronto, la militarización se redujo a una fórmula intrascendente. De 11 a 12, en lugar de encerrarnos en el gimnasio, los prefectos nos alineaban, a lo largo de patios y corredores, para llevar a cabo prácticas de instrucción. Del capitán que me tocó en suerte, no recuerdo sino la voz —imperiosa, rápida y clara— con que mandaba: "Media vuelta a la derecha... ¡Arrrchen!"

Aquellos juegos se complicaron. En la mañana del 7 de agosto de 1913, el coronel Osorio procedió a la distribución de los máuseres que había decidido confiarnos el director de la Ciudadela. No imaginaba yo tan incómodo el porte de un instrumento de destrucción. La gruesa correa del mío se me incrustaba en los dedos profundamente. Y la grasa del cerrojo parecía destinada más a mancharme las mangas del traje que a prevenir las parálisis del gatillo.

Los sargentos nos dijeron que recibiríamos en breve el parque y las bayonetas. Mientras tanto, aquellos fusiles servían tan sólo para hacernos más fatigosas las marchas que realizábamos desde la estación de San Lázaro hasta la escuela. Era absurdo prepararnos así. En el fondo, los 874 reclutas que componíamos el grupo del primer año empezábamos a creer en la posibilidad de vencer a cualquier adversario con nuestras armas.

Los corazones de todos mis compañeros palpitaron con entusiasmo cuando, el 12 de septiembre, el director de la escuela entregó al abanderado la insignia de tres colores por cuya gloria, de modo unánime, ambicionábamos perecer. Cuatro días más tarde, con una gorra de oficial balkánico en la cabeza, acalorado el cuerpo por el paño verde del uniforme y ceñidas las pantorrillas por las polainas reglamentarias, participé en el desfile del 16.

La primera hora de plantón, frente a la Alameda, no nos pareció en realidad demasiado larga. Muchos de los estudiantes charlaban, hacían chistes, comentaban las bromas del oficial a cuyos cuidados el comandante nos confió. Algunos encendían de vez en cuando un "habano negro". Otros, que ya presumían de tener novia, se disponían a desfilar con pasión frente al *Salón Rojo*. (En los balcones de aquel cinematógrafo era costumbre que las familias acomodadas se reuniesen, los días de fiesta, para aplaudir el paso de los cadetes.)

Principiamos a caminar hacia la calle de San Francisco. El redoble de los tambores nos ayudaba a avanzar con relativa marcialidad. Encajonado por las fachadas, el acento de los clarines incendiaba de púrpura el espectáculo. A la altura del *Salón Rojo*, varias personas gritaron: "¡Viva la Escuela Preparatoria...!" Aun a riesgo de merecer un reproche del teniente, nuestro sargento se inclinó a recoger un clavel que una señorita le había lanzado.

Regresé a casa rendido. De buena gana, me habría cambiado de ropa inmediatamente. Pero reintegrarme al traje civil, en un día como ése, habría sido una especie de deserción. Por la tarde, salí a la calle. Tenía prisa por volver a llamar la atención de los transeúntes. Pronto me percaté de lo efímero de nuestro éxito colectivo. En el tranvía, ni el motorista se fijó en mí.

¿Por qué rumbo iba yo a pasear mi cansancio de soldado de chocolate? Como el criminal al lugar del crimen, me encaminé hacia el *Salón Rojo*. Había llovido. Las serpentinas y los claveles que tapizaban aún las aceras estaban sucios, pisoteados. Subí la escalera del cine, pagué mi entrada, me sumergí en una historia narcótica... En el intermedio, di una vuelta por los pasillos. De pronto, me descubrí en un espejo. Sentí horror de mi disfraz. Y me prometí no volver a usar aquel uniforme, sino cuando las ceremonias escolares lo requirieran. Según se verá, mi decisión había de acarrearme múltiples contratiempos.

En la escuela, la vida empezaba a consolidarse. La austeridad de don Rafael Sierra perdonaba —hasta donde era posible— mis matemáticas deficiencias. En la cátedra de español, mis progresos resultaban menos imperceptibles. En la de francés, el Sr. Dupuy principiaba incluso a adquirir idea de mi existencia. Pero en ninguna clase había ya conseguido establecer amistad real con mis compañeros. Los pantalones cortos, los calcetines de hilo de Escocia, la americana sin solapas, de cuello estrecho, y la ancha corbata "de mariposa", que mi familia estimaba partes indispensables —e indisolubles— de mi indumentaria civil, me singularizaban de modo impropio y se prestaban a las burlas estudiantiles. Me sentí objeto de caricaturas y sátiras enojosas. Volví al uniforme, como Giges al anillo que le hacía invisible a la luz del día. No siempre el sortilegio operaba. A cada instante, estimulados por el recuerdo de mis pantalones heterodoxos, algunos muchachos me dedicaban una alusión desprovista de amenidad. Entre lección y lección, en vez de tratar de acercarme a mis condiscípulos, iba yo a sumergirme en la biblioteca o me inventaba un pretexto para escapar a la calle y perderme en la multitud. No me arrepiento de mi silencio. Aquel pequeño pero diario ejercicio de voluntad me fue acostumbrando, mejor que ningún consejo, a preferir la censura ajena al desprecio propio.

Sin inquirir la causa de ese aislamiento mi madre lo presentía y se esforzaba por aliviarlo merced al don, cada vez mayor, de su intimidad. Muchas mañanas me acompañaba —no hasta la escuela, pues no quería que los demás estudiantes se diesen cuenta de su presencia y atribuyesen aquel suplemento de afecto a desconfianza de su parte o, lo que hubiese sido peor, a pueril exigencia de parte mía.

Nos despedíamos en la esquina del Reloj y la Plaza de Armas. Y mientras ella, sin volverse jamás a mirarme, atravesaba la bocacalle con dirección a la Catedral, continuaba yo mi camino a San Ildefonso, confortado por sus palabras, pero más por el rigor con que había sabido imponerse el sacrificio de no besarme en la frente como lo hacía, otras mañanas, en la escalera de nuestra casa. Aquella caricia, deliberadamente eludida por su respeto al concepto de mis deberes de adolescente, era para mí un viático más alentador que la más persuasiva de sus admoniciones. Sabiendo el precio que atribuía a cada uno de mis pasos, de mis propósitos, de mis gustos, yo, que la adivinaba alarmada por mi demora más leve o por mi laconismo menos intencional, no podía sino admirar el dominio que ejercía sobre sí misma para no conturbarme con un testimonio demasiado íntimo de la ternura que le inspiraba mi acceso a la juventud.

Algunos catedráticos —particularmente activos o temperamentalmente verbosos— organizaban veladas culturales en el Anfiteatro de la Preparatoria. La Secretaría las anunciaba, con grandes letras, en el pizarrón de la entrada principal de la escuela. Me hubiese encantado asistir a esas manifestaciones. Por desgracia, se realizaban después de las 8; es decir, cuando mi familia se reunía para cenar. Sin embargo, una vez la tentación fue más fuerte que la costumbre. El ingeniero Norberto Domínguez iba a sustentar una charla, con proyecciones, sobre el Japón. Pedí permiso a mi madre para ir a oírle. Me lo concedió en seguida. Y, pues se trataba de un acto público, resolvió acompañarme, no tanto porque el tema le interesase, cuanto para evitarme el cuidado de volver solo, a una hora desusada para mí.

Mis clases concluían a las 6 de la tarde. Y como, de cualquier modo, no hubiéramos admitido que el programa doméstico se alterase por nuestra causa, mi madre determinó esperarme cerca de la escuela y tomar algo conmigo en algún café, a fin de llegar a tiempo a la conferencia.

Me citó en el templo de la Enseñanza. La idea de ir a encontrarla en aquella iglesia, en general poco concurrida —y, a esa hora tardía, desierta casi—, me proyectaba hasta un plano irreal, de cinematógrafo o de novela. Una luz en que los amarillos del crepúsculo empezaban a oscurecer, como los violines de un *allegro* de Schumann al anunciar el *adagio* próximo, despertaba aún por momentos, en el oro de los marcos y del altar, el eco de un resplandor, la resonancia de un brillo exhausto.

De rodillas, sobre una banca de las primeras filas, mi madre oraba. Me aproximé. No había ella escuchado mis pasos. O, de escucharlos, no los había reconocido. Bajo la toca modesta, de seda oscura, su semblante pálido me inquietó. Me pareció extrañamente joven, tímida, vulnerable. Su plegaria la aislaba profundamente. La llamé dos veces, en voz muy baja. En los sombríos y hermosos ojos con que se me vio, al volverse por fin hacia el sitio en que yo me hallaba, creí descubrir unas lágrimas —áridas y fugaces.

"Vámonos", me dijo rápidamente, con aquel tono suyo, a la vez afectuoso, resuelto y grave, que excluía las preguntas innecesarias. Y, tras erguirse de prisa, avanzó hacia las puertas de la iglesia, satisfecha de conducir a su hijo a una conferencia que a ella probablemente no le revelaría nada importante —salvo, acaso, una nueva forma de cumplir en silencio con su deber.

VIII. UN AMIGO

Poco a poco, fui adaptándome a las costumbres de mis compañeros de estudio en la Escuela Preparatoria. La convivencia en las mismas aulas, el encuentro frecuente en las escaleras, la inquietud ante los mismos enigmas y, sobre todo, la analogía involuntaria de nuestras reacciones frente al rigor o la benignidad de nuestros maestros acabaron por destruir esos falsos muros —tras de los cuales se había sentido mal protegida mi soledad.

Me di cuenta, al cabo, de que muchos de los traviesos colegas que me habían impresionado tan desfavorablemente como censores no eran terribles, sino joviales. Incluso llegué a pensar que la superficial arrogancia que en otros me contrariaba procedía, como mi supuesta afición al silencio, de un escrúpulo defensivo. Era una coraza, visiblemente postiza, ante el riesgo de tropezar con la hostilidad eventual de tantos desconocidos.

Empecé a incorporarme, al salir de clase, a algunos de los corrillos menos ruidosos. Me sorprendió la espontaneidad con que, en ellos, ciertos muchachos me saludaron. Rotos así los primeros hielos, no tardé en sentirme parte del grupo que dirigía un joven de gran talento: Carlos C... Era aquél un estudiante simpático y laborioso, de quien no olvido ni la elegante "izquierdilla" con que miniaba todas las hojas de sus cuadernos ni el lápiz rojo con que trazaba, en su libreta de historia, las fechas patrias más importantes.

Carlos y yo habíamos sido compañeros en varias clases. En todas ellas, competidores. Nuestra rivalidad, sin embargo, no se había teñido de antipatía por razones que resulta superfluo citar aquí. La más significativa era la distancia que separaba mis 12 años, aún no cumplidos, de sus magníficos 19. Esta diferencia de edades me permitía recibir con resignación ciertas derrotas estudiantiles que, de haberme sido infligidas por otro alumno, me habrían humillado seguramente.

Alto, risueño, cordial, Carlos era el modelo de esos condiscípulos que ejercitan, sobre los amigos que los comprenden, una influencia sin objeciones. Fuera de la escuela, vivíamos él y yo dentro de un mundo cerrado: como el poema, en que no puede penetrar la menor anécdota; o como el cuadro, en que no se respira más aire que el del buen óleo. La impersonalidad de los sitios en que solíamos reunirnos daba a nuestras entrevistas un carácter abstracto, casi inhumano. El pudor —o el orgullo, tan parecido al pudor— le impedían invitarme a su casa. Se sentía poco apreciado por su familia. La admiración me privaba a mí del deseo de introducirle en mi intimidad. Sin concertarnos, habíamos ido admitiendo la voluntad de las circunstancias. Lo que éstas nos proponían, como escenario de nuestros diálogos, era el telón de un estío vibrante en Chapultepec, la arquitectura española de nuestra escuela y el ruido automático, sordo, de las calles que recorríamos.

La compañía de Carlos llegó a serme tan necesaria como una atmósfera. Mas no tan útil. Su constante presencia, su ingenio y el influjo creciente de su carácter no me exaltaban: me deprimían. Seguro de su consejo al final del curso, dejaba yo que los temas de estudio envejeciesen en mi pupitre hasta la hora de los exámenes, en que la preparación parecía ya ineficaz. En vez de incitarme al trabajo, sus aciertos me estimulaban en la pereza. ¡Disimulaba él tan maravillosamente la persistencia que sus calificaciones, siempre muy altas, recompensaban! A fuerza de imaginarle vivir en un aposento de ociosidad, tomé el resultado por el motivo e imité, en abandono, su pertinacia.

Nos rodeaban varios muchachos que no tenían más interés en la vida que el de graduarse. Muchos de los que evoco han conseguido el diploma que postulaban. Sus apellidos timbran ahora el papel de un registro de notaría, certifican las residencias edificadas en las Lomas o en el Hipódromo y autorizan las recetas con que destruyen —cuando no salvan— la salud inestable de sus pacientes. Lo que en aquellos días les importaba no era saber una asignatura, por la satisfacción de acrecer sus conocimientos, sino para sustentar con donaire varios exámenes. Por eso, en lugar de extraviarse en la literaria floresta que acabaría por absorberme, se limitaban a conocer el modesto huerto de nuestros textos estudiantiles. Carlos los desdeñaba. Pero sólo en ciertos momentos extremos, de petulancia o de ingenuidad, su sonrisa los reprendía. Se producía entonces, en el brillo de su mirada, esa especie de psicológica intermitencia que las personas acostumbradas a leer de noche reconocen de pronto, en la luz de sus despachos, cuando un vecino pone en marcha el ascensor, enciende una veladora o —para cualquier otro uso— desvía, por un instante, la provisión eléctrica de la casa.

Observa un historiador que la lengua inglesa, rica en monosílabos, debe muchas de sus virtudes al descuido en que la dejaron, durante el reino de los normandos, los hombres cultos. Sin exigencias prosódicas que atender, discursos que adornar, ni cribas de diccionarios en que cernerse, el inglés, por espacio de varios siglos, fue solamente un idioma hablado. Por pereza, el oído del labriego o del pescador acabó por no retener sino los sustantivos de pocas sílabas, los verbos cortos: esos que aprovechan ahora los literatos del país de Shakespeare para dar a los libros que escriben tan envidiable condensación. Algo semejante ocurrió con mis condiscípulos y conmigo. El frecuente cambio de profesores que, a partir de 1913, nos impuso el desorden político de la época perjudicó el desarrollo de nuestros estudios. Pero, obligándonos a asumir cada vez mayor responsabilidad en nuestras propias decisiones, nos inició desde muy temprano en las dificultades prácticas de la vida.

Una mañana, Carlos insistió en llevarme a la Plaza de Armas, a presenciar la entrada de un regimiento de zapatistas. Nos detuvimos junto a un puesto de "tacos" y de naranjas. Nos oprimía la multitud. Al relente de los cuerpos humedecidos por el sudor se mezclaba, de tarde en tarde, un aroma fresco: la cosmética insinuación de una piña abierta, la acidez de un limón herido, láminas de fragancia que salpicaba, con gotas rápidas de manteca, el estallido de las frituras en el hogar de la vendedora.

Un cielo inmóvil pesaba sobre la escena. Su luz adornaba todas las cosas, volviendo oro la paja de los sombreros, plata el agua endulzada de las tinajas, púrpura el sepia de los rebozos, la espera fiesta, diamante el sol. A pocos pasos de nuestro grupo, una familia de campesinos se había instalado. La encabezaba un anciano a quien rodeaban cuatro mujeres (dos de ellas jóvenes) y una tropa de chicos tristes y mudos. ¿Qué esperanza —o qué miedo— los había desarraigado de su provincia?... La mayor de las dos muchachas daba un pecho sin opulencia al más ávido de los críos. Para ella, como para las demás figurantes de aquel conjunto, los preparativos del desfile resultaban una especie de tregua en el vértigo de la fuga, la ocasión de un alto en medio de la ciudad.

Por fin, sobre corceles más bien pequeños, comenzaron a pasar frente al Palacio los hombres de Morelos y de Guerrero. Sus trajes, que habían sido blancos, contrastaban con el bronce de los brazos desnudos y de los rostros. Algunos —fatigados o ensimismados— dirigían a los curiosos una mirada indescifrable y patética, de azabache. Otros sonreían, sorprendidos de la magnitud de la Plaza de Armas. Venían quién sabe de qué batallas. Los esperaban quién sabe qué infortunios y qué peligros. Pero avanzaban por la ciudad conquistada, sin cólera y sin orgullo —mientras Carlos y yo nos esforzábamos, vanamente, por medir la grandeza de su destino.

Dentro del libro ilustrado con que comparo mi juventud, tan colorido desfile equivale a una de esas pinturas que los editores colocan, fuera del texto, en los ejemplares de ciertas obras. Otras viñetas son menos vívidas. Evoco, en ésta, una puerta oscura: la de la panadería de barrio en la cual, al volver de la escuela, iba yo todas las tardes a formar cola, durante uno de los sitios de la ciudad. Treinta o cuarenta personas me precedían: heterogénea teoría de señoras y de criadas, de empleados y de estudiantes, de desocupados y de obreros.

En ocasiones, la espera duraba horas. Favorecidas por la promiscuidad y por la impaciencia, las noticias más alarmantes se propagaban.

"Esta noche no habrá luz eléctrica", aseguraba una gruesa matrona, de quien el volumen parecía empeñado en certificar la veracidad.

"¿Llenó usted su tinaco?", le preguntaba, entonces, un viejo de traje negro y de cuello "de palomita" a quien habíamos ofrendado el título de ingeniero. El pobre señor vivía preocupado por el peligro de que los sitiadores cortaran el agua de Xochimilco y nos hiciesen morir de sed.

"Dizque están ya en la Villa", exclamaba una de las criadas. Por espíritu de cuerpo, sus compañeras no se atrevían a desmentirla; pero, por buen sentido, se contentaban con suspirar.

¡En qué atmósfera de cívica angustia mi adolescencia se definió! Hasta cierta edad, la juventud no se gasta, porque se invierte. Su capacidad no se aplica: se configura. No es la vida del joven poder que fluye y que opera debilitándose, sino, al contrario, batería a la que todo ejercicio sirve de carga. En mi caso, como en el de tantos jóvenes mexicanos, la energía acumulada emanaba del clima, magnético como pocos, en que se realizó la Revolución.

IX. ¿AMANECER DE UNA VOCACIÓN?

En San Ildefonso, dos cursos me atraían especialmente: el de literatura española, que explicaba el poeta Enrique Fernández Granados, y el de historia general, a cargo de un abogado —Juan N. Cordero— descendiente del famoso pintor romántico a quien debemos, entre otras obras, la decoración de la Capilla del Señor, en Santa Teresa, y un "delicioso y absurdo" retrato de doña Dolores Tosta de Santa Anna.

Recuerdo a ambos maestros con gratitud. Al poeta, de apoplético rostro izado en el mástil de un cuello duro, como la cabeza de un degollado sobre una pica; y al abogado, envuelto constantemente en amplísimas capas de *tweed*, dueño de una memoria dinástica incomparable, de una cortesía virreinal y de una espléndida biblioteca. Algunos de sus alumnos fuimos autorizados a visitarle. Siempre habré de representármelo así: entre la luz italiana de un cuadro religioso de su pariente y el azúcar de la cucharada clásica de cajeta con que obsequiaba a sus invitados como preparación al gran vaso de agua cuya frescura constituía sin duda un rito de la hidalguía en las tradiciones domésticas de Don Juan.

Del primero (*Fernangrana* en literatura) no conocía yo por entonces las pálidas *Margaritas* ni los *Mirtos* que habían hecho su reputación de poeta en los tiempos del Duque Job. Excelente esposo, imponía a sus madrigales nombres de heteras o de pastoras. En clase, procuró siempre inculcarnos un santo horror por el gongorismo. Apreciaba a Rubén Darío, pero con reservas verbales apenas disimuladas. Silenciaba a Lugones y elogiaba, con ímpetu, a Díaz Mirón. De los poetas franceses, declaraba estupenda la obra entera de Victor Hugo y dejaba caer sobre los demás, de Villon hasta Baudelaire, el velo de una indulgencia sin entusiasmo.

Su devoción por Fray Luis de León y por Lope de Vega me parecía de buena liga. Sin embargo, cuando reflexiono en el calor con que aconsejaba las *Odas sáficas* de Villegas y encomiaba la perfección de los Argensola, me pregunto si Lope y Fray Luis le gustaban por las virtudes excepcionales que admiro en sus poesías —la autenticidad y la probidad— o, simplemente, por lo correcto y sencillo de su expresión. Enemigo de lo barroco, desdeñaba cualidades que son, en lengua española, características. Y, por estrecho neoclasicismo, sembró en nosotros tal olvido de ciertos méritos esenciales, que no advertíamos exactamente, bajo su férula amable, el abismo que existe entre un poema de Garcilaso y un romance de Moratín.

Más que sus advertencias, me seducía la calidad de los libros que analizaba. Recuerdo, por ejemplo, la impresión que me produjo el oírle leer, cierto día, la *Oda a Salinas*:

El aire se serena
y viste de hermosura y luz no usada,
Salinas, cuando suena
la música extremada
por vuestra sabia mano gobernada...

Articulaba lentamente, con gravedad. De timbre poco brillante, su voz ceñía todas las sílabas; dejando sólo, entre palabra y palabra, un alvéolo sonoro en que se acumulaba nuestra impaciencia. Cuando llegó a la estrofa, que todavía hoy no puedo repetir sin escalofrío

> —*Aquí el alma navega*
> *por un mar de dulzura, y finalmente*
> *en él así se anega*
> *que ningún accidente*
> *extraño o peregrino oye ni siente*—,

no supo mi juvenil ardimiento qué preferir, si la placidez de la noche mental hasta cuyos planos el poeta de Salamanca me levantaba o la fluidez de las eles y de las eses en que sus versos se desleían. Sentí, en ese instante, que *Fernangrana* tenía razón. ¿Cómo comparar con aquella hermosura profunda —y sin resplandores corpóreos— las enjoyadas gracias de Galatea? Más tarde, la opulencia de Góngora me cegó. Descuidé a Fray Luis por las *Soledades* y pretendí ver el mundo con el ojo de Polifemo. Por fortuna, los errores del tiempo, el tiempo los rectifica. La mejor dádiva de la edad ha sido tal vez, en mi caso, el volverme a mis viejas predilecciones.

¿De qué modo se hace un poema?... Esta pregunta me atormentaba. Pese a las innovaciones del Plan García Naranjo, el sistema positivista nos había hecho llegar al estudio de la literatura española del siglo de oro sin indicarnos antes, siquiera, qué diferencias hay entre la alegoría y el símbolo, la jaculatoria y el ditirambo, la égloga y la elegía. Educados en provincia, algunos de mis compañeros habían podido asomarse a la *Retórica* de Campillo. Las remembranzas del seminario perdido proporcionaban a varios de nuestros profesores un tono de autoridad singular cuando hablaban de Virgilio, de Plinio o de Cicerón. Pero, en lo general, apenas si acertábamos a desenterrar las raíces latinas de las palabras. E invertíamos, en tal juego, más sumisión de gramáticos que invención y alegría de horticultores. Satisfecho con vigilar nuestra ortografía y con señalarnos en qué frases estaban mal empleados nuestros gerundios, mi profesor de español no nos había revelado cómo se mide un alejan-

drino, ni de cuántos renglones consta un soneto. Semejante
ignorancia dificultó mis ensayos sensiblemente. Sin embargo,
tanto me interesaba versificar, que di término a una curiosa rapsodia en cuyas estrofas intenté describir —dentro de formas
aparentemente ortodoxas— un "estado de alma" decadentista.
Fernangrana, a quien sometí mi engendro, me lo devolvió a la
semana siguiente con una nota de elogio. Nunca lauro académico
alguno ha suscitado mayor placer. Al salir de clase, no me atreví
a comentar el hecho con mis amigos. A mi satisfacción se mezclaba un sentimiento modesto: el temor de que no me fuese
posible ya realizar otra hazaña de aquella especie...

¡Ser un hombre de letras! Aun cercada así entre admiraciones, la exclamación no contiene sino parte muy débil de mi
esperanza, a los 12 años. Hice a pie, hasta mi casa, el regreso
desde la Escuela Preparatoria. ¿Cómo resignarme a incrustar,
dentro de un tranvía, esa combinación formidable de júbilo y de
terror? El mismo sentimiento que me había impelido a salir del
colegio rápidamente, sin mostrar ni a Carlos las felicitaciones
de *Fernangrana*, me constreñía a volver despacio, deteniéndome
ante cada escaparate, respirando el aroma de cada jardín.

Al llegar a casa, me confortó averiguar que mi madre y mis
tías habían salido. Podría, así, rehacerme antes de encontrarlas.
Subí de prisa a mi habitación. Allí, tras cerrar la puerta con
llave, guardé en el cajón más seguro de mi pupitre la peligrosa
cuartilla en que la pluma de *Fernangrana*, creyendo hacerme
un servicio, acababa de condenarme a los trabajos forzados del
escritor.

Desde aquella tarde, empecé a descuidar los estudios de la
Preparatoria. Estimé que las cátedras de mecánica y de trigonometría no perderían nada con privarse de mi presencia. Me
quedaron varias horas libres. Las dediqué a devorar en la biblioteca de la escuela todas las obras que mis recursos personales
no me permitían aún poseer. Los autores clásicos españoles, en
la edición de Rivadeneyra, me parecían ser los que de modo más
oportuno completarían mi información.

Influído por el jansenismo estético de mi padre (que recha-
zaba de todo arte, de toda vida, cuanto no fuera el producto
de un serio esfuerzo), la libertad prodigiosa de genios como
Cervantes, Quevedo y Lope de Vega me inspiró, antes que nada,
una gran sorpresa. ¿Qué era bueno, qué no lo era en aquellas
mil y mil páginas de comedias, novelas, autos sacramentales, sonetos, letrillas, sueños, coloquios, sátiras, epigramas, triunfos
y fantasías? El autor desaparecía en algunas de aquellas obras;
para mejor desnudar al hombre. ¡Y qué hombres los que surgían
de tales textos! Sensuales, ásperos o despóticos, ascéticos y monjiles, militares u oficinescos, con pluma al puño y espada al
cinto, cortesanos o conjurados, entre alguaciles y santas, pícaros

y arciprestes, de gorguera o jubón luctuoso, con tonsura o con yelmo, conquistadores eternamente —de sí mismos y de la vida.

Mi edad, mi temperamento, mi educación, me disponían a ser un lector sumiso. Y lo que, precisamente, aquellos tremendos creadores no toleraban era el silencio, la pasividad del espectador. Todos, por el contrario, me incitaban al diálogo, a la violencia. Todos me desafiaban. Querían un duelo —y que fuera a muerte. Extenuado de combatir con armas tan desiguales, devolvía al bibliotecario el Rivadeneyra y le pedía un manjar más fácil: la *Graciela* de Lamartine, por ejemplo, con sus románticas tricomías, cuando no (me da pena decirlo) la traducción de *Il Fuoco* o el lacrimógeno *Jack* de Daudet.

La enormidad de lo publicado me intimidaba. ¿Qué sendero elegir en aquella selva? Todos los géneros me atraían: la poesía, la historia, el cuento, el ensayo y hasta la máxima psicológica... Cierta noche, la coincidencia de dos obras sobre mi mesa (*El genio del cristianismo* y *Los caracteres*) me inspiró el deseo de redactar, yo también, un tratado acerca de la influencia de la moral sobre el concepto de la belleza. Nada menos. Con la audacia de la adolescencia, tracé mi plan. Para probar el alcance de lo bueno con lo bello creí sugestivo, aunque desde luego no original, el recurrir, como los pensadores del XVIII, a la apología de la Naturaleza. Ya algunas escenas sentimentales de Chateaubriand me abrían la senda magistralmente. Perseguí otras. Volney me las procuró. Sus *Ruinas* iban a depararme poéticos materiales. Mi ambición fue creciendo con mis lecturas. Había encontrado, en las observaciones de no recuerdo ya qué manual, una referencia a Bernardin de Saint Pierre y a sus *Estudios de la Naturaleza*. Los adquirí. Pero como tantos volúmenes no podían ser consultados en la Preparatoria y como no estaba yo en aptitud de justificar ese trabajo suplementario sino en las horas no consagradas a lo que mi madre seguía creyendo mi día escolar, busqué un refugio fuera de casa. Lo hallé, a mi entero sabor, en la biblioteca del Museo Nacional. ¡Qué rincón más discreto y estimulante! ¡Loados sean quien fundó el establecimiento, los eruditos que conocen su biblioteca y, más aún, los que no la visitan muy a menudo! Éstos no estorbarán a los jóvenes estudiantes que, por razones análogas a las mías, se vean en el caso de frecuentarla.

Me figuraba yo, en esos años, que un programa como el que se me había ocurrido se prestaría a desarrollos literarios de gran linaje. Verbigracia: una tormenta sobre los Andes. El *globetrotter* se inclina ante el viejo ermitaño que lo bendice, lo hospeda y le enseña a amar a sus semejantes. Otro cuadro: en la India, un cazador se hunde, al caer la tarde, en una ciénaga inesperada. Un elefante lo salva. Al regresar a Calcuta (descripción de Calcuta) el cazador dedica su fortuna a un plantel de meditación. No

223

recuerdo todos los episodios que iba a narrar el libro, aunque sí la inocencia con que anoté en mi repertorio de estampas nobles: un amanecer en el Niágara, un claro de luna en el estrecho de Magallanes, un terremoto en la Martinica, el silencio de Cuauhtémoc, Julio César y el paso del Rubicón...

Sin mayores vacilaciones, me dirigí a una papelería del 16 de Septiembre. Compré dos cuadernos, de hojas rayadas. Y me preparé a inundar uno de ellos con primaveras, desastres y tempestades, reservando el otro para las anécdotas susceptibles de revelar —de manera más viva— el "conocimiento del ser humano".

A la vuelta de cuatro meses, me encontré en posesión de un manuscrito de más de noventa páginas. Buen promedio —numérico, por lo menos. Pero la idea primitiva había ido reduciéndose bajo el peso de las descripciones que debían apuntalarla. *Las armonías del Universo* fue el título que escogí. *Paisajes y retratos* habría sido menos pedante. Durante 2 o 3 años, conservé el texto —como una póliza contra el olvido. El olvido lo sepultó.

X. UNA VISITA AL SIGLO XIX

ENTRE alarmas, lecturas y dudas, pasé al cuarto año de la Escuela Preparatoria. Con impaciencia, me dispuse a cumplir 16 de edad.

Mi asistencia a los cursos se hizo otra vez metódica. Aquella puntualidad no implicaba el menor abandono de lo que estimaba mi obligación de escritor en cierne. Más que el afán de acudir a clase, lo que me conducía a San Ildefonso era el deseo de volver a encontrar a mis compañeros —y la esperanza de descubrir, entre ellos, nuevos amigos.

Me había alejado de Carlos C... Aunque nos viésemos con frecuencia, procurábamos no salir de la escuela a la misma hora. En la biblioteca, no elegíamos ya mesas colindantes. Me apartaba de él la inquietud de que no considerase auténticas mis incipientes composiciones, ni profunda mi vocación de aficionado a lo que *Fernangrana* llamaba las bellas letras. No era raro que algún volumen ajeno al programa escolar se deslizase entre los cuadernos que llevaba conmigo todos los días. El primer intruso descubierto por Carlos fue un ejemplar de *Manon Lescaut*. Lo abrió en silencio, con fingida prudencia. Echó una ojeada sobre mis notas y volvió a colocarlo sobre el pupitre. Sin palabras, su sonrisa me condenó.

No podía calificar de ruptura nuestro distanciamiento. Lo que ambos sentimos fue, sobre todo, el placer de recuperar nuestra soledad. Junto a la ruta por la que Carlos se apresuraba hacia los diplomas y hacia los premios, mi vereda fue proponiéndose observatorios distintos, indolencias y prisas particulares. Como los dos caminos habían empezado a la misma altura, en las mismas aulas, la proximidad de su curso podía dar a nuestros colegas —y acaso a nuestros maestros— la impresión de un paralelismo. Con los meses, las diferencias se precisaron.

Por una ley de equilibrio, natural en la juventud, ciertos muchachos —que hasta entonces me habían rehuído, o ignorado ostensiblemente— comenzaron a frecuentarme. El que me pareció más inesperado, Manuel Hernández, pertenecía a una familia de ricos-hombres todavía tiesos de haber lucido bajo los almidones del régimen porfirista, aunque ya desgastados por el destierro y humanizados, en parte, por la pobreza. Sus padres, que vivían en San Ángel, habían conservado un palacio inútil, cerca del Zócalo. Sólo habitaban en él un palafrenero, ya jubilado, y dos perros, tan reumáticos y tan sordos, que ni el disparo de una escopeta les habría arrancado el menor ladrido.

En compañía de su hermano Samuel, allí pasaba mi amigo las varias horas del día que no ocupaba en trasladarse de San Ángel al centro, tomar chocolate con las señoritas L. C. y conceder, en la escuela, una lejana atención a sus profesores. Con el pretexto de consultar ciertos "apuntes" de química, que ignorábamos en común, me invitó una mañana a gozar libremente de aquel refugio.

El palafrenero me adoptó con indiferencia. Samuel discutió mis visitas un poco más; pero, lacónico e indulgente, acabó por no ver en ellas sino un motivo para escapar al monólogo de su hermano —e instalarse, ya sin remordimiento, en la habitación más callada de la casona. Poseíamos en cambio, Manuel y yo, todas las otras estancias: el billar y la sala de armas, la biblioteca y los baños, los salones y el fumador... A tanto lujo preferíamos las cocheras, sin duda por los carruajes que dormitaban bajo sus bóvedas: un landó, en cuyos descosidos cojines nos hundíamos gravemente, y un melancólico plesiosaurio, que mis amigos llamaban "nuestro *mail-coach*".

De corazón bondadoso, Manuel insistía en hacerme palpar cada hierro y apreciar cada detalle de aquel vehículo desusado: la solidez de los ejes, el cristal biselado de las farolas y sobre todo, en las portezuelas, el monograma de sus abuelos. Supe, así, que su padre era descendiente de una familia dos veces noble, cuyo árbol genealógico tenía raíces en Madrid —y, también, en Viena.

Desde que ingresé en la Escuela Preparatoria, había simulado mi madre desentenderse de la selección de mis compañeros. A algunos, ni siquiera los conocía. De otros, más entrevistos que vistos, tenía una idea psicológicamente exacta, que se esforzaba por no imponerme, y que acabé muchas veces por compartir. Conociendo cuántas angustias suscita el afecto más desinteresado, comprendo ahora las inquietudes que debí ocasionarle en aquellos días. Me apesadumbra la vigilancia invisible a que la obligué con mi discreción y admiro la labor de paciencia, de memoria y de fantasía en que su espíritu se encerraba (anudando fechas, tejiendo nombres) cada vez que aparentaba no protegerme con sus consejos. Le hablaba mucho de mis estudios, poco de mis maestros, nada de mis amigos. Con Manuel resultaba difícil tal abstención. Acostumbrado él a no conservar relación sino con muchachos que mereciesen el beneplácito de sus padres, me invitó a conocerles. Durante varias semanas, para diferir la visita, acumulé pretextos sobre razones. Sin embargo, cierto sábado por la noche, sentí tedio de mi vergüenza. Y acepté ir a almorzar a su casa al siguiente día.

Desde muy temprano, mi madre hizo preparar mi traje más presentable; planchó ella misma la corbata de seda oscura, que sólo para las ocasiones de grande pompa me era confiada, y mandó comprar al Café Colón un cartucho de chocolates, destinado a ser ofrecido, en su nombre, a la madre de mis amigos. Tomé el rápido de las 12. Durante el trayecto, me importunó la sospecha de que el viajero de polainas de piqué blanco y bastón de caña —que se sentó a mi derecha, al partir del Zócalo— fuese un tío de los Hernández, elegante rentista de quien hablaba Manuel como de un personaje educado en Cambridge y conocido, entre otras cosas, por haber intervenido en sus mocedades en la importación del famoso *mail-coach*.

Por fortuna, el supuesto pariente descendió en la parada de Tacubaya. El resto del viaje me dio ocasión para rehacerme. De la terminal del tranvía a la residencia de los Hernández, la distancia me pareció demasiado corta. Me esforcé por andar despacio, prestando falsa atención a las bugambilias que florecían los barrotes de las cancelas y a los geranios que tapizaban las tapias de los jardines. Un sol delgado recortaba cada rama, cada ladrillo, con tan sutiles tijeras que el ojo no percibía ni un margen blanco: ni el contorno de una corola mal dibujada, ni el desplazamiento de un pájaro, ni el hueco que deja a veces, en lo instantáneo del aire, el salto de un chapulín.

Me daba cuenta de que una luz tan certera no podía en manera alguna favorecerme. Me sentía ridículo, mal vestido. Lo que más me desagradaba era aquel dominguero cartucho de chocolates, enlistonado agresivamente. La vendedora, para dar importancia al regalo, había creído conveniente adornarlo con una rosa. Iba a arrancarla, cuando oí a Manuel pronunciar mi nombre. El temor de que no acertase yo a descubrir el número de su casa le había inducido a esperarme frente a la reja. Advertí que llevaba puesto el mismo terno, de paño azul, con que iba a la escuela todos los días. Me molestó más entonces mi traje nuevo.

Mi inquietud no duró gran cosa. Con el tacto de una dama muy distinguida, la madre de mis amigos simplificó inmediatamente la situación. Sus primeras palabras fueron para decirme que sus hijos le habían hablado mucho de mí y que se me estimaba de veras en esa casa. Sólo una prueba excesiva de timidez hubiera sido capaz de disminuir la benevolencia con que trataban de confortarme sus ojos plácidos y profundos.

Más inquisitivos me parecieron los de su hija, que no tardó en penetrar en el salón donde ya charlábamos. Ni Manuel ni Samuel me habían hablado nunca de aquella hermana.

¡Qué complicada resulta la descripción de un semblante! Una cara debería enumerarse, como en la relación de un pasaporte: boca grande, labios finos, cejas arqueadas y bien pobladas... O, al contrario, contarse a través de un libro, con estadísticas y con notas, con rectificaciones y con paréntesis. La que ese rostro sintetizaba parecía ser la historia de una nación representada solemnemente, con todos sus olivos y sus laureles, en el pórtico de una Cámara, la alegoría de un Ministerio o el disco de una medalla de aniversario. La fe, la piedad y la inteligencia habían modelado aquellas facciones no para el ensayo de miniatura que intento ahora, sino para la plástica de una estatua. No me sorprendía el acierto de cada rasgo, pero sí la personalidad coherente de todos juntos: la voluntad de las sienes, la vehemencia de las ojeras, la lealtad reflexiva de la nariz. Se sentía el esfuerzo que varias generaciones habían desarrollado para formar ese lote justo, del que no era el semblante de Manuel sino un inocente primer proyecto, sin penumbras ni reticencias, y junto al cual se mostraba tan insistente la máscara de Samuel.

A pesar de sus pocos años, un inconsciente dominio emanaba de ella y prestigiaba todos sus movimientos. Sonreía como una niña, pero caminaba como una reina. No recuerdo quién nos presentó, ni cuáles fueron las frases con que me restituyó la confianza en mí mismo. Recuerdo sólo la atención que puse en no detener, entre mis dedos sin experiencia, el río rápido de su mano.

Todo, a lo largo de aquel domingo, había de darme la impresión de un anacronismo —sí, de una visita hecha al siglo XIX: los elaborados manjares de la comida, los elzevirios de la biblioteca, la yegua, de alazano ropaje, hasta cuyo lomo me izó un compasivo caballerango; la carrera que Samuel me ganó con explicable facilidad y esa otra, la última, que Manuel empató conmigo, más por afecto que por torpeza. Ni las horas ni el parque tenían dimensiones exactas y perceptibles. Sin embargo, llegó el momento de despedirme. Tomé, para regresar, el "rápido" de las 7.

Tan pronto como el tranvía se puso en marcha, mi sentido crítico recobró su penetración. La señora de Hernández me había tratado con deferencia. Pero ¿por qué no insistió en que recitase, al final del almuerzo, el poema que Manuel había anunciado a partir de los entremeses? La hermana de mis amigos poseía un atractivo muy señorial. Pero ¿tendría verdaderamente su rostro esa escultórica perfección que me impresionó en el instante de conocerla? ¿No tendían su blancura a la palidez, y a la condescendencia su cortesía?

Todo lo que el azoro no me había dejado discriminar se acusaba, en la noche, con la distancia. La inmovilidad del enorme reloj —descompuesto durante años— que aplastaba la cómoda del vestíbulo. El encerado de las tarimas, que hacía honor al esmero de los sirvientes, pero obligaba a advertir también la ausencia de las alfombras. Y, más significativo aún, el descenso en la calidad de las ediciones que ennoblecían la biblioteca: lujosísimas, si se trataba de los libros adquiridos por sus antepasados; elegantes, por lo que hacía a las obras de los autores famosos de 1890; rústicas ya —y escasas— en los anaqueles destinados a las letras contemporáneas.

A pesar de semejantes observaciones, el balance de mi visita me inspiró gratitud para la hospitalidad hidalga de mis amigos. El parque, especialmente, con sus melancólicas avenidas, me había hechizado. Sin saber si vivió realmente allí aquel abuelo de Manuel —imperialista irredento y batallador—, pensé que sus árboles pudieron servir de biombo para una conjuración política, o de escala para una fuga sentimental. El landó, que se deshacía en la cochera de la casa capitalina de la familia, hubiese debido rodar sobre esa calzada. O esperar frente a aquella reja que, al dar paso a los huéspedes, gemía sobre sus goznes, atestiguando el adiós de una época singular.

XI. PERFIL SOBRE UN FONDO DE MÚSICA

CONCLUÍA el otoño de 1917... Principiaron, con los primeros fríos, las semanas de los exámenes. Mi éxito en ellos fue inesperado. Por espacio de varios días, no pude creer yo mismo en mi libertad. Durante los últimos meses del curso, había dado a mi esfuerzo excesiva cuerda. Resultaba difícil parar de pronto, en el minuto del triunfo, aquel oscuro despertador.

Cronómetro —o tren en marcha—, mi voluntad no ha logrado jamás detenerse sin transiciones. Fue preciso que algunas noches pasaran antes de conseguir que dejase de atormentarme, al abrir los ojos, el miedo de no saber con exactitud cuál era la fórmula del ácido clorhídrico, cuándo murió Galileo, cómo definían los antiguos las reglas del silogismo o qué diferencia existe, en psicología, entre la sensación y la percepción... No he disfrutado nunca de un goce sin imaginar el hastío o el desencanto que lo equilibran y lo compensan. Por eso probablemente me representaba yo, al mismo tiempo que la satisfacción del bachillerato alcanzado, las molestias de mis futuros estudios en una escuela profesional.

Decidí aprovechar lo mejor que me fuera posible mis vacaciones. Como solitario que soy, los largos paseos a pie me han gustado siempre. Los considero el mejor deporte. Tomé, pues, la resolución de pasar fuera de casa todas las tardes de aquel bimestre. Llevaba conmigo algún libro amado: las *Soledades*, un tomo de las tragedias de Shakespeare, la antología de Léautaud. De esta afición de peripatético —que la edad no atenúa— contagié, años más tarde, al protagonista de uno de mis relatos: el Enrique de *Estrella de día*. De él digo lo que de mí hubiera podido escribir el observador más superficial: "Con el orgullo con que otros llevan al bosque a sus perros, sus yeguas o sus amantes, llevaba a pasear a Cervantes y a Baudelaire, a Goethe y a Góngora. Leía mientras andaba. A menudo, cerraba el libro. Dejaba que el compañero invisible se adelantase. De repente, una sacudida. El invisible galgo ladraba. La invisible yegua echaba a correr. Góngora había forzado la máquina de los tropos..."

A los paseos que hice en aquellos días debo dos impresiones fundamentales: el amor a la claridad del valle y la inquietud de vivir en un clima sin altibajos, delicioso, sin duda, pero monótono. ¿Qué paraíso no lo es también? Me preguntaba cómo encontrar, en México, esas diferencias de color y de cantidad con que las estaciones subrayan, para el adolescente de Munich o de Edimburgo (tesis, antítesis, síntesis), la condición dialéctica de la vida. Me hacían falta esas veladas junto a la chimenea que con tan vivos reflejos encienden algunas páginas de Dickens y de Tolstoi.

De aquella temporada procede asimismo mi admiración por los edificios del México colonial, tan envilecidos, durante años, por una abominable lepra de letreros, carteles y anuncios multicolores. Bajo nuestro cielo, de luz abstracta, ¡qué limpiamente articula el sol cada párrafo arquitectónico! ¡Y cómo pone en cada detalle —arquivolta de una ventana o cúpula de una torre— esa perfección minuciosa que a cada estrofa de un gran poema sabe dar el lector, no el recitador! Porque las expresiones que otros cielos suspiran, gritan o lloran, el nuestro las dice sin eufemismos, sin énfasis, pero con todos sus puntos y comas.

Frente a la diafanidad del altiplano, es costumbre pensar en la transparencia que tiene el aire límpido de Castilla. Paul Morand lo evoca al llegar a México. "¡Qué luz! —exclama en *Hiver Caraïbe*—. Luz de dureza nítida, de mística aridez. Parece que ninguna mosca, ninguna larva, ninguna cosa baja ni sucia pudiera vivir en ella..." Cuando viajé por España, tuve en efecto, en Castilla, idéntica sensación. Creo, sin embargo, que el cielo de México se parece más todavía al de Italia: al azul de Florencia, desde el *Piazzale* de Miguel Ángel, en los primeros días del mes de mayo.

He admirado otros, más vehementes: los holandeses. O más

229

dramáticos y obstinados: los del Adriático. Por el palúdico origen de una y otra, se me había hablado con insistencia de una supuesta similitud entre Venecia y Tenochtitlan. Ni en la paleta de sus pintores (tan vegetal y caliente en la tierra del Tintoreto cuanto en México diáfana y mineral), ni en el sentido de su cultura, ni en la dirección de su historia, pude encontrar por mi parte tal semejanza.

De mis paseos a pie regresaba siempre trayendo a casa, junto con la sensación de un cansancio físico, la primera cuarteta de algún soneto, el título de un poema o, por lo menos, el nombre de un personaje digno de figurar en cualquiera de las novelas que no escribía. Me refugiaba con ellos entre mis libros. Por la puerta de mi recámara, una doble cinta de luz se desenvolvía, malva y dorada al atardecer...

Desde el instante de mi regreso hasta el llamado de la merienda, transcurrían a menudo tres cuartos de hora. En ese lapso, la casa me parecía una barca anclada. A veces, en la sala cercana, unas tímidas manos se paseaban sobre las teclas de nuestro piano. Eran las de mi madre. Hacía tiempo que no tocaba. Su experiencia de profesora le inspiraba recelo acerca de su talento de intérprete. A esas horas, creyéndose sola, se permitía ese lujo humilde: el de buscar otra vez la forma exacta de las escalas en cuyo modelado había sido más evidente su perfección en la juventud.

Si me hubiese escuchado llegar, su pudor no le habría consentido tan módico esparcimiento. Pero, imaginándose sin testigos, su sensibilidad (comprimida por las didácticas trabas que ella misma le había impuesto) se abandonaba al impulso de la obra, acariciándola en ciertas pausas o, mejor aún, en determinados trémolos, con melancolía que delataba a la vez lo insatisfecho de su ternura y el desahogo de su primera zozobra ante la vejez.

No era así, de seguro, como habría tolerado que yo interpretase —si hubiera sabido tocar— el primer tiempo de la *Patética*. ¿Por qué, entonces, al suponer que ningún oído la vigilaba, se hacían tan hondas las quejas de sus agudos, tan expresivas y sordas sus notas graves, tan oratorios y largos sus calderones?

Todas las impaciencias que, en mis poemas, su lápiz escrupuloso habría tachado sin remisión vibraban en esos diálogos con el piano. Me sorprendía la traición que le hacían sus músicos preferidos. Pero más todavía la circunstancia de que fuesen precisamente Mozart, Beethoven quienes, sobre la pared de mi dormitorio, proyectasen para mi oído —como no lo conseguiría, para los ojos, ninguna linterna mágica— el perfil auténtico de mi madre: su sombra, más cordial y dramática que su rostro.

Cierta noche, sus dedos me parecieron más indiscretos que de costumbre. Tocaba el *Claro de luna*. Fue tan precisa en mi alma la certidumbre de estar escuchando una confidencia, que mi mutismo me avergonzó como una falta de lealtad. Me dirigí hacia el vestíbulo. Allí, cual si acabara de llegar de la calle, encendí la lámpara eléctrica. La sonata cesó. Aunque no de pronto, como lo había yo supuesto; sino después de unos cuantos compases, ya de nuevo duros e inexpresivos. Me ofendió aquella precaución. ¿Por qué defendía mi madre así el manantial de su intimidad? Sentí ganas de entrar a abrazarla, de contarle todo lo que había reflexionado mientras la oía. No me atreví. Nada hubiese logrado con mi ternura, sino dar acaso razón a su desconfianza. ¿No era yo, en efecto, tan contenido como ella —y tan silencioso?

Desde aquel minuto principió a torturarme una idea que jamás, hasta entonces, me había angustiado: la de la soledad absoluta en que nos movemos. ¿Cómo era posible que las pocas personas que componíamos ese conjunto —la familia del número 144 de la calle de Rosas Moreno— fuésemos tan dispares y, a pesar del afecto que nos unía, nos desconociésemos tan a fondo?

Por ejemplo, a la primera gota de lluvia, mi tía Clotilde solía exclamar: "Nube de verano." Su tono, entre idílico y festivo, resultaba ininteligible a los no enterados. Yo mismo tardé bastante en determinar lo que había en aquella frase; sobre todo por la facilidad con que la aplicaba a accidentes menos meteorológicos. En esa fórmula, según creo, encontraba a menudo mi tía un atenuante cortés para referirse al pasajero disgusto de una pareja, un exorcismo contra la terquedad de los aguaceros y un excelente recurso para localizar, entre varios temas clásicos, cierto motivo feliz de la *Sinfonía pastoral*. Su alma entera estaba presente en aquellas tres palabras; con su conyugal optimismo y su desconocimiento de los fenómenos climáticos, su afición a Beethoven y su deseo de perdonar, por anticipado, el daño que las personas, los sucesos y los objetos pueden hacernos.

¡Dulce tía Clotilde, de quien no recuerdo sino bondades, abdicaciones, sacrificios y golosinas! Habituado, según lo estaba, a verla siempre excusarse y ceder ante los demás; sabiendo perfectamente cuánto hacía por cada uno de nosotros, con la modestia más limpia, la de la dádiva, ¿cómo podía yo sorprenderme del valor que adquiría, en su boca, ese giro humilde —en el que ahora descubro, no sin remordimiento, la miel de su corazón?

XII. POETAS EN LA ESCUELA

MIS MEJORES amigos gravitaban, al par que yo, en una estrecha órbita familiar Hablaré de aquellos que más de prisa —o de manera más honda— estimularon mi vocación en aquellos años.

Uno de ellos fue Carlos Pellicer. Lo conocí en la cátedra de "Lectura y Declamación", que atendía en la Escuela Preparatoria un profesor del Conservatorio: Tovar y Ávalos. Se leían allí, para mejorar la dicción de los colegiales, páginas de Quevedo y de Castelar, *El idilio* de Núñez de Arce, algunos romances del Duque de Rivas y, naturalmente, las *Rimas* de Bécquer.

A veces el maestro, que tenía fervor por su profesión, insertaba en el programa un número inesperado. Plato repentino, nos lo servía gallardamente. Lo agradecíamos sin recelo, como se paladea en los restaurantes bien concurridos, tras los manjares confeccionados en la cocina, el improvisado postre de lujo (*crêpes Suzette* u *omelette surprise*) que el patrón, en persona, viene a condimentar frente a nuestra mesa. Los trozos que elegía para ese obsequio eran ciertos fragmentos de Calderón —el monólogo de *La vida es sueño*— o determinados poemas de José Asunción Silva y de Rubén Darío. El *Nocturno* de aquél. Y, de éste, la oda *A Roosevelt*. De tarde en tarde, tales lecturas eran sustituídas con la presentación de un discípulo distinguido.

El maestro descubrió en un periódico estudiantil, al pie de un soneto, el apellido de Pellicer. Era Carlos, en esos días, un joven pálido y atildado, de mirada profunda, cejas gruesas y palabra cálida, varonil. La calvicie, a partir de los 30 años, ha dado a su cabeza una desnudez de patricio estoico, cincelada para los lauros. Entonces, aquella parquedad incipiente parecía sólo un pretexto, que el peluquero aprovechaba para peinarlo con pulcritud. Como sus poemas, lo primero que su persona manifestaba eran los adjetivos: la corbata de seda espesa, los calcetines brillantes; y, en el meñique, un espléndido solitario.

Para acceder a la invitación de Tovar y Ávalos, nos recitó Pellicer en clase varias "marinas". En algunas de ellas se advertía aún la influencia de Lugones y de José Santos Chocano; pero asimilada por un temperamento al que la juventud y el trópico, reunidos, daban una fragancia de fruta —que no sería prudente servir sin refrigerar. La música y el color eran las cualidades de esos poemas. Las metáforas se despegaban, a veces, del fondo de la composición; en ocasiones, la unidad del asunto pasaba a segundo término... Pero ¡cuántas plásticas sugestiones contenían aquellos alejandrinos!

Pellicer es considerado ahora, muy justamente, como el poeta de América. Su abundancia verbal constituye uno de los lujos de nuestro Continente. Cantor del Iguazú, de Bolívar, de Río de Janeiro, de todas las cumbres y las cascadas —naturales y humanas— del Hemisferio, su actitud poética más genuina es la de la oda, su temperatura normal la fiebre, su colaborador incansable el sol. De haber nacido cien años antes, habría peleado en Boyacá o habría escrito una *Victoria de Junín*, menos pomposa que la de Olmedo —porque su orientación literaria era la epo-

232

peya. Ya entonces, en sus ensayos de estudiante, estaba todo él presente, con sus adverbios sinfónicos y sus niágaras de nombres, sus mares levantiscos y una católica profusión de campanas pascuales sobre la aurora.

Aunque nacido en Tabasco, lo mismo que Pellicer, José Gorostiza no había traído a la capital, desde su escuela de Aguascalientes, ningún alarde decorativo, ningún "virtuosismo" de concertista; sino, al contrario, un orgullo oculto de hombre lúcido y sentencioso.

Delgado y frágil, vestía de negro, o de azul oscuro. A diferencia de Pellicer, no usaba nunca sino corbatas y frases imperceptibles. De pronto, advertíamos sus amigos que la tela de aquéllas era excelente y que, en los pliegues de éstas —lentos y suaves—, se hallaba oculto un alfiler incisivo, de intelectual.

Hijo de un comerciante que había desempeñado durante años cierto alto cargo en un banco de Aguascalientes, Gorostiza tenía varios hermanos. Los quería entrañablemente, pero aludía a ellos sólo por excepción. Sin embargo, cuando las circunstancias lo requerían, iban saliendo de sus palabras, uno tras otro, del mayor al menor; como esas figuras que representan en ciertos juegos a un personaje (alfil o reina) dentro del cual descubrimos otro, más reducido. Y otro más, en el anterior. Y otro aún, más breve. Hasta el extremo de que, a la larga, no nos parece que el más tardío sea ya el postrero.

Los escritores que Gorostiza estimaba correspondían más con mis preferencias que los autores gratos a Pellicer. Como yo, se inclinaba aquél a los medios tonos. Por desgracia, esa predilección en común no deparaba a mis versos la sutileza que, en sus poemas, hubo de impresionarme. Porque, apenas le conocí, me propuse enseñarle mis producciones. Aunque con reservas, él también me hizo juez de las suyas: raras en número, exquisitas de calidad.

Exigente consigo mismo más que con sus iguales, producía poco; no por esterilidad, según lo creyeron más tarde críticos impacientes, sino por ansia de clásica perfección. El poema se formaba lentamente en su inteligencia, merced a una técnica mineral que iba depositando sobre el núcleo a veces mínimo del asunto láminas sucesivas; primero opacas como el carbón, luminosas al cabo como el diamante. Lo que era ya en Pellicer gozosa germinación, entre loros y lianas de selva virgen, resultaba en él cristalización, de alquimias críticas invisibles.

De los poetas mayores de México el que más me atraía era Enrique González Martínez. Conocía —con excepción de *Preludios*— todas sus obras. Su hijo Enrique había coincidido conmigo en varias clases de la Preparatoria. Al principio, su alegría constante no me sedujo. Acaso la petulancia que imaginé descubrir en ella fuera tan sólo un reflejo —indirecto— de la admiración que sentía por su padre. Con el tiempo, le adiviné más cercano, más comprensivo. Sin duda porque yo mismo me preocupé por mostrarme menos ausente. Su amistad añadió una valiosa faceta al poliedro que empezaba a constituir nuestro grupo de jóvenes escritores. Pellicer lo acogió con iridiscencias. Yo, con cariño. Sólo Gorostiza (lector ya de López Velarde) no se dejó dominar por el magnetismo que, a través de Enrique, ejercía sobre nosotros la personalidad del poeta de *Psalle et sile*.

"Enrique chico" —como le decían en su casa— era, sin intermitencias ni excusas, la juventud. Joven a los 12, a los 16, a los 20 años, acaso lo fue con mayor ahinco durante los meses que precedieron —lustros más tarde— a su muerte injusta. Cuando le conocí, en la clase de trigonometría, acababa de salir de un resfriado sumamente severo. La convalecencia le obligaba aún, a pesar de lo avanzado de la mañana y de lo tibio del clima, a cubrirse con un gabán que, por ancho y por anticuado, revelaba no ser el suyo. Sobre una banca, también excesiva para su cuerpo, seguía con indiferencia el cálculo de un coseno, expuesto por el maestro Ángel de la Peña en el pizarrón. De pronto, interrumpiendo sus sabias explicaciones, don Ángel le dirigió una pregunta. Habituado a los eufemismos que utilizaban otros muchachos para velar la incertidumbre de sus conocimientos, me sorprendió la franqueza, a la vez respetuosa y valiente, con que Enrique reconoció su ignorancia.

Siempre fue su virtud señera la lealtad. De imaginación frondosa, sus exageraciones se hicieron célebres entre nosotros. Pero nunca nos molestaron, porque sabíamos que no nos las presentaba con dolo y que era él el primero en creer lo que nos decía. Generoso como pocos, la pobreza que entonces llevaba su padre con tanta gloria no le impidió jamás vender uno de sus libros de texto —o aceptar un turno suplementario en la imprenta en que trabajaba— a fin de invitarnos una noche al cinematógrafo o de amenizar nuestras tertulias con un paquete de cigarrillos orientales, adquirido, a no sé qué precio, en la tabaquería de Petrides.

En la imprenta donde pasaba, como corrector de pruebas, las horas que el programa escolar le dejaba libres, se había hecho adorar por los operarios. Iba yo a visitarle allí, no sin reprobación del señor regente. Reprobación tanto más natural cuanto que, entre dos galeradas por corregir, solíamos recitarnos los versos de nuestras más recientes composiciones. O, recordando ciertas noches en el *Arbeu*, repetíamos a media voz las arias de nuestras óperas favoritas. He escrito "arias". Pero he de confesar que, merced a un cambio a veces ríspido de registro, Enrique era capaz de entonar por sí solo todo el cuarteto de *Rigoletto*.

Como yo, Ortiz de Montellano había nacido en la capital. Como en mí, la influencia materna era en él más visible que la paterna. Con los meses, tales similitudes habían de aproximarnos estrechamente. En un principio, dificultaron nuestra amistad. Por capitalinos, padecíamos ambos el mal de la desconfianza. ¿No fue Pedro Henríquez Ureña quien mejor definió al hombre del altiplano: una lija, cubierta por un papel de seda? Acaricia su primer roce. Pero la mano de quien insiste sangra a menudo.

Poeta de sensibilidad subterránea, de Ortiz de Montellano podía decirse lo que de un personaje afirma Renard: en su alma, la más humilde violeta tenía raíces de roble. En la palabra menos intencionada creía descubrir una crítica. Conocía a varios autores que no figuraban aún en mi biblioteca: el Francis Jammes de *Manzana de Anís*, y el Juan Ramón Jiménez de *Laberinto*.

Dentro de la poesía mexicana contemporánea, era Nervo su dios mayor. Lo que amaba en él no era tanto la filosofía desencantada de *Serenidad* cuanto el franciscanismo de *La hermana agua* y aquel tono sentimental, de confesionario laico, que instala a muchos de sus poemas en el ambiente de una supuesta conversación entre el hombre de letras y sus lectores. Más que en las huellas de Nervo, Ortiz de Montellano habría de encontrar su primer camino en una interpretación personal del folklore infantil de México; de un México que sentía entrañablemente y cuya mezcla de rigor y benignidad, de acidez y miel, le inspiró un dístico inolvidable:

> *naranja dulce y agrio limón,*
> *las dos mitades del corazón...*

Vivía mi amigo en un pequeño departamento de la calle del Apartado, junto con su madre y su única hermana, hoy viuda de Julio Jiménez Rueda. Era en extremo religioso. Y no hacía sino seguir la pendiente de su temperamento cuando, por ejemplo, para describir a una novia, encontraba fórmulas como ésta: "Hay algo en ti de la Semana Santa..." Frase que revelaba menos el carácter de la mujer amada que el catolicismo espontáneo y urbano del escritor. Los jueves santos, recorría las iglesias en un arrobo a la vez místico y citadino. No hay que olvidar que, en el México de entonces, la peregrinación de ese día daba oportunidad a los estudiantes no sólo para observar un deber del culto sino para seguir honorablemente, bajo diversas naves, al mismo grupo de señoritas piadosas y endomingadas.

La existencia no habría de otorgar jamás a Bernardo una dádiva completa. Por no anticipar sobre los capítulos futuros, yo mismo habré de fijar aquí sólo su imagen de adolescente... Pero quienes le hayan seguido hasta el término de su vida comprenderán la emoción con que veo pasar su sombra sobre las páginas de este libro, que me hubiera agradado tanto ofrecer a su juicio íntimo y fraternal.

235

XIII. ADOLESCENCIA

A VECES, unos ojos rápidos de mujer, interrogantes o promisorios, se abrían ante los míos. De pronto, una sonrisa —no por completo formada— me proponía en la calle su enigma breve. El recuerdo de esos encuentros ocupaba, durante horas, mi fantasía. Pero ¿cómo conocer a las dueñas de aquellos ojos, de aquellos labios?... Para cada una, me deleitaba en imaginar un carácter propio. Casi siempre, ese carácter correspondía al destino de alguna de las heroínas que me había hecho admirar el talento de un novelista: Stendhal o Dostoyevski, Balzac o Pérez Galdós. La colonia de San Rafael —en una de cuyas silenciosas calles vivía— fue poblándose así de sirenas inaccesibles, mitad mujeres, mitad fantasmas, a las que el marco de una ventana o el pórtico de una iglesia parecían ceñir a la realidad, pero que escapaban de hecho a esa realidad por el placer que ponía mi espíritu en otorgarles, según los casos, la apasionada malicia de la Sanseverina, el candor de Marianela, la abnegación de Sonia o la fidelidad obstinada de Eugenia Grandet.

Cierta tarde, mientras esperaba el tranvía frente al Correo, una mirada de ónix me sorprendió. Los ojos que atravesaba esa luz recóndita devoraban materialmente la faz estrecha, pálida y triste de una muchacha desconocida. Su brillo no me dejó distinguir en aquel instante todos los rasgos de un rostro que, con el tiempo, habría de serme tan familiar. Mi tranvía tardaba. Por lo visto, también el suyo.

Al favor de la espera, fui descubriendo las líneas de su semblante. Ni lo insistente de la nariz, ni la finura lacónica de sus labios, ni —en el mentón enérgico— ese curioso hoyuelo mal colocado, que transmitía a todas las facciones, vistas de frente, una asimétrica seducción, eran testigos dignos de confirmar la impresión de angustia que su primera mirada me había causado.

Algo, incapaz de ser comprendido, me convenció de que resultaría necesario no desobedecer esa vez la orden de aquellos ojos. "Si su tranvía llega antes de que cuente hasta cien —me dije a mí mismo—, subiré con ella."

No recuerdo cuáles fueron mis reflexiones durante el tiempo del recorrido; ni creo que leyera en verdad una sola frase del libro que abrí en seguida, para darme un aspecto de intrepidez. Cuando descendimos, la sombra estaba instalada ya firmemente sobre la calle. Una gota fresca vino a estrellarse sobre mi mano. De los jardines, adivinados, brotaban esos profundos perfumes que solamente la lluvia suscita en las flores de la ciudad.

¿Cómo dar fin, honorablemente, a aquella persecución —antes de que el aguacero la interrumpiese? Apresuré el paso. Las frases que pronuncié deben de haber sido tan vagas y tan confusas como son siempre las que emplean los aprendices en semejante género de agresiones. La facilidad de su aceptación hubiera podido desencantar a un estudiante menos novicio. De las palabras que dijo sólo retuve las sílabas de su nombre y la indicación de la hora, del día siguiente, en que me sería posible volver a verla. Mientras hablábamos, la vi oprimir impacientemente, con el meñique, el botón de la campanilla. La puerta, abierta de pronto, no tardó en absorverla con avidez.

A pesar de la lluvia, permanecí inmóvil frente a la casa. Esperaba que alguna luz me trajese un póstumo asentimiento. Tras conocer su voz, me hubiese gustado saber cómo era esa confesión más secreta de su persona: la proyección de su sombra sobre el cristal encendido de una ventana. Para mi desgracia, ninguno de los balcones se iluminó.

¡En qué imprevisto ejemplar había querido la vida enseñarme a leer ese texto eterno: la graciosa inconstancia de la mujer!

La metáfora cobraba realidad, pues, en algunos capítulos de la historia de mi joven desconocida me contrariaba encontrar escritas —¡con qué tosco lápiz!— las opiniones de un precursor. En muchas de las ideas que me expresaba, como en las hojas de ciertos libros, la huella de un pulgar vehemente me hacía sentir la prisa con que otros seres habían dado vuelta a la página en que mis ojos hubieran tenido ganas de detenerse, tal vez por inexperiencia. O, más bien, porque hay desenlaces que me producen la impresión de un epílogo —nunca de un fin. Por consideración al formato pequeño de esa existencia, la fatalidad se había visto obligada a cortar muchas digresiones. Entre un párrafo y otro, faltaban algunos pliegos.

Poco tardó en presentarme mi amiga a sus dos hermanas y a su cuñado. Sin embargo, como el ambiente del círculo familiar hubiera arrojado excesiva luz sobre algunos defectos de su carácter, no me autorizó para visitarla en su domicilio. Seguíamos viéndonos en la calle. O en el cine, los sábados por la tarde.

Cada generación elige sus espectros. Pocas los crean. Para la nuestra, el cinematógrafo mudo empezaba a ser una fácil mitología: el sucedáneo de lo que fuera, para los románticos, la novela de Ponson du Terrail o de Eugenio Sue. A mi amiga y a mí, más que los actores, nos atraían los personajes. Charlot entre todos... Escribo "Charlot", a la usanza española, y no Chaplin, porque no era en verdad Charlie Chaplin el héroe de las películas que admirábamos; sino el tipo inventado por él: mezcla de payaso y de pordiosero, de poeta y de vagabundo. Dolorosa caricatura del caballero, tal como lo dejó la lucha de clases al principio del siglo xx; individualista y metódico, sin un centavo en el bolsillo, pero con una sonrisa lastimosa sobre los labios, un bastón en el puño y un clavel marchito en el ojal.

En Chaplin, el éxito acabó por transfigurar al emigrante. Las digestiones tranquilas, en el quicio de las puertas (o, como en

Luces de la ciudad, entre los brazos de alguna estatua no inaugurada), le proporcionaron el pesimismo, el suspiro, la caridad elocuente y la lágrima cómoda: todos los utensilios del hombre rico. Por deseo de convencernos, el personaje que amábamos perdió esa aptitud de evasión que le había ido convirtiendo en el símbolo de una época. Pero, en aquellos días, el peregrino conservaba intacto todo su poder de ilusión y de crítica social. Con sus enormes chanclas, su sombrero contuso y su mirada conmovedora, era el delegado de la pobreza humana, el que no comerá jamás los pasteles que ayuda a meter en el horno de la frívola panadera, el que nunca dormirá en alguno de los doscientos lechos de lujo del hotel que vigila el gendarme inmenso, protagonista de todas sus pesadillas, el que se queda en mitad del circo, cuando se han apagado las candilejas, a recoger a tientas, sobre la pista, la zapatilla olvidada por la amazona...

Salvo los sábados, que dedicábamos al cine, las otras noches de la semana, a las 7 en punto, pasaba frente a la casa de mi amiga. Envuelta en un amplio abrigo de paño oscuro, salía en seguida. De las 7 a las 9, paseábamos por la sombra de las calles acogedoras. Nos satisfacía ser esa cosa tímida y errabunda que las viejecitas miran con aquiescencia: "los enamorados" del barrio.

A fuerza de consagrarles la mejor parte del tiempo que mis estudios no consumían, acabé por exagerarme el valor de esas entrevistas. Me encantaba la precisión con que aquella muchacha —de voz por momentos tan pueril— me relataba ciertas anécdotas de su infancia: la muerte de su madre, la fuga de uno de sus hermanos. Por instinto, insistía en la descripción de esos minutos de su existencia (quiebras, entierros, enfermedades) que enaltecía ya la desgracia. Su belleza, inexpresiva en el júbilo, aprovechaba el curso de aquellas penas, como algunas otras mujeres —a quienes sienta lo negro— la ocasión de un luto.

De plática en plática, fui adivinando su intimidad. Era su pasado como una casa deshabitada, que se visita en la sombra por vez primera. Más que verla, la imaginamos. De sus muros y de sus muebles, de sus escaleras y de sus cuadros existen sólo para nosotros esos detalles que acuña arbitrariamente, dentro del disco de su luz sólida, el reflector circular de nuestra linterna: realidades que no se explican unas a otras, trozos de sillas, oros de marcos, indecisiones de lámparas o de péndulos, fragmentos todos que, reunidos, no implicarían misterio alguno, pero que —por la forma parcial en que los miramos— adquieren, en las tinieblas, como las ruinas, un prestigio de súbita idealidad.

A veces, entre nosotros y el cielo, la música de un piano de barrio desplegaba su biombo cómplice. Eran, frecuentemente, urdidos por los dedos de alguna solterona sentimental, el *Vals poético* de Villanueva o la *Berceuse* de Ricardo Castro. El olor de las madreselvas se enredaba en la forma de aquellas notas. Aun ahora no puedo separar un recuerdo del otro: el del aroma, sensual, cálido, persistente, y el de la música, evasivo, lánguido, seductor.

Callábamos largamente. ¿Para qué inquirir lo que nunca sabríamos con exactitud, por mucho que nuestras confidencias fuesen sinceras? Nada como el silencio podía reunirnos en ese instante. ¡Éramos tan distintos! Para llegar a ella, mis aficiones me habían hecho subir una escalinata cuyos peldaños ostentaban nombres ilustres: el peldaño Goethe, el peldaño Cervantes. Y, más estrechos, pero más rígidos, los peldaños Góngora, Mallarmé. A ella, para encontrarse a sí misma, le había bastado seguir una rampa sin escalones. La fuerza que yo pedía a una serie de poetas y de filósofos, su alma la obtuvo siempre gratuitamente, por medio de una escolaridad sin solfeo, una melancolía sin crisis y una juventud sin intermitencias. Todas las citas que me interesaba lograr en grande, con el Orgullo, con la Esperanza, ella las había tenido materialmente, pero en pequeño. La cita con un orgullo no cincelado, no de cristal de roca, el de su hermano, desaparecido en el Norte con Pancho Villa. Y la cita con una Esperanza real —ésa sí con mayúscula, pues se trataba del nombre propio de una de sus amigas, muerta en la escuela a los 12 años.

Convencida de que las cosas no son tan graves como lo creen quienes no viven sino en los libros, desdeñaba muchos obstáculos que yo erizaba de púas inexpugnables. Del aburrimiento, solía yo construirme una cátedra, una tribuna. Ella, al contrario, en la tela de la más suntuosa tristeza era capaz de cortarse un pequeño manto, una prenda útil: algo que la envolvía como una historia y le convenía como un ambiente.

Nuestras vidas no tardaron en separarse. Con el tiempo, dejé de verla. A través del olvido, un tardío aprecio fue depurando su imagen, como el fotógrafo que revela, en el interior de la cámara oscura, la negativa de una instantánea tomada —hace muchos años— por un aficionado sin convicción.

XIV. 1918: UN AÑO DE DEFINICIÓN PERSONAL

En 1918 me inscribí como alumno regular en el primer año de la Facultad de Jurisprudencia. No ambicionaba el título de abogado; pero a mi madre le atraía esa profesión. Por otra parte, el prestigio de algunos de los maestros que figuraban en la nómina de la escuela constituía un incentivo para mí. Descollaba, entre ellos, Antonio Caso. Su apellido, con los de Vasconcelos, Reyes y Henríquez Ureña, había ilustrado las experiencias del Ateneo. Traductor de Boutroux y expositor de Bergson, el "maestro Caso", como le llamaban todos los estudiantes, era el valor más claro y la más alta cumbre de nuestra Universidad.

Quienes le habían escuchado afirmaban que su palabra competía con la del Próspero de Rodó: lo que no modelaba como una espátula, lo tajaba como un cincel. Sin la vehemencia admirable de Vasconcelos, ni la aterciopelada elegancia de Alfonso Reyes, su pluma trasmitía a los libros que publicaba mucho de esa pasión que, al pasar de lo dicho a lo escrito, no siempre salvan los oradores. Profesor de estética en la Escuela de Altos Estudios y de sociología en la Facultad de Jurisprudencia, sólo una débil frontera administrativa —la de los locales y los horarios— separaba su acción en aquellas cátedras. Se lo agradecíamos vivamente. ¿No era aquél un modo de ampliar nuestras perspectivas estudiantiles? Abría, de par en par, las ventanas de los programas y dejaba que un viento de libertad agitara las hojas de nuestros textos.

He escrito "un viento de libertad". Hubiera debido añadir: un soplo férvido de humanismo. Porque el maestro Caso simbolizaba para nosotros la reacción más dichosa —y más efectiva— contra ciertos abusos positivistas, que habían acabado por deformar, en beneficio del porfirismo, la enseñanza de Augusto Comte.

Con la intemperancia de la mocedad, solíamos censurar en los pasillos de la Preparatoria los defectos de una formación intelectual demasiado rígida, cuyo racionalismo nos proponía, para bucear en los mares de la conciencia, la menos útil —por geométrica y dura— de todas las escafandras. Acaso muchos de los que habían empezado a citar entonces los libros de Bergson hayan aprendido a reconocer el esfuerzo mental que significó, para los mexicanos del siglo XIX, la clasificación comtiana de las ciencias. Cuando releo los párrafos esenciales del *Curso de filosofía positiva* no puedo sino apreciar la estructura de su concepción general. Éste, por ejemplo: "La matemática, la astronomía, la física, la química, la fisiología y la física social, he allí la fórmula enciclopédica que corresponde lógicamente a la jerarquía natural e invariable de los fenómenos."

Obedecía a esa concepción el plan de estudios que Gabino Barreda trazó para la Escuela Preparatoria, fábrica de inteligencias sistemáticas y laboratorio de un orden político "liberal". Como lo había advertido el Ministro Sierra en su memorable discurso de 1910, "una figura de implorante vagaba en derredor de los *templa serena* de nuestra enseñanza oficial: la filosofía..." En respuesta a la imploración de esa figura, el Ateneo de la Juventud había promovido la crítica del positivismo. Dentro de la promoción a que aludo, la voz de Antonio Caso estaba destinada a suscitar muy hondas repercusiones.

Frente a la devoción exclusiva por la inteligencia se alzaba así, en nuestros guías, una devoción menos limitada: la del espíritu. Quizá, en el ardor del redescubrimiento, algunos de los alumnos de aquellos guías hayamos concedido un alcance desproporcionado a los valores de la intuición. Quizá los años hayan venido a probarnos que no todo era desdeñable en la filosofía del orden y del progreso. Pero en 1918, para quienes teníamos menos de 20 años, fue en extremo propicio encontrar, al salir del bachillerato positivista, una lección de desinterés y de caridad como la que fluía de la existencia de Antonio Caso.

Hombre de tipo romántico, apasionado, intenso y sentimental, todo en él convencía magistralmente: la discusión sobre el pragmatismo y la audacia del prognatismo; la precisión de las fórmulas y la fuerza de las mandíbulas; las citas de Shakespeare o de Camoens, condecoración de la frase. Y, en la solapa, homenaje de Francia, el cintillo morado de las "palmas académicas".

"Virtud es fuerza", le oíamos repetir, en el aula en que dirigía el concierto mágico de sus clases. Y su fuerza mayor era la virtud. Porque, mexicano como el que más, Antonio Caso no puso su patriotismo en la tolerancia. Lo puso en la afirmación de lo que creía. Acertó en ello. El patriotismo genuino es aquel que pide más a la patria, más por la patria.

Algunos le imaginaban alejado de las inquietudes de nuestro pueblo. ¡Qué error tan grave! Su condenación de las demagogias distaba mucho de equivaler a una negación de lo popular. Los que tuvieron el privilegio de conocerle recuerdan seguramente cómo se encendía su alma ante la injusticia y hasta qué punto sentía la congoja de los que ignoran, de los que sufren, de los que callan. Cuando, en 1944, me cupo en suerte participar en la Campaña Nacional contra el Analfabetismo, unas palabras suyas me sirvieron de lema. Hélas aquí: "No existe el pueblo —decía— sin la homogeneidad de la cultura. Inútil es pensar que se integre, orgánicamente, la democracia mexicana sin el imperio universal del alfabeto."

Un hombre capaz de pensar en términos tan austeros los problemas de nuestra historia tenía que actuar como un catalizador de las fuerzas morales de la nación. Su enseñanza fue para mi generación un motivo de orgullo —y una nueva razón de responsabilidad pública ineludible.

Al proponerme una cultura del "yo" (que no excluía la comprensión de la solidaridad humana), las lecciones de Antonio Caso me apartaron a tiempo de una tendencia artística peligrosa. la del retiro en la torre de marfil. Mis primeras composiciones literarias adolecían, entre muchos otros defectos, de una ambición demasiado abstracta. En mis charlas diarias con Enrique González Rojo, poetas como Henri de Regnier y Jean Moréas seguían siendo los héroes no discutidos. A solas, comenzaba yo a desconfiar de mis aficiones. Buscaba ejemplos más generosos, formas métricas más flexibles, "temas" menos intelectuales, realizaciones más objetivas. Una transición se anunciaba, que me llevaría de González Martínez a Antonio Machado, de Shelley a Keats, de Verlaine a Baudelaire —y de la cítara de Darío al acordeón quejumbroso de Villaespesa.

Lo que más continuaba atrayéndome, en González Martínez, era el rigor de la afirmación poética; aquello que Ventura García Calderón llamó su "puritanismo" frente a los alardes de los más célebres modernistas. Por la dignidad de su vocación, sacerdocio laico, el poeta de *Los senderos ocultos* nos incitaba a vencer, en la medida en que nos fuera posible, las complacencias verbales que suelen propagarse, como epidemias, en las letras de Hispanoamérica.

"Hombre del buho", se calificó en un valiente resumen autobiográfico. Pero no era tanto la concentración taciturna del buho lo que nos persuadía entonces en su lirismo, cuanto su filosófica humanidad, su piedad para los humildes, su idioma límpido y transparente, sus símbolos siempre nobles y, sobre todo, la varonil entereza con que fundía en el acero de su alma intrépida, como en el nombre de uno de sus volúmenes, el ensueño con la fuerza y la fuerza con la bondad.

No podía yo imaginar, en aquellos días, las penas que le aguardaban... Le sabíamos feliz, a pesar del entredicho político en que le mantenía la administración del señor Carranza; feliz, entre una esposa "que le había dado la paz" y tres hijos sanos, cordiales, inteligentes. Dos de esos grandes afectos —el de doña Luisa y el de Enrique, su primogénito— le serían arrebatados en una edad en que semejantes amputaciones dejan a veces roto el carácter y vacía la inspiración. En su caso, ocurrió todo lo contrario. De aquellos duelos emergió su poesía más encendida, más joven y más rebelde. Hasta el punto de que, al describir su figura de 1918, no tengo ya la impresión de evocar al González Martínez que llegó a ser el patriarca intrépido y sonriente de 1951, sino de estar recordando al hermano mayor de ese octogenario, menos ágil y alegre en la madurez que en la cima solar de la senectud.

A fuerza de escribir y de retocar, de romper y de rehacer, acabé por hallarme al frente de una treintena de poesías que estimé dignas de ser propuestas a las prensas indulgentes de Ballescá.

Me detuvieron, por espacio de varias semanas, la esperanza de conseguir el prefacio de un poeta famoso y la necesidad de encontrar un epígrafe para el libro. Respecto al prólogo, se presentaban dos posibilidades: solicitarlo al padre de Enrique, o aceptarlo de *Fernangrana*. Lo pedí a aquél. Y tan pronto como —entre "El hilo de Ariadna" y "Fervor"— me hube decidido por este título, anudé el manuscrito con cinta roja, cual si se tratara de un "expediente", y lo llevé hasta la casa, calle de Magnolia, en que el autor de *La muerte del cisne* me recibió.

Aunque le conocía personalmente, pues Enrique me había presentado a él pocos meses antes, me impuso la seriedad con que me invitó a tomar asiento a la vera de su escritorio. Los libreros, de encino oscuro, la lámpara, de cristal verde, y una reproducción en yeso de las Tres Gracias daban a su despacho un aspecto extraño, menos de sala de hombre de letras que de consultorio, o de oficina de catedrático jubilado.

El maestro me oyó en silencio. En lugar de reconfortarme, su cortesía me intimidó. ¿Le habría explicado Enrique el objeto de mi visita? ¿No estimaba mi súplica inoportuna? Mientras subían hasta mis labios las frases inevitables ("me honraría tanto"... "la autoridad de su nombre"... "unas líneas suyas"), mis dedos recorrían nerviosamente las páginas del cuaderno en que comenzaban a impacientarse mis poesías.

Ese rostro clemente, pero distante, no me ofrecía ninguna ayuda. Efectivamente, ésos eran los ojos vivos, las sienes amplias y los bigotes negros y bien poblados que figuraban en sus retratos. En el de Saturnino Herrán, sobre todo; imagen suya a la que el doctor empezaba a parecerse mucho en aquellos años. Pertenecía a su cuerpo esa piel morena. Y eran suyos esos anteojos inteligentes, cuyos cristales servían de aduana al pesimismo alegre de las pupilas. Pero, en conjunto, la expresión de la cara no coincidía con la suma de los detalles que acabo de enumerar. De las dos profesiones que González Martínez había ejercido, la del escritor —acaso por más profunda— trataba de defenderse de los intrusos con la máscara de la otra: con la del médico.

Olvidando su técnica de doctor, el poeta se sumergió por fin en mi manuscrito. Sin esfuerzo, con la mejor intención del mundo, le oí leer el primer poema. Su voz, tranquila, se apoyaba amablemente sobre los versos...

¡Qué bien advertía yo, en su lectura, ciertos errores que él no quería en seguida manifestarme! Su semblante había vuelto a situarse en el plano en que mi atención esperaba hallarle desde un principio. Cuanto más opacas me parecían las páginas que ojeaba, más deferencia amistosa revelaba la suavidad con que las leía. A veces, entre poema y poema, sus ojos abandonaban el manuscrito. Luego, regresando del marco de la ventana, me dirigían una mirada sin cumplimientos.

No sé ya cuántas composiciones leyó. Sus advertencias trataron de persuadirme de las ventajas que para mí implicaría el no multiplicar, en lo sucesivo, las mitológicas alusiones de que mis versos estaban plagados. Por lo que al fondo concierne, creí adivinar que le contrariaba mi subordinación escolar a sus propios gustos. Sobre aquel espejo —brumoso y mal biselado— la imagen de su obra le sorprendía.

No obstante, días más tarde, recibí por conducto de Enrique unas cuartillas impregnadas de afecto. Eran el prólogo de *Fervor*... Ningún augurio hubiera podido exaltarme tanto como esa dádiva de esperanza.

XV. EUROPA EN PERSPECTIVA

LA PUBLICACIÓN de *Fervor* tuvo un solo resultado apreciable para mí. Me dio oportunidad de ingresar en el círculo literario que rodeaba a Enrique González Martínez. Lo componían Genaro Estrada, Esteban Flores y dos escritores colombianos: Leopoldo de la Rosa y Ricardo Arenales, a quien recordamos ahora con el nombre de Porfirio Barba-Jacob. Iba, a veces, un joven funcionario de Bellas Artes, que publicaba en las revistas de aquellos días artículos muy jugosos, sobre temas de literatura europea y de arquitectura y pintura coloniales: Manuel Toussaint.

Algunos de mis poemas habían principiado a aparecer en *Pegaso*. Manuel Toussaint y Agustín Loera y Chávez acogían con benevolencia el proyecto de incluir algún libro mío en una colección juvenil de la editorial México Moderno. Mis contemporáneos más inmediatos no parecían sentir interés vital por la profesión a que sus padres les destinaban. Carlos Pellicer iba solamente a Jurisprudencia entre dos lecciones, para elogiar las poesías de Santos Chocano, describirnos la última figuración de Ana Pávlova en el *Arbeu* o comentar el recital más reciente de "La Argentina". Al despedirse, nos dejaba un remordimiento. ¿No era él, mucho más que todos nosotros, obediente a su vocación?

Empezaba a rumorearse que el Gobierno le enviaría como Agregado a una legación en Hispanoamérica. La idea del viaje que le esperaba nos hacía considerarlo ya como ausente. Por ese solo hecho nos parecían sus versos más armoniosos, menos sonoras sus carcajadas. La noticia de su alejamiento probable hacía con su persona lo que —por fortuna— no ha conseguido la fama con su lirismo: quitarle el peso del colorido suntuoso, traducirla del idioma del trópico al de la altiplanicie, dibujarla ya no con tintas de tonos vivos, sino con ese fino y abstracto lápiz con que él soñara, años más tarde, "escribir su meditación".

La adolescencia es la edad de Hamlet. Cada uno de nosotros se recitaba frente al espejo, con diferentes palabras, el mismo "ser o no ser". Pero es también la edad de las evasiones, de los suicidios, la edad de Werther. Nos inquietaba un destino que pudiese caber totalmente en el bufete de un abogado o en el consultorio de un médico, de un dentista. A fuerza de contemplar algunos árboles célebres (el sauce Bécquer, el roble Lope de Vega), olvidábamos sus raíces, la solidaridad de sus ramas y de sus hojas con el alma de un pueblo y el territorio de una nación.

El armisticio, firmado en 1918, agrandaba de pronto el mundo. Cerrados durante la guerra, para mejor destruirse, los países se abrían de nuevo al turista y al estudioso. Era aquélla la época en que un voluntario norteamericano regresaba de Cherburgo o del Havre con un uniforme en el fondo de su maleta y una vida ya inadaptable a Chicago o a Jacksonville. Por cada uno de los catorce puntos del señor Wilson, América recibía de Europa una fórmula de refinamiento, un fermento de asombro, un principio de enfermedad. El cosmopolitismo no cristalizaba aún en *slogans*; llegaba a México en epidemias. A los catarros autóctonos (que, cuando mucho, velaban en la garganta privilegiada de Urueta el panegírico de Rodin) sustituía la paz el trancazo exótico: la "influenza española". El impermeable con que pretendíamos evitarla, protegiéndonos de la lluvia, no era ya nuestra gabardina. De pronto, había cambiado de nombre. Se llamaba nuestra "trinchera".

Como las canastillas de un teleférico, sobre un cable invisible, los grandes barcos se servían unos a otros de contrapeso. A cada tonelada de viajeros coleccionados en Buenos Aires o en Oklahoma correspondía, en sentido inverso, una tonelada de píldoras o de libros, de porcelanas y de licores, de controversias y de objetos de tocador...

Los escritores mexicanos habíamos compartido, durante la guerra, los entusiasmos de la sociedad "Amigos de Francia". Pero, atrasados en nuestros informes acerca de Europa, la Francia en la que confiábamos no era tanto el país que peleó heroicamente ante el invasor de 1914, cuanto la República de Danton, de Pasteur y de Victor Hugo. La imagen que nos hacíamos de ella no coincidía estrictamente con el perfil de la patria de Poincaré, sino con el de la patria de Felix Faure. Sus más recientes poetas no eran para nosotros Apollinaire y Cocteau, sino Francis Jammes y Ana de Noailles. Mientras la lucha internacional, como un enorme torrente, pulía las guijas que lanzaba Paul Valéry (¡con qué honda clásica!) a la cabeza del simbolismo, nosotros continuábamos elogiando la gracia de Anatole France. Las obras que llegaban a la librería de Gabilondo no parecían venir de una nación torturada por la contienda. Eran todavía, bajo las amarillas cubiertas del "Mercurio", *Les villes tentaculaires* y *Clara d'Ellebeuse*, *Lettres à l'Amazone* y *La porte étroite*.

El armisticio había cambiado todas las perspectivas. Enfermera sin impaciencia, la paz iba pronto a arrancar a ese rostro desconocido —el de la Francia de entonces— las vendas con que la guerra lo había disimulado. Aun para quienes lo veíamos desde lejos, a través de periódicos y revistas, resultó diferente del que podíamos presentir.

Así, mientras nuestras manos de aliadófilos incansables ponían y quitaban alfileres multicolores sobre los mapas del Departamento de Seine et Marne, no habían sólo desaparecido del mundo centenares de miles de defensores de la justicia. Habían desaparecido también esas unidades no militarizadas (el simbolismo, el impresionismo) a las que ninguna Cruz Roja hubiera podido salvar.

En lugar del drama en alejandrinos, a la Rostand, lo que nos traían ciertos amigos, a su regreso de Europa, era una farsa flamenca: *El estupendo cornudo,* de Crommelynck. El arte de la pintura, que habíamos dejado sobre una hamaca, bajo el sol de Gauguin, había seguido desarrollándose sin nosotros. Pero no en el sentido en que suponíamos, hacia más musicales sonoridades; sino, al contrario, con los "cubistas", hacia un ascetismo sin concesión.

En la novela, se imponía un naufragio: el del adulterio. Los dedos de Paul Bourget continuaban empeñándose en aflojar el cordón severo con que la moda de 1908 ciñó el corsé de sus heroínas. Mas ¿a quién conmovía ya tan gratuito esfuerzo? Un asmático, Marcel Proust, había obtenido el Premio Goncourt. Su novela, de cuya estructura total no podíamos darnos cuenta, nos era conocida por cuatro tomos. Los dos de *Por el camino de Swann* y esos otros, de título sugestivo: *A la sombra de las muchachas en flor.* Iba a costarme trabajo penetrar en aquel universo, asfixiante a veces. Cinco años transcurrirían antes de que la obra del gran enfermo consiguiese de veras interesarme. La primera lectura había bastado, no obstante, para hacerme sentir que la concepción europea de la novela estaba experimentando una intensa crisis.

La tentación de ir a Europa se presentaba —a algunos de nosotros— como un deber. Nos habían hecho muchísimo daño los autores como D'Annunzio, que no saben expresar en su forma directa ningún deseo, ningún recuerdo, y que necesitan llevar a todas partes consigo (lo mismo para el amor que para la muerte) una impedimenta valiosa de historia humana. Creíamos que no nos sería posible descubrir algo propio en nosotros sin someter previamente nuestra indolencia a todas las pruebas del arte y a todos los reactivos de la civilización. No conocíamos a Barrès; pero, sin saberlo, nos oponíamos ya a su tesis más definida: a la de *Los desarraigados.*

XVI. APARICIÓN DEL INMORALISTA

ALUDÍ, en el capítulo anterior, al grupo de amigos y de prosélitos que había ido formándose en torno de Enrique González Martínez y que se reunía, casi todas las tardes, en su despacho de las calles de la Magnolia. Debo añadir que el doctor no hacía nada absolutamente para extender aquel círculo —que le honraba por espontáneo. Pocos escritores he conocido menos dispuestos a

246

convertirse en vestales de su propia reputación. Nadie administró menos bien su gloria, ni puso menos empeño en adoquinar y barrer los caminos —a veces sucios— que llevan a la notoriedad. Cuando veo a ciertos plumíferos archivar los recortes de prensa más insignificantes, las más leves citas que de sus nombres y de sus obras hacen los críticos, me consuela evocar, por contraste, la sombra de ese varón que tan señorilmente menospreciaba todos los artilugios y las minucias del oficio de hombre de letras.

Por eso, porque no aspiraban al formalismo de una "capilla", aquellas tertulias fueron —para los jóvenes de mi tiempo— una cátedra de honradez. Las animaba la alegría de "Enrique chico", siempre tentado a desempeñar, bajo la vigilancia paterna, el papel del que siembra las paradojas. Y les servía de centro, más aún que la persona física del doctor, el silencio de su esposa, atenta a distribuirnos a todo instante un café pingüe —que ella misma tostaba y confeccionaba a la usanza de Sinaloa— y que, por la rapidez con que lo bebíamos y la frecuencia con que volvía a brotar de nuestras tazas, parecía de veras inagotable. Tan inagotable y perfecto como la indulgencia de doña Luisa.

Atraía la atención del recién llegado un personaje de rostro equino, tez morena, pelo negro, lacio, brillante y discurso trágico y esencial. Era Ricardo Arenales. Aunque no había publicado ningún volumen, le aureolaba una fama extraña, debida entonces más al escándalo de su vida que al respeto de su talento. Nacido en Colombia y de orígenes israelitas, Arenales había paseado por diversos países del Hemisferio, bajo nombres distintos —Maín Ximénez, Miguel Ángel Osorio— y en ejercicio de los más heteróclitos menesteres, una audacia genial de conquistador. De Ahasverus de la poesía americana se calificaba él mismo, no sin recóndita complacencia. Y, en efecto, al verle por momentos arder, encendido por el alcohol o por el lirismo, daba la impresión de un desterrado a perpetuidad; pero no del desterrado de una república identificable en los mapas, sino de un desterrado del mundo entero —y, sobre todo, de la virtud. Se pensaba, frente a él, en algunas fábulas dolorosas. En una, concretamente: la de ese holandés errante obligado a navegar sin término, como castigo de una blasfemia arrojada al cielo en una noche de tempestad. La música del *Buque fantasma* era un fondo no inapropiado para sus versos...

Le encantaba asombrar, especialmente a los jóvenes, con la exposición de teorías heterodoxas en moral, en política, en arte; pero no en literatura o en religión. Tenía por la belleza un culto que le venía de más allá de su propio ser, de quién sabe qué entrañas del campo con que luchó, cuando adolescente, en aquella Antioquia donde —decía— "la esperanza, la inteligencia y la lealtad son como flores caídas del manto de Jesucristo".

Obligado a fraternizar —en oasis inconfesables— con individuos de la ética más dudosa, el recuerdo de aquellos éxtasis
oscuros no enturbiaba jamás su pasión auténtica: la dignidad
de la poesía.

Contrastaba con su desprecio para muchos ritos sociales —y
con su insubordinación ante casi todas las disciplinas— la adhesión sin reservas que concedía a los valores de un lenguaje sonoro, de un pensamiento exacto y de una inspiración metódica
y rigorosa. Devoto de las palabras, como Darío, como Lugones,
pretendía escapar de los huertos de esos artistas hacia el hallazgo
de una expresión humana, trémula y honda, que él designaba
con el nombre de "trascendentalismo" —y que no era muy diferente de la que postulan ciertos discípulos de Sartre.

En la ruta que habría de conducirle hasta esa lírica de la
angustia, el principal escollo tenía que ser su afición a la pompa
verbal; afición tan clara que le indujo a incurrir en diminutivos
contaminados de ronsardismo —"dulcezuelas", "piñuelas"—, a
jugar con epítetos pleonásticos —"a pesar de la fúnebre Muerte"— y, en el apogeo de su estilo, a inventar jitanjáforas prodigiosas, como esa *Acuarimántima*, de la que se sentía tan satisfecho...

Aunque hablaba con elocuencia, escuchaba con humildad, en
una entrega que por sincera rendía todas las discrepancias. Tenía
una gran estimación por González Martínez y, entre sus libros,
por la incomparable serie de las "parábolas". Pero ninguna admiración hizo nunca palidecer la que dedicaba a su propia obra.
Sabía que la fatalidad había hecho de él un visionario del
Continente. Y llevaba a cuestas su poesía, como un forzado la
estatua que —sin que él la haya visto— lo representa.

No tardamos en comprender que entre ambos se levantaría
constantemente una barrera insalvable. De prejuicios burgueses,
creía él. De sensibilidades opuestas, pensaba yo. Desde chico, me
había enseñado mi madre a preferir las dificultades a los placeres, las privaciones a los excesos —y a no gustar de ninguna
dicha sino escanciada en la copa de un acto puro. Verdad, belleza y virtud eran para ella ideas indisolubles; o, por lo menos,
aspiraciones convergentes. Tenía que contrariarme, por tanto, la
impaciencia de aquel magnífico insatisfecho para quien ser ofrecía una sola continuidad: la del vértigo del deseo.

Mi intolerancia para el hombre no conseguía disminuir mi
deslumbramiento frente al poeta. Cuando aceptaba recitarnos
algún fragmento de *Acuarimántima* o leernos los endecasílabos
luminosos de *Lamentación de octubre,* todo en mí era asentimiento y, en el sentido más material del vocablo, estupefacción.
¿Cómo le había sido posible ceñir a una forma, de tan clásico
molde, una modernidad interior tan original?

Vengo a expresar mi desazón suprema
y a perpetuarla en la virtud del canto.
Yo soy Maín, el héroe del poema,
que vio, desde los círculos del día,
regir el mundo una embriaguez y un llanto...

¿Y cómo ese infatigable prófugo de sí mismo había logrado apreciar las verdades, tan simples y tan augustas, que afloran en las estrofas de su *Lamentación*?

Yo no sabía que la paz profunda
del afecto, los lirios del placer,
la magnolia de luz de la energía,
lleva en su blando seno la mujer.
Mi sien rendida en ese seno blando,
un hombre de verdad pudiera ser...

¡Pero la vida está acabando,
y ya no es hora de aprender!

¡Torpeza de mi psicología juvenil! Transcurrirían muchos años antes de que la lectura de una frase de Proust me diese la clave de aquel enigma. Casi siempre, dice el creador de Swann (cito de memoria y no estoy seguro de repetir su expresión con exactitud), casi siempre los "aunque" son en verdad "porque". Aplicada a Ricardo Arenales, la observación de Proust resultaba reveladora. No era profundo, *aunque* rebelde, sino al contrario: porque había sido rebelde, era tan profundo. Y no era generoso, *aunque* violento; sino que, por violento, era generoso. Gran poeta de los contrastes; cantor de las horas supremas y de los días fugitivos, su epitafio lo escribió él mismo: "Era una llama al viento y el viento la apagó."

La aparición de Arenales en las tertulias de la calle de la Magnolia coincidió con el descubrimiento que hice del *Inmoralista* de Gide. No he desarticulado esos dos recuerdos. Y es natural que se me presenten, hoy, en el mismo plano de la memoria.

Gide es un riesgo para los jóvenes. Su inmoralismo hubiera podido serme tanto más peligroso cuanto que, a diferencia del de Arenales, se introducía en mi alma por una puerta no defendida, por la que juzgaba yo más segura; esto es, por la puerta de la educación jansenista que me era ya familiar. En tanto que la insurrección de Arenales se erguía a pleno sol, como un reto, la de Gide se acercaba al claro de luna, con seducciones y frases imperceptibles, veladas siempre por alguna máxima honrosa y encubiertas por algún antifaz puritano, de filosófica discreción. Por momentos, Satán se desembozaba. "Busco en la embriaguez —decía, por ejemplo— una exaltación y no una disminución de la vida." O, páginas más adelante: "No puedo exigir que los demás posean mis virtudes. Sería ya mucho que encontrase en ellos mis vicios..." Pero, inmediatamente (no había publicado aún ni *Corydon* ni *Si le grain ne meurt*), cerraba el escotillón de las confidencias y, sobre el tablado, alumbrado de nuevo por una lámpara laboriosa, sustentaba una conferencia en cuyos párrafos todo parecía otra vez diáfano, límpido, cristalino.

Por romántico, el inmoralismo de Ricardo Arenales era franco y un poco declamatorio. En cambio, por seudoclásico, el de Gide se acercaba al lector de manera más envolvente, con cautelas y púdicos retrocesos. Afortunadamente, más que sus relatos, me interesaban sus textos críticos, que sigo considerando lo mejor de su producción: las conferencias que traduje para Cvltvra, con el título de *Los límites del arte*, y ciertos comentarios acerca de Flaubert, de Barrès y de Baudelaire.

En el prólogo que escribí para la selección de que hablo se deslizaron —junto a muchas cándidas vaguedades— algunas líneas por las que advierto que ya desde aquellos días me molestaba la habilidad de Gide para el disimulo. Así, al referirme al *Inmoralista*, apuntaba yo que, "con un poco de buena voluntad, Gide hubiera podido poner a su novela, en vez de un epígrafe evangélico, algún pensamiento del *Crepúsculo de los ídolos*".

Creo que acertaba yo en el reproche. Pero, a continuación, atribuía aquella duplicidad —inocentemente— al temor de citar a un autor moderno. ¡Como si ése, en realidad, hubiese sido el motivo de Gide —y no el deseo de proteger lo escabroso de su novela con la invocación de un Salmo; invocación que le daba además oportunidad para envilecer la cita y para deformar, de hecho, su contenido!

No todo fue para mí dañino en la frecuentación de los libros de Gide. Al contrario. Gracias a ella percibí que la obra de arte es obra de razón y de voluntad, que el secreto del genio está en ser lo más humano posible, que el temor a las influencias implica un espíritu exiguo, incapaz de repudiarlas o —asimilándolas— de vencerlas. En suma, que la libertad, en poesía, no es la consecuencia de una falta de obligaciones, sino del dominio de esas obligaciones por el ejercicio del talento. Lección curiosa, después de todo, puesto que al margen del inmoralismo vital de Gide se erigía, merced a la lucidez de su inteligencia, una moral estética muy estricta —y digna, indudablemente, de admiración.

XVII. VIAJE FRUSTRADO

ME INQUIETABA Europa. Estudiar en París me parecía la materialización de un difícil sueño. Temerosa del gasto que semejante viaje requería, mi madre callaba. Mi padre, en cambio, oía mis proyectos con interés. Acaso lo que aplaudía, en mi veleidad ambulante, era el renuevo de su impaciencia. Pero ¿cómo ayudarme a ponerla en práctica? Sus recursos se hallaban muy limitados. Su aprobación tenía que resignarse con ser platónica.

En tales circunstancias, mi tía Clotilde enfermó. Por espacio de varios meses asistimos a su agonía. Por espacio de varios meses la escuchamos gemir en espera de la inyección que, diariamente, a las 6 de la tarde, le otorgaba una tregua de pocas horas. Su rostro, descompuesto durante la mañana, recobraba en aquellas pausas una dulzura que no he vuelto a encontrar en ningún semblante: palidez en la que se hubiese buscado en vano la menor huella del sufrimiento reciente, el menor temor de la muerte próxima, el más leve reproche ante la tortura no merecida.

Por semanas, luego por horas, su blancura fue convirtiéndose en lividez. Se adelgazaba a cada minuto. La enfermedad, que iba a suprimirla, estaba alejándola paulatinamente de nuestro lado.

No obstante, nunca la habíamos sentido tan inmediata. Su esposo, mi padre, yo, íbamos y veníamos por la casa, sanos en apariencia; mientras, en ella, una parte nuestra estaba muriéndose. Hablábamos, discutíamos... Pero las palabras salían de nuestros labios sin convicción. Nos creíamos cómplices. Cómplices porque respirábamos sin esfuerzo; cómplices porque podíamos subir y bajar cuatro veces al día las escaleras; cómplices porque ningún termómetro hubiese logrado encontrar, bajo nuestra lengua, sino el calor indispensable para marcar esos treinta y seis grados y siete décimas que prueban, en un hombre del altiplano, la connivencia más vergonzosa con la salud. Mi madre nos lo hacía calladamente sentir. Ella que, noche a noche, fue aprendiendo a palidecer junto con su hermana. Ella, que no dormía sino en las horas que a la enferma otorgaba, como armisticio, la influencia de un analgésico. Ella, en fin, que no murió con mi tía —porque habría sido en aquel instante complicidad con la muerte el no acompañarnos a soportar nuestra inútil perduración.

Hay algo peor que una enfermedad: instalarse en la de los otros. A fuerza de ver sufrir a mi tía, acabamos por habituarnos a la idea de que la muerte iba a ser para ella un descanso justo. Por irremediable —y por prolongado—, su padecimiento creó en nosotros una técnica de la compasión. Y modificó todas nuestras costumbres.

La menor referencia al pasado le era penosa. Por otra parte, la más indirecta alusión a lo porvenir despertaba en sus ojos una pregunta terrible: "¿Estaré con ustedes cuando ello ocurra?"... No lo decía; pero se veía que lo pensaba. Nuestras conversaciones concluyeron por no rozar sino aquellos temas abstractos y generales (o, al contrario, personalísimos y concretos) con cuya exposición los ingenuos suponen que se puede engañar a los moribundos. Le hablábamos de política. ¡A ella, que ni durante la guerra europea había querido retener los nombres de Foch y de Douglas Haig! Tan pronto como entrábamos en su alcoba, cuando el dolor no la atenaceaba, aparentábamos no interesarnos sino en la evolución de la paz, en las posibilidades que se abrirían a la Liga de las Naciones. O, para descender al plano de los acontecimientos familiares, encomiábamos el sombrero que acababa de comprarse mi tío o el sabor de la tarta que nos había servido la cocinera.

Vivíamos, ante ella, una vida sin proyectos y sin recuerdos. Esas frases que abundan hasta en las charlas de las familias más infelices ("el año entrante", "el verano próximo", "hace cuatro meses") eran un lujo que, por decencia, no nos podíamos permitir. El propósito de ir a Europa seguía atormentándome mientras tanto. No lo expresaba. Pero, con la penetración de los incurables, mi tía se daba cuenta de mi preocupación. Su último regalo fue un libro sobre Francia. Me lo quiso entregar ella misma, dármelo en propia mano. El volumen, demasiado pesado para las suyas, resbaló tristemente sobre las sábanas. Al inclinarme hacia ella, para tomarlo, vi humedecerse en sus ojos una mirada —inteligente como un augurio, definitiva como un adiós.

Su muerte ocurrió una semana más tarde. La casa, de pronto, nos resultó una provincia desconocida. Ninguna de las costumbres que habíamos adquirido en aquellos largos meses de enfermedad tenía sentido durante el luto. Las ideas generales, los problemas políticos y las domésticas efemérides que se prestaban tan bien para distraerla no nos interesaban personalmente. Para que el timbre de la puerta de entrada no la alarmase, habíamos amortiguado con una tira de fieltro el batidor de la campanilla. Para que nuestros pasos no la perturbasen, caminábamos levemente, como sobre suelas de goma. Seguíamos existiendo así (pero ya sin ella) dentro de un mundo al que todo llegaba con retardo: los ruidos y las noticias, los telefonemas y los periódicos, las facturas y las esquelas de defunción.

El padecimiento de mi tía nos había directamente civilizado. Salíamos de su muerte, como de una era de la cultura, sin saber a qué menesteres destinar las virtudes (discreción, sobriedad, continencia) en que se había transformado nuestro egoísmo. Unidos, durante meses, por el deseo de auxiliarla a bien morir, lo primero que su desaparición nos impuso fue la necesidad de volver al perfil peculiar de nuestras personas. Mi padre aceptó la tarea con entusiasmo. Le había sido extremadamente difícil adoptar el tono de nuestra casa, menos de clínica que de hospicio. Su reeducación a la libertad se hizo sin esfuerzo. Le seguí yo. De mi tío, más afectado, la acomodación a la nueva vida fue más discreta.

Sólo mi madre no sabía cómo empezar otra vez el aprendizaje de la existencia. Se pasaba las tardes, sin movimiento, frente a la ventana por cuyos vidrios podía ver las maniobras de las locomotoras que progresaban (atravesando la bocacalle) hacia los andenes de la que era, entonces, estación de *Colonia*. A veces, se le inundaban los ojos de un llanto manso, que parecía ya formar parte de su mirada.

Para salvarla de aquella tristeza, insistí en mi proyecto de ir a hacer algunos estudios en la Sorbona. En el fondo, más que a mi propia curiosidad, atendía yo al propósito de inventarle un deber viajero —para que el abatimiento no la venciese. La persuadió la esperanza de no desperdiciar su dolor en constantes y nimias abdicaciones. Entre cultivar su pena y sacrificármela, escogió esto último, estoicamente.

¿Cuántos años podría durar nuestra ausencia? Cuatro, quizá. En la duda, decidimos venderlo todo: muebles y libros. Éstos, ya numerosos, habrían estorbado a mi tío (y más aún a mi padre) para instalarse en la casa de huéspedes deseable: una pensión de habitaciones un poco estrechas, pero de buena cocina y céntrica ubicación. Compramos en marzo nuestros billetes, de Veracruz a Saint-Nazaire. Anticipación candorosa, sin duda; pues teníamos resuelto no embarcar sino en agosto. Dado mi plan escolar, preferiríamos llegar a París al final de los meses de vacaciones.

Un espectador perspicaz habría comprendido que el plazo que nos dábamos era una prueba de desconfianza. Al impulso de los primeros momentos sucedió un periodo de incertidumbre. Enajenarnos, ¿no era eso lo que queríamos? Pero el exceso mismo de ocupaciones acabó por deslizar entre nuestro duelo y el viaje ideado para olvidarlo una cortina de indiferencia. Palidecía a su trasluz lo pasado; y, no menos, lo porvenir.

Mientras llegaba el día de tomar el tren para Veracruz, escogimos también nosotros una pensión próxima a aquella en que mi padre y mi tío vivían ya. La regenteaba una señora de buen ver y mejor carácter, viuda según creo. Ni la viudez —si era cierta— ni el asma que la obligaba a pasar muchas noches, como a Don Quijote los libros, de claro en claro, habían logrado arrancar a tan excelente patrona el amor del prójimo, o insertar una cana en sus negras trenzas, o acidular una sola de las compotas que preparaba todos los sábados, con la intención, no sé bien si ritual, de que consagrásemos al sabor de una fruta distinta cada almuerzo de la semana.

253

Su optimismo se nos impuso. Habíamos llegado a ella fatigados, insomnes, agresivamente vestidos de negro. Comíamos de prisa, desdeñando los platos fundamentales, saltando el capítulo de la sopa y, como malos lectores, abreviando el epílogo del café. Elegimos cierta mesa aislada, desde la cual no se oyesen las risas de los huéspedes satisfechos. Para evitar los diálogos, saludábamos en seguida, con un "buenas tardes" que cancelaba, por sonoro y por elocuente, toda otra forma de cortesía.

La propietaria no tardó en entender nuestra situación. Sin decírnoslo, por espontánea piedad, se propuso ir adaptándonos a su perpetuo júbilo de existir. Suavemente, fue convenciéndonos su alegría. Al contacto de sus palabras, mi madre resucitaba. Su alma, despojada por el dolor, no era la página en blanco que ambos imaginábamos. Aspiraciones, sueños y afectos continuaban escritos en ella; pero en secreto, con esa tinta simpática con que los conjurados de antaño firmaban sus compromisos... Para leerlos, bastaba acercar a su corazón una llama humana.

¿Qué hacer en esas semanas? No tenía yo libros que releer, cursos a que asistir; ni, siquiera, silencio para limar los herrumbrosos alejandrinos que la desaparición de mi tía me había inspirado. En las mañanas, me dedicaba a vagar por Chapultepec. Después del almuerzo, iba al Café América. Encontraba allí a mis amigos. Durante horas, discutíamos libremente, trazando en las servilletas, de papel blanco, proyectos de poemas o estatutos de vagas editoriales.

Al volver a nuestra pensión, me contrariaba pensar que todas mis nuevas costumbres tendrían dentro de poco que transformarse. Oscuramente, buscaba yo un argumento de que valerme —contra mí mismo— para no salir de la capital.

XVIII. EN LA SECRETARÍA DE LA ESCUELA PREPARATORIA

PARA cancelar el proyecto del viaje me faltaba, no obstante, un argumento definitivo. Vino a proporcionármelo una circunstancia que no parecía tener conexión con la intimidad de nuestra existencia: la caída del Gobierno de don Venustiano Carranza.

Alejados desde hacía años de la política —o, por razón de su juventud, contemplados sin entusiasmo por muchos de los burócratas influyentes—, algunos de mis amigos encontraron en aquel cambio de administración la oportunidad de hacer conocer sus méritos. Esa hora, de tránsito para todos, podía ser para ellos de instalación.

Aunque ni Ortiz de Montellano, ni Gorostiza, ni yo postulásemos ningún cargo, nos halagó saber que el nuevo Gobierno iba a aprovechar los servicios de Jesús Urueta y de Enrique González Martínez. El segundo iría de Ministro a Santiago de Chile. Le acompañarían dos escritores que habíamos conocido en la Escuela de Jurisprudencia: Antonio Castro Leal y Francisco Borja Bolado. Se hablaba de otro literato, Genaro Estrada, como de un posible alto funcionario de la Secretaría de Relaciones Exteriores. No creíamos que Julio Torri y Manuel Toussaint se viesen tentados por la carrera diplomática. Ambos sabían que el nuevo Rector —José Vasconcelos— tenía el propósito de otorgar un impulso sin precedente a la educación pública en el país. Obra de tal linaje iba a requerir la ayuda de todos, incluso de los más jóvenes. Uno de los pasos que debían darse inmediatamente era el de devolver a la Universidad los departamentos de que había sido despojada al desaparecer la Secretaría de Instrucción Pública. Los regía el Gobernador del Distrito, de quien era Secretario General otro amigo nuestro, de extraordinaria energía y de auténtica rectitud: Alberto Vázquez del Mercado.

La más importante de las dependencias que había de recuperar la Universidad era la Escuela Preparatoria. Acababa de hacerse cargo de ella un maestro ilustre: don Ezequiel A. Chávez. La Secretaría del plantel se hallaba vacante. Alberto Vázquez del Mercado me la ofreció.

Aquel nombramiento me fue propuesto de tan amable manera —y, sobre todo, con tal naturalidad— que, sin pensar en mis pocos años, me sentí autorizado para aceptarlo. El sueldo no era importante; pero bastaba para justificar la postergación de mi viaje a Europa.

Entre la perspectiva de pasar inquietudes fuera de México y la certidumbre de verme ocupar en mi país una posición honorable, no cabía para mi madre la menor duda. Devolvimos a la Compañía Trasatlántica nuestros billetes; buscamos casa; compramos muebles a crédito y comenzó, así, uno de los períodos más imprevistos de mi existencia: atender, a los 19 años, la Secretaría de una escuela de la que había salido a los 16...

Durante el día, mis ocupaciones me absorbían completamente. Se hallaban a mi cuidado no sólo la vigilancia de los prefectos, la revisión de las cédulas y la organización de las juntas de profesores, sino también la preparación de los reconocimientos, la coordinación de los horarios y el despacho de la correspondencia. Para dar cima a todas aquellas labores me auxiliaban —muy útilmente por cierto— un tesorero, el señor Soriano, y varias empleadas entre las que deseo citar, por sus cualidades excepcionales, a las señoritas Bachiller, Pimentel y Rico, dignas todas de un homenaje al que sumo el mío, sincerísimo y conmovido. Muchos de esos colaboradores me habían visto ingresar entre los reclutas del año 13, habían seguido todos mis pasos estudiantiles y conocían en sus detalles más insignificantes mi pequeño expediente de colegial.

Para mi director, el trabajo era un rito. Para mis subordinados, una costumbre. ¿Por qué no había de ser, para mí, una satisfacción? En todo joven —hasta en el más contenido— se manifiesta, en determinado momento, la veleidad de representar un papel. Es difícil conservar en la edad madura esa capacidad de desdoblamiento que nos permite desempeñar en la juventud un oficio cualquiera, de soldado o de catedrático, sin dejar de sentirlo ajeno a nuestro carácter y despegado de nuestra vida. Con el tiempo, la máscara se une al rostro; el disfraz se convierte en traje, el actor en autómata y, por espacio de muchos años, en ocasiones hasta su muerte, no sabe el hombre diferenciar entre lo que eligió como juego y lo que aceptó como profesión. El debutante no tiene esa ingenuidad. Nada le distrae del placer de sentirse otro: ese otro que los demás le creen —político, funcionario— y que él sabe perfectamente que aún no es. Poco a poco, el error de los espectadores le envolverá; pero, mientras tanto...

Mientras tanto, iba yo y venía del despacho de don Ezequiel —que fue siempre conmigo de una paciencia angélica— a los gabinetes de física o de botánica, de la biblioteca al laboratorio de química y de éste al Anfiteatro; satisfecho de recorrer escaleras, firmar oficios, sellar diplomas y excusar faltas —como si no fueran tales tareas actos previstos por un mandato del reglamento, sino episodios de una obra de la cual, entonces, solía sentirme a la vez autor y traspunte, escenógrafo, actor y hasta espectador.

Estudiaban a la sazón en la Escuela Preparatoria dos escritores —mis contemporáneos casi— pero que, por haberme sucedido en las mismas aulas, me parecían mucho más jóvenes: Salvador Novo y Xavier Villaurrutia. Antes de tratarme como secretario del establecimiento, me habían conocido como aprendiz de poeta y de traductor. No creo que ni uno ni otro estimasen mucho aquellos ensayos —aunque me hablaban de ellos con indulgencia.

Ambos —como yo mismo— escribían poemas en cuyas estrofas se duplicaba, con diferentes refracciones temperamentales, la luz del atardecer simbolista francés. Ambos continuaban la obra de Enrique González Martínez; pero, sin decírmelo, se impacientaban un poco de continuarla.

Novo, más humano y menos estricto que Villaurrutia, usaba en aquellos años una cabellera que la vida le ha dado derecho a recuperar; obtenía de sus maestros más venerables, como don Ezequiel, consejos que comentaba con irónico escepticismo y nos sorprendía a todos por la plasticidad de una inteligencia que, a fuerza de ser flexible, parecía dócil, pero que no abandonaba jamás las aptitudes intransferibles que habrían de constituir, con el tiempo, su mejor mérito.

Nacido en México, había vivido su primera infancia en Torreón. De los viajes que hacía a esa ciudad, regresaba —según recuerdo— más dolorido que fatigado. Desde Torreón escribía cartas que, en parte, conservo. Me complace advertir hasta qué punto —cosa insólita entre nosotros— su retórica de la prosa había ido formándose precozmente. Copio aquí dos fragmentos de una:

"Aridez. Se acerca Torreón. Y no hay sino un águila que hace *looping the loop*. No sé qué chiste le encuentre, pero debe ser lo mejor que se haga, cuando hay la desgracia de ser tan águila y de no tener a quien hacer guaje.

"Y, sobre todo, este retorno imposible, y esta desolación invernal y nublada, que estrechan y estremecen el corazón..."

¿No había ya, en quien escribía así, desde un "pullman", aquellos volanderos renglones, el sentido de la prosa rápida, lógica y humorística, que reconocen los lectores actuales en las páginas de su madurez?

Pronto habrían de cambiar —en poesía al menos— las preocupaciones estudiantiles de Salvador. De la *Antología* de Léautaud pasaría, sin transición perceptible, a la curiosidad por ciertos líricos norteamericanos —que yo, entonces, no había leído. Cuando, en 1922, Ortiz de Montellano y yo editamos *La Falange*, Novo nos obsequió con una traducción de Lee Masters en la que todavía hoy descubro trozos de eficacia poética incuestionable. Éste, por ejemplo:

> *Hay el silencio entre padre e hijo*
> *cuando el padre no puede explicar su vida*
> *aunque por ello se le malcomprenda.*
> *Hay el silencio que surge entre esposo y esposa.*
> *Hay el silencio de los que han fracasado;*
> *y el vasto silencio que cubre*
> *a las naciones rotas y a los apóstoles vencidos...*

En el mismo número de *La Falange*, Rafael Lozano —que acababa de volver de París— publicaba un artículo sobre los nuevos poetas de los Estados Unidos, en el cual se refería al autor de *Spoon River Anthology* y lo calificaba de "realista", que "empleaba un verso libre, blanco, insonoro". Ese verso libre, mas no insonoro, habría de ser instrumento dúctil entre las manos de Novo, como lo fue años después en *Diluvio* y, más aún, en un poema que no he visto citado frecuentemente y del que retengo estas líneas:

> *Fue un soplo el que nos puso a danzar en la danza,*
> *polvo hecho gozo, cogimos de la mano el polvo gozoso*
> *y soñamos sueños, y algunos escribimos sueños...*

Quien me leyera sin detenimiento adquiriría la impresión de que establezco una frontera entre la poesía y la prosa del autor de *Return ticket*. No es así. Al contrario, lo que más aprecio en su producción es la unidad mantenida entre sus dos formas expresivas; unidad que impone a ciertas páginas en verso la levedad sonriente de sus artículos, estenografía feliz de la realidad, y que impregna algunos de sus libros en prosa con esa ternura humana —que debería dejar más en libertad, para ser siempre fiel consigo mismo.

He dicho que Villaurrutia era más estricto. Habría preferido decir que era más abstracto. Aunque, paradójicamente, su tendencia a la abstracción no se deleitaba, como la mía, en seguir hasta su último término determinadas ideas generales, sino en construir, como los cubistas, paisajes abstractos con formas y volúmenes muy concretos. Así, en *La Falange*, Xavier enriqueció la lección de los nuevos poetas con un apunte en el cual los detalles de la realidad le sirvieron para articular un fantástico juego de dados:

> *Aquel pueblo se quedó soltero,*
> *conforme con su iglesia,*
> *embozado en su silencio,*
> *bajo la paja —oro, mediodía—*
> *de su sombrero ancho,*
> *sin nada más:*
> *en las fichas del cementerio*
> *los + son —.*

Esta afición al dibujo, más que al color, se observa asimismo en sus primeros ensayos en prosa. Por algo, en la propia *Falange* insertó un diálogo entre la Educación y la Cultura, del que rescato estas explicaciones, puestas en boca de la Educación:

"Por ningún motivo vayas a confundirme con la Pedadogía; menos aún con la Enseñanza... Ambas, conociendo algunas de mis intenciones, han querido llevarlas a cabo, pero ¡cómo! popularizándolas... No comprenden que el único modo de oficiar es dictando al oído, prometiendo a cada hombre, por separado, la solución y la esencia."

Era ya, en hombre de tanta perspicacia, una confesión de lo que habría de escribirme más tarde: "La cultura no es algo distinto de la respiración. ¿No es verdad que nosotros —usted mismo— necesitamos suspender todavía la función respiratoria para ser cultos?" A lo que añadía: "Mi pluma se vuelve tan delgada y epigramática que temo ir hacia el silencio o el mutismo. ¡Si usted supiera cómo odio ese abuso de la razón que ejercité en mis años pasados! Quisiera que, de pronto, un instinto fuerte o una religión o una obsesión me escogieran como su portador, su adepto o su víctima."

Ese voluntario divorcio de los abusos de la razón le conduciría, para provecho de la poesía mexicana, a la iluminación profunda de sus *Nocturnos*. Pero, durante mucho tiempo, en esos ejercicios (y no abusos) de la razón afinó él sus dones más singulares. Y fue merced a esos ejercicios como precisó su doctrina característica: la de que, en cada poeta, los mejores aciertos empiezan siempre por ser aciertos de crítico.

XIX. VASCONCELOS A LA VISTA

MANUEL TOUSSAINT —que desempeñaba, con inteligencia y discreción singulares, el cargo de secretario particular del Rector— obtuvo, en 1921, una comisión para realizar ciertos estudios históricos en Europa. A fin de sustituirle, varios candidatos fueron propuestos. Sin conocerme personalmente, eligió Vasconcelos mi nombre; no tanto porque creyese mucho en la competencia improbable de mis servicios cuanto porque, según imagino, se le había hecho admitir que, para secretario de un plantel como la Escuela Preparatoria, resultaba yo demasiado joven.

Recibí el pliego de nombramiento. El mismo día, tras despedirme del maestro Chávez, decidí presentarme a mi nuevo jefe. Era jueves. Y sabía yo, por Manuel Toussaint, que no siempre los empleados de la secretaría particular del Rector tenían obligación de concurrir a la Universidad en las tardes de los jueves y de los sábados. ¿Encontraría yo a Vasconcelos?

"Ah, es usted...", exclamó el mozo de audiencia, al recibir mi tarjeta.

Sin mayores formalidades, me introdujo en una antesala bien amueblada y de atmósfera persuasiva. Aquel despacho iba a ser el mío. Un hombre de mediana estatura se hallaba allí, de espaldas a la puerta de entrada y arrodillado casi frente a un librero en cuya tabla más baja estaba luchando por colocar, sin ayuda de nadie, una pila de tomos encuadernados. Al oír mis pasos, volvió la cara rápidamente. La sangre, que el esfuerzo le había agolpado en las sienes, se las teñía de bermellón. Era Vasconcelos. Aunque no el delgado ateneísta cuya efigie circulaba con profusión en los periódicos de la época; sino un Vasconcelos robusto, que oyó mi nombre con simpatía y que, incorporándose sin tardanza, me tendió desde luego una mano sencilla y confortadora.

Me sorprendió su amabilidad. Más aún la prisa con que su rostro, al ponerse él de pie, pasó de la púrpura a la blancura, para recobrar en seguida —con la animación de la charla— su auténtica palidez. ¿No revelaban aquellos cambios un temperamento nervioso? Posiblemente. Pero, interesado en el funcionario y el escritor —que admiraba desde hacía tiempo—, no se me

259

hubiese ocurrido, en aquel momento, juzgar al hombre. De éste, por otra parte, emanaba una cálida seducción. Hablaba sin pausas, comentando a menudo lo que decía con una risa espontánea, líquida y fácil.

Durante los treinta o cuarenta minutos de nuestra plática, no empleó un solo término técnico, ni citó a nadie, ni se tomó la molestia de hacerme creer que conocía el más breve de mis poemas. De sus propios libros —hacia los cuales traté de orientar la conversación— se apartó cada vez suavemente, elegantemente, como de un tema que le parecía entonces inoportuno. Se veía que no le importaba gran cosa mi opinión personal sobre sus escritos, pero sí —un poco— mi adhesión juvenil a su obra de fundador.

"Sobran genios", me dijo, cuando le hablé del talento de uno de los poetas que trabajaban bajo sus órdenes... Y concluyó: "Lo que necesitamos son albañiles."

Le irritaba pensar que llevaba ya varios meses como Rector y no había aún construido una gran escuela. Tenía el proyecto de crear una Secretaría de Educación Pública Federal, organismo de funciones amplísimas, compuesto —según una fórmula trinitaria en la que no sé si su ánimo de filósofo veía, como yo, una evocación de los tres dantescos estados de la *Comedia*— por tres poderosos departamentos: el escolar, el de bibliotecas y el de bellas artes. Esa división —afirmaba él— era uno de los rasgos más significativos del texto de ley que había sometido al Congreso y que, precisamente en aquellos días, iban los diputados a discutir.

No olvidaba yo —mientras discurría— las manifestaciones hechas por Vasconcelos al aceptar el puesto para el cual lo había designado el Presidente De la Huerta. "Llego con tristeza —dijo— a este montón de ruinas de lo que antes fuera un Ministerio que comenzaba a encauzar la educación pública por los senderos de la cultura moderna. El deber nos llama por otros caminos... Y ese deber me obliga a declarar que no es posible obtener ningún resultado provechoso en la obra de la educación del pueblo... si no constituimos un Ministerio Federal de Educación Pública." Y había agregado, con valentía, estas palabras conmovedoras: "Yo soy en estos instantes, más que un nuevo Rector que sucede a los anteriores, un delegado de la Revolución que no viene a buscar refugio para meditar en el ambiente tranquilo de las aulas, sino a invitaros a que salgáis con él a la lucha, a que compartáis con nosotros las responsabilidades y los esfuerzos. Yo no vengo a trabajar por la Universidad, sino a pedir a la Universidad que trabaje por el pueblo."

De acuerdo con este programa, ya había la Universidad principiado a editar los volúmenes que, a juicio de su Rector, era indispensable poner al alcance de todos los medios. Al mismo tiempo, se había iniciado una intensa campaña popular en contra del analfabetismo.

Vasconcelos subrayaba el valor de Romain Rolland y, por exaltación de la vida, el interés moral de las biografías. Creía en Plutarco. Sin embargo, al escucharle, se tenía la impresión de que, en su ejemplar de las *Vidas paralelas*, los capítulos más leídos no serían los de Licurgo y de Fabio Máximo, sino el de Marco Antonio —y acaso— el de Coriolano.

Quería poner en sus realizaciones de educador ese mismo entusiasmo con que había sabido envolver, a lo largo de su existencia, los hechos y las ideas de que hablaría más tarde, en sus memorias, con cólera generosa. Místico siempre, exponía sus más íntimas experiencias con una franqueza en la que vibraba más pasión que satisfacción. Sus revelaciones no eran tan sólo el desahogo de un temperamento católico y voluptuoso, sino un puente entre su violencia —optimismo trágico— y mi modesto respeto de advenedizo. Oscuramente lo comprendíamos: demasiados años y cosas nos separaban. Arder le gustaba a él. Y a mí contemplarle brillar —con un brillo que, de repente, lo consumía. Entre uno y otro ¡qué gran distancia! ¿Podía acortarla una indiscreción?

Ni en su traje, ni en el conjunto de su despacho, descubrieron mis ojos esos detalles (vanidades, recuerdos o confidencias) con que otros seres, menos francos en el discurso, adornan su instalación dentro de la gloria o disimulan su adaptación a la soledad. Ni una "roseta" condecoraba el ojal de su americana; ni un diploma se erigía en el escritorio; ni siquiera se advertía en las paredes, botín romántico del Perú, una quena de Cuzco o una fotografía de Lima. Sólo, dentro de un vaso sin iniciales, algunas rosas.

Habituado a pensar en él a través de sus escritos y de sus viajes, me asombraba esa ausencia de "atmósfera", que un psicólogo más experto habría recomendado, al contrario, como fondo de su retrato. ¿Adivinaría él ese asombro mío?... Lo cierto es que empezó a describirme las enmiendas que proyectaba efectuar en sus oficinas. Me enseñó los libros que habían sido comprados para la biblioteca y algunos de los "pasteles" con que Alfredo Ramos Martínez se proponía alegrar los muros de la antesala.

No hubiera sabido decir cuál de aquellos objetos correspondía plenamente a una preferencia directa de Vasconcelos. Tal vez ninguno. Pero, en conjunto, todos obedecían a esa voluntad de expansión artística que le dio pronto —y tan justamente— fama de constructor e influencia patriótica de Mecenas.

En nuestra Universidad, su presencia había obrado como un fermento. Todo hervía al contacto de aquel hombre. Gemían las prensas de los talleres —y, de trabajo, los directores de las escuelas. Se vivía allí en ese extraño tiempo que los ingleses expresan con un gerundio ("I am leaving, they are sending"), escalera de urgencia entre el deseo y la realidad, invasión del presente por el futuro, velocidad que el idioma español tolera difícilmente y procedimiento de vida que Vasconcelos había importado de Nueva York, como sus corbatas, de un solo tono, sus camisas blancas, de cuello blando, su laboriosidad, sus maletas —y su repugnancia para todo lo neoyorquino.

Resultaba curioso oírle hablar de renunciación —y comprobar, casi en el mismo instante, su avidez de hombre de Occidente. En el libro que acababa de dar a la estampa (*Estudios indostánicos*) aplaudía el vegetarianismo y encomiaba lo que Zimmer llamó, después, la psicoterapéutica hindú. El lector advertía, no obstante, que la lentitud —ese valor de los orientales— no tenía cabida ni en el calendario de sus trabajos ni en la divagación de sus subalternos. En el fondo, aspiraba a llegar al Nirvana, pero marchando.

No pensé todo esto en aquella hora, sino más tarde: a lo largo de los meses en que me fue permitido asistir al espectáculo de su vida. Por lo pronto, me impresionó la distancia que había entre la sonrisa de sus ojos y la de sus labios. Ésta negaba a aquélla. Existía en él un ser que decía que sí. El que me miraba. Otro parecía gozarse en decir que no: el que de sí mismo, con amargura súbita, se reía. ¿Cuál de aquellos dos personajes sería mi amigo?

Duró poco la duda. No había peldaños —que subir o que descender— en ese espíritu de hombre público. Su confianza no tenía puertas, ni reservas su afecto, ni matices su claridad. Entre sus contemporáneos y los recién llegados, su amistad no imponía planos. De ahí, en la existencia de Vasconcelos, una impermeabilidad absoluta a la ingratitud de los mezquinos y de los débiles. Luz sin escrúpulos, su estimación se encendía inmediatamente, como una lámpara... Se apagaba del mismo modo.

Quien no lo haya tratado en esos inolvidables días de 1921 no tendrá una idea absolutamente cabal de su magnetismo como "delegado de la Revolución" en el Ministerio. La juventud vibró desde luego ante su mensaje, de misionero y de iluminado. Por algo había trazado la pluma de Vasconcelos, al final de un poema en prosa, estas líneas —de ímpetu muy genuino: "Aprovecha la lección del sol. No basta resplandecer. El ser a quien buscas... ha de ser capaz de deslumbrar."

XX. APRENDIZ DE EDUCADOR

"Por mi raza hablará el espíritu" fue el lema de José Vasconcelos como Rector. Atendiendo a su invitación, vinieron a la República Pedro Henríquez Ureña y, más tarde, Salomón de la Selva, Morillo, Manuel Cestero. Entre ellos, dos mexicanos: Joaquín Méndez Rivas y Ricardo Gómez Robelo. Conocí al último por correspondencia, merced a las cartas que Vasconcelos recibió de él, antes de resolverse a llamarle a México. Fechadas en los Estados Unidos, aquellas epístolas me impresionaron por la distinción con que su autor revelaba en ellas —a la vez— la necesidad y el orgullo, el deseo y la reticencia, la solicitud y el desinterés. Se adivinaba la urgencia que tenía de ser llamado. Pero no lo decían tanto las palabras escritas en el papel, cuanto —menos discreta— la calidad descendente de los sobres, o de la tinta...

Llegó a mi despacho cierta mañana, no recuerdo cómo ni por qué vía, con la más imprevista boquilla de ámbar entre los labios, un estremecimiento febril en las manos largas, sacerdotales —y una manera extraña de saludar, de sentarse, que puso en orden a las cuatro o cinco personas que me rodeaban en ese instante y señaló a cada cual, sin herir a nadie, una función diminuta, de espectador. Era flaco, feo, de tez morena, frente rápida y despejada. Por espesa, por trémula y por activa, resultaba dramática su nariz. De sus ojos, la mirada escurría continuamente, intencionada como un consejo, densa como un humor. Restituía al conjunto un prestigio raro la dignidad de las manos con cuyos dedos acariciaba, para lustrar una frase, una flor no vista; o, cuando la charla le fatigaba, se alisaba el cabello serenamente —como quien se despoja, frente a su pueblo, de una corona.

La cultura no había dejado en su alma inútiles sedimentos. Pocos libros los suyos, los que no cambian: la Biblia, la Ilíada, Don Quijote, todo Shakespeare. Descontento de su obra de adolescencia, aplazaba lo mejor de sí mismo para un mañana improbable entonces, imposible hoy. Durante la juventud, le había cautivado leer a Homero. Era admirable el fervor con que describía a los soldados de la guerra de Troya poniendo las manos sobre las carnes de las bestias recién abiertas. En sus últimos días, la luz de Egipto empezaba a envolverle curiosamente. En elogio de la espiral (a la que tanto se pareció su existencia cíclica) escribió, antes de fallecer, párrafos muy certeros. Su principio era "todo o nada". Lo aplicó a sus pasiones, hasta la muerte. Y a sus escritos, hasta el mutismo.

Al volver al país, le minaba ya la tuberculosis. No se quejaba de ella. Al contrario. A diferencia de los héroes de Maeterlinck, en quienes el instinto del dolor es acaso más grande que la desgracia, una sonrisa encubría siempre sus aflicciones. Hubiera sido, sin duda, el más lacónico de los espartanos —de no ser, como era, el más sutil de los atenienses.

Intimamos pronto, sin transiciones. Su fuerza no tenía ángulos. No se ejercía en los seres como la de otros, más agudos en apariencia, que necesitan incrustarse para durar. Lo aceptaba todo, porque todo lo comprendía; pero elevándolo todo a una altura humana en que se antojaba el inmoralismo un derecho supremo del pensamiento. Sus amigos de los 20 años no le llamaban Ricardo, sino Rodión. Ese nombre, tomado de *Crimen y castigo*, de Dostoyevski, le convenía hasta cierto punto. Había en su persona un amor del peligro que hacía pensar, en efecto, en Raskólnikov... Era comprensible que los hombres del Ateneo no se hubiesen fijado sino en ese ardimiento de su carácter. Nosotros —los que no habíamos cumplido aún 20 años— apreciábamos más el aspecto pagano de su temperamento, su bondad de sátiro culto, una inteligencia en la cual hasta las más abstractas doctrinas tenían músculos palpitantes y una sensualidad que encontraba en todo epidermis tierna, permeable olfato, tacto cálido y conmovido.

Era yo entonces un melancólico autodidacto que no había sabido romper ni el más fácil de los cerrojos que vedan siempre, al adolescente libresco, la morada mejor de su intimidad. No parecía de aire la transparencia que me rodeaba, sino de mica. ¿Cómo podían quemarme la llama, ni la pasión? Gómez Robelo me presentaba el ejemplo de una existencia no defendida. Sin saberlo, él, el anticristiano, coincidía con la enseñanza de la parábola: sólo es fecunda la semilla cuando perece; sólo el que da se afirma, el pecado de los pecados es la abstención.

El alcohol, las mujeres, las paradojas, toda la utilería baudelairiana que transportaba me hubiera sido, dos años antes, estímulo imperceptible. ¿Por qué, entonces, con tal violencia me sacudió? Como esas bombas que un mecanismo de relojería hace estallar a la hora exacta del paso del rey o del discurso del primer ministro, así el ímpetu de la vida explotaba en mí en el instante preciso en que la amistad de Gómez Robelo podía afectarme de manera tan decisiva. A las pocas horas de conocernos, tenía ya él —él, recién llegado— unas amigas que presentarme, un proyecto en que intervenir. Comenzó aquella noche una era mítica, en la cual cada quien se esforzaba por derrotar al otro indirectamente. Él, con mis recursos: la prisa, la ingenuidad. Yo, con los suyos: la valentía y el frenesí. Ambos buscábamos, en el fondo, un hipotético trueque: mi juventud contra su experiencia.

Mientras tanto, Vasconcelos había preparado diversos viajes por los estados. Se trataba de llevar a las legislaturas locales informes claros acerca de la iniciativa que, en materia de federalización de la enseñanza, habían aprobado las Cámaras de la Unión. Principiamos por ir a Guadalajara, en un vagón especial que los Ferrocarriles pusieron a las órdenes del Rector. Le acompañamos, además de Joaquín Méndez Rivas y Enrique Fernández Ledesma, dos pintores: Montenegro y Enciso, un coronel Gómez

—su compañero de andanzas convencionistas— y, entre los más jóvenes, Pellicer y yo.

Era mi primera salida importante de México. De chico había ido a Cuautla y a Veracruz. Sin embargo, no cabía comparación entre tan familiares paseos y el espíritu de aventura que despertaba en mi alma la idea de aquella gira. Por las ventanillas, kilómetros y kilómetros de un paisaje austero y providencial. Dentro del carro, una charla cómoda, perezosa: agua inmóvil que, como válvula de sifón, pulverizaba de tarde en tarde el humorismo de Montenegro.

Vivíamos en común. Pero, desde muchos puntos de vista, nuestras opiniones eran diversas. Yo era el que más callaba. ¿Alguien se equivocó sobre la naturaleza de mi silencio? Desde luego, no Méndez Rivas, compañero de incomparable bondad y de magnífico patriotismo. Me interesaba mucho su asentimiento festivo ante las sorpresas de la existencia, su alegría brumosa de fumador de pipa y, especialmente, su deseo de ablución en las tradiciones profundas de nuestro México. Había pasado muchos años en el destierro. Había servido, en los Estados Unidos, una cátedra de español. Recitaba elocuentemente los versos de su *Musa morena*. Y tenía el proyecto de componer una tragedia sobre Cuauhtémoc. Todo aquello, que no lo había desvinculado de México, le hacía sentir con intensidad el deber de quererlo y de visitarlo.

Conservo muchos recuerdos de las ciudades que recorrimos; pocos de los paisajes que atravesamos. De Guadalajara, en donde tuve la satisfacción de charlar con don Agustín Basave, me desconcertaron la luz espesa, en que parece sustancia la claridad, y, más que nada, ese ritmo lento en que la vida entera se desarrolla. Tales condiciones hacen de tan hermosa ciudad el escenario soñado para un relato en cuyos episodios pudieran equilibrarse la gravedad irónica de Valera y la brevedad andaluza de Mérimée.

Uno de los itinerarios más pintorescos de México nos llevó hasta Colima, capital de la "tuba" y de la papaya. El *Hudson* que el Gobernador puso a nuestro servicio no tardó en romper, a mañana y tarde, el silencio de las calles que nos era preciso cruzar para ir de una escuela a otra, todas tan pobres de muebles cuanto ricas de flores y de canciones. Todavía hoy me conmueve el recuerdo de las tres tímidas profesoras que, al final de una ceremonia, se acercaron a saludarnos con la esperanza de obtener un traslado a la capital. Se les veían, igualmente crónicos, la tristeza, el cansancio y el paludismo. La más valiente nos enseñó su diploma de normalista. Las otras —que no habían pensado en llevar los suyos— nos examinaron con humildad. Bajo un sol sin reservas ni complacencias, la blancura de sus vestidos exageraba la oscuridad de sus rostros y la amarillez de sus ojos, blandos y crédulos.

Cuando pienso en todos los poemas que declamé, en todos los discursos que padecí y en todos los camaradas que improvisé no me sorprende lo hecho, sino la prisa con que pasé del estado de soledad en que había vivido al de disponibilidad militar que semejantes giras necesitaban. Queríamos verlo todo, apuntarlo todo, darnos cuenta de todo; porque esperábamos iniciar una actividad en que todo, celosamente, se corrigiese. Si lo que dábamos era escaso, ¡qué admirable, en cambio, lo que obteníamos! En un patio de escuela, en los ojos rápidos de un chiquillo, en el balbuceo de un profesor captábamos, de repente, la intimidad de una patria nunca expresada del todo.

La pobreza y la pena en que circulábamos; las melancólicas fiestas que presidíamos; las guirnaldas de papel tricolor que, en las puertas de los colegios, anunciaban oficialmente nuestra llegada y esas otras (metafóricas por fortuna) que los directores de los planteles más serios entreveraban en sus discursos: el "licenciado" que añadían a mi apellido los periódicos de provincia; los "moles" con que algunos presidentes municipales ensangrentaban nuestros adioses; las "golondrinas" que, por acatamiento a determinados jefes de operaciones, nos brindaban en los andenes de ciertos pueblos algunas bandas improvisadas; todo, en suma, trataba de hacernos sentir qué responsabilidad nacional estábamos contrayendo.

A veces, a medianoche, mientras el vagón rodaba sobre los rieles, entre laderas níveas de luna, a la zaga de alguna de las locomotoras que habían llevado de un lado a otro del territorio a las tropas de la Revolución, una zozobra me despertaba. Desde mi litera podían verse —a través del cristal de la ventanilla— esos trémulos horizontes que recortan en primer término las hojas de los magueyes, que mide de trecho en trecho, como en compases de música, el tránsito de los postes telegráficos, que una montaña cierra en el fondo y en cuya anchura el corazón adivina, tácito y entrañable, el dolor de México. De vez en cuando, una tapia malva, una blanca torre, el pórtico de una hacienda. Pocas chozas alrededor. Un nudo me oprimía la garganta. Y volvía la desnudez de los campos lunados; se separaban, friolentas, las hileras de los magueyes; uno que otro maizal, más raquítico a cada instante, se afanaba por llegar hasta nuestro paso...

XXI. VIAJES CON EL RECTOR

AL VIAJE que hicimos con Vasconcelos, por Guadalajara y Colima, sucedieron algunos otros. El de Querétaro, Aguascalientes, Zacatecas y Guanajuato. El de Pachuca, en donde encontré —como diputado— a un antiguo compañero de la Escuela de Jurisprudencia: el licenciado Javier Rojo Gómez. El de Puebla y Tlaxcala, que dio oportunidad a Méndez Rivas para rememorar sus años de colegial. Y varias expediciones, menos formales, a Cuernavaca, a Orizaba y a Veracruz.

En el primero de los viajes que acabo de mencionar fueron con nosotros el maestro Caso, entonces Director de la Escuela de Altos Estudios; Agustín Loera y Chávez, a cuyo cargo se hallaba la revista *El Maestro*; el doctor Pedro de Alba y Jesús B. González, diputados que se habían distinguido en la defensa de la ley iniciada por Vasconcelos para federalizar la enseñanza; Ezequiel Salcedo, que dirigía a la sazón los Talleres Gráficos, y —como durante la gira a Guadalajara— Joaquín Méndez Rivas y Carlos Pellicer.

En Querétaro, Vasconcelos celebró una entrevista con los miembros de la Comisión de Puntos Constitucionales de la Legislatura del Estado, donó una biblioteca a los obreros de la fábrica *Hércules* y asistió, por la noche, a una velada en la Escuela Normal. En Aguascalientes, el Gobernador don Rafael Arellano nos atendió —si cabe decirlo— con anacrónica esplendidez. Una sociedad amable se empeñó en dar a nuestros trabajos un tono de mundana elegancia que, si no me equivoco, impacientó a algunos de los viajeros. A mediodía, en la Escuela Normal de Maestros, pronunció el maestro Caso una conferencia. Por la tarde, en el *Teatro Morelos*, oímos un discurso del doctor De Alba, y otro, de Agustín Loera y Chávez. Méndez Rivas, Pellicer y yo recitamos algunos versos.

De la excursión a Zacatecas recuerdo, sobre todo, ese cielo azul que me había prometido López Velarde, la magnífica catedral y, en la sala de sesiones de la Legislatura, la voz del diputado Francisco L. Castorena que, entre aplausos, hizo el elogio del Rector.

Nos sobrecogió, en todas partes, la pobreza del magisterio. En todas partes, también, oímos decir que, tan pronto como lo permitiera la hacienda pública, se procuraría remediar la condición del profesorado. Ante espectáculo tan penoso, Vasconcelos hubo de declarar, al volver a México, que mientras no se lograse establecer un salario digno para todo profesor de educación elemental —él hablaba entonces de tres pesos diarios— constituirían un fracaso nuestros esfuerzos.

En Guanajuato, el recuerdo de L..., una de mis amigas de adolescencia, me persiguió maliciosamente. ¿No había ella vivido durante su infancia, después de todo bastante próxima, en aquel escenario trágico y mineral? Entre una charla con el Director de Educación y una visita al Colegio del Estado, al que tanto quiero, encontré manera de escapar a la comitiva y de recorrer a mi gusto las calles y los paseos de una ciudad bajo cuyo cielo no es posible existir, ni pensar, sin un poco de lírico patetismo.

Las vías por donde andaba, las iglesias frente a cuyos pórticos un asombro "colonialista" me detenía; los parques, que ofrecían a mi cansancio estrofas súbitas de silencio; todo, en Guanajuato, era una incitación para la memoria. L... había morado en la calle de Cantarranas. L... había discurrido con sus amigas bajo las frondas del Cantador. Me asaltaba de pronto un temor absurdo: el de verla bajar, por alguna de aquellas pendientes, tan españolas, del brazo de algún marido.

Como ocurría con la sirvienta de esa novela famosa —que podía ver sufrir a su hija sin conmoverse, pero a quien arrancaba copioso llanto la más abstracta alusión a un dolor ajeno (el relato de un descarrilamiento en las páginas de un periódico o la descripción de una enfermedad en el texto de un libro de medicina)—, así también mi afecto para L..., inerte ya en México a las sugestiones de su presencia, parecía recobrar realidad por medio de los artificios de la nostalgia. Hasta el extremo de que en cualquier señorita de Guanajuato creía encontrarla, en tanto que si la hubiese descubierto a ella misma, en México, habría imaginado tal vez que se trataba de otra persona.

Y es que el ambiente de Guanajuato se prestaba con insólita propiedad para su semblanza. Admiraba el público en esos años los óleos de un pintor español que a mí nunca me satisfizo —Romero de Torres—, pero en cuyas figuras de lánguidas cordobesas debo admitir cierta seducción, hecha probablemente —como la sonoridad de determinados acordes— de la fusión de dos notas que, separadas, no nos conmoverían. En el caso de Romero de Torres, tales notas eran, por una parte, el paisaje mismo de Córdoba, sensual y descarnado; y, por otra parte, la promisoria indolencia de sus mujeres. En mi caso, la fantasía enlazaba quizá la católica esencia de Guanajuato con el recuerdo de una ausente, cuyo carácter tomaba de pronto, bajo el influjo de aquel cielo impetuoso y declamatorio, nuevo interés como tema sentimental.

Guanajuato ha sido siempre para mí, más que la capital de un Estado, un laboratorio de experimentación histórica y una portada sin par sobre el amanecer de la Independencia. Con sus desniveles bruscos, sus callejones en catarata, sus retóricos barandales y sus jardines a los que suele ascenderse por escaleras de varios pisos, el urbanismo de una ciudad así —a la vez tan ensimismada y tan pintoresca— resulta constantemente un problema social para el arquitecto y una lección de psicología para el turista. Cuando se la contempla de noche, la luz eléctrica intenta lo que no sé si llamar la radiografía de Guanajuato. Se le ve entonces el esqueleto, un esqueleto de lámparas encendidas. Se piensa, entonces, que la hora natural de ese conjunto admirable de casas tenaces y superpuestas no es la hora de hoy, con sus automóviles y sus impaciencias mecánicas, sino la hora de ese tránsito entre dos siglos —el XVIII y el XIX— que simboliza, con su mole gloriosa, el edificio de Granaditas. Templos soberbios, parques nocturnos en que hace falta, para soñar, el resplandor cuadrado, otoñal y discreto de las farolas. Ventanas a las que asoma, como en ciertos capítulos de Azorín, un hombre que hubiera podido asomarse ahí, hace veinte lustros, con el mismo silencio sobre los labios. Frontera entre el ideal y la realidad. Corazón insurgente y estremecido que no se puede haber escuchado, por ligeramente que sea, sin conservar el deseo de oírle latir otra vez. Ciudad-conciencia en que cada paso despierta un eco que suena a México...

Al releer las páginas que preceden, caigo en la cuenta de que no existe proporción entre la importancia que dedico a ciertos sucesos y el espacio, mucho más amplio, o más corto, que ocuparán otros episodios. Para remediar semejante desequilibrio, sería menester alargar o multiplicar indebidamente los elementos que la memoria me proporciona. Entre el defecto que reconozco y la falta de probidad que lo ocultaría, me parece aquél menos irritante.

¿Cómo reproducir, en efecto, dentro del movimiento de un libro, esa fuga invisible, infinita, terca: la edad que pasa?

Todos los escritores han tropezado con este obstáculo, la inconsistencia del tiempo. Cada uno ha procurado inventar un procedimiento diverso para sortearlo; ya mediante síntesis muy audaces, como las de Voltaire en *Zadig*; ya merced a análisis insistentes, como los del *Ulises* de Joyce. El primero desearía hacer caber una vida entera en la fórmula de un prólogo. El segundo exige al lector una hora de reflexión por cada minuto de acción de sus personajes. Entre tan opuestos excesos ¿cuál elegir? ¿De qué imperceptibles "transportadores" servirnos para establecer una proporción, artística pero exacta, entre la duración del hecho que el autor narra y la del relato que lo resume?

La balanza, más que el cronómetro, debería ser el instrumento del novelista —y del biógrafo de sí mismo. Quien escribe está en la necesidad de saber de qué modo va a equilibrar el tiempo de lo que cuenta y el que precisa para contarlo. Pero ocurre que las balanzas, en la literatura y en el comercio, no pertenecen a una sola categoría. En algunas —las de platillos equidistantes— el equilibrio se logra entre pesos iguales, gramo contra gramo, minuto contra minuto. Modelo de precisión, éste es el que utilizan los farmacéuticos. Y, en el teatro, los dramaturgos naturalistas. En tales condiciones, el problema realmente no se plantea. Los diálogos, en la producción de estos escritores, duran lo mismo que en la existencia. Los relojes, cuando los requieren sus dramas, se hallan parados (dirección escénica "fin de siglo") o bien computan exactamente el tiempo que invierten los personajes en llegar hasta el término de la obra.

Pocas novelas —y menos "memorias"— podrían ser escritas conforme al método que señalo. Tal vez ninguna. Normalmente, el literato se ve obligado a compendiar, compensando 7 o 12 años de la vida de sus criaturas con un espacio que no rebasa la duración de un capítulo: 20 minutos, media hora, menos quizá. Semejantes síntesis son idénticas a las que determinan los comerciantes merced a la báscula de resortes. En ella, una masa ligera equilibra el peso de un volumen mucho mayor. Las biografías de Plutarco son ejemplos de tales libros. Cada palabra equivale, en su texto, a un lapso muy prolongado de actividad o de indecisión.

Para comparar el tiempo de lo que cuentan con el que tardan en relatárnoslo, otros autores eligen el procedimiento de la romana. En este género de balanzas, lo que cambia no es el tamaño del contrapeso, sino el lugar del astil en que lo coloca el observador —más lejano o más próximo al fiel según es mayor o menor el objeto que va a pesarse.

Así desearía yo deslizar, a lo largo de mis recuerdos, la unidad invariable de este relato. Pero necesito, a cada momento, distanciar o acercar de ellos el interés que me permito atribuir al lector, fiel inflexible de la balanza alegórica de que hablo.

Para lograrlo, debo tomar en cuenta no el valor estético del conjunto, si alguno tiene, sino la autenticidad de los datos —huidizos, borrosos, trémulos— que me depara la realidad.

XXII. "EL ALMA DE LOS JARDINES"

PARA celebrar el primer centenario de la consumación de la independencia de México, la Universidad Nacional convocó, en 1921, a un certamen de poesía. Decidí competir en él. Preparé al efecto una extensa composición, a la cual di por tema la evocación de los diferentes jardines que suele el hombre cruzar del principio al término de su vida: el de la niñez, el del iternado, el de los primeros idilios, el de la muerte.

La construcción del poema (lo titulé *El alma de los jardines*) revelaba su espíritu impersonal. Ni estuve nunca en un internado, ni mis amores de adolescente se deslizaron en ese parque de Guanajuato que aproveché como fondo para un panel del políptico lírico de que hablo. Pero ¿qué importancia podían tener tan ligeras enmiendas a la fortuna? Más comprometedores encuentro hoy la tonalidad elegíaca del conjunto, sus románticas concesiones a un gusto más bien dudoso y, sobre todo, esa pereza mental que comprueban siempre las previsibles asociaciones de ciertas rimas: memoria y gloria, armiño y niño, aquilón y crespón...

Había ya comenzado a consolidar los primeros andamios de mi poema cuando decidió Vasconcelos salir de viaje por diversas ciudades del Estado de Veracruz. Le acompañé hasta Orizaba. Allí un malestar indecible me acometió. Convencido de que un febrífugo y dos o tres días de dieta me aliviarían, Vasconcelos me invitó a permanecer en Orizaba y continuó su gira con Méndez Rivas, para regresar después a la capital.

A las 48 horas de su partida, mi situación se hizo muy difícil. El médico llamado para auxiliarme diagnosticó un caso de viruela, y sin entusiasmo —pero con tranquila insistencia— me propuso el traslado a la celda de un lazareto. La perspectiva no me halagaba. Sin embargo, ¿qué hacer?... Resultaba casi imposible volver a México. Por otra parte, no era correcto exponer al contagio a los huéspedes del hotel. Felizmente, un vecino descubrió cierto sanatorio, el del doctor Labardini, donde fui acogido con generosa amabilidad.

No bien me instalaron, la elevación de la fiebre dio al traste con mi conciencia. Pasaron algunos días sin que nada me despertase de aquel letargo, túnel sombrío al salir del cual tropezaron mis ojos con un semblante simpático y sonriente: el de Gonzalo Argüelles Bringas.

Era Gonzalo un profesor muy querido de la Escuela de Bellas Artes, paisajista excelente, a quien mis compañeros de viaje —sabiéndole de paso por Orizaba— habían tenido, al volver a México, la atención de recomendarme. Enterado de mi aventura, se había establecido a mi cabecera.

Veracruzano de origen, pintor de raza, jovial de oficio y célibe de conducta, consideraba Gonzalo Argüelles que todo daño experimentado en su tierra por un turista hipotecaba el prestigio de sus antepasados, oscurecía la reputación de su propio nombre —y vulneraba su dignidad. A sabiendas suyas, ningún viajero hubiese podido perder en Orizaba la menor cosa (una pitillera, un sombrero, la salud misma) sin obtener en seguida de él la compensación de un obsequio o, por lo menos, la dádiva de una excusa.

Mientras mi vida estuvo en peligro, no se apartó de mí ni por un momento. Ansioso de seguir en mi rostro la evolución de la enfermedad, le preocupaba —si no me engaño— que aquellos tonos: el rojo cereza y el azul cobalto, que en sus telas representaban un fruto sano, una flor sana, el total de un paisaje no contagioso, fuesen sobre mis pómulos, o en cualquier partícula de mi ser, el síntoma de una decrepitud, la huella de una derrota, tal vez un anuncio de muerte.

Por fortuna, sus ojos —tan perspicaces para advertir, en una marina, la diferencia que existe entre lo blanco de la ola que se desfleca y lo blanco del ala de la gaviota— no sabían distinguir con exactitud entre la palidez serena del que agoniza y la palidez torturada del que está dispuesto a resucitar... En el instante en que me creyó irremediablemente perdido, quedé sin fiebre. La

271

sonrisa que descubrí en su semblante, al abrir los ojos, no era pues tan sólo de complacencia. Como hombre, le satisfacía verme escapar de la muerte. Pero, como pintor, no dejaba de importunarle que mis facciones utilizaran para tal fuga esa serie de verdes y de amarillos que su pincel reservaba para evocar el agua de los estanques, la fermentación de los líquenes y el furor de los cielos desesperados.

No conoce el espíritu abril más suave que el de una tranquila convalecencia. La mía se anunció desde luego: rápida y franca. Deliciosa también, gracias a la espontaneidad de mis 20 años, a la cordialidad del doctor, a la devoción de las enfermeras y al optimismo ejemplar de Gonzalo Argüelles.

Pocos amigos hubieran podido serme más útiles. Su desinterés, su indulgencia, su risa y, más que nada, su bondad inasible —de pájaro y de pintor— eran cualidades que la fortuna me deparaba para volver a adiestrarme en el aprendizaje, no siempre cómodo, de la vida.

Llegaba por las mañanas al sanatorio, cada día más tarde y más satisfecho, con los zapatos sucios de haber trepado, desde la aurora, por quién sabe qué cerros próximos y lluviosos. A fuerza de interpretarlos a su manera, aquellos sitios —que su laboriosidad había convertido en preciosas series de óleos y de acuarelas— ya no tenían secretos para sus ojos, aunque seguían estimulando su fantasía, alimentando su patriotismo y enardeciendo su júbilo de existir.

Un olor a tierra mojada y a campo libre se desprendía inmediatamente de su persona. Ciertos días me enseñaba lo que había hecho. Extraía de una larga carpeta de cartón negro toda la luz que Orizaba no prodigaba a los corredores del sanatorio: un dibujo, un alegre apunte, una mancha rápida de color. ¡Qué sensibilidad la suya, tan personal y tan exquisita! Su lucha por dominar todas las técnicas de su oficio era una lucha de amante, a la vez intrépida y cautelosa.

Durante su ausencia yo también había trabajado, aunque con menor rigor que él. Poco a poco *El alma de los jardines* iba cobrando forma. Dos estrofas, cuatro a veces, eran el resultado de mi mañana. ¡Con qué prisa inclemente se las leía! ¿Le gustaban de veras a él? No sabría decirlo en estos momentos. Entonces, me parecía que nadie hubiera sabido apreciarlas más hondamente.

En nuestras pláticas, su ironía de retratista me interesaba; pero no tanto como su gracia agreste de cazador. Porque eso era, en efecto: un cazador de nubes, de mariposas, de atmósferas y de tonos; pintor viajero, para quien el paisaje no representaba jamás un triunfo de la paciencia, el resultado de una pesca dichosa de la mirada, sino —pieza de cacería— el producto de un buen disparo... La paleta y la carabina hubieran podido alternar en todas sus excursiones. Una y otra se adaptaban perfectamente a su estampa indócil, "de jinete veracruzano" decía él. Otros paisajes dan la impresión de haber sido cogidos con un anzuelo. Son un éxito de la astucia. En los suyos, como en el cuerpo de las perdices, el conocedor buscaba instintivamente ese sitio oscuro donde, al azar de la pólvora, dio el perdigón.

Mi madre, a quien Argüelles Bringas no había dejado de dirigir telegramas llenos de aliento, acabó por perder la credulidad. Sin aviso, se presentó cierta mañana en el sanatorio. Junto con su ternura, volvieron a instalarse en mi cuarto las aspiraciones y los cuidados de la salud. Se hacía necesario regresar a México. Se imponía el pequeño deber de copiar en máquina los alejandrinos del *Alma de los jardines*. Convenía buscar un lema para el concurso...

Así fue como, tras de abrazar a Gonzalo, compañero insustituible, y agradecer al dueño del sanatorio su hospitalaria benevolencia, nos dirigimos un día hasta la estación... Una lluvia delgada, cortesía del trópico, nos escoltó silenciosamente.

No sé de qué modo poner en orden las instantáneas que me recuerdan los incidentes de aquellos días. Me veo a mí mismo, en el momento de leer el diario que publicó la noticia: *El alma de los jardines* había sido premiada en el certamen de la Universidad, por un jurado entre cuyos miembros figuraban Alfonso Cravioto, Joaquín Méndez Rivas, José de J. Núñez y Domínguez y Rafael Heliodoro Valle. Me veo, más tarde, el 21 de septiembre, en el centro de un escenario muy alumbrado —el del *Teatro Iris*—, bajo el azul de los reflectores, frente a un público deferente, aunque no lo bastante para perdonar por completo el automatismo de mi memoria.

Sólo al decirlos en voz alta advertí que mis versos no contenían nada esencial, importante, nuevo o indispensable. Los había repetido mecánicamente. Me inquietaba pensar lo que opinaría de ellos, en su platea, el prosista de las *Sonatas*, el célebre don Ramón, huésped de México durante las fiestas del Centenario. Me dolía la cabeza, me ceñía el frac, me importunaba el cuello alto y almidonado. Al inclinarme frente a la Reina, el fogonazo de los fotógrafos estuvo a punto de hacerme dar un traspié. Por fortuna, la atención de los concurrentes no tardó mucho en desviarse de mí. Tras haber escuchado la *Marcha heroica* de Saint Saëns, ya aplaudían en Carlos Barrera —¡y con cuánta justicia!— al autor de *La ciudad de los cinco lagos muertos*.

Al abrir a medianoche —entre las madreselvas amigas— la puerta de mi casa de la calle de Altamirano, pensé en el discurso de Rafael López, leído por Teja Zabre en el *Teatro Iris*. "Pertenezco al número —decía el poeta de *Con los ojos abiertos*—, pertenezco al número de los que bendicen la vida porque han sido jóvenes. La evocación de esa mañana rútila basta para surtir de estrellas la patética hora crepuscular..."

¿No habría demasiada ilusión en esas palabras? La juventud es, sin duda, esperanza, audacia, descubrimiento. Pero ¡cuántos desencantos caben también en ella! Sin embargo, Rafael López tenía razón. Porque la juventud, si comete errores, da tiempo y ardor para corregirlos.

XXIII. "EL LIBRO Y EL PUEBLO"

EMPEZABA al fin a surgir —y no sólo en los ordenamientos legales— la Secretaría de Educación Pública. El Presidente Obregón tenía fe en la obra de Vasconcelos. Con generosa visión de los grandes problemas de México, le daba todo su apoyo a fin de intentar, en la mejor forma posible, una campaña tenaz contra la ignorancia. Sin Vasconcelos, su Gobierno se hubiese visto privado de esa luz y de esa pasión intelectual que caracterizaban al autor del *Monismo estético*. Pero, sin la capacidad de estadista del Presidente Obregón, Vasconcelos no hubiera podido acometer —con la amplitud y la audacia que admiro en su iniciativa— todo lo que emprendió y mucho de lo que llevó a cabo en tan poco tiempo.

Había que pensar, desde luego, en un edificio para la nueva Secretaría. El ingeniero Federico Méndez Rivas, hermano del poeta, recibió el encargo de levantar, sobre los restos de lo que iba a ser la Escuela Normal para Señoritas, el palacio ideado por Vasconcelos. Amplios patios, que ilustraría Diego Rivera. Salas anchas. En sus paredes no tardarían en crecer las decoraciones de Montenegro. En el entresuelo, una biblioteca. De su organización tendría yo que ocuparme próximamente. En efecto, el Departamento de Bibliotecas, dirigido durante varios meses por Vicente Lombardo Toledano, me había sido propuesto por el Ministro. Lombardo Toledano debía abandonarlo para desempeñar la Dirección de la Escuela Preparatoria. Acepté el cambio. No por ambición. Me apenaba sinceramente dejar de sentirme en contacto diario con Vasconcelos.

En el Departamento de Bibliotecas mis esfuerzos iban a orientarse hacia tres metas fundamentales: multiplicar las colecciones de libros circulantes en los Estados; organizar el funcionamiento de las bibliotecas anexas a los planteles educativos de la Federación y fundar, en la capital y en las ciudades más importantes de la República, pequeños centros de lectura, destinados a enriquecer los ocios nocturnos de los obreros.

Para dar coherencia a mi actividad, me dispuse inmediatamente a revisar las listas de los textos que constituirían el núcleo de cada tipo de biblioteca. Encontré el trabajo en verdad muy ade-

274

lantado. Los depósitos del Departamento contenían una existencia más que honorable de manuales Labor, numerosos títulos de la colección histórica que dirigía en Madrid Rufino Blanco Fombona; muchas series de Cvltvra; no pocos ejemplares de los volúmenes editados por Daniel Jorro y, entre multitud de otros elementos, abundantes libros de Pérez Galdós, Tolstoi y Romain Rolland, autores recomendados por Vasconcelos.

Encontré también —y esto, desde el punto de vista humano, me parece más importante— a un grupo de funcionarios leales, probos y competentes. No pudiendo mencionarlos a todos en estas líneas, los reuniré en un solo elogio: el que dedico a la señorita Luz García Núñez, colaboradora excelente, encargada de la sección primera del Departamento. Desplegaba una actividad tan intensa, tan constante y tan varonil que algunas veces, inducidos a error por misoginia no confesada, los correctores de pruebas de nuestros boletines se equivocaban y sustituían a su nombre propio el de Luis, más adaptado sin duda a sus personales prejuicios acerca de la división del trabajo entre los dos sexos.

En *El Libro y el Pueblo*, órgano del Departamento, publicamos el 1º de junio de 1922 un breve reglamento que se proponía definir —con palabras sencillas— el papel de las bibliotecas públicas y señalar, sin alardes burocráticos, las responsabilidades de quienes debían administrarlas. Tres meses después, me decidí a dar a la estampa, en la misma revista, la relación de las obras elegidas para los diferentes tipos de biblioteca, desde la colección de 12 volúmenes —que, además de los Evangelios, del *Quijote* y de la *Historia* de Justo Sierra, contenía lecciones de aritmética, geometría, astronomía, física, química, biología, geografía y agricultura— hasta la de 150, cuya lista no puedo reproducir aquí, pero en la cual alternaban con los clásicos editados por la Universidad, dramas de Shakespeare, Calderón, Ibsen y Bernard Shaw, comedias de Lope de Vega y de Juan Ruiz de Alarcón, novelas de Pérez Galdós, Balzac, Dickens y Victor Hugo, textos de Aristóteles, Marco Aurelio, San Agustín, Montaigne, Descartes, Pascal, Kant y Juan Jacobo Rousseau, sumarios de legislación mexicana y lecciones de psicología, sociología, economía política e historia del arte.

El carácter de estos tipos de biblioteca no nos había hecho olvidar la realidad de nuestro país. Las letras patrias se hallaban representadas por poetas como Sor Juana, Othón, Urbina, Nervo, González Martínez y Díaz Mirón; el pensamiento político, por Ignacio Ramírez, Justo Sierra, Emilio Rabasa; la filosofía por Antonio Caso; el costumbrismo por Micrós y Guillermo Prieto. Ampliaba la acción de estas bibliotecas —y tendía a orientarla prácticamente— una serie de colecciones especializadas, como la biblioteca agrícola, de 85 volúmenes, la pedagógica, de 100, la de pequeñas industrias, de 97, y la de consulta para agricultores e industriales, de 92.

Se ha criticado que, en muchas de esas colecciones, figurasen obras como las *Enéadas* de Plotino y los *Diálogos* de Platón. Parece haberse olvidado que, al mismo tiempo, habíamos iniciado una campaña de alfabetización popular y que no eran aquellos libros los que servían para semejante campaña. Pocos son realmente los llamados a disfrutar de un comercio fecundo con autores de la categoría de los que antes cité. Pero, me pregunto: ¿quién está en aptitud moral de afirmar, con pruebas irrefutables, que uno de dichos "pocos" no pueda venir al mundo en el más pobre y oscuro rincón de México? Un concepto democrático de la educación no consiste tanto en "popularizar" lo que no es "popular" por definición cuanto en tratar de poner las más altas realizaciones del alma al alcance de aquellos que, por su esfuerzo, son dignos de conocerlas.

Nunca he creído que deba darse al pueblo una versión degradada y disminuida de la cultura. Una cosa es enseñarle, humildemente, cuáles son los instrumentos más esenciales y más modestos, como el alfabeto. Y otra, muy distinta, sería pretender mantenerle en una minoría de edad frente a los tesoros de la bondad, de la verdad y de la belleza. Una actitud restrictiva en este dominio equivaldría a violar el artículo 27 de la Declaración adoptada por las Naciones Unidas el 10 de diciembre de 1948, que da a cada hombre, por el solo hecho de serlo, el derecho a tomar parte en la vida cultural de la comunidad, a gozar de las artes y a participar en el progreso científico y en los beneficios que de él resulten.

Lo mismo cuando tuve el honor de colaborar con José Vasconcelos que, más tarde, cuando fui Secretario de Educación —y, recientemente, cuando dirigí la UNESCO— siempre me interesé porque el libro completara, de la manera más libre, la acción de los profesores. De nada vale enseñar a leer, ni crear escuelas, ni fomentar la educación fundamental de las masas si los que acaban de aprender no pueden procurarse textos o, más aún, si no se les ofrece y proporciona material de calidad para el ejercicio de la lectura. Por algo decía ya Jules Ferry: "Todo lo que se haga por la escuela y por el liceo será inútil si no se organizan bibliotecas."

La biblioteca popular es una ingente necesidad mexicana. Y, por desgracia, es una necesidad casi siempre desatendida. Al recibir en 1943 la cartera de Educación, busqué, en el proyecto de presupuesto, unas cuantas decenas de millares de pesos para adquirir libros a fin de alimentar el acervo de las salas públicas de lectura. A pesar de la preferencia que hubo de otorgar la Secretaría a tareas aún más urgentes, el noble cuidado y la inteligente atención que el Presidente Ávila Camacho concedió siempre a las cuestiones educativas nos permitió imprimir, de 1944 a 1946, la Biblioteca Enciclopédica Popular, sentar las bases de la Biblioteca de México en el local de la Ciudadela, preparar una Escuela Nacional de Bibliotecarios y consagrar determinadas sumas a la compra de libros y de revistas. Lo digo sin mucho énfasis... porque todo aquello era en el fondo bien poco por comparación con lo que falta por hacer. Esperemos que las condiciones económicas del país favorezcan en lo futuro el crecimiento del servicio bibliotecario mexicano. ¡Que el libro corone la alfabetización!

La biblioteca y la escuela no deben considerarse como manifestaciones rivales; ni siquiera, en múltiples casos, como entidades independientes. Si una y otra no se articulan, nuestro progreso será muy lento. Sin la orientación de un guía (¿y qué guía más inmediato que el buen maestro?), la biblioteca popular plantea serios problemas. Ya, en 1922, me atormentaban algunas dudas. Se denuncia a los curanderos no diplomados ¡y se admite que el primer aprendiz de bibliotecario prescriba, a un lector supuesto, un tratamiento de Leopardi o de Bernard Shaw! Y cito a Leopardi y a Shaw, porque no son los autores mediocres los que agravan la situación. Al contrario. El mal escritor lleva, en su ineficiencia, un precioso antídoto. Los peligros principian con el talento. ¿Cuántos caramelos de miel de abeja o cuántos relatos de Ohnet sería preciso absorber para intoxicarse? No es fácil averiguarlo. Bastan, en cambio, algunos centigramos de heroína, dos o tres capítulos de Nietzsche o una página de Spinoza para empezar a sentirse exento de algunas obediencias tradicionales. Sin método y sin maestros, el parroquiano de ciertas salas de lectura podría compararse con un enfermo que se aplicara todos los días —y solamente por fe en los prospectos— las inyecciones de acción menos previsible: hoy un centímetro cúbico de los Vedas; mañana, cinco gramos de Byron o de Gógol...

Temeroso de que, por falta de profesores, la función escolar no marchase al compás de nuestras distribuciones de libros, me preocupaba pensar que un reparto profuso de bibliotecas puede producir una promoción azarosa de autodidactos. ¿Qué hacían con nuestras colecciones muchos de los presidentes municipales que las habían solicitado? En no pocos lugares, un mozo, un gendarme a veces, recibía el encargo de proceder al registro de los volúmenes. En otros, un mecanógrafo —improvisado bibliotecario— alertaba a la población. Algunos vecinos se decidían a visitarle. A la admiración, sucedían los escrúpulos. ¿Cuál de todas aquellas obras sería prudente pedir en préstamo? Desfilaban títulos: *La Odisea, La Divina Comedia, Vida de Miguel Ángel*. El candidato más esforzado a lector gratuito se sentía tranquilizado por la presencia de *Don Quijote*. El más discreto se contentaba con un manual.

Tales observaciones no llegaron jamás a desalentarme. Era imprescindible insistir. Hasta en la hoguera —pensaba yo— ¡hasta en la hoguera donde los tiranos lo arrojan, el libro, ardiendo, desprende luz! Y ésa, si no me engaño, era la actitud espiritual que correspondía a la época que vivíamos: época de fervor y de don total, sin discrepancias y sin reservas, en que el patriotismo —para muchos de nosotros— se llamó juventud también.

XXIV. DECLINACIÓN Y MUERTE DE MI PADRE

DURANTE el invierno de 1922 empecé a percibir una declinación dolorosa: la de mi padre.

Hacía tiempo que se quejaba de no tener capital para organizar, por su propia cuenta, una temporada de ópera en el *Arbeu*. En ese teatro había yo asistido, a partir de los 9 años, a algunas de las representaciones que más impresión produjeron sobre mi infancia. De niño, me ocurría pensar que la ópera merecía sitio de honor entre todos los espectáculos. Con la edad, semejante afición fue decayendo ostensiblemente. Pero, en la época en que hice mi educación primaria, el solo anuncio de que iba a serme posible escuchar a Bonci, en *Lucía* o en *La Traviata*, me estimulaba como un privilegio de la fortuna.

Ni lo convencional de los argumentos, ni lo inaccesible del diálogo, ni la simplificación esquemática de los caracteres eran circunstancias capaces de despertar, en mi confianza de párvulo, veleidades de crítico o asperezas de censor. Al contrario. Lo que me halagaba en los melodramas ilustrados por el genio de Verdi o acaramelados por el azúcar de Donizetti era la exageración voluntaria de los actores, la sencillez de su mímica y, sobre todo, la esperanza de que las emociones elementales que resentían podrían ser entendidas por el profano —yo era el profano— sin adivinar, muchas veces, el significado de las palabras que articulaban.

Tan pronto como se levantaba el telón, mis ojos reconocían el taller de Rodolfo o el gabinete del Doctor Fausto. Sin embargo —y a pesar de que mi padre me regalaba siempre el libreto—, ciertos misterios resultaban inexplicables a mi niñez. ¿Por qué regresaba al Japón el marido de la señora Butterfly? ¿Qué había sucedido, al final del segundo acto, con la hija de Rigoletto? ¿Por qué prefería Radamés morir junto a Aída, en el interior de una catacumba, a reinar al lado de Amneris, entre palmeras y bailarines?... Las respuestas que consentía mi madre en dar a algunas de esas preguntas no disipaban siempre mis dudas; pero ahondaban, no sin encanto, mi silenciosa perplejidad.

Durante los entreactos, acostumbraba llevarme mi padre a los camerinos de los artistas. Bajo la ducha eléctrica de las lámparas, los semblantes de las sopranos más admiradas me parecían inamistosos. De lejos, el maquillaje daba atractivo a los ojos, virginidad a los labios y distinción a los rasgos menos sutiles. Pero, de cerca, sobreponía la luz, a los rostros más finos, máscaras insolentes. El calor del reducto en que aquellas señoras nos recibían, aumentado por el que imponía a sus frentes el peso de las pelucas y acidulado por el almizcle de los ungüentos, desleía en colorinesco sudor, sobre sus mejillas, el polvo de los afeites. El desencanto crecía al oírlas hablar. Algunas, nacidas en Nápoles o en Palermo, habían aprendido el español en sus viajes a Cuba o a Buenos Aires. Lo pronunciaban de modo extraño.

La voz (*la voche!*) era el tema constante de sus angustias, el pretexto de sus violencias, la justificación de sus sacrificios, el origen de sus envidias, el remordimiento de sus placeres. En el instante menos previsto, interrumpían la conversación, dejaban de comentar el estado del tiempo o de roer la reputación de una amiga ilustre, para modular una escala, acometer una gárgara y asaltar de pronto, entre dos confidencias, el bastión resistente de un ré bemol. Continuaban luego la charla, como si nada hubiese acontecido. Aquel examen de sus recursos parecía serles tan necesario como en la guerra, a los militares, la revisión de las claves y de los planos autorizados por el Estado Mayor.

Menos locuaces, los "divos" se interesaban más seriamente en las reacciones del auditorio. Visitaban la taquilla, calculaban las "entradas" y recortaban las notas de los diarios. Algunos viajaban con sus esposas. Durante la representación, éstas permanecían junto a la puerta del camerino, decididas a todo —salvo a confesar que sus cónyuges, si tenores, no eran tan conocidos como Caruso; o, si bajos, más populares que Chaliapin. Me sorprendía la voz sensual con que interpelaban a sus consortes, no por sus nombres, sino por sus épicos apellidos. Ni siquiera en lo íntimo de su trato, dejaban aquellos hombres de ser para ellas los personajes que la publicidad adulaba cesáreamente en folletos, periódicos y catálogos.

Al salir de los camerinos, mi padre me hacía atravesar por el escenario. De prisa, examinaba los decorados, criticaba la disposición de los muebles, exigía ciertas enmiendas. ¡Cómo, un candelabro de siete brazos —y de diez kilos— sobre la mesa de Scarpia! La señora X no podría jamás esgrimirlo con elegancia en la escena mejor de *Tosca*... A cambiarlo en seguida por otro, más manejable. ¿Y por qué esa rosa desfalleciente para el segundo acto de *Carmen*? Lo tradicional, como tema del aria de Don José, era un clavel rojo. A buscarlo, donde lo hubiese...

Pero todo aquello, en 1922, era historia antigua. Desde 1919, los aficionados que habían contribuido para contratar a Stracciari y a Zenatello se resistían a invertir sumas de importancia en un negocio que resultaba poco prometedor. Acostumbrado a los grandes nombres de un elenco "digno de Italia", mi padre no participó en las nuevas compañías.

"Durará 10 días", solía decirme, cada vez que alguien le insinuaba la conveniencia de cooperar en alguna empresa de módico presupuesto. La realidad era diferente. El público, que no siempre había podido pagar 20 pesos oro por escuchar a Caruso, acudía abundantemente a un teatro en que el precio de la butaca no excedía de 4 pesos. El postulado de Gresham no es exacto sólo en economía. Cuando mi padre lo comprendió, otros habían tomado su puesto. No le quedaba sino el recurso de esperar épocas mejores.

Al principio determinó no volver a poner los pies en ningún teatro. Le molestaba que alguno de nosotros comentase el tono con que los críticos elogiaban la representación más reciente de *La Bohemia*. Aquel desdén fue poco a poco debilitándose. Meses más tarde, se resignó a pasar ciertas noches por el *Arbeu*. Como si todavía perteneciese a la empresa, le halagaba el espectáculo de los "llenos".

Pronto, con ser tan gratas, aquellas veladas le parecieron insuficientes. No era la función, en efecto, lo que profesionalmente le seducía; sino el trabajo de los ensayos, la discusión con el escenógrafo y con el sastre, el ir y venir por los corredores, el resello de los billetes en la taquilla y, de mañana, en la imprenta, la elección del papel y la tinta para los preventivos. Por sí sola, la representación más perfecta no conseguía satisfacerle. Para su espíritu, el verdadero espectáculo se desarrollaba lejos del escenario: en la calle, en las redacciones de los periódicos, en los almacenes de trajes de fantasía y, más que en ninguna parte, en los comedores de los hoteles en que los cantantes se reunían para charlar.

Cierta noche, en que varios amigos me habían invitado al *Cine Palacio*, me apenó descubrir al abandonar el salón, casi en la última fila, el perfil agudo, la barba blanca y la calvicie metálica de mi padre. ¿Por qué medios logró revelarme su rostro —entre tanta sombra— lo que en la casa, bajo el haz de la lámpara familiar, o en plena calle, a la luz del sol, había tenido su cuerpo tanto cuidado en esconderme: el cansancio, el pesar, lo irremediable y completo de la vejez?

Entre las facciones que habría reproducido mi memoria, media hora antes, si alguien me hubiese dicho "Ahí está tu padre" y el perfil que encontré de pronto, al salir del cinematógrafo, era tan enorme la diferencia que sentí miedo.

La sorpresa es un reactivo del que ignoramos todas las consecuencias. En el día —y en circunstancias usuales y previsibles— la fisonomía de mi padre me habría parecido mucho más joven. No porque lo fuese; pero, sin duda, porque el deseo de no inquietarnos con las alteraciones que la edad va imponiendo a los seres que nos rodean adapta a sus semblantes una careta piadosa que, por ternura, para no entristecernos, ellos mismos procuran no desmentir. Lo que desanudó aquella vez los cordones que retenían —para mí solo— sobre la faz decrépita de mi padre esa fina máscara, inteligente y severa, con que su afecto y mi conformismo lo disfrazaban, fue, más que otra cosa, lo inesperado de su presencia. Me faltó tiempo para colocar, sobre su persona, el fantasma cómodo y cotidiano que me servía —desde hacía ya varios años— para no verle.

Pocos meses mediaron entre ese encuentro y la enfermedad repentina de que murió. Nada, en el curso de aquellos días, auguraba aparentemente el desenlace que, en el interior del cinematógrafo, su rostro exangüe me había anunciado. Se quejaba, sí, pero vagamente. Le importunaba, según decía, cierto ligero dolor en el hombro izquierdo. Nadie se resolvía a tomar en serio aquel "reumatismo". De repente, como había llegado, el dolor desapareció.

Sin embargo, una inconsciente amenaza me entristecía. Cuando se declaró finalmente la enfermedad (púrpura hemorrágica), sólo yo no recibí la noticia con extrañeza. Reclamado a las 3 de la madrugada, el doctor intentó cuanto pudo. Todo fue inútil.

Ante lo próximo de la muerte, mi tío inventó un subterfugio para alejarme del cuarto. Salí un momento. Cuando volví, me consoló descubrir en la faz de mi padre —devorada, minutos antes, por el dolor— una sonrisa, de nuevo humana. "Está dormido", pensé. Pero no era un sueño lo que mi madre, ya de rodillas, empezaba entre lágrimas a velar.

Tras el entierro, desfilaron varias semanas de silencio y de reflexión. Cierta gripa, atrapada probablemente en el cementerio, justificó la clausura a que me reduje. Un invisible pudor ha cerrado siempre en mi caso, frente a los seres que más aprecio, el manantial de las expansiones.

En la sombra del aposento, al que sólo de tarde en tarde entraba mi madre, ¡con qué ansiosa curiosidad fui descubriendo el relieve, hasta entonces oculto, de mi capacidad para el dolor! Inmóvil, como los barcos en las esclusas, sentía yo que un sistema invisible de mareas y de palancas iba subiéndome el alma, desde el nivel de la adolescencia, hasta ese océano incógnito: madurez de la juventud...

Aquel viaje, en que nada materialmente se desplazaba, era el último que mi padre —de existencia tan errabunda— emprendía junto conmigo.

XXV. "LA FALANGE" Y "LECTURAS CLÁSICAS PARA NIÑOS"

LA MUERTE de mi padre me hizo apreciar de nuevo, como un consuelo, el tónico del trabajo. Sin el acicate de aquella pena, el beneficio que para mí resultaba —en la Secretaría de Educación Pública— del contacto diario con la obra impresa hubiera podido teñir de burocrática utilidad el deleite que me han causado invariablemente los buenos libros. ¡Los empleados del Departamento de Bibliotecas los manejaban con tal donaire! "Un Cravioto"... "Dos Reyes"... proclamaba, desde lo alto de la escalera, una voz gangosa. Como un eco, otra voz repetía sumisamente: "un Cravioto"... "dos Reyes"... mientras la pluma anotaba, en los inventarios, los títulos no citados.

Vivíamos entre paquetes de libros y de revistas. La cultura, por lotes, se acumulaba sobre las mesas. No había siquiera, dentro del método que regía nuestras labores, ese poético azar de las librerías que son los saldos. Ninguna sorpresa; ninguna quiebra. *Las costumbres de los insectos*, de Fabre, acompañaban forzosamente —en la biblioteca agrícola— al *Novísimo tratado teórico-práctico de agricultura y zootecnia*, de Joaquín Rivera; mientras que, en la biblioteca pedagógica, la *Política* de Aristóteles tenía su lugar, insustituíble, al lado de la *Pedagogía* de Borth y de la *Psicología del niño*, por Claparède. Todo estaba previsto: el tamaño y el peso de los volúmenes, el número de bultos en que convenía distribuir las enciclopedias y la cantidad que debía destinarse al franqueo de los donativos suplementarios.

Todo estaba previsto. Menos la sorda inconformidad que empezaba a minar mi existencia, demasiado apacible, de funcionario. Tal distancia mediaba entre mis deseos y mis ocupaciones que, por momentos, hubiera sido conveniente que algo (un disgusto, un pesar, un error) me obligase a participar en mi propia vida.

La imprevisión, la miopía, todos esos amables defectos que el tiempo enmienda, no eran los míos. Tenía yo otros, que los años agravan: el pesimismo —y la prematura severidad. Me aislaba de los demás una suerte de indiferencia para lo próximo: involuntario despego que provenía, si no me engaño, de una forma psicológica de presbicia. Para que un ser o una circunstancia penetrasen de veras en mi conciencia era menester que se apartasen un poco de mi persona. Muchos lo hacían calladamente, por el declive de un paulatino distanciamiento. Otros de golpe, merced a un viaje, o gracias a una brusca inmersión en la ingratitud. Un amigo cercano, un hecho presente, me parecían siempre borrosos, mal enfocados. Vivían más acá del campo efectivo de mi visión. Envejeciéndolos, alejándolos, la distancia y el tiempo me los volvían de nuevo reconocibles.

Dos acontecimientos vinieron a condensar las energías reprimidas por la especialización incipiente de mis actividades: el esfuerzo que Ortiz de Montellano y yo hubimos de desplegar para que *La Falange* no falleciera a las pocas semanas de fundada y la participación que tomé en la redacción de una obra en que tanto Vasconcelos como el doctor Gastélum tenían entonces vivo interés: la que apareció, en dos volúmenes, con el título de *Lecturas clásicas para niños.*

La Falange era el nombre de una revista que Bernardo y yo comenzamos a publicar en diciembre de 1922. Aunque ambos figurábamos como directores, nuestro empeño hubiera sido insuficiente sin la ayuda que nos proporcionaron varios amigos, entre los cuales mencionaré a Rafael Heliodoro Valle, a Porfirio Hernández, a Julio Jiménez Rueda, a Xavier Villaurrutia, a Manuel Cestero, a Rafael Lozano y a Francisco Orozco Muñoz. Salvador Novo colaboraba igualmente con nosotros, pero de manera menos asidua.

Al principio, las cosas marcharon bastante bien. En su número de presentación, la revista dio a conocer un extraordinario poema de Ricardo Arenales —*El son del viento*— adornado por una caricatura del poeta, debida al lápiz de Toño Salazar, y precedido por un epígrafe de *El libro de los gatos:* "E a postremas viene un grand viento que todo lo lieva." Habíamos insertado, antes de los versos de Arenales, una página inédita y luminosa de *El minutero,* de Ramón López Velarde; la que se anuncia con esta frase: "Era el tiempo en que las amadas salían del baño con las puntas de la cabellera goteando constelaciones..." El Doctor Atl, tan valiente y tan joven siempre, nos había dado dos fragmentos rebosantes de rebeldía; Jiménez Rueda ciertas escenas coloniales y Manuel Toussaint unos apuntes de viaje, por Sigüenza y por Lugo. Contenían aquellas notas un párrafo que, a pesar de su sencillez, no se ha borrado de mi mente; acaso porque lo avaloraba un reproche mal escondido: el que me hacía yo a mí mismo por no haber realizado la excursión europea proyectada durante la primavera de 1921. Toussaint relataba su arribo a una hospedería española. Y lo hacía con estas siete palabras: "Pan, merluza, vino de un rojo ticianesco." Nada más. Pero probablemente Manuel nunca sabrá (porque no imagino que le interese la lectura de estas memorias) la nostalgia que me produjo, al corregir las pruebas de la revista, aquel epíteto "ticianesco" aplicado al vino de una posada peninsular.

De Rafael Heliodoro Valle, publicamos *El perfume en la Nueva España;* unas "instantáneas" de Porfirio Hernández sobre las barberías, los escaparates y los cuartos de hotel y, a la zaga de La Bruyère, un retrato imaginario hecho por Villaurrutia. Tres secciones completaban el número. Una, de poetas jóvenes, con versos de Ignacio Barajas Lozano y Francisco Arellano Belloc.

Otra, de literatura popular, confiada a Bernardo. Y otra, de crítica de libros, muchos de ellos franceses, en la cual alternaban mis comentarios con los más amplios y sustanciales que escribía Rafael Lozano.

Lo que hubiera podido "situar" a *La Falange* era, junto con la afición folklórica de Ortiz de Montellano, a la que debimos la inclusión, en cuadro de honor, de los "legítimos versos de Lino Zamora"

> *Rosa, Rosita, de Jericó,*
> *su primer banderillero*
> *de un balazo la mató,*

nuestro fervor por la pintura mexicana, entonces tan discutida. Cada número de la revista estaba ilustrado por un pintor. El primero, por Adolfo Best; el segundo, por Diego Rivera; el tercero, por Carlos Mérida; el cuarto, por Manuel Rodríguez Lozano; el quinto, por Abraham Ángel y el sexto por Roberto Montenegro. En varios de ellos aparecieron caricaturas de Covarrubias y de Salazar y, en el quinto, un artículo de Diego Rivera, muy interesante de releer. En él hacía el pintor un rápido examen de dos años de lucha, desde su regreso a México, y la iniciación de sus trabajos en el Anfiteatro de la Preparatoria.

Según lo declaramos desde un principio, *La Falange* no pretendía actuar como un órgano de cenáculo y no intentaba combatir *contra* nadie, sino *en pro* de algo. A pesar de lo dicho, no dejó de pensarse que el nombre —tan militar— con el cual la editábamos y la portada de Adolfo Best, en la que tres figuras sostenían una sola y tremenda lanza, eran ya ostentación de un espíritu de violencia. Cierta infortunada frase, añadida al "índice" del primer número, reforzó tal suposición. Lo cierto es que la revista despertó hostilidades —y que no siempre tuvimos nosotros la serenidad necesaria para ignorarlas. Suspendida en el tercer número, nos empeñamos en reanudarla en 1923, después de la muerte de mi padre. Pero las críticas habían enfriado nuestro entusiasmo. Los textos que nos llegaban no tenían siempre la calidad que hubiéramos deseado. Y concluimos por admitir lo que debimos haber empezado por comprender: que era muy difícil divorciar nuestra actividad personal como literatos, con inevitables simpatías y antipatías, de nuestra actividad como funcionarios. Admitirlo y dar término a la revista fue todo uno. De aquella experiencia (y de otra, que hice más tarde, en *Contemporáneos*) aprendí a no mezclar después mis aficiones particulares con mis deberes públicos. De ahí el silencio que impuse a mi obra, durante años, en el desempeño de los puestos que serví —de 1940 a 1948— en las Secretarías de Educación y de Relaciones Exteriores.

La desaparición de *La Falange* coincidió con un aumento de

mis tareas en el Departamento de Bibliotecas. Vasconcelos estaba convencido de que los comentarios desfavorables suscitados por la publicación oficial de las *Enéadas* y de los diálogos platónicos eran, sólo, la consecuencia de una falta absoluta de comprensión. Se imponía, a su juicio, aclarar el propósito perseguido. Convenía añadir, por tanto, a la serie prevista para el adulto, otra, más accesible, de lecturas clásicas para niños. Una comisión de escritores —entre cuyos miembros quedé incluido— recibió el encargo de ponerse a la obra sin dilación. Destacaba en ella una gran mujer, Gabriela Mistral, quien residía entre nosotros desde hacía meses. Albergada en México, junto con dos profesoras chilenas que la ayudaban en sus trabajos, le rendíamos un culto muy amistoso —aunque temo que no lo bastante para atenuar la tristeza que le causaba ver en la prensa, de tarde en tarde, ciertas alusiones poco efusivas a su condición de invitada por el Gobierno de la República.

Gabriela Mistral es una de las almas más misteriosas y hondas que he tenido la suerte de conocer. Áspera y dulce a la vez, su poesía no conquistaba de pronto al lector, como lo hacían entonces, más fácilmente, otras musas latinoamericanas, de vocación más sensual y de sortilegios verbales más inmediatos. Pero quien se esforzaba por releerla sentía en ella una fuerza inmensa, hecha de cóleras minerales y de júbilos silvestres, apasionada como la hoja que se despliega y tenaz como el musgo humilde sobre la roca. De sus Andes inolvidables tenía la majestad, el desprecio de lo mezquino —y el fuego oculto, las brasas bajo la nieve.

Nos había entregado, para *La Falange*, dos poemas en prosa sobre San Francisco de Asís. En uno de ellos decía del santo que "echaba poca sombra" porque "la sombra es como soberbia de las cosas, esa, del árbol, que pinta el césped, o esa de la mujer, que pasa empañando un instante la fuente..." Toda ella estaba en esa alusión a la sombra delgada del "pobrecillo"; toda ella, con su cristianismo telúrico, su amor por las materias que se reconocen al tacto y esa miel recóndita que, como la de las granadas descritas por Gide, necesita, para ser apreciada, horas de ayuno en el desierto. Sentía especial ternura por los indios de nuestros valles. En los chicos morenos que la rodeaban cuando iba al campo, veía aflorar —según creo— esos éxtasis milenarios que las palabras no alcanzan a definir y que son, bajo sus párpados cautelosos, el perdón de una raza heroica, olvidada durante siglos.

El hecho de que una mujer como Gabriela hubiera aceptado contribuir a la elaboración del libro patrocinado por Vasconcelos nos alentó. Se hizo cargo ella de una sección del primer volumen. Los demás escogimos de acuerdo con nuestras preferencias, siguiendo la pendiente de nuestros gustos.

Pero, me pregunto: ¿quiénes eran los demás?... En el colofón al segundo tomo (aparecido ya durante la administración del Secretario Puig Casauranc, en junio de 1925) encuentro estos nombres, a partir del de Gabriela Mistral, que encabezaba la lista: Palma Guillén, Salvador Novo, José Gorostiza, Francisco Monterde, Xavier Villaurrutia, Bernardo Ortiz de Montellano y el mío propio. No acierto a fijar, sin embargo, la responsabilidad de los varios textos. Sé que la mía estuvo ligada a la presentación de algunas leyendas de la Edad Media. Creo haber intervenido en la selección de las páginas sobre Parsifal y estoy seguro de haber traducido del francés (no íntegramente) el relato de los amores de Tristán, modernizado por la pluma tan erudita como elegante del sabio Joseph Bédier. Me entero, por Salvador Novo, de que él trabajó sobre el material de los Upanishads. En cuanto a Ortiz de Montellano, le sitúo —por aproximación— en el capítulo "América", donde releo *El címbalo de oro*, de Mediz Bolio, y una biografía de Bolívar, por Carlos Pellicer.

Confieso que el tono personal de Gabriela se me ha perdido bastante en el estilo de las adaptaciones; pero me complazco en señalar, a quienes no la sepan aún de memoria, su versión de *La bella durmiente*. Redescubro ahí estos octosílabos:

> *Se durmió la mesa regia,*
> *se durmió el pavón real,*
> *se durmió el jardín intacto,*
> *con su fuente y su faisán;*
> *se durmieron los cien músicos*
> *y las arpas y el timbal...*

Al revisar esos libros, los reconozco débiles, vacilantes. La intención resultó, sin duda, superior a la obra terminada. De ella emergen, con particular nitidez, las ilustraciones de Montenegro y de Fernández Ledesma. Siento que, por momentos, "facilitamos" lo que hubiéramos debido ofrecer al niño en su perfección intocable e inmarcesible. En otras partes, por respeto para el autor, glorificamos el uso de las tijeras. Dimos los textos originales. Con pocas notas y, en su mayoría, de eficacia muy discutible.

La experiencia, de cualquier modo, fue sumamente atractiva. No sé si valdría la pena intentarla de nuevo, con mayor detenimiento literario y con sentido pedagógico menos superficial. La forma dubitativa en que acabo de expresarme no demuestra sólo prudencia de adaptador arrepentido. Obedece a un escrúpulo más profundo. ¿Cabe, realmente, mondar y simplificar a los clásicos? ¿No era, más bien, nuestro propósito —conseguido sólo por accidente y en vértices muy contados— el de reescribir, en forma de relatos sencillos, ciertas leyendas célebres y el de enmarcar, dentro de una prosa sin pretensiones, algunos imperecederos fragmentos de la imaginación universal?

Esto último fue lo que soñamos hacer. Pero no estoy seguro de que lo hayamos hecho. Y el problema sigue planteado, como un reto —amable, después de todo— para los escritores españoles e hispanoamericanos que acepten afrontarlo en lo porvenir.

XXVI. VIDA PROVISIONAL

CASI no veo formas precisas que describir en el lapso, de más de cuatro años, que medió entre mi salida de la Secretaría de Educación Pública, al terminar el Gobierno del general Obregón, y mi ingreso en el Servicio Exterior de México.

No es que no me sucediera nada importante en aquellos meses. Algo hice en ese período: acompañar al doctor Gastélum en su valerosa experiencia a través de la salubridad pública federal; ir a Nueva York y a La Habana en 1928; dar, en esta ciudad, una conferencia sobre la literatura mexicana moderna; asistir en aquélla —junto con don Genaro Fernández MacGregor, don Alejandro Quijano y el Marqués de San Francisco— a una sesión de la Academia de Letras americana; publicar seis libros de obras en verso, una novela (*Margarita de niebla*) y un volumen de ensayos: *Contemporáneos,* que trasmitió su título a una revista... Vivir, en suma. Pero con una vida cuya materia nunca adhería del todo a su contorno visible, a su piel palpable: burocrática sin costumbres, lírica sin audacias y, durante meses y meses, provisional.

Una rara falta de temperatura caracterizó aquella tregua tan prolongada. Tregua entre las pasiones. Ni rencores, ni odios. O, por lo menos, ningún rencor que comprometiese mi esencia íntima. Cóleras abstractas, que no se ejercían contra seres de carne y hueso; sino, a lo sumo, contra la interpretación de ciertas estatuas (el Laocoonte), contra determinadas maneras de dirigir las lecturas en las escuelas (reeditar a Edmundo de Amicis en vez de estimular la producción de buenos libros mexicanos, sobre temas de México y escritos para niños de México) y contra algunas desviaciones: el simbolismo, deformación de la lírica por la música, y el impresionismo, pulverización del paisaje por los procedimientos del atomizador.

Ninguna dicha menos activa. No vivía yo feliz, sino simplemente amputado de la desgracia, dejando que la inmovilidad envolviese todos mis deseos con esa capa de indiferencia que —en lo moral— equivale a la pátina de los cuadros... Mientras tanto, algunos de mis amigos contraían enfermedades, descarrilaban, se aficionaban a la pintura cubista, aprendían el italiano, perdían sus sábados en el tenis y sus domingos o sus miércoles en el *bridge*. La tranquilidad —que solía volverles frágiles y permeables— me había hecho metálico y silencioso.

La ternura, que a veces aminora las defensas orgánicas de los seres, me inmunizaba de todo riesgo, como una droga, y ponía un invisible cordón sanitario alrededor de mi pensamiento. La ola de los celos, la del tifo, la del suicidio, se detenían ante mi puerta. Acariciaban, en ocasiones, la puerta próxima. Penetraban, en ciertos casos, en la casa de mis vecinos más probos, más honorables. Enseñaban a la esposa del rectilíneo jurista el arte de divorciar —y el de envenenarse a la hija del médico hostil a los barbitúricos... De cualquier modo, respetaban mi soledad.

En una época particularmente fecunda en angustias, mi vida se permitía un lujo insólito: la indolencia. Ninguna quietud menos protegida. Todos esos objetos que las personas prudentes adquieren como un seguro contra la impuntualidad o contra la muerte: el despertador, el paraguas, el pararrayos, no entraron en mis costumbres. Sin cerrojos, ni pólizas, ni antisépticos, había logrado alcanzar ese grado de bienestar que ciertos adultos obtienen únicamente a fuerza de inyecciones y de candados. Nadie hubiera advertido en mi carácter ese estremecimiento que los historiadores descubren (con varios siglos de retraso) cada vez que una monarquía declina, una república se prepara o se organizan nuevas maneras sociales de padecer y de persuadir. No huían de mí, siquiera, esos pequeños remordimientos —roedores íntimos— que, por amor a las metáforas técnicas, algunos psiquiatras comparan con los ratones del trasatlántico próximo a zozobrar.

Sin embargo, aunque mis actos seguían respondiendo a un sistema de normas bien conocido —el del profesor, el del ciudadano, el del funcionario—, ya mis enigmas vitales estaban cambiando de forma y de dimensión. La costumbre no sólo se deleitaba en atenuar el color de las encuadernaciones pálidas de mis libros. Limpiaba su contenido de sombras y de misterios. Nada resistía al plumero con que sus manos imperceptibles deshacían en mi despacho las telarañas de la materia —y también del arte. Con el mismo impalpable pañuelo con que frotaba mi pitillera y mi pluma-fuente, sacudía —de noche —las obras de mis poetas y la música de mis discos. Por desgracia, a fuerza de acariciarlos y de pulirlos, terminó Poe por parecerme un Longfellow breve, Víctor Hugo un Zorrilla largo, Schubert un Mozart para familias y la propia figura de Simonetta Vespucci el cartel de una higiénica *beauty shop*.

¿Por qué me daba la juventud esa versión vacunada de la existencia? Durante meses, no vi detenerse un reloj, ni quebrarse un vidrio, ni derramarse una copa sobre la mesa. Tan absoluta estabilidad me traía a la memoria el recuerdo de un relato de Poe. Aquel en que cierto investigador, tras hipnotizar a un agonizante, sigue charlando con él después de muerto, durante meses, sin que el cadáver se descomponga. De pronto, rompe el hilo que lo ligaba al espíritu del difunto. En ese instante, el cuerpo (que la muerte parecía no haber tocado) se deshace, se desintegra, se arruina todo... Y no quedan, sobre las sábanas, sino unos restos indescriptibles, anónimos, blandos y putrefactos.

¿No sería más desgraciado que nadie —Midas sentimental— quien pretendiera inmovilizar de antemano el valor del tiempo, convirtiendo en metal precioso cuanto nos gusta precisamente porque nos huye, pues su más alto mérito es la evasión?... Lo que yo creía mi dicha hubiera sido imposible sin el error en que me encontraba respecto a la profundidad de la crisis que estaba operándose en mí. Es fácil gustar de una selección. Y eso habían ido constituyendo mis reticencias y mis escrúpulos: una antología aséptica de la vida. Pero una antología de la vida no es ya la vida.

Semejante reclusión en la morada falaz de las horas gratas tenía forzosamente que producir algunas alteraciones en mis actividades de hombre de letras. Se imponía —como compensación— un contacto mayor con la realidad. Por desgracia, en el ambiente literario de aquellos años, pocos ejemplos podían servirme. De los grandes poetas americanos, Darío y Nervo habían fallecido. Díaz Mirón guardaba silencio. Alejado de México, González Martínez había puesto a la voz de sus ruiseñores una sordina trémula de ironía. Extraviados en una sombría selva política, Santos Chocano y Leopoldo Lugones cantaban la gloria de las espadas...

Crecía, sin embargo, dichosamente, una influencia conmovedora: la de Ramón López Velarde. Muerto en 1922, el autor de *Zozobra* ejerció una acción singularmente fecunda sobre los escritores de mi generación. Muchos jóvenes le imitaban. Impacientes, desconocían sus cualidades, exageraban sus defectos, desleían sus excelencias y convertían en recetas retóricas lo más hondo de su verdad poética.

La rapidez con que su obra se impuso me indujo a considerar los motivos auténticos de su éxito. Descontando los elementos transitorios (su simpatía personal, la adhesión de sus amigos) perduraba, en sus libros, un don secreto, a la vez patriótico y religioso, provinciano, sensual y sentimental. Se advertía que había leído a Lugones; pero, en su técnica, la imaginación de los adjetivos no funcionaba como un recurso de humorista —caso clásico del *Lunario*— sino como un procedimiento de exploración psicológica y, a ciertas horas, de automatismo de la intuición.

Más aún que *La suave Patria*, en cuyos versos abundan las realizaciones felices y pintorescas, me interesaban poemas como *Todo, Hormigas, Hoy como nunca.* Algunas sorpresas gramaticales no implicaban tanto, en su obra, capacidades de elipsis mágicas cuanto un respeto extraño ante las palabras y una fe, misteriosa, en sus fórmulas de expresión. Belarmino genial (que, con mayor prestigio que el personaje de Pérez de Ayala, desandaba a su modo el curso del Diccionario), López Velarde solía cristalizar, en determinados vocablos de nuestro idioma, una fuerza de encantamiento que su sentido propio no les concede. De ahí que en *El retorno maléfico* hable de los "párpados narcóticos" de las figuras representadas en ciertos "púdicos medallones de yeso". De ahí también que considere "incisivo" el látigo de unas cejas o que, en *Idolatría*, se refiera a una mano que "gesticula"...

Hombre de la ciudad, con raíces antiguas en el asfalto, lo que me desconcertaba en el lirismo de López Velarde era eso que José Gorostiza llamó, en una conferencia, la poesía del provinciano. Su elegancia, en efecto, había sido a menudo la del chaqué y, en materia de acentos, la del esdrújulo. Del provinciano había logrado salvar, asimismo, dos condiciones poéticas muy valiosas: la ingenuidad del asombro y la profundidad de la devoción. Quien no acepte que el catolicismo fue el íntimo amparo del autor de *La sangre devota* no podrá comprender ni el significado de su influencia ni la eficacia trágica de su espíritu. El pecado, al que los libros de Enrique González Martínez aluden con pertinencia de moralista, es —en López Velarde— la preocupación más constante y más general. Se confiesa en voz alta. Incluso su concepción del amor no insinúa ninguna gracia pagana, no representa ningún desnudo; sino la exhibición de un *attrezzo*: zapatillas centelleantes, faldas lúgubres, bajo "un cielo de hollín sobrecogido", y hasta ese abrigo con que el poeta cubre a la amada en una de sus mejores composiciones y que le otorga —por lo rojo— "una delicia que es mitad friolenta, mitad cardenalicia".

Su fantasía, al mismo tiempo cándida y refinada, de primitivo y de decadente —como, en pintura, la del Aduanero Rousseau—, talla las figuras en escorzos. Así fue como formó una imaginería en cuyos tesoros la idea de la culpa —de la condena— se halla estrechamente unida a la sensación de la voluptuosidad. ¿Ejemplos? No son indispensables. Pero, de cualquier modo, citaré uno:

> *Tu boca, en que la lengua vibra asomada al mundo*
> *como réproba llama saliéndose de un horno...*

Creía en el infierno. Y el beso que ambicionaba había de "oler a sudario, a pábilo y a cera".

La provincia de México es el escenario y el alma de los poemas de López Velarde. Está presente en su obra, con sus largas exequias "bajo las cataratas enemigas", "el amor amoroso de *sus parejas pares*", sus cuaresmas, sus lutos, los calvarios de sus vier-

nes santos, sus alegrías frente a los circos tránsfugas, sus doncellas "que dan la mano, por el postigo, a la luz de dramáticos
faroles" y el fantasma del pecador que, cuando le sobreviene el
cansancio del fin, deplora no ir a arrodillarse "entre las rosas
de la plaza, los aros de los niños y los flecos de seda de los
tápalos".

La poesía de López Velarde ha ido impregnándome —como
la atmósfera, olorosa a incienso, de una de aquellas iglesias menesterosas que él describía en sus versos tan noblemente. Que-
den estas líneas, aquí, como testimonio de afecto, admiración y
gratitud.

XXVII. LECTURAS EN SALUBRIDAD

ENRIQUE GONZÁLEZ ROJO, José Gorostiza, Bernardo Ortiz de Montellano y Xavier Villaurrutia trabajaban conmigo en el Departamento de Salubridad. Lo dirigía, a la sazón, el doctor Gastélum
—a quien habíamos conocido como Subsecretario de Educación
Pública y en cuyo espíritu nuestras preocupaciones de hombres
de letras hallaron siempre una acogida cordial y un estímulo
positivo. En la oficina, que gobernaba con vocación patriótica
indiscutible, aquella afluencia de poetas no dejaba de sorprender
a los funcionarios y de inquietar un poco a los médicos. Acaso
éstos consideraban que la opinión popular aprovecharía vecindad
tan fortuita de profesiones para aplicar al Departamento el proverbio célebre... Pero —si no me engaño— el trato acabó por
convencerles de que la frecuentación de las Musas, por modesta
que sea, no ofende a Hipócrates. Y se estableció entre unos y
otros una colaboración que habría sido menos amistosa tal vez
sin la acción tutelar del doctor Gastélum.

El trabajo en común afirmó los lazos que ya existían entre
nosotros. El más joven —y el de más reciente ingreso en el círculo que formábamos— era Villaurrutia. Por eso, quizá, su influencia se hizo más perceptible. Su figura aparece, en la pantalla
de mis recuerdos, como la de un interlocutor sumamente agudo,
entre cuyos labios la sonrisa parecía en seguida un consejo crítico. Algo había de reticente en su aplauso y de tácito hasta en
su voz. Penetraba sin ruido en los aposentos que se le abrían. En
mi despacho, cuando iba a verme, permanecía a menudo de pie,
junto al marco de la ventana que daba sobre el Paseo de la
Reforma, o a la vera de alguna mesa. Los libros del estante
inmediato y el pisapapel o la plegadera del escritorio eran —bajo
sus manos— lo que el pañuelo, los guantes o el cigarrillo en los
de algunos actores: un elemento de expresión indirecta, un recurso de espera para la réplica y, más que nada, una comprobación feliz de la realidad.

Leía mucho. Pero en orden inverso al de mis lecturas. De

Homero, de Lope, de Calderón, de todos los clásicos de la Escuela Preparatoria, había saltado hasta el repertorio de la *Revista de Occidente* y las publicaciones más avanzadas de *La Nouvelle Revue Française*. En el plano que resumía las experiencias de su cultura, los cruceros, los centros, los núcleos no se hallaban relacionados unos con otros por una línea pública y ostensible, de ferrocarril o de carretera, como las capitales en los mapas; sino esparcidos, ya sobre un monte, ya en un desierto, como esos sitios en que por fuerza, para reparar el motor, engrasar las hélices o corregir un corto circuito, los aviadores tienen a veces que aterrizar.

La imaginación, los sentidos, los sentimientos, disimulan y excusan la inteligencia. En Villaurrutia, nada material atenuaba el contacto directo con el talento. De ahí, en el estilo de sus apuntes —y sobre todo, en sus primeros poemas— una abundancia de pausas y de aforismos. Ambos concedíamos especial atención, en aquella época, a la obra de Gide. Coincidencia de afinidades; no analogía. En realidad, en el autor de *Paludes*, cada quien buscaba sus propias dudas. Se comprendería mejor lo que digo si se pudiese recorrer hoy el sumario de las páginas escogidas de Gide, que tradujimos por separado y que nunca llegamos a publicar. Los trozos que yo elegí eran los de tendencia más bien didáctica: *Los límites del arte, La importancia del público, La influencia en literatura, Baudelaire y el señor Faguet*. Villaurrutia prefirió el estudio sobre Oscar Wilde y el excelente *Regreso del hijo pródigo*.

José Gorostiza compartía no pocas de mis incertidumbres —poéticas y vitales. Su alma no se había fabricado aún el sistema de pensamiento que le permitió descifrarse en el espejo de Monsieur Teste. En sus angustias —y en sus poemas— existía ya, sin embargo, una voluntad de estructura que fue, más tarde, origen de su método intelectual. Geómetra sin decirlo, la vivacidad de Xavier Villaurrutia le sorprendía. Aunque también, pero en sentido contrario, mi persistencia: prueba de lentitud. Se le acusaba de ser más músico que poeta. Error curioso, que provenía de una lectura imperfecta de sus *Canciones*, en las que advertían algunos tan sólo la excelencia acústica del lenguaje. Es cierto; había en su obra todo un sector que la música atravesaba. Pero, inclusive ahí, su talento se defendía de los sentidos, limitándolos, decantándolos y procurando filtrarlos conscientemente. Esa parte del alma humana "capaz de gozar de las cosas sin comprenderlas" se encontraba laminada en la suya y como pendiente del fallo de un juez secreto y sin compasión.

Cada uno de nosotros parecía destinado a servir de imagen a una de las formas que Pascal analiza en su arte de persuadir. Según él, la verdad puede ser objeto de tres propósitos. El de descubrirla, si se la busca. El de demostrarla, si se la tiene. Y, para quien se propone juzgarla, el de discernirla. Villaurrutia se sentía inclinado a lo segundo. Gorostiza tenía aptitudes para lo último. Yo me confesaba deseoso de lo primero.

En los demás componentes de nuestro grupo, las inquietudes críticas resultaban de otro carácter. Por lo que concierne a Enrique González Rojo, su optimismo, sus viajes (había ido a Europa y a Chile) y sus lecturas le abrían el alma a un horizonte de facilidad y de comprensión tolerante, que nosotros no concebíamos, pero que le hacía, en el fondo, más simpático y más humano. En cuanto a Bernardo, el más cercano y constante de mis amigos, su deseo de autenticidad irrestricta lo situaba en un plano difícil y silencioso. De *Avidez* al *Trompo de siete colores* y del *Trompo de siete colores* a *Red*, su poesía había estado buscando un camino, que nadie se atreviera a subordinar a las modas o a las veleidades del grupo. Ese camino había de llevarlo, años más adelante, a la tierra magnética de los *Sueños*, a mi juicio su mejor libro.

He dicho que Villaurrutia era un lector fervoroso de la *Revista de Occidente*. No tardamos nosotros en seguirle en aquella afición. Por encima de los nuevos poetas —que en sus páginas afloraban—, Gorostiza, Bernardo y yo continuábamos colocando a dos maestros incomparables: Antonio Machado y Juan Ramón Jiménez. El primero clausuraba una tradición, con fuentes de ternura y de gracia en Andalucía, pero con arquitectura mental, lucidez y métodos castellanos. No puedo indicar lo que le hayan debido mis compañeros. Por lo que me atañe, me complazco en reconocer que recibí siempre con emoción su lección de nobleza y de austeridad. No sin respetuosa inquietud le envié mis libros. Y no he olvidado el aliento que constituyó para mí, en aquellos tiempos de aprendizaje, una carta suya —que, a pesar de lo errabundo de mi existencia, he logrado salvar del descuido de mis archivos. Con relación a la llamada "poesía nueva", apuntaba una discrepancia que cito aquí pues la encuentro aún significativa. "Algo apartado —escribía— tal vez por esa incapacidad de nuevas simpatías, que anuncia la vejez, de la literatura de última hora, tan pródiga de metáforas como vacía de emociones, abro los libros nuevos con cierto recelo y escasa ilusión..." Y, tras opinar sobre mis poemas, añadía que "las imágenes" no debían ser "cobertura de conceptos sino expresión de intuiciones vivas" y que "las ideas" debían estar "siempre en su sitio: dentro, como los huesos en el cuerpo humano, o lejos, como luminarias de horizonte".

Dentro, muy dentro, como los huesos en el cuerpo, estaban las suyas, que no es posible arrancar del texto sin vaciar por completo todo el conjunto poético que sostienen; esqueleto sin el apoyo de cuyas vértebras los versos mejor labrados se vuelven polvo, silencio, olvido...

Contrastaba con aquella estética de la hondura la admiración que teníamos, asimismo, por Juan Ramón Jiménez. Todo en él había empezado por ser música y aroma, "impresionismo" en el que adivinábamos la concentración armoniosa de un Debussy. Y, sin embargo... ¿no había luchado también Juan Ramón Jiménez por castigar el vocablo, hasta hacerle ceñir la emoción y por arrancar de ésta, en ocasiones heroicamente, lo que es sólo ornato y sonoridad, nada más elocuencia y ritmo?

El paisaje de su poesía era, en la juventud, un paisaje de madrugada. En su cielo, como en "la tristeza del campo",

> las estrellas se morían,
> se rosaba la montaña;
> allá en el pozo del huerto
> la golondrina cantaba.

En *Pastorales*, en *Jardines lejanos*, nos había seducido el oro morisco, el decorado —lujoso y frágil— de toda una Alhambra lírica. Pero en *Eternidades* y en *Piedra y cielo*, lo que distinguían ya nuestros ojos era la descarnada blancura de un Escorial. Como el paisaje, había cambiado también la técnica del poeta. Desdeñosa de las fórmulas heredadas, quería bautizar nuevamente el mundo. En este viaje hacia adentro, el autor trataba de que su libro

> fuese, como es el cielo por la noche,
> todo verdad presente, sin historia.

Hay un momento único en la biografía de cada escritor —y en los anales de cada pueblo. Es aquel en que, conseguidos los medios y hallado el tema propio, la obra de arte nace depurada de la falsa opulencia de la mocedad, pero rica todavía de sus mejores savias. Es el instante de la madurez clásica. En la evolución de los pueblos suele llamarse siglo de oro. ¿Cómo llamarlo en la biografía de los poetas? A este período me parecían corresponder —en la obra de Juan Ramón Jiménez— dos volúmenes, gemelos en mérito, aunque diversos en la intención. El primero era *Estío*. El segundo, *Sonetos espirituales*. Me agradaba no advertir en ellos ni el esfuerzo vehemente ni la sacudida nerviosa de *Eternidades*. Pero, al mismo tiempo —y ante el despojamiento lírico indispensable—, me consolaba sentir que, en sus más bellas composiciones, la ondulación melódica de las elegías juveniles se afirmaba valientemente, como la ola en el punto en que más se yergue —sobre el friso continuo y cambiante del mar.

El ejemplo de Machado y de Juan Ramón en España —y en México el de López Velarde y González Martínez— nos incitaba a buscar en nosotros mismos una precisión más estricta, una efusión más sobria y un rigor poético más severo. Nos faltaba

294

(o, por lo menos, me faltaba a mí) aprender, primero, a olvidar. Aprender a olvidar, sobre todo, una copia excesiva de textos y de consejos. Era el caso de justificar a Chamfort. "Lo que me enseñaron —decía— ya no lo sé. Lo que sé todavía, lo he adivinado..."

Pero adivinar, en literatura, es descubrirse a sí propio. Y descubrirse, para la mayoría de los mortales, es inventarse. E inventarse es tratar de hacerse —entre equivocaciones y caídas, proyectos, esfuerzos y sacrificios.

XXVIII. EL PROBLEMA MORAL DE LA LIBERTAD

SOBRESALEN, de lo gris de esos años, cuatro recuerdos especialmente bien definidos: mi encuentro con Dostoyevski y con Proust, la publicación de *Margarita de niebla*, mi trabajo en la revista *Contemporáneos* —y una pasión singular por la música de Beethoven.

Desde muchacho, fui lector entusiasta de cuentos y de novelas. Antes que en el Balzac de *Le cousin Pons* o en el Pérez Galdós de *Misericordia*, mi atención se fijó en Flaubert y en Dickens. Del primero, *La educación sentimental* —que es, ahora, mi preferido— era el libro que entonces menos me interesaba. Lo encontraba difuso y un tanto opaco... Más directamente me conmovía el juego concreto de los deseos en *Madame Bovary*; volumen sólido, intenso, que releí varias veces y que hoy me pesa, casi, como un remordimiento de juventud. Lo que me placía, en aquel relato, eran sobre todo los incidentes decorativos: el concurso agrícola, los viajes en diligencia hacia el adulterio y, ya al final, la escena de la extremaunción, página excelsa —que, por momentos, hubiera querido poder traducir al latín, para comparar sus nocturnas sonoridades con las de los maestros del Bajo Imperio.

Dickens me irritaba y me apasionaba. Sus personajes me asediaban durante meses, como aquellos que nos persiguen en la vigilia y que, no obstante, si los buscamos, resultan hechos con la materia misma de nuestros sueños.

En cuanto a Dostoyevski, sus obras me producían crisis agudas. La droga de la lectura se hallaba condensada tan brutalmente en aquellas cápsulas que, en vez de hundirme en un mundo de fácil sonambulismo, me instalaba en un plano de eléctrica lucidez. Frente a los episodios menos compactos de *Demonios* o de *Los hermanos Karamásov*, me sentía en el mismo estado de penetración enfermiza y de transparencia en que una de sus criaturas —el príncipe idiota— avecina los linderos trágicos de la vida: descubrimiento de Aglaya, visita a Rogochin, adoración ante el cadáver de Nastasia.

¡Qué bien creía yo comprender la subordinación con que los héroes de Dostoyevski sienten aproximarse el desastre, lo ven, lo palpan, y no hacen nada para conjurarlo! Más que vivir su existencia, dan la impresión de soñarla materialmente. Víctimas de lo que podría llamarse la lógica de la pesadilla, el dolor —en el fondo— es la prueba inequívoca de su ser. Fuera de él, se deshacen, se ablandan todos. No se introducen en la coherencia aparente de un grupo humano sino a modo de catalizadores —que, sin sufrir ellos mismos alteraciones, suscitan catástrofes y tormentas, muertes y fugas, cóleras y agonías... No tienen fisonomía externa característica, pues el autor los describe rápidamente, convencido de que la relación de un semblante es, en cualquier novela, una confesión de incapacidad y una táctica de estatismo.

Me apesadumbraba, en las obras de Dostoyevski, la epidemia de los suicidios. Directos unos, como el de Kirilov, que se mata para probarse a sí propio la independencia de su albedrío, o el de Stavroguin, que huye de la vida por desdén de la redención. Indirectos otros, como el de Nastasia, que se entrega sólo a Rogochin porque está persuadida de que sus manos, un día u otro, habrán generosamente de asesinarla. Ante aquella manera de amar la muerte ¡qué lejos tenía yo que sentirme del utilitario suicidio de los románticos —epílogo, excusa o escapatoria— cuyos ejemplos más claros son el del joven Werther y el de la esposa, insaciada, del médico Bovary! ("¿Comprendes —pregunta un personaje de Dostoyevski—, comprendes que hay minutos en los que se podría uno matar... por entusiasmo?")

En México, mis mayores, entre los cuales he hablado ya de Gómez Robelo, no habían disimulado su preferencia por los análisis psicológicos y por la filosofía del remordimiento que prevalecen en *Crimen y castigo*. A mí, las páginas que más me sobresaltaron —y el verbo no resulta excesivo, ni siquiera físicamente— fueron, en *El idiota*, las que preparan la crisis de epilepsia del príncipe, acorralado por Rogochin en el cubo de una escalera: y, en *Los hermanos Karamásov*, el diálogo de Iván y de Aliocha sobre el tema de la felicidad humana, el poema del gran inquisidor. Todavía ahora no he descubierto, en ninguna otra novela, un vértigo semejante.

¿Recordáis la charla que anuncia la aparición del inquisidor? Iván acaba de declarar que no quiere pervertir a Aliocha y que, al decir lo que va a decirle, lo que pretende es curarse a sí propio, a través de él. Y de pronto, tras aludir al diablo, "creado por el hombre a su imagen y semejanza", plantea un problema que parece de hoy y que podría proponerse a cuantos intentan reformar a la colectividad, partiendo exclusivamente de la intervención sistemática del Estado. "Imagínate —exclama— que es a ti a quien incumbe erigir el edificio del destino humano. Te has fijado, como meta, la de dar a tus semejantes paz y tranquilidad. Pero, para conseguir tu propósito, te es indispensable martirizar a un niña débil y sola... ¡asentar el edificio sobre sus lágrimas no vengadas! ¿Aceptarías ser el arquitecto si ésas fueran las condiciones?" La respuesta de Aliocha es negativa —como Iván lo suponía probablemente. Entonces es cuando surge la figura del gran inquisidor.

La escena es Sevilla, en "los días más siniestros" de esa España negra, de la que tanto abusan los hispanófobos. Jesús desciende a la tierra, porque quiere ver a su pueblo. Su pueblo lo reconoce y le pide auxilio. Pero el viejo inquisidor lo manda arrestar. Transcurre el día. Llega "una noche tórrida". Huele el aire a laureles y a limoneros. Y, en mitad de esa noche, tan andaluza, el inquisidor entra en el calabozo.

"¿Por qué has venido?", interroga a su prisionero. "No deseo averiguar si eres Tú o una aparición... Mañana te condenaré, como al peor de los herejes." Y agrega: "¿No fuiste Tú quien dijo a los hombres *Quiero libertaros?* Pues bien, ya viste a esos hombres *libres...* Vienes al mundo con una promesa de libertad que, en su sencillez y anarquía innatas, los hombres no comprenden siquiera. Y que, además, los atemoriza. Porque nada es tan intolerable al hombre y a la sociedad de los hombres como la libertad. ¿Sabes que pasarán los siglos y que algún día el género humano proclamará, por boca de su sabiduría y de su ciencia, que no hay delincuentes, ni pecadores —sino famélicos?"

Hasta aquí el lector, como Aliocha, se pregunta qué voluntad sacrílega inflama al personaje imaginario de Iván. Pero, de improviso, los velos se rasgan. El inquisidor se resuelve a inquirir dentro de sí. Y esto es lo que encuentra: "Para el hombre libre, no hay preocupación más constante y más dolorosa que la de descubrir a quién adorar. Y no sólo a quién adorar, en lo personal, sino en quién creer junto con todos y ante quién doblegarse, junto con todos. Esta ansia de *comunidad* en la adoración es el principal tormento del hombre y, también, del linaje humano."

En opinión del fúnebre hierofante, todo lo que el hombre busca sobre la tierra se resume en tres fórmulas. Primero: a quién adorar. Segundo: a quién confiar el fardo de su conciencia. Y tercero: cómo unirse a todos los otros, en un hormiguero unánime. Por eso, en arrebato apocalíptico, intuye el mundo del porvenir y lo ve dominado por una inquisición generalizada, tecnocracia política universal, sin libertad, sin amor, sin ciencia, sin fe. "Los más penosos secretos de la conciencia —afirma—, todo, todo nos lo traerán a nosotros los hombres. Y nosotros les resolveremos todos sus problemas. Y ellos aceptarán con júbilo nuestro juicio, porque les ahorrará los tremendos suplicios de la elección personal y libre, que actualmente padecen."

¿No había una anunciación de los totalitarismos del siglo xx en aquella hipótesis? ¿No ha estado la humanidad, como Aliocha ante Iván, angustiada de ver la esperanza bajo cadenas, la caridad en presidio y prometida a la hoguera la libertad del hombre? ¿Y no hemos sentido nosotros mismos, como el más joven de los hijos del viejo Karamásov, que "el infierno es el sufrimiento de no poder ya querer" a nuestros iguales, que de nada vale "acrecer los bienes de la materia, si se disminuye la alegría" del alma y que, entre el amor y la fuerza, hay que escoger el amor?

A mi juicio, los críticos exageraban el interés de los personajes crueles de la novela de Dostoyevski. Olvidaban lo que el autor indica en el prefacio. Todo su libro es la historia de Aliocha. O para decirlo con los términos que él emplea, "su biografía".

Hay en Dostoyevski, como en todo genio (y pienso en muy pocos: Pascal, Dante, Cervantes y Shakespeare), una riqueza de elementos tan portentosa que, casi sin alterar algunas de sus ideas, determinados "existencialistas" han podido inscribirle entre los precursores del movimiento de la nada y el ser. Esa póstuma integración, si no traiciona a Dostoyevski en detalle, lo traiciona en esencia. Porque, entre el gran inquisidor y el trémulo Aliocha, no hay equivocación posible: Dostoyevski está con Aliocha.

La lectura de *Los hermanos Karamásov* volvió a revivir en mí una preocupación profunda de adolescente: la de definir, en el arte y en la existencia, el problema moral de la libertad.

En la Escuela Preparatoria, me habían alarmado las tesis deterministas, no tanto porque las aprobasen algunos de mis maestros cuanto porque no siempre encontraba yo ni convincentes ni decisivos los argumentos que me afanaba por oponerles. Por otra parte, la teoría política de la libertad, tal como la afirmaba Rousseau, me preocupaba por imperiosa y, más aún, por romántica. Me inquietaba en ella, singularmente, la personalidad del escritor que la sostenía. Si hubo, en efecto, espíritu impreparado para gozar de la libertad, éste fue el de Juan Jacobo. Despótico por instinto y apasionado intérprete de sus antipatías, la historia de sus ideas es la historia de sus amores y de sus odios. Una historia triste; hecha, en partes iguales, de egoísmo y de vanidad. Me daba la impresión de haber olvidado un poco que, en la moneda de las acciones humanas, al anverso de cada derecho corresponde un reverso: la obligación. Gandhi no lo ignoró. De ahí que, al contestar a una pregunta de mi predecesor en la UNESCO —el sabio inglés Julián Huxley—, haya manifestado que toda declaración de derechos supone la aceptación de un deber fundamental: vivir como ciudadano del mundo.

Sin invocar a Rousseau, pero siguiéndole muy de cerca, la generación literaria que, cuando tenía yo 24 años, proclamaba en Europa el superrealismo habría pronto de revelarme la servidumbre peor de la libertad al buscar la expresión más libre... en el automatismo de la escritura.

Desde el observatorio artístico en el que entonces me complacía, mi amor por la libertad tropezaba con obstáculos incontables. El arte libre de crítica a mí no me cautivaba. A mi ver, la total espontaneidad no explica jamás por sí sola la cristalización de las obras maestras —aunque sí, por desgracia, algunos de sus defectos. La creación implica, siempre, un continuo esfuerzo de rechazo y de selección.

Esas observaciones me conducían, también, a la eterna cuestión de la libertad. Porque —advertía yo— si el autor de un concierto, de una elegía o de un cuadro al óleo debe obrar a cada momento como crítico de sí mismo, ¿no demuestra ese solo hecho el poder de su libertad?

Análogas inquietudes fueron conmigo a Venecia, en 1952. Y estuvieron presentes en mi espíritu durante la conferencia internacional que hube de organizar en esa ciudad, como Director de la UNESCO, a fin de precisar algunos criterios generales acerca de la libertad del artista contemporáneo. Mientras hablaba a los delegados reunidos en una de las salas del Palacio Ducal, entre las inmensas telas del Tintoreto, me asaltó muchas veces la sensación de estar continuando, en voz alta, un monólogo juvenil. "Las obras de arte —principié por decir a los concurrentes— figuran entre esos bienes que el reparto aumenta en vez de disminuir; porque suscitan y favorecen la comunión humana. Esto nos indica hasta qué punto el universo artístico difiere del material, regido por las leyes de la cantidad o por los imperativos de la utilidad, de la economía y de la producción en serie."

Si planteamos el problema de la libertad del artista, tomando como base la definición de esta diferencia, conviene distinguir desde luego entre creación y producción. Las técnicas modernas ofrecen la posibilidad de reproducir ciertas obras en gran número de ejemplares. Pero no pueden ayudarnos sino a reproducirlas. Ahora bien, la calidad característica —en la obra de arte— es la de ser única.

Se comprende, por tanto, la importancia que tiene, para el artista, la libertad. Un objeto fabricado (como la reproducción, digamos, de la Gioconda) se halla circunscrito de antemano, en cada una de sus líneas, por el cuadro de Leonardo de Vinci. En cambio, el retrato de la Gioconda, el original, cuando Vinci lo concibió, podía haber sido absolutamente distinto de lo que fue. Y es que la reproducción se obtiene por una serie de obediencias a la ley del modelo, mientras que la obra de arte se logra, al contrario, por una serie de opciones. Quien decide, en definitiva, es el creador. Ser artista consiste en eso —y en eso precisamente: en la aptitud de escoger. El que escoge afirma su libertad.

Pero, así entendida, la libertad excluye el libertinaje e impone al creador más libre múltiples servidumbres. Este doble concepto (la libertad como opción entre dos responsabilidades y la dificultad técnica como reto, indispensable a la manifestación de la libertad) me ha acompañado durante toda la vida, lo mismo en mis ensayos de escritor que en mis actividades de ciudadano y de funcionario público. A los 18 años lo indiqué en una conferencia de Gide, incluída en mi traducción española de *Los límites del arte*. "El arte —escribía el autor de *La puerta estrecha*— es siempre el resultado de una obligación. Creer que podría elevarse tanto más cuanto más libre fuese equivaldría a pensar que lo que impide subir al *papalote* es la cuerda que lo sostiene." A los 26 años, fundé en esa teoría una colección de artículos, publicados en *Excélsior* bajo el título colectivo de *La vida y el espíritu*. A los 43, ésa fue la doctrina que me guió como Secretario de Educación Pública. Recuerdo que, al asistir a la ceremonia en que el doctor González Martínez recibió el *Premio Manuel Ávila Camacho*, pronuncié estas palabras: "Caracterizan al verdadero artista muchas de las cualidades que, en lo político, desearíamos ver realizadas dentro del orden democrático del futuro. Una plenitud en la afirmación, limitada por el respeto de aquellas normas éticas y sociales que dan sustento interior a la libertad, y un rigor en el cumplimiento de los deberes, que permite y explica el ejercicio de los derechos de la persona. Porque así como el arte decae cuando suprime las dificultades que se inventa a sí propio, así también disminuyen las fuerzas de una nación cuando intenta el pueblo prescindir de los compromisos morales que lo organizan. Y, por la misma razón por la que el arte fallece en el ambiente de la facilidad, la democracia suele perder su pujanza donde los hombres olvidan que la facultad de ser libres es consecuencia de un persistente servicio mutuo y de una subordinación espontánea al porvenir de la patria y al bien de la comunidad."

Todo artista sincero acaba por demostrárnoslo. Quien pretende huir de sus responsabilidades, descuidando el perseverante empeño que la aceptación de esas responsabilidades reclama de su conciencia, huye también de su autonomía. Hay que admitir con honor nuestras servidumbres. El éxito de un poeta, de un músico, de un pintor, de un arquitecto (o de un gobernante) nos confirma así en la convicción de que la libertad no es un desahogo de caprichos, sino un equilibrio de obligaciones. Equilibrio infrangible y, por otra parte, retribuyente pues nos depara la ocasión de sentirnos más personales cuanto más solidarios seamos con los intereses y los derechos de los demás.

Al escribir estas líneas —que habrían complacido a mi madre— me conforta, ante el próximo ocaso, una sola satisfacción: la de haber procurado ser fiel a sus enseñanzas. Nunca, ni cuando oí disertar a Ricardo Arenales sobre los privilegios de la belleza, ni cuando expuse mis opiniones acerca de la poesía pura y la deshumanización del arte, ni cuando hice oficialmente la apología de la Declaración Universal de los Derechos del Hombre, en París, en Nueva-Delhi, en La Habana, en Ginebra, en Leyden y en Nueva York, dejé de insistir en este aspecto moral del problema político y estético de que hablo: el deber, garantía del derecho; el obstáculo, trampolín de la inteligencia; la responsabilidad, condición de la libertad.

Cuando llegue la hora del definitivo aislamiento, semejante continuidad me compensará de muchas insuficiencias, que no discuto. Y de no pocos errores, que soy el primero en reconocer.

XXIX. ENCUENTRO CON MARCEL PROUST

HE HABLADO de mi admiración por Dostoyevski. Por comparación con los procedimientos explosivos de sus novelas, la técnica de Balzac me parecía fatigosa, lenta, burguesa. Sus descripciones me impacientaban, sin advertir que, en algunos libros, constituyen el andamiaje lírico del relato, su fuerza evocadora más espectral.

Con anticipación de un siglo sobre los hombres de letras de la escuela superrealista, comprendió Balzac que, en determinados momentos, un catálogo, un inventario, son el triunfo del género narrativo. Su obra —que los naturalistas reivindicaron como antecedente de *Germinal*— implicaba, al contrario, una constante sublimación de la realidad, bien aligerándola por la levitación del deseo, bien suprimiéndola por el magnetismo de la ilusión. Para mi desgracia, no tuve oportunidad de leer entonces esa *Fille aux yeux d'or*, que actualmente cito como una de sus composiciones más acabadas y de la que no conozco una traducción digna de tal nombre. ¡Qué alucinante invasión del París nocturno de 1840 por los genios amigos de Scherezada y los adivinos de la Arabia feliz! Ni las estampas de Louis Aragon han logrado dar de la gran capital de Occidente visión más trágica y torturada: Babilonia de laca negra, en la cual solamente la nieve, como cintillo de nácar, incrusta una línea blanca, de luna fría.

Detenido mi reloj de lector en la hora (¿tres de la madrugada?) en que solían regresar de los bailes las enamoradas de Rubempré, era natural que el paisaje de Marcel Proust tardara algunos años en persuadirme.

Aunque más antiguo, el mundo de Balzac me resultaba menos remoto, acaso porque aludía a una época que la memoria de mis abuelos maternos había petrificado curiosamente en las tradiciones y usos de la familia. A través de las pláticas de mi madre y de los relatos prolijos de sus hermanas sentía yo penetrar en mi casa la influencia de una Francia muy "Luis Felipe", romántica y formalista, más accesible a las reglas de Birotteau que a la falsa elegancia del círculo Verdurin.

Ningún fondo concreto podía entonces servirme como contraste de las figuras que no acaban nunca de desfilar por la novela eterna de Marcel Proust. La Francia por él descrita (Cabourg, en la costa de Normandía, la planicie cercana a Chartres y, en París, el paseo de los Campos Elíseos y los hoteles del barrio de San Germán) se hallaba inmovilizada en una actitud de fotografía de fin de siglo, como Cléo de Mérode o la bella Otero en la sección teatral de *La Ilustración*. Yo —que no conocía ninguna ciudad europea personalmente— tenía que situarla dentro del ambiente del México porfirista. Sus médicos, sus ministros, me traían a la memoria el recuerdo de ciertas sombras —recortadas ingenuamente en alguna instantánea de nuestras fiestas del Centenario.

Todo lo que constituía el lujo de sus princesas: las esmeraldas, las pieles, las plumas finas, el landó abierto, el cochero adusto y, entre el té y el azúcar —limón simbólico—, la rebanada del chisme de sociedad, lo había yo adivinado, de niño, en formato humilde, al pasar frente a los balcones de cierta dama, que hacía venir de París sus trajes y de Tenancingo a las ayas de sus sobrinos... Con sus insolencias y sus saraos, sus combates de flores y sus conciertos, la vida tan morosamente cantada por Proust evocaba en mi espíritu los fantasmas del crepúsculo porfirista: los ventanales iluminados del Café de Chapultepec, las carretelas de lujo de la Reforma y, en los intermedios del *Teatro Arbeu*, ciertos palcos constelados de rubíes y cruces de órdenes extranjeras.

Poco a poco, la insistencia de mis lecturas arrancó a la prosa de Proust aquel velo engañoso y superficial. Bajo el simulacro que me había repelido, al principio, en los capítulos más mundanos de *A la recherche du temps perdu* fui lentamente advirtiendo la finura del análisis psicológico, la riqueza sensible y la fuerza plástica; es decir: todas las cualidades de un escritor que no es sólo un gran novelista del siglo xx, sino un narrador egregio y, en Francia, después de Montaigne y de Stendhal, el mejor buzo de ese océano del "yo", que Pascal declaraba tan detestable.

Concebida conforme a un método wagneriano, con frases melódicas infinitas y repetición voluntaria de leit-motivos, la obra de Proust me absorbió por espacio de varios meses, en su vértigo musical. Mis primeras resistencias fueron considerables; pero, tan pronto como adapté mi visión al ritmo peculiarísimo de su idioma (que no aísla nunca un perfil, porque nunca traza una línea que no se enlace con la infinidad de figuras y de momentos que la vida externa le representa), comprendí cuál era esa claridad. Y me parecieron muy pobres, junto a la suya, otras formas de la novela contemporánea.

Los caracteres, que Balzac nos da hechos —como si los tomara de una bodega o de una casa de confección al por mayor—, Proust los deja fluir ante nuestros ojos, con una imparcialidad de geógrafo, un deleite de cirujano y una tolerancia gratuita de paisajista. Nada es grande o pequeño para su observación. Las catedrales de Rouen o de Chartres no pesan más en su obra que los nenúfares de Monet. Unas y otros no tienen, en cambio, menos elástica evanescencia que el perfume de los espárragos —que describe en cierta página clásica, de escatológica poesía— o los obeliscos de crema helada que Albertina, la prisionera de su novela, hubiese querido saborear en un día de agosto, no tanto por avidez cuanto por transformar en frescor dentro de su boca todas aquellas arquitecturas —amarillas, rojas, morenas— que el confitero aromatizaba con esencias de vainilla, de fresa o de chocolate.

La dificultad de entregarse —que constituye su mérito más genuino— Proust la apreciaba en los otros, seguramente. Por eso tanto la procuró... En los personajes de su relato, el amor pocas veces procede de la simpatía inmediata de un brusco encuentro. Al contrario, la pasión va formándose a pasos cortos, merced a una serie de "matices indiscernibles" y de diferencias inexpresables —entre las que ocupan los celos término principal.

Como a Swann la belleza de Odette, su obra no conquistó mi entusiasmo de un solo golpe. Pero, cuando la hube admitido, me di cuenta de que sus cualidades más estimables eran aquellas que en un principio me producían mayor enojo: la tenacidad, la aparente indolencia —y esa pericia con que, a través de las frases interminables, su mano de asmático va encontrando el adjetivo insustituible, la pausa lógica y la luz del adverbio bien merecido.

Gilberto Owen (de quien pocos han dicho todo el bien que su lírica está exigiendo) publicó, en los tiempos de mis lecturas de Proust, un poema en prosa: *Alegoría*. Ahí, al oír el grito de "¡robo!", un señor patético pide con emoción que se le registre. Se procede a satisfacerle. Y no se le encuentra nada. Sin embargo, los investigadores siguen buscando, pues habían advertido en él "cosas de canguro". Lo desnudan al fin. Y lo sacan entonces "a él mismo, todo de oro, de su bolsa de marsupial". Luego, la cosa se vuelve muy aburrida —observaba Owen— "porque tiene él otra bolsa, en la que también está él, que a su vez tiene una bolsa... ¿Cuándo acabaremos de leer a Proust?"

Había en aquel poema una intención sarcástica que harán suya, sin duda, los que bostezan frente a la amenaza "delicada y enorme" de *A la recherche du temps perdu*. Pero no era ésa la posición de otros escritores mexicanos. El doctor Azuela veía en el término de la obra proustiana una despedida suprema e irreparable. Genaro Estrada elogiaba "la épica de una época sin epopeya". Y Julio Torri principiaba así una página encantadora: "Mago que evoca para nosotros, en el humo de sus fumigaciones, su vida mundana; nuevo Orfeo que, intrépido y tenaz, vuelve al Orco del olvido en busca de las sombras amadas, de la Eurídice incorruptible y resplandeciente..."

¡Al Orco del olvido! Estas certeras palabras de Torri me hacían pensar en la exagerada importancia que otros atribuían al enlace —demasiado fácil de percibir— entre el estilo de Proust y la filosofía de Bergson. Nadie pretende ignorar la influencia que un libro como *Materia y memoria* debió ejercer sobre el joven amigo de Norpois y del barón de Charlus. Pero lo que Proust más se empeña en hacernos ver no es el precio de la memoria, sino el valor del olvido, como fórmula de embalsamamiento del pasado y como muralla de protección para defender al recuerdo de la acción deformante de la memoria imaginativa.

El olvido, para Proust, no es el patético marsupial del que se burlaba ingeniosamente Gilberto Owen; sino un prestidigitador inimitable que, de los objetos más anodinos y de las sensaciones menos secretas —de una taza de té, de la rigidez que da el almidón a las servilletas de un restaurant, o del desnivel de dos losas, que el pie descubre— saca, de pronto, una vieja casa de campo, con sus hieráticas propietarias, su reja que rechina al anochecer y sus visitantes tímidos y confusos, o una playa bien concurrida, con sus ciclistas y sus regatas, sus recitales y sus tranvías, o, por fin, a Venecia entera, entre un pueblo de góndolas y palomas...

XXX. NO EL SER... SINO EL TRANSITO

DE PROUST, pasando por Saint-Simon, solía yo regresar —en mis lecturas de entonces— a la de otro de sus maestros: Montaigne. Dejaba a un lado al Continente de Elstir, con sus refinamientos y sus flaquezas, los amores de Swann y las recepciones de Odette de Crécy, para penetrar en el mundo que más ha enriquecido mi fantasía: el paisaje histórico del siglo XVI.

Pocas edades más densas y más profundas. Colocada entre el Renacimiento y la Reforma, entre el descubrimiento y la colonización de América, entre la hegemonía española de Carlos V y la hegemonía francesa que iba a comenzar con Richelieu, hay que volver a esa época siempre que se busca el origen de un pensamiento, de una pasión o de un gusto vivos aún en la mente contemporánea. Crucero de culturas; almácigo de razas; plaza mayor de Europa, todavía tendida a los pies de la iglesia vieja, pero comunicada ya por mil calles con los caminos más varios del Universo, el siglo XVI no tiene nada en común con las plazas cerradas del XVII (plaza de Salamanca en España; en París, plaza de los Vosgos) donde los ecos quiebran las voces de los transeúntes y las ventanas del primer piso no se abren nunca a los soportales.

Plaza mayor de Europa. Mitad atrio, mitad mercado. Todo lo absorbe. Todo lo vivifica. La visita, incesantemente, una muchedumbre contradictoria: sabios de ciencia un poco confusa, mal digerida; poetas que se sienten gramáticos; gramáticos que se suponen poetas; médicos que proclaman, desde un tablado, la gran verdad increíble: "¡El cuerpo existe! ¡La sangre circula! ¡No somos sombras! ¡No somos sombras!"

Se transforman las artes. A los talleres colectivos, a la técnica de los gremios, un sentido original va oponiendo construcciones y triunfos individuales. ¿El fuerte vínculo social ha quedado roto?... De ninguna manera. Tampoco puede decirse que se haya desquiciado la ciudad porque a la planificación medieval, de apiñadas casas crecidas a la sombra de la parroquia, empiece a sustituirse un moderno ideal urbano, de perspectivas más amplias y de murallas menos robustas.

El sol y el aire tratan de penetrar entre pared y pared, entre conciencia y conciencia. Las calles se separan. Los hombres se independizan —o, por lo menos, lo intentan. El espejo de cristal, antes ignorado, se importa de Italia. Hacia él, un semblante se acerca, una mirada se tiende. Cansado de tocar a los demás, de mirarse en los demás, el hombre anhela verse bien a sí mismo.

Estas facciones que surgen en el espejo, esta mirada imprevista, que se ve verse... ¿Qué son?

Una divina inquietud se derrama sobre los pueblos. Cada quien se interroga. Al plural del poema épico y de las Cruzadas, se opone por fin el singular de las controversias, el singular del autorretrato. "Somos" decían los templos góticos, los héroes góticos. "¿Soy?" se pregunta de pronto, entre un repique de campanas y el pregón de unos mercaderes, una voz que no sobrecoge, que no domina, una voz que duda —y que, porque duda, convence: la de Montaigne.

Lo primero que me llamó la atención, en el autor de los *Ensayos*, fue su calidad de término medio. Mediocridad de cuna. En el blasón de sus padres, ninguna hazaña, ninguna estrella. Mediocridad de casta. Cuando los grandes hombres de Francia se llamaban Montmorency o L'Hôpital ¿qué significación conceder a la modesta familia de los Eyquem? Mediocridad de temperamento. Ni memoria excepcional, ni sensualidad desbordante, ni salud compatible con los desórdenes. Una perplejidad no alejada, en la adolescencia, de ciertos blandos desvíos. Un epicureísmo elegante, en cuyas delicias la honradez no naufragó nunca. Un estoicismo —de educación y de sangre— al que las actitudes declamatorias repugnaron constantemente. Una inteligencia del matiz que le permitía apreciar, en cualquier acción, esas delicadezas de luz, esos bruscos saltos de sombra que sólo un pintor descubre, al hacer un retrato, en el semblante que copia y, al asomarse a un paisaje, en la naturaleza que admira. Una privilegiada aptitud, sobre todo, para percibir la decrepitud paulatina de los objetos, las metamorfosis lentas del alma, la carrera inmortal del tiempo... Éstas me parecían, en esos años, las cualidades clásicas de Montaigne.

Desde el observatorio en que me había situado el conocimiento de Proust, comprenderle era cosa fácil. En cuanto al sentido estético de la obra, el alcalde de Burdeos pertenece al impresionismo. Él mismo lo insinuaba: "No pinto el ser... sino el tránsito." Lo que se resistía más a mi entendimiento no eran, por tanto, sus teorías. Era su esencia, su condición de hombre multánime y ondulante. Montaigne, en efecto, se ve al espejo incansablemente, como Narciso. La diferencia entre uno y otro consiste en que Montaigne no se ahoga.

Definir a quien vive es matarle. A las categorías helénicas, el "mundano" exquisito que hubo en Montaigne opuso invariablemente una ley de perdón para todos los cambios, una alegría frente a todas las mutaciones. Pasamos —dijo—, no somos. ¿Lección de fugacidad? Al contrario. Lección de permanencia. El árbol muere, desaparece. El río que lo refleja no es nunca el mismo, pero le sobrevive.

Esta afición a discurrir —que me había hecho lector asiduo de Montaigne y de Marcel Proust— me alejaba de la cultura, de la pintura, y me arrojaba a cada momento al torrente anónimo de la música.

Desde mi niñez, la música me sedujo tan misteriosamente como las letras. Ciertos preludios de Chopin y determinados trozos de Mozart o de Beethoven se hallan asociados no sólo a la evolución de mi pensamiento, sino a algo mucho más hondo: a la historia de mis sentidos. A veces, de chico, me despertaba el llamado de una sonata. Era mi tía Elisa quien la tocaba. Temía romper mi sueño. Por eso se esforzaba por modular todas las frases con rápida ligereza. En sordina, aterciopelando sus pasos, llegaban hasta mi cuarto inapresables ángeles mensajeros. En ocasiones, la melodía se desposaba con una presencia sutil de la realidad: el perfume de alguna rosa, en el florero del escritorio, el temblor de la veladora; o, a falta de un relieve más definido, la sustancia misma de la penumbra, en que mis ojos inventaban —o descubrían— los fantasmas últimos de las cosas.

Nada augura tanto como la música. Su propia esencia es anuncio, esperanza y ofrecimiento. Con los años, había de ir advirtiendo qué pocos trozos cumplen lo que prometen. Pero la credulidad infantil es tan absoluta que no había, en aquella edad, trino de *scherzo* que no se izase —como bandera— sobre las ruinas de mi sueño despedazado.

A partir de la adolescencia, mi predilección musical se hizo más remisa. La exterioridad de la escuela tenía que resultar poco favorable a esas conversaciones con un interlocutor raras veces vivo, jamás presente, siempre real. A las audiciones domésticas, me vi obligado a sustituir los conciertos públicos. Más tarde, en el Anfiteatro de la Preparatoria, el maestro Carrillo empezó a dirigir una esforzada orquesta que nos brindó muchas buenas versiones de Beethoven, de Schubert y de Tchaikowsky. Desde mi butaca, me disponía en vano a recuperar aquella alma dúctil que, en la intimidad de mi casa, los grandes compositores habían modelado insensiblemente. Por momentos, entre dos sinfonías, se deslizaba una pieza breve, de las que admiré en los intervalos súbitos de mis noches. ¿Qué hacía esa amiga, púdica y diminuta, junto a los otros números del programa? La enjoyaba una sabia instrumentación, con zafiros y perlas tan teatrales, que, de improviso, me intimidaba. Era ella, seguramente. Pero ¡qué corregida por la fortuna! Acostumbrado a gustarla en su desnudez, conmovida, diáfana y sin arpegios, me inquietaba encontrarla ahí, entre flautas, címbalos y tambores.

Pronto lo descubrí. Semejantes galas instrumentales —que me alarmaban por enfáticas— no eran, según creía, meros adornos fortuitos con que la melodía amiga se disfrazaba para humillarme, sino elementos indispensables de su presencia. Muchos fragmentos, concebidos para una orquesta, habían tenido que sufrir numerosas decantaciones antes de vibrar en el piano de mi familia. El recuerdo que conservaba yo de ellos no respondía a su auténtica incitación, sino a su forma más accesible y, acaso, menos hermosa. Me sentía, entonces, como esos caballeros de los apólogos orientales, cuando se percatan —en el palacio del gran visir— de que la doncella que vieron junto a la fuente, con un cántaro sobre el hombro, no es una campesina, sino una reina.

Según ocurre en los cuentos con esos jóvenes, mi primera impresión contenía menos júbilo que rubor. ¿Cómo confiar en un gusto que no había siquiera identificado, bajo el manto de una transcripción para pianoforte, aquella incógnita dignidad, de rapsodia o de marcha fúnebre? Esas sinfonías cuyos nombres resaltaban en los programas (la *Incompleta*, la *Heroica*, la *Pastoral*) me habían interesado siempre, en los libros escritos sobre la vida de sus autores. Me atormentaba el deseo de conocerlas. . . ¡Y resultaba que eran las mismas, las mismas que mi memoria mezclaba arbitrariamente con piezas menos ilustres, como el *Rondó* de Mendelssohn o la *Meditación* de Massenet!

Me enorgullecía pensar que, por tanto tiempo, mi melancolía

se hubiese nutrido con manjares tan apreciados y tan valiosos. Pero me preocupaba también la promiscuidad en que los había mantenido mi infancia, junto a partituras de mérito indiscutible. Y no porque me faltase completamente el sentido crítico necesario para distinguir, por ejemplo, entre un concierto de Schumann y una romanza de Tosti, sino porque ambas composiciones (y otras, que no menciono) se hallaban ligadas por hechos ciertos, por episodios vivos, por alegrías o penas intransferibles —y no por simples juicios intelectuales— a la materia de mi existencia, a la carne de mi memoria y al drama de mi pubertad.

XXXI. LA "SÉPTIMA SINFONÍA"

No sé si los hombres de mi generación se hayan dado cuenta de la deuda en que nos hallamos frente a un maestro como Julián Carrillo. Él fue quien nos inició en el conocimiento de los más grandes compositores. En una época en que el fonógrafo era —a lo sumo— una caricatura romántica de sí mismo y en días en que la radio no se inventaba aún, él, don Julián y los miembros de su orquesta sinfónica nos permitieron oír, en el Anfiteatro de la Escuela Preparatoria, algunas de las obras más admiradas de Beethoven, de Schubert, de Wagner y, entre los modernos, de Debussy.

Recuerdo aún esas audiciones. De improviso, la batuta del maestro Carrillo adquiría fuerza simbólica de conjuro y, como una vara encantada, iba a tocar en mi alma esa zona hermética y anhelante en que yacen los éxtasis juveniles. A aquel contacto se abrían no sé ya qué melódicos pozos en cuyas linfas la emoción del concierto se endurecía y cristalizaba, como las ramas que los turistas suspenden en las fuentes célebres de Salzburgo.

¿Ocurría igual cosa con las demás personas del auditorio?... Algunas, con los párpados entornados, se dejaban llevar por el río de los sonidos hasta esas playas de la memoria en que se despoja de todo falso atavío nuestra conciencia. Otras, con los ojos abiertos, no parecían estar mirando lo que veían, sino la sucesión misteriosa de ese paisaje que cada existencia inventa para sí misma y que envejece con ella tan dulcemente que, cuando muere, el que vivía de contemplarlo muere también. Era, a mi juicio, un espectáculo doloroso el de todas aquellas almas desnudas, abandonadas, como la mía, en el vértigo de la música. Por eso prefiero ahora apurar a solas los filtros que prepararon, con los venenos de sus pasiones, Haendel o Schumann, Weber o Brahms. Devolviéndolos a la soledad en que los traté, cuando no conocía de ellos tal vez ni el nombre, el fonógrafo ha venido a restablecer el equilibrio antiguo de nuestro diálogo. Droga maravillosa, "metafísica sin conceptos", la música ha ejercido siempre sobre mi ser una magnífica dictadura. Aun en estos instantes —tan alejados ya de mi adolescencia— siento que no hay belleza que no sea trágica. Y comprendo que solamente la música, entre las artes, no es la imagen del deseo, sino el deseo mismo: la materia trémula del querer.

De las facultades del joven la más valiosa, sin duda, es la aptitud de entregarse sin reticencias. Exponiéndonos, avanzamos; dándonos, poseemos, en tanto que defendiéndonos, abdicamos. De ahí que la música ya no sea la afición combativa que fuera en mi juventud, sino un refugio del que he tenido que ir expulsando todos los elementos dudosos, todas las cóleras, hasta quedarme exclusivamente con esas fuerzas de cuyo auxilio no desconfío: Bach, Mozart, Beethoven, aliados inexpugnables, almas lúcidas y seguras, en las que busca forma expresiva mi soledad.

Los dos primeros no me convencían entonces muy fácilmente. De Mozart, me distanciaba la gracia, la incandescencia. En él —y en Bach— me hacía falta la vehemencia del gran Beethoven, democrático Prometeo de flanco abierto a todos los buitres de la cultura, cordial demiurgo al son de cuyos clarines cada generación se levanta, a los 20 años, para tomar por asalto la libertad.

Como las catedrales del siglo XVII, la música de Beethoven se sustenta sobre arbotantes de músculos perceptibles; sus *crescendos* elevan torres adustas, erizadas de gárgolas y de flechas y, en los muros de sus sonatas, se abren de pronto, cual enormes rosetas de vidrios multicolores, esos *andantes* por cuyas cuencas entra en nosotros, convertida en plegaria, la luz del día.

Beethoven y el Doctor Fausto son almas contiguas y paralelas. Góticos ambos, sus cerebros padecen la misma sed. Pero el infinito, que Fausto hubiese querido envasar en pequeños frascos, de críptica cerradura, lo condensa Beethoven en tempestades. Y es tan patética la corriente de ese acumulador vital que, para oírle sin riesgos, hay todavía públicos que requieren el auxilio de un pararrayos. Ciertos maestros lo tienen: es su batuta.

La del maestro Carrillo nos conducía por múltiples laberintos. Hay obras que es menester escuchar por primera vez en la adolescencia. Sin la orquesta sinfónica, las habríamos gustado fuera de tiempo, en una edad en que el corazón y el oído no dan juntos la misma hora. Pienso, por ejemplo, en la revelación de la *Séptima sinfonía*.

Desde los compases iniciales, una frase anunciada en voz baja me hizo comprender que aquello no representaba ya un juego retórico, inofensivo; sino un reto directo, al que iba a ser urgente que respondiesen, de manera honorable, todas las fuerzas de mi destino.

Del espectador que había yo sido hasta aquel instante, me sentí convertido en actor. Ningún paisaje superfluo en aquella música. Un desierto inmenso. Y, en el centro de ese desierto, mi propia angustia... Cerré los ojos. ¿Qué torturas me recordaba esa melodía? Entre la lluvia de los violines, descubrí con asombro que ninguna de mis tristezas particulares era digna de semejante piedad. Nada me había sucedido que mereciese tal ímpetu en el sollozo. Sin embargo, en mi corazón, cada nota tocaba una cicatriz. Parecía como si todos los sufrimientos que yo no había tenido personalmente —pero que padecieron tal vez mis padres y que me trasmitieron con la existencia— estuviesen vivos aún, en el interior de esa víscera vulnerable, que mi juventud reputaba indemne —y en la cual iba la música descubriendo, como el oído de un buen cardiólogo, muchas lesiones hereditarias.

Un dique oculto se había roto dentro de mí. En torrente, gimiendo, despedazándose, penetraban por ese hueco en mi inteligencia todas las lágrimas y todos los entusiasmos de que está hecho el tesoro moral del hombre: su legado de ser mortal.

Por momentos, una luz ondulaba sobre las sombras. Cierta danza angélica se insinuaba. Rápido oasis... Las flautas, que nos lo habían prometido, desaparecían de nuevo bajo la orquesta, con la velocidad de una alondra entre dos relámpagos: ciega, perdida, sin esperanza, extraviada en la profusión de la tempestad.

Con su andar majestuoso, de marcha fúnebre, el *allegretto* me sorprendió. Casi en seguida vino a enredarse, sobre el motivo de aquellos pasos, la melodía —obsesión de una música en que balbucen todas las bocas ávidas del deseo. La pasión y la muerte se entrelazaban en aquellos compases lascivos, hechos de augurio y de fiebre, de exigencia y de abdicación. Poco a poco, la marcha fúnebre fue transformándose en danza: en fantástica danza de bayadera —que se ofrece para negarse, como la vida.

Sobre la persistencia del tema trágico iba ciñéndose el otro, elástico, lúbrico e insinuante, lo mismo que una guirnalda de rosas sobre el bronce de una campana que toca a muerto. No era mi propia pena la que expresaba aquel diálogo gemebundo, sino ese cósmico llanto que lloran todas las cosas, desde el principio de la existencia, avergonzadas acaso de haber nacido... Nada me ha permitido sentir, con la presencia de esa sinfonía, la originalidad de nuestro pecado y nuestra nostalgia de un paraíso en el cual no reine sino la delicia del ya no ser.

Muchos años más tarde, cuando visité Nueva Delhi en 1951, el señor Nehru tuvo la amabilidad de ofrecerme, después de un almuerzo en el Palacio de Gobierno, un espectáculo de bailes de la región de Madrás.

Los movimientos de aquellos artistas incomparables me hicieron recordar, quién sabe por qué razones, el *allegretto* de la *Séptima sinfonía*. Tuve la sensación de que les faltaba una música como ésa, que parece estar concebida, en su humanidad profunda, como un puente de entendimiento entre dos mundos espirituales hasta ahora incomunicados: el de Oriente y el de Occidente.

Si un empresario de imaginación realmente creadora tratase de reunir esas fuerzas complementarias —la gracia de los bailarines de la India y el impulso del *allegretto* de Beethoven—, estoy convencido de que lograría presentar un conjunto muy sugestivo. Pero —se me dirá— ¡habría que luchar contra tantas reservas tradicionales!... Sin embargo, ¿no se habla hoy de un esfuerzo de armonía entre las culturas?

XXXII. FRENTE A LA LUNA DECAPITADA

NI MI función oficial en Salubridad, ni la clase de literatura francesa que daba —tres veces por semana— en la Escuela de Altos Estudios, ni las lecturas y las audiciones de música que mencioné en capítulos anteriores, detenían mis trabajos como escritor. De noche, de las 9 a las 12, en el silencio de la pequeña biblioteca que mi madre me había ayudado a instalar en nuestra casa de la calle de Altamirano, frente a una reproducción imperiosa de Coyolxauhqui, la luna decapitada, vivía mi propia vida; lejos de todo cuanto me enajenaba de ella durante el día burocrático y escolar.

Siempre me he preguntado si es tan perjudicial para el escritor —según muchos lo afirman— el tener que ganarse el pan en menesteres distintos al de las letras. Sinceramente, yo no lo creo. Hay —sin duda— países afortunados, donde un público rico en lectores permite al autor ser autor sin tregua, desde que se levanta hasta que se acuesta, y no tener otra cosa que hacer sino producir. Los hogares de esos escribas son fábricas incansables, de novelas, de ensayos, de dramas e, incluso, de poesías. Sus esposas son, a menudo, sus secretarias. Juntos abren lo que se llama en París "un bureau d'esprit".

No critico esta fórmula de existencia, que da oportunidad a bibliografías cada año más importantes. Pero no estoy seguro de que contribuya efectivamente al éxito del poeta o a la dimensión —en profundidad— del novelista y del dramaturgo. Por mucho que a un autor favorezca la producción en serie, las regalías editoriales no siempre le garantizan una independencia económica suficiente. Se ve constreñido, entonces, a tareas de linaje más discutible. Tiene que escribir artículos periodísticos, o traducir obras que en ocasiones no le complacen, o redactar prólogos para libros que —de no pedírselo el impresor— no habría, acaso, leído nunca.

El segundo oficio (sobre todo cuando se inscribe en una órbita diferente de la que ciñe el trabajo literario del escritor) salva al artista de una dependencia casi siempre nefasta: la que sus necesidades profesionales le imponen materialmente. Es cierto, al salvarle de esa dependencia, le marca otras: las del trabajo no literario. Pero ni éstas son tan crueles como los "poetas malditos" lo aseguraban, ni es verdad tampoco que el escritor esté a toda hora en estado de disponibilidad estética, togado desde la aurora y pluma en ristre a partir del amanecer... Hombres de letras hay que, ante la página en blanco —cuando no han hecho durante el día sino pensar en ella—, se quedan mudos, en una esterilidad que es castigo de la administración excesiva de su aptitud.

Ofrece, además, el segundo oficio otro género de ventajas. Desde luego, obliga al autor a salir de sus abstracciones, a no ser autor incesantemente y a convivir con los demás hombres, en su cotidiano empeño de empleados públicos, médicos, operarios, comerciantes o agricultores. Si Balzac no se hubiese arruinado, queriendo a todo trance lucrar en negocios no literarios, sus novelas no nos presentarían modelos tan vívidos y patentes de la sociedad francesa que conoció. Si Cervantes hubiese permanecido enclaustrado en su gabinete, sin pelear en Lepanto, desesperarse en Argel y sufrir miserias en toda España, ¿habría tenido el *Quijote* ese calor de piedad humana y esa sonrisa —perdón del pobre— en los que vemos sus méritos esenciales?

Multiplicar los ejemplos sería tan rápido como vano. Camoens, embarcado en las aventuras del descubrimiento y la colonización de Asia. Chateaubriand, profesor de francés en la emigración, secretario ante el Vaticano, senador y ministro cuando lo pudo, embajador en Berlín y en la Gran Bretaña. Molière y Shakespeare actores, o animadores de espectáculos teatrales. Dante, perseguido político. Goethe, consejero áulico en Weimar... Frente a nombres tan luminosos, resultaría grotesco intento cualquiera comparación.

Por otra parte, el segundo oficio, por modesto que sea (y, en ocasiones, los más modestos son los más fértiles), hace aceptar al hombre una serie de obligaciones prácticas que le incitan a no sentirse un especialista exclusivo de la cultura.

Acaso cuanto aquí escribo parezca una apología del escritor que ha tenido que resignarse a serlo por pausas breves —y ése es mi caso. Pero lo escribo precisamente en una época en la que estoy consagrado, sólo, a mi viejo primer oficio —el de ensamblador de palabras que pocos leen. Y lo escribo con un propósito muy leal: el de estimular a los jóvenes a no encerrarse jamás en ninguna torre, de marfil o de indiferencia.

Entre escritores u hombres sin tregua, la elección es determinante.

¡Qué vida conserva en mi pensamiento el recuerdo de aquel salón de la calle de Altamirano donde —por espacio de años—

trabajé noche a noche, todas las noches! Veo todavía sus muros, tapizados de libros y de retratos; la mesa incómoda en la que no cabían nunca mis manuscritos; el cenicero de cobre que alarmaba a la servidumbre por la pirámide de colillas que conseguía erigir en él, con la audacia de un arquitecto y la tenacidad de un vicioso, mi inveterado gusto de fumador; y, sobre todo, el rostro hermético, impávido, de aquella reproducción de la luna azteca —diosa decapitada que, por fidelidad a la noche, fue testigo y maestra de mis desvelos.

Rara vez he escuchado un silencio de calidad tan profunda y alentadora. No sé qué ruidos mansos y humildes lo construían. Estaba hecho de lentitud, de tibieza, de césped y de sombra de árboles vigilantes. No sólo eso. Había en él algo mucho más arduo de definir, una cantidad de virtudes y de costumbres que han ido alejándose de nosotros: familias que se recogían temprano, en casas quietas como conventos; recepciones que no necesitaban acudir al clamor de la radio para alegrarse; señoritas que no regresaban del cine a la medianoche, en frenéticos automóviles; perros que conocían su profesión y que sólo aullaban en circunstancias excepcionales: la víspera de una muerte o ante el amago de un terremoto.

Ese silencio de San Rafael lo reconozco, ahora, entre las estrofas de los poemas que allí compuse. La tipografía lo ha convertido en una serie de espacios blancos. Y la blancura de esos espacios, el tiempo se ha ya encargado de amarillearla. Pero no importa. Un poco de aquel silencio continúa preso tras de las rejas de los renglones —cortos o largos— en que mi alma impaciente buscó su definición.

No eran siempre poemas los que nacían bajo la luz de mi lámpara laboriosa; sino artículos, que enviaba a *La Prensa* de Buenos Aires, notas que recibían ciertas revistas de Cuba, de Costa Rica y de la Argentina y comentarios que publicaban algunos periódicos de México. Por cierto, uno de éstos me condujo a una polémica —que deploro por la violencia que suscitó, aunque no por la posición en que hubo a la postre de colocarme. La contaré, por supuesto, sin amargura.

Me había sorprendido leer una página de Lugones en la que el estupendo poeta del *Libro de los paisajes* se daba el lujo de desdeñar la cuestión indígena. Decía, entre otras cosas: "el problema del indio será muy interesante para México, mas no para nosotros". Y luego, como si la América pobre no fuese también América, declaraba: Nosotros "seremos ricos y fuertes, con buena moneda, buena higiene, buen comer y beber"...

Si alguien repitiese hoy semejantes cosas, me limitaría tal vez a oírlas. Pero, a los 25 años, se tiene un concepto especial de la solidaridad. Y confieso que aquella altivez me encolerizó. Escribí, entonces, un editorial titulado *Iberoamericanismo utilitario* en el cual me quejaba de que, por desgracia, la amistad latino-americana floreciese a la hora de los festines y de los aniversarios pero se mostrase tan marchita y tan huérfana en la hora del riesgo.

Agravaba el caso el hecho de que otro escritor —ése no argentino, sino peruano— hubiese aludido, no recuerdo ya si antes o después de Lugones, a nuestro sentido de fraternidad continental como a una "política de lloriqueo y de adulación". Por eso concluí mi artículo con algunas frases que intentaban esclarecer una diferencia entre el iberoamericanismo genuino y el otro, el "utilitario", del cual —decía— México se ha salvado acaso por esa pobreza y ese dolor de que hacía burla el autor del *Lunario sentimental*.

No tardaron mucho las reacciones. Por una parte Mariátegui, director de la revista en que las expresiones del poeta peruano habían sido acogidas, me envió una carta. En ella me pedía una rectificación. Invocaba, como argumento, la circunstancia de que tales expresiones (que él llamaba *boutades*) figuraban en el boletín bibliográfico de la revista y no correspondían a su material propio. Le contesté que sentía no hallarme en aptitud de satisfacerle, pues era a él a quien incumbía aclarar el criterio de su publicación. Como su carta había aparecido en el *Repertorio Americano*, envié allí la mía también. Pero agregué otra, en la cual —enterado de ciertas vejaciones sufridas por el órgano de Mariátegui— manifestaba mi simpatía para con él y algunos amigos suyos, desterrados entonces de su país.

Por otra parte, Lugones me acusó de no haber citado sus frases literalmente. En efecto, las había reproducido de memoria. Y así lo había dicho con claridad. Sin embargo, busqué su texto. Lo releí. El sentido era el mismo. Y así tuve que repetirlo tanto en *Repertorio Americano* como en otras revistas.

Siete años después, en 1934, la vida diplomática me llevó a Buenos Aires. Arturo Capdevila, ejemplar amigo, me invitó a cenar junto con mi esposa. La otra pareja invitada era el matrimonio Lugones. Temí que nuestro anfitrión ignorase lo sucedido. Pero, al tratar de explicárselo, sonrió maliciosamente. Lugones no hizo la menor alusión a la controversia. Para él, en la cima de la gloria —y del desencanto—, no tenían probablemente importancia aquellas lejanas escaramuzas. Si hoy narro el episodio es porque el tiempo ha borrado ya todo lo que no sea mi admiración para el gran poeta —tan superior, hasta en sus flaquezas, a la tribu de imitadores que le asediaba y le perseguía por todas las latitudes del Continente.

XXXIII. "LA DESHUMANIZACIÓN DEL ARTE"

MIENTRAS mi manera de entender la solidaridad intelectual en Hispanoamérica me llevaba a los pequeños encuentros epistolares que acabo de resumir, mi manera de apreciar la belleza como expresión del sentir humano me había comprometido a romper ciertas viejas lanzas contra un molino que parecía entonces tan sólido como nuevo: el de la deshumanización del arte. Ya, desde 1926, había comentado el libro que —con ese título— publicó Ortega y Gasset en las ediciones de la *Revista de Occidente*. No obstante el respeto que siempre me ha merecido el gran maestro español —y a pesar de mi sincera afición para muchas de las doctrinas expuestas en sus ensayos—, no quise callar mi asombro ante la simpatía, apenas disimulada, con que *El espectador* observaba un fenómeno doloroso, que me inquietaba ya en esos días: la renunciación a cuanto el hombre posee de universal y de más profundo, su integridad infrangible de hombre.

Había en el volumen de Ortega dos propósitos diferentes —que el autor no se decidió a distinguir con precisión. Desde un punto de vista, se había esforzado por analizar las realizaciones artísticas más modernas (sobre todo las europeas) y por obtener las conclusiones históricas y sociológicas procedentes. Desde otro punto de vista, aspiraba a valorar tales realizaciones ya no con criterio histórico y sociológico sino estético.

En lo primero, Ortega estaba en su propio campo. Pocos podían afrontar semejante examen con mayor elegancia y rigor que él. El tema era sugestivo. Las conclusiones, aunque penosas, tenían que interesarnos intensamente.

Pero lo segundo escapaba de hecho a su competencia. Además, por su fama —tan efectiva en aquellos años—, ponía en peligro a no pocos jóvenes de Hispanoamérica, invitándoles a menospreciar lo más natural y espontáneo de su talento, sus aptitudes más sanas, su juventud.

La falta de una frontera bien dibujada entre los dos objetivos descritos me indujo —a mí también— a un error igual. Mi estudio sobre *La deshumanización del arte* (lo he releído recientemente) resulta injusto hasta cierto punto, pues da la impresión de atribuir a Ortega una responsabilidad, aunque sea indirecta, en los perjuicios morales que de esa deshumanización se derivarían. ¿Qué culpa podía tener *El espectador* de que el espectáculo de los primeros lustros del siglo XX le presentase —entre otras manifestaciones de arte deshumanizado— cierta música de Strawinsky, ciertos poemas de Cocteau y hasta los simples juegos escénicos de un Paul Morand?

Al reconocer en esas manifestaciones las pruebas de una voluntad europea de deshumanización artística, Ortega no hacía sino definir —y definir admirablemente— el fenómeno que enjuiciaba. Por desventura, no se detenía ahí. Seducido por el aplauso que las minorías más "exclusivas" les concedían, se inclinaba a ver en las obras de los artistas que cito —y en las de otros, que no enumero— el camino del arte contemporáneo. E, incluso, llegaba a acuñar frases como ésta, con la que nunca estaré de acuerdo: "El placer estético emana del triunfo sobre lo humano."

Admito que la deshumanización era un indicio evidente en 1925. Admito más. Sospecho que estamos corriendo el riesgo de que ese indicio se robustezca durante la segunda mitad de nuestra centuria. Pero las deducciones a que tan grave síntoma nos obliga no son de euforia y de complacencia —sino de alarma.

En uno de sus momentos más lúcidos, Ortega mismo se preguntaba: "¿Bajo la máscara de amor al arte puro se esconde, pues, hartazgo del arte, odio del arte? ¿Es que fermenta en los pechos europeos un inconcebible rencor contra su propia esencia histórica?"

Esa angustia es la que hubiese yo querido que definiera también su pluma en el resto de su brillante ensayo. Y no lo hacía. Es cierto, se escudaba él ingeniosamente. "Yo no pretendo ahora —decía— ensalzar esta manera nueva de arte, y menos denigrar la usada en el último siglo." Pero, pocas páginas más adelante, su deseo de entender lo nuevo lo traicionaba: "Convenía libertar la poesía que, cargada de materia humana..., iba arrastrando sobre la tierra, hiriéndose contra los árboles y las esquinas de los tejados como un globo sin gas." Aquí, el pensador ya no refería solamente lo que miraba. El esteta externaba un juicio. Y ese juicio era favorable a la eliminación de lo humano. Con mayor claridad aún definía esa tesis, líneas después, al asegurar que "el poeta empieza donde el hombre acaba".

Estas afirmaciones me afectaban tanto más cuanto que —expresadas, acaso, con menos límpida concisión— las oía frecuentemente en boca de algunos de mis mejores amigos. Villaurrutia, por ejemplo, buscaba un lirismo que no se apoyara lánguidamente sobre una base tradicional. Hacía bien en buscarlo. Y nunca me presenté yo ante él como un defensor de la herencia y de la costumbre. Sin embargo, en ocasiones, su alergia a la tradición le hacía perder de vista que una cosa es prescindir del legado retórico del pasado y otra —muy diferente— prescindir de la humanidad. No; el poeta no empieza donde el hombre acaba. Y Xavier iba a encargarse de demostrarlo —¡con cuánto éxito!— en sus años de madurez. ¿Qué otra cosa son, en efecto, sus más bellos "nocturnos" y sus décimas a la muerte sino una conciliación —apenas tradicional— entre el poeta y el hombre?

En nuestro círculo, el problema se proponía más bien como pugna entre la poesía llamada "pura" y la que los partidarios de esa pureza calificaban de impura, por anecdótica. Varios escritores se reunieron en una comida pública con el objeto de discutir acerca del tema. La revista *Sagitario* dio cuenta de aquel debate. En él, Villaurrutia leyó un poema de Juan Ramón Jiménez. Terminaba con estos versos:

> *Y se quitó la túnica*
> *y apareció desnuda toda...*
> *¡Oh pasión de mi vida, poesía*
> *desnuda, mía para siempre!*

Muy bien. Pero la incógnita subsistía. ¿Cuál era esa túnica, de que la lírica había de despojarse? ¿La vida diaria? ¿La anécdota —sensual o sentimental? ¿El fervor humano?... ¿O, solamente, el adorno falso, la retórica imitada, el insolente lujo verbal, "la iracundia de hiel y sin sentido"?

Imagino que, en esos tiempos, ni Xavier ni Gilberto Owen hubieran aceptado establecer una diferencia cortante entre las dos series de estas preguntas. Por eso, en las palabras que pronuncié durante la comida, intenté esclarecer dos formas de pureza: la de la poesía *irrespirable*, posterior al estrago aséptico de los críticos, y la de la poesía *inefable*, anterior al poema y superior a él. Ésta, todos hemos soñado emplearla, a guisa de epígrafe, en el mejor de los libros: el que nunca haremos. "No opongamos —pedía yo— a la poesía humana, de ayer, de hoy, de siempre, la poesía sin hombre, sin poeta, sin poesía."

Esto último lo he pensado siempre muy firmemente. Y me satisface advertir que, en la hora de las cosechas más altas, mis amigos —tan entusiastas entonces del "arte puro"— acabaron por darme razón.

Por lo que atañe al ensayo de Ortega, mi artículo suscitó varias adhesiones, sobre todo en América. Y algunas críticas, sobre todo en España. En Madrid, Benjamín Jarnés levantó la voz para señalarme su discrepancia, severa pero amistosa. No obstante, él también habría de escribir —con mayor ahínco y vigor que yo— una apología de la impureza. Y, hasta el crepúsculo de su obra, habría de protestar elocuentemente contra la esterilización de la poesía por el purismo —químico o algebraico.

En cuanto al problema mayor —el significado social de esa deshumanización, principalmente europea, del arte—, la dificultad continúa en pie. Y continúa planteada del mismo modo. La tradición ha dejado de sernos válida. Mis compañeros de generación lo sentían en 1926, cuando procuraban renovar la lírica por la supresión de la biografía aparente y de la facilidad melódica del recuerdo. Y el hombre de hoy lo siente entrañablemente, más allá del arte, en las manifestaciones múltiples de su acción.

Cada día, la técnica nos despoja más de nuestro pasado. Hay que tener el valor de empezar de nuevo.

Pero ¿quién nos asegura de que la ruta haya por fuerza de

atravesar el desierto de la deshumanización lamentable que nos rodea? Todo nos incita a pensar, al contrario, que ni la humanidad se salvará sin la integridad del hombre, ni el hombre se salvará por abdicación de la humanidad.

XXXIV. "MARGARITA DE NIEBLA"

LA CONTROVERSIA sobre el arte puro acabó por estimularme para afrontar —no ya en el verso, sino en la prosa— las supuestas dificultades del estilo "moderno" de aquellos días.

En torno de mi escritorio, en Salubridad, mis colegas hablaban mucho de Morand y de Giraudoux, de Soupault y de Pierre Girard, de Lacretelle y de Jouhandeau. En su mayoría, los autores que cito se ofrecían a las nuevas generaciones como los herederos directos de Marcel Proust. Nada menos exacto. Sin duda, Proust les había enseñado algunas de sus maneras de ver. Pero la novela de Proust constituía una suma histórica. En ella habían cristalizado corrientes de todas las procedencias y aguas de todos los manantiales. Me he referido ya a Montaigne. Podría añadir ahora a Saint-Simon, a Chateaubriand, a Flaubert, a los hermanos Goncourt y, en una grada distinta, a Anatole France.

En *Le temps retrouvé* hay trozos que nos conmueven como fragmentos románticos, no catalogados aún en ningún museo. Bajo las cenizas depositadas por la memoria consciente, el narrador nos enseña con una mano enguantada el relieve frágil —y, sin embargo, tan pertinaz— de una figura que parece esculpida en el siglo X: los brazos de un molinero, la corona de una princesa, el laúd de un trovador ambulante o la boca de una de esas vendimiadoras que nos sonríen entre las hojas de piedra de las columnas de Vézelay.

En otros párrafos, se adivina la prisa de Saint-Simon, escritor a quien hubiese hecho feliz la estenografía, porque de ella necesitaba más que ninguno quien se consideraba frustrado por la lentitud de las plumas de ave, anheloso como estaba de describírnoslo todo inmediatamente y sin escatimar el menor detalle, desde el color del sombrero de gala de Luis XIV hasta el corte de las casacas de sus ministros y el tono de voz de sus concubinas, pasando por la sonrisa —entre cohibida y autoritaria— con que el Regente dejaba envejecer las preguntas inoportunas, y el registro de los ronquidos del guardia suizo que la Duquesa de Orléans descubrió en Versalles la noche del tránsito del Delfín y cuya presencia la inquietó mucho, pues —ignorando que dormitasen seres allí, de tan militar y espesa categoría— se había expresado con libertad, a dos pasos del lecho del vigilante, acerca de los méritos, por otra parte pálidos en extremo, del príncipe fallecido.

Otros capítulos de *Le temps retrouvé* gimen como el otoño en las selvas retóricas de René. Antes que Proust, Chateaubriand había sido un virtuoso ilustre en el arte de visitar los sarcófagos del recuerdo, pasear —del brazo de Cecilia Metella— por la Vía Appia y desceñir de sus vendas a ciertas momias siempre decorativas: las de las horas que contuvieron una lágrima o un deleite dignos de perdurar. El episodio proustiano de la taza de té tiene un antecedente en las *Memorias* del gran Vizconde. Ahí también el autor —partiendo de una reminiscencia precisa: el canto de un pájaro— reconstruye ante nuestros ojos todo el castillo de sus abuelos y echa a andar la relojería de una existencia anacrónica y minuciosa, complicada y para nosotros incomprensible, como los movimientos de un autómata de la época de Voltaire.

En otras páginas son los hermanos Goncourt quienes nos saludan, con su amor por la frase súbita e imprevista, su manía del documento real, del asunto copiado "sobre lo vivo" y sus constantes ecos de historia, sus alusiones inevitables a un grabador o a un pintor —de los que se creen en todas partes los guías, los empresarios y los únicos críticos verdaderos.

Poco había de todo aquello —y, por consiguiente, poco había de Proust— en los relatos de los autores franceses que mis amigos tanto me ponderaban. De ellos, el más sutil —y sin duda el mejor dotado— era Giraudoux. Pero su lirismo no había pasado aún por ese laminador sin piedad que es el escenario, con actores reales, de carne y hueso. Para alcanzar la estatura que tiene hoy en la historia de las letras el autor de *Eglantina* debía someter sus fantasmas al tratamiento de Louis Jouvet, a fin de llegar a ser, merced a ese tratamiento, el autor de *Intermezzo*, de *Ondina*, de *Anfitrión* y de tantas otras obras maestras del teatro contemporáneo. Sin embargo, sus métodos me parecían más eficaces que los de un cronista como Morand.

Excepción hecha de Giraudoux — y de Proust, cuyo ejemplo era demasiado complejo para brindarme un modelo propio—, no encontraba yo en los otros autores que he mencionado un estímulo muy directo para el ensayo de prosa en que había resuelto adentrarme. Me daba cuenta de que no era una novela, en verdad, lo que me esperaba sobre el papel. Más que los caracteres de los personajes que me proponía esbozar, me interesaba el paisaje que estaba dispuesto a proporcionarles, el clima de los salones en que tendrían que conocerse y tal vez vivir, los paseos que harían en lancha o en automóvil, los pensamientos que adornarían sus epístolas o sus pláticas...

Tenía la convicción de que un relato como el que me preparaba a escribir se acercaría más al poema en prosa que a la novela. En consecuencia, era conveniente reducir al mínimo el argumento y procurar que los episodios, más que anécdotas vivas, fuesen pretextos para la confrontación de dos sensibilidades: las de dos mujeres, apenas salidas de la adolescencia. Una, extranjera, consagrada a la música de Wagner y de Beethoven, hija de un comerciante orgulloso de sus andanzas estudiantiles en Heidelberg, y de una dama amurallada constantemente entre recuerdos, máximas y pasteles —todos sentimentales. El nombre de la heroína era Margarita. Su retrato no podía resultar ni más rápido ni más cómodo: dentro de una cabellera de aire, una mirada de zafiro.

La otra, Paloma, nacida en Lagos, tenía que ser la que el catedrático joven —que durante todo el relato habla en primera persona— no acierta, por pedantería romántica, a preferir. Hacia ella iban, no obstante, las simpatías del autor.

Entre las dos muchachas, un profesor, que no acaba de aprender su papel de novio; un tío de Margarita, que vive en Cuernavaca, dentro de una casa concebida como un concierto, con escaleras en sordina, rejas en *crescendo* y, en varias jaulas, el mismo *pizzicato* amarillo de los canarios... Un amigo, en fin, pretendiente de Margarita, con cara en forma de bock —de la que el pelo albino salta naturalmente como la espuma de una cerveza amarga, tónica y burbujeante.

Con esos elementos, más bien precarios, hice un relato de un centenar de páginas, que Cvltvra editó cuidadosamente.

No voy a juzgar el libro, aunque acaso lo lograría, pues los años transcurridos desde su publicación (1927) me permiten verlo con imparcialidad, como si otro lo hubiese escrito. Lo que me interesa señalar solamente es el punto en que las circunstancias me depararon ese placer nuevo: el de amar la prosa. Hasta entonces, mi única expresión literaria había sido el verso. Es cierto, he contado ya cómo me absorbió, en la Escuela Preparatoria, la redacción de una indigesta rapsodia de intención seudofilosófica. Pero aquel mamotreto no resistía la relectura. Y, de hecho, como instrumento artístico, la prosa no volvió a interesarme sino en los días en que empezaron a ordenarse sobre mi mesa los capítulos de *Margarita de niebla*. Comprendí entonces qué recursos ofrece —hasta para la poesía— la escritura que no se ciñe a la ortopedia clásica de la rima. Sin llegar a decir que el verso es objeto de lujo, reconocí que no le faltaban razones a Rivarol: lo que da imperio a un idioma es la calidad de la prosa en que se comprueba. El prosista, para afirmarse, debe acudir a una magia más invisible que la del versificador. Frente a determinados párrafos de Quevedo, o de Cervantes, la malicia misma de un Góngora resulta a veces demasiado ostensible...

Al poeta le basta con ser poeta. Al prosista, en cambio, le juzgamos por cualidades que en cierto modo son adjetivas: las de la novela, el ensayo o el drama en que su sentido de la belleza se manifiesta. Lo que esperamos de su estilo, en el fondo, es una discreción tan completa que nuestros ojos no la perciban. De

320

ahí la fruición con que recordaba Marichalar, en los años de mis ensayos como prosista, estas palabras —tan justas— de James Stephens: "La poesía se va creando a trozos enteros de frase. Y, cada vez que los dioses se encuentran propicios, a versos completos; pero la prosa... es preciso inventarla de coma a coma."

No exageremos, tampoco, en el sentido de Stephens. La poesía ha sido —y será siempre— la escuela en que una generación literaria se descubre y se determina. Toda innovación de la fantasía empieza por gozarse en las formas métricas, regulares o irregulares, para después derramarse en la libertad aparente del libro en prosa. Pienso, por ejemplo, en lo que debe el Quevedo de *Marco Bruto* al Quevedo de los sonetos y el del *Buscón* al de los romances y de las sátiras. Pero, de este mismo homenaje a la poesía, se desprenden dos conclusiones. Una, en primer lugar: que el valor de una promoción poética está en proporción con la prosa que de ella parte. Y esta otra: que una manera de juzgar la lírica de una época consiste en examinar las obras en prosa que finalmente la divulgaron.

No quiero imaginar lo que produciría esta técnica en el caso del modernismo... Pero, por lo que atañe a los clásicos, a los románticos e incluso a los simbolistas de la primera hora, la prueba puede intentarse sin timidez. Tanto como las *elegías romanas* nos placen hoy las *Memorias* de Goethe y su *Wilhelm Meister*. Mallarmé escribió crónicas excelentes. Y hay quien prefiera, a los versos de Zorrilla, la prosa de Larra.

Mi interés por la prosa, como ejercicio, me hizo estudiar de nuevo a algunos de nuestros grandes escritores: Vasconcelos, Reyes, Guzmán, Azuela y Díaz Dufoo jr. ¡Qué poca justicia se les ha hecho, por comparación con la que merecen también —sin duda— los poetas que les precedieron o les acompañaron en sus tareas!

Realizada en una serie de vastos frescos, rápidos y espontáneos, la obra literaria de Vasconcelos encuentra su mejor equilibrio artístico en las páginas que consagra a rememorar su mocedad. Siempre he releído con gusto los capítulos de *Ulises criollo* en que el autor relata su llegada a Durango y, sobre todo, su despertar de un domingo de Pascua, entre el repique glorioso de las campanas. "Por el balcón entreabierto —dice— penetraba el cielo diáfano y estremecido de sonoridades victoriosas. Semicerrados aún los párpados, la imaginación adivinaba, en la altura, claros por donde bajan querubines y, en el ambiente, trinos de pájaros y risas de juventud. Almas desnudas en el baño de la aurora." ¡Qué comprensión de nuestra provincia, de sus virtudes y de sus sueños, en ese cuadro de amanecer! Esta prosa, tan española, tiene olor y sabor de México.

La de Reyes, límpida y cristalina, es un sortilegio constante de la cultura. Acaso por eso mismo lo más personal de su estilo surge en las frases incidentales, entre paréntesis y preguntas, como cuando —en *Fuga de Navidad*— principia por hablar en tercera persona de un hombre "encorvado por el frío, bajo la ráfaga que lo estruja" y, de pronto, provoca la confidencia, pero en un eco: "Ay, amigos, ¿quién era ese hombre?" O cuando —en *Horas de Burgos*—, al describirnos las estatuas yacentes de la Catedral, lo asalta un recuerdo de Veracruz y, con la precisión lineal de un pintor japonés, nos cuenta que en la Isla de Sacrificios vio un carapacho de cangrejo "que se iba solo... sobre las patas *militares* de todo un hormiguero en acción". Ese epíteto —subrayado en mi texto— vale un endecasílabo. ¿Y qué decir del aire burgalés, que Reyes, definidor espléndido de cristales, califica de frío, lustroso y duro?

En los libros de Martín Luis Guzmán, la realidad entra con ímpetu inconfundible. La acción —que algunos de sus contemporáneos contienen, o multiplican, en espejos de varias lunas— él la aprovecha, en *El águila y la serpiente*, como motor de imágenes colectivas. El sentido del movimiento, la capacidad de la descripción y la naturalidad despejada del análisis psicológico son sus méritos más valiosos. Recuerdo un fragmento, que he citado ya en otras ocasiones como ejemplar: el retrato del Primer Jefe, en el cuartel general de Nogales. "La luz de la lámpara le bruñía la barba y le bajaba después, por la única línea de botones que le ajustaba el chaquetín, en chorro de enormes gotas doradas." Todo se encuentra implícito en esta nota elíptica de pintor. El penumbroso ambiente de la antesala, el dominio ejercido por la personalidad austera del gobernante y esa luz rembrandtesca, que Guzmán no se detiene a considerar pero cuyo brillo recorta de arriba abajo el cuerpo entero del hombre público, con una frase de tal pesantez que hasta en las gotas de los botones cree el lector escuchar un deslizamiento de puntos suspensivos, claros y sentenciosos...

En Azuela, lo que me cautivaba ante todo era la extraordinaria simplificación del naturalismo. Breve, enjuta, directa, la prosa de *Los de abajo* sorprende por lo que expresa —y por lo que omite. Como en la épica popular, son escasos sus adjetivos; pero, si alguno salta a la pluma del escritor, lo advertimos muy prontamente: es irremplazable. En *Los de abajo*, cuando alguien muere, apenas vibra en la atmósfera un ligero estremecimiento: el de la bala que lo suprime. Cuando alguien llora, apenas si distinguimos, entre lo negro de unas pestañas ásperas y valientes, una lágrima silenciosa.

He escrito el nombre de Carlos Díaz Dufoo jr. Sus *Epigramas* —publicados en 1927, como *Margarita de niebla*— son un libro precioso y, por lo visto, casi olvidado. ¡Cuánta inteligencia irradia, no obstante, de esas páginas sobrias, diáfanas, incisivas! Dice, por ejemplo, a propósito de un personaje opaco, pero muy estudioso: "Cree en las ideas con la sumisa ilusión con que un ciego de nacimiento cree en la luz." Y, para hacernos sentir el drama de un hombre excesivo y poco espontáneo: "En su trágica desesperación, arrancaba brutalmente los pelos de su peluca." Su acierto más fino es, quizá, esta simple frase, tan conmovedora y de tantos fondos: "Contempla su alma —a la luz de la luna."

XXXV. VIAJE A NUEVA YORK

FRESCA aún la tinta de la imprenta Cvltvra en los ejemplares de *Margarita de niebla*, recibí dos invitaciones para salir de México. Una de ellas procedía de la Academia norteamericana de Artes y Letras, cuyo canciller, Mr. Nicholas Murray Butler, presidía los destinos de la Universidad de Columbia. La otra emanaba de la Institución Hispano-Cubana de Cultura, guiada en aquellos meses, con singular valentía, por don Fernando Ortiz.

Desde Nueva York, la Academia de Artes y Letras había iniciado una obra de acercamiento espiritual con los países de Hispanoamérica. Sus directores deseaban que a la sesión de abril de 1928 concurriesen cuatro escritores mexicanos: dos nombrados por la Academia, y dos por el Ateneo de Ciencias y Letras de México. La primera de esas instituciones eligió al Lic. Alejandro Quijano y a don Manuel Romero de Terreros. La segunda designó al Lic. Genaro Fernández Mac Gregor y al que cuenta ahora, en este reloj de arena, un tiempo que nunca recobrará.

La invitación de Cuba era para que diese yo, en La Habana, una conferencia —sobre el tema que estimase más oportuno.

Acepté con gusto ambas proposiciones.

Ya, en 1926, había hecho un rápido viaje por los Estados Unidos y el Canadá. Fui a Washington, a Nueva York, a Toronto y a Montreal, acompañando al Dr. Gastélum, el cual llevaba la representación de México ante una conferencia sanitaria efectuada en la primera de esas ciudades. Iba con nosotros Armando Vargas Mac Donald, de quien la inteligencia, la amenidad y el conocimiento del inglés nos resultaron tan necesarios en el trabajo como gratos durante las horas que no embargaron del todo los debates de la asamblea y las recepciones organizadas por el Gobierno.

Aquel contacto con algunas autoridades de los Estados Unidos y con el espectáculo de dos de sus urbes más importantes —la capital del poder y la del comercio— me dejó el deseo de visitar de manera menos sumaria a un pueblo de recursos tan gigantescos y de influencia política tan notoria. Me interesaba saber cómo vivían sus escritores, hasta donde me permitiesen averiguarlo las manifestaciones anunciadas en el programa.

La compañía que la fortuna me deparó representaba, por sí sola, un estímulo poderoso. Conocí al Lic. Quijano hace ya muchos años. Más, según creo, de los que su memoria adicionaba discretamente, cada vez que lo veía en la Redacción de *Novedades* o en su despacho. Era yo alumno de sexto año —en la primaria "anexa" a la Normal— cuando le oí cierta alocución, que no he releído, pero que me pareció entonces elocuentísima. Me causaron igual asombro, e igual ímpetu admirativo, la blancura impecable de su chaleco, que contrastaba elegantemente con lo negro del chaqué —impuesto a los oradores por la solemnidad oficial del acto— y la nitidez impecable de su pronunciación, en la cual cada sílaba se aislaba y se destacaba, lo que confería a la palabra menos sonora un valor patético, pues la voz la alumbraba como un espejo y la individualizaba como un dictamen.

Después, en la Escuela Preparatoria, fue mi maestro. Si no me equivoco, ése es el recuerdo más viejo que el Lic. Quijano conservaba de mi persona. Como profesor de literatura, despertaba en los estudiantes una viva curiosidad por los libros célebres, que nos presentaba con gusto y con sentido pedagógico muy certero. Sencillo, culto, probo, caballeroso, su amistad me brindó invariablemente un motivo de cordial complacencia humana.

Me había hecho conocer al Marqués de San Francisco, en 1920, uno de sus más lúcidos compañeros en la devoción por los fastos y las bellezas de la Colonia: mi amigo Manuel Toussaint. Su saber, su modestia y su cortesía me fueron inmediatamente simpáticos. Su presencia, en la comisión viajera, iba a concederle una calidad que, a mi entender, no debía faltarle: el prestigio de un historiador de muy justa fama.

La persona del Lic. Fernández Mac Gregor me era menos familiar. No tenía cabal idea de sus dotes de hombre de letras; pero apreciaba sus méritos de abogado y respetaba su autoridad de internacionalista, que Genaro Estrada encomiaba con entusiasmo, cosa poco frecuente en hombre de equilibrio interior tan rígido. Eso sólo habría bastado para que me halagase sinceramente la expectativa de coincidir con él en las ceremonias de Nueva York. Allí me di cuenta de las cualidades literarias que poseía, que no mostraba con la abundancia que sus lectores podían ambicionar y de las que son testimonio sus notas críticas sobre algunos de nuestros poetas más reputados. Entre otras, las que publicó acerca de González Martínez y Díaz Mirón.

Partimos el 18 de abril. Llevaba yo en mis maletas algunos libros, un frac acabado de salir de la sastrería y, dentro de una encuadernación de la que me sentía orgulloso, aunque pronto me inquietó por su pobreza, dos o tres docenas de páginas copiadas a máquina por mi secretaria, Leonor Llach, a quien agradezco aquí, una vez más, la colaboración talentosa, leal y activa que me otorgó por espacio de varios años.

Esas páginas contenían un estudio mío sobre la poesía moderna de México. No lo conservo. Y no deploro mucho su pérdida, pues lo mejor de su texto puede encontrarse en todas las buenas bibliotecas de la República: eran los versos de los autores que comentaba y que había reproducido con patriótica profusión.

Al cabo de cuatro días y medio en ferrocarril, llegamos a Nueva York. Nos alojamos en el Hotel Pennsylvania. Y, mientras mis compañeros recibían algunas visitas, aproveché la vacación de nuestra primera jornada urbana —que los académicos no habían querido uncir a ningún horario— para pasear a pie por las calles de la ciudad.

Nueva York y París son centros excepcionales. Hay otros, como Roma, históricamente más expresivos para el viajero; o artísticamente más seductores, como Florencia; o más austeros, como Toledo; o, como Londres, de más orgánica majestad. Pero, en París, se tiene de pronto el placer de una inmersión prodigiosa dentro de una cultura homogénea, cordial y humana. En Nueva York lo que prevalece, en cambio, es el júbilo de medir la dimensión plástica de lo actual: asfalto, cemento, cielo. En París, hasta el aire da la impresión de querer razonar junto con nosotros, de estar de acuerdo con lo más inefable de nuestro ser. En Nueva York, nos reconocemos contemporáneos de un mundo rápido y telegráfico, del ruiseñor mecánico y de la luz condensada en el celuloide, de los anuncios eléctricos —y hasta del *subway* que, en sus tramos arcaicos, tiene mi edad.

París es una droga, decía no sé ya quién, previendo intoxicaciones inenarrables. Nueva York es un tren expreso. La propia estabilidad de sus edificios no logra persuadirnos de lo contrario. En sus avenidas, el transeúnte que no va muy de prisa, hacia un sitio concreto y determinado, se siente tan desprovisto de realidad como el viajero que deambula por los pasillos de un tren en marcha, sin poder siquiera atribuir tal gimnasia a la alegría de quien abandona el vagón donde pernoctó para alcanzar aquel en que el *porter* lo predispone al matinal atentado contra el vaso de leche fresca, la mantequilla refrigerada y la rubia insistencia de los *corn-flakes*.

Al día siguiente, el Lic. Quijano y yo pasamos la mañana en el *Metropolitan*. De sus tesoros evocaré en estas líneas únicamente dos cuadros: *La dama que toca el laúd* y *Mujer junto a la ventana*. Por primera vez contemplaba yo obras de Vermeer de Delft. Las reproducciones allegadas en México no daban sino pálida idea de su pintura, en la cual los detalles más nimios resultan indispensables, el silencio es rey y cada color madura conforme a un técnica propia, botánica o mineral: a veces como el amanecer de un ramo de lilas en primavera; a veces como el coñac reprimido y añejo de los topacios. Comprendí la pasión de Proust ante ese pintor de lo inexpresable. Y pensé en Bergotte, fulminado por un ataque de uremia sobre el sofá de una galería, en la que había entrado precisamente con el propósito de admirar una de las creaciones más luminosas de Vermeer: la *Vista de Delft*, enviada a París por el *Mauritshuis*.

Por la noche, asistimos a un banquete en el Hotel Biltmore. Habían sido invitadas más de 300 personas. En la mesa de honor, se hallaban el Dr. Murray Butler, el Dr. Arthur Twining Hadley, Presidente de la Universidad de Yale, Mr. Robert Underwood Johnson, Secretario de la Academia, y los miembros de la comisión directiva, compuesta por los señores Wilbur L. Cross, Hamlin Garland, Cass Gilbert y Augustus Thomas.

Inició el programa de los discursos uno, excelente, del Dr. Murray Butler, quien nos dio la bienvenida en términos a la vez muy amables y muy precisos. Manifestó que un deber de la Academia era el de combatir todo lo vulgar y todo lo bajo, a fin de reconocer y exaltar lo óptimo. Y, no sé si para censura de cierta prensa de escándalo, elogió a los diarios latinoamericanos por el hecho de que, al referirse a los Estados Unidos, publicaban noticias que no aludían con especial ahínco al crimen o a los desórdenes. Le contestó el Lic. Quijano. Sus palabras, dignas y justas, fueron recibidas con efusión. El Presidente de la Universidad de Yale —que habló luego— insistió sobre la urgencia de que las academias liberaran al mundo de todo provincialismo y no se convirtieran en sociedades de recíproco aplauso. Para concluir, fui invitado a leer algunos poemas. Lo hice de buen grado, aunque comprendiendo que serían pocos los comensales que hablasen español.

El jueves 26 acudimos a los salones de la Academia, en el edificio número 633, Oeste, de la calle 155. Durante la sesión, hicimos entrega de los trabajos que llevábamos preparados. Entonces, al ver los de mis colegas, fue cuando percibí lo impropio de la encuadernación que amparaba al mío.

Terminado aquel acto, más bien simbólico, presenciamos el otorgamiento de una medalla conquistada por Otis Skinner como premio a su clara dicción escénica. Presentó a Skinner el señor Underwood Johnson, poeta de barba de plata, a lo Victor Hugo, diplomático retirado, ex embajador en Roma y varón de corte europeo, en el traje y en el estilo. Skinner, en su respuesta, habló del inglés neoyorquino como del idioma de una "Babel catarrosa" y moduló su agradecimiento con la más eufónica de sus voces. Después de algunos informes, proporcionados por Mr. Garland, finalizó la sesión con una conferencia de Mr. Cross acerca de la novela inglesa moderna.

En la tarde fuimos agasajados por las esposas de los académicos con un té que me dio ocasión para descubrir dos hechos —acaso complementarios. Por una parte, esas damas me parecieron más juveniles que sus consortes. Por otra parte, los libros de que hablaban, con mucho tino, estaban muy cerca de mis lecturas. Una de ellas, sentada a la mesa que la suerte me reservó, me dio un pequeño curso sobre la obra de Wilder, cuya novela —*El puente de San Luis Rey*— conmovía ese año a innumerables mujeres de Norteamérica.

Nos despedimos de nuestros huéspedes. Días más tarde, en *El Universal*, José Juan Tablada hacía la crónica de todo lo acontecido. Y decía: "Siento que el porvenir guarda hoy para México muchas cosas propicias. Y, en este nuevo ciclo, el reconocimiento público de nuestra cultura, que he comentado, me parece fundamental."

¿Habría un exceso de optimismo en aquellas frases?... Probablemente. Pero no lo pensaba yo al tomar el tren que iba a conducirme, por el litoral de Florida, rumbo a La Habana.

XXXVI. EN LA HABANA

Visto desde el *ferry-boat*, que habíamos tomado en Cayo Hueso, el *Morro* nos anunció alegremente la buena nueva. No tardaríamos mucho en llegar a La Habana.

Un azul ávido, terco, intenso. Un azul que el sol, en vez de aclarar, parecía entenebrecer —como, por contraste, el oro de las pestañas profundiza el zafiro de las pupilas en la mirada de ciertas rubias. Una luz que tenía sustancia; pulpa de fruta, vibración eléctrica del calor. Una embriaguez de aromas sólidos y lustrosos, que hacía charol el aire, el incienso ámbar y nácar el olor femenino de las guanábanas. Un concierto de voces nítidas, anhelantes. Y, sobre la música de esas voces, una cacofonía de bocinas impacientes, como si todos los *Fords* del mundo se encontraran de pronto en celo... Sí, estábamos en La Habana.

Durante las operaciones portuenses, recordé una anécdota atribuida a la mordacidad de Valle-Inclán. En 1921 se efectuó en México un congreso latinoamericano de estudiantes. Sus sesiones coincidieron con la visita hecha a la República por el maestro de *Tirano Banderas*. Cierta excursión en ferrocarril acabó por reunir al gran escritor y a los jóvenes delegados estudiantiles. Al final del almuerzo campestre, uno de ellos preguntó a don Ramón cuál era, a su juicio, la capital más hermosa de América.

—Pues, verá usted... —contestó don Ramón, con el cazurro ceceo que exageraba como preludio de los disparos sutiles de su ironía. Y, lentamente, principió a hablar del paisaje sublime de Río de Janeiro. Luego, se refirió a La Habana, capital generosa de los sentidos. En seguida, hizo el elogio de México... En el momento en que su interlocutor esperaba un nombre, el de la capital magnífica de su patria, don Ramón concluyó con la mayor seriedad posible—: Y, señores, después de México —lo habéis ya oído decir durante este viaje—, todo es Cuautitlán.

No fui testigo del incidente. Lo cuento como me lo contaron. Si la anécdota es cierta, había sin duda injusticia notoria en las omisiones de don Ramón. Pero su definición de La Habana no dejaba de persuadirme. La comenté con mis compañeros cubanos, aquella misma tarde, al amor de una taza de incomparable café.

Me esperaban, con don Fernando Ortiz, Jorge Mañach y el poeta Juan Marinello. Ninguno de ellos me conocía personalmente. Pero teníamos todos idea bastante exacta de nuestras inquietudes y nuestras vidas. Una cordialidad espontánea abrevió las presentaciones.

Don Fernando era entonces —y creo que sigue siéndolo— el animador de muchas manifestaciones de alta cultura. Como conciencia activa de la Institución Hispano-Cubana, organizaba todos los años series de conferencias en cuyos ciclos habían participado varios escritores de España y de nuestra América. Uno de los últimos en disertar desde esa tribuna había sido Américo Castro quien, tanto en La Habana como en México, dejó un recuerdo excelente, de profesor, de erudito, de hombre de letras y —lo que importa más, a mi ver— de auténtico caballero.

Marinello y Mañach habían cambiado algunas cartas conmigo. Ambos actuaban como jefes de fila de la generación isleña, a la vez ilustrada e inteligente, que conocíamos con el nombre de grupo *Avance*. Marinello no se interesaba en política todavía. Era un hombre alto, moreno, afable, que veía en la cátedra y en la pluma las dos metas supremas de su existencia. Mañach (que sería, después, ministro y a quien recibí en París, en 1951, como delegado cubano a la sexta reunión de la Conferencia General de la UNESCO) no cultivaba la poesía sino la novela, la crítica y el ensayo. Hombre de curiosidades múltiples, de saber hondo y de claro estilo, su personalidad se imponía rápidamente. Vivía en una casa agradable, a la que daba un alma hospitalaria la cortesía de su esposa: una dama que, a pesar de su juventud, recibía con tacto muy indulgente a los invitados de Jorge y tenía para cada uno, como regalo especial, una conversación oportuna y nunca prefabricada.

En compañía de Lizaso y Francisco Ichaso, Marinello y Mañach editaban una revista que, a cada año, cambiaba de nombre. Había sido, en 1927, *1927*. Se llamaba, entonces, *1928*. En ella, Marinello acababa de comentar, con alentador aplauso, la aparición de *Margarita de niebla*. No sorprenderá a nadie, por tanto, que nuestra primera plática girara sobre el tema del libro y enfocase, con mayor amplitud, la cuestión de lo que es o no moderno en la prosa de las novelas. "¿Puede afirmarse que haya novelística nueva —se interrogaba mi amigo—, es decir, novedad

que anime lo esencial de este género de producción artística?"...
No supe, en el fondo, qué responderle. Pero el tiempo se ha encargado de contestarle, mejor que yo.

Lizaso es un martiano de amplísima información. Volví a verle en La Habana en diciembre de 1950, cuando asistí a la reunión de las Comisiones latinoamericanas de cooperación con la UNESCO. Hicimos recuerdos de nuestras charlas de 1928. Y nos prometimos velar por que la traducción francesa de las páginas escogidas de Martí pudiese distribuirse con ocasión de su centenario.

A Ichaso, le he encontrado en distintos lugares, siempre joven, siempre lúcido y laborioso. Escritor directo, fácil, brillante, hace periodismo, sin caer en lo que la mayoría entiende por periodismo. Su actividad lo invita a la prisa. Su talento lo salva de ella. Su talento —y una temperatura humana impregnada de fervor para todas las cosas y las personas que su perspicacia de crítico le propone como asuntos dignos de estudio.

Llegado a La Habana el miércoles 3 de mayo, di mi conferencia el viernes siguiente, desde el escenario del *Payret*. Ese nombre me era muy familiar. Mi padre —entusiasta de Cuba, como yo mismo— me hablaba a menudo de aquel teatro, en el que habían alcanzado singular éxito algunas de las compañías de ópera administradas por él en nuestro país. Me presentó Marinello. En su discurso, conciso y noble, intentó definir la responsabilidad de la juventud literaria de América frente al peligro de dos retóricas enemigas: la pretérita y la moderna. Su conclusión me satisfizo completamente. Por encima de la lucha de las retóricas y las modas, urgía respetar la pureza de la obra de arte, la sinceridad de la vocación, su honradez y su fuerza humana.

No hablaré aquí de mi conferencia. Su texto consta en las páginas de la revista *Contemporáneos*, bajo el título de *Perspectiva de la literatura mexicana actual*. Me detendré a encomiar, en cambio, la abundancia y la probidad con que los diarios cubanos supieron publicarla o sintetizarla. En *El Diario de la Marina*, el resumen fue realizado admirablemente. *El Mundo* hizo más. Reprodujo el original, desde el introito hasta la última de sus frases.

Después de la conferencia, mis nuevos camaradas me llevaron a cenar a un café. Todo hubiese resultado perfectamente, sin la agresión de una gran pianola cuyo frenesí no parecía ofender a los comensales autóctonos, inmunizados por la costumbre, pero que a mí comenzó a agobiarme y no tardó en terminar por ensordecerme.

Me rehíce, a fuerza de voluntad. Poco a poco, entre la cólera de una rumba y las cataratas de una rapsodia, adiestré el oído hasta lograr percibir las palabras que los convidados menos distantes me dirigían. Por fin, sobre un vértigo de corcheas, la conversación se normalizó. Muchos de los presentes habían estado en México. Hablamos de escritores y de pintores que estimábamos en común: González Martínez, López Velarde, Diego Rivera, Orozco, Heliodoro Valle, el Doctor Atl, Porfirio Barba-Jacob.

Se advertía, en todos, un sentimiento de gozosa espontaneidad. Algunos leyeron versos. Otros contaron, en voz alta, los argumentos de las novelas o de los dramas que proyectaban. A la una de la madrugada —sin intervención de ningún alcohol— decidimos abandonar el café, demasiado cálido, para prolongar la sesión en la plaza pública, frente a la Catedral que yo no había tenido tiempo de ver.

Noche húmeda, tibia, de estrellas maduras y palpitantes. Noche del Golfo, que me traía a la memoria la evocación de otras noches, de Mérida y Veracruz... ¿Qué se han hecho algunos de los amigos que, en esas horas de euforia y de exuberancia vital, estuvieron tan cerca de mi destino? Veo sus rostros, velados por la penumbra de la calle en que, al cabo, hubimos de despedirnos. Oigo sus pasos en la acera... Mañach, Marinello, Ichaso, Félix Lizaso continuaron ligados conmigo, durante meses, por el correo. De otros, no he vuelto a tener noticia. A todos les digo ahora: Gracias por la fe que esa noche nos asoció, en el entusiasmo del arte y de la belleza. Gracias porque fuisteis jóvenes, una noche a la vera de un joven que os describía el dolor y el amor de México. Gracias, en fin, porque me enseñasteis que hay en nuestro Hemisferio una fraternidad entrañable, que no ha menester de pactos ni de discursos; una alianza que guarda, como vuestra Catedral silenciosa bajo el cielo espléndido de La Habana, una corona de estrellas para cada viajero que la comprende —y que cree en ella.

XXXVII. LA REVISTA "CONTEMPORÁNEOS"

Volvía a México con una esperanza más: la de vigorizar la acción que requería —de mis amigos y de mí mismo— una revista que, desde hacía tiempo, deseábamos publicar. Me refiero a *Contemporáneos.*

Durante la travesía, de La Habana a Veracruz, a bordo de un barco holandés, de tripulación numerosa y escasísimos pasajeros, hice en silencio el recuento de nuestro grupo: Villaurrutia, González Rojo, Ortiz de Montellano...

Además de poeta, Villaurrutia hubiera querido ser dibujante. Su inteligencia, lineal y crítica, se gozaba en descubrir —y en delimitar— el perfil de los hombres y de las cosas. Como Cocteau, por quien sentía una admiración que compartíamos sólo

330

a medias, ilustraba sus cuadernos con apuntes no exentos de intención caricaturesca y de elegancia decorativa.

González Rojo —que me había acompañado, a los 15 años, en la pasión por las óperas— no renunciaba a Mozart, y menos aún a Rossini; pero se decía más atraído por la escultura. Coleccionaba álbumes y catálogos de museos. El título de su último libro era *Espacio*. Su viaje a Europa le había permitido conocer en Madrid a algunos personajes de quienes pronunciábamos todavía los apellidos con escolar subordinación: Pérez de Ayala, Baroja, d'Ors y, en un plano especial de nuestros afectos, Unamuno, Machado, Ortega... En aquella rápida expedición por el Viejo Mundo, había visitado el Louvre, la galería Rodin y las incomparables salas del Prado. Nos describía con efusión a los esclavos de Miguel Ángel y exaltaba, cada vez que podía, la estatuaria dramática de Bourdelle.

Bernardo no disimulaba sus preferencias por la pintura. Y, dentro de la pintura, por el "color local". Saturnino Herrán había sido, para su adolescencia, lo que Amado Nervo en la lírica. En los dos hallaba ese ambiente de religiosidad provinciana y de recoleto mexicanismo que era, entonces, el suyo propio.

Los tres trabajaban —como yo— en el Departamento de Salubridad Pública. Tratábamos de huir del automatismo que impone siempre la burocracia, por la puerta de los proyectos. Uno, entre otros, nos incitaba: el de la revista que antes mencioné. Las dificultades económicas empezaban a desalentarnos, cuando nos dimos cuenta de que el doctor Gastélum abrigaba, por su parte, un propósito parecido.

Acostumbrados a admitir el prestigio internacional de publicaciones como *Le Mercure de France* y la *N.R.F.*, el éxito de una revista española —la *de Occidente*— nos había hecho reflexionar sobre la conveniencia de imprimir en nuestro país un órgano literario estricto y bien presentado. Estimábamos las cualidades de algunas revistas latinoamericanas, en las cuales —a veces— colaborábamos. Sin embargo, el eclecticismo de *Nosotros*, de Buenos Aires, nos parecía demasiado complaciente. *Atenea*, de Chile, adolecía —a nuestro juicio— de un tono un tanto dogmático. Quedaban, en La Habana, la tribuna del grupo *Avance* y, en Costa Rica, el heroico *Repertorio* de García Monge. Pero ¿no había acaso lugar, en México, para una revista distinta, que procurase establecer un contacto entre las realizaciones europeas y las promesas americanas?

Así nació *Contemporáneos*, gracias a la intrepidez del doctor Gastélum y a la voluntad de unos cuantos jóvenes, que no se daban cuenta muy clara de las robustas antipatías que su intolerancia imprudente tendría por fuerza que suscitar. Figuraban, como responsables, el propio doctor Gastélum, Enrique González

Rojo, Bernardo Ortiz de Montellano —y el que esto escribe. Villaurrutia nos ofreció colaborar muy asiduamente, aunque sin aparecer en la lista de los "editores", por ser ya él director de *Ulises*, junto con Novo.

El nombre que elegimos —*Contemporáneos*— no tenía nada de doctrinario. En efecto, la unidad de nuestro pequeño grupo no obedecía tanto a la disciplina de una capilla cuanto a una simple coincidencia en el tiempo: a eso que algunos llaman la complicidad de una generación.

Nos sabíamos diferentes; nos sentíamos desiguales. Leíamos los mismos libros; pero las notas que inscribíamos en sus márgenes rara vez señalaban los mismos párrafos. Éramos, como Villaurrutia lo declaró, un grupo sin grupo. O, según dije, no sé ya dónde, un grupo de soledades.

No obstante, por el rigor con que desechábamos ciertos originales —o defendíamos ciertos manuscritos—, hubimos de dar, sin quererlo, la impresión de una dura homogeneidad. Se nos acusó de constituir una academia de elogios mutuos... Bastaría recorrer la sección crítica de *Contemporáneos* para percibir, al contrario, la relativa y recíproca frialdad con que comentábamos nuestras producciones. En cuanto al exclusivismo que muchos nos reprochaban, no todo era falso —o deliberadamente peyorativo— en quienes nos dirigían esa censura.

Estábamos impregnados de ejemplos y de lecturas. Un purismo —o un artificio verbal— nos retenía frecuentemente a la orilla del tema escogido, en el umbral de la obra férvida que anhelábamos. ¿Pero no compensaba aquellas incertidumbres una curiosidad positiva para determinados valores muy entusiastas? ¿No debieron a *Contemporáneos* algunos jóvenes el descubrimiento de Proust, de Joyce y de Apollinaire, la confrontación con el superrealismo, el examen de Pirandello —y, sobre todo, una actitud de consciente alerta y de vigilancia frente a sí mismos?

Habíamos nacido entre grandes poetas. Quisimos distinguir entre tantas rutas... Y eso fue lo que los lectores menos nos perdonaron. La *Antología* de Estrada gozaba de una autoridad que, en ocasiones, nos parecía proceder mucho más de una prescripción del gusto que del mérito intrínseco de los textos recopilados. Pretendíamos revisarla, modernizarla —y, con palabras de Alfonso Reyes, apuntalar nuestras *simpatías* merced a la ostentación de nuestras *diferencias*.

Aquellas veleidades de libertad dieron por resultado otra antología: la que Jorge Cuesta, autor del prólogo, suscribió. Algunas de las notas fueron redactadas por Villaurrutia, otras por González Rojo, otras por Bernardo Ortiz de Montellano, otras por mí. Incluso no estoy absolutamente seguro de que no haya habido colaboración en esos comentarios, porque —como lo indicó Jorge Cuesta en su exordio— "la selección y las notas fueron fruto de una labor colectiva, que casi quisiéramos llamar impersonal".

Ahora que el volumen perdió la transitoria eficacia que tuvo, me sorprende menos que entonces la indignación de sus detractores. "Vale lo que cuesta", dijeron algunos. Pobre juego de palabras; puesto que el libro se vendía a un precio bastante alto y Jorge Cuesta iba pronto a comprobar con su propia obra que valía mucho más de lo que pensaban aquellos críticos.

Sin embargo, ningún sectarismo me ciega. No ignoro las injusticias del florilegio. Ciertas observaciones me resultan hoy demasiado ríspidas; ciertas ausencias demasiado espectaculares. Lo que explica tales defectos es, a mi ver, la concepción general del libro; la ingenuidad con que, en las omisiones como en las críticas, quisimos exponer nuestro único acuerdo posible —el acuerdo de nuestras preferencias— y nuestra única solidaridad viable: la solidaridad de un rigor común. Después de todo, fue Cuesta mismo quien mejor definió la intención de la antología, al precisar que la parcialidad de que podía acusarse al libro no era la del pintor, "que quiere hacerse un instrumento del paisaje", sino la del fotógrafo "que sabe hacerse un instrumento de su cámara". "Nuestro propósito —añadía— ha sido el de separar, hasta donde fue posible, cada poeta de su escuela, cada poema del resto de la obra; arrancar cada objeto de su sombra y no dejarle sino la vida individual que posee."

¿Era posible —y deseable— ese desprendimiento total?

El error del grupo fue, según creo, el de intentar prematuramente una selección-manifiesto y una antología-declaración, como las que circulaban en Francia en aquellos años. Por otra parte, ¿para qué eliminar? El tiempo es un crítico más severo que los cenáculos más adustos. Y ayudar al tiempo en su irremisible estrago no ha sido nunca un oficio grato para los jóvenes.

Más aún. ¿Por qué acometer —a intervalos que sólo el capricho rige— nuevas antologías, nutridas con materiales que no son nuevos? ¿Qué urgencia hay de decantar el pasado a cada momento? Es cierto, vivimos todos de prisa. Y la prisa requiere síntesis y compendios, literatura o historia en cápsulas. Pero ni la prisa es un ideal en sí misma, ni esas cápsulas sátisfacen a los verdaderos devotos del saber y de la bellzea.

Cuando comparo el hombre que estoy principiando a ser con el joven que en 1928 colaboró en la dirección de *Contemporáneos*, siento que la edad es una maestra única de humildad, de paciencia, de asentimiento. Y frente a algunos problemas de tolerancia, me pregunto en voz baja: ¿el *no* de entonces valdría más, para mi alma, que el *sí* de hoy?

XXXVIII. INICIACIÓN EN LA DIPLOMACIA

EN DICIEMBRE de 1928, don Emilio Portes Gil tomó posesión de la Presidencia de la República. El doctor Gastélum no figuraba en su Gabinete. La renuncia que presenté me fue aceptada desde luego. ¿A qué iba yo a dedicar mis actividades?

Buscar nuevo empleo oficial en México no me tentaba ya. Hasta entonces, mi colaboración con José Vasconcelos, en la Secretaría de Educación Pública, había tenido el carácter de una aventura de hombre de letras. Fue, dada mi juventud, una especie de curso de ampliación universitaria. Mi intervención en los trabajos del Departamento de Salubridad tenía una explicación solamente: la amistad que me unía al doctor Gastélum. Aceptar, en lo sucesivo, un cargo cualquiera (hoy en Hacienda, mañana en Agricultura) habría equivalido a admitir para siempre la burocracia. Me negué a resignarme a tal perspectiva.

Se me ofrecían posibilidades: constituirme un modesto pasar, gracias a algunas colaboraciones en diversos diarios de Sudamérica, o presentarme al concurso abierto por la Secretaría de Relaciones Exteriores, para ocupar, por oposición y con derechos reconocidos, una plaza de Secretario de Legación.

Cada una de estas soluciones tenía sus ventajas —y sus inconvenientes. Para seguir la primera, encontraba incentivo en el hecho de que *La Prensa* de Buenos Aires había acogido ya (y retribuído no sin largueza) algunos artículos de mi pluma. Sin embargo, el segundo recurso fue el que elegí.

Genaro Estrada atendía en aquellos meses el puesto de Subsecretario, Encargado del Despacho de Relaciones Exteriores. Acudí a visitarle y le expliqué mi caso. Con la mayor amabilidad, me alentó a realizar los propósitos que le expuse. Más aún, para facilitar mi iniciación diplomática, me nombró Secretario de la Comisión Mexicano-Italiana de Reclamaciones.

Hombre afable, original, ingenioso; impresor cuando adolescente, burócrata desde joven, sedentario con nostalgias de trotamundos; gran lector de Huysmans y de Marcel Schwob; traductor de Aloysius Bertrand; amigo de Morand y de D. H. Lawrence; abonado a las ediciones de lujo de Gallimard, era Genaro Estrada una simpática mezcla de audaz-modesto y de crédulo-nihilista. Como el de Stendhal, procedía su escepticismo de un alma noble, extraviada en un cuerpo sin seducción. De aquel contraste, emanaban otros. Por ejemplo, se sabía provinciano y se quería cosmopolita. Encargaba a Londres sus cigarrillos, al Japón sus pijamas; pero su aspiración más secreta consistía en que algún ciudadano de Mazatlán, si posible contemporáneo, admirase su "europeísmo". Inglés por el humo, oriental por los jades, era de Sinaloa por la gastronomía, de Culiacán por el sentimiento y de la calle de la Magnolia por la cordialidad.

Como a Stendhal, le gustaban las óperas italianas. Menos afortunado, había venido al mundo en una época en la que casi era obligatorio creer en Ricardo Wagner... Aplaudía, pues, la obertura de *Lohengrin*; pero se desquitaba en la intimidad, deslizando los rollos de la *Traviata* o de *Ballo in Maschera* en su pianola de pedales. Tal instrumento —del que acabo providencialmente de recordarme— era, en su caso, un rito y un ejercicio, una experiencia y una virtud.

Genaro no aprobaba en su fuero interno la innovación de los tipos llamados "reproductores". A su juicio, el motor eléctrico mecanizaba los resultados, desarrollaba una velocidad sin matices y se oponía al placer de una interpretación personal. Así, moviendo él mismo los fuelles de su pianola, aumentando o disminuyendo, merced a la agitación más o menos rápida de las piernas, el ritmo de los pedales y alternando a cada momento —con una mano artística y gordezuela— la posición de ciertos botones mágicos, "ejecutaba" a su modo los trozos del repertorio que prefería.

¡Excelente Genaro! ¿Por qué razón se ha empeñado hasta ahora mi pensamiento en colocar su retrato dentro de un marco tan desprovisto de dogmatismo ministerial? ¿Por qué no lo represento en el desempeño de su función administrativa: extractando informes, dictando cartas y analizando notas (a veces arduas); jefe sencillo, inteligente, digno y minucioso de una cancillería a la que dedicó todos sus instantes, que sirvió con patriótica pertinacia y que llegó a querer como a cosa propia?

Pocos funcionarios he conocido con sentimiento más hondo de sus deberes. Llegado al puesto tras una serie de pruebas de resistencia (primero, como jefe de un Departamento en la Secretaría de Industria; más tarde, ya en Relaciones, como Oficial Mayor y Subsecretario), creía Genaro Estrada sinceramente en la invulnerabilidad de los reglamentos y sentía por el Escalafón del Servicio Exterior un respeto cuyo recuerdo le honra. La atención que ponía en que los empleados "de carrera no fuesen víctimas de una arbitrariedad" o de un azar político me pareció garantía suficiente para justificar el trabajo que el concurso de entrada iba a exigir de mí.

Compré los textos —el Fauchille, el Foignet— y, con ellos, la colección completa de nuestros códigos. Revisé los tratados y convenciones recopilados oficialmente. Tomé un curso de contabilidad por partida doble. Ejercité mi francés. Repasé mi empolvado italiano. Y, después de catorce semanas de preparación, que juzgué muy intensa, me presenté a los jurados.

A la primera prueba —eliminatoria— me sorprendió concurrir en unión de un crecido número de competidores. Se trataba de averiguar cuántas faltas cometeríamos en la versión al francés o al inglés, de un texto escogido, según supongo, por el jefe del Departamento Diplomático. Lo era en aquellos tiempos —y lo era con sumo acierto— el abogado don Manuel J. Sierra.

Traspuesto el obstáculo del idioma, quedaba el de la contabilidad. Prueba sencilla. Aunque, acaso, por eso, habitualmente nefasta. En efecto, no eran pocos los candidatos que, soñándose ya embajadores, consideraban ridículo tal estudio y llegaban, ante los sinodales, con un conocimiento robusto en Derecho Internacional, pero con una total ignorancia de lo que significa "correr un asiento" o "comprobar una cuenta de fin de mes".

Cuatro examinados sobrevivimos: Francisco A. de Icaza, Salvador Navarro, Francisco Ortiz Monasterio... El cuarto era yo. No tardamos en conocer la dirección que tomarían nuestros destinos. Icaza fue adscrito a la Legación de México en Costa Rica, Ortiz Monasterio a la del Perú. Navarro salió para Honduras. Yo obtuve España. En menos de lo que tardo en contarlo, me casé, vendí mi biblioteca (era la segunda que remataba) y convertí su importe en baúles, trajes, maletas y artículos para el viaje. Una noche del mes de marzo —de 1929— tomamos, junto con mi madre, el tren de Veracruz. Pocos amigos fueron a despedirnos.

En Veracruz el calor, el mareo a bordo y, en los Estados Unidos, el deseo de pisar el puente del *Berengaria* no me dejaron quietud para percatarme de la importancia de aquella metamorfosis. Sin embargo, como mi esposa no conocía Nueva York, tuve que moderar mi impaciencia y hacerle —¡con cuántos errores!— la presentación de la gran ciudad.

Fuimos al *Metropolitan*, a oír *Los maestros cantores*; al Museo a saludar a mi amigo Vermeer de Delft; y, sobre todo, a las calles, al *subway*, al "elevado", a todas las avenidas, plazas y sitios en que el viajero desaparece y sólo vibra, se enciende y pasa la multitud. Por momentos, frente a una torre, en una esquina, nos deteníamos. Coronado de boinas y de cabezas menudas de dactilógrafas, el río de los transeúntes venía a encresparse contra el islote de asombro que nuestra inmovilidad le oponía inconscientemente.

Paseamos por la Quinta Avenida. A algunos pasos de nosotros, agonizaba una época: el antiguo Waldorf-Astoria. Con el crujido metálico de la plataforma automática del dentista, la piqueta de los demoledores se incrustaba en los capiteles, últimos rizos del cadáver ilustre del gran hotel. Un polvo fino —de cemento, de mármol, de piedra— caía discretamente.

Fuimos a la ciudad baja. Cenamos en Greenwich-Village. A la mañana siguiente, subimos al Woolworth. En la terraza del último piso, nos sobrecogió el concierto de Nueva York. ¿Qué músico había entretejido temas tan singulares y tan opuestos? Estremecimiento de los violines en el silbato del viento, aullido de los xilófonos en la garganta de los automóviles, reclamo de los oboes en las sirenas de los transportes, tiroteo de pacíficas balas en las ametralladoras de quién sabe cuántos millones de máquinas de escribir. La distancia, la altura, la transparencia del aire pasaban sobre los relieves de aquella insólita sinfonía una gasa leve. No de silencio. Más bien de olvido, de desdén, de resignación...

Finalmente, pisamos la escala del *Berengaria*. Era medianoche. Los grandes transatlánticos se desprendían del muelle a las veinticuatro. Mi madre y mi mujer prefirieron descender a sus camarotes. Subí a cubierta. Iban y venían familias en vacaciones. Damas artríticas y gangosas que aspiraban a hallar en París la ocasión de un remordimiento. Banqueros de uniforme —*tuxedo* y puro. Dos o tres ingleses y un guitarrista español, que desapareció durante toda la travesía, absorbido sin duda por el estudio, por la indolencia o, simplemente, por la satisfacción de nutrirse a solas en el comedor de su propia *suite*.

Poco a poco, Nueva York empezó a desplazarse, con sus torrentes de luces eléctricas encendidas. El esfuerzo de los remolcadores, la estridencia de las sirenas, la trepidación de las hélices, la curiosidad de los pasajeros, todo se combinaba para contrariar mis propósitos de aislamiento. Desfilamos frente a Ellis Island. Los remolcadores se despidieron. Las sirenas callaron. Aburridos de no ver nada, los más tenaces se resolvieron a bajar al salón o a ir a tomar una copa en el bar. Un océano indulgente principió a jugar con las cincuenta mil toneladas del *Berengaria*.

En lo más espeso de las tinieblas, me vi a mí mismo. No como me creía en aquel instante, sino cual era, al salir de la Escuela Preparatoria. ¡Cuántos años me separaban de aquel muchacho! Todo lo hecho parecía alejarme de mi niñez. En el fondo, todo lo hecho me constreñía a puntualizarla. Sin proponérmelo claramente, había realizado los movimientos indispensables para que las circunstancias me concedieran lo que, de chico, no me dio la fortuna y, más tarde, no atacó nunca con fuerza la voluntad. Si —en lugar de sacrificarlos a una vocación hipotética de escritor— hubiese concluído mis estudios profesionales, acaso un bufete de abogado me habría invitado a no salir de México. Una felicidad sin declives convenía terriblemente a mis tradiciones. ¿Por qué, entonces, tomé esa ruta que —para llevarme a mí mismo— iba a tener que pasar por tantas capitales, sortear tantas amenazas, provocar tantas despedidas?

Apoyado sobre la borda, me repetí en voz baja los versos de Baudelaire:

> *l'homme, ivre d'une ombre qui passe,*
> *porte toujours le châtiment*
> *d'avoir voulu changer de place.*

XXXIX. PRIMERA LLEGADA A EUROPA

LLEGAMOS a Cherburgo en la madrugada del 3 de abril de 1929. La dulzura del alba nos conmovió. Para acogernos, Europa no había considerado preciso recurrir a las combinaciones de sus pintores más tempestuosos (el amarillo de Rubens, el verde de Ruysdael, el rojo de Delacroix) sino a los tonos de sus más púdicos primitivos: el azul de Patinir y el rosa de Memling. Como esas princesas que, para no deslumbrar a sus huéspedes, prescinden de los diamantes, rubíes y perlas hereditarios, pero se adornan con las violetas que les recuerdan cierta romántica pastoral, Francia entera se aproximaba a nosotros modestamente, en su atavío de campesina.

Sin embargo, a cada momento, una riqueza se delataba... Era, entre las barcazas del muelle donde atracó nuestra lancha de gasolina, un espigado y metálico yate, todo bronce y níquel, jactancia y nervio. Era, asimismo, junto a los establecimientos de la Aviación Militar, la gigantesca grúa de lujo destinada a depositar en la rada a los hidroaviones. Y era, más que todo, en mi espíritu, la convicción de que aquella pequeña ciudad de 38 mil habitantes, bajo su aspecto rústico y pescador, contenía siete siglos de historia, diez de existencia, la osamenta de una fortificación de Vauban, una estatua de Bricqueville, por David d'Angers, y —en el sitio en que las personas usan el corazón y las aldeas americanas el campanario— un Museo de Bellas Artes en cuyas salas (lo aseguraba nuestro *baedeker*) el visitante podía admirar varias obras maestras de Lesueur, una *Adoración* de Jordaens, un bodegón de Chardin y una *Madona* de Van der Weyden.

Venidos de un Continente bajo cuyo cielo benévolo el indígena suele pasar del pedernal de la época neolítica al abanico eléctrico *Westinghouse*, lo que nos sorprendía no era el espectáculo de la civilización material, sino la continuidad silenciosa de la cultura. En lugar del *Ford* o del *Chevrolet*, que esperan al turista en la estación más pequeña de California, una "victoria" nos recibió, con sus acojinados asientos de paño claro, sus linternas bruñidas, sus altas ruedas y —en el trote discreto de su caballo— ese ritmo que da a los sitios atravesados en carretela el deslizamiento de un buen relato, de *Clarín* o de Alfonso Daudet.

Estábamos en Francia. Tierra en que el boticario, el cochero, el telegrafista, tenían su propio apellido (a menudo, el mismo: Durand, Duval) y, además, un seudónimo novelesco, escogido por Flaubert o por Jules Renard. Nación en que cada niña se presentaba precedida por una hilera de niñas célebres, entre las cuales no era difícil identificar a Claudina, sonreír a Mireya, compadecer a Cosette. Patria de los aforismos bien hechos y de las fábulas bien sentidas, en cuyos circos los leones usaban aún la peluca —muy Luis XIV— de las fieras de La Fontaine y en las porterías de cuyas casas de apartamientos los conserjes clasificaban aún a los inquilinos conforme a reglas morales ya definidas por Vauvenargues. A veces, ciertamente, una propina eludida —o exagerada— alteraba esos cánones inmutables.

Son pocos, en Francia, los tipos que no recuerden a algún literario predecesor. Todo avaro es un poco Harpagon; todo grandilocuente, Cyrano; cada misántropo, Alcestes. Esas llaves que, en los casos de Holanda o de Suecia, el manual más somero nos proporciona no nos las brindan, entre Verdun y los Pirineos, ningún alcalde, sobre un cojín de damasco, como en los cuadros de algunas trágicas rendiciones, sino determinados poetas —Villon, Du Bellay, Racine— y una serie magnífica de prosistas.

El iletrado, en otros lugares, es el más nacional de los habitantes, el más genuino, el que de manera más angustiosa pero más íntima expresa una tradición. En Francia, no. Reglamentada República en cuyo territorio ciertos vocablos (Mercurio, Eolo) no se han convertido del todo en marcas de tirantes y de megáfonos; parque en cuyas glorietas, desde hace más de tres siglos y a pesar de las invasiones y de las guerras, las náyades y las ninfas no han desertado los rincones umbrosos que, a partir de Francisco I, el humanismo les asignó...

¿Por qué razón tomamos el rápido de París? En el fondo, hubiera sido más grato algún tren más lento. Almorzamos en el vagón-comedor. Hojeamos el *Fígaro*. Serían las 4 de la tarde cuando salimos de la estación. El aire, frío y claro en Bretaña, había ido entibiándose y ensuciándose. Subimos a un taxi. El chófer nos propuso la dirección de un hotel para ingleses: el La Trémoille. Sin quererlo, nuestro primer recorrido iba a tocar a París en sus monumentos y plazas menos secretos: la Magdalena, la Concordia, el Arco de Triunfo. Itinerario republicano, que los regimientos franceses siguen —pero en sentido inverso— todos los años, el día 14 de julio por la mañana, y que para la mayoría de los parisienses, representa cada domingo, si van al Bosque, un camino asfaltado hacia la evasión.

Apenas instalados en el hotel, me dominó la impaciencia de volver a salir a la calle. Ni mi mujer ni mi madre aceptaron acompañarme. Fatigadas del viaje, optaron por quedarse al calor de la chimenea.

Un cielo bituminoso cubría las casas. Por la Avenida Montaigne, descendí hasta los Campos Elíseos. Un vendedor de periódicos me ofreció el *New-York Herald*. Una florista, un pálido ramillete. ¡Con qué claridad debía manifestarse mi condición de recién llegado! Para darme la bienvenida, la floricultura y la prensa habían movilizado sus efectivos menos franceses: las páginas de un diario redactado en inglés y el aroma de unas corolas de invernadero.

Sonreí, no sin desencanto. Yo, que había invertido de joven lo más sustancioso de mis ahorros en adquirir a Pascal bien encuadernado y a Corneille en papel de lujo; yo que, a los 15 años, prefería ya al olor del jazmín el del heliotropo y a la sensualidad de Pierre Louys la de Mallarmé; yo, en fin, que por todas esas razones me sentía tan preparado a gozar de Europa, no comprendía sinceramente por qué motivos suscitaba mi sola presencia, en el alma de aquellos seres, ciertos reflejos que no provocan sino dos tipos de visitantes: el meteco y el provinciano sentimental.

París no hacía el menor esfuerzo por lisonjearme. El primer burgués con quien tropecé pudo haber sido Ravel. No lo era. La primera mujer a quien vi no fue tampoco Marcelle Chantal. Francia disimulaba a sus grandes hombres. ¿Para qué juego? Y a sus mujeres bonitas. ¿Para qué lucha?

En ninguna ciudad se entiende más fácilmente por qué lo grande es mayor que lo gigantesco y lo bello más sólido que lo grande. Habituado a tocar la pequeña sonata de mi existencia en un piano mudo, me percaté en pocas horas de que el instrumento que Europa me deparaba era demasiado sonoro para tolerar cualquier exageración. La menor lentitud parecía insistencia. Hasta mi cortesía resultaba excesiva. En efecto, a fuerza de añadir picante a los alimentos, énfasis a los testimonios, azúcar a los postres, "afectísimos" a las cartas y diminutivos a las ternezas, se da la impresión de vivir en las zonas extremas del adjetivo. Entre la expansión y la sequedad ¡qué difícil de definir el registro medio!

Había llegado hasta el círculo de la Estrella. Bajo mis plantas, París cabeceaba profundamente. No como la heráldica nave que puede verse en sus escudos municipales (*Fluctuat Nec Mergitur*); pero a modo de un transatlántico enorme, de silenciosas turbinas, cuyas luces no se encendieran una por una, mientras la noche progresa, sino por series, obedeciendo al conmutador de un tablero inmenso.

En el Arco de Triunfo, una tranquila dulzura —de luna— ablandaba los músculos de la Marsellesa de Rude. Reanimada esa misma tarde, la llama del recuerdo no parecía velar el sueño de un combatiente. ¿Qué problemas, de geografía o de historia, estaba tratando de resolver la Tercera República a la luz de esa lámpara custodiada?

De pie, frente a la perspectiva de los Campos Elíseos, hice mi balance interior de Francia. País que, desde los días del Renacimiento, ha logrado guardar un promedio casi uniforme de árboles por bosque y de narradores por época y por provincia. Nación cifrada, en apariencia sencilla de adivinar, que fabrica los alejandrinos más densos y el borgoña más elocuente: sustancias ambas que nutren y que deleitan; vinos tan ricos en calorías que los aldeanos los prescriben como alimentos y versos tan cargados de realidad que ciertos comentaristas los equiparan ya con la prosa. Población acusada de "chauvinismo" y que, sin embargo, ha dedicado sus más hermosas tragedias no a un funcionario de Cahors o de Cette, ni siquiera a un monarca propio, sino a toda una serie de extraños: a Fedra y a Berenice, a Británico y a Medea, a Ifigenia y a Antígona, a Nicomedes y al Cid. Literatura en que los extremos se reconcilian: el surrealismo y las academias, la revolución y la monarquía, "el aguilucho" y Elmira, Sarah Bernhardt y Cécile Sorel. Historia de colegiales infatigables. Los personajes más aplaudidos, los premios Nobel, los presidentes, se inclinan con deferencia ante el condiscípulo, mal servido por la fortuna, que no pasó de escribiente en un ministerio o de cronista en un semanario, pero que, a los 14 años, en el Liceo, los derrotó en un certamen, tradujo a Plinio mejor que ellos o resolvió sin errores cierta ecuación...

Hubiera seguido. Pero, aunque aquellas reflexiones mal hilvanadas no pretendían ser ni un remedo humilde de la plegaria sobre el Acrópolis, la lluvia se encargó de ahogarlas muy sabiamente.

Abril es el mes europeo más caprichoso. Todas las estaciones y una buena porción de ofensivas meteorológicas se suceden, a veces, en el espacio de algunas horas: lluvia, nieve, granizo —y hasta, por ratos, durante el día, vetas del sol auténtico, verdaderos pedazos de cielo azul.

No tenía yo la menor idea de primavera tan tornadiza. Abotonado el gabán hasta la garganta y hundido el sombrero hasta las orejas, descendí los Campos Elíseos en busca de un auto libre. Naturalmente, con ese tiempo, no lo encontré.

XL. PARÍS, 1929

A PESAR de las luces de la Concordia y de la llama del Arco de Triunfo, no parecía ser la felicidad "el artículo de París" de esa temporada. Días antes, había muerto el Mariscal Foch. Con él acababa esa etapa de falsa euforia que los optimistas calificaron de época de posguerra. Empezaba un inquietante período, bajo cuya calma la paz no era sino el anuncio de una futura conflagración. Durante dos lustros, el mundo había querido creer en el éxito de Versalles. Grave cosa para un pueblo que sabe el sentido concreto de las palabras: lo que cada año se celebraba, el 11 de noviembre, frente a la tumba de ese soldado desconocido ante cuya sombra me había inclinado, era sólo "el día del armisticio".

Clémenceau lo entendía muy bien; él a quien las "memorias" del Mariscal iban a arrancar sentencias que no sería justo atribuir únicamente a la ira; él, que en el libro escrito para dialogar con Foch muerto (*Grandezas y miserias de una victoria*) se disponía a trazar estas palabras inexorables: "Y ahora ¿qué dices, soldado desconocido? ¿Qué haces? ¿Qué deseas? Sí, tú, modesta y noble creación del espíritu popular, para siempre mudo bajo la losa fúnebre, es a ti a quien interrogo... ¿Qué podemos esperar, para Francia, de tu tácito veredicto?"

La impresión que se recibía, al llegar a Europa en 1929, era la de una equivocación sin precedente. ¿Qué subsistiría de la solidaridad postulada por los Aliados? Un poco menos de "acento" en el francés de los ingleses que visitaban la Costa Azul. Una gran esperanza alemana en el olvido de Norteamérica. Y, en los críticos parisienses, un poco más de curiosidad por las películas hechas en Hollywood y por las novelas publicadas en Londres.

Celebraba la Gran Bretaña el restablecimiento de Jorge V —que había estado muy grave— y las sufragistas inglesas abandonaban todas las *boarding-houses* de Interlaken o de Florencia a fin de participar en las elecciones. Con Mac Donald, por quien votaron, iba a asumir el poder un contradictor esencial de Francia. Mientras tanto, Mussolini imponía sus condiciones; España preparaba las ferias de Sevilla y de Barcelona, la enfermedad atenuaba el énfasis en los discursos de Poincaré, y Briand se disponía a transportar por Europa la caja de su célebre violoncelo...

Por cada café que se abría en los Campos Elíseos, con alfombras y cortinajes, se cerraban algunas editoriales. Las tiradas de lujo empezaban a no venderse muy fácilmente. Merced a una irritación sistemática del complejo de inferioridad de los compradores, varios artistas se sostenían. En literatura, principiaba la era de Aldous Huxley y Stefan Zweig. En los escaparates de la librería *Flammarion* vi dos o tres novelas recientes y más de doce "vidas" anoveladas. Me alarmó esa manía de reconstruir un pasado ajeno. Debo confesar que el género biográfico me ha parecido siempre muy discutible. Me interesan las memorias; pero encuentro, en las biografías, una voluntad pedagógica intolerable. El aficionado a leerlas descubre siempre en sus páginas (además de algunos datos falseados por la fantasía del erudito) un evidente recurso: el de vivir por delegación.

Desaparecido Boutroux, silencioso Bergson, abundaban las síntesis filosóficas. Por otra parte, escaseaban las traducciones no literarias del alemán. Pensé en las muchas que la *Revista de Occidente* propagaba en España e Hispanoamérica: de Otto, Worringer, Scheler, Simmel, Husserl, de otros más. ¿Obedecería tal circunstancia a un prejuicio nacionalista? No me lo pareció. La colección Feux Croisés —y otras— difundía profusamente versiones de procedencia germánica, pero de índole novelesca.

A los compendios de historia de la filosofía venían a sumarse, en crecido número, manuales excelentemente ilustrados de otros géneros de historia: historia del arte, historia de las ideas económicas, historia de la gastronomía, historia del *argot*.

Todo aquel "historicismo" se hallaba cubierto por anchas y tersas rosas. En la música de Ravel, en la poesía de Valéry, en la escultura de Maillol, en la pintura de Derain, en las comedias de Giraudoux, en las novelas de Romains y en los relatos de Mauriac y de Larbaud (para no hablar de Proust, desaparecido, y de Claudel y Gide, de gloria menos reciente), lo más positivo de Francia se hallaba intacto. Alguna vez los críticos lo dirían: pocas épocas fueron tan francesas, tan genuinamente francesas como ésa que nos permitíamos tildar de cosmopolita.

El siglo de Luis XIV tuvo un inconfundible sello español. No en vano su tragedia más discutida fue *El Cid* y su más ruidoso éxito literario el de las cartas de Pascal contra los jesuitas. Al pasar del 600 al 700, la influencia varió de signo. Los literatos se distanciaron de España, salvo Le Sage, para seguir —con la Enciclopedia— una lección distinta: la de Inglaterra. En el siglo XIX, los ojos de los poetas románticos se dirigieron hacia Alemania. La influencia del Rhin, ostensible incluso en el título de uno de los mejores libros de Victor Hugo, llegó hasta la pléyade simbolista, merced al conjuro de Wagner, sobre las huellas de Parsifal. Pero, de pronto, al principiar el siglo XX, lo mejor de Francia resultó ser una depuración de virtudes exclusivamente francesas. Valéry debía más a Malherbe que al italianizante Ronsard. La línea Racine —mucho más segura e inconmovible que aquella otra, la que llevaría el nombre de Maginot— se prolongaba hasta en la prosa de Giraudoux. Y lo que había de musical en la escultura de Rodin cedía el paso, en Maillol, a un sentido autóctono de las formas y daba a los cuadros de Derain una lucidez cartesiana, límpida, demostrable.

Como reacción contra esta pura cristalización de lo nacional, había empezado a apuntar, desde mucho antes de mi tránsito por París, la tendencia superrealista. En México, cuando ni siquiera pensaba yo en realizar mi segundo proyecto de viaje a Europa, había leído *Nadja* de André Breton. La protagonista (llamada así porque "en ruso *nadja* es el principio de la palabra esperanza y no es sino su principio") proponía al autor un juego. "—Dí algo. No importa qué. Una cifra... Por ejemplo: dos. ¿Dos qué? Dos mujeres. ¿Cómo están? De negro. ¿Dónde se hallan? En el parque. ¿Qué hacen? Anda, es tan sencillo. ¿Por qué no quieres jugar? Así es como me hablo a mí misma, cuando estoy sola... Así es como vivo."

Sí, así es como vivía una parte de la literatura europea de 1929.

Las primeras confidencias de un viaje suelen contener muchas notas falsas. Para evitarlas me limité, por espacio de varios días, a visitar las bibliotecas y los museos.

Lo más útil de mis mañanas lo pasaba en el Louvre. Entre los pintores, Rafael, Botticelli, Leonardo habían sido siempre mis preferidos. Pero ¡qué distancia mediaba entre lo que de ellos pensaba en México y lo que la realidad de sus obras me proponía! Leonardo, sobre todo, me convenció. La *Gioconda* y la *Virgen de las rocas* son dos momentos incomparables en la historia de la pintura. No afirmaré, desde un ángulo realista, que sea aquélla el retrato perfecto que algunos dicen. Hay otros en los que la materia se encuentra reproducida con más suave delectación. Pero el cuadro de Leonardo no es la "vista", sino la "visión" de su personaje. La obra resume, en toda la amplitud del vocablo, una encarnación; esto es: un encantamiento. Suele aplicarse el término "verosímil" a los retratos de otros pintores. Los del autor de *La Cena* son más que eso: son verdaderos. El artista, en ellos, no nos da sólo una semblanza del individuo que representa. Su propósito es otro. Merced a esfuerzos en que la técnica adquiere el valor de un conjuro mítico, crea un ser inmortal. Sus pinceles, más que inmovilizar el rostro de una mujer, dan forma a esas posibilidades excepcionales que raras veces demuestra la biografía de una persona y, con estudiada arbitrariedad, utiliza los elementos de la belleza humana para inventar una vida nueva, de evidencia lírica superior. El retrato de María Luisa, por Goya, es María Luisa misma. El de Castiglione, por Rafael, es el literato de *El cortesano*. Mas, para la evolución de las artes plásticas, constituye la imagen de la Gioconda lo que, para la poesía, la figura de Beatriz en los cantos de la *Comedia*. Beatriz es la Teología. La *Gioconda*, el Renacimiento.

Entre los numerosos cuadros del Louvre, el de Leonardo descuella por su voluntad de limitación. Mientras los demás pintores intentan "idealizar" a sus modelos, Vinci procede al revés. Los "materializa". De ahí los ríos de tinta que ha hecho correr la sonrisa de la *Gioconda*. El espectador la ve y no la ve. Está frente a ella, por espacio de largos minutos, y no comprende quién está examinándolo desde los ojos irónicos que lo miran. Máscara demoníaca, que hace pensar en lo que Diótima de Mantinea decía a Sócrates: "Como no entra nunca en comunicación directa con los hombres, la naturaleza divina se vale de los demonios para relacionarse con ellos." ¡Qué bien entendía yo, frente al hechizo de aquella cara, el embrujamiento de Walter Pater! "Es más vieja —escribe— que las rocas entre las cuales se halla sentada. Como el vampiro, ha muerto ya varias veces y conoce el secreto de las tumbas. Ha sondeado los mares profundos y conserva un rastro de su atenuada luz... Y todo eso, que no fue para ella sino rumor de liras y de flautas, sobrevive —en delicadísimas huellas— sobre su carne cambiante, en sus párpados y en sus manos."

El pensamiento y la vida de Leonardo me planteaban un grave

enigma. ¿Qué fue Vinci más hondamente? Sentía la dificultad de juzgarlo sólo como pintor o como escultor, como arquitecto o como naturalista. Porque todo lo fue en grado egregio. Y no por momentos, durante períodos limitados, al azar de las circunstancias o al capricho de la curiosidad, sino simultáneamente y hasta el término de sus días. Pacifista y experto en balística, botánico y geógrafo, fisiólogo y matemático, tratadista de la pintura y de la mecánica del vuelo, ¿dónde circunscribir a Leonardo si no es en la imagen total del hombre?... Me impresionaba ya su advertencia: "Es fácil ser universal". Porque, aun en su tiempo y para su genio, no debía ser tal empresa cómoda ni sencilla. Probablemente no aludía a una universalidad de enumeración, sino a la capacidad de considerar cada objeto en relación con sus causas y con sus leyes, de ubicarlo en el sitio que ocupa dentro de la naturaleza o la sociedad y descubrir la función que ejerce y los servicios que puede prestar al hombre. Ser universal no es, sin duda, saberlo todo. Es, más bien, adiestrarse a fin de percibir cada circunstancia desde el mayor número posible de puntos de vista y hallar así, en cada acontecimiento, la esencia que lo vincula con el conjunto del universo.

Años hubo —pensaba yo— en que los críticos se placían en imaginar a un Leonardo abstracto, todo ensueño y fervor teóricos, inventor de fantasías irrealizables, luz de llama que estérilmente a sí misma se consumía. Nada menos exacto. Para quien penetra en el mundo de ese hombre múltiple, todo, al contrario, fraterniza y se enlaza constantemente: las ciencias y la técnica, la literatura y el arte, el naturalismo más rigoroso y el idealismo más encendido.

Todos los conocimientos se articulan en su existencia y todos le inducen a la creación. No había yo leído entonces estas palabras suyas, inolvidables, que encontré después en una edición inglesa de sus manuscritos de Windsor: "Pre-imaginación: la imaginación de las cosas que serán. Post-imaginación: la imaginación de las cosas pasadas." ¿Pero no era ya la *Gioconda* eso para mí? El momento de un ser en el que se comunican los dos misterios: el del pasado y el del futuro. Visión digna, en todos sentidos; del artista que —augurando a ciertos sabios de nuestra época— se aconseja a sí propio, en otro de sus registros: "Escribe sobre la *naturaleza* del tiempo, distinta de su *geometría*."

Espíritu universal y reflexivo, la primera enseñanza de Leonardo es la de mantenerse fiel a lo humano, a todo lo humano, a todas las esfinges íntimas de lo humano. En nuestro siglo, en que la inteligencia se aísla en compartimientos cada vez más herméticos, cuando la profesión primordial, la de hombre, corre el peligro de desaparecer bajo una serie implacable de certificados, títulos y diplomas, ¿cómo no acatar su gran mensaje distante? Lo escribió él al revés, para ser leído en un espejo. Sea ese espejo nuestra conciencia. Advertiremos entonces que todo el honor del hombre está en comprender y no en rehusarse a comprender, en crear y no en destruir, en ser él mismo, genuinamente, pero dentro de una solidaridad efectiva con todas las almas y todas las cosas del mundo. El pintor que compraba jilgueros a los vendedores de pájaros, por el solo placer de lanzarlos de nuevo a la libertad, es el mismo que, como resumen de todos los dolores de su experiencia, trazó en sus cuadros las más bellas sonrisas de la pintura humana y que repetía, desde la cumbre de su senectud: "Siccome una giornata bene spesa dà lieto dormire, così una vita bene usata dà lieto morire."

Esperanza, a la postre, vana. Porque, cuando se usa la vida hasta el punto en que Leonardo la usó, para el servicio del bien, de la verdad y de la belleza, no se muere nunca. Se aceptan, todavía, nuevos deberes: los de la inmortalidad.

XLI. DOS COLORISTAS

EL LOUVRE me reservaba más alegrías. Una de ellas fue el descubrimiento de Delacroix. Me explicaré. No es que no conociese a ese gran romántico; pero tenía de su pintura un concepto poco preciso: el que pueden dar las fotografías, en negro y blanco, de algunos de sus cuadros más populares. Al hombre lo había visto merced a una óptica falsa: la de sus amigos de 1840, Jorge Sand y Chopin. Grupo difícil de restablecer, en su homogeneidad coherente, el de aquellas veladas de la calle Pigalle que Jorge Sand nos describe en sus *Memorias*. Chopin llegaba antes que los demás invitados. A la luz de una lámpara decorada con dibujos de la dueña de la casa, su rostro, devorado por la vigilia, cobraba la transparencia de una máscara de cristal. Junto al suyo, el semblante de Delacroix debía resplandecer con colérica vehemencia. Sin embargo, tampoco el pintor gozaba en aquellos días de salud muy próspera. El viaje a Marruecos le había hecho apreciar la avidez incurable de sus sentidos. Dentro de las órbitas vastas, sus ojos brillaban con agudeza, casi con fiebre. Entre aquellos dos extremos —Delacroix y Chopin—, Jorge Sand, heroica defensora de sus instintos, no podía dejar de sentirse desconcertada. ¡Qué lejos se hallaban de ella, en esos minutos, las excursiones a pie por los caminos ásperos de Mallorca, entre tormentas y ruinas que inspiraban, al mismo tiempo, la melancolía y la música del maestro nocturno de los *Preludios!* ¡Qué distante la Cartuja de Valldemosa, con la blancura de sus aristas de piedra bajo el incendio de los granados! Sentada a algunos pasos del Pleyel en que los dedos del "Elfo" tejían una vaga improvisación, la novelista de *Indiana* escuchaba las paradojas de Delacroix, más afirmado aún que Chopin en la predestinación de su arte, pero tan exigente como él en la honestidad de sus postulados.

Unidos, en apariencia, por el espíritu de una misma época y por la ansiedad de una misma renovación, ¡cuántos abismos no separaban, de hecho, a esos tres personajes! Románticos, todos. Pero de maneras muy diferentes... Lo único que conciliaba a tan disímiles caracteres era la despótica voluntad de ser. La que cunde en los óleos inmensos de Delacroix. La que dictó a una "llama fría", en la noche de las *Baladas*. La que vibra, como Jorge Sand las palabras de Lelia: "¡Verdad! ¡Verdad!... Y el infinito me responde, desde hace mil años: Deseo, Deseo..."

Si algún pintor ha hecho en sus telas la apología del deseo, ése fue Delacroix. El Veronés, Rubens, Tintoreto, Ticiano, todos los campeones de la voluptuosidad y del goce plástico no sintieron jamás como él la mordedura de la codicia. Rubens agrupa en un cuadro a cuarenta figuras, como en la *Adoración* de Amberes; las reviste de túnicas de todos colores; y cubre esas túnicas de topacios, de amatistas, de diamantes y de turquesas; y distribuye a sus portadores dentro del paisaje de un fabuloso oasis, pletórico de frutos, de sombras, de fuentes, de animales y de delicias, de cansancios y de laúdes, de todo cuanto adormece el oído y despierta en cambio el ramaje del tacto en la palma de nuestra mano y en la sed inexhausta de nuestra piel. Pero ninguno de sus magos, de sus pastores, de sus etíopes y sus ángeles lo traiciona. El deseo que cada uno revela en realidad no le pertenece: es sólo el eco de la voluntad poderosa del artista que lo creó. Todo lo que cupo en la vastedad del conjunto está dichoso de hallarse allí, en el sitio que le señaló el director de escena y en el instante exacto —de madurez, de amargura o de oscuridad— en que lo vemos reproducido.

En el Veronés, en Ticiano, en Giorgione, esta aceptación tranquila del universo se advierte aún más. Un dios ha distribuido las perlas en los collares de las mujeres que nos ofrecen las anécdotas de Ticiano. Otro ha medido los vinos en las copas de los comensales de Canaán. Ni más acá del deleite, donde fuera avaricia, ni más allá de la plenitud, donde resultara embriaguez.

Este equilibrio no se compara con la furia sin dicha de Delacroix. Ningún minuto le parece a él bastante solemne, ninguna agonía de príncipe suficientemente rodeada de pompas. Evoco, por ejemplo, *La muerte de Sardanápalo*. Extendido sobre un gigantesco diván, con un codo apoyado en el almohadón y la cabeza en la palma de la mano, el rey mira desaparecer a sus plantas todos los goces que empobrecieron su vida. Las favoritas le imploran, con unos desnudos que gritan más que sus labios, mientras los esbirros les hunden, en la nave de las gargantas, curvos alfanjes. Me asombró, por singularmente verboso, a la izquierda inferior del cuadro, el grupo en que un esclavo conduce a los caballos más finos hasta el lecho de su señor. Un bazar, en el que los más suntuosos objetos no consiguen darnos el tono de la riqueza, una melodía de formas que se satisface a menudo con la estridencia que la destruye; un tumulto de nucas, torsos, crines, espaldas, en que los blancos no se acarician, ni los verdes se integran, ni los cárdenos se contrastan... Nada podía demostrarme mejor que ese falso Rubens lo que era, en 1827, el auténtico Delacroix.

Unos pasos más. Y, caminando de nuevo por la gran galería que preside Leonardo, me dirigí a la Sala Rubens, amplio aposento de 45 metros de longitud, en cuyos muros estaban expuestas las telas encargadas al prócer de Amberes por la reina María de Médicis, como decoración del Palacio del Luxemburgo.

Rey él también, pero rey de la alegoría, Rubens debe ser estudiado como el tipo característico de esos burgomaestres de lo barroco que concluyeron en banquete el Renacimiento. "Río de olvido" lo llamó Baudelaire: "Río de olvido, Rubens, jardín de la pereza..."

No fue ésa la impresión que me trasmitió. Colorista insigne, entre cuyos dedos la luz resulta siempre cálida y modelable; artista que oye, palpa e incluso huele con la mirada; su pintura no me dio la sensación de una tregua entre dos conquistas, sino del *crescendo* de un mundo en marcha. Su universo es un torbellino. Su equilibrio, un vértigo. Su desnudez, una metáfora más.

Su técnica procede conforme a la retórica del discurso. Y el escritor a quien más recuerda no es un poeta, ni un novelista. Ni Góngora, ni Cervantes. Bossuet más bien. Un mismo ritmo ordena los pliegues en los mantos de sus monarcas y en las peroraciones del Obispo de Meaux; lujo ceremonioso de la Contrarreforma; música de una edad que coincide, en política, con el absolutismo, y con la cúpula en arquitectura; triunfo del exordio y de la perífrasis, de la oración fúnebre y de la biografía de caballete, de los episodios gratos a la memoria de María de Médicis y del elogio de Turenne en las exequias del Gran Condé.

Se ha hablado de la sensualidad de Rubens, de su materialismo. ¿Quién no protestó alguna vez contra la obesidad de sus Venus, la frondosidad de sus parques y la tenacidad de sus ángeles mofletudos? *Un goujat habillé de satin*, llegó a declarar en prosa, en un momento de mal humor, ese mismo poeta que le llamara en verso, "río de olvido". Su prodigalidad, en efecto, parece vicio; su salud insolencia y su júbilo frenesí. Pero, bajo tanta acumulación de tiorbas y de coronas, de mitras y de guirnaldas, de báculos y de cetros, de árboles y de fieras; bajo tanta torcida encina y tanto dosel de púrpura; entre tanto bridón de guerra; sobre tanto tapiz tendido; junto a tantas rodelas y a tantas ánforas, el espectador no se siente angustiado por el simple amontonamiento de la riqueza. La abundancia no es nunca, en Rubens, mera enumeración.

Anterior a la orquesta moderna (que no había de alcanzar su cabal volumen sino 150 años más adelante), su obra promete ya, en el umbral del siglo XVII, una versión instrumentada de la existencia. Suenan, como címbalos, los cobres y los rojos de sus otoños; gimen, como flautas, los anaranjados de sus auroras, y cantan, como violas, los verdes de sus estíos. Lo que en los atriles del Ticiano y de Rafael es sonata —o cuarteto para instrumentos de cuerda— adquiere, en las partituras de Rubens, complejidad y ambiciones de sinfonía. A menudo, la limpidez de las voces se ahoga. Pero el conjunto gana en sonoridad lo que pierde en pureza y en transparencia.

Cuando el visitador de museos se siente abrumado por las tentaciones del Bosco, o por la mitología de Poussin, o por los inviernos de Breughel o por las domésticas efusiones de Juan Steen; cuando no tiene su alma fuerza bastante para admitir la imparcialidad de Velázquez, el pesimismo de Rembrandt, el sarcasmo de Goya y la audacia de Miguel Ángel, vuelve los ojos con placidez hacia ese mundo de Rubens: paraíso terrestre de la indulgencia y de la salud, en el cual la penetración psicológica no es psicoanálisis, ni el amanecer un "estado de alma", ni amargura la gloria, ni anemia la palidez.

El tiempo, categoría que la pintura de Memling apenas roza, es un elemento indispensable para estimar las telas de Rubens. Todo huye, fluye, corre, pasa, escapa, vuela, florece, envejece, agoniza, renace, se recupera bajo su mágica pincelada. Las peras, las uvas y las manzanas (que la pintura conserva, en los bodegones de Chardin, como el hielo de un frigorífico) sobreviven en los manteles de sus cenas y gozan, gracias a su arte, de un suplemento de otoño.

La generosidad de su mano no establece rangos entre las cosas, ni jerarquías entre los seres. En sus retratos, los emperadores y los caballos, los galgos y las duquesas, los escuderos y los halcones, las correas de los coturnos y el estaño o la plata de los picheles, Enrique IV y Melchor, Eva y Elena Fourment, todo se halla tocado por la misma espléndida simpatía. Aristocrático por el trato y por la elegancia, embajador en España, cortesano en Londres, amigo de cardenales y de ministros, privado de príncipes y de infantas, Rubens, como pintor, es una de las fuerzas más vigorosas de esa democracia de la sensibilidad —que precede siempre a la otra, a la de los métodos de gobierno.

Su sentido igualitario no busca apoyo en ningún prejuicio, en ningún recelo, en ninguna tesis racial, social o ética de la vida. El resentimiento, Rubens no lo padece. No hay en él ni cólera ni ironía. Su obra es una inacabable Historia Natural. Historia Natural en que el capítulo de los grandes tiene acaso más páginas que el capítulo de los siervos, pero no está redactado con más fervor.

XLII. EN NUESTRA SEÑORA

UNA MAÑANA, antes de dirigirnos al Louvre, decidimos pasar por la catedral de Nuestra Señora. Había ido yo difiriendo el indispensable encuentro con el gótico parisiense, no porque dejaran de interesarme las perspectivas de su grandeza mística, sino porque me detenía, instintivamente, una inquietud secreta y quizá no errónea: la de no merecer aún las revelaciones de aquella "escolástica pétrea", tantas veces descrita y tantas otras inexplicada.

En México, nunca me persuadieron ciertas nostalgias importadas a la República —como los venecianos alardes del edificio de Correos— por arquitectos poco inclinados a percibir la relación natural que existe entre el clima y el monumento, la silueta y el cielo, la voluntad del ambiente y la del palacio. Durante años, al salir de aquel madrigal rimado con azulejos en cuyo patio (estrofa central de piedra, concebida en arte mayor) las meseras de *Sanborn's* servían desayunos cifrados, del 1 al 9, me había ofendido el gótico demacrado de la iglesia erigida pesadamente junto al viejo templo de San Francisco. ¿Cómo era posible —pensaba yo— que donde la Colonia propuso al pueblo un modelo tan seductor de recogimiento, de gracia y de fantasía, no hubiesen los nuevos tiempos imaginado nada menos absurdo que aquella fábrica seudogótica?

En mis viajes anteriores —a los Estados Unidos y el Canadá— tuve oportunidad de ver otras construcciones; más presuntuosas y, por eso, más agresivas. Me daba cuenta de que el gótico "victoriano" no constituía sino un lánguido sucedáneo del gótico verdadero. Ciertas reflexiones de Goethe sobre la catedral de Estrasburgo me habían hecho prever— mucho más que la prosa de Victor Hugo en la novela de Esmeralda y Cuasimodo— lo que sería, para mí, una confrontación con la arquitectura de la Edad Media.

Conservaba el recuerdo intacto de otra lectura, hecha tres años antes: la del volumen —extraordinario, aunque no completo— en el cual Worringer analiza la esencia del arte gótico. Si señalo aquel libro y si aludo a la impresión fragmentaria que me produjo es porque, al consultarlo, siempre he creído advertir en él, a pesar de sus excelencias, un lastimoso vacío: la ausencia de esa vinculación, tan necesaria de establecer, entre la música de Occidente, tal como la entendieron Bach y Beethoven (o la exacerbaron Wagner y Strauss) y la "melodía infinita" que el propio Worringer reconoce en la voluntad estética del germánico. Son apogeo y ejemplo de lo que indico la catedral de Ulm y la de Colonia, para no mencionar todavía a Nuestra Señora ni a la prodigiosa iglesia de Chartres, en cuyos conjuntos se combinan singularmente la poesía del hombre nórdico, su impulso abstracto, y el equilibrio intelectual, sensual y razonador del hombre del Mediodía.

Me parecía que Worringer atinaba al manifestar que, "en el alma gótica, el mundo interior y el mundo exterior permanecen inconciliados" y que "esas oposiciones aspiran a resolverse en estados de sublimación psíquica"; por lo cual comprendía yo muy bien que añadiese él, páginas adelante: "Toda la expresión que la arquitectura griega consigue dar al edificio la alcanza *con* la piedra y *por* la piedra. En cambio, la arquitectura gótica logra su expresión *a pesar* de la piedra. La expresión de la arquitectura gótica no se sustenta sobre la materia, sino que procede de su negación, de su inmaterialización".

De cuanto había leído acerca de las grandes catedrales nacidas como respuesta pública a los terrores del año mil y de cuanto había podido ver en fotografías, planos y apuntes, se desprendía una conclusión, que Worringer insinuaba, mas no afirmaba: la de que el estilo gótico es, tanto como una escolástica, una música pétrea, y como toda música, ansía sobreponerse al espacio con los recursos del tiempo y del movimiento.

Esa impresión —de música cincelada— fue la que recibí al entrar, por primera vez, en la catedral de Nuestra Señora. Ya, desde el exterior, la fachada me había vencido como el canto de un órgano tenebroso. Sobre un cielo de piedra pómez, poroso y gris, se erguían las torres ennegrecidas por los siglos, y la aguja, en cuya punta un náufrago rayo de sol, más que gozoso de iluminarla, se asía a ella como al único mástil de salvación en la mañana cerrada, feudal y triste. El silencio mismo de las campanas subrayaba ese canto mudo, que partía de los pórticos congelados, atravesaba la galería de los reyes y se perdía en lo alto, sin concluir, con arpegios de gárgolas y de gnomos...

Pensé lo que sería, a mediados del cuatrocientos, aquel himno de piedra orgánica y voluntaria, cuando la plaza no estaba aún al nivel en que ahora la conocemos. Algo, no obstante, retenía a la iglesia en fuga. Por comparación con las reproducciones de otros perfiles góticos (el de Ulm, por ejemplo, que ya he citado), la evasión vertical de Nuestra Señora no parecía tan inhumana y tan repentina. ¿A qué obedecían esa mayor estabilidad y esa calma austera?

Desde luego, no a la presión de los contrafuertes; ni al estímulo material de los arbotantes, en muchos de cuyos tramos la piedra disimulaba su solidez y, enjoyándola, la negaba. Tampoco a la altura de las torres, que no poseen la esbeltez aérea de una de las de Chartres, pero viven también escapando al espectador... No; lo que da a la catedral de París la estabilidad que me seducía es el mestizaje de dos estilos, el matrimonio de dos sensibilidades, la alianza de dos épocas.

Románica todavía —al principio— en el respeto de ciertas normas, la obra se hizo gótica al proseguirse los trabajos de construcción. Pactaron en ella, así, el inteligente acuerdo del Sur —que no trató de esconder jamás en sus templos y sus palacios los compromisos de la materia, las leyes de la necesidad— y el arrebato de los europeos del Norte, quienes, según Worringer dice, se resistían entonces a confesar la relación obligada "entre carga y fuerza" y sólo querían que percibiesen los fieles "fuerzas libres, irreprimidas".

Para un latino que, como yo, había vivido en un mundo de arquitecturas lógicas y sensuales, para un hombre que había pasado todos los días, durante años, frente a la catedral luminosa de nuestro México y al estremecimiento llameante de su Sagrario, para quien leyó a Cervantes en un corredor de San Ildefonso y recibió —en el salón del *Generalito*— una doble lección de gusto y de geometría, aquel puente románico entre el arco de medio punto, olvidado casi, y la ojiva próxima y victoriosa, era una transición histórica imprescindible y, más tal vez, una base moral de apoyo, desde la cual podía entenderse mucho mejor la nobleza lírica del conjunto.

Entramos finalmente en la iglesia. Una luz tenue, sonrosada, amarilla y malva me sorprendió. La traducían, con sus rojos y azules, los vitrales de los espléndidos rosetones. Y resultaba curioso ver cómo el invierno de afuera, interpretado por ese idioma multicolor, se hacía adentro tierno y primaveral. Pocos eran, en ese instante, los feligreses y los turistas. Un sonriente portero se aproximó. Se disponía a explicarnos, sin duda, lo que estábamos contemplando. Le agradecí sus servicios, pero prudentemente los rehusé. No quería yo intermediarios (por eruditos que se dijesen) entre aquel espectáculo majestuoso y la sensación de mi soledad.

Porque eso, su infinita, su inexpiable, su trágica soledad, es lo primero que sienten quienes avanzan por los misterios del mundo gótico. "Arte colectivo", declaran los manuales. Y así fue ése, efectivamente. Pero de aquella cooperación de todos para exaltar, con materiales indestructibles, la plegaria de todos, la fe de todos, el visitante sólo percibe un mensaje claro: el que le recuerda su condición de viajero anónimo y vulnerable, hecho de silencio, de barro y de capacidad magnífica de dolor.

¡Aparente contradicción! Las iglesias renacentistas llevan el sello de la personalidad que las levantó, o que imaginó sus más bellas proezas arquitectónicas, como —en San Pedro de Roma, bajo la cúpula— el nombre de Miguel Ángel. A pesar de esa intervención, tan individual, hablan a la colectividad un lenguaje humano, directo, que asocia en seguida a quienes lo escuchan. En cambio, los templos góticos, obra de una comunidad que se juzgó hermética, hablan más bien con el hombre solo y lo aíslan, súbitamente, en el espesor de la grey oscura.

¿Qué sucesión de generaciones había desfilado sobre ese piso, orado frente a ese altar? Creí ver, en la sombra de uno de los pasillos, el semblante aguileño de Claudio Frollo. Desde entonces ¡cuántas usanzas y cuántas modas! Pajes de Francisco I, con sus jubones a la italiana; damas de la corte de Catalina de Médicis, con escotes vastos y triangulares, como los que apreciamos en sus retratos; marquesas batalladoras y discursivas de la época de la Fronda; doctores del siglo de Luis XIV, ya permeables a la ironía cáustica de Molière; cardenales congestionados por la lectura de un comentario cruel de la Enciclopedia; caballeros de la Restauración, con ideas fabricadas en Italia y fraques cortados en Inglaterra; burgueses de la Tercera República, trajeados sencillamente como Zola...

Pero los vitrales seguían filtrando una luz antigua, lenta como una historia. Pero los pilares seguían lanzando al cielo las nervaduras de sus columnas. Pero la música de las líneas seguía sonando, por encima del tiempo, como en los años de Isabel de Baviera o del buen Villon.

Y salimos, más taciturnos y más modestos.

XLIII. NOCHES EN EL TEATRO

LOS DÍAS estaban consagrados a los museos, pero de noche íbamos al teatro. Siempre he sido aficionado a los espectáculos. Ya he contado cuál fue mi aprendizaje, a los 8 años, en las temporadas de ópera que administraba mi padre en México. Más tarde, procuré no faltar a ningún estreno de los que anunciaban las compañías viajeras de Mimí Aguglia, María Guerrero, Catalina Bárcena y Margarita Xirgu o las más estables de Virginia Fábregas, Prudencia Grifell, Dora Vila, Ricardo Mutio y María Teresa Montoya. Fui descubriendo así lo que podía resultar, en el palco escénico, de la interpretación de determinados textos que conocía sólo por la lectura: *La ciudad muerta*, de d'Annunzio, *El alcalde de Zalamea* y *La vida es sueño*, de Calderón, *La cena de las burlas*, de Sem Benelli, *Doña Perfecta*, de Benito Pérez Galdós, *Los espectros, Juan Gabriel Borkman* y *Casa de muñecas*, de Enrique Ibsen, *Los intereses creados, La noche del sábado* y *La Malquerida*, de Benavente, *Canción de cuna*, de Gregorio Martínez Sierra y *El abanico de Lady Windermere*, de Oscar Wilde, para no mencionar aquí todo el repertorio de los hermanos Quintero, infinidad de versiones de Sardou, Bataille, Bernstein y Porto-Riche, cuando no alguna pieza de exótica resonancia, como *El via-*

je infinito o de modernidad impetuosa como *Seis personajes en busca de autor.*

Esta última había sido precisamente una de las obras que me habían impresionado de manera más honda antes de mi salida de México. Me di cuenta, en Francia, de la admiración que se tenía por algunas de las mejores realizaciones de Pirandello, como *Seis personajes, Enrique IV* y *A cada cual, su verdad.* Tenía yo muy presente la carta autobiográfica que recibió de él Benjamin Crémieux y en la cual decía que "en Italia se prefiere un estilo de palabras a un estilo de cosas" y que "por eso Dante murió en el destierro y Petrarca ·fue coronado en el Capitolio". Aquella frase había dado lugar a una nota mía, publicada en *Contemporáneos,* en defensa de la palabra, que Pirandello aparentaba desdeñar, pero de la que era, sin duda, un tutor insigne. "Un músico que hiciera profesión de menospreciar los sonidos —apuntaba yo en el comentario a que aludo—, un pintor que, al referirse al estilo de otro, lo acusara de ser un estilo de colores y no un estilo de asuntos, nos parecerían imperdonables... Por fortuna, Pirandello se ha anticipado a contradecirse con la forma, segura y bien dibujada, en que cristalizó sus obras maestras. Nos demuestra de nuevo así que, para desdeñar la retórica ajena, es preciso haber empezado por dominar lentamente la propia."

Me habría gustado mucho ver alguna comedia de ese autor en el teatro que regían los Pitoeff. Por desgracia, en aquellos días, tenían en cartel un engendro más bien mediocre, que no me dio idea feliz de su compañía. Pero había tantos otros teatros... Los conté, por curiosidad: exactamente 45, sin hablar de algunas pequeñas salas de barrio y de los muy numerosos cinematógrafos.

¿Cómo escoger, entre tanto anuncio? Más que por el nombre de los autores, me dejé guiar por la fama de los intérpretes y, sobre todo, por la celebridad de los directores: Dullin, Jouvet y Baty.

En la *Comedia* de los Campos Elíseos, aplaudimos a Jouvet. Encarnaba el papel de *Jean de la Lune,* una fantasía de Marcel Achard, de quien había leído un texto menos poético: *Marlborough s'en va-t-en guerre.* Trabajaban con Jouvet una actriz de sensibilidad exquisita, Valentine Tessier, y un estupendo mimo, Michel Simon, que la popularidad y el cine no tardaron después en deteriorar. En el *Théâtre de l'Avenue,* bajo la dirección de Gaston Baty, un coherente conjunto representaba *Cris des coeurs,* de Jean-Victor Pellerin. No recuerdo por qué causa fuimos a oírla. Acaso porque la crítica de vanguardia había hecho una apología inmoderada de otra obra del mismo autor (*Têtes de rechange*), cuya presentación, en 1926, fue saludada como la "de *Las bodas de Fígaro* del siglo xx"... Agregaré que de los tres directores a que antes me referí, Baty fue el que menos me interesó. Tuve oportunidad, después, de presenciar sus éxitos más sonados. Entre ellos, la *Mariana* romántica de Musset. Había siempre, en las piezas que él dirigía, una muchedumbre de personajes decorativos, de movimientos innecesarios, de simplezas elaboradas y de juegos escénicos "preciosistas". También la escenografía tiene sus ripios. Y los que afeaban la de Baty obedecían a un virtuosismo bastante impuro: el que descuida el fondo por los detalles y el estilo por la ornamentación.

En *Topaze*, de Marcel Pagnol, que logramos ver en el *Variétés*, nos regocijó francamente el talento cómico de Lefaur. Y admiramos a Dullin en el *Atelier*, donde sus discípulos, tras no pocos años de abnegación, habían conseguido por fin —con la presentación de *Volpone*— un positivo triunfo comercial. Nadie podría imaginar los sorprendentes efectos que obtenía Dullin como ilustrador —y también como actor— en la comedia célebre de Ben Jonson. Su escenificación, de extrema sencillez, no estaba concebida para deslumbrar a un público ingenuo, sino para subrayar el arte de los intérpretes, servir los propósitos de la obra y favorecer la técnica del autor. Una alcoba italiana, como aquella en que el pincel de Carpaccio alojó el sueño de Santa Úrsula; un vestuario apenas estilizado y, sobre todo, en el ir y venir de los personajes, un ritmo ágil y malicioso. Tan malicioso que, por momentos, podía perderse el hilo del diálogo para sólo gozar con la aparición y la desaparición de los figurantes, como en los cuadros de un buen "ballet". Sin embargo, Dullin no abusaba de sus recursos. A diferencia de Baty, respetaba el texto. Los que hubiesen querido olvidar demasiado el diálogo se sentían constreñidos a regresar a él, con satisfacción.

Dullin nos pareció más humano y de registro más amplio que Louis Jouvet. Éste —hay que confesarlo— era un actor cortante, cuyas frases más tendenciosas se disparaban de un solo golpe, como el chorro súbito de un sifón. Acostumbrado a las sangrientas caricaturas de Jules Romains, conservaba aún, en 1929, de sus expediciones por el consultorio de *Knock* y por el Montecarlo de *Monsieur le Trouhadec,* una angulosa afición de reproducir el perfil sin piedad de esos personajes. Más tarde, coordinó mejor sus cualidades y llegó a ser, en el *Tartufo* y el *Don Juan* de Molière, un maestro realmente incomparable.

Hombre de talento muy perspicaz, Jouvet estaba destinado a servir los intereses de las letras francesas. Para ello tuvo el acierto de aprovechar la amistad que le unía con Jean Giraudoux. Sin su influencia, la obra de este escritor no habría probablemente salido del marco que le brindaban la novela-ensayo y el poema en prosa. Todo parecía oponerse a que el autor de *La escuela de los indiferentes,* tan metafórico, tan diserto y tan alumno privilegiado de la Normal de la calle de Ulm, abandonara la fórmula del relato poético para afrontar la prueba de la comedia. Fue, sin embargo, Jouvet quien se percató de que a las reproducciones de Giraudoux les faltaba una servidumbre: la sumisión a una técnica estricta, el acatamiento de un género claro y determinado, el límite de un oficio. Giraudoux se encontró a sí mismo al tener que abdicar de la libertad absoluta de sus novelas de juventud. Pero no perdió nada en el cambio su poesía. Al contrario, se consolidó y se humanizó.

Desde el observatorio social, me inquietó advertir que las obras teatrales de mayor éxito de taquilla fueran, en aquella temporada, dos comedias en que se exaltaba la avidez insaciable por el dinero: el *Volpone* de Ben Jonson, en la versión de Zweig y de Jules Romains, y el *Topaze* de Marcel Pagnol.

En una y en otra el personaje central es un pícaro. En aquélla, un pícaro muy experimentado, zorro de levantinas astucias y de veneciana sensualidad. En ésta, un pícaro todavía sin especialidad dentro de la profesión, cándido profesor en el primer acto; despedido, por exceso de lealtad, del colegio en que trabajaba; ansioso de obtener empleo en el seno de una familia que cree honorable y, a partir de entonces, intrigante áspero y despiadado, convertido por la inmoralidad de los seres que le rodean en el tipo de esa clase de "negociantes" que conocen el alcance explícito de las leyes y que, acomodándose a ellas, como Tartufo a la credulidad de sus protectores, las utilizan fríamente para beneficio exclusivo de su egoísmo.

Topaze daba la impresión de ser un Volpone joven. Su psicología, mucho más esquemática que la del héroe de Ben Jonson, correspondía a una existencia tal vez menos inteligente, pero no menos corrompida. Ambos revelaban, cada cual a su modo, el poder desmoralizador del dinero.

XLIV. MARCO PARA UN RETRATO DE JEAN RACINE

TRAS excitar —más que satisfacer— mi sed de actualidad teatral en los espectáculos que estaban entonces de moda, preferí volver a la tradición. Sus cuatro baluartes oficiales se hallaban instalados en cuatro recintos administrados con habilidad y éxito diferentes: la *Ópera*, en el palacio construido por Garnier, la *Ópera Cómica* y otros teatros, hoy asociados gracias a una iniciativa que considero sumamente feliz: la *Comedia Francesa*, en las inmediaciones del *Palais-Royal*, y el *Odeón*, en la ribera izquierda del Sena. Los intérpretes de Corneille, Molière y Racine me interesaron desde el primer instante por la nobleza de su elocución y el talento psicológico de que daban muestras al encarnar los difíciles personajes del teatro de Luis XIV: el Cid, Nicomedes, Cinna; Tartufo, el Misántropo, Sosias; o Berenice, Fedra y Agamemnón.

Mucho se ha escrito acerca de los actores franceses y, sobre todo, acerca de su dominio del juego escénico. Hay quienes, por devoción a los trágicos italianos, encuentran a los franceses demasiado sobrios y cautelosos. Otros (que piensan, probablemente, en las grandes figuras inglesas, hechas en la escuela inmortal de Shakespeare) los hallan, al contrario, superficiales y petulantes. No comparto ninguna de estas dos críticas, que recíprocamente se atenúan y que, en el fondo, se contradicen.

Hay por supuesto en Francia, como en cualquier país, muchos actores de segundo o de tercer orden. Pero los buenos lo son en muy alto grado y resisten el paralelo con los mejores. Lo que procede es juzgarlos de acuerdo con el teatro que representan y, por tanto, con la intención expresiva que los dirige. Puestos a interpretar a Hamlet o a Lady Macbeth, podrán parecernos débiles. Mas no es ésa su obligación clásica y natural. Su trabajo, ante todo, es la garantía de una continuidad estilística inapreciable. Para calificar la solidez de esa garantía, conviene recordar las lecciones de Diderot.

En su *Paradoja sobre el comediante,* el animador de la Enciclopedia hizo el elogio de las cualidades que él estimaba más importantes para un actor: el dominio de sus reflejos, la frialdad ante las contingencias del drama en que está insertado y, para decirlo con la palabra escogida por Diderot, la "insensibilidad" luminosa y crítica. "Los grandes actores —y, quizá, en general, todos los grandes imitadores de la naturaleza— son los seres menos sensibles", escribe el autor de *La religiosa.* Y añade: "Una mujer realmente desdichada solloza y puede no conmoveros... porque las pasiones excesivas incurren, casi todas, en gesticulaciones que el artista carente de gusto copia con servilismo, pero que el artista de gusto sabe evitar." Se comprende, en consecuencia, que ésta sea su conclusión: "Reflexionad un momento en eso que, en el teatro, se llama ser *verdadero.* ¿Se trata, acaso, de mostrar las cosas como la naturaleza nos las presenta? De ningún modo. En tal sentido, lo verdadero no sería sino lo común. ¿Qué es, entonces, la verdad en la escena? Es la conformidad de los discursos, la figura, la voz, el movimiento y el gesto con un modelo ideal, imaginado por el poeta y extremado a menudo por el actor."

Esa fidelidad al poeta clásico fue lo que más me cautivó durante mis primeras audiciones de *Anfitrión,* de *Fedra* o de *Los Horacios.* Me conmovía pensar que, desde el siglo XVII, ciertas frases hubiesen ido pasando, de boca en boca, para llegar hasta mí con las mismas entonaciones, con idéntico énfasis, con igual trémolo de la voz; que determinados gestos —en los rostros contemporáneos— hubiesen sido inventados cien años antes, por la señorita Mars o tal vez por Talma, en presencia de Talleyrand o de Lamartine, y que otros detalles proviniesen incluso de épocas más antiguas. Acaso aquel ademán del actor que encarnaba a Sosias reproducía una actitud del actor Molière; o aquella sonrisa, amarga y desencantada, en el semblante de la mujer que evocaba a Hermione, era copia de la sonrisa con que la Champmeslé conquistó a Racine —y aquella irritante coquetería de Celimena ante las iras de Alcestes había lucido, una noche, en los labios crueles y voluptuosos de la Béjart...

En pocas ocasiones entendí con mayor precisión la servidumbre honrosa del buen intérprete. ¿Dónde yacía el polvo de Racine y del gran Corneille? No urgía averiguarlo en aquel minuto. Uno y otro estaban detrás de los cortinajes que, al levantarse, me proponían una vez más sus enigmas, y me enseñaban lo más secreto de sus pesares, lo más oculto de sus conciencias, lo que ninguna sepultura contiene y no momifica ninguna arena: su voluntad hecha estilo, sus ilusiones y sus amores hechos belleza, su vida entera resucitada en virtud de un pacto, en cuyas cláusulas silenciosas toda una sociedad y toda una historia del arte y del pensamiento (como los actores sobre las tablas y los espectadores en sus palcos o en sus butacas) se encontraban alineadas, comprometidas.

En el teatro, lo mismo que en la lectura, las obras que de manera más inmediata me conmovieron fueron las de Racine. Ningún poeta más incomprendido fuera de Francia. Hasta en Francia, durante lustros, se le acusó de académico, de pomposo, de artificial y de antidramático. Mientras vivía, hubo marquesa, célebre por sus cartas, que no disimulaba sus preferencias para Corneille. El romanticismo no acertó a discriminar entre él y su amigo Boileau. Confundirlos era desconocer hasta qué punto son diferentes: frío éste, y libresco, y atrabiliario; tremendo y colérico aquél, pero diamantino. Y, como el diamante, sólido, inquebrantable, gélido en apariencia, aunque lleno de fuegos apasionados, rey de incendios rápidos y profundos.

Nadie, en la superficie, más violento y más tormentoso. Cada una de sus tragedias es la revelación de un crimen. La traición, el incesto y el parricidio adquieren en su elocuencia los adjetivos más absolutos y, a la vez, los más elegantes; los más expresivos y, al mismo tiempo, los menos declamatorios. Con el lenguaje más pulcro, más moderado y menos rico en interjecciones, sus héroes se aman hasta el delirio o se detestan hasta la delación. Los alejandrinos más deliciosos (tan deliciosos que el Abate Brémond los citaba como joyeles de "poesía pura") son, para las mujeres que inventa, una promesa de muerte, una condición de exterminio, el cántico de un pecado. Andrómaca y Hermione, Agripina y Roxana, Fedra y Clitemnestra, todas las hembras indómitas que desfilan por sus poemas viven al borde de un cráter, implorando la catástrofe —cósmica, política o conyugal— que, destruyéndolas, habrá de realizarlas completa-

358

mente. Su estado natural es el frenesí; su sonrisa, un engaño; sus lágrimas un testimonio sádico de impotencia y hasta sus mismas oraciones son una invitación al castigo y a la venganza de la divinidad.

Pero la sangre, de que se muestran tan insaciables, no mancha sus túnicas y sus peplos. El veneno, del que se nutren, lo beben con el más cortés de los ademanes y en la copa mejor labrada. A veces, hasta en Calderón de la Barca, hasta en Schiller, hasta en los dramas de Shakespeare, hay escenas de paz y de calma auténticas, horas de tregua en que la mujer puede ser mujer y la alondra alondra, sin subterfugios y sin peligros. En Racine, el arco está siempre tenso, listo ya para disparar la flecha del desenlace.

Desde que Hermione aparece en *Andrómaca,* la sentimos atada a su amor absurdo, como a un salvaje corcel que la llevará —¡entre qué llamas y qué locuras!— hasta el suicidio. En cuanto vemos a Agripina esperar a Nerón, sabemos que la máquina infernal está ya dispuesta. Cada paso que den en lo sucesivo los personajes de la tragedia será un paso más hacia el triunfo de la fatalidad —y de una fatalidad que no les imponen las circunstancias, porque ellos, ardientemente, la llevan dentro de sí. No hemos oído aún las primeras endechas de Berenice y ya todo la ha condenado sin remisión: la ley de Roma, el carácter de Tito... y alguien, más implacable que Tito mismo, el elegíaco, el tierno, el piadoso alumno de Port-Royal.

Para encontrar, en las letras francesas, a un poeta de la estirpe de Jean Racine sería necesario llegar hasta Baudelaire. Y eso, no en todas sus producciones. Porque Baudelaire no escribió nada comparable, en lo tétrico, al sueño en que Athalía ve a Jezabel.

Siempre he creído que el autor de *Fedra* ha sido víctima de la peor de las injusticias: la de que se le elogie por lo que no fue —o, a lo sumo, por lo que creyeron que era su soberano y la devota señora de Maintenon. En los últimos años, han principiado a estudiarse más claramente los abismos de este escritor. Thierry Maulnier le consagró un volumen que no había salido a la luz en los días de mi primer viaje a Francia. Lo leí en 1939. Y lo recomiendo a quienes no hayan tenido la suerte de consultarlo. Nos convence de algo que Giraudoux había anunciado con positiva clarividencia: el eco de los versos más sutiles de Racine es menester buscarlo —sin impaciencias— en las cartas escritas por Laclos, en nombre de la Marquesa de Merteuil, a su discípulo predilecto en ciencias malignas, el Vizconde de Valmont.

XLV. CHARLAS CON LARBAUD Y CON SUPERVIELLE

DE LOS preparativos hechos en 1919 —para el viaje a Europa que, entonces, no realicé— conservaba yo, en un pequeño registro de cuero rojo, las direcciones de los literatos franceses que un escritor mexicano solía creerse en el caso de visitar. Algunos de ellos habían muerto, como Rémy de Gourmont. Otros habían venido a sumarse a la antigua lista... Al encontrar aquel cuadernito en una de mis maletas, pocos días después de nuestra llegada a París, sonreí de mi candidez. André Gide, Paul Valéry, Francis de Miomandre, Valery Larbaud, Georges Pillement, Jean Cassou, Jules Supervielle. No faltaba sino Claudel. Y eso porque, en su condición de Embajador, le suponíamos normalmente fuera de Francia.

Todavía los nombres de Cassou, de Miomandre, de Pillement —y hasta los de Larbaud y de Supervielle— tenían alguna razón de figurar en ese catálogo. Les interesaban, desde un punto de vista profesional, las letras españolas y latinoamericanas. El primero había traducido varios poemas míos para la revista de Martinenche. Del tercero acababa de recibir, antes de nuestra salida de México, una nota crítica muy amistosa y la versión, al francés, de un capítulo de mi novela *Margarita de niebla*. ¡Pero Gide! ¡Pero Paul Valéry! Dioses mayores de la literatura europea contemporánea; miembros, junto con Proust, del triunvirato al que Souday consagró desde las páginas de *Le Temps*... Conocerlos personalmente no debía ser una empresa fácil. No la intenté.

A Gide, nunca tuve ocasión de verle. Muchos años más tarde, recibí de él un cablegrama en el cual intercedía porque pudiese entrar en México, durante la guerra, un amigo suyo. Después me escribió, en 1949, a fin de recomendarme a alguien para un pequeño puesto en el personal de la UNESCO. En este último caso, deploré no estar en aptitud de darle satisfacción. A Miomandre, a Cassou y a Pillement, los traté con frecuencia durante mi segunda estancia en París, de 1931 a 1934. En cuanto a Paul Valéry, nos encontramos una o dos veces —durante el año de 1933— en casa de una poetisa de alma muy noble y de obra muy delicada, Mathilde Pomès, y cenamos juntos cierta noche, en Bruselas. Debe haber sido en 1938, en la residencia de la señora de Errera. Pero de todo ello hablaré en detalle, cuando el curso de estas memorias lo justifique.

Menos asediado que los autores a que acabo de referirme, imaginé en 1929 a Valery Larbaud. Me decidí por tanto, una tarde, a llamar a su puerta. Vivía en un oscuro y amplio departamento de la ribera izquierda del Sena: calle del Cardenal Lemoine, número 71. Fechadas desde ese lugar conservaba yo algunas tarjetas postales escritas en español por la misma pluma que había trazado, en 1910, el perfil de Fermina Márquez. Y, también, una carta sobre no recuerdo cuál de mis libros. Para sus amigos de lengua hispánica, castellanizaba su nombre propio. Firmaba: Valerio Larbaud.

Desde mucho antes de entrar en correspondencia con él, me había gustado vivir dentro de la atmósfera de sus novelas. Me agradaban su interés por España, su curiosidad por América, su devoción por Florencia, su amor a Atenas. De todas esas virtudes estaba hecho su filantrópico patriotismo de parisiense de Europa y europeo de París. Para él, era París una gran capital, indudablemente; pero, más aún, una sociedad anónima del espíritu, de la cual cada hombre civilizado podía, si lo deseaba, ser accionista.

Toda su obra, mucho más que la de Morand, me parecía una *Europa galante* digna de Stendhal. En sus capítulos, cada país estaba representado por una mujer: Suiza, por Raquel Frutiger; Alemania, por Rosa Kessler; Inglaterra, por Queenie Crossland.

Para llegar a su casa, enclavada en el antiguo barrio de las Escuelas de la Edad Media, a pocos pasos del foso en que terminaba el París de Felipe Augusto, elegí un itinerario que habría merecido su aprobación. Almorcé, con mi madre y con mi mujer, en *La Tour d'Argent*, contemplando el hermoso paisaje fluvial que Flaubert describió en las primeras páginas de la *Educación*. Y, ya solo, seguí la calle de Saint-Jacques, a lo largo de la Sorbona; luego la de Soufflot, hasta el Panteón. Me detuve allí, a ver los murales de Puvis de Chavannes. Como tenía tiempo de sobra, bajé a la cripta, a rendir homenaje a las tumbas de Voltaire y de Juan Jacobo...

En el hombre que abrió la puerta de su departamento, me fue difícil reconocer, de improviso, al enamorado de Queenie Crossland. Como si se hubiesen puesto de acuerdo las circunstancias para darme una lección experimental de literatura francesa moderna, le acompañaba un señor maduro, que estaba despidiéndose cuando entré. Era Edouard Dujardin. Yo no había leído sus obras, pero tenía noticia de la influencia ejercida por ellas en la evolución del "monólogo interior", tan grato a la técnica de James Joyce.

La mano que me ofreció Valery Larbaud no correspondía al robusto cuerpo que envolvía su bata de seda azul.

Cuando nos sentamos —él frente a su mesa, yo en un sillón— exclamó amablemente:

—Su llegada es muy oportuna. Acabo de corregir las pruebas de mi prólogo a la traducción francesa de *Los de abajo*. En él lo menciono a usted. Su *Perspectiva de la literatura mexicana* me proporcionó algunas referencias.

Hablaba lentamente, en un idioma idéntico al de sus libros. Por momentos, su pronunciación delataba cierto contacto con el francés del macizo central. Pensé que su familia pertenecía a la región viscalense, de grandes termas. Como si hubiese adivinado mi pensamiento, Larbaud dirigió la charla hacia el asunto de un volumen que tenía en prensa: *Allen*, historia de un viaje a su tierra natal.

—Voy a mandárselo a España —me anunció—. No sé si le agrade, pero es una de las cosas que he hecho con más placer. Más aún que Vichy, me encantan las pequeñas ciudades que lo rodean. ¿No cree usted que se está perdiendo, en el mundo, el sentido de la provincia?

Le expliqué que, en México, la absorción del país por la capital no constituía, entonces, un fenómeno semejante al de la macrocefalia francesa que él señalaba. Hoy, mi respuesta sería distinta.

—En la literatura de mi patria (creo que agregué, y esto sigo pensándolo firmemente), la provincia tiene aún mucho que decir. Guanajuato, Querétaro, Michoacán...

Me interrumpió, para indicarme que, cada vez que encontraba una aldea superviviente, le daban ganas de darle cuerda, como a un juguete precioso y anquilosado.

Imaginé lo que sería América para él. No la Argentina, que podía representarse con mayor o menor precisión. Ni los Estados Unidos, de cuya existencia tenía noticia concreta y clara; sino México y el Perú, Venezuela, Colombia, el Brasil y Chile. ¿Cómo supondría que fue la revolución que dio argumento al doctor Azuela? Aludió a Villa. Lo había seguido en los relatos de *El águila y la serpiente*. Pero tuve la certidumbre de que se hacía de sus hazañas una idea muy literaria. Los recuerdos de sus recientes lecturas entreveraban a los datos reales del personaje revivido por Martín Luis Guzmán ciertos elementos inesperados, que procedían del *Segundo Sombra*, de Ricardo Güiraldes, o tal vez del *Tirano Banderas*, de don Ramón.

La hora avanzaba. Me despedí. Antes de acompañarme al vestíbulo, insistió Larbaud en hacerme admirar su colección de soldados de plomo, célebre ya en Europa. Los tenía de toda nacionalidad y de todas clases. Ulanos de Alemania, comprados en Munich o en Stuttgart; bersaglieri de Roma, escogidos en un almacén del Corso Umberto; guardias reales de Londres; cazadores alpinos, infantes griegos, con enagüillas de bailarina; jinetes de Argelia, inmovilizados por el artista en el ímpetu del galope; artilleros belgas; cadetes de West Point; granaderos turcos; tenientes serbios, expedicionarios ingleses de África Ecuatorial... Me detengo. Acaso, sin quererlo, esté excediéndose la memoria y la imaginación militar defraude a la geografía.

Excelente amigo Larbaud: ¿dónde reside usted en los momentos en que hago estas remembranzas? Sé que su salud se halla quebrantada desde la guerra. No pude visitarle en Francia, mientras trabajé en la UNESCO. Me alegró ver incluída una de sus obras en la colección de las "mejores novelas del medio siglo". Usted, tan libre, tan erudito y, a fuerza de inteligencia, tan espontáneo, ¿qué dolorosa impresión no ha de haber experimentado al contemplar, en junio de 1940, a esos minúsculos paladines de plomo, entre cuyas armas inofensivas su imaginación de poeta se recreaba? Es probable que estas páginas no lleguen jamás hasta su escritorio. Por si las lee, en lugar de usted, un contemporáneo que todavía respete la fidelidad del artista a su vocación, quiero dejar aquí esta constancia de su presencia. De su presencia que, en las letras francesas, continúa siendo una presencia de espíritu universal.

Entre la casa de Valery Larbaud y el moderno Boulevard Lannes, donde vivía Jules Supervielle, mediaba por lo menos tanta distancia como entre los temperamentos de esos autores. ¿Por qué, entonces, al despedirme del primero, sentí deseos de ir a charlar con el segundo? ¿Sería, acaso, porque Larbaud me había hablado con efusión del argentino Güiraldes —que Supervielle estimaba mucho? ¿O, más bien, porque una curiosidad no arbitraria me inducía a comparar dos tipos humanos que suponía casi antitéticos?

Todo me hacía prever esta diferencia: mi pasión de lector, las indicaciones de algunos amigos y, más que nada, esa oposición de los barrios en que habitaban; rodeado Larbaud por una naturaleza domada durante siglos, la del Jardín de Plantas, y establecido Jules Supervielle en el lindero mismo del Bosque, como su poesía...

Cada uno se había instalado conforme a un sentido absolutamente personal de la jerarquía de los placeres. El inventor de Fermina Márquez, sólido y misterioso, ponía su lujo en vivir una vida de noble benedictino, rodeado de templos y museos. En cambio, el autor de *El superviviente* prefería esas campestres inmediaciones, a las que un taxi acezante me condujo, a través de una serie de calles bien arboladas. En ellas, ningún nombre de mártir o de prelado. Apellidos de generales, de presidentes: Kléber, Mac Mahon, Wilson —o citas de países o de victorias: Estados Unidos, Iena, Wagram. Era una ciudad diversa aquella en que penetrábamos. Una ciudad en cuyo aire no sonaban, por las mañanas, las campanas de San Esteban, sino las bocinas de los *Delage* y de los *Bugatti* que bordeaban el Bosque rumbo a Neuilly.

Como sus barrios, sus habitaciones eran distintas. También lo era su indumentaria. En lugar de la bata oscura, de mandarín enciclopedista, con cuyos pliegues Larbaud adornaba su corpulencia, Supervielle me recibió enfundado en un elegante traje de color claro. Las líneas de aquel vestido subrayaban lo alto de su estatura y el paño se adaptaba indolentemente a sus espaldas macizas, a su amplio tórax y a su sentido criollo del bienestar.

En un francés desprovisto de acento, pero moroso, y con una voz que llegaba, como por radio, de quién sabe qué estancias de Sudamérica, el poeta —nacido en Montevideo— empezó a hablarme de mi país. Conocía nuestra literatura menos y más que Larbaud. Es decir: había leído menos volúmenes, pero mencionaba más apellidos. Le interesaban los jóvenes. Me preguntó por Owen, por Villaurrutia.

Conservaba del Uruguay, al que había ido múltiples veces, un recuerdo lánguido y conmovido. Como quien ceba un mate, de sabor entre dulce y amargo, parecía estar paladeando —¿por qué imperceptible tubo?— esa infusión de hojas muertas que es la nostalgia. Con la espontaneidad de un buen gaucho, quería sin duda ofrecerme un sorbo de ese brebaje. Pero, comprendiendo que no era yo lo bastante pampero para apreciarlo, continuaba absorbiéndolo suavemente, mientras las frases que nos decíamos agrandaban junto a nosotros la soledad.

Aunque francés por la raza y por el idioma, aunque británico por el traje y por la simplicidad de los muebles que le rodeaban, Supervielle se me presentaba en aquel París de 1929 como un poeta del Plata, íntimo y reflexivo. Evoqué sus mejores versos. ¿Qué eran, sino un diálogo prolongado con ese "doble" del hombre que llevan siempre, en sí mismos, el nómada de la pampa y el solitario de la llanura? Las montañas tienen el eco. Los desiertos, el espejismo. En aquéllas, los planos próximos limitan nuestro monólogo. En éstos, el horizonte traza —alrededor del viajero— un enorme círculo del que cada cual, por mucho que se desplace, se siente el centro geométrico. De ahí que la soledad del gaucho sea una soledad altiva y que fabrique en su propio ser un *alter ego* fantástico, que le acompaña mientras camina, que sigue el trote de su caballo y que, cuando cae la noche, conversa con él en la oscuridad.

Si se observa con cuidado la obra admirable de Supervielle, se descubre pronto que es a ese "yo" permanente, sombra de su sombra, a quien están dirigidas las más cautivadoras lecciones de sus poemas. Esa impresión, que su persona me dio aquella tarde, la confirmo hoy con la relectura de libros tan sobrios, tan eficaces, como *Gravitations* y *Le Forçat innocent*.

XLVI. PUERTA DE ESPAÑA

RESULTABA tan atractiva la permanencia en París que no nos dábamos cuenta de la velocidad con que huía el tiempo. Era menester continuar el viaje, rumbo a Madrid. El 21 de abril abandonamos el hotel. Y, tras contemplar otra vez la perspectiva del Louvre, nos acomodamos en uno de los vagones del *Sud-Expreso.*

Empezó a desfilar por las ventanillas un paisaje rápido y descarnado. Árboles todavía sin follaje. Cielos todavía lluviosos. Campos melancólicos, sin verdor. De París a Orléans, el ferrocarril perforó una inmensa planicie aterida por el invierno.

Con el Loire principia, en el libro de Francia, un capítulo que recuerda el paréntesis lírico de la Pléyade. Al mismo tiempo que la catedral de Orléans y la memoria de Juana de Arco, se abandona el mundo de la Edad Media. Se olvida el gótico y se penetra en un vestíbulo blanco: el Renacimiento. El río, por espacio de varias leguas, va trenzándose irónicamente con los rieles. Tan irónicamente, que hay momentos en los que el viajero recibe la sensación de estar tejiendo, con su concurso, una guirnalda de niebla. Entre sus guías, ciertas ciudades florecen. Blois, por ejemplo.

Frente a nosotros, con esfuerzos visibles, iba naciendo la primavera. Hoja por hoja, la sentíamos entreabrirse en ese brusco descenso hacia el Mediodía. Era como una esperanza unánime en las ramas elásticas de los chopos. La anunciaba una mayor densidad de lo azul en la consistencia de un cielo menos metálico. La prometían el vuelo de un pájaro prematuro —tal vez una golondrina— y, en los objetos de intención menos alegórica, esa transfiguración de la luz que hace con los jardines, cuando mayo se acerca, lo que con las mujeres la pubertad y con las fotografías la estereoscopia: darles hondura y fuerza, volumen y convicción.

Se espaciaron los molinos. Disminuyeron de alzada los bueyes y los caballos. Aparecieron las mariposas. Ciertos paisajes, junto a París, nos habían parecido más bien esbozos, proyectos de selvas o de campiñas. Con el viaje, un dibujante invisible se complacía en robustecer cada línea, cada detalle. De lo que fuera un apunte, surgía un grabado.

A las agujas de los campanarios del Norte, se sustituían algunas cúpulas, todavía carentes del imperio de las bóvedas provenzales. A la ojiva de las torres fortificadas, un sentido más placentero de la existencia oponía todo un amable sistema de arcos y balcones. Las escaleras salían al campo. En sus peldaños, no imaginaba la fantasía un subir y bajar de guardias y alabarderos, sino un paseo de damas con crinolina. O, frente a la carroza del rey, un ajetreo de pajes, gorguera al cuello, con un libro de horas entre las manos. Un encuadernador ingenioso había insertado posiblemente, bajo sus pastas, una traducción del *Decamerón* o un ejemplar diminuto del Aretino.

La palabra "pavana" se presentía. Y es que no era sólo la historia lo que estaba cambiando frente a nosotros. Del Sena, militar y feudal, habíamos pasado al Loire, poético y cortesano.

Las barbacanas se convertían en terrazas, las almenas en miradores. Hasta los puentes, levadizos por tradición, hacían ya burla de sus orígenes estratégicos. Las cadenas de que pendían se ocultaban con un encaje de trepadoras tenues y persistentes.

Era aquélla la Francia de Rabelais: tierra en que el trabajo es placer, la pereza ocio, el lenguaje canto, cetrería la guerra, el amor capricho y jardinería de lujo la agricultura. Tapicería en que cada bosque, cada fuente, cada pensil, están ilustrados por la música de un soneto, de Ronsard o de Du Bellay.

Pero nuestro tren había dejado ya aquella Italia de Francia para aproximarse a Poitiers, marca de la lucha entre el Norte y el Mediodía. No en vano la ola sarracena fue a romperse contra ese espolón, en 732, a la altura europea en que termina el cultivo del olivar y en que los manjares, prófugos del aceite, empiezan a cocinarse con mantequilla. Años más tarde, al volver a París, había de desandar en automóvil la ruta que hicimos esa mañana en ferrocarril. Pude adentrarme entonces en el laberinto de la ciudad. De lejos, como la vi por primera vez, Poitiers me sedujo inmediatamente. Rodeada por las aguas del río Clain y coronada de campaniles, de cruces y de conventos, parecía una de esas aldeas que contemplamos, sobre un fondo de oro, en las miniaturas del siglo xv.

Entramos en España de noche. En la oscuridad que nos rodeaba, ni modo de comprobar —frente al Bidasoa— el verso de Capdevila:

Sombra española de árbol francés...

Llegamos a Madrid a las 9 de la mañana. Mal momento para iniciarse en la vida de una capital de noctámbulos tan ilustres. Desde la Estación del Norte hasta el barrio de Salamanca atravesamos las avenidas más importantes: Eduardo Dato, Pí y Margall, Peñalver. Nos detuvimos en la Cibeles. Y fuimos a dar con nuestro equipaje a un hotel de la calle de Goya, en el cual los cuartos de baño parecían el escenario de un desnudo de Degas.

¡Buena, honrada, valiente, trágica España! País magnífico, donde el mejor elogio de una persona sigue expresándose con estas claras palabras: "Ser hombre de bien." Nación de hidalgos enjutos y de mujeres devotas, altoparlantes y maternales. Alcancía moral de Europa, que el extranjero no tiene remordimiento en romper, cada vez que desea aprovecharse del contenido atesorado en su seno por varios siglos de angustia y cristiana continuidad. Tierra tan vehemente que sus místicos más egregios son, también, sus más cálidos realistas. "¡Entre los pucheros anda el Señor!" El símbolo de ese pueblo, que une la religión a la artesanía, ingresa en el cielo con un par de tijeras en una mano y, en la otra, una hermosa cruz. ¿Paraíso a la sombra de las espadas? Tal vez. Pero, al mismo tiempo, como un Murillo, refectorio de los ángeles cocineros, de los ascetas de sangre rica en hormonas y de las vírgenes bien plantadas.

En ninguna parte del mundo el ideal se entiende mejor con el sensualismo, la guitarra con la tristeza, la saeta con el porrón y el delirio con los proverbios, Quijote con Sancho Panza. Capaces de una concentración absoluta, los españoles son igualmente los seres más habituados a vivir fuera de sí mismos. Su exigencia no admite términos medios. O la abstracción del cartujo o la enajenación del aventurero. El convento o la carabela. Mezcla de occidentales y de orientales, tienen una voluntad acerada, que nada mella; pero que a veces, por lo fino del temple, se quiebra sola. Entonces es cuando el encomendero se mete monje y los emperadores dejan el trono. La hora de Yuste. El único reloj europeo que la ha medido es el reloj español. Lo hizo gallardamente, no con arena, ni con clepsidras —tiempos nocturnos— sino en el colmo de la jornada, sobre un cuadrante solar.

Es posible que la obra más importante de la literatura española no haya sido engendrada en el interior de una cárcel. Aunque, en el fondo, lo merecía, pues prisiones y monasterios son en España trampolines de lo sublime y acumuladores de eternidad. Por algo afirmó Gautier que toda casa española tiene partes de harén, de convento, de fortaleza y, también, de cárcel. "Escribid con sangre", preconizaba el más español de los alemanes, torero de la virtud. Sus colegas peninsulares así lo hicieron. Arte admirable el de nuestros clásicos, siempre cautivos, de sí mismos forzados, hasta en las horas de su máxima libertad. Para comunicarse, se abren las venas. Y humedecen en ellas la espina con la que trazan, sobre la sábana del presidio, sus mensajes heroicos de redención.

Frente a la variedad española, viene a la mente la antigua frase. Alemania es un pueblo; Inglaterra un imperio; Francia una persona. Pero España ¿qué es?

Acaso la pregunta esté mal planteada. No se puede, en efecto, hablar solamente de lo que *es* ahora España, olvidando lo que ya *ha sido* e ignorando lo que *será*. Además, ¿existe una sola España? Los historiadores nos hablan de una España lusitana, de una España bética, de una España tarraconense... "Península invertebrada", declaran algunos de sus intérpretes. Pero la invertebración española (de ser verdad ese aserto) no recuerda la del molusco. Sus fragmentos tienen luz propia: constelación de provincias —y de arrebatos— que, en las horas aciagas, condecora la noche mediterránea.

Rápida Andalucía, rocosa Asturias, Cataluña trabajadora, frutal Valencia, Aragón resistente, León severo, sólida Extremadura,

Galicia lírica y pensativa, Castilla lúcida y luminosa, vuestros pueblos organizaron la aventura mayor del Renacimiento: inventaron un nuevo mundo.

XLVII. DESTIERRO EN TIERRA AMIGA

VARIOS meses tardé en adaptarme a mi vida de diplomático. El trabajo en la Legación me tomaba casi todas las horas de la semana. Sólo algunas tardes, después de las 7, podía ir a determinadas "peñas": de preferencia a la del *Regina*, presidida gloriosamente por Valle Inclán. Y, sin someterme al horario de Madrid —para muchos de cuyos hombres de letras la noche es día—, me encerraba, a partir de las 9 y media, en el despacho tan modesto como agradable que, en nuestra casa, había acondicionado mi esposa con menos muebles que habilidad. Allí, bajo la luz compacta de una lámpara de balanza, escribí *Destierro* y empecé a redactar dos pequeñas novelas: *La educación sentimental* y una fantasía, no sé si moderna, sobre el mito de Proserpina.

Gusto poco de releerme. Durante años no me había asomado a las páginas de esos libros. Ahora, al buscarme en ellas, lo que descubro es el rastro de una doble inquietud, intelectual y sentimental.

Arrancado súbitamente al clima de mis costumbres, de mis paisajes, de mis amigos, me parecía encontrar en la poesía un refugio abrupto, inclemente, duro, expresión de esa soledad que no necesita realmente ser separación física de la patria para imponer a quien la cultiva un doloroso ostracismo de ciertos hábitos cotidianos. Sin duda, ese brusco distanciamiento me había servido para advertir —con nitidez cortante— la obligación de pensar mi vida en términos diferentes; pero no estoy seguro de que haya sido sólo el distanciamiento lo que me indujo a aceptar tal necesidad.

Desde 1926, había escrito exclusivamente poemas de transición. La línea melódica de mis obras juveniles principiaba a romperse ante muchos obstáculos interiores: los que erigía el deseo de una precisión psicológica más exacta y de una más angulosa definición de mi propio ser. Me atraían, contradictoriamente, como en la adolescencia, la amplitud exterior, el verso libre, de ancha respiración humana y, por otra parte, el rigor secreto que, merced a la reflexión, suele perfeccionarse dentro de formas líricas más severas. De ahí que escribiese en aquellos años, con sucesión que por sí sola anunciaba ya una duda intensa, sonetos —como los que publiqué, en 1928, en la revista *Contemporáneos*— y composiciones de materia más plástica, más fluída.

Acaso la continuidad exterior hubiese acabado por impulsarme a seguir el primer camino, anticipándome así a lo que hice en 1949, cuando di a la estampa mi colección de *Sonetos*. No lo sé con exactitud. E incluso no me siento autorizado para afirmar que semejante anticipación hubiera sido propicia a mis experiencias. Pienso, al contrario, que aquel destierro en la poesía, o, como dije en alguna parte, aquella poesía en el destierro me fue por lo menos útil para saber desde dónde debería regresar al terreno propio. La ausencia esculpe en nosotros un perfil en el, cual, de pronto, no logramos reconocernos, pero que exhibe nuestras limitaciones y, al ponerlas de manifiesto, nos incita a vencerlas —con paciencia y con humildad.

He dicho que visitaba la "peña" del *Regina* y que triunfaba, entre sus devotos, el autor de *La corte de los milagros*. Era don Ramón gran amigo de todo lo mexicano y recibía a quienes llegaban de los litorales de la República con la más elocuente de sus sonrisas —si sonrisa alcanzaba a ser, entre la noche áspera de sus barbas, donde las canas eran ya aurora, ese estremecimiento rápido de los labios y, detrás de los vidrios de sus quevedos, aquel metálico centelleo entre cómplice y malicioso, mundano, ascético, magistral...

Le había conocido en México, en 1921, con ocasión de las fiestas del Centenario. Sus novelas, si he de ser franco, no me convencían completamente. Ostentaban, con demasiado lujo, demasiadas rosas artificiales. Como en las de D'Annunzio, oprimía en sus páginas al lector una atmósfera enrarecida. No sé por qué, hasta sus más ingeniosos fragmentos me hacían pensar en la tos de aquel Fray Ambrosio de una de sus *Sonatas*, la cual —según frase de don Ramón—, al asociarse con "el rosmar de la vieja" y el "soliloquio del reloj", guardaba "un ritmo quimérico y grotesco, aprendido en el clavicordio de alguna bruja melómana".

Sin embargo, esa misma prosa, llena de arcaicas coqueterías, había sido, en determinado momento de la historia de nuestras letras, un grito admirable de rebelión. Algunos de aquellos giros, que recordaban a veces monótonos minuetos, habían despertado en muchos jóvenes del 98 un afán de arte escrupuloso, de audacia, de novedad. ¿Cómo era posible que las rosas del Marqués de Bradomín me pareciesen de seda, ya amarillentas, y —tras la seda— me hiriesen los dedos con sus alambres? ¿No había en todo aquello un error de impresión?... Probablemente sí, pues cada generación enarbola su retórica y cree descubrir en las retóricas más cercanas ciertos pecados que, en la suya, no acierta a ver.

Así como la generación del 98 no encontró en don Benito Pérez Galdós sino "anécdota', "historia", "fuerza", "naturalismo" y "vulgaridad" (sin detenerse a menudo a considerar la grandeza de la épica galdosiana, la generosidad de su realismo y la humanidad de su comprensión), así, en 1929, lo que advertíamos en las obras de Valle Inclán eran sobre todo los artificios; demasiado parciales nosotros para admitir que, merced a esos artificios, nos había sido posible escuchar un acento nuevo en el arte hispánico de la prosa. El tiempo parece paralizar ciertas máquinas de belleza. Las miramos entonces sin movimiento y nos sorprende la complejidad inerte de sus resortes, la pesadez de sus engranajes, la articulación ostensible de sus íntimos mecanismos. Olvidamos, injustamente, que todas aquellas palancas y aquellos hilos estaban hechos para que pudiese girar mejor la figura delicada y preciosa que sostenían. Y sólo mucho más tarde lo comprendemos, como yo ahora: la inmovilidad que nos permitió examinarlos, medirlos, contarlos y criticarlos no obedecía a un desperfecto súbito de la máquina, sino al cambio de velocidad interior que acompaña siempre, en el público, a cada una de esas alteraciones del gusto —que no por azar llamamos "una manera distinta de ver las cosas".

Según está aconteciendo con los mejores libros de Anatole France, los más recientes lectores comienzan ya a conocer el verdadero rostro de don Ramón. El vendaval que estragó, a su tiempo, los jardines umbríos del modernismo arrancó tal vez a las más altas ramas las flores más inseguras; pero lo que ha quedado en pie no es ni poco, ni poco honroso. Razón de sobra tenía Martínez Ruiz para elogiar la dignidad literaria de Valle Inclán, su hidalguía ingénita, el desdén que le inspiraban todas las bastardías artísticas y el "poder" de sus múltiples adjetivos, escogidos frecuentemente con la ansiedad lírica de un poeta y engarzados, en todo caso, con el rigor técnico de un orfebre.

En la charla, don Ramón era inimitable. Inventaba lo que ignoraba, y lo que sabía (que era mucho y de órdenes muy diversos) lo imponía a sus auditorios con irónica majestad. Recuerdo, entre otras, una lección de esgrima, que —en él, inválido— no carecía de patetismo y que su facundia apoyaba en un vasto sistema de geometría, difícil naturalmente de discutir. En otra ocasión, a mi regreso a Madrid de un viaje rápido por el Norte, me describió, con magnífico acopio de recetas, metáforas y ademanes, el método más ilógico y más hermoso para aderezar una escudilla de caldereta. El cocinero que hubiese intentado ponerlo en práctica se habría arruinado casi seguramente. Pero en boca de don Ramón, las suculencias del guiso resultaban incuestionables y, por pobre que fuese la fantasía de quienes le escuchábamos, el sabor de la pingüe pesca evocada por sus palabras acariciaba —materialmente— nuestro incrédulo paladar.

Rodeaban a Valle Inclán, durante las tertulias del *Regina*, escritores y artistas de méritos eminentes. Conocí a Juan de la Encina, por quien sentí desde luego cordial aprecio. Me presentó a Manuel Azaña un compatriota a quien estimaban visiblemente los miembros de aquella "peña": Martín Luis Guzmán, siempre certero y sólido. Y charlé por primera vez con un amigo de excepcionales virtudes: Enrique Díez-Canedo. Poeta y crítico valioso, estaba enterado al detalle de cuanto ocurría en las letras de Hispanoamérica. Recibía todos nuestros escritos. Los leía. Sabía lo que cada presencia significaba y era un conocedor excelente de nuestra sensibilidad, de nuestras aficiones, de nuestra historia. Hombre de alma muy honda, cortés y clara, juzgaba indulgentemente las obras que le mandábamos y opinaba sin exageraciones y sin apremios, con simpatía, con talento, con rectitud.

A las 8, empezaban a desgranarse los menos fieles. Y yo entre ellos. En los meses de invierno, el soplo helado del Guadarrama nos saludaba desde la puerta. La noche olía, en la calle, a nieve inminente, a "castaña asada" y a ese frío lúcido de Madrid, agudo como un estilete —y meditado y consciente como un estilo.

XLVIII. VISITA DE PEDRO SALINAS

A LA "peña" del *Regina* iban sobre todo, en 1929, escritores españoles cuajados por la madurez y, algunos, consagrados ya por la fama. Después de la cena, don Ramón presidía otra gran tertulia: la de *La Granja*. Participaban en ella literatos más juveniles; de tal manera que Valle Inclán —según decían ciertos oyentes— podía, por las mañanas, graduar los temas de sus improvisaciones, reservando para la tarde o para la noche los asuntos que le parecían más adecuados a la edad, al fervor y al gusto de cada público. No me consta la veracidad de esa insinuación pues no solía yo concurrir a las veladas de *La Granja*.

Preferí conocer a los jóvenes en condiciones menos polémicas y en ambientes menos ruidosos. Muchos de ellos, considerados jóvenes en Europa, andaban ya por la cuarentena. Algunos habían cambiado conmigo cartas circunstanciales: sobre un libro, que nos interesaba en común, o sobre determinada opinión acerca de obras, suyas o mías. Los primeros con quienes pude trabar amistad fueron Pedro Salinas y Benjamín Jarnés. Ambos han desaparecido del mundo —pero no de mi afecto, ni de las letras.

Ausente de España en los días de mi llegada a Madrid, Salinas tuvo la atención de ir a visitarme, a su regreso de Francia, cierta mañana de junio. La doncella lo introdujo en lo que llamaba mi biblioteca. Ahí me esperó dos o tres minutos: los que tardé en apresurar el desayuno que acababan de servirme cuando él se anunció. Me sorprendieron, al saludarle, su corpulencia, lo macizo de sus zapatos ingleses, de excursionista, lo profético de sus manos y, sobre todo, su rostro largo, de ojos delgados, plácidos y marítimos. No era así como nos representábamos, en la Redacción de *Contemporáneos*, al sutil traductor de Proust.

De un cartapacio de cuero negro, extrajo un libro: *Seguro azar*. Amablemente, como si fuera su tarjeta, me lo ofreció. A pesar del exordio, no hablamos aquella vez de literatura; sino de muebles, de viajes, de apartamentos.

Aunque —por cortesía— no me lo dijo, comprendí que el mío le había decepcionado. No era, en efecto, ni elegante ni original. ¡Y estaba tan mal situado! Por sí sola, la proximidad de la plaza de toros era ya un inconveniente en extremo serio. Le expliqué el origen de aquel error. Hastiado del hotel en que aterrizamos, salí una noche en busca de casa. Como no conocía aún la ciudad, avancé por la calle de Goya: tres, cuatro cuadras. Al cabo de ellas, di con un edificio moderno, cómodo y limpio.

En mis tribulaciones de candidato a inquilino, el olor del barniz reciente y de las nuevas maderas me ha parecido siempre una invitación. Llamé. Un joven me abrió la puerta. Quedaban varios pisos por alquilar. Acepté el primero que me propuso. Al día siguiente, compré los muebles; todos los muebles; no con la lentitud selectiva de quien sabe que va a instalarse por mucho tiempo, sino con la decisión y la prisa de quien paga, en un barco, el precio de un camarote. Cuando me percaté de lo hecho, era ya demasiado tarde.

Salinas sonrió. Buscar un apartamiento —me dijo— es una profesión en Madrid, como cualquiera otra. Él la practicaba. A veces, cuando no tenía cosa más útil que hacer, salía de su casa, a descubrir aquella en que le hubiese agradado morar. Conocía, así, todos los interiores posibles, entre el Retiro y el Manzanares. Dado el volumen del cartapacio que permanentemente le acompañaba, los porteros debían creerle contratista de inmuebles desocupados. Él admitía tal interpretación, que facilitaba su platónica empresa e imponía a los Argos más belicosos una sonrisa cooperativa.

Aquella costumbre suya estaba de acuerdo con su talento de narrador. ¡Qué argumento más sugestivo, para un lírico de su estirpe, que un aposento deshabitado, de paredes desnudas, blancas y virginales! En las habitaciones vacías que visitaba, Salinas iba a encontrar a los personajes de sus relatos. Sólo en esas estancias podían vivir las mujeres ultramodernas —y prehistóricas— que cruzan por las páginas de sus libros o que hablan con él en sus poesías.

Después de todo, el único mueble que le hacía realmente falta era una mesa. Una mesa para el teléfono, ya que sus mejores composiciones se dirigen a un hipotético ser, hasta cuya presencia no llega el escritor con la ayuda de escalas o de ascensores, sino a través de una red de ecos imperceptibles, mediante un número, un secreto número —que los lectores no encontrarían jamás en el "directorio".

La distancia era ya la clave, en aquellos tiempos, del temperamento poético de Salinas. Sus cantos estaban hechos para tras-mitirse por telegrama. Todos ellos eran mensajes que debían leerse frente a un micrófono. Empezaban, frecuentemente, por una interrogación:

> ¿Qué voy a ponerte a ti,
> galera de fantasía?

> ¿Por qué pregunto dónde estás
> si no estoy ciego,
> si tú no estás ausente?

Y —también— por una respuesta, que el espectador no en-tiende, porque no sabe lo que el poeta escucha por el audífono:

> Sí, lo veo;
> y nada más que lo veo.
> Ese viento
> está del otro lado, está
> en una tarde distante
> de tierras que no pisé...

Con los años, había de afirmarse en mi nuevo amigo ese tele-fónico uso de los procedimientos líricos más auténticos. En las composiciones coleccionadas en 1933, ya no pregunta, ni tampoco responde; más bien, ordena. Su entonación es, entonces, la del señor —ausente de su ciudad y de su morada— que, de impro-viso, imagina un posible descuido de su familia y, por la vía más rápida, trata de prevenir el desastre próximo:

> No. No dejéis cerradas
> las puertas de la noche.

La palabra más significativa del léxico de Salinas es la pala-bra "voz". Por eso, probablemente, uno de sus libros más per-sonales se llama La voz a ti debida. Por ejemplo, cuando espera que una mujer se decida a regresar, lo que ansía no es tanto reconocerla con los ojos cuanto comprobarla y recuperarla con el oído:

> Aún espero tu voz.
> Telescopios abajo,
> por espejos, por túneles,
> puede venir...
> ¡Si me llamaras, sí, si me llamaras!

Aquella voz —tan delicada, tan pura, tan prestigiosa— no exis-te hoy, en España, quien pueda oírla como hacía Pedro Salinas, con una mezcla, muy suya, de humorismo y de mística devoción. La última vez que charlé con él (fue en París en 1949) me pareció labrado por un escultor invisible e inexorable. Pensé que sería el destierro. Era la enfermedad; era ya la muerte, que comenzaba a definir su perfil futuro, para la hora de la medalla definitiva y del monólogo sin respuesta.

Salinas no tuvo, en vida, la celebridad inmediata de Alberti y de García Lorca. Él merecía, sin duda, homenajes más silenciosos y menos públicos. Lo pintoresco, lo fácil —o lo terrible— no dejaron nunca en su obra rastro especial. Muy de su siglo, como Larbaud, le gustaban los expresos, los aviones, el cine y hasta las máquinas de escribir. Pero vivía en las fronteras de una sensibilidad y en los límites de una época, solo, entre la música de esas almas —Góngora, Keats, Mallarmé, Juan Ramón Jiménez— que habían sido guías de su talento. Algunos de esos espíritus nos saludan desde uno de sus más elocuentes ensayos críticos: el que redactó, en 1940, como presentación de una historia del periodo modernista. Descubro, en aquellos "apuntes", una página extraordinaria. Y no me resisto al placer de insertarla aquí:

"¡Qué campo tan tentador —exclamaba entonces— el de la ornitología poética, desde nuestro primer pájaro augural, simbólico también, la corneja que volaba a la diestra, cuando el Cid sale de Vivar, a la zumaya de García Lorca! Ruiseñor del romance, cisnes de Garcilaso, aves de altanería y grullas veleras de Góngora, tórtola querulante y paloma arrulladora de Meléndez Valdés, golondrinas sin vuelta de Bécquer, ruiseñor maravillos) de Jorge Guillén, aves las más ilustres de nuestra lírica, entre otro numeroso coro de plumados menores. Y en esta Internacional del averío poético, fuera de nuestra tierra y lengua, vuelan incansables y eternos el mínimo colibrí de Alfred de Vigny, o su herida águila, en *Eloa;* los ruiseñores de habla inglesa, supremo el de Keats, entre los de Milton, Wordsworth y Coleridge; el cisne de Heine en su lago del Norte; la alondra de los amantes de Verona y del otro amante, Shelley; el cuervo de azabache y terror de Edgar Poe; el albatros expiatorio de Baudelaire; el cóndor de Leconte de Lisle, y el sinsonte de Walt Whitman. Todos apresados en esa inmensa pajarera, hecha con barrotes invisibles, cortos y largos, alemanes o americanos, de los versos que a la vez les dieron libertad y los contienen para siempre."

Él se inclinaba, según decía, al grupo "Atenea-buho-González Martínez". No podía ignorar, evidentemente, que semejante preferencia habría de restarle el elogio fácil, el aplauso indocto. Porque su obra es la menos popular y, dentro de su sencillez aparente, una de las más defendidas. La bondad fue siempre virtud rectora de su existencia; una bondad que lo hacía accesible a todo, que lo había estudiado todo —y que se despojaba, a tiempo, de todo lo que sabía para ofrecer, sin exclamaciones, la más humana y cordial de las bienvenidas al amor y al dolor de ser.

XLIX. ALGUNOS JÓVENES

ERA Benjamín Jarnés —en 1929— un ser jovial, ávido y distraído; laborioso y miope; gran amigo de sus amigos y lector sin término ni cansancio. Aragonés como Goya y como Gracián, había hecho de las letras no solamente su oficio (lo digo para elogiarle) sino también su deporte y la razón más robusta de su máquina existencial. Trabajaba todos los días del año, como en un surco, de sol a sol, en compañía de su esposa, una admirable mujer que le daba aliento, le mantenía la vida en orden y le servía ejemplarmente de secretaria. Cada cinco o seis meses salía de aquella casa una colección de fábulas, una novela o —para complacer a los editores —algún ensayo de biografía.

Cuartilla sobre cuartilla, artículo tras artículo, el nombre de Jarnés iba afianzándose noblemente. Como decía uno de sus clásicos, le estimulaba la convicción de que habría de salvarse —lo mismo que Scherezada— inventando un cuento distinto todos los días. Distintos, puede que no lo fueran los suyos en sumo grado. Sus personajes estaban hechos a su imagen y semejanza. Y, por mucho que les hiciese cambiar de apellido o de profesión, todos, bajo diversos disfraces, eran él mismo: tanto el profesor de *El río fiel,* cuanto el cardíaco de *Escenas junto a la muerte,* el tenedor de libros de *Paula y Paulita,* o —en otros planos— Zumalacárregui e, inclusive, el sabio Merlín...

Habíamos entrado en correspondencia, en 1927, con motivo de *Margarita de niebla,* libro mío que algunos escritores españoles compararon con el primer volumen de sus relatos: aquel en cuyas páginas figuraba *Mañana de vacación.* En la *Revista de Occidente,* que publicaba sus cuentos, otro joven crítico madrileño había dado noticia de mi novela. Aquella asociación establecida entre nuestras obras me inspiró el deseo de asomarme a la suya más detenidamente. Y, del conocimiento de sus escritos, no tardé mucho en pasar —residiendo en Madrid— al trato de su persona.

El azar nos reunió en un almuerzo de despedida, ofrecido al poeta del *Romancero gitano,* que iba a partir rumbo a Nueva York. He escrito "el azar" y debí escribir "el seguro azar", pues organizaba aquel homenaje Pedro Salinas. Conocí allí a García Lorca; a Jarnés, que se presentaba como el "convidado de papel" de uno de sus libros; a Marichalar, siempre recién salido, en aquellos tiempos, de una lectura de Joyce; a Rafael Alberti, inseparable de Bergamín. Y a éste, naturalmente, banderillero del aforismo, fuego y fénix de su ironía; en pocas palabras: mezcla (muy castellana por cierto) de católico-"aficionado" y de florentino andaluz.

En un ángulo de la mesa, nos sentamos Jarnés y yo. Me habló él de Sor Patrocinio, "la monja de las llagas", a la descripción de cuya existencia acababa de consagrar un volumen en la colección de las *Vidas Españolas e Hispanoamericanas del Siglo xix*, donde pronto hubieron de destacarse un *Mina* de Martín Luis Guzmán y el *Candelas* de Antonio Espina —que he releído, hace pocos meses, con renovada delectación.

Se advertía en la inteligencia de Benjamín Jarnés ese pliegue níveo —de sobrepelliz o mantel de altar— que imponen a los más singulares talentos las planchas del seminario. Ardiente y voluntarioso, sufría y gozaba de todo excesivamente. Ante determinadas ideas, revelaba de pronto una audacia ingenua. Por momentos, se parecía a Julián Sorel. Y, por momentos, a Quintus Fixlein. No menciono estos nombres por mera arbitrariedad. Jarnés era un devoto lector de Stendhal. En sus conversaciones, el recuerdo de Julián Sorel afloraba muy a menudo, aureolado por un respeto demasiado profundo para ser sólo de índole literaria. Le seducía, sin duda, el caso de ese hombre de cuna humilde, pero de aspiraciones ilimitadas, consagrado a erigir su reputación, a veces sobre las ruinas de sus sentimientos más puros y más honestos. Por lo que atañe a Quintus Fixlein, él mismo, desde aquella plática repentina, me indicó la esperanza de trasladar al idioma español algunas páginas de Juan Pablo. Impetuoso, como su paisano Gracián, no sabía aún Benjamín si, en la antinomia Goethe-Juan Pablo, era indispensable quedarse con el autor de *Las afinidades electivas*. Veneraba a Goethe, pero creo que Juan Pablo se hallaba un poco más cerca del calor de su corazón.

Citó, igualmente, a Sören Kierkegaard, "demasiado pobre, o demasiado rico, para separar la realidad de la poesía"... Quiso averiguar desde luego si me gustaba *El diario del seductor* que, en la versión de Gateau, había llegado a las librerías españolas y era objeto de múltiples comentarios. Cuando le contesté afirmativamente, sonrió con aprobación. Un vínculo más quedó consolidado entre nosotros.

Hablamos con abundancia del pensador, tan deslumbrante artista en muchos de sus ensayos. En opinión de Jarnés, hubiera sido interesante publicar una antología de ciertas frases de Kierkegaard, subrayadas probablemente por ambos en los libros suyos que poseíamos. Ésta, entre otras, que utilicé como epígrafe para el retrato —en prosa— de una "estrella" imaginaria: "Estaba en lo mejor de su vida. Porque una mujer no se desarrolla, no crece como un hombre... Nace un poco a cada momento, pero pone tiempo en nacer."

Habríamos podido seguir charlando durante horas. Sin embargo, el banquete empezaba apenas. Los demás comensales retenían ya mi atención. García Lorca en primer lugar, a quien todos tuteaban gozosamente y que dirigía a todos una palabra andaluza, rebosante de simpatía. Demostraba una viva curiosidad por saber lo que le aguardaba (a él, tan gitano y tan curvilíneo) en las calles rectangulares de Nueva York. Y, con plasticidad inimitable, imitaba —para divertir a sus compañeros— las locuciones y los pasos de las figuras más eminentes de la tribuna, el teatro y la cátedra madrileños.

Desde los días felices del *Romancero*, su poesía había ido creciendo, desenvolviéndose y madurando. Mientras los jóvenes de España y de Hispanoamérica se empeñaban en inventar octosílabos heredados de *Antoñito el Camborio* y de *La casada infiel*

> *(El almidón de la enagua*
> *me sonaba en el oído*
> *como una pieza de seda*
> *rasgada por diez cuchillos),*

Federico se disponía a experiencias más peligrosas —las de sus poemas de Nueva York— y, sobre todo, a empresas más arduas y más humanas: las de la escena.

Es significativo que dos de los escritores mejor dotados de aquel período (Giraudoux en París y García Lorca en España) se hayan descubierto merced a una victoria, absolutamente consciente, sobre las dificultades del diálogo teatral. Como *Eglantina* y *Elpenor*, el *Romancero gitano*, por hermoso que nos parezca, marcaba un límite; era el resumen de una biografía poética intensa y breve. Ni Federico ni Giraudoux hubiesen ganado mucho con repetirse. Uno y otro necesitaban el concurso de una aventura técnica, digna de aproximarlos —de manera más decisiva— a las obligaciones y al oficio de "autor". En la prueba, uno y otro vencieron, no porque abandonaran sus métodos de poetas, sino —al contrario— porque enriquecieron la comedia y el drama con la lección de su poesía. Poesía en prosa, como la del profesional de *Adorable Clío;* poesía en verso, como la del creador de la *Oda a Walt Whitman*, de *Navidad en el Hudson* y del *Panorama ciego de Nueva York*.

No lejos del sitio que yo ocupaba, Alberti recibía las congratulaciones de sus amigos por su éxito más reciente: *Sobre los ángeles*. Él también, como García Lorca, había ido dejando atrás a muchos de sus lentos imitadores. Desde aquel *Marinero en tierra*, que anunciaba ya cualidades indiscutibles de elegancia y de tradición, ¡cuánto había conquistado su obra en misterio, en gracia, en profundidad! Acaso en *Sobre los ángeles* habrá de buscar la crítica sus poemas mejores y más perfectos.

Me agradaba sentirme entre aquellos jóvenes españoles. Todos —y cada cual a su modo— estaban edificando una patria nueva. Nada, entonces, hacía prever el desastre que acabaría por dispersarlos en la angustia, en la noche y en el destierro. ¿Quién hubiera creído que García Lorca moriría fusilado, en la bruma de un alba trágica, bajo el cielo de esa Granada que no era sólo el paisaje nativo de su existencia sino la capital entrañable de su lirismo?

Mientras le festejábamos, en las vísperas de un viaje a los Estados Unidos, nadie habría aceptado pensar que otro gran poeta —Antonio Machado— tendría que escribir para él estos versos inolvidables:

> *Se le vio caminando entre fusiles*
> *por una calle larga,*
> *salir al campo frío,*
> *aún con estrellas de la madrugada.*
> *Mataron a Federico*
> *cuando la luz asomaba...*

L. ESCUDO DE MADRID

MI PREVIO conocimiento de algunos intelectuales, su hospitalaria acogida y mi inmediato contacto con varios círculos madrileños me permitieron introducirme en la realidad española sin transiciones, como quien sale a la superficie de una ciudad, no por la puerta de una estación de ferrocarril, sino en el centro mismo de sus negocios y de su tráfago más intenso, por la boca de un subterráneo y merced al auxilio de un ascensor.

Aquella rápida forma de establecer relación con la vida de Madrid me ahorró las molestias del noviciado, pero me privó de algunos de sus placeres. Mis primeros recuerdos madrileños no son, ahora, impresiones de paisajes y de lugares, sino reminiscencias de charlas y de personas. Poco a poco, no obstante, fui abriendo los ojos a la exterioridad de la capital; descuidé las "peñas" por los museos, los museos por los jardines, los jardines por las calles y, al final, colmo ya de madrileñismo, las calles por el periplo, breve pero fecundo, que todo turista está obligado a efectuar, por lo menos una vez al día, en torno a la Puerta del Sol.

El Madrid de entonces no era la pintoresca ciudad de casas multicolores y de mujeres con abanico, mantilla y peina, que vio Gautier. Pero tampoco se parecía a aquella fantástica villa de la que dice Manuel Azaña que "destiló los residuos de un espíritu amanerado y ardió con una llama única y venenosa: la de la hoguera en que fue a suicidarse una civilización peculiar, macerada por el fanatismo, la guerra y el aislamiento". No. El Madrid que mi memoria se goza en representarme no coincide ni con la España de *La verbena de la Paloma* ni con la de los inquisidores y los autos de fe.

Ciudad arbitrariamente trazada, carecía Madrid de esa coordinación de perfiles arquitectónicos que es a las capitales lo que la serenidad a los rostros de las personas: equilibrio y, también, promesa. El solo recorrido de la Gran Vía ponía frente a los ojos del extranjero, en 20 minutos escasos de marcha, todo un irónico repertorio de ménsulas y cornisas, de estatuas y capiteles, de cúpulas y cariátides. El yeso imitaba al mármol —y viceversa: el granito parecía hecho con cartón-piedra. Perdidas las proporciones, los teatros semejaban bancos, los bancos templos y los rascacielos enormes pisapapeles. Inquietaba pensar que los hombres que paseaban entre semejantes inmuebles descendían de aquellos que habían llevado, hasta el Nuevo Mundo, un noble arte de construir.

Madrid constituye, en el fondo, un error ilustre de los Habsburgo. Nacido del artificio, quiso ser clavo que mantuviese adheridas al viejo nudo de España las cintas alegres o austeras de las provincias... Lo que logró, en ocasiones, fue inmovilizar al país, colgándolo en ese punto que —probablemente porque era su centro teórico— resultó ser un punto neutro.

Como los himenópteros refinados de que habla Fabre (los cuales fijan su dardo instintivamente en los núcleos nerviosos del enemigo a fin de privarle de toda acción, pero sin matarlo, pues necesitan ir devorándolo poco a poco y no les gusta nutrirse con carne muerta), así el estilete de la dinástica burocracia se insertó en la estepa trágica de Madrid, paralizando otras manifestaciones del pueblo con tal astucia que España siguió existiendo —pero entregada, durante siglos, a la avidez destructora de muchas larvas imperceptibles y pertinaces.

Aunque el más hermoso libro español es, sin duda, la historia de Don Quijote, el madrileño más exigente sigue siendo Quevedo —y el más mordaz. Algo parecido acontece con la pintura. Puede insinuarse, en efecto, que Cervantes es para Velázquez como Quevedo para ese aragonés inmortal que se llamó Goya. Aquéllos expresan con mayor claridad los valores universales de España. Éstos acuñan, en el metal de la Corte, el escudo dramático de Madrid. ¡Con qué pasión releí a Quevedo durante los primeros meses pasados en su ciudad! Alguaciles, cocheros, juglares, dueñas y boticarios desfilaban por esas lecturas, como en las calles fantásticas de *Los sueños:* sombras que parecían arrancadas al cuaderno de los *Caprichos* y que mi mala memoria solía mezclar con los peines de los franceses, el caballo napolitano, el seso de la república de Venecia, las medias lunas del turco y uno que otro de aquellos amantes desencarnados que, tableteando con las encías, seguían en el cortejo a la calavera, confitada en untos, símbolo de la vida.

Pocos autores menos burgueses. Por otra parte, aun en la España de 1929, la burguesía resultaba casi anacrónica; más que una florescencia, una incrustación. En los cafés, los camareros se entendían mejor con los duques que con los jefes de negociado. Hasta desde el punto de vista físico, uno y otro —camarero y grande de España— tenían más semejanzas que las que un ojo advertido reconocía entre un empleado público y el dependiente de un almacén.

Esa posición social de la clase media me hizo pensar, más tarde, en lo que Vossler escribe acerca de la fusión del culteranismo y de la retórica popular. "En el edificio estilístico de España —dice— el piso medio, que podría representar el grado de la moderación y de la pureza, ocupa el menor espacio. Toda la estructura idiomática y literaria de España en su siglo de oro se diferencia de las de Italia, Francia y Alemania por la solidez de su fundamento popular, cuyos cimientos se van alargando como pilares para sustentar el muy artificioso ornamento de los tejados."

Las fórmulas preciosistas, que en Francia y en Inglaterra fueron producto de una combustión social muy elaborada, emanan en tierra española frecuentemente del pueblo. De tal manera que, si en el París de la señora de Rambouillet, muchos retorcimientos expresivos obedecían a una usanza exclusiva de la nobleza, en el Madrid de Quevedo, ciertos rebuscamientos de la prosa, incluso los de linaje más conceptista, suponen una exasperación del gusto alegórico popular: el que clava todos los días, sobre el sentido común, las banderillas de fuego de sus metáforas.

Quien no ame ni sienta al pueblo, gloria de España, no captará fácilmente las virtudes mágicas de Madrid: su bondad, su gracia, su inteligencia, y esa su simpatía característica que impregna en seguida al recién llegado, como aquella fragancia "honrada" —"a corazón descubierto"— que evoca Juan Ramón en un gran poema... Hay, ciertamente, en Europa, urbes más populosas, ciudades de monumentos más bellos, capitales de armonías civiles más concertadas. Pero Madrid es inconfundible. Nos envuelve y nos estimula por cada poro. Se acaba por ya no verlo, porque no se vive tan sólo *en* él; se vive, además, *con* él.

En el Madrid literario de entonces, el jerarca —no indiscutido— era Ortega y Gasset. Mis encuentros con él fueron de tres órdenes. Le saludé en el despacho de su revista cierta vez que, acompañado por Benjamín, nos detuvimos a charlar con Fernando Vela. En otra ocasión (*Teatro Infanta Beatriz*) le oí una conferencia sobre Descartes. Meses más adelante, le vi —de lejos— en *Viena-Park*, salón de té que servía de centro, cuando empezaba el estío, a las familias que no emigraban aún a Biarritz o a Santander.

El despacho, el escenario y la multitud de un salón en boga me sirvieron de observatorios para apreciar, hasta donde pude, determinados aspectos de su presencia —de pensador, de maestro y de hombre de mundo.

Bajo la lámpara verde, en el despacho de la revista, su rostro me sorprendió por la vastedad de la frente que dominaba los ojos hondos, sólidamente alojados entre los párpados. En vez de brotar hacia los intrusos, su mirada parecía reconcentrarse, y se tenía la sensación de que no veía las cosas directamente porque iba a buscarlas dentro de sí, en un esfuerzo indirecto, de introspección. En el teatro, durante la conferencia sobre Descartes, lo que más vivamente me interesó fue la seguridad de sus actitudes y la nitidez persuasiva de su palabra. Ceñido en un traje oscuro, el orador paseaba de un lado a otro del escenario, con la desenvoltura de un buen actor. Su expresión parecía burlar las dificultades. A pesar de lo cual, en ciertos momentos (para definir un concepto particularmente intrincado o para citar con exactitud algún texto ajeno), interrumpía su plática itinerante, se detenía frente al atril y leía un fragmento de sus apuntes. No había la menor diferencia de fluidez entre las partes improvisadas y las leídas. Con sólo cerrar los ojos, el auditorio hubiera dejado de percibir cuáles eran los párrafos dichos y cuáles los recitados. Semejante facilidad, que hechizaba al público, irritaba a los críticos sordamente.

El Ortega que examiné en *Viena-Park* no se esforzaba ya por disimular esa propensión al arbitrio de la elegancia. Iba con dos señoras que me eran desconocidas y que, por la deferencia con que le hablaban, debían pertenecer a ese transeúnte tropel de ninfas y de centauros a cuya voluntad le gustaba entregar por momentos su deleitable inercia de cenobita. Ese Ortega social, de vestido claro, coincidía curiosamente con la silueta que me había yo imaginado de él, varios años antes, al leer —todavía en México— su *Conversación en el golf o la idea del Dharma*.

La semblanza exterior del hombre no modificó mi afición por la obra del escritor. Pensador feliz, entre cuyas manos las más abstractas teorías cobraban cuerpo sólido y resistente, sus ensayos contienen algunas de las páginas más brillantes de la literatura castellana contemporánea. Su prosa, rica en aciertos, es a menudo lección de elasticidad, de alegría, de transparencia...

Alguna vez se hará el balance de lo que las letras de nuestra generación deben a la influencia de Ortega y de su revista. No todo, naturalmente, será ganancia. Varias predilecciones —insuficientemente fundadas— pesan en el pasivo. Pero enriquecen la otra columna, la del haber, muchas fértiles cualidades. Una, especialmente: la que nos habituó a considerar nuestros propios defectos en un espejo de bisel quizá demasiado agudo, pero de cristal bien pulido —y de firme azogue.

LI. PAUSA EN TOLEDO

Acosado por la proximidad del verano —que, en Madrid, suele ser de calores intolerables—, decidí apresurar ciertas excursiones. Principié por aquella que me atraía más hondamente. Un domingo de junio, tomé el tren anunciado para Toledo.

En los viajeros que se encontraban ya en el vagón, presentí un idéntico anhelo de comprobarla: pieza de oro de los *baedekers;* ciudad leída, siempre asediada por el deseo, y de pronto —casi madura— a punto de resbalar hasta nuestros pies, como fruta insigne, desde la rama de un kilométrico ferroviario.

Mi llegada al estrecho compartimiento no alteró, por lo pronto, la impaciencia de los demás. Larga sonrisa de aquella dama que reclinaba sobre un escote de Rubens, geográfico y otoñal, una cabeza indulgente, frágil y astuta, de Leonardo. Trémulo ir y venir de la mano con que, a mi izquierda, un enlutado vecino perfeccionaba a cada minuto la posición de una perla entre el oleaje de su corbata. Y, a dos asientos de éste, sistemática lentitud con que un estudiante de ojos cansados repasaba —en un libro de notas— todas las citas que, en corto tiempo, Toledo acaso me cumpliría.

Nos mirábamos con recelo. El caballero del tic nervioso contemplaba sin entusiasmo mi cámara fotográfica. Su mano, copiada de algún modelo de gentil-hombre de 1560, daba la impresión de haber sido olvidada ahí, sobre la seda de esa abundante corbata muy "novecientos", por un artista al que no alarmaran ciertos anacronismos.

Mientras tanto, en *allegro maestoso,* el expreso se puso en marcha. Medido por los postes telegráficos, el paisaje llenó de azul nuestras ventanillas. Pero incluso ese azul suscitaba probablemente en los pasajeros más recuerdos urbanos que campesinos, pues tenía la profundidad de los añiles envejecidos en muchos óleos de sacristía, entre el brillo de las lámparas y los bordados de las casullas.

Rápidamente, el viaje fue adelgazando nuestras fronteras. Afuera, la miel del sol había ido oscureciéndose poco a poco. La escena, grado por grado, pasó de la iluminación del "impresionismo" a las penumbras de Zurbarán. La brisa abandonó una nube sobre los árboles abatidos, a ambos lados de la vía, por el hachazo de la velocidad. Como el dueño de una galería espléndida de pintura, el tiempo estaba haciéndonos recorrer todos los climas del arte hispánico. Tuve entonces la sensación de que el tren había dejado de moverse en el espacio, para hundirse —en la historia— calladamente. Sin que hubiéramos podido indicar ni cómo ni en qué momento, el vagón desandaba varias centurias. Y las desandábamos nosotros junto con él, en una caída vertiginosa. Así fue como aterrizamos, con una sacudida imprevista, que obedecía a los frenos más fuertes del pensamiento— y del tren, sin duda—, en el andén y la época de Toledo.

Frente a la evidencia de semejante llegada, mi ambición de turista se exacerbó. Antes que nadie abrí la portezuela y me desprendí de mis compañeros involuntarios. Ya en tierra firme, volví los ojos al tren. Ninguno de los viajeros se daba prisa. ¿Me habría equivocado de línea? ¿O, tal vez, aquellas personas —a las que atribuí mi propia curiosidad— se dirigían a otras ciudades, menos históricas y secretas?

Más real que el Toledo real que tenía por fin ante mí me pareció el que había inventado durante el viaje. Pero no; no era yo quien se había equivocado de rumbo, sino ella: la población que, entregándose repentinamente a mi fiebre de cazador, perdía de un solo golpe su encanto fugaz de presa. Por eso no tenía ya que apuntar el ojo para dar en el blanco a cada momento, pues aquella página silenciosa— que los puentes distribuían en compactos párrafos interiores— era ya la crónica de Toledo, era ya Toledo.

Arriba, tallado sobre el zafiro de un cielo duro, estaba el Alcázar con sus cuatro pesadas torres y, en la memoria de los lectores del Duque de Rivas, el noble discurso de Benavente ante Carlos V. Abajo latía la ciudad. En ella, donde numerosas culturas se han sobrepuesto, la flecha lírica de la Catedral, al amparo de cuyas naves las aleluyas del órgano alegran el tímpano de los santos, inmovilizados en los retablos.

Como Brujas, como Venecia, Toledo es una ciudad y es, igualmente, una "estación de psicoterapia". Su más recóndito sortilegio implica una gran lección. ¡Tantos siglos y tantos credos se han sucedido y entreverado sobre las rocas que la sostienen! Sinagogas y templos góticos, vías morunas y callejuelas. Los escudos de algunas familias de hidalgos devotos y belicosos pactan sin saberlo, en el viejo muro, con los arabescos y las espiras de los artífices orientales. Entre una puerta del siglo xv y una cuchillería, cierto rincón africano perdura, de cuya sólida sombra nace una "malagueña", con la insolencia de una palmera sobre un erial. Y, para subrayar esta condición —pacificadora, humana y cosmopolita—, toledano como el que más, toledano entre toledanos, se levanta el prestigio de un extranjero, surge Doménico Theotocópuli.

Siempre me había inquietado la obra de ese pintor, tan original y tan calumniado. Todo en él es enigma vivo, desde su infancia mediterránea hasta sus amores con una mujer cuyo rostro hermoso —según se dice— adorna múltiples telas suyas, bajo el manto simbólico de la Virgen.

La literatura (y no sólo la literatura española) me había dado de él una serie de imágenes inconexas, habitualmente contradictorias. Uno de mis amigos aseguraba que la esbeltez de sus figuras, su ansia perpetua de vuelo y su eterna lucha contra la pesantez eran el resultado... de una visión defectuosa del artista. Barrès hablaba de un realismo, singularmente diestro en expresar "los espasmos del alma". Elogios de esta laya habrían sido capaces de congelar el caudal de mi admiración. Por fortuna, en el Museo del Prado, ya la sala del Greco bastaba para advertir cuán lejos de Doménico Theotocópuli se hallaban, de hecho, tan elocuentes panegiristas.

Pero no me había sido suficiente verle en el Prado. Y lo que iba a buscar en Toledo era, precisamente, el recuerdo de esa hora imperial y severa de la vida de España: la hora del Greco. Lo que encontré (como ocurre, a menudo, en los viajes) fue una nueva interpretación de mi propio drama; o, por lo menos, una nueva forma de plantearlo.

Toda una humanidad en permanente Pentecostés desfiló en poco tiempo frente a mis ojos. La Virgen de la Asunción, en la iglesia de San Vicente; el San Pedro, del Hospital Tavera; el Evangelista y el San Felipe, y —en la Catedral— el Cristo patético del despojo. Centuriones y santas, judíos y carpinteros, representantes de una existencia en que se comprende que, por la combustión de los otros días de la semana, todos los miércoles pasen como miércoles de ceniza.

En Santo Tomé, ante el *Entierro del Conde de Orgaz*, me angustió discernir muchas rebeldías, mal apaciguadas entonces en mi conciencia. ¡Con qué misterio se reunían los personajes, en esa obra del Greco, junto al cadáver del Conde armado! ¡Y qué incomparable galería de retratos la que dispuso el pintor, como friso terrestre, a los pies de los ángeles voladores! Pero, sobre todo, ¡qué necesaria, qué indispensable correlación entre el mundo y la gloria del cuadro célebre! ¡Cómo se advierte que cada línea y cada color de la escena humana —y de la divina— se obligan, se corresponden y se contestan!

Sentí que me hacía falta esa tercera mágica dimensión, que el pincel del Greco supo tan bien descubrir en el semblante de sus hidalgos y de sus monjes. Por comparación con el alma que revelaban aquellos rostros, alma encendida y atormentada que perdonaba a sus semejantes sin lágrimas ni consejos, comprendí hasta qué punto se encontraba la mía desconcertada entre ciertas llamas: las que habían quemado, durante años, a esos seres arrepentidos, devorándolos en silencio con un fuego tan íntimo y tan constante que, al extinguirse materialmente, no se agrandó su sombra —se agrandó su resignación.

Una mano, leve y enjuta, dobló el pliego de un capítulo de mi vida. ¿Qué iba a ser de mí en los próximos episodios?

Por el tren de la noche, volví a Madrid.

INVENTORES DE REALIDAD

EL ESCRITOR EN SU LIBERTAD

En esta Casa, de la que fui huésped en 1946, cierta noche de junio, cuando El Colegio Nacional se dignó asociarme al tributo rendido a uno de sus miembros más respetados y más ilustres, el filósofo don Antonio Caso, sean mis primeras palabras para agradeceros, señores, muy cordialmente, la confianza con que habéis querido distinguirme al invitarme a ser uno de los vuestros.

Sé lo que vale este testimonio de vuestro crédito. Conozco los méritos de cada uno de los maestros que dan prestigio a esta Institución, conciencia activa del pensamiento libre de la República. Como ciudadano privado he observado, desde hace meses, lo que como Secretario de Educación tuve la fortuna de ver crecer, afirmarse y desarrollarse, al margen de las preocupaciones de lo oficial, pero no sin raíz en las inquietudes de nuestro tiempo y en las ambiciones legítimas de la patria: la labor de un colegio en cuyo seno las ciencias, la literatura y el arte se hallan —por vosotros— brillantemente representados.

Veo aquí varios rostros nuevos. Al saludarlos, pienso en los hombres a quienes los más recientes miembros de esta corporación han de continuar con intrepidez en el surco insigne. He aludido ya a don Antonio Caso. Agregaré a su nombre los de don Ezequiel A. Chávez, don José Clemente Orozco, don Ezequiel Ordóñez, don Isaac Ochoterena, don Enrique González Martínez y don Mariano Azuela, que cito en el mismo orden en el que hubisteis de decirles adiós... Grandes figuras, me resisto a situarlas en la perspectiva de lo pretérito. Nobles presencias, su actualidad es constancia de una perduración a la que no roba la muerte ni ímpetu ni decoro: la perduración nacional, que consiste en hacer —entre todos— una cultura: en responder —entre todos— al desafío de un destino común.

Último en llegar al coloquio de esta asamblea, que agrupa a soledades tan eminentes, no ignoro mis deficiencias, ni disimulo mis límites. Lo único que puedo ofreceros es un propósito: el de responder al honor de vuestra elección con la perseverancia de mi trabajo.

Nota. Durante el mes de julio de 1954 di, en El Colegio Nacional, un breve curso acerca de los grandes novelistas al estudio de cuya obra está dedicado este volumen. En él he recogido las nueve conferencias que entonces pronuncié y, además, otros tres ensayos escritos sobre el mismo tema. Por diversas razones —entre las cuales destaca la circunstancia de que el estudio a que aludo fue concebido primordialmente como una modesta contribución a los trabajos en El Colegio Nacional— creo conveniente insertar a guisa de prólogo el texto del discurso que leí al ser recibido, el 8 de octubre de 1953, como miembro de esa Institución.

Recuerdo ahora que algunos de los presentes me otorgaron su colaboración personal para hacer posible la redacción de un volumen que sigue teniendo, a mi juicio, un valor de estímulo: *México y la cultura*. Ese libro, del que hablo con tanta mayor libertad cuanto que, en sus páginas, mi participación se redujo a trazar un prólogo, quiso modestamente ahondar en lo nacional sin desdeñar en ningún momento lo universal. Su intención coincidía con las actividades de este colegio. Aquí, como lo proclama la institución con su hermoso lema, se cultiva el saber que garantiza la libertad y se cultiva el saber en la libertad.

No insistiré en la relación de estos dos conceptos. Pero me apenaría no subrayarla. En efecto, vive el siglo xx una era de inquietud que a menudo atribuyen los pueblos al rencor de las oposiciones políticas o a la iniquidad de los exclusivismos económicos. No se engañan los pueblos, sin duda. Los errores políticos y económicos son factores que agravan terriblemente la zozobra internacional y la crisis, tan prolongada, de nuestra época.

No obstante, bajo los fenómenos a que aludo, un examen sereno de las circunstancias y de los hechos no tarda en descubrir otro mal muy hondo: el desencanto, la falta de verdadera confianza en la libertad.

Y es, señores, que, por avidez egoísta en la aplicación de los principios más venerables, ha cometido el hombre tantos abusos en tantos sitios sobre la tierra... Frente a riquezas incalculables, ruinas de historia en las que pululan muchedumbres de hambrientos y analfabetos. Miseria y lujo. Fuerza y flaqueza. Amenaza y miedo. En un mundo así, de gigantescas desigualdades, ¿cómo no conmoverse ante la incertidumbre con que miran los más humildes hasta el desarrollo técnico del saber cuando no lo sienten humanizado por la fraternidad del espíritu y por el aliento de la virtud?

Entre tantos antagonismos, el amor de la libertad sigue siendo nuestro baluarte más resistente. Es a ella —a la libertad— a la que volvemos los ojos cuando todo, en torno nuestro, niega la aurora. Ella es la que este colegio de artistas y pensadores se enorgullece de izar como símbolo de su acción. Sin ella no existirían ni arte ni ciencia que honrasen la dignidad del linaje humano. Por ella —por erigirla, o por afianzarla en un campo más amplio de la conciencia— cultivaron las letras los novelistas de que hablaré durante el curso que me propongo dar en marzo y abril del entrante año. Unos, como Stendhal, sin arrebatos declamatorios, por antipatía natural del temperamento a la deformación oprobiosa de los prejuicios. Otros, como Pérez Galdós, por devoción espontánea a la voluntad del pueblo, que es el gran protagonista de todos sus episodios, el héroe de sus batallas, el coro que mide con sus estrofas —de piedad, de cólera o de silencio— la voz de sus personajes más decididos. Otros, en fin, como

Dostoyevski, no se entenderían siquiera si deseáramos estudiarlos fuera de la lucha que continúan librando los hombres por realizarse en la libertad.

En una sala abierta como ésta a la libertad de pensar, comentaré el esfuerzo de tres creadores que lo aceptaron todo, valientemente, para ser fieles consigo mismos. Sus biografías son muy distintas. Sus procedimientos artísticos, diferentes. Su visión de los seres y de las cosas dista mucho de ser igual. Bajo la casaca del cónsul, Stendhal vivió anticipándose a sus contemporáneos. Bajo las cadenas del presidiario, Dostoyevski vislumbró una comunión humana en la cual todos comprendiesen que cada uno es responsable de todo ante todos. El más cercano a nosotros, Pérez Galdós, es un maestro espléndido del perdón. Su obra entera podría llamarse, como uno de sus fragmentos: Misericordia.

A pesar de todas sus diferencias (de momento, carácter, nación y estilo) los tres nos dan una alentadora lección de autenticidad. Stendhal, entre la Sanseverina y Julián Sorel, adorador de Mozart y de Rossini, dispuesto siempre a las mayores astucias si le auxilian a descubrir —en la psicología de una mujer— ese diminuto resorte, de hipocresía, de lástima, de ternura o de vanidad, que pone en movimiento los mecanismos ocultos de la pasión. Dostoyevski, con su humildad frente a los humildes, sus infiernos, sus purgatorios. Y, también, con su paraíso — al que no ingresa sino el que sabe admitir la vida y llevarla hasta el éxtasis por el sendero del sacrificio—. Don Benito, en fin, ciego en la senectud, como —en la mocedad— el Pablo de uno de sus relatos; pero ciego que puede mirar aquello que el compañero de Marianela dejó ver cuando recobró, con los ojos, el egoísmo: la forma de un alma erguida, el mundo, resumido por una lágrima.

Pero no he venido a anunciaros hoy lo que serán mis trabajos próximos, sino a tratar de entender con vosotros por qué motivos la libertad —de la que esta Casa se ufana tan justamente— es necesaria a los escritores y por qué causas la colaboración de los escritores no es indiferente a la promoción de la libertad.

Entro pues en materia, sin más exordios.

El verdadero escritor no se concibe sin la conciencia de una responsabilidad insobornable: la responsabilidad de su libertad. Los ha habido sin duda —como Tácito y como Séneca— cuyas vidas tuvieron que desenvolverse bajo la opresión de un tirano; contando los pasos del crimen en los vestíbulos de la corte, u oyendo los cánticos de Nerón entre los rugidos del Coliseo. Otros —y por cierto de los mayores, como Cervantes, como Shakespeare, como Pascal— existieron y trabajaron en épocas en las que el absolutismo limitaba no poco las libertades de la persona humana.

Mientras Cervantes escribía esa epopeya democrática que es

el *Quijote*, burla de las caballerías del feudalismo, exaltación de la bondad popular de Sancho, semblanza del soñador que en sus locuras como en su muerte supo ser, más que un falso Amadís, un hombre de bien, reinaba en España la dinastía de los Habsburgo. Mientras Shakespeare hacía llorar a Lear sobre el cadáver de Cordelia, muchos ingleses lloraban cuerpos mortales más positivos. Eran los deudos de los señores ajusticiados en la Torre de Londres. Y mientras Pascal discurría entre los dos abismos de su angustia —el macrocosmo, con sus polvaredas de mundos, y el microcosmo, con sus constelaciones de átomos— Saint-Evremond tenía que refugiarse en Holanda porque, en una carta, se había atrevido a opinar sobre la paz de los Pirineos. En nuestra propia tierra no han sido pocos, desventuradamente, los literatos que debieron pagar, en la cárcel o el ostracismo, el precio de la independencia de su pluma. Aquel que un miembro de este Colegio llamó una vez "el más constante y, por ello, el más desgraciado escritor" de México, el que recordamos precisamente con el seudónimo de "El Pensador Mexicano", luchó entre rejas por afianzar una imprenta libre y la historia de algunos de sus escritos es, también, la historia de sus prisiones.

¿A qué seguir esta relación? No las crónicas ya, los cables la continúan. Tan pronto como intentamos una pesquisa mundial acerca de las condiciones en que los escritores más afamados produjeron sus obras más representativas, un hecho avergüenza al hombre: muchos de ellos vivieron sin completa libertad exterior.

¿Será, entonces, exagerada la importancia que atribuimos hoy a la libertad, como condición de las bellas letras?... Los **dictadores** así lo han dicho. Más fecundo que la libertad, según su criterio, es el rigor del orden social en el que los escritores y los artistas se manifiestan. Aparentemente, su tesis no es sólo un ardid político. Las épocas desprovistas de libertad suelen dar a muchos incautos la impresión de que fueron épocas placenteras, con un escalafón público de celebridades indiscutibles y una escala oficial de valores, aprobada —una vez por todas— en los ministerios del gusto y de la elocuencia. Si acertaron en sus hipótesis los incautos que he mencionado (y los dogmáticos de la fuerza, que nunca faltan), el escritor nacido en una sociedad de estructuras férreas no tendría sino un pequeño esfuerzo que hacer: el de insertarse en el orden establecido y girar como un buen planeta o como el buen satélite de un planeta.

Pero la realidad es bastante distinta. Las épocas de protocolos urbanos e intelectuales muy rígidos son también épocas de inquietudes larvadas, de rebeldías ocultas. Durante esos lapsos, la libertad no grita quizá desde los tejados y no organiza motines sobre la plaza pública; pero anima la soledad de los creadores y les hace sentir, con agudeza extraordinaria, la responsabilidad de la inteligencia.

El escritor no es el único en padecer esas agonías. Sería una jactancia profesional atribuirle antenas más perspicaces y delicadas que las que anuncian ciertos desastres —o ciertas manumisiones— a otros especialistas de la vida o de la cultura y, en general, a esos gigantescos acumuladores de fuerza que son las masas. Pero él, el escritor, vive de escoger. Para él, la responsabilidad de la inteligencia es, por consiguiente, parte indispensable —e indiscernible— de su alegría o de su tristeza de creador. El mundo brinda al artista no, como al sabio, una serie de verdades por descubrir y por explicar, sino una serie de formas entre las cuales ha de elegir. Y entre las cuales ha de elegir una solamente: la que es más suya, la que ningún otro patentaría con mayor autoridad y mayor derecho que él.

La invasión de su capacidad de elegir —con autonomía— dentro del universo de lo que crea, dejaría al artista en la imposibilidad de cumplir su deber primero: el de ejercer esa libertad interior para *preferir* las técnicas y las formas que hacen plausible su estilo.

Esto (limitado, al principio, al orbe del arte) acaba siempre por plantear al artista, indirecta o directamente, el problema total de la libertad. En efecto ¿cómo trazar esa línea abstracta, ecuador que separaría el hemisferio de la belleza, del hemisferio social y económico de los hechos? En el panorama de las meras suposiciones, cabe idear a un artista libre de producir *como* le pluguiese, pero no *lo que* le pluguiese, al amparo de un régimen que, dejándole elaborar su estilo, no le dejase actuar —en las otras cosas— como intérprete fiel de su voluntad. Reducido —si su afición fuese la pintura— a no pintar sino naturalezas muertas y retratos de niños de menos de cuatro años, encontraría, aun así, maneras de escapar a la esclavitud de esos temas y demostraría su libertad interior escogiendo tal perspectiva en lugar de otra, este color en lugar de aquél, o esta luz —untuosa, cálida, veraniega— y no la luz invernal y gris en que otros espíritus se complacen.

Pero el escritor no es artista exclusivamente. Hasta en la poesía más objetiva, no emplea tan sólo rimas, tonos, acentos, tintas y claroscuros. Emplea palabras. Y, por su valor de instrumento social, las palabras lo comprometen.

El verde esmeralda puede no ser una delación; el azul cobalto puede no ser una invitación a la rebeldía. En cambio, en cuanto salimos del jardín de las "jitanjáforas", la menor combinación de vocablos declara en nuestro favor — o contra nosotros. Y no sólo declara acerca de nuestra aptitud o nuestra ineptitud técnica, sino acerca de nuestra posición moral frente a la existencia.

Desde el punto de vista estético, la responsabilidad del escritor es igual a la del escultor, del compositor o del dibujante. Pero implica un suplemento de compromiso; porque no se espera únicamente de él que diga bien lo que va a decir, sino que aquello que diga tenga un significado capaz de sintetizar en términos conceptuales, y que ese significado sea útil, claro, congruente, emancipador. Es evidente que, como hombres, los escultores, los músicos, los pintores, tienen absolutamente el mismo derecho a expresar sus ideas sobre la vida y a expresarlas no sólo ya desde el secreto de ese idioma cifrado que es todo estilo, sino expresarlas por el asunto de lo que crean: pintura de tema revolucionario o de tema místico, escultura ideológica, música "de programa".

Pero, en el caso del escritor, no es ni siquiera preciso que el hombre quiera. O las palabras quieren por él (y lo arrastran, entonces a un automatismo expresivo que regocijará a los psiquiatras); o aguza él su talento en el dominio de las palabras. Y entonces lo compromete, no el subconsciente, sino lo más vigilante y más hondo de su persona: el reconocimiento de su albedrío.

Vemos ahora cómo resulta impracticable querer restringir, desde lo exterior, la esfera de libertad que el artista exige. Por su profesión, el artista reivindica fundamentalmente la libertad de escoger, puesto que, si lo que caracteriza a la producción industrial es la repetición de un modelo en serie, lo que caracteriza a la creación artística es, al contrario, el derecho de optar entre las mil posibilidades que el artista tiene en la mente cuando, pongo por caso, decida hacer los frescos de Chapingo, si se llama Diego Rivera, o, si es El Greco, pinta el *Entierro del Conde de Orgaz;* o cuando, si es Góngora, propone "a batallas de amor campo de pluma" o, si es López Velarde, despliega una "estola de violetas" sobre los "hombros del alba" y declara "sinfónico" el incendio de la esfera celeste.

Al denunciar la vanidad de los déspotas que pretenden usurpar, desde lo exterior, la libertad del artista auténtico, doy sentido cabal a estas tres palabras: *desde lo exterior.* Porque el artista vive de las limitaciones que él mismo se impone, de los valladares que marca, *en lo interior,* a su autonomía. Mejor dicho: una de las pruebas más claras de su autonomía es la capacidad de elegir las más duras trabas, los obstáculos técnicos que comprimirán de manera más rigurosa el caudal de su ímpetu creativo, a fin de que suba más, y de que suba más rectamente, como el agua plácida del estanque en la palmera enhiesta del surtidor.

Cuanto más libre sea para elegir su tema y para matizar su mensaje, más cuidará el escritor (o el escultor, o el pintor, o el músico) de robustecer de buen grado esos obstáculos interiores que no sólo no envilecen su oficio, sino que son, en el fondo, la condición intrínseca de su oficio.

Así, independizado ya del capricho de sus clientes y exonerado del mal gusto de las familias que no le encargan retratos individuales o "escenas" de agrupaciones endomingadas, el viejo Rembrandt se siente en aptitud de escoger libremente sus temas. Esos temas serán algunos episodios de la *Biblia,* como el llanto de Saúl junto a David, o, mejor todavía, su propio rostro decrépito y torturado; lo que la luz puede detener del fluir de una biografía que se destruye al par que se realiza... Es entonces cuando el pintor se inventa sus más crueles limitaciones, de iluminación y de oscuridad. Es entonces cuando acepta con más vigor el reto de las oposiciones más persistentes. Y es entonces, también, cuando su genio se exhibe con más firmeza.

La evolución de un Beethoven, de un Dante o de un Dostoyevski nos brinda un ejemplo análogo. En cuanto las circunstancias los colocan en condiciones de ejercer su autonomía expresiva ya sin estorbos públicos, lo primero que hacen es restringirla en sí mismos; o por una sujeción más sensible a formas menos suntuosas, como el Beethoven de los últimos cuartetos; o por una subordinación más estricta a la matemática del terceto, como el Dante de la *Divina Comedia;* o por un despojamiento de cuanto sea —en la sucesión del relato— la preparación de una crisis psicológica decisiva, como el Dostoyevski de *El idiota* y de *Los hemanos Karamásov.*

Y es que, en el mundo del arte, no hay libertad exterior sin rigor interno. La inspiración en estado puro se asfixia a sí misma y concluye en el mito o en el mutismo. Edgar Allan Poe, en su autocrítica de *El cuervo,* lo proclamaba muy francamente: "Muchos escritores —decía— gustan de hacernos creer que producen en una especie de frenesí o intuición extática. Temblarían ante la idea de que el público viese lo que hay detrás del escenario: los laboriosos embriones de pensamiento, la decisión tomada en el postrer instante... las tachaduras y las interpolaciones; en una palabra, los engranajes y las cadenas, los trucos, las escaleras y las trampas..."

No creo, por otra parte, que Paul Valéry se equivoque cuando asegura que el talento del verdadero artista estriba en pasar de la libertad inferior —la que sueña con burlar las dificultades— a la libertad superior, la que se goza en vencerlas. Ya, antes de Valéry, el autor de *Pretextos* había manifestado que el arte es siempre el producto de una obligación y que "la paloma de Kant, al juzgar que volaría mejor sin el aire que molesta sus alas, desconoce que esa resistencia del aire, en el que apoya su cuerpo, le es necesaria para volar".

Pero ¿dónde concluye esa resistencia?... He hablado de los obstáculos técnicos, que el artista mismo debe libremente forjarse. ¿Y los otros —los morales—, cómo desentendernos de ellos? Entre los caprichos del "arte por el arte" y los decretos del arte impuesto o por la autoridad del Estado o por los imperativos pclíticos y económicos del llamado éxito comercial, el escritor que se estima a sí propio debe comprender que en los dos extremos está el peligro y que, así como una literatura sin coherencia técnica rara vez se salva del menosprecio de los mejores, una literatura sin coherencia ética y sin fe en la dignidad humana desaparece, casi siempre, con los diletantes que se divierten en aplaudirla.

Esto nos conduce a una observación, que estimo justa en el campo estético, y no desdeñable en el terreno de lo social. La libertad es un derecho de opción, entre dos o más responsabilidades. En consecuencia, quienes exaltan la extrema facilidad —en la literatura como en la vida— no aman realmente la libertad.

No me detendré mayormente en esta porción de mis notas. Me dirijo a un grupo de intelectuales para quienes todo lo dicho es sustancia íntima de la acción. Sin embargo (y aunque acaso no sea cierto que existen muertos a los que es urgente matar aún) hay verdades a las que es indispensable defender incansablemente, por sanas y valederas que nos parezcan.

Todos los hombres de buena fe saben el valor de la libertad y han aprendido por experiencia que la libertad es servicio, riesgo, responsabilidad, rigor —y no, por cierto, indolencia, incuria, desorden, pasividad. Sin embargo (y aunque mucho estimen la contribución de los pensadores y de los sabios) no todos los hombres de buena fe conceden igual importancia a la obra de los artistas y, particularmente, a la producción de los escritores. A éstos suelen verlos como un lujo de épocas venturosas, agradable a veces pero no útil, porque sus técnicas no sirven directamente para satisfacer en lo material la necesidad de los desvalidos, de los menesterosos y de los débiles.

Venga el sabio, nos dicen tales ingenios. Él nos ayudará a emerger más dichosamente de la miseria. Vengan, también, los historiadores y los sociólogos. Ellos nos explicarán lo que debemos pensar de nuestro pasado o nos abrirán caminos menos abruptos para penetrar en nuestro futuro. Aplaudo estos entusiasmos. Nadie se inclina con mayor reverencia que yo ante el investigador imparcial de una ciencia exacta; ni con más emoción ante un maestro de biología, o de economía, o de historia, tal como estas disciplinas se desarrollan en nuestro tiempo. Pero una cultura no es jamás unilateral. Toda cultura genuina implica una derrota de lo inhumano. Y, por ende, toda cultura genuina es un triunfo del hombre, de todo el hombre, y no sólo de uno de los aspectos del hombre en su integridad.

Como el pensador, el artista es un elemento imprescindible para realizar esa integridad de manera armónica. Sin ellos, el simple uso mecánico de los descubrimientos científicos nos conduciría a una lamentable escisión. Se destruiría en el hombre, tarde o temprano, esa unidad interior sin la cual el hombre termina siendo instrumento y no fin del hombre.

Me pregunto si los sabios que honran a este Colegio con sus

trabajos aceptarían un mundo utópico —por eficaz y práctico que osáramos concebirlo—, pero de cuyo progreso una tecnocracia inclemente expulsara a las artes, como anacrónicas tentaciones. Me pregunto, al mismo tiempo, si ha perdido valor la frase de Condillac: "La ciencia es un lenguaje bien hecho" y si, al idioma de las cifras y de los símbolos, no habrá de hacer falta siempre ese otro lenguaje: el de la belleza, escrita, plástica, musical, cuyo don más alto reside en la aptitud de asociar la verdad con las emociones, lo eterno y lo momentáneo, el dato exacto, inmutable, y la ondulación permanente del alma que lo utiliza.

Recuerdo la lucidez con que uno de los miembros fundadores de este Colegio, don Antonio Caso, describía la apercepción trascendental o proyección lógica del yo puro "que geometriza el mundo o lo mecaniza para los fines prácticos del vivir" y el énfasis generoso con que, en seguida, se refería a la otra proyección, del yo empírico, la proyección sentimental. "Las dos causas o fuerzas propulsoras —manifestaba— se suman en un resultado nuevo y magnífico, por inesperado y creador... La intuición poética o creación artística es la resultante de dos direcciones no ciertamente excluyentes, pero sí opuestas: el movimiento conativo de las ideas y el obstáculo que, para la proyección sentimental, opone siempre la experiencia ordinaria de la vida."

He aquí para quienes ansían vivir en el vértice de la máxima realidad, una forma distinta de descubrirla: inventándola con el arte. Uno de los medios de ese modo especial de descubrimiento es la asociación misteriosa de la metáfora. Cuando un escritor como Díaz Mirón, tras hablarnos de "publicar a los siglos su venganza", dice que sobre la huella del fraude

> ...la verdad austera y sola
> brilla como el silencio de una estrella
> por encima del ruido de una ola,

su pasión se sobrepone a la cólera, y la elimina, por la *katharsis* de la belleza. Su universo moral se ha ensanchado, apaciguándose. Además, una nueva correspondencia ha sido encontrada, merced a la relación que la fantasía establece entre un fulgor que, por lejano, parece quieto y un estallido, más resonante cuanto más próximo.

Si evoco la importancia que tiene la metáfora literaria en un "lenguaje bien hecho" no es para repetir lo que todos los críticos saben —su poder de trasmutación y resumen gráfico—, sino para compararla con esa otra metáfora, la que Ortega y Gasset llama científica y a la cual ha dedicado páginas muy certeras. En el instante en que un hombre de ciencia se ve requerido por una verdad a punto de madurez, siente el deber de denominarla. Entonces, hace obra de poeta. Como el poeta hace obra de indagación científica cuando añade al mundo exterior esa realidad precisa e intemporal que habrá de proporcionarle una "promesa más de felicidad" para sus lectores.

Cualquiera de nosotros ve, por ejemplo, una columna de mármol gris. Puede medirla, averiguar su origen, su diámetro, su volumen, la cantidad de aire que ha desplazado para erigirse en el lugar donde la contempla, las garantías que ofrece como sostén de la estatua o de la cornisa que en ella pesan; pero, sin la luz que le da color, sin el tacto que le deja apreciar su grado de tibieza o de frialdad, ¿qué expresaría esa columna para el ser del espectador?

Lo que son los sentidos para la representación de los objetos que nos circundan, son los artistas para el afianzamiento de una cultura anhelosa de integridad. Las cosas, que la inteligencia define con nitidez, las traduce el artista a ese idioma del recóndito "yo", hecho de recuerdos y de intuiciones, donde el sentimiento las incorpora a la materia de nuestra vida. Permitidme que os lea las palabras de un gran poeta de las nuevas letras de México, don Octavio Paz. En su *Laberinto de la soledad*, nos cuenta las impresiones de alguna amiga a quien llevó a conocer un rincón de Berkeley. "Sí —le dijo su compañera—, esto es muy hermoso, pero no logro comprenderlo del todo. Aquí, hasta los pájaros hablan en inglés. ¿Cómo quieres que me gusten las flores si no conozco su nombre verdadero, su nombre inglés, un nombre que se ha fundido ya a los colores y a los pétalos, un nombre que ya es la cosa misma? Si yo digo bugambilia, tú piensas en las que has visto en tu pueblo, trepando un fresno, moradas y litúrgicas, o sobre un muro, cierta tarde, bajo una luz plateada. Y la bugambilia forma parte de tu ser, es una parte de tu cultura, es eso que recuerdas después de haberlo olvidado. Esto es muy hermoso, pero no es mío, porque lo que dicen el ciruelo y los eucaliptos no lo dicen para mí, ni a mí me lo dicen."

Lo que desconcertaba a la visitante de Berkeley era, en el fondo, el hallazgo súbito de una realidad atractiva, pero no asimilada aún por el idioma cordial del arte. Así, muchas veces, la humanidad se detiene frente a un espectáculo novedoso de la ciencia y del pensamiento. Se percata —quien sabe cómo— de que ese espectáculo merece su aprobación. Lo entiende, incluso, si lo analiza. Pero no lo siente aún moralmente *suyo*. Le hace falta una labor de acomodación y de adaptación que el artista un día realizará —y que realizará para el beneficio de todos—. Anticipándose a la familiaridad de la costumbre, el arte ensambla los elementos de muchas verdades dispares y en apariencia contradictorias, y hace con ellos una síntesis apropiada a sensibilidades muy diferentes. Porque la cultura es "vivencia" y no sólo verdad. Lo cual no disminuye el respeto debido a la verdad, pero restituye al arte esa aptitud de aprehensión directa que algunas personas, en nuestra era, sitúan en el rango de los méritos adjetivos.

Pocos pensadores han manifestado su fe en la ciencia como ese prófugo de sí mismo que era, en 1849, Ernesto Renán. Sin embargo, en su apología del saber exacto, el autor de la *Historia de los orígenes del cristianismo* afirma que "estas palabras —poesía, filosofía, arte, ciencia— no designan tanto a objetos diversos, propuestos a la actividad intelectual del hombre, cuanto a maneras diferentes de considerar un mismo objeto: el ser, en todas sus manifestaciones".

Un modelo acude a nuestra memoria en estos instantes: el de Leonardo de Vinci. Genios como el suyo, de visión universal, no han sido jamás frecuentes. Y menos en estos días... Tenemos que contentarnos, pobres mortales, con nuestro pequeño compartimiento. Y hemos de procurar acatar, lo menos mal que podamos, las normas de la especialidad que hemos escogido. Pero precisamente porque las normas de la especialidad prevalecen en las disciplinas y en las personas, importa mucho al equilibrio de la civilización que el diálogo entre la ciencia y el arte no se interrumpa.

La interrupción de ese diálogo no sería sólo un peligro para la cultura; sería, asimismo, una amenaza para la libertad. Entre la ciencia y las masas de hoy existe un abismo que se agrandaría cada vez más —con opresiones crecientes para los pueblos— si la cultura no permitiese tender entre ellas un puente sólido y accesible. Uno de los arcos de resistencia de ese puente de la cultura descansará necesariamente en el poder de integración que posee el arte.

Durante los últimos sesenta años, la ciencia ha avanzado a un ritmo heroico. En su ascenso, ha tenido que hacerse más y más hermética, no sólo ya para las mayorías iletradas, sino incluso para las minorías no adiestradas directamente en los misterios de ciertos laboratorios y ciertas cátedras. El sabio de hoy, por humano que sea, opera profesionalmente en un nivel muy distinto al del plano en que viven sus semejantes. Esto, acaso, a él no lo aísle del mundo para cuyo provecho trabaja con admirable tenacidad. Pero aísla al mundo de ese Estado Mayor de la inteligencia cuyos estudios pueden modificar —y, de hecho, modifican profundamente— las circunstancias de su destino.

Es probable que, en el presente estado de cosas, el arte tenga que reconsiderar sus recursos y hasta sus técnicas. Por comparación con el florecimiento inaudito de las actividades científicas (florecimiento que plantea a la propia ciencia trascendentales cuestiones de coordinación y de síntesis), el arte parece recelar de sus procedimientos, de sus modelos y de sus medios. En el mundo entero, las letras atraviesan un período de experimentaciones, audaces unas y otras infortunadas. La claridad de los "géneros" ha ido esfumándose velozmente. A menudo, la lírica busca los métodos del teatro, o de la novela. Y lo contrario no es menos cierto. El ensayo en prosa ha empezado a romper sus antiguos diques y lo encontramos instalado, de pronto, en la escena cumbre de una comedia o, como peroración, al final de un relato en el que las ideas del autor acusan relieve más anguloso que el perfil de sus personajes. En ocasiones, ante determinadas obras, se tiene la impresión de asistir a un estudio para otras obras —que el escritor no realizará y que no estamos convencidos de que lleven a cabo sus herederos—. Frecuentemente, más que inventar a su modo la existencia, la literatura intenta evadirse de ella. El remedio, sin embargo, no está en la fuga, sino en la concentración dentro de lo humano.

Esto mismo —la concentración en lo humano— es más fácil de aconsejarse que de cumplirse en un tiempo como el nuestro. Por una parte, las ciencias del hombre han anexado territorios profundos y oscuros a la vigilancia de la conciencia. Por otra parte, el humanismo clásico, limitado tradicionalmente al Mediterráneo y a las culturas occidentales, tiene que confrontarse con concepciones hasta hace poco aceptadas sólo, en determinados sectores, como bases de erudición o como riquezas arqueológicas, y no —según habrá de reconocerlas un mundo unido, es decir: no obligatoriamente uniforme— como expresión de experiencias históricas y de ideales estéticos de incuestionable valor.

Nada sería menos inteligente que ignorar esta extensión del asunto humano. Y nada menos honroso que deplorarla, puesto que está pidiendo a los escritores una nueva y fecunda aptitud de síntesis.

Por distintas razones, los sabios se hallan en una situación que no creo muy diferente. No les faltan a ellos éxitos ostensibles. Pero muchas veces estos éxitos parciales, por importantes que los juzguemos, vienen a echar por tierra un orden que se daba por admitido. Por eso, al charlar con los físicos de hoy, lo que sorprende —y conforta— no es tanto la transitoria satisfacción por las conquistas alcanzadas cuanto una austera actitud de examen frente al edificio de las nuevas estructuras mentales por erigir.

Se ha dicho mucho que, acortando las distancias, la velocidad ha achicado el mundo. Se dice menos (y, sin embargo, todo nos lo comprueba) que ese empequeñecimiento del mundo implica, simultáneamente, una mayor vastedad de lo humano. El "reto", como escribiría Toynbee, resulta evidente para nosotros. Responder a ese reto es por ahora, en todos los órdenes, el problema de la civilización.

Pero —me preguntaréis— en tales condiciones ¿cómo ayuda el escritor a la libertad?... Muchas de las respuestas que afloran indican posiciones preferentemente políticas. Son aquellas que el escritor formula en su calidad de hombre y no de escritor exclusivamente. Hay una que el escritor puede formular siempre —y sólo como escritor—. Es la siguiente. Nada existe por completo en lo inexpresado. Esa abundancia interior que nos abruma frente a ciertos júbilos o ciertas penas de la existencia, corre el peligro de disminuir, o de viciarse y de acabar por paralizarnos si no logramos manifestarla con plenitud y con claridad. Una cultura de la libertad exige por lo tanto, en el hombre, una responsabilidad constante de la expresión. Y la exige, más que en ninguna parte, en pueblos henchidos, como nuestro pueblo, de sentimientos, de aspiraciones y de experiencias que por todos motivos merecen expresión completa y articulada.

Al hablar de "expresión completa" no enfoco, por supuesto, una expresión vaciada automáticamente dentro del molde de un concepto *a priori* de nuestro país. El color anecdótico, la multiplicidad temática, el deleite de describir la superficie de una nación no constituyen jamás, por sí solos, la mejor garantía de un arte propio. ¿Cuándo fue más británico Shakespeare? ¿Cuando nos hizo participar en las tribulaciones de un rey inglés, como Ricardo Tercero? ¿O cuando nos llevó hasta Elsinor, a contemplar el drama de Hamlet, o a escuchar, en el amanecer de Verona, el adiós de Romeo y Julieta? Y, entre los nuestros, para no salir del recinto de este Colegio, ¿no son sus miembros tan mexicanos al comentar la filosofía de Aristóteles como al escribir acerca de la poesía de Sor Juana Inés de la Cruz?

Disminuir el dominio de lo inefable: ésa es la misión esencial de los escritores, en la lid de todos los hombres contra la oscuridad que aún aflige al mundo.

Nadie es del todo mientras no consigue manifestarse. Los psicólogos nos han enseñado hasta qué punto suelen envenenar el alma de un individuo las pasiones que no se expresan o que se expresan muy imperfectamente. Lo propio acontece con las comunidades sociales. En todas ellas, el escritor tiene que ejercer un oficio liberador: el de hallar su propia expresión, aquella que lo autorice a medir ese mundo informe, imperioso y mudo que, en las ocasiones patéticas de la vida, se anuda a nuestra garganta y obliga a los oradores a confesar que "no encuentran palabras" para decir lo que, después de un esfuerzo consciente, logran decirnos.

No llevaré mi optimismo al extremo de asegurar que los escritores puedan decir todo lo que anhelan. Hay, en cada emoción, un lindero en el cual principia realmente lo inexpresable. Pero, a menudo, ese lindero se encuentra mucho más lejos de lo que a primera vista tenemos costumbre de suponer. El espacio que media entre esas dos fronteras —la de cuanto suponemos inexpresable y la de cuanto resulta de veras inexpresable— es lo que llamamos literatura. La tarea de los escritores consiste en procurar ampliar ese espacio continuamente.

Tarea difícil y, por difícil, inaplazable. Porque, si en el mapa de las culturas extintas, delimitamos las áreas históricas en las que el espíritu decayó y se dejó vencer por el desaliento o minar por el artificio, observaremos que todas esas áreas históricas corresponden a momentos humanos en los que volvió a crecer brutalmente el dominio de lo inefable y en los que se hizo más estrecha, más imperceptible y más frágil la zona de lo expresado. Y ello de tal manera que una cultura que languidece es, para el historiógrafo, una cultura en trance de enmudecer.

En su lección de despedida a los estudiantes de Salamanca, dijo don Miguel de Unamuno: "Convivir es consentirse, consentirse es comprenderse unos a otros... La verdadera comunidad nace de comunión espiritual, verbal, y ésta de entendimiento común, de verdadero sentido común nacional. Común y propio a la vez. La lengua viva, de veras viva, ha de ser individual, nacional y universal." Inserto en mi texto estas palabras del pensador español porque creo que, en la república de las letras, lo individual —si honrado— contribuye a la construcción de lo nacional; y lo nacional, si comprende y respeta las variedades individuales, no puede impedir la comunión de lo universal.

En la lenta emancipación de las tierras baldías de lo inefable, el escritor actúa como un delegado sin credenciales del mundo y de su país. Pero actúa solo. Y así debe actuar. Como hombre libre; libre de servir a la libertad de sus semejantes por el ejercicio de un concepto propio y particular de su ser, de su nación y de su universo. En suma, todo autor —hasta el más modesto— lleva en sí mismo a su esfinge. Las respuestas que acierte a darle no serán por completo vanas mientras le ayuden a querer a los demás y mientras ayuden a los demás a hacer, en su compañía, ese camino que no sabremos nunca del todo si concluye efectivamente con nuestra muerte.

Señores:

Voy a terminar. En la exposición que precede me he esforzado por deciros cómo juzgo los deberes profesionales del escritor. A pesar del posible error de mis expresiones, espero que habréis sentido que, en mi espíritu, tales deberes se hallan unidos estrechamente a los que enaltecen a las diversas disciplinas de la cultura representadas en esta Casa de Estudios. Ciencias, filosofía, arte y literatura no son rivales, sino, al contrario, aliados indisolubles. Sólo coordinando sus energías y sus propósitos en una síntesis viva servirán al hombre durablemente en su lucha eterna por afirmarse, con libertad y con justicia, al conjuro de la belleza y al amparo de la verdad.

STENDHAL

LOS ENEMIGOS DE ENRIQUE BEYLE

EL 17 de enero de 1831 el señor Eckermann, de servicial y verbosa memoria, fue a visitar como de costumbre a su amigo Goethe. Lo encontró aquella vez ocupado en examinar algunos dibujos de arquitectura. Hablaron de Francia. Carlos X, derrocado por las jornadas de 1830, había exagerado en el trono los errores de un absolutismo que carecía de instrumentos legales de ejecución. Tras opinar sobre su aventura, el maestro comentó la obra de un escritor, poco apreciado en aquellos días: Henri Beyle. Su último libro —*Rojo y negro*— había seducido al poeta de las *Elegías romanas*. "Sus caracteres femeninos —dijo Goethe a Eckermann— atestiguan un gran espíritu de observación y una profunda intuición psicológica. Tanto es así que de buen grado perdonaríamos al autor algunas inverosimilitudes de detalle."

Goethe se hallaba, entonces, en el umbral de sus ochenta y dos años. La vida le había entregado todo lo que un escritor de su estirpe suele desear. Todo; menos la incuriosidad displicente que es, en ocasiones, el precio sórdido de la gloria. En el ocaso de su existencia, seguía buscando valores nuevos —y no sólo en su tierra, sino en el mundo—. Al juzgar la novela de aquel francés, que firmaba con un seudónimo tan prusiano, Stendhal (o sea el nombre, apenas alterado por una hache suplementaria, de la ciudad nativa de Winckelmann), Goethe expresó un criterio que el público tardaría casi un siglo en corroborar... Un siglo durante el cual la producción de Stendhal se vio, primero, menospreciada; luego, elogiada con reticencias; exaltada después, hasta la apoteosis, por una minoría de pensadores y de psicólogos; entendida por fin —que es lo que deseaba su autor—. Y entendida como la comprendió, desde la lectura inicial, aquel admirable alemán que atendía señorialmente las funciones de consejero áulico en Weimar, pero que había escrito algo más que notas protocolarias para la ilustración de su soberano.

¿Quién era Stendhal?... Nacido en Grenoble el 23 de enero de 1783 (catorce años después de Napoleón, a quien debería servir bajo las órdenes de Daru, y quince después de Chateaubriand, a quien habría de oponer su estilo cáustico y seco), Henri Beyle descendía de un padre poco afectuoso, el abogado Querubín Beyle, cuyo nombre evoca el de un personaje de Beaumarchais, y de una madre sensible, desaparecida para él demasiado pronto.

Su vida puede distribuirse en cuatro períodos, fáciles de medir. Cuatro períodos que no fueron, por cierto, cuatro actos de unidad clásica. Como, entre el respeto de Racine por las reglas aristotélicas y la libertad de Shakespeare, Stendhal no desmintió jamás sus preferencias por esta última, su sombra se regocijaría tal vez de saber que un lector mexicano no va a imponerle los cinco pisos que los conocedores del tiempo de Luis XIV consideraban indispensables para el desarrollo correcto de un argumento teatral.

En el primero de estos períodos, se desenvuelven la niñez y la adolescencia de Beyle: desde su advenimiento a la cerrada órbita provinciana en que vio la luz —si puede hablarse de luz en un día de enero, bajo el cielo áspero de Grenoble—, hasta la hora en que una diligencia lo depositó en París, con sus recientes diplomas de la Escuela Central en el fondo de su maleta y, en el espíritu, dos intenciones contradictorias. Una, la de graduarse como politécnico. Otra, la de gozar sin piedad de su juventud.

Cada uno de los períodos de que hablo se sitúa bajo la amenaza de un enemigo. Contra esos cuatro adversarios, el escritor, para liberarse, tuvo que combatir incesantemente. En el primer acto, el de la niñez y la adolescencia, su enemigo fue la provincia. La provincia, con sus horizontes y sus hábitos siempre estrechos. La provincia, con un padre meticuloso, una madre muerta, una residencia cuyas ventanas se abrían —y eso no siempre— a la calle de los Viejos Jesuitas; unos chicos sólidos y angulosos, como compañeros de banca en la iglesia o en el colegio. Y un afecto, ese sí muy puro: el de su hermana Paulina. Además, en calidad de esperanza, o mejor de estímulo, dos amistades inolvidables: la del paisaje, los Alpes próximos, y la de un médico retirado, el doctor Gagnon, el abuelo materno de Beyle, que habitaba una casa clara y acogedora, donde la risa no sonaba a vejamen como en la suya y en una de cuyas salas —la biblioteca— el futuro novelista de *Armance* podía adueñarse, merced al callado consentimiento del propietario, de libros tan saturados de elocuencia sentimental como la *Julia* de Juan Jacobo o tan útiles para definir la fisiología de los sexos como los *Cuentos* de La Fontaine.

El segundo acto empieza en París. Pero no en el París que hoy recorren ciertos turistas, en el autobús de una agencia, con altos de algunas horas, en la mañana, a la puerta de los museos; gastronómicas fiestas, a mediodía, en alguno de los múltiples restaurantes que, en las inmediaciones de Notre-Dame, tratan de compartir con el buen comer la preparación para el buen pensar, y visitas nocturnas a esos teatros en que los desnudos se anuncian —desde la calle— con anticipaciones de luz neón. No. El París que recibió a Beyle el 1º de noviembre de 1799 principiaba apenas a resurgir de la oleada sangrienta del terrorismo. El Directorio, es cierto, quiso probarlo con "maravillosas" e "increíbles", de boga efímera. La víspera, un general —Bonaparte— se había sentido a punto de fracasar ante la tribuna del 18 brumario. A pesar de su inexperiencia, el golpe de Estado se realizó. Una nueva era se abría, así, a los jóvenes ambiciosos. El carruaje de aquella era —todavía blasonado por las águilas napoleónicas— ofrecía a Beyle un asiento no muy brillante, pero indudablemente más sugestivo que el de la incómoda diligencia en que acababa de atravesar más de media Francia para descubrir, a la postre, el sabor de la soledad.

Ese asiento —si queréis, de tercera clase— se lo brindó un pariente suyo, destinado a los empleos más importantes del régimen imperial: Pedro Daru, cuyo nombre figura aún —símbolo del ascenso escalafonario— en una escalera famosa del Palacio del Louvre. Organizador por antonomasia, lector de Horacio y devorador intrépido de expedientes, Daru hizo entrar a Beyle, como amanuense, en el Ministerio de Guerra del gobierno bonapartista.

Desde ese instante hasta la caída de Napoleón, el peligro que rondaría la existencia de Stendhal iba a ser la burocracia. La burocracia, con sus trampas de cédulas y de notas, sus tediosos informes, su caos de archivos y, sobre todo, ese estilo compacto, incoloro y denso entre cuyos párrafos no osaba todavía deslizar Henri Beyle alguna frase irónica y corrosiva. La burocracia, con su aburrimiento en despachos mal amueblados, el servilismo de los colegas, la arrogancia del jefe, y un constante querer indagar por qué se hace, cuando se hace lo que se hace sin saber —en el fondo— por qué.

Afortunadamente, la burocracia de Stendhal adquirió pronto un carácter ambulativo. Bonaparte no permitía que las plumas se olvidaran en los tinteros. Bajo su administración, se escribía sobre todo para pelear. Trocando la pluma por la espada (o más bien, agregando a la espada la pluma), Stendhal se puso en marcha. Iba a asistir —él, a quien encantaron siempre las óperas— a una ópera incomparable: la campaña de Italia del Primer Cónsul. Una ópera en la cual los tenores morían de veras. Desaix, en Marengo, lo demostró.

El joven Beyle va y viene por todas partes, como el Fabricio de *La Cartuja de Parma* entre los episodios de Waterloo, sin estar nunca absolutamente seguro de que eso, que lo circunda, sea ya la guerra. Su amor propio lo induce a buscar el riesgo, en los desfiladeros o ante la boca de los cañones. Pero en un salón —y los de Milán lo atraen extrañamente— se vuelve tímido. Todas las damas lo hechizan. Sin embargo, las más fáciles se le escapan. Y es que Stendhal conoce su fealdad. Monselet había de describirle, cuando fue cónsul, como "un diplomático con cara de droguista" Él se definió con más pérfido laconismo: "Cara de carnicero italiano", exclamaba, frente a su espejo.

Este extravío de un alma exquisita y apasionada dentro de un cuerpo rotundo, grotesco casi, suele dar resultados curiosos en la historia de las artes y de las letras. No llegaré al extremo de invocar aquí a Sócrates, porque todos recuerdan la frase de Alcibíades en *El banquete*: "Tiene el exterior que los estatuarios dan a Sileno. Pero abridle ¡y qué tesoros no encontraréis en él!" Sin necesidad de invocar a Sócrates, el mundo abunda en fealdades que encubren minas de inteligencia y de seducción. Sólo que, en el caso de Stendhal, Sileno, por orgullo, no se dejaba abrir sino en circunstancias excepcionales. Sufría la timidez agresiva de los soberbios. Él fue el primero en reconocerlo, en uno de esos cuadernillos autobiográficos que no publicó durante su vida —*Henri Brulard, Souvenirs d'égotisme*—, que su albacea desdeñó candorosamente y que no empezaron a interesar a los eruditos sino en 1888, el mismo año en que (según nos lo hace notar un agudo comentarista) las necesidades del urbanismo parisiense proyectaron interés inmediato sobre su tumba, e incitaron a algunos admiradores a renovar la lápida ya mohosa. Sobre esa lápida se leía el epitafio, tan popular en la actualidad: *Arrigo Beyle, milanese; visse, scrisse, amò.*

Ni la guerra parecía querer salvar a Beyle de la burocracia. Nombrado subteniente de un regimiento de dragones, gastó más el paño de su uniforme sobre las mesas de una oficina o en las butacas de la Scala que sobre la silla de cuero de su bridón. Gracias a Daru, logró emanciparse un poco de la tutela administrativa cuando el general Michaud aceptó incluirle en el grupo de sus ayudantes de campo. Envuelto en su manto verde y coronado por ese casco de negras crines que caracterizaba al regimiento en el que servía, le imaginamos —durante meses— sobre las rutas del Véneto y de Toscana, tarareando en las puertas de las posadas algún aria de Cimarosa y soñando con Ángela Pietragrua, esa Fornarina opulenta y sin Rafael, a la que Beyle deseó por espacio de once años y de cuya posesión (tardía y ya desilusionada) habrá de inscribir la fecha, como el parte de una victoria sobre sí mismo.

Alguien se percata de que el rango de subteniente es incompatible con el de ayudante de campo de un general. Terminan las excursiones, tan agradables, por el Véneto y la Toscana. Beyle soporta mal el aburrimiento. Y eso es lo que encuentra en la guarnición piamontesa a la que lo envían. Entonces, se da de baja. Dice adiós a la espada y, sobre todo, al tintero que, para un hombre de sus recursos, es símbolo de cuartel. La burocracia le concede una tregua breve. Pero su primer enemigo, el tedio de la provincia, intenta en seguida reconquistarlo. Falto de medios de subsistencia, al salir de Italia, vuelve a Grenoble. Todo lo que le angustiaba ya, por obtuso, en el Grenoble de sus mocedades, le resulta de pronto más irritante por comparación con los horizontes que ha tenido oportunidad de ver. París, París es la solución. Toma pues, de nuevo, la diligencia. Con la ayuda económica de su padre —cada día más reticente y menos copiosa— decide ganar de un golpe la inmortalidad y la vida diaria, merced a un drama (*Los dos hermanos*) que nunca habrá de representarse, y cuyos fragmentos erizados de alejandrinos abruptos, nos explican sobradamente la frustración de una obra para la que Stendhal no poseía ninguna capacidad.

El teatro, que no le daría laureles, le dio algo, después de todo. Le dio su primera amante: Mélanie Louason; actriz de segundo orden, con la que Beyle pasó en Marsella una temporada cuyos días se dividieron entre el amor y el comercio de comestibles. No queriendo vivir a costa de Mélanie, nuestro escritor en cierne se inventó una vocación para los negocios: aceptó un empleo en la sociedad Meunier y Compañía. Ahí, entre sacos de azúcar por revender y frascos de aguardiente por exportar, le aguardaban pacientemente el tintero... y las plumas. Agobiado por esa existencia —que le pareció peor que la burocracia— Stendhal no se opuso a darla por terminada durante el verano de 1806. El 29 de octubre asumió otra vez el servicio oficial, como "adjunto" de los comisarios de guerra.

Ya sabemos lo que Belona reservaba al señor De Beyle. Escribo su nombre así, porque Beyle añadió en esos días a su apellido una partícula nobiliaria que nadie le autorizó, a la que nada le autorizaba, pero que le concedía tal vez, a su juicio, respetabilidad mayor frente a sus iguales. Durante cuatro años —con pausas burocráticas en París— el señor De Beyle sigue o precede a los ejércitos napoleónicos en sus evoluciones por la Europa Central. Su oficio consiste en buscar alojamientos para las tropas, cobrar contribuciones, pagar facturas... y llenar papeles, infinidad de papeles, con esa cursiva suya de tipo inglés, ligada, legible y pronta, que hasta en sus manuscritos más literarios, nos recuerda su esclavitud de calígrafo circulante. Está hoy en Maguncia, y una semana después tendrá que salir de Francfort. Se asoma a Berlín. Oye hablar de Stendhal. La palabra le agrada. La anotará. ¡Qué lejos se siente, no obstante, de los ojos azules de Mélanie, o de los negros de Ángela Pietragrua! Una alemana lo recompensa de sus nostalgias: Carlota Knabelhüber. Pero los caballos relinchan en el portal. Hay que tomar el camino de Alsacia, que lo conducirá esta vez a Viena. El 15 de junio de 1809, asiste a la misa en honor de Haydn y escucha el *Requiem* de Mozart. Ese Mozart de la última etapa —el más hondo y el más sublime— no interesa particularmente al señor De Beyle. Su afición italiana por Cimarosa sigue incitándole a preferir, hasta en el maestro de Salzburgo, las obras fáciles, los arabescos melódicos, los conciertos de clarinete.

¡Por fin, como dice él, el gobierno "le hace justicia"! El año de 1810 le obsequia con dos promociones. El 1º de agosto, recibe el nombramiento de Auditor del Consejo de Estado. El 22 del mismo mes, se le designa Inspector del departamento encargado del mobiliario y los edificios de la corona. Beyle se exhibe en los restaurantes de más postín. Almuerza en el Café de Foy; cena en los Frères Provencaux. Pero todo aquel lujo —del que es el primero en burlarse— le halaga menos que la posibilidad de oír la música de Paisiello y de ir, por las noches, a la Comedia Francesa y al Odeón.

Sin embargo, los honores se pagan. El señor auditor debe interrumpir esa existencia de sibarita para emprender en 1812, como "correo de Su Majestad", el viaje a Moscú. La ciudad arde. ¡Si tuviera él la vocación de un Tolstoi, qué cuadros de conjunto no hubiese podido trazar, en sus novelas o en sus memorias! Pero Stendhal no se interesa en los temas épicos. Un incendio lo deja frío. Dadle, en cambio, una pequeña anécdota humana, un pequeño resorte psicológico que oprimir. Entonces, se pone en movimiento toda su astucia. Además, no es un descriptivo. Es un intelectual. Trabaja sobre lo escrito. Que una gaceta le cuente el asesinato de la señora Michoud en la iglesia de Brangues, y él reconstruirá después toda la novela. Y la novela será nada menos que *Rojo y negro*.

En los peores desastres trata de permanecer desligado de cuanto ocurre, de obrar como un *gentleman*. ¿Qué haría un *gentleman*, por ejemplo, ante el paso del Beresina? Afeitarse, sin duda, tranquilamente. Es lo que él hace. Cuando Daru lo encuentra, peinado y limpio, entre millares de perseguidos de barba intonsa, lo felicita. ¿Pero qué valen las felicitaciones en ese instante? Beyle se da cuenta de que pronto se cerrará el segundo capítulo de su vida. Con el Imperio, acabarán sus tribulaciones y sus orgullos como burócrata militar del emperador.

Principia ahora el tercer período de la biografía de Stendhal. El primero duró 16 años, desde su nacimiento hasta su arribo a París, en 1799. El segundo fue algo más breve. Iniciado en 1799, concluye en 1814. El tercero, se prolongará un poco más. Durará diecisiete años, desde el momento en que Beyle busca refugio en Italia hasta el día en que le llega un pliego del Ministerio de Relaciones Exteriores. En ese pliego, el conde Sebastiani le comunica —es el 5 de marzo de 1831— su designación como cónsul de Francia en Civitavecchia.

A lo largo de este tercer acto, la libertad de Beyle tiene también un enemigo terrible con quien luchar. Lo nombré en párrafos anteriores. Es el diletantismo. El diletantismo que coloca para él, en el mismo plano de la conciencia artística, las revoluciones y los catarros, la romanza de una contralto y la belleza lunar de los Apeninos, el recuerdo de una noche pasada en el palco de

la señora X y las imprecaciones de Otelo en la tragedia inmortal de Shakespeare, la visión de la *Leda* del Correggio y el encuentro con Ángela Pietragrua, la adaptación al francés de un libro de Carpani sobre Haydn (que no tendrá escrúpulo en publicar como suyo, con adiciones, bajo el seudónimo de Bombet) y, el 20 de junio de 1819, la muerte de Querubín, que —una vez sus deudas pagadas— dejó a su hijo una herencia de 3 900 francos...
El diletantismo, que le lleva a no disfrutar sino del instante que pasa, de la luz que se enciende y del sarcasmo que se evapora. El diletantismo, que le dicta estas líneas imperdonables: "No soy de aquellos que, al ver una tempestad en un día de estío piensan en las cosechas destruidas, en los campesinos arruinados, y se entristecen. Soy de los que piensan: ¡Tanto mejor! El tiempo va a refrescarse... Me agrada el aire que ha limpiado la lluvia. No cuento sino con mi placer. Acepto mi ser. Soy el Egoísta."
El diletante es, más bien, "el Don Juan de las sensaciones". La más reciente es aquella que más le place. Y, entre las más recientes, la que menos conoce, la más insólita. Procede siempre por crisis líricas de egoísmo. Es difícil prever sus entusiasmos, porque dependen de una conjunción de factores que no resulta fácil adivinar: los que le invitan, en un momento dado —y en condiciones particulares de salud, de alegría, de madurez, de flaqueza o de fuerza física— a reconocer en este cuadro o en esta estatua una promesa de dicha para el espíritu. Ahora bien, ésa, exactamente, es la definición beyliana de la belleza: una promesa de felicidad...
En 1814, Italia representa para él esa gran promesa. Tiene Beyle, entonces, treinta y un años. Ha deseado mucho. Ha amado poco. Le importa el arte más que la literatura. Y más que todas las otras artes, la de la vida. Para conciliar su necesidad con sus preferencias compila su primer libro, que no es de él, sino de varios autores a quienes —con interpolaciones— vierte al francés porque también les gustaba Haydn. Tres años más tarde, en 1817, recuerda que su primer nombre no es Enrique, sino María, y da a la estampa otro compendio: *Historia de la pintura en Italia*. Lo firma con cuatro letras, como un coñac: M.B.A.A. Lo que quiere decir, si le otorgamos crédito: María Beyle, antiguo auditor. El mismo año, edita *Roma, Nápoles y Florencia*, volumen en el que su voz se reconoce más claramente. A fuerza de traducir, de comentar y de resumir, ha llegado al convencimiento de que escribir por sí propio es más divertido. Y, como le encanta divertirse, escribe en lo sucesivo todas sus obras; sin que por ello se prive de aprovechar, cuando le conviene, los frutos de otra heredad o de reescribir a su modo los textos que se le entregan para consulta.
Su época italiana se ve cortada en 1821, por las sospechas que

la policía austriaca ha ido acumulando en su contra. Se le acusa de carbonario. Además, siente la urgencia de descubrir un ambiente en el cual, para un escritor de lengua francesa, sea menos arduo ganarse el pan. Retorna a Francia. Al siguiente año, aparece su primera obra en verdad maestra, su libro sobre *El amor*. No hablaré de él, porque habré de hacerlo más adelante. Lo que señalaré, en esta presentación, es el valor biográfico del volumen. Todo nos hace creer que Beyle lo escribió en Milán y que se trata del comentario de su experiencia amorosa con Matilde Viscontini. Experiencia cruel para su amor propio; excelente, empero, como tema de introspección para un psicólogo de su alcurnia.

Matilde era la esposa de un general, el barón Juan Dembowsky. Vivían separados. Él en Francia, en Italia ella. Muy orgullosa, se parecía físicamente a la mujer representada por Luini en su *Salomé*. Por cierto que Beyle —que había visto una réplica de ese cuadro en el Museo del Louvre— confundió siempre los nombres del pintor y del personaje. Cuando hablaba de Matilde (o Metilde, según la llamaba familiarmente) se refería a una tela hipotética: la *Herodías* de Leonardo.

Herodías, o Salomé, lo cierto es que Matilde no aceptó los homenajes de Beyle. Le rogó, incluso, que espaciara sus visitas a la casa de la plaza Belgiojoso donde habitaba. A pesar de sus rigores —o, acaso, al contrario, por obra de sus rigores— Beyle no pudo olvidarla nunca. Muerta en 1825, siguió viviendo en su espíritu con silenciosa tenacidad. "Llegó a ser para mí —escribió Stendhal más tarde— como un fantasma profundamente triste, cuya aparición me disponía a las ideas tiernas, buenas y justas..."

Ese idilio fallido hizo más en favor de Beyle que muchas aventuras mejor logradas. Fue el primer triunfo importante de su sensibilidad sobre sus sentidos, y de su aptitud humana de creador sobre sus veleidades egoístas de diletante. Comparemos —si no— con la frase amarga acerca de la lluvia, que aclara el aire aunque arruine a los campesinos, esta otra, de tinta muy diferente: "*Ave María* en Italia, hora de la ternura, de la melancolía y de los placeres del alma; sensación aumentada por el sonido de esas bellas campanas... Placeres que se hallan ligados a los sentidos sólo por los recuerdos."

Honra a Beyle, sobre todo, el hecho de que, a pesar de su teoría del "egotismo" (el cual no constituye, en resumen, sino el egoísmo sublimado del diletante), haya tenido valor para exponerse a lo que más le intimidaba: el énfasis de sus contemporáneos sentimentales.

Io sono di Cosmopoli, solía repetir, con palabras de una ópera de la época. Hubiese querido dictar sus libros en diferentes idiomas. Sus manuscritos están llenos de frases en italiano o en inglés. Por eso quizá, apenas llegado a Francia, proyecta una fuga a Londres. Se alberga en el Hotel Tavistock, no lejos del Covent Garden. Aplaude a Kean, el actor que interpreta mejor a Shakespeare.

Nuevamente en París, la pobreza no le impide ir al café, como lo hacía en Italia, ni asistir a las recepciones de Madame Pasta, la "diva" célebre, ni siquiera interesarse en la esposa de un par del reino, la condesa Curial. Esta dama —que había de reemplazarle con un ayudante de campo de su marido, el capitán Augusto de Rospiec— se empeñó en amar a Stendhal durante dos años, de 1824 a 1826. Al apagarse la última brasa de aquel fuego de chimenea, doméstico y protector, Stendhal —que había ya patentado su nuevo nombre— intenta una peregrinación a Milán. Se le cierran todas las puertas. ¿No dejó ahí el diletante fama de carbonario?... Aunque un poco tarde, lo entiende al fin. Se puede ser de Cosmópolis, pero nadie tiene más de una patria. En París, lo aceptan mal los románticos. Él —por su parte— no los estima mucho. Victor Hugo, Vigny, Lamartine, el mismo Sainte-Beuve (que parecía hecho para apreciarlo), lo tienen en entredicho. Su verdadero amigo será Próspero Mérimée, de quien debían agradarle el ingenio ágil, y, según dijo Machado del escritor Azorín:

> *esa noble apariencia de hombre frío*
> *que corrige la fiebre de la mano...*

Encontraba Stendhal a Mérimée en los salones a los que él también iba, con una máscara de incredulidad sobre el rostro espeso y el tema de una conversación mordaz en los labios impertinentes. Esos salones eran el del barón Gérard, el de la señora Ancelot, el de Stapfer y —los sábados por la noche— el del naturalista Cuvier. Frecuentaban aquellas casas, además de Mérimée y de Stendhal, hombres como Ampère y Delacroix, Paul-Louis Courier y el conde de Tracy. Todos ellos, como el propio Beyle, tenían sólo un pie apoyado sobre las movedizas arenas del siglo XIX. El "romántico" del grupo era Delacroix. Ahora bien, para quienes han leído el diario de este pintor, su capacidad de ironía y de sistemática duda no es un secreto. En cuanto a Courier, traductor elegante de *Dafnis y Cloe*, su fama no corresponde actualmente a la importancia de su figura. Hombre violento y polemista de ímpetu formidable, acostumbraba mojar la pluma en vitriolo en lugar de tinta. A semejanza de Stendhal, había servido al Imperio —pero él sin respetar ni querer al emperador—. Uno y otro veían con impaciencia la situación instaurada por los Borbones. Courier creyó inicialmente en Luis XVIII. Su decepción fue, en consecuencia, más dolorosa; sus críticas más acerbas. De él es una frase, que inserto aquí porque da el tono del medio literario entre cuyas sátiras aguzó Stendhal sus propias flechas contra el orden establecido por la opresión de la

Santa Alianza. "Somos —decía Courier— en proporción del daño que podemos causar. Un labriego no es nada. Un hombre que cultiva, construye y trabaja de modo útil no es nada. Un gendarme es algo; un prefecto, mucho. Bonaparte lo era todo." Y este párrafo, que convendrá tener muy presente cuando advirtamos la temperatura política de las grandes novelas stendhalianas: "Esas gentes —el pueblo—, crecidas desde Waterloo, no son en verdad tan escasas; son millones que no han aprendido las maneras de Versalles ni las formas de la Malmaison, pero que —al primer paso que deis en sus tierras— os demostrarán que no han olvidado su antiguo oficio. Porque no hay Alianza que valga. Y, si os atrevéis a querer robarlos en nombre de la muy santa y muy indivisible Trinidad, ellos, en nombre de sus familias, de sus rebaños y de sus campos, os recibirán a tiros."

A diferencia de Stendhal, Courier cuidaba mucho la forma de sus escritos. No para adornarlos, según la moda de la Restauración; sino para ceñirlos a los moldes clásicos más austeros. Asesinado el 10 de abril de 1825, sus contactos con Beyle deben situarse en los tiempos en que éste corregía y completaba *Racine y Shakespeare*. El libro que indico ha de leerse como el manifiesto de un romanticismo *sui generis* y en muchas partes distinto al que proclamaría más tarde, en el prefacio a su *Cromwell*, el jefe de la escuela romántica ortodoxa. Para Stendhal, "lo romántico es lo contemporáneo" y, en tal virtud, "todos los grandes escritores fueron románticos en su tiempo". Su sentido de los problemas sociales y de la eterna vinculación que existe entre lo político y lo libresco, le hacía reconocer, sin embargo, que "la disputa entre Racine y Shakespeare no era sino una de las formas que había adoptado la controversia entre Luis XIV y la Constitución". Quería un romanticismo enjuto, sin hinchazón de metáforas ni plétora de adjetivos; ágil y militante, psicológico, neto y, en lo posible, exento del "galimatías germánico" que siempre le repugnó. Lo que equivale a declarar que se oponía, por anticipado, al Claudio Frollo de *Nuestra Señora de París* y a los gigantes que, con ropaje de duendes góticos, iba a movilizar Víctor Hugo en la Edad Media de sus poemas.

En 1827, Stendhal publica *Armance*. Es su primera novela. Se trata de una enigmática narración que hace pensar en el eunuco de la comedia latina y, más aún, en el Oliverio de la *Duquesa de Duras*. El defecto central de *Armance* radica en la timidez del autor, que sólo nos deja adivinar el origen físico o fisiológico de las tribulaciones eróticas de su personaje. Semejante pudor verbal oscurece todos los términos y acaba por agravar el impudor psicológico de algunos análisis muy sutiles. Octavio —el protagonista de *Armance*— es lo que el Presidente des Brosses designaba con una palabra italiana: Babilano. O sea, según la definición de un ingenioso cultor de Beyle, "un enamorado platónico, por decreto de la naturaleza". Deseoso de no insistir demasiado en la insuficiencia de Octavio, Stendhal se divirtió en desdibujar el problema interno del libro, acumulando sobre el asunto de la novela una serie de esbozos acerca de la sociedad francesa, tal como él la veía en 1827. Éstas son las mejores páginas del volumen y constituyen, en cierto modo, una preparación para la segunda parte de *Rojo y negro*. Creo que Jean Prévost lo manifestó: el "gran mundo", del que Octavio trata a toda costa de huir, es el mismo al que, años más tarde, Julián Sorel se esforzará por entrar, con voluntad tan robusta como frustránea.

Por la brecha que la altivez de Matilde consiguió abrir en la fortaleza del diletante, habían penetrado ya, hasta el corazón de Stendhal, muchos elementos contradictorios, de simpatía, de gracia, de humanidad. Durante las noches que las recepciones mundanas o literarias no le robaban íntegramente, podemos figurárnoslo combatiendo contra sí mismo en su pequeño cuarto de la calle de Richelieu. De sus adversarios de juventud (la mentira de la provincia y la mecanización de la burocracia) había escapado o por la derrota o merced a la colaboración de dos aliados poco honorables: el alejamiento y la hipocresía. La necesidad de utilizar la mentira propia, que le ayudaba, contra la mentira ajena, que se esforzaba por deformarle, redujo a Stendhal, desde muy joven, a cifrar los mensajes más hondos de su verdad.

Un crítico de la calidad de Albert Thibaudet no vacila ante la doblez pertinaz de Stendhal. Lo ha leído con suficiente penetración para no confundir el conocimiento con el respeto. Sabe que Beyle pasó lo más íntimo de su vida en proteger su ternura con una serie de antifaces intercambiables, como los que admiraba —en su amada Italia— en los bailes de carnaval. Indaga lo que un tipo como Julián Sorel debe a un tipo como Tartufo. Y, en apoyo de los comentarios del señor Arbelet, escribe un artículo (*Stendhal y Molière*) del que recojo estas observaciones, que considero muy pertinentes: "Stendhal detestó las formas bajas de la hipocresía... Pero la vida secreta, la disimulación forzosa y la hipocresía impuesta que habían depositado y dejado en él las molestias de la niñez lo inducían a solidarizar con las energías más bellas esas funciones ocultas y esas bodegas disimuladas. Bodegas que guardan, después de todo, algunas de las mejores botellas stendhalianas."

Ningún hombre menos fácil de aprehender. Se inclina, ostensiblemente, ante las tradiciones que más detesta. Firma sus cartas con nombres imaginarios —"Don Flegmo", "Le Baron Dormant"— o muy reales, pero no suyos, como Jules Janin o Alphonse de Lamartine. Alberthe de Rubempré, con quien inicia en 1829 un brevísimo idilio, aparece, en sus notas íntimas, como "Madame Azur". Le encanta embaucar a sus lectores. Declara que estuvo en Eylau, cuando sabemos que el hecho es falso. Cuenta un diálogo que, según dice, sostuvo con Napoleón —y nada nos garantiza de que el diálogo haya sido cierto—. La provincia le impuso un pliegue, que el diletantismo consolidó. En efecto, ¿cómo mantener su "egotismo" dentro de un mundo en el que la exageración de los sentimientos era ley de la urbanidad y condición temporal del arte? Si hubiese nacido en París, durante la juventud de Montesquieu, no habría acaso tenido Stendhal que engañar tanto a sus coetáneos. Pero provinciano y, a la vez, antirreligioso, humorista y enamorado de las pasiones, cosmopolita y archifrancés, el personaje de *Henri Brulard* habría acabado por ser exclusivamente un criptógrafo de sí mismo, de no poseer, como poseía, junto con todas estas incompatibilidades interiores, una curiosidad casi morbosa por la verdad y un talento singular para descubrirla.

He ahí el secreto de la paradoja que Stefan Zweig analiza en su estudio sobre el autor de *Lamiel*. "Miedoso —escribe— frente a la vida, tímido ante las mujeres, escondido detrás del baluarte de su disimulación, se vuelve valiente al tomar la pluma. No lo detiene, entonces, ninguna traba. Al contrario. Cada vez que encuentra una resistencia en su propio yo, se apodera de ella —para disecarla con la mayor objetividad—. Lo que más le estorba en la vida es lo que, en el terreno psicológico, sabe domar mejor."

Gracias a su lucha deliberada contra el tedio de la provincia y la sujeción de la burocracia; gracias, por otra parte, a su involuntaria acción contra el diletante que se jactaba de ser, Beyle ha concluído por darse cuenta de la importancia que tienen, en el lago aparentemente quieto de ciertas almas, esos islotes que nunca afloran al azul de la superficie, escollos hechos de orgullos no confesados, de pudores indescriptibles, de rencores anónimos y de ambiciones irrealizables. Anticipándose a Freud, ha aprendido a tocar, en sus relieves más finos, la oceanografía del subconsciente. Anticipándose a Bergson, sabe que, en cada uno de nuestros actos, se descargan —a veces con brutal vehemencia— los acumuladores de la memoria. Anticipándose a Proust, nos revela, en fin, que los tesoros más luminosos de la memoria son aquellos que, por espacio de muchos años, el olvido resguarda y salva de la deterioración cotidiana de los recuerdos.

El instrumento literario de Stendhal se encuentra a punto. Puede emplearlo ya sin reservas. Y va a emplearlo, precisamente, como una depuración de los vicios que ha contraído en su combate diario contra esos tres adversarios tan perspicaces: la provincia, la burocracia y el egotismo. Escribe una gran novela: *Rojo y negro*. En sus 75 capítulos examinará minuciosamente todos los mecanismos de la hipocresía de Grenoble, todas las deformaciones de la costumbre y todas las equivocaciones en que incurre la voluntad cuando no alcanza a fijarse —a tiempo— sus propios límites.

No es el momento de describir a Julián Sorel. Ya le encontraremos cuando tengamos que auscultar a los héroes de las más significativas obras de Stendhal. Saludémoslo por ahora, como a uno de los seres que más poderosa influencia ejercieron sobre su autor. La tesis de Pirandello no es sólo válida en el teatro. Es aplicable, igualmente, a la poesía y a la novela. Hay personajes imaginarios que buscan a su escritor. Si el escritor da con ellos y los define, no será ya después el que era antes de concebirlos. Al engendrar a Julián Sorel, Stendhal cerró la puerta a muchos fantasmas de adolescencia y levantó un dique contra su propio diletantismo. El hecho de que *Rojo y negro* haya aparecido en 1830, el año en que Victor Hugo ganó la batalla de *Hernani*, es, para mí, muy revelador. Simultáneamente, las letras francesas ofrecían así a los lectores el veneno romántico —y su antídoto más enérgico: la estampa a colores de doña Sol y el aguafuerte de la señora de Rênal, el entusiasmo y la crítica psicológica, el contorno pintoresco, elástico y musical— y el esqueleto sobrio, geométrico, incorruptible...

Con *Rojo y negro* da fin el tercer capítulo de la experiencia vital de Stendhal. Vencida la burocracia por la pobreza, y minados, por la creación voluntaria, el espíritu provinciano y las tentaciones morosas del diletante, iba a principiar, con el cuarto acto, la pugna última, la campaña definitiva. Campaña tanto más dura cuanto que Stendhal no tendría ya que librarla contra un solo enemigo de mil cabezas: el reaccionarismo político de la Europa que regía la Santa Alianza, sino contra una auténtica coalición. Porque, de pronto, al adversario que indico, las circunstancias agregan de nueva cuenta los mismos que, en *Rojo y negro*, Stendhal había ciertamente vencido, mas no anulado.

El gobierno le nombra cónsul en Civitavecchia. Se trata de una población que, a pesar del sortilegio de Italia, es un rincón de ámbito provinciano. Resucitan, en sus calles, los duendes de Grenoble. Como cónsul, la burocracia vuelve a abrumar a Stendhal con toda su impedimenta de uniformes, de circulares, de notas y de expedientes. Lejos de París y de los cenáculos donde la charla le permitía no encerrarse demasiado en su intenso "yo", su egotismo recobra el vigor de antaño.

Sin embargo —y a pesar de lo desigual de la lucha— acabará por triunfar en ella. Desde el día en que se hace cargo del consulado de Francia en Civitavecchia hasta aquel 23 de marzo de 1842, en el que muere Stendhal, once años pasan. Son, sin duda, los más solitarios y difíciles de su vida; pero son, asimismo, los más fecundos. Veamos la lista de sus obras: en 1832, *Recuerdos de egotismo*. De 1834 a 1835, *Luciano Leuwen*. De 1835 a

413

1836, la *Vida de Henri Brulard*. En 1838, *Memorias de un turista* y *Viaje al Mediodía de Francia*. En 1839, las *Crónicas italianas* y su novela más bella, *La Cartuja de Parma*. Finalmente, de 1839 a 1841, *Lamiel e Ideas italianas sobre algunos cuadros célebres*. Nueve libros, de los cuales Stendhal publicó sólo cuatro: *Memorias de un turista*, la *Cartuja*, las *Crónicas* y las *Ideas sobre algunos cuadros célebres*. Los otros fueron editados después de su muerte.

En todos estos trabajos, la personalidad de Stendhal se define, pero en dos cauces opuestos. Por una parte —en *Luciano Leuwen*, en las *Crónicas*, en *Lamiel* y especialmente en *La Cartuja de Parma*— el novelista alcanza su mayor grado de perfección. Por otra parte, el diletante hace de las las suyas —¡y con qué inimitable talento!— en textos como los del *Henri Brulard* y los *Recuerdos de egotismo*. Beyle ha derrotado, a la postre, a sus tres adversarios exteriores: la provincia, la burocracia y los prejuicios del reaccionarismo político que le ofende. Pero, por lo que concierne al diletante —esto es: al adversario interior—, ha optado por aceptar una alianza muda. Regocijémonos, después de todo, ya que esta situación nos brinda hoy oportunidad para disfrutar a la vez de la seducción eterna de la *Cartuja* y de las verdades crueles de *Henri Brulard*.

Los acontecimientos de este capítulo —el último de su historia— pueden contarse en pocas palabras. Requeriría, sin embargo, un volumen quien pretendiese describirlos como merecen. Aceptemos la brevedad. De 1831 a 1836, Stendhal atiende —más mal que bien— los asuntos consulares confiados a su despacho. Civitavecchia le aburre. En París, el Ministerio no tiene fe en sus habilidades de diplomático. Cuando trata de mezclar a sus oficios algún informe político interesante, sus superiores se encargan de hacerle sentir que está invadiendo un campo que no es el suyo. Por fortuna, Roma no se halla lejos de su cárcel de funcionario. Visitarla es posible, a pesar de los burocráticos Argos que le vigilan. Con alguna frecuencia va a Siena, a cortejar a una *signorina*, Giulia Rinieri, a quien trató íntimamente en París en 1830, con quien pretendió casarse y de la cual recibió el 9 de abril de 1833 una carta que puso fin para siempre a sus esperanzas matrimoniales. En Civitavecchia, su interlocutor obligado es un subalterno, cierto Lisímaco Mercurio Tavernier, mitad griego y mitad perverso, con más de Mercurio que de Lisímaco, que le denuncia cada vez que se va de viaje, lo amenaza con dimitir cada vez que no están de acuerdo y a quien, para seguir escribiendo él lo que más le importa, Stendhal no puede ni confiarse del todo ni eliminar. En Roma, está Roma misma: sus palacios, sus calles y sus teatros. Pero Stendhal no tiene ya la avidez de la juventud. En 1833, cumple 50 años. Se escapa una temporada a París. Para regresar a Civitavecchia, toma un barco en Lyon. Encuentra a bordo a Jorge Sand y a Musset. Jorge Sand nos ha dejado un perfil de lo que era, a la sazón, el novelista de *Rojo y negro*. Hablaron de Italia —adonde la pareja se dirigía—. Stendhal no les disimuló los desencantos que ese país —tan querido— les reservaba. Les anunció que se verían privados de una conversación agradable y de todo lo que, a su juicio, da algún precio a la vida: los libros, los periódicos, las noticias; en suma, la actualidad. Sand concluye: "No creo que sea un hombre malo. Se esfuerza demasiado en dar la impresión de serlo, para serlo efectivamente."

Una tentación amorosa le espera todavía en Roma. Es la condesa Cini, a quien persigue por saraos y bailes y cuyo nombre, merced a una serie de deducciones stendhalianas (Cini, Cenere, *cendres* en francés, *cenizas* en castellano), nos ofrece el mejor emblema de la decadencia física del autor. La condesa debe tener sus razones para preferir a un galán más joven y más apuesto: don Felipe Caetani. Stendhal admite su ruina. Al margen de un libro, apunta: "Sacrificio hecho. Condesa Sandre. 8-17 de febrero de 1836."

Le queda una amante, que ningún don Felipe podría arrancarle. Es la mujer ideal de Stendhal: apasionada y colérica, irónica y piadosa, noble por la cuna, pero más aún por el don violento a las exigencias continuas de su entusiasmo. Habéis reconocido probablemente a la duquesa Sanseverina. En verla subir y bajar por los laberintos de las conjuraciones de Parma, invirtió Stendhal los postreros talentos de una imaginación psicológica sin igual. Con ella, se acerca por fin la gloria que tanto quiso. La aparición de *La Cartuja* no suscita inmediatamente un coro de elogios públicos. Pero un solo artículo —de Balzac— es la recompensa más anhelada y confortadora. ¡Y qué artículo generoso! Con la amplitud del genio, Balzac no mide sus felicitaciones. "*La Cartuja de Parma* —afirma— es en nuestra época la obra maestra de la literatura de ideas... El señor Beyle ha hecho un libro en que lo sublime estalla capítulo por capítulo. A una edad en que los hombres rara vez hallan temas grandiosos —y después de haber escrito una veintena de volúmenes extremadamente espirituales—, ha producido una obra que no puede ser apreciada sino por almas y seres verdaderamente superiores."

Stendhal —que había disfrutado de unas largas vacaciones en Francia entre 1836 y 1839— vuelve a París en 1841. ¿Presiente, acaso, su fin? No lo sabemos. Alguien observa que, en sus cuadernos autobiográficos, figura esta frase: "No hay ridículo en morir en la calle..." Así fue como cayó, el 22 de marzo de 1842, víctima de un ataque de apoplejía, cerca del edificio en que estaba instalado, entonces, el Ministerio de Relaciones Exteriores de su país. Murió a las dos de la mañana del día siguiente, 23 de marzo.

Con él desapareció uno de los espíritus más lúcidos de las

letras universales; un ser que penetró, antes que muchos pedantes borlados y doctorados, en los misterios de la voluntad y el dolor del hombre; un novelista que hizo de la novela un prodigioso instrumento de precisión para descubrir las corrientes originales de la conciencia; un diletante, sí, pero incomparable, por el valor con que edificó su libertad y creó la de sus héroes más definidos; un ciudadano del siglo XX, perdido entre la ola oratoria del XIX. En síntesis, un maestro en el arte de percibir, inventándola, la existencia.

En estas notas me propongo estudiar su obra, su pensamiento, su influjo cada día más perceptible. Pero no me resigno a concluir esta exposición sin releer lo que considero el testamento íntimo de Beyle:

"¿Qué he sido? ¿Qué soy?" —se interroga, en una página dolorosa.

"Paso por hombre de mucho ingenio, muy insensible, cínico incluso. Y veo que he vivido ocupado constantemente por amores infortunados.

"¿Qué he sido? ¿Hombre ingenioso, o necio? ¿Valeroso o cobarde? Y finalmente y en síntesis ¿dichoso o infeliz?"

No intentemos contestar en seguida a estas tres preguntas. Una fórmula, por elocuente que pareciese, resultaría prematura. Y cuanto más elocuente, sería menos stendhaliana... Participemos mejor con él en su propio examen.

TRES VICTORIAS DE STENDHAL

¿Cómo precisar la antinomia que he advertido siempre en el autor de *Armance* y de *Rojo y negro*? De un lado, Stendhal, el novelista, obligado por la técnica de su arte a salir de sí mismo a cada momento y dejarse arrastrar por los personajes que su alma crea. Del otro lado, Beyle, el insaciable descubridor de su "yo" difícil, férvido y vacilante, enamorado ayer de Ángela Pietragrua, hoy de las vírgenes del Correggio, mañana de la condesa Cini y, siempre y en todas partes, de la aventura. De esa aventura que para él tiene un nombre hermoso y se llama Italia.

En ciertas horas de su existencia, Stendhal y Beyle convivieron amablemente. El diletante dejaba entonces que el novelista se divirtiese en reconstruir determinadas anécdotas tenebrosas de un Renacimiento hecho de orgullo, ambición y sensualidad, como la historia de los Cenci, de Vittoria Accoramboni o de la duquesa de Palliano. ¡Qué delicia escribir así, sin tener que sentirse autor, hombre de letras profesional! A los héroes descubiertos por Beyle en los archivos de Milán o de Mantua, Stendhal se encarga de "naturalizarlos" *ex oficio*, como cónsul de las letras francesas que es, en las tierras de sus *Crónicas italianas*.

Ambos, el diletante y el novelista, sintieron siempre una admiración singular por los tipos y las costumbres del siglo XVI. El novelista, sin embargo, no insiste mucho. En aquellos episodios sangrientos, lo que le atrae no son "las posibilidades literarias", como apunta certeramente Daireaux, sino "el acento, el color, el gesto que resume un estado, traduce un carácter y caracteriza una época." El diletante está satisfecho con este respeto del escritor para el dato exacto, revelador de una era que él explora también, con júbilo irreprimido. Beyle y Stendhal trabajan aquí de acuerdo. Pero este acuerdo no se repite muy a menudo. Lo normal es que Stendhal, en sus novelas largas —que son sus obras fundamentales—, se vea forzado a imponer a Beyle un poco de discreción. Y que, en sus ensayos de introspección biográfica —como *Henri Brulard*—, Beyle elimine a Stendhal lo más posible. Por consiguiente, esas piezas fundamentales (*Rojo y negro, La Cartuja de Parma* y *Luciano Leuwen*) se nos presentan como los trofeos de un novelista que ha vencido por fin a su diletante. Son tres victorias de Stendhal sobre su doble. Veamos ahora cómo conquistó esas victorias un prosador a quien algunos denominaron húsar romántico.

Si recordamos que Stendhal sirvió en las filas de Bonaparte, podremos decir que la primera de las obras citadas (*Rojo y negro*) fue su Austerlitz. Victoria rápida y deslumbrante, que afianzó su destino, como dueño de una manera absolutamente propia de gobernar el arte de la novela. La segunda (*La Cartuja de Parma*) puede haber sido, como Marengo, una batalla librada en dos tiempos —aunque no perdida, como Marengo, en ninguno de ellos—. La tercera (*Luciano Leuwen*) merece ser comparada con operaciones militares mucho más técnicas, igualmente brillantes, pero de consecuencias tal vez menos decisivas. Pienso, al nombrarla, en alguno de esos combates ganados por Napoleón durante la campaña de Francia, antes de los adioses solemnes en la escalera de Fontainebleau.

Rojo y negro es la novela de la energía juvenil. Stendhal tomó su asunto de la realidad inmediata. En la ciudad de Brangues, del Departamento de Isère, habitaba un joven de cuna humilde: Antonio Berthet. Su inteligencia lo señaló en muy temprana edad a la atención del cura de su parroquia, quien lo hizo ingresar en el seminario. Su estancia en aquel establecimiento se vio acortada por las molestias de una salud relativamente precaria y las veleidades de un temperamento irremediablemente colérico. Al salir de ahí, el señor Michoud de la Tour le ofreció el cargo de profesor de sus hijos. La esposa del señor Michoud, bastante mayor de edad, parece haber tenido con Berthet relaciones que no eran precisamente las que correspondían a sus esfuerzos de educador. Por motivos que ignoro, tales relaciones hubieron de interrumpirse y, poco después, Berthet fue recibido en el seminario de

417

Grenoble, más importante y famoso que el instituto inicial de su mocedad. Tampoco en éste permaneció muy tranquilo nuestro ávido impertinente. El azar le condujo —una vez más como preceptor— hasta la residencia de una familia de cierta alcurnia: la del señor de Cordon. Lo primero que hizo en su nuevo nido fue enamorarse, no ya de la propietaria, pero sí de su hija. Expulsado de un hogar que no había sabido agradecer, Berthet atribuyó sus constantes fracasos a la señora Michoud. El 2 de julio de 1827 esta dama oraba en la penumbra de la iglesia de Brangues. Berthet disparó contra ella la pistola de que iba armado. Sentenciado a muerte el 15 de diciembre del mismo año, el agresivo sujeto subió al patíbulo el 23 de febrero de 1828.

Hasta aquí los elementos que la "Gaceta de los Tribunales" proporcionó a Stendhal como base para el argumento de *Rojo y negro*. Los principales personajes eternizados por su relato figuran en la rápida relación que acabo de mencionar. En la novela, la señora Michoud es la señora de Rênal, la familia Cordon ostenta el apellido La Mole y vive en París, la señora de Cordon se ha convertido en Matilde y la población de Brangues se llama Verrières. En cuanto a Antonio Berthet es, hoy, el audaz por antonomasia, el discípulo del emperador, el egoísta y tremendo Julián Sorel.

Resulta sorprendente la sumisión con que Stendhal copia los hechos ciertos. Se ha dicho que semejante sumisión emanaba de una carencia absoluta de fantasía. No lo discuto; aunque desconcierta creer que careciese de fantasía hasta tal extremo quien, con los datos escuetos de una gaceta, compuso una de las fábulas más atrayentes del siglo XIX y una de las mejores novelas de las letras universales. Sin embargo, hay que admitirlo sin eufemismos: Stendhal no inventó el argumento de sus grandes máquinas psicológicas. En *Rojo y negro*, inmortalizó la noticia de un crimen contemporáneo. En *La Cartuja de Parma* aprovechó una multiplicidad de materiales que no eran suyos: *Mis prisiones*, de Silvio Pellico, la vida de Benvenuto Cellini, las memorias del conde Andryane y, principalmente, una antigua crónica: los *Orígenes de la grandeza de la familia Farnesio*. De esta crónica dice Henri Martineau que "parece el cañamazo de una *Cartuja* todavía descarnada"... "Con el apoyo de su amante Roderico, de la familia Borgia, Vannozza Farnesio, graciosa y bella, hace la fortuna de su sobrino Alejandro. Preso durante mucho tiempo en el castillo del Santo Ángel, por haber raptado a una joven romana, Alejandro logra escaparse y obtiene el capelo de Cardenal." Basta haber hojeado *La Cartuja de Parma* para percibir que Vannozza es la duquesa Sanseverina y que Alejandro Farnesio es Fabricio del Dongo.

El caso de *Luciano Leuwen* resulta más sintomático todavía. Aquí, Stendhal no se tomó siquiera el trabajo de ir a buscar su tema en las columnas de una gaceta de ayer o en los pergaminos de una crónica de anteayer. Cierta amiga suya, la señora Gaul-thier, plumífera por amor —o simplemente por ocio—, le entregó en 1833 el manuscrito de una novela que había titulado *El tenien-te*. La autora deseaba que su compatriota examinase aquel de-sabrido engendro. De regreso en Civitavecchia, Stendhal (que, como cónsul, se aburría varios días por semana: los que no podía pasar en Roma) se resignó a leerlo por fin. Dirigió entonces a su lejana amiga una carta que es a la vez un modelo de hipocre-sía y una lección de crítica maliciosa.

"He leído *El teniente* —le dijo, el 4 de mayo de 1834—. Con-vendría volver a copiarlo en su integridad y que, al hacerlo, pensa-ra usted que está traduciendo algún libro teutón. El idioma, a mi ver, es horriblemente noble y enfático... No sea perezosa, puesto que escribe usted solamente por placer de escribir. Habrá que dialogar todo el final del segundo cuaderno: Versalles, Elena, Sofía, las comedias de sociedad. Todo ello resulta muy denso como relato. El desenlace es pobre. Oliverio da la impresión de estar cazando millones. Cosa admirable en la realidad, porque el espectador se dice: 'Cenaré en casa de ese hombre', pero infa-me en una lectura... Urge borrar en cada capítulo por lo menos cincuenta superlativos. No hay que escribir jamás: 'la pasión ardiente de Oliverio'. El infeliz novelista debe tratar de hacernos creer en esa *pasión ardiente*, pero sin decírnoslo."

Nada en esta epístola acibarada deja entender que Stendhal se hallaba dispuesto a escribir, a su modo, el relato de la señora Gaulthier. Sin embargo, ésa es la labor que lo absorbe durante meses. Gracias a ella podemos hoy deleitarnos con la tercera de sus novelas fundamentales.

Como acabamos de verlo, Stendhal trabajó, en sus obras maes-tras, sobre documentos humanos que no se esforzó por imaginar. Es decir —para continuar el símil—, libró las principales batallas de su carrera artística en campos previamente delimitados por ese colaborador, con apariencias de adversario, que es el asunto impuesto —por el azar, por las circunstancias o por lo que cree-mos habitualmente el poder de la realidad.

¿Querrá esto significar que Stendhal no fue un creador de originalidad auténtica y vigorosa? En manera alguna.

Hay escritores que ponen su orgullo en la invención de los argumentos de sus relatos o de sus dramas. Hay otros, en cam-bio, y no de los menos excepcionales, que adoptan un tema ajeno y lo recrean de todo a todo, merced a la forma en que lo conciben, lo desarrollan y lo realizan. Cuando hablo de forma no pienso en el estilo externo de la composición, que —en el caso de Stend-hal, según lo comprobaremos más tarde— fue de una sobriedad próxima a la pobreza. Pienso, más bien, en lo que podríamos definir como el estilo interno de la novela o de la tragedia: la solidez de su estructura lógica y psicológica, el arte de percibir los caracteres por las acciones y no por las descripciones, la fuerza de valorización humana que implica a veces el estudio de un defecto, o de una virtud. En este sentido, Stendhal fue un maestro sólo comparable con los más grandes: en Rusia, con Tolstoi y con Dostoyevski, en Francia con Balzac, en Inglaterra con Carlos Dickens. Y no digo que con Cervantes en España, porque Cervantes es más todavía que un novelista egregio.

La originalidad del asunto constituye, sin duda, un incentivo real para muchos lectores y espectadores, aunque no acaso para los de espíritu más agudo. Los trágicos griegos compusieron sus piezas más admirables alrededor de unos cuantos temas que la mitología les deparaba. Shakespeare utilizó en sus mejores dramas trozos de historia o fábulas difundidas por otras literaturas. Racine y Goethe hicieron lo propio. Y a ninguno de ellos se le ha reprochado esta inclinación como artificial desdén por el argumento humano ni como anemia de la imaginación creadora que poseían.

Entre nosotros, cabe citar también los casos de dos escritores contemporáneos, de muy distinta filiación y diverso estilo. Alfonso Reyes, a quien debemos una soberbia *Ifigenia* en verso, en cuya trama el autor supone —según él mismo nos dice— "a diferencia de cuantos trataron el tema desde Grecia hasta nuestros días", que "arrebatada en Áulide por la diosa Artemisa a las manos del sacrificador, Ifigenia ha olvidado ya su vida primera e ignora cómo ha venido a ser, en Táuride, sacerdotisa del culto bárbaro y cruel de su divinidad protectora". Y Agustín Yáñez, quien —"como escalas de adolescencia"— revive, en su bello libro *Archipiélago de mujeres*, a los personajes de Alda, Melibea, doña Endrina, Desdémona, Oriana, Isolda y doña Inés, sin por eso perder espontaneidad y muy mexicano encanto.

Puesto a escoger entre la originalidad de las situaciones y la originalidad de las respuestas que el hombre da a tales situaciones, hay novelistas —como Stendhal— que optan por la segunda. Y aciertan en esa opción. He resumido, en párrafos anteriores, los elementos del crimen perpetrado en Brangues por Antonio Berthet, en 1827. Quien haya leído *Rojo y negro* percibirá dos conclusiones: En primer lugar, que *Rojo y negro* no añade nada, o casi nada, en materia de hechos, a la "Gaceta de los Tribunales", donde la noticia del crimen se publicó. Y, en segundo lugar: que, entre los datos comentados por la "Gaceta" y la novela de Stendhal, media un abismo. ¿Cómo era Antonio Berthet? ¿Cómo conquistó a la señora Michoud? ¿Por qué escapó del seminario? ¿De qué argucias hubo de valerse para seducir a la señorita Cordon? ¿Qué sentimientos le llevaron a disparar contra su primera amante en el interior de la iglesia de Brangues?... A estas preguntas —y a muchas otras— responde Stendhal con una verdad que pudo no ser la de Berthet, pero que es ya la nuestra y que será en lo sucesivo la de todos aquellos que se asomen al vértigo en que Julián Sorel hizo y deshizo su voluntad.

Los *Orígenes de la grandeza de la familia Farnesio* son muy interesantes. Pero, entre los fantasmas que andan por esas páginas esquemáticas y la actualidad de Fabricio del Dongo o del conde Mosca hay, igualmente, un profundo abismo. Aquéllos, los que históricamente tuvieron brazos y manos, cárceles y aventuras, no son ya en la crónica de sus vidas sino símbolos huecos, nombres extintos, cifras de caracteres y de presencias que no podemos resucitar sino de manera muy arbitraria y siempre sujeta a errores. En cambio, los personajes de *La Cartuja de Parma* están en el libro de Stendhal inmortales y palpitantes, con la actitud exacta que logró darles su creador, dotados por él de esa vida eterna que el arte otorga y que no es por cierto, como la nuestra, devenir sólo, mudanza y muerte de cada instante dentro de un cauce que limitamos si lo llamamos nuestro destino. El personaje vivo camina así de la verosimilitud al esquema y de la realidad a la abstracción, en tanto que el personaje creado por el artista va de la abstracción a la realidad y del esquema a la verosimilitud.

Ahora bien, crear es amar, amar lo que se crea. De ahí que, para explicar el proceso de la creación artística en el caso de Stendhal, lo más indicado sea recordar lo que el propio Stendhal nos dijo, en uno de sus más penetrantes volúmenes, acerca de otro proceso análogo: la formación del sentimiento erótico, en los hombres y en las mujeres. La tesis stendhaliana, deliciosamente descrita en su libro sobre *El amor*, se conoce hoy en psicología con el nombre de cristalización. Releámosla. Y veamos cómo se aplica a toda la producción novelesca del autor de *Luciano Leuwen* y cómo nos explica, no sólo el hecho de que Stendhal no haya inventado los argumentos de sus novelas, sino que haya necesitado encontrarlos previamente confeccionados, por la fantasía de alguna amiga, como la señora Gaulthier, o por la imaginación —mucho más experta y precisa— de la existencia.

Escribe Stendhal, en el segundo capítulo de *El amor:* "En Salzburgo, se arroja a las profundidades abandonadas de las minas de sal una ramita de árbol, deshojada por el invierno. Dos o tres meses después, se la extrae, y está cubierta de cristales brillantes. Las ramas más pequeñas... se hallan adornadas por una infinidad de diamantes móviles y deslumbradores. No se puede ya reconocer la ramita primitiva. Llamo cristalización a esa operación del espíritu merced a la cual, de todo lo que se le presenta, obtiene un descubrimiento: el de que el objeto amado posee nuevas perfecciones... Este fenómeno, que me permito nombrar cristalización, proviene de la naturaleza, que nos obliga a buscar placer... del sentimiento de que los placeres aumentan con los méritos del objeto amado, y de la idea: ella me pertenece."

Insatisfecho con estas explicaciones, Stendhal, en una nota al capítulo xv, vuelve muy pronto a manifestarnos: "Entiendo por cristalización cierta fiebre de imaginación que a un objeto —a menudo bastante ordinario— nos lo vuelve desconocido y lo convierte en un ser aparte." Además, en otra nota —modesta y breve, pero esencial para comprender y estimar a Stendhal— nos revela su concepción estética más recóndita: "La belleza, exclama, no es sino la promesa de la felicidad." En la frase que cito, la palabra promesa está subrayada por el autor.

No defiendo la tesis de Stendhal; me contento con exponerla. Sé que algunos pensadores la encuentran falsa. Ortega y Gasset manifiesta, incluso, que su fealdad es superlativa. "Tal vez lo único que de ella podemos salvar —escribe— es el reconocimiento implícito de que el amor es, en algún sentido y de alguna manera, impulso hacia lo perfecto. Por ello cree Stendhal necesario suponer que imaginamos perfecciones..."

Acaso podría contestarse al autor de *El tema de nuestro tiempo* que, como narrador que era singularmente (él lo declara "archinarrador ante el Altísimo"), Stendhal se interesó no tanto en filosofar acerca del amor cuanto en anotar determinadas observaciones, muy personales y muy concretas, respecto a los problemas psicológicos que plantea la descripción del amor a los novelistas. Por ejemplo: entre dos seres considerados en un relato, el desamor inicial y absoluto de uno puede resultar, para el otro, menos desesperante que la dádiva de un amor de distinta especie que el sentimiento que a él anima. El que ama con pasión sufrirá mucho, sin duda, de no verse correspondido; pero ese sufrimiento, noble después de todo, no es comparable con las mil vejaciones que le impondría —a menudo sin darse cuenta— quien respondiese a su amor exclusivamente por capricho, lástima o vanidad.

En uno de los casos extremos (la indiferencia definitiva de la persona amada) la novela, como novela de amor, concluye antes de principiar. Y si no concluye como novela, es porque se convierte, de novela de amor que intentaba ser, en novela del fracaso amoroso. Lo cual puede orillar al autor a imaginar como desenlace el suicidio o el desmoronamiento gradual del amante no realizado. Esta última es la solución dada por Fromentin a su *Dominique*.

En el otro de los casos extremos (el del amor compartido en un plano idéntico de los que Stendhal distingue en su escala psicológica de valores: vanidad, gusto, pasión) la novela de amor, como tal, concluye también de hecho. Porque cuando dos amantes logran poseerse dentro de esa correspondencia perfecta de sentimientos, lo probable es que sean felices. Y ¿quién se atrevería a escribir la historia de una dicha amorosa en trescientas páginas?

Entre esos límites (el de la completa carencia de amor en uno de los agentes de la novela y el más insólito: la identidad de la temperatura amorosa en los dos agentes) se sitúa el campo de la novela de amor propiamente dicha. Esto es lo que el libro de Stendhal nos ayuda a comprender todavía hoy.

Podría también replicarse a Ortega lo que Martineau observa muy pertinentemente. "Los contemporáneos —afirma— se equivocaron y no vieron en *El amor* sino un manual un tanto pretencioso y atiborrado de teorías generales, cuando no era, en sus mejores capítulos, sino una cosecha de confidencias. Stendhal mismo lo reconoció así al expresar, desde el principio del libro: 'Quiero imponer silencio a mi corazón, que cree tener mucho que decir. Tiemblo continuamente de haber escrito un suspiro, cuando creo registrar una verdad'."

Escribir un suspiro... Hay veces en las que Stendhal, que no cuidaba nunca su estilo, tropieza así con hallazgos magníficos de expresión. La frase que subrayo me ha recordado siempre un acierto de Enrique Heine, muy celebrado por los lectores de las *Noches florentinas*. El poeta describe al compositor italiano Bellini. Y ésta es la silueta que traza de él: "Su andar era tan elegiaco, tan etéreo... Toda su persona parecía un suspiro con escarpines."

Suspendo la digresión. No mencioné todos estos textos con el propósito de apuntalar la tesis beyliana. Me interesaba advertir, más bien, cómo en la creación novelesca, según Stendhal la practicó, el argumento —aunque indispensable— no vale jamás por sí mismo, sino por las operaciones de cristalización psicológica a que da lugar en la mente del escritor. La fantasía que importa a Stendhal no es ésa, del primer grado, que un Ponson du Terrail suele demostrar mucho más en sus producciones y que consiste en inventar la trama del relato, sus episodios, sus incidentes, todo lo que la vida nos da y que, siendo vida, no es obra de arte. La imaginación de Stendhal, por el contrario, es una imaginación de segundo grado. Se apodera del hecho enjuto y lo reviste con una insólita floración de observaciones tan deslumbrantes y movedizas como las gemas translúcidas de Salzburgo.

Esta misma comparación me parece, a la postre, impropia. Porque Stendhal no enjoya con diamantes verbales y con metáforas la rama deshojada del argumento que se le tiende. La metamorfosis que impone a la realidad es de índole más profunda. El hecho, que la existencia le proporciona, no sale de su fábrica psicológica embellecido por una cristalización exterior, que sería sólo retórica vestidura. Sale transfigurado, explicado y justificado merced a una comprobación interior y a una renovación de todas sus partes; comprobación y renovación que no se contentan con agregar a lo gris de la superficie una iridiscencia vana y un epidérmico lujo de incómodas pedrerías.

Entre el amor y la creación artística, existe una diferencia, a pesar de todo. El amor cristaliza las modalidades de un ser sobre cuyo fondo ético no ejerce el amante, de hecho, ningún poder radical de transmutación. Por mucho que Calisto idealice a Melibea, Melibea continuará siendo Melibea hasta que la tragicomedia llegue a su término. En cambio, el novelista actúa sobre ese fondo ético que el amor cristaliza, pero no altera sustancialmente. La rama del acontecimiento que nos describe no es, para el novelista, un simple pretexto de orfebrería. No le basta decorarla. Tiene que rehacerla. Sorel no es un Berthet sublimado. Ni la Sanseverina es tampoco una Vannozza constelada de tropos y de adjetivos. Sorel es Sorel. Y no lo sería tan plenamente si no hubiese absorbido por completo, en su personaje, la materia íntima de Berthet. La Sanseverina es la Sanseverina. Y resultaría imposible encontrar ya en ella el menor átomo de Vannozza, por insistentemente que lo buscáramos.

Así establecido el procedimiento de recomposición de la realidad que caracteriza a la novelística stendhaliana, podremos apreciar más gustosamente sus producciones definitivas. Sería vano pretender determinar cuál es la mejor. Es cierto, *Luciano Leuwen* no se coloca en el mismo plano en el que estamos acostumbrados a ver *Rojo y negro* y *La Cartuja de Parma*. Stendhal trabajó probablemente más en este relato que en las dos obras magistrales que todo el mundo conoce. *Luciano* es más bien un puente entre la primera y la última. El autor —cuya intención inicial fue la de reescribir *El teniente* de la señora Gaulthier— se enfadó pronto de aquella empresa, se interesó por el tema y rehizo varias veces sus propios planes. El título mismo del libro no llegó a imponerse en su espíritu de manera determinante. Osciló hasta su muerte entre *Luciano Leuwen* y *Amaranto y negro*; pero le habían atraído también *Rojo y blanco*, *El cazador verde* y *Naranja de Malta*.

Las recomendaciones testamentarias que dejó, para proteger la suerte de este manuscrito, demuestran la importancia que, en su fuero interno, le atribuía. La obra, publicada imperfectamente en 1855, no obtuvo los honores de una presentación formal sino en 1894. Aun entonces, los editores no siempre pudieron mostrarse fieles al texto del novelista. Hubo que esperar a que la casa Champion diese a la estampa ese texto, en 1926 y 1927, para conocerlo en su integridad. Ello explica el retraso de la crítica, que ha dedicado mayor atención a *Armance* y a las *Crónicas italianas*, cuando no a *Lamiel*, obra póstuma, como *Luciano Leuwen*. A pesar de tan múltiples infortunios, ésta merece un capítulo especial en la historia de las creaciones de Stendhal. Luciano es Beyle.

Y su amor por la señora de Chasteller es el amor de Beyle por Matilde Viscontini. Hay en el relato un análisis de la desventura amorosa que resiste la comparación con las páginas más aceradas de los otros libros de Stendhal. Reconozco sin embargo que, en *Luciano Leuwen*, el autor no alcanzó ni la tensión dramática de *Rojo y negro* ni la gratuidad alada de *La Cartuja*. Acaso las razones de lo que indico estriban en dos circunstancias que me interesa anotar aquí. Desde el punto de vista artístico, Stendhal no se alejó suficientemente de la esfera sentimental en que hizo vivir a sus personajes. Luciano se parece a Beyle excesivamente. Él mismo lo confesó cuando dijo: "No *escoges* tus modelos. Tomas siempre por *amor* el de Metilde y Dominico." (Metilde era Matilde Viscontini y Dominico era el apodo, entre ácido y afectuoso, que Beyle se daba en la intimidad.)

Desde otro punto de vista, al escribir *Luciano Leuwen* en 1834 y 1835, Stendhal se hallaba demasiado cerca de los reproches sufridos por *Rojo y negro*. Quería evitar las censuras que esa obra le había ocasionado. Por eso perdió mucho tiempo en meras preocupaciones de técnica novelesca. A cada página, piensa en los defectos que algunos comentaristas creyeron advertir en el personaje del impaciente Julián Sorel. "Esto no se parece a Julián" —señala, al margen de un fragmento de *Luciano Leuwen*—. "¡Tanto mejor!" Y añade: "En *Julián* (esto es: en *Rojo y negro*) no conduje bastante la imaginación del lector por los detalles pequeños... Aquella era una manera más grande: un fresco, en relación con una miniatura." Esta atención concedida al detalle en *Luciano Leuwen* le sirvió mucho para intentar, en 1838, la redacción de *La Cartuja de Parma*. Debemos agradecérsela. Pero, en síntesis, *Luciano* lo defraudó. Quizá él lo haya entendido también así, como lo revela otra frase suya, sugerida por los obstáculos que encontraba en la composición de ese libro, a la vez admirable e irrealizado, claro ejemplo de estudio de transición. "En el embrión —declara Stendhal— la columna vertebral se forma en primer lugar: el resto se establece sobre esa columna. Lo mismo aquí: primero la intriga amorosa y, después, los ridículos que vienen a complicar el amor y a retardar sus goces —como, en una sinfonía, Haydn retarda la conclusión de la frase."

Si alineamos en un peldaño un poco inferior obras como ésta, como *Armance* y como *Lamiel*, quedan dos novelas distintas y, en cierto modo, complementarias: *Rojo y negro* y *La Cartuja de Parma*. En torno a cada una de ellas se ha constituido una escuela de admiradores, intérpretes y prosélitos. Algunos exaltan *Rojo y negro*, con detrimento de *La Cartuja*. Otros, como Gide, prefieren *La Cartuja*, sin desdeñar, por contraste, las cualidades excelsas de *Rojo y negro*. Pronunciarse en favor de una no es, a mi juicio, ni necesario ni conveniente. En la juventud, hubiera votado por *Rojo y negro*. Hace diez años, me sentí mucho más accesible a los méritos de *La Cartuja de Parma*. Ahora me doy cuenta de que no había la menor incompatibilidad entre esas dos actitudes. La historia de Julián Sorel tiene que seducir mucho más en los años mozos. La de Fabricio exige entusiasmos menos fervientes, mayor rigor en la gradación silenciosa de los matices, un sentido más cauto de la curiosidad, y una experiencia más dilatada de lo que Proust habría de llamar la hipocresía de las personas sinceras... Pero una y otra deben considerarse como paneles de un mismo díptico. Y el tema de ese díptico luminoso es el elogio de la energía.

Alguna vez examinaré con detenimiento los nexos que unen a ciertos hombres, cuando trabajan —a menudo sin conocerse— en el mismo surco intelectual. Pienso ahora en Schopenhauer, Balzac y Beyle. Los vínculos entre Beyle y Balzac son, por supuesto, evidentes; pero podrá preguntárseme: ¿qué tiene que ver con ellos el amargo autor de *La cuádruple raíz del principio de la razón suficiente?*... Mucho, a mi juicio. Porque tanto los dos novelistas franceses cuanto el filósofo alemán contemplan el mundo "como voluntad y como representación".

Balzac no disimuló jamás la importancia que atribuía a la voluntad humana en su concepto trágico de la vida. En una de sus cartas, le vemos declarar con orgullo: "Después de haber hecho, por la poesía, la demostración de todo un sistema, haré la ciencia de ese sistema, en mi *Ensayo de las fuerzas humanas.*"

Ese *Ensayo*, Balzac no llegó a escribirlo. Acaso porque se percató de que habría sido una duplicación innecesaria —y artificialmente dogmática— de su maravillosa *Comedia humana*. Pero la idea lo persiguió por espacio de muchos años. Lo demuestra el hecho de que haya conferido a Luis Lambert (el personaje que más profundamente se le parece) el propósito de redactar, desde joven, una *Teoría de la voluntad*, coincidiendo así, hasta en el vocabulario, con los trabajos de Schopenhauer. Sorprende que un hombre de ingenio tan perspicaz como Curtius no diga nada al respecto en el capítulo que consagra a la "energía" dentro de su hasta hoy insuperado volumen sobre el creador de *La piel de zapa*. ¿No es en este libro donde nos sobrecoge la conclusión más próxima a Schopenhauer? "Matar los sentimientos para llegar a viejo —afirma un amigo de Rafael— o morir joven, aceptando el martirio de las pasiones, he ahí nuestro destino".

Para Stendhal, el dilema no tenía siquiera sentido práctico. Sus héroes viven quemándose en la llama de ese "martirio de las pasiones". "Llegar a viejos" les parecería, sin duda, triste vulgaridad. Stendhal, como Balzac, soñó condensar sus ideas sobre la vida en un tratado enaltecedor de la voluntad humana. Brandès —quien debe ser mencionado siempre entre los grandes críticos europeos que fomentaron con valor el culto de Stendhal— escribe, sobre este tema, líneas muy sugestivas. "Beyle —observa—

ama, con preferencia a todo, la energía sin reservas en la acción y en el sentimiento. La energía, ya aparezca como genial empuje de mariscal o como ilimitada ternura de mujer. Por eso él —frío, burlón y seco— siente auténtica adoración por Napoleón. Por eso comprende y describe, como escritor, los siglos XV y XVI de Italia mucho mejor que los tiempos modernos. Durante largo tiempo consideró el plan —característico— de escribir una *Historia de la energía en Italia,* y puede decirse que sus crónicas italianas, copiadas, reelaboradas o imaginadas según viejos manuscritos, han suministrado la psicología de la energía italiana".

Pero ¿cómo exaltar la energía en una época que condenaba celosamente todo lo que hubiera podido suponer, aun en humildísimo grado, un poco de independencia en los pueblos y en las personas? No hay que olvidar bajo qué signos políticos y morales escribió Stendhal sus obras maestras. Acababa de derrumbarse el imperio de Napoleón. Bonaparte había representado, durante años, el paradigma de lo que puede obtener un hombre cuando sabe oprimir a fondo, en la máquina de la vida, el acelerador de la voluntad. Muchos de los que veían en él el triunfo de la energía individual llevada a su extremo límite, no percibían entonces con claridad lo que Bonaparte debió al favor de las circunstancias. Creían en el milagro del carácter y no aquilataban propiamente hasta qué punto, sin un fenómeno colectivo como la Revolución Francesa, hubiera sido imposible la gesta de Napoleón.

Como quiera que sea, el emperador desterrado y, después, su cadáver en Santa Elena, eran objeto de abominación y pavor para las monarquías asociadas en este *trust* de la hipocresía que se conoce, en la historia, con el nombre de Santa Alianza. Bajo un terror sin guillotinas, pero con cárceles, se estableció el gobierno de los miedosos —que, por miedosos, son casi siempre más torpes y más crueles. Todo era sospechoso: el leer a Las Cases y el aplaudir a una *prima donna,* si la *prima donna* había cantado en París durante la administración del "usurpador". El más tímido liberal adquiría en seguida visos de "carbonario". La prensa y la burocracia unieron sus recursos para denunciar a los apestados. Había, a todo trance, que contener la infección de la libertad. Porque Napoleón no era en realidad tan odiado por sus delitos de autócrata belicoso cuanto por sus orígenes liberales. A pesar del agua de Colonia con que el emperador se lavaba y se perfumaba, los duques seguían oliendo, en el uniforme de Bonaparte, la pólvora del 93.

Al tambor y a la espada de los ejércitos de Carnot, los Borbones y los Habsburgo sustituían la confabulación de las delaciones. La política internacional era una vasta red con espías en cada hilo y policías en cada nudo. Por momentos, como usureros acobardados, los gobiernos daban la impresión de estar defendiéndose de la luz con picaportes y con cerrojos. Cuando uno de sus reyes tenía que huir y bajaba a escape las escaleras, su grito no era "Mi patria", ni siquiera "Mi trono", sino "mis llaves, ¿dónde dejé mis llaves?"

En una sociedad gobernada por valetudinarios ultramontanos, damas de edad canónica y banqueros de lealtad cotizable en Londres, Stendhal se dio cuenta inmediatamente de que la voluntad juvenil estaba condenada al fracaso si no conseguía ocultarse a tiempo con el manto social de la hipocresía. He ahí por qué él —tan enemigo de los hipócritas por vileza— se convirtió en el psicólogo de la hipocresía por ambición. Sus dos personajes más destacados —Julián Sorel y Fabricio del Dongo— adoran a Napoleón, pero no lo dicen, porque decirlo los perdería. El primero esconde el retrato de Bonaparte bajo el colchón de su cama de preceptor. El segundo aprende cumplidamente el estilo oficial de la nobleza que le rodea y se despoja de cuanto podría delatarle como hombre libre, incluso de los vocablos que un candidato al anillo de amatista no debía permitirse en aquellos años. Inspirada por el conde Mosca, su tía, la duquesa Sanseverina, le hace, sobre el particular, recomendaciones muy expresivas. "Cree ciegamente —le indica— todo lo que te digan en la Academia. Piensa que hay gentes que llevarán cuenta fiel de tus mínimas objeciones. Te perdonarán una intriga galante, si la conduces bien, pero no una duda. Porque la edad suprime la intriga y aumenta la duda." "Si te viene al espíritu un argumento brillante o una réplica victoriosa, no cedas a la tentación de brillar. Guarda silencio... Ya tendrás tiempo de demostrar ingenio cuando seas obispo".

Fabricio no desoye tales admoniciones. Al contrario. La visita que hace a Su Alteza Serenísima Ranucio Ernesto IV le incita a ponerlas en práctica. Como el príncipe duda de que un joven de su capacidad y de su elegancia tenga el valor de leer los espesos editoriales del periódico subsidiado por su gobierno, Fabricio se da el gusto de tranquilizarlo con los siguientes términos:

"—Que Vuestra Alteza Serenísima me perdone; pero no sólo leo el diario de Parma (que encuentro bastante bien escrito) sino que considero, como él, que todo lo hecho a partir de la muerte de Luis XIV, en 1715, es a la vez un crimen y una necedad. El más grande interés del hombre es su salvación... Las palabras *libertad, justicia, felicidad del mayor número*, son palabras infames y criminales. Dan a los espíritus la costumbre de la discusión y la desconfianza... Y aun cuando —cosa horriblemente falsa y criminal de decir— tal desconfianza acerca de la autoridad de los príncipes establecidos por Dios, proporcionara alguna dicha durante los veinte o los treinta años a los que cada uno de nosotros puede aspirar, ¿qué valen medio siglo o un siglo entero, si se les compara con una eternidad de suplicios?"

Pronto advertirán Fabricio y Julián Sorel lo poco que vale la hipocresía de la elocuencia si no se ve acompañada por la hipocresía de la conducta. Ambos vigilan sus expresiones, pero no disfrazan y afeitan sus sentimientos. Y éstos los traicionan a cada instante. En tales condiciones, uno y otro van a parar en la cárcel. Pero resulta que la cárcel es el único sitio del mundo en que ambos se sienten libres; libres de ser al fin lo que siempre fueron, jóvenes tiernos, humanos y voluptuosos; libres de amar a la señora de Rênal sin escrúpulos de amor propio o de dialogar con Clelia Conti desde lo alto de un torreón erizado de guardias y de alabardas.

Esta sensación paradójica ha llamado la atención de no pocos comentaristas. Tan pronto como Julián Sorel se instala en su celda, muchas de sus inquietudes desaparecen. "Quise matar —se declara a sí mismo—; por consiguiente, deben matarme." "Puedo vivir todavía cinco o seis semanas... ¿Suicidarme? No, por cierto; Napoleón vivió." "Además, la vida me es agradable; este sitio es tranquilo; no hay latosos aquí" —añade riendo. Y se dispone a escribir la lista de los libros que desea le remitan desde París.

Stendhal no se resigna a dejarnos sólo entrever así la ventura de su estimado Julián Sorel. Páginas más adelante, pone en su boca esta frase espléndida: "¡Es extraordinario que no haya yo conocido el arte de gozar de la vida sino ahora, cuando su término está tan cerca!" Por último, cuando la señora de Rênal va a visitarle y se reanuda el dramático idilio, a sesenta noches de la guillotina, Julián exclama: "Dos meses son muchos días... ¡Nunca habré sido más dichoso!"

Por su parte, Fabricio, en la torre de Parma, "se olvida completamente de sentirse infeliz" y se pregunta: "Pero ¿esto es la cárcel?"... "En lugar de advertir a cada paso inconvenientes o motivos de desagrado" —nos explica su amigo Stendhal—, Fabricio "se dejaba lisonjear por las dulzuras de la prisión".

Y es que en la cárcel, Fabricio y Julián recurren tal vez a ciertas mentiras utilitarias, pero no se sienten ya obligados a una existencia esencialmente hipócrita. Sólo allí, entre barrotes y esbirros, pueden ser lo que quieren ser, pensar lo que quieren pensar, enamorarse como querían enamorarse; enternecerse y llorar si ello es preciso, sin que aquellas ternezas les avergüencen ni estas lágrimas los expongan a la ironía de ese espectador mordaz de sus propios actos que cada uno lleva en el alma, y que actúa —instintivamente— como el delegado de la hipocresía social.

Pero no nos dejemos engañar por las apariencias. El que disfruta de las "dulzuras de la prisión" ha principiado por condenar, en masa, a la sociedad. En esto se manifiesta el romanticismo de Stendhal. Sus héroes son fuerzas demoledoras de los prejuicios, de estructura y de casta, con que el azar los rodeó al nacer. Precursores de las doctrinas de la capilaridad social, los anima una ambición frenética. Sin embargo, para alcanzar la cumbre que ambos se han asignado, una virtud les estorba: su apasionada, su irremediable sinceridad. La hipocresía que practican les es ajena. Se desnudan de ella, como de un traje, por cólera o por hastío. ¿Cómo coincidir, entonces, con Thibaudet cuando asevera que Tartufo y Julián Sorel son un mismo tipo? Tartufo —escribe el crítico de que hablo— "es el único personaje literario del siglo XVII que anuncia en Francia a *La nueva Eloísa* y a *Rojo y negro:* hombre pobre o descastado, penetra en una casa burguesa, bajo un manto intelectual o moral, seduce a la hija o a la esposa, y merced a esa seducción, simboliza una corriente social de su tiempo".

La observación es exacta. Hay, en efecto, un presentimiento del siglo XIX en las escenas cómicas de Tartufo. Pero Tartufo no es un protagonista romántico. Tartufo sigue la línea de su carácter hasta el último instante de la comedia. Es hipócrita hasta los huesos. En tanto que Sorel y Fabricio del Dongo colocan, por encima de los beneficios materiales que les reporta la hipocresía, un ideal —ético o estético— al que lo sacrifican todo de pronto, incluso esos beneficios. Más que la vanidad o que la ambición, su característica es el orgullo. Según dice Jorge Brandés: "El rasgo más profundo en los personajes de Beyle... es que se han creado, en su interior, una moral propia. Eso deberían poder hacerlo todos los hombres; pero sólo lo pueden las personas más desarrolladas, y en esto consiste la notable superioridad de sus personajes sobre otras personalidades que hemos encontrado en los libros o en la vida. Ellos tienen ininterrumpidamente ante los ojos un modelo ideal que se han creado, tienden a formarse de acuerdo con él, y no lo abandonan hasta que se han conquistado su propia estimación".

La búsqueda de lo que llama Brandés una "moral propia" nos hace evocar, desde luego, a Nietzsche. Por algo era éste un admirador tan ferviente de Enrique Beyle. Hay instantes en los que se sentiría uno dispuesto a afirmar que el camino que va de Schopenhauer a Zaratustra pasa por la conciencia de hombres como Julián Sorel y Fabricio del Dongo...

Todo lo que precede nos explica la fuerza de Stendhal como inventor de almas, pero nos pone en guardia respecto al más grave de sus defectos: su ineptitud como elemento de comprensión y conciliación social. Nieto espiritual de Rousseau y hermano del René de Chateaubriand (de quien lo separan tantas antipatías), Stendhal hubo de engendrar una literatura del egoísmo que pesa todavía sobre nosotros. Filósofo del siglo XVIII con sentimientos del XIX y procedimientos intelectuales del XX, admiramos su inteligencia, aprovechamos sus hallazgos, pero no compartimos su inmoralismo. Luchó, ciertamente, contra una sociedad estrecha, cobarde, injusta. E hizo bien en luchar contra ella. Pero, a fuerza de utilizar las armas del adversario —el maquiavelismo y la hipocresía— perdió de vista la grandeza moral del hombre, que es, ante todo, solicitud por sus semejantes y solidaridad con la humanidad. Su escalpelo psicológico le permitió discernir muchas zonas nuevas; pero esos mismos descubrimientos, tan ingeniosos y tan sutiles, no le dejaron sentir la majestad del dolor humano. Por miedo a parecer ingenuo, se quedó en ese límite que otros, como Dostoyevski, supieron rebasar con intrepidez. Y el análisis de las reacciones del hombre aislado, lo segregó del panorama social sin cuyo contexto las personalidades más vigorosas se deforman y se degradan. Acaso lo que más le faltó —a él, tan hostil a todas las formas de lo vulgar— fue una inmersión decisiva y fertilizante en la vulgar efusión humana.

ENTRE LO ROJO Y LO NEGRO

STENDHAL acostumbraba decir que sus libros no serían comprendidos sino mucho después de su muerte. No por modestia, sino por desprecio de sus contemporáneos, iba aplazando incesantemente el término de ese hipotético triunfo. 1880; 1900... Tenía razón.

Salvo casos de almas excepcionales, como la de Balzac, pocos fueron los escritores de la primera generación romántica que supieron sentir interés por las novelas de Enrique Beyle. Les desagradaba la persona, entusiasta por dentro, pero de corteza árida y fría. Les importunaba la obra, que no delataba —al contacto inicial— el profundo romanticismo y la interna fiebre. Su estilo, deliberadamente desnudo, debió parecerles un insolente reactivo contra los párrafos rumorosos de Chateaubriand o las sentimentales endechas de Lamartine. ¿Cómo tolerar a un hombre que releía, todas las mañanas, el Código Civil para inmunizarse de los venenos retóricos de la época? ¿No había acaso en aquel apetito suyo, de concisión y de claridad, un irónico reto para quienes, como Balzac, no podían referirse a un banquero sin declararlo "elefante de las finanzas", a un artista plástico sin llamarlo "el Dante Alighieri de la escultura" y a Moray sin calificarlo de "Cuauhtémoc de la montaña"? En sus frases, cortas y sobrias, tenían que adivinar una burla aquellos que, a la usanza de Victor Hugo, afirmaban muy seriamente que los borrachos guarecidos en ciertos antros "no eran el vómito sino el escupitajo de la sociedad" o los que, como el prosador de *Atala*, cerraban un episodio de juventud con estas sentencias declamatorias: "La tierra y el cielo no me importaban nada. Olvidaba al último, sobre todo. Pero, si no le dirigía mis votos, él escuchaba la voz de mi secreta miseria; porque yo sufría... y los sufrimientos son oración".

Cuanto olía —aunque fuese remotamente— a los inciensos de

la elocuencia, ponía a Stendhal sobre sus guardias. Ya vimos los consejos literarios que dedicaba a la señora Gaulthier: "Urge borrar, en cada capítulo, por lo menos cincuenta superlativos." ¡Huya usted, por favor, del "idioma noble y enfático"!

Y es que —según ya lo manifesté— Stendhal fue, a mi ver, un filósofo del siglo XVIII, con sentimientos del XIX y procedimientos intelectuales del XX. Por tanto, su romanticismo tenía que presentarse disimulado bajo una máscara escéptica: la de los moralistas del seteciento, que tanto había leído él en su juventud. Esa máscara, que hoy nos cautiva, irritaba a sus coetáneos. El propio Sainte-Beuve no quiso ver, en los personajes de Stendhal, sino a autómatas ingeniosamente construidos. "Casi a cada movimiento —decía— se advierten los resortes que el *mecánico* introduce y toca desde afuera".

Subrayo la palabra *mecánico*, porque nos da la clave de la antipatía de los románticos para la psicología de Beyle. Nos lo comprueba así un gran devoto de Stendhal, León Blum. En un ensayo publicado en 1914 —e inevitablemente oscurecido por la guerra—, el famoso político socialista acertó a definir lo que muchos críticos no han atisbado siquiera: el secreto moral de Beyle. Aunque un poco extensas, no me resisto al placer de citar algunas páginas de ese ensayo. El autor analiza en ellas la antinomia que he tratado yo mismo de descubrir entre el diletante y el novelista.

"En su método y en su obra —escribe Blum— Stendhal mezcla dos corrientes opuestas: la que el romanticismo refrenó y la que el romanticismo prolongó y extendió. Entre esas dos tendencias —el mecanismo, imitado de Helvetius, y el individualismo romántico de Rousseau— la contradicción, sin embargo, es patente. La precisión científica de la observación y el rigor lógico de la conducta pueden abrir avenidas hacia el éxito o el placer, pero no hacia la dicha... Que el beylismo proporcione un método eficaz cuando se trata de endurecerse contra el mundo y de proteger la sensibilidad o el amor propio, concedámoslo. Que pueda uno encontrar en él (lo que Stendhal se habría rehusado a reconocer) un manual práctico para triunfar en la existencia, pase todavía. Pero ¿qué encadenamiento metódico podría conducirnos hasta esa dicha que es un don, una gracia, algo así como el espasmo extremo de la ternura —o del ensueño—? ¿Qué relación establecer entre las operaciones concertadas del espíritu... y aquel éxtasis poético, casi místico, del corazón?

"El hombre puede provocar y cultivar el placer, recorrerlo en todos sus grados, tocarlo incluso, como si fuera un instrumento sensible; pero ningún esfuerzo de voluntad suscita la dicha... En el ser humano, la emoción o la pasión corresponden al trabajo más espontáneo y más inasible. En vez de que el método lógico pueda determinarlo o seguirlo, ese misterioso trabajo resultaría

432

imposible para quien se ocupase de él exclusivamente. Las dos tendencias que Stendhal se esfuerza por combinar se sitúan, en realidad, en los polos opuestos de la acción y del pensamiento. Cuando enunciamos esta sencilla fórmula: *método de felicidad, mecánica de la dicha*, la antinomia desciende hasta los vocablos.

"Tal contradicción yace, sin embargo, en el centro íntimo del beylismo. Más aún: es su esencia propia. Al ponerla en evidencia, creemos tocar el secreto de Stendhal. Sentimos cómo persiste en él esa juvenil mezcla de fuerzas que, normalmente, la vida disocia antes de emplearlas: las primeras presunciones de la inteligencia, que pretende imperar en todo —y las primeras ambiciones del corazón, que espera agotarlo todo—. La coexistencia de elementos tan refractarios sobrevive, en él, al hervor de los años de aprendizaje. La exigencia metódica no seca la pasión; la pasión no amortigua ni desalienta la fe intelectual. Gracias al efecto de una doble influencia —y de una doble rebelión— podemos seguir hasta el fin, en la obra de Stendhal, la combinación de un ingenio y de un corazón que se contradicen; de una inteligencia que cree en la necesidad del orden y en la eficacia de la lógica, de un talento que impone a todas las cosas la explicación racional y la verificación empírica, y de una sensibilidad que no busca y no precisa sino la exaltación desinteresada, el movimiento libre, la emoción inexplicable".

Me parece que hemos llegado, ahora, al verdadero núcleo del problema humano de Stendhal. No fue Beyle —como lo pensó Stefan Zweig— un "poeta de su vida"; sino, por el contrario, un poeta de su obra y una víctima de su vida. Su juventud, maravillosamente preservada de los efectos destructores de la experiencia, hizo de él un adolescente a perpetuidad. Amaba como un adolescente, se enojaba como un adolescente, se disfrazaba como un adolescente. Tenía, en todas sus reacciones, el pudor de un adolescente. Por eso creía en el valor positivo de la mentira como muchos adolescentes.

En su estudio sobre Juan Ruiz de Alarcón, Antonio Castro Leal comenta ingeniosamente este valor de "verdadera rebelión poética" que tiene la mentira en la vida de algunos jóvenes, como en el caso de don García, el protagonista de esa admirable comedia "de regocijo" que es *La verdad sospechosa*. Dice, a este respecto, el crítico mexicano: "Las mentiras de Don García son un triunfo de la imaginación sobre la realidad... Esta figura juvenil desconcierta, pero agrada secretamente a todos los que se sienten vencidos por la verdad. Las respetables damas de Boston, que sólo han mentido a propósito de sus males, sus insomnios y su gusto por la música, admiran profundamente a tipos como Don García. Parece que las oímos exclamar: 'What a brilliant young man!', mientras Don Beltrán, asegurándose primero de que no lo ve su hijo, paga con una sonrisa complaciente el entusiasmo de las damas." Una sonrisa de ese linaje asoma a menudo a los labios de Stendhal, adolescente quincuagenario, sin término ni remedio...

Lo extraordinario, en su caso, es que esa adolescencia interior de la sensibilidad y del carácter se hallaba protegida de manera ostensible por la coraza de un viejo húsar, sarcástico y descreído. Semejante coraza no había ido a buscarla en el arsenal de los ejércitos napoleónicos. La había encontrado, desde muy joven, en el guardarropa de los agnósticos franceses de la época de Helvetius y de Voltaire. Pensaba como Chamfort y sufría como "el último abencerraje".

De esa antinomia, toda su vida se resintió. Porque nunca su ingenio le permitió ser lo que Julio Torri habría llamado el "buen actor de sus emociones", hubo de confiar a sus personajes la misión de vivir y de actuar por él. A una literatura de la exageración —como la romántica— Stendhal hubiera deseado oponer una vida de la exageración. ¡Cuánto más impetuosos no resultan sus héroes, que los soñados por Victor Hugo!

¿Cabe inventar drama literario más doloroso? Un hombre, con el físico de un "carnicero italiano" y los rubores de un tímido colegial. Un escritor con todos los ardides del más senil de los humoristas, del más desconfiado de los psicólogos y, al mismo tiempo, con la imaginación amorosa de un Bécquer de veinte años. Un teórico de la dicha, que pretende ganar la felicidad merced a una táctica de ofensivas sabias y maquiavélicas, y, a la vez, un espectador de sí mismo, que vive retirándose de la dicha por ineptitud de adaptar la materia de la existencia —fluída, elástica, incontenible— al molde lógico y sistemático de su concepto de la verdad.

Ese drama no podía encontrar otra salvación que el escape de la novela. Impedido de vivir por sí propio la vida intensa a la que aspiraba, Stendhal hubo de vivirla en las aventuras de los héroes que los argumentos *ajenos* le proponían. He aquí por qué considero erróneas las conclusiones de Stefan Zweig. "Con Stendhal —apunta el autor— el *yo* se ha vuelto curioso de sí mismo, observa el mecanismo de su propio motor, investiga los motivos de sus actos y de sus omisiones..." Si esta reflexión fuera absolutamente exacta, la juventud interior de Beyle hubiera acabado por obligarle o a realizarla por la violencia o a destruirla por el suicidio.

La verdad es otra. Para no asfixiarle, por excesivo, el *yo* de Stendhal tenía que encarnar en algunos seres, si queréis, ilusorios. Ese *yo* no podía resignarse a envejecer y a morir en la simple contemplación de sus "mecanismos". Una fuerza enorme lo constreñía a proyectarse en personajes, que habían de ser imaginarios para plegarse mejor a su voluntad, pero no tan imaginarios que

434

le frustrasen de la alegría de vivir —aunque parcialmente— una vida auténtica. Así se explica, por una parte, que Fabricio del Dongo, Julián Sorel, Luciano Leuwen —y hasta Lamiel, que alguien ha designado como un Sorel con faldas— sean Enrique Beyle: ese Enrique Beyle que, en la práctica, Stendhal no fue jamás. Y así se explica, por otra parte, que Stendhal no haya "inventado" a sus personajes, sino que los haya buscado *hechos*, dentro de la historia de una realidad manifiesta, concreta e indiscutible: la que le deparaban las crónicas de un delito contemporáneo o la biografía de una pasión del Renacimiento. En otra parte me detuve a considerar lo que los personajes de Stendhal deben a la teoría de Beyle sobre la cristalización del motivo erótico. Señalé entonces por qué causas esa teoría —tan atractiva en lo que concierne a las sedimentaciones, lentas o rápidas, del amor— explica sólo imperfectamente el proceso de la creación literaria en *La Cartuja de Parma* y en *Rojo y negro*. Stendhal no opera con los asuntos que una gaceta o un libro antiguo le proporcionan como Giraudoux, por ejemplo, con la Ondina de La Motte-Fouqué y con el Anfitrión de Plauto o de Poquelin. Giraudoux toma la anécdota clásica y la viste con imágenes nuevas, movedizas y centelleantes. Como las minas célebres de Salzburgo, él sí cristaliza una rama seca y literariamente estragada por el invierno. Pero, a Stendhal, los fulgores lo dejan indiferente. Su intervención en el tema ajeno no es de carácter retórico y mineral, sino de índole orgánica y psicológica. La palabra que conviene emplear aquí es frecuente en botánica y zoología. Los naturalistas la usan a cada instante. Es la "intususcepción".

Veamos cómo define este término el *Diccionario de la Academia*. Se trata —dice— del "modo de crecer los seres orgánicos por los elementos que asimilan *interiormente*, a diferencia de los inorgánicos, que sólo crecen por yuxtaposición".

Esto (y no la yuxtaposición cristalizadora) nos coloca ya en aptitud de entender lo que hizo Beyle con el Antonio Berthet de la "Gaceta de los Tribunales" y con el Alejandro de los *Orígenes de la grandeza de la familia Farnesio*.

Me limitaré, por lo pronto, al caso de Antonio Berthet. Stendhal leyó, en 1828, el comentario de la "Gaceta". Ese comentario le brindó la semilla de *Rojo y negro*. Un joven, hipócrita y ambicioso, había causado la desgracia de dos familias provincianas: la de la señora Michoud, a quien comprometió en su buena reputación, y la de la señorita de Cordon, a quien probablemente sedujo. Expulsado de este último hogar, adquirió una pistola, quién sabe de qué manera, y, un domingo por la mañana, creyó vengarse de sus fracasos atentando contra la vida de su víctima más antigua: la señora Michoud. La justicia humana acabó por mandarlo a la guillotina.

Todo *Rojo y negro* se encuentra ahí, pero en síntesis esquemática, como en el germen —concentrado e informe— el árbol insospechable, de profundas raíces y frondas altas y quejumbrosas. Entre el hecho acaecido en Brangues y la novela de Stendhal, el autor se insertó a sí mismo. Berthet se convirtió en Julián Sorel. Y se convirtió en Julián Sorel, no por una cristalización ennoblecedora de sus perfiles externos —después de todo poco importantes—, sino porque, gracias a la intususcepción a que acabo de referirme, Stendhal logró penetrar en el tipo del criminal e, interiormente, lo nutrió con lo más generoso de su entusiasmo y lo más encendido de sus pasiones.

Como Berthet, Sorel seduce primero a la madre de sus discípulos y, más tarde, a la hija del señor a quien sirve de secretario. Pero —ya no como Berthet, sino como Stendhal— Sorel invierte en aquellas dos seducciones una inteligencia del amor y una táctica de la dicha que no nos atrevemos a atribuir al delincuente de Brangues.

Lo primero que la intususcepción realizó, milagrosamente, fue el cambio de paisaje. De Brangues, en el Departamento de Isère, pasamos a la ciudad de Verrières, en el Franco-Condado. (Los iniciados no ignoran que incluso Verrières es un artificio, puesto que, cada vez que escribe Verrièrres, lo que pinta Stendhal realmente es Grenoble, como cuando Rafael Delgado habla de *Pluviosilla*, sabemos que su pensamiento está en Orizaba.) Por otra parte, en Verrières —como en Brangues— lo que importa a Beyle es describir el ambiente ético de Grenoble, a saber: ese "despotismo tedioso" sin el cual ni la pasión ni el crimen se explicarían.

Una vez alterado así "el lugar del crimen", todo se vuelve agradable y fácil para el autor. Sin ser hidalgo, Berthet es seguramente hijo de alguien, por mezquino que ese alguien sea. Sorel lo imita. Pero, en vez de aceptar por padre al "humilde artesano" que mencionaban los tribunales, se reconoce como hijo de un aserrador de maderas, analfabeto, avaro, duro y meticuloso. Ese progenitor no se parece evidentemente al de Stendhal —Querubín Beyle— pero sus defectos, salvo el analfabetismo, coinciden con los que Stendhal atribuyó siempre a su propio padre.

¿Cómo sería esa señora Michoud, en cuya casa Berthet va a hacer sus primeras armas —de seductor y de pedagogo—? A Stendhal le basta saber que aquella dama existió de veras. Lo afirman los periódicos. Él se encargará de inventarla por dentro, por intususcepción, y realizará con ella una figura tierna e inolvidable: la de la señora de Rênal, precozmente casada con un industrial a quien, a partir del derrocamiento de Napoléon, la riqueza le humilla un poco y que, al instalarse en la alcaldía de Verrières, alterna con los negocios particulares la usurpación de la cosa pública. Mujer ingenua, sus amigas la juzgan necia porque no induce a su esposo a comprarle algún bonito sombrero de los que se venden en París y hasta en Besançon. Es de alma tan candorosa que, sin la llegada de Julián Sorel a su domicilio, no habría acabado por confesarse que ese cónyuge autoritario la aburre solemnemente. Pero ¿la aburre tanto, en verdad? Stendhal observa que el señor de Rênal gozaba fama de ingenioso. La debía, según parece, a media docena de chistes —heredados de un tío suyo.

El aristocrático alcalde quiere un ayo para sus hijos. Lo quiere manso, barato, de familia modesta, buen memorista y, si posible, buen latinista. Todas estas virtudes las halla juntas en la persona de un ser endeble, aunque —por letrado— odioso ya a sus hermanos y hasta a su padre: Julián Sorel. Stendhal nos lo describe en muy pocas líneas, pues no es afecto a los prolijos retratos físicos en que se goza la pluma ávida de Balzac. "Era —dice— un jovencito de 18 a 19 años, débil en apariencia, de rasgos irregulares, pero delicados, y de aguileña nariz. Grandes ojos negros que, en los momentos tranquilos, anunciaban reflexión y fuego, pero que en ese instante (aquel en que su padre lanza al arroyo su libro predilecto, el *Memorial de Santa Elena*) expresaban el más feroz de los odios."

Tan pronto como se entera del ofrecimiento que le hace el alcalde, Julián "juzga útil para su hipocresía" ir un rato a la iglesia. ¿Hipocresía? pregunta Stendhal. ¿La palabra os sorprende?... "Antes de llegar a ese horrible término, el alma del joven campesino" había tenido que sufrir varias experiencias. De niño, le atraían las glorias bélicas. Soñaba con Lodi, con Rívoli y con Arcola. Pero, cuando cumplió catorce años (entiéndase, al comenzar la Restauración), las sotanas vencieron en Verrières a los uniformes. Julián se puso del lado de las sotanas. "Dejó de hablar de Napoleón" e incluso externó el proyecto de hacerse cura. "¡Quién hubiese podido adivinar —subraya irónicamente Stendhal— que ese rostro de señorita, tan suave y pálido, escondía una voluntad indomable: la de exponerse a mil muertes con tal de hacer fortuna!...

"Durante años —añade— Julián no pasó una sola hora sin repetirse a sí mismo que Bonaparte, teniente oscuro y sin patrimonio, había llegado a ser, por la espada, dueño del mundo. Esta idea lo consolaba de sus desgracias, que creía grandes, y duplicaba sus júbilos cuando ocurría que los tuviese."

He ahí la paloma latinizante con que el señor de Rênal va a enriquecer la granja de su castillo. Una paloma con garras de águila. Al principio, las cosas no marchan mal. Julián y la dueña de la casa se temen y se respetan. Hubo, es cierto, durante la primera entrevista seria, un pequeño incidente que, para espíritus menos cándidos, hubiera sido revelador. Al prometerle que no pegaría jamás a sus discípulos, Julián tomó la mano de la señora y la llevó hasta sus labios. "A ella, le extrañó el gesto... Como hacía mucho calor, su brazo estaba completamente desnudo bajo su chal. El movimiento de Julián lo descubrió por entero.

Al cabo de algunos minutos, se dirigió una censura a sí misma. Le pareció que no se había indignado bastante aprisa."

Al cabo de algunos minutos... Fijaos bien. Otro novelista hubiese insistido en el comentario de aquella frase. Stendhal no necesita hacerlo. Las palabras que he repetido son suficientemente expresivas a su entender —y también al nuestro, si no me engaño.

Poco a poco, las afinidades electivas van definiéndose. Cierta vez, una carreta aplasta a un perro del campo. El alcalde se ríe, con grosera vulgaridad. Julián, en cambio, demuestra una emoción contenida, sincera y justa. La señora de Rênal empieza la serie de esas comparaciones disimuladas que abren, no sin frecuencia, la ruta del adulterio. Pero lo hace sin darse cuenta del riesgo que la amenaza. "En París —dice Stendhal— la posición de la señora de Rênal y Julián Sorel hubiera sido muy pronto simplificada; pero, en París, el amor es hijo de las novelas... Éstas les habrían indicado el papel que cada uno debía desempeñar... En provincia, todo se hace muy poco a poco."

No tan poco a poco, en el fondo, puesto que una sirvienta de la familia se prenda rápidamente del joven educador. La señora de Rênal observa las maquinaciones matrimoniales de su doncella —y se alarma, no sin razón, de las inquietudes inmensas que le producen—. Cuando Julián se rehusa a la boda ancilar que se le propone, "un torrente de felicidad inunda el alma" de la alcaldesa. Es su entusiasmo tan claro que acaba por preguntarse en voz baja: "¿Estoy enamorándome de Julián?"

Aquí también otro narrador no nos ahorraría sus comentarios. Pero Stendhal avanza ligeramente, hasta la escena bajo los tilos, en la cual cobran de pronto los hechos intensidad psicológica inesperada. Durante las veladas más cálidas del verano, la señora de Rênal acostumbra sentarse —junto con su amiga, Madame Derville, y Julián Sorel— a la vera de un tilo, a tomar el fresco de la terraza. Una noche, al hacer un ademán, Julián Sorel se sorprende de haber tocado la mano de su patrona. Stendhal apunta: "Aquella mano se retiró en seguida. Julián pensó que *debía* obtener que una mano así no huyera de la suya." Hasta ese minuto, Julián ha podido sentirse lisonjeado por la atención que le otorga dama tan fina y tan comprensiva. Pero no la ama conscientemente; no la desea. Lo que le induce a intentar vencerla es, sobre todo, el orgullo, la idea absurda (pero, para él, rigurosamente lógica y necesaria) de que, mientras no se asegure el derecho de retener esa mano esquiva, su condición servil lo avergonzará y tendrá que juzgarse como un lacayo.

Para la noche siguiente, Julián se ha fijado un programa rígido: "A las diez en punto ejecutaré lo que me tengo prometido. Si no, subiré a mi cuarto a darme un balazo."

Debo insertar un fragmento de la novela: "Mientras resonaba

la última campanada de las diez, Julián extendió su mano y tomó la de la señora de Rênal, quien la retiró en seguida. Sin saber con exactitud lo que hacía, volvió a cogerla. Aunque estaba muy conmovido, le impresionó la glacial frialdad de la mano de que se había apoderado. La apretó convulsivamente. La señora de Rênal hizo un último esfuerzo por quitársela; pero, al fin, Julián se adueñó de ella."

A partir de esa velada, los acontecimientos se precipitan. Julián, que se levanta antes que nadie para leer a solas las proclamas de Napoleón, pone un cerco militar a la atribulada alcaldesa. Obra fríamente, con la lucidez que da la ambición y que el amor no suele otorgar a los jóvenes. Todo, por otra parte, lo favorece —hasta lo imprevisto—. Entre otras cosas, un retrato de Bonaparte, escondido en su cama y que la señora de Rênal irá a recoger con el propósito de evitar que su marido lo descubra. Julián le exige que no lo vea, lo que a ella le hace pensar que se trata de la miniatura de otra mujer. Los celos —no provocados aquella vez por Sorel de manera deliberada— le ayudan más que una larga declaración. Luego, en una crisis de mal humor, pide unos días de vacaciones. Esa ausencia abre una grieta enorme en el baluarte, ya bastante deteriorado, de la moral conyugal que tan débilmente protege a la bella dama. A su regreso, Julián la encuentra más persuadida. Hasta el extremo de que se atreve a manifestarle, con brutal precisión: "Señora, esta noche, a las dos, iré a su alcoba. Tengo algo que decirle."

En el fondo, él es el primero en apenarse de su rudeza. Pasa un día de inquietud. A las dos de la madrugada, se pregunta aún si acudirá a la cita o no. Sin embargo, ¿cómo dejar de ir? "Puedo ser grosero —se dice— como hijo de campesino que soy, pero al menos no seré débil." Va, pues, a la alcoba de la alcaldesa. Y, según se escribía —no sé si púdicamente— en las novelas de 1815, obtiene cuanto puede desear. La frase no es aplicable al héroe de *Rojo y negro*. Porque él, en realidad, no pretende nada de la señora de Rênal, como no sea el testimonio de una victoria sobre los prejuicios de casta, que tanto le preocupan, y una constancia de que la voluntad de un bonapartista, lo vence todo, hasta el espectro de su insólita frigidez. Al regresar a su cuarto, un grito lo traiciona. "¡Dios mío! Ser feliz, ser amado ¿no es sino eso?" Stendhal, por su parte, no es menos cauto. "Como el soldado que vuelve de un desfile —observa—, Julián se dedicó a revisar muy atentamente todos los detalles de su conducta. — ¿No dejé de cumplir, en nada, con lo que me debo a mí mismo? ¿Desempeñé bien mi papel?..."

Cuando descubre estas expresiones en la boca de un seductor, el crítico tiene por fuerza que preguntarse: ¿Qué clase de hombre es Julián Sorel? ¿Quiere o no la señora de Rênal? Si no la quiere

¿por qué la asedia? Y, si la quiere, ¿por qué obra, en todo, cual si la odiase?

La única respuesta válida para estas cuatro preguntas, dependerá de la idea que nos formemos acerca del carácter complejo del personaje. ¿Se trata de un ambicioso, de un sádico, de un perverso? ¿O se trata, al contrario, de un contenido, de un tímido y de un romántico desprovisto de verdadera sensualidad?... En el fondo, Julián Sorel es mucho de todo eso; pero lo es por una razón central: por resentimiento.

Su aspiración perpetua es la de afirmarse a sus propios ojos. Lo que quiere no es poseer a la señora de Rênal, sino alcanzar —merced a esa posesión— un certificado ya incuestionable de que él, el pequeño aprendiz de cura que secretamente delira con las hazañas de Napoleón, no es una entidad desdeñable dentro de la sociedad tiránica y codiciosa en que le ha tocado el oprobio de hacer carrera. Como todos los resentidos, procura engañarse él mismo respecto a los fines que se propone. Se inventa, a cada momento, una ambición material que no tiene: ser poderoso, rico, influyente, merecer el respeto de los demás. Pero, si observamos sus maniobras y analizamos sus pensamientos, llegamos a la conclusión de que nada de todo aquello le importa mucho. Ser amado, ser rico, ser respetable ¿no es sino eso?, ¿no es sino eso?

Más que poseer, le interesa ser. Todas las circunstancias se han conjurado sobre su cuna para negarle, como hadas malas. Y para negarle no sólo en la concepción que los otros se formen de él, sino para negarle en su propio juicio, íntimo y solitario. Es pobre, débil, hijo de un aserrador de maderas analfabeto, de belleza más femenina que varonil. Y querría ser grande, fuerte, noble, imperioso, protector de quienes le protegen, superior a sus superiores...

"El resentimiento —explica Max Scheler— es una *autointoxicación psicológica*, con causas y consecuencias bien definidas. Surge, al reprimir sistemáticamente la descarga de ciertas emociones y de ciertos afectos, los cuales en sí son normales y pertenecen al fondo de la naturaleza humana." Pero el propio autor agrega, poco después, estas reflexiones que parecen nacidas de una lectura de *Rojo y negro*: "El esclavo que tiene naturaleza de esclavo se siente a sí mismo como un esclavo. No experimenta ningún sentimiento de venganza cuando es ofendido por su señor; ni tampoco el criado, cuando es reñido; ni el niño, cuando recibe una bofetada. A la inversa, las grandes pretensiones internas, pero reprimidas (un gran orgullo, unido a una posición social inferior), son circunstancias singularmente favorables para que se despierte el sentimiento de venganza. Sociológicamente, se sigue de aquí el importante principio de que tanto mayores serán las cantidades de esta dinamita psíquica cuanto mayor sea la *diferencia* entre la situación de derecho, o valor público, que corresponda a los grupos con arreglo a la constitución política o a la *costumbre*, y las relaciones *efectivas* de poder."

Aquí habremos de detenernos, porque tropezamos con una consideración que no cabe ya dentro de un marco puramente psicológico, o puramente estético. Sorel es un resentido, entre otras cosas, porque su alma "cristalizó" en un período histórico de posibilidades sociales que él tenía motivos para creer ilimitadas y permanentes. Nacido bajo el signo de la igualdad política, el inesperado amante de la señora de Rênal debía sentirse amargamente vejado, en su orgullo de hombre, al percibir, como pronto lo percibió, que la igualdad política expone a múltiples desencantos dentro de un régimen que sustenta, sobre esa supuesta igualdad legal, las desigualdades reales más vergonzosas. De ahí su implacable resentimiento. Y de ahí que, como todos los grandes resentidos, no espere el golpe de los demás para intentar el gesto de la venganza. Porque el gran resentido es, por definición, el que se venga por anticipado del mundo entero. Después de todo, ni el alcalde de Verrières, ni, mucho menos, su tierna esposa, ejercen sobre Julián un despotismo injusto y atentatorio. Aquél lo trata con una estimación un tanto colérica, de la que Sorel no quiere admitir el halago implícito. En cuanto a la segunda, ¿qué es su conducta sino una serie de abdicaciones y de favores? No obstante, para Sorel, esas abdicaciones y esos favores son propiamente los elementos morales que más lo indignan. Una "igual" no le haría un favor al decirle que lo idolatra... Pero, por desgracia, una "igual" tampoco lo atraería.

Situemos al protagonista de *Rojo y negro* en otro medio y en otra época. Imaginémoslo, por ejemplo, en la Inglaterra de Enrique VIII, o en la España de Carlos V. Su orgullo lo llevaría, tal vez, a excesos no menos trágicos. Sería un rebelde, posiblemente; pero no un resentido.

Adelantándose a Scheler, Paul Bourget lo entendió muy bien, cuando interpretó al héroe de Stendhal. "Para que un tipo novelesco sea muy significativo —escribía, en 1882, el autor de los *Ensayos de psicología contemporánea*—, para que represente a un gran número de ideas afines a su persona, es necesario que un concepto muy esencial a su época haya presidido a su creación. Ahora bien, ese sentimiento de la soledad impuesta al hombre superior (o que cree serlo) es uno de los que una democracia como la nuestra —Bourget alude a la democracia francesa del siglo XIX— suele producir con mayor facilidad. Al primer contacto, esa democracia parece muy favorable al mérito. ¿No abre un camino amplio a las ambiciones, por virtud del principio de la igualdad?... Si examinamos lo que, desde hace cien años, ocurre en Francia, reconoceremos que, sin incomodidad, cada adolescente de valor halla condiciones muy buenas de desarrollo. Si brilla en su iniciación escolar, ingresa al colegio. Si tiene éxito en el colegio, se le brinda una beca en un gran liceo. Los padres, los maestros y hasta los extraños parecen conspirar para que tan distinguido sujeto —según se dice en estilo pedagógico— alcance el más alto grado en su crecimiento intelectual. Los estudios concluyen. Se llevan a cabo los exámenes. Y todo cambia de pronto radicalmente. La conspiración se realiza, ahora, en sentido inverso. Porque el recién llegado topa con una sociedad en la cual las posiciones están tomadas y donde la competencia de las ambiciones es formidable. Si el joven pobre y talentoso se queda en provincia, ¿de qué le habrá servido su talento? La vida está hecha allí de costumbres y se halla fundada en la propiedad. Si acude a la capital, le faltan apoyos. Sus triunfos escolares —tan elogiados en la niñez— no le servirán sino para ganarse duramente la vida en algún puesto subalterno. ¿Cuáles serán sus pensamientos, si no une, a la superioridad del saber, la de la modestia y de la paciencia?... Se sentirá impotente en los hechos, aunque grandioso en los apetitos. Verá triunfar a quienes valen menos que él y condenará —en masa— a un estado social que no lo educó sino para oprimirlo mejor, como se engorda al ganado, para mandarlo después al rastro."

Prevenido en general contra el régimen en que vive, Sorel es aún demasiado joven para permitirse excepciones particulares, de afecto o de estimación. En las horas aparentemente más espontáneas de su existencia, un demonio interior lo yergue frente a la mujer que se le ha entregado. "Es dulce y buena —confiesa— pero ha sido educada en el campo que me es hostil. ¡Con qué miedo deben ser vistos —en ese campo— los hombres de corazón que, a pesar de una educación bien hecha, no tienen fondos bastantes para iniciarse en una carrera! ¡Y qué ocurriría a todos esos nobles si, con armas iguales, pudiésemos combatirlos!"

El propio Stendhal no sabría decirnos hasta qué abismos podría llegar Julián por esa pendiente sin esperanza. Un incidente lo salva de la inacción en que el resentimiento lo tiene preso. Estanislao, el hijo más pequeño de la alcaldesa, enferma de gravedad. Su madre cree descubrir en aquel peligro el castigo de su adulterio. El dolor de la señora de Rênal humaniza un poco a Sorel. Un sufrimiento tan sincero y tan hondo no es ya, a sus ojos, un privilegio de casta. Los que sufren juntos adquieren el derecho de confiar en la solidaridad del linaje humano. El niño se alivia; pero el amor de la dama y del preceptor cambia de temperatura y de contenido. Julián se da cuenta, al fin, de que ama realmente y de que la ternura de la señora de Rênal no es sólo una lisonja para su orgullo. Ella, por su parte, se siente abrumada por el pecado. Una carta anónima —recibida muy oportunamente por el alcalde— apresura la hora de las máximas decisiones. Julián entrará al seminario de Besançon. A pesar de todo, las inquietudes y las congojas de las últimas semanas le habrán servido para salir de Verrières con un patrimonio hasta entonces no imaginado: el tesoro de un recuerdo que los días no lograrán desvalorizar.

Con la despedida que indico termina en realidad la primera parte de *Rojo y negro*. No ignoro que Stendhal dividió el libro en dos secciones casi igualmente extensas y que la segunda de esas secciones principia con el viaje a París de Julián Sorel. Pero entre ese viaje y los amores que he resumido, media un espacio de varios meses; la estancia de Julián en el seminario.

Tenemos noticia de que las páginas relativas a ese período eran particularmente apreciadas por el autor. Merecían serlo, por cierto. El perfil del abate Pirard, quien recibe a Sorel en Besançon, es de los que se graban profundamente en la memoria de los lectores. Fino, inteligente y astuto, pero de una moralidad con ribetes de jansenista, el abate Pirard no es visto con simpatía por los jesuitas que cortejan las dignidades pomposas del obispado. El favor que otorga a Sorel lo designa en seguida al odio de los demás profesores de Besancon. Cuando se separa del seminario, le apesadumbra muy justamente el destino de su discípulo. La amistad con que lo distingue el marqués de La Mole le ofrece una oportunidad excelente para restituir a Sorel a la vida mundana que tanto aprecia. El marqués necesita un secretario. ¿Quién mejor que Julián para ese trabajo de porvenir?

En París, el primer acto de Sorel es ir a la Malmaison. Su segunda visita, la dedica al amable abate. Pirard le proporciona varios consejos prácticos. Los familiares del marqués de La Mole no podrán sino sentir aversión por el pobre seminarista. "Ese desprecio —explica el abate a Julián— no se mostrará sino por medio de deferencias exageradas. Si fuera usted necio, *podría* tomarlas en serio... Pero, si quisiera usted hacer fortuna, *debería* tomarlas en serio... De no hacer fortuna, será usted un perseguido... En un país social como el nuestro, quien no obtiene los respetos, encuentra la infelicidad."

Bondadosa y amarga lección, que Julián no atiende cumplidamente. La aristocracia parisiense empieza por marearlo, fracasa en su intento de corromperlo, y no tarda en despertar en su alma todas las defensas del resentido. Los marqueses de La Mole tienen una hija —la señorita Matilde— deliciosa persona que vive, como Stendhal, en pleno siglo XVI y para quien la condenación a muerte es lo único que puede distinguir en verdad a un hombre —porque es lo único que no se compra—. Las reacciones de Julián (lo que otros llamarían su "byronismo") excitan la curiosidad de Matilde. Cierto día, Sorel recibe una carta suya: "Tengo necesidad de hablar con usted. Es preciso que le hable esta noche. Encuéntrese en el jardín al sonar las doce. Tome la gran escalera del jardinero, cerca del pozo. Colóquela contra mi ventana y suba a mi cuarto. Es noche de luna. No importa."

Según se ve, la señorita Matilde, cuando quiere, sabe escribir como Napoleón. El devoto de Bonaparte debería alegrarse de aquel intrépido laconismo. Pero su desconfianza de la nobleza es mucho más fuerte que su entusiasmo por el estilo de las proclamas. Lo primero que se le ocurre es que aquella epístola encubra una sucia conjuración.

Sin embargo, un Julián Sorel no puede mostrar a nadie el miedo que lo domina. Toma, pues, su pistola. Y, a la una de la madrugada, pistola en mano, sube por la escalera hasta la alcoba de Matilde.

Este nuevo idilio no es para ser contado en un breve párrafo. Si los amores de Julián con la señora de Rênal fueron la historia de un orgullo insolente y de una ternura mal defendida, los de Julián con Matilde son como el choque de dos espadas. Ni él ni ella quieren realmente a su contrincante. Lo que quieren es dominarlo y sustraerse a la vez a las distancias sociales que los separan. Como Julián después de poseer a la alcaldesa, Matilde, al partir Julián, se pregunta no sin recelo: "¿Me habré engañado? ¿Siento de veras amor por él?"... Uno y otro dan la impresión de estar siguiendo el consejo del príncipe Korásov: "Haced siempre lo contrario de lo que se espera de vosotros. He ahí la religión exclusiva de nuestra época."

Iniciada en duelo —y en duelo a muerte—, la aventura sentimental va enterneciéndose y complicándose. En Matilde, los celos eliminan las resistencias de un carácter violento y batallador. Más que a Julián, lo que ama es la idea de la pasión que cree sentir por él. En Julián, esas resistencias —mucho más hábiles y más ásperas que las de la señora de Rênal— lo incitan a gozar de su triunfo más hondamente. Matilde no es casada... ¡Y es ella la primera en hablarle de fuga! El marqués de La Mole se opone a la boda con energía. Cede por fin. Todo está disponiéndose ya para la felicidad de los dos amantes cuando una carta de la alcaldesa de Verrières echa por tierra aquellos proyectos. En esa carta —que atenúa apenas la anécdota personal— Julián aparece descrito como el más vil de los seductores y el más vulgar de los ambiciosos. Al enterarse de ella, Sorel huye de París. Un domingo por la mañana, llega a Verrières. Compra ahí un par de pistolas y, sin mayores preparativos ni exámenes de conciencia, se dirige a la iglesia nueva. Descubre a la señora de Rênal. En el momento en que la dama se inclina para la "elevación", Julián dispara dos veces. El segundo tiro la hiere —por fortuna, no mortalmente.

Al releer las hojas que he consagrado al resumen de *Rojo y negro* y las líneas que acabo de dedicar al intento de asesinato, me doy cuenta del cortísimo espacio reservado a este hecho en la novela de Beyle. En un libro de 481 páginas (tengo a la vista la edición de "La pléyade"), el viaje a Verrières, la compra de las pistolas, la misa en la iglesia y la descripción del atentado ocupan, en total, menos de una página... ¿Qué ocurrió aquí con el novelista, incomparable en lo que había de llamarse después el "monólogo interior" de sus personajes? Ni la más ligera mención al estado de espíritu en que se hallaba Julián Sorel. Ni la menor sospecha de análisis psicológico. Hay stendhalianos, como Henri Martineau, que se obstinan en querer convencernos de que semejante silencio es el colmo del arte. "El autor sintió —nos asegura ese especialista— que Julián Sorel, tan razonador, que busca siempre sus motivos de obrar en una ardiente meditación interna, debía determinarse súbitamente, bajo el golpe de una fuerte emoción, y que cometería su crimen presionado por un impulso irresistible."

Confieso que estas explicaciones no me persuaden. Por mucho que se nos diga que todo prepara al lector, en *Rojo y negro*, para la naturalidad del desenlace, y que Julián actuó con la precisión automática de un sonámbulo, los seis párrafos incoloros que Stendhal consagra a un acontecimiento tan decisivo me parecen o la declaración de una ineptitud o el testimonio de una fatiga. Ni Dickens, ni Balzac, ni Pérez Galdós habrían pasado sobre esas ascuas con tanta velocidad. En cuanto a Dostoyevski, lo más probable es que —de tratar un asunto análogo— hubiese concentrado el interés del lector sobre aquellas horas en que el delito va a producirse y habríamos penetrado, junto con él, hasta ese "subsuelo" del hombre donde fermentan, oscuramente, las pasiones trágicas de la vida.

Entre la fatiga y la ineptitud, tengo mis razones para descartar la segunda hipótesis. Un psicólogo de instrumentos tan eficaces no tenía por qué fracasar en esos párrafos anodinos. Lo que creo, más bien, es que ni siquiera sintió el deber de afrontar la prueba. Para él, en sus relatos, la realidad se organiza siempre en dos planos muy diferentes. Uno de esos planos es el de la realidad recreada por la inteligencia del escritor y nutrida por esos procedimientos de intususcepción que examinamos a propósito de los primeros capítulos de *Rojo y negro*. El otro es el plano de la realidad en sí, de la no inventada interiormente por el artista. Para Beyle, Julián Sorel reemplazó a Berthet durante todos los episodios en los que Stendhal se había sentido aludido directamente. Pero, a la hora del asesinato —impuesto por la verdad oficial de los tribunales—, Sorel sufre un eclipse brusco. Y quien dispara contra la señora de Rênal (iba a decir: contra la señora Michoud) es otra vez Antonio Berthet, el procesado de Brangues.

En los capítulos finales, vuelve Sorel —y, con él, Stendhal— a interesarse en su propia vida. No repetiré lo que dije acerca de estos capítulos en los cuales vemos a un Julián liberado, sereno y, por primera vez, accesible a la alegría de ser. Como a casi todos los héroes románticos, la agonía le sienta admirablemente. Pero (y en esto reconocemos el talento de Stendhal) al reinstalarse en sí mismo, para morir, Julián se aleja de la señorita de La Molé y de los delirios de su temperamento un poco anacrónico. A quien le place recibir en su celda es, de nuevo, a la señora de Rênal. Ella, que fue su primera conquista, será también su postrer amor. Suprimiéndole el porvenir, la condenación a muerte ha extirpado del alma de Sorel la necesidad y el rigor del resentimiento.

Con *Rojo y negro* principia de hecho la novela europea contemporánea. Libro en el que las cualidades de la observación minuciosa superan en mucho a las virtudes estéticas de la composición, relato en el que las emociones no se engalanan para atraernos, obra desnuda que no nos adormece jamás con la música de las frases, su lectura nos transporta al romanticismo de 1830, pero sin modificar nuestra óptica actual. Por un prodigio de anticipación más que literaria, Stendhal nos presenta una serie de personajes y de problemas característicos de su tiempo y nos los presenta desde un observatorio de nuestro tiempo.

Nadie ha visto con mayor nitidez que él los engranajes del acto lógico y explicable. Sin embargo, ese mismo afán de querer explicarlo todo —que constituye su mérito más brillante— resulta, en ciertos momentos, su más grave limitación. Cuando estudiemos a Dostoyevski, percibiremos hasta qué punto la adivinación del genio va más allá que la penetración de la inteligencia. Pero no es, tampoco, pequeño honor el de poder llamarse, como Stendhal, el novelista de las mentes lúcidas de una época y el más exacto definidor de las fronteras terribles de lo consciente.

PSICOLOGÍA DE *LA CARTUJA*

EN 1838, el cónsul Enrique Beyle se encuentra en París, disfrutando de un amplio período de vacaciones. Reposo tan prolongado hubiera probablemente sido imposible sin el favor de un ministro de insólita complacencia: el conde Molé. En efecto, sin perder los derechos correspondientes a su puesto oficial en Civitavecchia, el cónsul Beyle reside desde el mes de mayo de 1836 en la capital de Francia.

No contento con burlar de ese modo la tutela de sus jefes próximos o distantes —y, sobre todo, la vigilancia de su terrible subordinado, crítico y delator, aquel implacable Lisímaco Tavernier—, Stendhal aprovecha el tiempo como a él le gusta: viaja, dentro y fuera del reino; escribe sus *Memorias de un turista;* despacha su correspondencia italiana en el Círculo de las Artes, que Próspero Merimée había fundado en compañía de otros amigos; pretende organizarse un amor, sin adjetivos demasiado sonoros, con la buena señora Gaulthier, de quien tan indiscretamente empleó en *Luciano Leuwen* el argumento de una novela inédita; se resigna a obtener de ella, en lo sentimental, la misma irónica negativa que, en lo literario, le diera él poco tiempo antes... y se aloja en el cuarto piso de una casa de apartamientos de la calle de Caumartin, a dos pasos de los "bulevares", por cuyas aceras le agrada ambular en busca de una aventura —que nunca se realiza— o de la intimidad de un café, donde se consuela de sus fracasos hojeando un periódico o charlando con un colega.

A veces, va a visitar a una pareja de jóvenes españolas: Eugenia y Paca. Habitan, junto con su padre, una residencia que Beyle acaso no habría conocido sin la amistad celosa de Merimée. Muchos años después, una de esas dos señoritas fue retratada por Winterhalter. La recordamos como emperatriz de Francia. Su nombre de soltera fue Eugenia de Montijo. Ella y su hermana Paca escuchan a Stendhal con deferencia. Para complacerlas, el autor de *Armance* escribe un extraño relato de la batalla de Waterloo. De él hablaremos más adelante.

En su refugio de la calle de Caumartin, el cónsul Beyle (que huyó materialmente de Italia, para no aburrirse en Civitavecchia) huye de París, mentalmente, para no sentirse lejos de Italia. Más que la patria de su inteligencia, Italia es el paisaje moral de su corazón. Todo le encanta en ella: su pasado y su clima, su indolencia y sus vértigos, su música y sus pasiones, su arrogancia y su incuria, sus calles y sus museos, los gritos de sus voceadores bajo el sol y el azul de Nápoles y el silencio límpido que precede, en el auditorio de la Scala, las arias de sus óperas favoritas.

Francés como pocos, por la mesura del dibujo y por el sentido lógico de los caracteres, se siente italiano por el color y, más aún, por el caudal de energías desocupadas que, ante el miedo de lo ridículo, su temperamento se ha visto siempre obligado a domesticar. Piensa como Chamfort, escribe a veces como Voltaire; pero quisiera ser amado como uno de esos jóvenes cardenales del Renacimiento que, entre églogas y topacios, estatuas y manuscritos, puñales y copas de veneno, acariciaban —frente a un busto de la escuela de Praxiteles— bustos menos marmóreos, pero también menos impasibles.

Pobre, puesto que vive entre constantes apremios económicos; burgués a pesar suyo, porque al regresar a las letras perdió en el viaje aquel presuntuoso *de* con que ennobleció su apellido durante los últimos años de la epopeya bonapartista; agobiado por un físico de hombre feo, al que nunca hubo de resignarse; viejo y enfermo además, como que siente a menudo la muerte próxima, Stendhal halla —en la imagen de Italia— la compensación de muchas insuficiencias.

Para él, esa Italia es el país del lujo: pompa decorativa en el bronce barroco de los altares y en el oro con que los marcos ciñen las telas de un Corregio, de un Perugino o de un Sebastián del Piombo; pero lujo todavía más elocuente en los endecasílabos del Ariosto, en los gorjeos que Cimarosa añade al *Sacrificio* de Metastasio, en el desenfreno de los Borgia, el rigor de los Cenci y el ansia de poder de los Barberini, tanto como en el crimen de aquella soberbia Francesca Polo que —en sus *Paseos* romanos— coloca Beyle, a guisa de pórtico sorprendente, frente a un curioso estudio sobre ciento once iglesias de la ciudad papal. Semejante lujo no es ya tan sólo exaltación agresiva en la materia sino suntuosidad auténtica del espíritu: derroche de cólera y de ambición, de sensualidad y de arrojo, de alegría y de genio; placer de existir peligrosamente, adoración magnífica de la vida. En aquella sociedad, que prolongó por lustros el frenesí, la pobreza de Stendhal desaparece.

Pero Italia no es únicamente para su ser el país del lujo. Es, también, el país de la nobleza natural y esencial que admira. No le irritan ahí los condes y duques —valetudinarios y acatarrados— que París exhibe en las salas ultramontanas de la Restauración. Le seducen, en cambio, damas en cuyos títulos su curiosidad de heráldico diletante se goza en redescubrir una antigua historia de amor o de señoría, la crónica de una hazaña sangrienta y bella. En una sociedad que ennoblece al héroe, Stendhal se olvida de ser burgués.

Todo esto sería ya mucho. Sin embargo, ¿qué valen la nobleza y el lujo, por comparación con la dicha de la belleza? El hombre obeso, feo y enfermo que, desde el cuarto piso de una casa de apartamientos de la calle de Caumartin, vuelve a Milán y a Roma su pensamiento, cree encontrar en el horizonte de Italia esa inmensa dicha: la de reflexionar en un mundo claro, donde lo bello resulta más real y práctico que lo útil y en cuya tierra la imaginación no es hermosa porque es divina, sino divina porque es hermosa...

Pero ¿de qué serviría la belleza, sin el amor? "Sé —escribió en alguna ocasión Stendhal— que el amor no está de moda en Francia, sobre todo en las clases altas. Los jóvenes de veinte años sueñan con ser diputados. Temerían que su reputación de hombres serios se viese perjudicada si hablaran varias veces seguidas con la misma mujer... Hay mucho menos amor en Francia que en Alemania, Inglaterra o Italia. Entre las mil pequeñas afectaciones que se presentan a nosotros cada mañana (y que debemos satisfacer si no deseamos que nos desautorice la civilización del siglo XIX), me parece que no puede creerse en una pasión sino en la medida en que la traicionan ciertos ridículos... Todos los que tienen hoy en Europa más ingenio y más vanidad que verdadero fuego del alma, adoptan la manera de pensar de los franceses. En la mayoría de los casos, nuestros amigos viajeros no entienden nada respecto a la forma de amar de las bellas romanas. Aquí ninguna molestia... Una romana a quien le agrada un joven extranjero lo mira con ostensible placer y no mira sino a él cuando se encuentran en sociedad. No se retendrá de decir a un amigo del hombre que empieza a amar: *Dite a V... che mi piace."*

En el mismo libro del que traduzco esta cita, leo una página todavía más expresiva. La copio a continuación: "Tomad al azar —dice Enrique Beyle— a cien franceses bien vestidos, de los que pasan por el Puente Real, a cien ingleses del puente de Londres, a cien romanos, de los que atraviesan el Corso. De cada grupo, escoged a los cinco individuos que os parezcan más notables por su inteligencia y por su valor. Pretendo que los cinco romanos acabarán por ganar la partida a los franceses y a los ingleses. Y esto, ya sea que los situéis en una isla desierta, como a Robinsón, o que los obliguéis a perseguir una intriga en la corte de Luis XIV o que los dejéis en mitad de una tormentosa cámara de comunes... El inglés será más razonable y estará mucho mejor vestido que el romano; tendrá costumbres profundamente sociales. El jurado popular y el espíritu de asociación, la máquina de vapor, los peligros de la navegación, los recursos ante el peligro, serán temas familiares para él; pero, como hombre, quedará muy por debajo del romano. Precisamente porque obedece a un gobierno aproximadamente justo (si exceptuamos la omnipotencia concedida a la aristocracia), el inglés no se ve en el caso de decidir por sí propio, diez veces al mes, qué debe hacer ante algunos pequeños problemas muy azarosos —que podrán conducirle, a la postre, hasta la miseria, la prisión e incluso la muerte—. El francés será bondadoso y tendrá un valor brillante. Nada lo entristece; nada lo abate. Irá hasta el fin del mundo y volverá, como Fígaro, habiendo afeitado a todos. Os divertirá por lo imprevisto y lo rápido de su ingenio (hablo del francés de 1789), pero, como hombre, es un ser menos enérgico que el romano y se cansa más pronto que él ante los obstáculos. Distraído por algo durante todo el día, el francés no goza de la dicha con la energía del romano, el cual llega por la noche a visitar a su amante con un alma virgen de emociones. De ahí que aquél no afronte sacrificios mayores para obtenerla...

"Si me contestáis con énfasis —concluye Stendhal—, si acudís a la filosofía alemana, hablaremos mejor de otra cosa. Pero si me estimáis lo bastante para mostraros de buena fe, veréis —merced a estos *porque*, rápidamente esbozados— hasta qué punto la planta hombre crece más robusta y más grande en Roma que en otros sitios."

Esta robustez de la "planta hombre", esa energía de la savia mediterránea que proporciona a determinados temperamentos un vigor tan ardiente y tan impetuoso, es lo que Stendhal buscó en Italia durante los días de un ostracismo que no podemos honradamente llamar destierro. Y ahora, a los cincuenta y cinco años, cuando le ronda la apoplejía y el corazón le palpita más en el primer descanso de una escalera que en la primera entrevista con Ángela Pietragrua; ahora que Matilde no existe; cuando la condesa Curial lo trata apenas como a un amigo y hasta la señora Gaulthier se permite verlo con protectora y lánguida cortesía, esa robustez de la "planta hombre" es lo que todavía quisiera advertir en la Italia lírica que compulsa, mientras la portera declara a los importunos que el señor Beyle "no se encuentra en casa".

La portera de la calle de Caumartin no mentía del todo cuando creía engañar a los visitantes... Porque el señor Beyle estaba sin duda ahí, bajo la lámpara de su alcoba de solterón, enfrascado en la lectura de alguna crónica. Pero tal crónica le hablaba de Roma y, por consiguiente, Stendhal continuaba viviendo en Italia. No en la Italia oficinesca y trivial de Civitavecchia (de la que había logrado escapar en 1836) sino en la Italia de Miguel Ángel y Benvenuto, en la Italia de Inocencio VIII y Lorenzo el Magnífico. Especialmente, en la Italia de Rodrigo Borgia que —según él— fue "la encarnación menos imperfecta del diablo" sobre la tierra.

Conmueve, en el caso de Stendhal, este método pendular de presencias y de nostalgias intermitentes. Durante su condena consular en Civitavecchia, piensa en Francia y añora su juventud. En noviembre de 1835, al volver de Ravenna, abandona la redacción de *Luciano Leuwen* para ponerse a escribir sus memorias. Desde entonces, hasta el 26 de marzo de 1836, no hace otra cosa. Fruto de aquella introspección minuciosa y tensa son las páginas admirables de *Henri Brulard*, libro que no se publicará sino en 1890 y que nos explica el misterio de Stendhal adolescente: la aversión que sentía por su padre, el recuerdo del "amor" que tuvo para su madre a los cinco años y su afición por los paisajes sublimes que eran —según decía— "como arcos que tocaban sobre su alma", violín estrecho, pero sólidamente construido y de resonancias más bien discretas.

Si el señor Beyle interrumpe sus memorias (esto es: su contacto literario con Francia) el 26 de marzo de 1836, es porque ese día recibe la autorización ministerial para ir a pasar en París unos meses de vacaciones. "Mi imaginación vuela a otra parte", declara inocentemente. Lo curioso es que, en París, esa misma imaginación volandera lo proyecta otra vez a Italia.

En Francia, por espacio de más de dos años, lo mejor de sus ocios va a dedicarlo a escribir sobre Roma, Nápoles, Mantua, o sobre esa Parma ideal que no es —por supuesto— la que los turistas visitan, sino un mosaico de muchas ciudades inolvidables, bellas y silenciosas. En agosto de 1836, lee en París la historia de Vittoria Accoramboni. Meses más tarde, el 1º de marzo de

1837, su *Vittoria Accoramboni* aparecerá, sin firma, en la "Revista de Ambos Mundos". En el mismo periódico, y en condiciones análogas, publica —el 1º de julio— *Los Cenci*, en tanto que el 15 de agosto su *Duquesa de Palliano* figurará en el sumario de la revista como obra de Lagenevais, otro de sus seudónimos.

Todos esos fragmentos —que hoy reunimos bajo el título colectivo de *Crónicas italianas*— dan la impresión de ser, a pesar de sus cualidades, bosquejos inteligentes para un relato de mayor ambición y mayor volumen. Sin embargo, al día siguiente de la aparición de *La duquesa de Palliano*, Stendhal señala en uno de sus registros el interés con que está leyendo los *Orígenes de la grandeza de la familia Farnesio* y apunta en seguida la intención de utilizar ese texto para un *romanzetto*. Con la velocidad que le conocemos, se pone al trabajo inmediatamente y traza las primeras hojas de lo que habrá de llegar a ser *La Cartuja de Parma*. Por lo pronto, se trata sólo de una reconstitución de los amores de Alejandro Farnesio, el protegido de Vànozza, la amante de Rodrigo Borgia. El argumento no se alejará muy visiblemente del manuscrito italiano. La época será, otra vez, el Renacimiento...

Por fortuna, el 3 de septiembre, Stendhal cambia de opinión y resuelve escribir, en lugar del *romanzetto* de que hablaba en agosto, una novela grande —que resultará, en verdad, una gran novela—. El protagonista no se llamará Alejandro, sino Fabricio. Sus aventuras más importantes no ocurrirán a la sombra del Vaticano, sino en una Parma transfigurada y perfeccionada. El fondo histórico será el de Italia durante los últimos años del siglo XVIII y los primeros del XIX.

¿Qué indujo a Stendhal a tomar esa decisión? ¿Se percató, acaso, de que el tema merecía más que una breve crónica? ¿O bien, como lo suponen algunos críticos, el hecho de haber comenzado a escribir —para sus amigas Paca y Eugenia— un relato de la batalla de Waterloo le dio la idea de que el personaje central de esa narración, que se llamaba Alejandro también, podría encarnar al protegido célebre de Vannozza, y encarnarlo en el mundo contemporáneo?

Ni me compete zanjar estas dudas, ni ganaríamos mucho con intentarlo. En el fondo, lo que nos interesa es saber que Stendhal descuidó sus memorias —iniciadas en Italia en 1835— para vivir, en París, una vida nueva: la de Fabricio. Es decir: una de las vidas que le habría gustado vivir más intensamente si la realidad hubiese sido dócil a sus deseos, accesible a sus sueños y obediente a sus esperanzas.

Siempre que releo *Henri Brulard*, me atrae un pequeño párrafo, trazado probablemente en Civitavecchia durante el invierno de 1835. "Lo único que veo con claridad —dice entonces Beyle— es que, desde hace cuarenta y seis años (había cumplido cincuenta y dos), mi ideal es vivir en París, en un cuarto piso, escribiendo un libro o un drama"...

En 1838, ese ideal se realiza al fin. Reside en París; está instalado en un cuarto piso y puede a su antojo escribir un libro. Pero ese libro —*La Cartuja*— será también un balcón psicológico sobre Italia. Y el protagonista —Fabricio del Dongo— va a ser de nuevo el Stendhal que no fue Beyle; o, mejor dicho, el adolescente que el señor cónsul, a pesar de sus decepciones y sus achaques, hasta la hora de su muerte, continuará defendiendo de los demás.

Como en el caso de *Rojo y negro*, para escribir *La Cartuja*, Stendhal necesita apoyarse en la tierra firme de una anécdota cierta. Esta vez no parte de la descripción de un delito contemporáneo. No es la "Gaceta" la que ahora le tiende ese racimo de hechos indiscutibles que su imaginación laboriosa se place en "cristalizar". La base de su novela más personal se la depara una vieja crónica. Desfilan por esas páginas italianas algunas sombras ilustres: la de una favorita de la familia Farnesio —Vannozza— y las de dos Papas: Rodrigo Borgia, más detestado como Alejandro VI, y Alejandro Farnesio, más conocido como Paulo III. Durante el pontificado de aquél, éste (a quien Vannozza protege continuamente) logra escapar de la cárcel del Santo Ángel. Lo habían llevado ahí sus ilegales amores con Cleria, una joven romana que le hizo padre de varios hijos.

Las líneas que preceden son el compendio de la crónica, tan apreciada por Stendhal durante sus nocturnas lecturas de la calle de Caumartin, y pueden considerarse síntesis —por elíptica, lamentable— del argumento de *La Cartuja*.

En la novela de Stendhal, Rodrigo Borgia es el conde Mosca, ministro sentimental, hipócrita y reaccionario del rey Ranucio Ernesto IV. Vannozza es la duquesa Sanseverina. La Cleria de Alejandro Farnesio se llama Clelia y es hija del general Fabio Monti. En cuanto a Alejandro Farnesio —lo he dicho ya— su nombre es Fabricio del Dongo; coincidencia que parece deliberada, pues recordamos, por una parte, que el escenario de sus tribulaciones es Parma y, por otra parte, que un pintor (igualmente llamado Fabricio) ilustró los anales de esa ciudad.

La vida de Alejandro Farnesio no tiene la arquitectura que descubrió Enrique Beyle en la biografía de Antonio Berthet. Tal vez por eso *La Cartuja* da la impresión de ser un libro menos bien hecho que *Rojo y negro*. Pero tal vez por eso también se apodera de los lectores más suavemente. El autor no se sujetó, en *La Cartuja*, a un plan más o menos rígido. "Cada mañana —observa a este respecto Henri Martineau— Stendhal reanudaba el trabajo, después de haber leído la última página dictada la víspera, sin saber con exactitud hacia dónde iba. Como *lo helaba seguir un plan*, se fiaba en la emoción de su fantasía e improvisaba, encantado por el placer de trazar aventuras tan incitantes. A lo largo de la novela, una serie de circunstancias imprevisibles sacude a los personajes, llevados sobre la ola de la existencia, a merced del azar. La unidad de la obra obedece menos a una acción, sin cesar dispersa y rehecha a cada momento, que a la continuidad de los caracteres, siempre idénticos a sí mismos."

Cito estas palabras de Martineau porque las hallo singularmente justas y lúcidas; mucho más lúcidas y más justas que las apreciaciones críticas de Sainte-Beuve, a quien "la conducta de Fabricio, su fuga extravagante y las consecuencias" que inventa Beyle, le parecerían "inexplicables, si se buscase en el libro alguna verosimilitud". Para él toda *La Cartuja* es una "mascarada ingeniosa". Y agrega: "La verdad del detalle, que puede mezclarse al conjunto, no hará que tome yo nunca ese mundo suyo sino como un mundo... fabricado a la par que observado por un hombre de mucho ingenio, el cual confecciona, a su modo, un italiano, *marivaudage*."

Lo que encoleriza al historiador literario de *Port-Royal* es, precisamente, lo que a mí me seduce más en las idas y vueltas de *La Cartuja*: su propósito de no demostrar ninguna tesis, su entrega total a lo inesperado, a lo ilógico, a lo fortuito; sueño despierto de un alma joven en un cuerpo al que vence la senectud y que se empeña en ser joven a toda costa. Bajo la máscara de Fabricio, es él, Stendhal, quien se divierte constantemente en las batallas que no libró y entre los brazos de las mujeres que no le amaron.

Acabo de escribir la palabra "ilógico" y me pregunto si no podrá engañar a quienes me lean. Pero no la retiro, porque estoy convencido de que Stendhal compensa admirablemente lo ilógico de algunas situaciones de la novela con una lógica sin piedad: la del rigor con que nos explica la reacción personal de todos sus héroes.

Por comparación con los relatos que estimaba Sainte-Beuve —*La Princesa de Clèves*, el *Obermann* de Sénancour, el *Adolfo* de Benjamin Constant— *La Cartuja* resulta una novela mal construída. Nunca fue menos clásico Beyle, en el sentido que —en las escuelas— se da a lo clásico. La primera parte del libro (Milán en 1796, el bonapartismo de Fabricio del Dongo, su viaje a Francia y su participación, muy relativa, en las escaramuzas de Waterloo) constituye un todo, que Sainte-Beuve loaba templadamente, pero que —si no me equivoco— habría preferido leer en un tomo aparte, sin vincularlo con las pasiones de la Sanseverina y con la experiencia de Fabricio del Dongo en la corte del rey Ranucio.

No comparto ese juicio célebre. Y no sólo me abstengo de compartirlo porque, de ejecutar tal amputación, perderían los lectores de *La Cartuja* algunas de las páginas más inteligentes y originales de la novela, sino porque, sin ese exordio, los personajes no se comprenderían. Dos de ellos quedarían irremediablemente truncos: Fabricio mismo y su tía, Gina Pietranera, que —al casarse después con Sanseverina— llevará a Parma todas las inquietudes y las irónicas displicencias de una mujer que, en sus años mozos, conoció a los más apuestos oficiales del ejército revolucionario y para quien Milán, en 1796, ofreció el ejemplo de una ciudad materialmente embriagada por la ilusión de la libertad política.

Si suprimiéramos esa parte (tan elogiada por sus méritos intrínsecos, pero tan censurada como prólogo del volumen), Fabricio y la duquesa Sanseverina se verían falseados de todo a todo. ¿Cómo explicar las audacias del joven del Dongo sin aquellos primeros ensayos de conspirador aprendiz, de soldado a medias y de hijo, acaso, de un subordinado de Bonaparte? Al heredero —no resignado— de aquel marqués circunspecto y atrabiliario, que Stendhal nos representa como un espía de los conservadores austriacos y un "colaboracionista" del régimen vienés, el recuerdo de la Italia galvanizada por la Revolución Francesa abrió los ojos desde muy niño —y se los abrió para siempre, terriblemente—. Mientras su padre envía a los agentes de Metternich cifradas y cómicas delaciones, Fabricio aspira a recuperar aquel entusiasmo público (falso, sin duda, pero impetuoso) que despertó en las almas no mercenarias la leyenda de Arcola, de Rívoli y de Marengo. Como su tierra misma, despedazada en ducados y principados, Fabricio sueña con una epopeya que le permita constituirse y comprobar la unidad de su ser real. Cuando su aventura fracasa —como fracasa también la de su país— no sabe ya cómo acostumbrarse a la ociosidad y a las servidumbres que impone la Santa Alianza por toda Europa. Lo ahogan las múltiples disciplinas en que debe doctorarse un vencido, para no confesar la derrota que lo avergüenza. Le molesta cada costura de la sotana en que habrá de envolverse para vivir. Se enamora de la primera muchacha que le sonríe, desde el tablado de un palco escénico, al salir del aburrimiento del seminario. Y el acero que no desenvainó por las grandes causas que en un principio le interesaban, una mujer se lo prestará para combatir con un mal actor, en un lance imbécil, más digno de un salteador de caminos que de un candidato al arzobispado.

Casi todos los críticos se sorprenden de la versatilidad de este personaje inconsecuente y contradictorio. Ya oímos la voz de Sainte-Beuve. En opinión del autor de los *Lunes*, "Fabricio no se porta como hombre en ninguna parte, sino como un animal dominado por sus apetitos, o como un chico libertino, sujeto de sus caprichos." Paul Bourget no usa términos tan hostiles. Pero, en su estudio acerca de Stendhal, habla muy largamente de Sorel y apenas si alude a Fabricio del Dongo. A Georg Brandes, le parece Fabricio a lo sumo "frívolo". El despego que siente por el protagonista de *La Cartuja* lo lleva a menospreciar la novela entera. "Al lector moderno —dice— *La Cartuja de Parma* le agrada poco, porque contiene mucho más del romanticismo exterior de aquella época que *Rojo y negro*: disfraces, muertes, escenas de prisión, fugas, envenenamientos, etc..." El propio Stefan Zweig no disimula su preferencia por el amigo de la señora de Rênal y de la señorita de La Mole.

Hay algo no concluído, en verdad, en la personalidad trágica de Fabricio. Sorel es mucho más claro. Todos los actos de éste son hijos del resentimiento —y ya analizamos las causas del suyo, tan vigoroso—. Pero Fabricio no es un resentido social. Su drama, por eso mismo, resulta menos preciso. Se trata de un inadaptado. Y de un inadaptado que no posee, como muchos de sus congéneres literarios, lo que alguno llamó "el don de las lágrimas". Si llorara más a menudo, le otorgarían los censores probablemente el mismo perdón que no se niegan a conceder a tantos otros insoportables "hijos del siglo". Sus "apetitos" son considerados "animales" por el señor Sainte-Beuve sólo porque no los reviste Fabricio con metáforas lacrimosas como las que encontramos a veces en los poemas del solapado amador de Madame Hugo.

Su inconsistencia moral es indiscutible. Pero quien acusa a Stendhal por ese hecho no ha entendido ni la intención profunda de la novela ni el carácter exacto del personaje. Hubiese bastado que el autor intercalara en el texto de su relato algunos capítulos presuntuosos sobre el estado de incertidumbre espiritual en que Italia quedó —por espacio de varios lustros— al perder la esperanza de su resurrección política, para que se comprendiese mejor que Fabricio es el tipo de una generación desquiciada por el fervor de un esfuerzo inútil y prematuro. Si a esos capítulos de "fisiología social", hubiera añadido Beyle algún comentario —a lo Adler— respecto a las resonancias que tienen en el adulto las emociones y los fracasos de la niñez, muchos se pasmarían ante la penetrante psicología del escritor. Pero Beyle no es un tratadista. Psicólogo incomparable, no pierde el tiempo en explicar al lector lo que da por supuesto desde un principio y señala, además, con claras insinuaciones. Toda esa exposición sobre Italia en las postrimerías del siglo XVIII y los albores del XIX no es un entremés divertido e insustancial. Es, al contrario, base insustituible de *La Cartuja*.

Lo es, desde luego, si queremos situar con veracidad la tragedia íntima de Fabricio: su desasimiento aparente de muchas reglas de conducta en las que, desde muy temprano, perdió la fe y, sobre todo, ese estado suyo, continuo, de disponibilidad para la aventura y esa actitud de desdén para cuanto no logra suscitar —simultáneamente— la curiosidad de su inteligencia y la avidez de su corazón.

Pero lo es igualmente si deseamos conocer los engranajes secretos de ese reloj que adelanta siempre sobre su tiempo: la coquetería, a veces apasionada, y glacial a veces, de Gina Pietranera, a quien todos recuerdan por su título de duquesa, la duquesa Sanseverina. Más que Fabricio, ella es realmente la heroína inefable de la novela y, con Clelia Conti, el tipo más deliciosamente "visto" por el autor.

¿Qué mujer —de las que Stendhal trató— le sirvió de modelo para crear este ser peligroso, hechicero y desconcertante? Probablemente ninguna; aunque el hecho de que le haya dado el nombre de Gina Pietranera, casi Ángela Pietragrua, justifica en parte a quienes afirman que la duquesa Sanseverina es el retrato, ciertamente embellecido, de aquella italiana sensual que el subteniente Enrique Beyle conoció en 1800 y que el auditor del emperador poseyó, por fin, en 1811... La hipótesis no carece de seducción y muchos la aceptan como muy válida. Pero es difícil admitirla sin cierto escrúpulo. En efecto, cuando un novelista concibe el tipo de un personaje, procede por selección de innumerables recuerdos, aprovechando la realidad, pero corrigiéndola a toda hora. Es posible que, al descubrir a Vannozza en los *Orígenes de la grandeza de la familia Farnesio*, Stendhal haya pensado en Ángela Pietragrua. Una y otra eran italianas, enfáticas, efusivas. La impresión producida en Stendhal por la Pietragrua de carne y hueso no fue sin duda ligera ni deleznable. Durante once años la deseó. Hay motivos, por consiguiente, para creer que, en el primer esbozo de la Sanseverina, la reminiscencia de Ángela se haya transparentado, como esos perfiles en filigrana que pueden verse, en determinados papeles, si se les coloca frente a la luz.

Creo que eso fue todo. Porque, sobre el recuerdo de Ángela Pietragrua, la imaginación de Stendhal hizo después milagros. ¡Qué diferencias no hemos de percibir entre la italiana que visitaba a Beyle en la *Contrada dei due Muri* y la luminosa amazona que, en la corte de Parma, ridiculiza implacablemente las necedades de Ernesto IV! Sensual, la duquesa lo es indudablemente, pero de una sensualidad que obedece, más que al temperamento, a la inteligencia y que pone siempre a la fantasía sobre el placer.

Hermana del viejo marqués del Dongo —de quien debía Fabricio aceptarse por hijo, a veces a pesar suyo—, Gina comienza por prescindir del "excelente partido" que su familia le recomienda y se casa, muy joven, con un conde Pietranera, subteniente de la legión italiana, fiel a Napoleón. Su cuñado lo detesta —nos dice Stendhal— "porque, no poseyendo cincuenta luises de renta, osa estar contento, se permite mostrarse leal para cuanto amó durante toda su vida y se permite la insolencia de preconizar ese espíritu de justicia, sin distinción de personas, que el marqués llamaba infame jacobinismo"

El amor de Gina para su esposo es más bien camaradería y cordial solidaridad. No espera a que un duelo la prive de ese consorte para iniciar relaciones sentimentales con Limecarti, a quien despide meses más tarde, porque no se atrevió a ir a Suiza a matar a los reaccionarios que en aquel duelo —muy sospechoso por cierto— asesinaron a Pietranera. La epístola de ruptura que Limecarti recibe vale la pena de mencionarse. Es muy breve. "¿Quiere usted obrar alguna vez como hombre inteligente?" "Figúrese que nunca me conoció. Soy, quizá con un poco de desprecio, su humilde servidora, Gina Pietranera."

La corteja en seguida otro conde, el conde N..., que le ofrece su mano y una renta de doscientas mil libras. La viuda rechaza ambas proposiciones. Tendría que vivir sola, con una pensión modestísima, de no ser porque su hermano —temeroso de las críticas milanesas— la invita a compartir su retiro en el castillo de Grianta. Ahí pasa Gina algunos momentos felices. Su cuñada la estima mucho, el marqués se encierra a combinar oscuras maquinaciones con Ascanio, su primogénito, y ella puede pasear a sus anchas sobre el lago de Como, en compañía de Fabricio, un sobrino por el que siente más que un cariño de tía, una adoración patética de mujer.

El abate Blanès, cura de Grianta, invierte las noches en calcular el destino de sus amigos merced al tránsito de los astros. Observa el cielo, con un tubo de cartón, desde lo alto del campanario de su parroquia. Maestro de Fabricio durante el día, no es mucho el latín con que lo adoctrina. "Puede juzgarse —indica Beyle no sin humorismo— el desprecio que sentiría por el estudio de las lenguas un hombre que se pasaba la vida descubriendo la época precisa de la caída de los imperios y las revoluciones que cambian la faz del mundo."

Uno de esos cambios iba a producirse, de pronto, en Europa. Bonaparte se había escapado de la isla de Elba. Para Fabricio, conocer la noticia y decidirse a pelear por él es una y la misma cosa. Su tía trata de retenerlo, muy débilmente. En el fondo, le encanta la intrepidez ingenua de su sobrino. Pasan los meses, largos, sólidos, angustiosos. Herido en Waterloo, Fabricio no sabrá nunca si vio de verdad la guerra. De regreso en Milán, los esbirros de la cancillería vienesa no tardan en inquietarlo. Lo ha denunciado su propio hermano, el odioso Ascanio, quien por lo visto no se contenta con cifrar las acusaciones monótonas de su padre. Fabricio tiene de nuevo que desterrarse. Entre las instrucciones que recibe del canónigo Borda, adorador y cómplice de su tía, figuran estos consejos: ir a misa todos los días y hacerse amar de alguna señora de buena reputación. Los cumple al pie de la letra.

Mientras tanto, Gina se aburre en Grianta. Sin Fabricio, la compañía de su hermano y de su cuñada deja de interesarle. Se instala en Milán, donde conoce al ministro Mosca, una mezcla de cínico impertinente y de sentimental sincero y desencantado. Empobrecido por la caída de Napoleón, el conde Mosca supo advertir oportunamente por qué eclesiásticos rumbos iba a soplar el viento de la fortuna. Aparece ya como ultramontano, persigue a los jacobinos y se adueña del rey de Parma por el terror. En su función de jefe de policía, asusta al príncipe con la maquinaria de una conjuración siempre renovada; visita con él, por las noches, los desvanes y corredores de su palacio y, conteniendo la risa, inspecciona las camas y las alcobas.

"Con tanto talento, imposible dormir. Y, cuando se es tan poderoso ¿cómo pasear?"... Los honores y las riquezas no satisfacen del todo al ministro Mosca. Gina Pietranera tiene más de treinta años y, en Italia, al principio del siglo XIX, semejante edad es casi el atardecer. El conde es mayor que ella; pero la ambición le rejuvenece. La ama profundamente. Gina le dice: "Jurarle que tengo una pasión loca por usted sería mentirle. Me sentiría ya feliz con poder amar, ahora que he pasado los treinta, como amé a los veintidós años. Pero he visto caer tantas cosas que creí eternas"... Mosca no puede comprometerse llevando a vivir a Parma a una viuda tan atractiva. Lo que resuelven, de común acuerdo, es sujetarse al siguiente plan: Gina se casará simbólicamente con el duque Sanseverina, un millonario senil de quien Mosca pagará la obsequiosidad con un doble precio: un puesto de embajador, para distanciarlo de Parma, y el otorgamiento de una gran cruz.

En Parma todo se desenvuelve perfectamente. La nueva duquesa es presentada a la princesa Clara Paolina, la cual, "porque su marido tenía una amante, se creía la más desdichada persona del universo, lo que la había convertido en la más tediosa". La amante del príncipe —cierta condesa Balbi, famosa por el arte con que exacciona a los negociantes que comercian con el Estado— celebra también la llegada de la duquesa. "Me recibió —dice Gina al ministro Mosca— como si esperase una gratificación de cincuenta francos." Pero, apenas instalada en el palacio del duque ausente, la Sanseverina piensa en Fabricio. Hay que darle una profesión. Ella quisiera verlo con uniforme y protegerle como oficial. Mosca prefiere orientarlo a la prelacía. Según lo explica el ministro a su hermosa amiga, "la primera calidad de un joven, mientras tengamos miedo y mientras no se restablezca la religión, consistirá en no ser capaz de entusiasmo y en carecer de espíritu". Fabricio irá pues a la Academia eclesiástica de Nápoles. Y no olvidará que —según suele decirlo Mosca— "no se pretende hacer de él un sacerdote ejemplar, sino un gran señor". "Podrá mantenerse perfectamente ignorante si así le agrada —y no por eso dejará de ser obispo y aun arzobispo", siempre que el príncipe siga apreciando al conde.

Vuelven los meses a transcurrir; pero ahora erizados de pequeñas intrigas que impacientan al ministro y deleitan a la duquesa. Cuando Fabricio regresa a Parma, Mosca se percata de que, no obstante el hábito que lo adorna y que debiera hacerlo respetable, su presencia puede poner en peligro la tranquilidad de su amor con Gina. "Por muchos cuidados que tome —se confiesa a sí mismo— es sobre todo la mirada lo que debe parecer viejo en mí." Triste conclusión, para un enamorado quincuagenario. Una carta anónima, dictada nada menos que por el rey, viene a avivar sus celos. Interroga a una doncella de Gina: "¿Se hacen el amor la duquesa y el monsignore?" La respuesta de la doncella vale un poema: "No, todavía no; pero él le besa las manos a la señora, riéndose ciertamente, aunque con ímpetu."

El honor de Gina se salva más bien por casualidad. Un mucho por ardor de la juventud y un poco por no caer en la tentación de su amable tía, Fabricio se prenda de Marietta Valserra, actriz a quien tiene oportunidad de aplaudir en una comedia de Goldoni. El que se encela, entonces, es otro actor, Giletti, pretendiente de la muchacha. Los dos rivales se encuentran en un camino, cerca de Sanguigna. Combaten y Fabricio mata a Giletti. En Parma, los enemigos de la duquesa y del conde Mosca se encargan de envenenar los hechos. Fabricio favorece a sus calumniadores con una fuga que resulta incómoda de explicar. Se enreda en un nuevo idilio con Fausta, personaje episódico que complica el relato indiscretamente. La policía de Ranucio Ernesto acaba por arrestarlo. Ha sido condenado a doce años de reclusión en la fortaleza de Parma. Pero ya sabemos que las cárceles no son necesariamente nefastas para los héroes stendhalianos. En la de *Rojo y negro*, Sorel pasó los días más felices de su existencia. Lo propio acontece con Fabricio del Dongo, porque el alcaide de la fortaleza es el general Fabio Conti, cuya hija, la dulce Clelia, no tarda en sentir piedad por el prisionero.

De ventana a ventana, a ciento ochenta pies de altura sobre la plataforma de la torre, se establece un diálogo encantador entre el monseñor desvalido y la impresionable heredera del general. Pero la duquesa vigila y, a fuerza de influencias y de dinero, instala un telégrafo luminoso cuyos signos no pasan inadvertidos para Fabricio. Después de múltiples contratiempos, el joven Del Dongo escapa, como Benvenuto Cellini del castillo del Santo Ángel. Desterrada de Parma, durante una temporada, la duquesa ve restablecerse su crédito cortesano. No tanto, sin embargo, como para lograr impedir que Fabricio necesite ser encarcelado de nuevo, a fin de que la sentencia se cumpla en parte y los jueces puedan ponerlo legalmente en libertad. Aquella prisión suplementaria da oportunidad a Clelia para las mayores locuras de su vida. Adora a Fabricio. Se resiste primero, para entregarse después mejor. Lo custodia. Lo cuida. Y jura no volver a mirarlo nunca.

La consecuencia de tantos extravíos es que, cuando Del Dongo recupera sus derechos civiles y religiosos, Clelia debe contraer matrimonio con el marqués Crescenzi. También Mosca se casa con la duquesa... Y el libro concluye de prisa, porque Stendhal no es un profesional del final feliz y porque su editor no quiere imprimir un tercer volumen.

Con todos sus defectos, el cinematográfico esquema que acabo de pergeñar puede servirnos al menos para reconocer una verdad muy vieja: que el argumento de una novela no es la novela misma y que, reducido a su esqueleto de circunstancias y de aventuras, el relato más agradable (*La Cartuja de Parma*, pongo por caso) resulta seco y desanimado, como el guión mediocre de una película. Pero, en la obra de Stendhal, cada fragmento está unido a los otros por una psicología rápida y jubilosa, que no apoya jamás sobre lo que inventa, que descubre con alegría —hasta cuando lo que descubre es amargo y triste— y que logra mover a los personajes, como si fueran las figuras de un buen *ballet*.

Ningún libro francés del siglo pasado revela tan a las claras el placer que tuvo su autor en pensarlo y en escribirlo. Sabemos que Stendhal lo dictó en cincuenta y dos jornadas exactamente, pues principió a redactarlo el 4 de noviembre de 1838 y le puso término el 26 de diciembre del mismo año. Tenemos igualmente noticia de que lo compuso sin más programa que el de vagar, día tras día, por su querida Italia, encarnando a menudo en el adolescente Fabricio, aunque discurriendo a veces por boca del conde Mosca. Uno y otro —tan diferentes— forman a Stendhal. De Fabricio, tenía el escritor la energía vacante y dispuesta siempre a los entusiasmos; pero no la hermosura ni, por supuesto, la mocedad. Del ministro Mosca tenía, en cambio, el amor paciente, la indulgencia infinita ante las amigas indispensables, la ironía cínica frente a los poderosos y el cansancio de haber traspuesto, sin verdadera gloria, el umbral de la madurez.

La Cartuja, es la obra en que Stendhal se expresó más. Todo lo dice y no lo dice nunca excesivamente. Plantea una crítica virulenta contra el absolutismo y la plantea, sin embargo, como un panfleto. Ranucio Ernesto IV es una caricatura sangrienta de Luis XIV y, sin embargo, no es sólo eso. Es, también, un hombre al que, en ocasiones, no le faltan talento ni discreción. Con sus astrologías y sus compases, el abate Blanès hubiera podido ser una figura digna de Dumas, en los peores momentos del *Conde de Montecristo*. Y, sin embargo, quien haya leído *La Cartuja* a los veinte años no olvidará jamás al suave y pálido matemático que, con un tubo de cartón, busca el porvenir de su alumno entre las estrellas, mientras las campanas campesinas de su parroquia se preparan a saludar el día de San Giovita, soldado y mártir, patrón de Grianta.

Hasta el viejo arzobispo de Parma —que, en los tiempos de *Rojo y negro,* Beyle habría descrito con sarcástica crueldad— adquiere en esta novela un perfil humano, tímido y atrayente, sin por eso perder ninguna de sus flaquezas. El conde Mosca asegura que, frente al príncipe, y frente a él, el arzobispo no sabe decir que no. "En verdad —añade—, para producir todo mi efecto debo ostentar el gran cordón amarillo. Vestido de frac, sería capaz de contradecirme; por eso, para recibirle, me pongo siempre el uniforme..." Sin embargo, el mismo conde Mosca reconoce más tarde que el buen prelado, tan insignificante y tan trémulo ante el éxito mundanal, sabe pintar como el propio Tácito. Un día le pregunta: "—¿Quién es Dugnani?"... Y el arzobispo contesta veinte palabras, que resumen toda una biografía: "Un pequeño espíritu; una gran ambición. Pocos escrúpulos y una extrema pobreza, porque no son vicios los que nos faltan."

Por lo que atañe a los personajes principales —la Sanseverina, Mosca, Fabricio— son tantos los hallazgos psicológicos que no podría incluirlos todos en esta síntesis. Quiero evocar, no obstante, tres observaciones que considero reveladoras de la maestría sutil de Stendhal.

Cuando Gina lucha por libertar a Fabricio, impresiona a Ranucio con la amenaza de alejarse para siempre de Parma. El príncipe, vacilante entre su orgullo y su vanidad, flaquea súbitamente. Es el momento de arrancarle, por escrito, una promesa definitiva. Gina lo sabe; pero interviene el ministro Mosca, deseoso de conciliar —en la redacción de tal texto— su amor para la duquesa y su respeto oficial para el soberano. Omite entonces los términos "injusto procedimiento" que la ira de Gina había tenido el acierto de sugerir y que, escritos por el rey, condenaban todo lo hecho por sus secuaces.

Semejante omisión no autoriza moralmente al monarca para dejar de cumplir lo que prometió, pero le permite escudarse en una serie de jurídicas dilaciones que demuestran su mala fe y que desesperan a la duquesa. Al darse cuenta de su derrota, Gina pronuncia estas palabras extraordinarias: "No voy a reprocharle (está dirigiéndose a Mosca), no voy a reprocharle que omitiera usted los vocablos 'procedimiento injusto' en el papel que (Ranucio) firmó... Sin que usted mismo lo sospechara, prefirió usted al interés de su amiga el de su amo. Sus acciones, mi querido conde, las ha puesto usted a mis órdenes. Y esto desde hace mucho. Pero no está en su poder el cambiar de naturaleza. Tiene usted el instinto de su función. La supresión de la palabra 'injusto' me pierde. Sin embargo, estoy muy lejos de reprochársela. Fue una culpa de su instinto y no de su voluntad..."

La misma perspicacia se advierte en el conde Mosca, cuando —al regresar Fabricio de la Academia de Nápoles— adivina el peligro de que Gina se enamore de él. "¿Qué soy aquí —se pregunta— sino el *terzo incomodo*?" Gina y Fabricio charlan y ríen muy tiernamente, cual si bajo sus propios ojos se acariciaran. El conde toma un puñal... pero se arrepiente. "Es preciso calmarse —piensa de pronto—. Sólo por vanidad, la duquesa sería capaz de seguir a Fabricio a Belgirate. Y ahí, o durante el viaje, al azar podría llevar a sus labios una palabra que diese a la postre un nombre a eso que están sintiendo..." Entonces, "con un aire íntimo y bondadoso" se despide de la pareja. Está convencido de que su ausencia lo protege mejor que el espectáculo de sus celos.

El tercer ejemplo me lo depara Fabricio mismo, cuando —después de visitar al abate Blanès en el campanario de su parroquia— atraviesa un sitio infestado de gendarmes que le persiguen. Logra huir. Y, al sentirse al fin solo, a una legua de Grianta, piensa en lo que hubiera podido ser su encarcelamiento. "¡Buen miedo tuve!", se confiesa en voz baja. Pero el sonido de esa palabra —miedo— está a punto de infundirle vergüenza. Entonces agrega: "¿No me ha dicho mi tía que lo que más necesito es aprender a perdonarme? Me comparo siempre con un modelo perfecto e inexistente. Pues bien: me perdono mi miedo ya que, por otra parte, estaba dispuesto a defender mi libertad y seguramente no todos los cuatro gendarmes habrían quedado en condiciones de llevarme hasta la prisión."

Este valor, que sabe lo que es el miedo, que lo declara y que lo perdona —porque lo vence—, este desprendimiento de sí que, en los momentos del mayor riesgo, deja a Fabricio la mente clara y le da incluso oportunidad para desdoblarse y mirarse actuar, como si fuera un espectador de cuanto padece, son cualidades que rescatan muchos defectos del héroe rápido e inasible a quien Stendhal encomendó la esencial tarea de gozar hasta el término de sí mismo y de ser el diletante de las pasiones, como él —bajo su lámpara de la calle de Caumartin— continuaba siendo, a pesar de los años, el Don Juan enfermizo y reumático de sus sueños.

El valor de indagar lo más hondamente posible en su propio espíritu es, por otra parte, el mérito excelso y la suprema virtud artística del psicólogo Enrique Beyle. ¿Quién —antes de Dostoyevski— había logrado cuadricular, en un mapa tan lógico y tan preciso, el mar incógnito en que germinan los odios y los amores súbitos de los hombres? ¿Quién distinguió mejor entre las antipatías que pueden convertirse en ternuras y las simpatías que suelen transformarse en cansancios o en impaciencias? ¿Quién observó con mayor imparcialidad los motivos de una sonrisa, la mentira de ciertas lágrimas, la razón de una frase brusca, espontánea aparentemente, pero —de hecho— preparada en silencio, durante años, por semanas y meses de coacción sobre el impulso de un sentimiento que, de improviso, estalla y se manifiesta?

¿Y quién, sobre todo, nos enseñó tanta psicología sin recurrir ni a las fórmulas descarnadas de los científicos ni a la retórica abstracta de los autores de máximas literarias?

Lo que en Freud, en Adler y en Jung será relación objetiva y admirable paciencia técnica es, en la novela de Stendhal, descubrimiento de la curiosidad desinteresada, invención constante, vida que se ve sin verse. Y lo que en La Rochefoucauld y en La Bruyère fue dibujo exacto, pero inmóvil y sin cadencias, es, en el autor de *Rojo y negro* y de *La Cartuja*, fluir pintoresco de observaciones, acción que trasluce con gracia su contenido, pensamiento que se confiesa mientras se forja y que se forja, a menudo, por el placer exquisito de confesarse.

Con razón escribía Zweig en *De voluptate psychologica*: "Lo que consagra la soberanía de Stendhal sobre todos los psicólogos especializados y prácticos, es que la ciencia del corazón, él la ejerce como un arte, por gusto, y no con la gravedad profesional de quien cumple un oficio. Es bastante audaz y bastante fuerte para jugar con la verdad y para amar, con voluptuosidad casi carnal, el conocimiento. La espiritualidad de Stendhal no emana sólo de su cerebro. Por el hecho de que expresa una clara y nítida inteligencia de la vida, está impregnada y penetrada de todas las sustancias vitales de su ser. Sentimos en ella el incendio de la sensualidad y la sal picante de la ironía... Pero en ella sentimos también a un alma que recibió el calor de muchos soles diversos y respiró el aire de todos los países; riqueza de una existencia ávida de desarrollarse y que cuarenta años de aventuras no hartaron ni fatigaron. ¡Cómo brilla y cómo chispea, liviano y espumoso, ese ingenio de desbordante vitalidad! Y, sin embargo, sus aforismos no son sino gotas escapadas a los tesoros de su alma. En lo interior, el verdadero contenido stendhaliano permanece intacto, fresco y ardiente a la vez, dentro de ese bruñido cáliz que sólo la muerte quebrará. Pero esas simples gotas poseen la virtud estimulante de las cosas del espíritu. Como el buen champaña, activan el ritmo perezoso de nuestro corazón y reaniman nuestro adormecido sentido vital. La psicología de Stendhal no es la geometría de un cerebro bien educado, sino la esencia concentrada de un ser, la sustancia pensante de un hombre auténtico. De ahí que sus verdades sean tan verdaderas, tan clarividentes sus juicios y tan originales —y a la vez tan durables— sus descubrimientos, de interés general... Las teorías y las ideas no son, como las sombras del Hades homérico, sino fantasmas inconstantes, espectros fugitivos. Es menester que se nutran de sangre humana para que adquieran palabra y rostro y para que puedan conversar con los hombres."

DOSTOYEVSKI

EL HOMBRE

HAY ESCRITORES que nacen en medio de una tormenta, entre relámpagos y plegarias. Así nació, en 1768, quien debía emigrar a Londres durante la Revolución Francesa, imaginar las penas de Atala, escribir *El genio del cristianismo*, dejarse amar por la señora Récamier, sorprendernos con sus memorias desde ultratumba y llevar —hasta Roma y Jerusalén— el apellido de una familia de monjas y de corsarios: Chateaubriand.

Otros, en cambio, como Goethe, se dignan aterrizar en la mies del año y en la gloria del mediodía, cuando suena en todos los relojes de Francfort la duodécima campanada y señalan todos los calendarios de Europa el 28 de un mes de agosto.

Menos solar que el poeta de *Hermann y Dorotea* —y menos suntuoso que el peregrino del *Último abencerraje*—, Dostoyevski se contentó con venir al mundo sobre un patíbulo.

Este dato no es el que consta, naturalmente, en las buenas enciclopedias. Lo sabemos: Teodoro Mijailovich Dostoyevski nació en Moscú, el 30 de octubre de 1821. Hijo de un médico sórdido y egoísta y de una madre tímida y resignada, aquel Teodoro Mijailovich dio a sus maestros, a sus amigos —y hasta a algunos de sus lectores—, la impresión de haber existido durante veintiocho años, desde su aparición en el escenario de un hospital de Moscú hasta el momento en que el zar Nicolás Primero lo envió al patíbulo. Pero, en cierto modo, ese patíbulo fue su cuna. Porque, si un niño llamado como él despertó a la luz en 1821, lo que en 1849 despertó a la conciencia de su destino fue el genio de Dostoyevski. Y eso, históricamente, es lo que nos importa.

I

EL 15 de enero de 1846, el almanaque de Nekrásov publicó la primera novela de Dostoyevski: *Pobres gentes*. El autor, que tenía veinticinco años, se había hecho fantásticas ilusiones acerca de aquel volumen. ¿No había dicho Bielinski que sus páginas eran, en Rusia, "el primer ensayo de novela social"?... La obra suscitó elogios y —también— críticas enojosas. Para justificar aquéllos y deshacer éstas, Dostoyevski se dedicó a escribir con ansiosa velocidad. Entre los libros de ese período destaca *El doble*; relato literariamente menos logrado que *Pobres gentes*, pero de psicología más honda y de simbolismo revelador. El éxito anunciado por Nekrásov no sonrió al debutante por mucho tiempo. Más desagradado tal vez por las veleidades y las intemperancias del hombre que por las imitaciones del escritor, el propio Bielinski —tan entusiasta al principio— puso un pedal a sus ditirambos. Mientras tanto, comentaristas como Aksákov formulaban observaciones de singular violencia. Ésta, entre otras: "No comprendemos siquiera cómo ha sido posible dejar que tal novela se publique. (Aludía al *Doble*.) Toda Rusia conoce a Gógol... Y el señor Dostoyevski se apropia y repite frases enteras de Gógol."

Aquellos reproches —y, sobre todo, el distanciamiento rápido de Bielinski— hundieron a Dostoyevski en un desencanto amargo. "Estoy en el tercer año de mi carrera literaria —escribe, en esos días, a su hermano Miguel— y vivo como en mitad de una oscura niebla. No veo la vida; no tengo ni tiempo para recuperar mis sentidos. Quisiera detenerme. Se me ha hecho una celebridad dudosa. No sé cuánto durará este infierno: la pobreza, el trabajo mal acabado... ¿Cuándo tendré paz?"

A pesar de las coincidencias con Gógol, *El doble* era un relato muy significativo. Todavía en 1877 —es decir: en la cúspide de su gloria— Dostoyevski había de referirse a él, no sin nostálgica simpatía: "La idea era buena —y no he desarrollado ninguna más grave, en toda mi carrera".

Aquilatemos bien esa simpatía. *El doble* es un poema biográfico. Como lo indica Henri Troyat —uno de sus críticos más sagaces—, "la idea *del doble* había de perseguir a Dostoyevski a lo largo de su existencia". "El castigo del criminal, es, ante todo, el fraccionamiento de su personalidad. Un doble se le aparece. Un doble que es él mismo —y que no lo es—. Un doble que le presenta una caricatura atroz; espejo deformante en el que su rostro humano se dilata, se cubre de pústulas y acoge todos los signos de una vida interior maldita."

Tendré que aludir apenas a estudios como *El señor Projarchin*, del cual conocemos un texto adelgazado severamente por la censura y que, en su versión actual, recuerda bastante la "manera" de las fisiologías que agradaban tanto a Balzac. Aparece ahí, por primera vez, un elemento que no ha sido considerado con suficiente atención por los devotos de Dostoyevski. Ese elemento, que asoma sin mucho éxito en otros relatos de su mocedad (como *Una novela en nueve cartas* y como *Polzúnkov*), encontrará su expresión más alta en los primeros capítulos de *Demonios*. Es la ironía.

Me referiré también muy a la ligera a *La patrona*, aparecida en 1847. Y esta ligereza me duele un poco, como debieron doler sin duda al diserto párroco cervantino ciertas rápidas decisiones, tomadas por el barbero y por él, cuando se afanaron en expurgar la biblioteca de Don Quijote de los innumerables endriagos y caballeros, dueñas y filtros, magos y endechas que la poblaban. En efecto, en *La patrona* hay figuras que merecerían escrutinio menos donoso. La de Katerina, en primer lugar, y la del propio Ordínov, curiosa combinación de "René" moscovita y de "Obermann" funerario. Pero, además de que el trazo del novelista no consiguió definirlas en un material eterno, volveremos a hallarlas —menos deformadas, acaso, por la imitación del romanticismo europeo— más personales y más sinceras, en un libro que no ha perdido su seducción: *Noches blancas*. Ésta es la primera novela en que el autor acepta el papel de protagonista, método que no empleará después sino en ocasiones poco frecuentes.

Noches blancas tiene aún lectores que difícilmente obtienen otros libros juveniles de Dostoyevski. Son aquéllos que buscan la inserción de un idilio más bien frustrado (aquí, el de Nastenka y el narrador) dentro del escenario de una ciudad lunar: el de ese San Petersburgo que amó el novelista profundamente.

Conviene advertir, aunque sea de pasada, cuánto evolucionaron con los años los procedimientos descriptivos de Dostoyevski. Entre el San Peterburgo de *Noches blancas* y el que presta su fondo surrealista, en *El idiota*, al día clínico de verano en que el príncipe Mischkin combate contra la epilepsia hasta caer a la postre frente a Rogóchin, hay una diferencia absoluta, no de materia, sino de adivinación del trasmundo de la materia. En *Noches blancas*, como Rembrandt joven, Dostoyevski pretende dibujar todavía las cosas, aprehenderlas en sus líneas y en sus detalles. Ignora todavía la atmósfera. Se sirve, sobre todo, de la enumeración y de la mirada. Pero ni aquélla ni ésta son sus instrumentos más eficaces de comunicación con la vida.

Reconozcámoslo honradamente: de no haber escrito Dostoyevski otras de sus obras —como *Crimen y castigo*, *Demonios*, *El idiota* y *Los hermanos Karamásov*— serían pocos los lectores que fuesen hoy a desenterrar, de entre las ruinas de la crítica rusa, los méritos de aquellas novelas de juventud; como, a pesar de sus cualidades, pocos hubiesen sido probablemente los aficionados a los primeros relatos del doctor Azuela, de no haber publicado *Los de abajo* en 1916 y *La Malora* en 1923.

Dostoyevski mismo se daba cuenta del riesgo. Se buscaba todavía, con fiebre, en el juicio de los demás. Vivía pendiente de la opinión de escritores que no recordamos —o que recordamos porque él los cita con palabras de cólera o de rencor—. El que mayor bien hubiera podido hacerle —Bielinski— trató en vano de persuadirle de algunas teorías políticas, que Dostoyevski comprendía con el talento, mas no con la plenitud del alma. El creador de *El doble* era un compasivo; no un revolucionario. Admiraba a Puschkin, como todos los jóvenes de su época. Pero el propio Puschkin no iba muy lejos en sus románticos vaticinios, puesto que confiaba en una liberación de los siervos por benevolencia del zar... Dostoyevski creía también en el zar. Y creía en él como en la encarnación del pueblo, de su fe, de sus esperanzas. Las tesis humanitarias de Bielinski lo conmovían profundamente; aunque sentía que muchas de ellas eran "artículos importados", y desconfiaba de su adaptabilidad a las condiciones morales e intelectuales de Rusia. A este respecto, cuenta uno de sus amigos —Milíukov— que, cuando alguien elogiaba frente a él las doctrinas de Saint-Simon, solía manifestar Dostoyevski que, a su entender, "la vida en un falansterio era más repugnante que los trabajos forzados".

Un hombre que detestaba a Turguéniev por cosmopolita y que tenía múltiples nexos —a menudo inconscientes— con los eslavófilos; un escritor al que sus mayores consideraban ya fracasado y en quien los jóvenes no podían aún respetar a un maestro; un epiléptico que ilustraría, más tarde, su enfermedad describiéndola con dramática perspicacia; un heredero, en fin, de muchos personajes contradictorios, algunos iluminados por la piedad, y otros, auténticos delincuentes, ése era, en 1847, el futuro autor de algunas de las páginas más excelsas de la literatura del siglo XIX.

Ése también fue el conspirador que principió a concurrir, aquel año, los viernes, a los debates de una asociación de jóvenes descontentos, presidida por Petrachevski. Asistían con regularidad a las reuniones los hermanos Máikov, Plesheiev, Bogóslov y, sobre todo, Spéchnev (o Spéchniov), un enigmático conjurado, partidario de hacer justicia a los desvalidos —y de hacerla por la acción más directa, aunque fuese, asimismo, la más cruel.

Spéchnev no tardó en adueñarse de Dostoyevski. Al principio, merced al prestigio de la obra emancipadora de cuyo esfuerzo se reputaba intrépido misionero. Después, con ciertos préstamos en metálico, que el novelista, asediado por sus acreedores, no tuvo ni la energía de desdeñar, ni los medios de devolver. En una carta enviada al doctor Yanóvski, Dostoyevski confiesa su servidumbre: "He pedido dinero prestado a Spéchnev. Ahora estoy con él, *le pertenezco*. No podré devolverle la suma que me prestó y, por otra parte, él no aceptaría un reembolso en dinero. Así es el hombre... ¡Tengo a un Mefistófeles a mi lado!"

En el fondo, el autor de *El doble* atribuía a Spéchnev muchos delirios —que no quería reconocer en su propia mente—. Las sesiones organizadas por Petrachevski no le satisfacían. Su promotor, más discursivo que activo, había tratado de establecer un falansterio en Rusia, pero los campesinos "que no leían a los socialistas franceses, quemaron el edificio, símbolo de su dicha futura".

La ineptitud práctica de Petrachevski incitó a Dostoyevski a forzar la nota y a constituir una sociedad más secreta en torno de Spéchnev. Intentó convencer de ello a los hermanos Máikov, uno

de los cuales, en una carta, revela lo siguiente: "Le demostré
—dice, hablando de Dostoyevski— el riesgo de la aventura y que
tanto él como los demás iban a una catástrofe cierta... Parece
que estoy viéndole aún, sentado como Sócrates moribundo en
frente de sus discípulos, dentro de un camisón de cuello desabro-
chado, explicándome con toda su elocuencia la meta sagrada de
sus ideas y el deber, que nos incumbía, de salvar a la patria..."

Muchos años después, en *Una de las falsedades contemporáneas* —artículo publicado, como parte de su diario, en "El Ciudadano"—, el propio Dostoyevski había de revelarnos cuáles eran
sus inquietudes en los días de aquella plática con Máikov. "Monstruos y bribones —afirma— no los había entre nosotros, los
petrachevskistas; ni entre los que subimos al caldalso, ni entre
aquellos otros a los cuales no se les molestó... Pero ninguno de
nosotros estaba en condiciones de aceptar la lucha con el con-
sabido ciclo de conceptos que por entonces había arraigado profundamente en la juventud. Estábamos inficionados de las ideas
del socialismo teórico de aquellos tiempos. El socialismo político
no existía en Europa y los mismos caudillos europeos del socialismo lo rechazaban... Entonces, concebíanse aún las cosas con
los colores más rosados y paradisiacamente morales. Al socialismo, que empezaba a germinar, lo comparaban muchos de sus
cabecillas con el cristianismo, del que venía a ser únicamente
una mejora y perfeccionamiento, correspondientes a las condiciones de los tiempos y de la civilización. Todas esas ideas nuevas
nos encantaban a nosotros en San Petersburgo, antojábansenos en
sumo grado santas y propias para unir a todos los hombres, y
veíamos en ellas la ley futura de toda la humanidad, sin excepción".

En seguida, dirigiéndose a los acusadores de la juventud —que,
por lo visto, han existido siempre y que exigen de los adolescentes virtudes que se han habituado ellos a no practicar—, añade el
novelista: "¿Con qué defensas especiales cuenta la juventud, comparada con las demás edades, para que ustedes, señores míos, defensores de la juventud, le exijan, apenas salida de las aulas,
una firmeza y una madurez de convicciones como no las tuvieron
los padres de esos chicos?... Nuestros jóvenes pertenecientes
a las clases intelectuales, que han recibido educación en el seno
de sus familias... donde casi generalmente, en vez de la verdadera cultura, impera la negación rotunda; donde los motivos materiales predominan sobre las ideas elevadas; donde se cría a los
muchachos sin pisar tierra firme, fuera de la verdad natural, en
el desprecio o la indiferencia hacia la patria y en ese desdén burlón para el pueblo... ¿podrían encontrar ahí la verdad y una
orientación infalible para sus primeros pasos en la vida?"

En la amargura de los párrafos transcritos no es difícil adivinar un alegato vibrante del antiguo petrachevskista. ¿A dónde

habría llegado, en efecto, el hijo del médico Dostoyevski en sus andanzas de conspirador aprendiz? Probablemente a ninguna parte. Pero, para su desventura, la reacción imperial se había exacerbado en aquellos meses. Los acontecimientos europeos del año 48 (las jornadas parisienses narradas por Flaubert y vividas por Jorge Sand) parecían justificar el terror en la corte de los zares. Nicolás I vivía entre ascuas. Su policía mayor, el conde Orlov, contaba con una vasta red de espionaje entre cuyos hilos el grupo de Petrachevski iba a prenderse rápidamente. Quién sabe si estimulado por el ejemplo de Spéchnev —o por el recuerdo de su amistad para Bielinski—, Dostoyevski prometió leer, en una de las sesiones del grupo, la carta que el célebre crítico había dirigido a Gógol y que se estimaba, en los círculos oficiales, como un acto de rebeldía. Lo denunció un agente del conde Orlov. En la madrugada del 13 de abril de 1849, la policía aprehendió al escritor en su domicilio.

No voy a narrar su vida en la cárcel. De ella, sólo retendré esta frase, tomada de una de sus cartas; la del 14 de septiembre: "Se acercan los meses más penosos del otoño. Con ellos, aumenta mi hipocondría. Las nubes cubren el horizonte. El pedacito de cielo azul que veía desde mi celda me garantizaba aún la salud y el buen humor..." Creo encontrar en estas palabras, tan humildes, un estado de espíritu semejante al de los versos de Verlaine, otro gran humilde:

> Le ciel est, par-dessus le toit,
> si bleu, si calme!...

Pero pasemos. El tiempo apremia. Y el destino de Dostoyevski apremia también.

II

LA CAUSA de los amigos de Petrachevski tardó varios meses en ventilarse. En septiembre de 1849 fue sometida a un tribunal militar. La comisión de doce miembros (seis generales y seis civiles), a la que ese tribunal confió el estudio del caso, dictaminó el 16 de noviembre. Su fallo fue turnado por el zar a la Auditoría General del Imperio. El castigo había de ser, para Dostoyevski, de cuatro años de trabajos forzados en Siberia y otros, de servicio obligatorio, como soldado de línea.

Comunicar la sentencia a los acusados habría sido, sin duda, lo más sencillo. Pero la sencillez no convenía a los intereses políticos ni a las tácticas psicológicas del régimen zarista. Había que revestir el juicio de un dramatismo mayor. Se procedió, el 22 de diciembre, a un vergonzoso juego de escena. Los veinte acusados —que ignoraban los términos reales de la sentencia— fueron llevados en coche hasta la plaza de armas del regimiento Semenóvski. Una muchedumbre compacta los esperaba sobre la nieve. Se les hizo subir, frente a tropas bien alineadas, hasta el patíbulo. Y empezó la representación. Una voz oficial leyó la lista de los acusados. A continuación de cada apellido, repetía la frase sin esperanza: "pena de muerte". Cuando llegó el turno de Dostoyevski, el novelista intentó protestar. Cierto pope subió al tablado y, tomando como base de su sermón una cita de San Pablo, ofreció eterna piedad —en el otro mundo— a los que supiesen arrepentirse.

Un crucifijo de plata circuló entre los prisioneros. Dostoyevski lo besó con unción. Se dispuso a morir.

Entonces, se descorrió el telón. Todo aquello había sido una horrenda farsa. La misma voz oficial que recitara, poco antes, la letanía de la supuesta condena explicó que, aunque merecían el más duro castigo, "los culpables habían obtenido la clemencia infinita de Su Majestad el Emperador". Se les desterraría a Siberia.

"No recuerdo día más feliz" exclamaba, muchos años más tarde, el autor de *El idiota*. No todos sus compañeros recibieron aquel simulacro macabro con la misma serenidad. Uno de ellos, Grigóriev, enloqueció al golpe de la emoción.

¿Qué ocurrió en el alma de Dostoyevski durante esos minutos indescriptibles? Lo que él mismo nos cuenta acerca de ese episodio nos revela por completo la intensa crisis que experimentó su conciencia sobre el cadalso. Fue ahí, al tocar la muerte, donde comprendió por primera vez, en su inmensidad angustiosa, el problema moral de la vida humana. Un nuevo Dostoyevski había llegado al mundo en aquel instante, entre la perfidia de los soberbios y el terror de los oprimidos. Ese Dostoyevski no sería ya el intelectual petulante y oscuro que subía las escaleras de Bielinski —para oír un elogio, no siempre exento de irónica displicencia— sino el Dostoyevski interior, el "hombre subterráneo", el que aceptaría la vida en la zozobra como en el júbilo, el que se encontraría al fin a sí mismo en la adoración total de la humanidad.

Hubo así, en el caso de Dostoyevski —lo dije antes— una duplicación de cunas. El nacimiento a la realidad material, en el Hospital de Los Pobres, donde sus padres moraban en 1821. Y el nacimiento a la realidad moral, en el cadalso erigido sobre la plaza de armas del regimiento de Semenóvski. A esos dos nacimientos correspondieron dos diferentes actas de bautizo. La que extendió un sacerdote en la iglesia de Pedro y Pablo, anexa al Hospital de los Pobres. Y la que se extendió el propio Dostoyevski, al volver a su celda, después de la sangrienta comedia que acabo de relatar. Esta última redactada como una carta —y dirigida a su hermano Miguel—. Dice, en sus párrafos esenciales:

"Mi hermano, mi amigo querido: No he perdido el valor. La vida es en todas partes la vida. Está en nosotros y no en el mundo que nos rodea. Cerca de mí se hallarán los hombres. Y ser un hombre entre los hombres —y serlo siempre, cualesquiera que sean las circunstancias—; no flaquear, no caer... eso es la vida; ése es el verdadero sentido de la vida.

"Lo he comprendido ya. Esta idea me ha entrado en la carne, en la sangre... Si alguien conserva algún mal recuerdo de mí, si me disgusté con alguien, si dejé en alguien una desfavorable impresión, diles que olviden esas culpas. No hay maldad, no hay odio en mi corazón... ¡Tendría tantas ganas de amar y de abrazar a cualquiera en este minuto!"

Para quien lee esta carta resulta difícilmente aceptable una de las tesis sostenidas por la señora Arban en su brillante libro sobre el sentimiento de la culpabilidad en la obra de Dostoyevski. Quiere ella restar importancia a la renovación moral producida en el escritor por la condena y por el presidio. A su juicio, mayor influencia había de ejercer en Teodoro Mijailovich un idilio oscuro y amargamente frustrado: sus amores con Paulina Súslova, a quien pronto veremos surgir en nuestro horizonte y que, en efecto, mucho contribuyó, no a la gran crisis ética del autor, pero sí a su concepto de la mujer. Numerosos de sus tipos femeninos son un reflejo, más o menos directo, de aquella amante.

En Siberia, el nuevo Dostoyevski tiene que aprender otra vez a vivir. ¡Qué lejos están sus compañeros de infierno, en Omsk, de las vanidades sociales y literarias que ensombrecieron al novelista en sus años mozos! Hombres rudos, sucios, mal olientes y mal parlantes; pero después de todo —y antes que nada— hombres como él, pobres seres sufridos y vulnerables que se bañan en común, duermen en común; se nutren, se aman o se odian en colectividad y que, al cabo de algunos meses, terminan por conocerse unos a otros en su intimidad más secreta, con todas sus cicatrices y sus errores, sus lágrimas y sus vicios, sus vergüenzas y sus ensueños.

Esos hombres fueron, durante cuatro años, los maestros de Dostoyevski. De ellos aprendió mucho más que de Puschkin o de Gógol. No soy yo quien lo afirma, para hacer una frase. Lo declaró Dostoyevski mismo, cuando hubo recuperado su libertad, en una de sus pláticas con Nekrásov. "Soy —decía— el discípulo de los presidiarios".

Quienes deseen obtener una visión detallada de la existencia de Dostoyevski en Omsk pueden releer los capítulos admirables de sus *Recuerdos de la Casa de los Muertos*. Me limitaré a destacar sólo dos escenas. He aludido ya a una de ellas: el baño de los malditos. La anécdota inspiró a Zweig una página memorable. No podría resumirla sin afearla. Prefiero copiarla en su integridad.

"Un siglo que se complace en los símbolos —escribe el autor de *Amok*— nos muestra el efecto de los mismos acontecimientos sobre otro poeta: Oscar Wilde. Él también fue herido por el rayo. Ambos escritores se ven precipitados hasta el presidio desde la altura de la sociedad burguesa en la cual vivían. Wilde queda ahí deshecho, como un mortero. La prueba da, en cambio, a Dostoyevski su forma propia —como en el crisol, al metal, el fuego—. Wilde tiene los sentimientos, el instinto del hombre de sociedad. Se cree deshonrado, marcado por el hierro candente. Su humillación más terrible es el baño en la cárcel de Reading, donde su cuerpo de *gentleman* tiene que sumergirse en el agua contaminada por otros diez prisioneros. Ante ese contacto físico, toda una casta privilegiada, toda la civilización de la nobleza británica se estremecen con repulsión.

"Dostoyevski, el hombre nuevo y por encima de todas las castas, arde al contrario en el deseo de ese contacto. El mismo sucio baño le sirve a él de purgatorio para el orgullo. La ayuda de un tártaro inmundo le recuerda el misterio cristiano del lavatorio. En Wilde, el *lord* sobrevive al hombre. Le angustia el miedo de que los presidiarios puedan tratarle como a uno de los suyos. A Dostoyevski, lo que le angustia es que ladrones y asesinos no lo consideren como a un hermano..."

Tras una ligera digresión, concluye Zweig: "Wilde es castigado porque resiste. Dostoyevski triunfa de su destino porque lo ama".

La otra escena es menos famosa. Se trata del espectáculo que organizaban los presidiarios en ocasión de las grandes fiestas. Para aquellos que no tomaban parte en la representación, "era en extremo regocijado —escribe Dostoyevski— ver, por ejemplo, a Vanka o a Baklúchin con un traje distinto al que tenían costumbre de ver sobre sus hombros todos los días, durante años. Sí, era un presidiario, sólo un presidiario. Pero entraba en escena con levita, abrigo y sombrero, como un señor".

No sé si exagero el valor de este documento. Pocos —sin embargo— me han revelado de manera tan inmediata el horror del castigo y la injusticia de la justicia. Para un autor como Dostoyevski —a quien el tema del "doble", según ya vimos, resultaba muy importante— ¿no ofrecían aquellas representaciones una alegoría de la vida?... Cautivos, con grilletes al pie, jugaban a ser personajes libres, ricos, célebres y dichosos. ¡Qué motivo de reflexión! Sobre todo para quien iba —como antes, Pascal y, más tarde, Nietzsche— a plantear, con la congoja más entrañable, el problema de la libertad en lucha contra el destino.

III

A PARTIR de su salida del presidio, Dostoyevski comienza una vida nueva. Los hechos fundamentales de esa parte de su existencia los conocemos con amplitud. El 6 de febrero de 1857 se casó —con la viuda de un dipsómano, médico militar—. De ella, lo adoptó todo con entereza, desde el oscuro pasado hasta el hijo Pablo, a quien logró matricular como pensionista entre los cadetes de Omsk. La luna de miel resultó de hiel. En camino hacia Semipalatinsk, Dostoyevski es víctima de un ataque en extremo violento. La pareja, insinúa Cansinos Assens, "nunca conocería esa noche de bodas, que interrumpió la epilepsia". En 1859, después de una serie de súplicas que hubieran parecido humillantes a un alma menos humilde, Dostoyevski obtiene del zar Alejandro II, sucesor de Nicolás, licencia para abandonar el ejército y para volver a vivir en Rusia, con prohibición de habitar —todavía— en San Petersburgo y Moscú.

Con el inevitable Pablo, la pareja se instala en Tver. Teodoro Mijailovich describe así la ciudad: "Sombras y frío. Casas de piedra. Ninguna animación. No hay, siquiera, una biblioteca. Una verdadera cárcel."

Por fin, el 25 de noviembre de 1859, llega la liberación real. Bajo vigilancia, Dostoyevski podrá residir en San Petersburgo. Desde el primer instante se percata de un cambio en la situación política de las clases que rodean al emperador. Alejandro II no se parece al zar Nicolás I. Más Hohenzollern que Romanov, según lo describe uno de sus críticos —el Barón ruso Nolde—, vive pendiente de lo que ocurre en Prusia, teme y desprecia a la cancillería vienesa (que, con Metternich, había sido centro de acción de la Santa Alianza) y ve, con júbilo inconfesado, las victorias de Magenta y de Solferino. Su consejero en asuntos internacionales es Gortchákov, a quien un diplomático destinado a modificar la organización europea en sus propias bases —Otón de Bismarck— califica de "espíritu activo... y dotado de esa flexibilidad nacional" que el Canciller de Hierro se complacía en atribuir a los rusos.

A este respecto, es curioso anotar que fue Bismarck, con su brutal y cínico realismo, quien se dio cuenta, primero, de la evolución experimentada por la autocracia imperial. Llegado a la corte de Alejandro II como ministro de Prusia el mismo año en que Dostoyevski pudo instalarse muy pobremente en San Petersburgo, Bismarck disfrutó de un observatorio que el genial novelista de *Crimen y castigo* tenía que resignarse a entrever. "Con perspicacia notable —dice Constantino de Grunwald— Bismarck no tardó en discernir los diversos elementos que componían la sociedad aristocrática en Rusia. En primer lugar, los viejos, los supervivientes de la era napoleónica, hombres sumamente distinguidos y pertenecientes a la *élite* de la civilización europea. En segundo término, los compañeros de Nicolás I (el zar que había enviado a Siberia al autor de *El doble*), solemnes, rígidos, constantemente ceñidos en sus rútilos uniformes. Y, en fin, los jóvenes, los que habían sufrido ya el contagio del medio parisiense, que abrían sus espíritus a las ideas liberales, que participaban en el despertar del nacionalismo ruso, fingían no entender el alemán y manifestaban a menudo intensa aversión para todo lo prusiano."

La aparición de este tercer sector, incluso en el ambiente de los salones que visitaba el plenipotenciario del rey Guillermo, era el síntoma de una transformación mucho más profunda. La derrota de las armas zaristas en Sebastopol había conmovido a los herederos de Nicolás. Muchas reformas sociales estaban en gestación. Dostoyevski regresaba, por tanto, a San Petersburgo en un momento relativamente propicio para emprender la obra que pretendía. Pero no nos dejemos seducir por las apariencias. No hay aún libertad auténtica para él. Sus cerrojos, en lo sucesivo, serán de hambre. Al escritor-forzado reemplaza ahora el forzado-escritor. Vive de su pluma. Esto, que en el Madrid de Larra era tanto como llorar, no debía ser tampoco muy agradable, para un ex-presidiario, en la Rusia de Alejandro II. Su presente está hipotecado. Pide dinero en préstamo —que espera siempre pagar, con el fruto de su trabajo—. Cada trabajo tiene un término fijo: el de sus deudas. Se piensa en otro encadenado de la novela, en aquel Balzac de quien visité hace años la casa mínima de Passy, con un cuarto para la orgía creadora, alimentada de cerezas y de café y con una escalera discreta, para la fuga.

Junto con su hermano Miguel, Dostoyevski lanza, en 1861, una revista mensual: "Vremia"; es decir, "Tiempo". Publica en ella, junto con extractos de las memorias de Casanova, cientos de páginas personales. Escribe noches enteras —y sustituye el café y las cerezas de la dieta grata a Balzac con una procesión infinita de tazas de té negro, que ingiere frío.

De aquél túnel, salen dos libros: una novela, *Humillados y ofendidos*, cuyo éxito fue pequeño, y un relato, *Recuerdos de la Casa de los Muertos*, que incendia en seguida a la opinión pública y excita las glándulas lacrimógenas de Su Majestad el Emperador.

La primavera de 1863 trae a Dostoyevski una noticia muy grata: su revista es clausurada, en mayo, por órdenes del gobierno. Teodoro Mijailovich intenta escapar a su mala suerte. Visita Europa. Será aquel su segundo viaje en el Continente. El primero lo había llevado —en 1862— hasta Italia y hasta Inglaterra. Esta vez la excursión tendrá el carácter de una aventura. Por lo menos así lo pretende él, dadas sus relaciones con una universitaria muy enigmática: Paulina Súslova, quien le precede en París, se lía ahí con un ser que la menosprecia, y a la cual Dostoyevski perdona su extravío, un poco porque su característica psicológica es el perdón, el perdón de todo y también de todos; otro poco porque él no está exento de culpa. En el libro de que antes hablé (*Dostoyevski, el culpable*), la señora Arban cita algunas cartas cuyo texto parece indicar, por parte del novelista, una afición sádica hereditaria. Además, en el diario de Paulina, figuran estas frases tremendas: "Me pongo a odiarle (alude a Dostoyevski) cuando me acuerdo de lo que era yo hace dos años. Él fue el primero que mató en mí la fe".

La tardanza de Dostoyevski tiene una explicación: la pasión del juego. En su viaje a París, Wiesbaden le retuvo más de la cuenta. Algunos comentaristas se extrañan de no encontrar en sus libros muchas ventanas abiertas sobre el paisaje, sobre los campos, sobre las playas. Acaso el motivo de esa omisión esté en que el verde que más le sedujo fue el de los tapetes de los casinos que visitó.

Iniciado en fango, el idilio concluye en hielo. Los amantes se separan. Teodoro Mijailovich retorna a Rusia, a tiempo apenas para llevar a Moscú a su mujer María Dmitrievna, tuberculosa, que no puede ya resistir los rigores del clima de San Petersburgo.

La lenta agonía de una compañera que le soportó, aunque no le amó, obliga a Dostoyevski a escribir moralmente en un subterráneo, a verse a sí mismo en un colérico espejo, a darse cuenta de sus vicios, de sus defectos, de sus vilezas. Si el presidio le hizo amar a la humanidad, la proximidad de la moribunda estuvo a punto de hacerle odioso a sí mismo. Aquel monólogo tiene un título ilustre en la historia de la literatura. Son las confesiones de Dostoyevski. Su autor las publicó bajo el rubro de *Memorias del subsuelo*. Cabe aquí un paréntesis breve. La confesión pública es un procedimiento típico en el novelista de *Los hermanos Karamásov*. Durante una recepción en la casa de Nastasia Filipovna, la heroína de *El idiota*, el pasatiempo consiste en que los invitados revelen su acción más baja. En *Crimen y castigo*, Raskólnikov cuenta a Sonia el asesinato que ha perpetrado. Sonia le aconseja ir a la plaza, humillarse y decir a todos el delito del que es culpable. *Demonios* está lleno de confesiones de esta categoría. Pero la más sorprendente es la que contó André Gide en sus conferencias del Teatro del "Vieux-Colombier". Dice el ensayista francés: "Hay, en la vida de Dostoyevski, algunos hechos sumamente turbios. Uno en particular, al que alude *Crimen y castigo* y que parece haber servido de tema a un capítulo de *Demonios*; capítulo que no figura en el libro; que, aun en ruso, sigue inédito y que, según creo, sólo ha sido publicado en alemán y en una edición fuera de comercio. Se trata de la violación de una niña, la cual, después del atentado, se cuelga en un cuarto próximo a aquel en que el responsable, Stavroguin, que se da cuenta de lo que está ocurriendo, espera que su víctima haya acabado de vivir. ¿Qué parte tiene la realidad en esta siniestra historia? Es lo que no me importa saber por hoy. Como quiera que sea, Dostoyevski, tras una aventura de este género, experimentó lo que se ve uno forzado a llamar un remordimiento. El remordimiento lo atormentó durante algún tiempo y, sin duda, llegó a decirse lo que Sonia a Raskólnikov. Sintió la necesidad de confesarse; pero no sólo a un sacerdote. Buscó a aquel ante quien esa confesión podía apenarle más. Era Turguéniev. Dostoyevski no lo había visto desde hacía mucho y ambos se encontraban en los peores términos. El señor Turguéniev era un hombre serio, célebre, rico, universalmente honrado. Dostoyevski se armó de todo su valor. O, tal vez, cedió a un vértigo, a una atracción terrible y misteriosa.

"Imaginemos el confortable despacho de Turguéniev. Y a éste, en su escritorio. Llaman. Un lacayo anuncia a Dostoyevski. —¿Qué deseará? Se le hace entrar. En seguida, empieza a contar su historia. Turguéniev le oye con estupefacción. ¿Qué tiene él que ver con todo aquello? De seguro, el otro está loco. Después del relato, un gran silencio. Dostoyevski espera una palabra, un signo de Turguéniev. Cree que, como en sus propias novelas, Turguéniev va a abrazarlo, llorando, y a reconciliarse con él. Pero nada ocurre.

"—Señor Turguéniev, debo decírselo, me desprecio profundamente...

"Aguarda un poco más. Se prolonga el silencio. Entonces Dostoyevski no aguanta ya y añade, con furia:

"—Pero le desprecio a usted todavía más. Es todo lo que quería decirle... Y se va, golpeando la puerta".

IV

HASTA aquí, la indiscreción de Gide. Con ella cierro el paréntesis que anuncié, porque pienso que arroja una luz brutal —pero necesaria— sobre el infierno de Dostoyevski. Y, también, sobre el purgatorio que fue su vida.

Ésta prosiguió, a pesar de la muerte de María Dmitrievna y del fallecimiento del hermano de Dostoyevski, su camarada Miguel, quien concluyó sus días el 10 de julio de 1863, año particularmente severo para Teodoro Mijailovich. Todo se conjuraba en su contra. A los lutos venía a sumarse la amenaza de una quiebra escandalosa. Desde meses antes, los dos hermanos habían conseguido iniciar, con distinto nombre —*La Época*— una segunda etapa de su antigua revista *Tiempo*. Miguel dejaba una deuda de 25 000 rublos. Dostoyevski no quiso que la deshonra nublara aquel gran recuerdo. Mediante nuevos préstamos, hizo frente a la situación. El periódico pudo seguir saliendo. Pero ¡en qué circunstancias! Desde luego, el nombre de Teodoro Mijailovich no debía figurar en él, como editor o redactor. Una condición así equivalía a acabar con los suscriptores. Frente a la ruina, Dostoyevski vuelve a emigrar. Y empieza entonces por diversas ciudades de Europa el éxodo miserable, las pobres apuestas en la ruleta de los casinos, las casas de huéspedes frías y desaseadas, los ataques de epilepsia que alarman a los vecinos y que no siempre despiertan la piedad de su corazón. Una esperanza: ver otra vez a Paulina Súslova. Y un desencanto: verla. Viudo, enfermo, vejado, todas las puertas se cierran a Dostoyevski. Pero él trabaja, trabaja incesantemente. Y gracias a su trabajo, abre una al menos: la de la gloria. A principios de 1866 aparece, en "El Mensajero Ruso", la primera parte de una novela llamada *Crimen y castigo*. El genio se ha descubierto. A partir de ese instante, todas sus creaciones se instalan en un plano ascendente, que le conducirá, a los cincuenta y nueve años, a los dos triunfos más formidables de su carrera artística: la publicación de *Los hermanos Karamásov* y el discurso en el centenario de Puschkin.

La historia de su obra no borra, sin embargo, la de su vida. En 1867 se casa, en segundas nupcias, con una muchacha de veintidós años (el tiene cuarenta y seis). Su esposa, Ana Grigorievna, no fue para él, como dice uno de sus biógrafos, ni la ocasión de una "vanidad espectacular", ni el motivo de una "desesperación fecunda". Fue una ordenadora modesta, abnegada, ahorrativa. Al principio, era realmente poco lo que había por ordenar. La ruina perseguía a Dostoyevski. En abril de 1867, dos meses después de sus esponsales, se impone de nuevo la emigración. Berlín, Dresde, Hamburgo, son escenarios de su derrota. Juega, juega, juega. Y pierde constantemente. Se pregunta uno de qué cielo le caen los ducados y los florines que deja, todas las noches, en la ruleta. Ana se sangra para servirle. Pero es como pedir a una anémica la dádiva de una transfusión —casi cotidiana—. Las pocas joyas de la familia van a parar a los montepíos. Hay que arrancarse de Baden-Baden. El matrimonio llega a Ginebra, con treinta francos por todo haber.

Ginebra horripila al escritor; pero, en fin, escribe. Lo que escribe es otra de sus novelas fundamentales: es *El idiota*. Además, en febrero de 1868, Ana Grigorievna tiene ahí su primera hija. Los días de la infortunada son muy escasos. En mayo, la niña muere.

En Dostoyevski, la antipatía para Ginebra se acrece con ese duelo. A pesar de su pobreza, la pareja escapa a Florencia. De Florencia va a Praga. Y de Praga a Dresde. En sus maletas empieza a viajar un manuscrito que será célebre: el del *Eterno marido*.

En 1869, Ana da a luz a otra niña. Pasan los meses —y el

estallido de la guerra franco-prusiana sorprende a Dostoyevski en plena producción—. Su primer grito es una protesta: "Ojalá no me estorben en mi trabajo." Su segunda reacción es menos egoísta. "Lo que la espada construye —dice— no podrá subsistir. La *joven Alemania* es una nación que no tiene la más leve idea de lo que es la victoria espiritual." Con brutalidad soldadesca, se ríe de ella.

El 8 de julio de 1871, el matrimonio vuelve a San Petersburgo donde, el 16, nace su hijo Teodoro. *Demonios, El adolescente*, alguna reedición de obras anteriores, le permiten —apenas— vivir. En 1875, los esposos celebran el nacimiento de otro niño: Alejo, Aliocha. Al final del año, Dostoyevski da un paso definitivo: pide licencia para editar mensualmente el *Diario de un escritor*. El éxito no es inmediato, pero acaba por ser inmenso. Cuatro mil ejemplares vendidos el primer año. Siete mil, el año siguiente. Centenares de "espontáneos" le escriben, le plantean sus problemas; esperan de él un consejo, un augurio, una confesión particular.

La Academia de Ciencias lo elige, en 1878, su miembro correspondiente. ¿Qué vale ese honor tardío junto al cadáver de Aliocha, pulverizado por un ataque súbito de epilepsia, la maldición que trasmite el hombre —sin poder, con ella, legar el genio—?... De su dolor, que fue enorme, el novelista se salva, como él lo sabe: atándose a su escritorio. El fruto de aquel castigo lo merecía: fue la familia Karamásov.

Hemos llegado, con Dostoyevski, al año de su apogeo —1880— y al de su muerte: 1881. Del 5 al 8 de junio de 1880 se efectúan en Moscú grandes manifestaciones artísticas para conmemorar el primer centenario del nacimiento de Puschkin. El 7, habla Turguéniev. El público lo saluda con entusiasmo; pero, al final, se ve un poco frustrado en sus esperanzas. El autor de *Humo* no se pronunció claramente sobre la pregunta que todos llevan: ¿fue Puschkin un poeta nacional, representante genuino del pueblo ruso?

El 8, toca el turno a Dostoyevski. Parece que la recepción del auditorio no pudiera ser más cordial ni más calurosa. Pero la temperatura no tarda en subir de punto. Los aplausos interrumpen a cada momento al conferenciante. El tema de su discurso es uno de los que más interesan a Dostoyevski: la significación del hombre ruso. La ovación que premia su esfuerzo es, realmente, insólita. Los espectadores, de pie, lo llaman profeta, genio sin par. Aksákov, que debía hablar después de él, intenta excusarse. Se le retiene, por cortesía. Pero todos se han dado cuenta de que, después de Dostoyevski, cualquier alocución será una posdata.

No deseo dar la impresión de intentar, por oportunismo, un símil nacionalista. Pero tampoco puedo callar aquí algo que, siempre que leo a Dostoyevski, me preocupa sinceramente: la idea de que lo que fue para él el conocimiento de los humildes, su amor al múchik, fue para nuestra cultura la experiencia de la Revolución, el contacto con "los de abajo". Toda una parte de nuestro actual pensamiento debería decir, como él, que aprendió en la escuela de los más desvalidos, de los más pobres. Según me permití hacerlo notar en 1945, con motivo de la campaña de alfabetización decretada en 1944, el letrado libera al analfabeto de la ignorancia, pero ¡cuántas veces libera al letrado el analfabeto de sus prejuicios y de sus conceptos superficiales de la felicidad, del provecho y del interés! En este sentido, cabe afirmar que la lección de Dostoyevski es para nosotros —aun en estos años— una lección de hoy. Hay fragmentos, en su discurso sobre Puschkin, que suenan en nuestros oídos como sentencias de profecía. Éste, por ejemplo, que no puedo repetir sin profunda emoción: "Inclínate, hombre soberbio, y depón, primero, tu orgullo... No radica fuera de ti la verdad, sino en ti mismo. Búscala dentro de ti, sométete a ti mismo... ¡Véncete, domínate, y serás libre como nunca soñaste! Pero, si acometes una obra grande, harás libre también a los demás y verás la dicha, pues tu vida se llenará de un contenido y comprenderás por fin a tu pueblo y a su verdad sagrada".

El 28 de enero de 1881, muere Teodoro Mijailovich. Sus funerales alcanzaron, el 1º de febrero, las proporciones de un duelo patrio. Sobre su tumba, Solóviev dijo lo siguiente: "Creyó en la fuerza infinita y divina del alma humana... Reunidos en su amor, procuraremos que un amor semejante nos ligue los unos a los otros".

Nobles palabras, que clausuran y exaltan muy justamente una vida entera de ansiedad, tormento y tribulación. Dostoyevski es inconfundible. Desde esa fosa común que es siempre la historia de un siglo exhausto, su voz se eleva con acentos únicos y severos. Nadie ha llegado más lejos que él en el conocimiento de la soledad miserable del ser humano, y en el estudio de la degradación lastimosa de su conciencia cuando no la mantienen enhiesta la fe y el amor de la humanidad. Según dijo Suarès, "lo que Stendhal fue para la inteligencia pura y para la mecánica del autómata, lo fue Dostoyevski en lo que concierne al orden y a la fatalidad de los sentimientos. Stendhal avanza hasta el fondo de las pasiones por el análisis de sus efectos y de los actos. Dostoyevski toca lo más secreto de los espíritus por el análisis de los sentimientos y de las impresiones que los determinan... Con recursos opuestos, poseen igual poder. Pero, entre Dostoyevski y Stendhal, existe la misma diferencia que entre la geometría de Pascal y la analítica de Lagrange. Pascal quería resolver todos los problemas por la consideración visible de las figuras. Así también Stendhal: todo trata de comprenderlo. La matemática moderna intenta acercarse a la esencia del número por la determinación del elemento interior y por el fino discernimiento del símbolo. Así Dostoyevski también: trata de penetrarlo todo."

El juicio de Suarès puede dar la impresión de favorecer a Stendhal más de la cuenta. ¿Cómo atribuir, en efecto, poder igual a quien no se atreve a saltar las barreras de lo consciente y a quien —con genial visión— abre túneles misteriosos y hasta hoy apenas explorados entre lo consciente y lo subconsciente? Junto a la adivinación de Dostoyevski, que es comunión con sus personajes y solidaridad voluntaria con su conducta, la clara lógica de Stendhal resulta tan restringida, en su metálica precisión, como la sonoridad delgada de un clavicordio junto a la masa sinfónica de una orquesta.

Si el uno enmudece cuando no entiende —como, por ejemplo, Stendhal, cuando deja imaginar al lector los sentimientos que se adueñaron del protagonista de *Rojo y negro* durante las horas que precedieron al atentado en la iglesia de Verrières—, el otro no se interesa en examinar sino lo que los espectadores normales declararían, sin su concurso, ininteligible.

A mi ver, la literatura es el esfuerzo que el hombre hace para acortar, hora tras hora, esa zona neutra, ese *no man's land* de las emociones que media siempre entre el valladar de lo inexpresable y la frontera de lo que está todavía sin expresión, pero que la voluntad y el talento pueden llegar a expresar. En la lucha por disminuir el dominio de lo inefable, Dostoyevski se inscribe como uno de los adalides más atrevidos y portentosos. Él y Stendhal marcan así, en la historia de la novela, el advenimiento de la nueva psicología. La cualidad esencial de éste es la precisión, y el mérito incomparable de aquél, la profundidad.

Decir esto último equivale a reconocer que no podría apreciarse la obra de Dostoyevski sin tener una idea acerca de los valores morales que la enaltecen. Por eso, en el comentario próximo, analizaremos esos valores. Y, con detenimiento especial, los que se destacan de manera más definida en sus libros, a saber: el sentido de la humildad individual y el concepto de la responsabilidad universal de cada hombre frente al dolor de sus semejantes.

EL MORALISTA: HUMILDAD Y RESPONSABILIDAD

HE REFERIDO, a grandes rasgos, la vida de Dostoyevski. Ahora —y no por cierto con ánimo de imitarle, o de copiar a sus héroes, sino para explicar mejor la concepción que he llegado a formarme de su influencia— voy a hacer, yo también, una confesión.

Al preparar este estudio sobre el novelista de *Demonios*, me propuse —inicialmente— no insistir en su biografía. Pero, mientras iba avanzando en mis reflexiones, fue penetrándome la certeza de que sería imposible juzgar al autor sin tratar de entender al hombre.

Hay escritores, acaso, de los cuales podría hablarse sólo como escritores, sin que fuera preciso narrar sus actos para apreciar el mérito de sus libros. He dicho "acaso", porque no estoy seguro de que los haya. Es posible, en cambio, que conozcamos a críticos muy brillantes, capaces de eludir la existencia de los autores que comentan, para disertar exclusivamente acerca del valor poético o filosófico de sus obras. Carezco yo de esa competencia.

Los pensamientos de Marco Aurelio no me dirían todo lo que me dicen si no imaginara al emperador, recluído bajo su tienda de campaña, en las prolongadas noches de guerra con que el destino le persiguió, escribiendo aquellas breves sentencias que le servían como antídoto del poder —y que son, ahora, enseñanza tan noble para nosotros—. La prosa de Platón me conmovería menos, probablemente, si no pudiese representarme el paisaje en que sus diálogos se deslizan, la dulzura del cielo inteligente de Atenas, y la alegría de las cigarras en el sol griego... ¿Y qué decir de autores más próximos a nosotros? ¿Cómo comprender el *Quijote* sin evocar la vida de Cervantes y sin que la memoria nos lo retrate, según él mismo un día se retrató, "suspenso, con el papel delante, la pluma en la oreja, el codo en el bufete y la mano en la mejilla, pensando lo que diría", cuando entró en su aposento aquel entendido amigo que, so pretexto de ahorrarle un prólogo, le dio materia y solaz para componerlo? ¿Y cómo admirar a Alarcón sin su corcova, a Beethoven sin su sordera, a Pascal sin sus vértigos, a Racine sin la Champmeslé, a Dante sin la escalera del ostracismo, a Victor Hugo sin sus coloquios espiritistas, a Stendhal sin su pasión por las óperas italianas, a Tolstoi sin su horror por el matrimonio, a Rubén Darío sin sus paseos por la mitología de mármoles de Versalles, a Proust sin su asma, a Goethe sin su entusiasmo por Roma —y a Dostoyevsky, en fin, sin sus madrugadas en la ruleta, sus asaltos súbitos de epilepsia y sus años de presidiario, en la noche moral de Omsk?

Si en algún país sería extraño no respetar los vasos comunicantes que la vida establece entre los hechos y las palabras del escritor, ese país es el nuestro, México. México, en cuya historia los literatos más distinguidos fueron casi siempre —al mismo tiempo que hombres de letras— profesionales o funcionarios, políticos o cronistas, diplomáticos o maestros. El "segundo oficio" no es vergüenza sino prez de los escritores. Los humaniza, los arraiga en el campo de lo real y les induce a medir con mayor modestia la solidaridad intelectual y moral que los une a sus semejantes. Pocas veces la actividad extra-literaria ha ahogado de veras el mensaje profundo del ensayista, del novelista o del dramaturgo. Nuestros mejores poetas supieron sobreponerse con gallardía a las dificultades de esa labor ancilar: el segundo oficio, del que dependieron para vivir. En alguna ocasión sugería yo el estudio de lo que debió —por ejemplo— a sus viajes, y a sus obligaciones protocolarias, la poesía de Amado Nervo, o de lo que el lirismo meditativo de Enrique González Martínez, debió también a sus años de médico en Sinaloa, a su contacto forzoso con esos dolores humildes y esas penas llamadas físicas en cuyo conocimiento su profesión lo adiestró y que tanto enriquecieron después su reflexión indulgente, de hombre y de pensador.

Si alguno se ha asomado a mis comentarios sobre las letras modernas francesas, habrá podido sorprenderlo mi admiración por un prosador como Antonio de Saint-Exupéry. La explicación es, sin embargo, muy fácil. Encuentro en ese escritor una integración alentadora de tres vocaciones complementarias: la del aviador, la del artista y la del hombre, sensible y fino. Y creo que esa integración constituye, en nuestros días, un símbolo generoso.

"Único en su especie, o casi —apunta Roger Caillois a propósito de Saint-Exupéry—, no escribe sino para establecer los resultados de su acción. Sus obras son informes." Como lo observa el propio Caillois, Saint-Exupéry siente asco por la literatura que firma cheques en blanco, sin haber depositado primero, en el banco humano, un capital positivo, de emoción y de realidad. "No quiere escribir nada que su vida no garantice o que no haya tenido ocasión de verificar a sus expensas."

¡Gran lección de probidad para quienes, sin una vida genuina, pretenden hacernos creer en sus éxtasis solitarios! Gran lección que demuestra que el oficio de hombre no perjudica al escritor, si éste lo acepta y lo ejerce con honradez. Gran lección que me permito recordar en estos momentos porque Dostoyevski, entre los más altos, se caracterizó (él, tan jugador en sus andanzas a través de los casinos europeos) por el noble escrúpulo de no girar jamás cheques literarios en blanco y por garantizar cada una de sus novelas con un depósito humano, palpitante, trágico, intransferible...

I

UNA ANÉCDOTA ilustra esta relación —que estimo estrecha e indispensable— entre las congojas y los aciertos de Dostoyevski. Porque veo en ella el mejor camino para abordar el tema que me interesa, la contaré. Cierta vez, según narra Pertz, Dostoyevski fue a visitar a los Súslov. Alguien, que no aprobaba las opiniones del novelista sobre el futuro de su país, le dirigió esta pregunta:

"—Y a usted, ¿quién le ha dado derecho para hablar *en nombre* del pueblo ruso?"

Dostoyevski se arremangó un poco los pantalones. Y, señalando —a la altura de los tobillos, sobre su pierna— la huella de las cadenas que había arrastrado en Siberia durante años: "—He ahí mi derecho", dijo. Fue su sola contestación.

Aquella cicatriz era su derecho. Y no sólo esa cicatriz, sino otras, menos visibles, que hubo de dejar en su corazón el trato diario con la ignorancia y con la pobreza, con la enfermedad y con la ignominia, la intimidad de esos humillados y esos ofendidos que le enseñaron —entre latigazos y piojos— la ciencia de ser humano.

El primero de los valores que afloran de una lectura, premiosa incluso, de las novelas de Dostoyevski es la humildad ante los humildes. Pero, entendámonos. No hablo aquí de esos "humildes" domesticados a quienes atribuye un silencioso tesoro, desde la terraza de sus éxitos financieros, la digestiva melancolía del señor Maeterlinck. Ni hablo tampoco de los humildes que cantara el señor Coppée. Ni siquiera de los humildes que describió uno de los escritores más generosos del siglo XIX: el magnífico Carlos Dickens. No. En los autores a que he aludido —y hasta en el último, a quien admiro entrañablemente— el humilde es un descastado, un expósito, un paria, un error de la sociedad. Maeterlinck lo consiente, como a un faldero. Coppée le sonríe, como a una florista, a la cual cree premiar suficientemente si añade unos cuantos francos —o unos cuantos mediocres alejandrinos— al valor de su ramillete menos costoso. Dickens posee un alma de calidad incomparablemente más pura. Él sí ama a los menesterosos y a los caídos, a los asalariados y a los huérfanos. Pero ve en ellos víctimas solamente. Se apresura a compadecerlos. Su actitud —respetable sin duda— es una actitud asistencial, humanitaria, caritativa. La de Dostoyevski me parece por completo diversa. El humilde, para Dostoyevski, no es el ser al que hay que elevar hasta nuestra altura, sino aquel hasta cuya altura deberíamos elevarnos nosotros mismos. En la escala del desinterés, el humilde no está colocado por debajo de nosotros, sino a veces muy por encima. Él sabe lo que nosotros no sabemos. Ha sufrido lo que nosotros no hemos sufrido. Perdona lo que nosotros no perdonamos. Fanático, analfabeto —o ebrio, como el Marmeládov de *Crimen y castigo*—, sus contactos con lo invisible se realizan por medio de antenas que la erudición, la costumbre y la dicha han ido rompiendo en nuestros espíritus.

En nuestras letras, Mariano Azuela nos enseñó cómo se puede captar esa emoción piadosa hasta en el ser más violento y cómo esconde, a veces, la ira, manantiales secretos de humanidad. Recuerdo, a este propósito, una página de *Los de abajo*, cuando Demetrio Macías —en una tarde de gallos— pide a Valderrama que le cante *El enterrador*. "¡Silencio! —gritaron los jugadores—. Valderrama dejó de afinar. La Codorniz y el Meco soltaban ya en la arena un par de gallos... Uno era retinto, con hermosos reflejos de obsidiana; el otro, giro, de plumas como escamas de cobre irisado a fuego." Pelean los gallos. Y, cuando el retinto perece, "Valderrama, que no había reprimido un gesto de indignación, comenzó a templar. Con los primeros acentos se disipó su cólera... Vagando su mirada por la plazoleta, por el ruinoso kiosco, por el viejo caserío, con la sierra al fondo y el cielo incendiado... comenzó a cantar. Supo darle tanta alma a su voz y tanta expresión a las cuerdas de su vihuela que, al terminar, Demetrio había vuelto la cara para que no le vieran los ojos. Pero Valderrama se echó a sus brazos... y le dijo al oído: —¡Cómaselas! ¡Esas lágrimas son muy bellas! Demetrio pidió la botella y se la tendió a Valderrama. Valderrama apuró con avidez la mitad, casi de un sorbo. Luego, se volvió a los concurrentes y exclamó, con los ojos rasos: ¡Y he aquí cómo los grandes placeres de la Revolución se resolvían en una lágrima!"

He dicho que Dickens es, sobre todo, humanitario y asistencial. Dostoyevski resulta más solidario que asistencial —y menos humanitario que humano—. Puedo figurarme muy bien a Dickens en el acto de otorgar unos *shillings* a un pordiosero. A Dostoyevski, no. Su caridad no tiene la forma de un rublo; no es una limosna. Es una adhesión. Dostoyevski no se une tan sólo al individuo necesitado, sino a la necesidad misma, condición de nuestro linaje. En el caído, no le afecta tanto la causa del golpe, cuanto la herida. Y lo que le conmueve, en la herida, es todo el dolor del mundo.

Con razón escribe Stefan Zweig en su *Dostoyevski*: "La vida lo hiere porque lo ama. Y él ama a la vida por su violencia" (o, lo que es lo mismo, porque lo hiere).

Se atribuye este don intenso de simpatía a su enfermedad. Merejkowski ha trazado ya un célebre paralelo entre la salud de Tolstoi y los padecimientos de Dostoyevski. Gide va más adelante. Su manía de lo anormal le induce casi a justificar a Nietzsche por la sífilis y a Dostoyevski por la epilepsia. No aceptemos a la ligera estas morbosas incitaciones. No hagamos la apología de lo malsano. Claro, no se comprendería a Dostoyevski sin estar enterado de las crisis en que le hundía su mal cruel. Pero, tan falso como ignorar la colaboración que tuvo en sus éxtasis la epilepsia, sería el pretender explicar por la enfermedad —y únicamente por ella— la piedad humana de que rebosan ciertas páginas de *El idiota* o de *Los hermanos Karamásov*.

"No sé si podríamos encontrar a un solo reformador, de aquellos que propusieron nuevas evaluaciones al hombre, en quien no se advierta lo que llama una lacra el señor Binet-Sanglé", escribe el propio André Gide. Y cita, en su apoyo, a Mahoma, a Sócrates, a Lutero...

Temo que la explicación de Gide sea demasiado cómoda. Si la exageramos un poco, llegaremos a conclusiones absurdas. Dadme

484

una lacra y os daré un genio. Procuradme una anomalía, física o psicológica, y os proporcionaré a un reformador. Sin su demencia, afirma el autor de *El inmoralista,* Rousseau no habría sido sino un Cicerón indigesto. ¿Está positivamente seguro de lo que afirma?

Supongamos a un Dostoyevski tan epiléptico como el auténtico. Pero supongámosle bello, atractivo, rico, hijo de padres felices y respetados, exento de las tribulaciones de la conjuración en casa de Petrachevski, no enviado al patíbulo por el zar, ni condenado por espacio de nueve años, de los cuales cuatro en el interior de un presidio... En tales condiciones ¿habría bastado la epilepsia para ayudarle a querer a Sonia, para alentarle a llorar sobre Mischkin y para poner, en labios de Aliocha Karamásov, las inmortales exhortaciones que conocemos?

Una vida es un todo, del que no podemos desarticular una sola pieza sin destruir la significación de la suma humana que representa, en conjunto, para nosotros. Así, en Dostoyevski, no es el "mal sagrado" la fuente exclusiva de la piedad. Es su vida entera. Son sus años de niño en el hospital, la timidez de su madre débil, el insoportable rigor de su padre avaro. Son sus vanidades de adolescente, sus miedos de hombre, sus vergüenzas, sus júbilos y sus iras.

Más sutil que la interpretación de André Gide me parece la de Troyat. Éste encuentra uno de los resortes más eficaces y tensos del amor que Dostoyevski sentía para los pobres en una experiencia de su niñez. El novelista nos la ha contado, en su *Diario de un escritor.* La escena ocurre en la casa de campo de Darovoye, a la que su familia iba durante el estío. Tenía él nueve años cuando aconteció lo que nos relata. "Recordé ese mes de agosto en el campo —dice—. Un día claro y seco, aunque un poco frío... El verano tocaba a su fin. Pronto, tendríamos que tomar de nuevo el camino para Moscú." Preocupado por la amenaza de pasarse el invierno estudiando el francés, Teodoro Mijailovich se pierde entre la maleza. Un grito le sorprende. "¡Que viene el lobo!" Hay que huir... Pero ¿a dónde? El niño corre hacia la pradera. Se encuentra ahí con uno de los siervos de sus padres. "Era Marei —nos explica—. Yo lo conocía, pero no había hablado nunca con él. Al oír mi grito, detuvo al caballo y se quedó quieto. Yo me apresuré a bajar la cuesta en su busca y, para no caerme, en aquella carrera loca, me cogí a toda prisa con una mano al timón del arado, y con la otra a su manga. Él se agachó hacia mí, y entonces se dio cuenta de mi susto.

"—¡Que viene el lobo! — gemí desolado.

"Él alzó la cabeza y miró sin querer en torno suyo; por un instante me dio crédito.

"—Dieron ese grito... Alguien gritó '¡Que viene el lobo! —añadí temblando.

"—Que viene... Pero ¿dónde está? ¿Qué lobo es ése?... Eso ha sido una figuración tuya. ¡Cómo va a haber aquí ningún lobo! —dijo a media voz, entre sus barbas, como para tranquilizarme.

"Yo cada vez temblaba más con todo el cuerpo y me asía con más fuerza a su blusa de campesino. Me parece que estaría muy pálido. Él me miró con inquieta sonrisa. Era indudable que se le había contagiado mi emoción.

"—¡Hay que ver! Pues ¡no te has asustado! ¡Vaya, vaya! —dijo moviendo la cabeza—. ¡Basta ya, chiquillo! ¡Hay que ser juicioso!... —Tendió la mano y me acarició de pronto las mejillas—. ¡Ea, ya está bien, muchacho! Cristo está contigo. Haz la señal de la cruz.

"Pero yo no la hice. Me temblaban los labios. Esto pareció asombrarle mucho. Lentamente alzó su grueso dedo del corazón, sucio de tierra, y con mucho tiento me tocó los labios, trémulos...

"Y ahora, al cabo de veinte años, en Siberia, recordaba ese encuentro con toda claridad, hasta en sus más nimios detalles. Eso demuestra que, inconscientemente, lo había llevado siempre en el alma, acaso contra mi voluntad, y que surgía ahora, que era llegado su momento. Se me representaron de nuevo aquella sonrisa tierna, maternal, del pobre siervo; su santiguarse y mover la cabeza: '¡Vaya, pero qué miedo tienes, chiquillo!' Y, sobre todo, aquel su grueso dedo, sucio de tierra y con la uña negra con que, en acto de tímida ternura, vino a tocar mis labios temblones."

Creo como Troyat —y acaso más aún que él— que esta página nos entrega la clave de muchos misterios de Dostoyevski. Aquel dedo, ennegrecido por la tierra del campo, no sólo rozó su boca para persignarle en un día de pánico pueril. Lo sentimos apoyado, todavía hoy, en la obra entera de Dostoyevski, como testimonio de la fuerza del pueblo, de su desprendimiento, de su crédula abnegación. Todo, en la psicología de Dostoyevski, se halla alumbrado por este fervor para los humildes. Su técnica, que muchos comparan con la de Rembrandt, expresa ciertamente una lucha eterna: la del esplendor de las almas que aceptan vivir su drama, contra la oscuridad de aquellas que, por la soberbia, lo falsifican.

Hasta el amor es en sus personajes más sugestivos (cuando no la pasión sexual que devora las ideas y disloca los sentimientos) el reconocimiento de dos formas muy parecidas de exaltar la humildad del hombre. Pienso en dos escenas de *Crimen y castigo*: aquellas durante las cuales Sonia y Raskólnikov acaban por concertarse en el sacrificio. En la primera (cuarta parte, capítulo IV) Raskólnikov y Sonia han discutido muy largamente. Raskólnikov se acerca a Sonia y le pone ambas manos sobre los hombros. Copio, a continuación, las palabras de Dostoyevski:

"Era la suya una mirada seca, sanguinolenta, aguda. Los labios le temblequeaban con fuerza... De pronto, agachóse rápido, y arrodillándose en el suelo, le besó los pies. Sonia, asustada, se apartó de él como de un demente.

"—¿Qué hace usted, qué hace usted delante de mí? —balbució... Y el corazón se le encogió dolorosamente.

"—Yo no me he prosternado ante ti, sino ante todo el dolor humano —dijo él, con tono extraño. Y se retiró junto a la ventana."

En el capítulo IV de la parte quinta, el diálogo inconcluso se cierra al fin. Raskólnikov va a visitar nuevamente a Sonia. Esta vez, está decidido a confesarle su crimen. Sonia, al principio, se resiste a creerle. Pero, tras alejarse un instante, vuelve a su lado y se arrodilla ante él. Raskólnikov la interpela:

"—¡Qué rara eres, Sonia! Me abrazas y me besas cuando acabo de decirte *eso*. Tú no me comprendes."

Y le responde Sonia: "—No, no; es que tú eres ahora más desdichado que nadie en el mundo..."

Se advierte el procedimiento simétrico del autor. Un poco más, y hubiésemos casi temido escuchar en labios de Sonia la misma frase del asesino: "No me prosterno frente a ti..." Pero Dostoyevski no incurre en esos errores deliberados. Le basta con hacernos sentir cómo el mecanismo de la piedad es igual en los dos vencidos. Uno y otro tendrán que aliarse porque han llegado a lo más solitario y trágico de la noche. O perecen, o se unen. El epílogo de la novela está ya en germen en los trozos que acabo de recordar.

No era fácil que el vizconde de Vogüé distinguiera entre esa humildad ante los humildes y lo que él llamó, no sin asomos declamatorios, "la religión del sufrimiento". Gide se eleva contra esta fórmula. Y hace bien. Pero no acierto a descubrir claramente por qué razones protesta. ¿No hay, acaso, una relación secreta entre su tesis (la capacidad creadora de la epilepsia) y la expresión —muy 1880— de Vogüé?

A mí, la fórmula no me convence porque apoya demasiado el acento sobre lo que no constituye la meta artística del autor. En la obra de Dostoyevski, el sufrimiento es la ruta, pero no el fin. Lo que sus personajes buscan oscuramente es la realización —aunque sea en el martirio— de su completa y compleja autenticidad. El jugador la busca en el juego; el borracho en el vino; el delator en la delación; el sensual en la orgía; el asceta en el ascetismo; el iluminado en la luz. Por eso es tan grande Dostoyevski, como maestro de la novela moderna. Si así no fuese, sus libros serían prédicas demagógicas y no lo que son, para nuestro goce, una victoria estética sobre el mal. Ortega y Gasset atina cuando proclama: "Dostoyevski se ha salvado del general naufragio padecido por la novela del siglo pasado... Y es el caso que las razones emitidas casi siempre para explicar este triunfo, me parecen erróneas. Se atribuye el interés que sus novelas suscitan a su materia: el dramatismo misterioso de la acción, el carácter extremadamente patológico de los personajes, el exotismo de esas almas eslavas, tan diferentes en su caótica complexión de las nuestras, pulidas, aristadas y claras. No niego que todo ello colabore en el placer que nos causa Dostoyevski; pero no me parece suficiente para explicarlo."

Tal vez el filósofo español esté menos en lo justo cuando postula que lo más hondo de los libros de Dostoyevski "es la estructura de la novela como tal". Aquí, por desdén del psicólogo y del sociólogo, el profesor de estética va demasiado lejos. Pero sus observaciones llegan a punto, para evitar que caigamos nosotros en la opuesta equivocación: la que Vogüé nos ofrece cuando nos habla de "religión" o de "sufrimiento". La equivocación consistiría en dejar de sentirnos lectores, para sentar plaza de catecúmenos.

II

La SALVEDAD que acabo de hacer me permite afrontar con menor recelo el tema esencial de estas líneas: la consideración de otro de los valores morales que animan la obra de Dostoyevski. Me refiero al sentido de responsabilidad que trata de despertar en todos los hombres.

Comienzo por admitir que sería arbitrario ahondar en el tema, si quisiéramos divorciarlo del sentimiento que he analizado hasta ahora con más ahinco: el de la humildad ante los humildes. En efecto, los héroes de Dostoyevski se arrodillan frente a las víctimas del destino, no porque tengan, como lo suponía el vizconde de Vogüé, una devoción singular por el sufrimiento, sino porque se sienten responsables del dolor ante el cual se inclinan.

En una novela mexicana a la que no se ha hecho aún, a mi ver, completa y cabal justicia (*Los pies descalzos*, de Luis Enrique Erro), encuentro un testimonio muy elocuente de este sentimiento de responsabilidad con los que padecen. Dice así el escritor: "Cantaban (los peones) el *Alabado*. Canto de dolor, de miseria, de desesperanza. Tenía este canto, en medio de la riqueza fértil de aquel campo bautizado con el nombre de Morelos... una desolación infinita. Genoveva no podía percibir la grotesca ironía histórica de ese rudo contraste entre el nombre del Estado y la miseria de los indios, pero oidora que había sido de mucha música coral en su tierra —era catalana— sí percibía en el cantar el profundo dolor de aquellas almas en pena, de aquellos estómagos vacíos, de aquellos hombres despojados de toda dignidad humana y arrojados a una vida de perros... Aquel cántico tenía un inequívoco fervor religioso a pesar de la torpeza con que lo cantaban. Se sentía que era un saludo al jefe todopoderoso, pero un saludo propiciatorio. Como si, al saludarle, le quisieran recordar que entre él y los míseros cantantes había algo eterno y superior que limitaba su fuerza y sus poderes..."

En *Crimen y castigo*, Sonia no aconsejó a Raskólnikov su tremendo crimen. Ni éste indujo a Sonia a los extravíos que la avergüenzan. Pero, en una zona inefable del alma, ambos lo saben: sus oprobios son solidarios. Ambos comprenden (y, si no lo comprenden, lo adivinan confusamente) que no hay desgracias individuales. O, por lo menos, que las causas de las desgracias individuales obedecen muchas veces a fenómenos colectivos —y que, en éstos, todos tenemos parte de culpa.

Desde este punto de vista, el personaje central es el príncipe idiota. Apenas presentado a Nastasia Filipovna, lo atenacea una convicción: el matrimonio de Nastasia con Gania sería un desastre. Entonces (y sin interés consciente en el asunto), se toma la libertad de ir a verla. Aprovecha una recepción que se da en su casa. Los invitados se burlarán de él indudablemente. No le importa. Semejantes sarcasmos no le preocupan. Lo que anhela es impedir a toda costa un error del cual, si callara, se sentiría culpable hasta en la hora última de la muerte. Pasa el tiempo. Nastasia se promete a Rogochin. Después, lo esquiva. Busca refugio en la amistad del príncipe Mischkin. Se separa de él. Y, cuando Rogochin espera recuperarla, el príncipe vuelve a San Petersburgo. Antes de visitar a sus amigos más inmediatos, va a saludar a Rogochin, quien lo detesta, porque lo cree su rival. Una larga charla parece reconciliarlos. Pero Rogochin sigue viendo a Mischkin con desconfianza. No entiende por qué razón el príncipe —si no desea a Nastasia— se interesa tanto en salvarla de sus garras de bestia frenética y voluptuosa. El príncipe le pregunta: "—¿Piensas que te engaño?"... La respuesta de Rogochin es muy significativa: "—No; te creo. Sólo que no comprendo nada. ¡Lo más cierto de todo es que tu piedad parece más fuerte aún que mi amor!"

Efectivamente, hay compasiones —como la de Mischkin— más poderosas que la más encendida sensualidad. Sin embargo, no es tanto la compasión lo que lleva a Mischkin en pos de Nastasia, sino la idea (muy vaga, muy imprecisa, pero profunda e insobornable) de que la desgracia de esa mujer caerá sobre él y acabará por destruirla. Porque —repito— él, Mischkin, el epiléptico, se ha constituído ya como el responsable moral de su salvación.

Acosado por controversias que cualquier otro declararía ajenas a su albedrío, Mischkin intenta saltar el cerco que le han impuesto las complicaciones sentimentales de los demás. Pero —dice Dostoyevski— diez minutos le bastan para llegar a una conclusión. Huir le será imposible. Y le será imposible porque tales complicaciones forman parte de una constelación de problemas que hombres de su categoría no tienen derecho para *no* esforzarse por resolver.

Cuando alguien comete una mala acción —o, simplemente, una falta de tacto— solemos manifestar que "sentimos vergüenza por él". Pues bien, el príncipe idiota es el ser a quien sonrojan de hecho, y sin metáfora alguna, con sus indelicadezas más leves, todos los que le tratan. ¿Imagináis destino más angustioso? Especialmente, porque las señoras y los señores que le rodean no se limitan a meras indelicadezas en la conducta. Odian, con furia. Algunos matan, como Rogochin.

El asesinato de Nastasia Filipovna es el coronamiento y la cumbre de la novela. Mischkin lo ha presentido desde el primer momento. Como la propia Nastasia, quien se entrega a la postre a Rogochin porque está persuadida de que la matará. La conciencia de ese presentimiento acaba por convencer a Mischkin de que, en proporción indiscernible, ha colaborado —él también— en el delito de Rogochin. Va a visitarle. Juntos velarán el cadáver de la mujer que los separó con la vida y que, en la muerte, los reunió.

El caso de *El idiota* es sin duda típico; pero no único. Muchos otros revelan, en las novelas de Dostoyevski, hasta qué grado las nociones de humildad personal y de responsabilidad universal dominan el espíritu del autor. ¿Por qué ir a buscarlas, después de todo, en la mentalidad de sus personajes? Él mismo, desde muy joven, nos brinda un ejemplo de esa necesidad de adhesión a la culpa ajena. Me refiero al sentimiento de responsabilidad que provocó, en Dostoyevski, la muerte súbita de su padre.

Mijail Andreyévich fue asesinado el 8 de junio de 1839, en su propiedad de Darovoye, por un grupo de campesinos a los que su imperio, caprichoso y severo, sacó de quicio. Su hijo Teodoro se enteró del caso en la Escuela de Ingenieros, de la cual era alumno entonces. Nunca tuvo Teodoro mucha ternura para el viejo Mijail. El día mismo del homicidio, había pensado en él con particular dureza. ¿No era él, por lo tanto, tan responsable del crimen como los *muchiks* de Dorovoye? Esta certidumbre le persiguió durante toda la vida. La utilizó en su obra maestra: *Los hermanos Karamásov*. En ella, Smerdiákov mata al bufón, Teodoro Pávlovich; pero el responsable es Iván, el intelectual, hijo mayor de la víctima. Iván que, sin cometer el atentado, lo concibió.

Esta zozobra de Dostoyevski dio lugar, en 1929, a un admirable estudio de Freud. El agudo psicoanalista vio, en los hechos de que doy cuenta, el origen de la hiperestesia del hombre y de los fantasmas del escritor. Más recientemente, la señora Dominique Arban ha editado un volumen de mucho mérito acerca de los dos "complejos" fundamentales que se repiten con frecuencia en las novelas de Dostoyevski: el del padre, muerto por otro, pero con culpabilidad para el hijo, y el de la niña violada. Aceptemos o no la opinión freudiana, lo indiscutible es que, a lo largo de los relatos de Dostoyevski, advertimos siempre estas dos enseñanzas complementarias: hemos de humillarnos ante el humilde y, al propio tiempo, hemos de reconocer la responsabilidad que nos corresponde hasta por actos que, con frecuencia, no realizamos nosotros mismos.

Estas dos enseñanzas encuentran su expresión más conmovedora en otra de las figuras de *Los hermanos Karamásov*: la del anciano Zósima, tutor angélico de Aliocha. Quien haya leído ese libro recordará indefectiblemente la escena en que el venerable *starets*, sintiéndose próximo a fallecer, se despide de los religiosos que vivieron bajo su amparo.

"Hablaba de muchas cosas —nos cuenta Dostoyevski—; parecía querer decirlo todo, poner de manifiesto una vez más ante el momento de la muerte cuanto no mostrara plenamente su vida, y no por adoctrinarlos simplemente, sino ansioso de infundirles a todos su misma alegría y entusiasmo, de desahogar una vez más en la vida su corazón.

"—Amaos los unos a los otros, padres —exhortaba el *starets*—... No somos nosotros más santos que los seglares, por habernos venido aquí y encerrado entre muros; sino que, por el contrario, todo el que viene aquí, por eso mismo de venirse acá, se reconoce peor que todos los seglares y que todo el mundo... Es más: hasta que no se reconoce así, no sólo es peor que los seglares, sino que también es culpable ante todos de todo, de todos los pecados así colectivos como individuales; no ha logrado el fin de nuestro retraimiento a soledad.

"Porque habéis de saber, amados míos, que cada uno de nosotros es culpable por todos y de todo en la Tierra; indudablemente, no sólo del pecado universal, sino también individualmente por todos y cada uno de los seres de la Tierra."

No sé si esta traducción, que tomo de la obra autorizada por Rafael Cansinos Assens, sea la mejor o pueda reputarse la más exacta. No me atrevo a insinuarlo pues no hablo el ruso. La versión francesa de Elisabeth Guerti es, en esta parte, más elegante y, tal vez, de más lógica precisión. Pero si la española me agrada más —en los párrafos que cito— es porque la encuentro menos compacta, más cercana a la realidad del monólogo, con sus repeticiones verbales y sus torpezas, sus insistencias y sus desfallecimientos.

Todos somos responsables de todo, ante todos. Da a semejante frase intención todavía más vigorosa el hecho de que un ser absolutamente distinto al *starets* Zósima (el liberal Stepán Trofímovich Verjovenski) exprese la misma idea, casi en iguales términos, al mediar el absurdo viaje con el que pone fin a su vida y límite a su ateísmo. La escena consta en la última parte de la novela titulada *Demonios*. En las tribulaciones que ese libro registra, la figura del diletante obra con la inconsciencia de un catalizador. Todo, al lado suyo, se lleva a cabo sin que intervenga él voluntariamente en los sucesos que lo anonadan. Amigo —un tanto parasitario— de Varvara Petrovna, durante años se entregó a la tutela de aquella dama, a quien simultáneamente respeta y odia. A su hijo, Piotr Stepánovich, en suma no lo conoce. Lo hizo educar lejos de su vida, lo dejó complotar y viajar a mil leguas de sus esperanzas y de sus miedos. Cuando el destino (o, si queréis, la fantasía del novelista) los reúne frente al lector, se repelen el uno al otro inmediatamente. El padre es el romántico sin pasiones: adalid platónico, en luchas que nunca libra, de ideales y fuerzas en que no cree. El hijo, en cambio, es un terrorista práctico y peligroso. Organiza —con sistemática audacia— la destrucción del régimen en que vive. Frecuenta a la mujer del gobernador, para adueñarse de la pequeña y necia "razón de Estado" que determina la acción local de la autoridad. Fomenta el byronismo de Stravróguin, a fin de poder conservar —en la baraja marcada con la que juega— un verdadero as de espadas para el minuto de las apuestas más atrevidas, o de las bazas más importantes. Cultiva las penas de los humildes como fermento para la levadura de un pan amargo, pues detesta más a los poderosos de lo que ama en verdad a los desvalidos. Sabe, por otra parte, que nada une tanto como la sangre de un camarada y elige, para el papel de víctima, al más leal de los conjurados: un hombre bueno, llamado Shátov, a quien acusa de delatar y al que mata precisamente al caer la noche del día en que aquel tácito personaje (hasta entonces más bien borroso) acaba por convencernos del desinterés de su corazón.

Frente a conspirador tan materialista, del que nos describe muy bien Dostoyevski, ante la promesa de cada crimen, una hambre nueva (y no se trata de una metáfora, sino de un apetito real de alimentos sólidos y concretos), el viejo Stepán Trofímovich tiene que resultarnos, por fuerza, pálido en grado sumo.

No es que a él no le guste mezclar sus disertaciones con partidas de naipes y con champaña. El autor nos lo ofrece en toda su realidad, con todas sus avideces y sus vergüenzas: "ni frío ni caliente", sonoro de tan vacío, volteriano por tedio, liberal con temor a la libertad, erizado de citas innecesarias y, en los momentos más decisivos, lacrimoso, muelle, declamador... Cuando, por maquinación de su hijo, todo arde en su cercanía, cuando los seres que más ha amado enloquecen, o mueren, o se destierran Stepán Trofímovich huye de la ciudad donde la vida lo consumió perezosamente. Se marcha, con cuarenta rublos en el bolsillo y una colección de refranes franceses en la memoria, a descubrir y entender a Rusia.

En cierta "isba", a la que llega bastante enfermo, una imprevista compañera de viaje lo vela y cuida. Es una mujer de treinta y cuatro años, que trabajó con las hermanas de la Caridad en Sebastopol y que, ahora, vende ejemplares del Evangelio. El ateo la adora súbitamente. Él también se consagrará a vender aquellos "lindos libritos". "El pueblo es religioso —declara—, *c'est admis;* pero todavía no conoce el Evangelio. Yo se lo explicaré... ¡Oh, perdonemos, perdonemos, ante todo; perdonémoslos a todos, y siempre! Esperemos que también a nosotros nos perdonarán. Sí, porque todos y cada uno de nosotros somos culpables... ¡Todos somos culpables!"

En la agonía, el librepensador y el monje proclaman la misma tesis. *Todos somos responsables de todo, ante todos.* Ésta es la esencia del pensamiento de Dostoyevski. Se evoca en este peldaño —el más alto— de la ascensión dolorosa de Teodoro Mijailovich a un loco muy español. Si digo "loco" es porque Cervantes así quiso presentárnoslo. Aludo al licenciado Vidriera, el símbolo de una de las más bellas novelas escritas en nuestro idioma. Todos recordamos la fábula de Cervantes. Un joven, gran estudiante salmantino en sus años mozos, Tomás Rodaja, posesor (a pesar del nombre) de una conciencia tan rigorosa que parecía "más de religioso que de soldado", visita Italia y se asoma a Flandes. Sin pasar por París, vuelve a Salamanca, "que enhechiza la voluntad". En Salamanca, una dama "de todo rumbo y manejo" se prenda de él. Como Tomás no corresponde a sus preferencias, la dama se venga de su aborrecimiento dándole a comer un membrillo previamente embrujado por alguna de esas moriscas que tan oportunamente surgen y luego se desvanecen en el paisaje de ciertos clásicos castellanos. Tomás queda loco "de la más extraña locura". "Imaginóse el desdichado —escribe Cervantes— que era hecho todo de vidrio, y con esta imaginación, cuando alguno se llegaba a él, daba terribles voces pidiendo y suplicando con palabras y razones concertadas que no se le acercasen porque le quebrarían; que real y verdaderamente él no era como los otros hombres: que todo era de vidrio, de pies a cabeza."

De acatar sólo mi placer, insertaría aquí el relato íntegro. Lo dejo en la frase en que lo interrumpo pues creo que lo transcrito nos manifiesta ya lo esencial. A saber: que, por lo que atañe a las consecuencias físicas, Cervantes imaginó una alegoría perfecta de la vulnerabilidad exterior del hombre, y que su alegoría es digna de prevenirnos respecto al estado de vulnerabilidad interior que Dostoyevski nos recomienda. Cuando Tomás Rodaja implora a quienes, con acariciarlo no más, podrían hacerlo trizas, nos invita a pensar en los hombres y en las mujeres de Dostoyevski, de vidrio siempre para el dolor, transparentes a la culpa de los demás, frágiles al contacto de sus flaquezas; responsables, es decir, vulnerables a toda hora y frente a todos los desvíos y los escándalos de sus prójimos. La diferencia estriba en que, mientras el licenciado Vidriera cree salvarse merced al distanciamiento y a la intangibilidad de su persona, los hombres y las mujeres inventadas por Dostoyevski saben que no pueden salvarse sino rompiéndose, dejando que penetre en su alma la angustia extraña, abdicando en fin de sus propios límites para alcanzar —aunque sea por un momento— la dimensión dramática de lo humano.

Gracias a esa inmersión en lo universal, las congojas individuales acaban por redimirse, pues —como lo cantara un extraordinario poeta de México, Enrique González Martínez— "la vida dice: 'no hay un alma en cada hormiga; el hormiguero tiene un alma espiritual' ".

Entre los muchos fragmentos de la obra de Dostoyevski que podría citar como prueba de lo que digo, elijo uno que parece no haber llamado especialmente la atención de los más numerosos comentaristas. Se encuentra en esa interpolación admirable que constituye, en el texto de *Los hermanos Karamásov*, la biografía de Zósima, tal como Aliocha la redactó, con apoyo en el recuerdo de los coloquios que tuvo con el *starets*.

La biografía se halla dividida en varios capítulos. En el primero, se evoca la figura de Markel, el hermano de Zósima, sin cuyo ejemplo éste probablemente "no hubiera profesado nunca los hábitos monjiles" El segundo está consagrado a explicar la influencia que ejercieron las Escrituras en la vida de Zósima. Quedan ahí páginas de excepcional emoción: aquellas en que Dostoyevski describe una noche de julio, inolvidable para el *starets* porque, en ella, el diálogo con un campesino joven le hizo apreciar la luz que brilla en la conciencia de las criaturas más iletradas y más opacas. "Noche luminosa, apacible, tibia —relata Zósima—; el río, ancho; nos orea la bruma que se levanta; chapucean los peces, callan los pajarillos... Los únicos que no dormíamos éramos nosotros dos: yo y aquel joven. Y nos pusimos a hablar de la belleza de este mundo de Dios y de su misterio. Cada brizna de hierba, cada escarabajo, cada hormiguita, cada abeja de oro, todos, hasta causar asombro, siguen su camino. Careciendo de inteligencia, dan testimonio del misterio de Dios; continuamente lo están ellos mismos cumpliendo..."

El tercer capítulo de la biografía narra determinados episodios de la juventud de Zósima y, con notables detalles, un duelo, en que el *starets* no participa, pues prefiere dejar que su adversario dispare sólo, exponiendo su propia vida, a correr el peligro de matarle él por mera obediencia a una idea equivocada del honor varonil. En el capítulo cuarto —que es el que me interesa más hondamente— surge un visitante misterioso de Zósima, hombre que asesinó por amor catorce años antes y que, al contacto con el *starets*, acendra poco a poco su decisión de revelar un delito que la justicia oficial ha ignorado siempre. Aquí se insertan los párrafos que me importaba reproducir.

Habla el visitante misterioso: "...el paraíso —dice— todos lo llevamos dentro. También ahora se alberga en mi interior, y de querer yo... mañana mismo se me revelará, y para toda mi vida. En cuanto a eso de que todo hombre sea culpable por todos y por todo, prescindiendo de sus pecados propios, en eso ha juzgado usted (se dirige al *starets*) muy atinadamente. Es conmovedor el que pronto haya usted podido abarcar tal pensamiento en toda su plenitud. Y es en verdad seguro que cuando los hombres comprendan este pensamiento se les aparecerá ya el reino de los cielos, no en sueños, sino en la realidad."

Lo interrumpe Zósima entonces. "Pero ¿cuándo —exclama con amargura—, cuándo será, y será alguna vez? ¿No se tratará de un simple sueño?"

A lo que contesta el visitante: "¡Cómo! ¿Usted lo predica, y no cree en ello? Pues sepa usted que ese sueño, como usted lo ha llamado, ha de realizarse indiscutiblemente. Esté de ello seguro, aunque no ahora, pues cada cosa tiene su ley. Es éste un asunto espiritual, psicológico. Para refundir y rehacer de nuevo el mundo es menester que los hombres mismos, psicológicamente, emprendan otro derrotero. Si no te haces de veras hermano de todos, no vendrá la fraternidad. Jamás los mortales, por ninguna ciencia ni ningún provecho, acertarán a desprenderse de sus propiedades y de sus derechos. Todo se les antojará a todos poco, y no dejarán de murmurar, envidiarse y exterminarse unos a otros. ¿Me preguntaba usted cuándo sería eso? Será. Pero, primero, debe cumplirse un período de humana *soledad*... Ésta que ahora por doquier impera y, particularmente, en nuestro siglo; pero no se ha verificado aún del todo ni le ha llegado todavía su tiempo. Todos se afanan ahora por retraerse cada vez más. Todos quieren experimentar en sí mismos la plenitud de la vida. Y, sin embargo, todos sus esfuerzos los conducen, no a la plenitud de la vida, sino al suicidio; porque, en vez de hallar la plena definición de su ser, van a parar en la soledad absoluta..."

El importe de ese rescate de la soledad, por subordinación a lo universal, somos nosotros mismos: es nuestro orgullo. Al aconsejarnos semejante desprendimiento, Dostoyevski tenía muy presentes sus lecturas de Omsk. En el presidio, su compañero constante fue un ejemplar de los Evangelios.

Lo que arranca a Dostoyevski al terreno de la moral pura, lo que lo sitúa —y lo arraiga— en el campo del arte, es que a la filosofía del renunciamiento se empeña, inflexiblemente, por añadir lo que he llamado la voluntad de autenticidad de sus personajes. Es cierto, sólo dando nuestra vida, la haremos realmente viva. Mas sólo siendo fieles a nuestro perfil y a nuestra personalidad intransferible valdrá la pena el sacrificio de nuestra vida. Hay que entregarnos. Y entregarnos sin reticencias. Pero, para darse en la eternidad hay, primero, que ser —en la ondulante evasión del tiempo.

¡Círculo vicioso! condenarán los lógicos. ¡Círculo dantesco!

comentarán los tímidos. Inevitable concomitancia, parecen querer decirnos, con su destino a cuestas, los héroes de Dostoyevski.
De ahí la ansiedad carnal con que están pegados a las pasiones de
su existencia. De ahí la obsesión de Raskólnikov, la servidumbre
de amor de Sonia, la concupiscencia senil del padre de los Karamásov, la fiebre erótica de Rogochin, el insolente lujo de Nastasia
Filipovna, la altivez de Aglaya Ivánovna, la audacia satánica de
Stavroguin, la manía destructora de Verjovenski... Son y no
quieren ser. Pero para dejar de ser tienen antes que ser infinitamente, por todas las células y los poros, amando hasta la locura,
odiando hasta el exterminio. Cristianos por aspiración —muchos
sin saberlo—, todos tienen los pies en la arcilla, cuando no en el
barro de esa humanidad primitiva que es todavía la nuestra, salvo
rarísimas excepciones. Todos buscan, en las tinieblas que los
circundan, la luz que en sí mismos llevan, pero que no los alumbra sino por crisis, cuando se pone en contacto con la luz que
llevan también, en el alma, sus semejantes. Son pedazos coléricos y terribles de un lamentable conjunto que avanza a tientas,
del cual nos sentimos parte y que sólo dará a sus miembros un
gozo propio cuando todos acepten al fin la ley de lo universal,
pero que sólo estará en aptitud de aceptar la ley de lo universal cuando cada individuo, por separado, dé un valor personal,
exclusivo e inalienable a su libertad. A esta pugna entre el
impulso de ser —y de ser hasta el extremo de nuestro sino— y
la esperanza de anularnos, alguna vez, en el perdón colectivo
del mundo entero, está consagrada la obra de Dostoyevski. Es su
epopeya.

Hasta aquí hemos visto la existencia del hombre y hemos intentado plantear el problema de su ética inexorable. Vamos a
examinar, ahora, de qué modo logró el artista responder a los
compromisos de esa existencia — y hacer honor a las exigencias
de esa moral.

EL ARTISTA

CUANDO se piensa en Dostoyevski, dos nombres acuden a la memoria: los de Blas Pascal y de Federico Nietzsche. Esos grandes
inquisidores del alma humana forman con él un triángulo que no
ha logrado romper ni la osadía de otro buzo profundo de la conciencia, el descifrador de los sueños del siglo xx: el psicólogo
Sigmund Freud.

¿Por qué asocia nuestro recuerdo la sombra de Teodoro Mijailovich a la de un pensador como Pascal y a la de un filósofo
como Nietzsche? ¿Por qué no la une, más bien, a la de otros creadores de anécdotas y de tipos?... No será, ciertamente, porque
sus libros carezcan de acción y de caracteres. El "censo" que prolonga sus obras en algunas ediciones contemporáneas da razón

de más de mil personajes. Aun descontando a aquellos que no son fruto de la fantasía del autor (miembros de su familia, escritores célebres, figuras de la política y de la historia) el total sigue siendo imponente. Por lo que se refiere a la sección de una sola letra —pongo por caso la L—, he hecho el cómputo sobre el "censo". De los cuarenta y tres nombres incluidos, veintinueve corresponden a seres inventados por Dostoyevski. Suponiendo que la proporción del conjunto fuese la misma, podríamos hablar de más de quinientos hombres, mujeres y niños creados por su imaginación. Se trata, como en el caso de Balzac, de una verdadera competencia al Registro Civil.

Ahora bien, esos personajes no están inertes, como los apellidos clasificados en las columnas de un directorio de teléfonos. Esos personajes viven, aman, sufren, se abrazan, se traicionan y se persiguen. Se les oye subir —o bajar— por las escaleras de una vieja casa de apartamientos, en un barrio áspero de Moscú; o, al contrario, llegar en coche, sobre limpias pistas enarenadas, hasta la puerta de algún palacio próximo al Neva. Muchos de ellos hablan el ruso exclusivamente. Otros presumen de no pensar con exactitud sino en el idioma de Goethe o el de Descartes. Unos son sanos. Tienen mejillas sonrosadas y ojos brillantes. Otros tosen con una tos sospechosa, que suena a tisis. Unos existen merced a una profesión: son abogados, banqueros, médicos, ingenieros. Otros, gracias a la utilidad de un oficio, de relojeros, de ebanistas, de afinadores. Unos son siervos; cultivan el campo, como Marei, y bendicen al niño de sus patrones con un dedo sucio de tierra; o bien matan al padre del niño, como los *muchiks* de Darovoye. Otros no viven de su trabajo, sino del sudor o de la violencia de los demás. Son rentistas, o fabricantes de sueños y de tumultos, de bombas y de proclamas. Unas, como Nastasia Filipovna, arrojan al fuego un fajo de cien mil rublos a fin de ver si Gania, su pretendiente, se quemará los dedos para cogerlo, a cambio del sacrificio de su amor propio. Otras, como Sonia, se venden por mucho menos. Unos deliran por que salga cierto número en la ruleta. Otros, porque el puñal que compraron tenga buen filo y penetre profundamente en el seno de la mujer que no quiso amarlos. Unos esperan a que una mano amiga —y anónima si es posible— los prive de un progenitor mezquino, voraz y meticuloso. Otros se desgarran el pecho, para que el mundo entre en él y quepa, entero, en su corazón.

No es por falta de vida y de dramatismo por lo que la crítica se ha acostumbrado a elevar la obra de Dostoyevski hasta el plano que normalmente reserva para el examen de producciones como las de Pascal y de Nietzsche. Lo que ocurre es que la acción, en las novelas de Dostoyevski, traduce siempre un concepto, un juicio social o ético de las cosas. Gide lo indica lúcidamente: en Dostoyevski, el pensamiento no sigue al hecho. Lo precede.

Con frecuencia, "la pasión debe servir de intermediario entre el pensamiento y el acto".

Este procedimiento de trabajo es muy peligroso. En manos de un artista menos consumado que Dostoyevski, daría lugar a relatos artificiales, deformados *a priori* por las doctrinas del escritor. Pero no me detendré ahora en este punto, sobre el cual hablaré en seguida. Lo que me importaba aclarar, por lo pronto, era la razón de esa semejanza, a la que antes me referí. Pascal, Dostoyevski y Nietzsche parten del pesimismo para vencerlo y para llegar a la armonía de ser. El primero lo consigue por la fe; el segundo por la humildad; el tercero por el orgullo. Sus métodos son distintos. Pascal explora su alma entre dos infinitos, el de lo grande y el de lo pequeño, el macrocosmo y el microcosmo. Nietzsche sube a la montaña, para hacer ahí, entre glaciares, su recolección fantástica de parábolas. Dostoyevski, a fin de encontrarse, se pierde en la multitud.

Dos amenazas cercaban a Dostoyevski frente a la página en blanco. He mencionado ya a una: su obsesión del concepto, su uso de las pasiones como agentes entre una idea —la suya— y un acto, el que ejecutan sus personajes. La otra amenaza era su afición excesiva al contraste; afición que le colocaba ante un positivo dilema: o el claroscuro de los maestros más altos de la pintura o el negro y blanco de los más impetuosos devotos del folletín. O Rembrandt o Eugenio Sue...

De este dilema, lo salva el genio. Pero el genio no se salva sólo por la intuición. Se salva también por el compromiso, por la paciencia, por el estudio modesto de cada día. Entremos, pues, al taller del genio. Procuremos averiguar cuáles son sus técnicas y a qué categoría de recetas literarias pertenecían las que él usó.

Desde luego, una observación se impone. La técnica del novelista no nació armada de punta en blanco como, de la cabeza de Zeus, Palas Atenea. Dostoyevski no fue, como algunos otros artistas, escritor que se definió por completo en el primero de sus ensayos. *Pobres gentes* es, sin duda, muy importante; más importante, tal vez, de lo que opinaban muchos comentaristas. Varios de los temas fundamentales de Dostoyevski se reconocen en ese libro: su piedad para los vencidos, su exaltación del desprendimiento, su culto de la humildad. Pero todos esos temas se enuncian con timidez. La luz que proyecta el autor sobre las máscaras de Várinka y de Pokrovski es todavía débil y vacilante, luz de brasa de chimenea o de lámpara de quinqué —y no, como en sus últimas descripciones, haz de linterna sorda, cuando no, en las crisis más arduas, llama de incendio humano, avivada por quién sabe qué soplo súbito e infernal.

Ya he dicho todo el bien que pienso de *El doble*, la segunda de sus novelas, injustamente tratada por los críticos de la época. Sin embargo, ¡qué abismo media entre sus capítulos más sutiles y cualquier fragmento de *Demonios* o de *El idiota!* En efecto, entre aquella novela y estas realizaciones (a las que sólo supera la de *Los Hermanos Karamásov*) media un abismo inmenso: el del patíbulo, el de Siberia; el que nos revelan las cartas escritas por Dostoyevski al salir de ese laboratorio maravilloso, pero terrible, que fue para su experiencia la cárcel de Omsk.

En una de esas cartas, enviada a su hermano Miguel el 22 de febrero de 1854, encuentro dos pasajes muy elocuentes. He aquí el primero:

"Ocho meses de prisión y sesenta verstas de ruta me habían dado un vivo apetito... *Me sentía alegre.*" Según se ve, el presidiario no fue un amargado permanente. Aquella declaración ("me sentía alegre") no es la única fórmula de optimismo en el relato de su calvario. Dostoyevski sufrió mucho en Omsk, por supuesto. Pero tuvo también sus dichas, como la que describe cuando cuenta los esfuerzos que hizo para enseñar a leer a Tcherki, un joven analfabeto que no sabía siquiera el ruso.

Estos oasis de felicidad dentro del desierto resultaron en extremo fecundos para su espíritu. Lo habituaron, moralmente, a no decir nunca "no" a la vida, a aceptarla hasta en sus desgracias y a quererla con un amor del que carecían sus esbozos de juventud. Desde el punto de vista estético, esos paréntesis sonrientes lo adiestraron en algo muy necesario: el arte de iluminar a sus personajes, no desde el exterior, según lo hacían Balzac o Dickens, según lo hizo él mismo en las escenas de *Pobres gentes*, sino desde el interior de su propio drama. Como los ofendidos, que aprendió a comprender en Siberia, los héroes de Dostoyevski viven casi siempre en una noche letal. Pero viven de sí propios y el sol interno que los devora es el mismo que los calienta.

El otro párrafo que voy a citar es de linaje muy diferente.

"Lo que pasó durante estos cuatro años conmigo, con mis creencias, con mi espíritu y con mi corazón —escribe Teodoro a su hermano Miguel— no te lo diré. Sería demasiado largo. La constante meditación con que huí de la realidad amarga no habrá sido inútil. Tengo ahora deseos y esperanzas que, antes, ni siquiera hubiese previsto."

Lo comprendemos. El contacto con la miseria le enseñó a ver. La comunión en la angustia le enseñó a meditar. La meditación le enseñó a esperar. Los hombres dejaron de presentarse ante él como seráficos unos, y otros diabólicos. El demonio y el ángel se dividían a veces, bajo sus ojos, un mismo espíritu. La lucha entre el bien y el mal no pudo ya figurársela como un torneo romántico, en que el cruzado posee todas las cualidades y el gentil encarna todos los vicios. Cada uno de nosotros padece, hasta en sus horas más venturosas. Cada uno espera, hasta en el cieno de las ergástulas más inicuas. Al concepto del hombre unitario, Dostoyevski iba a tener que sustituir el concepto del hombre múltiple. Y —lo que es más valioso— no el de un hombre cuya multiplicidad sea la consecuencia de una *sucesión* de estados de alma contradictorios; sino el de un hombre que realiza su multiplicidad *simultáneamente* y que la erige, a todo momento, sobre un sincronismo tremendo de oposiciones.

Mientras la caracterología de un Molière o de un Honorato de Balzac opera con entidades homogéneas (el avaro, avaro constantemente; la coqueta, eternamente coqueta; el hipócrita, hipócrita ante sí mismo), Dostoyevski sabe que hay siempre un resquicio por el que penetra, en la sordidez del avaro, el desprendimiento; una rendija por la que se desliza, en el tocador de la más perversa coqueta, el amor platónico; un ventanillo que el hipócrita abre, a pesar suyo, a la verdad y a la confesión. Esto le permite dar a sus caracteres el relieve del que carecen los de muchos de sus rivales. En tanto que otros se satisfacen con obtener las *fotografías* de sus protagonistas, él nos los brinda de cuerpo entero, con su volumen, merced al ardid de un *estereoscopio*. De ahí sus constantes repeticiones. Porque el secreto del estereoscopio reside en la duplicación de una misma imagen, pero con ciertas variantes de perspectiva.

Los mayores acontecimientos de sus novelas no se producen sin una especie de "ensayo", de prueba previa y de sabia preparación. Antes de matar a Aliona Ivánovna, Raskólnikov recorre infinidad de veces el camino que le separa de la casa de la vieja prestamista. Ha contado los pasos: exactamente 830. Ha vibrado al sonido de la campanilla metálica del departamento. Nada de esto es sorprendente, después de todo, en quien desea llevar a cabo un "crimen perfecto". Las novelas policiacas están henchidas de estos detalles. Pero lo trascendental, en *Crimen y castigo*, es que el lector participa, con Raskólnikov, en el ensayo del asesinato. Dostoyevski nos lleva con él hasta la escalera de Aliona Ivánovna; nos hace oír esa campanilla, abrir esa puerta, ver esos ojos "chispeantes" con que la prestamista trata de descifrarnos. Luego volveremos a ver cómo actúa Raskólnikov en la representación auténtica. Repetiremos entonces la misma escena. Subiremos la misma escalera. Oiremos la misma campanilla. La puerta se abrirá nuevamente. Y nuevamente se posarán en nosotros los ojos de la vieja, "penetrantes y recelosos". Raskólnikov cometerá su atentado con el hacha que ya conocíamos. Lo cometerá como lo teníamos previsto. Pero —y aquí empieza la variante genial— cuando todo parecía concluido, surge lo inesperado; es decir: Lizaveta, la mansa y tímida Lizaveta "con un abultado paquete en los brazos". Raskólnikov, como ciertos actores ante réplicas imprevistas, debe inventar. Le han alterado su argumento y no encuentra otra solución. Mata a Lizaveta también. "El golpe le dio en el cráneo, de punta —precisa Dostoyevski— y de una vez le tajó toda la parte superior de la frente."

El momento es inolvidable; no sólo por lo dramático de los hechos, sino porque —en realidad— lo hemos presenciado *dos veces* y porque, gracias a la yuxtaposición de las dos imágenes, el estereoscopio le ha dado toda la profundidad y todo el relieve que Dostoyevski se proponía. (Anotémoslo de paso. El colmo del talento del novelista no está en *disimular* la variante, como lo creen algunos, sino al contrario, en *subrayarla* violentamente, como Dostoyevski lo hace, al señalarnos los incidentes más materiales, el hachazo dado "de punta" y el tajo "de toda la parte superior de la frente".)

Una de las escenas más inquietantes de *El idiota* es aquella en que el príncipe Mischkin siente que alguien le sigue por las calles de San Petersburgo y le aguarda —¿para matarle?— en la escalera de la pensión donde está hospedado. Aquí también emplea Dostoyevski la duplicación de las impresiones y aquí también utiliza, admirablemente por cierto, la variante que necesita su estereoscopio.

Desde antes de ir a buscar refugio en la casa de huéspedes, Mischkin cree ver dos ojos que le vigilan. Los descubrió, por la mañana, en la estación de San Petersburgo. "Al apearse del coche —nos dice el novelista, como sin conceder importancia a lo que nos dice— el príncipe divisó la extraña y ardiente mirada de dos ojos que, entre el gentío, asaeteaban a los viajeros. Se fijó más atentamente y no distinguió nada. Aquello había sido un relámpago, pero le dejó una impresión enojosa."

Y nada más. Mischkin va a registrarse en su pensión; visita a Lebédev; le oye, con indiferencia que su interlocutor no se explica. En su brusco ensimismamiento, se va sin decirle adiós. A las doce, se encamina hacia la casa de Rogochin. A propósito de esta casa, recuerdo una frase de Proust, en *La prisionera*. Según él, la novedad aportada al mundo por las novelas de Dostoyevski consiste en una manera distinta de describir el enigma de ciertas residencias y la belleza de ciertos rostros femeninos. La observación es exacta; aunque —desde luego— muy incompleta. A pesar de lo que dice respecto al "friso escultórico" —Expiación y Venganza— de *Los hermanos Karamásov*, parece haber escapado a la inteligencia de Proust todo ese inframundo de la tragedia dostoyevskiana, todo ese subsuelo moral, que oprime al lector más intensamente que el silencio de sus casas más enigmáticas y la sonrisa de sus mujeres más caprichosas. Sin embargo —puesto que voy a reproducir el diálogo de Rogóchin y el príncipe Mischkin en la sombría residencia en que ambos velarán a Nastasia— creo oportuno citar a continuación el comentario de Proust. "Con su semblante misterioso, cuya belleza cambia súbitamente y adquiere insolencia terrible, la mujer de Dostoyevski —declara el autor de *La prisionera*— es la misma siempre; trátese de Nastasia, que escribe a Aglaya cartas de amor y le confiesa en seguida que la detesta, o trátese de Gruchenka, tan amable en casa de Catarina Ivánovna como tremenda ésta la imaginaba, pero que le descubre después su malignidad, insultándola de improviso. Gruchenka, Nastasia, figuras tan originales, tan misteriosas, no sólo ya como las cortesanas de Carpaccio, sino como la Betsabé de Rembrandt. Así como Vermeer crea el color y el alma de determinados sitios y telas, así Dostoyevski crea no sólo seres, sino mansiones. La casa del asesinato en *Crimen y castigo* ¿no es casi tan maravillosa como esa obra maestra: la casa del asesinato —tan oscura, tan larga, tan alta— donde Rogóchin mata a Nastasia? Esta hermosura nueva y terrible de una mansión, esta belleza compleja y nueva de un rostro de mujer, he aquí lo que Dostoyevski trajo —de único— al mundo..."

En esa casa (tan admirada por Proust) van a conversar largamente Rogóchin y el príncipe Mischkin. Entre ambos existe un obstáculo insuperable. Rogóchin quiere a Nastasia y cree que Nastasia está enamorada de Mischkin. Además, Rogóchin es un impulsivo, que nada detiene nunca en el camino de sus deseos. La conversación entre los dos hombres es por todos conceptos extraordinaria. Pero de ella sólo retendré la instantánea número dos, la que va a servir al estereoscopio de Dostoyesvki. En el minuto en que el príncipe iba a sentarse en la silla que le ofrece Rogóchin, su "extrañísima y grave mirada" le sugiere algo "sombrío, enojoso, reciente y lúgubre".

"—¿Por qué me miras tan fijo?" —balbuce Rogóchin—. ¡Siéntate!

"—Parfén —ruega entonces el príncipe—, dime francamente si sabías que iba yo a llegar a San Petersburgo.

"—Que fueras a venir, ya me lo figuraba. Y mira, no me he equivocado —declara Rogóchin, con una risa sarcástica—. Pero ¿por qué había de saber yo que tú llegarías hoy?"

Al príncipe le sorprende la vehemencia de la pregunta en que esa respuesta se ha convertido. "—Hace poco —añade—, al apearme del tren, vi un par de ojos exactamente iguales a esos con que hace un momento me mirabas.

"—¡Bah! ¿Y qué ojos eran esos? —inquiere Rogóchin con suspicacia.

"—No sé; estaban entre la gente; a mí me parece que quizá fuera ilusión mía. Empiezo ahora a tener alucinaciones."

Y, de nuevo, eso es todo. La variante se ha establecido con la mayor naturalidad. El lector está al tanto de que el príncipe es epiléptico y de que sufre "alucinaciones". Acaso, realmente, la visión de esos ojos haya sido sólo una fantasía.

Sin embargo, el diálogo continúa. Rogóchin y Mischkin cambian sus cruces, en señal de fraternidad.

He aquí la magistral sobriedad con que Dostoyevski sabe narrar los hechos: "El príncipe se quitó su cruz de estaño y Parfén la suya, de oro. Parfén callaba. Con doloroso asombro notó el príncipe que la anterior desconfianza y la amarga y casi burlona sonrisa de antes volvían a asomar a la cara de su hermano adoptivo... En silencio cogió finalmente Rogóchin la mano del príncipe y permaneció un rato inmóvil, como si no acabara de decidirse a algo. Por último tiró de él y, con voz apenas perceptible, dijo '¡Vamos!' Cruzaron el rellano del primer piso y fue a llamar a una puerta. Les abrieron en seguida. Una viejecita, encorvada y con un pañuelo negro en la cabeza, hizo a Rogóchin una reverencia silenciosa. Aquél interrogóla rápidamente. Sin detenerse a escuchar la respuesta, condujo al príncipe a través de otras habitaciones." Le hizo penetrar en una pequeña sala, en un rincón de la cual estaba sentada una viejecita, que aún no tenía aspecto de ser muy vieja y hasta con una cara sana, simpática y redonda, pero ya con todo el pelo blanco y (según podía inferirse de la primera ojeada) enteramente chocha... Junto a ella se encontraba otra viejecita, también de luto y también con una cofia blanca... En silencio, hacía calceta. Sin duda alguna, las dos se pasaban el tiempo sin hablar. La primera fijó la vista en Rogóchin... y varias veces saludó, afectuosa, al príncipe con la cabeza, en señal de satisfacción.

"—Mátuschka —dijo Rogóchin, besándole la mano—, aquí te presento a mi gran amigo el príncipe Mischkin. Hemos cambiado las cruces... Bendícelo, Mátuschka, como si bendijeses a un hijo tuyo...

"Cuando de nuevo salieron a la escalera, Rogóchin indicó a Mischkin:

"—Mira; ella no se entera de lo que le dicen y no ha comprendido nada de mis palabras; pero te ha bendecido; es decir, que ella misma ha querido. Pero adiós, que para mí y para ti también ya es tarde.

"Y abrió la puerta.

"—Deja que te dé un abrazo de despedida ¡hombre raro! —exclamó el príncipe, mirándole con tierno reproche, e hizo ademán de abrazarlo. Pero Parfén apenas si levantó las manos, e inmediatamente las volvió a dejar caer. No se decidía. Dio media vuelta para no ver al príncipe. No quería abrazarlo... Yo, aunque te he tomado tu cruz, no he de matar a nadie por un reloj —refunfuñó de un modo imperceptible. Y de pronto prorrumpió en una risa algo extraña. Inmediatamente, todo su semblante cambió de expresión. Púsose terriblemente pálido, tembláronle los labios, sus ojos echaban fuego. Alzó los brazos, abrazó fuerte al príncipe y, respirando afanoso, dijo:

"—Llévatela, si lo manda el Destino. ¡Tuya! ¡Me retiro! ¡Acuérdate de Rogóchin!

"Y soltando al príncipe, sin mirarlo, entró aprisa en su casa y, con estrépito, cerró tras de sí la puerta."

Empieza entonces la pesadilla de un hombre despierto. El príncipe va y viene por la ciudad, como si no supiera por qué, pero sabiendo al contrario perfectamente cuáles son las razones de su insólita agitación. Come en un restaurante. Toma un billete de ferrocarril para Pávlovsk. Apenas acomodado en el tren, cambia otra vez de idea y desciende inmediatamente. Busca una tienda, en la cual recuerda que algo le llamó mucho la atención. Identifica la tienda; luego, el objeto. ¿Se trata de un puñal semejante al que le extrañó descubrir, horas antes, sobre la mesa de Rogóchin? ¿Con qué intenciones lo habría comprado? Se aleja del escaparate y sus pasos le llevan hasta el Jardín de Verano. Pero no le aquieta la sombra del árbol sobre la banca en la que se sienta. Su obsesión sigue preocupándole. Quiere volver a ver esos ojos, los que le espiaron por la mañana entre el gentío de la estación. Está seguro: los encontrará en las inmediaciones de la residencia de Nastasia. Rogóchin, en efecto, debe haberse apostado ahí para darse cuenta de si Mischkin sabe cumplir sus ofrecimientos.

A pesar de la palabra empeñada, Mischkin no vacila en ir a preguntar por Nastasia. No para saludarla —pues no está en San Petersburgo— sino para reconocer, en una calle próxima, esos ojos crueles y pertinaces, que le anuncian tal vez la muerte. Una muerte de la que sólo logra escapar gracias a un ataque súbito de epilepsia.

La síntesis que me he visto obligado a hacer destruye —lo reconozco— el sortilegio del texto de Dostoyevski. Pero me interesaba analizar el mecanismo del narrador. Quería medir, en lo posible, las yuxtaposiciones inteligentes de que se vale para fijar en nosotros no sólo el marco sino la evidencia misma de la tragedia que nos relata.

No es difícil adivinarlo: este procedimiento —ensayos lentos y reiterados de cada acción— exige mucho tiempo y mucha paciencia, del autor y de los lectores. Aquí desando un poco lo andado y evoco, en todo su crédito, a un escritor a quien mencioné al hablar de los valores morales en Dostoyevski. Se trata de Ortega y Gasset. Dije, entonces, que estimaba muy atinadas algunas de sus observaciones acerca del novelista. Agregué que otras me parecían exageradas. Sigo pensando que no es posible explicar la influencia de Dostoyevski por la sola "estructura" de sus relatos. En esto me aparto, por consiguiente, de una opinión de *El espectador*. Pero, limitado como lo estoy, en este capítulo de mi estudio, al examen del arte de Dostoyevski, las observaciones de Ortega y Gasset sobre el arte del novelista me proporcionan, ahora, un concurso muy eficaz.

No podía escapar a la delicada penetración de Ortega una circunstancia: que el tiempo es el elemento insustituible de la novela. O, para usar sus palabras, que la novela es un "género moroso". "No hay ejemplo mejor de esa morosidad —dice— que Dostoyevski." "Sus libros son casi siempre de muchas páginas y, sin embargo, la acción presentada suele ser brevísima." "Es sobremanera sugestivo —añade— sorprender a Dostoyevski en su astuto comportamiento con el lector. Quien no mire atentamente creerá que el autor define a cada uno de sus personajes... Pero apenas comienzan a actuar nos sentimos despistados. El personaje no se comporta según la figura que aquella presunta definición nos prometía. A la primera imagen conceptual que de él se nos dio, sucede una segunda, donde le vemos directamente vivir, que nos es ya definida por el autor y que discrepa notablemente de aquella... Entonces comienza en el lector la preocupación de que el personaje se le escapa... y, sin quererlo, se moviliza en su persecución, esforzándose en interpretar los síntomas contrapuestos, para conseguir una fisonomía unitaria; es decir, se ocupa en definirlo él. Ahora bien; esto es lo que nos acontece en el trato vital con las gentes."

En este sentido, Dostoyevski no es ya solamente un maestro del estereoscopio, sino un precursor del cinematógrafo. Al volumen, agrega el movimiento. En efecto, como los héroes del cine, los suyos van haciéndose o deshaciéndose frente a nosotros, mediante una sucesión de gestos, ademanes y andanzas que —si la película es buena— deberíamos no prever cuando aparece el actor sobre la pantalla.

En el momento en que un novelista tradicional termina de describirnos a un personaje, lo incapacita para ser otro, lo vacía de todas las posibilidades de variación que la realidad reserva para los hombres; esto es, lo acaba, lo mata antes de darle vida. Y no hay remedio. Cuanto mejor lo describe, más lo destruye —porque lo priva de eso que, en los entes que nos rodean, es la prueba inequívoca de que existen: su capacidad de determinarse en forma absolutamente distinta de la que nosotros —porque creemos ya conocerles— prevemos para su acción.

Todo Bovary está condenado a ser Bovary, desde los capítulos iniciales del libro que glorifica a su cónyuge insatisfecha. La definición de Flaubert es tan excelente que el más leve cambio de Bovary implicaría, de su parte, una traición, una inconsecuencia —peor aún: una insana esperanza de rebeldía—. Lo que le queda, a lo largo de trescientas páginas que le atribuye su creador, es demostrarse a sí mismo a cada momento, como un teorema. Si se casa, tendrá que ser infeliz. Pero no infeliz como Juan, Pedro o Esteban podrían serlo, sino infeliz como Bovary; infeliz con pantuflas, remordimientos y éxtasis provincianos. Si su esposa muere, habrá de llorar como Bovary. Hasta estamos seguros de que alguna carta de los amantes de Ema acabará por caer entre sus manazas. Se la había destinado Flaubert desde el instante en que le pintó, en aquella escuela donde el primer castigo del colegial Carlos Bovary fue el de copiar veinte veces *ridiculus sum*.

Este destino prefabricado, como los ladrillos de las residencias modernas, caracteriza a casi todos los personajes de las novelas del siglo XIX y a muchas de las que circulan entre los lectores del XX. Éstas son obras en cuyo desarrollo la predestinación supera al destino. De tiro por completo diverso son las de Stendhal, de Dostoyevski y de Marcel Proust, en cuyos pliegos el destino de los hombres y las mujeres representados es lo que nos atrae y no, como en Flaubert, la fidelidad a su predestinación.

Ni el Fabricio de *La Cartuja de Parma*, ni el Stavróguin de *Demonios*, ni el Barón de Charlus de *Sodoma y Gomorra* están hechos de antemano por sus autores. Tienen, por supuesto, desde un principio, lo que todos tenemos: un temperamento, un carácter, una fisonomía; un pasado, incluso. Pero no tienen un destino prefabricado. Stendhal, Dostoyevski y Proust les dejan —en apariencia— una libertad que Flaubert o Balzac o Dickens no están dispuestos a consentirles, ni siquiera aparentemente. No son. Están siendo, apenas; como nosotros. Y, como nosotros también, producen siempre cierta sorpresa a quienes los tratan. Por eso no protestamos ante la obligación de invertir mucho tiempo en seguirlos a través del devenir misterioso que es su existencia. Al contrario; menos lentitud en la exposición nos volvería dudosos y suspicaces. Un poco más de rapidez nos daría la impresión de una trampa puesta por el autor a la buena fe con que le leemos. Un cambio de ritmo delataría al artificio del que no queremos hacernos cómplices.

¿Cuántos años —o cuántos capítulos— son imprescindibles para admitir la vejez de alguien? Las leyes del teatro son diferentes. En un cuarto de hora —lo que dura un intermedio— el actor de bigote negro que aplaudimos al final del primer acto, se nos presenta adornado con una luenga y plateada barba. Aceptamos sin el menor recelo su decadencia. Nuestros quince minutos han tenido que ser, para él, más de media vida.

Pero la novela —por lo menos como Dostoyevski la entiende— exige una credibilidad mucho más severa. Lo que Ortega y Gasset señalaba como una condición de su éxito, la "morosidad", no es, en el fondo, sino el resultado de la concepción que Dostoyevski se hace de la evolución material y moral de los personajes. Necesita tiempo para que vivan; porque *viven* realmente sus aventuras. Si, en lugar de un destino, les hubiese dado una predestinación, podría ahorrarse muchos ensayos, muchos tanteos. Esos tanteos y esos ensayos que irritan a los ingenuos, porque no saben que son, de hecho, la necesidad esencial del libro y la demostración mejor de su calidad.

He aludido, en párrafos anteriores, a las novelas policiacas.

En ellas, el autor debe también preocuparse en primer lugar por que el destino de los delincuentes o de las víctimas no se ofrezca prefabricado al espíritu del público. Se descubriría el enigma, entonces, demasiado rápidamente. En los años en que maduró el arte de Dostoyevski prevalecía un género que, por lo menos en este punto, se parecía bastante al de las novelas de detectives y ladrones. Era el folletón. Sabemos que Dostoyevski había leído a Eugenio Sue. Aunque no lo supiéramos, algo nos indicaría que el hecho es cierto. (Por otra parte, Eugenio Sue no es el escritor despreciable que algunos creen. Hay muchas obras honrosamente catalogadas en los manuales de literatura que ya quisieran poseer la vitalidad de *El Judío Errante*, de *Matilde* o de *Los misterios de París*. En fin, no es mi propósito el de reivindicar a su autor. Si lo invoco es más bien porque estimo que su contribución a la idea que Dostoyevski llegó a formarse del arte de la novela, no es inferior a la contribución de Balzac o de Jorge Sand.

No recuerdo dónde encontré una pregunta de esta intención: entre ciertos episodios de Dostoyevski y otros de Eugenio Sue, un lector totalmente inculto ¿sabría distinguir a primera vista? ¿No le ocurriría lo que al espectador impreparado, cuando compara un cromo comercial con la reproducción en color de la tela de un gran maestro? La distancia que media entre obras tan diferentes es gigantesca. Unas son vulgares. Las otras no. Pero los genios —que no temen aproximarse a lo más pequeño— juegan a veces con lo trivial y, en ocasiones, apoyan en ese juego sus descubrimientos más personales y más felices.

Por ejemplo, muchos novelistas (antes y después de Freud) han utilizado el análisis de los sueños no sólo como instrumento y exploración psicológica para determinar el grado de ansiedad de sus personajes, sino también como hilo conductor para que los lectores no se extravíen en el viaje que emprenden, junto con ellos, por el laberinto de sus conciencias. Sin embargo, cuando Dostoyevski recurre al procedimiento que indico, le comunica en seguida un sello inconfundible. Más tarde hablaré de la pesadilla de Iván en *Los hermanos Karamásov*. Acabamos de acompañar al príncipe Mischkin en la que se apodera de él, en estado de vigilia, durante una tarde de estío en San Petersburgo. Pero, puesto que he mencionado a Eugenio Sue, quisiera detenerme en la descripción de uno de los sueños más expresivos de Raskólnikov, en la tercera parte de *Crimen y castigo*. Atormentado por algo que no se atreve a calificar de remordimiento, el asesino de Aliona Ivánovna se adormece en su oscura alcoba "con los cabellos empapados en sudor, secos los labios temblorosos y la mirada fija apuntando al techo".

Sueña que se encuentra en una calle de la ciudad. "En el ambiente había sofocante bochorno... Artesanos y hombres atareados volvían a sus casas: olía a cal, a polvo, a agua estancada.

Raskólnikov iba triste y ensimismado; recordaba muy bien que había salido con alguna intención, que tenía que hacer alguna cosa y darse prisa; sólo que... se le había olvidado. De pronto, se detuvo y pudo ver que al otro lado de la calle, en la acera, estaba parado un hombre y le hacía señas con la mano. Se dirigió a él, atravesando el arroyo; pero el individuo dio media vuelta y se alejó, como si tal cosa, baja la cabeza, sin volver la vista y sin dar la menor señal de haberlo llamado."

Raskólnikov, en su sueño, sigue al desconocido. "El hombre franqueó el portal de una gran casa... Raskólnikov atravesó el portal; pero ya el hombre no estaba en el patio. Seguramente había entrado en seguida y empezado a subir el primer tramo de la escalera. Raskólnikov se lanzó tras él. Efectivamente, dos tramos de escalera más arriba, oíanse aún los pasos lentos, acompasados, de alguien. Cosa rara: aquella escalera le parecía conocida. Ésa es la ventana del primer piso, triste y misteriosa; fíltrase por los cristales la luz de la luna; ya están en el segundo piso. ¡Ah! Éste es el mismo piso donde estaban trabajando los pintores... ¿Cómo no lo reconoció en seguida? Los pasos del hombre que iba adelante se apagaron. Probablemente se habrá detenido o se habrá escondido en algún sitio. He aquí el tercer piso; seguiremos adelante..."

De pronto, Raskólnikov ve, en su sueño, una puerta abierta de par en par. "Recapacitó un poco y entró... Ni un alma, cual si todo se lo hubiesen llevado; de puntillas, penetró en la sala. La habitación estaba iluminada por el fulgor de la luna. Todo seguía como antes: las sillas, el espejo, el diván amarillo y los cuadros en sus marcos. Una luna enorme, redonda, de un rojo cobrizo, miraba por la ventana directamente."

Raskólnikov "se detuvo y esperó, esperó largo rato. Y cuanto más silenciosa estaba la luna, tanto más recio le palpitaba el corazón, hasta el punto de hacerle daño... Una mosca despabilada chocó, en su vuelo, con el espejo y bordoneó lastimera. En aquel mismo instante, en un rincón, entre el armario y la ventana, distinguió como una capa de mujer colgada en el muro. '¿Qué hará aquí esta capa? —pensó—. Antes no estaba'... Cautamente, apartó con la mano la capa y vio que había allí una silla y en la silla, en un rinconcito, estaba sentada una viejecita, toda hecha un ovillo y con la cabeza baja, de suerte que no podía él verle la cara. Pero era la misma. 'Tiene miedo' pensó. Sacó despacito, del nudo corredizo, el hacha y la descargó sobre la vieja, en la sombra, una y otra vez. Pero, cosa rara: ella no se estremecía siquiera bajo los golpes, ni más ni menos que si hubiera sido de palo. Él se asustó, se agachó más y se puso a mirarla. Pero ella también agachó más la cabeza. Él se puso entonces completamente en cuclillas y la miró desde abajo a la cara. La miró y se quedó tieso de espanto. La viejecilla seguía sentada y se reía...

se retorcía en una risa queda, esforzándose por todos los medios para que no se la oyera. Le pareció que la puerta de la alcoba se entreabría suavemente y que también, ahí dentro, sonaban risas y murmullos. La rabia se apoderó de él. Con todas sus fuerzas púsose a golpear a la viejuca en la cabeza. A cada hachazo, sonaban más y más fuertes las risas y los cuchicheos en la alcoba, y la viejecilla seguía retorciéndose de risa. Echó a correr; todo el recibimiento estaba ya lleno de gente. La puerta del piso, abierta de par en par y, en el rellano, en la escalera y más abajo, todo lleno de gente, cabeza con cabeza, mirando todos, pero todos escondidos y aguardando en silencio... El corazón se le encogió, los pies se le paralizaron... Quiso lanzar un grito. Y despertó."

He citado este largo trozo porque lo encuentro sumamente revelador. En primer lugar, confirma con incontrastable elocuencia mi tesis acerca de la necesidad que tiene siempre Dostoyevski de hacernos vivir dos, tres, muchas veces, la misma escena, desde ángulos diferentes y con perspectivas complementarias. Recordaréis que fuimos, junto con Raskólnikov, a ensayar el crimen en los primeros capítulos de la obra. Recordaréis, asimismo, que le seguimos —paso a paso— en la hora funesta en que el delito se consumó. Pero a Dostoyevski esa reiteración (indispensable para la estereoscopia del drama) ya no le basta. Por eso nos obliga a revivir el asesinato —y a revivirlo exagerado por el *pathos* del sueño. Exagerado y en cierto modo "perfeccionado", puesto que, en el sueño, la muerta se nos presenta en un plano que no habíamos presentido, invulnerable a los hachazos de Raskólnikov, indemne y fantástica en su risa de títere descarnado, bajo el fulgor de la luna roja, en la noche sin término ni piedad.

Pero, por otra parte, el sueño no es una repetición sádica de los hechos que conocíamos. Si, desde un punto de vista, la pesadilla sirve a Dostoyevski para definir el volumen, la dimensión espectral de la escena que le importa hundir en nuestra memoria, desde otro punto de vista, la aprovecha —y esto es la prueba de un arte egregio— para hacernos avanzar muchos pasos en el conocimiento de la tortura que atenacea a Raskólnikov. Otro escritor —y acaso el mismo admirable Stendhal— se habría contentado con desmenuzar los motivos de aquella tortura en un luminoso monólogo del protagonista. Dostoyevski no confía en la imaginación lógica del lector. Quiere vencer todas sus resistencias merced a una especie de hipnosis en la que cada lector se vuelve, como los seres magnetizados, el actor de la tragedia que no le incumbe, el "sujeto" obediente de la novela.

Ha llegado el instante de precisar lo que anuncié al principio de este capítulo. La necesidad de un contraste psicológico permanente colocó a Dostoyevski ante el deber de elegir entre el claroscuro de Rembrandt y el negro y blanco de Eugenio Sue. Eligió el primero.

Pero ¿en qué puede consistir el claroscuro de una novela? ¿No estaremos dejándonos llevar por el atractivo de las palabras cuando afirmamos que Dostoyevski, en el arte de la novela, es un maestro del claroscuro, como Rembrandt —dos siglos antes— en el arte de la pintura?...

A fin de salir de dudas, consultemos a algún pintor. Pienso en uno que fue a la vez, por ventura para nosotros, novelista excelente y crítico muy valioso: Fromentin. Enterémonos de cómo define el claroscuro. "Es —dice— el arte de volver visible la atmósfera y de pintar los objetos rodeados de aire. Su propósito estriba en crear todos los accidentes pintorescos que ocasionan la sombra, las medias tintas, la luz, los relieves y las distancias y dar por consiguiente más variedad, capricho, unidad de efecto y verdad relativa a las formas y a los colores. Lo contrario del claroscuro es una concepción más abstracta, en virtud de la cual se nos muestran los objetos como son, suprimido el aire que los envuelve, y sin otra perspectiva que la lineal."

Con apoyo en esta definición, nos sentimos más alentados para reiterar lo que opinábamos hace un momento acerca del claroscuro de Dostoyevski. ¿Qué es, en efecto, lo que le induce a yuxtaponer las imágenes de sus héroes y a ensayar dos o tres veces sus movimientos, sino el ansia de darles profundidad y de individualizar cada escena merced a una perspectiva que ya no sea la perspectiva lineal de sus precursores? Para él, que no pinta, puesto que narra, el problema no radica en envolver de aire a los seres que está creando, sino en situarlos dentro del elemento insustituible de la novela. Ese elemento es el tiempo, ya lo hemos dicho. Y hemos dicho asimismo ya hasta qué punto Dostoyevski se cuida de no anticipar una definición de sus personajes; porque una definición anticipada, al predestinarlos, los inmunizaría de la acción constructiva o debilitante del tiempo.

Pero hay más. En el claroscuro (Fromentin lo proclama en un párrafo que no he tenido aún ocasión de citar aquí) "todo, hasta la luz, debe hallarse inmerso en un baño de sombra", a fin de ir extrayendo cada detalle después, para matizarlo y hacerlo más radioso, o más denso, o más incisivo... ¿Y no es esto lo que caracteriza a la técnica de Teodoro Mijailovich? ¿No empieza él también por sumergir en "un baño de sombra" los episodios de sus novelas, a fin de ir extrayendo cada minuto del drama y revelándolo hasta que brille, ante nuestros ojos, con fulguración cegadora, sobre la noche que lo circunda?

Los mejores momentos de sus relatos son aquellos en los que no acontece ostensiblemente nada, pero en los cuales todo está elaborándose para la crisis futura, merced a convulsiones imperceptibles en la sustancia moral de sus personajes.

Son los días ociosos de Raskólnikov, cuando —tendido sobre un camastro y deliberando consigo mismo— el asesino reconstruye su crimen, calcula las probabilidades de acierto que quedan aún a la policía y se encierra en sus conclusiones de tal manera que, de su propio castigo, sólo podrá salvarlo la confesión. Son las idas y vueltas de Mischkin en un San Petersburgo que él solo puebla con sus fantasmas concretos, sólidos e inmutables: el puñal de Rogóchin, sus ojos de ónix, el contacto de su cruz sobre el pecho ansioso, la presencia ideal de Aglaya, la ausencia dura y físicamente perceptible de Nastasia Filipovna y, al regresar a la pensión, aquel hombre oculto en el portal hondo, junto al arranque de la escalera.

Son esos veranos junto al Neva, cortos y largos a un tiempo; cortos porque duran pocas semanas; largos porque los días no tienen límites. Son esas noches tan leves y tan delgadas que, en los márgenes blancos que las ciñen —entre la hora habitual del atardecer y la hora en que el sueño rinde por fin a la población—, las larvas de la jornada cobran materia, se yerguen entre los árboles y atormentan la imaginación de los transeúntes.

Son, en *El eterno marido*, las mañanas inertes de Velcháninov, repartidas entre la conciencia de estar enfermo y la tristeza de haber malgastado la juventud en idilios pródigos y confusos; mañanas que impregnan al lector del aburrimiento de quien las vive, pero sin las cuales no comprenderíamos la importancia que para ese Don Juan apocado e hipocondriaco va a adquirir la llegada del individuo que lo espía desde la calle, que sube de puntillas las escaleras, que intenta en vano forzar la puerta y que de pronto, al abrirla Velcháninov, le sonríe afectuosamente, como el pasado que viene a restituirle: un pasado grotesco y un poco enjuto, en el cual su huésped no cabrá nunca sin cierta asfixia.

Es, en fin, la pesadilla de Iván, en *Los hermanos Karamásov*. Esas horas que no mide ningún reloj, pero que las bujías consumidas demuestran con lágrimas de estearina; horas que dan la impresión de no estar en el calendario; horas robadas a un tiempo extraño y a un mundo ajeno... Iván las comparte con el demonio. ¡Oh! un demonio sumamente cortés, que empieza por obligar al autor a escoger —para describirle— palabras oídas en otras lenguas (*gentleman, chic*); hombrecillo vestido por un buen sastre, con pantalones tal vez demasiado claros, que revela a Iván, a pesar de su corrección, la verdadera causa de su tristeza: el temor de que Smerdiákov no se haya ahorcado; es decir, el temor de que sobreviva quien, matando al viejo Karamásov, actuó por delegación de Iván, se sustituyó a su odio y, en realidad, le estafó su crimen...

El demonio de Iván no se contenta con inquietarle acerca de la decisión de Smerdiákov. Como reflejo y creación que es de la conciencia de su huésped, trata de convencerle de que no existe. "Aunque yo sea una alucinación tuya —le explica— digo cosas originales que hasta ahora no se te habían ocurrido, de suerte que no repito ya tus pensamientos y, sin embargo, no paso de ser una pesadilla que tienes y nada más..."

Pero, por otra parte, contradice esa afirmación cuando le cuenta sus pesadumbres de demonio bien educado: "Me han calumniado mucho —se queja—; porque yo, lo mismo que tú, padezco de lo fantástico y por eso amo vuestra realidad terrestre. Aquí, entre vosotros, todo está organizado, todo se reduce a fórmula, a geometría, mientras que entre nosotros... ¡qué vaga igualdad! Aquí vengo y sueño. Me gusta soñar. Además, en la tierra me vuelvo supersticioso. Sí, no te rías; a mí precisamente me agrada eso de volverme supersticioso. Aquí acepto todas vuestras costumbres; me perezco por frecuentar vuestros baños públicos y, figúrate, me seduce eso de vaporizarme con vuestros mercaderes y vuestros popes. Mi ilusión se cifra en encarnar en alguna gruesa tendera de siete pudes de peso y creer todo lo que ella crea. Mi ideal sería entrar en la iglesia y ofrendar allí un cirio con todo el corazón..."

La interpolación de esa pesadilla en el relato de Dostoyevski se destaca, evidentemente, como un capricho. Eso es, por cierto: un "capricho" insigne. Un capricho de los que Goya trazaba, no para huir de la realidad, sino para hacer entrar en la realidad el dibujo mágico de sus sueños.

Todos los momentos que acabo de señalar —y tantos otros, que no cabrían en un ensayo de esta naturaleza— son *esclusas* que Dostoyevski construye con psicológica perfección. En esas esclusas, sus personajes se reconcentran, para pasar de un nivel moral —vago e indeciso— a otro nivel moral, acaso no menos triste, pero preciso y determinado. Quien supo vivir en esas esclusas —y hacer vivir en ellas a caracteres tan acusados como los de sus libros— merece incuestionablemente los elogios que Nietzsche le dedicó. Es, sin duda, uno de los genios que mejor han sabido hablar con la esfinge humana.

EL PENSADOR

EN POSESIÓN de una experiencia vital extraordinariamente diversa y apasionada (la de la cárcel, la del destierro, la de la enfermedad, la del vicio y, a toda hora, la de una lucha ejemplar contra la miseria); dominado, desde el presidio, por un anhelo de redención moral que le indujo, en los momentos de su mejor producción estética, a no desarticular las responsabilidades solidarias de las personas y a comulgar con las almas de los humildes en un fervor de unidad humana, única senda posible de perfección; maestro de una psicología frente a cuyos análisis los ensayos de sus más agudos predecesores resultan toscos, como el tajo de un hacha de leñador por comparación con el corte —preciso y deliberado— del bisturí de un neurólogo prodigioso; dueño, en fin, de un arte del claroscuro que le permite alumbrar las conciencias ya no por fuera, según lo hace la mayor parte de sus rivales, sino por dentro, y que, dando perspectiva de sueño a la realidad, le obliga a ser a la vez, en las crisis de sus relatos, el que las describe y el que las sufre, la víctima y el culpable, el retratado y el retratista... ¿cómo aprovechó Dostoyevski dotes tan varias para elaborar la doctrina de sus libros más difundidos?

En el curso de estas notas he analizado, con brevedad por la cual me excuso, las inquietudes más lacerantes de Dostoyevski y, al mismo tiempo, sus procedimientos más personales como escritor. El análisis hecho, por somero que se le juzgue, nos permite ya declarar que, en Dostoyevski, el arte y la angustia se ayudan y se combinan constantemente. Como moralista, necesitaba un arte de la calidad psicológica que en el suyo, a cada paso, nos maravilla. Y, como artista de la novela, necesitaba tener una motivación moral que, por su hondura, justificase los métodos de su técnica.

Sin su aptitud para encarnar determinadas ideas —en personajes de evidencia tan inmediata que resulta, en algunos casos, alucinante— Dostoyevski hubiese sido un ideólogo más; excelente a veces, pero frecuentemente poco preciso. De lo que valdría su obra, sin la penetración que le concedió su asombroso dominio sobre los medios de la novela, nos proporciona un concepto bastante exacto el *Diario de un escritor*. Páginas nobilísimas, al lado de otras más bien borrosas —si no confusas—. Párrafos luminosos —especialmente aquellos en los que surge un retrato anímico, la semblanza rápida de un carácter—, junto a otros donde las tesis se acumulan sin integrarse y las doctrinas más persuasivas no obtienen siempre nuestro cabal y pleno convencimiento. Gritos trágicos, que ahoga una masa de digresiones bajo cuyo peso el autor, de pronto, se inclina y cede...

No nos preguntemos, sin embargo, por qué razón el *Diario* —a pesar de las circunstancias que anoto— fue tan útil para la difusión del genio de Dostoyevski. Cuando empezó a editarlo había llegado a un punto en que, por sí solas, sus novelas no podían asegurarle el público inmenso que merecía. El tiempo —y la muerte— acabarían por dárselo. Pero, mientras tanto... Mientras tanto, era urgente que Dostoyevski entablase un diálogo más directo con esos millares de lectores en potencia que algunas conversaciones y algunas cartas le prometían. Su *Diario* le facilitó aquella charla impresa, de la que son testimonio aún las actividades epistolares de infinidad de desconocidos: todos los que vieron, en Dostoyevski, a un incomparable corresponsal a quien consultar sobre sus trabajos, sus penas, sus esperanzas y sus enigmas.

Pero si es cierto —según lo creo— que, sin sus capacidades de novelista, su influencia de pensador habría sido menos fecunda (y, sobre todo, mucho más lenta), no es menos cierto, a mi juicio, que, sin las inquietudes morales que sus novelas dramatizaron, su técnica artística nos parecería ahora menos valiosa. Todo esto para probar, si fuere necesario probarlo aún, lo que sabemos desde hace tiempo: que, tratándose de un artista genuino, es imposible establecer una frontera impermeable entre lo que es y la manera de lo que es; porque "forma" y "fondo" no constituyen categorías estéticas separables. Según se ha afirmado, "el estilo es el hombre mismo".

Cuanto digo plantea un problema. En efecto, si forma y fondo viven de sus recíprocas resonancias, ¿cómo entrar en el tema de este capítulo? ¿Es posible, en el caso de Dostoyevski, hablar hoy sólo del pensador? Y la respuesta tendría que ser negativa, si pretendiésemos aislar esta parte de nuestro estudio de las consideraciones que la preceden. Pero, si conseguimos no desvincular al pensador del artista y del moralista, como procuramos no desvincular a éstos del presidiario que en ellos se reveló, la respuesta es afirmativa.

Hay que partir, sin demora, de una verdad incontrovertible. Dostoyevski fue un angustiado. Sus novelas son las novelas de la congoja humana. Insistiré, a riesgo de repetirme: el cielo bajo cuya comba sus personajes se agitan y se delatan es un cielo severo, trágico, terco: un cielo de bronce. El tema fundamental de este creador es la angustia del hombre sobre la tierra. Su realidad mayor es el sufrimiento. Su doctrina, la responsabilidad. Hasta aquí, podríamos equipararlo con Kierkegaard. Como Kierkegaard, es un profesor de llanto. Como Kierkegaard mide, no sin escalofrío, el "abismo infranqueable que hay entre la naturaleza y el espíritu, entre el tiempo y la eternidad". Como ·a Kierkegaard, los "existencialistas" tratarán de reivindicarlo; porque, como la de Kierkegaard, su enseñanza implica "que todo es vida, experiencia vital y problema existencial".

Pero eso es todo. Porque, a diferencia de Kierkegaard (que tituló *Enfermedad mortal* a su tratado sobre la desesperación), Dostoyevski no ve en la enfermedad un término último. Ni cree, como el filósofo sueco, que "todo goce se acompañe de muerte"; ni afirmó nunca —¿cómo hubiera podido afirmarlo?— "que el pensamiento de su riqueza intelectual era su único consuelo"; ni se buscaba en la soledad, pues se halló en el tumulto; ni habría jamás escrito, como el autor de *El concepto de la angustia*, que lo que le hacía más falta era un cuerpo, esa bestia física "que forma parte —ella también— del destino humano"

Si ahondamos un poco más en el paralelo, advertiremos que —sin quererlo— el propio Kierkegaard nos señala la oposición radical que existe entre su filosofía de la angustia y el pensamiento angustiado de Dostoyevski. El 9 de junio de 1847, mientras el novelista de *El doble* frecuentaba el círculo Petrachevski, Kierkegaard reconocía, en su diario, una carencia básica. Le faltaba "la fuerza de obedecer, de someterse a la necesidad inclusa en el yo, a lo que podríamos llamar nuestras fronteras interiores". Ahora bien, ¿no fue esa, precisamente, la fuerza más generosa de Dostoyevski, la que le permitió afrontar las pruebas más duras sin abdicar de su fe en la vida? Esa fuerza le dictó las palabras ardientes de Dimitri Karamásov: "Triunfaré de todo mi dolor, aunque no fuera sino para poder decir: ¡Existo!"

La comparación con Kierkegaard no era tan arbitraria como algunos pudieron considerarla. Nos ha ayudado a distinguir, por lo menos, una noción que estimo fundamental. Dostoyevski es un angustiado, pero no un desesperado. Su apología del dolor no le lleva, indispensablemente, hasta el pesimismo. Su concepción de la soledad no supone, como premisas, el egoísmo, el orgullo y la ingratitud.

Me detendré un poco en cada una de estas observaciones. La primera es, sin duda, la más importante. La angustia —que Kierkegaard enlaza con la desesperación— Dostoyevski la asocia, al contrario, con el deber de no desesperar de la vida. El minuto en que sus personajes llegan al fondo más vergonzoso de su conciencia es aquel en el cual, como Anteo al tocar la tierra, recobran el vigor de su voluntad. Es posible que semejante vigor no lo empleen en continuar automáticamente la línea de las acciones que provocaron las crisis en que se encuentran. Es posible. Y aun deseable. Raskólnikov, en su esclusa, no recupera su fuerza para perfeccionar la forma externa de su delito, articular las dudas que podrían despistar aun a quienes sospechan de su conducta y evitarse, al fin, una confesión. No. Raskólnikov recupera su fuerza para perfeccionar la esencia de su delito. Admite la responsabilidad que contrajo y se ofrece al castigo que —moral y psicológicamente— es su complemento. Engañar a los otros sería, acaso, posible. Engañarse a sí mismo ya no lo es. En este punto, de la manera más impensada, volvemos a encontrarnos con Kierkegaard. En su *In vino veritas,* el filósofo escandinavo establece una distinción muy fecunda entre la memoria, consciente y deliberada, y el recuerdo, involuntario y existencial. "La memoria —dice— enriquece el alma con muchos detalles que la distraen del recuerdo. El arrepentimiento es el recuerdo de la falta cometida. Por lo demás, la policía —desde el punto de vista psicológico— ayuda a que el criminal no se arrepienta de veras..." O, para explicarlo un poco más, la policía aviva la memoria de la culpa en el ánimo del culpable, pero, por eso mismo, lucha con el recuerdo y disminuye, en consecuencia, el poder del remordimiento. Observación que podríamos colocar —como epígrafe— en la primera página de *Crimen y castigo*.

Para llegar hasta el fin de su acción, Raskólnikov debe desechar todos los ardides que le parecían en un principio las características de su acción. Aquel contar los pasos que le separaban de la casa de Aliona Ivánovna, aquel querer acostumbrarse a la vibración de la campanilla y la antipática suspicacia de los ojos rápidos de la vieja; aquel cuidado de vigilarse continuamente para no dar pábulo a la inquietud de la policía, son elementos que, de improviso, en lugar de servirle, le perjudican. Seguirían tal vez siendo útiles para el Raskólnikov anterior al crimen. Pero, entre ese Raskólnikov y el que besa los pies de Sonia, ha pasado una eternidad y el hombre que se arrodilla ante la hija de Marmeládov ha descubierto a la postre por qué mató; se ha aceptado ya como criminal; sabe, por consiguiente, lo que le espera —y lo acepta también, aunque con protestas, porque, a pesar de todo, cree en la vida.

Cree en la vida, sin darse cuenta, con una fe mezclada de odio y de indignación. Podía matarse como Svidrigáilov. Pero no se mata. Podría no denunciarse a la policía. Pero se denuncia. Podría no ir a besar la tierra en la encrucijada de Heno. Pero va, entre las risas de los paseantes, y se humilla en la encrucijada y besa con deleite la tierra sucia. Podría no amar a Sonia. Pero la ama. Podría no perdonarse jamás a sí mismo. Pero se perdona. Y ese perdón de sí mismo —que tarda mucho naturalmente en llegar— la existencia no se lo ofrece como recompensa de su renuncia a las ambiciones intelectuales de su época de estudiante, ni como premio de su aceptación del castigo humano, sino como pago del esfuerzo que al fin realiza para escapar de su implacable y tétrica soledad.

El momento en que principia el perdón es aquel en que Sonia lee en sus ojos el amor que sus labios todavía no le confiesan. Momento intenso, férvido, extraordinario, que Dostoyevski nos cuenta así:

"Volvió a hacer un día tibio y claro. Por la mañana temprano, a las seis, se encaminó Raskólnikov al trabajo, en la orilla del río, donde —en un cobertizo— estaba instalado el horno para el alabastro, al que lo habían destinado. Habían enviado allí, por junto, tres obreros. Uno de los presos cogió al centinela y se fue con él al fuerte en busca de alguna herramienta. Otro se puso a preparar la leña para calentar el horno. Raskólnikov salió del cobertizo y se dirigió a la ribera. Se sentó en una viga tendida a lo largo del muro y quedóse mirando el ancho y desierto río. Desde la alta orilla, se descubría un espacio vasto. De la otra orilla lejana, apenas si llegaba el eco de una canción. Allí, en la estepa inacabable, bañada por el sol, con rasgos apenas perceptibles, negreaban las tiendas nómadas. Allí había libertad y vivían otras gentes, en absoluto distintas de las de aquí. Allí parecía como si el tiempo se hubiese detenido y no hubiera pasado el siglo de Abraham y de sus rebaños...

"De pronto, junto a él, apareció Sonia. Acercóse con paso apenas perceptible y se sentó a su lado. Era muy temprano todavía. El frescor matinal aún no se había mitigado. Llevaba puesto un pobre y viejo albornoz y un pañolito verde. Su cara mostraba aún huellas de la enfermedad. Había adelgazado. Estaba pálida, demacrada. Le sonrió afectuosa y alegre; pero, según su costumbre, le tendió la mano con timidez...

"Esa vez, sus manos no se soltaron. Él le lanzó una mirada ligera y rápida. Nada dijo y bajó al suelo la vista. Estaban solos. Nadie los veía. El centinela se había alejado en aquel momento.

"¿Cómo fue aquello?, ni ellos mismos lo supieron. De pronto, algo pareció apoderarse de él y echarlo a los pies de Sonia. Lloraba y abrazaba sus rodillas. En el primer instante, ella se asustó enormemente. Toda su cara se asemejó a la de una muerta. Saltó de su sitio y, temblorosa, se le quedó mirando. Pero inmediatamente, en aquel mismo instante, lo comprendió todo. En sus ojos resplandecía infinita felicidad. Comprendía, y ya para ella no había duda de que él la amaba...

"Quisieron hablar, pero no les fue posible. Había lágrimas en sus ojos. Ambos estaban pálidos y flacos; pero en aquellos rostros enfermizos refulgía ya la aurora de un renovado porvenir, de la plena resurrección a una nueva vida. Los resucitaba el amor. El corazón del uno encerraba infinitas fuentes de vida para el corazón del otro".

Dostoyevski concluye, indicándonos cuáles son en ese minuto, los pensamientos de Raskólnikov: "¿Qué eran ya todos, todos aquellos tormentos del pasado? Todo, hasta su crimen, hasta su condena y deportación parecíanle, en esa primera exaltación, un hecho exterior, ajeno, no relacionado con él. Por lo demás, no podía pensar larga y fijamente en nada, concentrar en nada el pensamiento. Nada, tampoco, habría podido resolver entonces conscientemente. No hacía más que sentir. En vez de la dialéctica, surgía la vida".

El caso de Velcháninov, en *El eterno marido,* es en extremo distinto y, sin embargo, igualmente revelador. Los últimos oros de la madurez principian ya a desprenderse de su existencia. El hastío le ha abierto sus melancólicas avenidas. Sufre del hígado. Entre dos cólicos, evoca las siluetas de las mujeres que creyeron que su egoísmo era una forma insólita de elegancia. Podría continuar así por espacio de muchos años, yendo de tarde en tarde a algún club, leyendo las notas sociales de los periódicos, asomándose a veces a la ventana. Pero, al asomarse de hecho a la de su aposento, descubre a un señor que le está atisbando. Es un individuo que lleva, en el sombrero, una gasa negra. Le ha seguido durante días. Esa vez, entra a visitarle. Resulta el viudo por excelencia. Su extinta esposa perteneció a la teoría de las siluetas, no sé si amables, que desfilan por los recuerdos de Velcháninov.

Con Trusotski, el viudo (de cuya hija, Liza, Velcháninov se siente autor), se instalan en la conciencia del solterón muchas responsabilidades y no pocos remordimientos. Hay que velar por Liza, a quien Trusotski tortura cual si quisiese vengar en ella su honor perdido. Hay que cuidar a Trusotski, que se embriaga con lamentable facilidad. Hay que acogerle a deshoras, cuando el alcohol, el pesar o el odio mal reprimido lo incitan a ir a charlar con él.

Cierta noche, mientras Trusotski —cuya hijita finalmente murió— hace en voz alta proyectos sobre un próximo matrimonio, sobreviene la crisis. Se trata, en esta ocasión, de una crisis doble. Una, la hepática, derrumba a Velcháninov sobre el lecho. La otra, que no me atrevo a llamar mental, logra emanciparle de su transitoria abyección frente al viudo hipócrita y malicioso.

Trusotski empieza por atender al enfermo como si fuese el más querido de sus parientes. Dispone el samovar, le prepara unas tazas de té, le aplica platos calientes sobre el costado.

"Usted —exclama Velcháninov—, usted es más bueno que yo... Lo comprendo todo, todo... Se lo agradezco".

Pero, horas más tarde —y después de una pesadilla, no tan extensa como la de Iván en *Los hermanos Karamásov*, aunque trazada también con profética maestría—, las cosas cambian por completo. Se levanta Velcháninov, en la sombra, y, "como si alguien le apuntase lo que debía hacer", se dirige al rincón donde Trusotski se había acostado. Un hombre se encuentra ahí, en acecho, con las manos tendidas hacia las suyas. Forcejean, apenas, y Velcháninov se hiere con el filo de una navaja que el otro llevaba desenvainada. El otro era el viudo. Iba a asesinarle.

Cuando, a la mañana siguiente, expulsa a Trusotski, Velcháninov se siente aliviado de todas sus inquietudes. Ha vuelto a ser él; pero no el mismo otoñal Don Juan que conocimos en los primeros capítulos, sino un hombre que va en seguida a ver a su sastre para encargarle un vestido nuevo.

Se entiende ahora mejor por qué resulta tan artificial el deseo de inscribir a Dostoyevski entre los escritores de la escuela "existencialista". Como dice, en documentado ensayo, José Romano Muñoz, "el más grave reproche que generalmente se hace al desemboque nihilista y pesimista del existencialismo heideggeriano y sartriano es que no toma en cuenta la totalidad de la experiencia humana... Tántos y tántos historiógrafos, psicólogos, místicos, poetas, novelistas y escritores de todas las épocas... nos hablan de un tipo de experiencia que, por lo universal, se evidencia como típica existencia humana; aquella que hace desembocar la angustia no en la desesperación o en la resignación heroica, sino en la alegría, en el entusiasmo, en la afirmación de una tarea humana con sentido, en el descubrimiento de un índice rector de la acción creadora y libre; experiencia que pone a quien la padece no frente a frente de la nada y de la muerte, sino frente al ser mismo..."

Porque, para Dostoyevski, la angustia es ruta, pero no meta. Sabe, como Kierkegaard, que lo opuesto al pecado no es la virtud, sino la fe. Y sabe, más aún que Kierkegaard, que la fe no supone necesariamente la supresión de la personalidad individual del hombre, sino —al contrario— una expresión total de esa personalidad indeclinable, un viaje, a menudo horrendo, hasta el término del destino de cada ser, término en el cual advierte cada individuo que, al realizarse como individuo, se ha confundido, por fin, con el amor de todos sus semejantes.

En las novelas de la gran época de Dostoyevski (1866-1880) encontraremos, de manera menos o más acusada, un fenómeno parecido a los descritos en los casos de Raskólnikov y de Velchá-ninov. Tal fenómeno nos recuerda la necesidad de la peripecia en la tragedia helénica. Pero aquí la peripecia es interna, a puerta cerrada. "Tempestad bajo un cráneo" llamó Victor Hugo a un capítulo de *Los miserables*. La frase podría servir de título a muchas crisis analizadas por Dostoyevski. En ellas, sus personajes se despojan de una parte de su pasado: la que les estorba para ser lo que deben ser. No siempre lo hacen como una depuración, a fin de acelerar la catarsis clásica, sino con el propósito de realizar su destino. Y de realizarlo en el plano que va a ser, para ellos, el solo auténtico. ¿No implican al fin estas "tempestades" una confianza mística en el poder renovador de la vida y un patético amor por la realidad, como evolución siempre creadora y continuidad que se afianza modificándose?

La angustia de Dostoyevski no es desesperación. Su exaltación del dolor no es tampoco apología del pesimismo. Ya nos lo dijo él, tras oír su condena desde el patíbulo de la plaza Seme-novski: "La vida es en todas partes la vida. Ser un hombre entre los hombres —y serlo siempre, cualesquiera que sean las circunstancias—, eso es la vida." ¡Qué diferentes suenan las voces de un Kierkegaard y de un Federico Nietzsche! Éste, es cierto, se sobrepone al pesimismo por el orgullo. Pero ¿qué vale ese orgullo, junto al fervor de Teodoro Mijailovich y a su humildad frente a los humildes?... Porque, así como la angustia de Dostoyevski no es desesperación y su exaltación del dolor no es apología del pesimismo, así también su concepción de la soledad no supone ni orgullo ni ingratitud. En su obra, los grandes solitarios no suelen ser grandes egoístas. En tanto que otros se enclaustran para incomunicarse, ellos parecen enclaustrarse para comunicarse mejor con la verdad de la tierra. Ahí, donde nadie los mira, se ponen en contacto, gracias a su propio martirio, con lo que la muchedumbre podría no revelarles: el sufrimiento del mundo entero. ¿Cómo, en tales condiciones, ser egoísta? ¿Y cómo, en tales condiciones, ser orgulloso?

Al llegar a ese punto, un testimonio se yergue frente a nosotros: el de Tolstoi. La ausencia de ese gran nombre debe haber sorprendido, hasta ahora, a muchos de mis lectores. ¿Cómo opinar del autor de *El adolescente* sin referirse al autor de *Resurrección?* Ambos son los "demiurgos" de la novela rusa del siglo xix. Desde la juventud, era costumbre —entre mis contemporáneos— juzgar a nuestros amigos por su elección en favor de Tolstoi o de Dostoyevski. Unos escogían a aquél; exaltaban sus prédicas generosas y no tardaban en describirlo como a un varón del Antiguo Testamento, mezcla telúrica de Moisés frente al Sinaí y de Pan de siringas jamás oídas; artista intemporal, que narraba con la objetividad de un homérida (de un homérida que conociese el *Deuteronomio*), y pensador afianzado, con las diez garras de sus manos temibles de cazador, a la cruz de su época y de su pueblo. Otros preferían el misterio sangrante de Dostoyevski, su pasión ante el Evangelio, sus congojas de artista herido por todas las miserias de la existencia y por todas las cóleras de la historia; su pensar menos sistemático, su fervor menos pedagógico, su sinceridad menos discutida...

Otros, como yo, nos rehusábamos a admitir la fatalidad de esa opción cruel. Sentíamos hasta qué grado los dos temperamentos y los dos genios se completaban: el uno, con su ansia de dominar la vida, y su deseo (no confesado siempre) de ser vencido por ella. Veíamos en Tolstoi al señor feudal, boyardo agitado desde la infancia por una amenaza tan sólo, la de la muerte; "príncipe del idioma", capaz de arrojar en la senectud el lastre pecaminoso de sus riquezas, pero incapaz de sufrir como un hombre pobre, de actuar como un hombre pobre y, sobre todo, de amar como un hombre pobre. Nos conmovían, en cambio, en el epiléptico Dostoyevski, su autenticidad de indigente, de presidiario, de vagabundo, de perseguido; su angustia humana, no provocada en la calma del gabinete por el rigor de una ideología, sus patéticas incoherencias, su concepción de la culpa, su mística del perdón.

Uno y otro proclamaban la necesidad del amor humano. Pero, en Tolstoi, ese amor parecía una ley severa y su "cristianismo", como hubo de comprobarlo Zweig admirablemente, era la consecuencia de un raciocinio, el corolario de un postulado. "Cristiano artificial" llama Zweig a Tolstoi en una página respetuosa y, sin embargo, implacable en muchos sentidos. Con mayor vehemencia, Cassou lo acusa de no vivir sino por principios. Cita, al respecto, una confesión arrancada al "diario" de su mujer. "¡Si se supiese —dice de Tolstoi la condesa Sofía Andreievna— qué poca dulzura y qué escasa bondad hay en él —y cuántas cosas hace por principio y no por seguir los movimientos de su corazón!"

Al leer el ensayo que Jean Cassou consagró a Tolstoi y, sobre todo, al hallar en uno de sus capítulos cierta alusión irónica a "la técnica de la santidad", recordé lo que decía León Blum acerca de Stendhal y su técnica de la dicha. No hay método lógico que valga en estas esferas de la existencia. Y no serán pocos los que piensen como Cassou "que las contadas horas de amor, de embriaguez, de gloria y de dicha creadora que iluminaron la vida infernal de Dostoyevski... fueron superiores en plenitud a los placeres adustos y ásperos que la predicación pudo brindar al todopoderoso amo y señor de Yasnaia-Poliana".

En este vértice de la soledad, la zozobra de Tolstoi resulta quizá más tremenda que la angustia de Dostoyevski. Porque, en Tolstoi, el pensador tiene que combatir al artista; lo que afirma como poeta, lo niega como sociólogo humanitario. Vive defendiéndose de sí mismo, de su sensualidad, de su lujo, de su salud y hasta de su don formidable de novelista. En Dostoyevski, por el contrario, el artista y el pensador hablan el mismo idioma, aceptan las mismas dudas, lloran el mismo llanto. Aunque, en los diálogos de Aliocha con Iván Karamásov, la simpatía del autor está con Aliocha —el creyente sano, enérgico y puro— no es posible desconocer que, en su alma, algunas de las dudas de Iván suscitan inmensas repercusiones. Así, cuando Iván discute con el *starets* Zósima respecto al sentido que ha de atribuirse al reino de la Iglesia sobre la tierra, no acierta uno a distinguir con exactitud dónde termina la voz de Iván y dónde comienza la de Teodoro Mijailovich, menos sonora pero más honda. El fragmento al que me refiero es esencial para juzgar la tesis de Dostoyevski en lo que atañe a la religión y a la vida laica. Releámoslo, en sus partes fundamentales.

"Durante los primeros tres siglos del cristianismo —declara Iván—, el cristianismo en la tierra se manifestó como una Iglesia, y era sólo Iglesia. Cuando el Imperio romano quiso volverse cristiano, infaliblemente sucedió que, al hacerse cristiano, se incorporó la Iglesia, continuando él mismo tan imperio pagano como antes, en muchísimas de sus funciones. En realidad, tenía que ser así. Pero en Roma quedaba mucho de la civilización y el saber antiguos, como —por ejemplo— los fines y fundamentos mismos del Estado. La Iglesia de Cristo, al entrar en el Estado, no podía prescindir de ninguno de sus fundamentos, de esa piedra sobre la cual se asentaba; ni podía perseguir sino sus propios fines... entre otras cosas, convertir el mundo todo y, por consiguiente, también, todo el antiguo Estado pagano, en Iglesia. De esta suerte, no debía haberse buscado la Iglesia un puesto determinado en el Estado, como congregación pública o como congregación de personas con fines religiosos... sino que, por el contrario, todo Estado terrenal debiera, de allí en adelante, haberse convertido en una Iglesia completa, no pudiendo ser otra cosa sino una Iglesia, y hasta descartando todos aquellos fines que no se compaginan con los eclesiásticos. Esto en nada la rebaja ni merma su honra ni su gloria como gran Estado, ni la gloria de sus jefes, sino que únicamente la aparta del falso camino todavía pagano y erróneo, encauzándola por el regular derrotero, único que conduce a sus fines eternos..."

En respuesta a estas observaciones de Iván, uno de los compañeros de Zósima, el padre Paisi, ahonda el tema todavía más.

"En dos palabras —observa— según ciertas teorías, harto explicables en nuestro siglo, la Iglesia está obligada a convertirse en Estado, desde abajo arriba, para luego fundirse en él, cediendo a la ciencia, al espíritu de los tiempos y a la civilización. Si se rehusa y resiste, se la habilita dentro del Estado algún rinconcillo, y aun así, sometida a vigilancia, y esto, en nuestro tiempo, ocurre en los países europeos. Para la comprensión y esperanza rusas no es la Iglesia la que debe transformarse en Estado, como si ascendiera de abajo arriba, sino que, por el contrario, el Estado debe acabar por ser digno de ser exclusivamente Iglesia y nada más..."

Oigamos, ahora, a un angustiado de nuestra época, a André Suarès. "Antes que nadie —escribe el prosista de *Escudo del Zodíaco*— Dostoyevski mostró que la meta de la vida es la vida misma. Pero fue más lejos. Se dio cuenta, profundamente, de que hasta la vida sería una forma vacía sin el corazón y, por tanto, de que el amor es el fin de esa meta única... El hombre no es una figura acabada, sino un impulso hacia su forma perfecta, un ensayo tenaz del hombre".

Invito a Suarès aquí no como al convidado de piedra, sino como a un testigo de calidad. Y lo invito, en estos instantes, porque su referencia al hombre como proyecto y su tributo al amor humano (en el sentido más desinteresado y más amplio que pueda darse al vocablo amor), nos aclaran la ruta que Dostoyevski se impuso. Es en los hombres, en el corazón de los hombres, donde el novelista trató de hallarse desde el día en que el zar Nicolás lo mandó al presidio. En los hombres. Y no tan sólo en los santos —que iluminan algunas de sus novelas—, sino en los más viciosos y más oscuros de sus hermanos; hermanos dos veces suyos: por hombres y por oscuros, por hombres y por viciosos. Él también había de empeñarse en una trasmutación magnífica de valores. Pero no, como Nietzsche, arrancando al superhombre del hombre; sino cambiando al hombre en el hombre mismo, merced a la sublimación de dos enseñanzas: la libertad como compromiso y la solidaridad como ley de acción.

Respecto al concepto de la libertad, Dostoyevski hubo de pronunciarse al discutir "la cuestión del arte" en su *Diario de un escritor.* En esas páginas, el novelista establece un término medio entre el liberalismo clásico y lo que él llama "utilitarismo"; es decir, el arte dirigido, o, en palabras más claras, el arte gobernado. En nombre de los artistas libres, aduce que "la creación, principio fundamental de todo arte, es una propiedad íntegra, orgánica, de la humana naturaleza" y que "exige plena libertad en su desarrollo". En nombre de los "utilitaristas" —que ven sobre todo, en el arte, una seria función social— describe la impresión que, por ejemplo, hubiese causado a los lisboetas del siglo XVIII, al día siguiente del terremoto que destruyó su ciudad en 1775, encontrar en la primera página de "El Mercurio" un poema sin relación alguna con el desastre, lleno de metáforas sobre el "capuz nocturno" y los "gorjeos del ruiseñor". ¿No se comprendería muy bien la indignación de esos seres, vejados en su dolor por la indiferencia de un rapsoda impertinente?

Entonces tras haber expuesto el *pro* de los liberales y el *contra* de los "utilitaristas", Dostoyevski manifiesta su propia opinión. Acepta la argumentación social del "utilitarismo" en cuanto a que —según dice— "estaría muy bien que los poetas no se remontasen al éter y, desde allí, contemplasen a los demás mortales con altivez". "El arte puede prestar ayuda con su cooperación, pues encierra enormes recursos." "Pero, añade (y he aquí lo que deseaba yo subrayar), la cooperación del arte no puede pasar de un simple deseo, sin convertirse nunca en exigencia, pues quien exige, en la mayoría de los casos, trata de imponerse por la fuerza, y *la ley primera del arte es la libertad de inspiración y de creación*".

Esta actitud —que aplaudo sinceramente, porque jamás he creído que el escritor tenga derecho a olvidar sus responsabilidades humanas y, porque no he aprobado nunca tampoco que esas responsabilidades le sean dictadas por un poder, político o comercial— rebasa el marco estético y cobra importancia en todos los actos de nuestra vida pública. La deducción natural del principio asentado por Dostoyevski en materia artística es el reconocimiento de una interpretación social —y no sólo individual— de la libertad.

El hombre es libre, mientras su libertad (como artista, como industrial, como negociante) no vulnere las libertades de los demás ni su propio sentido ético de la solidaridad que le une a sus semejantes. Nadie tiene derecho a despojar a otro de su libertad; pero quien lo postula debe él mismo saber medirlo y limitarlo en función del bienestar colectivo.

Ahora se entenderá mejor por qué hablé de la libertad como compromiso. La libertad, para Dostoyevski, no estriba tanto en hacer lo que al individuo le viene en gana, cuanto en obrar de acuerdo con su ley interior, y *al mismo tiempo*, con su sentido constante de la responsabilidad que le imponen los actos que hace...

y hasta los pensamientos que no formula. Concebida de esta manera, la libertad constituye un derecho, pero encarna una obligación y, por ende, representa un estado perpetuo de compromiso. La noción de ese compromiso es la que coloca a los personajes de Dostoyevski en tensión dramática; la que les da esa alta temperatura de controversia interior, dolorosa e irremisible. Lo más cómodo, por supuesto, sería delegar nuestra libertad. Pero, en las novelas de Dostoyevski y en las situaciones más decisivas de la existencia, resulta que la libertad es indelegable —porque el destino, también, es indelegable.

Aparece entonces en Dostoyevski (y en los dos cauces de su obra escrita: dentro de la novela, en *Los hermanos Karamásov*, y dentro del ensayo, en su discurso sobre Puschkin) la conclusión de muchos años de esfuerzos, de incertidumbres y de congojas. Para salvar su libertad, el hombre debe obrar, individualmente, con apego a las normas de la fraternidad humana; porque la solidaridad no es exclusivamente la condición del progreso común, sino el único medio de asegurar el desarrollo libre de cada persona.

A esa solidaridad, Aliocha Karamásov la llama "amor". Y Dostoyevski, en su elogio de Puschkin, "espíritu popular". "Creed —exclama— en el espíritu del pueblo. No esperéis sino de él la salvación, y él os salvará"... Sin embargo, como estas expresiones podrían entenderse como un grito nacionalista, Dostoyevski se encarga de esclarecérnoslas. Puschkin amó a su pueblo, pero supo comprender —y por tanto amar— a los otros pueblos. "¿Quién caló tan a fondo en el espíritu de las naciones extranjeras?", pregunta Teodoro Mijailovich. Asoma de nuevo, como *leit-motiv*, el sermón de Zósima: Todos somos responsables de todo, ante todos. No es deseable erigir la dicha —de un grupo, de una casta, de un pueblo, de una nación— sobre la infelicidad de nadie.

"¿Qué felicidad puede ser ésa, que se funda en la ajena desgracia?", interroga otra vez Dostoyevski. Y, reelaborando un concepto expresado ya en *Los hermanos Karamásov*, declara, en su discurso sobre Puschkin: "Supongamos que tuviese que transformarse la estructura de la historia de la humanidad con el fin de hacer felices a los hombres, de aportarles paz y tranquilidad. Supongamos que a ese objeto fuera indispensable sacrificar en total una sola vida humana. Y no tampoco una vida muy valiosa, sino la de un ser totalmente ridículo; no ninguna figura shakespeariana, sino... vaya, pongamos, sencillamente, la de un honrado anciano, marido de una mujer joven, en cuyo amor tuviera ciega fe, no obstante no conocer su corazón, a la que honrase y estimase, de la que estuviera orgulloso y por la que se sintiese feliz y tranquilo. ¡Y ese hombre sería el único en padecer deshonra y vilipendio y dolor para poder fundar sobre sus lágrimas el edificio de la felicidad! ¿Aceptarían ustedes el papel de arquitectos de ese edificio con esa sola condición?... ¿Podrían ustedes sostener ni por un momento la tesis de que los hombres para los cuales construyesen ese edificio habrían de aceptarles esa felicidad, cuando en su base misma pusieron ustedes el dolor de un hombre, todo lo insignificante que se quiera, sí, pero injustamente sacrificado de un modo implacable, y podrían estar siempre contentos con esa dicha?"

¡Cómo resuenan hoy, en el corazón de los hombres sinceros, las palabras pronunciadas por Dostoyevski en junio de 1880! ¡Qué poco han aprendido los pueblos desde esos días! ¡Con qué lúgubre ceguedad se destrozan unos a otros, para levantar, sobre ruinas, otra Babel de orgullo!

El dolor es sagrado —nos recuerda, desde su tumba, la voz cansada, y, sin embargo, inflexible, del ex-presidiario de Omsk—. No se construye nada durable sobre las lágrimas de los otros. No hay torres —de ventura o de gloria— que permanezcan si Caín las sustenta sobre el cadáver de Abel.

Pálido, humilde, enfermo, epiléptico y jugador, visionario y naturalista, supersticioso y psicólogo, ¡humano, humanísimo Dostoyevski!

Entre todas las desgracias que atravesó, bajo todas las vergüenzas que lo humillaron, de todas las diversidades que registró y todas las contradicciones que le afligieron, llega así, en el umbral de la senectud, a integrar por fin su unidad moral. La ecuación en que esa unidad profunda se manifiesta es la misma que acabó por revelarnos entre las tempestades y lodos de sus novelas: la responsabilidad es a la humildad lo que la solidaridad a la libertad.

Fue grande por lo que creyó; pero más aún por lo que quiso creer. Al despedirnos de él, pienso en una frase que Malraux consagró a uno de sus hermanos inconfundibles, al israelita de Amsterdam, al viejo y eterno Rembrandt. En su diálogo con el ángel —dice el autor de *La condición humana*—, Rembrandt no fue el señor Rembrandt Harmenzsoon, sino sólo un hombre; un hombre, "miseria irreemplazable".

La lección más grande de Dostoyevski consistió, también, en hacernos sentir el valor inmenso de la "irreemplazable miseria" humana.

PÉREZ GALDÓS

¿POR QUÉ GALDÓS?

CUANDO decidí reunir en estas notas el nombre de Benito Pérez Galdós a los de Stendhal y Dostoyevski, algún amigo me preguntó: "¿Por qué Pérez Galdós? Sí, ¿por qué él y no, por ejemplo, Proust, que usted tanto admira, o Thomas Mann, que tantos lectores tiene en Hispanoamérica, o Kafka, que de manera tan original y tan imprevista prolongó ciertas partes de la obra de Dostoyevski, o Tolstoi que —en *Resurrección* y en *La guerra y la paz*— nos dejó dos libros definitivos, o Dickens, por quien no ignoro la fidelidad de su devoción, acrisolada durante años, desde el fervor de la juventud?"

Como es posible que algunas otras personas se hagan la misma interrogación, creo de mi deber empezar por darles una respuesta directa y franca.

En efecto, el examen crítico de la gran creación proustiana habría sido más sugestivo para mí; el estudio de Thomas Mann me hubiera obligado a una interesante incursión en las tierras germánicas de los primeros años del "novecientos"; Kafka abre perspectivas psicológicas muy secretas; Tolstoi es un genio de reputación más universal, y en la historia de la novela, Dickens y Balzac ocupan lugares más alumbrados por la crítica.

Pero en la voz de don Benito, España entera nos reconforta. Y, en una galería de novelistas, un mexicano que dialoga con mexicanos no podía desentenderse de un escritor que, en nuestro propio idioma, compuso algunas de las novelas fundamentales del pasado español reciente. Por otra parte (y eso el amigo de quien hablo lo reconoció desde luego de buena fe), en América, Pérez Galdós es menos conocido de lo que suponen no pocos hombres de letras. Todo parece haberse conjurado contra él: su fama de anticlerical y su estilo, tan calumniado; su fecundidad, que resulta difícil de afrontar en todas sus múltiples consecuencias, y su frialdad aparente, de narrador implacable por objetivo.

Sin embargo, según veremos, todas esas acusaciones necesitan un juicio de revisión. Porque el liberalismo de don Benito —aunque militante— no constituye ni el alarde de una pasión antirreligiosa ni la jactancia de un ateísmo demoledor. Su prosa carece de la insinuante caligrafía de Juan Valera, de la lucidez de Clarín, incisiva y sabia, y hasta del sabor que se advierte en determinadas páginas de Pereda; pero posee, en cambio, méritos muy valiosos: la generosidad, la soltura, la capacidad analítica y descriptiva y, sobre todo, una extraordinaria eficacia irónica en la transcripción de lo cotidiano. Por lo que atañe a la fecundidad ¿cómo basarnos en ella para dirigir a nadie ningún reproche?... Hay autores que saben acuñar su verdad en un solo cuento, sólido y sobrio. Otros han menester de un mundo para expresarse. Así, en Francia, ese fértil Balzac que nos legó *La comedia humana*. Así, en Inglaterra, aquel infatigable Walter Scott, de quien leemos todavía —y no sin deleite— algunos capítulos muy fragantes. Y así, en España, monstruos de ingenio y de persistencia como Lope de Vega, acerca de cuya fecundidad escribía Francisco A. de Icaza, que "hay que admirarla, pero recordando al mismo tiempo que, mientras para muchos autores de ayer y de hoy es axiomática la frase... de que 'hay años en que no se está para nada', Lope trabajó gran parte de su larga vida a doce y catorce horas diarias". A lo cual añadía el propio comentarista: "Los premiosos y los haraganes hablan de la inconsistencia de la obra improvisada (de Lope), sin pensar en que no hubo tal improvisación: a su poderosa inventiva y a su facilidad jamás superada, ayudó la costumbre formando una segunda naturaleza que convirtió por esta vez en función normal lo que, de ordinario, es en los demás genios relámpago fugaz de prodigio." Otro tanto cabría decir como explicación de la riqueza inaudita del creador de los *Episodios nacionales* y de las *Novelas contemporáneas*. En él, como en Lope, la abundancia no es sólo felicidad del temperamento, sino dominio técnico del oficio y, también, heroísmo cordial de la voluntad, obstinación magnífica del carácter. Excelentes como son muchas de sus novelas, no es por las cualidades de un libro aislado, o de un grupo de libros excepcionales, como habremos de calibrar sus dotes de novelista, sino por la fuerza de todas juntas, por el vigor de imaginación de que son producto, por su don popular, espontáneo y fácil, y por la fe que demuestran todas en el poder de asimilación de la realidad.

En cuanto a la supuesta frialdad galdosiana, mucho puede apuntarse en pro de la tesis clásica. Galdós, en efecto, no parece auxiliar a sus personajes; los observa serenamente. Pero mucho es, también, lo que debe asentarse en contra de tal aseveración. Es cierto, no era don Benito muy partidario de intervenir como defensor de oficio de los protagonistas, buenos o malos, de sus novelas. Sin embargo, su imparcialidad no es nunca neutralidad —y, mucho menos, indiferencia—. Al contrario, todas sus creaciones están impregnadas de una valiente y dulce ternura de hombre. Sólo que, en vez de invertir semejante virtud en requisitorias apasionadas o en vagas apologías, la consagra el autor a sentir *desde adentro* a todos los héroes que nos describe. Su ideal es la justicia; pero —en el fondo— sabe perfectamente que no hay verdadera justicia sin compasión.

Lo ha proclamado así Alfonso Reyes, en un elogio que por mi parte suscribo de buena gana. "He aquí —nos dice en la segunda serie de sus *Capítulos de literatura española*— la espléndida integración hispánica, el ser total que se expresa a través de todos los estilos y las maneras, quebrando los moldes convencionales y canónicos, donde no ha cabido la ancha respiración española. Historia, pero sazonada con fantasía; diafanidad, pero atravesada de misterio; realismo, pero transfigurado a veces hasta el símbolo mitológico; religión y descreimiento, guerra civil en las almas como en las calles; heroicidad como cosa obvia y vida entendida como empresa hazañosa; pasión, pero de tales alientos que quema sin envilecer. Con razón se ha afirmado de Galdós que en su obra halla plena expresión aquella virtud que olvidaron las letras griegas: la bondad, 'la leche de la ternura humana' que decía Shakespeare".

Bondad, ternura... He de volver a emplear estos términos con frecuencia. Por eso mismo no deseo dejarlos flotar sobre el río de las interpretaciones aproximadas. Quiero definir en seguida el valor que tienen, a mi entender, en el caso particular de Galdós y, desde un punto de vista general, en la novela española, a partir de *La Celestina*. Esa bondad, de la que hablaré repetidamente al referirme al autor de *El amigo Manso* y de *Marianela,* no ofrece punto alguno de relación con la de ciertos tipos creados por Dickens y por Balzac, en quienes resulta a veces flaqueza, límite a la energía. Ni sería pertinente confundirla con la bondad religiosa de Aliocha, en la obra cumbre de Dostoyevski; y, menos aún, con la resignación pesimista de otros célebres bondadosos. Se trata, en lo que concierne a Pérez Galdós, de una bondad austera, profunda, firme, y a veces brusca, "hombría de bien", según dicen las más humildes gentes de España; bondad desprovista de sensiblerías, molicies y lloriqueos; sentimiento que no disimula jamás los defectos de los seres en que se ejerce y que los perdona con tanta mayor dignidad cuanto que ha principiado por conocerlos y en lo posible (y no siempre con mano blanda) por corregirlos. El paradigma de este concepto de la ternura humana, sin debilidades ni pueriles consentimientos, es don Miguel de Cervantes Saavedra, bueno entre los mejores, pero bueno con B mayúscula de brioso, es decir, pujante, y no con b de bobalicón, que merece minúscula a todas horas.

Españolísimo, a pesar del anglicismo cultural y vital que muchos le atribuyeron, don Benito continúa en sus novelas la tradición de bondad de un pueblo que no se dobla ante los pesares y que incluso en los más fervorosos éxtasis místicos, sabe —como la Santa de Ávila— que "entre los pucheros anda el Señor". Quiero con esto decir que su hombría de bien, la hombría de bien de los españoles más eminentes, tiene poco que ver con el hermetismo del *gentleman* británico, con la sensibilidad familiar y burguesa del *Herr Professor* de la Alemania del Sur, o con el espíritu de buen gusto y de conocimiento cortés que los franceses de las épocas clásicas se ufanaban de percibir en el *honnête homme*.

Todos los viajeros se han inclinado ante esta hispánica gallardía, intrepidez del valor moral, que hace de España —en el horizonte de la cultura mediterránea— una torre aislada, señera y un poco adusta, erigida con heroísmo sobre los acantilados de una filosofía del bien, contra la cual se rompen desde hace siglos las olas griegas y las latinas, más bellas ésas, y éstas más ambiciosas —o, acaso, más oratorias...

Para el español de verdad, ser hombre de bien es —antes que nada— ser hombre auténtico, hombre desde los pies hasta la cabeza, lo que equivale a pedir que el hombre lo sea siempre, en la cólera o en la risa, en el realismo más descarnado y en el idealismo de más utópica irrealidad. Un concepto así de la hombría de bien repercute en todos los ámbitos de la historia y del pensamiento peninsulares. No es otro el que induce al padre de Melibea a exclamar ante el cadáver de su hija: "¡Oh, mundo, mundo.. mucho hasta agora (he) callado tus falsas propiedades, por no encender en odio tu ira, porque no me secases sin tiempo esta flor que este día echaste de tu poder!" Ni fue otro el que dirigió los pinceles mágicos de Velázquez cuando tradujo —en azules plateados y verdes húmedos y profusos— el paisaje con que logró ennoblecer el retrato del conde-duque, único halago admisible para quien no falseó jamás la verdad de sus personajes, por encumbrados que la corte de los Habsburgo se los mostrara, y pintó con la misma sinceridad el Baco de *Los borrachos* que *El niño de Vallecas*, la estatura de las Meninas o el prognatismo sin voluntad de Felipe IV. No otro es tampoco el secreto de la democrática rebeldía que bulle entre tantas aventuras de la épica picaresca: mundo en el que truhanes y caballeros, damas y corchetes, inválidos y escribanos se engañan unos a otros, pero nunca al lector —a quien se confiesan con irreprimible, pintoresca y alegre espontaneidad—. Aun en la hora de las más duras plumas y más cortantes (la "hora de todos", pongo por caso, cuando el Quevedo menos iluso hace también su danza macabra, con robustez que supera al vigor de Holbein), ese mismo concepto de lo genuino lleva al autor, como de la mano, al balcón desde cuya altura mira mejor el peligro de la apetencia política de los grandes. "Los glotones de provincias —escribe— han muerto siempre de ahito: no hay peor repleción que la de dominios. Los romanos, desde el pequeño círculo de un surco en que no cabía medio celemín de siembra, se engulleron todas sus vecindades, y derramando su codicia, pusieron a todo el mundo debajo del yugo de su primer arado. Y como sea cierto que quien se vierte se desperdicia tanto como se extiende, luego que tuvieron mucho que perder empezaron a perder mucho; porque la ambición llega para adquirir más allá de donde alcanza la fuerza para conservar."

529

Meridiana y musculosa bondad hispánica, que no tolera penumbras ni busca melancolías; hecha de oro, sin duda, pero en acero, como las joyas que labran los populares orfebres de Eibar. La encontramos en Lope, lo mismo que en Calderón. Es ella la que inspira a Peribáñez el elogio tan campesino y tan lírico, de Casilda:

> Contigo, Casilda, tengo
> cuanto puedo desear
> y sólo el pecho prevengo;
> en él te he dado lugar
> ya que a merecerte vengo.
> Vive en él; que si un villano
> por la paz del alma es rey,
> que tú eres reina está llano
> ya porque es divina ley
> y ya por derecho humano.

Y es ella la que, según Calderón de la Barca, pone en labios del gran dramaturgo del mundo esta respuesta —no sé si consoladora— a las quejas y las protestas del hombre pobre:

> En la representación
> igualmente satisface
> el que bien al pobre hace
> con afecto, alma y pasión
> como el que hace al rey, y son
> iguales éste y aquél
> en acabando el papel.
> Haz tú bien el tuyo y piensa
> que para la recompensa
> yo te igualaré con él.
> No porque pena te sobre
> siendo pobre, es en mi ley
> mejor papel el del rey
> si hace bien el suyo el pobre...

Este sentido —tan español— de la representación y la voluntad lo encontramos condicionado, en Pérez Galdós, por una mezcla de cristianismo sin dogmas y de liberalismo, a veces muy combativo. Para él, como para casi todos los grandes hispánicos, la formación del carácter es empresa más decisiva que la ilustración de la inteligencia. La hombría de bien no consiste por tanto en ceder (lo que implicaría abdicación de la voluntad) o en transigir, lo que podría considerarse predominio póstumo del talento, sino en superar las culpas ajenas con el perdón. Porque el que perdona en verdad no cede; antes, ensanchando el carácter propio, se anexa en parte la voluntad del ser a quien hace suyo por la gracia del arte de perdonar.

La vida, para el genuino español, no es sólo vigor de la voluntad. Es asimismo —acabo de señalarlo— representación de un destino auténtico. Actuamos sobre un tablado. La tierra es nuestro escenario. Toca al autor distribuirnos nuestros papeles. Representarnos nuestra existencia. Lo que nos incumbe a nosotros es representarla con plenitud.

Se me dirá que ésta es la tesis de Calderón en *El gran teatro del mundo* y que generalizarla contiene el germen de ciertos riesgos. No lo discuto, aunque un examen de la obra de otros ingenios peninsulares nos permite encontrar —en algunos de los de influjo más apreciable— coincidencias muy significativas. Me limitaré a Cervantes. En el *Quijote*, Sancho confiesa: "Yo no nací para gobernador". Su papel era otro: el de rústico refranero, buen marido, buen padre y buen iletrado, con sus atisbos de astucia crítica y su obediencia al sentido común, ley vital de su condición. Se resigna, después de todo, a no ser aquel para cuyos difíciles menesteres reconoce no haber nacido. Su desencanto concluye en risa.

En cambio, Don Quijote —que nació para caballero— no se resigna a dejar de cumplir con su personaje. Sin tomar en cuenta los achaques de su edad, lo endeble de su contextura, ni sus aficiones de paladín sedentario, lector sin pausa, lo acepta todo (los manteos en la posada, la insolencia de los molinos, la burla de los patanes, la insonoridad de un universo que no responde jamás a tiempo a la exhortación de su fantasía) con tal de representar su papel hasta el sacrificio y de mantenerse fiel, hasta en la locura, a esa naturaleza interior que es la vocación.

Hasta aquí la representación del papel existencial parece prevalecer sobre el triunfo del albedrío. Sin embargo, no es así como ocurren las cosas en el drama del alma hispánica. Porque representar un papel de hombre exige siempre una alta tensión de la voluntad. Por otra parte, en el español, representar el papel de hombre no es aceptar la vida sin condiciones, dentro de un espíritu de sumisión religiosa a la solidaridad humana, como pudimos verlo al estudiar a los personajes mayores de Dostoyevski, sino, al contrario, quemar la vida, hacerla arder hasta el momento de la última combustión, como en la plaza de toros el símbolo de la fiesta, hasta la hora de la estocada última de la tarde...

De ese individualismo ferviente, el testimonio extremo, y a veces mórbido, es la pasión del honor y de la venganza; del honor, que empaña hasta la sombra de la sospecha, y de la venganza, que el ofendido debe cobrar con sus propias manos. Pero, por encima de aquel testimonio —tan áspero—, existe otro, mucho más sano y de heroicidad mucho más profunda: el respeto a esa

531

hombría de bien a la que antes me referí, la que hace del español el solo juez de sus actos sobre la tierra y lo sitúa, para sus relaciones con los demás mortales, en un plano único y singular, donde hasta el perdón se presenta como afirmación patética de sí mismo.

Representación. Voluntad... Estas dos palabras vuelven a recordarnos, como en el caso de Stendhal, el nombre de Schopenhauer. Y no lo evocamos fortuitamente. Porque es él, entre los modernos, el filósofo de los novelistas —como Heráclito lo es entre los antiguos y como acaece que sea Platón, tan cruel para los poetas, el patrón generoso de los poetas.

El contacto de Pérez Galdós con la gran tradición hispánica se hizo, paradójicamente, en Madrid. Su entrada en la ciudad del madroño y del oso es, sin duda, el acontecimiento mayor de toda su biografía. Canario por nacimiento, Galdós fue español —y español entre los mejores— porque supo ser madrileño a carta cabal, madrileño de idioma, de sensibilidad y de historia, madrileño de cuerpo entero, como se es madrileño siempre: por afición y por adopción.

Es curioso este efecto mágico de Madrid en los grandes espíritus españoles, sobre todo a partir del romanticismo... Porque Madrid se nos ofrece como el producto de un artificio, la consecuencia de una arbitrariedad, el resultado de una táctica burocrática, la conclusión de un delirio de simetría. Otras capitales nacen. Son el fruto de una costumbre, de un río, de una victoria. Madrid marca la fórmula de un invento. Y de un invento que, por geométrico, parece en seguida contrario a la naturaleza de lo español.

Salamanca, Zaragoza, Compostela, Burgos, Sevilla, son ciudades biológicamente comprensibles. Madrid, en cambio, es la exaltación de un concepto; obedece, en todo, a razón de Estado. "En Madrid —apunta Manuel Azaña— lo único es el sol. La luz implacable describe toda lacra y miseria, se abate sobre las cosas con tal furia que las incendia, las funde, las aniquila. Por el sol es Madrid una población para Jueves Santo o día del Corpus: suspensión del tráfago, tiendas cerradas, pausados desfiles... Si no existe una idea de Madrid es que la villa ha sido corte y no capital. La función propia de la capital consiste en elaborar una cultura radiante. Madrid no lo hace. Es una capital frustrada como la idea política a la que debe su rango. La destinaron a ciudad federal de las Españas y, en lugar de presidir la integración de un imperio, no hizo sino registrar hundimientos de escuadras y pérdidas de reinos."

Otro escritor español, muy distinto por cierto de aquel a cuya pluma debemos el párrafo precedente (hablo ahora de Pedro Laín Entralgo), nos da la clave para entender por qué motivos una ciudad antinatural, como lo es Madrid, señala en la vida de casi todos los hombres de letras de lengua hispánica la etapa indispensable para regresar a sí mismos. He aquí su interpretación: "Madrid —nos dice— es pura actualidad viviente, vida histórica montada al aire, sin el soporte de una naturaleza vegetativa, densa y mollar, sin posible reposo en una tradición aplomada y mansamente eficaz bajo las voces del tráfago cotidiano... El brío actualizador, la sed de puro presente que tiene el vivir en Madrid determina dos efectos muy visibles en la arquitectura de la ciudad: la falta de plan en su plano y la caprichosa dispersión de sus monumentos. Del Madrid austriaco quedan, con la plaza Mayor, los palacios de Santa Cruz y de la Villa; el Madrid dieciochesco e ilustrado dejó el Palacio de Oriente, el Museo del Prado, la Casa de la Aduana, San Francisco el Grande, el Observatorio, la Puerta de Alcalá; el Madrid napoleónico y fernandino, la Puerta de Toledo; el Madrid isabelino, el Palacio de las Cortes y la Biblioteca Nacional; el de la Restauración, el Banco de España."

Aquel "brío actualizador" no se limitó, durante los años de Isabel, de Amadeo y de Alfonso XII, a legar a los madrileños los monumentos que menciona Laín Entralgo. Les dejó también una España entera, impresa si no esculpida: la que vio don Benito desde Madrid. Si la vio don Benito con máxima claridad no fue porque la auxiliara a mirarla así la "luz implacable" que preocupaba a Manuel Azaña, sino, sencillamente, porque el mejor observatorio de la realidad española tenía que ser, para el impasible Pérez Galdós, el impasible Madrid, anteojo abstracto que atisba y fija el mundo de lo concreto; punto en que las tradiciones locales no impiden la comprensión de los hábitos regionales y de las diversidades inimitables del ruedo ibérico; capital que no consiguió ciertamente esa federalización política, para cuyo triunfo la crearon sus inventores, pero que ha servido, no obstante, aunque sus críticos no lo admitan, para esa otra federalización española: la de una historia que por espacio de siglos creció dispersa y que ha tenido que ir concentrándose, unificándose, como todas las obras de arte, merced a una persistente y trágica voluntad.

No deja de ser significativo el hecho de que Madrid, tan accesible para el joven Pérez Galdós, haya sido muy poco grato a los jóvenes españoles de la llamada "generación del 98", que tan escasa justicia hicieron al autor de *Fortunata y Jacinta* y de *Torquemada*. Antonio Machado se queja del "atuendo" y de la "hetiquez cortesana" de la ciudad. En el remolino de España.

> *rompeolas*
> *de las cuarenta y nueve provincias españolas,*

no ve, por lo que atañe a Madrid, sino la urbe del "pretendiente" y del "cucañista".

Entre Azorín y Pérez Galdós el madrileño erigió una muralla invisible, pero insalvable. "Hubo siempre —entre ellos— como una ligera neblina, que nunca llegaba a desvanecerse." Cuando habla de Galdós, Azorín insiste en la semblanza externa del personaje, en su silencio obstinado de observador, en las pláticas que entabla, en coches de tercera, con labriegos, cómicos y feriantes, y se complace en manifestarnos que Rodin no hubiera podido dar a la estatua de Galdós "el aspecto de violencia, de tensión y de esfuerzo" que dio a Balzac. Buena parte de su estudio está dedicada a revelarnos que "no hay brillo en los ojos" del escritor, "ni contracciones en su faz toda"; que "enciende su cigarrito" y que "va chupando de él mientras encaja pregunta tras pregunta o hace una observación" que, a su juicio, "no tiene importancia".

Después de semejante retrato, esperamos que el crítico entre al fin en el examen de la obra del novelista. Pero nos quedamos, casi, con la esperanza. Porque, con excepción de algún párrafo que trata de definir a Galdós por lo que no es (su "falta de lirismo, de arrebato lírico y efusivo"), y a pesar de un final de apologética vehemencia ("¿Qué obra más fecunda pudo realizar nadie?"), lo mejor de su comentario consiste en manifestarnos que no le faltó al formidable español cierta "idealidad", que creyó en el progreso, que abrigó una "concepción grande y humana del amor" y que "sus aspiraciones al ideal", fundamentales en el pueblo, "masa humilde y resignada", tendrán un valor de cosa indestructible e irrefutable.

En *Lecturas españolas* tropezamos con otro ensayo. Se esfuerza Azorín ahí por averiguar qué es lo que la literatura española debe a Pérez Galdós. Encuentra, entonces, frases sumamente certeras. "En suma —dice— don Benito ha contribuído a crear una conciencia nacional: ha hecho vivir a España con sus ciudades, sus pueblos, sus monumentos, sus paisajes. Cuando pasen los años... se verá lo que España debe a tres de sus escritores de esta época: a Menéndez y Pelayo, a Joaquín Costa y a Pérez Galdós. El trabajo de aglutinación espiritual, de formación de una unidad ideal española, es idéntico, convergente, en estos tres grandes cerebros." Lo repito, estas frases son excelentes... pero quisiéramos más, sobre todo porque se trata, como se trata, de un crítico penetrante y porque nos sobra respeto para olvidar lo que ha manifestado ese mismo crítico acerca de Alarcón y de Pío Baroja.

Respecto a Madrid, la actitud juvenil de Martínez Ruiz no había sido muy diferente. En *La voluntad*, el protagonista "consolida su pesimismo instintivo" al llegar a la capital de España. "Periodista revolucionario", descubre a los revolucionarios "en secreta y provechosa concordia con los explotadores y, colaborador de periódicos reaccionarios, se percata de que esos "pobres reaccionarios tienen un horror invencible al arte y a la vida".

Su primera estampa madrileña describe "la rojiza mole de la plaza de toros" y, "a la izquierda, los diminutos hoteles del Madrid moderno, en pintarrajeado conjunto de muros chafarrinados en viras rojas y amarillentas, balaustradas con jarrones, cristales azules y verdes, cupulillas, sórdidas ventanas, techumbres encarnadas y negras... todo chillón, pequeño, presuntuoso, procaz, frágil, de un mal gusto agresivo, de una vanidad cacareante, propia de un pueblo de tenderos y burócratas".

En cuanto a Unamuno, sus impresiones no pueden ser más hostiles. "Madrid —exclama— es el vasto campamento de un pueblo de instintos nómadas, del pueblo del picarismo... La mejor defensa es huir." Ya, en 1902, había precisado sus recuerdos de 1880. "Al subir, en las primeras horas de la mañana, por la cuesta de San Vicente —escribe Unamuno— parecíame trascender todo a despojos y barreduras. Fue la impresión penosa que produce un salón en que ha habido baile público, cuando, por la mañana siguiente, se abren las ventanas para que se oree y se empieza a barrerlo."

Por contraste con la patriótica irritación de aquellas almas insatisfechas, en pugna con una España que distaba mucho de coincidir con el perfil de la España que anhelaban reimaginar, Galdós se inserta en la realidad española sin aspavientos y sin remilgos. También él quiere regenerarla, pero a su modo, sin hacer abstracción de los datos y de los hechos que no la historia, sino los ojos, le representan. Cuando, en 1915, organizó el Ateneo madrileño un ciclo de conferencias sobre las ciudades más importantes de la Península, don Benito (ciego ya para la luz de la vida externa, pero no para el resplandor interno de la memoria) escribió estas palabras, llenas de afecto: "¡Oh Madrid! ¡Oh Corte! ¡Oh confusión y regocijo de las Españas!... Mis horas matutinas las pasaba en la Universidad, a la que íbamos los estudiantes de aquella época con capa en invierno y chistera en todo tiempo... Sin faltar absolutamente a mis deberes escolares hacía yo frecuentes novillos, movido de un recóndito afán que llamaré higiene o meteorización del espíritu. Ello es que no podía resistir la tentación de lanzarme a las calles en busca de una cátedra y enseñanza más amplias que las universitarias; las aulas de la vida urbana, el estudio y reconocimiento visual de las calles, callejuelas, angosturas, costanillas, plazuelas y rincones de esta urbe madrileña, que a mi parecer contenían copiosa materia filosófica, jurídica, económica, política y, sobre todo, literaria. Como para preparar el entendimiento de esas tareas con un regocijo musical, empezaba mis andanzas callejeras asistiendo con gravedad ceremoniosa al relevo de la guardia de Palacio, donde se me iba el tiempo embelesado con el militar estruendo de las charangas, tambores y clarines, el rodar de la artillería, el desfile de las tropas a pie y a caballo, y el gentío no exclusivamente popular que

535

presenciaba tan bello espectáculo, entre cuyo bullicio descollaban las graves campanadas del reloj de Palacio. En algunos momentos se me antojaba que veía pasar una ráfaga confusa y vibrante de la historia de España."

"Una ráfaga de la historia de España." No olvidemos esta confesión, porque yace en ella la cifra del manifiesto divorcio, que otros han comentado ya, al advertir la distancia existente entre el creador de los *Episodios nacionales* y la falange de hombres de letras que, con el nombre de "generación del 98" —o de 1902, como algunos quieren llamarla—, irrumpió en los anales de nuestro siglo y que, por el valor de su mérito incuestionable, distribuyó conforme a cánones muy severos los elogios para el pasado y las promesas para el futuro.

Pocos fueron los lauros que, en ese reparto escolar de premios, obtuvo el viejo Pérez Galdós. Ya oímos el tono de Azorín. El de Baroja es mucho más áspero. Valle-Inclán tratará de escribir otros "episodios", sutiles y preciosistas. Y hasta en Eugenio d'Ors y en José Ortega y Gasset el desdén de los precursores acabará a la postre por imponerse.

En el *Glosario* de Xenius anotamos dos opiniones complementarias. Por una parte, al hablar de las artes gráficas madrileñas, recuerda d'Ors que Galdós dibujaba y que, "como Victor Hugo", llegó a dibujar "muy bien". Pero añade inmediatamente: "...ni en sus escritos se adivina un gusto particular por las artes plásticas, ni, sin una indiferencia absoluta sobre este punto, pronto ayudada por la enfermedad de la vista, puede comprenderse que llegara a soportar tanto tiempo la persistencia ojo-gualda de las cubiertas de sus *Episodios nacionales!*" Por otra parte, al pasear por Santander, piensa el autor de *La bien plantada* en Marcelino Menéndez y Pelayo, en Pereda y en don Benito. Le interesa evocar la sombra del primero. "La de Pereda —dice— mucho menos." Y concluye: "la de Pérez Galdós, nada..." Un poco después, los puntos suspensivos le parecen, sin duda, tímidos o imprecisos. Alude, por consiguiente, a lo "estrecho" del paisaje de Pereda. Y declara: "Más estrecho aún, el archirromántico Galdós; porque éste, encima de localista, era ochocentista; es decir: típicamente adicto al alma del siglo XIX. Tan extraño a Platón —según acredita el ciego de *Marianela*— como a Hegel —testigo, el ingeniero de *Doña Perfecta*... Galdós, aunque naciera junto al Trópico y aunque se afincase en la Montaña, no pasa a nuestros ojos de figura literaria madrileña y de gloria de la Restauración."

A diferencia de d'Ors, el pensador de *El tema de nuestro tiempo* publicó en 1920, en *El Sol*, una nota en que censuraba al gobierno de entonces por su indolencia frente a la muerte de don Benito. "La España oficial, fría, seca y protocolaria —exclamaba Ortega— ha estado ausente en la unánime demostración de pesar provocada por la muerte de Galdós... No importa, sin embargo. El pueblo sabe que se le ha muerto el más alto y peregrino de los príncipes. Y aunque honor de príncipe se le debiera rendir, no habrá para el difunto fastuosidades, corazas, penachos, sables relucientes, músicas vibradoras ni desfiles marciales... Faltando eso, habrá en el acto de hoy lo que no suele haber en aquellos otros que son aparatosos y solemnes porque el Gobierno ordena que lo sean. Habrá un dolor íntimo y sincero que unirá a todos los buenos españoles ante la tumba del maestro inolvidable."

Pero este grito, tan valeroso y tan noble, no encuentra eco en la propia obra de Ortega y Gasset. Él mismo se dolerá —en un ensayo sobre Miró— de que los escritores españoles "se quedan siempre sin definir". "No sabemos nada de Galdós —afirma— a pesar de tener tantos *amigos*"... Sin embargo, en vano buscamos una alusión a la obra del "príncipe peregrino" en las páginas que dedica el "espectador" al problema de la novela. Leemos ahí nombres de inevitable notoriedad: el de Stendhal, el de Proust, el de Dostoyevski. Y nos quedamos aguardando la hora del español.

Esa hora ¿ha sonado ya?... Acaso no por completo, pues el silencio de la generación del 98 es todavía un temible juicio —que pocos tienen deseos de volver a considerar—. No obstante, una reconsideración se impone. Y no porque la necesite Pérez Galdós, sino porque, en el fondo, la idea misma de España la necesita.

La tragedia del 98 cavó un abismo en el alma peninsular. Se comprende que los escritores que principiaron su magisterio con la centuria —y en el desastre— se hayan sentido comprometidos a repensar con rigor a España, remozándole la raíz. Semejante actitud implicaba forzosamente una repudiación temporal —declarada o tácita— de la historia. Y precisamente por realista, por madrileño y por liberal del 68, Galdós era historia viva, historia siempre; "una ráfaga de la historia" según decía, en 1915, a los miembros del Ateneo.

Frente a las palabras "repudiación de la historia", algunos vacilarán. ¿No serán excesivas —y, el concepto que expresan, exagerado?

Veamos lo que escribieron varones como Unamuno y Martínez Ruiz. "A todas horas —protesta don Miguel en "La Vida es Sueño"— oímos hablar del juicio de la posteridad, del fallo de la Historia, de la realización de nuestro destino (¿cuál?), de nuestro buen nombre, de la misión histórica de nuestra nación. La Historia lo llena todo; vivimos esclavos del tiempo. El pueblo, en tanto, la bendita grey de los idiotas, soñando su vida por debajo de la Historia, anuda la oscura cadena de sus existencias en el seno de la eternidad. En los campos en que fue Munda, ignorante de su recuerdo histórico, echa la siesta el oscuro pastor... A medida que se pierde la fe cristiana en la realidad eterna, búscase un remedio de inmortalidad en la Historia, en esos Campos Elíseos en que vagan las sombras de los que fueron. Esclavos del tiempo, nos esforzamos por dar realidad de presente al porvenir y al pasado. No intuimos lo eterno, por buscarlo en el tiempo, en la Historia, y no dentro de él... Desgraciado pueblo, ¿quién te librará de esa historia de muerte?"

Si esto no es "repudiación de la historia" ¿qué nombre darle?... Con los años, Unamuno fue aceptando el valor de lo histórico, su fuerza "educativa" más que "instructiva"; pero, incluso en los días de tolerancia, lucha por mantener una distinción entre lo que considera el relato de los *sucesos fugaces* ("historia bullanguera") y lo que juzga la inteligencia de los *hechos permanentes*: la "historia silenciosa". Así, conserva intacta su inicial intención, aquella que le inspiró cierta página memorable, la que reproduzco en seguida: "Las olas de la historia —apuntaba ya don Miguel al reflexionar *En torno del casticismo*—, con su rumor y su espuma que reverbera al sol, ruedan sobre un mar continuo, hondo, inmensamente más hondo que la capa que ondula sobre un mar silencioso y a cuyo último fondo nunca llega el sol. Todo lo que cuentan a diario los periódicos, la historia toda del 'presente momento histórico', no es sino la superficie del mar, una superficie que se hiela y cristaliza en los libros y registros, y, una vez cristalizada, una capa dura, no mayor con respecto a la vida intra-histórica que esta pobre corteza en que vivimos con relación al inmenso foco ardiente que lleva dentro."

El mismo son, apagado por la sordina de un diferente temperamento, es el que percibimos en la crítica de Azorín. Tampoco a él le interesa la historia de los *sucesos;* pero los *hechos permanentes* no los encuentra, como Unamuno, en el vasto silencio intra-histórico de las colectividades suboceánicas, sino en determinadas constantes de la personalidad estética nacional. Su "repudiación de la historia" no llega al vergel del arte. Sin embargo, aunque más limitada que la del filósofo bilbaíno, no niega el tiempo con menos fuerza. Ejemplo de cuanto afirmo es, en "Castilla", un delicado poema en prosa; aquel en que Azorín nos describe una ciudad española donde reside una "buena vieja" —la Celestina— y donde apenas si hablan los habitantes del nuevo mundo, acabado de descubrir. En un balcón está sentado un anónimo caballero. Oscurece sus ojos intensa melancolía. Su cabeza descansa en la palma de la mano... Más tarde, en el mismo poema, vemos la misma ciudad. Tres siglos han transcurrido. La Revolución Francesa "ha llenado de espanto al mundo. Los ciudadanos se reúnen en Parlamento. Vuela por todo el planeta muchedumbre de libros, folletos y periódicos". En el viejo balcón, está sentado un caballero desconocido. Su cabeza reposa en la palma de la mano. Una honda tristeza vela sus ojos... Continuamos leyendo y nos encontramos ante la misma ciudad. "Todo el planeta está cubierto de una red de vías férreas. De nación a

nación se puede trasmitir la voz humana. Por los aires, etérea-
mente, van los pensamientos del hombre." Pero, mientras todo
ha cambiado, en el antiguo balcón de piedra, lo que perdura, lo
que no cambia, es la posición reflexiva del caballero sentado,
pálido y triste.

¿Puede imaginarse negación más concisa, elegante y dramática
de la historia? "¡Aquí no ha pasado nada!" parecen querer decirnos, estoicamente, los intelectuales de una nación que ha perdido, de pronto, los capítulos últimos de su imperio.

¿Cómo sorprendernos entonces de las reservas (no unánimes,
por supuesto) de la brillante generación del 98, frente a la obra
de un novelista para quien existía ante todo la realidad, el mundo
ondulante de los sucesos, aunque sabía también actuar en lo subterráneo, en la cantera simbólica de los hechos? Después de todo,
hubiera bastado romper los primeros muros de indiferencia para
descubrir que Galdós trabajó a la vez, como Unamuno lo pretendía, en la historia y en la intra-historia. Sus *Episodios nacionales*
son el relato de los sucesos de un siglo vivo, en tanto que sus llamadas "novelas contemporáneas" intentan un corte lento, pero
profundo, en la geología de lo español. Según dice valientemente
Cernuda, "si algún escritor moderno tiene la talla y las proporciones de nuestros clásicos, ése es Galdós".

Ocurre pensar que, por espacio de varios lustros, ha prevalecido un prejuicio en la crítica literaria. Con excepciones que
están exigiendo aplauso, como la de Pérez de Ayala en sus notas
respecto a *Casandra* y *La loca de la casa* —y como, también, las
de Casalduero y Ángel del Río—, los escritores más distinguidos
dan la impresión de haber vivido al lado de la población galdosiana, sin sentir verdaderamente la urgencia de comentarla.
Enorme y grave, como un Escorial del liberalismo, los estudiosos
se acostumbraron a verla, consignada en sus manuales de literatura, como los viajeros a reconocer la fotografía del otro —el Escorial imperioso de los Habsburgo— en los itinerarios y guías para
el turista. Hay que admitirlo con entereza: se lee poco a Pérez
Galdós. Lo gigantesco de su producción explica el fenómeno fácilmente; pero no de manera satisfactoria. Porque la prisa en
que vivimos no ha retenido a muchos lectores frente al inmenso
y compacto bloque de Marcel Proust, ni la pereza los ha alejado
del esfuerzo que es menester aceptar para comprender (o para
creer que se ha comprendido) el *Ulises* de Joyce. Al temor ante la
abundancia, hay que añadir razones más sustanciales. Una de
ellas estriba en el desamor del procedimiento histórico. Otra fue
el ansia de escapar de la realidad.

La evasión, el sueño, son motivos muy generales en la literatura española de nuestro siglo. De toda la memoria —decía Antonio Machado—

> *sólo vale*
> *el don preclaro de evocar los sueños.*

Para otro poeta excelso, Juan Ramón Jiménez,

> *todo el paisaje sueña*
> *con sus álamos de humo...*

Por gozo de la evasión, Valle-Inclán escribe novelas en que el carlismo está contemplado en un espejo, el de un sueño histórico; mientras que, de 1900 a 1930, el narrador más refinado de España (aludo a Gabriel Miró) casi no narra prácticamente nada, porque su mundo —lo advierte Marichalar— "es un mundo donde los seres se van espectralizando a medida que el aire se hace más denso".

El ansia de huir de la realidad no caracterizó aisladamente a la generación del 98. Ni siquiera podríamos restringirla al perímetro ibérico. En Europa, como en las letras hispanoamericanas, el amanecer del siglo xx revela un expresivo desdén para casi todas las experiencias naturalistas. Decae en Francia la curiosidad por Zola y por los Goncourt. Bernard Shaw cava, en Inglaterra, la tumba de la época victoriana. En Italia, Gabriel d'Annunzio exalta un nacionalismo lírico que no disimula del todo veleidades y tácticas prefascistas. En Alemania, el naturalismo no muere súbitamente, pero se transforma, en la obra de algunos autores, y asume en ellas una función ancilar, parecida a la que los superrealistas franceses asignaron, en 1928, a las fotografías con que ilustraban la descripción nostálgica de sus sueños.

Por lo que concierne a nuestra América, los poetas —anticipándose a sus compañeros españoles— forjan el modernismo y, merced a él, suscitan una nueva estrategia para luchar con la realidad. Algunos, como el Díaz Mirón del "Idilio", no rompen de golpe con la perspectiva naturalista; otros, como el Lugones del *Lunario sentimental*, la aprovechan incluso para obtener efectos irónicos ingeniosos; pero, en su gran mayoría, escritores como Darío y Herrera y Reissig, Valencia y Amado Nervo, viven en un clima poético que es, por definición, hostil a las técnicas "realistas".

Sin embargo, en ningún país alcanzó la discusión de la realidad un valor de aventura como en España. Porque, en España, no se trataba solamente de manifestar una doctrina poética o filosófica, sino de adoptar una posición política. Y esa posición política reclamaba una rebelión frente a determinadas maneras tradicionales de comprender lo hispánico —y de sentirlo.

Hubo también aquí, desde el principio, una confusión que me interesa evitar. El "naturalismo" no es español. Galdós atravesó, sin duda, el "naturalismo", pero al fin y al cabo, lo superó. En su prefacio a *Los parientes ricos*, dice Rafael Delgado que "el autor

540

está siempre en sus obras" y que "eso de la impersonalidad en la novela es empeño tan arduo y difícil" que lo tiene por "sobrehumano". Por su parte, en su prólogo a *El abuelo*, había ya declarado Pérez Galdós que "la impersonalidad del autor, preconizada por algunos como sistema artístico, no es más que un vano emblema de banderas literarias, que si ondean triunfantes es por la vigorosa personalidad de los capitanes que en sus manos las llevan". "El que compone un asunto —añadía el novelista en 1897— y le da vida poética, así en la novela como en el teatro, está presente siempre: presente en los arrebatos de la lírica; presente en el relato de pasión o de análisis; presente en el teatro mismo. Su espíritu es el fundente indispensable para que puedan entrar en el molde artístico los seres imaginados que remedan el palpitar de la vida."

Galdós superó, por ventura, el "naturalismo". Pero, tal vez por desafección de la historia, los españoles de 1920 (año en que el novelista murió) se sentían inclinados a aplicar a su producción artística el trato que merecía, a su juicio, la escuela del árbitro de Medan... En vano algunas veces se levantaron para afirmar lo que ahora vemos muy claramente, a saber: que ni todo era "naturalismo" en novelas como *Ángel Guerra* y *Misericordia*, ni el realismo galdosiano era sólo fruto de un agitado momento histórico, sino consecuencia de una sensibilidad que, en pintura, Velázquez y Goya exhibieron gallardamente y que admiramos también en *La Celestina*, en las *Novelas ejemplares*, en el *Quijote*.

Por eso dije, en párrafos anteriores, que continúa imponiéndose la revisión del juicio sobre Galdós. Y por eso añadí que esa revisión no la pide tanto el creador de *El amigo manso* y de *Nazarín* cuanto España misma, la idea que nos formamos de ese gran pueblo.

Efectivamente, mientras los mejores espíritus españoles no se decidan a comunicarnos lo que piensan íntimamente de la épica galdosiana, mientras Galdós siga siendo un autor insigne, bueno para discursos de "centenario", pero ausente del diálogo cotidiano de lo español, quedará en los espectadores una sensación de recelo y de incertidumbre. Balzac y Stendhal en Francia, Dickens y Thackeray en Inglaterra, Manzoni y Fogazzaro en Italia, Dostoyevski y Tolstoi en el mundo entero, son entes vivos, gestores sin par de la actualidad. ¿Por qué, entonces, en el caso de don Benito, esa integración intelectual y social no se ha producido completamente?

El estudio que voy a emprender, en esta serie de notas, no aspira a calificar una gloria que, por sí sola, esclarece ya un vasto e interesante capítulo de la historia española moderna; ni pretende suplir, por supuesto, una tarea que incumbe —en primer lugar— a críticos más expertos: la de situar a Pérez Galdós en el rango moral que le pertenece. A lo que tiende mi esfuerzo, modestamente, es a avivar, si posible aun más, la solidaridad del lector mexicano de hoy con uno de los mayores inventores de almas de nuestro idioma. Porque, afortunadamente, no es imprescindible escribir en inglés, en francés, alemán o ruso, para despertar la curiosidad de quienes advierten, en la literatura española, una razón de esperanza, de orgullo y de fe en el hombre.

GALDÓS Y LA HISTORIA

AL REGRESAR del primero de sus viajes a Francia, tenía Galdós veinticuatro años de edad y cinco de ferviente madrileñismo. De su infancia y de su primer aprendizaje en las Islas Canarias parecía guardar un recuerdo oculto, manantial de íntimas emociones, pero no de verbosas nostalgias líricas. De 1862 a 1867, había estudiado en Madrid una profesión liberal, que no ejercería —la de abogado— y un arte, mucho más liberal: el de ver imparcialmente las cosas, los seres y los paisajes; el de resumir, con los ojos, la realidad. Este arte sí habrá de ejercerlo en lo sucesivo, incluso durante la noche de aquella ceguera injusta que entristece, bajo los lauros, el rostro de su vejez.

Desde las mocedades había revelado el autor de *Gerona* y de *Trafalgar* dos aficiones complementarias: la del dibujo y la de las letras. Aunque el tiempo que dedicó a la segunda hubo de privarle de otorgar muchas horas a la primera, es interesante advertir que nunca la descuidó por completo y radicalmente. Los apuntes que de él hemos contemplado no nos recuerdan los de otros poetas y novelistas, como Stendhal y Victor Hugo. Los de Stendhal son casi siempre planos, rápidos y esquemáticos. Constituyen puntos de referencia. Señalan sitios en los que una acción se efectuó. Los de Hugo, a veces muy sugestivos y algunos bellos, vibran de áspera fantasía: semejan sueños, erizados de agujas de catedrales. Los de don Benito son descripciones. Tienen, ciertamente, menos vigor que las otras —las que admiramos en sus novelas—, pero no menor ansia de realismo, de sencillez, de objetividad.

Sí, desde muy temprano, aprendió Galdós a observar sin pasión cuanto le rodeaba. Pero ¿qué le rodeaba, en Madrid, al volver de Francia?... Una actualidad que era toda historia: historia en ruinas, o historia en germen. Reliquias de una grandeza momificada, o semillas de pronunciamientos y de desórdenes. En el fondo, inconformidad para lo presente; actualidad que negaba, a cada momento, lo actual.

De 1810 a 1821, la desintegración del imperio español había demostrado la debilidad de la monarquía y la inestabilidad de los órganos del Gobierno. En cambio, durante ese mismo período, el pueblo había sabido probar sus capacidades soberbias de resistencia ante el invasor. La lucha contra Napoleón fue una epopeya sin Aquiles y sin Patroclos; una gloria de todos, por todos hecha, como la justicia en Fuenteovejuna. El país real había logrado vencer, ahí precisamente donde el país abstracto —el de los Borbones— no había logrado sino humillarse. Abandonado por sus reyes, el pueblo dio la medida de su entereza. Los ejércitos más aguerridos de Europa no consiguieron amedrentarlo.

Sin embargo, el heroísmo de que ofreció tan inequívocos testimonios en la lucha librada para salvar su perduración, no le sirvió de mucho para organizar después su vivir diario y para establecer firmemente sus métodos de progreso. El reconocimiento oficial de la libertad de América se hizo esperar demasiados años. La guerra carlista desangró a la nación. Y, cuando en 1839 se concertó el Convenio de Vergara, no se instaló realmente una paz interior auténtica. La pugna entre los partidos (*moderados y progresistas*) dio ocasión a numerosas controversias, sublevaciones e incertidumbres. Narváez —y luego O'Donnell— colocó su acero al servicio de la llamada "moderación"; lo que, en la práctica, vino a significar que se moderaría la libertad al filo de las espadas. Espartero y Prim —generales también— encarnaban los propósitos "progresistas". Entre unos y otros, doña Isabel II hacía lo posible por mantener sobre su cabeza una corona sin majestad.

Mientras tanto, las ideas liberales cundían en la Península. A este respecto, observa Casalduero, el año en que nació Galdós (1843) "es uno de los más importantes en la historia de la cultura española". Explica, como sigue, su afirmación: "En 1559, Felipe II prohibió, bajo pena de muerte, a todo español estudiar en el extranjero, con excepción de Bolonia, Roma, Nápoles y Coimbra. En 1843, el ministro Gómez de la Serna pensionaba a Julián Sanz del Río para que fuera a estudiar a Alemania, a Heildelberg: así quedó cerrado el período abierto en 1559. Felipe II consiguió lo que se había propuesto: segregar España de la hereje Europa. Con Sanz del Río comienza el movimiento contrario: incorporar de nuevo España al resto de Europa. Sanz del Río, con su enseñanza y su ejemplo, da lugar a la renovación intelectual y moral del país."

Semejante renovación se efectuaba muy lentamente. Ya, en 1866, el estudiante Pérez Galdós se había visto sorprendido por los sucesos del 22 de junio. "A la caída de la tarde —escribirá, años después—, cuando pudimos salir, vimos los despojos de la hecatombe y el rastro sangriento de la revolución vencida. Como espectáculo tristísimo, el más trágico y siniestro que he visto en mi vida, mencionaré el paso de los sargentos de artillería llevados al patíbulo en coche, de dos en dos, por la calle de Alcalá, para fusilarlos en las tapias de la antigua Plaza de Toros. Transido de dolor los vi pasar en compañía de otros amigos. No tuve valor para seguir la fúnebre traílla hasta el lugar del suplicio, y corrí a mi casa tratando de buscar alivio a mi pena en mis amados libros y en los dramas imaginarios que nos embelesan más que los reales."

Se gestaba la revolución del 68. Galdós acaso la presentía; o, por lo menos, la deseaba. Pero, al volver de París —donde leyó por primera vez a Balzac—, lo que más le importa es definir él mismo su porvenir. Sus manuscritos juveniles ya no le agradan. Escribirá una novela sobre la vida española; no, desde luego, sobre las cosas que lo rodean ni sobre los acontecimientos que, sin perfil muy preciso, empiezan a dibujarse a su alrededor. A pesar de su realismo —o quizá por su realismo— ve a su país en futuro, un futuro todavía no novelable, o en pasado: un pasado al que convendría explorar, para descubrir las raíces de lo presente. El fruto de aquel empeño fue *La fontana de oro*.

Los críticos no aciertan aún a clasificar este libro, tan galdosiano. ¿Se trata de una novela independiente de los *Episodios nacionales?* Sí, puesto que no figura su nombre en ninguna de las series de la gran colección histórica. No, porque, en realidad, precede a esa colección, y la orienta y le da sentido. Los hechos que narra se desarrollan de 1821 a 1823. Se destacan sobre un fondo de reconstrucción histórica inconfundible: el ambiente de la Carrera de San Jerónimo, las tertulias de los inconformes, la vigilancia de los esbirros, los "serafines" del Exterminador, las actividades de las logias masónicas y, entre las perfidias del soberano —Fernando VII—, el despertar de un liberalismo que aplastará el rigor de la Santa Alianza.

Don Benito no ha concebido aún el inmenso mural de los *Episodios;* pero, en ese primer relato —excelente y maduro ya, desde tantos puntos de vista— ensaya sus pinceles, estudia las proporciones, calcula la perspectiva; mide sus fuerzas. La realidad inmediata no le seduce todavía, como tema de narración. Buen hijo de un siglo "histórico", el pasado lo solicita. Por fortuna para él (y también para sus lectores), el éxito le demuestra que no anduvo desacertado ni en sus procedimientos ni en su elección. Cansado de la falsa novela histórica, del tipo de aquella que cultivaba Fernández y González, el público encuentra, en *La fontana de oro*, una fuente no metafórica de interés y de fácil amenidad. Los personajes no son fantasmas, ni tampoco autómatas gobernados por mecanismos de hilos vulgares, toscos y tensos. El paisaje urbano en el que viven, charlan, se disimulan o se declaran, no es un escenario de cartón. En sus páginas, la historia habla, ríe, solloza, y anda como la vida. Ha nacido un género novelesco. La puerta está abierta de par en par. Por ella desfilarán anualmente, a veces de cuatro en cuatro, como las estaciones, los *Episodios nacionales* de don Benito.

Antes de seguir el desfile de esos volúmenes, siento el deber de explicar una de mis frases. He dicho: "nació un género novelesco". Sin duda, tales palabras reclaman alguna exégesis. Porque la novela histórica no fue invención personal de Pérez Galdós. Aun sin hablar de todas las que trazaron, antes que él, otros españoles, bastaría pensar en Walter Scott para comprenderlo: el campo de la novela histórica rebasa —en el tiempo y en el espacio— los límites de Galdós. Pero ¿estamos absolutamente seguros de que se trate de un campo análogo —y de la misma especie de narraciones—?... Hay en Walter Scott, como en Victor Hugo —y hasta en Próspero Mérimée; hablo del autor de la *Crónica del reinado de Carlos IX*—, una tendencia a tomar la historia como el marco aparentemente rígido e inmutable, dentro del cual puede insertarse a gusto, con la mayor libertad del mundo, un cuadro de pura imaginación. Por eso los novelistas que cito prefieren trabajar en épocas muy distantes: la Edad Media de Ivanhoe, o la Edad Media de Claudio Frollo; el Renacimiento de Waverley o el Renacimiento de Bernardo de Mergy. Además, como lo que les interesa no es tanto la historia misma cuanto el "fondo" que habrá de servirles para perfilar a sus personajes, son éstos los que —en sus obras— adquieren mayor relieve.

Entiéndase que, cuando hablo de *personajes*, no pienso limitativamente en individuos de carne y hueso. Algunos de los héroes de Victor Hugo están hechos de piedra; son catedrales, como Nuestra Señora. O están hechos de cólera y de censura; son símbolos de instituciones o de linajes, como la aristocracia en *El hombre que ríe*. Pero aun en tales relatos, el novelista no se propone contribuir al conocimiento histórico, ni difundirlo. Sus obras no se llaman *La reina Ana* o *La San Bartolomé*, o *La rendición de Breda*.

Por el contrario, en Pérez Galdós, el propósito educativo resulta siempre evidente. El personaje central es el pueblo mismo. Aparecerán, por supuesto, en sus *Episodios* muchas figuras más o menos célebres y se esforzará el escritor incesantemente por presentárnoslas con fidelidad y con honradez. Pero ninguna de esas figuras atrae de modo unilateral y exclusivo nuestra atención. Entre todas ellas —ministros, almirantes, sacerdotes, duquesas, reinas y reyes— domina el pueblo, el que sufre, el que lucha, el que se estremece, el que vive para morir y muere para resucitar; es decir: la sustancia plástica y generosa que da continuidad a la obra del escritor, y unidad al drama inmortal de España. "Fiel al genio de la raza —apunta Agustín Yáñez—, Pérez Galdós tiene un propósito ético... Pero, a diferencia de otros escritores españoles e hispanoamericanos, don Benito, fuera de sus personajes y de la dirección objetiva del suceder novelesco, apenas hace uso de la palabra en plan de cátedra. La suya es escuela de acción."

Por otra parte, en Galdós, la novela histórica está vinculada con la existencia del novelista. De ahí que se haya circunscrito el autor a la perspectiva de un solo siglo: el que empieza, para él, históricamente, con la batalla de Trafalgar y hubiera concluido —tal vez— con las bodas de Alfonso XIII. Muchos de los acontecimientos narrados en las primeras series ocurrieron antes de que naciera Pérez Galdós. Pero su proximidad era manifiesta. La transmisión oral de esa historia viva no constituía, en manera alguna, ni un artificio ni un método inverosímil. No se trataba de inventar a Cartago, como lo pretendió Flaubert en las largas enumeraciones de *Salammbó*; ni de reconstruir la Roma de los Césares, como quiso hacerlo Sienkiewicz en su *Quo Vadis*; ni de revivir a Pompeya, como lo soñó la fantasía erudita de Bulwer Lytton. Español en esto también —como en tantas otras características de su arte y de su conducta— Galdós otorga el primer lugar, no al documento que amarillea en los expedientes de algún archivo (y que consulta, por cierto, muy minuciosamente), sino a la palabra: a la voz del hombre o de la mujer que presenciaron lo que nos dicen. La historia que le interesa es la que el pueblo sabe contar bajo el sol de otoño, en la paz rústica del domingo, o en las veladas de invierno, junto al brasero: la que vio, como Estupiñá, en una sucesión militar y cívica de balcones, la que dejó inválido a alguno de sus parientes, o náufraga la falúa conducida entre fragatas inglesas por el abuelo, o incendiada la choza en que su familia —una noche de guerra— se refugió...

Novela, sí, pero al servicio civil de la realidad y de la nación, que la informan y nutren por todas partes. Tanto es así que los títulos mismos de los volúmenes podrían servir para encabezar las secciones de algún compendio de historia hispánica: "Trafalgar", "La corte de Carlos IV", "El 19 de marzo y el 2 de mayo", "Bailén", El empecinado", "La batalla de los Arapiles", "El 7 de julio", "El terror de 1824", "Zumalacárregui", "Vergara", "Narváez", "La revolución de julio", "Prim", "España sin rey", "Amadeo I", "La primera República"...

Todas estas circunstancias hacen de los *Episodios nacionales* un género propio, tan galdosiano como español. Es cierto, se ha dicho en múltiples ocasiones que, así como *Eugenia Grandet* influyó en el joven Galdós y le sirvió cuando menos de piedra de toque para probar el metal de su vocación, así también la idea de los *Episodios* obedeció a la lectura de Erckmann y Chatrian, los autores de *Madame Thérèse* y *El amigo Fritz*. Por lo que atañe a la eventual influencia de *Eugenia Grandet*, hablaré de ella más adelante, cuando trate el problema de Galdós y la realidad. Por lo pronto, me reduciré a señalar la desproporcionada importancia atribuida a ese libro, el cual, sin ser de los mejores de *La comedia humana*, hizo más en favor de Balzac que algunos otros, mucho más hondos. Recordaré, al respecto, que en 1843 Dostoyevski lo tradujo al ruso.

En cuanto a los alsacianos Erckmann y Chatrian, ciertas coincidencias son innegables, pero no me parecen demostrativas. Ni fue su intento de ambiciones tan amplias como el de don Benito, ni la historicidad de sus héroes tiene el alcance que Galdós consiguió dar a sus *Episodios*. Sobre un punto en particular se ha exagerado, a mi juicio, el valor de esas coincidencias. Aludo al tono personal —y autobiográfico en cierto modo— que, tanto como Galdós, Erckmann y Chatrian prefieren visiblemente. ¿Cómo no percibir que, aunque don Benito no hubiese leído jamás a los alsacianos, todo le conducía, cuando escribió la primera serie, a la elección de ese tono autobiográfico y personal? Se ha mencionado ya, como antecedente, la novela picaresca del Siglo de Oro. Pero hay más. He manifestado que los *Episodios* son la historia del pueblo, escrita para el pueblo y *contada, también, por el pueblo*. Sin necesidad de imitar a nadie, Galdós hubo de comprender la conveniencia de que el autor interviniese lo menos posible en aquel relato. Era mucho más hábil ponerlo en boca de un imaginario vocero, partícipe en lo ocurrido. Así nacieron el "locutor" de la primera serie (Gabriel Araceli) y los cuatro protagonistas de las restantes: Salvador Monsalud, Fernando Calpena, el marqués de Beramendi y Tito. Al describírnoslos, dice acertadamente Sáinz de Robles: "Los cinco tienen un interés *íntimo* superior al que representa el que sean ellos quienes nos ponen en conocimiento de los sucesos. Gabriel Araceli, de origen humildísimo, privado en los comienzos de su vida de toda instrucción, desdichado en muchos de sus días, todo bondad y honradez innatas, representaba la nueva clase social nacida de aquel crisol que fue la guerra de la Independencia, en la que entraron tantos y tan dispares elementos. Salvador Monsalud, vehemente, patético, es como el símbolo de las nuevas tendencias constitucionales, en lucha contra el despotismo. Fernando Calpena, señorito rico, mimado, amable, interesado por muchas cosas, pero no arrebatado sino por las que afectan a su persona, personaliza el elegante escepticismo español derivado del romanticismo exasperado e inútil. El romanticismo produjo mucho cansancio de alma; este cansancio provocó una reacción de inapetencias sociales; vivir cada uno para sí era el lema de la generación del ochocientos cuarenta. Pepe García Fajardo, flamante marqués de Beramendi, significó la cuquería política desarrollada para el alcance de la panacea gubernamental, inventada y patentada a turno por los progresistas y los moderados. Tito, el inefable, el socarrón, el camándulas, el ingeniosísimo Tito, encarnó el personaje filosófico fin de siglo; personaje que creía en muy pocas cosas, que desconfiaba de casi todos sus semejantes; personaje pesimista y agorero, pero con un hondo y desesperanzado amor a la Patria; personaje sibila de las inminentes catástrofes."

La importancia concedida por don Benito al sistema del narrador —testigo cuya presencia en varios de sus *Episodios* debía velar la intervención ostensible del novelista— nos es confirmada por el propio Galdós. En sus *Memorias*, el autor nos refiere cuál fue el origen del personaje de Gabrielillo. Vale la pena escucharlo.

"A mediados del 72 —escribe— vuelvo a la vida y me encuentro que, sin saber por qué sí ni por qué no, preparaba una serie de novelas históricas breves y amenas. Hablaba yo de esto con mi amigo Albareda y como le indicase que no sabía qué título poner a esta serie de obritas, José Luis me dijo:

"—Bautice usted esas obritas con el nombre de *Episodios nacionales*.

"Y cuando me preguntó en qué época pensaba iniciar la serie, brotó de mis labios, como una obsesión del pensamiento, la palabra Trafalgar.

"Después de adquirir la obra de Marliani, me fui a pasar el verano a Santander. En la ciudad cantábrica di comienzo a mi trabajo, y paseando una tarde con mi amigo el exquisito poeta Amós de Escalante, éste me dejó atónito con la siguiente revelación:

"—Pero ¿usted no sabe que aquí tenemos al último superviviente del combate de Trafalgar?

"¡Oh prodigioso hallazgo! Al siguiente día, en la plaza de Pombo, me presentó Escalante un viejecito muy simpático, de corta estatura, con levita y chistera anticuadas; se apellidaba Galán y había sido grumete en el gigantesco navío *Santísima Trinidad*. Los pormenores de la vida marinera, en paz y en guerra, que me contó aquel buen señor, no debo repetirlos ahora. . ."

En efecto ¿para qué repetirlos? ¿No conocen acaso ya tales "pormenores" todos los que leyeron alguna vez el primero de los *Episodios nacionales*, con sus inolvidables retratos de Churraca y de Alcalá Galiano, "el más valiente brigadier de la Armada"? El señor Galán no proporcionó solamente a Galdós la idea que dio vida a Gabriel Araceli. Le demostró que la historia se trasmite por la palabra hablada y que el texto de Marliani podrá ser indispensable, pero la voz del antiguo grumete es más convincente, porque posee una autoridad moral de conmovedoras repercusiones.

Retengamos, además, una declaración sobre la que habré de insistir en otro lugar de estos comentarios. Lo primero que se le ocurre contar a Galdós es una derrota. La palabra Trafalgar le sube a la boca —no nos lo oculta— "como una obsesión" de su pensamiento.

Procede añadir que esos casos-tipo (que Galdós utiliza para lograr que la historia del pueblo describa al pueblo la historia de la nación) se complementan muy ingeniosamente. Ya que el pueblo no está constituído sólo por Gabrielillos, Galdós elige, en hombres como Calpena o García Fajardo, a representantes de otros sectores de la sociedad española contemporánea. La simpatía del escritor envuelve más espontáneamente a los más modestos, como Araceli. De ahí, quizá, el agrado mayor con el que leemos los episodios donde resuena la voz amable de quien fuera voluntario en Trafalgar y cajista en Madrid, en el Madrid precursor de las glorias del 2 de mayo. Pero los restantes no son menos obedientes al patriótico impulso de don Benito. Como en la tragedia clásica, todos ellos son "el protagonista". Como en ella, también, el comentario se encuentra a cargo del coro. Y el coro es el pueblo mismo, figurado en ocasiones por un conjunto, anónimo y elocuente; encarnado en otras por algún héroe desconocido, como ese "medio-hombre" de "Trafalgar", que a los sesenta años, cojo y manco a la vez, se agrega con entusiasmo a los marineros de su país, se prodiga durante el combate, enseña a Araceli niño el arte de morir generosamente y compensa en el alma de los lectores la tristeza de la derrota con el orgullo de un valor popular, sonriente, lúcido y piadoso...

Se comprende el éxito rápido —y prolongado— que obtuvieron los *Episodios* de don Benito.

A los doce años, muchos de mis compañeros de estudio, en la antigua Escuela Preparatoria, adquirían junto conmigo, semana a semana, algún volumen de la edición rojo y gualda que tanto importuna a Xenius. No era aquélla una moda, aunque sí el final de una tradición. Ahora, ya no es lo mismo. Pero no olvidemos que la colección galdosiana suscitó en nuestra patria ecos muy significativos. El más directo fue, incuestionablemente, el de los *Episodios históricos mexicanos*, de don Enrique de Olavarría y Ferrari. El más original —y el más valioso, sin duda— fue el de don Victoriano Salado Álvarez, cuyas obras (*De Santa Anna a la Reforma* y *La Intervención y el Imperio*) son, según dice un crítico, "crónica animada, pintoresca, de la vida mexicana en el dramático período que va de la dictadura de Su Alteza Serenísima a la tragedia del Cerro de las Campanas", y a las que, "si algún parentesco literario hubiera de asignárseles, constituiríanlo los *Episodios* de Galdós".

Don Benito organizó el desfile de sus "obritas" —como decía— en cinco regimientos que él llamó "series". Cada serie debía constar de diez unidades. Las cuatro primeras están completas. La última sólo cuenta con seis. La colección principió a editarse en 1873 y concluyó, sin finalizar, en 1912. En total: treinta y nueve años. Pero hay que restar de esa suma los diecinueve que median entre la aparición de *Un faccioso más...* que cierra, en 1879, la serie número dos y la publicación de *Zumalacárregui* que, en 1898, reanuda la obra e inicia la serie número tres. La estadística es impresionante: cuarenta y seis volúmenes en poco menos de veinte años. Y crece el asombro de quien la evoca al considerar que, incluso durante aquellos cuatro lustros, no se redujo Galdós a redactar solamente los *Episodios*. De 1873 a 1879, dio a la estampa cuatro grandes novelas —algunas en varios tomos— y, de 1898 a 1912, escribió otras tres e hizo representar ocho piezas teatrales: dramas, tragicomedias y comedias.

Los biógrafos de Galdós han tratado de esclarecer por qué causas interrumpió —de 1879 a 1898— su triunfal galería histórica. El propio don Benito nos da, a su modo, una explicación. "Al terminar, con *Un faccioso más y algunos frailes menos* —dice—, la segunda serie de los *Episodios nacionales*, hice juramento de no poner la mano por tercera vez en novelas históricas. ¡Cuán claramente veo ahora que esto de jurar es cosa mala, como todo lo que resolvemos menospreciando o desconociendo la acción del tiempo y las rectificaciones que este tirano suele imponer a nuestra voluntad y a nuestros juicios!" Su explicación, en el fondo, no explica nada. Nos revela cómo juró; pero no nos dice por qué juró. Para Sáinz de Robles, la "explicación es sumamente sencilla". "Al acabar Galdós la segunda serie —escribe en la Introducción a las obras completas del maestro—, la novela histórica había pasado de moda." Y alude a la indiferencia del público para las de Amós Escalante y Fernández y González. Muy bien. Pero ¿por qué, entonces, declara inmediatamente: "Los *Episodios* eran la excepción, porque en ellos lo histórico iba arropado por lo novelesco y por el costumbrismo más realista?"... Si los *Episodios* constituían una excepción —y así lo prueba la difusión de sus ediciones—, la explicación del señor Sáinz de Robles deja de parecernos tan evidente como él lo afirma. Por eso probablemente nos da otra, a continuación. "En pleno éxito —añade— Galdós no quiso arriesgar su fama." Supongámoslo de buen grado. Pero el problema perdura. ¿Por qué motivos un escritor, en plena fuerza creadora y en "pleno éxito", teme arriesgar su fama a la mitad de una empresa que le ha ganado muchos lectores, muchos aplausos y muchos triunfos —y la abandona precisamente para entregarse a escribir novelas mucho más arduas—? Los *Episodios nacionales* —indica luego el propio señor Sáinz de Robles— representan "la parte menos discutida por la crítica, la aceptada sin reservas por todos los públicos, cualesquiera sean sus ideologías". ¿Cómo admitir, por tanto, que la razón del silencio histórico de Galdós estribe en el miedo, en el temor de "arriesgar su fama"?

Creo, al contrario, que la causa profunda de aquel silencio reside en la virtud suprema de don Benito: su valiente, su terca, su infatigable sinceridad. Sentía él —si no me equivoco— que, a la contribución histórica ya ofrecida, era menester agregar la crítica de la España contemporánea. Esa crítica sí contenía peligros. Esa crítica sí era un riesgo para su fama. Por eso, arrojadamente, la acometió. De 1879, año en que suspende los *Episodios,* a 1898, año en que vuelve a ellos, se consagra Pérez Galdós a obras de incuestionable intención social. Con *La desheredada* principian a la vez, en 1881, las "novelas contemporáneas" y la etapa naturalista del escritor. Y, como confirmación de la hipótesis, encontramos que, tan pronto como publica *El abuelo* —la última de sus grandes obras "actuales"— regresa a la redacción de los *Episodios.* Lo dije antes: de 1898 a 1912 sólo escribe Galdós tres novelas independientes. Ninguna de ellas se sitúa en el plano de *Fortunata y Jacinta, Ángel Guerra* y *Misericordia.*

He de tocar aquí un punto que no traté cuando transcribí ciertas revelaciones de don Benito. Me refiero a la respuesta que dio a su amigo Albareda en 1872. Éste le preguntaba en qué época iniciaría sus *Episodios.* Y, "como una obsesión del pensamiento", la palabra Trafalgar brotó de los labios del escritor. El recuerdo de la derrota española lo enardecía. Ahora bien, veintiséis años más tarde, España se ve afligida por otra derrota tremenda: la del 98.

¿Cómo no establecer una relación entre el dolor de su patriotismo herido y la robustez de su fe en la unidad esencial y moral de España? La misma desgracia que incita a la generación del 98 a mirar con recelo el fervor histórico lo impele a él a tomar la historia como el asta de una bandera. Cuando otros, no menos patriotas y apasionados que él, buscan a España en lo eterno y quieren huir de la "esclavitud del tiempo", él enarbola el tiempo sin cólera ni vergüenza, pues sabe que de episodios —tristes o alegres, célebres o apagados, trágicos o gloriosos— está hecha la eternidad de una gran nación.

La derrota es estímulo de los fuertes. Y el alma de don Benito es un alma fuerte. En cuanto a su patriotismo, me concretaré a citar estas palabras pronunciadas por Gabrielillo en los minutos que precedieron a la batalla de Trafalgar. "Me representé a mi país —escribe Araceli-Galdós— como una inmensa tierra poblada de gentes, todos fraternalmente unidos; me representé la sociedad dividida en familias, en las cuales había esposas que mantener, hijos que educar, hacienda que conservar, honra que defender; me hice cargo de un pacto establecido entre tantos seres para ayudarse y sostenerse contra un ataque de. fuera, y comprendí que por todos habían sido hechos aquellos barcos para defender la patria, es decir, el terreno en que ponían sus plantas, el surco regado con su sudor, la casa donde vivían sus padres, el huerto donde jugaban sus hijos... el puerto donde amarraban su embarcación fatigada del largo viaje, el almacén donde depositaban sus riquezas; la iglesia, sarcófago de sus mayores, habitáculo de sus santos y arca de sus creencias; la plaza, en cuyas paredes ahumadas parece que no se extingue nunca el eco de los cuentos con que las abuelas amansan la travesura e inquietud de los nietos; la calle, donde se ven desfilar caras amigas; el campo, el mar, el cielo, todo cuanto desde el nacer se asocia a nuestra existencia, desde el pesebre de un animal querido hasta el trono de reyes patriarcales; todos los objetos en que vive prolongándose nuestra alma, como si el propio cuerpo no le bastara."

Pero (y esto es lo admirable) el patriotismo de don Benito no es ni un nacionalismo agresivo, ni una beatificación vanidosa de lo español. Cuando habla de algún enemigo de España, como Nelson, lo hace con respeto para el hombre y para el marino. Cuando recuerda los días de 1808, distingue muy claramente entre las vejaciones del populacho y la exaltación del pueblo. A aquél nos lo muestra, bajo la luz más dura, el 19 de marzo, en las depredaciones dramáticas de Aranjuez. Y a éste —al heroico, al incomparable, al que nadie frena— nos lo pinta de cuerpo entero, con los colores de Goya, en las horas sublimes del 2 de mayo.

Su amor por lo nacional no es nunca odio cerril para lo extranjero. Al contrario: reconoce con lealtad la virtud de todos y sustenta —desde 1873— un pacifismo que, de haberlo expresado mucho después, algunos hubiesen atribuído a la influencia mística de Tolstoi. "Esto —dice— de que las islas han de querer quitarse unas a otras algún pedazo de tierra, lo echa todo a perder. Sin duda, en todas ellas debe de haber hombres muy malos que son los que arman las guerras para su provecho particular, bien porque son ambiciosos y quieren mandar, bien porque son avaros y anhelan ser ricos. Estos hombres son los que engañan a los demás, a todos estos infelices que van a pelear; y para que el engaño sea completo, los impulsan a odiar a otras naciones, siembran la discordia, fomentan la envidia, y aquí tienen ustedes el resultado..."

Semejante pacifismo no es jamás, en él, una actitud postiza y declamatoria. Le repugna la violencia, aunque la acepta cuando surge como defensa indispensable del honor, el derecho y la libertad. Porque, para Galdós, libertad y justicia son una y la misma cosa. Sin justicia, la libertad sería siempre imperio: agresión para nuestros prójimos y, para nosotros, esclavitud dentro de lo nuestro, sometimiento a nuestra pasión. De ahí su rigor para todas las formas de intolerancia, lo mismo la que obedece a móviles religiosos que la que pretende imponerse en nombre de la política. Con infalible imparcialidad, describe a Godoy, da cuenta de sus vicios, de sus defectos —y exhibe, a la vez, los vicios y los defectos de la muchedumbre que trata, entre injurias, de asesinarlo—. Los oficiales de Bonaparte no son en sus *Episodios* simples máquinas de opresión. Algunos se compadecen de lo que miran. Uno, ante las lágrimas de Araceli, contrariando la disciplina, cede a sus ruegos.

Ni lo ajeno es malo por ser ajeno; ni lo propio, por propio, ha de ser juzgado como tipo de angélica perfección. El *Santísi-*

ma Trinidad es un barco enorme, el mayor del mundo; pero maniobra difícilmente. Los soldados de Su Católica Majestad son estoicos y decididos, pero muchos no están inmunes ni al mareo ni a la flaqueza. Los ingleses no corresponden al modelo del cruel pirata. Se acercan "con delicada cortesía" a los prisioneros; saludan a los heridos con gravedad. La señora de Rumblar es patriota, pero le importuna que alguien —para elogiar a su hijo— diga que trataba él a sus hombres como si fueran iguales todos. Hasta el patriotismo, en ella, tiene los límites de su casta. La *Primorosa* resulta una maja peor que provocativa; sus ternuras como sus "chirigotas" huelen a especias y a vino espeso, pero nadie más madrileña y batalladora en la plaza pública; ninguna voz alienta a los sublevados como su voz. Sin embargo, cuando una de sus amigas cae en el arroyo deshecha por la metralla, la *Primorosa* se pone pálida. Ha tenido miedo. Ese miedo, más que cualquier elogio, subraya su valentía.

No; ningún historiador más patriota —y ningún patriota más objetivo—. El argumento de la novela trata de integrarse en la historia y, *en general*, la anécdota de cada protagonista no se sobrepone tediosamente al suceso hispánico merced al falso paralelismo que, en narraciones de otros autores, se descubre con tanta facilidad. Aun así, la dosificación de lo histórico y de lo novelesco no deja de prestarse a serios errores. En "Cádiz", por ejemplo —ya lo había observado Menéndez y Pelayo—, la proporción de lo histórico es tan pequeña que incluso el título de "episodio" inquieta un poco al conocedor. El byronismo de Lord Gray no nos persuade mucho. Unidos a los de Inés con Gabriel, sus amores con Asunción acaban francamente por aburrirnos. De igual suerte, en "La batalla de los Arapiles" todas las aventuras de Miss Fly pesan demasiado sobre el relato. Abreviarlas —o suprimirlas— sería un consuelo.

A menudo, las peripecias exhiben —con infortunada evidencia— la voluntad de llegar al final y de llegar a él por senderos casi folletinescos. No es raro que, hacia los postreros capítulos de un volumen, la acción del libro se precipite y se acumulen las desventuras, colocando al lector así (como a los espectadores de las películas "de episodios") en cierta ansiedad por averiguar cómo escaparán los héroes más atractivos a la maquinación infernal en que se hallan presos. Todo esto implica, innegablemente, una concesión a las impaciencias del público. Pero, a cambio de esos defectos (inevitables, acaso, dados el género de la obra y el deseo de interesar a las mayorías más numerosas con los recursos más espectaculares), ¡cuántas excelencias de emoción y de observación!

La psicología de los personajes puede estimarse simplificada, aunque nunca tanto que los sitúe, arbitrariamente, en planos de inhumana y teórica idealidad. Los buenos son esencialmente buenos —y los malos lo son positivamente—. Sin embargo, la imparcialidad de Galdós y su realismo no le permiten llevar las cosas hasta el extremo de que unos y otros —malos y buenos— nos parezcan meros autómatas de la malignidad o de la virtud. Por momentos, la mano del dibujante se apoya con exceso, como en la caricatura de los Requejos; pero con más frecuencia lo que sorprende es la sinceridad, la honradez del trazo, como en los retratos de don Alonso Gutiérrez de Cisniega, o de Amaranta, o de Santurrias, el sacristán de don Celestino, o de ese don Diego, de la familia de los Rumblar, que se levanta tarde todos los días y "después de dar cuerda a sus relojes, se pone a disposición del peluquero, quien en poco más de hora y media, le arregla la cabeza por fuera, que por dentro sólo Dios pudiera hacerlo"... ¡y todo ello tranquilamente, mientras Madrid hierve en cólera y los ejércitos napoleónicos llegan a Chamartín!

Pero si los retratos son admirables ¿qué decir de las descripciones? Toda la España del ochocientos está presente en los *Episodios*, con sus instituciones y sus oficios, sus pronunciamientos y sus teatros, sus logias y sus conventos, sus frailes y sus ministros, sus risas y sus angustias, su júbilo y su dolor... Con la más sutil de las magias —la del verismo— el narrador nos traslada desde el castillo de popa de un buque desarbolado hasta la sombra, olorosa a tinta, de un taller madrileño de imprenta; y de ahí al "salón" de una verdulera o al mostrador de una librería a la cual concurren "poetas hueros, o con seso, aunque éstos los menos", y donde se venden —si es que se venden— obras de títulos muy lacónicos. Éste, verbigracia: *Manifiesto de los íntimos afectos de dolor, amor y ternura del augusto combatido, corazón de nuestro invicto monarca Fernando VII, exhalados por triste desahogo en el seno de su estimado maestro y confesor don Juan Escóiquiz, quien por estrecho encargo de su majestad lo comunica a la nación en un discurso.* Con Galdós vamos al teatro y vemos piezas tan oportunas como *La alianza de España e Inglaterra, con tonadilla;* o leemos las efusiones del "Semanario Patriótico"; o asistimos, en la calle de Atocha, a una velada de los Rosa-Cruz; o nos enteramos de que la Congregación de Lavado y Cosido es una junta creada por las señoras de la nobleza para lavar y coser la ropa de los soldados en esas críticas circunstancias; o visitamos a la Zancuda, o coreamos a la *Pelumbres,* "una de las mujeres de mejor mano para tocar castañuelas" que había en Madrid, o nos detenemos en la calle de las Maldonadas a que nos reciba *Rosa la Naranjera,* a cuya tertulia iban acaso reyes auténticos, aunque los únicos que veían siempre los huéspedes eran los de copas, bastos, oros y espadas, "los cuales no faltaban ni una noche y con toda familiaridad y franqueza, se dejaban llevar de mano en mano".

En sus demás novelas, don Benito concede escaso lugar a la

aristocracia. No ocurre lo mismo en los *Episodios*, donde tal omisión habría sido antihistórica y visiblemente deliberada. He hablado ya de Amaranta y de los Rumblar; pero sería imposible olvidarnos de la condesa de Arista, o de doña María de la Paz Porreño o de aquel duque de Arión, educado en Francia, que lo ofrecía todo, hasta el traje, *de tout son coeur,* lo cual no debe tomarse en poco pues se trataba de un hombre en cuya persona lo único verdaderamente notable "era la atildada perfección en el vestir".

No obstante, los personajes del pueblo son los que "viven" —con más audaces palpitaciones y gracia más pintoresca— frente a nosotros. Aquella *Zaína*, pongo por caso, de quien se enamoran al propio tiempo Juan de Mañara y Diego Rumblar. Galdós nos brinda de ella un daguerrotipo insustituible. Me interesa insertarlo aquí, a guisa de ilustración. "El dorado alcázar, el Medina-al-Fajara, el Bagdad, la Sibaris y la Capua de sus impresionables sentidos (don Benito habla de Rumblar) estaban en casa de la *Zaína;* aquella beldad incomparable; aquella que al aparecer por las mañanas en la esquina de la calle de San Dámaso, dentro de su cajón de verduras, daría envidia a la misma diosa Pomona en su pedestal de frutas y hortalizas. Y ¿qué diremos de aquella gracia peculiar con que lavaba una lechuga, arrancándole las hojas de fuera con sus divinas manos, empedradas de anillos? ¿Qué del donaire con que hacía los manojillos de rábanos que, entre sus dedos, racimos de corales parecían? ¿Qué de aquella por nadie imitada habilidad para poner en orden los pimientos y tomates, cuya encendida grana se eclipsaba ante el rosicler de su cara? ¿Qué de aquel lindísimo gesto con que metía los cuartos en la faltriquera, olvidándose casi siempre de dar la vuelta? ¿Qué de aquella postura (digna de llamar la atención de Fidias) cuando descolgaba una sarta de ajos que al enroscarse en sus brazos no se tomarían por otra cosa que por rosarios de descomunales perlas? ¿Qué de la destreza y soltura con que arrojaba las hojas de col sobre los usías que iban a requebrarla? ¿Qué de su ciencia en el vender, y su labia en el regateo y su diplomacia en el engañar, que a esto y a nada más propendían todas y cada una de las sales y monerías de su lengua y ademanes?"

Por insistente, la ironía de este fragmento podrá parecer espesa a los paladares que presumen de refinados; pero advierto en ella la habilidad de un pintor histórico muy certero. En efecto, si la *Zaína* fuera exclusivamente verdulera, resultarían crueles y desmedidas tantas ponderaciones. Pero la *Zaína* es el centro de uno de esos grupos sociales que, por heterogéneos, indican ya el desconcierto de una época lastimosa. A su casa van señoritos desocupados como don Diego, o regidores acusados de complicidad con el enemigo, como Mañara. El desastre ha roto las fronteras políticas exteriores, abriendo el territorio de España a las fuerzas de Bonaparte; pero ha roto también las fronteras internas, los prejuicios de clase y de educación. Al burlarse de la *Zaína*, don Benito no se burla del pueblo auténtico, sino del pueblo envilecido por el dinero de los truhanes que ostentan títulos, gastan partícula en sus tarjetas y ceden al agresor.

Por encima de todo —en los *Episodios*— está el pueblo, siempre. No el mercenario, que vende sus "manolas" y "chulas" a quien las paga, y prolonga a los pícaros de otro tiempo en enredos de trampas y de navajas, entre ojos de alguaciles y prestamistas. Ni el populacho, con el que jugar tiene sus peligros. "Es como el toro —dice Galdós— que tanto divierte y de quien tantos se burlan, pero que, cuando acierta a coger a uno, lo hace a las mil maravillas." "Vimos caer a Godoy —agrega— favorito de los reyes y ahora hemos visto caer a Mañara, favorito del pueblo. Todas las privanzas que no tienen por fundamento el mérito o la virtud suelen acabar lo mismo." Pero nada hay más repugnante que la justicia popular, la cual tiene sobre sí el anatema de no acertar nunca, pues toda ella se funda en lo que llamaba Cervantes "el vano discurso del vulgo, siempre engañado".

Las simpatías de don Benito no van ni a los pícaros, ni a las damiselas de la Corte, ni tampoco a la plebe trágica. Van en cambio —¡y con cuánta espontaneidad!—, al pueblo honrado, valiente, enérgico, laborioso: el que perdona, con su grandeza, la mezquindad de quienes no saben cómo guiarlo; el que hace al país todos los días, de sol a sol, y lo hace a mano, como un encaje; o con martillo, como una reja; o con amor y con piedras, como una iglesia; o con azadones y arados, como un trigal; o con sangre, como una guerra de independencia; o a cincel, como el dios de una fuente pura; o con llanto, como una endecha; o con hijos y flores, como una casa.

Grumete o abanderado, peluquero u orfebre, campesino o cajista, pescador o sastre, albañil o cochero, músico o pintor, el pueblo es el poeta y el héroe esencial de los *Episodios*. Cuando los más astutos pactan con los representantes del adversario, él está convencido de que —a la larga— la política más astuta es la resistencia y la prudencia consiste en jugar su suerte, si es menester hasta el sacrificio.

Gran enseñanza, que no podría yo resumir mejor de lo que logró hacerlo el propio Pérez Galdós, porque "el pueblo, en nuestras sociedades, conserva las ideas y los sentimientos elementales en su tosca plenitud, como la cantera contiene el mármol, materia de la forma" y porque él —el pueblo— "posee las verdades grandes y en bloque".

GALDÓS Y LA REALIDAD

"Un ser real es percibido, en gran parte, merced a nuestros sentidos. Es decir: por profundamente que simpaticemos con él, permanece opaco para nosotros; constituye un peso muerto que nuestra sensibilidad, por sí sola, no está en condiciones de levantar. Si una desgracia lo hiere, sólo podrá conmoverse —en nosotros— un fragmento de la noción total que nos hemos hecho de su existencia. El hallazgo del novelista reside en haber tenido la idea de sustituir semejantes fragmentos (impenetrables al alma) por una cantidad igual de fragmentos inmateriales, que nuestro espíritu puede asimilar. A partir de ese instante, no importa que las emociones y los actos de tales seres sean verdaderos o no. Ya los hicimos nuestros; se producen, en realidad, en nosotros mismos... Cuando el novelista ha conseguido ponernos en ese estado, su libro nos inquietará cual si fuera un sueño —un sueño más claro que todos los que tenemos mientras dormimos; un sueño cuyo recuerdo perdura más—. Desencadena entonces el novelista sobre nosotros, en una hora, todas las dichas y las desgracias posibles. Para experimentar tantas desgracias y tantas dichas tendríamos que invertir años enteros de nuestra vida. Y, aun así, las más intensas no nos serían reveladas acaso nunca, porque la lentitud con que se producen nos priva de percibirlas..."

Este párrafo, de *Por el camino de Swann*, es a mi juicio no solamente la confesión del procedimiento psicológico utilizado por Marcel Proust, sino la explicación más certera de lo que llaman algunos críticos "la magia del novelista", o sea el poder de captar la impaciencia de los lectores con la invención, no con la transcripción, de la realidad.

¿Por qué sabemos tan poco de la alegría o de la tristeza de nuestros prójimos, de la satisfacción paternal del cartero que una mañana nos enseñó las calificaciones escolares de su muchacho, o de la melancolía de la portera a quien saludamos cuando vamos a casa de algún amigo, o de los sueños de la empleada que nos vende, los sábados por la tarde, nuestra provisión semanal de revistas o de tabaco? Y ¿por qué, en distinto plano, estamos tan enterados de los motivos de la ambición de un Julián Sorel, de los orígenes de la religiosidad de un Aliocha Karamásov y del secreto del amor abnegado de Marianela? ¿Cómo es posible que el hombre, tan incomunicable en la vida para el resto de los mortales, se vuelva claro, tan claro y tan transparente, cuando la imaginación del poeta lo circunscribe al perfil de un "protagonista"? ¿Qué poseen los personajes —que falta al hombre—? O, mejor dicho tal vez, ¿qué es lo que sobra al hombre y le impide ser tan inteligible, a la simple atención de sus semejantes, como el personaje de una novela?

A todas estas preguntas, Proust contesta sin eufemismos. Lo

557

que hace incomunicable a los hombres es el carácter *intransferible* de su existencia, río continuo que no podemos aprehender de una sola vez y al que tenemos que aproximarnos con intervalos. Con intervalos que le permiten, en cierto modo, burlar nuestro afán de conocimiento, pues el ser que tratamos ayer no es el mismo que vemos hoy y el que vemos hoy se transformará mañana insensiblemente —pero también positiva, segura, forzosamente...

En cambio, el personaje de un libro no existe nunca sino en nosotros; pero existe entonces de todo a todo, sin posibilidad de evasión o de subterfugio. Al crearlo, el autor hubo de construirlo con materiales asimilables para el lector, con imágenes, conceptos y sentimientos que valen precisamente por *transferibles* y que serían muy defectuosos si resultaran tan exclusivos e inalienables como la vida.

Por realista que supongamos a un escritor, su obra novelesca será apreciada en la medida en que no consienta ser el copista sino, a lo menos, el traductor de la realidad. Si los héroes de sus relatos fuesen exactamente los hombres y las mujeres que con él tratan —Juan, Pedro, Lupe—, si en sus diálogos se expresasen como acontece que hablen esas personas en el tranvía, en el cine o en el café, la obra se erizaría de entes impenetrables, como impenetrables somos nosotros, por accesibles que nos juzguemos, incluso para quien cree que ha aquilatado más hondamente nuestros enigmas.

En la vida real, lo que nombramos amistad, simpatía, ternura, afecto, es siempre un contrato ambiguo y de cláusulas rescindibles, pues lo que sella tal convención (a veces con lágrimas y con sangre) es el acuerdo de dos hipótesis, la coincidencia de dos representaciones, inevitablemente sujeta a error.

En la novela, por el contrario, el personaje —débil o poderoso, necio o inteligente, frío o sentimental— será siempre el mismo. Cambiará, sin duda, ante nuestros ojos. Si no cambiase, acabaría probablemente por aburrirnos. Pero cambiará conforme a reglas que descubrimos en pocas horas, a diferencia de lo que ocurre con los seres que conocemos en el mundo de lo concreto, de quienes nunca, por cercanos que los sintamos a nuestro espíritu, preveremos completamente las misteriosas metamorfosis.

Melibea puede amar a Calisto entrañablemente; puede entregársele, a despecho del respeto que siente para Pleberio. Pero Melibea no será Calisto en ningún instante, ni Calisto, aunque la idolatre, será Melibea jamás. Esta incapacidad de ser otros de los que somos es condición auténtica de la vida. En la novela, la verdad cambia. Y ni Melibea ni Calisto serían auténticos si no pudiésemos integrarlos a nuestro ser y confesar (aunque a veces no lo digamos) que Melibea y Calisto forman parte de nuestra esencia, que son *nosotros*.

Se ha comentado mucho la exclamación de Flaubert: *Madame Bovary... c'est moi!* Y, sin embargo, no hay en aquella frase el menor asomo de paradoja. Porque lo que otorga a los personajes de toda buena novela su calidad profunda de personajes es, por una parte, que son ubicuos y, por otra parte, que existen sólo porque queremos. Su ubicuidad es tan manifiesta que no sé si vale realmente la pena de mencionarla. Acaso en este momento hay en el mundo diez mil personas que están leyendo *El idiota* de Dostoyevski. Existen por consiguiente, también, en este momento, diez mil príncipes Mischkin, iguales todos, aunque no intercambiables, porque el príncipe Mischkin que vive, discurre y sufre en la imaginación de un doctor germánico, de Stuttgart o de Coblenza, no puede ser exactamente el mismo príncipe Mischkin que pasa por el espíritu de una telefonista de Copenhague, de un juez de Londres, de un estudiante de Atenas, de un ingeniero de Massachusetts, de una modista de Buenos Aires, de un profesor de Puebla o de un museógrafo del Brasil. Un lector lo concebirá más pálido y más delgado. Otro, más pequeño y más sonriente. Otro, más pobre y más mal vestido... Así, cada uno lo hará encarnar en un cuerpo súbito y diferente; cada uno lo hospedará, no en las alcobas imaginadas por Dostoyevski, sino en esas alcobas de fantasía que abre instintivamente, en el pensamiento de cada cual, la evocación de la antigua Rusia y la música de estos nombres: San Petersburgo, Neva, Moscú.

Según se advierte, el don de la ubicuidad es compensado, en el caso de los protagonistas de una novela, por la extraña docilidad con que asumen ellos la corpulencia, el rostro y el atavío que estamos dispuestos a concederles. Sí; existen cuando queremos; existen porque queremos; pero existen en todas partes. Y, cuando existen, somos nosotros quienes, por ellos, gozamos o padecemos, reímos o suspiramos, abdicamos o persistimos.

Como dice Proust, el novelista crea a sus héroes sustituyendo el conjunto de los fragmentos de que están hechos los hombres —y que resultan impenetrables para el espíritu— por una "cantidad igual" de fragmentos inmateriales, que podemos asir con la inteligencia. Esos fragmentos no existen nunca, de manera concreta y tangible, en la realidad. Son intuiciones, recuerdos, sueños, sentimientos, ideas y teorías que la adivinación del autor atribuye a las almas de sus lectores y con cuyo auxilio da vida a sus personajes, merced a la más sutil de las colaboraciones: la de un convenio en potencia entre quien escribe y quienes van a creer en lo que él escribe.

¿Cómo puede, entonces, hablarse de "realismo" en el arte de la novela? ¿Por qué, al referirse a Galdós, le clasifica habitualmente la crítica en el sector de los realistas? En otras palabras, ¿qué significa, en verdad, esto del realismo de la novela? ¿Y qué valor debemos reconocer al realismo de don Benito Pérez Galdós?

Ante todo, se impone una observación. Suele hablarse, como si fueran términos similares, de "naturalismo" y de "realismo" y, por otra parte, como si representaran la antítesis de esos términos, de "espiritualismo" y de "idealismo". Viene a complicar todavía más las cosas el hecho de que, al examinar el siglo XIX, haya de mencionarse a la vez la antinomia de dos escuelas: la clásica y la romántica.

Todos estos marbetes, signos, marcas, señales, índices y patentes pueden ser útiles, porque ayudan al diletante a no perderse del todo en sus repentinas y rápidas excursiones por el jardín retórico de las letras. Cuando un manual cataloga entre los románticos a Larra y a Espronceda, o a Byron y a Shelley, o a Victor Hugo y a Alfredo de Musset, el estudiante cree ya pisar un terreno firme. Pero semejante firmeza resulta pura figuración; porque, si avanza en el conocimiento de esos románticos, sus dudas iniciales se multiplican. ¿No hay vigor "realista" en *Los miserables* de Victor Hugo? ¿Y no se prolonga, en algunos de los "proverbios" de Alfredo de Musset, con un oro apagado y terso, la luz del crepúsculo de los clásicos?

En España, las definiciones se vuelven más arduas y peligrosas porque —durante todo el siglo XIX— la sonoridad española se puebla de ecos. En los albores de la centuria, prevalece el neoclasicismo, de filiación francesa no discutible. Cuando triunfa el romanticismo, los espíritus se dispersan, conforme a particulares e insólitas aficiones. Byron, Hugo y Enrique Heine son poetas muy imitados; pero, afortunadamente, la influencia extranjera no asfixia la respiración nacional. Todo un sector de las letras románticas españolas busca formas y temas propios, y mezcla ideas y realidad según dosis que son ejemplo de un individualismo no desprovisto de férvidas anarquías.

Cuando empieza Pérez Galdós a escribir, el romanticismo europeo se encuentra en crisis. En poesía, la escuela parnasiana ha asestado un golpe —en sí mismo débil, pero de efectos lejanos incalculables— al lirismo idealista de Lamartine. La novela romántica ha perdido muchos lectores. Balzac en Francia y Dickens en Inglaterra han agrandado infinitamente el campo de operaciones del novelista. Stendhal no manda todavía, porque son pocos los que le entienden. En cuanto a Dostoyevski, que empieza a producir sus mejores obras, los latinos no le conocen muy bien aún. Dentro de la misma España, los libros novelescos de Martínez de la Rosa y Enrique Gil cuentan con raros adeptos. Fernández y González enseña poco, corrige menos, inventa mucho y, más que un "Zorrilla de la novela", como le llama Valbuena Prat, resulta un Alejandro Dumas desanimado. La verdadera novela regresa a España por el camino del costumbrismo. Ya en 1849, cuando el niño Galdós tenía apenas seis años, una española de germánica procedencia, doña Cecilia Böhl de Faber, más conocida por el seudónimo de "Fernán Caballero", había editado un relato —*La gaviota*— en cuyas páginas el daguerrotipo de la vida española está conservado con sensibilidad y con interés. Pedro Antonio de Alarcón no publicaba aún sus novelas grandes, como *El escándalo. El final de Norma*, aparecido en 1861, revelaba ya su temperamento artístico; pero se advertía, a cada momento, una conmovedora ignorancia del mundo real, el de las cosas y de los seres. Ni Pereda ni Juan Valera habían hecho conocer aún todas sus aptitudes de novelistas. *Pepita Jiménez* recibirá el honor de la estampa en 1874; para no hablar de *Sotileza*, cuyo prólogo fue escrito en 1884 y de *Peñas arriba*, que no se leerá sino en 1895.

Pereda se había anticipado, no obstante, a Pérez Galdós en la publicación de sus artículos juveniles y, sobre todo, de sus *Escenas montañesas*. Por su intención, su tono y sus precedentes, esta obra —que mereció el aplauso de Mesonero Romanos— confirma lo dicho en párrafos anteriores acerca del camino "costumbrista" elegido por la literatura española para llegar a la gran novela moderna, cuyo exponente más alto es, sin duda, el autor de *Ángel Guerra* y de *Torquemada en la cruz*.

Al iniciarse en las letras tenía, por consiguiente, Pérez Galdós pocos modelos hispánicos que elegir —como no fueran, a tres siglos de distancia, aquellos que le brindaban ciertos maestros, siempre eficaces: Cervantes y los señores del picarismo—. La ciudad que amaba y en cuyas plazas, cuestas y calles se había naturalizado tan fácilmente —el Madrid de Isabel II—, era una fábrica de novelas más ingeniosas que las de la señora Böhl de Faber, más verdaderas que las de Fernández y González y menos provinciales que las de Pereda, aunque de elocución menos fina que la ostentada por el *Bembibre* de Enrique Gil.

Ese mismo Madrid estaba destinado a introducir a Galdós en lo más castizo de los clásicos de su estirpe. Entre los balcones de la aristocracia ya decadente y el entresuelo del pueblo eterno, el siglo XIX había intentado sustentar, en España, el piso intermedio de una burguesía más bien precaria, tan inconfortable como oscilante, y muy diferente de la que en Francia discernía Balzac o de aquella que, en Inglaterra, Dickens utilizaba para la creación fantástica de sus mitos.

Apenas salida del pueblo, la burguesía española se sentía sin apoyo en ninguna parte y tendía a volver al pueblo, aunque no sin cóleras y protestas. Su drama parecía hecho para servir de tema, de asunto y de perspectiva a un nuevo género picaresco, más tenebroso acaso que el que nos diera las lecciones del *Lazarillo* y los sarcasmos ácidos del *Buscón*. En efecto, para que esa burguesía se sintiese apoyada en alguna parte, lo que faltaba en la historia de España era la base del siglo XVIII, racional, instructivo, definidor.

Todo esto lo vio muy bien Ortega y Gasset en un ensayo sobre la arquitectura francesa. "El siglo XVIII —escribe— realizó plenamente en Francia lo que, por lo visto, fue su misión en toda Europa. Es el siglo de la Ilustración; es decir, de la cultura o cultivo de las masas populares; en suma, el siglo educador. Si de Francia pasamos a Alemania, notaremos que también sus formas de edificación más generales rezuman inequívocamente el estilo del siglo XVIII. Sin embargo, no ha penetrado la totalidad de la tierra. No llega a la menuda aldea ni al caserío. Como tercer término en la comparación podemos tomar a España. ¿Qué hallamos? Una sorprendente escasez de formas dieciochescas —sobre todo si se tiene en cuenta la relativa proximidad cronológica de esa época. Se ve el siglo XVIII instalado en las grandes poblaciones; pero más allá de éstas comienza la arquitectura primaria del intacto y perpetuo labriego celtíbero. El Estado y la Iglesia han puesto en el villorrio su Casa de Concejo o su palacio y junto a éste la nave de piedra consagrada a Dios. Pero, en torno, el adobe primigenio ha perdurado." Y concluye: "Cuanto más se medita sobre nuestra historia, más clara se advierte esta desastrosa ausencia del siglo XVIII. Nos ha faltado el gran siglo educador."

Esa burguesía, tan sufrida, franca y honrada, que no pudo aprender su oficio de burguesía en la escuela del siglo de Jovellanos, y por otra parte, el gran pueblo auténtico, son los "asuntos" que ofrece a Pérez Galdós la realidad española de 1868. Su "realismo" estriba en el valor varonil con que los acepta, sin intentar retratarlos sumisamente y sin adornarlos tampoco con las guirnaldas de flores artificiales que pretenderían acaso usar, en otros idiomas y otros países, ciertos románticos retrasados.

Un realismo de este linaje no es el que busca Zola; ni coincide en todo, punto por punto, con el que guía la pluma del genial creador de *La piel de zapa*. Su esencia propia es la más española de las esencias: la de Cervantes, la de Santa Teresa, la del español que —no satisfecho con privar a los seres que ama de todo atuendo, perecedero, rápido y deleznable— quiere verlos en su última desnudez, en su mortal realidad de hueso, de carne y también de alma, sin adornos y sin tapujos, como Sancho sobre su rucio, en la noche escatológica del *Quijote*, o como el caballero Quijano el Bueno, molido a palos, o como veremos a Fortunata, comiéndose un huevo crudo, durante la escena en que la descubre el Delfín de los Santa-Cruz —y que decidirá, sin remedio, de su existencia.

Años más tarde, ese realismo será igualmente el de otro español egregio, don Miguel de Unamuno, de quien Keyserling nos relata la honda satisfacción con que le contó cómo su hijo se puso un día a escribir repetidas veces, sobre el mármol de una mesa de café, "soy de carne, soy de carne, soy de carne"... La interpretación que Keyserling da al júbilo unamunesco me parece en extremo errónea. " Ser carne y no espíritu, he ahí —comenta— el sentimiento original de los españoles." Grave equivocación. Ni Unamuno, ni don Benito, ni el padre de don Quijote; ningún español cabal admitiría jamás semejante fórmula. Al contrario. Para el español, ser carne es también ser alma; carne y alma dolidas e insolubles; carne que, incluso muerta, recuerda al alma; alma que, descarnada, espera volver al cuerpo y que padece entre llamas o goza entre cítaras y laúdes, como si el cuerpo la acompañase también en el más allá.

Si aceptamos este punto de vista (y no la versión biológica del autor de *Europa en el espectroscopio*) comprenderemos por qué el naturalismo, en Pérez Galdós, no fue una meta, sino una forma de aprendizaje, de la cual —en su obra de mayor desarrollo— se liberó.

En su importante estudio sobre Galdós, Casalduero establece una clasificación de sus obras en estos cuatro períodos: el *histórico* (de 1867 a 1874), con un subperíodo *abstracto* (de 1875 a 1879); el *naturalista* (de 1881 a 1885), con un subperíodo del *conflicto entre la materia y el espíritu* (de 1886 a 1892); el *espiritualista* (de 1892 a 1897), con un subperíodo de la *libertad* (de 1901 a 1907) y el *mitológico* (de 1908 a 1912), con un subperíodo *extratemporal* (de 1913 a 1918).

Con incuestionable talento, el crítico explica las razones que le llevaron a esta geométrica división. Aunque las respeto, no me resuelvo a adoptarlas completamente. Debo decir, en primer lugar, que nunca he tenido mucha afición a estas clasificaciones, siempre un poco arbitrarias a mi entender. No creo, por otra parte, que sea muy útil hablar de un solo "período histórico" al referirme a Pérez Galdós. Según vimos en el capítulo precedente, la historia fue una preocupación general en la obra de don Benito y los libros donde campea de manera más ostensible la relación formal de los acontecimientos históricos españoles (los *Episodios*) no concluyeron de golpe en 1874, año que Casalduero señala como frontera.

En cuanto a los argumentos que el mismo escritor invoca para definir el "período abstracto" (toponimia deliberada; ordenamiento de la composición y visión "colosal" de determinados protagonistas), no estoy seguro de que, por lo menos las dos características mencionadas en último término, no aparezcan también en las novelas de 1895 o de 1907. Mucho, en fin, de lo escrito excelentemente por Casalduero a propósito de la prestancia simbólica que hay que reconocer en las figuras más relevantes del "subperíodo abstracto", sería aplicable a algunos héroes de los volúmenes publicados durante lo que él llama "período mitológico".

Mis reservas desaparecen en lo que atañe a la significación

que a la etapa naturalista confiere el crítico. Veo en esa etapa —como entiendo que él ve también— un período de transición, del que Galdós se sintió impulsado a salir más tarde, para realizarse en un plano mucho más libre. Y pienso, como él, que conviene no confundir la concepción naturalista del arte (que dominó al novelista durante años) con la concepción naturalista de la existencia, "que había superado desde hacía tiempo".

En los libros fundamentales de don Benito, la visión de la realidad supone —e incluye— todas las fuerzas del hombre de carne y hueso, sus ideales y sus ensueños, sus pasiones y sus melancolías, su ternura y su desamor. Para los Goncourt, la existencia es un documento; para Zola, un laboratorio; para Dickens, un mito; para Dostoyevski, un purgatorio de culpas; para Balzac, el repertorio de una "comedia humana" y para Stendhal una cámara psicológica que sólo deja brillar la línea de los caracteres. Para don Benito, la existencia es todo eso, porque la considera en su integridad, espiritual, material, objetiva, práctica, mítica... En su ascenso hacia esas cumbres que son, en la cordillera de sus novelas, *Fortunata y Jacinta, Ángel Guerra*, los *Torquemada* y *Misericordia*, no olvida nunca el deber de mantenerse fiel a la realidad; pero, conforme sube, se percata más hondamente de que la realidad no concluye en los valladares de lo vulgar, de que energía y materia son términos coherentes y de que el espíritu es coronación y garantía intrínseca de lo humano.

En el discurso que pronunció el 7 de febrero de 1897, al recibir a Pérez Galdós en la Real Academia Española, decía Menéndez y Pelayo: "Galdós aprovechó en numerosos libros de desigual valor toda la parte útil de la evolución naturalista, esmerándose, sobre todo, en el individualismo de sus pinturas; en la riqueza, a veces nimia, de detalles casi microscópicos; en la copia fiel, a veces demasiado fiel, del lenguaje vulgar, sin excluir el de la hez del populacho. No fue materialista ni determinista nunca... Todo esto, no sólo honra el corazón y el entendimiento de su autor, y da a su labor una finalidad muy elevada, aun prescindiendo del puro arte, sino que redime de la tacha de vulgaridad cualquier creación suya, realza el valor representativo de sus personajes y ennoblece y purifica con un reflejo de belleza moral hasta lo más abyecto y ruin, todo lo cual separa profundamente el arte de Galdós de la fiera insensibilidad y el diletantismo inhumano con que tratan estas cosas los naturalistas de otras partes."

No volveré a servirme de la opinión de Menéndez y Pelayo (que merecería ser textualmente reproducida) sino cuando hable de *Fortunata y Jacinta*, obra que el maestro santanderino estimaba "uno de los grandes esfuerzos del ingenio español". Según vemos, don Marcelino clasifica todavía a Pérez Galdós entre los autores naturalistas; pero lo hace de tal manera que —no sé si

564

queriéndolo o no queriéndolo— lo excluye, de hecho, de su cohorte. Si no lo define como "realista" es porque, para él, el realismo no es una deformación de escuela, sino una necesidad permanente que no estorba en nada el vuelo de las ideas, antes les depara sustento y base para intentarlo con mayor ímpetu. Le molestan los detalles "casi microscópicos" y la copia, "a veces demasiado fiel", del lenguaje vulgar. Aunque no los repute yo por cualidades íntimas de Galdós, no los tengo tampoco por vicios máximos e incurables. Son el precio de muchas otras virtudes. Los comparo con ese polvo que no escatima Murillo al pintar los pies —desnudos, sucios y laboriosos— de los personajes humanos que nos saludan desde sus telas.

La novela de Balzac resume la vida; la de Stendhal la pone en marcha, como un cronómetro; la de Dickens la usa como una blanda materia plástica con la cual modela a su antojo máscaras y leyendas; la de Dostoyevski detiene el paso del tiempo junto a ciertos seres atormentados. Aislándolos de sí mismos, de su pasado y de su futuro, hace en 200 páginas la epopeya de una hora de cólera o de inquietud y nos obliga a participar así en un drama entre cuyos trances el hombre desaparece como inbividuo, para convertirse —de pronto— en estrecho túnel que nos conecta con todo el dolor de la humanidad.

En el caso de Galdós, la novela es vida y no síntesis, ni remedo, ni simple mecánica de la vida. Cuando se penetra en un libro suyo, la realidad nos rodea como una casa. Nos sofoca el olor del aceite frito que escapa de la cocina en que sus mujeres, siempre afanosas, preparan la cena de sus esposos, de sus padres, de sus amantes, de sus hermanos, de sus hijos, de su sobrino, de toda la grey viril —agresiva, ardiente y altoparlante— que no se encuentra aún en el domicilio, pero que no tardará en invadir, con sus cuerpos inexcusables, sus biografías imperiosas y el humo locuaz de sus cigarrillos, la pieza oscura y a menudo mal amueblada donde nuestra sola presencia, de testigos involuntarios, acaba por inquietarnos intensamente.

Galdós no describe con tanta minucia como Balzac los escenarios en que sus obras se desarrollan. En cambio, sus personajes hablan más largamente y van construyéndose o destruyéndose poco a poco, frente a nosotros, merced a una sucesión infinita de diálogos, destinados a revelarnos lo más secreto e íntimo de sus vidas. La conversación es el instrumento de análisis más perfecto en manos de don Benito. Porque, no gustándole a él gobernar la existencia de sus protagonistas, le agrada que ellos mismos se nos presenten, y la libertad suprema que les otorga es la de expresarse como ellos quieren, con la vulgaridad o el pudor que les son más propios, pero, de cualquier modo, con plenitud.

Este respeto del creador por la expresión verbal de sus criaturas no se limita a la fidelidad del lenguaje que hablan. La palabra es vehículo del pensar. De ahí que el realismo del diálogo induzca a Pérez Galdós a no exagerar jamás la verdad de los caracteres que nos describe. Según ocurre en el teatro (y Galdós es dramaturgo por vocación), el menor desvío del novelista en la concepción de un héroe, el héroe mismo se encarga de demostrárnoslo, exhibiendo ante nuestros ojos ese margen de luces desenfocadas que advierte en seguida el espectador —mucho más en el arte que en la existencia— entre las palabras de un personaje y la verdad oculta de su destino. De ahí también que los avaros, los lujuriosos y los violentos de las "novelas contemporáneas" no asuman nunca la dimensión inhumana de los violentos, los lujuriosos y los avaros que inventan otros autores. Torquemada no es el viejo Grandet. Como observa Sáinz de Robles, "Torquemada es cruel. Es sórdido. Es repulsivo. ¡Pero tiene flaquezas!... Le gusta la familia. Gasta con cierta esplendidez cuando es menester. ¡Si hasta ama!... Amó a su primera esposa. Amó a su hijito Valentín... ¿Cabe síntoma mejor de su humanidad?"

En *Torquemada en la hoguera* hay una escena que ilustra esta humanidad del terrible avaro y que la ilustra con evidencia tanto mayor cuanto que nos señala al hombre, no como el "símbolo" de un vicio —que vacía a quien lo padece de todo contenido real o sentimental—, sino como la víctima de una pasión capaz de coexistir con pasiones menos viles y destructoras.

Valentín, el hijo predilecto de Torquemada, ha enfermado de meningitis. Es domingo. Hace dos días que el pequeño lucha contra la muerte. Su padre, atribulado, olvida el comer y el dormir. Pero no llega a tanto su angustia que no recuerde la obligación en que está de hacer pagar a sus inquilinos el importe semanal de los alquileres. Escribe pues sus recibos y, con andar vacilante, va a la cobranza. Veamos, ahora, lo que nos cuenta Pérez Galdós:

"Al llegar al cuarto de la Rumalda, planchadora, viuda, con su madre enferma en un camastro y tres niños menores que andaban en el patio enseñando las carnes por los agujeros de la ropa, Torquemada soltó el gruñido de ordenanza y la pobre mujer, con afligida y trémula voz, cual si tuviera que confesar ante el juez un negro delito, soltó la frase de reglamento:

"—Don Francisco, por hoy no se puede. Otro día cumpliré.

"No puedo dar idea del estupor de aquella mujer y de las dos vecinas que presentes estaban cuando vieron que el tacaño no escupió por aquella boca ninguna maldición ni herejía, cuando le oyeron decir con la voz más empañada y llorosa del mundo:

"—No, hija, si no te digo nada... si no te apuro... si no me ha pasado por la cabeza reñirte... ¡Qué le hemos de hacer, si no puedes!

"—Don Francisco, es que... —murmuró la otra, creyendo

que la fiera se expresaba con sarcasmo y que, tras el sarcasmo, vendría la mordida.

"Siguió adelante, y en el principal, dio con una inquilina muy mal pagadora, pero de muchísimo corazón para afrontar a la fiera, y así que le vio llegar, juzgando por el cariz que venía más enfurruñado que nunca, salió al encuentro de su aspereza con estas arrogantes expresiones:

"—Oiga usted, a mí no me venga con apreturas. Ya sabe que no lo hay. *Ese* está sin trabajo. ¿Quiere que salga a un camino? ¿No ve la casa sin muebles, como un hospital prestao?...

"—Y ¿quién te dice a ti, grandísima tal, deslenguada y bocona, que yo vengo a sofocarte? A ver si hay alguna tarasca de éstas que sostenga que yo no tengo humanidad. Atrévase a decírmelo..."

Durante toda esta triste escena —que me veo precisado a abreviar— Torquemada no alude una sola vez al peligro de muerte en que está su hijo. Pero sería menester no haber entendido absolutamente nada del personaje para no percibir que todas aquellas tolerancias inesperadas son un tributo del prestamista a su pavor de padre medroso y terco.

En páginas anteriores de la novela, el autor puso ya en contacto al lector con un pintoresco sujeto, de nombre José Bailón, para quien "Dios es la Humanidad" y, por consiguiente, todo oprobio a la humanidad es un vejamen a Dios. Sin insistir, Galdós hace ver muy bien que aquella frase fue a despertar quién sabe qué hondos remordimientos en la conciencia de Torquemada. Por eso repite tanto que es muy humano. Porque, como padre, no encuentra homenaje más elocuente y propiciatorio en aquella hora que el holocausto de su avaricia. Pero, como avaro, no acierta a cumplir su ofrenda sin crueldad. Y por eso adquiere, en sus labios, el transitorio renunciamiento un calor de injuria, cólera manifiesta en que se traiciona su indignación de usurero desposeído.

Valentín empeora a cada momento. Torquemada, fanatizado por la fórmula de Bailón, sigue empeñado en salvarle con óbolos y limosnas. Al encontrar por la noche a un mendigo, que está temblando de frío, vacila un punto; pero sigue de largo. Galdós nos explica su indecisión. Es que, "en el cerebro, le fulguró esta idea: *Si conforme traigo la capa nueva, trajera la vieja...*" Porque, en Torquemada, el avaro y el padre luchan esa noche con armas muy desiguales.

Sin embargo, no nos equivoquemos; tan insólito desenfreno de caridades y de pesetas no ablanda al tacaño en su corazón. Lo que pretende, en el fondo, es realizar la usura más ventajosa de la existencia: comprar, lo menos caro que sea posible, la vida de Valentín. Nos lo revela, de pronto, el grito que se le escapa cuando su hija Rufina le reconviene:

"—Papá, por Dios, no seas así... No te rebeles contra la voluntad de Dios... Si Él lo dispone..."

A lo que Torquemada contesta: "—Yo no me rebelo ¡puñales! Yo no me rebelo. Es que no quiero, no quiero *dar* a mi hijo..."

Estas palabras lo dicen todo. El avaro y el padre tienen el mismo vocabulario. No quieren *dar*. Les duele *dar*. Serían capaces de fingir generosidades para no *dar*.

Al decir que la conversación es un instrumento estupendo de análisis al servicio de don Benito, no he hecho sino dar crédito pleno a lo que él quiso revelarnos en uno de sus prólogos más sugestivos: el del *Abuelo*. Leo en el texto que indico estas expresiones: "El sistema diagonal, adoptado ya en *Realidad*, nos da la forja expedita y concreta de los caracteres. Éstos se hacen, se componen, imitan más fácilmente, digámoslo así, a los seres vivos, cuando manifiestan su contextura moral con su propia palabra y con ella, como en la vida, nos dan el relieve más o menos hondo y firme de sus acciones. La palabra del autor, narrando y describiendo, no tiene en términos generales tanta eficacia ni da tan directamente la impresión de la verdad espiritual... Con la virtud misteriosa del diálogo parece que vemos y oímos, sin mediación extraña, el suceso y sus actores, y nos olvidamos más fácilmente del artista oculto que nos ofrece una ingeniosa imitación de la Naturaleza."

No sé si respondía así el novelista a los reparos —muy atentos y respetuosos— manifestados por "Clarín" en lo que concierne a la ausencia de descripción y de comentario en las escenas de *Realidad*. Se quejaba entonces Leopoldo Alas de que —fuera del diálogo— el autor interviene demasiado visiblemente por medio del "soliloquio", poniendo "en boca de sus personajes la expresión literaria, clara, perfectamente lógica y ordenada en sus nociones, juicios y raciocinios de lo que, en rigor, en su inteligencia aparece oscuro, confuso, vago, hasta en los límites de lo inconsciente..."

Uno y otro tenían razón. Galdós sabía que no hay descripción más útil para el lector que el grito espontáneo, directo y franco, del hombre o de la mujer sobre cuyos hechos la novela proyecta sus reflectores. Y buscaba, en los "soliloquios" de *El abuelo* o de *Realidad*, un procedimiento más elástico y dócil para la introspección patética de sus héroes. Continuaba de esa manera, sin imitarlo tal vez, el uso del monólogo stendhaliano. Pero, por su parte, acertaba también "Clarín" al pedir una forma menos lógica y más flexible. Ese "soliloquio", que le inquietaba en Galdós por lo escultural, lo consciente y lo voluntario, le hubiese interesado quizá en relatos de técnica más moderna, como ciertos ensayos de Valery Larbaud y, sobre todo, el *Ulises* de Joyce. Porque el "monólogo interior" —que representa, sin duda, una de las conquistas más interesantes de la novela de nuestro tiempo—

prolonga el monólogo stendhaliano y el "soliloquio" de don Benito, pero despojándolos de todo aparato lógico, alejándolos del orden clásico del discurso y convirtiéndolos en una taquigrafía del subconsciente, que reproduce la formación de los juicios y de las decisiones del hombre en toda su íntima vaguedad.

Como quiera que sea, mucho es ya que Galdós se haya anticipado a un método de expresión que inserta, en lo más activo de la novela, algo que no es de índole narrativa: un elemento de esencia más bien dramática. Otorga al hecho un valor más grande la circunstancia de que Galdós haya resuelto aprovechar el procedimiento a que me refiero como recurso para un examen psicológico más agudo, más delicado y más penetrante que aquel que le habían permitido —en sus estudios de la era naturalista— las explicaciones y comentarios del exterior. Pero lo que me llama la atención no es que Galdós descubriera la eficacia de aquel sistema en 1890, sino que obras anteriores, como *Doña Perfecta*, estén trazadas de modo tan teatral que con ligeras enmiendas hubieran podido pasar —incluso sin la intervención del autor— del atril de la biblioteca a las candilejas del escenario.

Se ha escrito mucho acerca de don Benito, como sucesor de Cervantes. En relación con su obra, he visto citado menos frecuentemente el nombre de otro de sus grandes predecesores: Lope de Vega. Omisión curiosa, pues —a mi ver— el novelista Pérez Galdós (y no sólo el Galdós dramaturgo) debe tanto al teatro del Siglo de Oro como al ejemplo de Cervantes y de los maestros del picarismo. ¡Hasta en esto era españolísimo! Porque, si hay algo cimero e inimitable en las letras peninsulares es, en la lírica, la pléyade de los místicos; en la prosa, *La Celestina*, *El Quijote*, *El Lazarillo* y *La hora de todos* y, como invención de la realidad, el teatro de Lope y de Calderón.

Esta capacidad española de ver cómo son las cosas, de amar la realidad en su desnudez —que es alma y cuerpo, en nupcias imprescindibles— y de organizar las aventuras más novelescas conforme a las reglas de un teatro libre, plástico y popular, me ha incitado a insistir aquí en la importancia del diálogo galdosiano. No olvidemos que, según apunta un biógrafo suyo, "no era (al principio) el novelesco un género literario en el que Galdós hubiera pensado con ilusión", y que, en su juventud, "el teatro le atraía, sobre todo, con una fuerza irresistible". Pero no olvidemos tampoco que no son solamente diálogos sus novelas.

He aludido a *Doña Perfecta* y no es mi propósito el internarme en un debate respecto a la posición anticlerical, ni antirreligiosa, adoptada por Pérez Galdós en este libro que, como *Gloria*, censura, más que nada, la intolerancia. En ese volumen, que recuerdo con particular emoción por haberlo leído hace muchos años, encuentro ahora páginas admirables, que no son propiamente diálogos ni monólogos psicológicos. Por ejemplo, esta nota acerca de los nombres de algunos lugares de España: "Desde que viajo por estas tierras —observa el autor— me sorprende la horrible ironía de los nombres. Tal sitio, que se distingue por su árido aspecto y la desolada tristeza del paisaje, se llama Valleameno. Tal villorrio de adobes, que miserablemente se extiende sobre un llano estéril y que de diversos modos pregona su pobreza, tiene la insolencia de llamarse Villarrica; y hay un barranco pedregoso y polvoriento, donde ni los cardos encuentran jugo, que sin embargo se llama Valdeflores... Exceptuando Villahorrenda, que parece ha recibido al mismo tiempo el nombre y la hechura, todo aquí es ironía... Los ciegos serían felices en este país, que para la lengua es paraíso y para los ojos infierno."

O esta descripción de Rosario, quien —por enamorarse de ella su primo Pablo y por no querer su madre, doña Perfecta, ese matrimonio— provoca el desenlace funesto de la novela. "Era Rosario —dice Galdós— una muchacha de apariencia delicada y débil, que anunciaba inclinaciones a lo que los portugueses llaman *saudades*. En su rostro fino y puro se observaba la pastosidad nacarada que la mayor parte de los poetas atribuyen a sus heroínas, y sin cuyo barniz sentimental parece que ninguna Enriqueta y ninguna Julia pueden ser interesantes. Tenía Rosario tal expresión de dulzura y modestia, que al verla no se echaban de menos las perfecciones de que carecía. No es esto decir que era fea; mas también es cierto que habría pasado por hiperbólico el que la llamara hermosa... La hermosura real de la niña de doña Perfecta consistía en una especie de transparencia, prescindiendo del nácar, del alabastro, del marfil y demás materias usadas en la composición descriptiva de los rostros humanos; una transparencia, digo, por la cual todas las honduras de su alma se veían claramente..."

O esta última frase, que sirve a Galdós para presentarnos a Jacinto, el "agraciado" sobrino del tremebundo canónigo latinista a quien Pablo hiere con sólo respirar y con sólo ser. "Era —anuncia Pérez Galdós— uno de esos chiquillos precoces, a quienes la indulgente Universidad lanza antes de tiempo a las arduas luchas del mundo, haciéndoles creer que son hombres porque son doctores."

Quien escribe así, con humorismo tan incisivo y, a la vez, con tan líricas transparencias; quien, frente al misterio de un rostro femenino, sabe hallar la verdad hidalga que dice todo, sin adular y sin ofender; quien, en sólo tres líneas, plantea el problema moral de una juventud diplomada, enfática, pedantesca y, por eso mismo, más desarmada... es un escritor al que los maniáticos del purismo o del preciosismo podrán discutir ciertos méritos de estilista, pero de quien sería absurdo negar el vigor constante, la inteligencia ávida y comprensiva, la adivinación psicológica, la abundancia ética, y el don —menos frecuente de lo que piensan muchos ingenuos— de creer en la realidad y de crear, con la realidad, mitos y símbolos imborrables.

Entendido de esta manera, el realismo de Pérez Galdós escapa con soberana opulencia a las clasificaciones estrechas de los manuales. Toca, por un lado, al naturalismo y entra, a cada momento, en el ideal. Une, en síntesis imprevista, lo más puro y lo más opaco, lo más ágil y lo más denso; lo que, como Ariel, alienta, suspira y pasa, y lo que tiene avidez perpetua de alimentos sólidos y vulgares, como el cuerpo insaciable de Calibán. Casalduero está en lo justo, por eso, cuando declara que —por ejemplo— "Fortunata es materia, nada más que materia, naturaleza"; pero que "en su gesto, su mirada, su cuerpo afirmativo, en su amor y en su instinto, en su ansia de hombre, en todo, rebosa algo que no puede ser materia". Razones le asisten también para asegurar lo que copio a continuación. "Con una fuerza naturalista prodigiosa, Galdós ha sentido la dualidad y la incertidumbre del límite, pues no sabe si la materia circunda al espíritu, o éste a aquélla, o si la materia es espíritu o el espíritu materia. Lo cierto es que él siente la vida por todas partes..." Sin embargo, de todo ello no se desprende que sea efectivo lo que el propio crítico manifiesta en párrafos anteriores, a saber: que Galdós hubo de pasar por la experiencia de una de sus criaturas más dolorosas —Maximiliano Rubín— para "liberarse de la realidad".

No; para Galdós, sólo en la realidad es posible y valiosa la libertad. Tal vez, al final de su producción, libros como *Nazarín* y *Misericordia* ensanchen las perspectivas del novelista con más angélicos resplandores. Pero, incluso en ellos, el espiritualismo no será una mera evasión de la realidad, sino una más justa y más ferviente fusión de lo ideal con lo material, hasta el grado de que el místico Nazarín es más Nazarín que nunca en el asco y en el terror. "Parecía connaturalizado —observa Pérez Galdós, hablando de él— con la fétida atmósfera de las estancias, con la espantable catadura de los enfermos y con la suciedad y miseria que los rodeaba." ¿Cómo puede considerarse esto "liberación de la realidad"? Alma y carne están asociadas también ahí, en las escenas del renunciamiento más encendido. Decirlo no es hacer profesión de materialista, sino —quizá— de todo lo opuesto.

El idealismo puede coincidir, en algunas mentes, con la ignorancia o la preterición habitual de la realidad. En otras, se desarrolla como el producto más necesario de una inmersión atrevida en el mundo de la materia. Todos hemos oído hablar de esos "idealistas prácticos", poetas de la industria o de la política, que ejecutan grandes empresas porque supieron soñarlas sin timidez y porque, en sus sueños, no prescindieron nunca de lo real. A ese tipo de hombres habría pertenecido Pérez Galdós si la acción personal hubiese podido interesarle más hondamente que la descripción y el relato de las acciones ajenas. Colocado ante el compromiso de inventar almas eficaces y cuerpos ciertos con la palabra, aceptó —como todo auténtico novelista— la enseñanza tácita de sus héroes. Aprendió así qué vano empeño es el de querer limitar, desde un escritorio, lo que hay de mito y de símbolo portentoso hasta en los actos del más prosaico y mísero de los seres.

Con el tiempo, el valor de esos símbolos y esos mitos —y acaso también la lectura de Tolstoi y de Dostoyevski— lo indujeron, no a eludir la materia, ni a desdeñarla, pero sí a iluminar de manera más persuadida los puntos en que la materia se hace más transparente, como si deseara entonces que adivinásemos la energía, el desinterés y el perdón de que es radicalmente capaz; el instante en que el pájaro va a desplegar el ala: minuto siempre maravilloso porque demuestra cómo el ala es verdad del cuerpo y cómo éste, por pesado y torpe que lo sintamos, contiene y provoca el ala, acumulador material de un vuelo que realiza su independencia y que, realizándola, nos redime.

CUATRO EJEMPLOS

LA FECUNDIDAD galdosiana fue tan enorme (cuarenta y seis *Episodios nacionales*, treinta y dos novelas —algunas en varios tomos—, veinticuatro obras de teatro, sin contar las memorias, los cuentos y todas las piezas recopiladas por Sáinz de Robles en la *Miscelánea* de su edición general), que no es posible intentar, en los breves términos de estas notas, lo que llevé a cabo, no sé si con relativa fortuna, en el caso de Enrique Beyle: observar en detalle sus producciones más importantes.

Hasta ahora he tenido que limitarme a situar el problema crítico que suscita —dentro de la literatura española— una personalidad tan original, tan sólida, tan robusta; a considerar después, en conjunto, las series de los *Episodios nacionales*, al enfocar el valor y sentido históricos de Galdós; y a ver más tarde (en conjunto también) el resto de sus novelas, al estudiar el dominio de don Benito en la copia y trasmutación de la realidad. Creo que lo menos imperfecto será analizar, ahora, algunos ejemplos típicos.

Empezaré por reconocer que la tarea dista de ser sencilla. ¿Cómo elegir entre tantas aventuras y tantos cientos de personajes? Quisiera uno contarlas todas; charlar con todos. Pero el tiempo no lo permite. Me ceñiré a comentar cuatro de las treinta y dos novelas que no constan en la colección de los *Episodios*. Escogeré las cuatro que más me agradan. No las propongo, por consiguiente, como el fruto de un juicio para guiar la opinión de nadie. Son esas cuatro: *Doña Perfecta, El amigo Manso, Fortunata y Jacinta* y *Ángel Guerra.*

Cuando publicó *Doña Perfecta* tenía don Benito treinta y tres años. Era, independientemente de los *Episodios*, la cuarta novela que producía —si descontamos, como es menester, los ensayos de juventud—. No había Galdós concebido aún el plan de la serie que llamaría más adelante "contemporánea". Se encontraba, por tanto, como Balzac antes de imaginar la coordinación de todos sus argumentos en un vasto fresco monumental: la *Comedia humana.* Fuera de España, los novelistas más leídos por don Benito eran Dickens... y Balzac. De éste, había descubierto en París, en 1867, al "flanear" por la orilla del Sena, un ejemplar de *Eugenia Grandet.* La impresión que le produjo debe haber sido intensa puesto que, mucho tiempo después, en las *Memorias de un desmemoriado*, la recuerda no sin respeto. "Con la lectura de aquel librito —dice, refiriéndose a *Eugenia Grandet*— me desayuné del gran novelador francés, y en aquel viaje a París y en los sucesivos completé la colección de ochenta y tantos tomos, que aún conservo con religiosa veneración."

Hay quienes extreman el fervor por Galdós hasta negar la importancia de tal encuentro. Temo que no sea esa la mejor forma de admirar y de comprender. Nadie es grande porque evitó la influencia de algún maestro, sino al contrario, porque habiéndola recibido, logró adueñarse de ella tan firmemente que la hizo suya y la convirtió, como acaece con todos los materiales de la cultura, en sustancia misma de su existir. ¿Cómo explicarnos —si no— el gesto de don Benito, quien, después de leer a Balzac, revisa los manuscritos de sus dramas no publicados y le parecen (según afirma) dignos del fuego? ¿Y por qué razón —si la que apunto se juzga vana—, por qué razón fue entonces cuando empezó a redactar *La fontana de oro*, donde hallamos el germen de toda su obra de novelista, tanto la de sus *Episodios nacionales*, de que es anuncio, cuanto la de sus otros relatos, porque —como lo señala muy bien Casalduero— "con *La fontana de oro* comienza la novela moderna en España"?

Sólo que Galdós no fue nunca un pálido imitador del genial francés. Se adivina que, al conocer el fisiológico mundo de las fiebres y cóleras balzacianas, lo que en verdad logró fue ver en sí mismo con más franqueza. "La realidad existe" —debieron gritarle las páginas de Balzac—. Como gran hispánico, él, en el fondo, lo presentía. Se lo habían dicho, con acentos no menos convincentes y menos firmes, Velázquez y Goya en el Prado, Cervantes en el *Quijote*, Lope de Vega en *Fuenteovejuna* y, en todas partes, la luz de España, que articula y define lo que no quema.

A partir de ese hallazgo, se siente otro Pérez Galdós. Sus dudas de adolescente desaparecen. Se creía dramaturgo y se declara novelista, olvidándose —por espacio de años— de que no había errado al estimar su dramática vocación. Nacido en Las Palmas el 10 de mayo de 1843, llegado a Madrid en 1862, estudiante de leyes hasta 1869, periodista de *La Nación,* de *Las Cortes* y de *El Debate,* el joven Galdós sabrá muy bien a qué atenerse en lo sucesivo. Como algunos héroes de Balzac, ha aprendido a confiar en sus aptitudes. Como el Alejandro Miquis de una de sus novelas, "cree en sí mismo y en su ingenio con fe ardentísima, sin mezcla de duda alguna, y, para mayor dicha suya, sin pizca de vanidad". En ocho años —de 1868 a 1876— produce y publica quince volúmenes de *Episodios* ("Trafalgar", "La Corte de Carlos IV", "El 19 de marzo y el 2 de mayo", "Bailén", "Napoleón en Chamartín", "Zaragoza", "Gerona", "Cádiz", "Juan Martín, el Empecinado", "La batalla de los Arapiles", "El equipaje del Rey José", "Memorias de un cortesano de 1815", "La segunda casaca", "El Grande Oriente" y "El 7 de julio") y cuatro novelas: *La fontana de oro, La sombra, El audaz* y *Doña Perfecta.*

A pesar de sus treinta y tres años, no es experiencia lo que falta a Pérez Galdós cuando evoca a la señora trágica de Orbajosa. Porque él, tan realista, se ha sentido inclinado a inventar paisajes, y el escenario que ofrece a doña Perfecta es el de una ciudad alegórica y fantasmal, esa Orbajosa amarga, inclemente y pétrea, sobre cuyo cielo —de hiel y púrpura— se destacan dos siluetas inolvidables: la heroína, que lleva la intolerancia hasta el patrocinio del homicidio, y don Inocencio, el penitenciario que rige al pueblo desde la autoridad de la catedral.

El argumento del libro es simple como el de una tragedia griega. Un joven ingeniero madrileño, Pepe Rey, va a Orbajosa para conocer a su prima, la sumisa Rosario, que no ha pensado nunca sino con las entendederas maternas, aunque de repente descubre que puede amar por sí misma, sin más ayuda que la de su tímido corazón. A poco de tratar al recién llegado, que es su sobrino, doña Perfecta advierte en su charla síntomas inquietantes de un ánimo liberal. Don Inocencio le tiende lazos en los que el joven cae sin darse cuenta, hasta declarar (no sin un poco de ingenua pedantería) que "la ciencia está derribando a martillazos..." las mil mentiras de lo pasado, que no existen "más subidas al cielo" que las astronómicas, y que "ya no hay falsos cómputos de la edad del mundo, porque la Paleontología y la Prehistoria han contado los dientes de esta calavera en que vivimos..."

Todos estos científicos entusiasmos —hábilmente engarzados en ironía por la cautela de don Inocencio— acaban por sumergir a doña Perfecta en la más negra consternación. Imposible casar a su hija con semejante ateo. La encierra pues, inventando una enfermedad que la propia Rosario se encarga de desmentir. Pero, mientras tanto, Pepe Rey se consagra con insistencia a la honrosa misión de comprometerse. Habla como no debería hacerlo; charla con quienes no debería charlar, visita a quienes nadie en Orbajosa visita nunca sin un sentimiento confuso de humillación. Rosario le ama y está dispuesta a escapar con él, para casarse, como en principio su madre misma lo había deseado. Por desgracia, doña Perfecta es de ojos inexorables. Cierto valentón —oficialmente admitido y reconocido por las clases más altas de la ciudad—, el célebre *Caballuco*, centauro que sustituye a la policía en determinadas persecuciones difíciles de imponer a los guardias del orden público, recibe orden de asesinar al Romeo positivista. El homicidio se lleva a cabo. Pero no antes de que doña Perfecta tenga con su sobrino uno de los diálogos más tremendos de la novela española viva: aquél que, casi sin variaciones (y las hechas no muy felices), trasladó don Benito al segundo acto del drama que, sobre el mismo asunto y con el mismo nombre, fue representado en Madrid el 28 de enero de 1896.

Lamento no reproducirlo en su integridad; pero espero que quienes han seguido estas notas lo hayan leído —o lo lean, tan pronto como puedan hacerlo—. Encontrarán ahí no sólo el choque de dos temperamentos muy diferentes, sino la batalla de dos creencias y de dos modos contrarios de concebir la vida, el amor, el bien. Por una parte, Pepe Rey, que infortunadamente no es uno de los protagonistas mejor logrados por la imaginación de Pérez Galdós, pues nos parece por momentos un poco abstracto, construído con más ideas generales que sentimientos, pero por cuya boca habla una tradición de franqueza y de sencillez, y en cuyas protestas se advierte un tono —muy de la época—, el de la fe en el derecho humano, el de la confianza en la fuerza de las leyes que escribe y aplica el hombre.

Por otra parte, doña Perfecta; uno de los tipos más admirablemente esculpidos por el cincel galdosiano en la roca de los prejuicios y de la ira, toda dulzura en el fingimiento, toda benignidad en la superficie, pero inconmovible en el interior de sus odios bárbaros; de miel en la hipocresía de la palabra y de hierro en la voluntad de dominio que la ha erigido en cacique impaciente de su familia y señora implacable de su ciudad.

Al principiar el diálogo, doña Perfecta se declara insultada por su sobrino. "—Dios mío, Santa Virgen del Socorro —exclama llevándose ambas manos a la cabeza—, ¿es posible que yo merezca tan atroces insultos? Pepe, hijo mío, ¿eres tú el que hablas?"

Pero Pepe no está cegado como en los primeros días de su visita a Orbajosa. Sabe que Rosario se encuentra, en realidad, secuestrada por decisión de doña Perfecta; que doña Perfecta ha urdido contra él una red de pleitos viles y oscuros; que a doña Perfecta debe el que se le haya destituído del cargo oficial que le habían confiado; que por doña Perfecta —en complicidad con el manso penitenciario— se le expulsó de la catedral; que doña Perfecta, en fin, tan beatífica y piadosa, es el centro de una conjuración que le presenta múltiples rostros y nunca el suyo, y lo amenaza con múltiples voces, aunque jamás con la suya propia: esa voz llorosa y acongojada que en aquellos instantes mismos quiere engañarle...

Se rehusa a creerla, rotundamente. Aun así, lo hace sin cólera, sin violencias. "Querida tía —le indica, poniéndole la mano en el hombro—, si me contesta usted con lágrimas y suspiros, me conmoverá, pero no me convencerá..."

Entonces, sintiéndose descubierta, doña Perfecta adquiere al fin toda su estatura. En vez de seguir mintiendo, se enorgullece de cuanto ha combinado, en la disimulación y en la sombra, contra el sobrino. "—¿Crees que negaré los hechos de que me has acusado? —le dice—. Pues no los niego... ¿No es lícito emplear alguna vez medios indirectos para conseguir un fin bueno y honrado?"

Es posible que la belleza del diálogo que menciono haya envejecido en algunos párrafos. Toda la declamación de Pepe Rey acerca de Rosario, "pobre criatura atormentada y ángel de Dios, sujeto a inicuos martirios", suena a discurso de énfasis discutible. Pero, en conjunto, el fragmento es un testimonio de las cualidades más firmes del novelista. Se comprende que, como en Francia, cuando Molière presentó el *Tartufo*, muchos hayan tildado en España a Pérez Galdós de ateo y siniestro hereje. Pero como Molière en *Tartufo*, don Benito no fustiga en *Doña Perfecta* a la religión, sino a los vicios de una actitud antinatural, que pretende ocultar con espesas nubes de incienso las perfidias del egoísmo y que, en nombre de virtudes muy respetables, trata de frustrar la espontaneidad espléndida de la vida.

Por el tema, por la simplicidad de los vínculos narrativos, por la precisión de los caracteres y por el vigor de los diálogos en que abunda, *Doña Perfecta* resulta el modelo de la novela dramática galdosiana. En cambio, el segundo ejemplo de los cuatro que he retenido para mi estudio —es decir: *El amigo Manso*— constituye el modelo inverso, o sea el modelo de la novela típicamente narrativa, donde los diálogos casi desaparecen en el texto elegante y lúcido del relato. Las figuras más singulares se hallan ligadas, en sus palabras y en sus acciones, por una sola sensibilidad, siempre manifiesta: la del protagonista que, esta vez, se confundirá de manera deliberada con el autor.

Impreso en 1882, *El amigo Manso* es el vigésimonono de los libros publicados por don Benito. Entre *Doña Perfecta* y este volumen hay que insertar cuatro importantes novelas (*Gloria, Marianela, La familia de León Roch* y *La desheredada*) y cinco tomos más de la serie de los *Episodios nacionales*, interrumpida en 1879 y sólo reanudada al final del siglo, en 1898, con "Zumalacárregui".

Durante este lapso, de más de un lustro, el ritmo de la producción galdosiana sigue siendo intensísimo, aunque —por la índole del autor— no dé jamás al lector la impresión de febrilidad. Nueve obras en seis años. ¡Y qué obras!... Pero hay algo todavía más sorprendente que su cantidad y su calidad; porque, mientras las redactaba, una evolución profunda tenía lugar en el pensamiento de don Benito y en sus técnicas de escritor. Sin que Balzac y Dickens hubiesen perdido a sus ojos ningún prestigio, otros autores le tentaban con el rigor de sus experiencias. Eran aquellos los tiempos en que campeaba, en París, el naturalismo. Es cierto, novelas como *Madame Bovary* (1857) y *La educación sentimental* (1869) fueron conocidas con anterioridad por Pérez Galdós. Sin embargo, en Flaubert, el naturalismo es todavía romanticismo, "incurable romanticismo", como asegura uno de sus críticos. El militante jefe de escuela iba a ser Emilio Zola, nacido tres años antes que don Benito. Algunos de sus libros fundamentales se difundieron durante el lapso en que Galdós editó sus primeras obras. *Teresa Raquin* apareció en 1867. *La Curée* y *L'Assommoir* en 1877, un año después de *Doña Perfecta*. Un temperamento más español que el de Zola se había manifestado a la vez en Francia: el de Alfonso Daudet. Sus *Cuentos del lunes* son de 1873. *Fromont jeune et Risler ainé*, de 1874. *El Nabab*, de 1877. No estoy seguro de que estos últimos hayan influido directamente en Galdós. Pero a veces, al releer *El amigo Manso*, percibo una simpatía humana entre el narrador y los personajes que, sin restar originalidad al genio de don Benito, mucho más amplio y más vigoroso, me hace pensar en determinadas páginas de Daudet.

Como quiera que sea —y dentro de los límites que sabemos—, Galdós aceptó procedimientos preconizados por la escuela naturalista. La primera de sus "novelas contemporáneas" (*La desheredada*) marca, en 1881, una fecha significativa en la historia de sus trabajos. *El amigo Manso* no escapará a esta proyección. Pero, en *El amigo Manso*, Galdós no olvida lo mejor de su artístico españolismo. En su alma, como en la jerarquía de los valores universales, Zola y Daudet quedan muy por debajo de Cervantes y de Quevedo. Y Cervantes y Quevedo están curiosamente presentes en este libro, por el que no disimularé mi predilección.

Desde luego, *El amigo Manso* es la novela en que el estilo de don Benito Pérez Galdós alcanza sus más límpidas excelencias. La colección de retratos que traza, con su lápiz más fino, es inolvidable por el conocimiento psicológico de los caracteres, pero también por la forma sutil en que los dibuja. En primer término, el narrador, ese Máximo Manso, tan modesto, tan correcto, tan comprensivo, que se presenta como "quimera, sueño de sueño, sombra de sombra, sospecha de una posibilidad", pero ante cuyas pupilas de catedrático fatigado todos los otros seres del libro van desnudándose lentamente, hasta quedar en ese estado de transparencia —casi tangible— que es el triunfo supremo del novelista... y del confesor. Porque, si de alguna manera hubiese de definir al "amigo Manso" sería como un extraño confesor laico, al que nadie —salvo la joven maestra de quien se prenda— se acerca nunca sin revelar lo más hondo de su secreto; lo mismo doña Javiera que ese vampiro de "perras gordas" que es doña Cándida, la cual —según dice Galdós— "puesto el pie en la escala de la miseria" la descendió "hasta un extremo parecido a la degradación". El retrato de doña Cándida es, en su género, pieza de antología. Ahí descubro estas líneas que, por lo amargas y lo lacónicas, traen a la mente los métodos de Quevedo: "La indigencia es la gran propagadora de la mentira... y el estómago, la fantasía de los embustes." Este recuerdo se acentúa al leer, páginas más allá, el siguiente comentario acerca del predominio que ha de dar al orden lógico el narrador, por encima incluso del cronológico. "El tiempo, como reloj que es, tiene sus arbitrariedades; la lógica, por no tenerlas, es la llave del saber y el relojero del tiempo."

Otra semblanza de estirpe clásica es la del poetastro don Francisco de Paula de la Costa y Sáinz del Bardal, que ponía en sus tarjetas la cruz de Carlos III, "no porque él la tuviese, sino porque su padre había tenido la encomienda de dicha Orden". Hélo aquí, como lo describe Galdós: "Es de esos afortunados seres que concurren a todos los certámenes poéticos y juegos florales... y se ha ganado repetidas veces el pensamiento de oro o la violeta de plata. Sus odas son del dominio de la farmacia, por la virtud somnífera y papaverácea que tienen; sus baladas son como el diaquilón, sustancia admirable para disolver diviesos. Hace *pequeños poemas*, fabrica poemas grandes, recorta *suspirillos germánicos* y todo lo demás que cae debajo del fuero de la rima... Cuanto pasa por sus manos se hace vulgar, porque es el caño alambique por donde los sublimes pensamientos se truecan en necesidades... En todos los álbumes pone sus endechas, expresando la duda o la melancolía, o sonetos emolientes seguidos de metro y medio de firma. Trae sofocados a los directores de ilustraciones para que inserten sus versos y se los insertan por ser gratuitos; pero no los lee nadie más que el autor, que es el público de sí mismo."

Contrastan con el sarcástico "negro y blanco" de esta caricatura los tonos suaves, de acuarela delicadísima, con que evoca en seguida Pérez Galdós la figura sutil de Irene, aquella joven institutriz, sobrina de doña Cándida, que, cuando niña, iba a pedirle al amigo Manso los duros y las pesetas de que se hallaba siempre necesitada su tía insaciable. "Tan pálida como en su niñez —apunta ahora el autor— bien se podían poner reparos a sus facciones; pero ¿qué rígido profesor de Estética se atrevería a criticar su expresión, aquella superficie temblorosa del alma, que se veía en toda ella y en ninguna parte de ella, siempre y nunca, en los ojos y en el eco de la voz, donde estaba y donde no estaba, aquel viso del aire en derredor suyo, aquel hueco que dejaba cuando partía?" Siempre que cito este párrafo pienso en el soneto de Dante:

> *un spirito soave e pien d'amore*
> *che va dicendo all'anima: sospira...*

Me confirma su relectura en la concepción española de *carne y alma*, a la que aludí anteriormente, al comentar cierta frase de Keyserling. Comprendo entonces mucho mejor las tribulaciones de Máximo Manso, quien —frente a Irene— vio flaquear sus antiguas seguridades, las que le habían hecho escribir, al principio de su relato: "El método reina en mí y ordena mis actos y movimientos con una solemnidad que tiene algo de las leyes astronómicas. Este plan, estas batallas ganadas, esta sobriedad, este régimen, este movimiento de reloj que hace de los minutos dientes de rueda y del tiempo una grandiosa y bien pulimentada espiral, no podían menos de marcar, al proyectarse sobre la vida, esa fácil recta que se llama celibato."

Recta, a la postre, menos fácil de cuanto Máximo suponía, puesto que el argumento de la novela es, sobre todo, el engaño del profesor, enamorado de una muchacha que le aprecia sinceramente, pero ama a otro, mucho más joven y de efusiones menos intelectuales: su discípulo Manuel Peña. Todas las virtudes de Manso, su filosofía, su humanismo, su maestría en el uso de las ideas generales, se estrellan contra ese pequeño rostro, pálido y sonriente, "superficie temblorosa del alma", que —sin necesidad de mentirle— se mantiene hermético para él.

Irene es la vida misma, ocupada en ser incesantemente, en tanto que Máximo, espectador teórico de la vida, no vive sino un concepto, el de su razón, y algunas aventuras inesperadas: las de los otros. Él mismo lo reconoce tardíamente, cuando, sorprendida de su aparente clarividencia (que es sólo efecto de su afición a enlazar determinados hechos y deducciones) le dice Irene: "—Usted lo sabe todo. Parece que adivina..." El elogio de la muchacha le obliga a reflexionar sobre su conducta y sobre la calidad de su inteligencia. "Yo —dice—, que tan torpe había sido en aquel asunto de Irene, cuando ante mí no tenía más que hechos particulares y aislados, acababa de mostrar gran perspicacia escudriñando y apreciando aquellos mismos hechos desde la altura de la generalización... Aquella falta de habilidad mundana y esta obra de destreza generalizadora provienen de la diferencia que hay entre mi razón práctica y mi razón pura; la una, incapaz como facultad de persona alejada del vivir activo; la otra, expeditísima, como don cultivado en el estudio."

Desde el momento en que Manso cobra conciencia de tales límites, puede prever el lector el desenlace del libro. Manuel e Irene se casarán. El catedrático volverá a encerrarse en su gabinete, para decaer y morir, acaso más aprisa de lo que, en circunstancias diversas, habría ocurrido. Y, como en el prólogo, el epílogo nos presenta al protagonista desencarnado, gota de tinta apenas en la pluma del novelista, y pudor, tolerancia, resignación, de los que son testimonio estas frases finales del catedrático fallecido: "¡Dichoso estado y regiones dichosas... en que puedo mirar a Irene, a mi hermano, a Peña, a doña Javiera, a Calígula, a Lica y demás desgraciadas figurillas, con el mismo desdén con que el hombre maduro ve los juguetes que le entretuvieron cuando era niño!"

El tercero de mis ejemplos —*Fortunata y Jacinta*— señala un paso trascendental en el camino de don Benito. Los personajes no son ya aquí, como lo eran aún en *Doña Perfecta*, actores de una tragedia gobernada visiblemente por la voluntad severa del novelista. Ni son tampoco, según acabamos de comprobarlo a la luz de *El amigo Manso*, figuras desventuradas que el narrador suele ver con desdén, al final del drama, como contempla el varón de edad los juguetes que distrajeron su infancia muerta.

En *Fortunata y Jacinta*, todos los seres dan la impresión de vivir por sí mismos, esencialmente; sin intervención sistemática del autor; sin obediencia a ninguna tesis, literaria, política o filosófica. Son ellos, constantemente, libres de hacerse y de destruirse, de injuriarse y de amarse, de escaparse y de perseguirse, de gozar y de padecer. El novelista los arrancó a la noche de lo increado; pero, apenas tuvieron vida, siente el deber de no decidir por sí solo acerca del desarrollo desordenado y particular de sus existencias. No es ésta la "objetividad" del naturalista, artificio vano que el propio Pérez Galdós denunció como irrealizable; ni el intelectualismo de Stendhal, ni el idealismo de Dostoyevski. Se trata, más bien, de una religiosidad indostánica ante la vida, que es necesario dejar crecer, porque —una vez nacidos— hasta el ser más precario y débil, el insecto más estorboso, o la fiera más insolente, tienen derecho a manifestarse.

Ninguna obra quiere demostrar menos cosas que esta novela, que no fue escrita para protestar contra la intolerancia, ni para declamar en favor del progreso, ni para censurar la pasión adúltera, ni para exaltar el amor legítimo, ni para justificar el divorcio, ni para "regenerar" a la sociedad. No es que Galdós carezca de opiniones muy suyas sobre esos temas. Ya nos indicó, por ejemplo, qué piensa él respecto a todo lo que pretende oponer a la vida fanáticas ortopedias... Por lo que atañe a la "regeneración" española, no ha firmado aún su famoso artículo de 1903 —"Soñemos, alma, soñemos"—, pero los principios que en ese texto destacan son los que norman ya sus labores. Él los resume así:

"Observemos la triste ventaja que da la tradición a las ideas y formas de la vieja España. Las diputamos muertas, y vemos que no acaban de morirse. Las enterramos, y se escapan de sus mal cerradas tumbas... Arremeten contra todo lo que vive, contra lo que quiere vivir. Defendámonos." A lo cual agrega: "Es innoble y fea cosa el vivir con media vida... Ninguna falta nos hacen sufrimientos ni martirios que no vengan de la naturaleza, por ley superior a nuestra voluntad... De todas las especies de muerte que traiga contra nosotros el amojamado esperpento de las viejas rutinas, resucitaremos."

Pero esta misma doctrina liberal del progreso, por arraigada que esté en el pensar y el sentir de Pérez Galdós, no es la que dicta al autor los más nobles aciertos de *Fortunata*. Al ponerse a escribir la historia de esta madrileña del pueblo (y de Jacinta, nacida en la burguesía) don Benito tiene cuarenta y cuatro años. Ha publicado ya treinta y tres novelas: las veinte de la primera y segunda series de los *Episodios nacionales* y trece más; entre ellas *Doña Perfecta*, *El amigo Manso* y otras, de resonancia innegable, como *Gloria*, *Marianela*, *El doctor Centeno*. En sus manos, de robusto vendimiador español, el racimo naturalista ha dejado todos sus jugos, algunos ácidos todavía. Se le ha atacado —y se le ha defendido— por el reto polémico que muchos se figuraron hallar en algunos de sus trabajos. En la *Historia de los heterodoxos españoles* consta aún cierta página acerba, que Menéndez y Pelayo no tratará de disimular, y que compensará con largueza al hacer después el elogio del novelista. Por su parte, Leopoldo Alas —"satisfecho de la tendencia, del estilo y de los procedimientos" de don Benito— le ha aconsejado solemnemente que persevere.

Pero don Benito tiene su modo especial de perseverar. No consiste éste en copiarse y en repetirse, sino en crecer: en calar más hondo y subir más alto. Por eso, en *Fortunata y Jacinta*, el naturalismo de las novelas contemporáneas abre las puertas a un concepto más amplio, más generoso y total de la realidad.

Junto con *Ángel Guerra*, *Fortunata y Jacinta* es, a mi entender, la obra que marca —en Pérez Galdós— la hora sabia y estable del equilibrio. La piedad de que está nutrida no aflora aún de manera tan insistente como en *Nazarín* o en *Misericordia*, ni se delata en atisbos sentimentales, según ocurre en el caso de *Marianela*. Pero basta no quedarse en la superficie para encontrarla. En cada página, en cada hecho, se halla presente —aunque jamás como aportación del autor, jamás con carácter de "comentario".

¿Quién condena —o aprueba— menos que don Benito? Sin embargo, ¿quién comprende mejor, con más natural y noble simplicidad, lo que otros —acaso— condenarían?... Desde el día en que Fortunata aparece, comiéndose un huevo crudo, hasta aquel en que (herida por la reciente maternidad y sin oír los consejos del farmacéutico) sube al taller de costura, para golpear con furor a la aventurera que le está robando al amante, la *Pitusa* es hembra de cuerpo entero, ávida sin codicia, injusta sin reflexión, egoísta y cruel cuando sus sentidos le ordenan que así lo sea; pero —cuando la vida se lo permite— desinteresada, afanosa, alegre, tierna, cordial.

La muerte la dignifica; pero no merced a arrepentimientos declamatorios ni con lluvia de lágrimas irreales. Lo más preciado que Fortunata posee es un niño, de pocos días. Es su hijo, el hijo de su amor con el señorito. Sin pensar ya en sí misma, sin detener la sangre en que toda ella está ya escapándose, lo que resuelve es enviar ese niño a la esposa del hombre que se lo dio. No envilece la generosidad de aquel gesto nada mezquino ni rencoroso. Por otra parte, no hay en su decisión la menor sensiblería, el más leve asomo de orgullo malo o de exagerada retractación. La muerte, aunque la estiliza, no la transforma. La carta que dicta para Jacinta, la esposa del "señorito", es un modelo de humildad sobria, de respeto para sí misma y de respeto, también, para la señora —a quien desea "hacer una fineza" (son sus palabras) antes de fallecer—. Muere como vivió. Vivió con terrible espontaneidad. Muere en la dádiva apasionada. Fue pueblo siempre.

Jacinta, en cambio, es la burguesía, en la mejor acepción del término: una burguesía aún no contaminada, pues sale apenas de la fuerte raíz de lo popular. Honrada, virtuosa, amable, su amor por Juanito Santa Cruz, el versátil marido, no llega nunca a proporcionarle la seguridad de una posesión. En los celos que Fortunata le inspira hay una especie de honda curiosidad (más cerebral que sensual), un deseo de saber cómo puede ser la pasión plebeya, libre, recíproca, satisfecha. Sus mismos contactos con Guillermina, la mística de la obra, la dejan al margen —siempre— de la real emoción del bien, tan incapaz de arrebato para el pecado como para el holocausto de la virtud.

Entre estas dos mujeres, cuyos nombres —al asociarse— dan título a la novela y que, salvo en ciertos instantes críticos, pasan, como los remos del poema de Chocano "toda la vida bogando *juntas* y *separadas* toda la vida", Madrid entero trabaja, sufre, goza, se aburre, canta, va a la comedia, y, fuera de la comedia, representa su propio drama. De ese Madrid, nos ofrece Galdós —en *Fortunata y Jacinta*— el catálogo más variado y los personajes más diferentes y pintorescos: desde los padres de Juan y de su mujer, sobre un fondo de sedas y de bordados (que justifica una apología del mantón, el que se saca del arca en las bodas y en los bautizos "como se da al viento un himno de alegría en el cual hay una estrofa para la patria"), hasta ese funambulesco Estupiñá que "había visto a Rodil y al sargento García arengando desde *un balcón;* a O'Donnell y Espartero abrazándose; a Espartero solo, saludando al pueblo, todo esto en un balcón y, en un balcón también, a otro personaje diciendo a gritos que se habían acabado los reyes"... Por todo lo cual no exagera Galdós cuando manifiesta: "la historia que Estupiñá sabía estaba escrita en los balcones".

Entre tantas figuras ¿cómo olvidar la de Guillermina, virgen y fundadora, o la de Olmedo, cuyo "escepticismo era signo de infancia, un desorden de transición fisiológica, algo como una segunda dentición", o la de doña Lupe, la de los pavos, amiga de Torquemada, o la de Papitos y, sobre todo, la galería de los Rubines, precursores de los Babeles (de quienes se enterará el que penetre, más tarde, en las intimidades de Dulcenombre)? De los Rubines, Juan Pablo es el cesante por vocación. A propósito de semejante proclividad al no empleo escribe, irónico, el novelista: "No sé qué hay en ello, pero es lo cierto que hasta la cesantía parece que es un goce amargo para ciertas naturalezas, porque las emociones del pretender las vigorizan y entonan y por eso hay muchos que el día que los colocan se mueren." En las inmediaciones dinásticas de Juan Pablo, surge el segundo de los Rubines, peludo y devorador. Su hambre no tiene fondo. En cuando al pelo, "se había llevado todo el cabello de la familia". Finalmente el mártir, Maximiliano, a quien sus compañeros —en clase de botánica— por "feísimo y desmañado" impusieron el nombre de *Rubinius vulgaris*, homúnculo deplorable que hará los más increíbles esfuerzos por desposarse con Fortunata, a quien el amor exalta hasta el punto de que "en sus meditaciones solía decir que le había *entrado talento*, como si dijese que le había entrado calentura", y de quien son estas sentencias conmovedoras: "Cuando yo era tonto, éralo por carecer de un objetivo en la vida. Porque ésos son los tontos: personas que no tienen misión alguna." La suya, por lo visto, consistirá en sufrir, en sufrir hasta enloquecer, tolerar los oprobios que le imponen las libertades de su consorte, llorarla sobre una tumba y concluir sus días en el manicomio de Leganés.

¡Infortunado Maximiliano! Pocas veces la pluma de don Benito trazó perfil más tétrico y doloroso. Por sí sola, su individual tragedia sería suficiente para hacer el mérito de un volumen. Pero, en *Fortunata y Jacinta*, Galdós no aísla las tragedias individuales. Necesita atmósfera para el inmenso fresco que pinta. Y la atmósfera, en su caso, está formada por la combinación de muchas tristezas y de muchos júbilos juntos. De ahí, al hablar de *Fortunata y Jacinta*, que tenga motivos don Marcelino para decir estas palabras, que siguen pareciéndome actuales: "Es un libro que da la ilusión de la vida: tan completamente estudiados están los personajes y el medio ambiente. Todo es vulgar en aquella fábula, menos el sentimiento; y, sin embargo, hay algo de épico en el conjunto, por gracia, en parte, de la manera franca y valiente del narrador, pero todavía más de su peregrina aptitud para sorprender el íntimo sentido e interpretar las ocultas relaciones de las cosas, levantándolas de este modo a una región más poética y luminosa."

Con *Ángel Guerra*, libro publicado en 1890 y 1891, ese afán de "interpretar las ocultas relaciones de las cosas" alcanza mayor intensidad todavía. La acción, desarrollada en dos planos, dos ambientes y dos mundos espirituales diversos (uno, el de Madrid, el de la política, el de Dulcenombre, la amante abnegada, trémula y poseída; otro, el de Toledo, el de la ambición de una vida ascética, el de Lorenza, la mujer inmutable, mística e intocada), acusa, de manera casi tangible, una profunda afición a la simetría, frecuente por otra parte en Pérez Galdós. No son raras en su producción, efectivamente, estas dicotomías, más espectaculares que psicológicas: antinomia de Fortunata y Jacinta, de Guillermina y de Lupe la de los pavos, de Manso y su hermano José María, de Santa Cruz y Maximiliano Rubín, de Pepe Rey y de Jacintillo... Pero, en *Ángel Guerra*, el procedimiento no se reduce ya a consignar, en dos personajes, dos puntos de vista distintos y muchas veces contradictorios. Aquí, el protagonista es el ser dividido por dos. Pobreza, aventura, desorden y actitud revolucionaria en el Ángel Guerra que habita maritalmente con Dulcenombre y no va a visitar a su madre enferma sino para pedirle dinero, de tarde en tarde. Riqueza, cautela, orden y una vaga idealización religiosa en el Ángel Guerra que, tras heredar la fortuna materna, se desase de Dulcenombre y busca —en la incomprendida sirvienta mística— un amor rebelde, el cual, por rebelde, lo vence más. De esta simetría profunda son eco y paisaje siempre esas dos mujeres, que llamaré con los diminutivos que él les otorga, *Dulce* y *Leré*, y esas dos ciudades: el agitado Madrid de los últimos lustros del novecientos y el Toledo inactual, austero, erigido sobre una proa que, más que roca, parece un condensado visible de eternidad.

La primera parte de la novela pasa en Madrid. Sobresalen en ella tres trozos de gran linaje: la descripción de los Babeles, familiares de Dulcenombre, la agonía de doña Sales, madre de Ángel, y la enfermedad y la muerte de su hijo *Ción*.

Los Babeles residen en Molino de Viento 32, duplicado, casa nueva "de esas que a los diez años de construídas parecen pedir que las derriben". El jefe de la familia es don Simón, figura más bien borrosa, a pesar de lo extremado de sus ideas. Su esposa, en cambio, pertenece a la memorable casta de doña Cándida. Esta buena señora dice llamarse Catalina de Alencaster y descender de Enrique III de Castilla. Vive en el colmo de un monárquico paroxismo y, cuando don Simón se atreve a contrariarla, monta en aguda cólera. "Yo soy descendiente de reyes —proclama—. ¡Qué mengua haberme casado contigo, que eres un pelele, un soplaollas, un *méndigo*!" "Dicho esto —añade Galdós— doña Catalina solía ponerse una toquilla encarnada por la cabeza, del modo más carnavalesco, y salía de refilón por los pasillos, chillando y braceando, hasta que sus hijas la volvían a la razón haciéndola tomar tila y dándole friegas por el lomo." Arístides, el primogénito, no había hecho nada y había hecho de todo, lo cual, normalmente, es la misma cosa. Fausto, el segundo, calígrafo infatigable, "hacía ejecutorias de nobleza y remedaba con primor toda clase de caracteres, de donde le vino su desgracia, porque un día le acusaron de haber desplegado sus talentos en la imitación de todos los perfiles y rúbricas de un billete de Banco". Cesárea, "muy guapa, inteligente, hacendosa" que, por haberse fugado con un cochero, se libró a tiempo de la tiranía de sus parientes. Y Dulcenombre, en fin, mujer aunque flaca de las más plásticas indolencias, dócil al imperio familiar, hasta prostituirse por mantenerlo, y fiel, de pronto, con perruna fidelidad, a un amante no siempre cómodo. Mientras Ángel participa en políticas turbamultas, ella se desespera, sufre... pero cuida el puchero. "Creía —escribe don Benito— que era más importante para la humanidad repasar con esmero una pieza de ropa, o freír bien una tortilla, que averiguar las causas determinantes de los éxitos y fracasos en la labor instintiva y fatal de la colectividad."

Más singular que las precedentes es la silueta del tío don Pito, hombre, por marino, "muy pasado por agua", pero al mismo tiempo dipsómano, negrero en su juventud —y tan hiperbólico que, en sus relatos, "resulta el mundo mayor de lo que es y con un par de continentes más"—. Todas sus expresiones huelen a brea y a sal oceánica. Para él, anunciarse desde un pasillo es gritar "¡Ah de a bordo!" a los que están dentro; sentirse pobre es confesarse "desarbolado"; todo sujeto temible debe considerarse "pirata"; la caja de ahorros de su sobrina se llama "la carbonera"; el hambre es "cosa magnífica para irse a fondear en el cielo"; la boca es una "escotilla", "imbornales" los ojos de la que llora, "temporales" las penas —y "lastrarse" equivale a comer en regla—. Acosado por un apetito de nómada, exclama, entre ávido y filosófico: "No navegues nunca con la gamuza vacía... Hay que estibar algo de peso. Mala cosa es la debilidad; yo la detesto tanto que prefiero llevar arena en la bodega a no llevar nada."

Desvaída al principio del libro, la personalidad de don Pito va acentuándose firmemente hasta el capítulo uno de los mejores) en que Dulcenombre, deshecha por la ruptura con Ángel Guerra, encuentra en el capitán jubilado —y en sus brebajes, que él bautizó *coteles*— una oscura y siniestra consolación. Don Pito, excitado por la bebida y atormentado por la nostalgia de sus antiguas expediciones, cree ver el mar en pleno Madrid. "—He visto la mar —declara con entusiasmo—, la grande, la salada, la que tiene toda la gracia del mundo. Ha venido esta tarde. ¿No lo crees? Ven y la verás. Hoy es la más alta pleamar del año; marea equinoccial, coeficiente de 24 pies... Hallábame yo en el salón del Prado, cuando sentí un ruido de oleaje. La gente huía... Los coches izaban bandera y apretaban a correr. Miro para abajo... y ¿qué creerás que vi? Dos vapores subían a toda máquina, por delante de los Almacenes de Pintura, digo del Museo; el uno inglés, con matrícula de Cardiff; el otro español, alto de guinda, chimenea roja, numeral en el mesana y contraseña en el trinquete..."

Así es como Dulcenombre y don Pito salen de casa, para ver el mar —en Madrid— desde lo alto de Santa Bárbara... Hay una amarga poesía en todo este gran fragmento; un mundo visto a través de quién sabe qué alcohólicas nieblas, en las que Dulcenombre, tan modesta y tan realista, pierde contacto con su esqueleto, el cual —dadas su desgracia y su delgadez— resulta en esos instantes lo más presente de su magra y pálida contextura. "—Nos embarcaremos —dice— y nos iremos a Toledo." A Toledo, porque en Toledo está su galán. Don Pito aprueba: "—Ah, sí, ya sé, a veinte millas al Oeste. Farola de luz verde con destellos blancos cada minuto..."

Pero el océano se niega a dejarse ver. Una cantina lo sustituye, por más señas cerrada. Dulcenombre se sienta en un banco próximo. Y, refiriéndose al mar, a "la mar bonita", con la terquedad de todos los náufragos —de la razón, del vicio, o de la existencia—, don Pito no se descorazona: "—Mañana —afirma— mañana volverá..." Habla él del mar. Dulcenombre piensa en su amigo ausente.

Mientras tanto, ese amigo, más enamorado de la ilusión de una vida ascética que de la propia Lorenza (con quien se place su ánimo en confundirla) vaga, de noche, por las calles ásperas de Toledo. Ahí, en algún rincón de la ciudad imperial, Lorenza ha de estar rezando —tal vez por su salvación—. Ángel Guerra avanza, entre la oscuridad y la historia, pendiente de un frágil sueño. "Las puertas erizadas de clavos, la desigualdad infinita de planos, rasantes y huecos; las fachadas con innumerables dobleces, las rejas, las imágenes dentro de alambrera y con lamparilla, los desfiladeros angostos, entre muros que se quieren juntar", todo lo ve, todo lo persigue, todo quiere entenderlo afanosamente, como si el secreto de Toledo y el de Lorenza tuvieran la misma cifra y hablaran el mismo idioma.

¡Curiosa y difícil alma la de Ángel Guerra! Mezcla de ingenuidad y de talento, de intrepidez y de escepticismo, de pasión y de amor difuso, que se entrega —en la mocedad— a la vana esperanza de redimir a una masa inerme y que, al resignarse a admitir alguna parte de culpa en la muerte rápida de su madre, intenta levantar —sobre las ruinas de su pasado— como una iglesia, una vida nueva.

Para entenderle, convendría recordar las palabras de Ángel

del Río: "Es de observar que todos los personajes galdosianos, los grandes como los pequeños, viven en una contracción interna, cuya causa psicológica se halla, aunque de manera inconsciente, en ellos, en la dualidad ideológica que caracteriza a toda la historia de España desde el siglo XVIII. Ahora bien, si en gran parte de su obra el Galdós realista se limita a retratar tal estado de espíritu como observador impasible, al entrar en la plenitud empieza a ver esos mismos personajes con un patetismo conmovedor que se traduce en un vivísimo sentimiento de tolerancia y amor cristiano. Ese sentimiento es el que inspira todas sus creaciones desde *Realidad* hasta *Misericordia*."

En el fondo, Ángel Guerra es un generoso; pero, a la vez, un violento. La primera visión que tenemos de él es la de un conjurado que vuelve herido al hogar de una compañera que no es su esposa. En la refriega, no está seguro de no haber dado muerte a alguien. Más tarde, de la manera más desproporcionada, le miramos arder en cóleras bochornosas. Por ejemplo, cuando Lorenza le confirma su decisión de regresar a Toledo, da puñetazos sobre los muebles, insulta al destino y termina por suspirar... Irritado por uno de los Babeles, el Arístides que se hace llamar barón, lo agrede con insana brutalidad y lo abandona en la noche y en despoblado, dándolo ya por muerto. Pero, al mismo tiempo, es capaz de renunciamientos inesperados y de humildades inverosímiles. Después de todo, lo que explica y gobierna las reacciones más misteriosas de su carácter es un recuerdo de infancia. Tenía "doce o trece años" cuando asistió al fusilamiento de los sargentos del 22 de junio de 1866. La página vale la pena de ser citada. Lo merece tanto más cuanto que tiene valor casi autobiográfico, pues Galdós —aunque no presenció en realidad el fusilamiento— vio pasar a los hombres que iban a ser ejecutados y no olvidó jamás aquella impresión de su juventud.

"Formóse el cuadro, y fuera de él la tropa seguía conteniendo a los curiosos; pero el gran Guerrita se coló... por entre los caballos, por entre las piernas, por entre los fusiles... Sin saber cómo, hallóse junto a un seco arbolillo, en el cual pudo encaramarse, próximo a un montón de escombros, en el extremo superior del cuadro, junto a la tapia de la Plaza. Un hombre que parecía loco logró escabullirse también en aquel sitio... Imposible apreciar ni sentir cosa alguna fuera del espectáculo terrible que se ofreció a los ojos de entrambos. El pavor mismo encendía la curiosidad del buen Guerrita, que olvidado del mundo entero ante semejante tragedia, miró el espacio aquel rectangular, miró a los sargentos que eran colocados en fila por los ayudantes, como a un metro de la tapia. Unos de rodillas, otros de pie. El que quería mirar para adelante miraba, y el que tenía miedo volvía la cara hacia la pared. Un cura les dijo algo y se retiró... Las dos filas de tropa que habían de matar avanzaron. La primera se puso de rodillas, la segunda continuaba en pie. No se oía nada. Silencio de agonía. Nadie respiraba... ¡Fuego!, y sentir el horroroso estrépito, y ver caer los cuerpos, entre el humo y el polvo, fue todo uno. Caían, bien lo recordaba Guerra, en extrañas posturas y con un golpe sordo, como de fardos repletos arrojados desde una gran altura... El desconocido que parecía demente salió otra vez, de entre los escombros, los ojos desencajados, los cabellos literalmente derechos... Decía: 'Esto es una infamia, esto es una infamia!... Ángel se quedó sin movimiento. Quiso huir... y no pudo. Se había quedado inerte, paralizado, frío.''

Toda la existencia de Ángel será la realización inconsciente de aquella huída, que no logró consumar a los doce años. Pero huir, así, no ha sido nunca fácil para los hombres. Guerra huye de la injusticia y comete injusticias. Huye de la crueldad y es cruel también, con su madre, con Dulcenombre, con los Babeles y, sobre todo, consigo mismo. Posee un capital de ternura que no sabe cómo invertir. Lo deposita primero en el pueblo; pero el pueblo lo desengaña. "El pueblo se engrandece o se degrada... según las circunstancias. Antes de empezar, nunca sabe si va a ser pueblo o populacho." Lo deposita en su hija; pero la muerte se la arrebata. Quiere depositarlo en Lorenza; pero Lorenza —aunque opulenta de formas— "no es de este mundo". Influído por la religiosidad de Lorenza, se empeña en depositarlo en la religión; pero no es un creyente auténtico. O, mejor dicho, su fe es de una calidad muy distinta. Necesita, para que brille, consumir cantidades inmensas de humanidad.

Él también, como Fortunata, muere según vivió. El *dominismo* (una teoría que se ha inventado) debe mucho más a su propia exaltación de la voluntad que a los consejos de su amiga *Leré*. Él mismo lo reconoce: "La única forma de aproximación que en realidad de *su* ser *le* satisface plenamente, no es la mística, sino la humana." Por eso acepta la muerte como única solución. Le matan en un asalto nocturno, para robarle, dos de los Babeles, Fausto y Arístides, y un Policarpo, cómplice de navaja, bruto sin ley. Ante el peligro, Guerra sigue siendo el de siempre: súbito y tempestuoso. "—¡Qué mérito —piensa— dejarse pisotear... no pedir auxilio!" Quisiera perecer, perdonando a sus agresores. Pero ve junto a él "la cara de Arístides, fláccida, compungida, macilenta, con expresión de traidora amistad en los ojos..." "Y lo mismo fue ver aquella máscara que sacudírsele interiormente todo el mecanismo nervioso, y explotar la ira con crujido formidable." Se desencadena la lucha, que concluirá con el navajazo de Policarpo.

La agonía es, para Ángel Guerra, firmeza, fuerza, reconciliación completa consigo mismo. "¿Crees que necesito quedarme solo para confesar? —interroga a *Leré*—. Confesado estoy. Todo lo que yo pudiera decirle a este clérigo campestre, arador de mi alma, ya lo sabe él. *Me ratifico*, y nada tengo que añadir."

Los personajes centrales de la producción galdosiana viven y mueren *ratificándose*. Gran lección de honradez, de vigor, de sinceridad, en la que encuentro la más española enseñanza de don Benito.

Al llegar al término de estas notas, me pregunto si he manifestado con claridad todo lo que admiro en Pérez Galdós; si, a pesar de ciertos defectos, he conseguido señalar —y recordar a quienes me leen— sus cualidades excepcionales de hombre y de novelista. Acaso, junto a Stendhal y a Dostoyevski, parezca su don psicológico menos preciso y original. Pero es que, para él, la psicología va siempre envuelta en irrefrenable caudal de vida: es naturaleza, hasta en los éxtasis más sutiles. Sin embargo, si reflexionamos en ello, nos damos cuenta de que sus límites lo son verdaderamente porque establecen, miden y marcan un territorio humano de trágica magnitud. "Humano, muy humano" es lo que todos acaban por repetir, al hablar de él. No creo que ningún elogio hubiera podido lisonjearle más hondamente.

BALZAC

I. LA VIDA DEL ESCRITOR:

Las escuelas y los primeros amores

CORTAR con pulcritud el cuerpo de una perdiz sazonada en el horno prócer no ha sido nunca empresa accesible a los no iniciados. En Francia, y en pleno siglo XVIII, tan gastronómica operación requería dotes sutiles, de experiencia, de tacto y de cortesía. Se comprende la estupefacción que produjo en el comedor de una familia de procuradores y de juristas, durante el reinado de Luis XV, la audacia del invitado, plebeyo y pobre, a quien la dueña de casa confió el honor de dividir una de las perdices dispuestas para la cena. Sin la más excusable vacilación, empuñó el cuchillo y —recordando a Hércules, más ciertamente que a Ganimedes— despedazó al volátil con fuerza tanta que no sólo rasgó las carnes y el esqueleto del animal: rompió también el plato, y el mantel por añadidura, y tajó finalmente el nogal de la mesa arcaica, irresponsable después de todo. Aquel sorprendente invitado se llamaba Bernardo Francisco Balssa. Años más tarde, se casaría con Ana Carlota Laura Sallambier, hija de un fabricante de paños no sin fortuna. Tendrían cuatro hijos. Uno de ellos, Honorato de nombre, nacido en Tours, iba a escribir *La comedia humana*. La escribiría con una pluma que, por momentos, da la impresión de que fue tallada por el cuchillo de su vehemente progenitor.

Tours es, ahora, el centro de un turismo muy conocido: el de los curiosos que van a admirar los castillos en que vivieron —y a veces se asesinaron— los grandes señores del Renacimiento francés. Ejerce un dominio suave pero efectivo sobre una red de caminos bien asfaltados, dispone de hoteles cómodos y, a la orilla del Loira, vive una vida lenta como el curso del río donde se mira, fácil y luminosa como el vino que exporta todos los años, pequeña, irisada y dulce como las uvas en los racimos de las colinas que la rodean, de Chinon a Vouvray, bajo un cielo sensible e inteligente, parecido al idioma de ciertas odas, en el octubre heráldico de Ronsard.

Ninguna ciudad menos adecuada, a primera vista, para servir de cuna al demiurgo de la novela francesa del siglo XIX. Pero no estamos ya en los tiempos del señor Taine. Ya no creemos en la fatalidad de la raza y del medio físico. Hemos aprendido que el genio nace donde puede. En el hospital de los pobres, como Dostoyevski. O en las Islas Canarias, como Galdós. O, como Stendhal, en aquella Grenoble montañosa y fría que Beyle no toleró jamás.

En Tours, un 20 de mayo —el de 1799— seis meses antes del golpe de Estado de Bonaparte (es decir: seis meses antes —menos un día— de que Beyle arribase a París en la diligencia que, debiendo llevarle a la politécnica, lo depositó prematuramente en la burocracia) nació Honorato Balzac.* Su padre —Balssa en la juventud— había optado por una ortografía distinta de ese apellido, sin adornarlo aún con la partícula nobiliaria que el novelista adoptó en los años de sus primeros éxitos mundanos.

Me place asomarme hoy a la intimidad de los padres de algunos genios. He descrito, en un estudio sobre el autor de *El idiota*, la figura del médico Dostoyevski. La de Bernardo Francisco Balzac no resulta menos extraña ni menos decorativa. Ya hemos visto de qué modo solía tratar a las perdices. La fortuna de su mujer no corrió mejor suerte bajo sus manos. De los 260 mil francos que poseía la señorita Sallambier, buena parte fue devorada por su marido en aventuras de bolsa y negocios sin porvenir. En Tours el señor Balzac, rutilante, compacto y duro, recibía con opulencia a sus amistades. Si digo que recibía bien a sus amistades no incluyo entre éstas a los parientes del propietario. Se asegura que un hermano suyo, cuando fue a verle, no obtuvo sino el refugio —humilde, aunque nutritivo— de la cocina. Preguntan algunos biógrafos de Balzac quién sería ese visitante. Hay quien supone que fue Luis Balssa, alias *el Príncipe*, tío de Honorato: el mismo Luis Balssa guillotinado, después, en Albi, por haber dado muerte —junto a una fuente y a las orillas del río Viaur— a Cecilia Soulié, una vagabunda que había sido su sirvienta y probablemente su concubina. Otros infieren que el verdadero asesino de Cecilia Soulié no fue Luis Balssa sino Juan Bautista Albar. Pero ni así la reputación de aquél se ve exonerada de toda culpa. En efecto, incluso los que atribuyen el crimen a Albar admiten la complicidad material y moral del *Príncipe*. Recordemos, de paso, que todo esto ocurrió cuando Honorato iba ya por sus 20 años. Y deduzcamos las repercusiones que hubo de tener en la mente del novelista la experiencia de un parentesco tan lastimoso.

El Honorato en el que ahora pensamos se hallaba entonces muy alejado de imaginar el drama sórdido de su tío. Ni siquiera vivía en Tours. Sus padres lo habían mandado muy niño al campo, donde le sirvió de nodriza, de aya y de educadora la mujer de un gendarme —en Saint-Cyr-sur-Loire—. De allí pasó al colegio Legay, que de *gai*, es decir de alegre, sólo tenía el nombre. En 1807, lo internó su familia en Vendôme. Conozco el establecimiento. Lo

* Son muchos los estudios biográficos sobre Balzac. Señalaré aquí especialmente: André Billy, *Vie de Balzac* (Flammarion, París, 1944, 2 vols.); Hanotaux y Vicaire, *Le jeunesse de Balzac* y Laura Surville, *Balzac. Sa vie et ses oeuvres d'après sa correspondance* (Librairie Nouvelle, París, 1858).

visité en 1949. En su registro pueden todavía leerse, bajo el número 460 —el de la matrícula— estos datos prometedores: "Honorato Balzac... Ha tenido viruela... Carácter sanguíneo (*sic*). Se acalora fácilmente..."

Al reunir sus célebres *documentos* para la biografía de Balzac, Champfleury escribía, en 1878, que el "tío Verdun", portero del Liceo, recordaba aún, a los 84 años, los "grandes ojos del señorito Balzac". No le faltaban razones para evocarlos. El niño Honorato sufrió numerosos castigos en la prisión del colegio. Y era precisamente el portero —ese "tío Verdun"— quien tenía la obligación de llevarle a la celda, a purgar la pena.

Cerca de seis años pasó Balzac en Vendome. Seis años durante los cuales su madre no fue a visitarle sino dos veces. Aquí se plantea una pregunta que intriga a todos los críticos balzacianos. ¿Fue la señora Balzac una madre afectuosa —o indiferente? El retrato que de ella he visto la representa en la plenitud de una mocedad irónica y maliciosa. Ojos claros y bien rasgados; frente despierta; nariz menuda, elástica, perspicaz. La boca, de contorno muy fino, deja en la duda a quien la contempla. Por goloso y por franco, uno de los labios —el inferior— parece burlarse del otro, no sé si casto, pero discreto, casi enigmático.

Acaso el perfil de esa boca extraña nos ayude a entender la psicología de una dama que atormentó a su hijo sin malquerencia, para quien fueron incomprensibles todos los apetitos y las pasiones del novelista y que, privándole del amor que su niñez y su adolescencia tanto anhelaban, lo hizo muy vulnerable a las tentaciones de otras mujeres y lo predispuso, inconscientemente, al dominio de aquella amante entre las amantes, Madame de Berny: la que Honorato encarnó, con el nombre de Madame de Mortsauf, en la heroína de uno de sus libros más difundidos, *El lirio en el valle*.

Se ha exagerado bastante el juicio desfavorable que merecía, según parece, la madre del escritor. Él mismo, en una de sus cartas a "la extranjera", la inacabable y siempre esperada señora Hanska, escribió estas líneas aborrecibles: "Si supiese usted qué mujer es mi madre: un monstruo y, al propio tiempo, una monstruosidad... Me odia por mil razones. Me odiaba ya antes de que naciese. Es para mí una herida de la que no puedo curarme. Creímos que estaba loca. Consultamos a un médico, amigo suyo desde hace treinta y cinco años. Nos declaró: *No está loca. No. Lo que ocurre, únicamente, es que es mala...* Mi madre es la causa de todas las desgracias de mi vida."

Cuando un hijo se expresa de tal manera ¿cómo censurar a los comentaristas que le hacen coro? Sin embargo, no lo olvidemos: el hijo que así escribía no era un hombre como los otros. Era Balzac. Y Balzac no habló nunca de sus sentimientos particulares sin exaltarlos o ensombrecerlos hasta el colmo de lo creíble.

No hallaba, para expresar esos sentimientos, sino los más brillantes bemoles en el registro agudo o los sostenidos más sordos en el registro grave: el éxtasis o la desesperación. Su talento, en ocasiones, parecía ser el de un caricaturista: el de un caricaturista empeñado en ilustrar el Apocalipsis. Captaba los trazos fundamentales de cada ser, como capta el buen caricaturista los rasgos decisivos de cada rostro. No para repetirlos ingenuamente, con intención de fidelidad, sino para exhibirlos y exacerbarlos hasta que la nariz, o la boca, o la barba del personaje produzcan risa. (O, como lo hacía Balzac, hasta que el lector se resuelva a pasar del aprecio a la admiración, de la simpatía al entusiasmo, de la indiferencia al reproche y del desdén a la repugnancia).

La madre de Honorato fue incomprensiva para su hijo. Él nos lo afirma. Pero le acompañó, según muchos lo dicen, hasta en la hora de la agonía. No podremos asegurar lo mismo de la señora Evelina Hanska, a quien los denuestos filiales que he traducido fueron comunicados por Honorato en un momento de imperdonable impudor vital.

Digamos, más cautamente, que la señora Balzac no fue siempre un modelo de paciencia ni un paradigma de ternura. Se atribuye a uno de los amigos de su marido, el señor de Margonne, la paternidad de Enrique, el más joven de los hermanos de Honorato. Adusta y susceptible, moralizadora y sensual, exigente y fría, asociaba a los parisienses caprichos de una señorita del siglo XVIII los formulismos estrechos y provincianos de una burguesa del XIX. El choque de esas dos épocas fue desastroso para su espíritu. Incrédula por pereza —o, más bien, por comodidad— coqueteó con el ocultismo. Leía a Boehme, a Swedenborg, a Saint-Martin. Comentaba aquellas lecturas en sus charlas de sobremesa. Mientras tanto, su marido —treinta y dos años mayor que ella— redactaba largas monografías cuyos títulos desalientan al más resignado de los lectores. Este, por ejemplo: *Memoria sobre el escandaloso desorden causado por las jóvenes seducidas y abandonadas en un desamparo absoluto, y sobre los medios de utilizar a un sector de la población perdido para el Estado y muy funesto para el orden social...*

¡Qué lejos se encontraban esos dos seres del chico taciturno y ardiente que se describiría a sí propio, más tarde, al hablarnos de *Louis Lambert!* Retengamos el nombre de esta novela, la más autobiográfica de Balzac. Y, sin tomar por recuerdos exactos ciertas reminiscencias iluminadas —u oscurecidas— por la fantasía del escritor, imaginemos al verdadero Lambert (es decir: al pequeño Honorato) en los corredores húmedos del Liceo de Vendôme, o, mejor aún, en su biblioteca, que por tal reputaba la celda en que lo enclaustraban frecuentemente, pues en ella absorbía todo el papel impreso que le ofrecían las circunstancias: desde un diccionario hasta un tratado de física o un manual de filosofía. "Hombre de ideas —es Balzac quien se pinta, al contarnos la infancia de Louis Lambert— necesitaba apagar la sed de un cerebro ansioso de asimilar todas las ideas. De ahí sus lecturas. Y, como resultado de sus lecturas, sus reflexiones, gracias a las cuales alcanzó el poder de reducir las cosas a su expresión más simple, para estudiarlas en lo esencial. Los beneficios de ese periodo magnífico... coincidieron con la niñez corpórea de Louis Lambert. Niñez dichosa, coloreada por las estudiosas felicidades de la poesía."

A fuerza de leer (y más por formación de autodidacto que por sus méritos de discípulo) el joven Honorato, trasladado a Tours en 1813, obtuvo allí las congratulaciones de su Rector, el señor De Champeaux. Se le autorizó, más tarde, a ostentar una condecoración escolar: la Orden del Lirio. Que no nos sorprenda mucho esta flor simbólica. El Imperio se había esfumado. Luis XVIII reinaba ya. En el hueco dejado por las abejas de Bonaparte, resurgía tímidamente el lirio de los Borbones. La Restauración —que entristeció tanto a Stendhal— alegró a Balzac. No porque fuese entonces particularmente monárquico, según dijo serlo en su madurez, sino porque la nueva administración le llevó a París, a la zaga de su familia. Bernardo Francisco acababa de ser nombrado Director de Víveres en la primera división militar de la capital.

Otras escuelas aguardaban a Balzac en París: la Pensión Lepitre y, después, el plantel regido por los señores Ganzer y Beuzelin. En éste, se marchitaron bien pronto los tonos de su modesto lirio de Tours. Nos lo informa una carta de la señora Balzac: en versión latina, ocupaba Honorato el trigésimo segundo lugar entre sus rivales. Esto, después de todo, no prueba nada. No bastaría haber sido un estudiante mediocre para sentirse capaz de escribir *La comedia humana* y no es, sin duda, traduciendo mal a Virgilio, o a Cicerón, como ciertos imitadores lograrían los éxitos de Balzac.

¿Pero a qué detenernos en los liceos, más bien oscuros, y en las "pensiones", más bien opacas, donde el joven Balzac recibió la enseñanza de sus maestros? La verdadera enseñanza que su alma aguardaba, la apetecida por su ser todo, era de otra índole. Fue París el que pronto se la impartió. París, la ciudad más honda y, al mismo tiempo, la más ligera; la que pasa cada verano, como una moda, aunque atraviese los siglos sin alterarse; la que se detiene un momento frente al brillo de las vitrinas, pero conoce mejor que nadie el valor de su propia sombra; la que tiene, para los reyes que la visitan y las "divas" que la seducen, los mismos ojos acogedores y desdeñosos: hoy entusiastas y mañana desencantados; en suma: la que busca, en el arrebato de cada instante, no un remedio para su hastío —el *spleen* no es dolencia gálica— sino el tesoro de un espectáculo más para su memoria.

Otros novelistas y otros poetas han cantado a París con mayor ternura, o con énfasis más sonoros. Ninguno (ni siquiera Larbaud, ni siquiera Fargue) lo conoció como el escritor de *La piel de zapa*. Todo cautivaba a Balzac en París, en esos días de adolescencia; lo mismo el Louvre y Nuestra Señora que las casas del barrio donde se alojaron sus padres: el del "Marais", henchido de recuerdos políticos y galantes de la época de la Fronda. Iba a las Tullerías. Se asomaba a los Campos Elíseos. Veía pasar en sus claros carruajes a esas duquesas con cuyos aristocráticos adulterios ilustraría después su *Comedia humana...* El lujo lo deslumbraba. La pobreza lo protegía.

De 1816 a 1819 el futuro autor terminó su bachillerato de derecho. Asistió a los cursos de la Sorbona y del Colegio de Francia. Apenas graduado, cambió por completo su vida. Había llegado para su padre la hora de jubilarse. Era imposible que la familia continuase residiendo en París con la pensión que el Estado le atribuyó: 1 695 francos anuales, aproximadamente la cuarta parte del sueldo que antes cobraba. Se imponía otra vez la provincia. La provincia, que Balzac utilizaría abundantemente como el marco de muchas de sus novelas, pero que no aceptaba ya, en esos años, como escenario de su destino. Mientras sus padres se disponían a instalarse en Villeparisis, Honorato se inventó una vocación impaciente de hombre de letras. Una buhardilla lo acogió en la calle de Lesdiguières. El alquiler no era muy costoso: ¡60 francos al año! Orgulloso de su miseria —o, más bien, de su soledad— el bachiller en derecho Honorato Balzac principió a redactar un *Cromwell* que, a falta de otras virtudes, tuvo la de retenerlo en París hasta la primavera de 1820. ¡Cuánto júbilo de existir se adivina en él! Desde esa buhardilla (que pintará después en *La piel de zapa*) escribe con fervor a su hermana Laura: "Vivir a mi antojo; trabajar en lo que me gusta; nada hacer si así lo deseo; adormecerme sobre un futuro que embellezco a mi modo; pensar en ustedes, sabiendo que son felices; tener por amante a la Julia de Rousseau, por amigos a La Fontaine y a Molière, por maestro a Racine y por paseo el cementerio del Père-Lachaise... ¡Ay, si esto pudiera durar eternamente!"

Es curioso advertir cómo la figura de Cromwell interesó a los franceses de la generación de Balzac. Victor Hugo, tres años más joven que él, había de utilizarla en el drama que le sirvió de ocasión —o de pretexto— para lanzar, como prólogo de la obra, el manifiesto del romanticismo. Decía en aquellas páginas el futuro poeta de *Las contemplaciones*: "La poesía tiene tres edades. Cada una de ellas corresponde a una época de la sociedad: la oda, la epopeya y el drama. Los tiempos primitivos son líricos, los antiguos son épicos; los modernos, dramáticos. La oda canta la eternidad, la epopeya solemniza la historia, el drama pinta la vida. El carácter de la primera poesía es la ingenuidad; el de la segunda, la sencillez. La verdad es el carácter de la tercera..." Mucho podría escribirse acerca de estas afirmaciones, voluntariamente elípticas y, desde el punto de vista histórico, discutibles. En Grecia, por ejemplo, el camino seguido por la poesía no fue siempre el que señaló Victor Hugo. Píndaro es posterior a la *Ilíada* y a la *Odisea*. Pero lo que me interesa observar aquí es que, a los 25 años, como Balzac a los 20, Hugo estimaba que el ingreso a las letras debe hacerse por medio del drama, el cual, a su juicio, es el género literario realmente moderno, "pues tiene por condición la verdad".

Al escoger uno y otro a Oliverio Cromwell como protagonista, obedecían —acaso sin darse cuenta— al recuerdo de Bonaparte. Encomiar la figura de Cromwell durante el reinado de los Borbones, era la forma menos peligrosa y menos directa de evocar "al usurpador". Por desgracia —al par que Victor Hugo— Balzac creía en el drama en verso. Y digo por desgracia porque, como Stendhal, Balzac no estaba dotado para tales juegos métricos y prosódicos. Su *Cromwell* hizo sonreír a los conocedores. A uno sobre todo, profesor del Colegio de Francia, el señor Andrieux. Según él, a quien fue enviado el manuscrito de *Cromwell*, el joven Honorato debía dedicarse a cualquier cosa, excepto a las letras.

Respetuosos de semejante advertencia, los padres del autor —esperando verle abdicar de sus aspiraciones literarias— lo retuvieron en Villeparisis. Allí le hubiesen amenazado tan sólo el aburrimiento, la nostalgia de la gran capital perdida y la melancolía del fracaso precoz. Pero el destino organizó muy bien, esa vez, la maquinaria de su provincia. En el otro extremo del pueblo elegido por la familia Balzac, residía una dama que usufructuaba dos propiedades intransferibles o, para ser exacto, dos tradiciones muy femeninas: la cortesía de la nobleza y el prestigio de la hermosura, ambos a punto de marchitarse. He nombrado a Madame de Berny.*

Nacida en Versalles, en 1777, ahijada de Luis XVI y María Antonieta, Madame de Berny podía representar decorosamente (para el robusto y hasta entonces casto Honorato) el papel de la gran señora venida a menos, deseable a pesar de sus ocho lustros más que cumplidos. No pocos escritores varones se han preguntado cómo pudo Balzac, a los 21 años de edad, enamorarse de una mujer de 43. Interroguemos mejor a las escritoras. Una de ellas, la señora Dussane, actriz famosa en los anales de la Comedia Francesa, plantea el problema en términos muy distintos y acaso no sin razón. "Honorato —dice la señora Dussane— veintidós años más joven que Madame de Berny, no tenía nada

* Jules Lemaître apreciaba mucho el libro que Genoveva Ruxton publicó en 1909 sobre *La dilecta de Balzac* (Ediciones Plon-Nourrit).

para agradar a esa refinada mujer. Era indiscreto, cortante, a la vez cándido y jactancioso; su atuendo parecía equívoco, agresivos sus juicios y sus proyectos ayunos de sensatez. ¿Por dónde pudo llegar ese vulgar Querubín hasta el corazón de una mujer casada desde hacía veintisiete años, nueve veces madre y que conservaba el cuidado y la preocupación de sus siete hijos vivos aún?"

La explicación de la señora Dussane resulta plausible. La puerta por donde penetró Balzac hasta la intimidad de Madame de Berny no era tanto una puerta cuanto una herida, una herida oculta: la que le había causado la muerte de dos de sus hijos adolescentes. El mayor de ellos, su primogénito, habría tenido, en los días en que trató a Balzac, más o menos la edad de Honorato. El cariño de Madame de Berny para el fracasado autor de *Cromwell* fue, desde el primer momento, una desviación maternal. No nos sintamos ofendidos por las palabras. Recordemos que uno de los libros más populares de aquella época se llamaba *Las confesiones*. Su autor: Rousseau. Ahora bien, ¿no había sido también un amor semimaternal el de Madame de Warens para Juan Jacobo?... Como quiera que sea, Honorato y Laura María Antonieta de Berny no tardaron en ser amantes. Amantes, a pesar de la presencia del señor de Berny, incómodo y casi ciego. Amantes, a pesar de las hijas de Laura, ya no muy niñas. Amantes a pesar de la madre de Honorato, fría para su hijo, pero exigente; exigente tal vez por fría. Amantes, a pesar de la reprobación de la burguesía entronizada en Villeparisis.

El amor, en esas condiciones, abre siempre una escuela para el más joven. Balzac aprendió en esa escuela muchas lecciones inolvidables. Desde luego, una lección de buen gusto. Él, tan tosco, tan repentino, tan rubicundo, aprendió a estimar en Madame de Berny lo que no tenía: la elegancia, la discreción, la reserva, la palidez. Él, tan egoísta y tan ávido, necesitaba admirar en Laura esa generosidad indulgente y ese sacrificio exquisito que son para las mujeres, en la miel de la madurez, la sabiduría más prestigiosa, ya que reúnen el placer de la posesión y la efusión otoñal del desistimiento...

"Sólo el último amor de una mujer puede satisfacer plenamente al primer amor de un hombre" dijo Balzac en uno de sus libros, *La duquesa de Langeais*. ¿Y Romeo? pensarán al leer esa frase los que van, todavía hoy, a buscar en Verona el fantasma rápido de Julieta... En el amor, como en tantos otros ejercicios humanos, más o menos espirituales, resulta siempre un poco arbitrario querer fijar, *a priori*, reglas válidas para todos. Sin embargo, puede admitirse que en muchos casos, el primer amor define en efecto al hombre —y el último, a la mujer. Eso ocurrió con Balzac y Madame de Berny. Más que modelar a su amante, como lo hubiese hecho quizás con mujer menos preparada, Honorato se dejó modelar por ella. No totalmente, puesto que en él la inexperiencia del cuerpo imperioso y rudo, merecedor de lecciones de arte social, escondía un carácter indómito y ambicioso, el de un ser que decía a su hermana, cuando tenía catorce años: "¿Sabes que tu hermano será un gran hombre?"... Según añaden algunos biógrafos, la madre de Balzac se limitó a congelar su entusiasmo reconviniéndole de este modo: "¡No emplees palabras de las que no conoces aún el significado!"

Más inteligente o más afectuosa (el afecto es la inteligencia suprema de las mujeres), Madame de Berny supo vislumbrar la grandeza del dolorido escritor de *Cromwell*. La torpeza sentimental, y casi seguramente sensual, de aquel "Querubín" espeso no fue bastante para ocultarle lo que vibraba —admirable promesa ya— en sus ojos inconfundibles: la luz del genio. No era tal vez suficiente que Honorato creyera en su propia fuerza. El destino exigía, además, que otro ser —y no sólo su hermana Laura— confiara también en su porvenir. Eso hizo Madame de Berny: creer en la originalidad de Balzac; adivinar el Balzac futuro. Ahora bien, para muchos artistas, adivinarlos es tanto como ayudarlos a ser lo que se proponen. Hasta el punto de que no llegamos a presentir con exactitud lo que habría sido en verdad Balzac si, cierta noche, en Villeparisis, cierta dama, atractiva a pesar del tiempo, no hubiese visto nacer en su compañía una primavera más: la cuadragésima cuarta de su existencia.

No todos pueden arder en la llama joven de una muchacha, como Romeo. Para encontrarse a sí propio, para leer en sí mismo, como en un palimpsesto escrito con quién sabe qué antigua y pudorosa tinta simpática, invisible al frío, Balzac requería un fuego más lento, un calor más sabio, el de una lámpara vigilante. Imaginemos así la temperatura moral con que lo rodeó Madame de Berny.

Desde entonces hasta el 4 de junio de 1826 (día que deseo precisar por la razón que más tarde explicaré) la influencia de Madame de Berny se ejerció delicadamente sobre Balzac. Por espacio de más de un lustro, ella y el voluntario aprendiz de genio gozaron de una intimidad que no interrumpieron ni las tareas enormes y dispersas del escritor, ni su instalación en París, cerca de los jardines del Luxemburgo —Rue de Tournon— ni siquiera su aventura erótico-histórico-literaria con otra dama de la nobleza, napoleónica ésta, aunque cuadragenaria también, la duquesa de Abrantes.

Acabo de mencionar las tareas enormes del escritor. El poco éxito de *Cromwell* no disminuyó la sed magnífica de Balzac. No había podido vencer las dificultades del drama en verso. Quedaban otros caminos. Uno en particular: el de la novela. Prevalecía entonces la obra de un escocés ilustre: Walter Scott. Las señoritas se desmayaban con las tribulaciones de *Lucía de Lamer-*

moor. Los jóvenes soñaban con *Ivanhoe.* Los eruditos preferían la lectura del *Anticuario.* Todos, o casi todos, buscaban en los libros del novelista de "más allá de la Mancha" una hora de ensueño histórico, una fuga hacia la aventura del pasado, la alegría de una evasión. Balzac decidió ser otro Walter Scott. En pocos meses, produjo una serie de engendros torpes y apasionados, congestionados más que fantásticos: *La heredera de Birague, El vicario de las Ardenas, Clotilde de Lusignan, Anita o el criminal, Argow el pirata, Jane la pálida...*

¿Qué pretendía Balzac con todo ese esfuerzo inútil? ¿Conquistar gloria, o ganar dinero? Ambas cosas al par. Pero ni lo primero ni lo segundo era tan fácil como lo suponía. La gloria es persona esquiva. Huye del que la persigue. Llega a veces cuando nadie la espera. En cuanto al dinero (ese *Argent,* con mayúscula, que inquietó a Balzac incesantemente), los resultados fueron más que mezquinos. Por *La heredera de Birague* obtuvo 800 francos; 1 300 por *Juan Luis,* y 2 mil —en promesa— por *Clotilde de Lusignan.*

La "Dilecta", según llamaba ya por entonces a Madame de Berny, no perdía la fe indispensable para ayudar a su grande hombre. Lo conocía. Apreciaba todas sus cualidades y no ignoraba muchos de sus defectos; entre otros, su vanidad. Así lo demuestra una carta suya, posterior al período que describo, en la cual aconseja a su amigo: "Haz, querido mío, que la multitud te vea, de todas partes, por la altura en que te sitúes; *pero no le grites que te admire.*" Advirtamos, aunque sea de paso, que —con excepción de Alfredo de Vigny y de Gerardo de Nerval— los románticos, maestros en el arte de la publicidad literaria, eran bastante dignos de que alguien les recomendara esa discreción, tan mal practicada por Honorato.

Para escribir con mayor desahogo, Balzac consideró urgente regresar a París. De allí su instalación en las inmediaciones del Luxemburgo. Pero París, a donde Laura de Berny iba a verle frecuentemente, tenía por fuerza que proponerle múltiples tentaciones. La menos esperada se la deparó la señora de Abrantes, a quien conoció en Versalles, en casa de su cuñado Eugenio Surville. Viuda del mariscal Junot, la duquesa era en cierto modo una traducción al estilo bonapartista —y editada en papel de lujo— de la liberal y borbónica Madame de Berny. Las dos llevaban el mismo nombre: Laura, como la hermana de Honorato. Las dos tenían casi la misma edad, puesto que los siete años de diferencia que entre ambas mediaban —y que mediaban contra Madame de Berny— ésta los compensaba con lo absoluto de una ternura que la inscribía, en ciertos momentos, dentro de un halo de juventud. Para Balzac, una y otra planteaban un problema psicológico semejante: la superioridad del genio incomprendido frente a la superioridad de la experiencia, de las costumbres y de la destreza aprendida en las tácticas de una Corte. Madame de Berny le impulsaba a escribir. La señora de Abrantes, escritora ella misma, le invitaba a colaborar. Madame de Berny había resistido a Honorato durante meses. La señora de Abrantes le dijo, con relativa prontitud: "Soy su amiga para siempre y su amante... cuando lo quiera usted."

¿Cómo defenderse de una amabilidad tan devoradora? Sobre todo ¿cómo defenderse de tal amabilidad cuando se es tan joven, cuando la "Dilecta" cumplió ya sus 47 años y cuando la dama que así se ofrece recibió en la frente, en un día de gloria, el beso imperial del jefe, la caricia imperiosa de Napoleón? Según sabemos, Balzac se defendió en realidad muy ligeramente. Madame de Berny no tardó en adivinar su deslealtad. Pero, durante el primer tercio del siglo XIX, una amante con varios semestres de acción sutil y dominadora, poseía —aunque se acercase ya a los 50— varios medios de combatir a una advenediza que, por otra parte, era casi contemporánea suya y que solía reaccionar muchas veces con más orgullo que lucidez.

Balzac no quería romper con Madame de Berny. Tuvo entonces que distanciarse de la duquesa. Y ésta le envió una carta que es modelo de impertinencia y de cólera incontenida: "Si es usted tan débil —le decía entre varias otras amenidades—, si es usted tan débil como para ceder al peso de una *prohibición*, pobre hombre; entonces la cosa es más lamentable aún de lo que yo pensaba..."

Naturalmente, una carta así no apresuró la ruptura con Madame de Berny. Acaso, al contrario, reanimó un poco los sentimientos póstumos de Honorato. Poco a poco, entre los celos de Laura de Berny y las exigencias de Laura de Abrantes, el novelista hubo de confesarse casi cansado. Para estarlo del todo no le faltaban otras razones. Sus novelas a la Walter Scott no le habían traído ninguna gloria. Una noche, al ir a pasar el Sena, Arago descubrió a Honorato, en uno de los puentes. Veía correr el agua. Balzac le dijo: "Miro el Sena y me pregunto si no voy a acostarme hoy entre sus húmedas sábanas." A la amargura del fracaso literario, se añadía también la preocupación de los malos negocios. En enero de 1826 —y precisamente con su amigo Arago— Balzac había fundado un periódico: *El Fígaro*, del que pronto se adueñaron, primero, Le Poitevin y, luego, Bohain. Meses antes, Honorato había convencido a sus padres y a Madame de Berny de que le prestasen las sumas que le hacían falta para publicar, en cooperación con los editores Canel y Delongchamps, las obras completas de Molière y de La Fontaine. La iniciativa acabó en desastre. Durante el verano de 1826, se procedió a la liquidación. La pérdida sufrida por Balzac fue de 15 250 francos: los 9 250 que le había prestado Madame de Berny y 6 000 que tendría que devolver al señor d'Assonvillez de Rougemont. Pero

Balzac no fue jamás jugador prudente. Los negocios constituían para él lo que, para Dostoyevski, el tapete verde de los casinos: un espejismo y una esperanza eternamente renovada. Con la seguridad de recuperar los millares de francos perdidos, se inventó una profesión de impresor. El 4 de junio de 1826 fue a instalarse en una imprenta que había adquirido con dinero de una amiga de su familia, Madame Delannoy y, como siempre, con la ayuda pecuniaria de Laura de Berny. La imprenta estaba ubicada en el número 17 de la calle que se conoce hoy con el nombre de Visconti. Se llamaba, entonces, Marais-St. Germain.

Esa fecha —que señalé en párrafos anteriores, como un hito en la vida agitada del novelista— marca el principio de un nuevo y terrible acto en el drama de Balzac contra el infortunio.

II. LA VIDA DEL ESCRITOR:

Los amores y los negocios

EL AUTOR de *Clotilde de Lusignan* y de *Jane la pálida*, bastante ingenuo para escribir semejantes novelas, pero suficientemente cauto para no decidirse a firmarlas (las publicaba con un seudónimo; a menudo *Lord R'hoone*, anagrama británico de Honoré), había abandonado la pluma y estaba dispuesto a hacer fortuna como impresor. Corría el año de 1826. Tenía Balzac, entonces, veintisiete años de edad. Su profundo amor para Madame de Berny principiaba a pesarle un poco, menos acaso que su aventura con la duquesa de Abrantes. Para él, tan orgulloso y tan vanidoso —no siempre ambas condiciones se hallaban aparejadas en la misma persona— la vida se presentaba, en aquellos días, como un fracaso. Era urgente luchar contra la desgracia.

Un hombre que, como él, creía en el poder de la voluntad (¿no había querido escribir un tratado sobre ese tema * y no sería, después, su *Comedia humana* una epopeya cruel de la voluntad?), tenía la obligación de vencer al destino con la firmeza de su carácter. ¿Qué había deseado, a partir de la adolescencia? ¿Ser un poeta? ¿Ser un autor dramático? ¿Ser un novelista de mérito? Sí, todo eso lo había deseado Balzac. Pero no para ser poeta exclusivamente, ni para realizarse exclusivamente merced al teatro, ni siquiera para escribir exclusivamente novelas que le gustasen, sino sólo y constantemente *para triunfar*; para imponer respeto a los envidiosos, para gastar a manos llenas el dinero que sus éxitos le darían, para poseer a las duquesas y a las marquesas que le ofendían con sólo verle desde la altura de sus carruajes, al pasar él a pie por las calles de una ciudad

* Acerca de Balzac y la voluntad, sería interesante que el lector se asomara, si el tiempo se lo permite, al importante libro de Muriel Blackstock Ferguson: *La voluntad en "La comedia humana"* (Courville, París, 1935).

donde el anónimo transeúnte se siente tan solitario como suelen estarlo los reyes en el fondo de sus castillos —aunque de hecho, no se le ocurra tan lisonjera comparación.

Balzac debía cumplirse a sí mismo una promesa solemne, la que hizo a su hermana Laura en el fervor de la pubertad: *ser un gran hombre*. La literatura parecía resistirse a otorgarle ese título prestigioso. No siempre se resignan las Musas a que las viole un Hércules impaciente... Convenía, por tanto, repudiar a las Musas y buscar el amparo de un dios más ágil y más moderno, el dios del siglo XIX: Mercurio, en suma.

El comercio elegido por Honorato lindaba, demasiado ostensiblemente, con el dominio de sus primeros hábitos de escritor. De la literatura a la imprenta no hay más que un paso. Sin embargo, dar ese paso resulta a veces bastante incómodo. Entre los trabajos que el impresor Honorato Balzac hubo de aceptar de su clientela, para ponerse en aptitud de pagar el salario de sus obreros, figuran prospectos medicinales que indignaron al novelista; como uno, destinado a anunciar las cualidades curativas de ciertas píldoras, procuradoras de "larga vida". Gemían las prensas del taller. Y gemía, naturalmente, Balzac. En 1827, un "álbum histórico y anecdótico" le ofreció perspectivas más halagüeñas. Más tarde, en tercera edición, vino el *Cinq-Mars*, de Alfredo de Vigny.

Entre todas aquellas tareas —y otras, que sería largo citar— el negocio no prosperaba. Honorato carecía no solamente de todo orden sino del más elemental sentido de cuanto debe ser la economía de un taller bien administrado. Las facturas se acumulaban sobre las mesas. Los deudores no eran solicitados jamás a tiempo. Mientras tanto, los acreedores no lo perdían. Se presentaban, cada mes o cada semana, acerados y puntualísimos.

Acosado por todas partes, el futuro "Napoleón de las letras" no ganaba, como impresor, la menor batalla. Vivía en un Waterloo permanente, sin tener siquiera como consuelo el recuerdo de un Rívoli o de un Wagram. Venturosamente, un ángel velaba sobre el general siempre derrotado. Ese ángel, con faldas, era Madame de Berny. Por las tardes, cuando Honorato se declaraba casi dispuesto al abatimiento y a la renuncia, aparecía otra vez la "Dilecta", sonriente y plácida. Ella lo perdonaba todo. Para ella, sus errores no eran errores, sino lo que eran más verosímilmente: ilusiones fallidas, esperanzas exageradas, entusiasmos prematuros, inequívocas pruebas de una bondad recóndita, testimonios desagradables de una grandeza oculta, menos orientada a la transacción que a la creación...

El dinero faltaba siempre. Madame de Berny, además de sonrisas, traía al taller lo que más faltaba. Hasta que un día hubo de comprometerse ella misma —y, con ella, el apellido de su consorte— al ingresar en la sociedad comercial que Honorato, piloto absurdo, guiaba al naufragio cierto. Por la misma razón que le había inducido a establecer una imprenta, para compensar así —con hipotéticos lucros— los adeudos que le dejaron sus ediciones de Molière y de La Fontaine, cuando la imprenta se iba ya a pique, Balzac imaginó una ampliación del negocio. Compró una fundición de tipografía. Teóricamente, la idea era espléndida. Desde el punto de vista práctico, resultaba inoportuna. Las deudas crecieron, los acreedores se hicieron más numerosos. Los obreros clamaban su hambre. Balzac, que solía alimentarse menos que ellos, les aseguraba de la honradez de sus intenciones y exaltaba, a gritos, su probidad.

La pesadilla duró aproximadamente dos años. En efecto, el 16 de abril de 1828 quedó disuelta la sociedad comercial que agobió a Balzac. Honorato se vio obligado a recurrir al auxilio de su familia. La señora Balzac acudió, a su vez, a uno de sus primos, Charles Sédillot, quien intervino, para liquidar la negociación. Por lo que atañe a la fundición —que figuraba a nombre de Lorenzo y de Alejandro de Berny— éste, hijo de Laura, pero menos generoso que ella, exigió a Balzac los documentos indispensables para regularizar los préstamos. Haciendo frente al vendaval, Alejandro logró que la fundición conociera tiempos mejores. En 1840, aparecía ya como el único propietario.

Para Balzac, la operación resultó funesta. Salió de ella con una deuda de noventa mil francos: los cuarenta y cinco mil anticipados por sus padres y los cuarenta y cinco mil que le había prestado Madame de Berny. Esa deuda gravitó sobre él por espacio de años. A fin de redimirla, hubo de trabajar como un "presidiario de las letras". Aunque, si he de expresar aquí todo mi pensamiento, debo añadir que, en esto de la gran deuda balzaciana, los comentaristas han exagerado la nota continuamente. Es cierto, la suma era muy considerable. Pero hubo años en los que Balzac percibió cien mil francos por sus derechos de autor. A pesar de lo cual, sus acreedores seguían multiplicándose. Y es que gastó siempre más de lo que ganaba. Vivió, sin descanso, de la hipoteca de su futuro.

Desde el verano de 1827 —y previendo, sin duda, la ruina próxima— Honorato había escogido un pequeño departamento en el número 1 de la calle Cassini. Lo alquiló —subterfugio frecuente, a lo largo de su existencia— utilizando para el contrato un nombre supuesto: esa vez el apellido de su cuñado. Allí fue a esconderse Balzac en la hora del desastre; no sin gastar todavía sumas bastante fuertes para adornar ese asilo con una biblioteca elegante, con libros caros y con ciertos tapices y muebles que, por costosos, su madre nunca le perdonó.

Hasta el departamento de la calle Cassini seguía llegando la fiel "Dilecta". O, cuando no ella, en persona, la ternura espontánea y patética de sus cartas. Esto último no porque en esos meses los separase materialmente una gran distancia. Al contrario. Era breve la que mediaba entre la calle Cassini y la calle d'Enfer, donde Madame de Berny había establecido su domicilio. Pero Balzac salía frecuentemente. No siempre tenía paciencia para esperar a su amiga, todavía *dilecta*, sin duda, aunque ya, para él, casi fatigosa; fatigosa quizá por infatigable.

Balzac adoraba el lujo. Sus novelas se hallan atestadas, como un museo (o, más bien, como la sala de un montepío) de objetos raros, preciosos, dispares y petulantes, que tuvieron su día de gloria y de ostentación, y acabaron por coexistir abnegadamente con muchos otros —armarios, sillas, cómodas y consolas— de utilidad doméstica más visible, aunque de remembranza menos cordial. Uno de esos objetos "característicos" reinaba sobre la chimenea de su departamento, en la calle Cassini. Era un reloj, albergado en copón de bronce y sostenido por un pedestal de mármol amarillo. Honorato lo había adquirido en el almacén del señor Ledure. Le costó ciento cuarenta francos, suma apreciable en aquellos meses, sobre todo si recordamos que el comprador no tenía medios seguros de subsistencia. Balzac vio desfilar en aquel reloj muchas horas de tedio y de pesimismo. En su disco, el tiempo le señaló, también, un minuto amable: el de la esperanza.

Bajo el aliento de esa esperanza, el impresor fracasado volvió a pensar en su antiguo oficio. Puesto que Mercurio lo había burlado —¡y con cuánta severidad!— ¿por qué no ponerse a escribir de nuevo, por qué no reanudar el trato con sus amigas: las viejas Musas?

Entre la ilusión y el remordimiento, Honorato buscaba su porvenir. Era su ilusión la de figurar junto a los autores más célebres de Occidente. Su remordimiento consistía en haber gastado tantas vigilias y tantas resmas de papel en novelas inconfesables, a las que *Lord R'hoone* aceptó conceder su nombre —pero que él, Balzac, no podía firmar.

Un mundo se agitaba bajo su cráneo terco y vehemente: cránec de campesino, nieto de campesinos, seguro de su entereza y ansioso de éxitos y de lauros. Era imposible que su obra se redujese a los episodios narrados en *Juan Luis* o en *La heredera de Birague*. Antes de sentarse a su mesa de novelista, a los veintiún años, hubiera debido vivir, conocer las cosas, las gentes, las costumbres y las pasiones. Todo eso (pasiones, costumbres, gentes y cosas) el drama de su experiencia mercantil se lo había ya revelado —y revelado imborrablemente. La amargura, el trabajo, el temor de la quiebra y de la deshonra, la inminencia continua de la catástrofe ¡qué penetrantes y sólidos reflectores para ver, en verdad, lo que nos rodea!

En menos de dos años (y sin salir, a menudo, de su taller) Honorato había recorrido un camino inmenso. Lo habían visitado escritores, tipógrafos, médicos, farmacéuticos. Había discutido con editores, cobradores, obreros, agentes de comercio, fabricantes y prestamistas. Había recurrido a notarios, a banqueros, a periodistas y a toda una grey obtusa de leguleyos de tercer orden y escribientes de quinto piso.

Esos fantasmas tenían un rostro, cuando no varios: unos, dóciles y serviles; otros, adustos y circunspectos. Porque Honorato empezaba a saberlo ya: en la vida, más que en los libros, son máscaras los semblantes. Sobre todo cuando sonríen. Y las máscaras son semblantes. Sobre todo cuando amenazan. A la par vidente y observador, fotógrafo con Daguerre y profeta a su modo (que no era el bíblico), Balzac no olvidaría jamás ni uno solo de aquellos rostros, ni una sola de aquellas máscaras. Hasta en la hora de la muerte recordaría la piel rugosa de tal o de cual cliente; sus manos ávidas y brutales, de falanges abruptas y uñas espesas; o la palidez de ese obrero tísico, lo lacio de su cabello sudoso y negro; o la boca gelatinosa de aquel hipócrita, o la prematura calvicie del *croupier* a quien vislumbró, bajo el parpadeo de los candiles, en la casa de juego donde, una noche, perdió lo que no tenía.

Cada una de esas caras correspondía a algún cuerpo sólido, inimitable, imperioso y único. Un cuerpo del cual Balzac había medido —sin darse cuenta— todos los movimientos, adivinado todos los músculos, auscultado todas las vísceras y descubierto todos los vicios: más aparentes, a veces, que los rasgos más aparentes.

Esos cuerpos iban vestidos. Honorato se percataba, al rememorarlos, de que sabía, hasta en sus detalles, los secretos más vergonzantes del guardarropa de aquella época. Conocía lo que costaba cada levita, el nombre del sastre de cada frac... y por qué razón el abrigo del señor X tenía siempre una sospechosa y lunar blancura sobre la seda negra de las solapas.

El dolor y la cólera le habían enseñado a ver. En cuanto a oír, pocos hombres han oído mejor que ese gran charlista. Conversaba y reía ruidosamente. Sus interlocutores creían que se escuchaba sólo a sí mismo, como suelen hacerlo los vanidosos. Pero la consideración que se concedía Balzac a sí propio no le impedía otorgar una atención cuidadosa —y por lo menos igual— a cuantos hablaban en torno suyo. Había aprendido a distinguir entre la tos del nervioso y la del asmático, entre el acezar optimista del vehemente y el acezar enfermizo del fumador. Como un fonetista, identificaba todas las variaciones geográficas del idioma, en la ondulante extensión de Francia. Y no sólo las variaciones más perceptibles a la audición: las que oponen, por ejemplo, al marsellés frente al alsaciano o al bretón frente al bearnés, sino otras —muchísimo más sutiles— como las que existen entre dos parisienses, cuando uno ha nacido en el barrio de

Saint-Denis y el otro se educó en Lila. Mientras creía Balzac trabajar para sus clientes, eran ellos, sin saberlo, los que habían trabajado para él. Uno le había enseñado la desconfianza; otro el sabio y prudente tartamudeo. Con esa desconfianza y ese tartamudeo, Honorato construiría, en *Eugenia Grandet*, el tipo dramático de su avaro.

La realidad era ya, para él, un repertorio fantástico, más fantástico que los libros. Ningún sueño más evidente. Ninguna evidencia más espectral. Él, tan naturalista y tan visionario, había salido de aquella inmersión en lo cotidiano, como Dante de los círculos de su infierno, en un estado de positiva alucinación interna. En semejante estado, lo cierto y lo verosímil son pocas veces la misma cosa. ¡Qué descubrimiento más importante para un poeta! ¡Y para el aprendizaje de un novelista, qué lección más profunda —y qué estímulo más cruel!

Probablemente Honorato no percibió en esos días, tanto como ahora nosotros, todo el provecho de su experiencia. Pero, con la intuición del genio, comprendió que había llegado el momento de instalarse otra vez en las letras y de instalarse en ellas definitivamente. No volvería a escribir como sus maestros. Trataría, en lo sucesivo, de escribir como lo que era: como Balzac. Adiós las Clotildes y los Juan Luises. Resultaba preciso estudiar, en sus perfiles más mínimos, las posibilidades de cada tema y entrar, en cada obra nueva, como en un misterioso laboratorio: con audacia, mas con respeto. No sé si haya pensado entonces Balzac en la tesis de Bacon: el que desea mandar sobre la naturaleza tiene, primero, que obedecerla. De cualquier modo, a partir de esos años, tal fue su táctica.

Dos asuntos le seducían: uno, se situaba en el siglo XV, era la historia de un capitán "Boute-feux". Otro, de época más cercana, le proponía la descripción de una guerra muy conocida: la de *los chuanes*. El Balzac de 1822 habría elegido, sin duda, el tema del siglo XV. El Balzac de 1828 prefirió la excursión más cercana, y por eso mismo más peligrosa.

Ante todo, sintió el deber de documentarse. Muchos libros tenía a la mano para ese fin. Las Memorias de la marquesa de la Rochejaquelin y las de Puysaye, coleccionadas ambas por Baudoin, la Historia de Beauchamp sobre la guerra en Vendée y los seis volúmenes publicados por Savary. Sin embargo, la lectura no le era ya suficiente. Tenía que ver, que ver con sus propios ojos. Un amigo de su padre, el general de Pommereul, vivía en Fougères; es decir: en la región misma en que Honorato había decidido desarrollar el tema de la novela. Balzac le escribió, esbozándole su proyecto. El general retirado —que se aburría tal vez junto con su esposa— no tardó en invitarle a pasar una temporada en su residencia.

En septiembre de 1828, salió Honorato para Fougères. Más

de un mes pasó el escritor en compañía de aquella pareja tan afectuosa como sencilla: los Pommereul. Esas semanas le permitieron contemplar de cerca el paisaje de su relato, conversar con los testigos de algunos episodios posibles, relacionarse con los vecinos y, sobre todo, oír las historias del general, que no siempre eran sólo "historias", sino trozos de historia viva.

La novela cambió de título varias veces, pues Balzac tardó en redactarla mucho más tiempo del que exigieron sus verdaderas obras maestras. Aquella lentitud no era el producto de la pereza sino del deseo de no equivocarse, como se había equivocado tan a menudo. Con el nombre de *El último chuan, o la Bretaña en 1800*, el libro apareció por fin a mediados del mes de marzo de 1829. Era la primera novela que Balzac publicaba como obra propia, sin anagramas ni seudónimos. Aunque no está exenta de defectos, abundan en sus páginas fragmentos muy superiores a todos cuantos había producido la pluma rápida de Honorato. Las figuras han cobrado volumen, los caracteres empiezan a definirse y, como lo apunta Arrigon en un estudio que merecería estar menos olvidado, "cada personaje se describe a sí mismo por medio de unas cuantas palabras, sin que, por así decirlo, el autor haya de intervenir".* ¿No es un elogio de esta naturaleza el que más halaga a los novelistas?

La crítica no fue abundante, ni extraordinariamente generosa. Pero, en *Le Figaro*, el comentario resultó, por momentos, casi entusiasta: "cuadros de un realismo que espanta", "una abundancia satírica que recuerda a Callot", "detalles que fijan su relieve en el pensamiento" y —observación pertinente— "una manera de pintar las cosas y las personas en la que se advierte no sé qué de nuevo y de absolutamente distinto".

Con ese certificado de buena conducta literaria, el aprendiz Balzac se sintió autorizado para ingresar en algunos círculos mundanos. La duquesa de Abrantes le llevó a casa de Sofía Gay, visitada por hombres como Victor Hugo y Horacio Vernet, Lamartine y el pintor Gérard. Poco tiempo después, lo recibió Madame Récamier, la ninfa Egeria del gran vizconde. Iban allí, además de Chateaubriand —que era el dios del grupo— el duque de Laval, Ballanche, Ampère y Madame D'Hautpoul.

El ser recibido en aquellos salones era sin duda, para Honorato, un cordial estímulo. Pero, por mucho que apreciase su nueva obra, tenía que comprenderlo rápidamente: convenía dar a ese libro muchos hermanos; aparecer en muchos periódicos y revistas; escribir, publicar sin tregua, para afirmarse al fin, como lo anhelaba, ante un público auténtico y numeroso.

Si excluimos los *Cuentos jocosos* —¿será ésta una versión aceptable de *drolatiques?*— y *La fisiología del matrimonio* (obra di-

* L. J. Arrigon, *Les débuts littéraires d'Honoré de Balzac* (Perrin et Cie., París, 1924).

fícil de agrupar con las posteriores y empezada, además, muchos meses antes), de marzo de 1829 a enero de 1834, escribiría Balzac un total de treinta y siete novelas, algunas bastante voluminosas. No es cómodo precisar cuándo fueron escritas muchas de ellas. Ethel Preston da una cronología que no coincide con la que consta, al pie de cada obra, en la colección editada por Bouteron, quien —por cierto— cita a Ethel Preston en sus páginas liminares. A riesgo de no acertar en todos los casos, optaremos por las indicaciones tradicionales, reproducidas en el texto revisado por Bouteron. Cuatro relatos aparecen, como fruto del esfuerzo de Balzac, en 1829: *La paz del hogar, La casa del gato que pelotea, El verdugo* y *El baile de Sceaux.* Ocho figuran en la lista de 1830: *Gobseck, El elixir de larga vida, Sarrasine, Un episodio bajo el terror, Adiós, La vendetta, Estudio de mujer* y *Una familia doble* (esta última, acababa en 1842). Nueve manuscritos enriquecieron el haber de Balzac en 1831: *La piel de zapa, Jesucristo en Flandes, Los proscritos, Los dos sueños, El recluta, La señora Firmiani, Maese Cornelio, La posada roja* y *El hijo maldito* (concluido en 1836).

La producción aumenta en 1832. Durante esos doce meses, Balzac dio término a once relatos, largos o breves. Fueron: *El mensaje, La obra maestra desconocida, El coronel Chabert, El cura de Tours, La Bolsa, Louis Lambert, La Grenadière, La mujer abandonada, Una pasión en el desierto, Los Marana* y *El ilustre Gaudissart.* 1833 no nos ofrece una cosecha tan abundante. Son cinco los libros que en aquel año escribió Balzac: *Una hija de Eva, Ferragus, Eugenia Grandet, El médico rural* y *La duquesa de Langeais,* que no terminó sino en enero de 1834.

La fecundidad del período que señalo es reveladora. Se advierte, por una parte, que el escritor no se había aún decidido a romper totalmente con las tradiciones de su adolescencia y de sus primeros ensayos juveniles. La historia —entendamos, la historia antigua— seguía incitándole mucho más de lo que habría de seducirle en la madurez. De los treinta y siete textos ya enumerados, diez relatan asuntos que el novelista da por acaecidos antes del siglo XIX. La proporción es interesante sobre todo si anticipamos que, del conjunto de *La comedia humana* sólo la sexta parte corresponde a épocas anteriores al año de 1800.

El novelista parecía estar revisando entonces sus técnicas y afinando sus instrumentos. No acierta uno a definir con exactitud qué prefería él en aquellos días: si la novela larga, en la que luego descolló; la novela corta, que le depara éxitos evidentes; o el cuento, en el cual Balzac triunfa sólo de tarde en tarde. Como el tigre entre los barrotes de su jaula, la fantasía del autor tropieza a cada minuto contra los límites a que le obliga, dentro del cuento, la ley esencial del género, la brevedad. Sin embargo, cuentos son algunos de sus aciertos en esos años: *Un episodio bajo el terror, El recluta* y *La Grenadière.* Pero nos interesan más sus novelas breves, como *Gobseck,* o *La obra maestra desconocida* y *El coronel Chabert.* La última no fue superada por Balzac en ningún otro libro de ese carácter y esas dimensiones.

Como novelas de mayor amplitud mencionaremos, entre las que figuran en nuestra lista, *La piel de zapa,* pieza fundamental en todos sentidos, y *Louis Lambert,* que ha tardado más en imponerse a la gran mayoría de los lectores, pero que estimo indispensable para comprender el carácter y las preocupaciones del novelista. En cuanto a *Eugenia Grandet* —que muchos se sorprenderán de no ver citada por mí en término más saliente— ¿cómo omitirla sin dar en seguida al público balzaciano una impresión de capricho, de injusticia o de ligereza?... La incluyo pues en mi relación. Considero, en efecto, que *Eugenia Grandet* es una novela de indiscutibles méritos; pero considero también que, si Balzac no hubiese hecho, después, otras novelas —menos proporcionadas y más violentas— no habría llegado a ser el formidable creador de tipos que hoy admiramos tanto.

Aunque *Eugenia Grandet* haya abierto ampliamente a Balzac las puertas de la celebridad europea, y aunque haya sido ése el relato suyo que Dostoyevski tradujo al ruso, no sé qué —en sus lentos capítulos provincianos— me da la impresión, ahora, de algo opresor, y visiblemente preconcebido. Se trata, acaso, de una geometría demasiado voluntaria y lineal en la oposición de los caracteres, de una exageración que a cada momento parece desconfiar de su propio énfasis y, sobre todo, de un pragmatismo efectista en el empleo de los detalles —que el autor toma, frecuentemente, como si fueran sólidos argumentos. Tales circunstancias explican, sin duda, el éxito del volumen; pero no coinciden con las virtudes supremas de *La comedia humana:* la audacia psicológica del autor, su fervor oscuro, su abundancia implacable y alucinante, su expresionismo.

En aquel período, Balzac hubo de escuchar, cierta vez, las lamentaciones de Jules Sandeau. Las oyó con relativa benignidad; pero, como las quejas empezaran a fatigarle, interrumpió a su interlocutor y exclamó de pronto: "Bueno; pero volvamos a la realidad; hablemos de Eugenia Grandet..." Parodiándolo, aunque precisamente en sentido inverso, me separaré un poco del examen de la producción balzaciana para acercarme, de nuevo, a la biografía de Balzac.

¿Cómo vivió Honorato en aquellos años, tan agitados y tan fértiles? Evoquémoslo —primavera de 1829— en su departamento de la calle Cassini, solicitado por la duquesa de Abrantes, fiel sin embargo a la devoción de Laura de Berny. Pocos meses más tarde, murió su padre. El luto proyecta apenas una sombra rápida y misteriosa sobre la vida del escritor. Fue mucho, al menos físicamente, lo que Honorato debió a Bernardo-Francisco Balssa, vigoroso descuartizador de perdices durante la mocedad. No sin razón nos lo indica Zweig: "El mismo poder demoníaco que Balzac dedicó a fijar las mil imágenes de la vida, lo había consagrado su padre a la conservación de su propia existencia." * Falleció a los 83 años. "Sin ese accidente estúpido" agrega Zweig maliciosamente, "y por la sola concentración de su voluntad, Bernardo-Francisco habría conseguido realizar lo imposible", como Honorato.

Éste iba frecuentemente a Versalles, a visitar a su hermana y a su cuñado, Eugenio Surville. Correspondía con Laura de Berny, quien seguía adorándole y perdonándole todo lo perdonable. La fama principiaba a depositar sobre la mesa de Balzac numerosas epístolas perfumadas, femeninas siempre, anónimas muchas veces, amparadas otras por un seudónimo. Entre las últimas, una estuvo a punto de cambiar el destino del novelista. Se la había enviado una mujer deliciosa y atormentada, coqueta e inteligente, muy libre en la vida íntima, pero absolutista en política, impaciente en todo y dominadora: la señora de Castries.

Hija del duque de Maillé y sobrina de un Fitz-James, descendiente de los Estuardo, aquella dama se había casado, en 1816, con el marqués de Castries: Eugenio-Felipe-Hércules de la Croix. Como Laura de Berny y como la duquesa de Abrantes —aunque no en proporción tan abrumadora— la marquesa era mayor que Balzac, pues nació en 1796. De 1822 a 1829 había sostenido públicamente relaciones escandalosas con el joven príncipe de Metternich, Agregado a la Legación de Austria. Era ese príncipe hijo del astuto enemigo de Napoleón. Murió, tuberculoso, en 1829. La marquesa —que se había roto la columna vertebral en un accidente de cacería— trató de restablecerse a la vez, y lo más airosamente posible, de sus tres males: el físico, del cual no se recuperó nunca por completo; el sentimental, a cuyas penas se sobrepuso, y no sé si añadir el social, pues su reputación no había salido indemne del episodio metternichiano. Del príncipe tísico, la marquesa conservaba, además de un recuerdo amable, un testimonio menos discreto: su hijo Rogerio.

Para ayudarse a olvidar, leía constantemente. Entre las obras que leía, figuraban las de Balzac. Cierto día, en septiembre de 1831, le hizo llegar unas líneas en las cuales le hablaba de aquellas obras y, en particular, de *La piel de zapa.* Balzac contestó la carta. Su respuesta no debe haber sido desagradable puesto que la marquesa acabó por suprimir el incógnito —y por suprimirlo de muy buen grado. El novelista recibió la autorización de ir a visitarla y no tardó en visitarla todos los días. Cuando vivía en París, la señora de Castries habitaba en la calle de Grenelle. En la esquina, esperaba a Balzac por las noches un cabriolé: el mis-

* S. Zweig, *Balzac: Le roman de sa vie* (A. Michel, París, 1950).

mo que —según veremos más adelante— tanto había de censurarle la más indulgente de sus amigas, Zulma Carraud.

La marquesa no pasaba en París todos los meses del año. Durante el verano de 1832, cuando se hallaba en su colmo el entusiasmo del novelista, la señora de Castries partió para Aix. Proyectaba una excursión artística por Italia. Balzac, que no había obtenido de ella sino promesas incandescentes, fue invitado a Aix. Allí, se deterioraron las cosas muy velozmente. La marquesa, encantada de jugar a las escondidas con Honorato, no se mostraba efusiva sino para mejor preparar sus indiferencias. Sin dinero, Balzac perdía su único patrimonio (es decir: su tiempo) en los salones de una señora que se esmeraba en darse cuenta perfecta de sus flaquezas, sus vehemencias y sus defectos.

De Aix, la marquesa y Balzac partieron con rumbo a Italia. Sólo ella debía acabar el viaje. En Ginebra, algo sumamente grave ocurrió entre ambos. No sabemos con precisión lo que fue. Lo cierto es que Honorato tomó la resolución de volver a Francia. Volvió solo, profundamente herido en su vanidad. Y trató de vengarse, como podía: vertiendo lo más amargo de sus rencores en un relato: *La duquesa de Langeais*. No fue un buen libro. Menos aún, una buena acción.

El idilio frustrado con la marquesa de Castries no detuvo a Honorato ni en la ruta del legitimismo ni en la de otros amores, platónicos o sensuales. Sus relaciones con Laura de Berny no le absorbían ya tanto como en los meses de 1827 y de 1828. Las reanimaba, de tarde en tarde, fuego bajo el rescoldo. Otra mujer atravesó por entonces la vida del escritor: "María", la María a quien dedicó *Eugenia Grandet*.

Por si todo cuanto he dicho no hubiese sido bastante, Balzac aceptó una aventura nueva, que le costó muchas cartas y muchos viajes, la más larga y compleja de todas sus aventuras: la que le llevó finalmente a casarse con "la extranjera". Conocemos, con ese nombre, a una condesa polaca: Evelina Hanska, esposa del conde Hanski. Admiradora del novelista, le había mandado —en febrero de 1832— una carta a la que Balzac no pudo responder inmediatamente entre otras razones porque ignoraba su dirección. Ese mismo día —el 28 de febrero— había llegado a sus manos otra misiva, para él más prometedora: aquella en que la marquesa de Castries le autorizó a visitarla en su residencia de la calle de Grenelle. Sin embargo, Balzac imaginó una contestación indirecta. Las líneas de la señora Hanska ostentaban, como único signo de referencia, un sello expresivo: "Diis ignotis". Honorato pensó añadir un facsímil de aquel sello a la nueva edición de sus *Escenas de la vida privada*. Laura de Berny se opuso a esa confesión de interés para una desconocida que podía muy pronto ser su rival. El sello no apareció en las *Escenas de la vida privada*. Pero el 7 de noviembre de 1832 —esto es: después del inútil ase-

dio a Madame de Castries— la señora Hanska insistió de nuevo:
"Una palabra de usted en *La Cotidiana* (un periódico de París)
me dará la seguridad de que recibió mi carta y de que puedo escribirle sin temor. Firme usted A E. H., de B." (o sea según lo
sabemos nosotros ahora, a Evelina Hanska, de Balzac).*

El 9 de diciembre el escritor mandó insertar en *La Cotidiana*
el siguiente párrafo: "El señor de B. recibió el envío que se le
hizo. Sólo hasta hoy puede contestarlo, gracias a este periódico,
y deplora no saber a dónde dirigir su respuesta"... El puente
entre París y Wierzchownia estaba tendido al fin.

Un hecho tan importante para Honorato como el principio de
sus amores con Evelina (y mucho más decisivo para nosotros)
fue la revelación de lo que debería ser *La comedia humana*. Hasta entonces, Balzac había distribuido su actividad en numerosos
volúmenes inconexos. Sus lectores advertían tal vez la unidad
interna de esos volúmenes: el propósito analítico y descriptivo
que les servía, espontáneamente, de común denominador. Pero
era indispensable que se percatara el propio Balzac de aquella
unidad interna, condición esencial para su destino de novelista.
La revelación se produjo, según lo cuenta su hermana Laura, una
mañana de primavera del año de 1833.

Instrumentando, no sin audacia, las reminiscencias de Laura
Surville, René Benjamin ha tratado de dar color a la escena célebre. Balzac llegó, más jovial que nunca, a la casa de sus cuña-
dos, sita entonces en el Faubourg Montmartre, cerca del Boulevard Poissonière. "¡Salúdenme!", reclamó a su familia. "¿No os
dais cuenta de que estoy en camino de ser un genio?" Benjamin
imagina un monólogo formidable. Éste, más o menos: La novela
había sido, hasta ahora, un pasatiempo sin fruto. Pero yo, Balzac,
voy a hacer de la novela el cuadro físico de nuestra sociedad.
Será, literalmente, el *relato de la vida en el siglo diecinueve*. Todos estarán descritos en ese relato: los amos, los criados, los
viejos, los niños, los sacerdotes, los soldados, los funcionarios,
los comerciantes, los héroes y la canalla. Y no me limitaré a describir: analizaré las causas y las consecuencias...

En 1833, todo parecía sonreír al Promoteo de la novela. El
recuerdo de su fracaso con la marquesa principiaba a atenuarse
un poco. Laura de Berny no había muerto aún. María —la "María" de *Eugenia Grandet*— le había dado el orgullo de una paternidad que, aunque clandestina, no era menos alentadora. Su amiga Zulma Carraud elogiaba muchos capítulos de sus libros. Desde
Wierzchownia, una condesa le escribía vehementemente para decirle que le admiraba. Meses más tarde, Balzac la conocería,
durante la entrevista de Neufchatel. Sus hijas no clandestinas
(esto es: sus obras) crecían dichosamente. El novelista acababa

* Otros interpretan las iniciales en esta forma: "A la Extranjera, Honorato de Balzac."

612

de imaginar el vínculo social que debería enlazarlas en lo futuro. Todavía sin nombre definitivo, acababa de concebir *La comedia humana*. Todo un siglo sobre un mural con sus Escenas de la Vida Privada, y sus Escenas de la Vida Militar, y sus Escenas de la Vida de Provincia, y sus Escenas de la Vida Parisiense... ¡y tántas y tántas otras como le sería menester inventar para hacer una competencia honorable al Registro Civil!

Por supuesto, el programa de ese conjunto no surgió de su mente de un solo trazo. Durante años, Balzac lo consideró, lo revisó, lo perfeccionó y se esmeró en organizarlo, hasta que el 6 de febrero de 1844 pudo escribir a Evelina Hanska: "¡Cuatro hombres habrán tenido una vida inmensa: Napoleón, Cuvier, O'Connell, y quiero yo ser el cuarto! El primero vivió la vida de Europa: se inoculaba ejércitos. El segundo se desposó con la tierra. El tercero encarnó a todo un pueblo. Yo habré llevado, dentro de mi cabeza, a toda una sociedad"...

III. DOS ROMANZAS EN SORDINA:

La señora Carraud y María du Fresnaye

DESDE el punto de vista de sus amores y sus amistades femeninas, la vida de Balzac nos ofrece una serie de expansiones, largas o cortas, y más largas que cortas habitualmente. Podríamos comparar tales expansiones con los trozos de un concierto romántico, más grato a Berlioz que a Ricardo Wagner, aunque no exento —por lo menos en el caso de la condesa Hanska— de ciertas nórdicas brumas.

El prolongado amor de Madame de Berny (primaveral en Balzac, otoñal en ella) resulta como un preludio insistente y suave, ejecutado al principio sobre el teclado de un clavicordio muy dieciochesco y, más tarde, en un piano de resonancias conmovedoras, pero siempre sumisas al freno de los pedales. La aventura con la señora de Abrantes evoca el diálogo malicioso de un arpa y un clarinete. En un diálogo así, no fueron siempre las manos de la duquesa las que pulsaron el arpa con más fervor... El asedio a Madame de Castries parece un "estudio" ardiente. Termina, en Ginebra, con una fuga: la de Balzac, sorprendido por la destreza con que sabían las grandes damas de la Restauración ofrecerse sin entregarse, anunciarse sin prometerse y prometerse para jamás cumplir.

En cuanto a la castellana polaca, envuelta en nieblas, sedas, armiños y cibelinas, las *Cartas a la extranjera* son, en la obra de Balzac, junto a la enorme *Comedia humana*, lo que la sucesión delicada y vibrante de los *nocturnos* cuando la oímos, sin menospreciar a Chopin, después de haber admirado las sinfonías dramáticas de Beethoven.

Nos quedan un *intermezzo* anglo-italiano, el de Sarah Lowell; una *mazurka* de carnaval, la de Carolina Marbouty y una canción bretona: la de Elena de Valette. Estos tres fragmentos, los escucharemos más adelante —aunque sea de prisa. Pero, en el programa del concierto femenino de Balzac, faltan dos números todavía: dos romanzas discretas y sin embargo imperecederas. Una, muy breve —y "sin palabras"—, como gustaba escribirlas Mendelssohn: la de María du Fresnaye. Otra, al contrario, lenta en formarse y hacerse oír, toda hecha de insinuaciones y de consejos, lógica y sentenciosa, tan larga casi como la producción literaria del novelista. Me refiero a la amistad de Zulma Carraud.

Hablaré primero de ésta, a quien Honorato conoció en Tours, desde joven, en cuyo hogar encontró lo que nunca tuvo en sus agitados laboratorios —consuelo y calma— y de quien recibió, durante aproximadamente treinta años, estímulos y reproches, críticas y entusiasmos, abnegación vigilante y verdad cabal. Como Madame de Berny y como la mariscala-duquesa, Zulma Carraud era mayor que Honorato: había nacido tres años antes que él. Su apellido de señorita parece ya la proclama de un patriotismo provinciano: Tourangin. ¿No se da el nombre de "tourangeaux" a quienes nacen en Turena?

Tenía Zulma 20 años cuando, en 1816, se casó con el capitán Francisco Miguel Carraud. Fue siempre amiga de Laura, la hermana de Honorato. Éste, que durante el período de su iniciación parisiense no tuvo muchas ocasiones de verla, volvió a tratarla en 1826. Los Carraud vivían entonces en la Escuela de Saint Cyr, no lejos de la casa de Versalles donde residían Eugenio Surville y su esposa Laura; el cuñado y la hermana de Honorato. El escritor iba frecuentemente a esa casa, ubicada en el número 2 de la calle de Maurepas. La vecindad y la juventud se encargaron de hacer el resto. Lo cierto es que, a partir de 1829 y hasta el 28 de mayo de 1850 (o sea, casi exactamente, tres meses antes de la muerte del novelista, ocurrida en la noche del 17 al 18 de agosto) se estableció entre ambos una correspondencia que no es posible no haber leído si se quiere juzgar realmente el carácter y el espíritu de Balzac. Debemos la publicación de esa importante correspondencia a Marcel Bouteron, el balzaciano por antonomasia, digno heredero de aquel vizconde de Spoelberch de Lovenjoul que consagró su existencia entera a Balzac y que persiguió incesantemente, a través de un dédalo de archivos, casas, ciudades, imprentas y bibliotecas, la evasión incesante del escritor.

La vida de Zulma Carraud no es tan difícil de situar y de definir. De Saint Cyr, donde empezó realmente su amistad para el autor de *La fisiología del matrimonio* (libro que la ofendió), hubo de trasladarse a Angulema, en 1831. Su esposo había sido designado inspector en la fábrica de pólvora de esa ciudad. En sus mocedades —y hasta en Saint Cyr— la alentaba una perspectiva: establecerse en la vida capitalina, a su juicio tónica y prestigiosa. Angulema la curó de aquel vano ensueño. En una de las primeras cartas que desde allí dirigió a Balzac le indicaba sin amargura: "Este aislamiento completo conviene a un alma enfermiza como la mía. El día tiene dieciséis horas para mí. Y dispongo a mi arbitrio de todas ellas. ¡Qué tesoro, Honorato! Ya quisiera usted tener la mitad, y no se lo digo para tentarlo... Estoy confortablemente alojada: dos hermosos cuartos de amigos, un buen billar, un saloncito que incluso en París parecería tolerable, el 'tric-trac' que nos ha seguido hasta aquí, un espacioso jardín que produce con profusión los mejores duraznos de Francia, bosques amenos y, a pocos pasos, el Charente, delicioso en este lugar... Según verá usted, la parte material se encuentra bien atendida. Me he establecido en este sitio como si debiese morir en él".

No creamos, sin embargo, al pie de la letra a la burguesa que nos describe con tanta satisfacción las comodidades de su "destierro". A distancia de más de un siglo, el lector adivina que, si tal vez la instalación material parecía aceptable a Zulma, no ocurría lo propio con esa otra, menos fácil de precisar a su amigo: la instalación intelectual y moral dentro del ámbito confinado, y turbio en ocasiones, de la provincia. Ella misma lo reconoce. "En lo moral —agrega en su carta— nos sentimos más restringidos. Iván (su hijo), Carraud y yo, combinados en todas las formas posibles, he allí nuestros recursos sociales. Por fortuna, nos llevamos muy bien: cada cual con el otro y cada uno con los demás."

Cerca de dos años y medio pasaron los esposos Carraud entre las pólvoras de Angulema. Zulma —tan resignada a morir en aquel rincón— heredó, en 1834, la propiedad que su padre tenía en Frapesle. Los Carraud se apresuraron a mudar de horizonte. Y, de 1834 hasta 1849, la mayor parte de las cartas de Zulma aparecen fechadas en Frapesle. Al principio de 1850, cambia de nuevo de dirección: se instala en Nohant. Desde allí escribió la señora Carraud su última epístola balzaciana, enviada como saludo de bienvenida a la flamante esposa del novelista: la extraña señora Hanska. Poco después, Honorato murió. Zulma se hizo maestra de escuela y publicó varios relatos destinados a un público juvenil; entre otros, *Juanita o el deber*, que obtuvo un premio de la Academia Francesa. En 1864 perdió a su esposo. Envejecida y —si aceptáramos la expresión— huérfana de sus hijos (muertos también) la señora Carraud fue a refugiarse en París, en ese atractivo París con el cual soñó tanto cuando era joven y que, por la enfermedad de sus ojos, no pudo ver placenteramente en la senectud. Su postrer hogar fue el de su nuera y su postrer consuelo el júbilo de sus nietos: Magdalena y Gastón. Terminaron sus años (que no eran pocos: noventa y tres) el 24 de abril de 1889. El Consejo Municipal de Nohant, reconocido por sus obras caritativas, decidió honrar la memoria de la señora Carraud, dando su nombre, arcaico y no obstante amable, a una plaza que los admiradores de *La comedia humana* visitan con literaria melancolía.

Una vida así, tan clara, tan prolongada, tan lógica, tan serena, contrasta con la vida apoplética de Balzac. Por eso mismo, tal vez, Balzac buscó siempre en Zulma un asilo, una tregua, un cordial apaciguamiento. Si, como creen algunos —y como lo deja entender una carta de Zulma, enviada a Aix— el escritor quiso poseerla en un día de furia y de inexcusable paroxismo sexual, la señora Carraud se sobrepuso con dignidad a tan brusco asalto. Lo que deseaba, por encima de todo, era ser su amiga, su confidente, su confesora. Eso lo consiguió finalmente y con plenitud.

Los psicólogos perderán su tiempo en pretender indagar si Zulma sintió un amor prohibido para Honorato. Siempre es fácil atribuir a toda amistad entre un hombre y una mujer un trasfondo impuro. Pero es más sano —y más respetable para ciertas memorias— no disecarlas con instrumentos improvisados. O bien Zulma se enamoró de Honorato; o bien los sentimientos que le inspiró el novelista fueron sólo los que su correspondencia refleja: desinteresados, honestos y generosos. Si optamos por lo primero, la figura de Zulma se ve nimbada por un halo de heroicidad y de sacrificio. Si optamos por lo segundo, su amistad constituye para nosotros un testimonio y una lección.

¿Cuáles fueron los frutos de esa amistad? Uno desde luego: la invitación constante a la sensatez. Honorato vivía en un frenesí perpetuo. Todo era desbordamiento, derroche y lujo en sus escritos y en sus costumbres. Salía de una quiebra para ir a comprar muebles y objetos caros con qué embellecer su próximo domicilio. Obligado a escribir para indemnizar a sus acreedores, pedía prestado a los agiotistas más onerosos, a fin de adquirir un "tilbury", un caballo de pura sangre, una levita nueva, un bastón precioso o la copia, más o menos incierta, de un cuadro célebre. Zulma gemía ante aquellos excesos irrefrenables. En una carta, del primero de septiembre de 1832, reprocha a Balzac su monstruosa afición al dinero. "¡El dinero!, dice, y ¿por qué?... Porque a vuestros círculos de *buen tono* no se puede llegar a pie. ¡Cuánto me place, en su buhardilla, el Rafael de *La piel de zapa* y cuántas razones tenía Paulina para adorarlo! Porque, no se engañe usted, Paulina no le quiso después sino por reminiscencia... ¡Qué pequeño resulta entre sus millones! ¿Ha medido usted su propia 'piel de zapa' desde que remozó su apartamiento y desde que ese cabriolé tan moderno va por usted, a las dos de la madrugada, a la *Rue du Bac*?"

Sin embargo, Zulma no es ni un espíritu estrecho ni una mujer avara. Se da cuenta de que su amigo no puede vivir sin muchas cosas superfluas alrededor. Para ciertos ingenios, lo superfluo es lo único indispensable. Olvidando sus recomendaciones de ascetismo, en mayo de 1833 le envía una alfombra y un servicio de té. A Honorato el obsequio no deja de conmoverle. "Es gracioso y bonito —exclama—; todo el mundo lo admira, porque todos lo ven y quisiera verlo yo solo. ¡Qué felices somos: usted, de darme una cosa que me ha gustado, y yo de recibirla de usted!"

La influencia de la señora Carraud hubiera sido bastante ingrata de haberla ejercido Zulma exclusivamente en su propósito de reducir los gastos suntuarios de ese terrible corresponsal. Otros excesos son más costosos y pueden resultar más dañinos. Por ejemplo, el de pretender al amor caprichoso de las marquesas. Balzac, como gran plebeyo, perdía el sentido frente a los blasones de ciertas damas. La marquesa de Castries jugó con él como con un niño colérico y petulante. Para ir a visitarla a Aix, Honorato atravesó toda Francia y se detuvo unos días en Angulema, en la casa de sus amigos Carraud. Siempre cartesiana —y liberal por añadidura— Zulma no podía ver sin disgusto aquella aventura que, por fortuna, no llegó a serlo. Al escaparse Honorato, le escribe Zulma: "Está usted en Aix porque tenía usted que ser comprado por un partido y porque una mujer es el precio de semejante mercado... No, no conoce usted las delicias de la castidad voluntaria."

Ella, por lo visto, las conocía. Nunca estuvo tan cerca de confesarlo. Pero no son esas frases, las que más me convencen en la carta que cito, sino éstas, mucho más duraderas: "Dejé que fuera usted a Aix —añade Zulma Carraud— porque desprecio lo que usted deifica, porque soy pueblo, pueblo aristocratizado, pero capaz todavía de simpatizar con los que sufren de la opresión... Y usted se halla ahora en Aix porque su alma ha sido falseada, porque ha repudiado usted la gloria y prefiere la vanagloria."

Las protestas de la pequeña burguesa de Angulema denotan, sin duda, una decepción. No ignora su viejo enlace con Madame de Berny; aceptaría tal vez que Honorato quisiese a otra; pero no puede concebir que esa otra se burle de él. Sufre de verle envuelto en una conjuración monárquica y reaccionaria. Ella, "pueblo aristocratizado", como lo afirma, odia —en la persona de Madame de Castries— ese brillo fatuo, que encandila a Balzac, y que no le permite ver a los más humildes.

En esto, Zulma acertó, anticipándose a muchos críticos. En efecto, la flaqueza mayor de Balzac reside en los vicios de su carácter. Entre todos, el menos digno de aprecio es su fiebre de advenedizo. Los títulos, el éxito, la fortuna, constituyen constantemente, para él, una tentación. Ya vimos cómo añadió a su apellido una partícula nobiliaria que no le correspondía. Ya hemos oído el ruido que hacían las ruedas de su cabriolé, a las dos de la madrugada, al doblar la esquina de la calle donde moraba Madame de Castries. Sabemos la importancia que concedía al menor elogio, más pequeño en esto que el stendhaliano Julián Sorel, ansioso también de triunfos aristocráticos. Por ventura, el parecido entre Balzac y el héroe de *Rojo y Negro* concluye allí. Porque el creador del *Padre Goriot* era demasiado consciente de su valor para admitir lo que más atormenta a Julián Sorel: el resentimiento. Advenedizo, sí; resentido, nunca. Si no fueran bastantes para probarlo tantas virtudes como las suyas —su bondad, su entusiasmo, su abundancia vital, su fe en el hombre, al que trata más de una vez como a superhombre— nos quedaría el recurso de recordar la respuesta que envió, desde Aix, a la señora Carraud, en su carta del 23 de septiembre de 1832: "Nunca me venderé —declara en aquella carta—. Seré siempre, en mi línea, noble y generoso. La destrucción de toda nobleza, con excepción de la Cámara de los Pares, la separación del clero por lo que atañe a Roma, los límites naturales de Francia, la perfecta igualdad de la clase media, el reconocimiento de las superioridades reales, la economía en los gastos, el aumento de los ingresos por medio de una mejor concepción del impuesto, la instrucción para todos, he aquí los principales puntos de mi política... Siempre serán coherentes mis actos y mis palabras."

¡Qué extrañas suenan estas afirmaciones en una correspondencia tan íntima! Es que Balzac deseaba en aquellos días ser diputado. Escribe a Zulma con la misma pluma con que escribía a sus electores. Pero Zulma no se equivoca. Reconoce, sin tardanza, la bondad de Honorato. Lo compadece. Y de pronto, encuentra esta exclamación: "No quiere usted comprender que, sin comunicación con el pueblo, no está usted en aptitud de juzgar sus necesidades."

El alumno de Bonaparte, el novelista que había trazado sobre una estatua de Napoleón estas palabras tan ambiciosas: "Lo que comenzó con la espada, lo acabaré con la pluma", se había vuelto, en política, un legitimista. Ese legitimismo no murió junto con su amor por Madame de Castries. Diez años más tarde, al redactar el prefacio de *La comedia humana*, sus consejeras siguen siendo las mismas: la monarquía y la religión. Incluso él, tan ávido de quemarse en todas las llamas de la existencia, escribe en ese prefacio esta frase que habríamos preferido encontrar en un texto de José de Maistre: "No se da longevidad a los pueblos sino *moderando su acción vital*."

¡Pobre gran vidente, cuya vida entera fue una oda a la voluntad y que trató de oponerse, en vano, a la voluntad del pueblo! Sin su genio, la señora Carraud sabía de estas cosas más que Balzac.

Pero la burguesita Zulma no se ocupaba tan sólo en zaherir a las marquesas absolutistas que enturbiaban el ánimo de su amigo; ni se reducía tampoco a recomendarle, como lo hubiese hecho una amable tía, más prudencia en sus gastos vestimentarios. Crítica de su vida, Zulma Carraud fue igualmente una consejera espléndida de su obra. Hay que releer, entre otras, la carta que le envió el 8 de febrero de 1834. Toda ella está consagrada a comentar las bellezas y los defectos de *Eugenia Grandet*. Es un artículo crítico incomparable. Elogia, con razón, la figura de Eugenia, grave y atractiva. Comprende y admira a la gran Nanón. Pero observa que el avaro Grandet está exagerado por el artista. "En Francia —añade— no hay avaricia que pueda dar como resultado semejante fortuna, ni en veinte años, ni en cincuenta. Un avaro millonario, dotado de una inteligencia tan vasta como para atender a especulaciones tan inmensas, no diría nunca a su esposa: 'Anda, come, no cuesta nada'"... "El resto —indica— está bien; pero en esa descripción verdadera e indudablemente opaca de una existencia opaca, no conviene que sobresalga tanto el primer plano. Nada sobresale en provincia... Hasta las virtudes, en provincia, no tienen brillo." ¿Hubiese dicho Sainte-Beuve todo esto mejor que Zulma?

De las novelas de su amigo, la señora Carraud encomió las más valiosas como, por ejemplo, *El coronel Chabert, La búsqueda de lo absoluto* o *La piel de zapa*. En cambio *El lirio en el valle* no la apasiona, como tampoco nos apasiona a nosotros, si somos francos. Insinúa en seguida, con lealtad: "Mil mujeres, al leerlo, dirán: 'no es eso, no es eso aún...'" Respecto a *Seraphita* apunta certeramente: "Hay escenas encantadoras; pero el libro no será comprendido por lo que tiene de bueno y se insistirá, en cambio, en todos los absurdos de la religión de Swedenborg. Yo la condeno, porque no admito la perfección sin las obras. El cielo se ganaría demasiado cómodamente..."

Fácil es de advertir que la señora Carraud quisiera orientar a Balzac hacia empresas que no sufriesen ni del "idealismo" de *Seraphita* y *El lirio en el valle* ni del positivismo compacto y hasta zoológico de sus novelas más negras; las que subrayan, a todo trance, el dominio carnal de la voluntad. Por eso se alegra inmediatamente de que Honorato nos cuente, en un libro aleccionador —*El médico rural*—, la historia del filántropo Benassis. El 17 de septiembre de 1833, envía a Balzac una larga carta. La sentimos iluminada por el más íntimo de los júbilos. Acaba de leer *El médico rural* y se apresura a felicitarle de haberlo escrito. "Aunque no comparto todas sus ideas —le comunica— y aunque encuentro que algunas son incluso contradictorias, considero que esta obra es muy grande, muy bella y, sin disputa, muy superior a todas las que ha hecho usted. ¡Enhorabuena! Me gusta que produzca usted así..."

No estaremos seguros nunca de si Balzac hizo bien en no obedecer a los consejos moralizadores de la señora Carraud. Los lectores de *El médico rural* son menos numerosos que los lectores de *La Rabouilleuse* o *La prima Bela*, y hay que admitir que, en *La comedia humana* los filántropos nos persuaden menos que los ególatras. ¿Será sólo por culpa nuestra?... De todos modos, se comprende que una mujer de la calidad de Zulma haya inspirado a Balzac el mayor respeto. La dedicatoria de *La casa Nucingen* así lo demuestra. El novelista le ofreció aquella producción en "testimonio de una amistad de la que se sentía orgulloso". En el momento de brindarle el libro, no vaciló en referirse a ella, ante su público, como a "la más indulgente de las hermanas". Al propio tiempo, exaltó la altura y la probidad de su inteligencia. Esa vez, Honorato no exageraba. Porque cada una de las misivas de la señora Carraud, y todas juntas (como aparecen en el breviario coleccionado por Marcel Bouteron *) son una prueba de lo que valía su corazón de indulgente hermana y de lo que su talento, tan alto y probo, era digno de realizar.

Pasemos ahora a María du Fresnaye. La designé anteriormente como una "romanza sin palabras". Pocas, en efecto, conservamos de ella. Las más significativas son nueve: "Ámame un año. Y te amaré toda la vida." Fue Balzac quien las consignó en una carta dirigida a su hermana Laura. Esa carta lleva una fecha: 12 de octubre de 1833. Copio y traduzco el siguiente párrafo: "Soy padre —escribe Balzac—. Soy padre (ése es otro de los secretos que tenía que revelarte) y me encuentro en posesión de una encantadora persona, la más ingenua criatura que haya caído del cielo, como una flor. Viene a verme a escondidas; no exige nada, ni correspondencia ni mimos. Dice: 'Ámame un año. Y te amaré toda la vida'."

Hasta hace poco, nada se sabía acerca de aquella cándida criatura, ni acerca del hijo (la hija) del escritor. Algunos relacionaban la carta de 1833 con la dedicatoria de *Eugenia Grandet*: "A María". Y luego, estas palabras emocionadas: "Que sea el nombre de usted —de usted, cuyo retrato es el más bello ornato de este volumen— como una rama de boj bendito, arrancada a quién sabe qué árbol, pero santificada por la religión y renovada, siempre verde, por manos piadosas."

¿Quién era esa incógnita? ¿Quién había aceptado servir de modelo a Balzac para el personaje de Eugenia Grandet? ¿Qué relación existía entre la rama de boj bendito y la encantadora persona que propuso a Balzac aquella transacción: a cambio de un año, una vida entera?... Ni Lovenjoul, ni Pommier, ni siquiera Marcel Bouteron acertaban a esclarecer el enigma; un enigma custodiado celosamente, primero, por el orgullo del novelista, después,

---

* H. de Balzac, *Correspondance inédite avec Madame Zulma Carraud* (A. Colin, París, 1935).

por la discreción de sus familiares y, de manera póstuma, por los años. Hay episodios que tardan mucho en averiguarse. Mensajes que no leemos sino cuando alguien nos los descifra. Mujeres que se adivinan y no se ven. Son como Neptuno. Aludo al planeta, no al dios. Los astrónomos lo presintieron antes de descubrirlo. Incluso alguno acertó a ceñirlo, en determinada ocasión, con su telescopio; pero pronto lo dejó huir. Creía haber sorprendido a una estrella y el hecho de no volver a encontrarla en sus nuevas observaciones, le indujo a temer un posible error. Cierto día, los presentimientos de los sabios se agudizaron. El movimiento de Urano daba lugar para suponer la influencia de otro planeta. Leverrier predijo el planeta próximo. El 23 de septiembre de 1846, Galle le dio caza al fin.

Junto a la aventura científica de Neptuno, descubierto después de inventado, la reaparición de María du Fresnaye resulta, quizá de importancia escasa. Sin embargo, semejante reaparición vino a modificar numerosas suposiciones sobre el autor de *La Rabouilleuse*. Ni planeta, ni estrella, ni nebulosa, a lo sumo satélite deleitable en el cielo sombrío del novelista, por espacio de más de un siglo los balzacianos la presintieron. Hasta ocurrió que algunos la adivinaron, aplicando a la hipótesis de su tránsito una mecánica psicológica no por completo diversa de la mecánica de Laplace...

Hacía falta, a los biógrafos de Honorato, una figura de mujer, menos maternal que Madame de Berny, menos autoritaria que la duquesa de Abrantes, menos distante que "la extranjera" y menos familiar que Zulma Carraud. Con excepción de la condesa Evelina Hanska, todas las otras habían visto a Balzac desde ese descanso de la escalera en que la mujer se sitúa cuando es mayor, en edad, al hombre que la cautiva. ¿Cómo era posible que las damas amadas por Honorato tuviesen siempre cuarenta años (y más, a veces), por lo menos para nosotros que las miramos en la hora de la celebridad de Balzac? Urgía encontrar a una muchacha, a una mujer ciertamente joven dentro de ese harén sucesivo —y también simultáneo— del novelista. Todas las señoritas de *La comedia humana* reclamaban la existencia de un modelo que ni siquiera en forma retrospectiva podían suplir las abdicaciones de Laura de Berny, los recuerdos de la mariscala Junot, las coqueterías de la marquesa de Castries o las confidencias sentimentales de Zulma. Cuando hablo de las señoritas de *La comedia humana*, admito que no son muchas, ni todas ellas muy atractivas; porque Balzac prefirió especializarse en lo que llamaba, con galante eufemismo, "la mujer de treinta años". De todas suertes, muchachas, en su obra, las hay también. Entre ellas figura la víctima del avaro, la estoica y sensible Eugenia. Como los astrónomos en los días de Leverrier, los críticos inventaban —a ciegas— un elemento invisible, o hasta entonces no percibido en el sistema planetario del escritor. Ahora, ya no se trata de un presagio imprudente. Ahora, sabemos que los presentimientos de los críticos estaban justificados.

María no fue solamente un nombre digno de la dedicatoria en que lo leímos, cuando leímos por vez primera a Balzac. El personaje de aquella dedicatoria existió de veras. Lo han descubierto los señores Pierrot y Chancerel, dos eruditos inteligentes. En la *Revue des Sciences Humaines*, número correspondiente a los meses de octubre, noviembre y diciembre de 1955, publicaron, con el título de "La verdadera Eugenia Grandet", un estudio de extraordinario interés. Partieron de una sospecha y siguieron, con la mayor astucia, una pista histórica.

En 1938, otros balzacianos, los señores René Bouvier y Edouard Maynial se preguntaban si la María de la famosa dedicatoria no habría sido una María du Fresnaye a quien Honorato legó, por testamento de 1847, una de las obras más apreciadas de su colección artística: el Cristo de Girardon. El señor Charles du Fresnaye no tardó en deshacer esa duda. A su juicio, era difícil identificar con la María du Fresnaye del legado a la María de *Eugenia Grandet*. En efecto, la del legado había nacido en 1834 —el año en que se publicó la novela— y muerto en 1930. Los señores Chancerel y Pierrot no se detuvieron ante el obstáculo. ¿De quién era hija, entonces, la María nacida en 1834? Averiguaron que la madre de esa María se llamaba también María, María Daminois. Y que ésta, nacida en 1809, y diez años menor que Balzac, se había casado a los veinte con Carlos Antonio du Fresnaye. El matrimonio había tenido tres hijos, entre los cuales la María del Cristo de Girardon, venida al mundo en 1834.

¿Cómo dudar de que Balzac tenía razones para creer ser el padre de María du Fresnaye? Ya la sola dedicatoria de *Eugenia Grandet* constituía un elemento de convicción. El legado era otro elemento, no desdeñable. Pero hay otros más. La dedicatoria de *Eugenia Grandet* fue escrita en 1839. Ahora bien, en 1843 —cuando María du Fresnaye tenía nueve años— Balzac completó la dedicatoria con estas palabras muy expresivas: "para proteger la casa". Sentía, verosímilmente, que el hogar de su amante, donde su hija crecía, era hasta cierto punto su propio hogar. Por otra parte, María Daminois du Fresnaye, no pronunció exclusivamente en la vida la frase que Balzac inmortalizó y que conocemos: "Ámame un año", etc. En su larga existencia (murió en 1892) María Daminois du Fresnaye tuvo ocasión de escribir epístolas incontables. En una de ellas, fechada en 1868 y destinada a su hijo Ángel, figura este párrafo persuasivo: "¡Un año de dicha! Qué título hermoso para quien puede darlo a uno de los capítulos de su vida!"... *¡Un año de dicha! ¡Ámame un año!* ¿No son estas frases como dos rimas de un mismo poema oscuro y conturbador?

Para los escépticos, queda una prueba más. El 2 de noviembre del año en que Honorato murió, la condesa Hanska, su viuda, recibió una carta de la señora du Fresnaye. "Bendita sea usted, señora —escribía la antigua amante—. Bendita sea usted por haber iluminado su existencia y endulzado los últimos días de su estancia sobre la tierra. Dichosa usted que pudo realizar ese sueño. Hoy sabrá él cuán sincera fui siempre. Ésa es mi esperanza y es todo mi consuelo. Adiós, señora." Difícilmente podría exigirse una confesión más discreta, pero más amplia.

Balzac, literariamente tan fértil, necesitaba ser padre de alguna persona física. Conocemos, por su correspondencia, el entusiasmo que le produjo la noticia de un embarazo de la señora Hanska. Su esperanza, en aquella ocasión, resultó fallida. Pero queda el recuerdo de su verbosa satisfacción de padre "en potencia". Semejante recuerdo nos da derecho para suponer la alegría que le causó el creerse responsable del nacimiento de la niña María du Fresnaye. Sin embargo, en su obra falta la infancia. Los párvulos que imagina carecen de verdadera puerilidad. Louis Lambert, por ejemplo, es viejo casi desde la cuna. Tenemos, por consiguiente, que coincidir con Mortimer cuando opina que Balzac no se percató de que, en los niños, "existen un idealismo y una violencia, una astucia y una sensibilidad profundas, no inferiores en nada a cuanto descubrió el escritor en sus modelos adultos"... "Después de todo —anota el citado crítico— nadie ignora que los niños desbordan de vida y que poseen, hasta la profusión, esa energía vehemente a la cual Balzac no supo nunca resistir."

Nos hemos lanzado a buscar un retrato de María du Fresnaye. Hubiésemos querido verla a los 23 años, en los meses en que, probablemente, Honorato la conoció. Pero no existe un retrato suyo de aquella época. Tendremos que limitarnos a imaginarla, apoyándonos sobre los datos de la semblanza que Balzac hizo de ella en *Eugenia Grandet*.

Sería artificioso querer trazar, con sostén tan frágil y tan abstracto, un perfil seguro de la mujer que proporcionó al autor del *Padre Goriot* la satisfacción de poder decir: ¡Yo también soy padre!... Acabo de indicar que no poseemos un retrato físico de María, tal como era cuando Honorato aceptó su amor. En realidad, su iconografía es más que lacónica. Maurice Rat, en un artículo consagrado a Madame du Fresnaye, confiesa que no conoce sino una imagen suya: la de un cuadro donde el pintor la presenta, a la edad de diez años, sobre una alfombra de césped, con estrellas de tímidas margaritas.

¿Qué fisonomía de mujer emergió del semblante de aquella niña? Si juzgamos por lo que dice Balzac en *Eugenia Grandet*, muchas imágenes son posibles. En cuanto a las virtudes de su carácter ¿cómo suponerlas, ahora, sin recurrir a un trampolín retórico y discutible y sin exponernos a la más grotesca equivocación?

El novelista elogiaba su ingenuidad. Se trataba, en el fondo, de una ingenuidad bastante curiosa. Porque María, al ofrecerse a Balzac, no salía, por cierto, del internado. Si nos atenemos a la carta escrita por Honorato a su hermana Laura en 1833 —y si fijamos en esos días el principio de sus amores— advertiremos que la "ingenua criatura" había cumplido a los menos 23 años y que hacía ya cuatro que era la esposa del señor du Fresnaye. Resulta así, querámoslo o no, que el amor más sencillo del novelista fue un adulterio. No lo juzguemos. Balzac descubrió en el rostro de María "una nobleza innata"; bajo su frente, "un mundo de amor" y en "la costumbre de sus párpados", "no sé qué de divino". Para él, la expresión del placer no había alterado aún los rasgos de aquel semblante. ¿Quién fue el ingenuo, entonces? ¿Ella, o Balzac?

Conviene, al llegar a este punto, consignar una observación. Experto en otoños clásicos y románticos, hecho al pincel de Rubens (es decir: al atardecer dorado con que Rubens envuelve los abundantes encantos de Elena Fourment), Balzac describirá siempre, no sin torpeza, el pudor íntimo de las vírgenes y acertará, en cambio, magistralmente, en la evocación de las solteronas. Entre éstas, una figura —la de la "Prima Bela"— es digna, por el vigor del claroscuro y por la audacia de los contrastes, de la paleta profunda del viejo Rembrandt.

Me cuido mucho de no generalizar. Pero estamos hoy, junto con Balzac, en las inmediaciones de 1830 y no puedo, por consiguiente, dejar de aludir a uno de sus contemporáneos. Pienso en Victor Hugo. En Victor Hugo, a quien es tan difícil disociar de Balzac, pues entre *La leyenda de los siglos* y *La comedia humana* existen puentes inevitables y, por secretos, más sólidos todavía.

Pienso en Victor Hugo —y en su idilio de adolescencia con Adela Foucher. Tengo presente, por supuesto, cómo acabó aquel idilio. Veo, por un lado, sobre el tablado de un escenario, en la representación de *Lucrecia Borgia*, a Julieta Drouet, en el papel de la "Princesa Negroni". Y, del otro lado, bajando atropelladamente la escalera del hogar que no respetó, veo al señor Sainte-Beuve. Sin embargo, a pesar de esos hechos, sigo creyendo que Victor Hugo no habría escrito ciertas páginas luminosas si, a los veinte años, no hubiera tenido razones fundamentales para creer en el tesoro mejor de su prometida: en su límpida ingenuidad. Páginas de esa estirpe, Balzac no hubiese podido escribirlas nunca. Y no fue, seguramente, por culpa suya.

IV. EL DESCUBRIMIENTO DE "LA COMEDIA HUMANA"

A PARTIR de 1833 los aprendizajes de Balzac pueden considerarse concluídos. Concluídos hasta el punto —muy improbable— en que los aprendizajes dejan de serlo, pues en rigor aprendemos mientras vivimos...

Pero, si limitamos la connotación del vocablo a su valor de preparación —de preparación para la obra definitiva— podemos asegurar que 1833 marca el final del aprendizaje, lento y profundo, del escritor. Al mediar aquel año, Balzac estaba ya en aptitud de efectuar el balance de su pasado y de revisar el programa de su futuro. En lo sentimental, su pasado era una figura conmovedora: Laura de Berny. En lo material, una lucha constante con el destino, una carrera intrépida contra el tiempo. Deudas, acreedores, liquidaciones. Y otra vez deudas y acreedores. Y acreedores y deudas, sin término ni perdón. En lo literario, una larga época de tanteos, de errores, de ensayos, de libros que le avergüenzan. Un silencio fecundo: el del impresor en su taller de la calle Marais-Saint-Germain. Y una nueva etapa, la del aprendizaje fructuoso, iniciada en 1829 con El último chuan. Después, un ansia de conocer, por experiencia propia, todos los registros del género novelesco y de tocar todas las teclas del piano ante el cual la vida lo colocó: el cuento, la novela corta, el relato filosófico, el análisis autobiográfico, el episodio de evocación histórica, la novela de caracteres, la de aventuras, la de costumbres, la provinciana, la parisiense, la militar...

Entre todos esos esfuerzos para vencer al mundo —y para descubrirse a sí mismo— una cosecha de magistrales realizaciones. En el cuento: *La granadera, El recluta, Un episodio bajo el terror.* En la novela corta: *Gobseck, La obra maestra desconocida* y, sobre todo, *El coronel Chabert.* En la novela de dimensiones más ambiciosas: *Eugenia Grandet* y, sobre todo, *La piel de zapa.* Ésta, en resumen, es el germen de todo lo que veremos crecer más tarde en la inmensidad de su gran Comedia. ¡Concepción admirable! Plantea un apólogo oriental, dramático y tenebroso, dentro de la atmósfera de Occidente. Tanto —o más— que la amargura de Schopenhauer, anuncia ese libro a Nietzsche. Su desenlace recuerda al siglo que lo inspiró la frustración del anhelo, pues el talismán se reduce a cada triunfo de la apetencia. Si pidiéramos de una vez todo cuanto deseamos, desaparecería *la piel de zapa* y, con ella, desapareceríamos también nosotros.

En cuanto al programa de su futuro, Balzac preveía dos largas fidelidades: la fidelidad a la obra que había prometido a su hermana Laura y la fidelidad a la interesante desconocida que le escribía, desde Wierzchownia, las cartas de "la extranjera". Desconocida, la extranjera dejó de serlo para Balzac ese mismo año. Se vieron en Neufchatel, el 26 de septiembre. La condesa había persuadido a su esposo. Se detendrían algunas semanas en Suiza, durante el viaje que hicieron ambos aquel verano. Enterado del viaje, Balzac olvidó la pluma. Bajo un nombre ficticio, "el marqués de Entraigues", fue a saludar a la que llamaba "su ángel amado". Cinco días duró aquella extraña y recíproca indagación. Cinco días, más o menos sacrificados a la presencia del conde Hanski; cinco días bastante breves para no darles la ocasión de contradecirse; y bastante largos para que Balzac obtuviera un beso y la esperanza de una posesión menos cerebral.

¿Cómo era Evelina Hanska? Desde el punto de vista de la apariencia física, su retrato más difundido, pintado por Daffinger en 1835 —dos años después del encuentro de Neufchatel— nos la presenta con una pompa no desprovista de barroquismo. Un amplio vestido de terciopelo; un escote más planisférico que insular, todo nieve y rosa, blandura y nácar; un peinado de rizos simétricos y brillantes, en cuyas ondas se adivina la huella ardiente de las tenazas del peluquero; una frente imperiosa; dos ojos grandes y bien rasgados; una boca cerrada sobre su enigma, y que parece digna de paladearlo; una pesada cadena de oro, para sostener los impertinentes con cuyo mango la mano —ancha y voluntariosa— juega sin alegría. Unica lágrima confesable —y, probablemente, única lágrima verdadera— la gota trémula de una perla señala, e ilustra a un tiempo, el broche que da al escote más realce que discreción.

Todos los detalles del retrato de Daffinger (salvo la mano, demasiado consciente de su dominio) son los detalles de una mujer hermosa. El conjunto ya no lo es. Sobran telas, rizos, volutas, curvas, adornos. Presentimos que tantos metros de terciopelo no habrían sido necesarios para un cuerpo menos robusto. Por lo que el escote asegura, nos damos cuenta de que la robustez prometida acabará sin tardanza en obesidad.

¿Quiso en verdad a Balzac Evelina Hanska? Todo se ha dicho sobre ese idilio, venerable casi por prolongado: desde los elogios de la señora Korwin-Piotrowska, para quien Evelina fue la inspiradora insustituible, hasta los vejámenes de Octavio Mirbeau. Es posible que no mereciese Evelina ni estos vejámenes ni aquellos ditirambos. "La extranjera" existe en la historia de la literatura, sólo porque Balzac la amó.* Fue ella lo que Balzac aceptó que fuese: una promesa distante, la dirección de un ser ante el cual quejarse, un pretexto para sentirse amado, un personaje compuesto por el autor como los héroes más singulares de sus relatos; menos real para él, a veces, que la señora Marneffe o la prima Bela, aunque, a fuerza de creer en su fantasía, el novelista acabó por ser la víctima de su invento, el

* Por lo que atañe, en general, a "las extranjeras" en la obra de Balzac, señalaré aquí un estudio de la Srta. I. Jarblum: *Balzac et la femme étrangère* (Boccard, París, 1930).

esclavo de su criatura, y, al final de la vida, un cardíaco Pigmalión.

Después de la entrevista de Neufchatel, Honorato volvería a encontrar, en Ginebra, a Evelina Hanska. Pasó con ella la Navidad de 1833. Se despidieron el 8 de febrero de 1834. Transcurrieron, así, cuarenta y cuatro días de intimidad —más o menos disimulada— entre el creador y su obra menos sumisa.

La condesa tiene —o finge— celos retrospectivos. Honorato exalta la figura de Laura de Berny; pero no vacila en asegurar a Evelina, que, "desde hace tres años, su vida ha sido tan casta como la de una doncella". Se olvida, entonces, de María du Fresnaye y, acaso, de varias otras. Los amantes, porque ya lo son, no habitan el mismo albergue. El de Balzac —el *Hotel del Arco*— se convierte en lo que llamaban los comisarios de aquellos días "el teatro del adulterio". Pobre teatro, mucho menos famoso que el cuarto parisiense bajo cuya lámpara escribió Balzac tantas cartas cordiales "a la extranjera". Evelina no puede —y no quiere— separarse del Conde Hanski. El conde ha decidido, a su vez, excursionar por Italia y pasar más tarde, en Viena, una temporada bastante larga. El presidio del novelista —instalado en París de nuevo— no le permite acompañar a su amiga hasta Nápoles y Florencia. Pero Viena está cerca de Wagram. Y Balzac se propone allegar material informativo para *La Batalla*, la novela guerrera que no terminará nunca. Una carta imprudente, indiscreta, demasiado efusiva, interceptada por el marido de la extranjera, pone todo en peligro súbitamente. El novelista aguza su ingenio e inventa una absurda historia. El Conde Hanski la admite por elegancia, o por indolencia, o, más bien, por debilidad frente a su mujer.

El 9 de mayo de 1835, Honorato toma el camino de Austria. En Viena, lo recibe Metternich, el padre de aquel príncipe seductor a quien el hombre de letras no pudo sustituir en los favores de la marquesa de Castries. A principios de junio, Honorato regresa a Francia. Visita —en La Bouleaunière, a su enamorada de siempre, Laura de Berny, muy enferma ya en esa época, espectro de lo que fue. Desde entonces hasta agosto de 1843 (por espacio de más de ocho años), el correo será la única relación efectiva entre Balzac y Evelina Hanska.

¿Pudo creer "la extranjera" en la fidelidad material de su novelista? Las razones para desconfiar de esa lealtad no dejaban de ser visibles. En 1836 murió Madame de Berny. Honorato no estuvo presente en su cabecera, para recibir un último adiós. Sus manos no cerraron los ojos de la "Dilecta". Sus pasos no la siguieron hasta la tumba. Y no porque el escritor estuviese entonces abrumado por las letras de *La comedia humana*. Volvía de Italia. Le había acompañado, en Turín, un pajecillo tan encantador como sospechoso, Carolina Marbouty, mujer mucho más libre. Disfrazada de hombre —el disfraz no engañaba a nadie— fue tomada, en determinados salones, por Jorge Sand.

La vejez y la declinación dolorosa de la "Dilecta", la ausencia de "la extranjera", explican la audacia de Carolina. Pero Carolina Marbouty no era la única en inquietar a la vigilante condesa Hanska. Antes que Carolina —y después de ella— otra mujer conquistó a Balzac: Sarah Lowell, "una bacante rubia", a quien los balzacianos evocan sin omitir el título de su esposo: el conde Guidoboni-Visconti.* Esta nueva condesa inauguró uno de los refugios más célebres de Honorato: la casa que alquiló, con el nombre de "la viuda Durand", en la calle de las Batallas, ubicada en Chaillot. Chaillot no era entonces un barrio céntrico y populoso. Era un suburbio apacible, como —en México— Tacubaya, en las postrimerías del porfirismo. En su casa de la calle de las Batallas recibió Balzac ciertas noches a Sarah Lowell, en un *boudoir* parecido al de Paquita Valdés, la "muchacha de los ojos de oro".

Sarah Lowell no fue una visitante rápida de Balzac. Fue su guía, su colaboradora, su huésped... Y, si hemos de creer al memorialista de *Balzac mis a nu*, la madre de un hijo del escritor: Leonel-Ricardo, nacido en Versalles el 29 de mayo de 1836.

Para servir los intereses de la familia Guidoboni-Visconti, Honorato tuvo que ir a Milán en 1837. Y, para huir de la policía —que uno de sus acreedores, Werdet, había lanzado sobre sus huellas—, Balzac se ocultó ese año, en junio, en casa de la condesa. Libre de aquella persecución, porque Sarah Lowell le prestó las sumas indispensables para apaciguar a Werdet, Honorato decide explotar los yacimientos argentíferos de Cerdeña. Se embarca en Marsella y se detiene, durante la primavera de 1838, en las minas de Argentara y de la Nurra. Según lo han comprobado después otros financieros, menos novelescos pero más ricos, sus hipótesis eran justas. Sin embargo, el proyecto de Balzac quedó en proyecto.

De nuevo en Francia, otra mujer lo cautiva: Elena de Valette. Con ella recorre los pintorescos lugares de la Guérande. Ella le inspira algunas de las páginas de *Beatrix*. Y está su sombra tan asociada con la de Sarah en el ánimo de Honorato, que la dedicatoria de esa novela plantea a los balzacianos algunos problemas de exégesis, arduos de resolver. Releamos la admirable dedicatoria: "A veces, el mar deja ver una flor marina: obra maestra de la naturaleza. El encaje de sus redes, tintas en púrpura, rosa, violeta y oro, la frescura de sus vivientes filigranas, su tejido de terciopelo, todo se marchita en cuanto la curiosidad la recoge y la expone sobre la playa... Como esa perla de la flora marina, quedaréis aquí, sobre la arena delgada y blanca... escon-

* L. J. Arrigon ha contado este idilio en un documentado volumen: *Balzac et la Contessa* (Editions des Portiques, París, s. f.).

dida por una ola, y diáfana solamente para algunos ojos, tan amigos como discretos"... El homenaje estaba sin duda rendido a Sarah, pero las imágenes marítimas hacen pensar en Elena. Evelina Hanska debió preguntarse qué musas suscitaban esos arpegios verbales y oceanográficos, raros después de todo, en la prosa de su corresponsal.

En 1841, cinco años después de la desaparición de Laura de Berny, el Conde Hanski murió. Balzac y "la extranjera" podrán finalmente unir sus destinos. Por lo menos, así lo piensa Balzac. "La extranjera" parece menos apresurada. En 1843, para persuadirla, Honorato irá a San Petersburgo. Otro viaje. Y otro regreso a París, a donde llega con el invierno. Su salud flaquea por todas partes. Vivió —ha dicho alguien— de cincuenta mil tazas de café. Y murió de ellas. El doctor Nacquard tiene que cuidarlo de una aracnitis. Pero *La comedia humana* no se interrumpe, ni se interrumpe tampoco su inagotable correspondencia con "la extranjera". Va a visitarla, en Dresden, en agosto de 1845. Pasea con ella por Italia. La instala en París, de incógnito, por espacio de unas semanas. Esto último encoleriza a Madame de Brugnol, medio concubina y medio ama de llaves del novelista. Tal señora, cuya partícula nobiliaria era tan artificial y tan discutible como la usurpada por Honorato, se llamaba realmente Luisa Breugnot. Obligó a Balzac a comprarle —y a muy buen precio— algunas cartas de la señora Hanska, caídas entre sus manos.

Piafan los meses, como corceles impacientes. Distante otra vez la señora Hanska, siguen amontonándose las cuartillas, las cartas, los borradores y las pruebas de imprenta, sobre la mesa del escritor. En septiembre de 1847, Balzac pasa unos días con Evelina en su castillo de Wierzchownia y, después, en Kiev. Regresa a París en febrero de 1848, a tiempo para presenciar las jornadas revolucionarias del 21 y del 22 y la caída de Luis Felipe. Con la edad, los viajes y las novelas no se detienen. Balzac vuelve a Wierzchownia durante el otoño de 1848. Dedica su invierno, en Ucrania, a los amores de la condesa. Su corazón hipertrofiado lo atormenta cada vez más. Sobreponiéndose a tales padecimientos, sigue a Evelina en su viaje a Kiev. El 14 de mayo de 1850 la pareja se casa al fin. El matrimonio se efectúa en Berditcheff, en la Iglesia de Santa Bárbara.*

Mientras tanto, la casa que Balzac preparó amorosamente en París, *rue Fortunée* —¡hay nombres que resultan sarcásticos!— había ido poblándose con objetos y muebles de lujo. Los recién casados llegan a esa casa en la noche del 21 de mayo. Llaman, Nadie responde. Por las ventanas, se ve el brillo de los candiles. Alguien debe estar en el interior. Un cerrajero se decide a violar

* Me he referido ya a la Sra. de Korwin-Piotrowska. De esta escritora pueden consultarse: *L'Étrangère* (A. Colin, París, 1938) y *Balzac et le monde slave* (H. Champion, París, 1933).

la puerta. El misterio se explica: el mayordomo de Balzac se había vuelto loco.

Todo lo que toca a Balzac se hace balzaciano inmediatamente. Todo lo que vive parece haber sido soñado por su febril imaginación. Pero nada tan balzaciano como el período que precede a su muerte. Desde el 21 de mayo hasta la noche del 17 al 18 de agosto de 1850, en que falleció, la existencia del novelista es una agonía tremenda y desmesurada. Una peritonitis lo abruma el 11 de junio. Hidrópico y sitibundo, el enfermo reclama, no a los doctores del París elegante que lo rodea, sino a Bianchon, el Dr. Bianchon: uno de los personajes más conocidos de su *Comedia humana*. Por supuesto, Bianchon no acude. Y Balzac perece, mientras la señora Hanska descansa en su apartamiento, si es que descansa. La madre de Honorato es quien lo vela, durante las últimas horas; esa madre de la que dijo, en un grito sacrílego, que le había odiado desde antes de nacer.* El 21 de agosto se celebraron las honras fúnebres, en la iglesia de San Felipe. El entierro se llevó a cabo, el mismo día, en el cementerio del Père-Lachaise, tantas veces evocado en la obra del novelista. Allí, entre las frondas del Père-Lachaise, había paseado largamente durante su juventud, en los tiempos en que escribía su primer drama: aquel *Cromwell* que no logró interesar al señor Andrieux. Allí, uno de sus personajes (acaso él mismo, encarnado en el cuerpo de Eugenio de Rastignac) acompañó hasta la tumba, una tarde del mes de febrero de 1820, al padre de Delfina de Nucingen, el viejo Goriot. Desde allí, había lanzado el político en cierne su célebre desafío a la gran ciudad: "¡Ahora, a nosotros dos!"...

París hizo honor al reto. Para rendir el último tributo al creador de Eugenio de Rastignac, se habían reunido en el Père-Lachaise hombres como Victor Hugo, Sainte-Beuve, Berlioz, Chassériau, Henri Monnier, Ambroise Thomas y Alejandro Dumas. El primero dijo su oración fúnebre: "El señor de Balzac era uno de los primeros entre los más grandes y uno de los más altos entre los mejores... Todos sus libros forman un solo libro —viviente, luminoso, profundo, en el que vemos ir y venir, y marchar y moverse, con no sé qué de azorado y terrible, confundido con lo real, toda nuestra civilización contemporánea. Libro maravilloso que el poeta intituló *Comedia* y que hubiera podido llamar Historia; libro que adopta todos los estilos y toma todas las formas, que deja atrás a Tácito y que va hasta Suetonio, que atraviesa a Beaumarchais y llega hasta Rabelais. Libro de imaginación y de observación, que prodiga lo verdadero, lo íntimo, lo burgués, lo material, lo trivial, y, por momentos, a través de to-

---

* Incluso hay balzacianos, como Pierre Descaves, que dudan de que la "vieja mujer" citada por Victor Hugo en *Choses vues* fuera realmente la madre de Balzac.

das las realidades —rasgadas súbita y ampliamente— deja entrever de pronto el ideal más sombrío y también más trágico. A hurto suyo, quiéralo o no, el autor de esa obra inmensa y extraña pertenece a la fuerte estirpe de los escritores revolucionarios. Balzac va a la meta derechamente, lucha cuerpo a cuerpo con la sociedad moderna; arranca a todos alguna cosa: la ilusión a unos, la esperanza a otros y a éstos un grito de pasión... Semejantes féretros demuestran la inmortalidad. En presencia de ciertos muertos ilustres, se siente con mayor precisión el destino divino de la inteligencia del hombre, que cruza la tierra para sufrir y purificarse. Y nos decimos: es imposible que quienes fueron genios durante su vida no sean almas después de su muerte."

Nosotros, también, detengámonos un instante. ¡Qué fuga la de Balzac! Su imperio fue el de la prisa. A caballo, en diligencia —y hasta en trineo— hemos tratado en vano de perseguirle. Nos queda, de la inútil carrera, un asomo de taquicardia. Y eso que, intencionalmente, nada hemos dicho acerca de una infinidad de episodios de su existencia. Por ejemplo, no hemos hablado de cierta "Revue Parisienne" que le costó múltiples sinsabores. No nos hemos referido tampoco, hasta ahora, a los pleitos que entabló; ni hemos mencionado, siquiera, a algunas otras mujeres que lo estimaron o, por lo menos, se interesaron en su destino. La más popular de todas fue la señora de Girardin. La más elocuente y la más discreta, una *Luisa* incógnita. Incógnita para él —y más, todavía, para nosotros. Fue, sin embargo, ella quien recibió, en 1836, algunas de sus cartas más emotivas: las que delatan su angustia frente a la muerte de la Dilecta. Por cuanto atañe a los pleitos, intentó uno —muy importante y sonado— contra Buloz, el dictador de las dos revistas francesas más afamadas de aquella época: *La revue de Paris* y la *Revue des Deux Mondes*. Honorato ganó el proceso; pero su victoria le enemistó con toda una serie de literatos, dóciles a Buloz.

Si la vida de Balzac hubiera consistido exclusivamente en la sucesión de aventuras, derroches y ruinas que hemos sintetizado, tal sucesión bastaría para explicarnos su prematura fatiga y, tal vez, su muerte. Pero todas esas aventuras, todos esos derroches y todas esas ruinas no fueron nada por comparación con el drama esencial de su inteligencia: la fabricación novelesca y apresurada de un mundo inmenso, la elaboración moral de una sociedad. Porque el exuberante y pródigo personaje que llamamos Honorato Balzac se enamoraba, viajaba, leía, se divertía, iba y venía *sólo* en los entreactos de aquel gran drama. La verdadera pieza ocurría lejos del público, en la soledad del laboratorio donde el autor, a razón de quién sabe cuántas páginas por hora, construía su interminable *Comedia humana*.

Veamos, ahora, por años, crecer esa producción.* Fueron, en 1834, *La duquesa de Langeais, La búsqueda de lo absoluto, El padre Goriot, Un drama a la orilla del mar*. En 1835: *La muchacha de los ojos de oro, Melmoth reconciliado, El contrato matrimonial, El lirio en el valle, Seraphita*. En 1836: *La interdicción, Facino Cane, La misa del ateo, Los empleados, La solterona, La confidencia de los Ruggieri, El hijo maldito*, obra principiada cinco años antes. En 1837: *Gambara, El gabinete de antigüedades, César Birotteau, La casa Nucingen*. En 1839: *Massimilla Doni, Los secretos de la princesa de Cadignan, Pierrette, Pedro Grassou*. En 1841: *Un tenebroso asunto, El martirio calvinista, Úrsula Mirouet, Memorias de dos recién casadas*. En 1842: *La falsa amante, Una iniciación en la vida, Alberto Savarus, Una doble familia* (comenzada en 1830), *Otro estudio de mujer, La Rabouilleuse*. En 1843: *Honorina, Las ilusiones perdidas*. En 1844: *La mujer de treinta años* (principiada en 1828), *Modeste Mignon, La musa del departamento, Gaudissart II*. En 1845: *Los pequeños burgueses* (obra póstuma), *Un hombre de negocios, Un príncipe de la bohemia, El cura de aldea, Los cómicos sin saberlo, Los campesinos, Pequeñas miserias de la vida conyugal*. En 1846: *La prima Bela*. En 1847: *El diputado de Arcis, El primo Pons, Esplendores y miserias de las cortesanas*. En 1848: *El reverso de la historia contemporánea*.

Semejante fecundidad constituye un indiscutible prodigio. Sobre todo si consideramos que no era Balzac un prosista fácil. Pretendía a las excelencias del estilista. Agobiaba a los impresores con pliegos enteros de correcciones que modificaban constantemente sus manuscritos. Corregía, suprimía, agregaba. Todas esas alteraciones equivalían, a veces, a una monstruosa y no siempre hábil recreación. ¡Qué diferencia entre su abundancia, tan difícil y tan abrupta, y la abundancia —fácil y tersa— de Jorge Sand! Ésta era un río, vigoroso y tranquilo, cuando no un lago. Aquélla era una cascada, un torrente avasallador; sin orden, sin armonía, sin disciplina.

Balzac dominaba su idioma, seguramente. Y dominaba todos los léxicos contenidos en el vocabulario plástico de un idioma: el léxico del juez, el del abogado, el del médico de provincia, el del agiotista, el del perfumista, el del músico, el del notario, el del empleado, el del financiero... Sí; dominaba su idioma tanto como Gautier o como Victor Hugo. Pero no gozaba, como ellos, de ese dominio. Sufría y penaba en él. Esto nos permite entender por qué razones su gloria de novelista fue, inicialmente, menos francesa que europea y occidental. Para quien disfrutaba con la lectura de Chateaubriand —no digamos ya de Voltaire—, un capítulo de Balzac debió ser, en 1850, una tortura del espíritu. Balzac lo

* Para las obras anteriores a 1834 véanse páginas 607-8.

advertía. O lo adivinaba. Pero, cuanto más lo advertía, más se empeñaba en adornar y en pulir su estilo. Y cuanto más lo adornaba, más pesado lo hacía y menos sutil.

Nada de cuanto afirmo nos da derecho para pensar que Balzac no era, en sus mejores momentos, un gran prosista. Pero lo era un poco a pesar suyo. Lo era cuando la fuerza de su alucinación interior no le daba tiempo para sustituir al epíteto inevitable el adjetivo declamatorio. Entonces lograba sorprendentes aciertos: páginas en las que tocamos, como en las estatuas de Miguel Ángel, los músculos de la vida. No quiero hablar de su estilo. Si me he referido a él, aunque sea someramente, es sólo para insistir todavía más sobre el titánico esfuerzo de un escritor que, a pesar de tantas dificultades, lanzó al mundo una obra de ese tamaño y de esa profundidad.

Por otra parte, en *La comedia humana,* las dificultades formales no fueron nunca las más dramáticas. Otras, menos aparentes —y que el estilo no siempre exhibe— eran más graves. Una ante todo: la necesidad de la observación. ¿A qué horas vio y escuchó Balzac a los millares de hombres y de mujeres que sus novelas nos representan? Su fantasía era gigantesca. Pero partía siempre de un dato exacto, de una presencia para otros imperceptible, de una base eficaz en la realidad. Tuvo que hablar, por tanto, con militares y con notarios, con inventores y con obispos, con sabios y con dementes, con usureros y con pintores, con aventureros y con hetairas. No lo hizo, por cierto, como lo harían después los naturalistas: para tomar un registro inmediato y circunstanciado de sus palabras. En ese sentido, estrecho y tristemente profesional, Balzac no fue jamás un naturalista. Sus procedimientos eran distintos. Veía, oía, y —sin andamios de apuntes previos y minuciosos— comenzaba a andar su imaginación. Pero, para que funcionara bien esa máquina misteriosa, tenía él que haber visto, primero, ciertos perfiles o ciertos gestos; escuchado, primero, ciertos reproches o ciertas risas. Por rápidos que fueran sus alambiques, por completa que nos parezca la trasmutación de los materiales que en ellos vierte, la singular reacción de los elementos que elaboró debe haber requerido de él mucho tiempo, mucha paciencia y mucha humildad.

Se ha negado que fuese Balzac un observador. En un excelente estudio, Jules Romains ha llegado a decir que algunos novelistas "viven con intensidad extraordinaria todos esos trozos de experiencia —innúmeros y heteróclitos— de que está hecha la existencia del hombre". "Semejantes escritores —añade— tienen un ritmo incomparable, de emoción y de absorción. En algunas horas, viven la vida entera de un empleado, de un obrero, o de un militar". Y concluye: "No vacilaré en proclamar que seres así constituidos son *supranormales.* Su parentesco no se encuentra entre los eruditos y los ratones de biblioteca, sino entre los videntes, entre todos los que presentan cierta ampliación —más o menos prodigiosa— de nuestras facultades ordinarias. Tal fue, eminentemente, el caso de Balzac. Tuvo, en verdad, poco tiempo para vivir. De una existencia relativamente corta, la mayor parte la dedicó, dentro de un cuarto cerrado, a sus tareas de escritor. Pero vivió algunos años de experiencia y de una experiencia cuyo ritmo fue sobrenatural, como es sobrenatural la velocidad de los acontecimientos que alojamos, a veces, en nuestros sueños."

Retendremos, para analizarla más tarde, esta dichosa comparación entre el ritmo de la fantasía balzaciana y la rapidez del sueño. Por lo pronto, atendamos a algo que Jules Romains no resuelve muy claramente. ¿Fue o no Balzac un observador? Siempre he pensado que no es la pura observación lo que predomina en Balzac. Sin embargo, no me decido a considerarla, en su obra, como virtud de segundo término. Aun aceptando la tesis que acabo de resumir, quedaría una circunstancia: las facultades de Balzac (adivinatorias más que reproductivas) le permitieron observar mucho más de cerca y mucho más de prisa de lo que suelen hacerlo otros escritores. Pero observó; observó sin tregua. Y si no hubiera sido un observador en extremo fiel, no habría llegado a ser un inventor tan audaz de cuanto observaba.

Observar, e inventar simultáneamente; observar quizá lo que había inventado; modelar después, pluma en mano y sobre el papel, esas alucinaciones tan realistas ¿no era aquel solo esfuerzo un trabajo en verdad enorme?... Pues bien, semejante esfuerzo, el autor se encargó muy pronto de complicarlo, y de aumentarlo incesantemente.

Hemos aludido a sus pretensiones formales y a sus torpezas y abusos como escritor. ¡Cuán deleznables resultan tales dificultades junto a otras, que emanaron del más personal y más hondo propósito de Balzac: alojar a toda una época de su pueblo y a todo un sector biológico de la historia en los diversos departamentos de un edificio simétrico, lógico, indestructible —Escorial impreso— al que poder llamar *La comedia humana*! Porque Balzac, más que el Napoleón de las letras que había soñado ser, fue —en la intención, por lo menos— el Felipe II de la novela, adorador de un absolutismo del pensamiento capaz de catalogar todas las pasiones, de inmovilizar todos los anhelos y de imponer una jerarquía mental a todos los caracteres. Por algo, en el prefacio de su obra monumental, exaltó, como lámpara de su ingenio, a la religión y a la realeza. Si algo en la literatura del siglo XIX evoca el hábito del monje, es la bata severa con que envolvía su corpulencia para escribir. Y si algo, dentro de esa literatura, evoca el plano del Escorial, es el programa —rígido y simple— que el escritor escogió, en 1845, para los veintiséis volúmenes que habían de ofrecer lo mejor de su producción.

Imaginó tres secciones. Una, la más importante (y, por así decirlo, la nave central de todo el edificio), llevaría como título *Estudios de costumbres*. Contendría ciento cinco novelas, distribuidas en seis series complementarias: las *Escenas de la vida privada*, con treinta y dos relatos; las *Escenas de la vida de provincia*, con diecisiete; las *Escenas de la vida parisiense*, con veinte; las *Escenas de la vida política*, con ocho; las *Escenas de la vida militar*, con veintitrés y las *Escenas de la vida en el campo*, con cinco. A ambos lados de esa nave central, concibió dos secciones. Una de ellas, a la que dio el nombre de *Estudios filosóficos*, debía abarcar véintisiete relatos. La otra, a la que otorgó el título de *Estudios analíticos*, no abarcaría sino cinco. En total, ciento treinta y siete textos, de los cuales Balzac concluyó ochenta y cinco. A esos ochenta y cinco, conviene agregar, como lo aconseja Bouteron, seis novelas que se impusieron a él mientras escribía las restantes, pues —por fortuna— hasta en el Escorial novelesco surge de pronto lo imprevisible. Esas seis novelas, rebeldes al plan primitivo, fueron *La prima Bela, El primo Pons, Un hombre de negocios, Gaudissart II, Las pequeñas miserias de la vida conyugal* y *El reverso de la historia contemporánea*. Dos de ellas —*La prima Bela* y *El primo Pons*— cuentan entre las realizaciones más admirables del novelista.

¿De qué modo entrar en una construcción tan inmensa, aparentemente tan ordenada y, de hecho, tan laberíntica? Como si se tratase de visitar una gran ciudad —y eso es, en el fondo: una gran ciudad— Bouteron nos propone tres "guías": la de Anatole Cerfberr y Jules Christophe (*Repertorio de "La comedia humana"*), aparecida en 1887; la del vizconde de Spoelberch de Lovenjoul (*Historia de las obras de Balzac*), publicada en 1888 y la de William Hobart Royce (*Una bibliografía de Balzac*), editada en 1928. El mismo Bouteron nos sugiere tres métodos de turista para pasear por las calles, avenidas y plazas de *La comedia humana*. Uno es el método topográfico. Dos novelas tienen como escenario el París antiguo; cuarenta y nueve el París del ochocientos; cinco los alrededores de París. Treinta y cinco se desarrollan en provincia: tres en Normandía, dos en Bretaña, siete en Turena, y así sucesivamente... Otro es el método histórico. Ciertas novelas relatan hechos acaecidos antes de 1800; otras, sucesos del tiempo de Napoleón; otras describen la Francia de Luis XVIII; otras la época de Carlos X; otras, el reinado de Luis Felipe. El tercer método parece, a primera vista, más sugestivo. Se basa en una enumeración de los temas: la cartomanciana, los comerciantes, las cortesanas, la Escuela Politécnica, los funcionarios... La lista sigue, muy seriamente, por orden alfabético de profesiones o de manías.

En realidad, ninguno de estos tres métodos resiste a la crítica del lector. En efecto ¿cómo limitar el material histórico y geográfico de la vida? Hay novelas que principian durante el Imperio y continúan bajo el gobierno de Luis XVIII. Otras, comenzadas en provincia, acaban en París. En cuanto a los temas, la clasificación resulta más arbitraria todavía. El tema central de *El primo Pons* no es la música, ciertamente. Y ¿dónde insertar la novela de *Louis Lambert?* Bouteron la sitúa a la vez en dos anaqueles distintos: el de la ciencia y el de la locura.

Todo esto comprueba la inutilidad de querer buscar una llave maestra para deslizarnos, con el menor esfuerzo posible, en el mundo onírico de Balzac. Pero también demuestra la ingenuidad del propio Balzac, enamorado de un plan teórico al que en vano pretendió conferir un rigor científico impracticable. Concebida como el Escorial de la novela decimonónica, *La comedia humana* no tiene nada, en su vehemencia, de la frialdad desdeñosa y abstracta del Escorial. Monárquico y religioso, Balzac no fue, por supuesto, el Felipe II que mencionamos al medir su propósito absolutista. Ni fue tampoco, a pesar de sus reiteradas declaraciones, el Cuvier o el Saint-Hilaire de esa zoología social en cuyas "especies" nos invitan a meditar sus admiradores más abnegados y más celosos. *La comedia humana* no es un herbario, ni un catálogo, ni un museo. Ante todo, y sobre toda otra cosa, es un testimonio artístico. Su autor la imaginó cuando muchas de sus secciones ya estaban hechas. Fue, sin duda, un rasgo genial el imaginarla, puesto que así consiguió Balzac entender —y hacer entender— la unidad profunda de toda su creación. Por eso, la frase clave del prefacio escrito en 1842 no me parece ser la que tantos citan (la que señala el parecido entre la naturaleza y la sociedad; parecido del cual se desprendería, lógicamente, todo un sistema que Balzac elogió sin pausas y al que raras veces se sujetó) sino esta, más humilde y más efectiva: "La casualidad es el mayor novelista del mundo." Sólo que Balzac se apresura a contradecirse. Y, al titularse "el secretario" de la casualidad francesa del siglo XIX, habla en seguida de un *inventario* de tipos, de caracteres, de vicios y de pasiones. Usa el vocabulario de un profesor de estadística. Da la impresión de que va a emprender el censo de su país.

Lo que emprendió —y realizó— no fue un censo, sino una mitología. Porque los avaros que Francia tuvo, en París o en provincia, durante el siglo XIX, desaparecieron definitivamente, al morir, y nadie se acuerda de ellos. Pero el avaro Grandet, el mito del avaro Grandet, sigue existiendo y actuando hoy entre nosotros: lo mismo en Francia que en el Japón, en Londres como en México, en el Perú como en Dinamarca... De todos los padres apasionados que Francia conoció en los años de Luis XVIII ¿cuántos viven como el padre Goriot, mito sublime de la paternidad, hermano del viejo Lear, padre sin esperanza frente a lo Eterno? Inventores, los hubo en Europa durante el romanticismo (y Balzac en primer lugar); pero ¿quién de todos se impone a la fantasía de los lectores contemporáneos como el Maese Frenhofer de *La obra maestra desconocida* o el Baltasar Claes de *La búsqueda de lo absoluto?* Por todas partes, presencias míticas. Mitos vivientes; mitos vividos; realidad trasmutada en sueño; pesadilla de carne y hueso; verdad y alucinación.

La comedia humana es, positivamente, la prodigiosa cantera (cuando no el botánico almácigo) de toda la novela contemporánea. Resulta posible, pero tan difícil como posible, precisar una situación, una perspectiva novelesca, que no hayan sido previstas, aprovechadas conscientemente (o imaginadas, al menos, intuídas como en un sueño) por la fantasía técnica de Balzac. Archivo de caracteres, de atmósferas, de costumbres, su obra es también un repertorio inagotable de asuntos, de posibilidades, de crisis, propuesto casi con ironía al talento de sus dóciles herederos. ¿No ofrece ya Madame Bargeton, en los primeros capítulos de *Ilusiones perdidas*, un esquema de la futura Madame Bovary?... "Usaba su vida —nos dice Balzac, adivinando a Flaubert— en perpetuas admiraciones y se consumía en extraños desdenes. Si pensaba en el bajá de Janina, hubiese querido luchar con él en su serrallo... Le daban ganas de hacerse hermana de Santa Camila y de irse a morir de fiebre amarilla en Barcelona, cuidando a los enfermos. *Tenía sed de cuanto no era el agua límpida de su vida, oculta entre las hierbas"*. A este respecto, procedería buscar en Balzac a muchos de los personajes y de las *ideas* de que se sirvió tesoneramente Flaubert. No hablemos, por lo pronto, de Homais, a quien preparan, en *La comedia humana*, tantas siluetas fláccidas de provincia. Insistamos en *Madame Bovary*. En *La piel de zapa*, al visitar la casa del anticuario, Rafael admira un viejo rabel. En seguida, con una sumisión libresca no muy distinta de la que Flaubert atribuye a Emma, coloca ese instrumento en las manos de una dama feudal y se complace en imaginarse en el trance de declararle un amor ferviente, cabe una gótica chimenea "en cuya penumbra el consentimiento de una mirada" se perdería... ¿No es ése el mecanismo —de proyección al absurdo— tan mal usado por la esposa de Bovary? Hay más aún. En la misma obra, encuentro otro precedente de Flaubert, relativo éste a las aventuras de sus dos tontos inolvidables: Pécuchet y Bouvard. "Blandamente arrullado por un pensamiento de paz" —escribe Balzac— Rafael (con sólo haber visto las miniaturas de un misal manuscrito) se sentía otro; poseído de nuevo por el amor de las ciencias y del estudio, "aspiraba a la obesa vida monjil, exenta de penas y de placeres, se acostaba en el fondo de una celda, y, por la ojiva de su ventana, se ponía a contemplar las praderas, los bosques y los viñedos de su monasterio"... No es otra, en *Bouvard y Pécuchet*, la fugitiva manía de los dos célibes, su *bovarismo* intelectualista.

No sólo los asuntos de algunos cuentos de Maupassant y de no pocas historias de Alfonso Daudet, sino los de algunas grandes creaciones de Thomas Mann (como *Los Buddenbrook*), están asimismo en germen —y podría decirse *acotados*— en *La comedia humana*. Acabo de referirme a *Los Buddenbrook*, crónica de la decadencia de una familia. ¿No son eso, también, *Los Parientes pobres?*... Incluso los problemas ideales de Dostoyevski, los que más apreciamos en su talento, Balzac los tocó un instante, con mano quizá furtiva, pero descubridora. Por descuido, o por prisa, o por simple disparidad de temperamento, en ocasiones los hizo a un lado. Uno de ellos es el de la culpabilidad del que inventa un crimen, aunque se abstenga de cometerlo. Se trata, nada menos, que del tema esencial de *Los hermanos Karamásov*. Balzac lo plantea, de paso, en un cuento (*La posada roja*) escrito en 1831. Próspero Magnan, un joven médico militar en las guerras de la Revolución francesa, piensa enriquecerse con la fortuna de otro huésped de la posada: el alemán Walhenfer. Para robarle la maletilla en que lleva Walhenfer cien mil francos (o su equivalente, en joyas y en oro), Magnan decide matarlo durante la noche. Toma un bisturí de su estuche y se acerca al lecho en que aquel fortuito vecino descansa apaciblemente. En el momento de levantar el brazo para perpetrar su atentado, una voz secreta detiene a Magnan. Huye de sí mismo. Por la ventana que abrió previamente para escapar, salta al camino próximo. Pasea bajo los árboles. La frescura y la paz de la noche le infunden calma. Siente vergüenza de su proyecto. Vuelve entonces al cuarto de la posada, se acuesta y duerme. Mientras duerme, cree oír el rumor de algo que gotea en la sombra húmeda. Se inquieta. Trata de llamar... pero le rinde otra vez el sueño. A la mañana siguiente, se averigua que Walhenfer fue asesinado con el bisturí de Magnan. Lo mató un amigo de éste, que había pasado la noche en la misma alcoba, que vio sus preparativos y resolvió consumarlos por su cuenta. Todo acusa a Magnan: el bisturí utilizado para el delito y, más aún, su paseo nocturno, descrito por diferentes testigos e inexplicable como no sea por una sola razón: esconder en el campo, bajo una encina, la maletilla de la víctima. Sobre todo, lo acusan sus propias vacilaciones, sus propias dudas. El tribunal militar lo condena a ser fusilado. Y el cuento sigue. Termina en un ambiente menos interesante, de herencia, de notaría y de tentativas de matrimonio. Pero lo que importa aquí es advertir cómo, hasta en un relato sin especial trascendencia, Balzac descubre el tema original, la semilla del drama psicológico ilustrado después, milagrosamente, por Dostoyevski: la responsabilidad de la sola idea, la culpabilidad moral de quien, jurídicamente, podría estimarse no responsable. La coincidencia es tanto más valiosa cuanto que Balzac pone en labios de Magnan estas palabras, dignas de figurar como epígrafe en *Los hermanos*

Karamásov: "No soy inocente... ¡Siento que he perdido la virginidad de mi conciencia!"

"Calibán genial" llamó Paul Souday al autor de *La Rabouilleuse,* oponiéndolo a Ariel, que —a su juicio— encarnaba mejor Stendhal. ¿Cómo aceptar tan injusta antítesis? Había, en Balzac, un sociólogo fabuloso. De ello hablaremos más largamente. Pero ese sociólogo obedecía a la voluntad de un poeta insigne. Mientras creía estar escribiendo la historia del siglo XIX, lo que sus manos trazaban no era la historia, sino la leyenda de aquella época.

V. EN BUSCA DE LO ABSOLUTO

Los que no han leído a Balzac ignoran quién fue Maese Frenhofer. Se preguntan si corresponde ese nombre al burgomaestre de una ciudad holandesa, con música de relojes sobre el espejo de los canales y con tibores de viejo Delft en el acuario de las ventanas. O imaginan, acaso, retirado en Rotterdam, entre una esposa ocupada constantemente en pulir los cobres y los latones de la familia y una sobrina irónica y opulenta, como las novias que sorprendemos en las fiestas de Juan Steen, al capitán de uno de aquellos sólidos galeones que en otro tiempo cruzaban el ecuador, rumbo a las Indias meridionales.

Pero Maese Frenhofer no fue ni un burgomaestre, ni el jubilado señor de un bajel de guerra. Tal vez ni siquiera existió. Antepongo a la negación un "tal vez" prudente porque, cuando Balzac nos presenta a algún personaje, y nos lo pinta de cuerpo entero, resulta siempre un poco atrevido dudar de su realidad.

Se trata de un ser extraño, discípulo de Mabuse, con singulares ideas sobre el arte de la pintura. Por haber llevado tales ideas hasta el límite de lo absurdo, destruyó en una noche de orgullo (o de lucidez) el cuadro que había estudiado, corregido, pulido y "perfeccionado" durante años. Balzac sitúa la historia en París y en 1612. Cuatro son los héroes de su novela: Frenhofer, el pintor Porbus, un joven, que prometía ya mucho entonces (nada menos que Nicolás Poussin) y una muchacha, atractiva, dócil y apasionada. La atribuiremos a Poussin, pues Balzac lo establece así.

El argumento del relato podría sintetizarse en pocas palabras. Poussin va a ver a Porbus. Mientras duda, frente a la puerta del maestro, se acerca otro visitante. Parece salido de una tela de Rembrandt. Entra Poussin con él. Porbus se inclina ante el extraordinario desconocido. Con súbita vehemencia, éste comienza a criticar los cuadros expuestos en el taller. Uno especialmente, el que representa a María Egipciaca. "No —exclama—, la sangre no corre bajo esta piel... La existencia no hincha, con su rocío de púrpura, las venas que se entrelazan en esas sienes... La vida y la muerte luchan en cada detalle. Aquí, es una mujer; más allá, es una estatua; más allá, un cadáver."

Poussin protesta: "¡Pero si esta santa es sublime!"... El maestro y el visitante lo miran, muy sorprendidos. El neófito pide excusas. Para complacer a Porbus, copia en pocos minutos el perfil de María Egipciaca. El crítico se interesa. Ante aprendiz de tal calidad valdría la pena prescindir de las frases innecesarias. Toma una paleta. Con una serie de rápidas pinceladas, retoca la obra. Añade un lustre más terso al volumen de la garganta; aligera el peso de algunos pliegues, y envuelve el rostro —cautivo antes de la pintura— con ráfagas de aire libre. Al concluir, se dirige a Poussin: "Mira, muchacho, lo que cuenta es la última pincelada".

¿Quién era ese genio incógnito? Una familiaridad imprevista se adueña de los tres hombres. El visitante invita a los otros dos a probar cierto vino del Rhin, al que Porbus es aficionado. Todo revela en la casa de Maese Frenhofer una gran fortuna, una originalidad exquisita y un gusto auténtico. En una de las paredes, brilla un retrato. "¡Qué Giorgione tan hermoso!" elogia Poussin. Frenhofer lo desengaña. No se trata de un Giorgione. Es un cuadro suyo. Ya no lo estima. Lo hizo en la juventud.

Su verdadera obra, nadie la ha visto. La guarda celosamente. Le ha costado varios años de meditación y de esfuerzo heroico. Es el retrato de una mujer. Respira, palpita, vive. Las líneas no existen en su pintura. "No hay líneas en la naturaleza —comenta el viejo— sólo el que modela dibuja bien, esto es: *el que desprende las cosas del medio en el que se encuentran.*"

La tentación de apreciar esa pieza insólita domina en seguida a Poussin. A fin de lograr su propósito, no vacila en convencer a su amante de que debe "posar" para el extranjero. ¡Dádiva contra dádiva! El arte, a cambio de la vida. Se arregla el trato. El discípulo de Mabuse acepta que sus amigos conozcan su obra maestra. Le ha dado un nombre: Catalina Lescault. Nicolás y Porbus reciben por fin la autorización de verla. Maese Frenhofer los guía hasta su santuario. "Admiren ustedes —les dice— ¡cómo se destacan los contornos! Y esos cabellos ¿no los inunda la luz?... Esperen. Esperen ustedes. ¡Va a levantarse!".

Pero ni Porbus ni Poussin descubren nada, nada absolutamente. Apenas, en un ángulo, un pie de mujer, desnudo: delicioso testigo, tierno superviviente, admirable ruina. El resto ha desaparecido bajo las capas de pintura que Maese Frenhofer fue acumulando, en su ansia de dar vida al fantasma de su elección. "No hay nada sobre esta tela" observa indiscretamente el joven Poussin. Frenhofer, que lo ha escuchado, se sienta y llora. ¿Cómo es posible que los demás no vean nada sobre una tela a la que ha consagrado todo su espíritu? Los curiosos, avergonzados, tienen que despedirse. Aquella noche, tras incendiar sus cuadros, Maese Frenhofer se suicidó.

Esa noche —que Balzac no se atrevió a describirnos— es, probablemente, la más oscura de todas las noches de su *Comedia humana*. Pertenece, en efecto, Frenhofer a la dinastía de los investigadores de lo absoluto. El escritor de *Gambara* y de *Louis Lambert* conoce bien a esa dinastía. Sus miembros son sus hermanos. Nada hay de falso en sus entusiasmos, ni de teatral en su fe en el arte. Frenhofer cree lo que aconseja. Quiere lo que cree. Sabe lo que quiere. Domina las técnicas más difíciles. Sin embargo, la hora de su triunfo es también la de su derrota. Porque, según él mismo lo explica a Porbus en una de las conversaciones que con él tiene, "la misión del arte no es copiar a la naturaleza, sino expresarla". Y porque, según él mismo lo grita en un instante de duda (el único del relato), "la excesiva ignorancia y la ciencia excesiva concluyen en negación".

No sé lo que opinen algunos jóvenes respecto a esa fórmula balzaciana. La acusarán de romántica, por supuesto. Era fama, en los círculos literarios de 1832, que muchas de las reflexiones de Maese Frenhofer habían sido sugeridas por Delacroix.

He recordado esa novela —*La obra maestra desconocida*— pues ella y, más tarde, *La búsqueda de lo absoluto* nos dan la clave de uno de los misterios de Balzac: su voluntad de vencer, con la vida, a la vida misma. O, si debo decirlo en otra forma, su deseo de superar a la realidad inmediata con el vigor de la realidad mediata, la que es el fruto de una asimilación inefable y que nadie logra sin la acción de la fantasía.

No me detendré a analizar, por ahora, el valor que tienen ambas novelas, como ejemplos —muy significativos— de todo lo que Balzac llegó a descubrir en su exploración de las grandes manías del ser humano. Frenhofer y Baltasar Claes son, sin duda, tipos inconfundibles, monomaniacos admirables. Admirables y lamentables. El primero se destruye a sí mismo, después de haber destruido sistemáticamente toda su producción artística, por anhelo soberbio de perfección. El segundo arruina a la familia, acaba con su esposa, martiriza a sus hijas —y todo eso para reunir los fondos que necesita el tonel de sus costosos experimentos en busca de lo absoluto. Para él, lo absoluto es el elemento misterioso, único, indivisible, del que todas las sustancias del mundo son, sólo, transformaciones...

El examen de las manías, en la obra de Balzac, merece un capítulo aparte. Pero la referencia hecha a la búsqueda de lo absoluto me obliga, aquí mismo, a otra serie de reflexiones. ¿Por qué esa preocupación de Balzac? ¿Qué entendía él, como novelista, por la búsqueda de lo absoluto?

Conocí, en cierta ocasión, a una lectora intrépida de Balzac. Todavía las hay en pleno siglo xx y a pesar del cinematógrafo.

A juicio de aquella dama, el autor de *La piel de zapa* y de *Louis Lambert* fue, sobre todo, un *ilusionista*. No discutí su opinión entonces. Comprendo que no podría aceptarla ahora.

"Ilusionista", lo fue Balzac si aplicamos esa palabra a quienes fabrican sueños mortales y viven de ellos. Pero no lo fue en el sentido que solemos dar al vocablo cuando lo usamos para calificar, por ejemplo, a un prestidigitador. Éste —si no me engaño— era el sentido en que mi amiga empleaba aquel término anfibológico.

Si nos limitamos a esa concepción teatral Balzac no fue un "ilusionista", como otros poetas lo han sido, en el cuento o en la novela. El talento de los "ilusionistas" profesionales (digamos Próspero Merimée o Edgar Allan Poe) estriba en robar al espectador la visión de la maquinaria, compleja y ardua, indispensable al fenómeno que producen. Cuanto más disimulan tal maquinaria, más cordialmente los aplaudimos. En efecto, lo que esperábamos de su ingenio era precisamente que nos llevara, sin darnos tiempo para advertir los obstáculos superados, hasta la orilla del desenlace: la muerte del recién casado en *La Vénus d'Ille* (caso de Merimée) o la desintegración del señor Valdemar, en uno de los mejores cuentos de Poe.

Balzac se deleita, al contrario, en mostrarnos —honrada y, a veces, tediosamente— todas sus máquinas mentales. Nos señala cada resorte, cada tornillo, el perfil y el volumen de cada ménsula. Mide, frente a nosotros, el diámetro de los émbolos. Anota, frente a nosotros, el peso de las palancas más invisibles. A diferencia del prestidigitador, que nos invita a tocar, apenas, la breve cinta de seda azul, o color de rosa, de la cual saldrá, en el momento menos pensado, la paloma menos prevista, Balzac empieza por obligarnos a palpar la paloma entera. Y no de pronto, en la euforia de una caricia, sino despacio, pluma tras pluma, y con tanta prolijidad que, a menudo, al final de la operación, y después de haber contado todas las plumas de la paloma, el ave se nos escapa. No nos queda, en tal caso, sino el recuerdo preciso de los detalles, porque la alada y frágil arquitectura, a fuerza de examinarla, se nos perdió. La reconstituimos entonces, como podemos: aquí evocamos el contacto áspero de las patas, allí el ágata del pico, más allá el esplendor circular y metálico de los ojos.

Taine lo indicó muy bien en sus célebres comentarios sobre "el espíritu de Balzac".* "No entraba en el alma de sus personajes —dice— de un salto y violentamente, como Shakespeare o Saint-Simon. Daba muchas vueltas en torno a ellos, pacientemente, pesadamente, como un anatomista, levantando primero un músculo, después un hueso, en seguida una vena, más tarde un

* H. Taine, *Nouveaux essais de critique et d'histoire* (Hachette, París, 1865).

nervio y no llegaba al cerebro o al corazón sin haber recorrido antes todo el circuito de las funciones y de los órganos. Describía la ciudad, luego la calle, después la casa. Explicaba la fachada, los agujeros de las piedras, los materiales de la puerta, el saliente de los plintos, el color del musgo, la herrumbre de los barrotes, las quebraduras de los vidrios. Señalaba la distribución de los cuartos, la forma de las chimeneas, la edad de las colgaduras, la calidad y el sitio de los muebles. E insistía sobre los trajes. Al llegar, así, hasta el personaje, mostraba la estructura de sus manos, la curva de su nariz, el espesor de sus huesos, la longitud de su barba, la anchura de sus labios. Contaba sus gestos, sus parpadeos y sus verrugas. Conocía su origen, su historia, su educación. Sabía cuántas tierras y cuántos títulos poseía, qué círculos frecuentaba, cuáles gentes veía, cuánto gastaba, qué manjares comía, de dónde venían sus vinos, quién había formado a su cocinera; en síntesis: el innumerable total de las circunstancias —infinitamente ramificadas y entrecruzadas— que dan forma y matiz a la superficie y al fondo de la naturaleza y de la vida del hombre. Actuaban en él un arqueólogo, un arquitecto y un tapicero; un sastre y una modista... un fisiólogo y un notario. Todos ellos se presentaban a su hora; cada uno leía su informe, el más detallado del mundo y el más exacto. El artista los escuchaba..."

Hasta aquí, coincido con Taine. Pero no comparto sus conclusiones. Porque no pienso que aquel aparato seudocientífico, acumulado por el autor, fuese la base primordial de su creación artística. Balzac no describía todos esos objetos ni inventariaba todos esos recuerdos para decidirse a penetrar finalmente en el alma de las mujeres y de los hombres que pueblan su gran *Comedia*. Podía él mismo —y en esto lo sigue Taine— presentarse a sus admiradores como un "doctor en ciencias sociales" y como un discípulo reverente de Cuvier y de Saint-Hilaire. Pero el artista, en sus libros, no llegaba nunca *después* del arqueólogo o del notario, del sastre o del tapicero. Entraba *junto* con ellos —o *antes* que ellos—. Son él, en verdad, el arqueólogo y el notario. Esos especialistas —que Taine concibe como los ayudantes del poeta— constituyen, en Balzac, el poeta mismo. Porque Balzac no fue ciertamente un "ilusionista", ni tampoco un doctor en ciencias sociales. Sus procedimientos son, más bien, los de un mago. El mago, como Balzac, no suprime jamás las dificultades que desea vencer —y vencer *ostensiblemente*— frente a los súbditos de su tribu. Por el contrario, en vez de ocultar al espectador los elementos materiales de la batalla en que va a ilustrarse, el mago los subraya, los ilumina y, si es posible, los exagera.

Más que Hipólito Taine acertó en este caso Ernesto Roberto Curtius, de quien cito los siguientes párrafos esenciales: "Visto desde el exterior, el arte [de Balzac] puede parecer antropocéntrico, pero en realidad, y visto desde el interior, resulta cosmocéntrico. He allí uno de los aspectos del secreto de Balzac. Ese seudorrealista era un mago. Todos los críticos que han hablado de él, se han sentido impresionados por la combinación de los elementos —llamémosles 'ocultistas'— que abundan en *La comedia humana*." Y agrega el penetrante escritor germánico que la idea mágica de unidad desempeña un papel importantísimo en toda la obra del novelista. "La unidad —explica— es, para Balzac, un principio místico, el sello de lo absoluto." En seguida, Curtius señala hasta qué grado se confundían en el ánimo de Balzac su respeto para las ciencias naturales, su devoción para Cuvier y Saint-Hilaire, y su fe en hombres como Swedenborg y como Saint-Martin. A éste atribuye Curtius el fragmento famoso de *Louis Lambert*: "La unidad fue el punto de partida de todo lo creado. De ella resultan muchos compuestos; pero el fin ha de ser idéntico al principio... Unidad compuesta, unidad variable, unidad fija. El movimiento es el medio; el número, el resultado."

¿Cómo negar, entonces, que el novelista (mago inconsciente o consciente de su burguesa cosmogonía decimonónica) necesitaba del arqueólogo y del sastre y del tapicero y del médico y del fisiólogo, no para recibirlos en su laboratorio, a guisa de huéspedes pasajeros o humildes "preparadores", sino para que sus diálogos —en ocasiones contradictorios— comprobasen la unidad insustituible del monólogo universal? La equivocación de Taine —y de tantos otros— consistió en juzgar a Balzac como a un hombre de letras "naturalista". Son sus textos tan poco afines a los de sus grandes contemporáneos (Victor Hugo, Lamartine, la señora Sand) que parece prudente considerarlos como el producto de una reacción contra el romanticismo. Y hay que reconocerlo: la obra de Balzac rebasa, sin duda, todos los marcos románticos. Los naturalistas lo exaltaban como al precursor de su propia escuela. Con el tiempo, hemos llegado a comprender, sin embargo, que, tanto como Victor Hugo, pero desde un punto de vista antagónico, lo que Balzac anunciaba no era sólo el advenimiento de Flaubert y Emilio Zola, sino de un arte muy diferente al de Flaubert y Emilio Zola. Ese arte coincide, en muchos aspectos, con las aspiraciones —no siempre realizadas aún— de la poesía suprarrealista.

Recuerdo haber leído, en 1926, un libro muy sugestivo de Luis Aragon: *Le paysan de Paris*. Decía su autor que lo que puebla nuestros sueños es la "metafísica de los sitios". "Toda la fauna de la imaginación —añadía, páginas adelante— se pierde y se perpetúa en las zonas mal alumbradas de la actividad humana. Hay, en la turbación que producen algunos sitios, cerrojos que cierran mal sobre lo infinito. Nuestras ciudades están habitadas por esfinges incomprendidas, las cuales no detienen al transeúnte y que, si él no vuelve hacia ellas, no le plantean cuestiones mortales. Pero, si acierta a adivinarlas, y si entonces las interroga, lo que el sabio logra sondear de nuevo, en esos monstruos sin rostro, es la profundidad de su propio abismo."

Al evocar, en este estudio, a uno de los que fueron, hace más de treinta años, los iniciadores franceses del suprarrealismo, no pretendo (lo que sería absurdo) encerrar a Balzac dentro de los límites de una escuela. Quiero solamente ayudar a situarlo fuera de toda clasificación pedagógica (el romanticismo, el naturalismo) y hacer sentir hasta qué punto su expresión, representativa del siglo XIX, es —en muchos aspectos— nuestra expresión: tan joven como las antiguas profecías y tan vieja como el más moderno alumno del doctor Freud.

"Balzac —escribe Albert Béguin *— no es el mayor de los novelistas por haber, según lo pensaba él mismo, pintado una época y caracterizado sus ambientes, sus clases sociales y sus tipos humanos. Es el mayor de los novelistas porque no nos da esa impresión de lo verdadero sino en función de un mito personal, de índole visionaria, y por haber traducido lo verdadero por medios poéticos." Pensando, sin duda, en una observación de Henry Miller (quien acusó a Balzac de haber traicionado su vocación superior, de filósofo y de poeta, al aceptar su destino de novelista) agrega Béguin estas palabras, para mí indiscutibles: "Decir que Balzac hubiera debido dedicarse a otras tareas, es ignorar la particularidad de las vocaciones personales. Balzac era un vidente, un visionario de la más alta inteligencia metafísica; pero no podía captar su propia visión sino inventando personajes, escenas, diálogos. Por algún tiempo creyó que sus poderes de invención eran de tal magnitud que lo autorizaban a una especie de creación absoluta, sin apoyos tangibles. Pero, a partir del día en que se hizo novelista, comprendió que no nos acercamos a la eternidad sino por medio del tiempo y que el misterio más profundo se revela a la imaginación que penetra lo real y no a la imaginación que lo disipa y que lo anonada." *La imaginación que penetra lo real...* ¿No borra esta simple frase la paradoja de Max Nordau, cuando aseguraba que "la obra de Balzac no debía absolutamente nada a la observación" y que "la realidad no había existido para él"?

Todos los lectores de Balzac han sentido, en algún momento, la fuerza alucinante de sus héroes, de sus calles y de sus casas. La prima Bela, el primo Pons, el padre Goriot, Vautrin, Rastignac, la señora Marneffe, los rostros —anónimos y terribles— agrupados en el proemio de *La muchacha de los ojos de oro*, no son imágenes habituales, como las que vemos todos los días, al cruzar una plaza, al salir de un cinematógrafo o al dar un paseo por la ciudad. Nos persiguen, como los rostros que construimos nosotros mismos, en el mundo de nuestros sueños. Nos persi-

---

* En el ensayo *La Vocation du Romancier*. Homenaje de la UNESCO a Balzac (Mercure de France, París, 1950).

guen, porque somos responsables de ellos en grado sumo. Hemos colaborado, sin darnos cuenta, con el escritor que los engendró. Están hechos con muchos datos exactos de la memoria —los que el novelista acumula en sus descripciones— pero, además, están hechos con algo nuestro, impalpable y dócil, que no sabremos nunca si es nuestra voluntad. Esa voluntad, el creador logró someterla en nosotros completamente, como logran los hipnotizadores vencer, de pronto, la resistencia de sus sujetos.

"Una descripción no es una pintura", exclamaba Hipólito Taine. No le faltaba razón para asegurarlo. Pero una descripción puede ser una poesía, cuando quien la intenta le da el valor de un encantamiento, la calidad simbólica de un conjuro. Hay diversas maneras de creer en la realidad. Para la mayor parte de los hombres, un objeto es eso exclusivamente: sólo un objeto; una presencia útil, o incómoda, o anodina. Para Balzac todo objeto es un testimonio, un síntoma, una pregunta, un grito de alarma y, con frecuencia, una acusación. Como el mago y como el espía (mago y espía viven, singularmente, del poder de adivinación que las hipótesis les procuran) los especialistas de Balzac no entran en la intimidad de sus héroes sino después de que el artista los inventó, merced a una serie de finas complicidades con el mundo concreto que los rodea.

Otros escritores nos dicen (y nos lo dice el propio Balzac, cuando está cansado): Fulano era sabio, o alegre, o colérico, o efusivo; Fulanita era ardiente, o coqueta, o devota, o sentimental. Pero, en los mejores momentos de *La comedia humana*, no es el autor el que se toma el trabajo de revelarnos lo que piensan o sienten sus avaros, sus abogados, sus banqueros, sus negociantes o sus duquesas. Las casas donde habitan, los muebles que prefieren son los que entonces nos los denuncian. Es la manera que tienen de pronunciar cierta frase, o de interrumpir cierta risa, la que se encarga de delatarlos. Todo en su ambiente, en su cuerpo, e incluso en los rasgos menos originales de su semblante, ha sido previamente solicitado y comprometido por el artista. Todo se encuentra dispuesto así (como en la escena de la traición de los melodramas) para facilitar al lector el conocimiento profundo del personaje. El lector, al instalarse por fin en esa conciencia ajena, se siente a la vez sorprendido y tranquilizado. Sorprendido, porque una conciencia desconocida es siempre bastante extraña para nosotros. Tranquilizado, porque está persuadido de no haber penetrado ilegalmente en esa conciencia.* Este hábito balzaciano, de tomar por un asedio aparente el carácter de las gentes que nos describe, explica también la pasión que tenía el autor por el misterio y por los secretos. *Secreto*,

* Sobre el "papel determinante de la descripción" en la novela balzaciana, puede consultarse con provecho el libro de Philippe Bertault: *Balzac. L'homme et l'oeuvre* (Boivin et Cie., París, 1946).

misterio, son palabras que se repiten constantemente a lo largo de sus novelas. Y no se repiten sólo en sus novelas, sino en sus cartas. Balzac se jacta de que muy pocos son los que le conocen. Vive en secreto. Él, tan vanidoso, es, sin embargo, por lo menos lo afirma, un hombre secreto. Todos los misterios lo atraen. No cifra sus misivas, como lo hacía Stendhal en ocasiones. Pero las sella meticulosamente. Sobre su mesa, la colección de sus sellos constituía, de hecho, un repertorio de enigmas sentimentales. Adoraba las casas con dos puertas, malas de guardar, magníficas para huir. Le encantaban las amistades incomunicables, los viajes súbitos y las largas esperas. La de la "extranjera", Evelina Hanska, duró, para él, más de cinco lustros.

El semblante puede ser una máscara. Ya lo hemos dicho en este estudio sobre Balzac. Pero la casa en que ese semblante se disimula, la calle donde esa casa tiene su número y la ciudad que atraviesa la calle, luchan constantemente por denunciar el semblante oculto. Es por allí por donde conviene empezar el sitio. A veces, como lo han confesado tanto los críticos, el subir paulatino de los lectores por peldaños eternos de descripción, los impacienta notoriamente. Piden el ascensor. Pero la escalera es el ascensor más secreto del novelista. Subiéndola, poco a poco, no se llega tan sólo al piso donde aguardan la heroína o el héroe del escritor: se llega también hasta su alma incógnita, paralizada probablemente por la hipnosis que le produce la ansiedad de sentirnos subir con tan sabia y dramática lentitud.

Se advierte cuán poco tiene en común con Emilio Zola este extraordinario "naturalista". Los espíritus que le interesan son su obsesión. Los persigue mientras lo atraen y, en cuanto los posee, los desmenuza, los diseca, los pulveriza.* Tan imaginativo como buen observador, no ve con exactitud sino lo que ha inventado primero. Y no inventa sino lo que podrá ver implacablemente, escuchar y tocar hasta el frenesí. Obra en nosotros como una pesadilla lógica.

La primera víctima de esa imaginación es el propio Balzac. Escuchémosle. Se trata de una confesión que atribuye a uno de sus *dobles*: Louis Lambert. "Nadie en el mundo —dice— sabe el terror que me causa a mí mismo mi fatal imaginación. Me eleva a veces hasta los cielos y, de pronto, me deja caer en la tierra, desde una altura prodigiosa. Ciertos impulsos y algunos secretos y raros testimonios de una particular lucidez, me indican que puedo mucho. Envuelvo entonces al mundo con mi pensamiento, lo amaso, lo formo, penetro en él y lo comprendo o me figuro comprenderlo. Pero me despierto súbitamente. Y estoy solo, de nuevo, en una noche profunda."

* Sobre los caracteres balzacianos, es recomendable leer una obra de Elena Altszyler: *La genèse et le plan des caractères dans l'oeuvre de Balzac* (Félix Alcan, París, 1928).

El hombre que sufría, en secreto, de ese terror, no daba la impresión de un neurópata a los muchos amigos que le trataban. Hay que oír a Lamartine cuando lo describe. "Tenía —dice— la rotundidad de Mirabeau, pero sin pesadez alguna. Era tanta su alma que llevaba con ligereza y con alegría aquel cuerpo (sólido y poderoso) como una envoltura flexible y no como un fardo. Sus brazos se agitaban con donaire. Conversaba como hablan los oradores." Podría pensarse que Lamartine era un "elfo" sentimental y que imaginaba más bien a Balzac como le habría agradado verlo. Pero Paul Lacroix no era, incuestionablemente, un "elfo" sentimental. Sin embargo, su descripción de Balzac no resulta muy diferente: "Un hombrecillo ventrudo, de abierta y alegre fisonomía, tez rubicunda, boca bermeja, ojos vivos y penetrantes... Combinación material de Rabelais, de Piron y de Désaugiers; cabeza admirable, de genio; cuerpo espeso, de agenteviajero..."

Algunos pretenderán que Lacroix prefirió insistir esa vez en el valor anecdótico de la silueta del novelista. Pero Jorge Sand nos lo señala igualmente como a un comensal de "trato agradable, un poco fatigoso" (por el exceso de sus palabras), "que reía y charlaba, sin darse casi tiempo de respirar". Teófilo Gautier, por su parte (es decir: un escritor para quien el mundo externo existía terriblemente) elogia las carcajadas con que celebraba Balzac las apariciones cómicas de su propia conversación. Las veía "antes de pintarlas". El mismo Gautier agrega: "La risa de sus labios sensuales era la risa de un dios benévolo, que se divierte con el espectáculo de las marionetas humanas".

Nada, en todas estas semblanzas, nos permite suponer el terror nocturno del solitario encerrado frente a su obra. ¿Quién nos habrá mentido? ¿Balzac, o los numerosos espectadores de su existencia?

Ni aquél ni éstos, probablemente. Porque, en Balzac, alternaba el extravertido que conocemos —jacarandoso, teatral y, a menudo, bastante vulgar— con el introvertido que adivinamos y que no advirtieron siempre sus compañeros y sus rivales: el que cavaba en la sombra, a fuerza de trabajo y de tazas de café isócronas, tóxicas pero tónicas, su propia y cercana tumba; el que almacenaba la realidad de la naturaleza para imponer, a su modo, una naturaleza distinta a la realidad; el que daba a Grandet y a Gobseck los millones que sus negocios infortunados nunca le dieron; el que —honrado y probo en los episodios cotidianos— se transformaba a veces, por la eficacia de su fantasía, en el más negro de todos sus personajes: el fabuloso y fatal Vautrin.

Sus contemporáneos vieron en él, sobre todo, al francés jovial, buen gastrónomo y buen bebedor, digno de competir con los "telemistas" de la Abadía cantada por Rabelais. Pero sus lectores de hoy no podemos aceptar esa estampa cómoda y pintoresca. Aun sin haber contemplado el rostro que eternizó Augusto Rodin, adivinamos, bajo el perfil locuaz del extravertido, la tenebrosa ansiedad del introvertido, su avidez y su miedo de ser, su audacia y su timidez, igualmente enormes. La grandeza de Balzac residió en esa alianza magnífica, y no muy frecuente por cierto: la del hombre que ve cuanto le rodea y la del hombre a quien no rodea efectivamente sino el mundo que intenta ver: la del observador y la del vidente.

En el libro que escribió acerca de "las grandes corrientes de la literatura en el siglo xix", dice Jorge Brandès que los ojos de Balzac —ojos de domador de leones— "veían a través de una pared lo que ocurría dentro de una casa", que "atravesaban a las personas" y que "leían en su corazón como en un libro abierto". Completándose, o corrigiéndose, afirma en seguida el comentarista: "Balzac no era un observador, sino un vidente. Si en la noche, entre las once y las doce, encontraba a un trabajador con su mujer, que volvían del teatro, podía seguirlos (con la imaginación) calle tras calle, hasta el otro lado del boulevard exterior donde vivían. Les oía cambiar sus pensamientos, primero sobre la pieza que habían visto, después sobre sus asuntos privados... Hablaban del dinero que deberían recibir al siguiente día y lo gastaban ya de veinte maneras distintas. Disputaban sobre ello y descubrían su carácter en la pelea. Y Balzac escuchaba con toda atención sus quejas sobre lo largo del invierno, o sobre el precio de las patatas..." Todo esto lo habíamos leído en *Facino Cane*.

De acuerdo, al fin, con las confidencias de *Louis Lambert*, concluye entonces el crítico: "Esa fantasía, que dominaba a los demás, era su propio tirano." Porque —sigue hablando Brandès— "quien sólo busca lo bello describe sólo el tronco y la copa de la vegetación humana"; pero "Balzac presenta el árbol humano, con sus raíces, y se ocupa sobre todo de la estructura de esas raíces, de la vida subterránea de las plantas, que determina la exterior." Al principio del capítulo consagrado a Balzac, Brandès nos había ya declarado que el autor de *La comedia humana* "entendía y pintaba de preferencia la raíz de la planta hombre", para ilustración de lo cual reproducía dos versos de Victor Hugo:

Il peignit l'arbre vu du côte des racines,
le combat meurtrier des plantes assassines.

Ante esta nocturna mitología, ¡qué lejos nos encontramos del obeso Monsieur Balzac, émulo del pletórico Gargantúa, que saludaba a Lacroix, de pronto, en alguna de las calles de París! ¡Qué lejos —y, después de todo, qué cerca! Porque no es grande, en verdad, por lo que se omite, sino por el espacio que se está en aptitud de llenar con sinceridad. Balzac tocaba así, por un extremo, al mundo risueño de sus cuentos eróticos y salaces, en tanto que por el otro, tocaba a los sótanos del presidiario Dostoyevski, al dolor del hombre que, sin perdón y sin tregua, vivió y sucumbió en el subterráneo.

Cuando la grandeza alcanza estas proporciones no deja de imponer, a quien la padece, una dramática desmesura. Tal desmesura explica muchos escepticismos frente a Balzac. "Es demasiado voluminoso para ser realmente grande", parecen pensar muchos de sus críticos. Se reanudan entonces las viejas y estériles discusiones. ¿Sabía escribir Balzac? ¿Es tolerable su estilo grandilocuente? ¿Quién retrató mejor al avaro, Molière o él? ¿Cómo pudo el mismo escritor tener igual fe en el misticismo de Swedenborg y en las conclusiones materialistas de los fisiólogos de su época? ¿Por qué hay tanto pesimismo en las mejores páginas de su obra? ¿Cómo pudo destilar tanta hiel, en algunos de sus libros, un hombre personalmente tan bondadoso? ¿Por qué un observador tan perfecto quiso presentarse, además, ante el público, en plan de patético visionario?

Trataré de contestar a algunas de estas preguntas en los próximos capítulos de este libro. Pero a la última, por lo menos, creo haber respondido ya; pues si repudiamos al visionario, en Balzac, no habremos entendido al observador. Sus ojos eran los instrumentos de su fantasía. Sin lo vehemente y cordial de esa fantasía, Balzac no hubiera sabido ver lo que supo ver: la diversidad exterior y la unidad interior de la vasta y eterna comedia humana.

VI. ACCIÓN

CORREN, por la calle, muchas historias de locos. Cierta vez me contaron una. Héla aquí. Dos reclusos se encuentran, una mañana, en el patio del manicomio. Para facilitar el relato, llamaremos Juan al más silencioso y Carlos al más jovial. Carlos es un recluso contento con su destino. Ambiciona muy poca cosa: el imperio de Trebisonda. Como sus ministros tardan en coronarlo, lee todas las noches y se distrae con lo que lee. Juan no sabe exactamente qué desear. Vive en ese estado de disponibilidad absoluta que los sujetos no paranoicos califican de aburrimiento. Al enterarse de aquella insatisfacción, Carlos le recomienda algunas lecturas. Pocos días más tarde, le presta un libro. Transcurre un mes. Y otra mañana, por obra de la casualidad del relato —o de un capricho del reglamento— Carlos y Juan vuelven a coincidir en el patio del manicomio. Juan continúa dando señales de una incurable melancolía.

—¿Qué pasa? —le pregunta su amigo—. ¿No te interesó el libro que te presté?

—Sí —le contesta Juan—. Lo estudio todas las noches. Pero tiene muchos protagonistas y poca acción.

El libro que no había conseguido alegrar a Juan era un ejemplar del Directorio de Teléfonos.

En el caso de Balzac, los personajes abundan; pero la acción no falta. Todo, al contrario, hasta en el más descriptivo y moroso de sus relatos, es movimiento en potencia, o preparación para el movimiento. Parece, a ciertas horas, que nada ocurre. El autor nos da la impresión de haberse olvidado de agitar a sus personajes. Está ocupado, ostensiblemente, en inventariar lo que los rodea. Verbigracia, el salón de una casa de juego: aquella donde el Rafael de *La piel de zapa* entra para apostar —y perder— su último "napoleón".

Consideremos cómo procede Balzac. "Cuando el joven entró en la sala —nos dice— algunos jugadores se encontraban ya allí. Tres ancianos, de cabeza calva, se habían indolentemente sentado alrededor del tapete verde. Sus rostros de yeso, impasibles como los de los diplomáticos, revelaban almas cansadas, corazones que desde hacía mucho habían olvidado el arte de palpitar, aun cuando arriesgasen los bienes parafernales de sus esposas. Un joven italiano, de cabellos negros y tez olivácea, se había acodado tranquilamente en el extremo de la mesa. Parecía escuchar esos secretos presentimientos que, de manera fatal, gritan al jugador: Sí o No... Siete u ocho espectadores, de pie, y colocados de modo de formar una galería, aguardaban el desarrollo de las escenas que la suerte les preparaba y atendían a las figuras de los actores y al movimiento de los rastrillos y del dinero. Esos desocupados estaban allí, silenciosos, atentos, inmóviles, como el pueblo en la plaza de la Grève cuando el verdugo corta una cabeza. Un hombre alto y enjuto, dentro de un frac raído, sostenía un registro con una mano, y un alfiler con la otra, para marcar las salidas de la bola roja, o de la negra. Era uno de esos Tántalos modernos, que viven al margen de todas las alegrías de su siglo: uno de esos avaros sin tesoro, que apuestan sumas imaginarias. Loco razonable, acariciaba una quimera para consolarse de sus desgracias. Obraba, con el vicio y con el peligro, como los jóvenes sacerdotes con la Eucaristía, cuando celebran sus misas blancas. Frente a la banca, uno o dos especuladores, expertos en las suertes del juego y parecidos a esos viejos presidiarios a quienes no espantan ya las galeras, habían venido para aventurar tres golpes y llevarse inmediatamente la ganancia eventual, de la que vivían..." Sigue así la enumeración, implacable, sorda, metódica, casi opaca a fuerza de un realismo que resulta, a menudo, superficial.

Nada nos perdona el observador: ni las cabezas calvas de los ancianos, ni esos rostros de diplomático (¿dónde habría encontrado él a diplomáticos *impasibles*?), ni el registro y el alfiler del moderno Tántalo, ni el ruido de los rastrillos y del dinero sobre la mesa. Después de todo, la descripción es tan insistente, y está hecha con detalles tan poco nuevos, que, de improviso, nos preguntamos: ¿Por qué nos impuso Balzac ese monótono trozo? Pero estamos en un error. Porque esa descripción, deliberadamente mediocre, nos hizo ya penetrar, del brazo de Rafael, en la casa de juego desconocida. El tapete verde, el raído frac, las caras de yeso, los especuladores, son —por supuesto— elementos tópicos. Los hemos visto en tantas malas novelas que nos asaltan, al considerarlos, una repugnancia física, un hastío literario, la indefinible opresión del ripio. ¡Qué incoloro estilista, en algunos casos, era el excelso autor! Pero no lo juzguemos con tanta prisa. Esa repugnancia, esa opresión del ripio, ¿no es, en el fondo, lo que él trataba precisamente de producirnos —para que sintiéramos, en seguida, la desazón de su personaje? Lo que tomábamos por una fotografía amarillenta, vieja y polvosa, no era en realidad sino el marco de la futura y terrible acción. A lo largo de los párrafos anodinos que acabo de traducir, todo ya nos promete esa acción futura.

Busquemos un relato muy diferente. En él, aparece otro joven desconocido: no el Rafael de *La piel de zapa*, sino Teodoro, el Teodoro de *La casa del gato que pelotea*. Nada muy decisivo le ocurre durante las primeras treinta páginas del volumen, que —en total— sólo tiene cincuenta y cinco. Le vemos rondar una antigua casa, en la calle de Saint-Denis. Balzac nos hace el aguafuerte de aquella casa. Y, en cierto modo, también, su radiografía. Comenzamos por descubrirla; luego, la vemos; muy pronto, nuestros dedos ya la palparon. No tardamos en conocerla, como a una vieja portera reumática y pintoresca, parlanchina y sentimental, mal hablada, peor vestida y bastante sucia. El novelista no ahorra ningún detalle. Mide el techo triangular de la habitación; las X y las V dibujadas por las maderas de la fachada. Insiste en las singularidades de cada piso. En el primero, las ventanas son cuatro, largas y estrechas. Las del segundo, tienen celosías. Sus cortinas son de color de rosa. Hay, en las del tercero, unos vidrios verdes. Tras esos vidrios, un espectador menos pertinaz no vería lo que Balzac descubre *junto a nosotros*: una tela azul, a cuadros, "que esconde, a los ojos de los profanos, los misterios del aposento".

Concluído el análisis de la casa, el autor se siente en la obligación de presentarnos al personaje que la ha estado espiando desde la esquina —y con cuyos ojos "negros y chispeantes" ha visto, *como nosotros*, la matutina decrepitud de la calle de Saint-Denis. Nos declara, sin reticencias, que se trata de un joven. Pero aquella súbita indicación es probablemente —en opinión de Balzac— una dádiva prematura. ¿La merecíamos realmente? Un poco arrepentido de haber hablado más de la cuenta, el novelista prefiere desviar otra vez nuestra ingenua curiosidad. Nos señala los pliegues del abrigo que lleva el joven esa mañana; nos muestra la elegancia de su calzado, sus medias blancas, su peinado "a la Caracalla" (recuerdo de la época de David); nos pinta su rostro pálido y, por fin, su frente. Porque la frente "es profecía del hombre" dice Balzac.

No ha terminado la semblanza exterior del héroe, cuando principia la de los huéspedes de la casa. Tres aprendices se asoman por el desván. Ríen, charlan, desaparecen. En la ventana del tercer piso, brota una señorita. Aquí, el romanticismo destiñe sobre la arquitectura realista de la novela. El romanticismo, es decir: la exageración, las convenciones verbales y las antítesis. "Existía —escribe el autor— un delicioso contraste entre las mejillas juveniles de esa figura, sobre las cuales el sueño había depositado, en relieve, una superabundancia de vida, y la ancianidad maciza de la ventana."

Hasta ahora, nada ha ocurrido. Nada ocurre, tampoco, en las próximas páginas. Nos enteramos, es cierto, de que una mano temblorosa ha dispuesto sobre la puerta un cartel de paño. Leemos, en ese cartel, un nombre: el del propietario del establecimiento. "Guillermo, sucesor de Chevrel". Otros novelistas, más impacientes —esto es: menos novelistas— nos dirían en tres palabras la ocupación de aquel sucesor: comerciante en paños. Y nada más. Pero Balzac, tan impetuoso de suyo en la realidad, es un maestro, como la vida, en el arte difícil de constreñirnos a la paciencia. Si no nos importunara lo irreverente de ciertos términos, confesaríamos que sus mejores victorias son las victorias de una psicología irritante: la del "strip-tease". En efecto, no desnuda nunca a sus héroes —y menos aún a sus argumentos— de un solo golpe. Primero, los envuelve con muchos velos. Luego, va despojándolos lentamente, sabedor de que esa hipócrita lentitud es el secreto mismo de nuestro goce.

Así, antes de revelarnos que Guillermo comercia en paños, Balzac contará *con nosotros* los barrotes de hierro que protegen el establecimiento y calculará, *junto con nosotros*, el peso de los paquetes que se hallan depositados al amparo de esos barrotes. Todo lo cual no le estorba para dejarnos adivinar que Guillermo es un ser astuto, "patriarca" del paño en arca; ni para ofrecernos muchos detalles exactos sobre el atuendo de su persona. Usa calzones negros, de terciopelo; zapatos con hebillas de plata; tiene el cabello gris y los ojos verdes. Éstos son tan pequeños que parecen agujereados con berbiquí; etc., etc.

Desfilan varias otras páginas. Aparentemente, nada sucede. Va la novela casi por la mitad, cuando nos enteramos de que el joven Teodoro, enamorado de la habitante del tercer piso, es pintor —y pintor de mérito—. No nos lo confiesa Balzac inmediatamente. Nos lo revela, más aún que él, un colega del joven desconocido. Principia, entonces, la acción material del libro. O, más bien, estalla, corre, se desenfrena, se precipita. Y, al fin, se estrella. Porque, en menos tiempo del que hubimos de consagrar a la preparación de la acción, los hechos se suceden, sin intervalos y sin reposo. El pintor, Teodoro de Sommervieux (hemos averiguado, a la postre, hasta su apellido) ha hecho, de memoria, un retrato soberbio de la muchacha del tercer piso. La muchacha se llama Agustina. Agustina quiere al pintor y detesta a Lebas, el huérfano que desearía Guillermo imponerle como marido. Teodoro exhibe el retrato de Agustina en el Salón de Pintura y el cuadro obtiene no sólo el premio sino un éxito fulgurante. Acompañada por una prima suya, Agustina, naturalmente, va a visitar el Salón. Naturalmente, ve su retrato. Naturalmente se encuentra con Teodoro. Naturalmente, los jóvenes se casan. Y, por las razones que sabréis si leéis el libro, naturalmente no son felices... Pero ¿cómo contar *lo que pasa* en una novela? Una novela se lee, no se resume. Y las novelas que menos pueden sintetizarse son, en el fondo, las de Balzac.

Lo único que deseaba con todos estos detalles era hacer sentir el procedimiento típico del autor: el ritmo lento con que dispone todos los elementos para el disparo rápido de los hechos. Algunos dirán que esa lentitud escamotea, a menudo, la acción. Al contrario; la explica, la organiza y la hace materialmente creíble —que es lo importante. *La comedia humana* está llena de episodios que, narrados por otra pluma, serían absurdos, falsos, incoherentes. Reducidas a la pura máquina de la acción, muchas novelas de Balzac parecerían inverosímiles. Acaso, en efecto, algunas de ellas lo son. Pero no lo es, en conjunto, su gran *Comedia*. Ese conjunto es la verdad misma. Porque, en una buena novela como en la vida, la acción es el resultado de una serie —no siempre lógica— de ensayos y de tanteos; de ensayos y de tanteos que ni la vida ni el novelista pueden jamás economizar. Aun cuando lo que hagamos no sea el producto de un proyecto determinado, ni el fruto de una reflexión muy concreta, en lo que hacemos está fundida y cristalizada una red misteriosa de surtidores espirituales; todo obedece a un estilo íntimo de pensar, de sentir y de comprender; todo responde a una combinación infinita de remembranzas y de costumbres que definen nuestro carácter y que son nuestra personalidad: inimitable e intransferible, exigente y cifrada, profunda y única.

Se comprende que —a pesar de las escenas magistralmente animadas por Carlos Dullin en la reposición del *Faiseur*— Balzac no haya conocido grandes éxitos teatrales a lo largo de su existencia. Todo lo adueñaba de la novela y, *por eso*, todo lo distanciaba, implícitamente, del teatro. La medida del tiempo (problema fundamental para el novelista) es distinta en cada uno de esos dos géneros. El teatro requiere síntesis. Análisis, la novela. En el teatro, las descripciones serían inútiles. Unos cuantos apuntes del dramaturgo... y el director hace lo que urge, si domina en verdad su oficio. En la novela, somos nosotros los directores de escena, no titulados. Nuestro oficio de lectores no estriba, por supuesto, en presentar simultáneamente, sobre un tablado, los trastos, los muebles y las cortinas que ayudarán a engañar a la clientela. Estriba —al contrario— en engañarnos a nosotros mismos, imaginando las cosas muy poco a poco, para un efecto que no se produciría si no obedeciéramos inteligentemente a las descripciones del narrador.

El crítico espera del dramaturgo que penetre "de lleno" en la acción del drama. Vino una época en que los novelistas más ingeniosos, por subordinación a las técnicas del teatro, quisieron entrar también, sin preparativos tangibles, en el asunto de sus novelas. Según lo afirma uno de sus biógrafos, Tolstoi resolvió escribir *Ana Karenina* (obra que había estado gestando durante mucho tiempo) el día en que descubrió, al principio de un relato de Puchkin, esta entrada en materia, rápida y perentoria: "La víspera de la fiesta, los invitados empezaron a reunirse..." Le encantó encontrarse así, de repente, no en una barca lista para zarpar, sino en una barca que parecía estar ya bogando —y en pleno océano—. Se encerró entonces en su despacho y trazó las primeras líneas de *Ana Karenina*. Tras un exordio brusco y brevísimo —dos renglones exactamente— la novela se ha puesto en marcha: "Todo estaba en desorden en la casa de los Oblonski. La señora había descubierto que su marido tenía un enredo con la institutriz..."

El procedimiento era relativamente nuevo en los días de Tolstoi. Precisémoslo, sin embargo: era nuevo, como procedimiento de novelista. Porque, desde Shakespeare y desde Racine, lo habían utilizado hábilmente los maestros clásicos de la escena. Me bastarán dos ejemplos típicos. Este, que tomo del *Rey Lear*: "Creía —observa Kent al levantarse el telón— que el rey tenía mayor afecto para el duque de Albany que para Cornwalles." Estamos ya en pleno drama. O éste, que encuentro en el *Bayaceto* de Juan Racine: "Ven, sígueme" —apremia el visir a su confidente—. "La sultana se dirige a este sitio..." Nos sofoca, súbitamente, la atmósfera del serrallo.

Pero el teatro cuenta con elementos materiales de convicción que no existen en la novela: el cuerpo de los actores, el color de sus trajes, el estilo de sus modas, la proyección de las luces, la forma y el volumen de los muebles. A menudo, en la novela, el autor paga un precio bastante alto por el capricho de pasar inmediatamente —y sin puentes sólidos y visibles— del reposo absoluto a la agitación. "La novela —escribió, en alguna parte, Ortega y Gasset— es un género moroso." Observación pertinente y que se ajusta, en todos sentidos, a las concepciones íntimas de Balzac. No fue sólo Ortega quien comprendió esta necesidad del género novelesco Más recientemente, apuntaba Sartre: "En un relato, lo que da a cada objeto su densidad existencial no es ni el número ni la dimensión de las descripciones, sino la complejidad de los vínculos que lo ligan con los personajes. El objeto parecerá tanto más real cuanto más a menudo haya sido tomado, manejado, tocado y vuelto a tocar (esto es: trascendido) por los personajes, en la dirección de sus propios fines."

La frase contiene una idea en extremo exacta. Alteremos por un momento el orden de los factores. Allí donde Sartre alude a los "objetos" de la novela, hablemos nosotros de los protagonistas. No tardaremos en darnos cuenta de que la verdad sigue siendo válida. Podremos asegurar que la densidad existencial de los protagonistas no dependerá de la magnitud de las descripciones que de ellos haga el autor, sino de la complejidad de los lazos que liguen a esos protagonistas con los objetos que los rodean en el relato. Habremos así expresado, indirectamente, la regla de oro de la técnica balzaciana.

Digamos, mejor, de una de las técnicas balzacianas. Porque, en las novelas cortas, Balzac emplea otros mecanismos menos pesados y más veloces. Detengámonos ante un ejemplo imborrable: el del *Coronel Chabert*. Como el Puchkin de *Hojas desprendidas* —y antes que el Tolstoi de *Ana Karenina*— Balzac asalta el relato cuando está en pleno movimiento, toma el expreso en marcha y no pierde su tiempo entre los pasajeros que aguardan en la estación. Empieza la novela en el bufete de un abogado, Derville. En seguida, uno de los pasantes advierte a sus compañeros: "¡Vamos! Aquí tenemos de nuevo a nuestro viejo *carrick*"... Se daba el nombre de *carrick*, en la Francia de Luis XVIII, a una levita especial, utilizada sobre todo en los viajes, y que —impropiamente llevada, como la llevaría sin duda Chabert— singularizaba a su portador. Desde ese instante, el argumento se apodera de los lectores y no deja de apasionarlos y conmoverlos.

El drama es muy conocido. Se trata del regreso a la vida de un héroe de Bonaparte, dado por muerto en Eylau, escapado de la fosa en que lo enterraron y desfigurado por las heridas y por los años. Al volver a París, no encuentra lugar ni en su domicilio, ni en la ciudad, ni en el reino entero. Su "viuda" —rica, egoísta y olvidadiza— ha contraído segundas nupcias con el conde Ferraud. Su casa está ocupada por la nueva y feliz pareja. Napoleón sufre el destierro de Santa Elena. Y es tanta la miseria y la soledad del resucitado que cierto día —cual si fuera una solución para su desgracia— quiere ir a la Plaza Vendôme, abrazarse de la columna hecha con los cañones de las victorias, y ponerse a gritar allí: "Soy el coronel Chabert", hasta que el bronce lo reconozca.

Como era de preverse, ni el coronel se dirige a la columna, ni la columna podría reconocerlo. La condesa, ella sí, a la postre, lo reconoce. Aunque sólo para engañarlo; pues no entra en el programa de su existencia ni el proyecto de divorciarse ni la fantasía de atribuir a su antiguo esposo, por pequeña que sea, una parte de su fortuna. Viejo, humillado, vencido y, sobre todo, asqueado profundamente, el coronel termina sus días en un hospicio, en Bicêtre. Allí lo encuentra, en 1840, el mismo Derville que intentó restituirlo jurídicamente a su personalidad legal, pero a quien derrotaron, en tan plausible propósito, el egoísmo de la condesa y la generosidad o el desprecio del coronel. Derville dice, entonces, al amigo que lo acompaña: "Existen tres hombres —el sacerdote, el médico y el jurista— que no pueden estimar a la sociedad. Visten los tres de negro, acaso porque guardan el luto de todas las ilusiones y todas las virtudes". El relato, empezado en negro, concluye en negro.

Pocas estampas de *La comedia humana* tienen la homogeneidad interior y la ostensible unidad externa del *Coronel Chabert*. Nada sobra en esas sesenta páginas, tan enjutas y tan sombrías. Ningún espesor en las descripciones; ninguna digresión en el desarrollo. El argumento, al par que el protagonista, se despeña verticalmente, desde el minuto en que el coronel entra en el bufete del abogado hasta el minuto en que el abogado ve al coronel, derruído y demente casi, entre los huéspedes del hospicio. Ni divagaciones filosóficas, ni personajes superfluos, ni anécdotas evitables. La desventura va muy de prisa en la narración. Y ésta no acepta paréntesis ni descansos.

Nos hemos referido a tres de las obras escritas por Balzac cuando se encontraba "nel mezzo del cammin *della sua* vita". Pasemos ahora a otro libro suyo, compuesto en los años de la espléndida madurez: *El primo Pons*. Se trata de uno de los paneles del célebre díptico que lleva el nombre de *Los parientes pobres*. (El otro es *La prima Bela*.) El autor le dio fin en mayo de 1847. Tenía, entonces, 48 años. Mucho había avanzado en profundidad desde los tiempos de *La casa del gato que pelotea*. Su conocimiento se había hecho más penetrante y más pesimista. Sus diálogos son mucho más directos. Los caracteres que traza tienen el claroscuro de los mejores maestros de la pintura. Sus avaros no son puramente avaros, como Grandet; ni sus desventurados, desventurados totales como Chabert; ni sus comerciantes, honorables y probos hasta en la cama y bajo la égida conyugal, como el César Birotteau de los perfumistas. Pocas figuras más tenebrosas que la de la portera Cibot. Asesina moralmente al anciano Pons, mientras Rémonencq, un cómplice suyo, envenena a su flaco y cetrino esposo, sastre de oficio. Sin embargo, la Cibot no parece, al principio, una delincuente profesional. Ni siquiera podemos considerarla, desde el primer instante, como una delincuente en potencia. El autor hace de ella un retrato, no seductor, pero no exento de simpatía. Estimamos los restos "viriles" de su belleza, deteriorada desde hace años; observamos los tonos que va adquiriendo su carne lucia, barnizada y untuosa como la mantequilla "de Isigny" y nos inclinamos ante sus lustros ásperos y barbudos. Comprendemos que la pobreza la inquiete, velando —como parece velar— por el destino de su marido, ya valetudinario. No nos alarma que Pons y su amigo Schmucke, músicos ambos, acepten su tutoría. Adivinamos que las sonrisas que les prodiga no son el fruto de una generosidad espontánea o de un amplio desinterés. Cuando los adopta (dice de ellos "mis dos señores"), presentimos que disimula una ambición de heredera, más bien modesta. El autor nos ha dejado entender que, sobre las sumas que los dos amigos le entregan para "su gasto", les sisa un poco. Nada, en todo esto, resulta muy amenazador... Lo admirable de la novela es que presenciamos, día a día y casi hora por hora, cómo la anodina y jovial Cibot va dejándose dominar por la codicia del testamento futuro, hasta el punto de convertirse en una impaciente arpía, ocupada tan sólo, mientras su sastre agoniza, en cultivar sabiamente la agonía del primo Pons. Hay, por ejemplo, en la segunda mitad del relato, cierta escena en que la señora Cibot va a consultar a Madame Fontaine: una cartomanciana que nos hace pensar en *La Celestina*. Nada falta: ni el sapo Astaroth ni el gancho de tejer con que la vidente acaricia el dorso eléctrico del batracio; ni la gallina "Cleopatra", que colabora con la hechicera a lo largo de una dramática invocación. Todo el episodio es digno de la Cibot. Pero debemos reconocerlo: nos habría sido difícil imaginar que la portera descrita en los primeros capítulos del volumen se transformara en esa hórrida consultante.

Por su parte, Pons, el protagonista, no está pintado con menos habilidad. Es un tierno artista, un autómata soñador, un apacible maniático, un gastrónomo irremediable. Premio de Roma en su mocedad, la inspiración lo sostuvo por espacio de algunos años, hasta que otros compositores, más insistentes y sobre todo más estudiosos (Pons no intentará jamás luchar con el contrapunto) lo dejan en el olvido. Su verdadera profesión es la de coleccionista de cuadros y objetos de arte. Adquirió aquel padecimiento en Italia, en los días del premio inútil. Regresó a París junto con él. Y lo transporta, serenamente, por todas las tiendas de antigüedades. Se sentiría dichoso, al lado de su amigo el pianista Schmucke, entre sus Rubens y sus pequeños maestros flamencos, de no ser porque no le gusta cenar en el restaurante y no se resigna a las viandas que la portera dispone para alimentar a "sus dos señores". De 1810 a 1816 —en su época de mundano relajamiento— Pons se acostumbró a sentarse, todas las noches, en el comedor de alguno de los parientes ricos que lo invitaban. Le deleitaba nutrirse en su compañía, a la luz de muchas bujías chisporroteantes, sobre manteles de fina albura y entre cubiertos labrados por un orfebre conocido en los tiempos del rey Luis XV. Los faisanes le parecían más apreciables cuando era un mozo de rutilante librea quien los servía. Y los vinos acariciaban más su garganta cuando se los vertía —en copas diáfanas de cristal— un mayordomo enguantado y circunspecto.

Con el tiempo —y el infortunio— las invitaciones fueron haciéndose más escasas. Los parientes ricos del primo Pons no tenían mucho interés en ver alternar con sus otros huéspedes a ese músico ya borroso, feo como una mala caricatura y envuelto siempre en un raro "spencer" del año seis, cuyas solapas encubrían tímidamente la botonadura, de metal blanco, del frac gastado y multicolor. Según el propio Balzac lo radica, debía parecer ese personaje, a los parisienses de 1843, un señor-imperio, como se dice de ciertas sillas y de ciertos armarios "un mueble-imperio". Por desgracia, lo que agrega a las sillas y a los armarios un prestigio artístico o comercial (la fórmula de un estilo), descalifica a menudo a los individuos. Sin llegar a situarlos sobre un peldaño en verdad histórico, los deposita, irónicamente, en el plano de lo inactual.

Para conciliarse la simpatía de una de sus parientas acomodadas —la señora de Camusot— el primo Pons le regala un abanico precioso, de esos que sólo él sabe descubrir en los almacenes de antigüedades donde campean sus aptitudes de experto coleccionista. El regalo (que la dama, demasiado ignorante, no avalora en su justo precio) resulta una dádiva inoperante. Pons toma, entonces, la heroica resolución de no visitar a los familiares que no lo inviten muy formalmente a cenar con ellos. Ese instante cierra un capítulo de su historia. Y comienza su brusca disolución.

La Cibot se apodera de aquel destino. Un azar le revela que el viejo compositor no es el hombre pobre que todos creen. A fuerza de escudriñar en los montepíos y en los hoteles de ventas, Pons ha constituido una galería de objetos de arte que representa una gran fortuna. Heredar esa colección sería, para la portera, un negocio muy lucrativo. Las brujas perdieron a Macbeth. A la señora Cibot la perdió un judío —Magnus— quien le sugiere el valor inmenso de los tesoros acumulados por su inquilino.

La novela, en realidad, es el drama de tres voluntades en pugna: la voluntad de la portera, que ansía la muerte de Pons y que, aprovechando la enfermedad del músico, empieza a vender subrepticiamente algunas de sus reliquias; la voluntad del pianista Schmucke, el amigo de Pons, que no aspira sino a salvarlo, sin saber cómo, y la voluntad de Pons, que desea legar sus bienes a aquel amigo tan fraternal —y tan incapaz, por desgracia, de defenderlos.

En 1830, Balzac habría tal vez concebido al músico Pons. Pero lo habría realizado en un solo tono: el del soñador sonámbulo y automático. Lo extraordinario, en la novela de 1847, es que Pons, sin dejar de ser el sonámbulo soñador, sigue siendo el invitado profesional de sus duros anfitriones. Y, al mismo tiempo, es el astuto perseguidor de estampas y telas largas, el amigo intrépido y generoso, la víctima involuntaria de la portera Cibot y el hombre que se resuelve a no ser ya, al final, su víctima crédula y resignada. ¡Cuántos matices en el carácter de este personaje anacrónico! ¡Y con qué maestría graduó Balzac, en su paleta de novelista, los colores imprescindibles para pintarlo!

Según se ve, Balzac —en la madurez— logró superarse a sí mismo. De los caracteres, simples y monolíticos, que parecían prevalecer en sus obras de juventud, pasó después a los caracteres en devenir: los que se hacen y se deshacen frente a nosotros, ondulantes y varios como la vida. Si los resultados de su trabajo son diferentes, los instrumentos de que se sirve siguen siendo los mismos que utilizaba en *La piel de zapa:* la descripción, la repetición y la lentitud.

"La densidad existencial", de que antes hablamos, el primo Pons la obtiene por la frecuencia con que Balzac liga su figura a las cosas humildes que lo rodean. A cada paso nos recuerda el autor el color de su "spencer" inevitable. Más de tres veces evoca la delicadeza y la gracia del abanico —atribuído a Watteau— que el coleccionista regala a una de sus parientas. Cuida de que en ningún momento olvidemos la pronunciación germánica de Schmucke, el amigo de Pons. Insiste en ello hasta la insolencia. E insiste porque sabe perfectamente que no hay *mal gusto* en insistir, cuando la obra lo exige. Aquella reiteración, tan aburrida y en ocasiones tan dolorosa, da a la presencia de Schmucke toda su realidad, a la vez ridícula y lacrimosa, ingenua, azorada, exótica y particularmente sentimental. Cuando muere Pons —y, refiriéndose a la portera, el pianista exclama, en su insoportable francés: *"C'esde eine monsdre qui a dué Bons!"*— el arte del novelista ha llegado a una de sus cúspides. Comprendemos, de pronto, qué fuerzas se hallan a merced de los escritores, cuando éstos ya no se asustan de parecer "vulgares" a los críticos exquisitos.

Raymond Mortimer no vacila en establecer, como fundamento del paralelo que esboza entre Carlos Dickens y Honorato Balzac, la vulgaridad de ambos novelistas. "Entre los más grandes escritores del mundo —dice, en su ensayo sobre *Balzac o la afirmación de la vida*— sólo ellos, Balzac y Dickens, son irremediablemente vulgares... Escriben para los agentes viajeros porque ellos mismos son geniales agentes viajeros... Uno y otro están como fascinados por el espectáculo de los súbitos saltos de la fortuna y por las sórdidas pretensiones burguesas, desencantadas o triunfadoras. Los perversos que nos enseñan son increíblemente inteligentes y los buenos inverosímilmente estúpidos. Dickens da a la virtud la victoria final, en tanto que Balzac prefiere generalmente permanecer fiel a su propia visión, más sombría. Uno y otro hacen mucho más plausibles e interesantes a sus villanos que a los héroes que ofrecen a nuestra aprobación". Por fortuna, Mortimer reconoce que esa "vulgaridad" de Balzac, tan "irremediable", era el modo que tenía él de prorrumpir en vítores a la vida, de exaltarla en todos los tonos y de exigir un eterno "bis" para cuanto palpa, huele, mira y escucha. "En los apetitos (observa entonces Mortimer) es donde aparece, de manera más evidente, el amor a la vida. Y debemos incluir entre los apetitos no sólo la lujuria, la voracidad, la codicia, sino también esas fuerzas misteriosas que conducen al hombre hasta el filántropo, el artista y el sabio. Balzac podría ser nombrado el panegirista de los apetitos."

Balzac fue vulgar. Tenía irremisiblemente que serlo. Y debemos congratularnos de que haya aceptado serlo con tan decisiva eficacia y tan apasionado vigor. Todo lo que nos muestra en sus libros, lo quiere, lo quiere para sí. A diferencia del árbol "que mueve la foja" porque "algo se le antoja", a él todo se le antoja. Si nos pinta a una mujer amable, quisiera poseerla antes que el héroe a quien la destina. Si nos describe un banquete, quisiera estar ya en la mesa, y sentado en lugar de honor. Si nos cuenta un viaje, quisiera subirse a la diligencia, discutir con el cochero, asomarse a la ventanilla. Si uno de sus personajes hereda, va al restaurante y pide "champagne" para celebrarlo, como si su apellido figurase también en el testamento.

Nieto de campesinos, "cargador sonriente" como García Calderón lo ha calificado, corpulento y macizo obrero de la novela, sensual creador de mil hombres y mil mujeres dóciles o despóticos, competidor incansable del Registro Civil, amasador de un siglo en efervescencia, Balzac no ignoró nunca que la lentitud, la torpeza aparente, el tartamudeo psicológico, la reiteración de los efectos y de los trucos, y hasta la vulgaridad de ciertos procedimientos verbales, son necesarios cuando lo que se engendra es un mundo —y cuando ese mundo es *La comedia humana.*

Desde un observatorio distinto, el hecho de acusar a Balzac de vulgaridad —por la reiteración sistemática de sus fórmulas y por su agobiadora aptitud de repetición— revela, en nosotros, cierta estrechez de sentido crítico y, digámoslo sin reservas, una limitación muy "occidental". Para el escritor de Occidente, bastan las alusiones. La insistencia es síntoma de mal gusto. Pero Balzac rebasó las fronteras occidentales. Hay, en él, un arte moroso, insistente, espeso, que nos induce a considerar el Oriente y a buscar allí, en sus fábulas infinitas, no un modelo tal vez, pero sí un estímulo.

Nada esclarece tanto este aspecto de mi interpretación de Balzac como un estudio de Raymond Schwab, el orientalista fallecido en 1957. Conocí a Schwab en París, pocos meses antes de que muriese. Y conversé largamente con él acerca del estudio que aquí menciono. Se trata de un luminoso ensayo, incluído en la *Historia de las literaturas*, dentro del primer tomo de la Enciclopedia que está publicando *La Pléyade*.

Afirmaba Schwab que, en la poesía asiática, "la reiteración transforma lo absurdo" y lo hace sentir como razonable. "Si nos sumergiésemos en el océano de *Las mil y una noches* —decía— nos sorprendería notar que toda la maquinaria de esos cuentos innumerables gira en torno a un pivote único". En opinión de Schwab, ese pivote "no es el amor, ni los celos, ni el valor ni el temor, sino la *insistencia*. Lo que un personaje ha pedido una vez y otra vez, acaba por obtenerlo... en la tercera solicitud —o, acaso, en la milésima primera".

Insistiré, yo también, en esta significación ritual de la persistencia, porque explica muchas tácticas de Balzac. Como los relatores de las "noches", Balzac sabía que la reiteración tiene efecto mágico sobre el hombre. El propio Schwab advertía ya, en su comentario de las literaturas orientales, hasta qué grado la circunstancia asiática "hizo aflorar, en el arte de la composición, el trazo de la suma". "Es —agregaba él— como si la cosa existiese más, cuanto más repetidamente se la nombra. Cada enunciación puede reforzarse, merced a la riqueza de los sinónimos. Una realidad, y la excelencia de esa realidad, se demuestran por el número de los elementos lingüísticos que las sirven". Ahora bien, como, aisladamente, ninguno de "esos emisarios puede representar por completo a tal Excelencia, rivalizan todos en un concurso de aproximaciones"... Del resultado, singularmente poético, de semejantes concursos podemos cerciorarnos rememorando el hechizo de algunas recitaciones infantiles, destinadas a producir en quien las decía —y más aún en quien las oía— una especie de hipnosis por insistencia: la revelación de un trasmundo informe, en el cual penetrábamos sin saberlo y del que no sabíamos cómo huir.

Lograda por el martilleo de las sílabas y por el movimiento envolvente de los sinónimos —sierpe del lenguaje— en busca de la expresión inasible y única, esa hipnosis por insistencia abría, sin embargo, a la imaginación de nuestra niñez, perspectivas inesperadas, líricos horizontes, aventuras verbales no desprovistas de resonancia, de legendario misterio y hasta, a veces, de contenido práctico y ponderable.

Sólo que Balzac no componía poemas; hacía novelas. Y su obra no se hallaba orientada a la trasmisión oral, sino a la visual, como acontece con todo lo que sale de las imprentas. En consecuencia, al martilleo rítmico de las sílabas, tenía que preferir el de las imágenes. Y, a la insistencia de los sinónimos, la adición de esas descripciones que, acumulando en el libro apariencias físicas coherentes, dan a la postre a los novelistas el poder de aislar al lector de la lógica acostumbrada, insertándolo en un estado que no es todavía el del sueño, indudablemente, pero que no es tampoco el de la vigilia —pues suprime, de hecho, la vigilancia.

VII. BALZAC Y LA SOCIEDAD

El subsuelo... o las reencarnaciones de Vautrin

NADA sería más impreciso —y más discutible— que calificar de "positivista" al creador de *Seraphita* y de *Louis Lambert*. He dicho, al contrario, que toda la obra de Balzac puede considerarse, hasta cierto punto, como una anticipación del suprarrealismo. Me congratulo de concurrir, en tal aseveración, con el juicio de un novelista de la agudeza crítica de Mauriac. "Se le ha querido ver como a un realista —opina el autor de *Genitrix*, pensando en el escritor de *La piel de zapa*—. Realista, lo fue sin duda. Pero lo fue solamente en la medida en que el suprarrealismo genuino (si es que lo hay) continúa siendo una forma de realismo".* En efecto, nada sería más arbitrario que llamar "positivista" a Balzac. Pero hay, no obstante, relaciones extraordinarias entre su obra y el pensamiento de Augusto Comte.

He releído, recientemente, el prólogo escrito por Comte (en diciembre de 1829) para la edición del *Curso de filosofía positiva,* que profesó en el Ateneo Real de París. Completa ese texto un cuadro sinóptico. Figuran allí los apuntes de un total de setenta y dos lecciones: dos de ellas consagradas a los preliminares del curso; dieciséis a las ciencias matemáticas; nueve a la astronomía; nueve a la física; seis a la química; y veintisiete a las ciencias de los cuerpos organizados (doce a la fisiología y quince a la física social). Las tres últimas conferencias debían resumir el método, la doctrina, y delinear el futuro de la nueva filosofía.

No sorprenderá mucho a los lectores de hoy esa distribución de las disciplinas examinadas por Augusto Comte: dentro de un total de setenta y dos lecciones, veintisiete sobre las ciencias de los cuerpos organizados. Pero semejante proporción era revolucionaria en aquellos días; sobre todo si se toma en cuenta que, de las veintisiete lecciones dedicadas a los cuerpos organizados, quince enfocaban la física social.

Apenas llegado a la mayoría de edad, el siglo XIX se declaraba decidido a dar prioridad al fenómeno sociológico. Es cierto, no se hablaba aún específicamente de "sociología"; pero se hablaba de "física social"... Anotemos el año: 1829. Balzac, reintegrado a las letras, escribía entonces *El último chuan* y *La fisiología del*

* F. Mauriac, *Actualité de Balzac.* Homenaje de la UNESCO a Balzac (Mercure de France, París, 1950).

663

matrimonio: un estudio de fisiología costumbrista y otro de física social. La coincidencia es interesante. Aunque exageraríamos, probablemente, si nos aventurásemos a añadir que es reveladora.

Lo revelador estriba en la circunstancia de que, tanto para Balzac como para Augusto Comte, el fenómeno social se plantee en términos físicos. Cada uno entenderá esa física a su manera. Hemos visto que la manera de Balzac atiende, más que al rigor científico, a la magia de los recursos y a la alucinación de los resultados. Pero esto —que es un elogio— habría ofendido a Balzac, para quien nuestro juicio hubiese constituído una prueba de incomprensión. Artista a pesar suyo, se presenta ante todo como historiador de la sociedad en que vive y, más aún, como zoólogo de las especies animales que agrupa la vida civilizada.

En el prefacio de *La comedia humana*, firmado en 1842, Balzac no cita a Comte una sola vez. Menciona, en cambio, a dos místicos —Swedenborg y Saint-Martin— y a toda una serie de sabios: Buffon, Needham, Bonnet, Saint-Hilaire, Cuvier, Muller, Haller, Spallanzani. Para él, frente a la mística —y al ocultismo— la ciencia por antonomasia es la zoología. Le causa estupor que, desde 1760, Bonnet haya dicho que "el animal vegeta como la planta". Y, orgulloso de haber redactado *La fisiología del matrimonio*, hincha un poco la voz para anunciar a los suscriptores de *La comedia humana* que pronto tendrán la satisfacción de leer otros "estudios analíticos" de su pluma: la *Patología de la vida social*, la *Anatomía de los cuerpos docentes* y la *Monografía de la virtud*. Aquí, no sabe uno qué admirar más: si la audacia del contemporáneo de Comte, o la ingenuidad del hijo de Bernardo-Francisco Balssa, el descuartizador de perdices que, en sus horas de ocio, elaboraba —él también— sus "monografías". (Él las llamaba "memorias". Ya mencionamos el largo título de uno de esos trabajos. He aquí otro, que Honorato no habría menospreciado: *Memoria sobre los medios de prevenir los asesinatos y los robos*.)

Fisiología, anatomía, patología... Balzac adopta, para analizar a la sociedad, el idioma del médico, el léxico de Bianchon. En teoría, se siente biólogo. "Según los medios en que su acción se despliega —se pregunta muy gravemente— ¿no hace la sociedad con el hombre tantos hombres distintos como variedades hay en la zoología?" En seguida, exagera y ejemplifica: "Las diferencias entre un soldado, un obrero, un administrador, un abogado, un ocioso, un sabio, un estadista, un comerciante, un marino, un poeta, un pobre, un pensador, son —aunque más difíciles de captar— tan considerables como las que distinguen al lobo, al león, al asno, al cuervo, al tiburón, a la oveja, etc. Siempre han existido —y, por consiguiente, existirán en todos los tiempos— especies sociales, como hay especies zoológicas". Él, Balzac, será, por lo tanto, el Buffon de las especies sociales. Un Buffon mucho más valioso, puesto que —según añade— "el Estado Social tiene casualidades que la Naturaleza no se permite".

Hasta estos momentos, advertimos principalmente las preocupaciones biológicas de Balzac. Pero ¿y la física social?... Su hora llega también. En el mismo prefacio de 1842, Balzac pasa rápidamente desde el plano de la observación zoológica de la sociedad hasta el plano de su representación histórica. No contento con referirse a su obra como a una historia de las costumbres durante el siglo XIX, nos confiesa su verdadera intención. "Mediante la reconstrucción rigorosa (esto es, histórica) un escritor podría —manifiesta Balzac— llegar a ser el pintor más o menos fiel y más o menos valiente, o paciente o afortunado, de los tipos humanos; el narrador de la vida íntima; el arqueólogo del mobiliario social, el catalogador de las profesiones, el censor del bien y del mal. Pero, *para merecer los elogios que ha de ambicionar todo artista*, ¿no debía yo estudiar las razones, o la razón, de todos esos efectos sociales; sorprender el sentido secreto de todo ese inmenso conjunto de figuras, de hechos y de pasiones? En fin, después de haber buscado —no digo hallado— dicha razón, *ese motor social*, ¿no era menester meditar *sobre los principios naturales* y ver en qué se acercan las sociedades, o en qué se alejan, de la eterna regla de lo bello y lo verdadero?... Así trazada, la sociedad tenía que llevar en sí propia *la razón de su movimiento*".

Este párrafo es indispensable para entender lo que deseaba llevar a cabo, en *La comedia humana*, Honorato Balzac. Desarticulémoslo esencialmente. En primer lugar, para Balzac, el novelista —que debía empezar por ser un zoólogo de las especies sociales y que debía ser, a la vez, su historiógrafo minucioso— tenía que ir más allá de las *consecuencias* y descubrir las *causas* del fenómeno sociológico. De allí, la urgencia de meditar sobre los *principios naturales*. De allí, además, la alusión al *motor social*. Y de allí, por fin, la conveniencia de que una novela del tipo de *La comedia humana* retratase a la sociedad y, al propio tiempo, consignara la *razón de su movimiento*. Movimiento social y motor social; efectos y causas sociales. Balzac se instala, sin la menor timidez, en el dominio de esa sociología positiva a la que llamaba el joven Comte física social. Pero, al instalarse en el dominio del sociólogo —y esto es lo más sorprendente— Balzac no invoca sus derechos de pensador, sino sus obligaciones de artista. Estudiar las razones, o la razón, de todos los efectos sociales es, a su juicio, un requerimiento del arte y no, exclusivamente, una necesidad de la ciencia. Si los estudia —lo declara textualmente— es para *merecer los elogios que todo artista ha de ambicionar*...

Me doy cuenta de que *La comedia humana* no llegó a ser el monumento científico que, *por motivos estéticos*, quiso edificar su autor en 1842. Pero me ha parecido conveniente subrayar estas dos aspiraciones, inseparables en el ánimo de Balzac. He aquí la primera: la novela, en su realismo, ha de emplearse como un instrumento de investigación social. La segunda es ésta: la unidad profunda de los fenómenos que llamamos sociales debe ser una preocupación primordial del narrador, y no sólo por consideraciones científicas —es decir: por respeto a la verdad— sino por consideraciones estéticas; es decir por acatamiento de la belleza.

¿Logró Balzac realizar, merced a la novela, esa filosofía de la historia, a la vez religiosa y positivista; apoyada, en un extremo, sobre Swedenborg y, en el otro extremo, sobre Cuvier? Por grande que sea mi admiración para el genio de Balzac, me veo obligado a reconocer que el autor pedía a su obra mucho más de lo que su obra podría ofrecerle nunca. Sin embargo, su propósito fue el que acabo de resumir. Era inútil precisarlo antes de abordar el examen de una de las características de Balzac: su aptitud, casi adivinatoria, para lo que hoy designamos con el nombre de psicología social.

Volvamos a la tesis de Sartre, respecto a los lazos que el narrador ha de establecer entre los personajes y los objetos, a fin de dar a éstos una "densidad existencial" y una presencia significativa en el curso de su relato. Hemos explicado ya que la norma es ambivalente. Se aplica lo mismo —en Balzac— a los personajes y a los objetos. Los puntos de referencia que éstos ofrecen a los protagonistas definen su acción y auxilian al lector para conocerlos y, después, para comprenderlos. Pero no basta que el escritor establezca vínculos sólidos entre los personajes y los objetos. A fuerza de establecerlos y de consolidarlos, acabaría por inmovilizar su novela y le daría, a lo sumo, la actualidad —discutible— de un cuadro plástico permanente. Más aún que la relación estática y descriptiva entre los personajes y los objetos, importa otra, muy difícil de conseguir: la relación dinámica y social entre personajes y personajes. Sólo cuando domina los medios de esta relación de segundo grado, el escritor es realmente digno de ser apreciado como un auténtico novelista.

En la habilidad para dominar tales medios, Balzac resulta maestro incomparable. Tenemos, como un ejemplo, el tipo de Collin, alias Carlos Herrera, alias "Engaña-a-la-muerte"; es decir: Vautrin. Su personalidad —inconfundible— liga tres de las novelas más importantes del mural balzaciano: *El padre Goriot, Las ilusiones perdidas* y *Esplendores y miserias de las cortesanas*. Es, para repetir una frase del autor, "la columna vertebral" de los tres relatos.

Veámoslo aparecer en *El padre Goriot*. Balzac nos presenta a un sujeto de alrededor de cuarenta años: usa peluca negra, se tiñe las patillas y dice haber sido negociante. Se trata de uno de los huéspedes de la señora Vauquer, la administradora de una pensión cuyo solo nombre encierra un programa: "Pensión burguesa para ambos sexos... y para otros". Los demás huéspedes son una solterona, la señorita Michonneau, a quien no sabemos que ácidos, materiales o espirituales, despojaron de todo hechizo femenil en la juventud; un señor Poiret, que ha girado infinitamente en torno a la noria social; y, además de otros seres en cuya semblanza no nos detendremos por lo pronto, un hombre joven, de ojos azules y pelo negro, Eugenio de Rastignac, y un misterioso anciano, más misterioso aún que Vautrin, porque la virtud que se disimula es más complicada en sus dédalos que el delito. Ese anciano que, en la alta noche, se esfuerza por convertir en lingotes una sopera y una bandeja de plata sobredorada, es el padre Goriot.

Rastignac, que suele ir a los bailes de un mundo frívolo y elegante, conoce a dos damas de gran belleza, la señora de Beauséant y la condesa de Restaud. En la mesa de la casa de huéspedes, habla de aquellas damas. La ansiedad con que Goriot le interroga acerca de la condesa da pretexto a los comensales para pensar que existe una relación malsana entre el empobrecimiento ostensible del viejo y la vida lujosa de la señora de Restaud. La administradora de la pensión no vacila en aventurar la siguiente hipótesis: Goriot es el amante senil —y servil por tanto— de la condesa. Vautrin no la disuade cuando le cuenta que Goriot va a vender al usurero Gobseck ciertas piezas de orfebrería, transformadas previamente en anónimas barras de plata. El dinero obtenido con tales ventas, son las manos de la condesa las que se encargan de derrocharlo.

—"París —exclama entonces Eugenio— es un lodazal."

Y Vautrin le contesta: —"¡Curioso lodazal! Son decentes los que se ensucian en coche; pícaros los que se ensucian a pie."

Rastignac esclarece muy pronto el verdadero secreto del padre Goriot. La condesa no es, por supuesto, la amante del pobre viejo. Es su hija. Una hija que se avergüenza de él y que lo despoja. Más generoso, más tierno o más demente que Lear, Goriot la ama a pesar de sus exacciones y sus desprecios. Eugenio se propone defender la reputación de aquel padre trágico. Y Vautrin le dice: "Para que usted se establezca como editor responsable del padre Goriot, será menester que adquiera una buena espada".

Los hechos le dan razón. Porque ni Rastignac puede salvar al anciano, ni su propio destino lo llevará limpiamente hasta las alturas que pretendía. Aburrido de sus estudios de derecho —que estima inútiles— resuelve hacerse un lugar en la sociedad, con ayuda del adulterio. Corteja a la otra hija —brillante y rica— del lastimoso Goriot: Delfina de Nucingen. Vautrin lo observa pacientemente. No ignora que Rastignac siente por él una antipatía invencible. Él, por su parte, no lo detesta. Lo quiere, casi.

O, mejor dicho, quiere adueñarse de su ambición. Empieza entonces a rodearlo, como —en la novela de Proust— el Barón de Charlus a los jóvenes disponibles. En el caso de Vautrin, no es la inversión sexual la que predomina, según ocurre con el Barón de Charlus, sino una voluntad más tensa y —no temamos decirlo— luciferina: la voluntad de la posesión absoluta, a la que sólo se presta (o a la que sólo incita) la juventud. Mefistófeles no se apodera del viejo Fausto, como los ingenuos lo creen. Contrata, con Fausto viejo, el don del futuro Fausto, del Fausto joven: de ése que, a través de las arrugas y de las canas, está concibiendo ya su diabólica fantasía.

En la novela de Balzac, principia —en ese momento— un diálogo memorable. O, para ser exacto, un monólogo, interrumpido apenas por Rastignac: el monólogo de Vautrin. Sería menester repetirlo frase por frase. En la imposibilidad de hacerlo, insertaré al menos, aquí, algunos de sus párrafos: "Queremos tener fortuna —dice, aludiendo a los deseos de Rastignac— y no poseemos ni un céntimo; comemos los guisos de mamá Vauquer y nos gustan las cenas del barrio de San Germán. No censuro esas ambiciones. La ambición, corazoncito mío, no todos en este mundo pueden tenerla. Pregunte usted a las mujeres qué hombres son los que buscan: los ambiciosos. Los ambiciosos tienen los riñones más fuertes, la sangre más rica en hierro, el corazón más cálido que los otros. Y la mujer se siente tan feliz y tan bella cuando se siente fuerte, que prefiere a todos los hombres aquel que posee una fuerza enorme, aun cuando a ella esa fuerza pueda quebrarla."

Vautrin describe, en seguida, lo que sería la vida de Eugenio si continuara por las sendas del deber y de la virtud: un ascenso lento y no muy seguro; una carrera difícil y, a la postre, también envilecedora. "Si fuera usted de la naturaleza de los moluscos —le grita— nada habría que temer. Pero su sangre es la sangre de los leones y su apetito le hará cometer veinte necedades al día." Imagina que su interlocutor puede esperar casarse con la hija de alguna familia modestamente acomodada. Le señala, entonces, los riesgos de esa clase de matrimonio. "Vale más guerrear con los hombres que luchar con su mujer." Y prosigue: "Se halla usted en el crucero de la existencia. Hay que escoger, ahora. Una palabra está escrita sobre su frente: *triunfar*, triunfar a cualquier precio... Un éxito rápido es el problema que tratan de resolver, en este mismo instante, cincuenta mil jóvenes que están en una posición parecida a la suya. Juzgue usted los esfuerzos que tendrá que llevar a cabo y el encarnizado combate que le aguarda. Puesto que no existen cincuenta mil buenas situaciones, tendrán ustedes que devorarse unos a otros como las arañas encerradas en un bocal. ¿Sabe usted cómo se allana el camino del éxito? O merced al brillo del genio o con la destreza en la corrupción. Hay que penetrar en la masa humana como una bomba. O deslizarse, en ella, como una peste."

Al llegar a este punto —y estimulado, sin duda, por el silencio de Rastignac— Lucifer le muestra todo su juego. "Soy un gran poeta —declara—. Pero mis poesías no las escribo: son mis sentimientos y mis acciones. En dos meses, si le obtengo una dote de un millón de francos ¿me daría usted doscientos mil?" La cosa es fácil. "Una mujer joven no rehusa su bolsa a quien le ha robado ya el corazón."

La pregunta de Rastignac equivale a una entrega sin condiciones. —"¿Qué debo hacer?" Vautrin concluye: "No hay principios; hay acontecimientos. Las leyes no existen. Existen las circunstancias. El hombre superior se une a las circunstancias y a los acontecimientos; pero es para conducirlos."

Tan pronto como Vautrin se aleja, Rastignac vuelve a titubear. Un fondo de virtud juvenil —o, más bien, de plácido conformismo— lucha, en su fuero interno, contra los consejos del seductor. Pero la vida es más persuasiva aún que los seductores más elocuentes. La pobreza y la vanidad acosan por todas partes a Eugenio. Cierto día, se decide a mirar a la señorita que Vautrin le ha propuesto para el negocio de que le habló. ¿Va a ceder por fin? El lector lo sospecha insistentemente. Sin embargo, Vautrin vigila. Y, cuando pensamos que Rastignac aceptará la transacción, Vautrin —que no es un demonio vulgar— le recomienda un poco de sangre fría. "Yo tengo también mi delicadeza" —le dice—. "No decida usted en este momento... Tiene usted deudas. No quiero yo que la desesperación, sino la razón, lo determine a venir a mí. Quizá necesite usted un millar de escudos..." Abre su cartera y le enseña un mazo de billetes de banco. Rastignac los contempla con avidez. Los rechaza, al principio, por elegancia. Pero acaba por aceptarlos, en calidad de préstamo —y mediante recibo.

Dentro del alma de Eugenio, prosigue el duelo entre la ambición y la dignidad. La ambición, a cada momento, canta victoria. Vautrin lo sabe. En consecuencia, prepara el asesinato del hermano de la muchacha por cuya dote está decidido a vender a Eugenio. Para gozar con las inquietudes de éste, le cuenta algo de lo que trama. Al verlo palidecer, le dice tranquilamente: "¡Vamos! Aún nos quedan algunos pañales sucios de virtud..."

El matrimonio no se consuma. La policía descubre a Vautrin. Otra vez vencido, el demonio desaparece.

Lo encontramos, nuevamente, en *Las ilusiones perdidas*, la novela que Balzac dedicó a Victor Hugo. Han pasado los años. Rastignac ha aprendido a vivir en la capital. Entre el magisterio de Lucifer y el de Delfina de Nucingen, prefirió el segundo. Otro joven surge en nuestro horizonte: otro provinciano, como Eugenio de Rastignac —y como Balzac—. Se llama Luciano Chardon y quiere llamarse Luciano de Rubempré. Poeta, y de apariencia extremadamente atractiva (su varonil hermosura lo impondrá a un círculo de mujeres muy celebradas, como la señora de Sérizy y la duquesa de Maufrigneuse), Luciano tiene por lo pronto una amante no titulada: la actriz Coralia; pero la pierde. Coralia muere. Ese luto no es lo único que lo aflige. Ha contraído deudas —¡siempre las deudas balzacianas!— y tiene que huir de París. Se refugia en Angulema. Pero allí compromete a su hermana y a su cuñado. Y tiene que huir de Angulema. Piensa suicidarse.

En su camino al suicidio, Luciano conoce a un "canónigo honorario de la catedral de Toledo", Carlos Herrera. Bajo el disfraz de ese nombre, vuelve a la escena el presidiario Vautrin. Como en el caso de Rastignac, Vautrin se siente atraído por la juventud, por la belleza y por la ambición de Luciano. No le cuesta ni mucho esfuerzo ni mucho tiempo descifrar su pequeño enigma: el suicidio próximo. Lo disuade y lo nombra su secretario, no sin darle algunas lecciones de egoísmo y de crueldad.

"Hay dos historias —le indica—. La historia oficial, siempre mentirosa, y que se enseña *ad usum delphini*. Y la otra, la historia secreta, la vergonzosa, la que nos descubre las verdaderas causas de los sucesos... No vea usted en los hombres, y sobre todo en las mujeres, sino instrumentos, pero no deje que lo adviertan." Agrega, poco después: "El éxito es hoy la razón suprema de todos los actos. El hecho no es nada en sí mismo: lo que importa es la idea que los otros se forman de él. Los grandes cometen casi tantas vilezas como los miserables; pero las cometen en la sombra y se jactan de sus virtudes. Siguen siendo grandes. Los pequeños, en cambio, despliegan sus virtudes en la sombra y exhiben sus miserias a plena luz. Por eso se les desprecia... Hasta ahora, ha obrado usted como un niño. Sea usted un hombre; o, lo que es lo mismo, sea usted un cazador. Póngase en acecho. Disimúlese y espere su presa..."

Luciano interroga al canónigo inverosímil: "Padre —le dice—, me espanta usted. Todo esto me parece una teoría de camino real." "Así es —contesta el falso canónigo—; pero no es cosa mía. En la misma forma han razonado todos los triunfadores... La sociedad se otorga tantos derechos sobre los individuos, que el individuo se encuentra en la obligación de combatir a la sociedad."

Todas estas osadías verbales convencerían poco a Luciano. Vautrin las completa con un argumento más sólido: quince mil francos, que el joven envía a su hermana, más apremiada aún que él. Al ver los tesoros que Vautrin guarda en su maletilla de mano, hace un ademán de sorpresa. "Un diplomático sin dinero —observa el falso canónigo— sería como un poeta sin voluntad."

Luciano no se le escapará, como Rastignac. El poderoso Carlos

Herrera lo ayuda en todo. Para complacerle, salva a Esther, una prostituta. Y, para hacerla digna de él, la enclaustra y la reeduca. Mientras tanto, Rubempré disipa su juventud. Pero la ausencia de Esther, raptada por el canónigo, le atormenta insidiosamente. Todo lo que sigue, en *Esplendores y miserias de las cortesanas*, parece haber sido arrancado a un relato de *Las mil y una noches*. Luciano ve, al fin, a la nueva y virtuosa Esther. Va a visitarla en un departamento que custodian dos cómplices de Vautrin: "Asia" y "Europa". "Asia" es una tía del presidiario, con tipo de javanesa, y "Europa" una joven más que despreocupada. Creemos que Luciano y Esther empiezan a ser felices. Pero el barón Nucingen se enamora de Esther. La hace perseguir como los genios persiguen a las doncellas en el país de los cuentos árabes. Durante páginas y páginas, tenemos la impresión de vivir una pesadilla: refinada e ingenua, tosca y cruel, como casi todas las pesadillas. Por momentos, el autor se olvida de que es Balzac. Se empeña en que lo tomemos por Eugenio Sue. Hay instantes en que nos irrita el candor que atribuye a la mayoría de sus lectores. Quisiéramos protestar —y escapar a la pesadilla—. Pero lo que sostiene esa pesadilla y le da su hondura —y, a la vez, su magnética realidad— es la figura del presidiario: relojero impasible de máquinas infernales, hipnotizador implacable de los actores —inexpertos o torpes— que le rodean; soñador, terriblemente despierto, de un sueño en el que muchos lo detestan y todos le obedecen sin excepción.

Todos, no. Porque Nucingen tiene también sus demonios áulicos: Peyrade y Corentin. La lucha entre éstos y Carlos Herrera resulta comparable a las viejas películas que llamábamos "de episodios". Por culpa de los policías al servicio de Nucingen, Luciano de Rubempré deja de ser recibido en casa del duque de Grandlieu, el padre de su prometida. Esther, que aceptó a Nucingen por necesidad, hereda súbitamente de los millones del usurero Gobseck. Herencia tardía en todos sentidos... Enamorada de Luciano y asqueada de Nucingen, Esther acabó por envenenarse. El falso canónigo inventa, entonces, un testamento falso. El fraude se averigua rápidamente y Collin, alias Vautrin, alias Carlos Herrera, es conducido a la cárcel. A la cárcel va también a parar Luciano de Rubempré. La novela concluye con el suicidio de Luciano y con una nueva derrota para Vautrin.

La figura de éste vuelve así a la realidad precisa —y jamás estrecha— que ya tenía en la pensión donde conocimos al padre Goriot. Esa realidad no la había perdido, sino ensanchado —en proporciones harto folletinescas— a través de aventuras que le impuso el autor para relatarnos la vida de Rubempré. En el presidio, todos los personajes tienen que respetar sus límites. Sus límites visibles; e, incluso, a veces, los invisibles. Eso ocurre hasta con Vautrin. Lo sentimos, en el primer momento, abrumado por un dolor que no suponíamos tan agudo: el que le produce la muerte de Luciano, al que llama "su hijo", y que no fue, siquiera, su más perfecta realización. "¿Qué había sucedido con aquella naturaleza de bronce, donde el pensamiento y la acción, simultáneamente, estallaban como un relámpago, y cuyos nervios, endurecidos por tres evasiones, habían adquirido la metálica solidez de los nervios de un salvaje?" se pregunta Balzac. Y observa entonces: "Napoleón conoció una disolución igual, de todas las fuerzas humanas, en el campo de batalla de Waterloo." Pero Vautrin recupera pronto sus fuerzas. O, por lo menos, la estatura mental que sus antiguas fuerzas le deparaban. Se adueña del presidio, un lugar donde la única aristocracia es la superioridad en el crimen. El idioma de esa aristocracia al revés, en los presidios de Francia, es el *argot*. Balzac lo emplea con eficacia, como Hugo lo empleará, años más tarde, en *Los miserables*; aunque sin describírnoslo él con tan románticas efusiones. Recordemos, de paso, las palabras de Victor Hugo: "Es algo que rechina y que bisbisea a la vez, completando el crepúsculo con el enigma. Hace noche en la desventura y, en el crimen, más noche aún. De esas dos noches amalgamadas está compuesto el *argot*. Oscuridad en la atmósfera, oscuridad en los actos, oscuridad en las voces. Espantosa lengua-sapo, que va, viene, salta, se arrastra, babea y se mueve monstruosamente en la inmensa neblina gris, hecha de lluvia, de noche, de hambre, de mentira, de injusticia, de vicio, de asfixia, de invierno y de desnudez: el mediodía de los miserables."

Bajo esa "inmensa neblina gris" se desarrolla el último acto de la tragedia de Vautrin. Aprehendido, vejado —y doliente por la muerte de Rubempré— el presidiario continúa rigiendo no sólo a los otros presos sino a varias familias del mejor mundo, a las cuales podría humillar si pusiera en circulación ciertas cartas reveladoras. Esas cartas, que son su fuerza, las tiene "Asia", la tía que custodiaba a la cortesana insuficientemente rehabilitada. Vautrin corresponde con "Asia", a hurto de los esbirros. Pero, en el fondo, el diablo está viejo ya. Y si no aspira sinceramente a la redención, sí desea regularizar sus hábitos de espionaje, "oficializar" su placer del tormento ajeno. Reserva, para entonces, su astucia máxima. A cambio de las cartas —que "Asia", por orden suya, entregará a un enviado del Procurador— Vautrin obtiene un puesto en la policía. Al reingresar en la sociedad, deja de interesar a Balzac evidentemente. Un Lucifer a sueldo no es Lucifer. No asistimos, por tanto, a "la última encarnación de Vautrin", como Balzac nos lo había anunciado, sino a su necesaria y fatal desaparición.

Me he extendido deliberadamente en la observación de este personaje porque me parece uno de los más expresivos de *La comedia humana*. Capaz de las peores infamias, no es, sin embargo, un carácter desprovisto de rigor y de autoridad. Destructor de todos los principios en que las sociedades se basan. "Vivir peligrosamente" hubiera podido ser el lema de su existencia.

¿Por qué le escogió Balzac para medir las vergüenzas, los miedos, las quiebras, los adulterios, las concesiones y las menudas o vastas hipocresías del mundo que lo rodeaba?... Acaso, porque había tenido ocasión de charlar con Francisco-Eugenio Vidocq, el reputado falsario y célebre jefe de policía. Acaso porque nunca dejó Balzac de sentirse atraído por aquellas novelas "negras" —como *El monje,* de Lewis— que inspiraron sus primeros ensayos de juventud. Acaso porque, en lugar de recorrer como Victor Hugo, en compañía de Jean Valjean, las alcantarillas materiales de piedra y lodo, prefería él recorrer, junto con Vautrin, las alcantarillas morales e intelectuales —más pestilentes, a veces— de una organización social fundada sobre el dinero, por el dinero y para el dinero. Acaso, en fin, porque sus funciones de novelista le inducían a contemplarlo todo con los ojos rápidos del detective. A este respecto, Baudelaire cuenta una anécdota interesante. Cierta vez, Balzac se detuvo frente a la tela de un buen pintor. El artista había representado, en aquella tela, un paisaje invernal: nieve, brumas, algunas chozas y, entre las chozas, una casita. De la chimenea de esa casita, en delgada cinta, salía una sospecha de humo. Balzac exclamó: "¡Qué hermoso! Pero ¿qué hacen los habitantes de esa cabaña? ¿En qué piensan? ¿Cuáles son sus pesares? ¿Fueron buenas sus cosechas? ¿Tienen deudas por pagar?"

Nadie tan parecido al buen policía como el buen novelista de presa. En tal sentido, el generoso y cordial Balzac tenía, a pesar de sus cualidades de hombre, ciertas oscuras similitudes con Vautrin. Una visión tan especial de la sociedad conduce, obliga —y en cierto modo condena— a un pesimismo excesivo y sin duda injusto. Injusto porque no todo, en ninguna urbe, es desagüe, fangal y alcantarillado. Por encima de los albañales más sucios, están las calles. Y las plazas, con sus monumentos de bronce y mármol. Y los palacios, con sus héroes en las columnas. Y las casas, con sus santas y santos de piedra en las hornacinas. Pero también de esas calles y de esas plazas y de esos monumentos y de esos santos —según veremos— habla Balzac.

Vautrin no es el único termómetro que utilice el autor para averiguar la temperatura del siglo XIX. Ya visitaremos, en el próximo capítulo, la galería de los ángeles de Balzac. Sin embargo, hasta en la contemplación de esos ángeles, convendrá no olvidar por completo el subsuelo de *La comedia humana.* En semejante subsuelo, reina Vautrin. Y, con Vautrin, el determinismo del novelista. Por fortuna, entre la bestia y el ángel, se encuentra el hombre.

Sin embargo, una duda queda. Indiquemos en qué consiste.

"Balzac —ha escrito Dionisio Saurat— se sirve de un ocultismo *racionalista*, sobre todo en las cuestiones morales que son las que más le ocupan en *La comedia humana*. La teoría de la jerarquía (efectos, causas, principios) le vino de Fabre d'Olivet, ocultista célebre dentro de su zona y muerto en 1825... En proporción considerable, los hechos son apariencias. Nos dan sensaciones violentas, pero a menudo reversibles. En el caso de Balzac, tienen —frecuentemente— consecuencias contrarias a las que esperábamos. Por encima de los hechos, están las causas, que generalmente Balzac sitúa en la esfera de las pasiones humanas. Por encima de las causas, se hallan los principios: elementos constantes de la estructura del mundo y, en verdad, los únicos reales... Para que la sociedad pueda funcionar en forma soportable (...) es menester que, en determinados puntos de la jerarquía, y no necesariamente siempre en la cúspide, existan hombres que posean las tres cualidades: que sean honrados, desinteresados e inteligentes... El mundo de los criminales, sometido a Vautrin, se encuentra organizado, asimismo, sobre esos principios. Sólo en la medida en que el propio Vautrin es desinteresado, honrado e inteligente, su sistema funciona. En ocasiones, el sistema está a punto de no funcionar: cuando Vautrin infringe los principios fundamentales."

Saurat trata de excusar a Balzac del pesimismo que tantos críticos le censuran. ¿Consigue, en el fondo, purificarlo? Temo que no. Esas cualidades (probidad, inteligencia, desinterés) Saurat las elogia lo mismo cuando las descubre en los protagonistas más honorables que cuando las supone en Vautrin. Y es que les atribuye un papel extraño: el de resortes colocados, a tiempo, para que la maquinaria social no se descomponga. ¿Será ésta la manera más confortante de concebir la virtud?

La duda que nos deja Saurat no es solamente una duda sobre el valor de su apología ética de Balzac. Esa duda nos acompañará, día a día, a través de todas las calles, todas las casas y todos los argumentos de *La comedia humana*.

Un poeta —Paul Valéry— examinó semejante duda en una página célebre. La encuentro casi al final de su estudio sobre Stendhal. "Un *psicólogo* como Stendhal —afirma el autor de *La joven parca*— necesita de la maldad de nuestra naturaleza. ¿Qué harían los hombres de ingenio sin el pecado original?"... Y luego, evocando al creador de Vautrin, añade rápidamente: "Para formarse una idea más honda y más incisiva de la sociedad, Balzac, más sombrío que Stendhal, reúne a su alrededor a todos aquellos que, por su oficio, buscan y observan las cosas infamantes y vergonzosas, el confesor, el médico, el abogado y el policía: encargados todos de descubrir y de definir la basura social —y, en cierto modo, de administrarla."

"A veces, cuando leo a Balzac —sigue hablando el poeta—

tengo la visión secundaria, lateral por así decirlo, de una animada y amplia sala dispuesta para la ópera. Por todas partes, espaldas, luces, centelleos y terciopelos: mujeres y hombres del mejor mundo, expuestos u opuestos a quién sabe qué pupila extra lúcida. Un señor negro, muy negro y muy solitario, contempla y lee los corazones de aquella turba lujosa. Todos esos grupos, dorados por una luz abundante en penumbras ricas, esos semblantes, esas carnes, esas piedras preciosas, esos murmullos encantadores y esas sonrisas interrumpidas no son nada para la mirada de aquel señor, la cual opera en la esplendorosa asamblea y la transforma en una hórrida colección de lacras, miserias y crímenes secretos. Aquí o allá, no ve sino males, culpas, desgracias, innobles aventuras: adulterios, deudas, abortos, sífilis y cánceres, necedades y apetitos. Pero, por profunda que tal mirada se considere, resulta, en mi opinión, demasiado simple y sistemática. Siempre que acusamos y que juzgamos, no tocamos el fondo de la cuestión."

En efecto, para tocar el fondo de la cuestión humana, no basta acusar —y, menos, querer juzgar—. Urge, sobre todo, compadecer. Porque la piedad no es sólo la más fecunda virtud del alma, sino la más genuina demostración de la inteligencia. El que compadece hace suyo lo que perdona. Por eso humilla tanto al ingrato. Y, al anexar a su vida lo que perdona, lo transfigura, lo dignifica, y —al fin— lo salva...

VIII. BALZAC Y LA SOCIEDAD

La galería de los ángeles

UNO de los escritores que conocieron mejor a Balzac fue su amigo, Teófilo Gautier. De él procede este párrafo inolvidable: "Balzac, como Vishnú, el dios indio, poseía el don de encarnar en distintos cuerpos y de vivir en ellos el tiempo que deseaba. Sólo que el número de las encarnaciones de Vishnú tenía su límite —diez— en tanto que las encarnaciones de Balzac fueron incontables, y podía provocarlas a voluntad. Aunque parezca extraño decirlo en pleno siglo XIX, Balzac fue un vidente. Su mérito de observador, su perspicacia de fisiólogo, su genio de hombre de letras no bastan para explicar la variedad infinita de las dos mil o tres mil personas que desempeñan un papel, de mayor o menor importancia, dentro de *La comedia humana*. Esas personas, no las copiaba él; las vivía con la imaginación, usaba sus vestidos, adoptaba sus costumbres... Era ellas, durante todo el tiempo necesario."

Este fenómeno, cuyo nombre tradicional —*avatar*— no ha sido admitido aún en el diccionario de la Academia, da a la creación balzaciana un prestigio enigmático y fabuloso. En varios capítulos del presente estudio me he referido a Balzac como a un hipnotizador. Creo que la expresión sigue siendo exacta. Exacta, pero incompleta. En efecto, si Balzac hipnotiza a los lectores es porque —antes que los lectores— él también se dejó hipnotizar por los seres que les describe.

Se ha discutido mucho acerca de Pirandello y de sus seis personajes en busca de autor. Habría tal vez sido conveniente recordar a Balzac, para comprender que, en su tema central, la obra de Pirandello constituye una variación admirable sobre un motivo que el novelista de *La comedia humana* vivió dolorosamente, durante años y noche a noche, hasta el momento en que, ya enfermo, y sintiendo la muerte próxima, el autor quiso llamar a su personaje: el Dr. Bianchon.

En el caso de Balzac, la situación resulta incuestionablemente más compleja que en la pieza de Pirandello. Porque Balzac principiaba por anotar ciertos nombres en su registro, para utilizarlos en sus futuras novelas. Así, un día, escribió el nombre del padre Goriot. Apuntó, al margen, una indicación muy sucinta: "Un buen hombre —pensión burguesa— seiscientos francos de renta —se despoja por sus hijas, las cuales tienen, ambas, 50 mil francos de renta— muere como un perro."

El inventor dejó allí, en unos cuantos renglones, un germen terrible de realidad. Bautizó a un fantasma. Y se puso a escribir otras cosas, de las muchas que le imponían sus acreedores y, entre éstos, el más ávido e implacable: su propio impulso. No sabemos exactamente cuánto tiempo durmió el fantasma en el registro íntimo de Balzac. Sin embargo, bautizar a un fantasma implica insólitos compromisos. Reducido a esa síntesis (un apellido, dos hijas ricas, una pensión burguesa, seiscientos francos de renta y la certidumbre de morir como un perro) el fantasma Goriot hubiera podido esperar muchos años antes de que llegase el soplo capaz de infundirle vida. Pero entonces, precisamente, sucedió lo que Pirandello imagina en su drama. El fantasma no aceptó la perspectiva de permanecer en estado crónico de entelequia. Empezó, él mismo, a actuar sobre su inventor. La idea "Goriot" fue hipnotizando a Balzac misteriosamente. De idea que era —dura y abstracta imagen sobre el papel— comenzó, no sabemos cómo, a cobrar materia. Le salieron ojos, manos, brazos, piernas, costumbres. Adquirió un cuerpo. Ese cuerpo reclamaba una residencia. "Pensión burguesa" había previsto Balzac. Pero la pensión no se resignaba tampoco a ser un proyecto sobre el papel. Esa pensión existía ya. Su propietaria iba ejerciendo sobre Balzac un rápido magnetismo. Por su parte, las hijas de Goriot no admitían seguir sin nombre, según aparecían en el registro. Una se convirtió en la condesa de Restaud; la otra, en Delfina de Nucingen. Poco a poco, Balzac se sintió poseído por su invención. Tenía al fin que comunicárnosla. (Pensé, incluso, decir: tenía que contagiárnosla.) Después de todo, "el hipnotizador hipnotizado" no sería un mal título para la biografía del novelista.

El análisis de la personalidad de Vautrin ya nos demostró hasta qué punto solían hipnotizar a Balzac el cinismo y la crueldad de sus condenados. En el infierno de *La comedia humana*, son célebres los demonios. Acaso el más efectivo sea, realmente, Vautrin. El más feo, sin duda, es un Iago de pelo largo y de ideas no siempre cortas: la prima Bela. Pocos odios tan concentrados como el que encierra esa lúgubre solterona. Lúgubre —digo— para nosotros, pues conocemos la hiel en que está curtida, pero no en apariencia para sus primos, a quienes burla cuando acaricia, persigue cuando saluda, amenaza cuando bendice y abraza (con zeta y con ese) cuando atormenta.

En el centro de una familia comprometida por la pasión del barón Hulot (un don Juan teñido, que lleva faja y ostenta remordimientos) la prima Bela resulta, para todos los miembros de esa familia, un pararrayos dispuesto a salvar la casa, aunque —en el fondo— sea ella la verdadera organizadora de todas las tempestades, la introductora perfecta de las vergüenzas, la traición con máscara de sonrisa, la envidia experta en descubrir las regiones sensibles de sus parientes, a fin de herirlos con más rigor. Ha aprendido que el recurso mejor para delatar a alguien comienza por encubrirle. Sabe que el odio hembra se llama complicidad. Por eso la vemos hacerse cómplice de todo cuanto puede humillar a sus familiares, hasta el extremo de que acepta, desde un principio, el papel más árido: el de amiga ficticia de la virtud.

Gracias a semejante complicidad, engaña a su prima, Adelina Fischer, la esposa del viejo Hulot. Engaña también a Hortensia, la hija de Adelina. Y engaña al don Juan marchito, de quien encubre ciertas maquinaciones indispensables para obtener —y perder más tarde— a Madame Marneffe. Encubrir, proteger, sonreír, he allí las normas de su estrategia. ¿Cómo desconfiar, en efecto, de quien se ofrece, modestamente, para realizar los pequeños servicios —a veces sucios— que requiere la satisfacción de nuestros sentidos o la avidez de nuestras pasiones?

La prima Bela se ha agazapado en la selva más intrincada y secreta de nuestro tiempo: un hogar que se cree dichoso. ¡Cuánto orden! ¡Cuántos cariños! ¡Cuánta honradez!... El que pasara de prisa se llevaría una impresión falaz de apaciguamiento. Pero el que permanece —y la prima Bela tiene por oficio permanecer— no tarda en adivinar el desorden próximo, los cariños despedazados, la honradez precaria, en peligro siempre. Hortensia *quiere* casarse. Su dote ha sido despilfarrada por el barón Hulot. El barón Hulot *quiere* que las mujeres lo quieran, en la vejez, como lo quisieron, algunas, en la pretérita juventud. La señora Marneffe, una de sus amantes, *quiere* que el barón cierre sumisamente los ojos ante las infidelidades más ostensibles. La abnegada Adelina *quiere* que su marido sea, al propio tiempo, respetable y feliz —lo cual, dados los hábitos del señor, es querer más de lo verosímil—. Entre tantas voluntades inconciliables, la prima Bela obra con máxima precisión. Nada le escapa. A todos sirve, para perderlos. Los sirve tanto que, al término del relato, nada de la respetable familia queda ya en pie. Adelina sucumbió a sus angustias, no sin haber estado a punto de perder lo único que tenía: los restos de su virtud de mujer honrada. Hortensia —que logró desposarse con un artista, Wenceslao Steinbock— tuvo que separarse de su marido, al que la prima Bela ayudó al principio, para entregarlo después a Madame Marneffe. Comprendemos que, si Hortensia acabó por reconciliarse con Wenceslao, no fue ciertamente ya por aprecio. El viudo Hulot, cada vez más decrépito, ofrece su nombre, su viudez y su baronía a una estólida maritornes: la antigua sirvienta de su mujer. En cuanto a la prima Bela, agoniza entre sus victorias. Tiene la suerte de ver llorar, junto a su lecho mortuorio, a todas las víctimas de su envidia.

Frente a la maldad de la prima Bela, una blancura se erige: la de Adelina, la esposa del viejo Hulot. La figura de esta mujer ocupa un lugar de honor en la galería angélica de Balzac. No hay sacrificio que no acepte y que no perdone. Ansiosa de asegurar la dignidad familiar y social del barón Hulot, lo adora hasta en sus infamias. Por amor, se expone a las insolencias del depravado Crevel. Por amor, va a rescatar a Hulot de las buhardillas donde, arruinado, instala a sus concubinas. Y, por amor, se apiada de ver los muebles —humildes y vergonzantes— con que el anciano adorna sus adulterios. La abnegación de Adelina es tan absoluta que sería casi desesperante, si no advirtiésemos, en seguida, que obedece a dos razones muy nobles: el respeto y la gratitud. Respeto para el padre de sus hijos. Gratitud para el hombre que la elevó, al salir de la adolescencia, hasta un plano que no esperaba.

De estos ángeles abnegados está hecho, en su mayor parte, el paraíso de *La comedia humana*. ¡Sombrío y trágico paraíso! La bondad no aparece en él sino custodiada por el dolor y asumiendo el papel de víctima. Víctima de una obsesión, de un vicio, de una manía, de un egoísmo... Acompañan a Adelina Fischer, en el cielo del novelista, varias mujeres: todas ellas "sublimes" y todas sacrificadas. Mencionaremos a dos, por lo pronto. No son las únicas; pero quizá resulten las preferidas de los lectores. Una es Eugenia Grandet. Josefina Claes será la otra. Las he escogido porque su examen va a permitirnos intentar un curioso estudio no sólo de dos de los ángeles de

Balzac, sino de los verdugos de esos dos ángeles: el avaro Grandet, mecánico y tenebroso, y el dulce pero implacable Baltasar Claes; maniáticos ambos del oro —aquél por gusto de atesorarlo; éste por delirio de producirlo.

Eugenia es, probablemente, una de las figuras más espontáneas y puras del escritor. Hija de una madre sin voluntad y de un padre en quien toda la voluntad se ha convertido en máquina de avaricia, se enamora de un primo suyo —que Grandet no admitiría jamás por yerno—. Tiene este joven un vicio grave: su gran pobreza. Su padre, hermano de Grandet, acaba de arruinarse —y de suicidarse— en París. Para Eugenia, la orfandad de su primo es, por supuesto, un encanto más. En el alma de las mujeres más femeninas el amor encuentra, inmediatamente, dos aliados incomparables: la piedad y la admiración. Ahora bien, en el caso de Carlos —así se llama el primo— coinciden los dos aliados. Porque Eugenia siente a la vez una súbita admiración (la admiración de la provinciana para el parisiense elegante, bien vestido y bien perfumado) y una piedad igualmente súbita: la que le inspiran el reciente luto del joven y el presentimiento de su miseria. Carlos no merece el amor de Eugenia. Es un hombre liviano. Y, como todos los hombres livianos, tiende inconscientemente a la pesantez. Bajo su apariencia juvenil, se adivina ya la adiposidad del burgués futuro, prudente, hipócrita, vanidoso, para quien no será el corazón sino una víscera vigilada, más apreciable cuanto más dócil resulte a sus intereses. Eugenia no se detiene a considerar al burgués futuro. Ve, por lo pronto, en Carlos, al señorito pálido y atildado, de uñas pulidas, guantes sutiles, ingeniosos chalecos y corbatas inteligentes. A través de esa discreción, ese ingenio y esa inteligencia (la de las prendas con que se ilustra) lo que más le seduce en Carlos es la desventura, el destino roto, un dolor que ella —tan bondadosa— supone injusto.

Ni el matrimonio se realiza, ni sobrevive el amor al distanciamiento. Carlos tiene que despedirse. Va a hacer fortuna, lejos de Europa, y parte amparado por los ahorros de Eugenia Grandet. La distancia y el tiempo, que vulgarizan a Carlos (no nos transformamos sino en lo que debíamos ser), depuran más todavía el perfil de Eugenia. Entre una madre constantemente desvalida y un padre constantemente inhumano, su único apoyo es Nanón, la sirvienta de ánimo inquebrantable. Pasan los años —aunque no la pasión de Eugenia— que se condensa y afina al envejecer. La rodean algunos pretendientes, ambiciosos no tanto de su persona cuanto de los tesoros de que podrá disponer su mano. Desaparecen sus padres. ¡La agonía del avaro Grandet ha sido elogiada ya tantas veces! No insistiré en describirla ahora. Se trata, sin duda, de un trozo de antología. Carlos regresa a Francia. Entre él y Eugenia se establece una correspondencia cortés. Y Eugenia acepta por fin a uno de los ricos provincianos que la pretenden: al más fácil de tolerar, porque más distante, de egoísmo más frío y de personalidad menos invasora.

El esposo de Eugenia muere también. Así, en el crepúsculo del libro, vemos pasar a la enamorada del joven Carlos por las iglesias de Saumur, fundando hospicios y bibliotecas, dando a los pobres mucho de lo que tiene, pero viviendo personalmente una vida rígida, habituada al ascetismo que su padre le impuso desde la infancia, haciendo fuego en su chimenea sólo en los días en que el avaro le permitía aquel pobre lujo. Digna de ser esposa y madre magnífica —concluye Balzac— no tiene familia, ni esposo, ni hijos.

No comprendería a Eugenia quien la creyese, como lo fue su madre, un ser destinado obligatoriamente a la sumisión. Cuando el viejo Grandet quiere arrancar una placa de oro al neceser que Carlos le dejó en prenda, Eugenia se enciende en cólera y amenaza con clavarse un cuchillo en mitad del pecho. El avaro cede. En cambio, cuando el avaro le pide que renuncie a todos los bienes que podrían corresponderle por la herencia legítima de su madre, no duda un solo minuto. Ella, entonces, es la que cede. En el caso del neceser de Carlos, más que el valor de la placa de oro, le importaba el deseo de conservar intacto un recuerdo hermoso —y la inquietud de no cometer una involuntaria infidelidad—. En cuanto a la herencia materna, no la codicia. Para ella misma, no quiere nada.

Al volver a París su cambiante primo, le ofende el tono de la carta con que le envía, además de los intereses, los seis mil francos que le prestó. Pero más la atormenta el hecho de que Carlos —que aspira a otro matrimonio— corra el peligro de que se frustren sus bodas porque no ha quedado bien liquidada la quiebra del tío suicida. Toma entonces, de su peculio, los millones indispensables para rehabilitar al desaparecido y para facilitar la dicha de Carlos... Alegre, ingenua, tierna a los veinte años, la treintena la encuentra pálida y reservada. ¿Cómo se deshojó tan de prisa? Incuestionablemente influyó en su prematuro descenso la ingratitud de Carlos. Mas no es sólo eso lo que la oprime, sino la atmósfera enrarecida de la ciudad donde se extenúa su vida inmóvil y, sobre todo, el recuerdo de su padre, avaro hasta la vileza y el deshonor.

Si los financieros erigiesen alguna vez un templo al "sagrado ahorro" (digo los financieros, porque los avaros nunca lo erigirán) cuatro estatuas podrían levantarse sobre sus pórticos: las de Shylock, Harpagon, Grandet y el españolísimo Torquemada. Cuatro avaros, eternizados por cuatro artistas de idioma, estirpe y gustos muy diferentes: Shakespeare, Molière, Balzac y Pérez Galdós. No tengo tiempo para afrontar un ensayo comparativo entre esos cuatro avaros inolvidables. Shylock, más que avaro, es vengativo y cruel —justiciero, dirán algunos—. Harpagon obedece a un juego mecánico deliberadamente visible. Es el autómata de la avaricia clásica. Torquemada resulta, para nosotros, el avaro más real. No lo necesitamos estilizar para concebirlo. Tenemos la impresión de haberlo conocido en la vida diaria. Grandet es el ser devorado por la manía que lo domina. Todo el hombre, en él, ha desaparecido para dar paso al símbolo del avaro. De allí sus defectos, como personaje y como persona; pero de allí también su valor de mito. Shylock es todavía humano: el rapto de su hija lo altera profundamente. Torquemada es humanísimo en sus pasiones. Harpagon es el tipo, geométrico y anguloso, de una deplorable esquematización del hombre, mecanizado por el ansia de poseer y de retener. En Grandet, lo inhumano vence del todo. Su vicio lo ha mitridatizado para los riesgos de la ternura que, según algunos críticos, tiene para su hija. Ansioso de oro, se ha vuelto oro: compacto, amarillo, árido; pero no dúctil ni brillante como el metal. En lugar de conciencia lleva un doblón; y en él, impreso, un emblema frío, el poder de compra. Para un hombre de ese carácter, atesorar equivale a vivir. Peor aún: vivir le parecería un ejercicio anodino —y probablemente superfluo— si no le proporcionara el goce de atesorar. Despojado de cuanto suele hacer vulnerable a la humanidad (la esperanza, el amor, la pena, el perdón, el consentimiento) no ve en los seres que lo rodean sino una presa posible, la ocasión de un despojo lícito, la eventualidad de obtener —o de no gastar— alguno de esos magníficos "napoleones" que son su sangre, su clima, el medio espiritual y físico de su ser. Eugenia le sacrifica su juventud. Le sacrifica también su dicha. Y tiene que desplegar un esfuerzo heroico para no verse obligada a sacrificarle, asimismo, lo que la salva ante nuestros ojos: su dignidad, su piedad y su caridad.

El autor se divierte excesivamente en deshumanizar a Grandet. Por momentos, nos irrita ese insano divertimiento. Pero el que labra mitos no se detiene en lo verosímil. La verosimilitud le parece, a menudo, una condición precaria. La verdad del mito busca lo eterno. En cambio, al dibujar a Eugenia Grandet, Balzac procura no exagerar el trazo en ningún instante. Al avaro lo esculpe. A Eugenia, la pinta al óleo. Su pincel la acaricia siempre que puede. Alguien (Elena Altsziler) ha observado, con razón, que los aspectos agradables de la vida provinciana, en el cuadro del novelista, son los que corresponden al retrato moral de Eugenia. Toda la luz ha sido proyectada por el autor sobre esa figura —y todas las sombras fueron reservadas para acusar a Grandet.

En *La búsqueda de lo absoluto*, se advierten hoy el mismo procedimiento romántico, la misma afición al contraste, el mismo sistema de precisión en el claroscuro.

La novela no se desarrolla, ahora, a la orilla del Loira, como *Eugenia Grandet*. Maestro en el arte de elegir los escenarios socialmente más propios para sus obras, Balzac instaló esta vez su caballete en el norte de Francia. Escogió, para fondo de la semblanza de su atormentado inventor, el paisaje francés de Flandes: la ex medieval Douai. En el caso del viejo Grandet, vinatero en la juventud, la claridad de Saumur no era improcedente. El sol de las vides próximas —y la luz ideal de Eugenia— convenían, como contraste, al tortuoso avaro. Para *La búsqueda de lo absoluto*, Balzac necesitaba encontrar un ambiente más invernal y más impregnado de brumas. El protagonista sería también, en este relato, un devoto del oro; pero no por codicia de poseerlo, sino por júbilo de inventarlo. Viviría entre matraces, retortas, hornos y combustiones. Había sido rico, descendiente de una familia a la vez linajuda y noble, habituado al lujo de las antiguas casas flamencas, al silencio espeso de las alfombras, a los arcones sólidos y aromáticos, a los cobres cuidadosamente pulidos, a las porcelanas costosas y, naturalmente, a los bellos cuadros. Todas esas tradiciones se adaptaban muy bien a la atmósfera de Douai. Tendría el protagonista que pasar largas noches en vela, leyendo infolios, calentando probetas, esperando que al fin surgiese, de la sombra de algún matraz, la única aurora que le importaba de veras: la del diamante, producido por artificio; o la del oro, obtenido mediante las fórmulas de la alquimia. ¿Qué mejor escenario, entonces, que el de una ciudad de noches húmedas y profundas, donde las campanadas caen desde una torre del siglo xv, no como los "centavos" de que nos habla López Velarde en *La suave Patria*, sino como arcaicos florines —lentos, trémulos y herrumbrosos?

En Douai hace nacer Balzac al héroe de su novela. Lo llama Baltasar Claes. Averiguamos que, cuando joven, vivió en París y que su apostura no fue despreciada por las mujeres. Pronto volvió a su ciudad natal. Allí, a los treinta y cuatro años, se casó con una muchacha de rostro seductor, aunque contrahecha y bastante coja: Josefina de Temninck. Durante tres lustros (a veces galopa el tiempo hasta en los cuentos de este rey de la lentitud) la pareja es absolutamente dichosa. Baltasar y "Pepita" —como él la nombra— tienen cuatro hijos: Margarita, Gabriel, Felicia y Juan Baltasar. La casa es próspera y el pueblo estima a sus propietarios. Balzac nos la describe con el detalle que suponemos. Principia su descripción, con un manifiesto donde el arqueólogo y el artista hacen coro al historiador. "Los hechos de la vida humana —dice— están tan estrechamente ligados a la arquitectura que, en su mayor parte, los observadores pueden reconstruir a las naciones o a los individuos... merced a los restos de sus monumentos públicos o al examen de sus reliquias domésticas. La arqueología es a la naturaleza social lo que la anatomía a la naturaleza orgánica. Un mosaico revela a una ciudad entera, como el esqueleto de un ictiosauro delata a toda una creación." En seguida, el autor emprende un análisis de la cultura flamenca. La establece sobre dos bases: la paciencia y el esmero. Pasa, más tarde, a pintarnos el árbol genealógico de los Claes, desde los tiempos de Carlos V. Antes de hablarnos de Baltasar, vuelve a deleitarse en la observación de su casa: cuenta los clavos de la puerta mayor, o admira una estatuilla de Santa Genoveva, representada en la acción de hilar. Mide el espacio con que los siglos han ido separando determinados ladrillos de las paredes y, de piso en piso, llega hasta la veleta, erigida sobre el tejado. Luego, como el fotógrafo de una buena película, nos presenta —en un súbito "primer plano"— a la esposa de Baltasar. Nieta de un grande de España, Josefina de Temninck se halla, a la sazón, en la cuarentena. Coja y corcovada, ha visto pasar a su lado los años mejores de la existencia. Desde hace tres, su felicidad conyugal principió a nublarse. Baltasar, tan amable y tan afectuoso, se ha vuelto frío, distante y como extranjero. Lo vemos entrar a la pieza en que Josefina lo está aguardando. Vive abstraído de todo y hasta de sí mismo. Una obsesión lo embarga y lo aísla del resto de su familia: la de encontrar lo absoluto; es decir, el secreto de la unidad material de todos los elementos de la naturaleza. Mira el jardín. Y, creyéndose solo, pronuncia en voz alta estas palabras inexplicables: "¿Por qué no habrían de combinarse, en un tiempo dado?"

Así planteado el problema de la novela, Balzac imita a su personaje. Él, también, se detiene frente al marco de la ventana. Nos cuenta, en voz alta, la vida de los dos seres que acaba de presentarnos. Nos enteramos del talento de Baltasar, de su curiosidad insaciable, de sus virtudes. No tardamos en conocer las de Josefina, expertísima en su oficio de buena esposa. Quiso tanto a Claes —nos indica Balzac— y "lo puso tan en alto y tan cerca de Dios" que "su amor no dejaba de estar teñido de un respetuoso miedo".

Al final de 1809, Baltasar empezó a dar pruebas de una metamorfosis desconcertante. Josefina llegó a creer que había acabado por aburrirse de su corcova y de su cojera. Pensó en devolverle su libertad. Pero no sólo era a ella a quien veía su marido ya con indiferencia. Hasta sus tulipanes, hasta sus propios hijos no parecían interesarle. ¿Cuál sería el objeto de aquella nueva pasión?... Sin descender a pesquisas más o menos serviles, Josefina lo indagó al cabo. Su esposo compraba secretamente, en París, muchos instrumentos, muchos libros, muchas sustancias raras. Los amigos de la familia se apresuraron a propalarlo: Claes iba a arruinarse, pues pretendía descubrir "la piedra filosofal".

La nieta del grande de España supo imponer silencio a las

hablillas de los vecinos. No iba a tolerar que se criticase a su cónyuge impunemente. En el fondo, sus congojas crecían a cada instante. Obtuvo una explicación. "Puesto que te interesa tanto saberlo —le confesó Baltasar, acariciándole los cabellos— te diré que he vuelto a dedicarme a la química y que soy el hombre más feliz del mundo." En su egoísmo, el investigador no se daba cuenta de que esa felicidad solitaria (de la cual excluía radicalmente a todos los suyos) no podía inspirarle a ella mucha confianza.

A la distracción, se agregó el dispendio. Para hacer frente a los cuantiosos gastos que requería esa alquimia extraña, Claes hipotecó sus mejores fincas. —"Estamos arruinados" —le dijo una vez su esposa. —"¿Arruinados? —contestó él— pero mañana, quizá, nuestra fortuna no tendrá límites. Creo haber encontrado el medio de cristalizar el carbono. . ."

Los dos seres prosiguen sus propias sendas, opuestas ya, para siempre, en lo sucesivo: Baltasar hacia alturas cada vez más abstractas y delirantes; Josefina, hacia abismos cada vez más vulgares y más patéticos. Los verdaderos divorcios no son los que un juez proclama. El más doloroso de todos es el que se efectúa, sin que las leyes lo reconozcan, entre dos personas que se aman profundamente, pero cada una de ellas a su manera, según su estilo, de acuerdo con sus principios y conforme a su exclusivo sentido del bien y el mal. Ese divorcio en pleno amor es el que describe Balzac a lo largo de *La búsqueda de lo absoluto*. Claes sigue queriendo a su mujer. Josefina sigue adorando a Claes. Pero no pueden ya comprenderse. A Claes, la incomprensión de Josefina le importuna tal vez por momentos, mas no le angustia. Su tranquilo delirio lo escuda perfectamente. En Josefina, la bondad y la lucidez tienen por fuerza que combatirse. La primera lo acepta todo. La segunda todo lo ve.

En ocasiones (y esto es uno de los rasgos geniales del novelista) Claes parece dispuesto a vivir como los demás. Charla con sus hijos, besa a su esposa, disfruta con la contemplación de sus flores. Pero la impaciencia de lo absoluto lo roe incesantemente. Lo absoluto es "una sustancia común a todas las creaciones y modificada por una fuerza única". "Cuando lo encuentre —exclama Claes— crearé metales, haré diamantes, repetiré a la naturaleza."

Mientras tanto, la ruina crece. Josefina se ve en la necesidad de vender los cuadros de la familia. Cuando le informa de aquella venta, Baltasar no piensa sino en las sumas que podrá obtener para "gasificar sus metales". Tanto egoísmo acaba con su mujer. Porque, en *La comedia humana*, las gentes mueren de todo —de viruela, de tisis, de cáncer, de hidropesía— pero, más que nada, de una desgana súbita de vivir. Alma y cuerpo están asociados de tal manera en la fisiología de este supuesto naturalista que un golpe sentimental constituye siempre, en su obra, un ataque físico. Y no por romanticismo, sino por respeto a la ley biológica de unidad, que es la ley primordial de su realismo.

Josefina prepara su agonía muy sabiamente. Redacta su testamento y alecciona a su hija mayor, Margarita, para adiestrarla en el papel peligroso que le reserva: el de tutora de un padre bueno pero alterado por la manía de saber. Josefina muere entre los juramentos inútiles de su esposo. Esos juramentos no la persuaden. Está convencida de que nunca los cumplirá.

Otro ángel ingresa así en el paraíso del novelista. Como Eugenia Grandet, Josefina de Temninck lo ha dado todo. En verdad, no podemos asegurar que su sacrificio haya sido mayor que el de Eugenia, porque a Eugenia Balzac la condenó a continuar viviendo. A Josefina, al menos, le dio la muerte.

Entre las novelas de *La comedia humana*, la historia de la familia Claes marca una cumbre, tan alta como *La piel de zapa*, *La prima Bela* o *El primo Pons*. En pocas ocasiones llegó Balzac a un dominio tan majestuoso de los procedimientos de adivinación psicológica y de alucinación material que son sus procedimientos más personales. La ciudad descrita, la casa inventariada, la familia resucitada y reconocida, todo aquí es un ejemplo de convicción. Por encima de los méritos analíticos, están las cualidades sintéticas que demuestra la creación de esas dos figuras: el maniático respetable, verdugo a pesar suyo (¡sólo los seres que mucho amamos pueden hacernos tanto sufrir!) y la irreprochable víctima. La manía desinteresada devora al hombre, al igual que un vicio. No obstante, entre el vicio y la desinteresada manía existirá, siempre, una diferencia: la que separa al terrible y frío Grandet del tierno y terrible Claes.

En esta galería angélica podrían entrar muchas otras víctimas —y sé que no pocos la aumentarían con seres como la señora de Mortsauf, la heroína del *Lirio en el valle*—; pero un propósito puramente enumerativo nos llevaría, más que a la crítica, a la estadística. Un personaje debo añadir a esta relación. No sé, a ciencia cierta, si conviene que así lo llame, pues siendo el único que Balzac presenta al lector en su calidad de ángel profesional (asexuado incluso o, más bien, andrógino) resulta menos un personaje que una abstracción, una idea en marcha. Hablo de *Seraphita*. Se trata, no tanto de una novela, cuanto de un "estudio filosófico". Ése fue el título de la sección en que el autor lo incluyó. Su argumento puede resumirse rápidamente. De las "bodas celestes" que, bajo el patrocinio de Swedenborg celebra el barón Seraphitzs con la señorita Sheersmith, hija de un zapatero de Londres, nace en Noruega, en 1783, un ser al que llamamos, según los casos, Seraphitus, cuando lo ama una muchacha, y Seraphita, cuando es un joven el que lo adora. Ese ser, destinado a morir a los diecisiete años (o, para no desmentir a Balzac, a efectuar en esa temprana edad "su ascensión celeste") atraviesa todo el volumen como un concepto, encarnado por la voluntad del autor en un cuerpo frágil. Suponiéndole hombre, lo quiere para sí Minna Becker. Suponiéndole hembra, se prenda de él cierto huésped del pastor Becker, padre de Minna: el viajero Wilfrid. El complejo Seraphita-Seraphitus no puede entrar, por supuesto, en combinaciones materiales de tan baja categoría. Al desaparecer, recomienda que Wilfrid y Minna se unan sobre la tierra, para unirse con él —después— en la Eternidad.

No he querido, como se ve, disimular en nada el carácter metafísico de este libro, de lectura no siempre amena. Balzac, ocultista ya en la niñez (hemos mencionado las lecturas místicas de su madre), creía que *Louis Lambert* y *Seraphita* eran sus más felices realizaciones.

"Todos los días —declaró a Evelina Hanska— puede uno escribir *El padre Goriot*. Sólo una vez en la vida puede escribirse *Seraphita*."

La obra fatiga a los no iniciados. Y no creo que satisfaga por completo a los que lo son. Aquéllos, se sienten desprovistos de todo apoyo en la realidad. Éstos, analizan las teorías y buscan intersticios más o menos profundos en la unidad dogmática discutible. La novela carece propiamente de acción. No porque falten en ella los incidentes, los diálogos, los viajes y hasta (si se desea nombrarlas de esta manera) las aventuras. Pero esos diálogos y esos incidentes no convencen al espectador imparcial. Todo un capítulo, y por cierto enorme (veintisiete páginas en la edición de La Pléyade; es decir, un texto tan largo como *La obra maestra desconocida*) es una interpolación filosófico-religiosa sobre "las nubes del santuario". Otro capítulo, afortunadamente más breve, el sexto, constituye, de hecho, un tratado sobre la eficacia de la oración. Bogamos —y a menudo sin remos— en un lago de transparencias neoplatónicas. En sus aguas, solemos hallar, como astillas de innumerables naufragios, restos de las lecturas esotéricas de Balzac: residuos de Claudio de Saint-Martin y de Jacobo Boehme, trazas de Eckartshausen y de Daillant de la Touche.

Tenemos noticia de que Balzac creía poseer un legado filosófico misterioso: el que le trasmitió su amigo Jacinto de la Touche y que éste había recibido del jurista Hennequin, quien lo recibió, a su vez, del abate de La Noüe, a quien lo reveló el propio Claudio de Saint-Martin. En el creador de *La comedia humana*, un germen de ese linaje hubo de encontrar terreno en extremo fértil. Todo, en el espíritu de Balzac, tendía a subrayar la unidad de las manifestaciones contradictorias de la existencia. Sus héroes predilectos son los que representan, hasta en la locura, esa lucha por la unidad. Maese Frenhofer, o la unidad por el arte; Baltasar Claes, o la pesquisa de la unidad por la alquimia;

el Rafael de *La piel de zapa* o la unidad del deseo y la muerte, sintetizada en un talismán; Louis Lambert, "centenario a los veinticinco años" o el ansia de llegar a la luz mediante la unión del cuerpo humano con la acción elemental de la naturaleza... Seraphita es el símbolo de todas esas tribulaciones en busca de la unidad. Ella ha superado los ensayos y los tanteos, que la humanidad —como especie— debe aceptar aún. Merced a la "desmaterialización" paulatina de sus predecesores ("bodas celestes" del barón Seraphitzs y de la hija del zapatero) el andrógino se dispone a reintegrarse definitivamente al principio universal. A los ángeles-víctimas, opone así *La comedia humana* el paradigma del ángel predestinado, superior por definición a los errores del sexo y de la apetencia: plegaria pura, evasión constante, destrucción del instinto y de las pasiones.

En este plano, concluye prácticamente el oficio del crítico literario. Como novela, *Seraphita* no resiste la comparación con las grandes novelas auténticas de Balzac. Como poema, le preferimos, en Francia misma, los alejandrinos de *Eloa* (el ángel nacido de una lágrima) y ciertas estrofas de Victor Hugo, inspiradas también por Swedenborg.

IX. BALZAC Y LA SOCIEDAD

El piso del hombre

Se ha dicho que "el estilo es el hombre". En Balzac, el estilo de vida es el destino del personaje. Deseoso de clasificar a la sociedad, tuvo la audacia de pretenderlo y la fortuna de no lograrlo. Si lo hubiese logrado, habría sido un sociólogo prodigioso, pero no el artista genial que fue.

De allí la efervescencia con que sus hombres y sus mujeres huyen, a cada instante, de entre las redes con que parece captarlos la zoología. El hombre-tigre no es igual cuando se llama De Marsay y cuando se llama Montejanos. El músico Pons es diferente de su *alter ego*, el músico Schmucke. Y ya hemos notado cuántos matices distinguen —hasta en un sacrificio análogo— a la baronesa Hulot y a Eugenia Grandet, a Eugenia Grandet y a la mujer del flamenco Claes. La ciencia agrupa, liga, coordina. El arte separa, define, individualiza. No sería prudente emitir una opinión de conjunto sobre todos los personajes de *La comedia humana*. Y no basta incluir a unos en la galería de los ángeles, a otros en el subterráneo de los vestiglos.

Obligados a precisar, tendremos que contentarnos con el estudio de unos ejemplos. Procuraremos, pues serán pocos, buscar los más expresivos: un comerciante y un sacerdote, un artista y un descastado social. Los elegiremos en una zona difícil de limitar: la que media entre el paraíso y los infiernos del novelista. Mencionemos a estos cuatro huéspedes de su purgatorio: César Birotteau; un hermano suyo, el cura de Tours; y —otros dos hermanos— José y Felipe Bridau.

César Birotteau simboliza al "pequeño burgués", en la flor honorable de sus prejuicios. El término "flor" no pretende aquí a la menor elegancia lingüística, que sería discutible y más bien dudosa. Nos lo impone la tradición. En efecto, el oficio en que César se ilustra tiene alguna complicidad con la primavera. Es el oficio de perfumista. La tienda donde asistimos a la ambición y a la decadencia de Birotteau (su verdadera grandeza vendrá después) lleva un nombre muy abrileño: "La Reina de las Rosas". La fundó, con rótulo diferente, el maestro y patrón de César, Monsieur Ragon, familiar de la corte de Francia, monárquico por esencia —y hasta por esencias— quien poseía, entre otros secretos higiénicos y aromáticos, el de los polvos de tocador de la reina María Antonieta. Nacido en Chinon en 1779, Birotteau es casi un paisano del novelista. Le gustan, como a él, los trabajos bien hechos y el lujo insano. Merced a aquéllos, hubiera podido enriquecerse tranquilamente. El lujo lo desquició. Aclarémoslo sin tardanza. Más todavía que el lujo, lo que amaba aquel fabricante de "aguas carminativas" era un prejuicio burgués: "el lujo demuestra el triunfo". ¿Cómo concebir negocio tan floreciente, y cómo *hacer honor* a las distinciones que Luis XVIII le confería, sin arrojar un poco la casa por la ventana y sin enviar ciento nueve invitaciones —exactamente— para el gran baile con que el perfumista se creyó obligado a celebrar sus dos últimas promociones: Juez en el Tribunal de Comercio del Sena y Alcalde adjunto en la Segunda Demarcación de París? Pero cuando empieza uno a arrojar un poco la casa por la ventana, la arroja entera. Eso ocurrió al borbónico creador de brillantinas, pastas y ungüentos. Dar un baile de gran señor exige súbitas transgresiones al orden doméstico establecido en la dinastía cordial de los perfumistas. Puesto a agrandar las habitaciones, a mejorar los muebles y a renovar las colgaduras, Birotteau aceptó los numerosos peligros que Diderot nos describe al contarnos las desventuras del filósofo cuando admite una bata nueva. La novedad de la bata denuncia pronto la vetustez del escritorio. Para armonizar a aquélla con éste, resulta necesario adquirir una mesa nueva. La mesa nueva requiere una nueva silla. La bata, la mesa y la silla nuevas exigen también un reloj de lujo. Y así sucesivamente... hasta la ruina final. Si César hubiese leído a Diderot, se habría ahorrado probablemente muchas angustias. Pero, en tal eventualidad, no habría sido César, el perfumista. Y Balzac no se hubiera interesado en su grandeza y su decadencia.

He dicho que Birotteau es el burgués oprimido por los prejuicios de su clase y su condición. Cuando su esposa le ruega que no organice el baile con que principia su decadencia, tiene él esta frase insigne: "Hay que hacer siempre lo que se debe, de acuerdo con la posición en que uno se encuentra. El gobierno me ha puesto en evidencia (démonos cuenta de que es Birotteau quien habla). Pertenezco al gobierno... Estudiemos sus intenciones... De acuerdo con el señor de la Bollandière, los funcionarios que representamos a la ciudad de París debemos celebrar la liberación del territorio, cada quien dentro de la esfera de sus influencias".

Desde un punto de vista general, la argumentación es bastante absurda. En cambio, desde el punto de vista del pequeño burgués —sólidamente adherido a todos los prejuicios de la sociedad cerrada en la cual se incluye— la argumentación puede considerarse como un modelo de coherencia y de probidad. Todo, por otra parte, en el personaje de Birotteau, resulta un modelo absurdo de probidad y de coherencia. Adora a su mujer; pero su mujer está convencida de que ese amor obedece, en mucho, a una falta cruel de originalidad. "¿Tendrá alguna amante?" se pregunta, a media noche, al darse cuenta de que César no está en su lecho. Y se contesta en seguida: "No; es demasiado tonto"; lo que —no sabemos por qué razón— la lleva a añadir: "Ese hombre es la probidad sobre la tierra"...

Hay seres a quienes la civilización educa. A otros los domestica. Birotteau es un perfumista domesticado. A horas fijas, como un can dócil, repite lo que le ha enseñado su dueño. Su dueño es la sociedad. Ni siquiera toda la sociedad de su época y su país, sino un mundo estrecho, donde los abates se apellidan Hinaux, los quincalleros Pillerault, los notarios Roguin y los empleados perfectos —yernos posibles— responden al nombre de Anselmo Popinot. En una sociedad de ese tipo, los clientes y los colegas son los jueces del perfumista. A los clientes, se les escribe en el estilo del prospecto destinado a anunciar las excelencias del "agua carminativa" y de la "doble pasta de las Sultanas". He aquí una muestra de tal estilo: "Después de haber consagrado largas vigilias al estudio de la dermis y la epidermis en ambos sexos, los cuales aprecian con razón la tersura, la suavidad y el brillo de una piel aterciopelada, el señor Birotteau, ventajosamente conocido en la capital y en el extranjero, ha descubierto, etc. etc." A los colegas, hay que pagarles con puntualidad, cobrarles con cortesía y anotar cuidadosamente sus direcciones para el caso de algún suceso digno de festejarse con un sarao.

Dentro de esa sociedad, se inserta otra, no por más breve menos sólida e imperiosa: la familia. Birotteau será buen esposo y buen padre, por las mismas razones que lo llevaron a patentar a tiempo su "agua carminativa". A fuerza de adaptarse obedientemente a las reglas de su clientela y de su familia, el perfumista acaba por no ser ya sino el resultado de sus prejuicios, el eco de sus prospectos, la consecuencia de sus respetos públicos o privados. No tendría más cuerpo que el que le diera —rápida imagen— el espejo de la veneración social (lo pule cada mañana), de no ser porque la desgracia le proporciona, de pronto, volumen propio y auténtica magnitud. Mediocre en el éxito cotidiano, la quiebra —que lo avergüenza— lo engrandece ante nuestros ojos. Para pagar a sus acreedores, Birotteau y su familia serán capaces de justificar un epíteto balzaciano: demostrarán una probidad *feroz*. César sienta plaza como calígrafo en el despacho del abogado Derville. Cesarina, su hija, se casa con Popinot. Constancia, su esposa, lleva las cuentas del negocio que su yerno dirige muy hábilmente. Entre todos —y no sin múltiples sacrificios— la deuda queda saldada al fin. El mártir de la probidad comercial tiene la satisfacción de penetrar otra vez en su antigua casa, y el orgullo de ver a su esposa esperarle allí, vestida como lo estaba para el baile que provocó toda la catástrofe. Semejante triunfo es demasiado completo para su espíritu. La emoción lo vence. Muere de un aneurisma.

Muchos encontrarán tediosa esta abundante novela. Todo en ella es deliberadamente vulgar y convencional. Nada permite al autor las exageraciones teratológicas con que deforma a otros caracteres de *La comedia humana*. El suprarrealista se constriñó, en este libro, al papel de fisiólogo realista. Sin embargo, la figura de Birotteau no sale disminuída de la experiencia. Balzac nos muestra todos sus límites; a pesar de lo cual no queda sólo de él, en nuestra memoria, la caricatura del comerciante infeliz, sino el retrato del hombre tierno, oprimido por los prejuicios, pero capaz de una gran virtud. Nos enteramos de su ingenuidad. Nos afligen sus tonterías. Y acabamos, no obstante, queriéndole; como se quiere a un amigo honrado, en quien la bondad del carácter y la exactitud de la vocación compensan lo exiguo de la cultura y lo anémico del talento. La obra, por otra parte, es una de las que compuso Balzac con mayor maestría. Su desarrollo es tan claro como armonioso. Empieza con un largo compás de espera —el que impone, hacia la una de la mañana, en la partitura de los nocturnos parisienses, el paso del último coche, que vuelve de algún teatro—. Termina con el final de una sinfonía de Beethoven: el que hace estallar sus clarines en las meninges del perfumista, dispuesto ya —por exceso de dicha— a la apoplejía.

Francisco Birotteau, hermano mayor de César, proporcionó ocasión a Balzac para otro relato soberbio: *El cura de Tours*.

Las novelas cortas suelen servir de esclusa entre dos niveles históricos, económicos o morales de *La comedia humana*. Como muchas de ellas, *El cura de Tours* presenta un feliz compendio de las cualidades "clásicas" del autor. Parecería que la alucinación, la profecía y el hipnotismo —el hipnotismo por insistencia, en los inventarios materiales, o por amplificación sistemática, en la descripción de los caracteres— son procedimientos que la técnica de Balzac reserva de preferencia para las obras de curso lento, como las dos historias de *Los parientes pobres* o los inmensos frescos en que aparece y desaparece, vertiginosamente, Vautrin. Dentro del marco más reducido de las novelas cortas, la condensación impone a Balzac recursos menos apasionados. El visionario deja hablar al observador. El biólogo y el sociólogo ceden ante el psicólogo. Así, *El cura de Tours* es como una de esas miniaturas, en forma de medallón, que llevan todavía, en la cinta negra que las sostiene, el polvo del tiempo de Carlos X. Todo el drama del cura Birotteau (porque hay un drama hasta en sus más ridículas aventuras) gira en torno a la posesión de un departamento: aquél donde se instaló, a la muerte de su colega Chapeloud, y del cual acaban por expulsarlo su pueril egoísmo, el rencor de una propietaria a quien no sabe halagar oportunamente, la perfidia de un rival en extremo hábil —el abate Troubert— y la ayuda, sobre todo verbal, de un conjunto de damas de mucha alcurnia, más ardientes en el consejo que ágiles en la acción.

El relato principia con la llegada del cura a su domicilio. Lo vemos tratar de eludir los charcos que lo amenazan entre la sombra. Es de noche. La lluvia lo cala terriblemente. Sin embargo —y a pesar de sus reumatismos— la humedad que lo impregna no le preocupa. Ha ganado tres libras y diez centavos en su hebdomadaria sesión de "whist". La señora de Listomère, en cuya casa juega los miércoles, le ha anunciado una canonjía. Además, lo espera una cama espléndida, dentro de un cuarto bien calentado, entre muebles que fueron —durante años— una obsesión para su pobreza. A los cincuenta y nueve, el cura Birotteau pudo instalarse por fin entre aquellos muebles, dormir en aquella cama y enorgullecerse de ser el huésped de la señorita Gamard. Para que tales circunstancias se produjesen, fue menester que lo obligara la vida a estudiar en un seminario antes del Terror, que el Terror lo indujera a huir de la agitación revolucionaria, que lo restableciesen los Borbones en sus derechos de párroco perseguido y que la dulzura de su carácter lo sometiera a la tutela de Chapeloud, inquilino de la señorita Gamard y dueño de los muebles tan envidiados. Esos esfuerzos corrían el riesgo de ser inútiles... Faltaba una condición: la muerte de Chapeloud. Pero Chapeloud falleció a su hora. Por testamento, le había legado todos sus bienes.

Nada —o muy poco— podía ya ofrecer la existencia al párroco Birotteau. Acaso una canonjía: la que su amiga Listomère acababa de prometerle. Con o sin canonjía, lo esencial era el usufructo de su cómodo apartamiento, la vanidad de su biblioteca, el contacto de sus alfombras, la contemplación de sus cuadros y el placer de nutrirse en la misma mesa que había servido

de campo de operaciones gastronómicas a su epicúreo prede·
cesor.

Los proyectos de Birotteau van a desmoronarse a lo largo de
la novela. La señorita Gamard, que hizo la felicidad hogareña
de Chapeloud, porque Chapeloud se cuidó muy bien de no incluir-
la jamás en su intimidad, resolverá en cambio la ruina de Birotteau, porque Birotteau se atreve de nuevo a salir de noche —después de haberla tratado familiarmente durante meses y de hacerle
prever, incluso, que podría invitar a sus amistades a un "whist"
periódico, semejante al organizado todos los miércoles por la
señora de Listomère—. Hay esperanzas cuyo fracaso afecta más
que una traición. La que el cura de Tours había hecho concebir
a su propietaria pertenecía a ese género, rápido en explotar. Todo
resulta poco para vengarla. El cuarto, tibio y acogedor, se vuelve
de pronto frío. La chimenea no se enciende ya nunca a tiempo.
La campanilla de la puerta de entrada tiene que resonar varias
veces, antes de que la criada Mariana se digne oírla. La hora del
desayuno, que había sido hasta entonces hora de charla y amena
disertación, se convierte en páramo silencioso. Ésta, acaso, es la
ofensa que más resiente el buen sacerdote, habituado a conversar para digerir, e incapaz de saborear su café con leche sin en-
treverar cada sorbo con una frase sobre el clima de la ciudad o
sobre los hábitos de sus prójimos.

La situación le obliga a buscar refugio —un refugio que espera
provisional— en la residencia de la señora de Listomère. La dueña de la casa de huéspedes aprovecha esa ausencia para incitarle,
por medio de un abogado, a firmar un escrito según el cual Birotteau aparece como deseoso de rescindir su contrato de arrenda-
miento. El escrito es utilizado, en seguida, para despojarlo
jurídicamente de los bienes de Chapeloud. Tan egoísta como indolente, el cura se había olvidado de una cláusula peligrosa: si
decidía abandonar la pensión, sus muebles quedarían en propiedad de la señorita Gamard, como compensación de las diferencias
entre las mensualidades pagadas por Chapeloud y la renta cubierta por Birotteau.

El clan presidido por la baronesa de Listomère induce al cura
a librar batalla en los tribunales. Pero, atemorizadas por las influencias políticas de otro huésped de la Gamard —el intratable
Troubert— todas aquellas damas ricas y nobles repudian al sacerdote en lo más álgido de la lucha. Con sus muebles, desaparece
la expectativa de su próxima canonjía. El volumen termina con
el ostracismo de Birotteau, relegado a párroco de suburbio, y
con el entronizamiento de Troubert, nombrado obispo en premio
de quién sabe qué diligencias, igualmente propicias a la jerarquía
eclesiástica y al Estado.

La sociedad ha vuelto a aplastar así, ante nuestros ojos, a un
pobre hombre, cuyos defectos proceden de una absoluta incapa-

cidad de astucia, de un amor excesivo al bienestar físico y de una lamentable carencia de voluntad. Cual si temiese que los lectores no se percaten de la tremenda requisitoria social que supone el libro, Balzac agrega, en las últimas páginas, un paradójico ditirambo de la hipocresía y de la ambición. Tenemos la impresión de estar escuchando a Nietzsche, o por lo menos a Vautrin. El egoísmo, en pequeñas dosis, como Birotteau lo practica, es un mal endémico e incurable. En cambio, el egoísmo inflexible, lúcido y frío, el que simboliza Troubert, es la ley del fuerte. En la zoología social, el león o el zorro devorarán al cordero, tarde o temprano. "La historia de un Inocencio III o de un Pedro el Grande (es Balzac quien lo afirma) demostraría, en un orden superior, la inmensa idea que representaba Troubert..."

El comentario de esta doctrina de la voluntad nos llevaría a desarrollos que prefiero guardar para otro capítulo de este ensayo: el que dedicaré a las opiniones políticas de Balzac. Por lo pronto, me limito a apuntar dos observaciones: el pre-darwinismo del novelista y la maestría con que describe las flaquezas de sus más débiles personajes. La pluma que trazó el perfil agudo de Rastignac, de Grandet, de Vautrin, de Vandenesse y de tantos otros animales de presa, sabía dibujar —con igual rigor— a los seres más desarmados frente a la vida.

Siempre me había preguntado por qué razones un psicólogo como Proust, tan admirador de Balzac y tan entusiasta de sus tetralogías fundamentales —él fue quien les dio ese nombre, un poco por, "esnobismo" post-wagneriano— solía alternar con su devoción por *Las ilusiones perdidas* ("la *Tristeza de Olimpio* del homosexualismo") el elogio, aparentemente contradictorio, del *Cura de Tours*. En un opúsculo de 1909, Proust ridiculiza a uno de los personajes de su novela futura, la marquesa de Villeparisis, porque no entiende la belleza escondida en *El cura de Tours*. En otra parte de ese ensayo inconcluso, Proust critica a Sainte-Beuve porque no acertó a apreciar la excelencia del párrafo dedicado, en el mismo relato de Balzac, al sistema de vasos capilares que servía al abate Troubert, como a una planta ávida de rocío, para absorver —merced a la indiscreción de las solteronas de Tours— todos los secretos de alcoba esparcidos en la ciudad. Al releer, recientemente, *El cura de Tours*, creo haber encontrado la explicación del placer de Proust. En efecto, si el Balzac de las grandes composiciones suprarrealistas, como *Las ilusiones perdidas* y *Esplendores y miserias de las cortesanas*, hace pensar por momentos en Rembrandt, cuando no en Sue, el Balzac de *El cura de Tours* nos trae a la mente el recuerdo de un maestro flamenco menos fecundo y, a primera vista, menos audaz. Me refiero a Vermeer de Delft. Nadie ignora que este pintor era uno de los predilectos de Marcel Proust. En *La prisionera*, Bergotte sucumbe a una crisis de uremia por haber ido —a pesar de los médicos, que le ordenaban un absoluto reposo— a ver por última vez un cuadro de Vermeer y, en ese cuadro, un fragmento particularmente querido: un pedazo de muro tan bien pintado "que se bastaba a sí propio", como una joya. Esa calidad de la insustituible materia plástica —que Proust estimaba tanto en Vermeer— se encuentra a menudo en Balzac y pocas veces tan condensada como en *El cura de Tours*.

De los hermanos Birotteau, pasemos ahora rápidamente a otros dos hermanos: Felipe y José Bridau. La obra en que ambos coinciden se llama *La Rabouilleuse*. Se la conoce también con el nombre de *Un hogar de soltero*. Este doble título se comprende, pues se trata —en el fondo— de un libro doble. La primera parte (la que examinaremos aquí) cuenta la historia de los hermanos Bridau, desde su nacimiento hasta la muerte de una tía suya, Madame Descoings. En la segunda parte, el novelista sigue hablándonos de Felipe y José Bridau; pero la figura de aquél cobra mayor relieve, la de éste se apaga un poco y lo esencial del relato viene a situarse en torno al testamento de un médico de Issoudun, el doctor Rouget, y de las tragedias a que da origen. El personaje central de esta segunda sección no aparece en la primera mitad del libro. Es Flora Brazier, apodada "la Rabouilleuse", criada del rico doctor Rouget, concubina y más tarde esposa de Juan Jacobo, hijo de Rouget, y mujer después de Felipe Bridau, sobrino de Juan Jacobo. Felipe despoja a Flora de la herencia que le incitó a casarse con ella. Como pretende unirse, en segundas nupcias, con una dama de alta categoría (la señorita de Soulanges), abandona de hecho a "la Rabouilleuse" y la conduce, por el camino del vicio, a una muerte sórdida.

Las dos partes de la novela se complementan, aunque se advierte —entre una y otra— un defecto de arquitectura. La sucesión no resulta siempre continuidad. Muchos lectores —y yo entre ellos— tienen la idea de que el autor procuró asociar dos fragmentos, estrechamente relacionados. Al unirlos, no hizo desaparecer los andamios de ciertos puentes, ni cerró totalmente la curva de ciertos arcos. El conjunto delata prisa en la construcción.

A pesar del reparo que indico, *La Rabouilleuse* se inscribe entre las más importantes novelas de *La comedia humana*. Y lo es, innegablemente. Lo es por la descripción de todo lo que rodea a Flora Brazier, en la atmósfera de Issoudun. Lo es, todavía más, por el trazo de los dos jóvenes: Felipe y José Bridau. Y lo es, sobre todo, por el análisis del desquiciamiento social, intelectual y moral de la última promoción militar del Primer Imperio: la de los oficiales que, habiendo principiado a ascender en las postreras campañas de Napoleón, tuvieron que dejar el servicio activo, y fueron a poblar los garitos y los cafés del bonapartismo póstumo. Descontentos de todo —y de ellos, en primer término— esos oficiales a media paga aceptaron trágicamente un fracaso injusto. O, para alcanzar un éxito inmerecido, acudieron a maniobras poco recomendables. En ocasiones, como Felipe, a las más espurias.

Felipe es el primogénito. José el segundón. Nació aquél en 1796; éste en 1799. Desde niños, fueron muy desiguales y anunciaron temperamentos incompatibles. Felipe, cuidadoso de su atavío, no lo era tanto de sus palabras y de sus actos. Rubio, valiente, atractivo y ágil, su madre —Ágata Bridau— creía reconocerse en él. Lo adoraba y lo consentía. Moreno, intonso, discreto y ensimismado, José iba creciendo con lentitud junto a aquella fuerza que, por lo áureo del pelo y lo encendido del entusiasmo, parecía en verdad una llama al viento.

Su madre consideraba con pena la lentitud de José. Presentía en cambio —los presentimientos favorables suelen ser tan erróneos en las novelas como en la vida— que Felipe continuaría a su esposo muerto: un esposo a quien ella había consagrado todo su espíritu y de quien conservaba, entre otras reliquias, la taza donde bebió el último sorbo de té y la pluma con que escribió su postrer oficio. Porque el padre de Felipe y José Bridau había sido Jefe de Negociado en el Ministerio del Interior.

Bonapartista por herencia y por gusto de la aventura, Felipe —a los dieciocho años— escribió a Napoleón, ofreciéndole sus servicios. El Emperador no dejó sin respuesta esa breve carta. Felipe ingresó en Saint-Cyr. Pocos meses más tarde, obtuvo el grado de subteniente. Ascendido a capitán en 1814, el regreso de la isla de Elba lo promovió a comandante. Peleó en Waterloo y, en esa derrota, ganó los galones de teniente coronel de caballería. La segunda abdicación lo dejó en la sombra. Continuó, sin embargo, cobrando su mediapaga, que no era menospreciable.

Pero no sólo de "luises" viven los mílites retirados, sobre todo cuando sirvieron a Napoleón y cuando tienen, como tenía Felipe entonces, veintiún años —y no cumplidos. El ocio no engendra vicios sino en quienes tienden al vicio espontáneamente. Para ciertos ingenios, al contrario, el ocio es lección de fuerza. Sin el noble ocio que apreciaban tanto los griegos, no comprenderíamos a Sócrates y a Platón. Felipe se inclinaba más bien hacia el ocio innoble. Las cartas y las copas se adueñaron de él en muy poco tiempo. A las copas y a las cartas agregó la blasfemia siempre que pudo y, también, la ironía política, el sarcasmo para el gobierno de los Borbones. Se le canceló su pensión.

Desprovisto de fondos súbitamente, Felipe decidió hacer un viaje a los Estados Unidos, a fin de ponerse "a las órdenes del general Lallemant". Por las mismas razones que en París, la inacción no le favoreció en Nueva York. Durante el otoño de 1819, regresó a Francia, dispuesto a las ruindades en que se gozan quienes, sin tener ya derecho a nada, se consideran con derecho a tenerlo todo: amigos, mujeres, vino y, especialmente, una justa reputación de sablistas, audaces y pendencieros. Son tres, por lo pronto, sus víctimas inmediatas. Y no son sino tres, porque su familia se ha reducido a esas tres personas: su madre, su tía Descoings y José, su hermano.

Todo, en la casa, se halla sujeto a las exacciones del gran Felipe. Desde luego, los ahorros de la señora Descoings, jugadora incansable de lotería. Por espacio de veinte años, ha vivido apostando a un número, jamás premiado. La madre de Felipe acepta, sin mayores reproches, un estado de permanente requisición. En cuanto a José, la autoridad de su hermano mayor no le atemoriza, pero le duele. Ha seguido él una curva absolutamente distinta a la de Felipe. Mientras que éste se degrada con insolencia —y, en ocasiones, con bélica ostentación— José estudia, se esfuerza, lucha en voz baja, siempre escondido en un mundo mágico y luminoso: el de su pintura. Los años, que convirtieron a Felipe en un truhán vinoso y altoparlante, José resolvió dedicarlos a ser él mismo, cada vez más profundamente. Desde chico, la pintura lo cautivó. La caricatura de un profesor, vista al salir del jardín de las Tullerías, lo "clavó" materialmente "en el pavimento". Dibujar, pintar, ese sería su porvenir. A pesar de las reconvenciones maternales, va al Instituto, se somete a la burla de los aprendices menos ingenuos, alterna con los modelos, interesa a los profesores. Uno de éstos, el escultor Chaudet, se percata del genio de aquel muchacho. Feo como Eugenio Delacroix y colorista como él, José Bridau —según lo saben ahora todos los balzacianos— es un retrato, más o menos anovelado, del célebre artista francés. Incluso Balzac, al referirse a Bridau en otro de sus relatos, se equivoca elocuentemente de nombre y escribe "Eugenio", pensando escribir "José"...

A su regreso de Nueva York, Felipe sonríe, no sin desdén del oficio ridículo de su hermano. Un teniente coronel de caballería, aunque no cobre ya ni su mediapaga, se siente muy por encima de las tareas de un pintamonas laborioso, flaco, reconcentrado —y servicial por añadidura. Tan servicial es José que hasta tiene ciertos ahorros. Son el producto de las copias que hace y que, a veces, vende... De esos ahorros se aprovecha Felipe con la mayor naturalidad. Toma, diariamente, unos cuantos francos del interior de la calavera en que su hermano los guarda. Para no tener que agradecérselos, los toma siempre a hurtadillas.

José no ignora quién le impone ese involuntario tributo. Calla, por pudor, al menos frente a su madre. La señora Descoings lo averigua todo. Sin embargo, también ella prefiere el papel de cómplice a la función ingrata de acusadora.

Felipe sigue jugando lo que no tiene, bebiendo lo que no pierde, y regresando a su casa borracho y pobre, o borracho y rico, según la suerte; siempre a deshoras y siempre muy convencido de que un teniente coronel retirado vale más, aunque ebrio, que

696

un pintor sobrio, aunque sea —como José— un pintor genial. En determinada ocasión, el oficio de su hermano parece inspirarle un aprecio auténtico. ¿Qué cuadro estará copiando? Es una tela de Rubens. José le revela el valor comercial que tiene. En cuanto a la copia, puesta en el caballete, vale bien poco, pues Bridau no ha alcanzado aún la fama de Delacroix. Felipe vuelve, cuando José no está en el taller. Toma el cuadro enmarcado, que supone el original de Rubens. Lo vende por tres mil francos. Afortunadamente, lo que vendió fue una copia hermosa: la que José había sustituído al original, con el propósito de indagar si un conocedor advertiría la diferencia.

Aquel robo no es el primero ni el último de Felipe. En el colchón de su cama, la señora Descoings esconde los doscientos francos que se propone destinar por vigésima vez a la compra de su billete de lotería. El teniente coronel descose el colchón, toma los doscientos francos y va al garito. La tía Descoings pierde así la oportunidad última de su vida. Al día siguiente, un amigo se acerca a felicitarla. ¡Por fin, señora, su número fue el sorteado! Pero ese año, 1821, el número no era suyo...

Felipe, en *La Rabouilleuse*, no se limita a semejantes "pecados de juventud". El que acabo de mencionar costó la vida a la señora Descoings. Otros esperan a los lectores, como el duelo entre Felipe y Gilet, en la segunda parte de la novela. ¿Para qué contarlos? Más que enumerar las vilezas de Felipe Bridau o las cualidades de su hermano José, lo que con este esbozo deseaba yo era dar una idea aproximada del contraste intelectual y sentimental de los dos muchachos.

Contraste indudable; pero —tal vez por eso mismo— revelador de la capacidad de simpatía, casi inmoral, que es la capacidad biológica suprema en el novelista de *La comedia humana*. Como la vida, Balzac no juzga: crea; crea incesantemente. Para rendir homenaje a la moralidad —y a los poderes establecidos— se resigna a que sus malvados sufran derrotas. Esas derrotas, otros se apresurarán a tomarlas como condenas. La perversa Madame Marneffe muere emponzoñada. Rubempré se suicida. La prima Bela sucumbe, finalmente, a la tuberculosis que la devora. Vautrin acepta servir al procurador del rey. Y Felipe Bridau terminará por perder toda su fortuna —tan mal habida— en la liquidación de la casa Nucingen. Caerá en Argelia, en 1839, combatiendo contra los árabes.

Sin embargo, esos desastres finales parecen más que benignos cuando se les compara con el júbilo acumulado por Felipe en sus cuarenta y tres largos años de rapiña y de crueldad. El autor no nos muestra bastante su desagrado frente a las depredaciones y las violencias que le atribuye. Incluso da la impresión de gozarse en ellas, no por maldad, sino por amor a la vida intensa que simbolizan. Y también —¿cómo desconocerlo?— por orgullo de creador. Felipe es tan hijo suyo como José. A éste lo aprecia mucho, seguramente; pero, en el fondo los quiere a ambos. Si se me apremiase a expresar entero mi pensamiento, añadiría que Balzac siente una admiración igualmente profunda para los dos hermanos.

Igual en profundidad, su admiración, por supuesto, responde a móviles diferentes. En el caso de José, el autor elogia la voluntad de futuro que era su propia fuerza y que constituye, por otra parte, la fuerza de todos los inventores. En el caso de Felipe, lo que le pasma —y, de manera invencible, lo atrae— es la capacidad de dominio sobre el presente: la audacia en estado puro, sin remordimientos y sin escrúpulos; la afirmación imperiosa y brutal de sí.

Reflexionemos, por un instante, en un ser del tipo de Benvenuto Cellini. Tratemos de colocarlo en el laboratorio de las hipótesis. Imaginemos un escrutinio entre sus cualidades y sus defectos. Situemos, en un platillo de la balanza, la honradez de su vocación, su amor por las formas puras, su apasionado entusiasmo artístico. Depositemos, en el otro platillo de la balanza, su incontinencia, su ansia de estrujar, como quiera que fuese, los racimos espléndidos de las horas; en resumen: su egoísmo de hombre ávido de placer. ¿No tendríamos así, artificialmente clasificados, los materiales capaces de permitirnos un ensayo semejante al que Balzac intentó en *La Rabouilleuse*? Ahondemos más todavía. ¿No habría, acaso, en el propio Balzac, una dualidad parecida a la que descompuso, al hacer los retratos de Felipe y José Bridau?...

El trabajador solitario y nocturno debía sentirse en perfecto acuerdo con el encierro del grande artista en quien revivía, a su juicio, el talento de Delacroix. Pero el dueño del cabriolé estacionado todas las noches en la esquina de la calle de Grenelle, el cazador de la dote de la señora Hanska, el antiguo impresor que obtenía —con simultaneidad sospechosa— los pagarés y los besos de la "Dilecta", el perseguidor de la marquesa de Castries, el *dandy* obeso que devoraba docenas de ostras, tenía en el temperamento de su organismo —si no en la hondura de su carácter— muchos motivos para comprender a Felipe Bridau.

He llamado a Balzac el "hipnotizador hipnotizado". La frase cobra especial volumen ante los ejemplos de sus maniáticos de absoluto: un Claes, un Grandet, un Vautrin. Estimo, sin embargo, que podríamos también aplicarla al autor, frente al espectáculo de Felipe. En el teniente coronel retirado, la manía descrita es en extremo vil. Las otras aves de presa de *La comedia humana* (incluso Vautrin) resultan más desinteresadas y generosas. Tales personajes —es cierto— martirizan a sus amigos, a sus esposas (cuando las tienen) y hasta a sus cómplices; pero ellos mismos son los mártires voluntarios de un invisible tirano:

la alquimia, el poder de compra, la rebeldía social. Felipe, en cambio, no sacrificaría ante nadie y por nada lo que le gusta. Su manía exclusiva es el goce físico. Todo, por tanto, tiene que doblegarse a una ley de hierro: satisfacerle.

Cuando el arte llega a realizaciones de esta naturaleza, no se plantea siquiera la interrogación de Tolstoi en la senectud: la disyuntiva entre lo bueno y lo hermoso, la rivalidad de la ética y de la estética. Y la disyuntiva no se plantea porque, en Balzac, lo que más inquieta al lector es un hecho poco frecuente: el arte de *La comedia humana* parece, en efecto, injusto; mas no por capricho del escritor, sino por las mismas razones que indignan al hombre justo cuando contempla la ebullición imparcial y dramática de la vida. A fuerza de simpatizar con sus personajes, con todos su personajes —y, en primer lugar, con los vehementes—, el novelista irrita más que el zoólogo.

Entre José y Felipe Bridau, nosotros escogeremos, naturalmente, a José. Pero no sabemos jamás si Balzac —a pesar de todas sus declaraciones— habría escogido como nosotros. Para el creador, hipnotizado por sus criaturas, escoger no tendría sentido.

¡Hipnotizador hipnotizado! Algunos creerán que insisto sin razón —o sólo por eufonía— en esta fórmula cómoda. Yo no lo pienso. Después de todo, no es mía exclusivamente. El autor de *La comedia humana* empleó una muy parecida, aunque más desdeñosa, al describirnos al agente viajero por excelencia: ¡el ambulante, verboso e intrépido Gaudissart! El *embaucador embaucado* ("le mystificateur mystifié") es la frase exacta del novelista. Percibamos la semejanza y, al mismo tiempo, señalemos la diferencia. Una y otra nos acompañarán a lo largo de las páginas en que se nos presenta el agente viajero en sombreros y "artículos de París". Cual si Balzac se gozase en trazar allí su propia caricatura, nos propone irónicamente un parangón peligroso entre él y su personaje. "El agente viajero (empieza por declararnos el escritor) es, a las ideas, lo que las diligencias son a las cosas. Toma, en el centro luminoso, su carga eléctrica y la esparce entre las poblaciones dormidas..." Advirtamos, desde luego, que no se habla aquí de ferrocarril. Se habla de diligencias. En un texto de 1832 era ciertamente poco adecuado mencionar al ferrocarril, si bien funcionaba ya por entonces en Francia —sobre todo para la carga— una línea célebre: la de Saint-Étienne a Lyon. Pero hay algo más significativo. El ferrocarril iba a transformar a la vez al agente viajero, señor de la diligencia, y, de manera más evidente aunque menos rápida, al ritmo de la novela de aquella era de transición. Una velocidad moderada convenía a Gaudissart admirablemente —y a su cronista también. A mayores prisas, nuevos procedimientos publicitarios. El pintoresco agente viajero individualista se vio sustituído por

el distribuidor, técnicamente anónimo. En cuanto al novelista...
Mejor será que sigamos a Balzac en su "fisiología" de la edad
de la diligencia.

El agente viajero —nos dice— "lo ha visto todo, lo sabe todo,
conoce a todo el mundo... Si no quiere renunciar a su oficio,
debe observar. ¿No está acaso obligado constantemente a sondear a los hombres con una sola mirada, a adivinar sus acciones,
sus costumbres y, en especial, su solvencia... Su palabra contiene
liga y vitriolo. Liga para retener y engañar a la víctima, para
hacerla más adherente. Vitriolo, para disolver sus más duros
cálculos".

Pasando de la profesión al profesional (o según Balzac lo prefiere, "del género al individuo") he aquí una estampa del "embajador" Gaudissart: "Sabía entrar como administrador en casa
del subprefecto, como capitalista en la del banquero, como hombre devoto y realista en la del monárquico, como burgués en la
del burgués. En fin, en cada sitio era lo que debía: se dejaba a
sí propio en la puerta y se recogía al salir..." ¿No nos recuerdan
tantas habilidades las del proteico inventor de aquel ágil e ilustre
propagandista?

Se trata de una caricatura. No lo negamos. Y de una auto-
caricatura posiblemente involuntaria. Pero nos hunden en cierta
extraña perplejidad otros párrafos balzacianos. Éste, por ejemplo, que tomo del mismo libro: "Nuestro siglo —afirma el autor— será un puente entre el reino de las fuerzas aisladas, abundante en creaciones originales, y el reino de la fuerza uniforme,
niveladora, que igualará los productos, los lanzará en masa y
obedecerá así a un pensamiento unitario, expresión final de las
sociedades". La novela (agente viajera, a su modo, entre la cultura del siglo XVIII, particularista, refinada y original, y la civilización del XX, compacta, mecánica y uniforme) resulta por consiguiente, no sé si en la conciencia crítica de Balzac o nada más
en su poética subconciencia, el género representativo de la época en que vivió. La supremacía del novelista reside, venturosamente, en que *embaucar* no es lo mismo que *hipnotizar*. Entre
Gaudissart y Balzac pasa un meridiano invisible, tan difícil de
esconder como de medir: el que marca el genio.

X. EL DETERMINISMO DE BALZAC

LA OBRA de Balzac reclama diccionarios e incita a las estadísticas.
Unos y otras no le han sido escatimados. Citamos, antes, el *Re-
pertorio* publicado en 1887, con prólogo de Bourget, por Anatole
Cerfberr y Jules Christophe. Más completo aún es, ahora, el
Directorio de Fernand Lotte, volumen en cuyas seiscientas seten-
ta y seis páginas constan, por orden alfabético de apellidos, de

apodos y de seudónimos, más de dos mil fichas biográficas, relativas —tan sólo— a los personajes "imaginarios" de *La comedia humana*. Un esfuerzo de esta naturaleza hace sonreír a los necios y a los pedantes. ¿Cómo, después de todo, podríamos distinguirlos?

La ciudad Honorato Balzac ha crecido tanto que requiere su administración de teléfonos y, en consecuencia, un anuario fácil de consultar. El de Lotte me parece utilísimo. Balzac lo previó: más temprano o más tarde, alguien ofrecería al público un anuario de esa categoría. Bouteron recuerda cómo el propio Balzac redactó, a guisa de ensayo, la ficha correspondiente a Eugenio de Rastignac. Evoca, de paso, las inquietudes cronológicas del autor, en el prefacio de *Una hija de Eva*. Pero el diccionario sería un menguado auxiliar si no viniesen a completarlo sustanciosas y sólidas estadísticas. Una de ellas me ha interesado sobremanera: la que intentó Pedro Abraham en su estudio sobre las "criaturas" del novelista.*

Abraham descubre que el personaje humano es objeto de muchas comparaciones en los diversos libros de la *Comedia*. Balzac compara al hombre o con un paisaje, o con una planta, o con un animal. Las comparaciones con paisajes no son las más habituales. En total, ascienden a treinta y cuatro. Las comparaciones con plantas alcanzan cifra más alta: noventa y seis. Las comparaciones con animales pasan del centenar. De los ciento cincuenta casos citados, sólo en uno aparece un molusco. El autor lo evoca, en *Una familia doble*, al referirse a la señora Crochard, "adherida a su casa como el caracol a su concha". En ocho ocasiones, menciona a varios artrópodos. Y, en ciento cuarenta y una, a múltiples vertebrados: trece reptiles, treinta y siete pájaros, noventa y un mamíferos. Abraham registra a dos roedores, veinticinco artiodáctilos y cincuenta y tres carnívoros. Entre éstos, sobresalen los félidos (veintitrés) y ocupa el tigre el primer lugar. Así, Paquita Valdés tiene "ojos amarillos, como los de los tigres". La mirada de su madre recuerda "el frío resplandor de los ojos de un tigre enjaulado". De Marsay ve, igualmente, "como los tigres". Hasta la señora de Saint-Estève posee, en sus minúsculos ojos claros, "la sanguinaria avidez del tigre".

El simio es citado dos veces. Abraham opina que Balzac lo encontraba, acaso, demasiado próximo al hombre. En cambio, el león, la pantera y el jaguar se sitúan muy honorablemente en la escala de las metáforas balzacianas. Carlos IX muestra, en *Catalina de Médicis*, una verdadera "nariz de león". De Guénic, el de *Beatrix*, es un "viejo león de Bretaña". Aquilina revela "una agilidad de pantera". Montejanos —el barón de *La prima Bela*— da la impresión de haber sido "engendrado por un jaguar".

* P. Abraham; *Créatures chez Balzac* (Editions de La Nouvelle Revue Française, París, 1931).

El capítulo de los reptiles no es menos apreciable. "Serpentino" es el adjetivo que acude, constantemente, a la pluma del novelista cuando está describiendo a una hermosa hembra. Luisa de Chaulieu, a quien vemos en *Las ilusiones perdidas*, se jacta de un cuello largo, cuyo movimiento "serpentino" da majestad a su figura. La baronesa Hulot, en *La prima Bela*, poseía "esas líneas serpentinas", características —según Balzac— de las mujeres que nacen "para reinas". Otra vez en *Las ilusiones perdidas*, Petit-Claud es una "víbora helada"...

Por lo que concierne a las aves, Abraham nos hace notar que las de presa son las que emplea mayormente Balzac en sus descripciones. Sauvager, la señora d'Espard y el viejo d'Hérouville ostentan perfiles de gerifalte. En *Esplendores y miserias de las cortesanas*, Sélérier "hace flamear, bajo una cabeza enorme, dos ojillos cubiertos, como los de las aves de presa, por un párpado mate, grisáceo y duro".

Tantas zoológicas referencias parecerían una curiosidad de erudito —y un bizantino entretenimiento— si no supiéramos la importancia que Balzac atribuyó siempre a la zoología y a las técnicas fisiognómicas. "No hay sino un animal —escribió en el prefacio de *La comedia humana*. Para todos los seres organizados el Creador utilizó un solo e igual patrón. El animal es un principio que toma su forma externa (o, para hablar más exactamente, la diversidad de sus formas) de los medios en que está llamado a desarrollarse. Las especies zoológicas resultan de esas diferencias." Como Cuvier, Lavater y Gall figuraban en el panteón de Balzac. Tenían, allí, un altar magnífico. Es cierto, frente a ese altar, se elevaba otro: el de los místicos, con Swedenborg en el centro. Todo el secreto de Balzac reside precisamente, según he tratado de demostrarlo, en esta relación incesante entre la ciencia y el ocultismo, entre la verdad que se comprueba y la que se sueña, entre la realidad y la fantasía, entre la observación y la visión; entre el análisis, para el cual deseaba la exactitud de un entomólogo minucioso, y la síntesis, que hubiera querido emprender con la vara mágica de Moisés.

Al subrayar en el hombre los rasgos del animal, Balzac no obraba como un positivista irreductible. Sentía que el hombre es parte de una unidad planetaria, que va de la amiba al genio y que no desdeña ni al protozoario ni a Miguel Ángel, porque Miguel Ángel y el protozoario son elementos imprescindibles en la cadena lógica de las causas y de las consecuencias del mundo. Creía, como Taine lo creyó después, en la influencia del medio físico, de la raza y del momento histórico. Por eso dedicaba tantos esfuerzos a la descripción del país, la ciudad, el hogar, la estirpe, los rasgos y las costumbres de sus criaturas. Comprendía que quien lastima al cuerpo lastima por fuerza al alma y que la forma de la nariz, el relieve de los pómulos, la arrogancia de las mandíbulas, la degradación de la frente, el hundimiento del tórax, la convexidad del abdomen o la gallardía del cuello no son detalles indiferentes cuando se trata de conocer, por semejantes indicios físicos, la flaqueza o el rigor de la voluntad, la constancia del corazón, la pasividad del temperamento, la ruindad del carácter, o su estoicismo. Pero sabía que, en la cadena de las correspondencias universales, Miguel Ángel es Miguel Ángel —señero, único, inconfundible— en tanto que los protozoarios son protozoarios: billones de millones anónimos y confusos. Sabía, asimismo, que el más bello animal humano puede tener que matarse por feas razones, como Luciano de Rubempré, y que, en cambio, la mujer más tímida y contrahecha puede amar fervorosamente, como Josefina Temninck al viejo Claes. No ignoraba, en fin, que todo cuanto ofende al espíritu hiere también al cuerpo. (Ya dijimos hasta qué punto la muerte por desamor, por asco o por desencanto, es, en el orbe de *La comedia humana,* una muerte lógica y natural.)

No; Balzac no actuó siempre como un irreductible positivista. Entre otras cosas, sus aficiones swedenborguianas se lo impidieron. No obstante, hay horas de su existencia en que se le advierte a punto de resolverse en favor de una subordinación absoluta a la biología. ¿Cómo acertar, sin la biología, a ser el psicólogo que tuvo la aspiración —y la suerte— de ser? En una carta enviada durante el mes de diciembre de 1845 al doctor Moreau, residente en Tours, Balzac se descubre de la siguiente manera: "Nada bueno haremos mientras no se haya determinado la parte que tienen, en los casos de locura, los órganos del pensamiento, *en su calidad de órganos.* En otras palabras: los órganos son conductores de un fluido, todavía hoy inapreciable. Doy esto por cosa probada. Pues bien, algunos órganos se vician por su propia culpa, por su constitución; otros se vician por un aflujo excesivo... Hay una hermosa experiencia por intentar. He pensado en ella desde hace veinte años. Consistiría en rehacerle el cerebro a un cretino y ver si puede crearse, así, un aparato para pensar... *Sólo rehaciendo cerebros, indagaremos cómo se deshacen."*

¡Rehaciendo cerebros! Imaginemos a Balzac, espectral y quirúrgico, en la bata blanca de su clínica novelesca, rodeado de anatomistas y de fisiólogos. Tema excelente, sin duda, para una caricatura de Roze, de Bertall o de Benjamin Roubaud. Pero no sonriamos a la ligera. Las caricaturas, a veces, no prueban nada. Porque, sin necesidad de trepanaciones y asépticos bisturíes, Balzac vivió construyendo cerebros: los de sus personajes, y organizando —a menudo con despotismo— artificiales máquinas de pensar.

En esta fabricación de cerebros, partía de una condición, nunca desmentida: urgía construir, simultáneamente, el cuerpo completo del personaje. Para semejante construcción, le proporcionaban un concurso —que él consideraba en extremo valioso— los frenólogos de su tiempo. "Las leyes de la fisonomía —confiesa en *Un tenebroso asunto*— no son solamente exactas en lo que toca al carácter. Lo son, también, en todo lo relativo a la fatalidad de la existencia." Retengamos esta expresión, pues no tardaremos mucho en volver a ella.

Precursor de la actual "caracterología", Balzac hubiese leído seguramente con gusto las obras de Ludwig Klages. En una —*Los principios de la caracterología*, reeditada en 1947— encuentro este párrafo que, sin mencionarle, parece concebido para justificar a Balzac: "Son los hombres de acción, y no los contemplativos, los que se han ilustrado siempre en el conocimiento intuitivo del hombre. La sabiduría psicológica de un Shakespeare, de un Goethe, de un Juan Pablo, de un Stendhal o de un Nietzsche, no puede compararse —en cuanto atañe a la perspicacia irreflexiva para conocer a otras personalidades— con la sagacidad de Cromwell, de Richelieu, de Federico el Grande, de Napoleón o de Bismarck. El conocimiento de los hombres y la ciencia del carácter son dominios distintos. Sólo tienen en común una estrecha zona. El conocedor de la humanidad no emite necesariamente juicios concretos sobre los hombres, aunque sin duda pudiera hacerlo. Cuando emite esos juicios, respecto a individuos determinados (los que atraviesan sus horizontes prácticos), lo hace para cumplir sus designios particulares, sin preocuparse de averiguar en qué podrían dar ocasión tales juicios a proposiciones de índole *general*. Por lo contrario, el caracterólogo se interesa bien poco en las personas que le rodean; no es una necesidad práctica la que lo induce a las observaciones que lleva a cabo. La meta que trata de alcanzar obstinadamente es el descubrimiento de proposiciones generales."

La cita ha resultado bastante larga; pero la estimaba yo indispensable para fundar mi interpretación de Balzac. En efecto, lo que distingue a Balzac de todos los novelistas anteriores a él, con excepción de Cervantes (y lo que lo distingue, asimismo, de la mayor parte de los novelistas que le siguieron), es que aplica, a una obra parecida a la del caracterólogo, las técnicas y los recursos intuitivos del hombre de acción. Para repetir las palabras de Klages, analiza a los héroes que nos describe como si atravesaran "sus horizontes prácticos". Dice en voz alta (y tal vez lo cree) que va a fijar proposiciones generales sobre la sociedad. Pero, de hecho, pasa siempre de lo general a lo individual. La idea de la ciudad de Tours lo lleva en seguida al interior de una sola casa: la plácida y recoleta en que se instala el párroco Birotteau. Pronto lo descubrimos: Tours era quizá el camino; la meta era el cura de Tours. El largo preliminar de *La muchacha de los ojos de oro* (uno de los fragmentos más fulgurantes de la prosa francesa del siglo XIX) tiene todo el aspecto de un ensayo sobre París, sobre el espectáculo de París, visto por un sociólogo en cuyo espíritu se hubiesen confundido secretamente la influencia de Dante y la fantasía de los cuentistas de *Las mil y una noches*. Sin embargo, ese mismo excelente preliminar no es sino un marco para la figura de Paquita Valdés, para su fantástica alcoba, y para su incesto, más fantástico todavía.

Un caracterólogo se habría quedado en el estudio preliminar; hubiese buscado, "obstinadamente", ciertas proposiciones generales sobre el conocimiento de unos cuantos tipos humanos. Pero Balzac, a pesar de sus vanidades, no fue nunca un caracterólogo sistemático. Ni siquiera fue siempre un literato profesional. Era, aun en la inmovilidad de su laboratorio nocturno, un hombre de acción —frustrado por los burgueses cánones de su época—. Aplicaba a sus personajes no la medida del escritor, sino la del jefe —militar o político— de un país. Solía penetrar en el alma de algunos de sus protagonistas como lo hacía, también, su contemporáneo Stendhal; aunque, más a menudo, prefería adivinarlos con la intuición de un Cromwell o de un Bismarck. Acertó, así, al designarse como el Napoleón de la novela. Sus héroes aparentes podían llamarse Lavater, Cuvier, Swedenborg o Walter Scott. Su maestro profundo era Bonaparte.

De allí también el dominio inflexible que ejerce sobre la obra en que se prodiga. La construye, piedra por piedra, como un esclavo; pero es para gobernarla a su antojo como un tirano. Sería imposible explicar a Balzac con la sola óptica del artista. Su verdadera pasión fue la acción. Escribió novelas a falta de poder manejar ejércitos, o dirigir una vasta industria, o explotar las minas de Cerdeña, o fundar una red de bancos, como los Rothschild. Escritor genial (que principió por ser escritor malísimo y que, incluso en mitad de sus obras más realizadas, impone al lector páginas increíbles y digresiones del gusto más lamentable), su mayor fuerza de novelista proviene, sin paradoja, de que llevó a la literatura los procedimientos, la audacia, las intuiciones y la insolente premura del que ha nacido para caudillo. Por eso son tan reales los caracteres que traza, inclusive los más absurdos: porque están vistos para la acción, en la acción, y por un hombre de acción, no por un hombre de gabinete. Sólo un hombre de acción podía interesarse en tan alto grado —con tanta urgencia y con euforia tan personal— en el matrimonio de Félix de Vandenesse, o en la fortuna de Eugenia Grandet. Sólo un hombre de acción podía sentirse cómplice de Vautrin. (He dicho "cómplice" y no "responsable", pues no hablo ahora de Dostoyevski). Y sólo un hombre de acción tenía derecho para mandar a los seres que le servían de colaboradores: sádicos unos, como Felipe Bridau; otros "seráficos", como la señora de Mortsauf, de *El lirio en el valle*.

Si dejamos a los vestiglos en el subsuelo y a los ángeles en las nieblas, ¿qué hombres fueron los que trazó, en sus decenas de libros, el novelista? Son centenares, que no podemos enumerar y que no lograríamos resumir. En el arte, no existe un promedio válido. El *average-man* de los estadísticos no se halla en ninguna parte. Es un invento, cómodo por supuesto para los juglares de los *standards* y de los números-índices, pero inútil para el poeta, el cuentista o el dramaturgo. Resulta difícil establecer un común denominador para los hombres que pueblan las diferentes secciones de *La comedia humana*. Los hay de todas las clases, de todos los tipos, de todas las cataduras, de todas las condiciones, de todos los caracteres. Abundan los maniáticos y las víctimas: los dominadores y los obsesos. Pero, si la condición general es la lucha (lucha entre los sexos, lucha entre los oficios, lucha entre los gustos, lucha entre las generaciones), la manera con que cada individuo entra en el combate, y se declara al fin vencido o vencedor, obedece a una variedad infinita de circunstancias. Esas circunstancias, el novelista las conoce muy bien. Pocas veces las disimula.

Sin embargo, por infinita que sea la variedad de esas circunstancias (mercantiles, eróticas, técnicas, militares) un hecho en su obra es constante y universal: la lucha por la existencia, la vida como combate, el apogeo del fuerte, la selección del mejor dotado. En *La comedia humana* todos estos conceptos anuncian ya, en cierto modo, la tesis de Darwin. Por algo, en uno de los capítulos anteriores, calificamos a Balzac de predarwinista. Diez años menor que él, Darwin imaginaba apenas los fundamentos de su teoría cuando ya Balzac había organizado el mundo de sus relatos y escrito muchos de los que ahora consideramos más convincentes. Si entre Comte y Balzac hubo sincronismo, respecto a Darwin hubo —en Balzac— anticipación. Concebida en 1837, la teoría de Darwin fue expuesta en 1858 y publicada, en volumen, en 1859; es decir: nueve años después de la muerte del novelista. El título de aquel libro habría seducido a Balzac: *El origen de las especies por medio de la selección natural o la preservación de las razas favorecidas en la lucha por la existencia*.

¿Qué había hecho Balzac, por espacio de veintiún años (de 1829 a 1850), sino describir la evolución de las "especies sociales", como resultado de su adaptación —más o menos feliz— al momento histórico y al medio físico, y de su capacidad o incapacidad para superar los obstáculos, materiales o intelectuales, que representan la competencia económica y la jerarquía política de la colectividad? ¿Cuál había sido, en esos veintiun años, el tema de sus novelas si no la *struggle for life*, la condición que Darwin venía precisamente a reconocer como insustituible piedra de toque para comprobar la prioridad de los aptos?... Desde el molusco-hembra, evocado en *Una familia doble*, hasta el banquero-león o el

706

jaguar-don Juan, grandes señores del bosque civilizado, sin olvidar al simio (mencionado solamente dos veces) Balzac había pintado el mural zoológico de la sociedad, señalando en cada individuo, sobre toda otra cosa, aquello que lo predestinaba a ser plaga o víctima; enumerando las garras y los colmillos de los rapaces, acariciando las plumas del pueblo alado al que protege únicamente la fuga, midiendo las uñas de los lagartos adormilados en el fango de las riberas y tocando —no sé bien si con lástima o con desprecio— la carne blanda, tierna o inerme, donde el cuchillo o la bala o los dientes entran mejor.

He aludido a una doctrina de la voluntad, evidente a mi juicio en todo el caudal de la épica balzaciana. Quien leyera nada más esas ocho sílabas ("doctrina de la voluntad") pensaría probablemente en un equilibrio —difícil, pero posible— entre el libre albedrío y las causas que se conjugan contra el éxito de los hombres. En Balzac, semejante equilibrio resulta siempre muy inestable. Sus personajes viven —o mueren— de la voluntad que poseen, o que les falta. Eso es todo. La voluntad personal parece exclusivamente servirles para ir más lejos y más de prisa por el sendero que les indica la voluntad de la especie a que pertenecen o el destino biológico que es el suyo. Si son judíos, serán judíos en el odio y en el amor, en el negocio y en el placer, lo mismo frente a una tela de Rubens, como Elías Magnus, que al tratar con Goriot, como Juan Gobseck. Si son perversos, lo serán hasta despeñarse desde la altura, porque la voluntad es en ellos máquina irrefrenable. Tratarían en vano de detenerla en mitad del triunfo, ineludiblemente provisional. Mas no sólo cuando obran mal es superior a la mente de sus criaturas la voluntad que les infunde el artista. Los buenos, en *La comedia humana*, van siempre hasta el límite de lo bueno, acosados por la carrera de una bondad que parece gozarse en anonadarlos.

La voluntad, en Balzac, es cosa *carnal* y no sólo energía del pensamiento. El ser que se halla animado por una apetencia cualquiera (mística incluso) se condensa materialmente para la descarga esencial de la voluntad. Los protagonistas de *La comedia humana* quieren muy bien lo que quieren, aun cuando no sepan en ocasiones por qué lo quieren. Y lo quieren con todas sus vísceras. Acaso a esa fidelidad al poder del cuerpo corresponde —en el novelista— un respeto extraño para los médicos. En *La misa del ateo*, leemos este elogio del doctor Desplein: su intuición "le permitía abarcar los diagnósticos propios al individuo y determinar el momento preciso, la hora, el minuto, en que sería menester operar, dando el valor pertinente a las circunstancias atmosféricas y a las peculiaridades del temperamento. Para obrar así, de concierto con la naturaleza, ¿había estudiado, acaso, la incesante función de los seres y de las sustancias elementales contenidas en la atmósfera o de aquellas que brinda la tierra al hombre, quien las absorbe y las elabora?. . . ¿O procedía merced a esa potencia de deducción y de analogía a la que debemos el genio de Cuvier? Sea como fuere, ese hombre, se había hecho el confidente de la carne. Apoyándose en su presente, la alcanzaba tanto en su pasado cuanto en su porvenir". Anotemos, de paso, esta otra fórmula balzaciana: *confidente de la carne*. Nos será útil, para entender a su autor.

La hipertrofia de la voluntad produce en los lectores de Balzac una impresión asfixiante: la de un amoralismo completo. Balzac se defendió de esa acusación en algunos prólogos. Su defensa resulta más elocuente que persuasiva. No nos importa mucho, en efecto, que la desgracia siga al placer injusto, cuando vemos que la desgracia sigue también a la abnegación y cuando —en la mayor parte de los ejemplos tomados de sus novelas— el goce que la precede es descrito por el autor con júbilo tan notorio. Preferiríamos que la portera Cibot no viviese tan alarmada por las predicciones de la cartomanciana Fontaine y que hubiese sido menos cruel para el viejo Pons. Además, el castigo —aunque llegue a tiempo— no es la mejor garantía de la moralidad interna de una novela. Por otra parte, no siempre llegan a tiempo, en Balzac, esos castigos depuradores. Rastignac, al final de una vida maculada por mil vilezas grandes y chicas, se sienta a la mesa de los ministros, es ministro cuando lo quiere y se permite inclusive el lujo de hacer el bien a quienes, sin haber tenido su suerte, son mejores y más estimables que él. Por mucho que, a la zaga del novelista, ciertos admiradores hayan querido redimir su reputación de la crítica que le hacemos, la crítica subsiste. *La comedia humana* es un monumento soberbio, pero sombrío. Como el *Juicio* de Miguel Ángel, nace y termina en la indignación.

Brunetière se inscribe entre los paladines de la moralidad de la novela balzaciana.* Al acusar a Balzac de inmoralidad —protesta— "¿no se discute, en el fondo, su concepción estética? ¿No equivale tal acusación a negar el derecho que la novela reclama desde Balzac: el de ser una representación total de la vida?" No me resigno a hacer mías las preguntas de Brunetière, porque nunca he creído que una representación total de la vida deba excluir la esperanza y el libre arbitrio. Lo discutible, en la concepción estética de Balzac, no está en la necesidad de representar las cosas como son, sino en intentar muy frecuentemente, dentro de esa representación de las cosas, una ablación funesta: la del valor del desinterés, compensación venturosa del egoísmo. Nadie quisiera una representación artificial y falsa de la existencia, donde todos los hombres llevasen halo, como los santos en un vitral. Pero nadie puede admitir tampoco como verdadero —y en nombre de la verdad material— un mundo donde los buenos,

* Ferdinand Brunetière, *Honoré de Balzac* (Calmann-Lévy, París, 1906).

cuando el autor los designa, resultan casi siempre, según Brunetière tiene a la postre que confesarlo, pálidos entes, exentos
del ímpetu existencial que caracteriza a los egoístas y a los coléricos de *La comedia humana.*

Más que justificar a Balzac, procedería tratar de entender la
razón de su pesimismo. Explicarlo por el fracaso de algunas de
sus esperanzas sentimentales, sería empequeñecer al gran escritor. Coordinar ese pesimismo con su aparente devoción por las
fórmulas religiosas nos llevaría a conclusiones innecesariamente
polémicas. ¿Fue, en verdad, devoto el creador de *La piel de zapa?*
Él lo afirmaba; pero con tal insistencia que la misma reiteración
de sus manifestaciones despierta no pocas dudas. En su libro
sobre Balzac,* André Bellessort toma vivamente partido contra
estas indecisiones. *El médico rural* y *El cura de aldea* son, a su
entender, obras esencialmente católicas. La segunda —dice—
ofrece uno de los "más bellos testimonios del espíritu católico
nacional". ¿Por qué agrega, entonces, que semejante testimonio
está "desprovisto de todo misticismo"? ¿No resulta por lo menos
curioso que Balzac recurra al "misticismo" en sus horas de éxtasis ocultistas y se despoje de él en los libros consagrados a
exaltar el "espíritu nacional" que señala André Bellessort?... No
insistiremos en estas observaciones. Bástenos recordar que un
evolucionista conservador —y nada menos que Brunetière—
asegura, en su ensayo sobre Balzac, que las "opiniones religiosas
(del novelista) no hacen cuerpo con su obra", que se distinguen
de ella y que podemos desprenderlas de sus relatos muy fácilmente. Tras de lo cual, exclama: "Dejemos de lado las disertaciones con que pudo llenar Balzac su *Médico rural* o su *Cura
de aldea"...*

En una de sus cartas "a la extranjera", Balzac decía a la condesa Hanska en 1833 que, "al visitar las altas regiones de la sociedad, había sufrido por todos los puntos por donde el sufrimiento
penetra en el hombre. No hay como los pobres y las almas incomprendidas para saber observar. Todo les hiere. La observación es el resultado de un sufrimiento." Y concluía: "La memoria
no registra sino el dolor. Por eso nos recuerda a veces un gran
placer; porque el placer, cuando es grande, linda con el dolor."
Todo esto suena un poco a romanticismo. Aunque —siempre que
pudo— Balzac trató de no contagiarse de Jorge Sand, cuando
escribía "a la extranjera" se creía obligado a tomar el tono
de 1830 e impregnaba de lágrimas el papel. Pero su pesimismo,
más hondo y más efectivo que el de sus contemporáneos románticos, es el corolario de su concepto biológico sobre la lucha de
las especies. Todo, en su obra, conduce al determinismo. En sus
personajes más enteros y más resueltos, la voluntad es un instrumento de predominio sobre los hombres, o sobre las circunstan-

* André Bellessort, *Balzac et son oeuvre* (Perrin et Cie., París, 1924).

cias, o sobre las cosas; no de dominio sobre la conciencia del ser que ejercita la voluntad. Cuando un héroe de Balzac se contiene a sí mismo, es que necesita cargar de nuevo la batería de su carácter. Cuando tiende el arco, es para disparar. Si la flecha no se dispara, se rompe el arco: enloquece el héroe. La prueba de lo que apunto nos la ofrece el más cercano amigo del novelista: su *alter ego* simbólico, Louis Lambert.

Los grandes dramaturgos y la mayoría de los grandes novelistas han partido de un concepto especial de la predestinación. La fatalidad se encuentra en Esquilo como en Tolstoi. Se trata, en ambos casos, de una fatalidad sobrehumana, distinta de la que advierto en la obra trágica de Balzac. Dostoyevski, tan oscuro, abre más que él la puerta a la libertad. Hasta Raskólnikov puede vislumbrar algún día la aurora próxima, porque ha entendido que el colmo de la vergüenza, cuando es auténtica, anuncia ya una redención. En cambio, los personajes de Balzac viven demasiado cerca de la apetencia. Tan cerca de ella, que resultan en ocasiones como amputados —por el deseo— de toda fe. Son deseo, deseo exclusivamente. Deseo de oro, de bienestar, de poder. Se llaman, entonces, Grandet o Felipe Bridau o Eugenio de Rastignac. Son deseo de unificarse con los misterios ocultos de la naturaleza. Los nombramos Claes, Frenhofer, Louis Lambert. O son deseo de contradecir el deseo —y aquí el deseo adquiere modalidades todavía más caprichosas— según ocurre en los casos de Josefina Temninck, de Seraphita y de la señora de Mortsauf.

Determinista lo fue también, por supuesto, Emilio Zola. Pero el formato del determinismo de los "Rougon-Macquart" es mucho más modesto, aunque aparentemente más sistemático. Carecía Emilio Zola de la fuerza telúrica de Balzac. Si niega el libre albedrío de *Naná* o de *Teresa Raquin* o de los trabajadores de *Germinal*, lo hace con la tenacidad de un Homais que hubiese leído a Herbert Spencer.

En Balzac, el determinismo va acompañado por un violento soplo dantesco, según ya dije. Los tres ciclos de Alighieri se reproducen en esta otra comedia, nada divina. En ésta, los tres ciclos se comunican y se confunden hasta constituir un solo y fantástico purgatorio donde es difícil ya separar a los bienaventurados y a los malditos. Con razón escribe * el crítico Jorge Hourdin: "Lo que me choca no es el exceso de las pasiones que Balzac pinta, sino el carácter *fatal* que tienen tales pasiones. Los hombres que Balzac nos describe no son suficientemente libres. Parecen ser, demasiado exclusivamente, los productos de su herencia, de su medio, de su afán de placer. En ninguna parte se les siente, no digamos ya libres de escoger su destino, pero ni siquiera capaces de asumirlo..."

* G. Hourdin, *Balzac, romancier des passions* (Temps Présent, París, 1950).

El resultado de este determinismo es a menudo muy deprimente. Hasta en plena luz, avanzamos como en la sombra. Las ventanas de *La comedia humana* se abren sobre la noche. Carece esa ciudad fabulosa incluso de las dramáticas claraboyas por donde entra, hasta en los sótanos de Dostoyevski, el alba de una esperanza. Adheridos a su destino —de víctimas o verdugos— los protagonistas del *Primo Pons* y de *Las ilusiones perdidas* o los de *Eugenia Grandet* y *El padre Goriot* se presentan invariablemente a nosotros como la última consecuencia de una serie de errores físicos y sociales que no podrían, aunque lo desearan, suprimir o modificar. Pesan sobre ellos siglos de historia, de lacras y de prejuicios. El mundo en que participan, la nación en que viven, la ciudad donde tienen su domicilio, ese domicilio mismo, con sus muros, sus escaleras y sus cortinas, la sangre que les circula por las arterias, la educación que les dieron (o que se dieron), todo está gravitando sobre sus actos, los condiciona y los vuelve, en el peor sentido de las palabras, *irresponsables*, *irreversibles*. En determinados minutos, apunta el genio: el genio de esos artistas siempre "sublimes", que asoman de tarde en tarde en las páginas de Balzac. Pero en seguida nos percatamos de que esos genios son, a su modo, tan maniáticos como los avaros o los lascivos que cruzan por sus novelas. La belleza y la verdad se imponen a su existencia como el crimen a la imaginación de sus criminales o como la perfidia al carácter de sus coquetas. Cuanto más voluntarios son, más están obedeciendo realmente al destino que, a partir de la cuna, los arrebata.

Ocurre, por otra parte, que no distinguimos con exactitud lo que debe atribuirse, en tal obediencia, al determinismo científico o a la egolatría del escritor. Esos seres, los que su pluma dibuja, pertenecen sin duda a la especie social en evolución que el naturalista se siente obligado a ver objetivamente, como contempla a los animales de un parque zoológico. Pero Balzac no tiene la objetividad del naturalista. Hombre de acción, interviene personalmente en todas las maquinaciones de lo que inventa. La sumisión de sus personajes a la fatalidad es, por consiguiente, una sumisión más honda y desesperada: la de quienes se hallan a merced de la voluntad de un hombre, *del hombre que los creó*.

Desde la mesa de su escritorio romántico (y mientras bebía, taza tras taza, su tónico preferido: el café negro que nadie preparaba mejor que él) Balzac gobernaba de hecho sobre todo un pueblo angustiado y dócil. Ese pueblo no se ve exclusivamente frustrado, en su anhelo de libertad, por el rigor general de la biología. El primero en rehusarse a satisfacer semejante anhelo es su propio déspota: Honorato Balzac.

"El genio de Darwin —escribió cierta vez el filósofo Alain— vio todas las cosas y todos los seres en torno de cada ser, y no ya como extraños a él, sino ligados con él, hasta el punto de que la vida y la forma de un pájaro pueden reconocerse en el aire que sus alas dividen, la cálida yerba es un poco el élitro del insecto, y las aguas, las mieses, las estaciones y los frutos son todo el hombre." Esta poesía biológica recuerda singularmente la que hallamos en el conjunto de *La comedia humana*.

XI. CONCEPCIÓN POLÍTICA

AL HABLAR del determinismo de *La comedia humana*, estuve a punto de dejarme llevar por la tentación de establecer un esquemático paralelo entre Balzac y Dostoyevski. Me felicito de no haberlo hecho, porque el examen de las ideas políticas de Balzac va a brindarme ocasión más propia para comparar a los dos autores. Escribí, hace años, un estudio sobre Dostoyevski. Como no he cambiado esencialmente de opinión, tendré por fuerza —aunque sea en parte— que repetirme. Me excuso de ello ante las personas que hayan leído el volumen donde ese estudio fue publicado.

Ante todo, procede una observación: en términos generales (y la excepción justifica la regla) los personajes de Balzac son limitados y dependientes unos de otros; los del creador de *Crimen y castigo* son, al contrario, ilimitados y solidarios. Procuraré explicarme. Según hemos visto, los héroes balzacianos obedecen a un destino más poderoso aún que su voluntad. Cuanto más nos demuestran su energía, más también nos demuestran que son los siervos de esa energía. Animales de rapiña o de abnegación, vencen o se dejan vencer como en una selva. Son leones, jaguares, tigres. O bien ovejas, palomas, perros trémulos y sumisos. En la ciudad, sus leyes siguen siendo las de la *jungla*. Una sobre todo: devorar o morir. Conocen todas las pasiones. Y creen que el secreto para satisfacerlas reside en el dinero. Entre las numerosas formas de poseer, la que más les seduce es la conquista del oro. Ahora bien, el capital no es un arma selvática. (O lo es, a lo sumo, metafóricamente.) El hombre de Juan Jacobo puede enorgullecerse de sus músculos, de su astucia, de su bondad (Juan Jacobo lo soñó bueno) pero no acontece que se jacte de su riqueza. La moneda es un símbolo. Y los símbolos representan un estado, más o menos notable, de evolución social.

La fortuna resulta, en la mayor parte de las novelas de *La comedia humana*, el señuelo de todas las codicias. Unos, como Felipe Bridau, quieren ser ricos para gozar de los placeres sensuales que proporciona el dinero. Otros, como el Rafael de *La piel de zapa*, quieren ser ricos para dar a la vida esa poesía que no aciertan a descubrir en el ascetismo. Otros, como Goriot, ansían convertir en lingotes sus piezas de orfebrería para ver florecer —en los labios de sus hijas— una sonrisa menos amarga.

Otros, como Claes, esperan la venta de sus telas más bellas para equipar otra vez un laboratorio exhausto y continuar sus combinaciones de alquimia en busca de lo absoluto. Otros, como Vautrin, roban quién sabe cuántos tesoros, para contar con los fondos indispensables a la corrupción de los jóvenes en cuyas apetencias se proponen resucitar. Otros, en fin, como Grandet, aman el oro por lo que es, para atesorarlo. Pero todos han descubierto que, en determinado plano de nuestro progreso, la riqueza es la clave mágica.

Concebidos por Balzac como si debieran luchar unos contra otros en el desierto, sus personajes perciben que, en la vida civilizada, esa lucha supone una interdependencia económica no conocida en la selva, o en el desierto, por los primitivos de Juan Jacobo. Tal interdependencia no se mide exclusivamente por el caudal depositado en un banco o escondido en la sombra de una bodega. La miden, asimismo, muchas otras características. Existen, por una parte, los nobles y los plebeyos. Hay marqueses, o condes, y hay también campesinos, horteras, cargadores y hasta mendigos. Hay seres cultos y seres analfabetos. Hay individuos que pueden circular legítimamente por las calles a toda hora, y otros que no lo pueden: o porque están encarcelados o porque, si han huído de la prisión, deben disimular su presencia en los sitios públicos.

Todas estas categorías son innegables. Sin embargo, para Balzac y para los personajes de Balzac, todas ellas pueden ser suprimidas (o considerablemente atenuadas) en virtud de una fuerza omnímoda, central y polivalente: la del dinero. La relación social que primero advierten un novelista como Balzac y los protagonistas de sus novelas es, por tanto, la subordinación económica. La sociología que escribirían, si les interesaran textos de esa naturaleza, tendría muchos puntos de coincidencia con la sociología de Emilio Durkheim. La solidaridad social, para ellos, es el resultado de una interdependencia constante.

En Dostoyevski, todo cambia de perspectiva. Sus obras están pobladas por muchos pobres —y por otros que no lo son. Unos van en coche, otros marchan a pie. Unos regalan costosos collares a sus amantes; otros no piensan siquiera en comprarles flores. Pero —y esto es lo importante— en los relatos de Dostoyevski el dinero no tiene el valor de una clave definitiva. En el fondo, el estudiante Raskólnikov no asesina y roba por el dinero. Asesina y roba por una idea: la de comprobarse a sí mismo su libertad. A través de *El idiota* nos damos cuenta que Rogochin es rico y de que el Príncipe es pobre; pero la fortuna no alza entre ellos los valladares que Balzac nos describiría muy minuciosamente. Al contrario, en ciertos momentos, sentimos que esa desproporción económica avergüenza un poco a Rogochin. Le parece un signo de inferioridad. La relación social plantea

a los personajes de Dostoyevski una serie de obligaciones sentimentales e intelectuales ante un pecado común: el de haber
nacido. A menudo, esos personajes sufren por no averiguar a
tiempo que son responsables unos de otros, responsables entre
sí, responsables ante todos. Para ellos, la noción moral de solidaridad priva sobre la sensación física de interdependencia.

De esto se deriva una diversidad más sutil, pero no menos
impresionante. Mientras que los personajes de Balzac, animados
por una voluntad titánica de dominio, no sabrían salirse jamás
de sus propios límites, los de Dostoyevski, condicionados por el
escrúpulo de una responsabilidad general, tienen que dejar que
penetre en ellos la angustia extraña, el dolor o el placer del prójimo, pues sólo renunciando a sus propios límites lograrán alcanzar la felicidad; es decir: perderse, como imperceptibles gotas
que son, en el furioso torrente humano.

No pretendamos obtener de cuanto precede una conclusión,
que sería premiosa. La más errónea, consistiría en llamar *individualista* a Balzac y, a Dostoyevski, *colectivista*. Individua-
listas lo son los dos. Hasta podríamos añadir que la visión social
de Balzac es más orgánica y coherente que la del excepcional
novelista ruso. Ambos trabajan en un campo muy delicado y
difícil de precisar: la conciencia de sus intérpretes. Ambos vivieron para explicarnos en qué consisten los dramas individuales
de un Louis Lambert o de una Nastasia Filipovna, de un Smerdiákov o de un Félix de Vandenesse. Si no hubiesen vivido con
ese objeto, no los admiraríamos como los admiramos; ni serían,
tampoco, los artistas incomparables que son. Pero una cosa me
parece incuestionable: el individualismo de Balzac difiere profundamente del individualismo de Dostoyevski. Aquél condena a
los individuos a robustecer su egoísmo para oponerse a los excesos de la interdependencia social. Éste, que no ve en las estructuras sociales sino esbozos (cuando no meras simulaciones) de la
solidaridad verdadera frente al pecado común, trata de salvar
a los individuos, rescatándolos de un compromiso: la voluntad
imperiosa del yo. Se empeña así en demostrarles que, cuanto
más egoístas, son menos libres.

Tocamos, al llegar a este punto, una cuestión que rebasa nuestro personal interés por el paralelo entre dos escritores célebres.
Nos acongoja, ahora, algo más profundo: la oposición de dos
sensibilidades políticas. Dostoyevski señaló tal oposición —sin
aludir, ciertamente, a Balzac— en el segundo libro de *Los hermanos Karamásov*. En ese libro, Iván Fiodórovich explica al
starets Zósima por qué hay Iglesias que tienden a convertirse
en Estados. Interviene entonces el Padre Paisii y exclama: "Para
la comprensión y esperanza rusas es menester, no que la Iglesia
se transforme en Estado... sino que el Estado... termine siendo
Iglesia."

Balzac no habría aceptado la disyuntiva. En su espíritu, religión y realeza se presentaban como dos luces *convergentes*. Procedían, en consecuencia, de dos focos distintos. Lo religioso y lo nacional (que, para él, era lo monárquico) se completaban. Ni güelfo, ni gibelino, daba a la religión el óbolo de la religión y al César la moneda del César. Hombre de un *concordato* —como la mayor parte de los franceses de su generación— no escatimaba los homenajes a la Iglesia; pero desenvolvía sobre todo su obra en el perímetro del Estado. Y el Estado se ofrecía a su mente como un orden autoritario al que el mal uso de las libertades individuales —él lo pensaba— había puesto en peligro de destrucción.

"Las ruinas de la Iglesia y de la Nobleza, las del Feudalismo y del Medioevo —escribe en *Ce qui disparaît de Paris*— son ruinas sublimes y llenan de admiración a los vencedores pasmados y sorprendidos; pero las ruinas de la Burguesía serán un innoble detrito de cartón-piedra, de yesos y de ilustraciones a colores. De esta inmensa fábrica de insignificancias y de floraciones caprichosas a bajo precio nada quedará, ni siquiera el polvo. El guardarropa de una gran señora del tiempo pasado puede poblar el gabinete de un banquero de hoy. ¿Qué se hará, en 1900, con el guardarropa de una de nuestras reinas del "justo-medio"?... Habrá servido para hacer un papel semejante al papel en el que leéis todo lo que se lee en nuestros días. ¿Y qué ocurrirá con tantos papeles amontonados?"

Aunque se disfrace de "esteta", como en los párrafos que preceden, la actitud social de Balzac no vacila nunca. Va hacia el desprecio, envuelta apenas por un impalpable excipiente de compasión. Esa burguesía "de cartón-piedra" es la materia de su epopeya. El autor la conoce, mas no la ama. La envidia, en sus amplias satisfacciones financieras, sensuales y mercantiles; pero prefiere las pompas del feudalismo.

"La administración —confiesa en una de las digresiones más conocidas de *El médico rural*— no consiste en imponer a las masas ideas o métodos más o menos justos; sino en imprimir a las ideas *malas* o *buenas* de tales masas una dirección útil, que las haga concurrir para el bienestar general..." Al pisar la tierra de lo político, el "esteta" no piensa ya en la mediocridad de la burguesía. Deja de hablar como lo hará después Óscar Wilde y opta por el tono de Bonald y José de Maistre. Se desentiende del bien y del mal y, mencionando las ideas malas antes aún que las buenas, trata de aprovecharlas, para el bien de todos, dentro de un pragmatismo que excluye la inquietud propiamente ética. En *Los campesinos*, su sinceridad lo arrastra a posiciones todavía más combativas. "El propósito de este estudio —exclama— constituirá una espantosa verdad, *mientras la sociedad quiera hacer de la filantropía un principio, en vez de tomarla como un accidente...*" Explica, más adelante, su pensamiento. "Se ha gritado mucho contra la tiranía de los nobles; se grita hoy contra la de los financieros y contra los abusos de poder que no son, quizá, sino las llagas inevitables de ese yugo social llamado Contrato por Rousseau; por éstos Constitución, Carta por aquéllos; zar aquí, rey más allá y Parlamento en Inglaterra. Pero la nivelación comenzada en 1789 y emprendida de nuevo en 1830 ha preparado el sospechoso dominio de la burguesía..." Ese "dominio" se encuentra ligado, para el espíritu de Balzac, con la fuerza de que dispone la prensa. Procede, pues, contra el periodismo. "Si no existiese la prensa —observa en una curiosa *Monografía de la prensa parisiense*— sería menester no inventarla."

Desde el observatorio democrático en que nuestro siglo suele situarse, podrá decirse, para excusar a Balzac, que unas eran sus ideas de novelista y otras sus doctrinas políticas y sociales. Muchos admiradores suyos pretenden que los comentarios monárquicos, tan abundantes en sus escritos, son meras divagaciones, ineptas para alterar la dimensión de los caracteres que anima su pluma ante nuestros ojos. Creo, efectivamente, que Balzac era demasiado buen novelista para desfigurar sus novelas por subordinación a determinadas tesis. Sin embargo, el respeto que le profeso no me permite velar las cosas. Los protagonistas de *La comedia humana* son o no son monárquicos; pero Balzac los imaginó como partes de un mundo que, a su entender, se hallaba en desagregación —y que se hallaba en desagregación, precisamente, porque el Estado había ido perdiendo la fuerza absoluta que Balzac consideraba indispensable para la buena marcha de los acontecimientos.

Con Robespierre, la Revolución francesa había intentado, en cierto modo, dar categoría eclesiástica al poder político. Semejante intento, Balzac lo desaprobaba enérgicamente. Veneraba, en cambio, el imperialismo napoleónico. En ocasiones, lo que más parecía cautivarle en el recuerdo de aquella experiencia era la habilidad del régimen policíaco de Fouché. Las conquistas revolucionarias lo indignaban cuando no lo alarmaban. En primer lugar, le inquietaba el sufragio popular, condición que para él implicaba —según lo expuso en *La piel de zapa*— "un aplastamiento de las inteligencias". En segundo lugar, le molestaba la abolición de los privilegios. De éstos, el más injusto es el que más encomiaba: el derecho de primogenitura. "Tiene la ventaja (decía Balzac) de ser el sostén de la monarquía, la gloria del trono y la garantía de la felicidad de los individuos y las familias"...

Veamos cuál era la idea que se había formado de esa felicidad de las familias. "Un hombre debe ser para la mujer que lo ama un ser fuerte, grande y siempre *imponente*. La familia no podría existir sin el despotismo." ¿Qué pensarán las mujeres de hoy de esta sentencia de *La fisiología del matrimonio*?

Hay palabras que asustan al que acepta, en su fuero interno, los conceptos que simbolizan. Así, tan pronto como Balzac traza el término *despotismo*, se sobresalta. ¿No sería mejor elogiar la ley? Entonces, describe las delicias del gobierno constitucional, "feliz combinación de los sistemas políticos extremos: el despotismo y la democracia".

En nombre de ese gobierno "constitucional", garantía del individuo y de la familia, Balzac no tarda en exaltar las más discutibles conjuraciones, como, por ejemplo, la Santa Alianza. En el tomo XXIII de sus *Obras completas* podemos leer estos párrafos: "Europa se hallaba bajo el yugo de tres hombres, de dos vocablos y de un sistema: los señores de Polignac, de Metternich y Wellington; las ideas de "sacerdote" y de "legitimidad", el sistema de la Santa Alianza. De esos tres hombres, dos han caído; el tercero reina todavía. Los dos vocablos no expresan ya nada actualmente y, hoy, la Santa Alianza está rota... En 1789, al llamado de Mirabeau, la lucha entre los que tienen y los que no tienen —entre los privilegiados y los proletarios— se despertó con un furor sin precedente. El huracán desbordó sobre el mundo entero. Cuando el torrente se alejó de sus manantiales, un hombre se levantó. Ese hombre, dominando la tempestad, trató de restablecer el orden... El destino de un hombre fuerte es el despotismo... Napoleón, que estipulaba probablemente para un porvenir que sólo él veía, fue abandonado por el pueblo al que había querido legar el imperio del mundo comercial y el monopolio de la civilización... Los soberanos se sentían celosos de la fábrica de tronos que Napoleón había establecido. Entonces, se abrió el Congreso de Viena. La aristocracia invitó a todas las mitras y las coronas a aquellas saturnales de la fuerza... Después de veinte años de combates, la oligarquía continental triunfaba. Suficientemente hábil para entender la urgencia de asegurar la victoria de los dos principios que le sirven de apoyo (el catolicismo y la monarquía absoluta: *una fides, unus dominus*) esa oligarquía creó un sistema: la Santa Alianza. Reconozcámoslo. El sistema era gigantesco. Tanto, acaso, como el sistema continental. Era la solidaridad de los reyes contra los pueblos"...

Pocas veces se ha hablado con semejante dureza y con igual desprecio para los pueblos. Comprendemos que Emilio Zola se haya sentido asombrado ante un novelista que, como Balzac, dedicaba tanta pasión a la defensa de los intereses más reaccionarios. En otros lugares, Balzac afirma que "el Estado es la vida de Francia" y se enorgullece de pertenecer al "pequeño número de los que quieren resistir a lo que se llama el pueblo". En *El último chuan*, su desdén de la masa es tan grande que se atreve a manifestar: "Había llegado, por obra del sentimiento, a ese punto al que se llega por la razón"; esto es: a "reconocer que el rey es el país".

En un genio como él todas estas declaraciones pueden entristecernos. ¿Qué ganaríamos con silenciarlas? No hemos elegido a Balzac como profesor de política. Nos interesa como escritor, como inventor de vidas humanas. Y sería una falacia disimular las pasiones del doctrinario que vivió en él. Es curioso advertirlo: muchos comentaristas aluden a sus defectos de hombre privado, a sus lujos inútiles y costosos, a su apetito rabelesiano, a su vanidad. Pocos examinan las flaquezas del hombre público: su totalitarismo en germen, su irritación ante el brote de algunas libertades fundamentales, su menosprecio del pueblo.

El Estado autoritario, al que Balzac aspiraba, tiene un emblema en su obra. Ese emblema no es el dictador, o el ministro o el diputado. Ni siquiera es el rey Es el policía. Policía y autoridad se confunden instintivamente en su concepción de las sociedades. Ya dijimos algo de esto al mencionar el caso de Vautrin. Nos ha faltado tiempo para contar la curiosa amistad que existió entre Balzac y Vidocq. Permítaseme indicar aquí un libro que, cuando menos, conviene hojear: el *Balzac en pantuflas* de Léon Gozlan. En el capítulo XVIII de ese volumen encontrarán los lectores un apasionante relato, que alguien ha comparado con las mejores "diabólicas" de Barbey d'Aurevilly: cierta larga conversación entre el gran policía y el gran poeta.

No citaré sino algunas frases. Balzac —nos cuenta Gozlan— respetaba mucho a los policías. "Tenía en muy alta estima —declara— a esas aptitudes privilegiadas, encargadas de velar sobre las familias y sobre la seguridad pública. Admiraba sobre todo el poder de adivinación de esos espíritus, sutiles entre todos los espíritus, dotados del olfato de un salvaje para seguir la pista del criminal..." Pero hay álgo que Gozlan no percibe nítidamente. Y es que Balzac estaba seguro de que el policía, como el poeta, no se contentan con descubrir lo real. Si es menester, lo inventan, cada cual a su modo. Así, al oír cómo le reprocha Vidocq su excesivo esfuerzo por imaginar "historias del otro mundo", cuando la realidad se desenvuelve tan cerca de sus oídos y de sus ojos, Balzac protesta: "¡Ah! ¿Usted cree aún en la realidad? No lo hubiese imaginado tan candoroso... Vamos; la realidad, somos nosotros quienes la hacemos... La verdadera realidad es este hermoso durazno de Montreuil. El que usted llamaría real surge naturalmente en el bosque... No vale nada: es pequeño, ácido, amargo; no se le puede comer. Éste es el verdadero... el producto de cien años de cultivos, el que se obtiene... mediante cierto trasplante en un terreno ligero o seco y gracias a algún injerto; en fin el que se come y perfuma la boca y el corazón. Este durazno exquisito es el que hemos hecho

718

nosotros; el único real. En mi caso, el procedimiento es idéntico. Obtengo la realidad con mis novelas como Montreuil obtiene la suya con sus duraznos. Soy jardinero en libros."

Esta anécdota puede aplicarse también a la posesión esencial de Balzac ante los problemas políticos y sociales. Según él, la realidad la inventan los fuertes: con la imaginación, cuando son novelistas; con los injertos, cuando son hortelanos; con el espionaje, cuando son policías; con los ejércitos y las leyes, cuando son gobernantes. Ésa, la inventada, es la realidad que cuenta para Balzac. Por algo su amiga Zulma Carraud debió recordarle que, "sin comunicación con el pueblo", no podría apreciar sus necesidades.

Entre el genio del novelista y la insensibilidad del político, Balzac dejó algunas huellas en el camino de su evolución interior. "Las costumbres (entiéndase las buenas) —dijo en alguna parte—, son la hipocresía de una nación." ¿Cómo coordinar esta afirmación con las ideas moralizadoras expuestas a lo largo de *El médico rural*? Hay otra manifestación balzaciana, todavía más expresiva: "¡Querer y poder! El querer nos abrasa, el poder nos destruye."

Por mucho que nos resistamos a admitirlo, nos vemos obligados a percibir que existe una estrecha vinculación entre los aciertos de Balzac como novelista y sus errores como sociólogo. El determinista, que tanta energía consagró a evocar las pasiones sufridas por los héroes de sus novelas, se inclinaba, en la vida práctica, a dudar de la libertad y a efectuar la apología de los regímenes absolutos. La biología, que lo indujo a imaginar una psicología cósmica y una voluntad materializada, lo incitó a pensar en la sociedad como en un enjambre, donde la menor alteración de la disciplina amenaza la existencia entera de la colmena.

Sin embargo, este reaccionario consciente es, inconscientemente, un rebelde, un magnífico agitador. Su obra puede estudiarse como la historia de una época movediza, donde la burguesía, incapaz aún de representar por completo a las grandes masas, no tenía ya ni la astucia ni la elegancia de las clases sociales desposeídas por la Revolución. El reverso de semejante historia es la incitación a la rebeldía. Aunque Balzac elogie al legitimismo, sus personajes están clamando —con sus actos, cuando no con sus voces— contra el poder. Numerosas novelas de *La comedia humana* demuestran la significación del dinero. Pero todas las tragedias que representa en ellas la lucha por el dinero nos inspiran un asco inmenso, casi una asfixia frente al mundo social injusto en que el frenesí de la posesión agobia a los desvalidos y enloquece a los poderosos.

A fuerza de comprimir el libre albedrío de sus protagonistas y de mostrárnoslos aherrojados por la violencia de su carácter

—de un carácter que es su destino— Balzac consigue lo que, acaso, no se propuso: que ansíen más y más sus lectores luchar por la libertad. Repitiendo a cada momento que la ciudad es peor que la selva virgen, que el hombre-fiera es peor que la fiera misma y que nada salvará nunca a los débiles, Balzac nos deja un testimonio del siglo XIX que el siglo XX no tiene derecho a desconocer. Él mismo lo proclamó al escribir cierta frase ardiente, escogida por Gaëtan Picon como epígrafe de un estudio sobre su obra: "Pertenezco a esa oposición que se llama la vida".

La conclusión que se impone resulta por completo extra literaria. Entre seres limitados y meramente interdependientes, como los que describe Balzac, el dolor será siempre la norma lógica. Mientras no agreguemos a la interdependencia material (que es función mecánica, en lo económico y lo político) la solidaridad espiritual, que debe ser organización profunda de lo político y lo económico, perdurará el sufrimiento de *La comedia humana*.

¿Quiso desempeñar Balzac un papel revolucionario después de muerto? Francamente, no lo creemos. Para él, Napoleón fue siempre el mayor ejemplo. En *Otro estudio de mujer*, Balzac hizo este elogio de Bonaparte: "¿Quién logrará explicarlo nunca, ni pintarlo, ni comprenderlo? Un hombre que lo podía todo porque todo lo quería; prodigioso fenómeno de la voluntad, venciendo una enfermedad con una batalla... un hombre que llevaba en su cabeza un código y una espada, la palabra y la acción. César a los veintidós años, Cromwell a los treinta... improvisó monumentos, imperios, reyes, versos, una novela... Hombre que, todo pensamiento y todo acto, abarcaba a Desaix y a Fouché. Toda la arbitrariedad y toda la justicia. ¡El rey verdadero!"

Un escritor que dedicaba tales ditirambos a Bonaparte no era "revolucionario" —si lo era— sino a pesar de su voluntad. Quienes, como Hugo, lo sitúan entre los ideólogos de la rebelión, toman por causas las consecuencias. *La comedia humana*, en conjunto, es un documento que inspira indudablemente un intenso deseo de renovación social. El mundo que sintetiza aflige al espectador como un vasto y profundo remordimiento. Gobernado por el dinero y construido por el dinero, ese mundo parece hecho tan sólo para el dinero. A la postre, lo reconoce el espectador: entre Balzac y él existe un acuerdo tácito. El dinero no basta para justificar a una sociedad. Pero, frente a la repugnancia que siente Balzac por los sectores sociales que enarbolan la libertad para enriquecerse, muchos de los espectadores de hoy se dan cuenta —asimismo— de que el mal no se halla en el amor de la libertad sino en el modo de traicionarla. Esto último, no estamos absolutamente seguros de que lo haya pensado Balzac tanto como nosotros. En una antología de frases napoleónicas —publicada en 1922— figura esta máxima, bastante perturbadora: "Se gobierna mejor a los hombres por sus vicios que por sus virtudes". Si no me engaño, tal máxima podría imprimirse en la portada de *La comedia humana.*

Se me dirá que prescindo de las intenciones generosas, tan notorias en volúmenes como *El cura de aldea* y *El médico rural.* ¿No se ha afirmado, incluso, que la avaricia del viejo Grandet implica una fecunda virtud de ahorro, indispensable al equilibrio de la colectividad? Sin aprovecharnos de la flaqueza que es fácil descubrir en esta disposición (sistemáticamente admirativa) de los balzacianos irreductibles, podríamos manifestar que —aunque dignas de todo aplauso— obras como *El médico rural* y *El cura de aldea* constituyen una fracción muy pequeña en el edificio de *La comedia humana.* El doctor Benassis, en la primera de esas novelas, quiere —con sinceridad que no pondremos en duda— evangelizar al pueblo. Sin embargo ¿de qué pueblo se trata? El mismo autor que canta las excelencias morales del doctor Benassis había dicho que el trabajador es un "cero social" y que los obreros no cuentan si se les pone en relación con el arquitecto que los dirige.

El trozo al que aludo debe ser conocido en su integridad. Lo encontramos en un *Tratado de la vida elegante* escrito por Balzac en 1830: "El tema de la *vida ocupada* no tiene variantes. Al trabajar con los diez dedos de sus manos, el hombre abdica de su destino. Se convierte en un medio y, no obstante nuestra filantropía, sólo los resultados obtienen nuestra admiración. Doquiera, el hombre se pasma frente a ciertos montones de piedras y, si se acuerda de los que tuvieron que acumular esas piedras, es para abrumarlos con su piedad. Aun cuando el arquitecto sea estimado como un gran pensamiento, los obreros no son sino especies de tornos y permanecen confundidos con las carretillas, los picos y las palas. ¿Se trata, acaso, de una injusticia? No. Semejantes a las máquinas de vapor, los hombres regimentados por el trabajo se producen todos de la misma manera, y no tienen nada individual. *El hombre-instrumento es un cero social, cuyo mayor número posible no compone nunca una suma si no lo preceden algunas cifras".*

Después de examinar esta declaración, no podemos ya releer las prédicas del doctor Benassis sin algunas reservas críticas. ¿Dónde está el verdadero Balzac? ¿En las palabras de *El médico rural* o en las afirmaciones que me he visto en el caso de traducir? Cada lector contestará a la pregunta según lo entienda. Los que me hayan seguido a lo largo de estas explicaciones habrán advertido ya cuál es mi opinión.

Balzac no se interesó por el pueblo, como Dostoyevski o como Tolstoi o como Pérez Galdós. No hay en su obra un solo personaje comparable al Platón Karatáyev de *La guerra y la paz* y a tantos otros cuantos desfilan en los libros de don Benito. Como novelista y como sociólogo, le preocupaban exclusivamente las "cifras". Le faltó entre otras virtudes la de ser modesto: modesto frente a los débiles, modesto frente a las "cifras", todavía no formadas del todo, que él llama "ceros". Y nos interrogamos: ¿cuál habría sido su influencia si, además de las cualidades de adivinación y de observación que llevó hasta su límite extremo, hubiese logrado oír a los más humildes, como Pedro supo escuchar al Platón Karatáyev de *La guerra y la paz?*

"Platón —apunta Tolstoi— no comprendía el valor de una palabra aislada". Sin embargo, sus palabras resultaban extraordinariamente profundas. "Cada una de ellas, como cada uno de sus actos, era la manifestación exterior de la actividad inconsciente que constituía su vida. Esa vida, según él la sentía, parecía no poseer sentido ninguno como vida individual". Para entenderla era indispensable insertarlo en el contexto de todo un pueblo...

Podría atribuirse un alcance histórico al hecho de que en 1941 (esto es: en los días más tenebrosos de la segunda Guerra Mundial) haya aparecido una serie de "Estudios" donde encontramos un comentario del señor Lucien Maury sobre "Las opiniones sociales y políticas de Balzac".* No considero superfluo incluir aquí dos fragmentos de aquel comentario. En el primero, el señor Maury se esfuerza por explicarnos el "legitimismo" del novelista. "Hombre del siglo XVIII en muchos sentidos —dice—, Balzac sueña con un absolutismo que jamás existió. O, acaso (menos la filosofía), con un régimen análogo al despotismo ilustrado de José II. En la cúspide, la soberanía de un solo hombre, apoyado sobre privilegios menos ofensivos —por el corto número de los privilegiados— que los monopolios burgueses de la fortuna, peligrosos por su misma diversidad. Una poderosa Cámara de los Pares, fuera de cuyo seno aceptaría Balzac la abolición de la nobleza. En las provincias, una política favorable a la gran propiedad, el culto de la familia, un régimen patriarcal de edificante tutela y un sistema de asistencia pública y privada que parece hacer olvidar a Balzac su odio para la filantropía y su concepto cruel de la vida rural"... Tanto paternalismo no nos convence.

Más nos persuade el señor Maury cuando (sin pretender suavizar los dogmas políticos de Balzac) utiliza, para defender al gran escritor, no ya las armas de una teoría social, sino el valor poético de su obra. "Si desespera del hombre —nos manifiesta— Balzac, en cambio, ama la vida. La ama frenéticamente. La ama demasiado para no declarar, en sus horas de tregua, que el hombre no es, por su origen, bueno ni malo"...

Ese amor a la vida fue, efectivamente, la cualidad mayor de Honorato Balzac —y el perdón de todas sus exageraciones, de artista, de hombre y hasta de político—. Vivió —y vive— de tal manera el mundo de *La comedia humana* que todas las ideologías

* Lucien Maury, *Balzac. Opinions sociales et politiques* (Stock, París, 1941).

construidas por el autor no son bastantes para alejarnos de su existencia. Aun cuando nos sentimos en desacuerdo con sus teorías, la vitalidad de sus personajes y de sus libros es tan intensa que participamos en sus pasiones; sus alegrías y sus dolores nos afectan directamente y salimos de la experiencia de sus tragedias no convencidos por sus doctrinas, pero vencidos por la fantástica realidad de sus caracteres. Porque, en el pavor de sus noches alucinadas por el robusto insomnio del café, del trabajo y de la fiebre germinativa, Balzac padeció —y conoció— esa melancolía suprema (la "del poder supremo") que mencionó su pluma en una de las páginas más acerbas de *Melmoth reconciliado*...

XII. VITALIDAD DEL NOVELISTA

ESTAMOS llegando al término de un viaje —en doce singladuras— alrededor de la isla que los geógrafos de las letras conocen con el nombre de *La comedia humana*. Ese viaje hubiese querido hacerlo yo menos largo y también menos incompleto. Pero, aun con la plena conciencia de mis flaquezas como piloto, me pregunto sinceramente: ¿será posible resumir en doce capítulos todo lo que inspira a un lector de Balzac su obra desmesurada, tan múltiple y tan diversa?

Tal obra, según quise indicarlo desde un principio, es inseparable de la existencia, del carácter y del estilo de vida del escritor. Si Balzac hubiese sido menos obeso, o más alto, o menos sanguíneo, algo de *La comedia humana* sería distinto hoy para sus amigos; es decir: para todos los que se asomaron alguna vez a sus libros ásperos y tenaces. En consecuencia, había que evocar su figura física: sus manos, su cuello espeso, su pelo indócil y sobre todo sus ojos, esos ojos lúcidos, insondables, que le ganaban la simpatía de los más reticentes observadores.

Si Balzac hubiese sido un hijo feliz, si su padre hubiera tenido veinte años menos cuando él nació, si su madre le hubiese entendido más entrañablemente desde pequeño, si el internado de Vendôme no le hubiera enseñado a callar y a leer en un calabozo, muchas de sus novelas habrían sido escritas en términos diferentes. Era pues menester recordar su infancia, la irregularidad de sus estudios: unos, lentos y estériles, los que hacía guiado por los maestros; otros, fecundos y rapidísimos, los que él mismo se proponía, al azar de las bibliotecas que devoraba, de las charlas de sus parientes, o del capricho de su insaciable curiosidad.

Sus aspiraciones de juventud, su primer amor, el diálogo con la "Dilecta"; sus seudónimos literarios (Saint Aubin, Lord R'hoone), sus pesadas imitaciones de Walter Scott, su "lucha libre" con la ciudad de París, imitada más tarde por uno de sus héroes —Eugenio de Rastignac—; su amor a los títulos, a la publicidad y a las aventuras ruinosas; su colección de sellos, sus relojes y objetos caros, su bastón célebre, que inspiró a la señora de Girardin un curioso libro, perseguido ahora por los bibliófilos; sus cuadros no siempre auténticos; su apetito y sus largos encierros en los claustros civiles donde escribió... todos los hechos de su biografía, apuntados en este libro, son necesarios para entenderle, pues *La comedia humana* constituye, en cierto modo, un diario del escritor.

Hay autores que no se vierten en sus memorias íntimas con mayor vehemencia y sinceridad. Hasta el punto de que si Flaubert afirmó que Emma Bovary era él, podríamos nosotros asegurar que Balzac fue (al mismo tiempo) Vautrin y la princesa de Cadignan, Rubempré y Verónica Graslin, Claes y el doctor Benassis, Seraphitus y Seraphita, Delfina de Nucingen y su padre, el viejo Goriot. A este respecto, creo conveniente subrayar la diferencia que existe entre la forma indirecta de la expresión flaubertiana —"Emma Bovary soy yo"— y la forma directa de la expresión de que me he valido: Balzac era él, él solo, todos sus personajes.

¿Cómo separar, en un escritor así, la obra de la existencia y, en la existencia misma, cómo intentar la espectroscopia del espíritu, sin realizar a la vez la biografía del personaje; esto es, parodiándole honradamente, sin acometer su "fisiología"?... Resultaba indispensable tomarle el pulso, contar las tazas de café con que se entonaba para el combate nocturno con sus endriagos y con sus ángeles; oírle encargar a su cocinera las muchas docenas de ostras que requería para una cena de tres personas: aquella en que sorprendió —con el espectáculo de su gula rabelesiana— a una mujer no remilgada por cierto, Jorge Sand.

Sintetizar esa vida, y reconstruir en lo posible ese temperamento, exigía la lectura de infinidad de artículos, libros, notas, apostillas y referencias. En 1928, cuando Royce publicó su bibliografía balzaciana, clásica hoy, figuraban en ella más de cuatro mil títulos. Desde entonces, la lista se ha enriquecido terriblemente. Quedaba, además, el problema esencial: apreciar *La comedia humana*.

Aun sin mencionar el teatro que escribió y sin detenernos en la lectura de sus *Cuentos jocosos* —que, por sí solos, ilustrarían a un autor menos celebrado— antes de penetrar en el laberinto de su galería novelesca, urgía percibir la universal amplitud del talento de Balzac.

Sus relatos están llenos de digresiones. No siempre se las agradecemos. Nos retienen, tal vez excesivamente, en la antesala del verdadero asunto: el que viven sus héroes desorbitados. Sin embargo, el editor que se decidiese a reunir tales digresiones, nos presentaría cuatro o cinco volúmenes, a la vez irritantes y deliciosos: los *Ensayos* de un Montaigne menos fino, comprensivo y aéreo que el verdadero, pero tan curioso y locuaz como él; la visión del mundo por un hombre en cuyo cerebro todo cabía y todo se acumulaba, con un desorden que alguien compararía al que ciertos retóricos atribuyen al género de la oda.

Sin analizar esos hipotéticos libros (los de las digresiones políticas, filosóficas, científicas y económicas de Balzac) era imprescindible asomarse un poco a sus trabajos de crítica literaria. Víctima de los críticos (recordemos a Sainte-Beuve), Balzac fue, a sus horas, un crítico inimitable. En un estudio sobre Stendhal, describí la alegría y la sorpresa que recibió Enrique Beyle al leer el artículo consagrado a *La cartuja de Parma* por el autor de *Eugenia Grandet*. ¡Qué diferencia entre los elogios mezquinos, acompasados —y a veces tóxicos— de Sainte-Beuve y la comprensión profunda, fraternal y sonriente del gran Balzac!

Balzac no se limitó a ser un comentarista ferviente de algunos de sus contemporáneos más distinguidos. Obligado a escribir notas críticas sobre publicaciones de todo orden, demostró en sus juicios una aptitud de penetración comparable, en mucho, al poder adivinatorio de que dio pruebas en sus novelas. En un inteligente estudio sobre Balzac (1950), Etiemble se pasma ante la diversidad de los temas que hubo de comentar. He aquí algunos títulos: *Investigaciones sobre el crédito rural, La abeja enciclopédica, San Petersburgo y Rusia en 1829, Consideraciones morales y políticas acerca del arte militar, Vocabulario franco-argelino, Ordenanza sobre las evoluciones de caballería del 6 de diciembre*... Lo que más cautiva a Etiemble (y lo que más admiramos nosotros) es que, al analizar el *Tratado de la luz* de Herschell, Balzac —un siglo antes que Luis de Broglie —haya presentido, hasta cierto punto, la mecánica ondulatoria. "El sueño —dijo— consistiría en conciliar dos teorías incompatibles en apariencia: la de Newton, para quien la luz es un fluido que se precipita en líneas rectas por todas partes... y la teoría que ve en la luz una serie de *ondulaciones* repetidas a gran velo idad y que llevan hasta nuestros ojos la sensación de la luz, como las vibraciones del aire trasmiten el sonido hasta nuestras orejas". Según lo reconoce Etiemble en la nota que cito, un hombre así no podía ser un "genio ingrato". "De cualquier modo que hagáis la suma, Byron, más Beyle, más Rousseau no han dado nunca un Balzac, sino en un caso exclusivamente: el de Balzac".

Caso insólito éste, y no sólo en las letras francesas, sino en el panorama de las letras universales. Por la fecundidad, recuerda el de Lope de Vega. En efecto, Lope hizo, para la comedia en el siglo XVI, lo que, para la novela moderna, había de realizar Balzac en el XIX: tomarla en el momento del balbuceo, suscitarla con la máxima audacia y dejarla, al morir, en beneficio de sus múltiples herederos.

Muchos de los tipos de las actuales comedias emanan —directa o indirectamente— de la comedia de Lope de Vega: la de costumbres, la de caracteres, la de aventuras, la pastoril, la de capa y espada, la moralizadora, la didáctica, la fantástica.

Muchas de las novelas modernas son hijas o nietas o biznietas (unas desnaturalizadas, otras leales) de *La comedia humana*. La introspectiva y analítica recuerda, más o menos fielmente, las zozobras de *Louis Lambert*; la policiaca sigue las huellas del "ciclo Vautrin" y de la *Historia de los trece*; la de caracteres toma ejemplos en *Eugenia Grandet*, en *César Birotteau*, en *El coronel Chabert* y en *El cura de Tours*, para no hablar de tantas otras, más complicadas y más profundas. La de pasiones no escapa a la tradición de *El padre Goriot* o de *La prima Bela*; la preceptiva, interesada en resolver determinados problemas sociales, vuelve a sus fuentes: *El médico rural* o *El cura de aldea*. Hasta en estos libros, que los balzacianos citan menos frecuentemente que *La piel de zapa*, el novelista no se dejó vencer por las tesis que sostenía. Doctrinario por afición, fue más novelista que doctrinario; como Lope de Vega, en quien el placer de inventar la vida supera todos los otros propósitos y es el placer mayor.

Si las similitudes entre Lope de Vega y Balzac son innegables, las diferencias no lo son menos. Como las novelas balzacianas, las comedias de Lope fueron escritas —en primer término— por un hombre de acción. Pero la acción de Lope es alegría vital. La de Balzac, al contrario, es tragedia siempre, vida oscura y predestinada. Lope nos enseña a querer ser libres, aun matando al Comendador, según ocurre en la heroica *Fuente Ovejuna*. Balzac nos obliga a concebir un mundo privado de libertades. Lope se realiza por entero en el hombre y no se detiene mucho en el infrahombre. Balzac anticipa, en ocasiones, al superhombre, pero no olvida jamás a los infrahombres. Lope trabaja al aire libre y a pleno sol. Balzac trabaja en el subterráneo. Hasta el día resulta nocturno en las más personales de sus novelas.

Ambos tienen en común la virtud suprema: el amor de la vida, el entusiasmo por la vida, la sed inextinguible de vivir y de inspirarnos el afán de vivir más intensamente. Ellos (y, en un plano muy alto, Shakespeare y Cervantes) nos dan la impresión directa de la vida por la vida. La que Lope nos deja es fácil, galante y plástica, como un incesante *ballet*; la de Balzac, dinámica y tenebrosa, como la excavación de un túnel.

En ningún otro escritor he encontrado nunca tanta pasión por la vida ni mayor ansia de procrear. ¿Quién ha contado las campesinas, los pastores, los sacerdotes, los reyes y las duquesas que danzan sobre el tablado del Fénix de los Ingenios? ¿Y quién conocerá nunca todos los rostros individuales de los comerciantes y los notarios, los soldados y las marquesas, los caballeros y los abates, los usureros y los bandidos que pupulan en *La comedia humana*?

Lo extraordinario es, por otra parte, que, en todos los personajes de Lope, vemos a Lope; y, en todos los de Balzac, Balzac nos saluda inmediatamente. En un punto el paralelo deja de serlo. Así como el optimismo de Lope de Vega se opone al pesimismo de Balzac, así su concepto del tiempo es por completo distinto al que prevalece en *La comedia humana*. Para Lope, los seres viven en presente, y viven ese presente sin que el recuerdo los desanime con sus nostalgias o el porvenir los inquiete con sus preocupaciones. Están tan ocupados en existir que no les da tiempo el autor para pre-ocuparse. A fuerza de evitarles a ellos toda pre-ocupación (esto es: todo freno a la acción posible), Lope acaba por trasmitirnos la idea de que él mismo ignora lo que serán más tarde sus personajes. Incluso, lo aconseja a sus émulos:

> *En el acto primero ponga el caso,*
> *en el segundo enlace los sucesos*
> *de suerte que hasta medio del tercero*
> *apenas juzgue nadie en lo que pára.*

Ahora bien, para que nadie prevea, desde el tercer acto, el desenlace del drama, el dramaturgo debe haberlo previsto desde el principio. Pero Lope —siempre que puede— parece olvidarse de ser autor. Y, tal como sus protagonistas viven en un presente perfecto, él también escribe en presente, sin ataduras con lo pretérito ni timideces ante el futuro. Viven tan en presente esos protagonistas que se trasladan de la comedia a la lírica sin necesidad de escaleras o transiciones, pues la lírica es la poesía en tiempo presente, la flor de *la circunstancia*. En *Fuente Ovejuna*, por ejemplo, Pascuala —que está charlando con Laurencia— no se da cuenta de que interrumpe la acción (y de hecho no la interrumpe para el buen público) cuando se pone a describir el invierno y los pajarillos que, ateridos, "descienden de los tejados —hasta llegar a comer— las migajas de la mesa". En *Peribáñez*, la lírica y la comedia —el presente de la lírica y el presente de la comedia— se entrelazan hasta tal punto que, sin la menor esclusa sentimental o moral, pasa el lector del nivel del drama al nivel del romance íntimo. Casilda canta su dicha:

> *Cuando se muestra el lucero*
> *viene del campo mi esposo...*

hasta los octosílabos del remate hogareño:

> *Y vámonos a acostar,*
> *donde le pesa a la aurora*
> *cuando se llega la hora*
> *de venirnos a llamar...*

¡Presente, presente siempre! Presente muy español, por lo menos en el feliz arrebato del Siglo de Oro.

A la inversa, en Balzac, sentimos poco el presente de los sucesos. Su poesía —porque la tiene y de grandes méritos— no es nunca poesía lírica. Está proyectada hacia lo futuro y, al par que los personajes de su *Comedia*, arraigada sin tregua en los precedentes. Cada uno de sus personajes es todo historia, o todo ambición. Para ellos (y para Balzac) el presente se ofrece como un estrechísimo andén, colocado entre dos convoyes de direcciones opuestas y de diversas velocidades. Uno, lento y con séquito de furgones, va hacia el pasado, a recoger la carga tradicional, el pesado combustible biológico que necesita el hombre para existir. Otro mucho más raudo, va hacia el futuro, a conquistar los deseos inalcanzables que constituyen la razón principal de ser de todos los héroes del novelista...

Sobre ese andén del presente, todo pasa —para Balzac— en los lapsos más cortos y perentorios. Sus héroes se apasionan, se arruinan y mueren de un solo golpe, en una sola emisión de la voluntad. Pero sus pasiones, sus ruinas (y sobre todo sus agonías) las maduran en su interior infinitamente y las llevan, desde la hora en que los conocemos, disimuladas bajo apariencias de frialdad, de riqueza o de salud, como llevaban ciertos príncipes italianos del siglo xv, dentro de un minúsculo receptáculo engarzado en el oro de sus sortijas, el veneno eficaz y liberador...

Hay una desproporción significativa entre los minutos de que dispone Balzac para desarrollar los hechos fundamentales de sus novelas y las horas que necesita para preparar esos hechos y organizar lentamente las complicaciones múltiples que originan. La escena central de *El cura de Tours* es un desayuno: aquel en que el párroco Birotteau se da cuenta, al fin, de que la propietaria de la pensión donde reside quiere expulsarlo. Todo el resto del libro es la explicación de ese desayuno y la exposición de sus consecuencias. En *La piel de zapa*, el suceso central es una visita: la de Rafael al viejo anticuario que le entrega el símbolo de sus días, un talismán que se va achicando en la medida misma de lo que cumple. En *La Rabouilleuse* (novela doble, según dijimos al estudiarla) pueden hallarse dos centros equidistantes. En los dos aparece Felipe Bridau. El primero es el robo de los doscientos francos escondidos por la señora Descoings para comprar su billete de lotería. El segundo es el duelo entre el teniente coronel de caballería y Gilet, el amante de Flora Brazier. Los demás acontecimientos de la novela son, también, la elaboración de esos dos instantes o la descripción de sus resultados.

A veces —colmo de la técnica balzaciana— ni siquiera asistimos a la escena esencial del libro. En *El cura de aldea*, todo gira en torno al idilio de Verónica Graslin y del obrero Tascheron. Pero el lector no se entera de esos amores sino indirectamente, por la confesión de la señora Graslin antes de morir. El novelista no nos pone jamás en presencia de los amantes reunidos; no los oímos dialogar; no sabemos dónde y cómo lograban verse. Aquí, el andén de la escena presente nos fue escamoteado de todo a todo. Sin embargo, el convoy histórico pasó largamente frente a nosotros durante muchas decenas de páginas descriptivas, biográficas, sociológicas. La novela entera es el preludio de un adulterio, que no advertimos. Y, a partir de la condena de Tascheron, es la penitencia por el adulterio invisible —hasta la hora final de la redención, ganada por la protagonista.

En un ser tan vital como Balzac esta fugacidad del suceso resulta casi una alegoría. ¿No vivimos nosotros también, para desgracia nuestra, casi constantemente fuera de lo inmediato, ocupados en recordar lo que fuimos o en proyectar lo que seremos? ¿No es también el momento actual, para la mayoría de los mortales, un estrechísimo andén colocado —como el presente de las novelas balzacianas— entre dos convoyes contradictorios? Sentir el presente con la intensidad con que lo hacía Lope de Vega resulta, en el fondo, un fenómeno excepcional. Hasta los artistas que parecen necesitar del presente absoluto (los escultores y los pintores) están sin saberlo escapándose del presente, por el misterio o por la alusión. Ahora bien, para el arte de instalarse sólidamente más acá o más allá de lo actual —que es la característica psicológica de la vida— pocos novelistas mejor dotados que el creador de *Seraphita* y de *Louis Lambert*. De allí, tal vez, su autoridad extraordinaria en el género que produjo. Y de allí su poder mayor: la credibilidad de sus argumentos.

He mencionado la vulgaridad de Balzac, su complacencia en subrayar lo que otros, más refinados, apenas señalarían; su aprecio (no suficientemente escondido) para todas las cosas caras: los vestidos, los muebles y los temperamentos de lujo, los saraos, los palcos, las perlas, los castillos, las partículas nobiliarias, los adulterios entre blasones. Pero esa vulgaridad está compensada, en su obra, por la confianza que inspira, inconscientemente, a la mayoría de los lectores.

El marco habitual de los grandes dramas no es más brillante ni más pulido que el marco donde se insertan todos los hechos rutinarios y opacos de la existencia. El mejor artificio empleado por el destino consiste, precisamente, en no anunciarnos el momento solemne en que la desgracia, el amor, la gloria, la riqueza, la ruina o la enfermedad van a lanzarnos su desafío y a poner a prueba nuestras aptitudes de resistencia, moral o física. Atravesamos una calle cualquiera, nos rodean edificios y rostros inexpresivos, un automóvil cualquiera se arroja sobre nosotros. Y, dentro del clima de ese día vulgar, entre esa muchedumbre vulgar, esa colisión vulgar deja de pronto de ser vulgar, por lo menos para la víctima del percance. Lo propio ocurre en todos los órdenes. Por eso digo que, en Balzac, como novelista, la vulgaridad representa un recurso mágico. El artista lo utiliza, a menudo, para anestesiar en nosotros la rebeldía crítica natural ante el hombre que se dispone a contar un cuento... Cuando más quiere conducirnos hasta ciertos excesos, más procura eliminar nuestras facultades de escepticismo y más le place dejarnos creer que lo que nos cuenta es tan sólo eso: una historia como las otras.

Poco a poco, la inmersión dentro de la vulgaridad balzaciana obra en el lector como un hipnótico prodigioso; hipnótico tanto más apreciable cuanto que no lo adormece completamente. Al contrario, dentro del sopor especial que causa, la droga aísla y excita y hasta despierta ciertas funciones en el ánimo del lector; entre otras, la capacidad de adaptarse a lo que el autor necesita que sus lectores conciban y vean materialmente: el mundo de su invención.

La vulgaridad de un narrador subalterno es sólo vulgaridad. La de Balzac es un puente entre lo cotidiano y lo inusitado. Cuando estamos ya convencidos de que conocemos hasta el cansancio todas las cosas que nos rodean en sus novelas, cuando afirmamos que los personajes descritos hasta la saciedad por Balzac no tienen ya nada nuevo que revelarnos, entonces —y sólo entonces— empiezan a interesarnos extrañamente. El hipnótico operó ya en nosotros. Sin sentirlo, la vulgaridad desapareció. Estamos, súbitamente, bajo el poder absoluto del novelista.

Siempre que algún joven o alguna señorita de muy buen gusto, devotos de Giraudoux o de T. S. Eliot o de Virginia Woolf, me dicen que la vulgaridad de Balzac les molesta y les avergüenza, pienso en una de las heroínas de *La comedia humana:* en esa Verónica Graslin que Balzac estampó en *El cura de aldea.* El rostro de Verónica, desfigurado superficialmente por la viruela, no atraía por su belleza, como había atraído en la pubertad. Sin embargo, cuando una pasión profunda la conmovía, aquella fealdad aparente se iluminaba. Y los espectadores quedaban sorprendidos entonces de verla hermosa, con una hermosura que no emanaba de la simple armonía de las facciones, sino del acuerdo —logrado por la emoción— entre los rasgos de la cara y los sentimientos de la mujer. La obra de Balzac es como el semblante de la señora Graslin. Mientras la pasión no la enciende por dentro, no advertimos sino la rugosidad de una piel manchada, el espesor de un estilo denso, más lamentable aún cuando trata de no incurrir en los prosaísmos implacables que lo circundan. Pero tan pronto como brota esa luz interna, dejan de molestarnos las torpezas superficiales. Olvidamos al novelista. Nos vence el mago.

Proust, que tanto debe a Balzac, procede en esto de manera deliberadamente distinta. En lugar de ir habituando al lector a la originalidad de su mundo interno —y de su psicología enfermiza— merced al sistemático halago de los procedimientos triviales de acomodación a la realidad, Proust empieza por desconcertar al posible alumno. Le obliga a plegarse a él y a sus modos muy singulares de ver, de oír, de pensar y de respirar. Tan pronto como abrimos el primer tomo de *En busca del tiempo perdido* nos sentimos rodeados de la atmósfera insólita del autor. Estamos con él, con sus sueños, con sus dolencias. Nos impregna y nos hace toser el olor de sus infinitas fumigaciones. No nos quedan sino dos recursos posibles: la fuga o la aclimatación. Al revés de lo que nos enseña Balzac, Proust comienza por cortar todos los puentes acostumbrados. Quiere que sus lectores estén dispuestos a creer sin reservas en cuanto dice. Menos exigente —por lo menos en este punto— Balzac no elige previamente a su público. Como le interesa retener a la mayoría, se sirve de los engaños que la mayoría, normalmente, acepta mejor. Pero luego, cuando hipnotizó ya a los lectores, los obliga a ciertos esfuerzos que el mismo Proust no se atreve a esperar de su clientela. El poeta de *A la sombra de las muchachas en flor* se vale de la complicidad de quienes lo leen. El de *La piel de zapa* no cree en la complicidad espontánea de su auditorio. Para adueñarse de la curiosidad de los miembros de ese auditorio, los deslumbra con un espejo donde sólo ven, al principio, las imágenes más vulgares, la verdad cotidiana de la existencia.

Semejante vulgaridad no desagrada nunca al autor. Al contrario, lo cautiva ostensiblemente. Es tal su vitalidad y estima tanto las cosas, que en todo encuentra un resorte útil para el trampolín de su fantasía. Una vieja casa, un abanico polvoso, una flor marina, un almacén de perfumes, la biblioteca de un párroco de provincia, el salón de una cortesana, el tartamudeo de un negociante, las huellas de la viruela en el rostro de la señora Graslin, todo le interesa y le atrae y le propone un enigma urgente. Todo es pregunta para su espíritu.

¿Por qué el cura de Tours, tan tímido y tan reumático, no se inquieta de regresar a su casa de noche y bajo la lluvia? ¿Por qué vela en su cuarto el padre Goriot, cuando los demás huéspedes de la "Pensión burguesa para ambos sexos" se han hundido en su sueño... igualmente piadoso para ambos sexos? ¿Por qué el coronel Chabert lleva un *carrick* tan desusado cuando va a consultar al señor Derville? ¿Por qué Isabel Fischer (la "prima Bela") se interesa por la escultura del conde Steinbock? ¿Por qué el músico Pons no fue a realizar en Roma sino su aprendizaje de conocedor en antigüedades? ¿Por qué decide Anselmo Popinot presentar su famoso "aceite cefálico" en frascos en forma de calabaza? ¿Por qué? ¿Por qué?...

La gravedad con que el novelista responde a todas estas preguntas nos hace ingresar en el mundo extraño —vulgar de aspecto— que representa, para el paseante, la vida de los demás. Si nuestro guía no se gozase en tomar en serio los detalles que aquí resumo (y un millón de otros) no le permitiríamos jugar con nuestra paciencia y, por hábiles que fuesen sus pases magnéticos, escaparíamos a su influjo. Pero Balzac está convencido de que, en el lector más distante, menos sumiso y de potencia crítica más sutil, se oculta invariablemente algún trozo humano, accesible al llamado de lo vulgar. Por la "cabeza de puente" de ese fragmento, el visionario invade nuestro reducto más defendido. Y, ya dentro del reducto, no vuelve a cargar la dosis de la vulgaridad material sino pocas veces: cuando adivina que, sin el aumento del soporífero conocido, las aventuras que va a narrarnos podrían parecernos inverosímiles.

Todo esto constituye, en cierto modo, un abuso de confianza. Tal vez por eso, porque el abuso de confianza es, literariamente, la táctica de Balzac, pocos confiesan hoy el placer que aceptan con la lectura de sus novelas. Las obras de Balzac no son, por ejemplo, para Ortega y Gasset, verdaderas pinturas sino meros *chafarrinones*. Otros han sido menos apresurados en sus dictámenes.

Entre los anglosajones, Jorge Moore exalta a Balzac y Henry James lo declara "el padre de todos" los novelistas. Cuando le preguntaron a Óscar Wilde cuál fue el momento más triste de su existencia, contestó que había sido el suicidio de Luciano de Rubempré. (¿Presintiría ya, acaso, la cárcel de Reading?) El norteamericano Teodoro Dreiser exclamó cierta vez: "Durante un período de cuatro a cinco meses, comí, dormí y viví con Balzac y sus personajes. No puedo imaginar mayor alegría ni inspiración más fuerte que las que Balzac me deparó durante muchos días de primavera y de estío en Pittsburg".

En Alemania, desde 1835, Gutzkow encomió la "genialidad" de Balzac. Ya antes, *La piel de zapa* había impresionado a Goethe. "Se trata —observó el maestro de Weimar— de una obra excelente. Corresponde a la manera de todos los modernos; pero se distingue por la energía, por el sentido con que se mueve entre lo posible y lo imposible, por la lógica que preside al empleo de lo maravilloso". Casi un siglo después, Stefan Zweig manifestaba que el autor de *El padre Goriot* constituye "el más grandioso ejemplo de una voluntad creadora en marcha hacia lo inaccesible". Consecuente con esta admiración, el último libro biográfico de Zweig fue consagrado a Balzac. Más patente aún es la estimación de Hugo von Hofmannsthal. "¿De dónde —se pregunta— procede esa fuerza que subyugará todavía a más de una generación?" Y se contesta: "Es que la realidad de la vida, la verdad verdadera, todo —hasta las más bajas y más triviales miserias de la existencia— está, en Balzac, penetrado admirablemente y saturado de espíritu". La obra de Curtius * nos proporciona, sin

* E. R. Curtius, *Balzac* (Cohen, Bonn, 1923).

duda, uno de los ensayos fundamentales para conocer a Balzac. He aquí su conclusión: "Dominando todos los juicios contradictorios del pasado, el siglo XX principiará a realizar la síntesis. Se esforzará por comprender a Balzac en su unidad y en su totalidad. Verá en él al genio creador que ninguna fórmula puede circunscribir. Tomando a manos llenas en el caudal de su época, Balzac creó un universo donde el hombre se reconocerá eternamente".

Dentro del perímetro escandinavo, Strindberg no disimuló jamás su fervor por Balzac. Muchos de sus dramas están impregnados de espíritu balzaciano. Johan Bojer ha contado, en su autobiografía, cómo leyó de joven, en una biblioteca pública, los textos de Balzac, de Homero, de Dante y el *Fausto* de Goethe. En una carta, citada por Francis Bull, Bojer manifiesta que "si Balzac ejerció influencia sobre sus escritos fue, acaso, por el personaje de Vautrin, el bandido genial".

Por lo que a Rusia concierne, citaremos a Dostoyevski, a Tolstoi y a Máximo Gorki. Para el primero, traductor de *Eugenia Grandet*, Balzac era un "genio universal". Resulta curioso, por otra parte, oír lo que dice Tolstoi: "En mi tiempo, se aprendía a escribir leyendo a Balzac". En cuanto a Máximo Gorki ¿quién podría olvidar su elocuente frase: "La humanidad se ha erigido a sí misma tres monumentos: Shakespeare, Balzac y Tolstoi"?

Más cerca de nosotros, por la sensibilidad y por el idioma, recordaremos a Pérez Galdós. "El primer libro que compré en París —apunta don Benito en *Memorias de un desmemoriado*— fue un tomito de las obras de Balzac: un franco; Librairie Nouvelle. Con la lectura de aquel librito, *Eugenia Grandet*, me desayuné del gran novelador francés y, en aquel viaje a París y en los sucesivos, completé la colección de ochenta y tantos volúmenes que aún conservo con religiosa veneración". En México, desde la segunda mitad del siglo XIX, literatos como don José María Vigil estimaban la producción de Balzac y traducían algunas de sus obras. No intentaré, por supuesto, hacer una relación detallada de todo lo escrito en México sobre el autor de *Una pasión en el desierto*. Dejaré sólo algunas constancias. Entre otras, la de don Rafael Delgado. Al amparar uno de sus excelentes relatos con el título de *Los parientes ricos* ¿no pensó acaso nuestro célebre novelista en *Los parientes pobres* de Honorato Balzac? Por su parte, el 3 de enero de 1910, don Federico Gamboa apunta en *Mi diario* haber dado término a la lectura de la correspondencia balzaciana y exclama: "Fue Balzac la quintaesencia del hombre de letras sin ventura"... Con motivo del centenario del novelista, don José Mancisidor y don Guillermo Jiménez publicaron dos libros breves pero dignos de remembranza. Extraigo del primero de esos volúmenes —premiado, entonces, en un concurso— estos párrafos generosos: "El valor de la obra de Balzac proviene de ese sereno ver y de ese minucioso analizar a los hombres y las cosas, que hicieron de sus tragedias el breviario de los pueblos y de los reyes con que él soñó en sus sueños de poeta... De ella se podría decir con Goethe: *Las obras sublimes hasta lo incomprensible son espléndidas como el primer día.* No tienen ayer ni hoy: son aurora, aurora de la aurora, porque viven, por su hondo sentido humano, para la eternidad".

Se me ha dicho que una Confraternidad Balzaciana Universal fue fundada por Santiago Gastaldi en el Uruguay. No sé qué haya sido de ella. El argentino Ezequiel Martínez Estrada me hizo el honor de enviarme, cuando dirigía yo la UNESCO, un interesante estudio sobre la filosofía y la metafísica de Balzac. La UNESCO lo incluyó en su homenaje al gran novelista, a continuación de un precioso ensayo del peruano Ventura García Calderón: *Balzac, tan cerca de nosotros,* en cuyas páginas consta una relación entre el personaje de la señora Marneffe (de *La prima Bela*) y la señora de Merteuil, de la novela de Choderlos de Laclos. En el mismo volumen, acabo de releer un examen de Balzac por Pedro Salinas, el delicado poeta muerto poco después de que el libro de la UNESCO se publicase.

Aunque me he abstenido de insertar en esta corona fúnebre las flores y las hojas de laurel de muchos críticos franceses (los he citado ya, en abundancia, durante los capítulos anteriores) quisiera añadir aquí, a las opiniones de Abraham, de Alain, de Benjamin, de Bellessort, de Bouteron, de Brunetière, de Faguet, de Hourdin, de Mauriac, de Romains y de Taine, estos comentarios de André Maurois: * "El vocablo *genio* ha sido impropiamente aplicado a tantos pequeños ingenios que casi se siente uno dispuesto a dudar de la realidad de lo que designa. *La comedia humana* vuelve a poner las cosas en su lugar. Allí está verdaderamente el genio: torrencial, indiscutible e inimitable. Hacer el *pastiche* de diez páginas de Balzac es fácil. Proust llevó a cabo la empresa admirablemente. Pero unas cuantas páginas de Balzac no son Balzac. Y realizar el *pastiche* de toda *La comedia humana* equivaldría a crear un mundo".

En efecto, al despedirnos de Honorato Balzac, no tenemos sólo la sensación de decir adiós a una de las personalidades más decisivas de las letras universales, sino de alejarnos de un mundo, enorme, impetuoso, vibrante, duro, y, a la vez, ardiente, efusivo, conmovedor. Cada día más lejos de nuestros ojos —y cada vez más cerca de nuestro espíritu— quedan allí las flechas de las catedrales provincianas que el autor describió, las calles de Angulema, de Tours o de algún pueblo de Normandía, la probidad del señor Birotteau, el orgullo suicida del coronel Chabert, la intrepidez de Vautrin, la avaricia de Gobseck, la abnegación de

* A. Maurois, "La Sagesse de Balzac", *Le livre du centenaire* (Flammarion, París, 1952).

Eugenia Grandet, el delirio de Baltasar Claes, las preocupaciones filosóficas de Lambert, la ascensión misteriosa de Rastignac, el ansia de Rafael, asustado de poseer cuanto solicita, el París de los hermanos Bridau, complementarios e incompatibles, el París de *Las ilusiones perdidas* y de Félix de Vandenesse, las recepciones de Delfina de Nucingen, los inútiles sacrificios del padre Goriot, el concierto inaudito de Schmucke y Silvano Pons. Y queda, por último, bajo las frondas del cementerio del Père Lachaise, la tumba del creador de ese mundo vivo, tan parecido al de hoy y tan diferente. Ese mundo nos legó, como el talismán de *La piel de zapa,* una implacable avidez de oro, poder y gloria, de la que sólo podremos salvarnos por la virtud. O, como lo hizo Balzac, merced al goce de competir con la vida misma, procreando también nosotros —como podamos— una existencia eficaz, una vida nueva.

DIEZ NOCHES CÉLEBRES

I. LA NOCHE DE SHAKESPEARE

La LECTURA de Shakespeare nos da siempre una lección prodigiosa de humanidad. Aldous Huxley imaginó alguna vez lo que sería nuestro planeta —en no sé qué siglo— bajo el rigor de una tecnocracia totalitaria. Nacidos en probetas y clasificados en castas desde la incubadora colectiva, los hombres reciben, en su relato, una educación cinematográfica y radiofónica destinada a deformarlos metódicamente. Sin pasiones, sin afectos, sin entusiasmos, constreñidos de día y de noche por la ley de la utilidad social, semejantes seres existen sobre un vacío: el de sus conciencias, cruelmente privadas de la responsabilidad personal de la libertad. Aun en ese utópico mundo, que el traductor de Huxley llama "feliz", un tedio unánime prevalece. Todas las inquietudes se han extinguido; pero el hombre es una inextinguible sed de tribulación... Entonces, en un rincón de América, un joven encuentra un libro escapado a la hoguera de los tecnócratas. Es la obra de un dramaturgo que obtuvo gloria en la era de los vivíparos. Se le conoció con el nombre de William Shakespeare. Todos los deseos, todas las vehemencias, todos los crímenes yacen en las páginas de ese libro. Pero, también, todas las dulzuras, todas las piedades, todas las gracias. La ansiedad y la angustia —también la misericordia— renacen bajo su influjo. La poesía, en la inteligencia del joven, recusa el imperio de los autómatas...

Sin aguardar a que el mundo se halle en las condiciones imaginadas por Aldous Huxley, conviene tomar a menudo la temperatura moral de Shakespeare. Ninguna más trágica y más humana. Al releerle, lo que sorprende —entre muchas otras cosas— es la importancia que en sus más bellos poemas tiene la noche.

Noche en que Duncan llega al castillo de Macbeth. Noche en que el Rey Lear, con la cabeza desnuda, resiste a la tempestad, pero no a la ignominia de sus dos hijas, Gonerila y Regania. Noche de Verona, sobre el diálogo inmortal de Romeo y Julieta. Noche romana, en cuyo misterio la justicia de Marco Bruto condena a César. Voluptuosa noche de Chipre, en que Desdémona reza y Otelo mata. Noche de Dinamarca, sobre la explanada de Elsinor, donde Hamlet se entera de cómo murió su padre. Noche de Epifanía, en Iliria. Sueño de una noche de verano (o de San Juan, como quieren ciertos intérpretes). Noche de la torre de Londres, cuando los asesinos enviados por el Duque de Gloucester hunden el cadáver de Clarence en un tonel de malvasía. Noche mediterránea de *Antonio y Cleopatra;* noche de Alejandría... Los soldados oyen músicas en el aire y se dicen unos a otros: es el dios Hércules; amaba a Antonio ¡hoy lo abandona!

Podría prolongarse la lista, que no he trazado con propósitos exhaustivos. Se vería mejor así cuánto deben las más conmovedoras escenas de Shakespeare al sortilegio de la fantasía nocturna que, al mismo tiempo, las subraya y las vela, las acentúa y las cubre de "estrellas castas", como en *Otelo,* o, como en *Hamlet,* de silencio, de miedo, de soledad. Por comparación con el teatro de Lope de Vega, o con el de Racine, la fecundidad de la noche, en Shakespeare, resulta muy significativa.

Acabo de referirme a Racine. Sus obras se desarrollan en ese tiempo abstracto que le imponían las tres clásicas unidades. Todas las peripecias habían de producirse en un mismo sitio, sobre un mismo tema, en el espacio de una jornada. En *Fedra,* por ejemplo, las sombras son íntimas, psicológicas. La tragedia —que principia por la mañana, cuando Hipólito resuelve ir a buscar a Teseo y abandonar los lugares contaminados por la presencia de su madrastra— concluye en una hora que no define el poeta, pero que puede ser la del crepúsculo de la tarde, puesto que el confidente de Hipólito narra la muerte de su amo, ocurrida muy poco antes, y el paisaje marítimo que describe es un paisaje solar, luminoso y áureo como un recuerdo de *La Odisea.*

Esa luz está en tan notoria pugna con la incestuosa pasión de Fedra que algunos directores teatrales se han creído obligados a suprimirla, inventando un ardid que no place a todos: el de entenebrecer el escenario con la decoración de un palacio oscuro, sin ventanas ni puertas, como una cueva. Piensan, probablemente, que en aquella noche ficticia resonarán con más lúgubre convicción los alejandrinos dedicados por Racine a la esposa pálida de Teseo.

En Shakespeare, la complicidad de la noche exterior con la noche interior de los personajes logra efectos de evidencia artística más ardiente. ¿Quién ha olvidado las imprecaciones de Lady Macbeth: "¡Hasta el cuervo enronquece, anunciando con sus graznidos la entrada fatal de Duncan bajo mis almenas!... ¡Ven, espesa noche, y envuélvete en la más sombría humareda del infierno!"? ¿Y quién —si conoce el *Julio César*— no comprendió la conjuración, al ver cómo lee Marco Bruto, a la luz "de las exhalaciones que silban por el aire", el anónimo decisivo: "Despierta y mírate. ¿Deberá Roma...? ¡Habla, hiere, haz justicia!"?

Sería ingenuo tratar de escoger una sola entre el cortejo famoso de tantas noches. Sin embargo, hay una que se desprende habitualmente de las demás. Aludo a la noche de Jessica y de Lorenzo, en el castillo ideal de Porcia.

Principia el último acto de *El Mercader de Venecia.* Shylock ha perdido su proceso. Antonio sigue esperando que regresen al puerto los galeones que zarpan rumbo a México y a las Indias, a Trípoli y a Inglaterra. Mientras tanto, Lorenzo y Jessica contemplan "qué dulcemente duerme el claro de luna". Para Lorenzo, cada astro produce un cántico angelical. "Las almas —dice— tienen una música así." Se suceden entonces, en los labios de cada uno, las estrofas del himno incomparable: "La luna brilla resplandeciente. En una noche como ésta, mientras los suaves céfiros besaban los árboles silenciosos, Troilo escaló las murallas de Troya y exhaló su alma en suspiros frente a las tiendas griegas, donde descansaba Cressida... En una noche como ésta, rozando el rocío con temeroso paso, Tisbe vio la sombra del león, antes de ver al león mismo, y escapó llena de espanto... En una noche como ésta, Dido, con una rama de sauce en la mano, de pie sobre la playa desierta, hacía señales a su amado para que volviera a Cartago."

Se pregunta el lector en qué consiste la poesía de este fragmento. No es fácil contestarle con sencillez. Acaso el hechizo estribe en ese arte supremo de sugerir la cercanía de lo invisible, la majestad de la noche propicia sobre las voces de los amantes. Y quizá sea el mismo Shakespeare quien nos ofrezca la explicación más plausible cuando declara: "El hombre que no tiene música en sí... es apto para las traiciones, las estratagemas y los despojos."

Él no era un hombre de esa categoría. "Escuchad la música" de la noche nos repite, desde un jardín del Renacimiento, una voz férvida y persuasiva. Y la escuchamos, junto con Shakespeare.

II. LA NOCHE DE LOPE DE VEGA

AL MENCIONAR a Lope de Vega, llevado por el impulso de una imagen puramente verbal, escribí —cuando joven— "Lope, en cuyo teatro el sol se pone muy raras veces..."

En efecto, la obra dramática del "Fénix de los ingenios" es solar por naturaleza, por luminosidad del ambiente, por fervor del temperamento y por intrepidez de la vocación. Pero hay también, en sus creaciones, noches inolvidables. ¡No en vano había leído el gran escritor la tragicomedia de Calisto y de Melibea, entre cuyos célebres personajes la noche española es protagonista! Noche que Jessica y Lorenzo hubieran podido incluir en su letanía, al lado de la de Troilo, de la de Dido, o de la de Tisbe. Noche que anuncia la plateresca gracia de Garcilaso y, por momentos, la serena música de Fray Luis. Noche de cuyo encanto decía don Marcelino Menéndez y Pelayo que, para encontrar algo semejante a su tibia atmósfera, sería menester "acudir al canto de la alondra" —del propio Shakespeare— o "a la escena de la seducción de Margarita en el primer *Fausto*".

Encuentro la noche de Lope en una obra escrita, precisamente, bajo la influencia sutil de *La Celestina*. Aludo al *Caballero de Olmedo*. Supongo que muchos lectores ya la conocen. E imagino que aquellos que no la conocen, recuerdan por lo menos el cantar castellano que le dio origen:

> *De noche le mataron*
> *al caballero,*
> *la gala de Medina,*
> *la flor de Olmedo...*
> *Sombras le avisaron*
> *que no saliese,*
> *y le aconsejaron*
> *que no se fuese,*
> *el caballero,*
> *la gala de Medina,*
> *la flor de Olmedo.*

Hay, en esos antiguos versos, una poesía no muy distante de la que inspiró a García Lorca una de sus composiciones juveniles más sugestivas, la *Canción de Jinete*:

> *Córdoba,*
> *Lejana y sola.*
> *¡Ay qué camino tan largo!*
> *¡Ay mi jaca valerosa!*
> *¡Ay que la muerte me espera,*
> *antes de llegar a Córdoba!*

Todo, en *El Caballero de Olmedo*, es la preparación de una sola noche: aquella en que Don Alonso, enamorado de Doña Inés, vuelve a la casa de sus padres, en Olmedo, tras haber triunfado durante las fiestas organizadas por el pueblo de Medina del Campo para celebrar la visita del rey Don Juan. La obra consta de tres actos. Los dos primeros se desarrollan conforme a un ritmo rápido e ingenioso, menos de drama que de "ballet". Por sí solos, esos dos actos constituyen en cierto modo "las mocedades" de Don Alonso: su vespertino encuentro con Doña Inés,

> *tan hermosa, que la gente*
> *pensaba que amanecía,*

y sus negociaciones con Fabia, heredera de las dueñas trotaconventos del Arcipreste, mujer de ánimo positivo que, apenas saluda a Inés —y a su hermana Leonor—, les revela cuál es la entraña de su filosofía materialista:

739

La fruta fresca, hijas mías,
es gran cosa,
y no aguardar
a que la venga a arrugar
la brevedad de los días.
Cuantas cosas imagino,
dos solas, en mi opinión,
son buenas, viejas... Y ¿son?
—Hija, el amigo y el vino.

Los amores de Doña Inés y de Don Alonso se conciertan con esa velocidad milagrosa que explican la edad de los personajes y, en Lope de Vega, las costumbres apasionadas del escritor. Ciertamente, una sombra oscurece el idilio: los celos de Don Rodrigo, favorecido por el padre de Doña Inés; pero indigno, sin duda, de merecerla.

Esa sombra, sabiamente cuidada por Lope, como reserva nocturna, entre los colores mucho más claros de la paleta de que se sirve para pintar a Don Alonso y a Doña Inés, irá creciendo en el tercer acto, hasta la hora en que el caballero (*la gala de Medina, la flor de Olmedo*) cae asesinado sobre la ruta que debía conducirle a la casa de sus mayores. Una hora así, Lope nos la presenta con la técnica de un maestro: sin convencionalismos, ni énfasis, ni insistencia, más por evocación que por descripción.

En vez de analizar la psicología de Don Rodrigo y de hacernos asistir a los trances en que el celoso prepara el crimen, Lope dispone el desenlace por boca de Don Alonso. El joven —que habíamos visto, en los primeros dos actos, lleno de audacia y de fantasía— no sabe, de pronto, cómo admitir la felicidad. El monarca lo aprecia. Doña Inés lo ama. Su matrimonio con ella no es ya imposible. ¿Por qué, entonces, lo acongojan tantos augurios? Al despedirse de la que puede considerarse su prometida, le confiesa su desazón:

Ando estos días
entre tantas asperezas
de imaginaciones mías,
consolado en mis tristezas
y triste en mis alegrías.
Tengo, pensando perderte,
imaginación tan fuerte,
y así en ella vengo y voy,
que me parece que estoy
con las ansias de la muerte.

A partir de ese instante, el hechizo del cantar se apodera del alma del caballero. Cuando deja la casa de Doña Inés, tropieza con una sombra. Le pregunta quién es. Y le responde la sombra que es Don Alonso; es decir: él mismo. Un doble suyo, que el destino le envía oportunamente, para avisarle. El resto, lo presentimos muy fácilmente. Don Rodrigo y sus cómplices se adelantan a Don Alonso, que viaja solo. Todavía, como si la existencia se empeñase en retenerle, la voz de un labriego rompe la oscuridad. Está entonando el cantar fatídico:

> *De noche le mataron*
> *al caballero.*

Pero el caballero no se detiene. Lo mismo que en el poema de García Lorca, la muerte lo está esperando.

Esta noche de Lope, entre Medina del Campo y Olmedo, trae a la mente la remembranza de algunos rostros que no podemos ignorar: los de esos enjutos hidalgos predestinados que nos contemplan en los mejores cuadros del Greco. Seres aligerados de la materia y, sin embargo, de ella cautivos; personajes que viven aún en el plano inferior del *Entierro del Conde de Orgaz* y que, no obstante, forman parte de un todo en cuyo conjunto ese mismo plano apenas si nos depara la base oscura de una gloria ardiente y vertiginosa. Noche tendida sobre la muerte; noche española, tan española como la noche de Melibea, aunque más tremenda, y tan humana como la noche de Jessica y de Lorenzo; noche en la cual se entiende perfectamente que el labriego —que trata de prevenir a Don Alonso— se limite a manifestarle:

> *Si os importa, yo cumplí*
> *con deciros la canción...*

III. LA NOCHE DE GOETHE

Sobre Goethe, todo ha sido dicho. Y, según ocurre en cuanto concierne a los creadores de su linaje, todo parece aún por decir. Se le ha elogiado con dogmatismo y se le ha censurado con amargura. Se ha hecho más. Se le ha convertido en símbolo. Quienes lo instalan en ese rango inhumano, como rector impecable del equilibrio de las pasiones, no se percatan frecuentemente de la injusticia que divinización tan abstracta supone para las cualidades más personales del escritor: la inquietud de su inteligencia; su curiosidad universal, de poeta, de investigador, de filósofo; la vibración de su alma, siempre abierta a todos los hálitos de la vida; y, más que nada, su don de estremecimiento, ese "schaudern" —*que es lo mejor del hombre.*

A fuerza de pretender quemar el laurel de Goethe, tan alto y tan apolíneo, con el dionisiaco fuego de Nietzsche, muchos han olvidado el esfuerzo hecho por el autor de *Las afinidades electivas* y de *Guillermo Meister* para alcanzar esa paz moral de su largo ocaso, tras una lucha que alguno de sus biógrafos definió como "la mayor epopeya que poseen los alemanes".

El hombre que, con soberano dominio de sí, discurría a los ochenta años sobre Humboldt o sobre Stendhal, era el mismo que había escrito estas palabras reveladoras: "No hay crímenes tan grandes que, en ciertos días, no me haya sentido capaz de cometer"; el mismo que, como un personaje de Dostoyevski, había combatido ardientemente con sus demonios; el mismo que exclamó alguna vez, en patética confidencia: "Nosotros somos nuestro propio demonio. ¡Nosotros mismos nos expulsamos de nuestro paraíso!"

Para un hombre así, para ese "Goethe desde dentro" que pedía con razón Ortega y Gasset en la celebración de su centenario; para aquel ser, "de exuberante prontitud", que se erguía en llamas cada vez que se le arrojaba "un pedazo de mundo auténtico", la noche (como en el caso de Shakespeare) debió tener elocuencias y gracias particulares. Así fue, efectivamente.

Desde la noche de *Werther*, cuando el joven precursor del romanticismo enciende sus velas, frente a la caja de pistolas que le han prestado, a fin de pensar una vez más en Carlota y escribirle —antes de morir— una última carta de amor, hasta aquella en la cual el moralista declara que "así como el incienso reanima la vida del ascua, así la plegaria reanima las esperanzas del corazón", ¡cuántas noches incomparables desfilan por su obra excelsa!... Noche en que se angustia Clavijo, al ver las antorchas de duelo frente a la casa de María Beaumarchais; noche en que Stella, a la luz de la luna, se despide del retrato de Fernando y —en cierto modo— de sí misma también, de su amor, de su juventud, de sus ilusiones; noche en la cárcel de Egmont, mientras Clara se desespera; noche, en fin, de las Elegías, cuando el viajero, sobre la espalda de la amada, "escande los hexámetros latinos".

Con todas esas horas podría formarse un florilegio nocturno de mérito inconfundible. La que me atrae más hondamente es la que Wagner condensa en su oscuro laboratorio. Sobre el horno, la redoma espectral fulgura. Aparece "una blanca luz". Entre alarmas, Wagner la ve crecer. Mefistófeles interroga: "¿Qué será ello?" Y, en voz baja, Wagner le anuncia: "Se ha hecho un hombre."

Como ciertos utopistas de hoy, Wagner quiere un hombre artificial, engendrado en matraces y en alambiques. Cree, en las tinieblas de su Edad Media, que el nacimiento natural no es digno del hombre y que éste ha de tener, en lo futuro, "un origen cada vez más alto". Trata de aglutinar la materia en una redoma y destilarla como es debido. Hay que "cristalizar —añade— lo que en otro tiempo se dejó organizar".

742

¡Y habla, entonces, el homúnculo! Sus primeras palabras son un sarcasmo: "Hola papaíto. ¿Cómo estás?" Pero pronto dignifica su tono, lo hace solemne. "A lo natural —afirma— apenas si el universo le basta. Lo artificial pide un espacio cerrado." En la conversación que establece con Wagner y Mefistófeles, anuncia la noche clásica de Walpurgis. Cuando escapa, burlando a su creador, Mefistófeles comenta su fuga con esta frase, que ningún maestro, ningún gobernante y ningún autor deberían menospreciar: "En fin de cuentas, dependemos de las criaturas que hicimos."

Muchos viven la noche de Wagner; inclinados —como él— sobre el resplandor de una aurora civilizada, en la oscuridad de un confuso laboratorio. Muchos aprendices de brujo aspiran a reemplazar el curso de las cosas con una violencia sutil sobre lo real. Muchos quieren salvarse con la colaboración del hombre del alambique. Pero pocos son los que piensan en la lección de Goethe. Pocos recuerdan que "lo artificial pide espacios cerrados" y pocos aceptan la gran responsabilidad: la dependencia del creador frente a sus criaturas.

Porque el homúnculo de Wagner sigue rabiando por ser. Sólo el cristal que lo envuelve le otorga peso. Ansía corporeidad. Prometeo, a quien pide consejo para nacer, lo entrega a una experiencia mayor: la del mar eterno. "Allí —le indica— te moverás de un cabo a otro, según se te antoje, pero no te afanes por alcanzar más altos grados, pues luego que llegues a ser un hombre ya no habrá más que hacer contigo."

Por boca de Tales, exclama Goethe: "Eso vendrá después. Por lo pronto, ya está bien ser un hombre cabal..." Pensamos, al escucharle, en los muchos que se han extraviado por ignorar qué gran cosa es ser hombre cabalmente, hombre de carne y hueso, de júbilo y de dolor —sin necesidad de pasar por el alambique.

IV. LA NOCHE DE BERLIOZ

EL ROMANTICISMO nos legó la historia de ·muchas noches· interesantes. Las "florentinas", de Enrique Heine, gozaron de inmensa notoriedad. Alfredo de Musset encarnó en el doble de una noche de invierno —la de diciembre— el arrepentimiento de no pocos errores de juventud, y, en particular, el recuerdo de su aventura italiana con Lelia, la más violenta de las mujeres. A diferencia de lo que creen ciertos lectores, cuando traducen a Hesíodo, son más las noches que los trabajos en las rimas de Bécquer. En las *Leyendas* de Víctor Hugo, junto al anciano Booz dormido, cuya barba era de plata como un arroyo de abril, la moabita espera que se pronuncie el destino y se pregunta, al ver el creciente de la luna, delgado y claro, qué segador del estío eterno dejó olvidada aquella hoz de oro en el campo de las estrellas...

Pero, con ser las escenas que evoco tan sugestivas (y callo muchas, de Keats, de Shelley, de Byron, y otra especialmente: la de Sansón y Dalila, en los poemas filosóficos de Vigny), no pienso ahora en ninguna noche de méritos literarios. La que más me conmueve en estos momentos es una noche real, sin estrofas y sin metáforas. Nos la describe Berlioz en un pliego de sus *Memorias*. Pocas más dolorosas para el artista. Y, como documento humano, pocas más elocuentes y más severas.

En 1854, tenía Héctor Berlioz 51 años de edad. Nacido en 1803, había compuesto desde los doce, consolándose de no poder practicar el piano y agradeciendo a la suerte la necesidad de escribir silenciosamente, sin tener que plegarse al "hábito de los dedos, tan peligroso para el pensamiento", ni obedecer a la "seducción que, en mayor o menor grado, ejerce siempre sobre el compositor la sonoridad de las cosas vulgares".

Su obra musical era ya admirable. Destacaban en ella el *Requiem*, la *Sinfonía fantástica*, *Romeo y Julieta*, *La condenación de Fausto*, la *Sinfonía fúnebre y triunfal*. A propósito del *Requiem*, Spontini le había dicho en cierta ocasión: "Se equivoca usted al censurar el envío a Roma de los laureados del Instituto. Usted no hubiese concebido un *Requiem* semejante sin el *Juicio final* de Miguel Ángel." Por lo que atañe a la sinfonía compuesta para honrar a los caídos en las jornadas revolucionarias de 1830, Ricardo Wagner llegó a declarar que duraría y exaltaría el valor "mientras haya una nación que se llame Francia"... Además del suyo, Berlioz conocía varios países: Italia, Alemania, Inglaterra, Austria, Bohemia, Hungría. Había asistido en San Petersburgo a la ejecución de *Romeo y Julieta* y, por invitación del rey de Prusia, en Berlín, a la de su poema sobre Fausto. Sin embargo, la gloria no lo nutría. Para ayudarse, firmaba crónicas —que siempre le importunaron—. El "desgraciado cronista", según decía, está "obligado a escribir sobre todo lo que es del dominio de su crónica. ¡Triste dominio, pantano lleno de langostas y de sapos!"

Su vida sentimental no resultaba menos difícil. Casado a los 30 años con una actriz irlandesa, Enriqueta Smithson (intérprete de Shakespeare, Ofelia y Julieta aparentemente, aunque de hecho siempre celosa, irritable y a veces agria) Berlioz acabó por enamorarse de una cantante medio española, María Genoveva Martín, conocida entonces con el seudónimo —calderoniano casi— de María Recio. Escapó con ella a Bruselas. Vinieron después los viajes por Rusia y por Alemania. Transcurrieron los años y prosperaron los desengaños —hasta que, en 1854, Enriqueta Smithson optó por agonizar—. Ofelia, en *Hamlet* había sido más rápida en ausentarse. A pesar de todo, Berlioz deploró esa muerte. El 4 de marzo enterró a su esposa en el cementerio de Montmartre. Janin publicó un artículo necrológico. ¡Julieta había muerto!

Es entonces, en 1854, cuando Berlioz registra en sus *Memorias* el drama oscuro y nada espectacular que sirve de tema a este comentario. He aquí su revelación: "Hace dos años —dice— cuando el estado de salud de mi esposa, que todavía dejaba lugar a alguna esperanza de mejoría, me ocasionaba gastos enormes, oí una noche, en sueños, una sinfonía tal como era mi anhelo el componer. Cuando me desperté recordé casi todo el primer trozo, que tenía dos tiempos (allegro) en *la* menor. Me dirigí a mi mesa para comenzar a escribirlo; pero reflexioné de esta manera: si escribo ese trozo, trataré de escribir el resto... Emplearé quizá, exclusivamente en este trabajo, tres o cuatro meses... No escribiré, o casi no escribiré, crónicas musicales. Por lo tanto, mi renta disminuirá. Luego, cuando esté terminada la sinfonía, no tendré la fuerza de resistir a las instancias de mi copista; dejaré que la copie; contraeré de pronto una deuda de mil o mil doscientos francos. Una vez copiadas las partes, me atenaceará la tentación de oír la obra. Daré un concierto, cuya recaudación apenas cubrirá la mitad de los gastos... Perderé lo que no tengo; no podré darle lo necesario a la pobre enferma, y no tendré ni para encarar mis gastos personales, ni con qué pagar la pensión de mi hijo en el barco en el que próximamente navegará. Estas ideas me provocaron escalofríos y arrojé la pluma diciendo: ¡Bah! ¡Mañana habré olvidado mi sinfonía!"

¿Quién no comprenderá el dolor del hombre que, para seguir estimándose como hombre, se ve obligado a negar su afición de artista y matar en germen su inspiración? A la noche siguiente, el tema insistió de nuevo. Pero Berlioz "se aferró a la esperanza de olvidar". En efecto, por la mañana, el peligroso huésped había escapado.

Es posible que una obra maestra haya sido así aniquilada en la sombra de aquella noche... El asesino no fue Berlioz. No hay que culpar tampoco a la enferma Ofelia, celosa y atribulada; ni al hijo, listo para embarcar. Mientras el autor de *Romeo y Julieta* devolvía a la nada el motivo de aquel *allegro*, muchos europeos acaudalados gastaban en un minuto, sobre una mesa de juego, cincuenta o cien veces más de cuanto le habría costado a él la realización de sus sueños. Una sociedad, un sistema de vida, un público ingrato, ésos eran los responsables, anónimos e inconscientes.

V. LA NOCHE DE MOZART

EL RECUERDO de Berlioz hace pensar (acaso por antítesis) en un alma de claridad y pureza únicas: la de Wolfgang Amadeo Mozart.

No conozco músicos más distintos. Y no obstante... Convendría no colocar al compositor de *Don Juan* y *La flauta mágica* en el plano irreal en que algunos admiradores izan a Goethe, sobre las pasiones y las tormentas, la inquietud y el dolor del hombre. Como Goethe, Mozart da la impresión de una estoica serenidad. A menudo, así es venturosamente. Sin embargo, el adjetivo de que me valgo trata de corregir por anticipado una interpretación excesiva de la palabra serenidad. Ni en él, ni en el poeta esencial de *Fausto*, significó jamás la serenidad indiferencia al destino humano, o desdén para sus angustias.

Más aérea y sutil que la lírica de Goethe, la música mozartiana es también más ágil, más alegre, más encendida. Pero no nos dejemos desorientar por ese ostensible júbilo. Con frecuencia, la gracia de Mozart es una forma heroica de cortesía y un testimonio espléndido de pudor. Bajo tantas risas de arpegios y de corcheas, late un corazón extremadamente sensible, trémulo, vulnerable. En determinados fragmentos —por ejemplo, en el *qui tollis* de la misa en *do* menor o en el primer tiempo de la sinfonía número 40— la congoja del hombre no se disfraza; se ofrece viva, desnuda, ardiente, como el canto de Orfeo que llora a Eurídice. Ni siquiera es necesario citarlos todos. Incluso en obras menos austeras, adivinamos lo que llamaba Urbina "la vieja lágrima". Y esto, precisamente, es lo que otorga a la transparencia de Mozart su mejor garantía de eternidad.

No tenemos una idea muy definida acerca de cómo fue realmente el hombre que escribió *Idomeneo* y *Così fan tutte*. El retrato suyo que más hemos visto no está completo. Lo hizo Lange, el esposo de Aloysa Weber. Nada en él manifiesta el perfil festivo, indulgente, fácil, que algunos biógrafos exageran. El personaje que nos presenta el pintor está dotado de un rostro grave; no severo por cierto, ni amargo, ni hosco, aunque sí consciente de su tristeza; concentrado, con la mayor seriedad posible, en el esfuerzo de la creación. Es el rostro de un artista que ha aprendido a sufrir a solas y que no revela ni a su mujer (la egoísta y dispersa Clara) la magnitud de sus sufrimientos. Es, también, el rostro de un ser endeble que a los ocho, a los nueve años, se vio halagado en las principales cortes de Europa por sus éxitos de párvulo prodigioso y que, en cambio, a los treinta, en plena posesión de su genio, tiene que pactar con el montepío e inventar subterfugios crueles para vivir. Es, en fin, el rostro de un poeta oculto, que ha madurado secretamente y se percata de cuánto sorprenderían sus penas a la indolencia de un auditorio acostumbrado ya a preferir la amenidad, la ligereza y la euforia de sus primeras composiciones de juventud...

Ese poeta atravesó muchas noches trágicas. Una, entre otras, que no se parece en nada a la de Berlioz. Nos la señala él mismo en una carta dirigida a Da Ponte, el libretista de su *Don Juan*.

La escribe en pleno trabajo. Va a entrar en el otoño último de su vida. El año de 1791 avanza con rapidez. Durante el verano, Mozart ha tenido que producir una ópera *seria* —*La clemencia de Tito*— y otra, *La flauta mágica*, que no ha terminado aún. A pesar de tantas labores, toma la pluma para comunicarse con Da Ponte. Y no lo hace porque desee pedirle algún dato concreto, un informe útil, sino porque se siente tan agobiado que estallaría si no participase a alguien cuál es su tribulación. "No puedo olvidar —le confiesa— la imagen de ese desconocido. Le veo constantemente; me conjura, me ruega... Prosigo, pues el trabajo me fatiga menos que el ocio... Siento que mi hora se acerca; estoy a punto de expirar. He llegado al término, antes de haber gozado de mi talento. Y sin embargo ¡qué bella era la vida!... He aquí mi canto fúnebre. No debo dejarlo imperfecto."

Se presiente en estas líneas la noche próxima, en la soledad de la casa vienesa. Clara, para ir a Baden, se ausenta frecuentemente. "Primus" ha salido sin duda, a buscar la cena de su patrón. Sobre un atril, la partitura casi acabada: *La flauta mágica*. Sobre la mesa, junto al papel en que está escribiendo a Da Ponte, otros pliegos atraen los ojos de Mozart. Son los de su *Requiem*. Ésa es la obra que se ha comprometido a entregar —antes de morir— al enlutado desconocido. Ése es su canto fúnebre.

La historia ha sido contada ya muchas veces. Hasta el comercio la ha popularizado. Pero una autoridad mozartiana (A. Kolb) la narra más o menos así. Al mediar el verano de 1791, un hombre llamó a la puerta de Mozart. Por instrucciones de su amo, le encomendó la composición de un *Requiem*, que habría de serle entregado en un plazo fijo. Ofreció pagarle los honorarios del caso y aceptó consultar con quien le enviaba una nueva fecha —porque la propuesta, en opinión de Mozart, resultaba muy apremiante—. Más tarde, el mensajero habló otra vez con Mozart. Depositó en sus manos la suma convenida, aprobó la extensión del plazo e instó al músico a no intentar la menor pesquisa respecto al nombre de su mandante. A partir de entonces, aquellas visitas se repitieron. El día en que Mozart salió de Viena con rumbo a Praga (donde había de asistir a la primera representación de *La clemencia de Tito*) el enlutado se hallaba junto al estribo del coche. ¿Cuándo estaría listo el *Requiem*?

De tanto ver a aquel enviado anónimo, Mozart —cuya salud se había hecho sumamente precaria— acabó por considerarlo como a un emisario de la muerte. Todo parecía justificar esa prevención: el carácter de la obra solicitada, el secreto de la encomienda, el luto del mensajero, y hasta su magrura, su palidez.

La explicación no era tan poética, por supuesto. Cierto conde, menos melómano que plagiario, quería hacer pasar como suyo un *Requiem* inédito, con motivo del fallecimiento reciente de su mujer. Aunque el maestro hubiese descifrado a tiempo el enigma, no sé si sus postreras noches de Viena hubieran sido menos oscuras y lastimosas. En la cúspide de la fama, iba a morir, dejando 60 florines en efectivo. Su entierro, en la fosa común, costaría un poco más de once. Nadie, sobre su tumba, pondría una cruz.

El *Requiem* quedó incompleto. Sussmayer habría de concluirlo. Cada vez que lo oímos, recordamos la frase final de la carta a Da Ponte: "He aquí mi canto fúnebre. No debo dejarlo imperfecto." Quien se expresaba de esa manera fue, hasta en la agonía, fiel a su vocación.

VI. LA NOCHE MORAL DE SWIFT

Pocos escritores más nocturnos que Swift. Todo en él se presenta como un enigma. Su infancia oscura, de hijo póstumo de un inglés para quien Irlanda fue refugio en la tempestad política de su patria. Su adolescencia, atravesada ya por geniales anunciaciones. Sus alternativas, de orgullo y docilidad, ante un personaje como Guillermo Temple. Su doble amor, por *Stella* y *Vanessa*, que preocupa tanto a los eruditos. Sus días de palaciego favor en Londres y de apostolado irlandés en Dublín. Su inadaptabilidad sistemática a la existencia. Y, finalmente, su senectud, en el total naufragio de su talento.

En torno a la propia fama de Swift se ha hecho una rara conjuración, no de silencio evidentemente, pero sí de interpretaciones aquietadoras y deformantes. Su libro más popular (los *Viajes de Gulliver*) circula con mayor frecuencia entre los niños que entre los adultos. Bocas pueriles repiten, en alta voz, los más crueles párrafos del misántropo. Parece que la humanidad, para defenderse de sus sátiras, hubiese encontrado inmediatamente el mejor recurso: admirarlas, no como lo que son, sino como un cuento plácido y anodino.

La monarquía, la teología, las instituciones militares, los dogmatismos, la falsa ciencia, son objeto de un implacable vejamen en la historia de las tribulaciones de Gulliver. ¿Cómo, entonces, no sonreír? ¿Cómo, por consiguiente, no declarar esas aventuras un prodigio de puro divertimiento? Expresan, bajo fáciles símbolos, una tragedia inmensa. En vez de negarla —o de procurar entenderla— los lectores prefirieron tomarla en broma. Muchas páginas de Swift están impregnadas de lágrimas y de hiel. ¡Razón de más, por lo visto, para elogiar su comicidad! Pretendían ser un retrato... Resulta mucho más hábil clasificarlas y difundirlas como una caricatura.

Antes de la Revolución francesa, el siglo XVIII hubiera podido pasar como un ejemplo de discreción. Otros dirán de hipocresía.

Lo que se llamaba entonces "la sociedad" —la corte, la nobleza, el gobierno y el alto clero— se sentía modelo de amenidad, de refinamiento, de gusto y de competencia en el arte clásico de existir. Literariamente, dos personajes se encargaron de descorrer aquella cortina tan elegante: un inglés, Swift, al principio de la centuria, y un francés, Laclos, en los últimos años del reinado de Luis XVI. Respecto a la revelación de Laclos, escribe Giraudoux en una página crítica desgraciadamente poco leída: "Un club de jugadores no teme a los profetas (piensa en Juan Jacobo)... lo que teme es que lo denuncien. Ahora bien, ninguno de los escritores del siglo XVIII (alude sin duda a Francia) se había atrevido a obrar como denunciante. Hacia 1780... toda una generación se placía en imaginar que iba a desaparecer como un individuo, sin que nadie la traicionara. Una libertad que no deja rastro, una verdad que no deja pruebas ¡qué obra maestra de verdad y de libertad!"

Esa "obra maestra" se vio frustrada. Un oficial de artillería para quien la reputación de Vauban no era ya ciertamente un artículo de fe, el señor Choderlos de Laclos, iba a contar numerosas intimidades —menos oficiales tal vez, aunque no menos militares—; porque, en su libro, el amor se exhibe como una lucha y el pecado ostenta todas sus estrategias. Las cartas de Valmont y de la señora de Merteuil enseñaron así —a quienes no habían ido más allá de *La nueva Eloísa*— muchos de los secretos que el autor de *La nueva Eloísa* fustigó jactanciosamente, más con la ira de un resentido que con la precisión de un conocedor.

El resultado no se hizo esperar. Despojado de sus madrigales, de sus artificios y de sus gracias, el "gran mundo" se quitó la peluca para ir a poner la cabeza en la guillotina. La novela de Laclos no se dio a los niños como un juguete. Preparado por los enciclopedistas —y por el hambre— el pueblo escuchó al delator.

¿Qué había ocurrido, en cambio, con el otro célebre denunciante?... Porque Swift, desde 1726, formuló con intrepidez sus acusaciones. *Los viajes de Gulliver* no son exclusivamente la condenación de un siglo, en lo que ese siglo tuvo de frívolo y disoluto. Son algo más. Constituyen una requisitoria contra la vanidad humana en todos los idiomas y todos los continentes. Su Flimnap pudo inspirarse en la persona de Sir Robert Walpole; pero, siendo tan individual como es, representa a muchos políticos de la tierra. Sus proyectistas de la isla flotante fueron probablemente copias exageradas de algunos académicos de la época; pero perduran como paradigmas de la pedantería, seres que no se interesan sino en una diminuta parcela de una especialidad de la inteligencia y que, para atender a las cosas más apremiantes y necesarias, tienen que recibir sobre las orejas el golpe amable (a veces no tan amable) de un vigilante despertador.

¿Y qué decir de sus soberanos de seis pulgadas, más arrogantes —en su insignificancia física— que los reyes enormes de Brobdingnag? ¿O de los poderosos que, cierto día, explicaron a Gulliver que los tronos han menester de la corrupción, "porque el carácter positivo e intratable que la virtud comunica al hombre es un estorbo para la marcha de los negocios públicos"?

Entre tantas vanidades, molestas unas y otras tremendas, el personaje más apacible y más generoso es el amo de Gulliver, en el país regido por los caballos. Él, por lo menos, trata de comprender a sus familiares y a sus sirvientes. Y, cuando una decisión de sus semejantes lo obliga a separarse del náufrago, le facilita amistosamente los medios para escapar.

Lo que —en todas partes— permitió a los lectores de Swift no sentirse aludidos por sus sarcasmos fue, verosímilmente, la exageración dolorosa de su ironía. Manteniéndose en el terreno social de la indiscreción, Laclos fue tomado en serio sin más demora. Usando las técnicas de la fábula, Swift dio lugar a la interpretación menos humillante, la que aprovecharon mejor sus admiradores: mantener lo dicho en el plano del humorismo, continuar realizando los mismos actos que su cólera censuraba y poner, eso sí, en las manos ingenuas de los pequeños —como ingeniosa caricatura— lo que, como retrato, habrían prudentemente escondido de sus miradas.

VII. UNA NOCHE DE CASANOVA

AL HABLAR de los *Viajes de Gulliver* mencioné a dos de los indiscretos más populares del siglo de Catalina y de Federico: Swift y Laclos. Pienso ahora en otro, menos sarcástico que el británico, y menos metódico que el francés: el señor Casanova, cuyas *Memorias* cierran aquella época —de abates no siempre madrigalescos, reinas no siempre elegiacas y revolucionarios no siempre tintos en sangre— con una lápida libertina. En uno de los ángulos de esa lápida, sonríe Bernis, el embajador de Luis XV, por no decir de la Pompadour; y, en el centro del mármol claro y ornamentado, una calavera galante, con antifaz negro de terciopelo, evoca los carnavales de esa Venecia, anterior al cinematógrafo y a las ruidosas lanchas de gasolina, que inmortalizaron Piazzetta, Tiépolo y Canaletto.

Ningún delator más directo que Casanova. Toda la vida europea que él conoció se halla desnuda en las páginas de su obra. O, peor todavía, semivestida. La denuncia el célebre aventurero con tanto menor recato cuanto que nada, en la pluma de que se sirve, muestra la tinta del moralista, o del dispéptico arrepentido.

Por otra parte, ningún cómplice más experto. Libelista y espía, industrial y tahur, empresario en Alemania, teólogo por momentos, negociante y aficionado a las bellas letras, comensal de burgomaestres, de favoritas y de privados, Casanova adoptó todos los disfraces, desempeñó todos los papeles, acarició todos los oficios para mejor ejercer uno solamente: el de gozar sin reserva de la existencia. No respeta nada: incrusta con piedras caras, ganadas quién sabe cómo, en qué alcoba o en qué garito, la condecoración de la Espuela de Oro que el Papa le confirió. Cuando le recibe Catalina II, discute la reforma del calendario gregoriano. Y cuando el emperador de Austria le manifiesta el desprecio que siente para los seres que compran títulos de nobleza, él —que se hace llamar "el caballero de Seingalt"— le replica sin inmutarse: "¿Y qué piensa Vuestra Majestad de quienes los venden?"...

Los que aspiren a conocer, en su intimidad, las noches y los días del siglo XVIII encontrarán en el libro de Casanova un archivo elocuente y una animada iconografía. Lo salpica a menudo el lodo ¡qué duda cabe! Pero ese fango no es sólo indicio del amoralismo del escritor. Revela algo más temible: la inmoralidad de un régimen corrompido, en el que las amigas de los monarcas se coleccionan en el arroyo, el juego es sistema lícito de finanzas para luchar con la bancarrota, Cagliostro aconseja a los poderosos, hay cardenales que escriben versos afrodisiacos y un rey ofrece —¡nada menos que a Casanova!— cierto cargo de preceptor entre sus cadetes.

Cientos de personajes se asoman a esas *Memorias*, desde los soberanos que ya he citado (Catalina, Federico, Estanislao, José II) hasta alguaciles y mujerzuelas de baja estofa, pasando por figuras muy conocidas de la nobleza, como Choiseul, Muralt, el príncipe de Ligne, y por intelectuales como Voltaire, como Juan Jacobo, Haller y Pestalozzi... La visita a Voltaire, en su refugio de "Las Delicias", tiene un encanto particular. El historiador de *El siglo de Luis XIV* elogia a Alberto de Haller. Nuestro aventurero —que sabe la mala opinión en que Haller tiene a Voltaire— escucha a éste muy cortésmente. De pronto, Voltaire extrema la apología: "Haller —exclama— es un hombre ante quien habría que ponerse uno de rodillas." "Me gusta —observa Casanova— advertir la justicia que usted le hace. Lo compadezco a él, pues no es tan equitativo con usted." Entonces, con la rapidez de su ingenio ágil y penetrante, concluye el huésped de "Las Delicias": "Vaya, vaya; es posible que los dos estemos equivocados."

Ese "agente viajero" de la aventura, cuyas noches sirven frecuentemente a los directores de teatros frívolos como pretexto para desfiles de mujeres en traje paradisiaco, ese Don Juan del que Stefan Zweig habla con entusiasmo y cuya "filosofía de la superficialidad" le parecería la más sensata enseñanza (si no fuera por la amenaza de la vejez) tuvo también su técnica de la vida. Técnica estricta y que le impuso, en ocasiones, experiencias bastante duras, como la fuga de la prisión de los Plomos y, sobre todo, el memorable fracaso ante la irónica Charpillon, ese original inquietante de la Conchita Pérez de Pierre Louys.

Semejante técnica exige una indispensable materia prima: la juventud. Cuando ésta desaparece, Casanova tiene que retirarse. Le encontraremos, convertido en bibliotecario, en el castillo de los señores de Waldstein, en un rincón de Bohemia. ¡Qué largas son ahí las noches sin damas fáciles, ni naipes dóciles a las manos ensortijadas del "caballero"! Como Proust, pero sin la premeditación de Proust, Casanova toma la pluma para recuperar el tiempo —que no ha perdido—. El viento aúlla entre las ramas del parque próximo. La nieve ensordece las ruedas de los carruajes que llegan, de tarde en tarde, hasta la puerta de honor. En los anaqueles, la luz vacilante de los velones arranca por momentos un brillo arcaico a las encuadernaciones de los volúmenes reunidos por la familia Waldstein. Así, en el jubilado Don Juan, el recuerdo enciende también, con intervalos de tedio y desesperanza, los títulos de algunos episodios, los nombres de ciertas sombras que fueron bellas, las iniciales de una bailarina, el apellido de una duquesa, el perfil más que tolerante de la religiosa de Chambéry.

La noche en que Casanova escribe, abandonado por sus amantes, por sus amigos y hasta por los familiares de su señor —que van a Praga sin invitarlo— podía ser, para él, una noche fúnebre. Y no lo es, positivamente. Porque no siempre resulta exacta la observación de Francesca junto a Paolo:

> *Nessun maggior dolore*
> *che ricordarsi del tempo felice*
> *nella miseria...*

Delator de su época y de sus vicios, el curioso ejemplar de hombre que fue "el caballero de Seingalt" perece casi junto con ella, en 1798. Sus *Memorias* no irán a la imprenta sino más tarde, al preludiar el romanticismo. Humorística coincidencia: ¡la versión francesa de Jean Laforgue aparecerá en 1826, el mismo año en que los "poemas antiguos y modernos" del casto cantor de *Eloa*, el conde Alfredo de Vigny!

VIII. JUNTO AL FONÓGRAFO

¡QUÉ RÁPIDAMENTE pasan las modas —y las pasiones literarias— en estos años en que la realidad del presente auténtico desaparece bajo la brusca ficción de la actualidad!... He puesto en orden mi biblioteca. En determinado anaquel, un volumen se empeñaba en romper el ritmo de la fila bien alineada. Lo tomé, con el propósito de insertarlo más firmemente entre sus iguales.

Y lo abrí por curiosidad. Era el segundo tomo de *La montaña mágica*. Hace cinco lustros, algunos críticos señalaron esa novela de Thomas Mann como una de las obras más expresivas de nuestro tiempo. Y lo es, innegablemente, a pesar del relativo silencio que ha sucedido, desde la guerra, a tantos aplausos apresurados.

Leí el libro en España, en diciembre de 1929. Recuerdo —sobre las hojas, de un blanco mate— la luz de mi lámpara madrileña, junto al canto apagado del radiador. Era uno de esos radiadores de agua caliente que, al ahondarse la soledad de la noche, parecían en efecto gemir, o murmurar por lo menos algo muy vago, inefable, indistinto, trémulo; lo cual justifica, hasta cierto punto, que llamara al suyo Jorge Guillén ruiseñor del invierno de la ciudad.

Los personajes de *La montaña mágica* no tardaron en hacerse famosos. En nuestro país, como en Chile y en la Argentina, o en Dinamarca, en Francia y en Inglaterra, la juventud contrajo por varios meses el mal de Castorp. Joaquín Ziemssen, Settembrini, el doctor Krokovski, y la hermosa Claudia Chauchat, "indolente y plástica", y Mynheer Peeperkorn, que nunca expresaba completamente lo que decía, pero se imponía no obstante como un tirano a los otros reclusos del sanatorio, eran figuras que teníamos ya la impresión de haber visto materialmente en alguna parte. Entre todas ellas, sobresalía la del protagonista, Hans Castorp, "hijo consentido de la existencia" y, acaso por eso mismo, curioso aprendiz de la enfermedad, enamorado tímido de la muerte.

Pocas mentalidades menos asimilables desde el observatorio vital y cordial de América. Hans Castorp es el símbolo de una generación que, tal vez sin reconocerlo, no sabe cómo sobrevivir a la influencia de Federico Nietzsche. El quebranto físico representa para él (aunque no lo confiese constantemente) una inmensa liberación. Allí, abajo, está la llanura, con sus eternos problemas de política belicosa y el fragor de sus "urbes tentaculares". Arriba, en cambio, entre las nieves de Davos-Platz, empieza un mundo diverso, en el cual la tragedia no tiene que disfrazarse (a tamaña altura ¿cómo engañar a nadie?) y las verdades se juegan a cara o cruz.

El sanatorio, para Hans Castorp, es lo que la prisión para los grandes héroes de Stendhal. Un Julián Sorel, un Fabricio del Dongo no son ellos mismos, absoluta y profundamente, sino en la cárcel. Así Hans sobre la terraza de su montaña. Pero el escritor está convencido de que no es en esos niveles morales donde se vive efectivamente. Por eso, cuando Castorp reasume —al mismo tiempo que la salud— la responsabilidad de su propio ser, Thomas Mann lo ve marchar de Davos con un gesto de lástima y de congoja. "Adiós —le dice— ahora, vas a vivir..."

Antes de esa reintegración a la sociedad de los que creen que existen porque se agitan, Hans Castorp hubo de resistir la prueba de muchas noches inexorables. Thomas Mann insiste en una singularmente, que no estoy seguro de que todos sus lectores recuerden hoy. Es la noche en que el protagonista de la novela se encierra junto al fonógrafo de la clínica.

Su primo Joaquín Ziemssen —enfermo como él y más gravemente que él— trató de eludir su destino y quiso escapar a las leyes del sanatorio para ir a jurar allá abajo, en el mundo de las apariencias y de los símbolos, lealtad a su regimiento y a su bandera. Las consecuencias fueron terribles. Joaquín tuvo que tomar nuevamente el tren de los sentenciados. Volvió a Davos. Hans le vio llegar otra vez, para una estancia que sería definitiva. Cierta tarde, a las siete, Joaquín murió.

Es en él en quien Castorp piensa, mientras elige los discos aquella noche. Su elección resulta, en su caso, bastante extraña. Escoge *Aída*: el dúo de Radamés y Amneris, mientras los sacerdotes condenan a Radamés, y el de éste y Aída, al término de la obra. Escoge también un trozo de Debussy, un fragmento del segundo acto de *Carmen*, sólo un *lied* de Schubert y la romanza de Valentín en el *Fausto* de Carlos Gounod.

Valentín es, para Hans, un seudónimo de su primo. El narrador nos lo explica: "En su fuero interno, le daba un nombre más familiar —e identificaba a quien lo había llevado en vida con la persona que oía en aquel fonógrafo, aunque ésta tuviera una voz infinitamente más bella—." Como su primo, Valentín, lo abandona todo para ir a cumplir con sus compromisos. Si muero en la guerra —anuncia— velaré por ti. El barítono alude a Margarita, de quien representa el papel de hermano en la ópera de Gounod. Sin embargo, Castorp interpreta de otro modo aquella alusión. Es Joaquín quien vela por él, desde un plano más alto que el de Davos-Platz. Y se lo comunica, utilizando para ello una laringe privilegiada, cuyo dueño puede encontrarse "en América o en Milán", pero que no tiene en el fondo sino una razón de ser: la de traducir la emoción de un muerto.

Después del disco de Valentín, viene el *lied* de Schubert. ¿Y qué es lo que Hans descubre en canción tan tierna y tan popular? "¿Qué mundo se abre detrás de ella?"... Según el autor, es el de la muerte, la muerte incesantemente.

¡Cuántas cenizas en el fonógrafo de una clínica! Y, por otra parte, ¡qué necesario es revisar ciertos libros célebres, por valiosos que los consideremos, a fin de vencer a tiempo los tóxicos que contienen! *La montaña mágica* continúa siendo, sin duda, un relato muy importante. Es, sobre todo, una novela dolorosamente reveladora. Pero a condición de que la juzguemos. Y siempre que no incurramos en el error de pretender exaltar a la enfermedad por encima del equilibrio de la salud.

IX. LA NOCHE DEL PRÍNCIPE ANDRÉS

TOLSTOI es el narrador por excelencia. Junto a su capacidad caudalosa de novelista, muchas otras (e incluso las más espontáneas y francas) parecen palidecer. No recuerdo cuál de sus críticos advertía hasta qué grado el don natural de la narración libra al autor de *Ana Karenina* de lo que, en escritores no menos grandes, constituye una esclavitud: la sujeción a la circunstancia, la autoridad de una moda, el "color" de una época, superficial o profunda, en la que vivieron.

En efecto, hay páginas de Tolstoi que, sin perder jamás su carácter original, recuerdan el Oriente de la Edad Media, o la Grecia de Homero, o, en su propio siglo, la producción de otro idioma y de otro país. Esto no significa que, en sus mejores libros, los asuntos y las ideas no ostenten siempre el sello del pueblo y del tiempo que la suerte le deparó. Pero, proporcionándole una autonomía prodigiosa, la universalidad de su alma le da derecho para lindar, por momentos, con la belleza de la leyenda y, por momentos, con la exactitud de la realidad.

El punto en que la grandeza de León Tolstoi abre una solución de continuidad a la indiferencia, al tedio o a la censura de sus lectores es precisamente aquel en que el artista y el pensador tienen que confesarnos un peligroso divorcio; ahí donde las teorías del sociólogo humanitario contradicen la intuición generosa del novelista: lugar que señala la diferencia entre el hombre que narra con biológica perfección y el hombre que paraliza el relato imperiosamente, para expresar una tesis —muy hermosa también— pero opuesta, en múltiples ocasiones, al impulso inmediato de lo que narra.

En tales ocasiones, la prédica no solamente detiene el fluir de cuanto acontece; lo desvía, lo altera, y lo somete de pronto a un severo juicio de revisión. Así, en *La sonata a Kreutzer*, la hostilidad manifiesta para el poder de la música, que Tolstoi juzga corruptor. Y así, en *La guerra y la paz*, todas las digresiones de los libros tercero y cuarto, que el mismo autor quiso eliminar de su texto y reunir en otro volumen, de muy distinta categoría. El desequilibrio que semejante ablación tenía por fuerza que introducir en numerosas partes de la novela lo indujo a mantener aquellos fragmentos en la edición que consideramos definitiva, es decir la quinta, revisada —bajo la dirección de su esposa— en 1886.

Acaso por eso mismo, porque no siempre coinciden en Tolstoi el poeta y el doctrinario, son más dichosos —y, sobre todo, más persuasivos— los episodios en que el artista y el pensador obran de consuno... Pienso, por ejemplo, en el paseo que hace el príncipe Andrés Bolkonski, en *La guerra y la paz*, durante la primavera de 1809. Tres años antes, falleció su mujer, dejándole

755

un heredero en quien ha ido concentrando la vida todo el afecto de que es capaz hombre tan rígido y reflexivo. Desde entonces, resolvió abandonar el ejército, en cuya eficacia ha perdido la fe de su juventud (no en vano lo hirieron en Austerlitz), y consagrarse a la administración de la propiedad rural con que le obsequiara su anciano padre. No cree ya en la actividad de sus semejantes. Permanece frío ante el entusiasmo de uno de sus amigos, el conde Pedro, que organiza en sus grandes feudos campañas de educación rudimentaria para los hijos de sus sirvientes y se ocupa en erigir hospitales, aulas, asilos. Define su escepticismo de esta manera: "Si vivo, no es por mi culpa. Vivamos pues lo mejor que podamos, y esperemos así la muerte."

Sin embargo, es un hombre joven. Tiene sólo 31 años. Por mucho que pretenda enclaustrarse junto a su hijo, la existencia lo solicita. Cierta mañana de primavera, sale en su coche rumbo a Riazán. Ve el campo verde, verdes los chopos, verdes los olmos. Al borde del camino, una encina sin hojas es el último testimonio del invierno. Como Andrés, aquel árbol seco parece negarse al hechizo de la estación. "Amor, primavera, felicidad... ¿no estáis cansados de esta eterna superchería?" Y Andrés asiente con amargura: "La encina —piensa— tiene razón mil veces... Nuestra vida está ya acabada, bien acabada."

Pero, poco después, el príncipe reconoce que nadie acaba, a su edad, con las esperanzas y los deseos. De visita, en casa de la familia Rostov, se ve obligado a pasar la noche en el piso bajo de la residencia campestre de Otradnoyé. Es, aquélla, noche de luna llena. Andrés lucha inútilmente con el insomnio. En el piso alto, sobre su cuarto, se abre una ventana. Dos voces encantadoras vienen a comprobarle que la juventud no es un mito, después de todo. Una de esas voces —la de Natacha, la apasionada hija de los Rostov— canta particularmente al oído del joven viudo. "Sonia, Sonia —exclama— ¡cómo puedes querer dormir...! ¡Mira, qué hermosa noche! Vamos, despierta... ¡Nunca, nunca se ha visto noche más bella!"

El diálogo no prosigue. Sonia debe de haberse alejado. Pero el príncipe continúa escuchando un suspiro intenso y el roce de una túnica leve sobre el balcón. "Se levantó entonces tal torbellino de pensamientos y de esperanzas en el alma de Andrés —dice Tolstoi— y se hallaba en tan perfecta contradicción ese torbellino con su existencia" que, sin fuerzas para poner en claro todas aquellas cosas, Bolkonski se fue a dormir.

Al día siguiente, el príncipe se despide y toma el sendero de su hacienda. Junio ha transfigurado el bosque. Los verdes de la primavera vencida se han hecho intensos, húmedos, vehementes. En cada rama, hay un nido. En cada nido, el canto de un ruiseñor. Andrés busca a su vieja amiga, la encina escéptica y deshojada. Pero ¡qué brusca metamorfosis! ¿Es creíble que sea ésa, la que ahora lo cubre y lo envuelve con tantas frondas exuberantes?

El príncipe se siente reconfortado por una auténtica garantía: la aptitud de renovación que toda existencia encierra. "No —se declara a sí mismo—, no basta con que yo sepa de qué puedo ser capaz. Es menester que todos lo sepan igualmente. Es menester que todos me conozcan; que mi vida no trascurra para mí solo; que la vida de los demás no sea tan independiente de la mía; que mi vida se refleje en la suya y que, con la mía, la suya se confunda."

Palabras graves, conmovedoras; eco de una noche de verano, frente a la terquedad de la vieja encina, engañada otra vez por junio. Y engañada, por cierto, muy sabiamente. Porque, para el invierno, la mejor lección es la primavera. Y, para muchos desencantados, no hay maestra tan convincente como la vida.

X. LA NOCHE DE GUTIÉRREZ NÁJERA

El 3 de febrero de 1895 murió Gutiérrez Nájera. ¡Cuántos acontecimientos, cuántas agitaciones, cuántos olvidos, cuánto nacer y morir de escuelas, en los años que nos separan de la jornada en que el poeta acabó una vida rápida más que breve —y tan laboriosa como veloz!

Conviene releer, en la Colección de Escritores Mexicanos, los dos excelentes volúmenes consagrados por don Francisco González Guerrero a presentar al público de habla española —con devoción y talento dignos del más sincero de los aplausos— las poesías completas del escritor que llamaba Blanco Fombona "el elegista mayor del romanticismo en América". Los lectores de esos volúmenes debemos agradecer al señor González Guerrero no sólo las cualidades de inteligencia y fidelidad que ya he mencionado, sino una virtud en extremo rara: la modestia. No contento con suscribir un prólogo muy certero, quiso ofrecernos una vez más el estudio que el Maestro Sierra escribió para la edición de 1896. Constan ahí páginas ejemplares: las que exaltan al "prosista singularísimo" que hubo en Gutiérrez Nájera y las que definen la obra del gran poeta, "flor de otoño" cuya corola está deshojada —dice don Justo—, como en una copa de vino generoso, en la poesía de toda la generación que le sucedió...

Las páginas que comento atraen la atención del aficionado hacia un poema que se desprende, hasta cierto punto, de la melodía crepuscular que preferentemente se elogia en Gutiérrez Nájera. "Véase —advierte el crítico— la regia silva *Tristissima Nox.*" La advertencia es interesante; tan interesante como el poema que, por desgracia, no aparece a menudo en los florilegios.

Esta omisión tiene también sus explicaciones. Por una parte, la composición es bastante extensa. Ahora bien, las personas que editan antologías se rehusan a síntesis y recortes, o consideran que la inserción de una larga pieza podría obligarlas a suprimir otros testimonios, sumamente valiosos, como *Pax Animae, Non Omnis Moriar*, o aquel inefable voto que, con el título *Para entonces*, muchos contemporáneos míos oyen cantar aún en su corazón. Por otra parte, el tono mismo del poema, con ser tan propio y original, induce a evocar realizaciones acaso mejor logradas por escritores que, como Othón, respiraron más ampliamente el aire de nuestros campos y recibieron del paisaje de nuestra tierra una inspiración más directa y más ostensible. No soy el primero, ni creo que sea el último, en aludir a la relación que otros han notado, al comparar *Tristissima Nox* con *El himno de los bosques* y *La noche rústica de Walpurgis*.

Hay algo, no obstante, que me preocupa. Si se omite *Tristissima Nox* por sus dimensiones ¿cómo ignorar la importancia de otras poesías, en las cuales Gutiérrez Nájera expresa un estado de espíritu semejante? Pienso en *Después...*, en *Ondas muertas*. Y pienso, igualmente, en *Las almas huérfanas*. Como en aquella composición, se percibe en éstas un soplo cósmico y majestuoso, muy diferente de la delgada y urbana brisa que nos halaga en otros poemas suyos, más populares. Viene ese soplo de un mundo oculto. No nos habla del *Jockey Club*, ni de Madame Marnat, ni de los placeres del "five o'clock", ni del "arremango provocativo" de la nariz de la duquesita. Nos habla de una existencia solemne y grave, donde la noche es "muerte aparente de los seres" y "vida profunda de las cosas"; donde se escucha ciertamente

> *el confuso rumor de la hojarasca*
> *que remueve el venado cuando brinca,*

pero resuena asimismo el grito de las "bocas sin cuerpo"; donde todo cuanto alienta resulta "tardo en el andar" o "torpe en el vuelo"; donde los sueños habitan "las cavernas invisibles del aire"; donde los recuerdos "dormitan en sus celdas" y donde "ata nuestra garganta férreo nudo".

Esta lírica de la noche no seduce de pronto, como las canciones que llevan por nombres *De blanco, La misa de las flores, Resucitarán, Nada es mío*; ni se ciñe al clasicismo de las espléndidas *Odas breves* ("Parad el vuelo, taciturnas horas, / raudos venid ¡oh goces no sentidos!"), pero manifiesta uno de los dones mayores de la poesía; su adivinación del dolor humano y su capacidad de vencerlo con la esperanza, de sublimarlo con el perdón.

Si Gutiérrez Nájera anunció y preparó el advenimiento del modernismo —¿y quién lo duda?— conviene no restringir el estudio de su influencia a la superficie, musical y graciosa, de aquella escuela. Los cisnes, los peines de marfil, los ebúrneos brazos, el Boileau que "se queda en el aula", los pompones del heliotropo, todo ello volveremos a verlo, heredado por numerosos cantores americanos. Hay que reflexionar, sin embargo, que ni en Rubén Darío todos son cisnes. El admirable renovador no escribió exclusivamente *Prosas profanas*. En sus *Cantos de vida y esperanza* encontraremos acentos aún más conmovedores: *Lo fatal, En la muerte de Rafael Núñez, ¡ Ay, triste del que un día...!* y, en particular, aquellas obras maestras, los *Nocturnos,* que me limitaré a mencionar aquí, porque no me resignaría a reproducir una sola de sus estrofas y el espacio no me permite citarlos íntegramente.

De este modernismo en profundidad, Gutiérrez Nájera fue también uno de los precursores indiscutibles. No lo olvidemos. De su obra no parten únicamente sonrisas y mariposas, azucenas y tiernos arrullos líricos. Sus manantiales secretos son mucho más profundos. En *Ondas muertas* él mismo nos los define. Hay corrientes que nadie conoce y que nunca han sentido la luz. Como ellas —dice el poeta—, las de su alma.

ALGUNAS REFLEXIONES SOBRE
LA ANGUSTIA DE NUESTRO TIEMPO

⌊ 1953-1954 ⌋

La ANGUSTIA es inseparable del hombre. Porque vivir es ser responsable. Y no hay responsabilidad que no empiece o no concluya en angustia.

Todas las edades han conocido una angustia humana. Pero los siglos, momificando el relieve de ciertas culturas, suelen dar la impresión de que algunos pueblos han vivido sin angustia. O, cuando menos, en una angustia que no podemos representarnos.

A distancia —de centenares o de millares de años— hay civilizaciones cerradas sobre sí mismas, en las que el tiempo, como un esmalte impermeable, obtura para el curioso todos los poros, las grietas y las rendijas por cuyos intersticios hubiera podido escapar el secreto de una intimidad, la revelación histórica de una angustia. Quedan apenas, de su drama perdido, nombres de reyes, estatuas decapitadas, frisos de batallas o de peregrinaciones, copas de cerámica desteñida, punzones de oro y sellos que no sabemos qué documentos, crueles o generosos, autorizaban... ¿Quién imaginará, sin error, la angustia que esas civilizaciones náufragas contuvieron? Basta leer determinadas novelas de "reconstrucción histórica" para advertir hasta qué punto, en sus héroes decorativos, lo que debía ser la angustia de sus almas insobornables e intransferibles es, en realidad, solamente un eco de la angustia experimentada por los autores que los describen. Con razón los críticos acusaban a *Salambó* de ser, otra vez, *Madame Bovary*. Una Bovary inconfortablemente instalada sobre una terraza cartaginesa.

Nuestra época, tan congestionada de bibliotecas, discotecas, filmotecas y hemerotecas, no parece animada por el deseo de ocultar su secreto a los investigadores del porvenir. No es el pudor su virtud cimera.

Sin embargo, ¿cómo expresar en rigor la angustia que la acongoja? ¡Son tantos los orígenes de la nerviosidad en que vive! La prisa, la superficialidad, la impaciencia; el miedo de una desaparición colectiva; el ansia de goces costosos, que no es a menudo sino un hipnotismo de la publicidad; la mística de la técnica (¡hay que oír disertar a ciertas señoras acerca del antibiótico más reciente!) o, sin transición, el pánico ante la técnica (¡hay que leer algunos vaticinios sobre las consecuencias del uso de la energía nuclear!); todo se conjuga para despertar en el espectador la siguiente idea: a fuerza de progresos materiales mal asimilados y de datos científicos insuficientemente entendidos, el mundo ha entrado de hecho en un período de profunda incultura. Y de la incultura más agresiva: la más pedante.

El más ignaro habla por teléfono, oprime en su aparato de

radio el botón que lo comunica con sus calmantes o sus tónicos favoritos, recibe un cablegrama, se inyecta o se deja inyectar una dosis de hormonas sintéticas.

De cada mil individuos que realizan alguna de las operaciones que acabo de describir ¿cuántos conocen —no digo ya con exactitud, sino con aproximación más o menos válida— las leyes físicas o las hipótesis fisiológicas que explican tales operaciones?... Haced una encuesta entre vuestros allegados. Os percataréis de la enorme proporción del linaje humano que está actualmente viviendo una vida ajena a su comprensión; o, lo que es lo mismo, una vida mágica. ¿Y no es esto, precisamente, un síntoma de incultura?

Mientras más se agranda la órbita técnica en que nos movemos, nuestra adhesión al progreso va haciéndose más automática y menos reflexiva, hasta el extremo de que, en la mayoría de los casos, no es ya verdaderamente adhesión (porque toda adhesión supone un ejercicio previo de nuestras facultades de libre examen), sino, al contrario, renunciación al derecho de pensar por nosotros mismos, aceptación obediente y ciega de un estado de cosas prefabricado; o, para declararlo aún con mayor franqueza: auténtico fanatismo. Por momentos, la angustia de nuestra era recuerda así la sumisión de la tribu ante los poderes del taumaturgo.

Soy respetuoso, como el que más, de las conquistas espléndidas de la ciencia. Y me apenaría que se interpretasen estas palabras como el signo de una voluntad lamentable de regresión. Nunca he pensado que el dominio creciente y consciente de las fuerzas naturales sea causa de incultura. Lo que afirmo es esto exclusivamente: vivir sin espíritu científico, dentro de un mundo domesticado a medias por la ciencia, tiene que imponer —a millones y millones de seres— un tremendo desequilibrio moral.

Si aceptamos lo que antecede, habremos empezado a tocar una de las razones de la angustia contemporánea. Pero existen otras. Una de ellas proviene de la especialización que requiere el progreso técnico. En un tiempo en que los terrenos de la investigación son tan numerosos y tan extensos, tal progreso resultaría impracticable sin el respeto para esa norma implícita de modestia: la distribución de las diferentes tareas de exploración, análisis y crítica. Un Pico de la Mirándola, concebible en el Renacimiento, sería actualmente un comentarista superficial, sin autoridad efectiva en ningún dominio. Incluso la generación de la Enciclopedia tropezaría ahora, por abundancia de documentación, con obstáculos superiores a los que encontró en el siglo de Hume y de d'Alembert. Por algo, precisamente, a la era de las enciclopedias y de las "sumas", ha venido a sustituir desde hace lustros la de las monografías y de las bibliografías limitadas a un campo cada vez más estrecho dentro de los estudios que, simultáneamente, prosigue la humanidad. Y por algo, asimismo, no se sorprenden ya los lectores de tener que adquirir, con el título de "manuales", volúmenes de más de un millar de páginas, para cuyo peso la "mano" más adecuada sería el atril...

No es, por consiguiente, la necesidad del especialista lo que me inquieta, sino —en la formación del especialista— el abandono, inconsciente acaso, de esa aspiración suprema de la cultura: la de realizar el hombre cabal.

Las grandes épocas de la inteligencia centraron siempre en esa magnífica síntesis, el hombre cabal, todos los esfuerzos de la filosofía, del arte y de la política. En la antigüedad clásica, el ideal de esa síntesis no fue tanto Euclides o Tales de Mileto —por extraordinarios que sus méritos hayan sido—, sino aquel ilustre coordinador que llamamos Sócrates. He citado ya a Pico de la Mirándola. Pero la cima renacentista, por lo menos en el sentido que me interesa, no fue él sino Leonardo, pintor, dibujante, escultor, pensador, arquitecto, naturalista y, por antonomasia, hombre universal. En los años de la expansión hispánica, Gracián dio un nombre —el *discreto*— a la categoría mental a que me refiero. En la Francia de Descartes y de Pascal, el mejor elogio —*honnête homme, homme de bonne compagnie*— no se destinaba a premiar al retórico, al químico, al matemático, al moralista, al dramaturgo o al comediógrafo sino a quienes, tras de haberse ilustrado en alguno de esos aspectos de la creación intelectual, sabían conservar el tono comprensivo y modesto del hombre de sociedad; es decir: de los artistas y de los sabios que no pretendían situarse en el plano intocable del "personaje", aquellos que —olvidándose de sus bustos— procuraban pensar sobre todas las cosas con una cabeza bien ordenada, en la cual el conocimiento de la propia especialidad no constituía un estorbo para entender y a veces para juzgar las especialidades de los demás.

¿Dónde están hoy esos *discretos*, esos *hombres universales*, o, incluso, esos *hommes de bonne compagnie*? Un compatriota nuestro que obtuvo en París éxitos singulares como librero y como editor (hablo de Enrique Freymann) me decía hace tiempo que algunos de los autores más importantes de su catálogo solían escribir obras que no interesaban sino a cuarenta o cincuenta personas. Por otra parte, más de cincuenta mil publicaciones periódicas de carácter científico aparecen en los registros multilingües de la Organización de las Naciones Unidas para la Educación, la Ciencia y la Cultura. Utilizar, sin pérdida excesiva de tiempo, esas publicaciones (que los especialistas juzgan indispensables) exige la formación de un nuevo tipo de especialistas: los especialistas en análisis y clasificación de bibliografías de especialistas. Y no se crea por cierto, al leer esta frase —aparentemente irónica— que ese tipo de especialistas es desdeñable. Al contrario. En pocos países, su labor debe considerarse como preliminar al desenvolvimiento de algunas de las tareas más esenciales, de habilitación técnica o de organización universitaria.

Todo lo que precede pone de manifiesto la crueldad del dilema planteado hoy ante la cultura. Sin análisis cada vez más estrictos —y dentro de esferas más restringidas— no avanzaría el saber humano. Pero sin una capacidad superior de síntesis, el saber avanza sin orden y por caminos que en ocasiones dan la impresión de llevarnos a la destrucción de nosotros mismos.

El problema fundamental de la enseñanza superior, en el mundo, es el de conciliar la necesidad del especialista con el cultivo del hombre cabal, de la mente íntegra sin cuyo equilibrado rigor toda función demasiado especializada está sujeta al peligro de olvidar la meta misma que se propone.

Un franco deseo de síntesis se nota por todas partes, pero en forma inconexa y contradictoria. Se presenta, en cada rama del saber, como voluntad de filtro, de florilegio, de selección. El hombre quiere sólo leer "los mejores cuentos", "las mejores poesías", "los principios básicos" de literaturas en cuyos jardines no tendría ocio para vagar o de ciencias que no se atreve a seguir en su profusión. Se somete así al criterio de los más oscuros escribas y de las antologías menos autorizadas. Por desgracia, esas síntesis —tan precarias— añaden muy poco a sus aptitudes intrínsecas de equilibrio. Porque, hasta cuando la selección fue hecha con talento, un defecto innegable la debilita: que no es la nuestra, que no es el fruto de nuestro propio ejercicio, que hubo de realizarse con omisión de nuestro esfuerzo y que representa, por tanto, una imposición.

¿Cómo no ha de engendrar angustia esta incapacidad de participar en una cultura —que deja de ser cultura para los que no poseen los medios de convertirla en materia de su persona y sustancia íntima de su ser?

La creciente interdependencia material y política de los pueblos añade un motivo más a la angustia contemporánea. Me refiero a la pugna —que siempre existe— entre la fuerza de originalidad cultural, condensada en la tradición de las comunidades que quieren modernizarse técnicamente, y la fuerza de unificación cultural, que caracteriza a las técnicas más modernas.

La posesión de los medios prácticos de dominio sobre la insalubridad, la miseria, las hostilidades del clima y los procedimientos arcaicos de producción es un ideal legítimo para todo conglomerado social realmente anheloso de obtener o de conservar su independencia. Cuando los países más poderosos afirman su desarrollo sobre un sistema de fabricación, comunicación, distribución y consumo que exige industrias bien proyectadas, carreteras bien hechas, puertos amplios y bien provistos, empresas de navegación aérea y marítima coherentes y una abundante y nerviosa red de correos, estaciones de radio, telégrafos y teléfonos, es natural que los países menos afortunados ambicionen no ser tan sólo los territorios de experimentación y penetración de todos esos métodos expansivos. El esfuerzo que intentan, para adaptar semejantes métodos a sus propias necesidades, resulta patriótico a todas luces.

Pero acontece que, en ese afán de superación, los pueblos de que hablo —que son los más— tropiezan desde luego con dos obstáculos. ¿Qué capitales van a emplear para modernizarse? Y, aun en el caso de disponer de esos capitales, ¿qué técnicos llamarán para dirigir su labor de habilitación?

No tengo la intención de escribir las trágicas servidumbres que suele imponer el progreso, cuando su introducción se basa en desproporcionados préstamos extranjeros. A este respecto, la historia de muchas naciones nos depara un testimonio más persuasivo que los más elocuentes discursos. Me detendré, en cambio, en el otro aspecto de la cuestión: el uso de las técnicas importadas. Aquí, el asunto adquiere tal complejidad que es menester proceder con calma, a fin de no proponer soluciones retrógadas o confusas.

La ciencia es universal, por definición. La fórmula del ácido sulfúrico, el binomio de Newton, el principio de Arquímedes significan lo mismo en un laboratorio de Indonesia que en una escuela de Constantinopla. El propósito de "nacionalizar la verdad científica" supone, por consiguiente, una pretensión solamente digna de los más estólidos demagogos. En efecto, decir que la originalidad cultural de un país se halla en proporción con las murallas que opone al saber humano sería tanto como afirmar que la autonomía de nuestra persona depende, en rigor, de nuestra ignorancia.

Pero una cosa es la universidad de la ciencia y otra, muy diferente, la unificación técnica que —en nombre de esa universalidad— está siendo objeto, en no pocos pueblos, de ditirambos apasionados. Nadie sabe, en verdad, por delegación. Nadie es libre por mimetismo. Para las colectividades que no se encuentran en aptitud de asimilar las técnicas extranjeras, la brusca introducción de esas técnicas puede ser destructiva en muy poco tiempo. Sólo el desarrollo armónico y congruente de un grupo humano constituye un progreso cierto. Porque, cuando el desarrollo obedece a una importación intempestiva, súbita y transitoria, su nombre es otro. Y ese nombre es colonización.

La colonización se ha hecho de tres maneras. O por la superioridad de las armas. Y ésta es la que podríamos llamar la más franca, la más directa. O por la superioridad de la propaganda. O por la superioridad de los medios de producción y de comercio.

Colocados ante la alternativa de elegir entre el atraso de sus tradiciones materiales, que dificulta su acceso al progreso técnico, y el acceso al progreso técnico, que contraría sus tradiciones espirituales, los pueblos se preguntan si, por asegurar su independencia física, no están en peligro de perder su independencia moral.

A esa pregunta, en ocasiones oscura y ni siquiera bien formulada, han respondido las Naciones Unidas con un plan de cooperación que sería admirable si no fuese tan tímido, tan estrecho y de recursos anuales tan limitados: el Plan de Asistencia Técnica. Ese plan puede ser el germen de una modificación radical de las condiciones en que vegetan, sufren y mueren centenares de millones de hombres sobre la tierra. Realizarlo, en la amplia medida que reclaman las circunstancias, constituye un deber de la humanidad.

Las ventajas del plan que cito son evidentes. En lugar de una acción bilateral, que podría atraer la codicia del donador, nos encontramos frente a una acción multilateral, en la que todas las contribuciones se mezclan y se confunden. Organismos internacionales debidamente especializados están en condición de ejercer, así, facultades de selección y de crítica equitativa. Por otra parte, en lugar de canalizar caudales —que muchas veces llevan consigo apetencias de privilegio y veleidades de hegemonía— el plan orienta conocimientos. Y no los orienta, por cierto, en función de lo que desean los Estados más poderosos, sino en relación con las peticiones de los pueblos menos desarrollados. En fin, se trata de un plan coordinado, en el que debería ante todo tomarse en cuenta una premisa fundamental: sin educación y sin competencia científica propias, una técnica puramente importada es un accidente de consecuencias provisionales, porque declinan por carencia de interés nacional, o de efectos muy discutibles, porque se consolidan merced al influjo de intereses ajenos a la nación.

¿Cómo concebir, por ejemplo, una formación profesional que no tenga por base una sólida instrucción primaria y, por cima, una buena enseñanza superior e institutos de investigación adecuados, serios y generosos?... La ayuda técnica no puede aplicarse como un tratamiento de emergencia. No es un antibiótico. Necesita apoyarse en alguna realidad cultural, por humilde que los "expertos" la consideren. Existen, en cada cultura, tesoros de humanismo capaces de impedir que los pueblos se deshumanicen, víctimas de una obsesión técnica que, por impaciencia o por ignorancia, quisiese eludir los ritmos de una efectiva transformación social. Sólo la educación, la ciencia y la cultura lograrán dar su verdadero sentido al Plan de Asistencia Técnica de las Naciones Unidas. Porque, según me permití recordarlo a los miembros del Consejo Económico y Social en 1952, "cada cultura es un todo" y "exportar la cáscara sin el grano puede ser tan mortal como irradiar los electrones satélites del átomo sin el núcleo".

Quiera el destino humano que estas palabras —que no son mías, sino de Arnold Toynbee— sean oídas con atención.

Y, pues he mencionado a Toynbee, quisiera subrayar a continuación algunas de sus tesis más sugestivas. Una en primer lugar: las sociedades históricas deben estudiarse como si fueran contemporáneas. Su era —indica Toynbee— no cubre sino el 2 % del período de la vida humana sobre la tierra. "Podemos por consiguiente admitir que, desde un punto de vista filosófico, las civilizaciones son contemporáneas unas de otras".

Y, en seguida, esta afirmación: el universo se hace inteligible en la medida en que somos capaces de concebirlo como un conjunto. "En ninguna estructura nacional podrá encontrarse un campo inteligible de estudio histórico".

Y ésta, en fin, que Toynbee desarrolla con insistencia, merced a la consideración de casos tomados en continentes y épocas muy distintos: el nacimiento y el crecimiento de las civilizaciones se realizan por medio de respuestas, sucesivas, a retos —también sucesivos—. "Las civilizaciones se desintegran cuando se ven situadas ante desafíos que no logran afrontar".

A estas tres nociones, procede añadir dos opiniones complementarias —a las que Toynbee parece reconocer especial significación.

Por una parte, el Occidente juzga hoy aún toda la historia humana desde un punto de vista "egocéntrico". Ahora bien, este punto de vista las demás sociedades han tenido que superarlo. Y han tenido que superarlo precisamente por influencia del Occidente, por obra de su expansión. En consecuencia, los países occidentales deben aceptar a su vez "esa reeducación, que la unificación del mundo ha impuesto ya a las demás civilizaciones".

Por otra parte, en la presente coyuntura histórica, "la salvación no vendrá ni de Oriente ni de Occidente".

Lo que precede no pretende ofrecerse —ni superficialmente siquiera— como una síntesis. Quiero recoger, sin embargo, una observación fecunda: la idea del reto —y de la respuesta social al reto—. En apoyo de su criterio, Toynbee cita la autoridad del filólogo Myres quien, al referirse a los primeros pobladores del mundo, dice: "Sólo evolucionaron aquellos que se mantuvieron ahí donde los árboles no podían crecer; los que aprendieron a nutrirse con carne ahí donde los frutos no podían madurar; los que hicieron fuego y usaron vestidos en vez de seguir los rayos del sol..."

El progreso no es hijo de la facilidad. El hombre progresa cuando es capaz de sobreponerse a las inclemencias del clima, a la soledad del desierto, a la ingratitud de las tierras avaras, a las sorpresas de un suelo desconocido, a la opresión de una sociedad hostil, a la ocupación por el adversario y hasta al horror de la esclavitud. Cuando el reto no se presenta —o cuando se presenta en forma demasiado despótica— la civilización se frustra o fracasa trágicamente. Toynbee formula así lo que podría llamarse la ley del reto: "El desafío más estimulante se encuentra en el justo medio, entre la *insuficiencia* y el *exceso* de rigor".

Esta noción no es, por cierto, nueva. Lo nuevo es la maestría con que Toynbee la aplica al estudio de determinadas civilizaciones y, sobre todo, la nitidez de los análisis históricos que traza con el propósito de ilustrarla y de comprobar su veracidad. Él mismo nos revela sus fuentes clásicas —el *Éxodo* y la *Odisea*— en una sección que titula "lo hermoso es difícil". Ideas semejantes figuran en diversos estudios sociológicos e, incluso, en algunos ensayos de moral, de arte y de literatura. A mil leguas de las preocupaciones actuales de Toynbee, André Gide había esbozado una doctrina muy parecida en los primeros años de nuestro siglo. Recuerdo que, en 1919, cuando empecé a traducir al español las conferencias críticas del autor de *La puerta estrecha*, me cautivó su elogio de las dificultades, estímulo del poeta, del arquitecto, del músico, del pintor o del escultor. El arte realmente vigoroso —apuntaba Gide— "busca los obstáculos y la lucha. Le agrada romper sus cadenas; por eso las quiere fuertes. En las épocas más llenas de vida, los más patéticos genios se ven atormentados por el deseo de hallar formas más estrictas... El gran artista es aquel a quien las dificultades sirven de trampolín".

¿No podría decirse lo propio de todos los grandes pueblos? Sería interesante establecer un paralelo entre el elogio literario de la dificultad, como trampolín técnico del artista, y la doctrina vital de Toynbee. Se llegaría a una conclusión, acaso no impertinente: la de que toda civilización auténtica es una obra de arte y, como obra de arte, una respuesta al reto de la naturaleza o de la agresión social. Pero esto requeriría más detenido examen.

Lo que me importa inscribir aquí es la lección de entereza que se deriva del estudio ejemplar de Toynbee. En una edad en que todos buscamos la comodidad, hasta cuando destruye en nosotros la fuerza de ánimo, resulta en extremo reconfortante que un historiador nos señale cómo las culturas mayores se explican por la incomodidad en que se erigieron. Y en un mundo en que las soluciones *fáciles* tienen tantos adeptos, no era del todo inútil que un espíritu claro se encargara de recordar a las sociedades humanas los beneficios de la dificultad.

En el siglo xx, una civilización de tipo principalmente mecánico pretende sustituir los valores de la cultura, con un sucedáneo al que urge resistir sin intermitencias: la desintegración del hombre.

¿Cómo es posible advertir, a la vez, tantos miedos colectivos y tantas indiferencias particulares? Quien releyese los encabezados de los diarios más importantes del mundo, en sus ediciones de los últimos años, llegaría a la conclusión de que los lectores normales de esos diarios —y son legión— deberían haber vivido en estado de pánico permanente. En efecto, con intervalos súbitos de esperanza, la humanidad ha vivido años de terror. Sin embargo, en lo individual, cada quien desligó su esfuerzo y sus goces propios de esa congoja común, e "hizo su vida" con obstinación que sería heroica si fuese lúcida; pero que, en la mayoría de los casos, revela sólo un grave desdoblamiento: el del hombre que lee y el del que actúa.

¿Qué significa ese desdoblamiento? ¿Acaso el hombre que lee no cree ya en lo que ha leído? No lo pensemos. Interpelados en la calle, en el cine o en su despacho, los lectores opinan casi siempre de acuerdo con las informaciones de que tomaron noticia a la hora del desayuno. ¿Ocurre entonces que, a pesar de creer en lo que leyó, el lector no ha sido capaz de entenderlo y de imaginar todas sus consecuencias? Esto acontece en múltiples ocasiones. Pero no podríamos otorgar al hecho el valor de una fórmula general... Otra interpretación parece más verosímil. Es la siguiente: entre lo que sabe y lo que hace, el hombre medio de hoy ha conseguido erigir instintivamente una muralla invisible, aunque eficaz en extremo, pues le permite seguir viviendo.

Esto, que puede ser estimado como una dicha por lo que atañe a la continuidad material de la existencia de cada hombre, no deja de ser extraño —y hasta inquietante— desde el punto de vista de la comunidad humana, nacional e internacional. Y es inquietante porque autoriza a pensar que, en el fondo, las decisiones mayores se toman en un ambiente en el que nadie interviene directamente, salvo algunos especialistas famosos, a pesar de que todos —hasta los más humildes— asumen parte en la ejecución de esas decisiones.

En los tiempos de la diplomacia secreta, cuando un grupo de técnicos recortaba los mapas a su placer, frente a una mesa sin magnavoces y sin testigos, podía comprenderse —aunque no por cierto justificarse— ese divorcio cruel entre el operado y los cirujanos. La intervención quirúrgica se hacía, a menudo, a diez mil leguas de distancia del enfermo. Desde esos días, han pasado ríos —de agua y de sangre— bajo los puentes. Ahora, la historia se escribe en público, en salones asépticos y desde tribunas dotadas de todos los mecanismos indispensables para una cómoda información. Ello no obstante, el hombre medio continúa —en lo general— sin explicarse por qué razón va a ser el beneficiario o la víctima de su historia. Todo se ha hecho para mantenerle enterado con oportunidad. Boletines de prensa, programas radiofónicos, sesiones transmitidas por televisión. A pesar de lo cual, el hombre medio no se adhiere sino de manera fortuita, o precaria, al perfil de las grandes noticias —que son grandes, antes que nada, porque él las acepta y porque, con su silencio mismo, las sanciona.

De esta falta de adhesión personal a los movimientos del mundo no puede culparse ni a los organismos internacionales, ni a los gobiernos que colaboran en esos organismos, ni siquiera a las masas. El mal es mucho más profundo y tiene raíces en la desintegración paulatina del hombre a que está llegando la civilización o por un "estatismo" imperioso o por un proselitismo automático o por una declinación del carácter frente a los deberes de la cultura.

En su libro (tan interesante y tan discutible) sobre "Los hombres contra lo humano", Gabriel Marcel incluye el siguiente párrafo: "La crisis que atraviesa el hombre occidental es una crisis metafísica. No hay quizá peor ilusión que la de imaginar que este o aquel mejoramiento social o institucional bastará para apaciguar una inquietud que viene del fondo mismo de nuestro ser." No creo, como da la impresión de creerlo Gabriel Marcel, que los mejoramientos sociales e institucionales sean infecundos, cuando son ciertos. Pero coincido con él en pensar que la crisis más honda de nuestro tiempo es una crisis de la cultura, una crisis de los valores de la cultura. Si el peligro mayor estriba en la desintegración del hombre, lo que importa ante todo es luchar para devolver al hombre el sentido —y el gusto— de la responsabilidad personal. Para lograrlo, la escuela es indispensable. Mas no sólo la escuela educa. Educa, de hecho, la sociedad entera. Velemos en consecuencia, dentro de nuestra esfera de acción, por que el hombre no pierda ni el sentido ni el gusto de sus responsabilidades como persona.

Basta fijarse un poco en los demás —y, también, en nosotros mismos— para darse cuenta de lo difícil que es encontrar a un ser dotado de positiva unidad moral, respetar a un espíritu en el que las virtudes y los defectos se articulen con lúcida coherencia.

La unidad de que hablo no ha sido nunca, por cierto, cosa frecuente. Ya un poeta nuestro la mencionaba como

> ...*el mérito más alto*
> *de un libro, de un diamante y de una vida.*

Sería, por consiguiente, una ingenuidad señalar su ausencia como signo exclusivo de nuestro tiempo. Pero lo que no podríamos negar, por actualísimo, es que —en estos años— solicitaciones, hechos y circunstancias parecen oponerse incluso a los más modestos esfuerzos que el hombre intenta para que ese mínimo de unidad interior, tan amenazado, no se deteriore por completo.

A fin de apreciar la ofensiva inmensa (y muchas veces de asaltos imperceptibles) que la vida exterior dirige contra la integridad íntima de los hombres, no me detendré por ahora en los casos, demasiado aparentes, del político o del intelectual. Acudiré a un ejemplo más significativo y más inmediato: el del obrero de alguna industria moderna.

Tengo sobre mi mesa dos libros —póstumos— de una mujer excepcional: Simone Weil. Profesora de liceo, helenista muy distinguida —y llevada, por algo más que una simple afición de universitaria, a estudiar la existencia de los trabajadores manuales de su país— Simone Weil decidió añadir a sus pesquisas filosóficas una experiencia concreta: la del taller de una fábrica de gran producción en serie. Entró allí como obrera. Para los que no conozcan su biografía, señalaré este dato: Simone Weil murió en Londres durante la última guerra y, por solidaridad patriótica, se limitó a no comer —a pesar de su enfermedad— sino lo que hubiera sido la más pobre ración en su propia tierra, en los días más duros de la ocupación alemana.

Esta mujer —en cuya alma se entrelazaban aspiraciones morales e intelectuales tan diferentes— escribió en uno de sus libros algunas frases reveladoras. "Lo trágico de esta situación —apunta, al describir las molestias del trabajo que había elegido— es que el esfuerzo resulta demasiado mecánico para ofrecer materia al pensamiento y no permite tampoco pensar en otra cosa. Pensar equivaldría a ir más despacio. Y existen normas de velocidad... En cuanto a las horas de descanso, teóricamente no son pocas, con la jornada de 8 horas. En la práctica, las absorbe una fatiga que llega a menudo hasta el embrutecimiento."

Pero sus quejas personales desaparecen ante el dolor de sus compañeros. "He observado en los seres con quienes vivo —indica— que la elevación del pensamiento (facultad de comprender y de formular ciertas ideas generales) va de consuno con la generosidad del corazón. Dicho de otra manera: lo que rebaja la inteligencia degrada a todo el hombre". Y concluye: "Cuando las órdenes confieren una responsabilidad al que ha de ejecutarlas, cuando exigen de su parte valor, voluntad, conciencia e inteligencia, cuando implican cierta confianza mutua entre el jefe y el subordinado... la subordinación es algo honorable y bello".

Según se ve, Simone Weil no es una enemiga del orden, sino del orden anónimo e inhumano que la civilización material impone a las colectividades contemporáneas. Lo que la alarma en el espectáculo de ese orden es que desintegra al ejecutante, privándole del sentido de responsabilidad que, hasta en el acto de obedecer, constituye una prueba inequívoca de la unidad interior del que sabe por qué obedece. Esta desvinculación entre la voluntad y la inteligencia delata una de las condiciones más lacerantes del llamado "trabajo en serie".

Un escritor muy distinto, el sociólogo Jorge Friedmann, llega a conclusiones muy parecidas. En una conferencia, pronunciada en Ginebra el 11 de septiembre de 1950 sobre el tema de "los derechos del espíritu y las exigencias sociales", Friedmann no vaciló en proclamar que "la organización científica del trabajo (mecánico) desalienta la decisión, el pensamiento crítico y la responsabilidad". Y la razón de tal desaliento estriba, a su juicio, en "que el progreso técnico, la división del trabajo y la especialización han llegado al extremo de que, para un considerable sector de la población, la sociedad no ofrece sino un esfuerzo en el que millones de individuos no pueden ya expresar su personalidad".

¿Cómo no inquietarse ante una situación que "despersonaliza" a millones de seres sobre la tierra? ¿Y cómo no reconocer, en este drama, un síntoma de esa desintegración paulatina de la persona humana en cuyos efectos creo descubrir una peligrosa victoria de la civilización sobre la cultura?

Empieza a volver a hablarse de la educación extraescolar del adulto, del obrero y del campesino. Cuanto se haga por difundirla merecerá el más sincero estímulo. Pero, cualquiera que sea la educación que se imparta, sus promotores han de tomar en cuenta desde un principio la necesidad de atender al problema moral en que aquí me ocupo, a fin de que, en vez de apresurar la desintegración del hombre, la enseñanza se oriente a fortalecer su unidad interna, gracias a la conciencia de sus responsabilidades y a la satisfacción del deber cumplido.

Todo lo que levante un obstáculo entre el espíritu y el trabajo será desastroso para el espíritu; pero será desastroso, igualmente, para el trabajo. Hay que buscar, por consiguiente, una educación que, ligando a cada momento el trabajo con el espíritu, robustezca la unidad interior del hombre.

Sé que una educación así es más fácil de aconsejar que de organizar. Y, sin embargo, intentarla es indispensable. Porque, como lo afirmó Simone Weil en otro de sus estudios, "querer conducir a las criaturas humanas hacia el bien, limitándonos a indicarles la dirección, pero sin preocuparnos por asegurar primero en su alma los móviles pertinentes, sería como pretender que, merced a la sola presión del acelerador, avanzase un auto carente de gasolina".

Otro de los motivos de la angustia en que vive el hombre de nuestro siglo obedece al imperio insaciable con que la sociedad —incluso cuando proclama su amor a la libertad política— persigue en él, ingeniosa y constantemente, su voluntad de juzgar las cosas de acuerdo con su conciencia, de pensar por sí mismo, de resolverse sin protectores y de avanzar, si es posible, sin andaderas.

Esta avidez de imperio ha existido siempre. Pero, en el pasado, tenía el valor de exhibirse sin recurrir a disfraces decorativos. El egoísmo de los ricos y de los fuertes se manifestaba también entonces. Y se manifestaba de manera más descarnada, sin tomarse siquiera el trabajo de buscar una justificación hipócrita para el predominio que ejercía sobre los débiles. *Tel est notre plaisir*, declaraban los Luises... Y los pensadores veían censuradas sus obras; las ediciones hechas en Amsterdam eran condenadas por clandestinas; la Bastilla se poblaba de plumíferos indefensos; se revocaba el edicto de Nantes y el autor de *Telémaco* no podía, de hecho, salir de su Arzobispado.

Tel est notre plaisir. O, en castellano: *Yo, el Rey*. A partir de ese "Yo", los individuos sin corona y sin coma tenían que someterse. Aquello implicaba, naturalmente, innumerables angustias. Y, por fortuna, algunas rebeldías... Sin embargo, tales angustias eran de un linaje moral distinto al de las que padecen muchos contemporáneos nuestros. El hombre se inclinaba con amargura ante la voluntad soberana; pero, psicológicamente, le quedaba un recurso, mínimo si se quiere: el de negar esa voluntad en su fuero interno y el de saber que tenía razón, aunque fuese en el fondo de un calabozo.

Debajo de mi manto, al rey mato dice, precisamente, un proverbio. Hoy, el proverbio ha perdido su más hondo significado. En primer lugar, porque infinidad de cetros han ido a hacinarse en los desvanes heráldicos del pasado. Y, en segundo lugar, porque los soberanos impersonales que han venido a sustituir a los monarcas que usaban aquellos cetros han aprendido cientos de ardides. Uno, entre otros: el de no aplastar, desde afuera, la voluntad del súbdito, lo que lo irrita —y, en ocasiones, le induce a forjar puñales— sino socavar esa voluntad incesantemente, desde el cerebro mismo del ciudadano.

Esto ha dado lugar a un poder que no comete el error de decir su nombre y que no confiesa, en decretos, su autoridad. Creo que muchos lectores lo han entendido. Ese poder —sin corona, sin cetro y sin "Yo"— se llama, muy cortésmente, la propaganda.

La advertimos en todas partes y bajo todos los cielos del mundo. Una voz despierta al ciudadano en el más apartado rincón del barrio más solitario de su ciudad. Es la de un camión que pregona —pongo por caso— los méritos de una película inevitable. "¡Pásmese!" le ordena un megáfono autoritario que no se esfuerza por persuadirle, que lo constriñe.

El ciudadano hace sus abluciones, apura su desayuno y sale, corriendo, hacia el lugar en el que trabaja. Pero no llega a él sin que el itinerario le imponga un tratamiento multicolor. "¡Lávese los dientes!" declama un anuncio rosado y malva, o amarillo y blanco, o cárdeno y verde. "¡Use nuestros tirantes!" "¡Beba tal tónico!" "¡Visite el país azul!"...

En su mesa, el ciudadano encuentra la correspondencia de la mañana. Del primer sobre, salta la liebre. Es, también, una liebre propagandista. Se trata, esta vez, de una "carta abierta". Una pregunta le aflige: ¿por qué las cartas abiertas llegan dentro de sobres tan bien cerrados? Sin acertar a responderse a sí mismo, lee sumisamente la que el correo acaba de proponer a su intrepidez. Su texto denigra a un sistema político claro y determinado o hace el elogio de otro sistema, igualmente claro y determinado. Y así continúa el día.

Ahora bien, el ciudadano al que aludo se afirma libre. Y, en cierto modo, lo es, puesto que posee la libertad de rechazar lo que le mandan postes y rótulos, cartas, folletos, prospectos y anuncios de toda clase y de todo estilo. Sin embargo, se encuentra solo, tristemente solo, ante una serie de ofensivas bien organizadas. Sin poder decir con exactitud por qué causa, sospecha que existen fábricas de opiniones, "enlatadoras" de consejos, asociaciones de inteligencias y de fortunas que, de la mañana a la noche, técnicamente, están preparando un asalto contra la imaginación receptiva de los incautos... ¡Pero él! ¿Quién podría interesarse en que él —tan modesto, tan timorato, tan incoloro— piense u obre en esta o aquella forma?

Su modestia misma lo engaña. Porque él y no otro que él, el ciudadano sin nombre y casi sin biografía, es el objetivo directo de todas esas escaramuzas.

Mientras se trata de preferir una marca de calcetines o una manera especial de luchar contra la jaqueca, la agresión —ciertamente— es muy tolerable. El ciudadano resiste. O se pliega, al fin. Y el universo no sufre mengua. Pero, en el camino de las concesiones, el primer paso es el que da razón a los que le siguen. Los pueblos lo han comprendido perfectamente. De ahí que vivan en estado de intensa alerta, para mejorar sus propagandas o para contrariar las de los demás. ¿Cuántos millones se invierten hoy, en el mundo entero, a fin de domesticar, por la vista o por el oído, a las muchedumbres? Sería difícil averiguarlo. Porque, así como la propaganda que se delata se disminuye, la que revela su costo se pulveriza.

Educar a las masas ha de consistir no en adiestrarlas a fuerza de propagandas, sino en adiestrarlas para hacer uso de sus derechos, enseñándoles a cumplir lealmente con sus deberes, pues sin el respeto de éstos el ejercicio de aquéllos sería un abuso.

Con muchas de las inquietudes a que acabo de referirme, coincide otra: la decadencia del caballero. Hay aún, es cierto, viajeros que ceden su asiento a las damas en el tranvía. Y, en los hoteles, huéspedes silenciosos que se quitan el sombrero, como sonámbulos, cuando entra en el ascensor alguna representante del sexo débil. Pero esas manifestaciones de cortesía parecen haber perdido, por automáticas, su verdadero significado. Son como ciertas palabras, que acuñaron en el pasado una metáfora generosa y que encontramos ahora en el diálogo más vulgar, desmonetizadas por el uso y por la costumbre.

La caballerosidad es de esencia más honda y mucho menos fácil de transmitirse por la superficial enseñanza de los modales. Consiste en una actitud general de integridad y de dominio del ser ante todos los hechos y las personas. Más aún: es un respeto del hombre frente a sí mismo.

La caballerosidad no es cuestión de clase, de fortuna, o de refinamientos en la instrucción. Caballeros he conocido, espléndidos y cabales, que apenas sabían trazar su nombre, pero que tenían una idea muy noble de la existencia. En la pobreza en que se movían, aceptaban los más humildes deberes con la hidalguía de un paladín. Recuerdo, entre otros, a un campesino de Jalisco que, en 1944, al pedirme la creación de una escuela rural, lo hizo con un valor, una dignidad, una precisión y una elegancia innata de formas —que, en personalidades más distinguidas no siempre se manifiestan.

Si las cualidades de que hablo no se han perdido (la sencillez, la modestia, el decoro, la probidad y la hombría de bien) ¿por qué razón es tan difícil hallarlas reunidas dentro del alma del individuo contemporáneo? ¿No será, acaso, porque el sentimiento del honor —esto es: de la respuesta al peligro, siempre posible— ha cedido el paso al ansia del éxito financiero y de la comodidad material? No estoy seguro de que ésta sea una explicación completa; pero me anima a formularla la circunstancia de haber leído una tesis muy parecida en las páginas centrales de un importante libro de Santayana: *Dominaciones y potestades*. Transcribo, a continuación, el párrafo concerniente:

"No cabe la menor duda: la caballerosidad ha muerto. Nuestra única preocupación es la seguridad... Tenemos miedo a pasar hambre, a quedarnos solos y, sobre todo, tenemos miedo a tener que luchar. Si alguna vez nos vemos forzados a luchar, lo hacemos sin caballerosidad. No hablamos de justicia, sino de intereses. Nos hemos hecho muy numerosos, hemos establecido gran cantidad de industrias, hemos animado a gran cantidad de seres a querer ser muy ricos... Mientras tanto, nuestra sociedad ha perdido su propia alma". Líneas antes, Santayana había empezado por advertir: "El teatro de Shakespeare (y no digamos el teatro español) es un monumento viviente a la mentalidad de la caballería. En contraste con su libertad y su riqueza podemos ver la escandalosa degradación a que la inteligencia moderna ha condenado al espíritu".

Me consuela —¡triste consuelo!— no ser el único en hablar de la degradación del hombre de nuestros días. Pero ¿qué hacemos, todos cuantos sufrimos y nos quejamos de esa degradación, qué hacemos para oponernos a la ruina definitiva de los valores humanos que postulamos? Las quejas pueden ser útiles como aviso; pero, como remedio, son siempre estériles. Lo que se impone, en todas partes, es una educación en profundidad; una educación que demuestre con actos hasta qué punto el ideal del ciudadano no es opuesto al del caballero, porque ambos resultan indispensablemente complementarios. Hace años, al dirigirme a nuestros profesores de civismo, me permití decirles estas palabras: "Importa que enseñéis al alumno a sentir que el concepto de ciudadano no debe estar en pugna con el concepto de hombre —y que, si lo mejor del hombre se realiza en el buen ciudadano, lo mejor del ciudadano es ser hombre íntegro, hombre dondequiera, en su tierra o fuera de ella; hombre que comprenda y estime a todos los hombres; hombre más allá de cualquier prejuicio y de cualquier sectaria parcialidad."

Ahora bien; no me cansaré tampoco de repetirlo: todos somos maestros. Y lo somos, querámoslo o no. Para el bien o para el mal, cada acto es ejemplo y, en consecuencia, lección. El aplauso que damos a la virtud puede suscitar algunas virtudes. En cambio, el que damos al éxito material (sin considerar sus orígenes, a veces turbios cuando no trágicos) estimula los vicios en que tales orígenes se sustentan. Mientras haya personas que se figuren que la caballerosidad es cuestión de formas y que puede comprarse como una casa, como un coche o como un vestido, será difícil que el caballero y el ciudadano coincidan en el heroísmo y en el deber. La apariencia de la civilización no es sino falsa euforia donde la civilización no se apoya en las bases profundas de una cultura. En tanto que el hombre se lo crea todo debido, sin lucha y sin esfuerzo, la cultura estará en peligro.

El lema de la extinta caballería era "nobleza obliga". Por experiencia hemos de aprender —en el mundo entero— que ciudadanía obliga también. Y a todos, sin excepción.

Nuestra crisis, más que una crisis de fuerzas, es una crisis de valores. Antes de pasar al examen de algunas otras causas de la congoja contemporánea, quisiera considerar la que más me aflige desde el punto de vista del hombre medio: su soledad en la muchedumbre.

Pienso, por ejemplo, en el profesor rural encargado de instruir a cuatro docenas de analfabetos. O en el que atiende a la educación extraescolar de un grupo de obreros no analfabetos, en los centros fabriles de un gran país. Si es honrado consigo mismo, lo que preocupará en primer término a ese profesor es el espectáculo de la soledad espiritual en que vive cada uno de los miembros de su auditorio. En el campo, la soledad que señalo es menos tremenda. La naturaleza, las costumbres, las tradiciones, la solidez de los vínculos familiares, los límites mismos de la comunidad rural, todo se presta ahí a atenuar la disolución que apresura el progreso técnico. En cambio, sobre el asfalto, frente al desfile de los automóviles de lujo, entre los escaparates y los anuncios luminosos, la soledad de que hablo —por abstracta y por ignorada— adquiere trágicas proporciones.

Después de todo, el niño se mueve dentro de su generación como en una atmósfera protectora. El adolescente se descubre a sí mismo en cada aventura de su sensibilidad o de su inteligencia. Y el gozo de ese descubrimiento le ayuda a emerger de la soledad con que lo amenazan los egoísmos que le circundan. Pero el adulto —y sobre todo el adulto urbano— busca inútilmente refugio hoy en las instituciones civiles que se le ofrecen. Expulsado de su generación por la individualidad implacable de su contorno, y expulsado de su conciencia por el temor de reconocerse tal como es, sin ilusiones y sin perdón, el adulto medio no tiene ahora sino la propiedad de un dilema. O trata de ser él mismo, separándose del conjunto; o abdica de sí mismo en la voluntad anónima de la masa. Cualquiera de estas dos soluciones constituye un peligro mortal para la cultura.

Doblado sobre la gleba de sol a sol, o laminado de la mañana a la noche por la tortura civilizada de la producción industrial en serie, el adulto medio de nuestra época (y no aludo aquí al de un pueblo determinado, sino al de todos) se nos presenta a menudo como el ser menos accesible a su propia vida —y a la compresión de la vida de los demás—. Y ¿qué culpa tiene? En un mundo en que el interés material ha llegado a ser el resorte ostensible de casi todos los actos humanos y en una edad en que el éxito financiero actúa como si fuera el árbitro del espíritu, lo extraordinario sería que ese hombre no se encontrase tan despojado, tan miserable y, en última instancia, tan solo... Soledad tanto más dolorosa cuanto que no suele él percatarse de ella —con lucidez relativa— sino en rarísimas ocasiones: la cesantía, la enfermedad, la muerte de algún pariente muy próximo. En esas pausas, casi siempre luctuosas, la masa que lo rodeaba deja un momento de presionarle y no se empeña ya en engañarle con el rumor de una multitud. Entonces, se ve a sí mismo. Y se ve como lo que es: máquina de trabajo, sin participación identificable en la obra del progreso común; sujeto de actividades o huelgas en cuyo desarrollo se inserta, apenas, la parte menos recóndita de su ser y en cuyo éxito —o en cuyo fracaso— su personalidad verdadera interviene de modo muy fragmentario.

De esa soledad en la muchedumbre está hecha, para centenares de millones de hombres y de mujeres, la angustia de nuestro tiempo. Nunca, en efecto, había existido una distancia tan evidente entre los medios materiales de mejoramiento y de unión, que la civilización ostenta, y el destino aislado de cada individuo, incomunicable y trunco en la colectividad que le sobrevive. Y es que nunca la cultura había sido tan cerrada, ni tan propensa a operar mediante símbolos y abstracciones, ni tan propicia a la pulverización de las minorías.

La antinomia "individuo-masa" no es de aquellas que la técnica, por sí sola, podrá resolver jamás. Se habla de una democratización de los instrumentos de la cultura. Y, ciertamente, sobre el plano del mundo, el número de las personas que van al cinematógrafo, que leen el periódico, que oyen la radio o que acceden incluso a ciertos estudios es mayor cada vez. Pero, por considerable que ese número sea, no guarda proporción con el de las personas que no disfrutan de semejantes facilidades.

El problema, por otra parte, no es sólo de cantidad. No se trata de que crezca exclusivamente, en las estadísticas, la cifra que representa a los beneficiarios de los instrumentos de la civilización; sino de obtener que se establezca de hecho una relación generosa entre la conducta de esos beneficiarios y las finalidades de la cultura. Ahora bien, por necesidad de especialización rigorosa en las minorías y por carencia de un común denominador humano en las manifestaciones colectivas del espíritu, el abismo entre el intelectual y la masa ha ido ahondándose sin cesar. Fenómeno éste que desespera a la multitud pero que perjudica asimismo a las minorías, cada vez más desarraigadas y, por fidelidad a su vocación, constreñidas a producir fuerzas y más fuerzas que no tienen recursos para orientar, ni poder para dirigir, ni autoridad para contener.

A la incultura por defecto de técnica, que mil doscientos millones de analfabetos comprueban todavía hoy, ha venido a sumarse así otra forma paradójica de incultura: la incultura por sobra de mecanismos. Este nuevo desequilibrio explica muchos de los obstáculos gigantescos que se levantan, ahora, entre la conciencia del hombre y la evolución de la humanidad.

Sorprende la facilidad con que los hombres del siglo xx han ido habituándose a partir de cero, como si no hubiese tras ellos historia alguna, como si fuera el pasado —a lo sumo— una ocasión para aniversarios, discursos y ceremonias, pero no parte intrínseca y eficaz de los pueblos que celebran esos aniversarios, organizan esas ceremonias y oyen esos discursos... Se ha hablado mucho, es cierto, de los errores del "historicismo" excesivo de la centuria pasada. No hemos olvidado las críticas que de esa manía de lo pretérito hizo Paul Valéry en *Regards sur le monde actuel*. Pero lo que inquietaba más al autor de *La joven parca* no era la devoción a la historia, sino la inercia frente a la historia paralizada —de espaldas al porvenir—. Por desgracia, de esa forma de historia, no abdica el mundo. Y es que, según lo advertía el propio Valéry, "la idea del pasado no adquiere un sentido y no constituye un valor sino para el hombre que encuentra en sí mismo una pasión de lo porvenir".

¿Será esto lo que anula, en muchos contemporáneos, el sentimiento de la continuidad de la vida? ¿Serán la repudiación del presente —y el pánico ante el futuro— las razones inconfesadas de que los pueblos den, por momentos, la sensación de no querer hallar en su propia historia un motivo, una base y una raíz? ¿Habrá llegado la civilización a ese punto extremo en el que hay que empezarlo todo, sin siquiera estar convencidos de que urge empezarlo todo?

Estas preguntas parecen deliberadamente sombrías. Sin embargo, nos las dirigen algunas de las mentes más claras de nuestro tiempo. Pienso, por ejemplo, en lo que decía Ortega y Gasset, en uno de los "encuentros" de Ginebra. "Henos llevados aquí a definir al hombre —afirmaba en 1951 el pensador de *La rebelión de las masas*— como a un ser cuya realidad primaria y decisiva consiste en ocuparse de su futuro." Y agregaba: "El hombre se siente relativamente tranquilo frente al futuro *porque* se siente heredero de un pasado magnífico. Eso fue Goethe, por excelencia: un heredero; el heredero de todo el pasado occidental que principia con Homero y con Praxiteles para llegar a Spinoza y a Cuvier." Pero concluía: "Con su carga colosal de elementos problemáticos, el porvenir borrará el pasado como ejemplaridad. El hombre tendrá la herencia de ese pasado, pero no la aceptará. Será —como decían los jurisconsultos romanos— una herencia *in-adita, sine cretione.* No, este hombre (el de hoy) no puede sentirse heredero en el sentido de Goethe. Es, al contrario, un desheredado..."

¿Un desheredado o un huérfano? He aquí la cuestión, en toda su desnudez.

Porque es hermoso tener que inventarse un futuro. En cierto modo, todos lo hacemos, más o menos bien, en grande o pequeña escala. Sin embargo, principiar "a partir de cero" representa una voluntad heroica en lo individual —y, en lo general, un desperdicio dramático de energías—. Sin ser Goethes, nuestros abuelos, nuestros padres, nosotros mismos hicimos nuestras vidas con fragmentos de un legado milenario y universal. El pasado, para nosotros, fue —en parte— recuperable. ¿Hay que aceptar ahora que no lo sea para quienes nos siguen? ¿Es menester admitir que el hombre de mañana se sienta irremediablemente huérfano?

Me ocurre pensar ahora: ¿Cómo repercuten, en el alma de las mujeres, las complejidades terribles de nuestro siglo? ¿Y qué lección pueden darnos ellas para hacer frente a semejantes complejidades?

En primer lugar, urge percibir la extraordinaria delicadeza del instrumento sensible que la psicología femenina ha deparado siempre a la armonía de la cultura. Más sonoras, más intuitivas, menos confiadas que nosotros, las mujeres tienen que vibrar con mayor intensidad ante las alarmas, con mayor desazón ante la inquietud. Un sociólogo que las define admirablemente —hablo de Jorge Simmel— manifiesta que la mujer es "más accesible que el hombre al desconcierto y la destrucción". Es, sobre todo, más vulnerable. Y lo sabe. Y, porque lo sabe, es también más ansiosa. Un planeta que le presenta por todas partes enigmas, cóleras y desastres, amenaza con desquiciarla más hondamente que a sus hermanos. Cuanto más fino es el sismógrafo, con mayor evidencia registra los terremotos.

Por otra parte, para la mujer, el tiempo constituye un elemento mucho más imperioso que para el hombre. Su juventud —más encantadora y más pronta— suele ser mucho más efímera. Y si no a todas abre la ancianidad ese infierno en vida del que hablaba, según creo, cierto escritor inglés, ello obedece a la estructura moral con que muchas han aprendido a custodiar su existencia íntima. Pero, en la mayoría de los casos, una estructura de esa categoría está en relación muy estrecha con el orden cultural y social de la ciudad en que la mujer vive, del país que la vio nacer y del mundo en que tiene que educarse, amar, trabajar, morir. Cuando ese mundo no se halla en condiciones de ofrecerle la estabilidad que su mundo interior requiere, es lógico suponer que se sienta ella más directamente afectada que el hombre. Porque el desorden —que para su compañero contiene un peligro, pero también un reto— representa para ella una ofensiva concreta y singularísima, un asalto contra lo más precioso de su presencia: su valor doméstico de santuario, su poder histórico de continuidad.

La mujer es el ser que espera, que espera incesantemente. Y ésa es su fuerza más prodigiosa: el arte de vivir en la actitud patética de la espera.

Pero, de pronto, los acontecimientos se oponen al sentido mismo de la esperanza. La pulpa del fruto se ha agusanado. El odio, la incomprensión y el rencor contaminan los manantiales más puros de la promesa. El hombre duda. Duda de sí propio, de sus invenciones, de su saber. Sin embargo, esa duda puede no destruir por completo su energía para la lucha. En la mujer, en cambio, la duda puede minar lo más profundo y activo de su virtud, la esencia irreductible y última de su arrojo: su avidez frente a la esperanza. En las ciudades más populosas y en los países más agitados por el drama contemporáneo, lo observamos más claramente. El resultado de cuanto ocurre es un suplemento de pena en la conciencia de la mujer. Al amputarla de la esperanza, los hechos parecen querer vaciarla de su destino.

Sin embargo, no todo es tan sombrío en el horizonte. Y no lo es, porque la mujer, "más accesible que el hombre a la destrucción", se apoya más decididamente que el hombre —según el mismo Simmel nos lo señala— en "el centro propio de su carácter" y "no se pierde en los órdenes exteriores".

Dije, antes, que la mujer es el ser que espera. Por lo tanto, lo que envenena su esperanza la incita a veces a alguna trágica dimisión. Pero añado en seguida: porque *sabe esperar* y porque, durante siglos, ése ha sido su oficio más eminente, la mujer está en aptitud de sobreponerse a la angustia y de dominar los riesgos de la impaciencia. Sólo que, para lograr ese dominio, ha de vivir en perpetuo alerta, a fin de no dejarse arrastrar por los "órdenes exteriores" que son, para ella, un enemigo mayor que para nosotros.

Contra la seducción de esos "órdenes exteriores", la mujer por fortuna usa un poder inmenso: el que he llamado su poder histórico de continuidad. Frente al espectáculo de un universo en desequilibrio, ella conoce el valor que tiene la fidelidad del instinto a las raíces de nuestro ser. Por algo fue una mujer quien, durante estos años desoladores, nos propuso luchar contra el desarraigo de una modernidad mal entendida y de un progreso fundado casi exclusivamente en el supuesto derecho de conquista, en el apetito de éxitos materiales y en una enseñanza abstracta, sin contacto fecundo con el espíritu.

"El porvenir —escribe Simone Weil, a quien me complace volver a citar aquí— no nos da realmente nada. Somos nosotros los que debemos, para erigirlo, dárselo todo. Pero, para dar, hay que poseer. Y no poseemos más vida que los tesoros del pasado que asimilamos y recreamos... De todas las necesidades del alma, la más vital es la del pasado."

No creo que haya quien interprete con deliberada mala intención el grito de Simone Weil. No se trata, por supuesto, en sus labios, de una exaltación de la noche y de un afán material de conservación. Se trata de no incurrir, como incurrimos los hombres muy a menudo, en el vicio de comenzar por negar lo que somos, para afirmar lo que pretendemos llegar a ser. Se trata, en suma, de prepararnos a la esperanza, merced a la continuidad de lo humano. Esa continuidad es nuestra raíz. Porque sólo seremos, si somos. Y sólo somos, si fuimos.

Mientras la solidaridad con la tierra —que la mujer encarna tan noblemente— nos ayude a salvar del naufragio el principio de persistencia, podrá limitársenos la esperanza —pero la esperanza tendrá un sentido.

Vivimos —me decía hace años Pedro Salinas, durante un rápido veraneo en el puerto de Santander—, vivimos una época de inmensas liquidaciones. Parece como si, en cada escaparate de la historia y de la cultura, una mano irónica hubiese instalado el mismo cartel: ¡Saldos! ¡Saldos! ¡Últimos días!...

No estoy seguro de que ésas hayan sido sus palabras exactamente. Es muy posible que, en la forma, mi convicción personal altere un tanto los términos del poeta. Pero, en esencia, creo que las frases que he mencionado expresan aproximadamente su pensamiento. Y, si evoco ahora ese pensamiento, es porque —entre las muchas noticias que las semanas han ido depositando sobre mi mesa— destaca una, que cierta voz amiga me lee hoy. Aludo a la información periodística que consignó el resultado de una investigación practicada entre 27 historiadores por una empresa editorial norteamericana, con el propósito de saber cuál ha sido el hecho más importante de todo el pasado humano y, de manera más general, cuáles son los cien acontecimientos a los que conviene atribuir el mayor interés histórico.

Los estudiosos que consultó la negociación a que acabo de referirme otorgaron la primacía al descubrimiento de América y concedieron el segundo lugar (digamos un buen accésit) a la invención de la imprenta por Gutenberg. Incluyeron después, en rangos menos visibles, muchos sucesos aislados y, en ocasiones contradictorios: la adopción de las garantías individuales y el bombardeo atómico de Hiroshima, la división de la Cristiandad por Martín Lutero y el descubrimiento de los anestésicos, el establecimiento de la Organización de las Naciones Unidas y la invención de la lámpara incandescente...

Sin calificar las precedencias fijadas en la lista que sintetiza la opinión de tan dignos historiadores —y sin comentar, por lo tanto, el sentido puramente "occidental" de sus entusiasmos— procede interrogarse, de buena fe, acerca del valor y la utilidad de semejantes juegos de ingenio.

Recuerdo, al respecto, la preocupación de algunos de mis colaboradores cuando, en 1949, inicié mis actividades al frente de la UNESCO. Trataban ellos de precisar, conforme a un criterio que fuese a la vez imparcial y práctico, una lista de género parecido: la de las cien obras fundamentales de las literaturas del mundo entero. Pensaban, seguramente, que un catálogo así proyectaría luz meridiana sobre las bases de un humanismo no circunscrito a regiones geográficas limitadas y serviría, por consiguiente hasta cierto punto, a la formación de un espíritu universal.

Confieso que tal idea nunca me apasionó. Al pensar en cualquiera de las listas posibles, me alarmaban muchas ausencias, que suponía inevitables. Preveía la omisión de esos libros que nadie sitúa solemnemente en el plano internacional de los clásicos y que, no obstante, enriquecen a veces de manera más espontánea la sensibilidad y el talento de muchos jóvenes, merced al diálogo ingenuo, íntimo y familiar que, por razones siempre fortuitas, pero de eficacia ética indiscutible, sus páginas les proponen.

¿Por qué *saldar* lo que no consiente otra liquidación natural que la del olvido? ¿A qué pueden conducir, en el fondo, estos repartos de premios, siempre parciales y presurosos? ¿Qué añade a Cristóbal Colón la corona universitaria que le ofrecen amablemente los historiadores en que me ocupo? ¿Y qué pierde, por ejemplo, la gloria de Pasteur con no figurar en el resumen comunicado por los periódicos?

El éxito de estos saldos, balances, compendios y antologías denuncia en los hombres de hoy una gran ansiedad, de herederos desamparados. Ante notario (el notario, en la presente ocasión es un confortable grupo de "scholars") esos herederos quisieran averiguar con problemática exactitud cuál es el orden que debe asignarse a las diversas propiedades con que los dota el testamento público de la historia. Por bien que estuviese hecha esa relación, nunca sería exhaustiva. Y, por otra parte, adolecería siempre de un irremediable defecto: el de ser arbitraria y, necesariamente antihistórica.

¿Qué es, en efecto, la historia sino tiempo, secuencia, continuidad? Espumar de esa enorme acumulación ciertas horas célebres —claras, o tenebrosas— y conferirles un valor exclusivo, sin enlace con el contexto, constituirá inevitablemente un incentivo a la ligereza y un estímulo a la ignorancia. ¿Cómo aislar el descubrimiento de América de todas las aventuras y las hazañas marítimas y terrestres que hubieron de prepararlo —tal vez indirectamente— y que, desde el siglo XIII empezaron a sucederse y a articularse?

Después de todo, la voluntad de imponer una jerarquía al pasado tiene también su mérito. Dentro de 80, 100 o 200 años, los investigadores futuros leerán verosímilmente con interés —y en muchos casos no sin sorpresa— la lista de los sucesos escogidos como "mayores" en 1953. Para ellos, el catálogo de que hablo tendrá sobre todo la significación de una prueba retrospectiva. Les permitirá conocer mejor a la humanidad actual, juzgándola por sus juicios; si es que la opinión de 27 escritores y profesores puede tomarse como un indicio seguro de lo que piensa la humanidad confusa y atribulada de nuestros días. Porque, dentro de un ánimo de equidad, cabría preguntarse también si el resultado de la encuesta que aquí comento no habría sido radicalmente distinto en el caso de que los historiadores opinantes hubieran nacido, estudiado y vivido en El Cairo o en Teherán, en Tokio o en Pekín, en Calcuta o en Nueva Delhi.

Imagino lo que pensará de nosotros, en el año 2958, el historiador que se incline sobre las agonías de nuestro tiempo —si existen en esos días historiadores y si, para entonces, los progresos de que hoy nos envanecemos no han convertido a la humanidad, por efecto de las discordias políticas, en una grey post-atómica, errante sobre el planeta o refugiada, como sus progenitores en las cavernas, dentro de las ruinas de la actual civilización.

Los datos con que habría de trabajar ese historiador los conocemos todos ahora, con sólo saber leer —y querer hacerlo—. Prodigios de ciencia. Y, también, prodigios de odio y de incomprensión. Aviones que vuelan a una velocidad superior a la del sonido. Y verdades que avanzan con la lentitud lastimosa de la tortuga. Aparatos que permiten oír lo que se dice a más de diez mil kilómetros de distancia. Y voces que trasmiten, merced a esos aparatos, mensajes que por limitados y por agresivamente nacionalistas, hubieran podido escucharse en la edad de la diligencia. Comunicaciones capaces de aproximar las fronteras más alejadas. Y reglamentos que erizan esas fronteras con alambradas infranqueables durante la paz, aunque inútiles en la guerra. Organismos internacionales que congregan a plenipotenciarios de más de ochenta gobiernos... Y, en esos organismos, programas diminutos que —por carencia de fondos o, peor aún, por falta de voluntad— enfocan los problemas más gigantescos, el hambre, la enfermedad, la ignorancia y la miseria del mundo, como si fueran temas para experiencias en miniatura. En suma, una humanidad que se sabe interdependiente y que, sin embargo, se resiste a reconocer la solidaridad profunda de su destino.

El hipotético historiador buscaría tal vez en el miedo, en el miedo colectivo, la explicación de las contradicciones inmensas de nuestra época. Porque, a pesar de los grandes hechos, de los grandes descubrimientos y de las aventuras heroicas que nadie pretende poner en duda, la centuria en que nos ha tocado vivir parece aceptar, como denominador común de sus incoherencias, el terror pánico.

Miedo a la democracia, que propagó el totalitarismo nazifascista. Miedo al nazifascismo, que debilitó a los pueblos libres frente a los dictadores y que acabó por desencadenar la guerra totalitaria. Miedo a la victoria sobre el totalitarismo, que no sirvió siempre a la democracia. Miedo a la ciencia, que en ocasiones ha hecho de la ciencia un instrumento del miedo. Miedo a la verdad, que limita la libertad de expresión y de información. Miedo a los pueblos fuertes, que detienen la emancipación de los menos fuertes. Y miedo a los pueblos débiles, cuya emancipación inquieta a los poderosos. Miedo al nacionalismo, que engendra muchos conflictos. Y miedo al robustecimiento de las organizaciones creadas para coordinar, en la paz, la vida internacional. Miedo por todas partes.

El historiador que imagino encontraría quizás un antecedente de esta epidemia en las angustias que se atribuyeron a quienes vivieron el año mil. Leí hace tiempo un libro de Henri Focillon, consagrado precisamente a la crisis del siglo décimo. Un siglo en que la Edad Media cobró conciencia de muchos de sus recursos;

en que la hagiografía anunciaba la ruina del orbe (*Mundi terminum ruinis crescentibus appropinquantem indicia certa manifestant*); siglo, en síntesis, durante cuyo dramático desarrollo lo que desapareció no fue el universo, sino una manera estrecha de concebirlo.

Recuerdo estas palabras de Focillon: "Todo período histórico —dice— e incluso cada momento es un encuentro entre lo pasado y lo porvenir. Acaso la dosificación entre uno y otro es lo que llamamos nuestro presente." A lo cual agrega: "El presente del año mil nos muestra a la vez formas muy arcaicas y formas destinadas a desenvolverse; fenómenos de estructura, que renuevan la vida histórica, y fenómenos de disolución, que hacen desaparecer el pasado."

Esperemos que, sobreponiéndose al miedo, el siglo xx merezca, del historiador que escriba en 2958, un juicio semejante al de Focillon sobre el año mil. Esperemos que las reservas espirituales de los pueblos que quieren pensar con independencia sean capaces de equilibrar el progreso técnico con un contrapeso moral. Esperemos que la fe en la virtud del hombre venza algún día al temor que inspiran sus egoísmos y sus violencias.

El siglo décimo vio manifestaciones de ira que, por comparación con las nuestras, tienen que parecernos muy moderadas. Pero vio también el amanecer de esa "civilización atlántica" en la que hubieron de fundirse las tradiciones mediterráneas y el ímpetu vital del Norte de Europa. Nuestro siglo, tiene sin duda misión más ardua, pero universalmente más promisoria: la de demostrar que la acción internacional no es una amenaza para la civilización, sino, antes bien, su mejor baluarte —y su indispensable estímulo.

Pensar con independencia, decidir con justicia y actuar con serenidad, he ahí antídotos positivos frente a la epidemia del miedo. Usémoslos sin recelo, en cada ocasión que se nos presente. Porque, en años en que el miedo engendra la sinrazón, luchar contra el miedo es un deber primordial para todo hombre de buena fe.

Acabo de mencionar a la "civilización atlántica". En días en que millones de seres viven pendientes de cuanto puede influir sobre el destino del siglo xx, podrá parecer anacrónico abordar el tema de esa "civilización" por el relato de las tribulaciones que prepararon el advenimiento del año mil.

Pero no nos inquietemos demasiado ante algunos anacronismos. Los hay honrosos. Importa mucho, en efecto, no fingirse inactual, por mero espíritu de contradicción. Pero importa mucho, igualmente, no declararse actual por imitación, por obediencia o por conformismo. Y pues se atribuye cada vez mayor importancia política a la colaboración atlántica ¿no convendría pensar desinteresadamente acerca de los valores que invocan los que proclaman la necesidad de esa colaboración?

Entre lo que, a partir de Poitiers, podríamos llamar el crepúsculo de la expansión musulmana en Occidente y lo que Huizinga llamó el otoño de la Edad Media, transcurrieron aproximadamente seis siglos. Seis siglos que algunos comentaristas juzgan impenetrables, que un poeta intentó distanciar de su obra con dos adjetivos contradictorios ("enormes" y "delicados"); pero que atraen, cada día más, la atención de los estudiosos porque su esfuerzo contuvo en germen todo un ciclo de evolución política, religiosa, económica, intelectual y social. Todo un ciclo —que no sabemos si ha terminado por completo para nosotros.

Esos siglos erigieron las catedrales góticas, "blanco manto de iglesias" que, según Glaber, cubrió la tierra tan pronto como el primer milenio vencido brindó a los pueblos occidentales la expectativa de una dichosa continuidad. Fue en esos siglos cuando —traspuestas las grandes hambres del 1033— los europeos venidos del Norte pasaron de la cultura de la madera a la cultura de la piedra esculpida; cuando, a lo largo de ríos como el Rhin, el Ródano, el Tajo, el Loire, el Sena, principiaron a florecer las más bellas ciudades de la Edad Media y cuando, en las construcciones y en las costumbres, comenzó a oponerse al trazo compacto y rústico del régimen carolingio, una fórmula nueva, la de Occidente. Grecia reaparecía en los claustros, por el camino menos previsto: el de los manuscritos salvados de la barbarie, cuando no el de las traducciones hechas por los gentiles. Y el paganismo nórdico, que había resistido a los legionarios, cedía ya en muchas partes a otra batalla más lenta, penetrante por persuasiva: la del lenguaje.

¡Reacción contra el germanismo! escribe Henri Focillon. Sí, reacción contra el germanismo. Aunque —y esto no lo señala con nitidez— reacción que hubiera sido imposible, sin la presencia activa del germanismo, sin su presión constante y sin su participación oscura pero fecunda.

El Mediterráneo no enmudeció junto con Virgilio. El Renacimiento iba a encargarse de difundir nuevamente su voz —y de comprobar su admirable vitalidad—. Sin embargo, el propio Renacimiento no fue sólo un regreso a la tradición del Mediterráneo, sino una aventura, una hazaña oceánica. A fuerza de discernir la resurrección de Homero, de Platón y de Praxiteles, suele olvidarse que tan creadores de la vida renacentista fueron el Giotto como Enrique el Navegante, Marco Polo como Petrarca, Erasmo como Isabel la Católica, Brunelleschi como Cristóbal Colón. Los viajeros completan a los artistas, los capitanes a los poetas, los reyes a los geógrafos, los periplos a las excavaciones. Gracias a esa conjunción de hombres de empresa y de hombres de pensamiento, el Atlántico llegó a ser, para europeos y americanos, mar interior,

Mediterráneo nuevo de esa cultura que debe tanto a la vieja Europa, pero que no resultaría totalmente reconocible sin las aportaciones de la joven América.

Otros lo han dicho ya: la historia no se repite. Sin embargo, procede recordar que el Mediterráneo no se ganó exclusivamente en Lepanto, por la victoria sobre los orientales, sino a millares de leguas de Lepanto, merced a una organización occidental sumamente compleja que, desde España, Londres y Portugal, iba hasta las colonias del Norte y los virreinatos, las capitanías y los dominios del Centro y del Sur de nuestro Hemisferio. La palanca ejercía su presión inmediata en Europa, pero no se apoyaba en Europa exclusivamente.

Acaso este hecho permita apreciar a tiempo una verdad de la que no se habla frecuentemente: la lucha por los valores de la civilización atlántica implica en nuestra era una organización harto más difícil, la de la democracia mundial.

Los problemas se hacen cada año más solidarios y menos independientes. Asegurar las rutas del Mediterráneo de Ulises exigió, en el siglo XVI, el establecimiento de las rutas atlánticas. Asegurar las rutas atlánticas exigirá, en lo sucesivo, la conservación de todas las rutas oceánicas. Al Mediterráneo, mar interior de la cultura grecolatina, y al Atlántico, mar interior de la cultura occidental, habrá de suceder —no sabemos cuándo— la vastedad de los océanos, mediterráneos ellos también de una cultura en verdad humana.

Para oponerse a la angustia de nuestro tiempo, se ha vuelto a hablar de la necesidad de proteger al niño, educando al padre. La idea es tan antigua como el concepto mismo de educación. Y, sin embargo, cada vez que alguien tiene el valor de expresarla, inquieta advertir lo poco que se hace efectivamente en el mundo para llevarla a la realidad.

Se toma casi siempre a la escuela como si fuera un transformador prodigioso, único y decisivo. Se la conecta con la corriente de una doctrina social, ética y pedagógica. Y se espera, con optimista paciencia, que la transformación se opere, proporcionando así a cada pueblo un caudal de ciudadanos aptos, probos, inteligentes y productivos.

En abstracto, el optimismo que indico tendría, acaso, razón de ser. Pero la vida de una sociedad no se desarrolla en lo abstracto. Y ocurre, en todas partes, que quienes —por ahorrarse un esfuerzo propio— exageran la capacidad de metamorfosis moral de los planteles educativos son los primeros en sorprenderse cuando la experiencia acaba por demostrarles que los resultados del famoso "transformador" no corresponden de hecho a sus esperanzas.

En lugar de disminuir, esta actitud va acentuándose con los

años. Cada vez se descargan más los diversos órganos de la sociedad de las obligaciones educativas —y no por cierto escolares— que indispensablemente les incumben. Y cada vez las transfieren más, por delegación, a un mecanismo tan limitado en el espacio como en el tiempo: el de la escuela. Un espectador sin prejuicios puede por consiguiente imaginar la existencia de la ciudad en que habita cual si estuviera dividida en dos porciones muy desiguales: la de los que viven... y la de los que aprenden para vivir.

En la primera de esas porciones, todo es posible, mientras no lo castigue la ley: las ambiciones desmesuradas y los egoísmos inexorables, la mentira sistemática y la vanidad morbosa, la insolencia del lujo y la congoja de la miseria. En la segunda de esas porciones todo debería ser, al contrario, esfuerzo y perseverancia, rectitud y nobleza, afán de sabiduría y voluntad creciente de perfección.

Los frutos de esta distribución tan irregular de rigores y de funciones no pueden ser sino lo que son: amargos y lamentables. La escuela es imprescindible y todo lo que se haga por mejorarla contribuye indudablemente al bienestar general. Pero la escuela es parte de la vida en común y, como parte que es de esa vida en común, nos ofrece un espejo crítico. Cuando nos irritamos contra el espejo —porque el rostro que nos devuelve no nos agrada— deberíamos, primero, reflexionar con serenidad: ¿cuáles son las deformaciones atribuibles a los defectos del espejo —y cuáles los rasgos infortunados que, en nuestra imagen, nos importunan pero que admitimos de muy buen grado en nuestro semblante?

El maestro y el ciudadano no son cifras aisladas y de efectos complementarios. Cuando es maestro, el ciudadano tiene una obligación especial y profesional, que debe cumplir con eficacia y con honradez. Pero, aun sin ser maestro, el ciudadano es un educador en potencia, para lo bueno y para lo malo. Cuando los actos y las palabras de esos dos instructores se contradicen, el poder de transformación de la escuela desciende con trágica rapidez.

De ahí que no falte nunca razón a quienes subrayan la necesidad de educar al padre; porque el padre es el primer modelo que la familia propone al hijo. Si ese modelo desmiente con sus hechos el ideal de la educación, los mejores métodos pedagógicos tropezarán contra una resistencia interior de alcances incalculables.

En lo moral, lo que señalo es tan evidente que me parece superfluo ahondar el tema. Pero hay un campo que ha sido menos investigado en esta materia: el de la educación como introducción a un género de existencia en que prevalecen cada día más los factores técnicos y científicos.

Se ha dicho siempre que es menester situar bien al hombre dentro del paisaje histórico, material y espiritual, en el que va a tener que vivir. Por lo que atañe al hombre de nuestro siglo, una cosa es obvia: las ciencias y las aplicaciones de las ciencias desempeñan un papel de extraordinaria importancia en su devenir. Una de las preocupaciones más perceptibles en los actuales psicólogos de la educación es la de examinar los procedimientos más adecuados para formar en el alumno un sentido científico que le permita actuar y pensar en el mundo técnico sin sentirse en la posición de inferioridad del miembro de la tribu ante los sortilegios del mundo mágico. No se trata de hacer del joven un aprendiz de sabio, sino una persona capaz de participar, aunque sea con modestia, pero conscientemente, en el progreso común. Tampoco aquí está en aptitud la escuela de sustituirse por completo a la acción que ejerce la sociedad entera sobre el adulto. Hace años varios intelectuales se reunieron en Suiza con el propósito de meditar acerca de las reacciones del hombre moderno frente a la ciencia. La discusión les condujo inevitablemente a estudiar el problema de la educación extraescolar del adulto desde el punto de vista de la divulgación científica y de la cultura general. "¿Qué hace el hombre del pueblo?" se preguntaba uno de esos intelectuales, el señor Lalou. "Acepta las comodidades que la ciencia le ofrece, pero las emplea únicamente en forma utilitaria. ¿Cuáles son las leyes científicas que le permiten disponer de esos instrumentos? Ni siquiera se plantea la cuestión. Descansa en una ignorancia perfecta, de la que no quiere que se le distraiga."

En un examen de los motivos que explican la angustia de nuestro tiempo, no podía faltar una observación: el hombre medio de esta segunda mitad de nuestro siglo vive materialmente asediado por la inquietud de la actualidad. Y vive asediado por ella hasta tal extremo que, a ciertas horas, el espectador de buena fe se pregunta si no ha perdido toda conciencia de su pasado y toda confianza en su porvenir.

El fenómeno no es de hoy. Pero es hoy cuando se acusa con caracteres más amenazadores. Se vive al día; aunque no, como decía graciosamente López Velarde que vivía *La suave Patria*, "en piso de metal" y "de milagro"; sino en la zozobra de una afición morbosa a no ver más allá de la mínima actualidad. Para millones de hombres y mujeres, en todo el mundo, el periódico ha sustituído al libro, la película a la novela, y la televisión empieza a sustituir al cinematógrafo. Aun esto no es juzgado todavía bastante por muchos de nuestros prójimos. ¿Cuántos, en cambio, sa satisfacen con leer los "encabezados"? Ahí, en los gruesos títulos, encuentran la actualidad en lo que imaginan su estado puro. Se desencadenó una huelga. Naufragó un barco. Chocaron dos aviones. Y como ocurre que la esperanza y el bienestar no resultan noticias de ocho columnas en el sentido profesional, esa actualidad en "encabezados" conduce a síntesis pesimistas.

791

La radio, por su parte, con sus diarios orales, ahorra a muchos, incluso, el matinal esfuerzo que acabo de mencionar. Y por la noche, en el cine, cuando la publicidad no los asfixia del todo, los noticieros atraen particularmente por eso: porque exhiben la actualidad en su forma más evidente, aunque más transitoria, en la sonrisa de una princesa o en el gesto de un orador. A menudo, esas imágenes no tienen más valor que el de estar presentes. A menudo no les prestamos el menor contenido anímico. No nos son ni simpáticas ni antipáticas. Son actuales. Nunca la contemporaneidad había implicado asentimientos tan absorbentes y tan monótonos. "Se acerca la época —escribía hace pocos años Julien Benda— en que el hombre no vivirá sino en el instante (*in-stans*), fuera de la menor fijeza de su atención, ignorante de todo recogimiento." Pero ocurre que si algo caracteriza al hombre es, precisamente, su capacidad de ser inactual y de vivir el presente en función de su historia y con vistas hacia el futuro. El encierro en la actualidad es tal vez la ley de los animales, que aceptan sólo el presente: "soy", "gozo", "apetezco", "sufro". Pero es otra la ley humana. Su majestad más segura es la del recuerdo. Y su fuerza más alta es la previsión.

Sin embargo, el hombre medio de nuestros días no sabe recordar y no se interesa mucho en prever. El hombre medio de nuestros días parece tener miedo a su propia continuidad y pone su aptitud de evasión en tomar, por asalto, cada instante que pasa —como el perseguido, para escapar a la policía, se sube a un tren, sin averiguar previamente qué rumbo lleva.

La culpa de esta situación no la tienen, por supuesto, los periodistas, ni los locutores de radio, ni los fabricantes de sueños en celuloide. Todos ellos —técnicos de la actualidad— producen, con mayor o menor rigor, lo que el público les pide. Su producción es muchas veces indispensable y suele prestarnos grandes servicios. Pero acontece que, del total de esa producción, el público hace frecuentemente el peor de los usos posibles, el que compromete menos su libre examen, el que solicita menos de su talento, el más automático y, por precario, el más superficial. Lo que, como medio, representa un valor puede convertirse en tóxico para quienes lo toman como un fin en sí mismo, como una meta.

Es magnífico ser actual. Y pecaría de absurdo quien pretendiera vestirse a la usanza del siglo XII o prescindir, en la mesa, del tenedor —porque no lo esgrimían los comensales del Rey Arturo—. Pero ser actual no puede consistir en ser actual exclusivamente. Sólo cargando el motor de la actualidad en la batería del pasado —y orientando conscientemente la dirección hacia los objetivos del porvenir— será el hombre actual digno de ser hombre.

He hablado ya de la soledad en la multitud. Peor soledad aún resulta ésta, que por no ver sino el hoy —que, a cada veinticuatro horas, se vuelve ayer— nos desvincula en verdad de nosotros

792

mismos, nos aísla de nuestra historia y amenaza con mutilarnos de lo mejor que posee la vida: la aptitud de hacerse y de organizarse, merced al plan de la voluntad.

A fuerza de atender a la actualidad, de seguirla y de obedecerla en todos sus cambios, hay individuos que se tornan tan dóciles a la influencia exterior de los acontecimientos que se pierde, ante ellos, la solidez de una perspectiva humana. ¿Cómo fueron, hace tres años? ¿Cómo serán dentro de seis meses? ¿Qué les gustará de lo que ahora aplauden? Y, de lo que ahora les entusiasma, ¿qué les conmoverá?

Saber ser actuales supone un margen de honrada inactualidad. Cultivemos con rectitud ese noble margen. No con la pasividad del conformista —que, por respeto a lo que fue, no se atreve a ser—. Sino con la audacia del que sabe que vivir es una tarea, que durar es edificarse y que no es de hombres flotar sobre la ola de cada instante, sin pasado y sin porvenir.

NOTAS DE VIAJE Y DE LECTURA

MAESTROS VENECIANOS

I. EL ENIGMA DE VENECIA

DE TODOS los Teodoros que el Santoral registra, el que más nos conmueve por su infortunio es el que descubrimos, al llegar a Venecia, en lo alto de una de las columnas de la "Piazzetta", entre el Palacio Ducal y la Biblioteca de Sansovino. Frente a este discreto San Teodoro —que no parece suscitar la curiosidad de los visitantes—, se yergue, sobre la otra columna, el León de San Marcos, símbolo del Evangelista y emblema de la ciudad.

Uno y otro —San Teodoro y San Marcos— son los patronos católicos de Venecia. Los venecianos, orgullosos de haber hallado en Alejandría el cadáver de San Marcos, y de albergarlo entre las reliquias de su basílica, fueron olvidándose poco a poco del más antiguo de esos patronos. La imaginación y la heráldica prefirieron el león alado al dragón vencido.

Los mercaderes que le ofrendaron el cuerpo de San Marcos, dieron así a Venecia, a la vez que un tesoro ritual, un destino histórico. El león alado iba a ser, en lo sucesivo, el Dux por antonomasia. Con razón los escultores y los pintores nos lo presentan frente a una serie de jefes arrodillados. Bonaparte no se engañó al arrancarlo de la columna de la "Piazzetta", para mandarlo a París, junto con los caballos de bronce de la basílica... Despojar a Venecia del símbolo de San Marcos (es decir: del timbre de sus hazañas navales y mercantiles) equivalía, hasta cierto punto, a decapitarla. La República de los Dándolo y de los Fóscari volvió a ser una ciudad italiana como las otras, más bella que muchas otras, seguramente, pero también más herida, otoñal en marzo —y hasta en agosto— y, a lo largo del día entero, crepuscular.

La trayectoria de Venecia puede cifrarse mediante el cálculo de esta opción entre dos posibilidades: la firmeza interior, modesta, apacible y un tanto opaca, o la gran aventura lírica y comercial, la conquista del Adriático y de una porción del Mediterráneo, el oro de Bizancio en los mosaicos de sus iglesias, la toma de Constantinopla por los cruzados, los viajes de Marco Polo a Mongolia y China, la rivalidad con los otomanos, y —después de la opulencia en el triunfo— la pompa en la decadencia, el carnaval de las góndolas y las máscaras, las comedias de Goldoni, los lampadarios de Murano y las audacias de Casanova, Marco Polo del erotismo...

¿Qué habría sido Venecia sin tamaña aventura lírica y comercial? Una Verona mórbida y cautelosa. O una Padua más refinada —y, tal vez, más frágil—. Pero imaginarla en clausura implica una vana hipótesis del espíritu. Su vocación oriental fue reconocida por Carlomagno, cuando admitió que los venecianos figurasen entre *los fieles* al Imperio Bizantino. Poco después, Bon de Malamocco y Rústico de Torcello llevaron hasta Rioalto el cadáver de San Marcos, descubierto por ellos en una iglesia de Alejandría. A partir de entonces —escribe un cronista— ¡*Viva San Marcos!* fue el grito de la República. La figura del león coronó los pórticos, se acuñó en el bronce y la plata de las monedas, decoró la proa y las velas de los navíos. De espaldas al Occidente latino, Venecia iba a tener que buscar su vida en los mares por donde nace el sol... En el siglo xii, principió la costumbre de celebrar, anualmente, el día de la Ascensión, la fiesta del Bucentauro y las nupcias del Dux con el Adriático.

Esas nupcias fueron propicias, a pesar de las críticas de Quevedo. En su *Mundo caduco*, el gran español protesta contra la tiranía marítima del Dux, "más adulterio que desposorio —dice— pues es con esposa ajena..." Y reivindica la libertad de navegación.

Pero, aceptárala o no Quevedo, la razón social Adriático-Venecia constituyó, durante varias centurias, un éxito incuestionable. Él mismo hubo de confirmárnoslo al escribir, en *La hora de todos*, que "la serenísima república de Venecia" hacía "oficio de cerebro en el cuerpo de Europa".

Para quien halla, en sus puentes y en sus canales, un escenario sentimental, esta concepción política de Venecia resulta singular en el siglo xx. Sin embargo, antes del Romanticismo, tal concepción era la que privaba en la mente de los viajeros más perspicaces. Conviene no descuidarla, si intentamos un examen profundo de la ciudad, pues los escritores han insistido excesivamente en describir a Venecia como si fuese, tan sólo, un espectáculo agonizante. Entre otros, dos libros célebres (*La muerte de Venecia*, de Maurice Barrès, y *La muerte en Venecia*, de Thomas Mann) se esfuerzan desde hace años por mantener, cada cual a su modo, la necrofilia de los turistas.

Muchos desencantados van a Venecia como otros asisten a un entierro lujoso o, por lo menos, como algunos admiran un lánguido atardecer. Cuanto más prolongado y decorativo, más lo disfrutan. Se empeñan en ver morir lo que está muriendo desde hace tiempo y no acaba nunca de disgregarse. Jamás encuentran bastante negras las góndolas enlutadas, ni suficientemente cercana la isla de San Michele, ciudadela de los difuntos. Gozan del palúdico olor de las aguas inertes en los rincones, sobre peldaños de mármol del cuatrocientos. Y, en el magnífico gorgonzola con el que —un día— cierto gastrónomo impertinente se atrevió a comparar a la gran ciudad, buscan los trozos más deleznables, las vetas más fermentadas y más oscuras. Paladean con lentitud enfermiza la decadencia de la ciudad.

He mencionado a Barrès. Su caso me parece muy significativo. Finisecular como nadie, el novelista de *Los desarraigados* vivió soñando con ciudades que fueran estaciones románticas de psicoterapia. Se entusiasmaba frente a Venecia y frente a Toledo. En una y en otra, no quiso ver la grandeza implícita, el denuedo viril de la voluntad, la inteligencia que ambas necesitaron para llegar a la cima de su destino. En su deseo de acariciarlas, Barrès las pule, las afemina inmediatamente. Una de ellas —Venecia— lo invita a hacerlo, por la sensual apariencia con que lo engaña. Pero lo que importaba aclarar —y Barrès no lo procuró— era eso, precisamente: el por qué *político* de ese engaño.

Encontramos, en su libro sobre Venecia, páginas admirables. Sobre todo, frases hermosas. Éstas, por ejemplo, que traduzco al azar de la relectura: "El poder (de Venecia) sobre los soñadores proviene de que, a lo largo de sus canales lívidos, sus murallas bizantinas, sarracenas, lombardas, góticas y romanas —también barrocas— alcanzan, bajo la acción del sol, de la lluvia y de la tormenta, ese equívoco punto en el cual, más abundantes de gracia artística, comienzan a descomponerse. Lo mismo ocurre con las rosas y con las flores de la magnolia: ofrecen su olor más embriagador y sus colores más vivos cuando la muerte dispara en ellas sus secretos cohetes, y nos propone sus vértigos." Más adelante, hallo un comentario feliz sobre el silencio espléndido de Venecia. "Semejante silencio —apunta Barrès— no obedece a la ausencia del ruido, sino a la ausencia del rumor sordo. Los sonidos se deslizan, netos e intactos, en el aire límpido; las murallas los lanzan a la superficie de la laguna y ésta los refleja, sin mezclarlos."

¿No os inquieta el esteticismo de estas fórmulas insinuantes? ¿No adivináis, desde luego, la involuntaria falsía del estilista que las trazó? Sólo los muertos entierran bien a los muertos. Y, como creo que Heine dijo: hay que ser un poco ruina uno mismo para gozar de las ruinas tan fácilmente.

Barrès se ufana de esa morbidez otoñal de su pensamiento. El abandono de Venecia lo aflige, aunque no desearía en manera alguna modificarlo. Se niega a vivir en ella como en una ciudad habitada, industrial, eufórica. Su genio comercial y sus antiguos métodos de gobierno, republicanos y despóticos, lo dejan frío. Frente a su belleza estancada, se encoleriza. "¡Hiere! —le grita—. ¿Cuándo desenvainarás tu puñal?"... Pero no merece que tomemos en serio esos arrebatos. No ansía, en realidad, que Venecia lo hiera. Desdeña el puñal oculto. Prefiere admirarlo así, envainado por el misterio desde hace siglos...

Antes que Barrès, otro enfermo incurable cantó a Venecia, con el mismo amor melancólico y tenebroso. Hablo de Lord Byron.

799

A él, por lo menos, lo hirió el puñal. En el Canto IV de su *Childe-Harold*, vibra un pesimismo que parece anunciar al de Barrès. Sin embargo ¡qué diferencia entre uno y otro! Byron no ignora la magnitud auténtica de Venecia. Se detiene, en el Puente de los Suspiros; pero es para recordarnos la grandeza de la *Cibeles del Mar*, como llama él a la ciudad de los Mocenigo, en uno de cuyos palacios vivió y soñó. Imagina a Venecia coronada de torres, reina de las olas y las divinidades del Océano. "Sus hijas —dice— recibían por dote el despojo de las Naciones. El Oriente vertía en su seno la lluvia de sus tesoros."

Si bien el énfasis de estas exclamaciones se antoja anacrónico, la actitud moral que revelan es mucho más humana y más comprensiva que la de Barrès. En la plaza de San Marcos, donde se humilló Barbarroja, Byron deplora que el león de Venecia no fuera ya sino un motivo de escarnio en los años de la dominación austriaca. "¿Dónde está el ciego Dándolo?" se pregunta. Nos impresiona entonces la evocación del Dux que en la noche inmensa, de sus ojos y de su edad, alentaba a las tropas frente a Bizancio.

No me resigno a la óptica de Barrès; ni siquiera a la de Lord Byron. Desde un balcón del Palacio Gritti, oigo en la sombra la canción jovial de los gondoleros. ¡Cómo incita a vivir y a exaltar la vida! Veo la luna enjoyar de nácar la cúpula de Longhena: Santa María della Salute. En seguida, el nombre de esta iglesia me plantea otra interrogación: ¿por qué ha servido de tema para tantos deliquios fúnebres una ciudad que dedicó uno de sus monumentos más importantes a la salud?... Todos saben la historia. En varias ocasiones la peste azotó a Venecia. Millares de venecianos la padecieron y sucumbieron. En 1510, Giorgione fue una de sus víctimas. Como exhortación a la Virgen, la población decidió elevar un templo y consagrarlo al afán de sobrevivir. A ese propósito obedeció, en el siglo XVII, Santa María de la Salud.

Semejante afán de sobrevivir constituye, para nosotros, la explicación más lógica de Venecia. Unida a la realidad exterior por una cinta de tierra firme (que parece teórica, de tan frágil), la ciudad estaría aislada si no fuese por las mareas. Éstas, con su ritmo, la asocian secretamente a la esencial vibración del mundo. Los que la califican de *ciudad muerta* desdeñan un hecho considerable: la de Venecia ha sido siempre *laguna viva*. Todos los días, a ciertas horas, el pulso del universo late en sus aguas. Y no siempre con púdica discreción. Por sí solo, ese latido refuta la necrofilia de los turistas.

Lo que me molesta, en esa necrofilia, es la incomprensión radical de quienes la exhiben. Van a Italia como a un museo etrusco, en busca de urnas mortuorias y de sarcófagos. E Italia exige, al contrario, en Venecia como en Florencia, una gran avidez vital. En este punto, más que Lord Byron —y sobre todo más que Barrès— acertó un pensador que tuvo su hora de moda y que, sin duda por eso, yace hoy en injusto olvido: Hermann de Keyserling. En su "análisis espectral de Europa", examinó la verdad de Italia con ojos mucho más claros e inteligentes. No se refería a Venecia en particular. Sin embargo, cuanto dijo del país, en conjunto, conviene a los venecianos.

Según Keyserling, los dos polos de la vida italiana son la dramatización y el positivismo. *Panem et circenses* decían los romanos. Necesitaban, pues, encontrar, para todas las manifestaciones de una existencia tan elocuente y al propio tiempo tan práctica y tan sincera, una razón política.

Antes de interpretar esa razón política de Venecia —y antes de volver a olvidar a Keyserling— quisiera citar una frase de su capítulo sobre Italia. Héla aquí: "Italia —dice— es el país europeo de más antigua cultura. Alberga a las razas históricamente más viejas de Europa. Y, no obstante, en términos generales, el fenómeno de la decadencia le es desconocido." No insistiré; pero me pregunto lo que pensaría Barrès de este aserto, tan adverso a todos sus trémolos acerca de la agonía de Venecia, de su crepúsculo y de su lenta y fatal descomposición.

Toda ciudad que ha vivido mucho es, para nosotros, como un mensaje cifrado. Al tratar de leerlo, ciertos criptógrafos se equivocan. La contemplación de Venecia propone inmediatamente varios enigmas. La vemos tan abierta, tan fácil, tan sin murallas... Necesitamos ejercer una presión singular sobre nuestro espíritu y recordar que esa "complaciente" fue sobre todo, por espacio de muchos siglos, una reina trágica: implacable para sus servidores, cruel para sus rivales.

Frente a otras ciudades, como Carcassonne en el sur de Francia (y, en Italia, tantos castillos erigidos sobre lo alto de las colinas y rodeados de escarpas y contraescarpas) percibimos, desde el primer momento el destino político que encarnaban —o, para ser más exactos, la voluntad feudal que petrificaban—. Nos presentan sin disimulo sus torres, sus fosos, sus barbacanas, las almenas que vigilaban sus ballesteros, el lugar destinado a las catapultas, el camino de ronda de sus guardianes.

Son esas fortalezas como inmensos caparazones de milenarios crustáceos fósiles, máquinas de combate, hoy inútiles como tales y desprovistas de contenido. Basta mirarlas para entenderlas. La aspereza de su revestimiento explica la de sus constructores. El alma de quien moraba en semejantes recintos, concebidos esencialmente para la lucha, se entrega con reticencia, pero no con incógnitas insolubles.

En Venecia, la noción de amenaza —y de riesgo— no se declara jamás ostensiblemente. Ningún conjunto urbano se ofrece así, con amenidad tan sinuosa y tan vulnerable. Todo da la impresión de haber sido hecho para el deleite, o, a lo sumo, para la pompa —que no es siempre símbolo del deleite—. Palacios acribillados de elegantes ventanas inofensivas, con puertas a cualquier hora fáciles y accesibles. Muros ligeros; colores tenues que van del coral más tierno al azul pastel. En ocasiones, llegan al rojo; pero sin vehemencia, sin frenesí. Torres y cúpulas, muchas de éstas recubiertas de plomo, como en Constantinopla; pero de un gálibo tan sereno que se olvidan de ser pesadas. Flotan, aéreas, en un cielo que imita al de sus pintores. A veces al de Bellini, más a menudo —por verde y claro— al de las fiestas del Veronés.

La menor calle, el "campo" más silencioso (con excepción de la de San Marcos, y de su vestíbulo, las plazas venecianas se llamaban *campi* —"campos" en castellano—), nos brindan un escenario ideal para el *Volpone,* de Ben Jonson, o el primer acto de *Otelo.* En aquel balcón, nos espía Corbaccio. En ese otro, la mujer que se mira al espejo podría ser Desdémona, una Desdémona menos joven, aunque probablemente menos infortunada.

El escenario de Venecia no debe considerarse, según lo hacía Maurice Barrès, como un mero cómplice resignado de nuestras melancolías o nuestros júbilos de viajero. Constituye, al contrario, un factor constante —e imprescindible— para comprender a los venecianos. Forma parte integrante de su destino, como el león de San Marcos, o el Bucentauro, o la victoria marítima de Lepanto, o la sucesión pintoresca de los procuradores en el cortejo del Dux. Tal escenario —y no otro— convenía a los habitantes de una ciudad que, a diferencia de Anteo, perdía pujanza cada vez que tocaba tierra. Sin raíces profundas en el subsuelo, Venecia emergía de su laguna como esos cálices que cultivan —en agua— los sabios de nuestros días.

Ignoro si alguien haya pensado en estudiar a Venecia desde el punto de vista que esta metáfora me sugiere: el de la "acuicultura". Ha recibido ese nombre el método aconsejado por Gericke para cultivar, sin el concurso directo del suelo, ciertos vegetales no acuáticos. Figuran en la lista, desde el rosal hasta la vid, pasando por el gladiolo y el tomate, la piña —cantada por Andrés Bello— e incluso algunas cucurbitáceas como el melón. De acuerdo con esa técnica nueva, el cultivador no parte ya de la tierra misma, sino de un sustrato preelaborado, en el cual figuran, en proporciones precisas, los elementos que el vegetal normalmente busca en el suelo donde lo plantan los campesinos. La acción del agua, enriquecida por tales elementos, reemplaza a la de la tierra. El origen remoto de los métodos de que hablo podría encontrarse en una experiencia de Van Helmont. Hace tres siglos, el sabio flamenco plantó una rama de sauce en un recipiente que contenía 200 libras de tierra. Esperó cinco años. Y, cuando el arbusto creció, lo desarraigó cuidadosamente y lo colocó en una balanza. Pesaba 164 libras. En cambio, la tierra del recipiente no había perdido durante todo ese lustro, sino dos onzas de peso. ¿De dónde procedían, entonces, las 164 libras del sauce joven? Por sí solo, un cómputo físico no bastaba seguramente.

Me ha detenido esta anécdota porque advierto que el crecimiento de Venecia, sobre un mínimo de tierra —y dentro de un máximo de agua—, no podría tampoco explicarse, exclusivamente, con argumentos de *Física Social*. La República Veneciana nos ofrece un ejemplo que, si me perdonáis los esdrújulos, me atrevería a mencionar como un caso de acuicultura política empírica.

Su vida fue el resultado de una extraña sustitución de la solución natural del suelo por la solución arbitraria de la cultura. Ahora bien, los discípulos de Gericke creen que, en determinadas ocasiones y circunstancias, *la solución de cultura* es preferible a la natural, pues —según afirma uno de ellos— "puede constituirse como se quiere, sin tener que modificar el terreno ni alterarlo en sus caracteres físicos".

Para los venecianos, navegar y vivir tuvieron constantemente un significado muy parecido. La tierra en que se instalaron, para huir de los bárbaros invasores, les brindaba un estrato leve. Carente de fuerzas originales, requería el auxilio de una sustancia enriquecedora, comparable a la solución que preparan, en sus probetas, los técnicos de la acuicultura. Los elementos indispensables para elaborar esa solución eran —por lo menos los más urgentes— concretos y materiales. Pero no todos.

Las metáforas, por supuesto, tienen sus límites. Sería absurdo querer identificar absolutamente el despliegue de una ciudad (por marina que la juzguemos) con la floración de una planta crecida en agua. Los alimentos, las telas, el oro podrían representar —para la ciudad— lo que el ázoe, el potasio y el manganeso para las plantas. Pero cualquier población implica, ante todo, una empresa humana; o, lo que es lo mismo, una voluntad, una fe común. En Venecia, esa voluntad y esa fe alcanzaron su intensidad más fecunda entre el siglo IX y el siglo XV, en un período que limitan, por una parte, la llegada del cuerpo de San Marcos a la laguna y, por otra parte, el descubrimiento de América por Colón.

El descubrimiento de América iba a conmover a los venecianos, anunciándoles el principio de su declinación material. Las rutas de la nueva riqueza seguirían yendo al Oriente; pero ya no a través del Oriente, como hasta entonces, sino al revés, buscando el alba por el ocaso. A la audacia de España, había que añadir la de Portugal. Ésta, para Venecia, resultó más terrible aún. En efecto, la ruta de Cristóbal Colón abría a los europeos un mundo nuevo. Ese mundo, los mercaderes venecianos podían envidiarlo, pero no les afectaba directamente en sus intereses tradicionales. En cambio, al suprimir la necesidad de los emporios —continentales o insulares— entre Asia y Europa, la ruta de Vasco de Gama sí amenazaba de manera directa la economía de la República, pues Venecia había destinado principalmente sus flotas comerciales a la coordinación y al servicio de esos emporios entre Asia y Europa.

Si, como lo establece Arnold Toynbee, toda civilización (él habla de "sociedad") se caracterizara principalmente por la calidad de su réplica al medio que la circunda y si a "mayor desafío" correspondiera siempre "mayor estímulo", la historia de Venecia debería enfocarse, a lo largo del período señalado —en síntesis, siete siglos—, como la suma de las proezas necesarias para contestar adecuadamente al reto de una naturaleza que, aislando de la tierra a los venecianos, los condenaba a vivir del mar.

Proceder a esa suma, es indispensable; pero no convendría sobrestimar las dificultades opuestas por la laguna a la prosperidad de sus pobladores. El propio Toynbee señala que la posición de Venecia les deparó, durante casi un milenio, sólido abrigo. Y subraya cómo contrasta esa condición con la de otras regiones de Italia: las lombardas especialmente, destinadas a servir de eterno campo de batalla a los italianos —y a numerosos pueblos de Europa.

Acaso hallaríamos la verdad en un justo medio, tan alejado de la negación como del exceso en lo que concierne a la tesis del "desafío", tan grata a Toynbee. Ciertamente, la República Serenísima no se encontraba, como Florencia, Milán o Roma en constante peligro de invasión y de ocupación. La protegían mejor las aguas que, a sus rivales, las fortalezas. Sin embargo, el amparo que le otorgaba la geografía tenía también su precio: implicaba un continuo esfuerzo de imaginación comercial y de habilidad política.

Esas circunstancias —necesidad de imaginación y de prolongada astucia, noción de que los riesgos más efectivos son, a menudo, los más lejanos e imprevisibles— auguraban ya a la República, en plena Edad Media, un estilo político femenino. Reconozcámoslo: Venecia, como ciudad, es más hembra que Génova o que Palermo y que tantas comunas de Italia, siempre en peligro de una agresión terrestre de sus rivales.

La cultura de Venecia no se produjo "a la sombra de las espadas" sino a la sombra de los bajeles. Vivía su pueblo en una angustiosa dependencia de lo distante y en una garantía relativa frente a lo próximo. Uno de sus emblemas —el Antonio de Shakespeare, a quien Porcia salva de Shylock— representa bastante bien su psicología: mientras ignora lo que ocurrirá con sus barcos, calla su alarma, pero la sufre.

Las tormentas que más amenazan a la ciudad no son las que

atisba su Campanile sino otras, que no se ven desde la laguna: las que —a cientos de kilómetros del Rialto— estallan sobre sus flotas. Las horas más fecundas, las más tirantes, Venecia no las vivió casi nunca en su propio suelo. Las vivió lejos de sí misma, fuera del perímetro engalanado por sus palacios y sus iglesias. Las vivió en Chipre, en Lepanto, en Constantinopla. Ese vivir —que llamaríamos hoy "a control remoto"— le impuso frecuentemente, según ocurre a la mujer en el gineceo, esperas interminables, múltiples dudas y, a falta de ocupaciones, preocupación. Desfiles, fiestas —y carnavales—. En espera de Ulises, Penélope deshacía, por la noche, lo que sus dedos tramaban por la mañana... Todo ese júbilo urbano no lograba disimular la necesidad de un gobierno rígido, siempre atento a las denuncias, siempre en estado de alerta ante lo probable, asustado de ver su sombra, a cada momento, en los espejos líquidos del Canal. Ninguna administración menos crédula y más secreta. Ninguna, por consiguiente, más femenina.

Un ideólogo generoso —pienso en John Ruskin— quiso hacernos creer que los procedimientos crueles del régimen veneciano fueron producto y no condición de la oligarquía. Para el autor de *Las siete lámparas de la arquitectura*, los siglos del desarrollo veneciano deben considerarse como "el interesante espectáculo de un pueblo que combatió la anarquía, restableció el orden público y confió el poder al más digno y merecedor". Según su criterio, "la forma misteriosa y pérfida de gobierno" empezó en Venecia mucho después: cuando la República se humilló frente al Turco, el año en que estableció la Inquisición de Estado.

Pero ¿es posible olvidar los dramas de las épocas anteriores al gobierno de Fóscari? Recorro una lista cronológica de Venecia. Y leo, entre otras, estas frases de un laconismo muy expresivo:

Deodato Orso; gobernó 13 años; fue asesinado en un motín... Galla, su sucesor, gobernó un año. Le arrancaron los ojos; lo desterraron... Doménico Monegario; gobernó 8 años. Le arrancaron los ojos y fue expulsado de Venecia... Juan Particiaco; gobernó 8 años. Lo encerraron en el Convento de Grado, donde murió... Pedro Gradénigo; gobernó 27 años; murió asesinado... Pedro Candiano IV; gobernó 17 años; murió en una sedición... Pedro Centranigo; gobernó 6 años; fue depuesto y encerrado en un convento... Domenico Silvio; gobernó 13 años; fue depuesto... Vital Michieli II; gobernó 17 años. Murió en una sedición... Marino Faliero; gobernó un año; fue decapitado...

Ruskin insiste en un hecho innegablemente importante y, sin duda, amenazador: la creación de los Inquisidores de Estado. De acuerdo con su tesis, encuentra en ese acontecimiento la explicación de la decadencia de la República. Pasa por alto, entonces, no sólo la lista que acabo de resumir, sino dos circunstancias reveladoras: la institución del Consejo de los Diez y el establecimiento de la Inquisición Religiosa, anterior a la del Estado. Ambas circunstancias quedan inscritas en los anales del siglo XIII; es decir, en la edad que Ruskin elogia con más ardor y que parece estimar exenta de mácula aristocrática...

Sería inútil proseguir. Antes y después de Fóscari, la administración veneciana fue una máquina implacable, más rigorosa quizá cuando principió el crepúsculo comercial y político del régimen; pero, desde un principio, capaz de metódica crueldad.

La moral suele influir demasiado poco en determinadas técnicas de gobierno. Así, para entender el fenómeno veneciano, resultan más luminosas las perspectivas de Simmel que las de Ruskin. En su ensayo sobre la *Cultura femenina*, Simmel escribe: "Si quisiéramos manifestar con un símbolo el alma femenina, podríamos decir que, en la mujer, la periferia está más estrechamente unida con el centro y las partes son más solidarias con el todo, que en la naturaleza masculina... Cada una de las actuaciones de la mujer pone en juego la personalidad total y no se separa del yo y de sus centros sentimentales."

¿No ocurrió algo semejante en el caso político de Venecia? A mil leguas de la Basílica de San Marcos, en la *periferia* del imperio marítimo organizado por la República, un temporal, una crisis o la aparición de una flota hostil podían debilitar —cuando no arruinar— el sistema todo. La suntuosa y magnífica araña parecía indiferente, en el centro de su refugio, a la vibración de la tela invisible, tejida sobre el Adriático, el Mediterráneo y, en ciertos años, sobre el Mar Negro. ¿Cómo admitir, en verdad, esa indiferencia? La menor ruptura de una red fabricada con tanto esmero era un ataque directo a la araña misma. Al igual que en el texto de Simmel, cada actuación de Venecia *ponía en juego a todo su ser*.

Hay más aún. Párrafos adelante, Simmel declara que "el modo de ser unitario de la mujer explica su gran susceptibilidad". "Las mujeres —opina— se sienten ofendidas más fácilmente y más pronto que los hombres, no porque los elementos y la estructura de su alma sean más débiles o más tiernos, sino porque la unidad compacta de la naturaleza femenina no le permite, por decirlo así, localizar un ataque... La agresión a un punto determinado invade bien pronto toda su personalidad."

Aquí también vamos aproximándonos —más que en la obra de Ruskin— a la interpretación de la oligarquía veneciana y de sus oscuros procedimientos tácticos. Venecia, más femenina, tenía que ser, por definición, más susceptible a la ofensa —y más rencorosa— que muchas ciudades europeas, aparentemente más vulnerables. Tal susceptibilidad, que la convertía, por fuerza, en oído atento a las delaciones, la orillaba al recelo, a la indagación discreta —y a la venganza.

El régimen de los "inquisidores de Estado" fue repulsivo, sin duda; pero no incoherente con el resto de la política veneciana. Por eso los puentes más célebres de Venecia son el de Rialto, abarrotado de expendios, símbolos del comercio, y el de los Suspiros, entre el Palacio y la cárcel: símbolo del poder. Procede señalar, en efecto, que una de las instituciones que la oligarquía veneciana llevó a su colmo fue la prisión. Las *Memorias* de Casanova describen sus calabozos. Eran los más inquietantes de Europa, a despecho de la Bastilla. Se llamaban "los plomos", porque de plomo estaban revestidos sus techos, para martirio de los reclusos. Bajo el sol de agosto, aquellas planchas metálicas ardían terriblemente. Las celdas altas podían concebirse, en verano, como vestíbulos del infierno. Durante los meses invernales, los pisos bajos —húmedos y profundos— permitían otras torturas: reumatismos y pulmonías al por mayor. En todas partes, prosperaban las ratas, ávidas y tremendas.

Los que se pasman frente al lujo del Palacio Ducal deberían recordar siempre la vecindad de esos plomos junto a esos oros... Con filosófico eclecticismo, la Municipalidad de Venecia ha trazado un itinerario, que los turistas acatan sumisamente: suben, por la Escalera de los Gigantes, admiran *El Paraíso* del Tintoretto —y no dan término a su visita sin pasar, aunque sea de prisa, por las celdas desocupadas.

¡Qué lejos nos sentimos, por fin, de la suave y diserta melancolía en que se gozaban los cantores románticos de Venecia! ¡Y cómo advertimos mejor, ahora, el secreto de su belleza plástica: artificio consciente, deliberado; antifaz alegre sobre la piel de un semblante adusto! Un semblante que, en ocasiones (y, a veces, al mismo tiempo) contraían la cólera y el rencor, la ambición y la incertidumbre... Esa serenidad oficial, que proclamaba el nombre de la República, la mantenían —como espectáculo— la gracia de sus palacios y el orden de sus pórticos y sus templos. Pero no la confirman, en la realidad histórica, ni el dramatismo de su política, ni la avidez voluptuosa de su pintura. Según lo veremos en los próximos capítulos, ésta nos lleva a los encantadores mitos de Tiépolo, a través del Ticiano y del Veronés. Pero nos conduce igualmente —si queremos seguirla en sus últimas consecuencias— hasta las iluminaciones del Greco, por el camino del Tintoretto.

II. LOS ARTISTAS VENECIANOS DEL MOSAICO

LA MÁS durable de las contribuciones venecianas a la cultura debe buscarse en el arte de sus pintores. Pero este arte no principió realmente en la tela y en la madera; empezó en el muro. Hallamos sus precedentes en los mosaicos de la Edad Media. El centro —político— de esa producción no estaba en Venecia, sino en Constantinopla. Por tanto, para juzgar de la evolución de lo bizantino en las márgenes del Adriático hay que llegar al Bósforo. La frase que acabo de escribir me hace pensar en aquellas que Proust ponía en los labios dogmáticos del barón de Norpois. Por ejemplo, "la ruta que va de París a Londres (el personaje hablaba en los primeros años de nuestro siglo) pasa necesariamente por Petersburgo". Sonrío de la comparación. Pero, sin embargo, tengo hoy que proponeros un desvío en el orden de este paseo rápido por Venecia. Volveremos a ella, sin duda; pero será más tarde —y, entonces, desde Bizancio.

En Bizancio, visitaremos ahora Santa Sofía. Para los bizantinos del siglo VII, esta iglesia se presentaba probablemente como una isla, espléndida y colosal. Hoy la devora una lepra de feas reconstrucciones. Las obras que la rodean, si la apuntalan, no la acompañan. Son muletas que la soportan, no brazos que la sostienen.

Hasta en su interior, ciertamente amplísimo, la iglesia engaña a los visitantes. Al reemplazar su sentido propio y original con un sentido de signo adverso, los conquistadores de antaño no destruyeron realmente a Santa Sofía. Hicieron algo mucho más grave: la redujeron a servidumbre, para enjoyarla después, agresivamente, como a una esclava.

Una ruina puede seguir siendo noble, hasta entre malezas. Un monumento desnaturalizado no lo es jamás. Los edificios, como los hombres, resisten a muchas mutilaciones materiales; pero no a la violación invisible: la de su espíritu. Eso pasó con Santa Sofía. Una mano que se juzgó tolerante cubrió con yeso los mosaicos que no arrancó, y expulsó de los altares y de los muros a todo un pueblo de vírgenes y de apóstoles, de pastores y de santos. Reemplazó sus semblantes con arabescos.

Los espacios tuvieron que enmudecer. Brazos vehementes colgaron de los pilares anchas rodelas damasquinadas de negro y oro. Al verlas, piensa el turista que alternarían mejor con esos escudos las cimitarras y los alfanges de una panoplia... Quedan, sin duda, la cúpula gigantesca (reconstruida en 562, menos gallarda y audaz que la primitiva), las columnas traídas de Éfeso y esas otras, talladas en pórfido, que sostuvieron alguna vez, en Heliópolis, el templo erigido al Sol. Pero esos mismos restos grandiosos no nos convencen profundamente. No los sentimos siempre genuinos. Salvo la concepción imperiosa del edificio —presionante como una ley— todo aquí representa y consagra múltiples exacciones y todo evoca el triunfo de una opulencia, más docta en el arte de poseer que en el júbilo de inventar. Grecia, Egipto, Mesopotamia, aportaron aquí a Justiniano su ofrenda última. Dedicada a la sabiduría divina (*Ayia Sofía* era el nombre de la basílica, en tiempos de Constantino) la iglesia impone, avasalla, manda —mas no persuade—. Sin hablar ahora del Partenón (pues no me atrevo a comparar con la obra de Ictinos estas Pandectas de orgullo y mármol) el menor de los templos griegos de la era clásica expresa, para nosotros, más alta sabiduría.

Por fortuna, los mosaicos existen. Ellos son los que nos trasmiten —de lejos— la voz auténtica de Bizancio. Gracias al desdén o a la prisa de los sultanes, que los mandaron enjalbegar, pasaron inadvertidos durante siglos. Hace un poco más de cien años, cierto arquitecto suizo, monsieur Fossati, al restaurar la que entonces era mezquita, por orden de Abdul-Medjid, descorrió la cortina de estuco, vio los mosaicos y copió los que pudo, hasta donde pudo. La misión norteamericana de Thomas Whittemore ha conseguido rescatar muchos de los tableros y de los frisos originales; entre ellos, sobre la puerta del centro, el Cristo del tímpano, el "Pantocrator", el Todopoderoso, que bendice desde su trono a la muchedumbre. Aunque se le sitúa en las postrimerías del siglo IX, no se sabe la fecha exacta en que fue acabado. Puede suponérsele obra de iniciación. Es un robusto ensayo, pero hecho todavía por manos sin gran destreza; primer regreso a la plástica de la imagen después de años de intensa lucha: aquella en que los iconoclastas resultaron finalmente vencidos. Da valor a esta hipótesis la figura del "basileo" postrado a la diestra del Redentor. Representa a León VI, en el acto de recibir, como investidura, la divina sabiduría. Su rostro, de ojos atónitos, larga nariz judaica, barba rizosa y densa, forma un triángulo doloroso, insertado por el artista en el oro de un círculo magistral.

¿Cuál fue la vida del soberano? Cuenta la historia (y lo comprueba el mosaico, hasta cierto punto) que su salud parecía precaria, su humor huraño, su melancolía muy apegada a las ceremonias de la liturgia y a los ritos de la etiqueta. Más aficionado a la teoría que a la práctica del gobierno, se rodeó de validos, no siempre fieles. Jurista —y teólogo por momentos— publicó los textos de Justiniano. Promulgó muchas leyes nuevas. Una entre otras, que no cumplió: la que prohibía a los bizantinos contraer matrimonio más de tres veces.

Hastiado de su primera esposa, León VI no tardó en reemplazarla con Zoe, hija de Estiliano, su favorito. A la muerte de Zoe, le interesó la bitinia Eudocia, que falleció prematuramente, Y el monarca volvió a empezar, con una Zoe número dos, de la que hizo previamente su concubina. Más dichosa esta cuarta unión que las anteriores, le dio el hijo varón que León VI necesitaba: aquel famoso Constantino Porfirogéneta (engendrado en la púrpura), archivista, letrado, orfebre, y, sobre todo, incesante compilador.

¿Coincidirá realmente este trozo de biografía con el retrato en mosaico de León VI?... No puedo garantizarlo. Lo que interesaba al artista era presentarnos un testimonio fehaciente —oficial, y a la vez sagrado— de la investidura del "basileo".

Se ha dicho que el fondo de oro de los artífices bizantinos tenía, como función, la de ligar y reunir a los personajes. No es siempre cierto. En Santa Sofía, el oro del fondo aísla a los actores y, en lugar de establecer entre ellos una concordia humana, los obliga a una soledad inquietante y hasta cruel.

"Durante casi un milenio —escribe, en alguna parte, Malraux— mezcló Bizancio las dos más antiguas realezas de Oriente: el oro y la eternidad. Cada vez que flaquea la eternidad, reaparece el oro"... Y concluye, refiriéndose a lo que llama una *soberana negación de lo efímero*: "Para olvidar en Bizancio al hombre, fue menester tanto genio como para descubrirlo sobre el Acrópolis."

¿Será verdad? En mis años mozos, pensé, junto con Spengler, que "el alma mágica sentía todo acontecimiento como la expresión de ciertas potencias misteriosas que llenaban la caverna cósmica con su sustancia espiritual". Creí, por eso, que Bizancio "hubo de cerrar la escena mediante un fondo dorado; es decir, por medio de un elemento que está más allá de todo colorido natural". Pero, o mi juvenil adhesión a Spengler obedecía a una incorrecta visión del arte, o los años me han alejado del "alma mágica", tal como el pensador germánico la entendía. Nadie niega lo efímero impunemente. Ese oro, en el que ve asimismo Malraux el éxito de un sistema, el que arranca a los hombres a su mortal condición humana, no me basta ya para conferir a los personajes que circunscribe la *condición sagrada* a la que pretenden.

Busco, en *La decadencia de Occidente*, las páginas que anoté con pasión hace muchos años. Hallo estos párrafos entre otros: "Los colores... son naturales. Pero el brillo metálico (Spengler alude al oro bizantino) es sobrenatural. Recuerda los demás símbolos de esta cultura: la alquimia, la cábala, la piedra filosofal, el arabesco, la forma interna de los cuentos de *Las mil y una noches*. En el simbolismo de estos fondos misteriosamente hieráticos, están contenidas todas las teorías que enseñaban Plotino y los gnósticos sobre la esencia de las cosas, su independencia del espacio, sus causas fortuitas —opiniones que, para nuestro sentimiento cósmico, resultan harto paradójicas y casi incomprensibles."

Estoy de acuerdo sólo con esta frase. Porque, en mi concepción de lo bello, es imprescindible una fidelidad absoluta al destino humano. No se me acuse por eso de realismo. Realistas, después de todo, las figuras de Santa Sofía lo son también. Más, sin comparación, que las caras pintadas por Leonardo. Y mucho más que los torsos de Fidias o las cabezas de Praxiteles. Al León VI de Santa Sofía lo descubrí varias veces en 1955 durante mi excursión por Constantinopla. Cierto día, iba en autobús, menos flaco sin duda y más sonriente. Era un catedrático de Ankara, delegado a la Conferencia Universitaria que me dio ocasión de apreciar el Bósforo. Lo vi, después, en un restaurante, tan demacrado entonces como el del templo. Y lo encontré también en la plaza Taxim, vendiendo collares de sándalo perfumado. Cualquiera de esos "dobles" del *basileo* me hizo más partícipe de su vida que el emperador incrustado por el artista del siglo IX en su nimbo jerárquico y sideral. Ni en la vida, ni en la pintura, puede el oro sustituir lo que falta al alma. Cuanto más rico es el fondo, más dolorosa la soledad.

Con el tiempo, el arte de Bizancio intentó romper ese metálico dique. Modestamente, sencillamente, trató de tocar la vida, y de jugar con las pequeñas fábulas de la vida. Sin salir de Constantinopla, con pasar de Santa Sofía a la iglesia de Kahrié-Djamí (quince minutos en automóvil, pero un salto de varios siglos en el espacio de un cuarto de hora) nos sorprende la inmensa transformación. El mosaico ha perdido la majestad de los modelos heroicos del siglo IX. En cambio, las figuras han conquistado, en verdad humilde, lo que perdieron en simbolismo. Las escenas han adquirido sentido humano. Los personajes se relacionan unos con otros, por motivos plásticos discernibles: la gracia del argumento, el pretexto vívido de la anécdota.

Los fondos áureos no han desaparecido completamente. Hacen cuanto pueden por desempeñar la función del cielo; pero ya dejan que se levanten grises montañas sobre la línea del horizonte, torres y árboles coloridos: lentas colinas y silenciosos cipreses en forma de huso, o tejados azules, blancos y rojos, como en cierto paisaje de Nazaret. Según lo apunta Grabar, en su estudio sobre la pintura bizantina, "los temas íntimos de los relatos" escogidos por los artífices de Kahrié-Djamí, les permitieron multiplicar "las interpolaciones de asuntos realistas y las interpretaciones pintorescas de los tipos constituidos".

Regresemos ahora a Venecia. Y entremos en la Basílica de San Marcos. Advertiremos que no fue inútil haber ido, primero, a Constantinopla. Sin lo que nos enseñaron los mosaicos de Santa Sofía y de Kahrié-Djamí, nos costaría trabajo entender de pronto qué realizaron, en este templo, los venecianos. Gracias a la lección de Estambul, nos damos cuenta de que, de cúpula en cúpula (y, a veces, en el interior de la misma cúpula) los artistas véneto-bizantinos se orientaron hacia el sentido jerárquico de los rostros más despojados del siglo IX, o, al contrario, prefirieron la fluidez narrativa de los ejemplos más familiares y menos ásperos.

Coloquémonos bajo la cúpula central. Es la más famosa. Nos atrae, desde luego, el personaje de Cristo, inmovilizado por el artista en el ademán de la bendición. Reconocemos su rostro grave, ascético, melancólico. Responde a la tradición bizantina clásica. A esa tradición obedecen también los pliegues de la túnica: simétricos unos, como el oleaje apacible en la playa quieta; rebeldes otros, como el principio de un torbellino. Se cree que el autor de este Cristo haya sido un artista de origen griego. Y se sugieren, como fechas probables de su trabajo, los años de 1170 a 1180; esto es: la mitad segunda del siglo XII.

Según lo hace notar un conocedor —Vladimiro Weidlé— el resto de la cúpula manifiesta un distinto estilo. Las figuras de las *Virtudes* y de las *Beatitudes* —escribe el crítico a quien menciono— son de iconografía puramente occidental. "La angulosidad expresiva de sus perfiles y de sus movimientos... las sitúa fuera del arte bizantino y subraya su condición de obras autónomas."

Me interesaba recoger esta observación. Lo autónomo, para un hombre como Weidlé, incluso en el siglo XII, era ya —en Venecia— la expresión del perfil y el deseo de reproducir el movimiento. Examinaremos, en el próximo capítulo, hasta qué grado la gran pintura veneciana vivió buscando también esos mismos triunfos: la expresión, por el modelado de la forma, y el movimiento como resultado de la luz.

Por lo pronto, no anticipemos. Estamos aún en el siglo XII. Será menester un esfuerzo de muchos años para que el arte veneciano descubra, merced a la valorización del espacio, en el color y en la luz, su autenticidad incontrovertible. Sin embargo, a algunos metros de la cúpula central de San Marcos, vemos otras que nos parecen como un balbuceo recóndito y tembloroso de la frase ya veneciana, todavía a medio expresar. Aludo a las cúpulas del atrio. Y, en particular a tres de ellas: las de José y la de Moisés. En las que nos cuentan la historia de José, apreciamos muchos detalles ingenuos y pintorescos: los sueños del panetero y del copero del Faraón y la recolección de las mieses en los años de vacas prósperas. En la de Moisés (terminada probablemente en 1290) hay escenas conmovedoras como la del profeta y la zarza ardiente, la caída del maná y el instante en que, de la roca, principia a brotar el agua.

Por las fechas, sería difícil querer unir estas manifestaciones de Venecia y las que tanto nos llamaron la atención en Constantinopla, al visitar Kahrié-Djamí. Pero la intención es muy semejante. En ambos casos, a muchas leguas de distancia y a casi un siglo de diferencia, los artistas mediterráneos luchaban por destruir el hechizo de los cánones de Bizancio, su hierática indiferencia a la biografía, su geométrica y mística majestad.

Pero el atrio de San Marcos nos reserva todavía una gran

sorpresa: la que nos causan la cúpula "de la creación del mundo" y los muros y bóvedas adyacentes, consagrados a la historia del Diluvio y la vida de Noé. La obra puede situarse en los albores del siglo XIII. Si fuese exacta la hipótesis cronológica (algunos especialistas la dan por cierta) estos mosaicos resultarían anteriores a los que acabo de comentar. ¿Por qué nos producen, entonces, una impresión mucho más moderna? Son más audaces, más italianos y menos subordinados a la ley de Constantinopla.

En la cúpula "de la creación del mundo", la decoración se ordena conforme a tres ondas concéntricas muy precisas. En la primera el artista representó los momentos mayores que cita el Génesis: la creación del cielo y de la tierra, el nacimiento de la luz, la separación del día y de la noche. En la segunda, surge la vida orgánica —y el hombre es hecho—. La tercera describe el paraíso, la formación de Eva y el pecado original.

En cada una de las tres series hay trozos extraordinarios. En la primera, el vuelo del espíritu sobre las aguas, estilizadas merced a un sistema de grandes signos caligráficos, rápidos y ondulantes, constituye un completo acierto. En la segunda, el conjunto de los peces y de los pájaros (éstos sobre un fondo de oro y aquéllos sobre un río de zafiro) revela una maestría ya prodigiosa. La tercera es, acaso, la más convencional. Los cuerpos de Adán y Eva no se caracterizan ciertamente por la belleza. Sin embargo, las actitudes indican un propósito realista y los paisajes cautivan por su eficacia y por su candor.

En cuanto al Diluvio y a la historia de Noé, los mosaicos que los evocan pueden citarse entre los más singulares de la basílica y los más expresivos de la Edad Media. Los fragmentos dedicados a la construcción del arca ponen en movimiento a todo un pueblo de carpinteros que, por sí solos, por la realidad de sus actitudes, por los instrumentos de que se sirven y por la habilidad con que los manejan, son testimonio de la solidaridad del artista con los obreros de su tiempo y de su país. Se respira, allí, una atmósfera clara y sana, de trabajo bien hecho y de hermosa alegría profesional en el cumplimiento de los deberes que honran al hombre.

Desde otro punto de vista, admira la profusión de los animales que —por parejas— van llegando hasta el arca, tal vez demasiado estrecha para albergarlos. Los cuervos, los pelícanos y las garzas están descritos con delicioso verismo y, al propio tiempo, con un donaire no exento de irónica simpatía... Noé toma en sus brazos a un pavo real. El artista hizo de la cola del ave clásica una pasmosa estilización, exacta como un análisis y centelleante como una joya. Pero, aun sabiendo que aquella estrofa de su poema sería por fuerza la más brillante, no descuidó ningún otro verso; escogió la más leve rima, el azul más tenue, para el cuello de las palomas, puso en el ojo súbito de los patos una redonda y fresca gota de luz, erizó la cresta militar y colérica de los gallos y repartió, entre todos los animales, una voluntad de justicia plástica —que persuade por coherente y encanta por afectuosa.

Conservo, entre mis papeles de Italia, la reproducción a colores de esos mosaicos. Muy a menudo contemplo una: la que representa a Noé, cuando la paloma regresa al arca. El nivel de las aguas es todavía bastante alto. Sus ondas llegan casi hasta la ventana, abierta de par en par a fin de acoger a la mensajera. Noé está solo. No se vislumbra, en el interior de la nave, a ningún testigo. De codos sobre el alféizar, el piloto tiende los brazos a la paloma. Ésta lleva, en el pico, el ramo prometedor. ¡Cómo la llaman y la bendicen los ojos sólidos de Noé! ¡Y con cuánta delicadeza la envuelven sus manos fuertes, habituadas a las caricias de los leones! Toda la poesía ruda y magnífica de la Biblia está concentrada en aquel fragmento.

Pero hay más aún. Si abandonamos el atrio y vamos al bautisterio, encontraremos otros mosaicos (de mediados del siglo XIV) que se alejan radicalmente de los modelos bizantinos del siglo IX. Todos aluden a la vida del Bautista. Los más bellos son los que rememoran el bautismo de Cristo y la danza de Salomé. La composición del primero es muy significativa. A la izquierda, sobre una roca, San Juan se aproxima a Jesús. A la derecha, tres ángeles superpuestos atestiguan el acto.

Salomé es inolvidable. Alta, sinuosa, tierna, simultáneamente cruel y tierna, no danza para Herodes. Danza a lo sumo para ella misma, para su propia satisfacción. Luce una roja túnica, salpicada de puntos de oro. Y sostiene con la mano derecha, como un sombrero, la bandeja con la cabeza pálida del Bautista.

¡Qué lejos de esta mujer los refinamientos agobiadores y decadentes de un Oscar Wilde! Hay que mirar, sobre todo, su rostro absorto. Un rostro más resignado que voluptuoso y más grave que resignado. Terrible cosa es nacer, innegablemente; pero si, además, se ha nacido hembra, terrible cosa es tener que danzar en el cuerpo secreto de Salomé. Eso, al menos, parecen decir sus ojos.

Los devotos del arte bizantino habrán advertido ya el cuidado que he puesto en no referirme a los mosaicos que más directamente reflejan, sobre los muros de Venecia, el espíritu y las técnicas de Bizancio. Los hay, sin duda. Y algunos, por cierto, son admirables: como los de la Catedral de Torcello, particularmente la Virgen del ábside. Pero no procuro medir aquí el provecho que recibieron los venecianos de la lección de Constantinopla. Trato de señalar, al contrario, lo que debieron los venecianos a su propia imaginación: esa manera suya, de sentir y de ver, que —afirmando en principio su autonomía— va preparándonos a entender las calidades que ostentará, con el tiempo, su gran pintura.

Durante las épocas más genuinas, los autores de los mosaicos del Véneto se desprenden del estricto régimen bizantino. Pero, a mediados del siglo XIV, es decir, cuando Giotto había ya concluído su inmensa obra, esos mismos artistas siguen buscando un estilo nuevo, sin aceptar los caminos que —para hallarlo— la experiencia de Giotto les proponía. ¿Fue su originalidad ignorancia pura —o fue, de veras, independencia?

Según lo admiten casi todos los críticos, Giotto empezó a pintar la Arena de Padua en 1306, el año en que recibió la visita de Dante. Resulta extraño que, estando Padua a una distancia relativamente corta de la ciudad del Dux y habiendo sido muy celebrados los frescos de esa capilla, ni uno solo de los decoradores de la Basílica de San Marcos se haya inspirado en la genial concepción del Giotto, al iniciar —varios lustros más tarde— los trabajos del bautisterio. El asombro crece de punto cuando se piensa que esos artistas pugnaban precisamente por expresar un mundo estético liberado de las fórmulas de Bizancio. ¿Y no fue eso, principalmente, lo que hizo Giotto?

El problema ha sido planteado desde hace tiempo. Y continúa sin solución. La historia del arte abunda, como lo vemos, en citas que parecían inevitables y que, de hecho, no se efectuaron nunca. A la inversa, ¿qué habría ocurrido si Baudelaire no hubiese leído a Poe? ¿Y qué habrían sido los mosaicos del bautisterio de San Marcos si sus autores hubieran querido (o podido) imitar a Giotto?... Multiplicar las hipótesis no es difícil. Pero quedémonos sin respuesta. Será mejor.

Para bien o para mal, los artistas venecianos del mosaico se alejaron de la estética bizantina, sin por eso acercarse al Giotto. A igual distancia (moral, se entiende) de la remota Constantinopla y de la Padua vecina, lucharon —como los florentinos— por una concepción más cabal de la realidad; pero lucharon con recursos y métodos diferentes.

Seres humildes —y de limitada cultura— no preveían seguramente que el mundo que ambicionaban iba a surgir como efecto de una inmensa revolución intelectual y moral. Serían precisos muchos esfuerzos de la inteligencia y del carácter del hombre para romper el equilibrio estupendo de la Edad Media, sus disciplinas, su rigor lógico y teológico, a fin de intentar un equilibrio distinto, una disciplina más libre —y otros rigores espirituales, en ocasiones no menos duros.

El sendero que condujo al Renacimiento tenía aún que pasar entre cimas muy despojadas y por muy abruptos desfiladeros. Venecia no parecía especialmente dotada para vencer los obstáculos de esa ruta. Carecía, entre otras cosas, de esa voluntad de abstracción tan necesaria a los éxitos de Florencia. Era humana, humanísima; pero no era humanística. Quería llegar al hombre por los sentidos, por los colores —y no inventarlo, pieza por pieza, línea tras línea, con el dibujo—. Desde Giotto hasta Leonardo, cada creador florentino fue, oscuramente (o en ciertos casos, conscientemente) un proyecto, más o menos plausible, de Leonardo. Todos sintieron, con vaguedad o con precisión, lo que Vinci acabaría por declararles: que la pintura es empresa mental —y que universalizarse no es tan difícil.

Los venecianos, en cambio, no concebían pintura de ese linaje —ni, a pesar de sus ambiciones políticas, pretendían tampoco a la universalidad—. Eran insulares, por definición y por interés. Ahora bien, lo más contrario al universalismo suele ser el colonialismo. Y en el alma del veneciano, como ocurre en los casos de muchos típicos insulares, dormitaba un colonialista, inseguro quizá de su vocación.

Ese colonialista en potencia prefería ser rico a ser universal. Burckhardt lo observa certeramente en una página de su libro sobre *La cultura del Renacimiento en Italia*. "El tono del carácter veneciano —dice— era el de un espléndido aislamiento, hasta el de un aislamiento casi despectivo, que traía por consecuencia una fuerte solidaridad interna, en la cual ponía también lo suyo el odio de todo el resto de Italia". Por sí sola, esa condición insular del alma de la República no explicaría ni su falta de colaboración eficaz en los preliminares del Renacimiento, ni su ávida y rápida aceptación del Renacimiento, cuando las otras urbes de la península acabaron por ofrecérselo, ya apetitoso, y dispuesto a calmar la gula —como un manjar—. Hay una razón igualmente fuerte: el recelo instintivo del veneciano por cuanto implicase, a su juicio, una mera acción de la inteligencia.

"Venecia —escribe Burckhardt, en otros párrafos de su obra— había quedado retrasada por lo que respecta a la cultura. Faltaban el impulso y el vigor literarios en general y, en particular, aquel deliquio con que se volvían los ojos a la antigüedad clásica... Si hojeamos la historia de la literatura veneciana que Francesco Sansovino añadió a su conocido libro (sobre Venecia) econtramos casi únicamente, por lo que se refiere al siglo xiv, obras de teología, de derecho y de medicina, junto con algunas historias, y, por lo que se refiere al siglo xv, el humanismo —incluídos Ermolao Bárbaro y Aldo Manucio— está escasamente representado".

¿Cómo pedir a los decoradores de San Marcos una aptitud de pesquisa y de sacrificio que no apreciaban sus compatriotas? Su esfuerzo anónimo —ejemplar y digno de admiración— no pudo igualar jamás el ahinco agudo de esas mentes lúcidas y bruñidas con que Florencia, a cada momento, desgarraba las sombras de la Edad Media. La pintura florentina —*cosa mental*— se apoyó sobre dos empresas que interesaron al veneciano bastante menos: el humanismo y la arqueología. El humanismo le señaló como condición la claridad de un lenguaje exacto, accesible a todos, universal por antonomasia. De otra parte, la arqueología la puso frente al problema de las formas plásticas absolutas: las que derivan de la estatuaria griega.

No importaba tanto a los florentinos la atmósfera de las cosas, cuanto las cosas. Y no por las cosas mismas (lo que hubiera supuesto en ellos un incentivo materialista, difícil de atribuirles) sino por la relación íntima de las cosas, dentro de una armónica perspectiva, con la razón esencial del hombre, con su destino consciente e inteligente.

Al final de la evolución que principia en Giotto, Leonardo sintió el deseo de rodear con atmósfera sus figuras. Pero ese deseo, en él, era una conclusión última del talento, no una necesidad del instinto, como lo veremos después en los venecianos. Y, antes de Leonardo ¡qué poco aire circula en los cuadros y en las decoraciones murales características de Florencia! Desde este punto de vista, hasta *La primavera* de Botticelli parece haber sido pintada bajo una campana neumática. El "viento" que tanto elogian algunos críticos en otra de las obras de Botticelli (*El nacimiento de Venus*) es un viento pensado, deliberado, casi teórico.

Para una pintura tan cerebral, el gran inventor del espacio tuvo que ser Pablo Ucello, maestro de geometría y de perspectiva. Porque al espacio cierto (el que sienten y representan Ticiano y el Veronés, Rembrandt y Velázquez) la perspectiva florentina logra sustituir un *ersatz* magnífico: la deducción lógica del espacio, el espacio que la razón entiende, no aquel que se mide con el color.

Una concepción espacial sometida con parejo rigor a la inteligencia carecía, por otra parte, de un don insigne: el de sugerir y expresar el tiempo. En su mayoría, los cuadros y los frescos de toda Italia, antes de Giorgione, parecen estar escritos en presente de indicativo. Por su rivalidad instintiva con la escultura, no esperan nada de lo que pasa. Se enorgullecen de ser eternos.

Con Giorgione —y más con el Ticiano, y más con el Tintoretto— sentiremos aparecer en la tela una larga angustia: la del día que nos escapa, la de la hora nacida para morir. Malraux lo observa muy sagazmente: la pintura del Giotto ignoraba el tiempo. Los venecianos, en cambio, como también los flamencos, integrarán en sus obras las dos nociones: la del espacio y la del minuto. Nada de lo que pintarán se hallará vedado a los lentos estragos del devenir. Tras de agregar a la perspectiva geométrica la cromática, querrán ir todavía más lejos. Y postularán una perspectiva que creíamos exclusiva de la música y de las letras: la del futuro.

En su marcha hacia la conquista de los nuevos valores, Florencia empezó más pronto y avanzó con más noble desprendimiento. Pero Venecia, en el refugio de su isla, podía esperar por espacio de muchos años... Si Florencia empleaba las armas del humanismo (la ciencia, el latín, el griego, los hexámetros de Virgilio, la concisión de Tácito) Venecia acabaría por emplear su sensualidad: la armonía de sus crepúsculos, melodiosos, largos y finos como laúdes, el lujo de un sol sonoro, la tersura de sus canales y de sus rasos, todos los goces que ofrece el tiempo a los que saben, según lo sabían los venecianos, el arte de desear. Por otra parte, si Florencia adoptaba el ejemplo de la escultura —maestra clásica del dibujo—, Venecia acabaría por entregarse al estímulo de la música, profesora intrépida del color.

Mientras tanto, los decoradores de San Marcos seguían completando y puliendo los mosaicos de la Basílica. No pretendamos considerarlos como si fueran los precedentes auténticos del Ticiano, del Tintoretto o del Veronés. No hay entre ellos y los pintores máximos de Venecia la relación que advertimos entre Giotto, Masaccio y toda una serie de florentinos —hasta Leonardo—. La que llamamos "escuela veneciana" tiene pocas raíces profundas en el subsuelo artístico de Venecia. Como la ciudad misma, y su destino político incomparable, es una planta de acuicultura. Surge de pronto, merced a un propicio sustrato histórico. Y, por comparación con las otras "escuelas" de la península, surge bastante tarde, en el vértice producido por el choque de dos olas aparentemente contradictorias: la ola que venía desde Oriente, toda brillo, metal y luz, y la ola que venía de Flandes, una región donde los procedimientos del "óleo" permitían ya a los pintores representar el espacio como volumen, merced a la densidad del color o a la ligereza de los matices, y no sólo como distancia, mediante la habilidad de la perspectiva y los recursos técnicos del dibujo.

"Rara vez adquirimos las cualidades de que podemos prescindir" decía, en una novela amarga, una mujer desprovista de generosidad, pero no de audacia ni de talento. La frase es aplicable a la Serenísima. En lo político —y en lo pictórico— la ciudad del Dux desdeñó cuanto no le era absolutamente indispensable, a corto o a largo plazo. Cultivó en cambio todo lo que necesitaba para la pompa de su existir. Sobre la persistencia de ese cultivo, estableció su grandeza y manifestó su esplendor.

III. BELLINI. CARPACCIO. GIORGIONE. EL TICIANO

ENTRE los artistas que, todavía a mediados del siglo XIV, ejecutaban, en San Marcos, los mosaicos del bautisterio, y Giovanni Bellini, con cuya obra principia la gran escuela clásica de Venecia, los pintores del trescientos y el cuatrocientos nos proponen ciertos enigmas arduos de resolver. Ya hemos aludido a los dos mayores. ¿Por qué no se apresuraron esos artífices a seguir la lección de Giotto? ¿Y por qué, si pretendían ser bizantinos, lo eran —salvo excepciones— en proporción tan heterodoxa?

El más bizantino se llamó Pablo. Lo conocemos como el Maestro Paolo, sin apellido. En el Museo Cívico de Vicenza existe una tabla suya: *La muerte de la Virgen*. Los expertos la creen pintada en 1333. Nada, en esa obra, anuncia aún el amanecer del Renacimiento. Son también del Maestro Paolo la soberbia *Coronación de la Virgen*, de la Academia de Venecia, y los *Episodios de la vida de San Marcos* (1345), en la parte posterior de la *Palla d'Oro*. De éstos escribe Cesare Gnudi que "una luz cálida y dorada intensifica el esmalte de los colores" y que el ritmo clásico de la composición "parece alcanzar, a través de la tradición de Bizancio, algo así como una pureza griega". Yo añadiría: la de los dibujos de ciertas ánforas imperfectas...

Más deseoso de libertarse, el Maestro Lorenzo (Lorenzo Veneziano) mira hacia Padua, va hasta Bolonia y, entre el oro y el rojo de sus composiciones, traduce un poco mejor lo gótico occidental que lo bizantino. Su *Anunciación*, de la Academia de Venecia, ha hecho pensar a algunos en la influencia de los sieneses. Pero ¡cuánta distancia media entre la pesantez de esas tres figuras (la Virgen, el Ángel y el donador) y la adorable *Anunciación* de Simone Martini, ejecutada precisamente en 1333, el año en que describía Paolo, conforme a sus cánones, la *Muerte de la Virgen!*

Jacobello del Fiore pintó para el Palacio Ducal, en el cuatrocientos, el *León de San Marcos*. En su Arcángel (del *Tríptico de la Justicia*) mezcló, hasta donde pudo, el simbolismo de la heráldica medieval y las tradiciones del gótico florido con el deseo de emular a artistas muy superiores a él, como el Pisanello y Gentile de Fabriano.

La influencia de Mantegna —a la que nos referiremos después, al hablar de Bellini— se advierte de manera muy perceptible en Carlo Crivelli: pintor de Venecia, aun fuera de Venecia. En efecto, desterrado de su ciudad por el rapto de una mujer, Crivelli dejó muchas de sus obras en otras partes de Italia. Los que hayan visitado la Galería Nacional de Washington recordarán una *Madona* suya, entre adornos de peras y manzanas. Los mismos temas frutales se repiten, multiplicados, en la *Madona* de Milán, de la Galería Brera: realización sin duda mucho más noble, tanto por la expresión del niño como por la belleza del rostro de la Virgen. Pero, a mi juicio, la obra maestra de Crivelli es la *Anunciación* de Londres, conservada en la National Gallery. Encuentro demasiado opulenta la arquitectura —y excesivo, acaso, el pavo real—. Sin embargo, me encantan la actitud de la Virgen, su delicado semblante de adolescente, la majestad del ángel arrodillado y, en lo alto de la escalera, el grupo de esos personajes —todavía góticos— entre las faldas de cuyas túnicas un niño asoma, curiosamente, en pueril y cándida expectación.

Dos familias dominan la escena pictórica de Venecia desde el final del siglo XIV hasta los principios del XV: la de Bartolomeo Vivarini y la de Jácopo Bellini. La primera fue opacada por la segunda: pero no hasta el grado de justificar el silencio de los críticos. Antonio y su hermano Bartolomeo fueron artistas probos y laboriosos. De Bartolomeo —el más joven— hay que contemplar, en la iglesia de Santa María Formosa, en Venecia, una *Madona de la Misericordia*. Concebida en tres dimensiones (la de la Virgen, escultórica y vigorosa, la de los ángeles, casi minúscula, y la de las mujeres y de los hombres, arrodillados en signo de adoración), la obra resulta muy sugestiva.

En cuanto a Antonio, quiero citar aquí una *Santa Úrsula:* la del Seminario de Brescia (pintada, según Berenson cree, en colaboración con Giovanni d'Alemagna), la austera y curiosa escena del Museo Metropolitano de Nueva York, un episodio de la vida de San Pedro Mártir, y el *Matrimonio de Santa Mónica,* que figura en la Academia de Venecia. Su hijo, Alvise, fue un maestro conocido y respetado por sus contemporáneos. Hay quienes le atribuyen un importante papel en la formación de Lorenzo Lotto. Su *Santa Clara,* de la Academia de Venecia, es de un ascetismo perturbador.

Antes de pasar al estudio de la familia Bellini, mencionaré (aunque sin atenerme al orden cronológico) a un pintor del que me apenaría no poder señalar más tarde los muchos méritos: Cima de Conegliano, autor de diversas obras fundamentales. Por lo menos, será menester haber visto, en la Academia de Venecia, la *Incredulidad de Santo Tomás*; la *Piedad* de la Galería Estense, de Módena, el *San Sebastián* del Museo de Estrasburgo y el *San Jerónimo* de la colección florentina Contini Bonacossi.

Como los Vivarini, los Bellini se nos ofrecen en trilogía: el padre, Jácopo, continuador de una tradición que esperaba indemne —la de Gentile da Fabriano y de Pisanello—, y sus hijos, Gentile y Giovanni. La historia de éste se halla relacionada muy claramente con un hecho importante en la historia de la pintura: el viaje de Antonello de Mesina a la capital del Dux.

Antonello es una de las figuras más representativas de aquellos años de transición. Nacido, verosímilmente en Mesina, en los albores del cuatrocientos, conoció con particular intensidad las tradiciones y los procedimientos flamencos. Antonello actuó como lo hacen esos insectos —no elogiados nunca bastante por los naturalistas— que recogen el polen de ciertas flores y lo depositan en otras, a veces extraordinariamente distantes de las primeras. Favorecen, así, misteriosos enlaces inesperados, morganáticos matrimonios; sorpresas de la botánica —que parecen obedecer a una voluntad del arte.

Antonello pintó en Venecia, en 1475, un retablo célebre: el de la iglesia de San Casiano. Algunos de sus fragmentos pueden todavía admirarse en el Museo de Viena. Si otorgamos crédito a las hipótesis de algunos críticos italianos, situaremos la fecha probable del nacimiento de Giovanni Bellini entre 1430 y 1433. Por consiguiente, en 1475 tenía más de cuarenta años. Había realizado —primero, bajo la dirección de su padre, Jácopo Bellini, y después en contacto con su cuñado, Andrea Mantegna— una serie de obras muy desiguales, aunque muchas ya muy hermosas, como la *Madona* de la casa Trivulzio, la de los Lazzaroni, en cuyo fondo se extiende un panorama límpido de Venecia, las *Exequias de San Jerónimo*, y, sobre todo, la *Piedad* de la Galería Brera. La nobleza despojada de la efusión religiosa, el dramático realismo, la delicadeza del modelado, la palidez exquisita de los colores y el patetismo del cielo que alumbra a los personajes hacen de ella una obra maestra digna de memoria en cualquier país y en cualquier edad.

Un artista como Bellini, tan bien dotado y de curiosidad tan despierta y múltiple, tenía que advertir sin demora, en 1475, cuántos senderos le abría —más como estímulo y elección que como lección— el retablo de San Casiano. Antonello había aprendido a respetar minuciosamente, en sus detalles más nimios, los temas propuestos al dibujante y, al propio tiempo, había comprendido cómo el color, necesario a la representación de las personas y de las cosas, es indispensable también para concretar el ambiente de la pintura. Su contribución a la cultura artística del Renacimiento —escribe Julio Carlos Argan— "consistió en demostrar que se podía llegar al *espacio* (valor eminentemente intelectual de la *forma* por excelencia) sin tener que pasar por el racionalismo".

En el fondo, el problema de la pintura veneciana era ése precisamente: dar vida inmediata a un mundo en que el artista participase, no por los cauces intelectuales que habían abierto los toscanos, sino de manera más instintiva y directa, por los sentidos.

Frente al platonismo de Florencia (evidente en Boticelli, pero no menos en Donatello), el sensualismo veneciano buscaba ya, lentamente, sus métodos de expresión. Ese sensualismo, tan peculiar, había tenido que someterse a presiones extrañas e inevitables. Durante la Edad Media, los artistas véneto-bizantinos vacilaron entre la ejemplaridad del modelo griego, que gobernaba el Bósforo, y la necesidad de una producción menos dura, menos abstracta, menos jerárquica, de humanidad más latina, más densa, mejor integrada en la realidad. Basta recorrer la Basílica de San Marcos para advertir qué diferencias existen entre los mosaicos de las cúpulas decoradas conforme a los cánones bizantinos (la del Pantocrator, la del Pentecostés) y las escenas, más occidentales sin duda, del narthex y el bautisterio: la historia del Diluvio, la del Bautista. . . .

Por desgracia, en cuanto afloraba la avidez por la vida, volvían a imponerse, en Venecia, las normas clásicas de Bizancio. Esto explica por qué, cronológicamente, las obras "ortodoxas", de subordinación bizantina, alternan con obras "heterodoxas", más venecianas puesto que aspiran a la naturalidad del relato y postergan, en ocasiones, la dignidad ritual de la invocación.

Al evadirse del mosaico, la pintura veneciana quiso escapar a un peligro más sutil y más hondo que el de la estética bizantina: el de la estética de Florencia. Orgullosa de su tradición oriental y de su riqueza cromática incuestionable, rehuyó cuanto pudo la tentación del racionalismo toscano prevaleciente. Sin menospreciar los Giottos de Padua, los pintores de la ciudad del Dux se inclinaban más a la gracia de Pisanello y, sobre todo, a la orfebrería de los sieneses. Pero ésta, que lisonjeaba la vocación sensual de los venecianos, no lograba ayudarles mucho en su deseo de reconstruir *lo mirado* por medio de *lo sentido*.

Ya hemos visto cómo un temperamento admirable, Giovanni Bellini, más universal y recóndito que Antonello, seguía aún, por momentos, las enseñanzas de Andrea Mantegna. Influído por él, influía también en él, pues recibía de Mantegna el amor de la forma exacta, de la erudita y estricta caligrafía, pero le daba, en cambio, el amor de la escena vívida, conmovida y conmovedora. El contacto con Antonello reveló a Bellini los secretos flamencos de la pintura. "Sólo entonces —confiesa el crítico Carlo Gamba— pudo Bellini lograr. . . la fusión de los tonos, el relieve del espacio y de la luz".

Las primeras obras en que suelen los críticos percibir la acción de Antonello sobre Bellini son el *Retrato de un humanista* (conservado en Milán, en el Castillo de los Sforza), el *Retrato de un joven* (de la colección Bache, atribuido también a Alvise Vivarini) y la *Madona* de la galería Querini Stampalia, en Venecia. En todas ellas presiento una sorda lucha: la que libraba el pintor, entonces, entre sus cualidades más personales y el deseo de no desaprovechar la experiencia nítida de Antonello. Hay, en el trato de los semblantes, cierta dureza de transición, que no advertiremos ulteriormente en su producción y que —dentro de un estilo distinto— no advertimos tampoco en sus telas de juventud. Se adivina el esfuerzo hecho por el artista para adueñarse de las técnicas de Antonello.

Por fortuna, en Bellini, la hora ingrata de la crisálida no duró mucho. En algunas realizaciones de primer orden, como la *Transfiguración*, de la Pinacoteca de Nápoles, la *Resurrección*, del Museo de Berlín, y la *Madona de San Job*, que aprecié en Venecia, alcanzó el maestro una tranquila armonía entre su propia originalidad y las influencias, complementarias, de Mantegna y de Antonello. El trono de mármol recuerda aún a Mantegna. Los ángeles músicos, al pie de la Virgen, evocan inevitablemente a Melozzo. Los rostros de San Job, del Bautista y de San Sebastián no serían lo que son si Bellini no hubiese visto (y analizado) los retratos clásicos de Antonello. Pero el conjunto, a la vez grandioso y conmovedor, atestigua su lúcida maestría.

Me encantan, especialmente, tres producciones de Bellini. A mi entender, las tres señalan virtudes excepcionales. Son el tríptico de la iglesia *dei Frari,* la *Madona entre María Magdalena y Santa Catalina de Alejandría* y la *Bacanal* o el *Banquete de los Dioses.*

En el tríptico, Bellini vuelve a emplear ciertos recursos de Mantegna y de Melozzo de Forli: el basamento del trono, los ángeles músicos que lo encuadran. Pero el tipo de la Madona es personalísimo: una virgen joven, tierna, serena, de ovalado rostro impregnado de beatitud y de sencillez.

En la *Madona entre María Magdalena y Santa Catalina de Alejandría,* el artista —sin salir de sí mismo— se acerca a las soluciones de Leonardo. Bellini elige aquí —como Vinci— un fondo menos sonoro que el de costumbre. Proyecta en las tres mujeres, y sobre el niño, una claridad lateral, venida probablemente de una ventana invisible para nosotros, abierta al atardecer. Y, merced a una melódica gradación de ecos y de reflejos (los reflejos de Bellini son siempre ecos), modela el perfil severo de Santa Catalina, acaricia el semblante plácido de la Virgen y despierta, en las facciones de María Magdalena, un misterioso recogimiento, resignado y contemplativo.

El *Banquete de los Dioses* resuelve problemas muy diferentes. Aunque inacabada, la obra constituye —según escribe uno de los mejores conocedores de Bellini— "una interpretación admirable del Paganismo... digna de la más pura poesía griega. A su lado ¡qué teóricos resultan los conceptos análogos de Mantegna!"

Con Giovanni Bellini principia a ser el color personaje omnímodo en la cultura oligárquica de Venecia. Mientras los hechos anuncian ya la decrepitud política y comercial de los venecianos, comienza el auge de sus pintores. Verdaderos príncipes de Venecia, durante el siglo XVI, son —junto con el Dux— esos grandes maestros del colorido que llamamos Giorgione, el Ticiano, Tintoretto y el Veronés. Todos ellos debieron mucho a la circunstancia que permitió a Bellini recibir de Antonello la llave técnica descubierta por Van Eyck entre las nieblas de Flandes.

Junto a Bellini, la figura de su hermano —Gentile— no deja de interesarnos, y de atraernos, por su honradez de reproductor y por su gracia imaginativa, lúcida y minuciosa. Pero más nos conmueve Carpaccio. Éste, menos sabio y renovador que Giovanni, prefiere a su poesía contemplativa un relato rápido y pintoresco del paisaje urbano que lo circunda. Como Ghirlandajo y Benozzo Gozzoli, es un narrador. Sus cuadros más conocidos (la serie de la *Leyenda de Santa Úrsula*, *Las cortesanas*, *El milagro de la Cruz en el Rialto*) son indispensables para una historia gráfica de Italia y contienen, en germen, muchas telas de Longhi, de Guardi y del Canaletto. A veces, una religiosidad que parece auténtica lo arranca al placer del relato urbano, como ocurre en *La sangre del Redentor*, del Museo Cívico de Udine, en el *Cristo*, de la colección Serristori, o en *El entierro de San Jerónimo*, de la iglesia veneciana *degli Schiavoni*. Pero aun en esos momentos, de emoción más profunda, se deja seducir por los detalles decorativos: una palmera, un tejado rústico, todo lo que los lectores burgueses del siglo XIX absorbieron y festejaron como el *color local* de los argumentos de ciertos libros. Valsecchi lo define muy bien cuando dice: "Si su afición por el álgebra y por la complicación en la fuga de los espacios —bajo una luz que, por metálica y límpida, parece haberse reflejado en espejos de plata— los debe a las obras de (Paolo Ucello), el placer con que capta el detalle más escondido en mitad de una muchedumbre, recuerda el ojo metódico de los primitivos flamencos". Buen puente el suyo, entre la minuciosidad de los nórdicos y la geometría esencial de los florentinos.

Pero ese puente no descansaba sobre pilares intelectuales; porque los italianos no hicieron nunca pintura menos "intelectual" que la veneciana. Todo el camino recorrido por los toscanos para llegar a la sensación suponía un obstáculo previo: el rigor de la inteligencia, la desconfianza frente al instinto. Los venecianos, en cambio, se creyeron capaces de llegar a la inteligencia merced a la plenitud de la sensación. Entre esas dos concepciones, Aristóteles y Platón continuaban librando su eterna lucha.

Esa lucha —indiscutible en lo pictórico— ilustra las manifestaciones más prestigiosas de la rivalidad cultural de las dos ciudades. Nada más alejado del humanismo toscano que el de Venecia. Incluso en lo político, las diferencias son evidentes. Mientras Florencia inventaba al Príncipe, en la teoría de Maquiavelo, Venecia no se inquietaba por definir al Dux: lo había ya consagrado y, en la práctica, lo empleaba. Por eso mismo, tal vez las dos realizaciones más importantes de la República Serenísima fueron su diplomacia, política del matiz, y su pintura, táctica del color. (A quienes sonrían de esta ecuación —pintura y diplomacia— podríamos recordar la acción de Rubens, la de Van Dyck y, sin salir de Venecia, la del Ticiano, ecuánime entre los reyes).

Antes de alcanzar, con Ticiano, su punto máximo de equilibrio, la lección de Bellini encontró en Giorgione un discípulo insatisfecho —e inimitable—. Todo está hecho, en Giorgione, para el color y por el color. Sus telas, sometidas a la penetración de los rayos equis, demuestran hasta qué extremo le interesaban poco el asunto que relataba y los personajes que describía. Según Venturi, en su primer esbozo de *Los tres filósofos* (la famosa composición del Museo de Viena) se erguía un Moro. Al lado de éste, había trazado el pintor dos figuras de hombre, con ornamentos que permitirían muy bien evocar a los Reyes Magos. En cuanto a *La tempestad* (conservada, hoy, en la Academia de Venecia) el propio Venturi asegura que "la primera idea del artista había sido la de representar a una mujer" sobre el ángulo izquierdo, en la parte inferior del cuadro. Mientras pintaba, Giorgione se decidió por una solución totalmente distinta: la del soldado, de pie, que equilibra ahora, para nosotros, el grupo maternal instalado en un plano más alto, a la derecha de la tela. "El asunto —concluye el comentarista— no es, en Giorgione, sino el fruto de la libre fantasía; nace, en él, de su placer de crear..."

Pensemos en la capacidad musical que tenía el instrumento pictórico de Giorgione. Sus obras desenvuelven no sé qué interminable frase melódica. No entendemos, a veces, lo que nos dicen. ¿Qué significa, por ejemplo, *La tempestad*? ¿Por qué una maternidad tan desnuda bajo esos rayos? Y los filósofos de Viena ¿qué simbolizan?... Todas las hipótesis son posibles —y todas serían superfluas—; porque el mensaje lírico de Giorgione no está cifrado en términos de razón, sino de emoción. Su metafísica —si hay metafísica en él— es una "metafísica sin conceptos". Más que un émulo de Ticiano, Giorgione se nos presenta como un precursor del autor de *Las estaciones*. Vivaldi, en muchos sentidos, lo continúa.

Esa música de Giorgione, Ticiano la instrumenta, la anima y la dramatiza. Pero en él, la melodía no se contenta con ser. Trata de describir. Y se deleita en narrar, como las octavas mágicas del Ariosto.

Gracias a Bellini, de quien fue discípulo cuando joven, y a Giorgione, que se anticipó a su madurez en algunos años, Ticiano encontró en Venecia, reunidos por una serie de circunstancias, todos los elementos en que iba a apoyarse para crear. Bellini le había enseñado a modelar con la luz, a fundir los tonos y a dar relieve a las normas con el espacio. Giorgione le demostraba, en sus obras más bellas, qué misterioso teclado es el arco iris y cómo la combinación o el contraste de dos colores (o, en el mismo color, de dos tonos casi gemelos) puede hacer que las luces canten y que escuchemos la música con los ojos. *El ojo escucha* es el título de una obra de Claudel.

Sin embargo, si el ejemplo de Bellini incitaba a Ticiano a la dicha de contemplar, y el de Giorgione a la de soñar (y soñar peligrosamente), ni uno ni otro le habían legado lo que debió de sentir, en sus mocedades, como la responsabilidad de su vocación: modelar con la luz, pero también con el movimiento; amar las formas en su constancia, pero también en su devenir.

La norma de Bellini —aceptada por Giorgione, tan rebelde a Bellini en otros sentidos— era ya, en las primeras décadas del quinientos, la norma baudelairiana: "Odio el movimiento que desplaza las líneas..." Ticiano, en cambio, quería que las líneas se desplazasen. Así, a la contemplación de Bellini y a las ensoñaciones de Giorgione, hubo él de añadir un valor dinámico incontenible. Cada objeto, cada persona, cada detalle de sus realizaciones mejores cumple una acción. Y la cumple serenamente, elegantemente, como una función natural, espontánea, justa, ordenada por el destino. La *Flora*, del Museo de los Oficios, el *Paulo III*, de Nápoles, el *Hombre del guante*, visto en el Louvre y el *Carlos V a caballo* que está en el Prado, son obras donde la perfección emana de un acuerdo absoluto entre la forma y el color, el protagonista y su vida, el contorno y el personaje.

Más todavía que en los retratos, el dramatismo de Ticiano descuella en algunas de sus alegorías. Recuerdo, entre otras, la *Venus* de Madrid, cuya autenticidad garantiza Berenson. Sobre el terciopelo morado del lecho inmenso, una mujer desnuda —y por cierto ya no muy joven— acaricia a un faldero mientras que un cortesano con jubón y gregüescos, espada al cinto, olvida una mano ya perezosa sobre el teclado del órgano en que tocaba y se inclina a mirar la escena. En el fondo, un gran parque mudo, ennoblecido —como Venus— por el anuncio del otoño. Y, entre el parque y el lecho, pesada y declamatoria, una roja cortina que nada oculta, concebida sólo para adornar —no para proteger...

La melancolía del verano abolido y del goce exhausto encontraron, en ese cuadro, una expresión cargada de sensualismo y —simultáneamente— de honda espiritualidad. Por comparación con intenciones análogas, en la literatura o en la música, vienen a la memoria determinados versos de Shakespeare (los *Sonetos, Antonio y Cleopatra*) o el "allegretto" célebre de Beethoven, en la Séptima Sinfonía.

En un estudio —relativamente reciente— sobre Ticiano, Juan Alberto Dell'Acqua observa que, "por el hecho de ver el mundo como si estuviese formado por una materia única, Ticiano, más que ningún otro maestro, siente el valor *constructivo* del color". Y continúa el crítico de este modo: Ticiano "no usa el color como un medio, merced al cual puede representarse engañosamente la apariencia de las cosas, sino como un elemento primero que, siendo en sí mismo *naturaleza,* no la simula. La imita en su significación más honda y parece calcar su vitalidad interna en virtud de un proceso de desarrollo orgánico. He allí por qué sus pinturas dan, tan intensamente, la impresión de un grado superior de la realidad —material e ideal".

Confieso que estos dos términos reunidos ("realidad ideal") me hacen admitir sin demasiadas reservas el resto del comentario. Habitualmente, en cuanto alguien me habla de realismo, me pongo en guardia. ¿Qué realismo señala? ¿El de Zola, o el de Shakespeare? ¿El de Ticiano, o el de Velázquez? Uno de ellos (el de Shakespeare y el de Ticiano) quiere agrandar al hombre, insertarlo en un mundo trascendental. Así, en ocasiones, logra situarlo sobre la perspectiva por donde suelen —para nosotros, pobres mortales— bajar los mitos... El otro, como sucede con Velázquez, representa admirablemente al hombre; pero lo circunscribe y le marca un destino exacto, intransferible, evidente, sin escape sobre el trasmundo. O, según ocurre con Zola, envilece al hombre, lo decapita y —no sin asomo de masoquismo— lo devuelve a la zoología.

Velázquez y Cervantes, cada cual a su modo, buscaron un mundo cierto, donde las meninas fuesen meninas, donde los molinos de viento no se volvieran gigantes por obra de Don Quijote —y donde Baco reconociera que la embriaguez que produce el vino suele ser intoxicación y no sólo éxtasis dionisiaco—. En esta lucha contra el poder de trasmutación que poseen los mitos, Velázquez, posiblemente, quiso ir más allá que el autor de *Persiles y Segismunda*. Y cabría felicitar a Cervantes de no haber avanzado hasta el mismo límite. Lo detuvieron a tiempo su arrolladora bondad y, en el fondo, su mayor amplitud humana.

El caso de Ticiano supone premisas muy diferentes. Ticiano, como el Ariosto, no se resigna jamás a lo que describe. Su poesía (porque Ticiano fue eso, principalmente: un poeta de la pintura, uno de los mayores poetas de la pintura) no se limita a subrayar la alianza que existe entre las cosas y las personas. Adivina, a través de esa alianza (y la revela siempre que puede), una solidaridad mucho más sutil, más secreta, menos visible. Según se ha dicho en el curso de los últimos años, desde tantas tribunas internacionales, al ideal de la coexistencia hay que sobreponer el ideal de la convivencia. Ticiano lo sobrepone. Y la convivencia, en su caso, implica el enlace activo de lo que ve con lo que imagina, de lo que recuerda con lo que espera.

Nacido en Pieve, Ticiano vive, pues se instala en Venecia, en una ciudad ya famosa por su elegancia: una de las más visitadas de Europa en aquellos días. Pero su verdadera ciudad no está en un perímetro del espacio, sino en una provincia del tiempo. Se levanta en la historia más que en la geografía. La llamamos, ahora, el Renacimiento.

El impulso renacentista llegó a Venecia menos pronto que a otras regiones de Italia, aunque —por eso mismo— más impacientemente, con la vehemencia que sienten los retrasados, ante la idea de su demora. En los anales de la República, el último tercio del siglo xv revela una ansiosa asimilación de elementos elaborados, durante años, por las mentes más nobles de la península. Ya hemos aludido a las influencias de Pisanello, del Giotto, de Antonello de Mesina y de Leonardo de Vinci. Podríamos haber mencionado asimismo a Verrocchio, cuyo Colleoni se yergue aún, a corta distancia del templo de San Juan y San Pablo, y a Donatello, del que un doloroso Bautista ocupa sitio de honor en una de las capillas de la iglesia *dei Frari*. En arquitectura, el gótico veneciano seguía evocando un pasado ilustre a lo largo del Gran Canal. Sin embargo, ya comenzaba a ceder el paso a concepciones más ambiciosas y más modernas. Una de las fachadas del Palacio Ducal —la que se ve desde el puente *della Paglia*— es de estilo renacentista. Fue obra de Rizzo. También es renacentista la "escalera de los gigantes". Citaré, como ejemplo precioso entre muchos otros: la iglesia de Santa María de los Milagros.

En las letras, sería difícil querer fijar con exactitud —e imposible desconocer— las consecuencias del trabajo de Aldo Manucio, fundador de una imprenta prestigiadísima. Un amigo personal del Ticiano, Pietro Aretino ejercía, y no sólo en Italia, un imperio apoyado sobre un par de muletas muy eficaces: el libelo y el ditirambo, la calumnia y la adulación. Bembo alternaba sus deberes de secretario de León X con sus placeres de escritor y de latinista. Y no acertamos hoy a determinar si cambiaba de pluma, o de tinta, cuando pasaba de la redacción de un capítulo de su *Historia* a la composición de sus poesías y de sus diálogos.

En ese Renacimiento, abierto a todas las aventuras de la inteligencia occidental y todavía impregnado del aroma oriental de las mercancías traídas y llevadas, durante siglos, por las naves de la República, la sensualidad de Ticiano encontró un ambiente en extremo propicio para afinarse. Llegó a ser, como lo apreciaremos en sus mejores cuadros, una admirable y real sensibilidad.

Otros habrían aceptado el papel de pintor literario que, en cierto modo, los tiempos le proponían. Pero el humanismo no era, en Ticiano, sino de las condiciones de la fantasía intrépida del artista. Los dioses van por sus telas (y así ocurre también con los reyes que retrató) no en calidad oficial de dioses, o de monarcas, sino de asuntos humanos, vivos, a la vez plásticos y dramáticos. Pocas Venus más majestuosas que *la del espejo*, en la colección Mellon, de la galería de Washington. Pero no es menos majestuosa la *Flora* de los Oficios, o la ninfa de Viena (*Pastor y ninfa*), o la Eva del *Pecado original*, del Museo del Prado. La divinidad —la pagana, al menos— no añade un solo bemol a la nota justa, que suscita siempre en Ticiano la hermosura del modelo. En cuanto a la realeza, Ticiano ciertamente no alcanzó nunca el terrible desdén de Goya —pero tampoco lo pretendió—. Él no se burla de los soberanos que lo estimulan y que le pagan. La imagen de su *Francisco I* es, sin duda, la de un espeso y jovial Don Juan; pero no debió ser muy distinta, a determinadas horas, la impresión producida por ese rey. ¿Y qué decir de los retratos de Carlos V? El de Munich nos presenta al Emperador en meditación. Rostro adusto, astuto, desencantado: el de España más que el de Flandes. Y, en España, más el de Yuste que el de Toledo... En el cuadro esencial del Prado, el personaje es el mismo. El "asunto" ya no lo es. Aquí, el Emperador a caballo parece derrotado por sus victorias. Tan expresivo como el semblante, resulta el cielo. Un cielo ardiente, crepuscular, que esmalta de púrpura, con su lumbre, una parte del yelmo y de la coraza, negros, férreos y bien pulidos.

Dioses o reyes, sátiros o bacantes no son jamás solamente símbolos en la producción de Ticiano, ni son tampoco simples combinaciones de carne y hueso. De los tres grandes conjuntos en que, por subordinación a los temas, podríamos resumir esa producción (alegorías mitológicas, cuadros religiosos y retratos de personajes contemporáneos), la primera es la que revela, de manera más espontánea y más accesible, esta característica del pintor.

La mitología —trampa siempre dispuesta a engañar a tantos retóricos inexpertos— ofrecía a Ticiano, merced al Renacimiento, una atmósfera muy fecunda. Por una parte, le brindaba un pretexto para cantar, sin impudores ni hipocresías, las proezas de una humanidad venturosa, abundante, sana, gloriosa en su desnudez. Por otra parte, le permitía añadir a la poesía de la contemplación —caso de Bellini— y a la del ensueño —caso de Giorgione— la poesía del movimiento, por la acción de los seres representados. Y, circunstancia muy importante, esa acción no tenía por qué ser imitativa. No se trataba de reproducir a gondoleros y a embajadores, como lo hacía Carpaccio, ni de creer religiosamente en la beatitud de San Job y San Sebastián, como Bellini. Al crear, el artista podía recrearse por fin con lo que creaba, en un punto donde lo objetivo y lo subjetivo coincidían tan libremente que la materia y el símbolo no se mezclan: son, deliciosamente, la misma cosa.

En sus cuadros religiosos, y en sus retratos, Ticiano fue mucho más lejos que en sus alegorías, que él llamaba sus "poesías" —pero tardó también muchos años más en llegar a la última perfección—. Ante la aplaudida *Asunción* de la iglesia *dei Frari*, pensamos, querámoslo o no, en las telas de Rafael. No nos ocurre lo mismo ante el *Cristo coronado de espinas*, del Museo del Louvre, y menos todavía frente a esos prodigios de claroscuro que son el *Martirio de San Lorenzo* (Venecia, iglesia de los jesuitas), el *Cristo coronado de espinas*, de la Pinacoteca de Munich y, otra vez en Venecia, la *Piedad* misteriosa de la Academia. Sobre todo, en estas dos confidencias finales, la sensualidad del Ticiano se ha redimido. El color se ha hecho luz, expresiva, nocturna y tremenda luz. A la acción inventada se ha sobrepuesto, definitivamente, la acción sentida: la que atestigua —a la vez— el dolor de los personajes y el del pintor...

Sí, el dolor de Ticiano; el dolor de un hombre que, habiendo poseído cuanto hizo de la existencia de Rubens una serie envidiable de triunfos, llegó a comprender, en la ancianidad, la miseria de todo lo poseído y se realizó, como Rembrandt, en la amargura.

Evocamos, junto a la *Piedad de Venecia*, concluída por Palma el joven, y al *Cristo coronado de espinas*, de la Pinacoteca de Munich, las alegorías más entusiastas y las fiestas más ardorosas de la épica ticianesca... La edad, que envilece a los ruines, depura a los generosos. Es privilegio o rigor la longevidad. Y longevos fueron muchos de los maestros de Venecia. Se cree que Bellini vivió 86 años y se sabe que Tintoretto, Tiépolo, Canaletto, Guardi y Longhi pasaron todos de los setenta. En cuanto a Ticiano, se discute aún sobre la fecha de su nacimiento. Unos optan, junto con el biógrafo "anónimo", por 1477. Otros se inclinan por 1488 o, incluso, por 1490. Si esto último fuera cierto, el pintor habría contado 26 años, apenas, cuando se le encargó la *Asunción* de la iglesia *dei Frari* y 86 cuando falleció. Dejémonos mejor persuadir por la tradición. Según ella, Ticiano tenía, al morir, cerca de 100 años. Desde hacía tiempo, había ido quedándose solo; solo, cuando los días no son "de gracia", como decía Chateaubriand en la senectud, sino de vértigo y de castigo. Todo había sido suyo: el amor, la música, la riqueza, la gloria misma y, mejor que la gloria, la satisfacción del deber cumplido, la seguridad de una intensa y constante renovación. Pero hubo, a la postre, de prescindir de todo, para dialogar con su propia sombra. Había sonado la hora en que la ambición y la posesión no son, exclusivamente, incentivos lógicos o excitantes sentimentales, sino preguntas; preguntas que se combaten furiosamente en el interior de nuestra conciencia. Había sonado la hora en que la materia no basta al mito.

De esa hora, Ticiano quiso dejarnos un testimonio más fehaciente y más personal que el de la *Piedad*. Encuentro ese testimonio en el autorretrato patético de Madrid. Otro autorretrato suyo (el de Berlín, en el Museo del Kaiser Federico) ya demostraba un enorme acopio de decepciones y, en la mirada, cierta dureza: una especie de tardía estupefacción ante el espectáculo de la vida, contemplada por el revés. El del Prado —en el fondo, más apacible— linda ya con la muerte por todas partes. La mirada no parece advertir las cosas, ni siquiera ese gran revés retorcido y cáustico de las cosas. El genio se ha despojado por fin de todo, hasta del reproche.

Al llegar a esta cima, la personalidad de Ticiano escapa indudablemente al perímetro del espacio y a la fracción de la historia que lo admiró. No pertenece a Pieve, a Venecia, a Italia, ni tampoco al Renacimiento. El tiempo, en él, acabó con lo temporal. La materia y el mito lucharon hasta extinguirse. Queda, sólo, el hombre; la soledad resignada y soberbia del hombre frente al destino.

IV. TINTORETTO Y EL VERONÉS

CUENTA Montherlant que un personaje de su novela *Los solterones* (o bien *Los célibes*, si preferís la versión menos familiar) guardaba todo lo que podía; incluso, en un cajoncillo de su escritorio, cierto paquete clasificado con este título irresistible: cabos de cordel que no pueden ser útiles para nada...

Traigo esta anécdota a colación porque pienso aludir aquí a un coleccionista. Y porque creo que el hombre que nace para coleccionista, lo es implacablemente. Puesto a coleccionar, colecciona cuanto los demás abandonan, rompen o menosprecian: hasta cordeles inservibles, como el personaje de Montherlant.

El coleccionista que dio lugar a esta digresión coleccionaba *Descendimientos*: reproducciones o copias de los *Descendimientos* más celebrados en la historia de la pintura.

El descendimiento es, sin duda, uno de los temas mayores del arte religioso. Se presta a desarrollos o a síntesis admirables; pero también, desgraciadamente, a no pocos remedos insubstanciales. Sin embargo —y aun suponiendo que mi coleccionista exigiera reproducciones y copias de obras definitivas— sus amigos, yo cuando menos, habríamos preferido verle reunir una serie de hermosas *Anunciaciones*.

La *Anunciación* no es el tema fácil que ciertos críticos imaginan. Postula, aparentemente, menos dramática fe que el Descendimiento. Desde un punto de vista profesional, requiere menos habilidad en el arte de agrupar y distribuir a los personajes. No exige una sabiduría tan honda en las técnicas del dolor. Ello no obstante, pocas son las *Anunciaciones* que nos convencen —y muy contadas las que nos dejan bien persuadidos de la tragedia que entraña el aviso angélico—. Algunas (y no por cierto las menos bellas) acentúan la juventud plástica de la Virgen; revelan su ingenuidad, su efusión secreta, el rosa tierno de las mejillas, iluminadas por el pudor, y la timidez de los ojos —donde se mezclan a la sorpresa y a la esperanza, la abnegación, el respeto mudo—. Otras aciertan particularmente en la figura del mensajero. Nos lo presentan cuando las alas, no replegadas aún, parecen estar vibrando del vuelo próximo. Apenas si sus pies delicados tocan la tierra. Ya, sin embargo, ha dicho lo más cruel. Y eso precisamente, lo más cruel, contiene la gran noticia: la maternidad misteriosa, la indispensable muerte y, merced a la muerte, la vida nueva.

En la antología de *Anunciaciones* que mi amigo coleccionista nunca intentó, la aportación veneciana hubiera sido, por fuerza, menos feliz que la florentina. Reviso, por ejemplo, un catálogo de las obras terminadas por Giovanni Bellini: el de Carlo Gamba. Encuentro, en sus páginas, sesenta y ocho Madonas con el Niño. Y no incluyo en el cómputo algunos cuadros donde la Virgen aparece rodeada por varias otras figuras. Busco, entonces, el tema de la Anunciación. Sólo hallo un fragmento —el ángel del políptico de San Vicente Ferrer— y la *Anunciación* de la Academia de Venecia, que la tradición atribuye a Pennachi. Paso, en seguida, al catálogo del Ticiano. Tomo el de la edición milanesa de Aldo Martello. Veo, allí, cuatró *Anunciaciones*: la de la catedral de Treviso, obra de juventud, anterior quizá a la *Asunción* de la iglesia *dei Frari;* la de Brescia, en dos cuadros (uno representa a la Virgen, el otro al Arcángel Gabriel); la de Nápoles, guardada en Santo Domingo, y la de Venecia, en el templo de San Salvador. Ninguna de ellas puede rivalizar con las grandes realizaciones del mismo artista. La que más me seduce, aunque no la declaro la más perfecta, es la de la catedral de Treviso, donde Gabriel es un ángel niño, bien apoyado en el pie derecho, a la entrada de un pórtico majestuoso. La Virgen tiene un noble rostro conmovedor. Pero la arquitectura, demasiado suntuosa, suprime toda idea de intimidad. Si alguna aún subsistiese entre tanta pompa, la anularía un detalle absurdo: la figura del donador, Malchiostro, que espía la escena, al lado de una columna, casi en el centro del cuadro.

Intento un esfuerzo más. Y entro en el mundo del Tintoretto. No descubro aquí sino pocas *Anunciaciones;* en realidad, solamente tres: la de Berlín, que vi antes de la guerra en el Museo del Kaiser Federico; la de Amsterdam, perteneciente a la colección Lanz, dividida en dos partes, como la ticianesca de Brescia; y la de la *Scuola* de San Rocco. Esta última, elogiada por Ruskin, es la más conocida y la más valiosa, pero no resiste a la comparación con los Tintorettos soberbios que la rodean. Hay, en esa tela, demasiados detalles realistas —la carpintería próxima, la silla rota, el lecho del fondo— y, sobre todo, demasiado ruido de alas innecesarias.

O me engaño mucho o la Anunciación· no fue tema propicio a las concepciones pictóricas de Venecia. Los maestros de la República triunfaban en las maternidades, humanas y divinas: las de Bellini, la de Giorgione y, también, las de Ticiano y de Tintoretto; pero carecían —salvo acaso Carpaccio— del candor que las Anunciaciones requieren habitualmente. Y, pues cito a Carpaccio, me atrevo a insinuar que la *Anunciación* veneciana más atractiva no fue, en realidad, una *Anunciación*, sino un casto sueño: el de Santa Úrsula. Carpaccio lo describió en uno de los momentos mejores de su Leyenda.

Tan general atonía frente al encanto augural del mensaje místico, aclara —a mi juicio— la diferencia profunda que existe entre el arte de Venecia y el de Florencia. Éste (y no sólo por obra de Boticelli) es un arte de advenimiento, de abril y de amanecer, anunciación en sí propio, nítida y reflexiva. El de Venecia, en cambio, es un arte estival: de pleno sol y de junio, con el Ticiano; septembrino y casi crepuscular con el Tintoretto. El alba, esa gran pregunta, no surge frecuentemente en las galerías de la República Serenísima. Lo mismo que en su paisaje lacustre, el poniente —y la noche— tienen en ellas más elocuencia y mayor vigor.

Si admitimos —como lo hacen casi todos sus biógrafos— que Jácopo Robusti nació en Venecia en 1518, podemos preguntarnos lógicamente: ¿qué acontecimientos, políticos y artísticos, influyeron más en su juventud? Escojamos un año determinado —digamos, el de 1539, cuando ya consta su nombre en los registros urbanos como "depentor".

En lo político, gobernaba el Dux Pietro Lando. Acababa de terminar la administración de Gritti, señalada en los anales de la República por la liga con el Emperador Carlos V, por la contraliga francesa y por la desastrosa guerra otomana. A ésta, Pietro Lando le puso fin en 1540, no sin considerables sacrificios territoriales y financieros. Una tregua —de más de cinco lustros— iba a ofrecer a Venecia la ocasión de reorganizar sus servicios públicos, de robustecer sus defensas bélicas y de proceder metódicamente al embellecimiento de sus palacios y de sus templos: entre otros, el Palacio Ducal, donde Tintoretto dejó huellas tan prodigiosas de su pintura.

Desde el punto de vista artístico, Giorgione había muerto en 1510, Giovanni Bellini en 1516, Leonardo en 1519, Rafael en 1520, el Ariosto en 1533. El Tasso no había nacido, y Paolo Caliari, en Verona, tenía once años. Entre tantas tumbas —y esas dos promesas, para él imprevisibles— Tintoretto veía destacarse, sobre el horizonte de Italia, a dos maestros de excepcional dimensión: Ticiano y Miguel Ángel.

Ambos eran más o menos coetáneos. Miguel Ángel había ya decorado la bóveda de la Capilla Sixtina. Autor de muchas estatuas célebres (las más bellas y más intensas que el hombre ha hecho, desde los griegos), se hallaba de nuevo en Roma, concluyendo el *Juicio Final*. Ticiano había sido apreciado, desde antes de que naciese el Tintoretto. Él también tenía tras de sí una serie aplastante de obras maestras: la *Asunción* de la iglesia *dei Frari*, la *Venus de Urbino, La presentación de la Virgen, La Madona de la familia Pésaro, La bacanal* y *Los amores* del Prado. *El Amor Sagrado y el Profano*, de la galería Borghese, la *Flora* de los Oficios, la *Bella* del Palacio Pitti y, entre otros, los retratos del *Hombre del guante*, del Marqués de Mantua, del Cardenal Hipólito de Médicis y del Duque de Urbino.

Miguel Ángel interesaba al joven Tintoretto por su dominio de los valores táctiles de la forma; esto es, por su dominio del dibujo. Ticiano, en cambio, le cautivaba por su conocimiento de los valores luminosos en que la forma debe insertarse; esto es, por su conocimiento del color. Ambicioso como era, Tintoretto pretendió unir ambas perfecciones. Y, según narra la tradición —que por cierto impugna Von Hadeln— inscribió en su taller una fórmula en que pedía, para sus propias obras, el dibujo de Miguel Ángel y el colorido del Ticiano.

Hay en esto bastante más que un grito súbito de ambición. Recordemos lo dicho. Ticiano había recibido, en su juventud, una doble herencia: la contemplación de Bellini y la música de Giorgione. El movimiento que había sabido añadir a esos dos legados era sorprendente, sin duda alguna; pero Tintoretto lo juzgaba aún demasiado tímido. Presentía o sentía él que, para desahogar todos sus ímpetus expresivos, le sería necesario obtener una victoria más sobre la materia: modelar con la luz y con el color, en el movimiento, como Ticiano; pero modelar en el movimiento, a un ritmo más ágil y más elíptico que el ritmo clásico de Ticiano. El peligro de esa tendencia era el frenesí. Por eso, para no incurrir en el frenesí, Tintoretto quiso apoyarse, desde un principio, sobre un dibujo sólido y eficaz: el de Miguel Ángel. ¿No había hecho ya sus pruebas ese dibujo en las convulsiones trágicas del maestro? Un dibujo capaz de articular y de mantener en el mismo plano a los gigantes apasionados de la Sixtina era indispensable a Tintoretto, si quería llegar, sin excesivas dislocaciones, hasta algunos de los extremos a que llegó. Se adivina, por consiguiente, la avidez con que oía a Daniel de Volterra, colaborador del maestro en el Vaticano, y se entiende el esfuerzo que hizo por conseguir los vaciados de las cuatro esculturas que admiran hoy los viajeros, cuando van a Florencia y visitan la iglesia de San Lorenzo y la capilla de los Médicis: la Noche y el Día, la Aurora y el Crepúsculo...

Los primeros trabajos de Tintoretto delatan a la vez el talento del pintor y la versatilidad aparente del hombre. Va de una tentación a otra, ansioso de descubrirse; respetando a Ticiano, pero tratando de no imitarlo ostensiblemente. En 1548, cuando se acerca a los treinta años (edad terrible para los ambiciosos) la Cofradía de San Marcos le encomienda una tela que afirmará su reputación: el *Milagro del esclavo*. Pocas obras más admiradas y, también, más incomprendidas. Desde el primer momento, fue objeto de una injusticia. Los cofrades la consideraron como un fracaso.

Pronto, por fortuna, advirtieron otros lo que había en esa pintura. Desde luego, una construcción sumamente audaz. La acción gravita, no sobre el cuerpo del esclavo —que San Marcos va a salvar del martirio— sino sobre la espalda de una mujer: la madre, curiosa y joven, que se apoya, a la izquierda, en el plinto de una columna, para mejor apreciar la escena. A ese personaje, que parece episódico, se enlazan casi todos los restantes merced a una línea larga y flexible, que concluye en un dorso más: el del hombre sentado, a la derecha de la tela, también como espectador. Esas dos espaldas limitan la base de un triángulo que culmina, en la parte alta y central del cuadro, con el vuelo magnífico del Apóstol.

El atrevimiento de la construcción revelaba ya, por sí solo, un propósito inteligente. Los figurantes no debían de presentir el milagro próximo. Todos, atraídos por la contemplación del esclavo, ignoran al Evangelista.

Una composición tan sabia no permitía que descuidara el pintor el más leve rasgo. Cada rostro está modelado en una materia densa, cálida, rica, sobre un dibujo incisivo y neto, particularmente expresivo en el trazo de la mujer, del niño que tiene en brazos, del joven que está a su vera y del viejo, con armadura, que lleva en la diestra un hacha: instrumento o auxilio para el verdugo. El colorido no podía ser más armónico. La púrpura, el oro, el verde se funden en un destello rápido y ondulante, que no sabemos dónde comienza ni dónde acaba —y que no nos ciega, a pesar de que está iluminándolo todo con vehemencia y con precisión.

A partir de esta obra (en la que me he detenido, acaso más de la cuenta, por la importancia que le atribuyo), la producción del pintor fue creciendo y también encrespándose como un río —como un río colérico y tormentoso—. El tema de San Marcos le inspiró tres hazañas más. Una de ellas podemos verla en Milán, en la galería Brera: es el *Hallazgo del cuerpo del Apóstol*, descubierto en Alejandría. Las otras dos siguen en Venecia, en las colecciones de la Academia. Relatan, con dramática intensidad, el rapto de los restos de San Marcos, por los mercaderes de la laguna, y el milagro del sarraceno. Ésta es, sin duda, la más teatral; no la más hermosa. Mientras se hunde, frente a nosotros, la popa de una galera, un grupo de náufragos lucha por mantener a flote la estrecha barca en la que pretende huir de la tempestad. San Marcos acude a tiempo y rescata al más joven. El asunto es bastante simple. Pero ¿qué valor puede atribuirse al asunto en un cuadro así? Sus méritos no son sólo méritos comprensibles. Más sustancial y más expresivo que el torso del sarraceno, o el ademán salvador del Evangelista, es el mar pintado por Tintoretto.

El *Rapto del cuerpo de San Marcos* marca otra etapa trascendental en la historia de la pintura. Se anticipa, por una parte, al surrealismo. Abre perspectivas más misteriosas que las de Chírico. Y por otra parte, merced a una extraña combinación de verdad y de fantasía, hace alternar a un camello, a los tres raptores, a un sacerdote y al cadáver patético de San Marcos, con no sé cuántas figuras evanescentes, de túnicas espectrales: las que buscan asilo entre las columnas de un larguísimo corredor que parece erigido por el Bramante. Por sí solo, ese corredor, con su clara prestancia clásica y sus arcos de gracia renacentista, comunica a la escena entera una brusca y obvia autenticidad. Actúa, en la irrealidad voluntaria del cuadro, como obran ciertos objetos o ciertos ruidos —olvidados casi por familiares— cuando aparecen, de pronto, en mitad de una pesadilla. En ese instante mismo, la hacen creíble para nosotros, pues atestiguan —en la oscura inmersión nocturna— la coherencia de dos imperios incompatibles (¡ay, y después de todo tan solidarios!): el de la verdad y el de la mentira, el de la vigilia y el del ensueño...

Con el *Rapto del cuerpo de San Marcos* principiaron a combatir ostensiblemente, en el alma de Tintoretto, dos hemisferios inconciliables y siempre ávidos de invadirse. En uno, triunfa la lógica. Es el hemisferio del realista. En el otro, vence la fantasía. Es el hemisferio del visionario.

Lo mismo que en el caso de Ticiano, cabría clasificar los trabajos del Tintoretto, por la naturaleza de sus temas, en tres grandes series: los cuadros alegóricos, los religiosos y los retratos. En todos ellos advertiremos, con mayor o menor certeza, el combate al que acabo de referirme. Pero en donde lo percibimos más evidentemente es en los cuadros de índole religiosa.

Poco sabemos, a ciencia cierta, acerca de la vida íntima del autor. Sin embargo, lo que sabemos basta para afirmar que fue un hombre devoto y un católico persuadido. Aunque sus biógrafos lo negasen, sentiríamos que lo era al examinar algunas de sus realizaciones más espectaculares: la *Crucifixión* de la *Scuola* de San Rocco y *El paraíso* del Palacio Ducal. En ésta, hay más árboles que bosque —diría un aficionado a las paradojas—. El movimiento, determinado por una serie de ondas concéntricas que convergen en la figura de Jesucristo, no traduce tan claramente la arquitectura del Paraíso de Dante como el esbozo que está en el Louvre. Todos piensan, al ver esa tela inmensa, en el muro profundo de la Sixtina... Pero Tintoretto no es Miguel Ángel.

La *Crucifixión* de la Cofradía de San Rocco ha hecho verter muchos frascos de tinta, en distintos países y varias lenguas. El juicio que encuentro más acertado es todavía el de Bernardo Berenson. "Si un gran novelista moderno —dice—, por ejemplo Tolstoi, hubiese tenido que describir la escena del Calvario, su relato parecería una descripción del cuadro del Tintoretto. Pero el genio de Tintoretto no se redujo a eso; no se contentó con dejar a los comparsas en libertad de pensar lo que quisieran acerca de aquel acontecimiento, que él consideraba como el más importante en la historia del mundo. Sobre esa muchedumbre, derrama la luz celeste: la prodiga por igual a buenos y a malos, bañándolos en la misma frescura y el mismo brillo. Para decirlo mejor: la enorme tela es un océano de aire y de luz, en cuyo fondo la escena se desarrolla. Suprimid esa atmósfera y ese equitativo reparto de luz; la escena, a pesar de la abundancia y la animación de las figuras, quedaría sin calor y sin vida, cual si ocurriese sobre la arena de un mar enjuto."

La frase es justa; pero, en cierto modo, es también superflua. En efecto, suprimir esa atmósfera y esa luz ¿no sería suprimir el trabajo mismo —y a Tintoretto por consiguiente—? Atmósfera y luz *en* el movimiento, atmósfera y luz *para* el movimiento, esas fueron sus ambiciones más personales. De allí sus nocturnos juegos escénicos; las lámparas que encendía, en la oscuridad del taller, con el propósito de alumbrar a su solo antojo, lateralmente, o de arriba abajo, o en diagonal, a los muñecos que utilizaba y que le servían para medir, por anticipado, el valor recíproco y relativo de los cuerpos indispensables a la obra próxima.

Estas habilidades de iluminista (iba a añadir: de escenógrafo) no siempre contribuyeron a confirmar sus aciertos grandiosos de visionario. A menudo, la emoción se pierde entre tanta astucia —lo cual explica por qué razón, a pesar de su religiosidad esencial, los cuadros más religiosos de Tintoretto no son cuadros místicos realmente, como lo son los del Greco y como lo son, asimismo, las confidencias últimas del Ticiano.

Acabo de mencionar al Greco. Y era imposible no recordarlo aquí. Porque si Bellini, Giorgione y Ticiano conducen ineludiblemente hasta el Tintoretto, Tintoretto nos lleva por fuerza al Greco. No pienso ahora, exclusivamente, en los colores que preferían. La paleta del *San Mauricio* es más clara, acaso, que la de las telas coleccionadas en la Cofradía de San Rocco. Pienso, más bien, en el vértigo de la luz y en el alargamiento deliberado de los protagonistas, que el Greco estiró hasta el éxtasis de la llama, pero que ya se presiente, con más prudencia, en determinadas creaciones del Tintoretto. Y pienso, más todavía que en problemas de forma, o de asunto, o de iluminación del espacio, en una especie de gradación espiritual, jerarquía de la sensibilidad y de la conciencia. El alma de Tintoretto fue menos pura y menos austera que el alma de Theotocópuli. Tuvo más avidez y, probablemente, más resonancias; pero no más altura ni, sobre todo, más convicción.

Sin embargo, entre los cuadros religiosos de que se ufana la *Scuola* de San Rocco, todos ellos tan importantes y pictóricamente tan audaces, dos alcanzan —con menor elocuencia que la *Crucifixión*— valores espirituales de alcurnia prócer: la *Visitación* y el *Cristo frente a Pilatos*. El primero está impregnado de una ternura a la que Tintoretto no suele habituarnos en otras realizaciones. El segundo, construído sobre el paralelismo, no involuntario, de dos verticales complementarias —la figura enhiesta de Jesucristo y la esbelta columna que se ve al fondo— conmueve al espectador muy intensamente.

Como retratista, Tintoretto me persuade menos que otros artistas —y, desde luego, menos que Ticiano—. Demasiados retratos hechos por él fueron el resultado de un encargo oficial: son los funcionarios, los funcionarios de la República. Su *Morosini*, hoy en Londres, se impone indudablemente por la perspicacia del realismo y la cruel lealtad del trazo. Pero ¿por qué tan pocas mujeres en la galería de un artista que —según veremos— hizo de la mujer el tema central de algunos de sus trabajos más sugestivos?

Si pasamos ahora de los retratos y de las composiciones católicas a las alegorías —que Ticiano y muchos contemporáneos suyos calificaban de "poesías"— encontraremos que las de Tintoretto deben más a la Biblia que a las *Metamorfosis* o a las *Geórgicas*... Los asuntos que le seducen no son tanto las Bacanales, o los Adonis, o las Dianas frente a Endimión, cuanto Susana entre los ancianos, Judith y Holofernes, Ester y Asuero, o la castidad de José. Nos dejó, por supuesto, un *Vulcano y Venus* (en el Palacio Pitti), una magnífica *Dánae*, la del Museo de Lyon, la *Vía Láctea*, de la National Gallery, y, sobre todo, las cuatro composiciones del Palacio Ducal: *Venus, coronando a Ariana, La paz, protegida por Minerva, El taller de Vulcano* y el grupo de las *Tres Gracias*. Estas obras ofrecen, en la producción del pintor, un compás de espera, rico de contenido. Por comparación con las telas relativas al apóstol San Marcos y a algunas de las que nos propone la *Scuola* de San Rocco, las cuatro tienden un puente sólido y luminoso entre el Tiziano y el Veronés. Son, en este sentido, las más venecianas de las pinturas del Tintoretto, las que caracterizan mejor el estilo de su época y de su patria: el gusto de Venecia en la segunda parte del siglo XVI.

Merecen referencia especial dos Susanas inolvidables: la de Viena y la de París. Aquella evoca un momento heroico en la historia de la pintura: el maduro equilibrio renacentista, anterior al ímpetu del barroco. El cuerpo de Susana participa de la fluidez de la música —se yergue como un "allegro"— y del relieve de la escultura. Desde la pantorrilla, inmersa en el agua quieta, hasta el tocado opulento y áureo, todo el desnudo se desarrolla cual si estuviese pensado —con igual devoción— para el goce del tacto y el de los ojos. Al fondo, hay un gran jardín. Por umbroso y por placentero, contrasta ingeniosamente con la curiosidad de los viejos, ya inofensiva pero insaciable. En el centro del cuadro, entre el espejo y Susana, un peine de marfil, unos collares de perlas y un perfumero forman un delicioso "scherzo" de varios blancos. Llamarlo "naturaleza muerta" sería un oprobio, al que —por lo pronto— no me resigno.

Corresponde a la misma vena el *Concierto* de Dresde. Cinco mujeres casi desnudas (una de ellas, vista de espaldas, lleva sólo dos rútilos brazaletes) se reunieron con otra más, ésa sí vestida, para ejecutar un trozo de música en el claro de un parque plácido y estival. Los instrumentos, que parecen estar templando —o más bien contemplando, y sin mucho entusiasmo técnico— son una flauta y un violonchelo, una cítara y un armonio. En el suelo, abandonado pero importante, yace un violín. Pocas veces tal aglomeración de desnudos halló intérprete más celoso, ni más atractivo reparto de luces y de penumbras. Si recordamos el *Baño turco* del señor Ingres, es para confirmar la distancia que media entre el frigorífico neoclásico y la pasión de los clásicos verdaderos. El cuadro está sostenido por seis admirables manos: la que ciñe, a la izquierda, el cuello del violonchelo; la que, al centro de la composición, improvisa una escala sobre el teclado; la que, más arriba, acaricia una flauta muda; las que están tirando de dos cordeles, destinados probablemente a mover el fuelle elástico del armonio y, por fin, a la derecha de la tela, esa última y docta mano que señala una nota en la partitura: la nota que no advirtieron, quizás, a tiempo todas las bellas ejecutantes...

¿Cuántos "desnudos" podrían rivalizar con estas mujeres del Tintoretto? El concierto, que anuncia el cuadro, nunca —sin duda— lo tocarán. Ni necesitan tocarlo efectivamente. Porque, sin ayuda de arpegios y de corcheas, son ellas mismas todo el *Concierto*. La sonata que creímos oír en Giorgione se ha vuelto una sinfonía. ¿Qué parte correspondió, en esa sinfonía, a Pablo Caliari: el pintor a quien conocemos —dado su origen— con el apodo de El Veronés?

Su contribución no es, por cierto, fácil de limitar. Tintoretto (dispuesto siempre a emplear los procedimientos de sus rivales) aprovechó en muchos casos, con arrogancia, las conquistas del de Verona. Comprueban este préstamo obligatorio los cuadros suyos, de asuntos bíblicos, que conserva el Museo del Prado: particularmente, la escena de *Ester y Asuero* y *José junto al lecho de la esposa de Putifar.*

Nacido en 1528, Pablo Caliari tenía treinta años cuando el Ticiano pasaba de los ochenta. Además, su vocación de pintor se afirmó en seguida. Desde el principio, encontró la senda que el destino le reservaba. Sin necesidad de tanteos lentos y complicados, se descubrió. Y, al descubrirse a sí mismo, descubrió por igual una luz certera, rápida, penetrante; un mundo fácil, lujoso, rico, decidido al placer hasta la imprudencia; una humanidad tan alegre en su desnudez, cuando se desnuda, como satisfecha de sus ornatos, cuando se viste; un paisaje claro y ameno, en perpetuo estío, y una suntuosa combinación de terrazas, columnas, arcos y escalinatas que están pidiendo a cada momento una fiesta próxima, ora las *Bodas de Canaán*, ora el *Banquete en casa del Publicano*...

Pintor constante —y exclusiva, ardientemente pintor— el Veronés no sueña, como Ticiano lo intenta a veces; ni da tampoco la impresión de pensar, como Tintoretto. Imagina y ve. Ve, sobre todo. Pero, en el instrumento con que se apresta a reproducir los colores que ve, un oculto pedal subraya las notas altas, los agudos del verde, o del rojo, o del amarillo. Consigue así, en algunos estupendos acordes, sonoridades excepcionales, rara vez alcanzadas por otros músicos del pincel.

Quiero evocar la sorprensa que me produjo, hace treinta años, su composición más famosa: las *Bodas de Canaán*. Era, aquella, mi primera visita al Museo del Louvre. Me había detenido, naturalmente, ante la *Gioconda* (¿quién no lo hace?) y ante doce o catorce de las más bellas obras de la pintura. Creía, por consiguiente, haber llegado a los límites de mi asombro. Pero el Veronés me guardaba aún cierto estímulo inesperado. Ante todo ¡qué cielo inmenso, y qué sensible, qué humano, qué sensitivo, cada uno de los átomos de ese cielo! Nubes y luces se combinan allí, misteriosamente, para elaborar una claridad sin la cual todo el resto del cuadro —lleno de personajes, de copas, de ánforas y de perros— quedaría no sólo ya sin explicación, sino —cosa más grave— sin voluntad. Mucho cielo en un horizonte —podríamos decir, invirtiendo la frase de Victor Hugo— es como mucha frente en un rostro. Tal vez por eso las telas más decorativas y más sensuales del Veronés resultan inteligentes: están dotadas de una luz propia. Esa luz parece pensar lo que va alumbrando, desde el semblante de los apóstoles hasta los rubíes del vino que un negro ofrece, en el más impecable de los cristales, al señorial invitado que está a la izquierda.

No he contado los personajes. Entre comensales, músicos y sirvientes, desocupados y curiosos, son por lo menos ochenta: individualísimo cada uno; cada uno en sus galas más opulentas; cada uno pendiente de lo que es. Hay multiplicidad de turbantes, de barbas, de terciopelos y de damascos. Brillan las perlas sobre los cuellos —no siempre frágiles— de las damas. Predominan, en número, los varones. Tocan los músicos en laúdes, violas y violonchelos de barnizadas y finas maderas rubias. Nadie parece oírlos, como no sea el más solo y tácito de los huéspedes: aquel a quien nadie habla, a quien nadie escucha...

En ocasiones, si se presta el asunto a una exhibición de sus dotes decorativas, Caliari se muestra digno de representar, igualmente, escenas muy angustiosas. Citaré, como ejemplo, el *Calvario* del Louvre. No obstante, hasta en ese cuadro, lo más expresivo —en términos de taller— no son los cuerpos, sino el paisaje: el verde amargo y letal del cielo; las gruesas nubes atormentadas y tormentosas, y esa luz, por fin, súbita e imprevista, que bruñe el manto de oro entre cuyos pliegues adivina el observador —como símbolo de un pesar solamente humano— el perfil de la Magdalena. Realizaciones como el *Calvario* no son frecuentes. Porque los temas religiosos ofrecen al Veronés, sobre todo, una singular tentación de sensualidad y de lucimiento. Su *San Juan Bautista*, de la galería Borghese, lleva una aureola, que los santos de otros pintores no necesitan para identificarse. Y es que, sin ese nimbo, el *San Juan* de Caliari sería un pastor, inexplicablemente rodeado de mujeres hermosas y príncipes orientales.

Donde se goza el pintor con mayor donaire es en la narración de las fábulas mitológicas, como en el *Marte y Venus*, de la Pinacoteca de Turín, y en el *Rapto de Europa*, del Palacio Ducal, o en las alegorías, como en el *Triunfo de Venecia* y la *Unión feliz*, de la National Gallery. Según ocurre también con el Tintoretto, Caliari hizo una serie de cuadros que no acertamos a clasificar con exactitud. Por el asunto, deberían incluirse entre las obras de tema bíblico. Pero, por la manera, corresponden más bien a las fábulas mitológicas. Son, entre otros: la *Judith*, de Génova, el *Salomón y la Reina de Saba*, de Turín, el *Sacrificio de Isaac* y el *Moisés salvaod*, de Madrid, y las *Susanas*, del Prado, del Louvre y de la Pinacoteca de Dresde. Ninguna de éstas hace olvidar a las *Susanas* del Tintoretto. La de Dresde, que es la más conocida, nos presenta a una joven bastante espesa, de piernas casi flebíticas y de pecho más geográfico que auroral. En la del Louvre, la importancia concedida a los viejos y a sus ropajes no guarda proporción con el interés suscitado por la mujer. La del Prado principia en el Veronés; pero toma el camino que lleva a Flandes —y acaba, de pronto, en Rubens...

Como el del Greco en el caso del Tintoretto, el nombre de Rubens no surge aquí por casualidad. El artista del Norte vivió en Venecia años de fértil aprendizaje. Sin restarle mérito alguno, puede afirmarse que, en la sonoridad de su orquesta inmensa, muchas cuerdas y muchas flautas son del Ticiano, muchos oboes del Tintoretto y no pocos metales del Veronés. Éste, en efecto, no contrastaba la luz con la sombra —como Tintoretto lo hacía y como Rembrandt lo hará incomparablemente— sino con luces menos ruidosas, moduladas casi en sordina. Rubens preferirá también los colores claros. Y, si nos sintiésemos compelidos a buscar algún precedente de sus Epifanías, tendría yo que citar una *Adoración* de Pablo Caliari: la de Vicenza, en Santa Corona.

El Veronés concluye, en Venecia, el ciclo de los gigantes y de los héroes. Venturi lo reconoce y lo explica, a mi juicio, con perspicacia: nacida en la quietud, con Giovanni Bellini el contemplativo, la escuela veneciana del siglo XVI descolló muy pronto —merced al color y a la luz— en el movimiento, primero con el *andante maestoso* del Ticiano y después con los alucinantes ritmos del Tintoretto; pero volvió, con las fiestas del Veronés, al reposo espléndido de las formas.

V. SEBASTIANO DEL PIOMBO. LORENZO LOTTO. LOS PALMA. JÁCOPO BASSANO

EN ESTOS paseos por la historia de la pintura veneciana no me animan propósitos exhaustivos. Me faltarían, de todos modos, tiempo y autoridad. He debido resignarme, por consiguiente, a múltiples omisiones. Y a injusticias más dolorosas aún que las del silencio: las de la prisa, las del elogio elíptico y comprimido. Hubiera deseado, por ejemplo, detenerme bastante más en el examen de un narrador a quien quise mucho en la juventud: Vittore Carpaccio. Pero teníamos que llegar al Ticiano, al Tintoretto y al Veronés. Y detenernos frente a Carpaccio nos hubiera obligado a diferir la cita con ciertas obras incomparables: retardar el encuentro con la *Venus de Urbino*, o con el *Cristo* de la Pinacoteca de Munich, posponer la visita al jardín extraño en que la *Susana* de Viena sigue enjugándose lentamente, o desdeñar a los instrumentos que están sonando, para alegrar las Bodas de Canaán, en el cuadro suntuoso del Veronés...

Sin embargo, antes de separarnos del siglo en que florecieron los grandes líricos de Venecia, me vence un remordimiento. ¿Por qué dejar en la sombra a las creaciones (sutiles unas, otras vibrantes, muchas famosas) de artistas como Sebastiano del Piombo o Lorenzo Lotto, los dos Palmas, y Jácopo Bassano? ¿Y cómo no aludir, aunque sea de paso, a ciertos pintores que, no siendo venecianos en el sentido geográfico de la palabra, recibieron la enseñanza de Venecia, o le añadieron alguna nota, o lucharon contra su acción? Opina Berenson con justicia que los pintores de Vicenza y de Brescia "dependieron siempre de las lecciones de Venecia y de Verona". De allí la necesidad de incluir en estos ensayos una referencia a Savoldo, que habitó largo tiempo en la capital del Dux, y por lo menos a dos brescianos: Moretto y Moroni, que muchos historiadores estudian junto a Lorenzo Lotto.

Si cualquiera de ellos hubiese vivido en una centuria menos afortunada, junto a rivales menos gloriosos, sus trabajos ocuparían más amplio espacio en los comentarios actuales, e iríamos a estudiarlos en los museos con más fervor. Tratemos de contemplar su legado con ojos equitativos.

Siempre me han lastimado la indiferencia con que los lectores ansiosos de llegar a Corneille, o a Racine, pasan de largo frente a Rotrou, y la ligereza con que los estudiantes, deslumbrados por Lope de Vega, por Tirso de Molina y por Calderón de la Barca, soslayan a Moreto y descuidan a un comediógrafo de la talla de Juan Ruiz de Alarcón, tan honrado, tan probo y psicológicamente tan verídico. La trilogía que dio materia a los dos capítulos anteriores (Ticiano, Tintoretto y el Veronés) ciega, sin duda, al espectador. Pero lo propio acontece en todas las épocas y en todas las ramas del arte. El genio absorbe las luces que lo circundan, y las revierte luego sobre nosotros, como una dádiva única y personal. No hay que olvidar, empero, que ese haz rutilante debió no pocos de sus fulgores a la colaboración (inconsciente, o involuntaria) de los rivales menos felices. Una edad histórica, en las letras, en la pintura o en la escultura, implica una solidaridad intelectual y moral entre los genios y sus discípulos, entre los epígonos y sus maestros; más aún: entre el público y el artista. Honrar a Ticiano, al Tintoretto y al Veronés supone un tributo oculto de admiración a los hombres que gustaron de sus labores en los años en que vivieron y requiere un análisis positivo de los rivales que compitieron con ellos asiduamente. Si el tiempo no nos permite citar a todos, se impone una selección. La que acabo de proponer, a mi juicio, incluye a los más notables.

Sebastiano Luciani, que conocemos con el nombre del "religioso del Piombo", nació en Venecia en 1485. Según Vasari "no fue la pintura su profesión primera, sino la música". "Además de cantar —dice el biógrafo que menciono— Sebastiano tocaba diversos instrumentos musicales y en especial el laúd, que sabía tañer sin acompañamiento, lo que le valió la amistad de muchos gentiles hombres de Venecia, muy aficionados entonces al laúd, en el cual lo consideraban un virtuoso"...

Esta vocación musical califica a Sebastiano y, en cierto modo, nos lo denuncia. Es curioso observar, en efecto, cuántas obras maestras de la pintura veneciana se nos ofrecen con el título de conciertos. Tres de ellas disfrutan de inmensa fama: el *Concierto campestre*, de Giorgione, el *Concierto* de la Galería Pitti, que unos atribuyen al Giorgione y otros al Ticiano, y el *Concierto* de Dresde, del Tintoretto. Otras veces, sin llamarse "conciertos", lo son de veras, como la *Venus* del Ticiano, en el Prado, o las fiestas del Veronés, habitualmente centradas por un grupo ostensible de ejecutantes. Sabemos que Ticiano apreciaba mucho las audiciones hermosas y que, en su casa, al atardecer, ofrecía a sus invitados buenos conciertos. Todo el arte pictórico de Venecia se hallaba así como gobernado por una mística de armonía.

Venecia empezaba por entonces a compartir con Cremona la mejor tradición musical de Italia. Es cierto: Cremona había sido la cuna de Monteverdi y de fabricantes de instrumentos de cuerda tan célebres como Amati, fundador de una dinastía que llegó a prolongarse, por filiación directa, según lo prueban los Amati del setecientos, y, también, por la enseñanza y el matrimonio, como lo atestigua el caso de Stradivari. Pero Venecia, que no vería nacer a Vivaldi sino en el siglo XVII, había ya dado reputación a Gioseffo Zarlino, originario de Chioggia y maestro de coros de la Basílica de San Marcos. Autor de motetes, de madrigales (e incluso de una misa cuyo manuscrito se conserva en Bolonia) Zarlino es recordado, sobre todo, como un teorizante audaz y un renovador. La influencia de su obra hizo de la ciudad del Dux un centro importante en lo concerniente a las investigaciones sobre el espacio sonoro. La circunstancia cobra mayor sentido porque coincide con los años en que otros artistas —los he llamado músicos del pincel— daban a Venecia la primacía en lo relativo a otra sonoridad del espacio: la que los ojos aprecian por el color. El contrapunto y la paleta veneciana enriquecieron así, con simultaneidad sorprendente, dos formas paralelas de cromatismo: el que se expresa en la tela y el que se inscribe en el pentagrama.

Por todo cuanto precede, no debe juzgarse insólito el hecho de que Sebastiano Luciani haya comenzado su carrera de artista como tañedor de laúd. Lo imaginamos fácilmente dudoso entre sus dos vocaciones juveniles: la música y la pintura. Al cabo, venció el pincel. Alumno de Giovanni Bellini, aprendiz con Giorgione, principiaba a adquirir nombradía, en particular como retratista, cuando el banquero Chigi, amigo del Aretino, le propuso ir a pintar en Roma. Sabemos que, en la Villa Farnesina (donde el Sodoma dejó una admirable Roxana y un Alejandro quizá menos convincente), Sebastiano tuvo oportunidad de medir sus fuerzas no lejos del sitio que ennobleció Rafael pintando su *Galatea*. Principia entonces, en la vida del veneciano, un período misterioso, en el cual no es posible determinar con exactitud cómo se combinaron la admiración afectuosa que sentía por Rafael y la admiración respetuosa que le inspiraba Miguel Ángel. Ha llegado a decirse que éste guiaba la fantasía de su discípulo con dibujos y esbozos muy personales. Vasari —a quien no es siempre inútil seguir, como algunos creen— dice, por ejemplo que "cuando Rafael, por encargo del cardenal de Médicis, hizo la *Transfiguración*, que debía enviarse a Florencia... Sebastiano pintó, en una tabla similar, una *Resurrección de Lázaro*". Y añade: "como se trataba de competir con Rafael, se esmeró muchísimo en su acabado, siempre bajo la dirección de Miguel Ángel y con su ayuda". Lo que no menciona Vasari, en esta parte de su relato, es que el cuadro de Sebastiano fue enviado por Julio de Médicis a Narbona. En el siglo XVIII, el Duque de Orléans enriqueció con esa obra su colección. No por mucho tiempo. En efecto, al estallar la Revolución Francesa, la *Resurrección* atravesó el canal de la Mancha. Adquirida por los ingleses, figura hoy en la National Gallery.

¡Curiosa historia la de este cuadro, y más curiosa aún la de su pintor! ¿Cómo señalar sin sorpresa esas raras afinidades de Sebastiano: de un lado, con Rafael, y del otro, con Miguel Ángel? Dominó por fin, en su producción religiosa, la mano de Buonarroti; pero, en sus retratos, la melodía de Giorgione suena lejanamente, a través de la clara elegancia de Rafael. Así ocurre con la *Dorotea*, del Museo de Berlín, y con la *Fornarina*, que figura actualmente en el Museo de los Oficios. A ésta, las almas caritativas la atribuyeron, durante años, al maestro Sanzio... "No se presta sino a los ricos", dice el refrán.

Esa astral levedad en la maestría y ese gran equilibrio premozartiano que hacen de la pintura de Rafael casi un vestíbulo indispensable para entender las composiciones del músico de Salzburgo, acabaron por inquietar al veneciano, siempre alerta y sobre sus guardias. ¿Se percató Sebastiano, acaso, de que no es fácil imitar a los ángeles sin peligro? ¿O pensó tal vez (y esto me parece lo más probable) que el futuro reservaría un auditorio mayor a las sinfonías profundas de Miguel Ángel?... Por desgracia, las cualidades de Sebastiano se hallaban mucho más cerca de las que Rafael expresaba en sus cuadros místicos que de la maravillosa escultura a colores de la Sixtina. Al traicionar al primero de sus amigos romanos, el hombre de Venecia no cometió solamente una mala acción; cometió un delito contra sí mismo.

Estoy convencido de que no piensan en forma análoga los numerosos comentaristas que, por encima de todas las obras de Sebastiano, elogian la *Piedad* del Museo Cívico de Viterbo. Y me apresuro a reconocerlo: el cuadro impone en seguida respeto al espectador. El cuerpo desnudo de Jesucristo recuerda el trazo de Miguel Ángel. La Virgen, sólida y majestuosa, es una estatua muy bien pintada. La composición triangular de la escena entera debe juzgarse como un acierto. Sin embargo lo más conmovedor, en este conjunto, es la luz oscura, el incendio remoto del horizonte y el contraste de los azules (zafiro contra turquesa) en el manto y la túnica de la Virgen. Todo eso —que no pretende a lo sobrehumano— Sebastiano lo realizó sin necesidad de apoyarse en las sugestiones o en los esquemas de Miguel Ángel, ni de subordinarse tampoco a las disciplinas de Rafael. Todo eso, en el fondo, era cosa suya. Procedía de su fidelidad veneciana al color hermoso, expresaba su admiración natural de la luz y de los matices, resumía una gran virtud: la fe del pintor en sus propias fuerzas. Pensando en Miguel Ángel, se encomia especialmente la "monumentalidad" de la obra. Pero no es ese aspecto monumental lo que nos persuade, pues Sebastiano carece de los arranques sublimes de su maestro. ¿Qué sería Beethoven, reinstrumentado por Weber? Admiremos a Miguel Ángel en sus propias realizaciones. A Beethoven, en las suyas. Y no pidamos a Weber, o a Sebastiano del Piombo, sino lo que son por sí mismos —que ya no es poco.

Al escribir su nombre completo (el que la gloria le impuso) me doy cuenta de que estas palabras —"del Piombo"; literalmente "del plomo"— necesitan explicación. La daré sin mayor demora, pues veo en ella un pequeño símbolo del artista. El Papa Clemente VII le encomendó la custodia de los sellos del Vaticano. El puesto implicaba un título —religioso "del piombo"— y el ingreso en las órdenes eclesiásticas. A partir de ese nombramiento, la obra de Sebastiano se hizo difícil. Sin pretender, con dudoso gusto, a un juego de palabras trivial, podríamos decir que el plomo de los sellos sometidos a su custodia pesó demasiado sobre el pintor. Pero ni siquiera es seguro que así haya sido. Más aún, que el cargo pesaba sobre su espíritu el imposible deseo de realizarse, exagerándose sin descanso. Un tardío rencor parece haberle inducido a malquistarse con Miguel Ángel, criticando al maestro por no pintar al óleo el *Juicio Final*...

Alma incierta, inconforme, extraña, pero artista dotado admirablemente, Sebastiano del Piombo acabó por ser un ilustre desarraigado. Discutible en sus evasiones, acertó cada vez que quiso no escapar de su propia vena, manteniéndose así en la tradición —color y luz— que le señalaban su talento, su origen y su destino.

Otro desarraigado (ilustre, sobre todo, después de muerto) fue Lorenzo Lotto, nacido probablemente en Venecia en 1480, precocísimo en sus trabajos y, según muchos, autodidacta. Quienes rechazan la tesis del autodidactismo, no se ponen todos de acuerdo acerca de un punto controvertido: el taller en que hizo su aprendizaje. Algunos lo declaran discípulo de Bellini; otros mencionan el nombre de Vivarini; otros, en fin, hablan de los pintores de Murano. Se cree que, a los quince años, se hallaba en Recanati; se afirma que, a los veintitrés, visitó Treviso y se sabe que, en 1509, lo contrataron para pintar —en el Vaticano— obras que ya no existen.

Más que Venecia, Roma fue para él —como para Sebastiano del Piombo— el lugar de los grandes atrevimientos y de las peligrosas definiciones. Su talento, muy diferente del de Luciani, no tuvo que vacilar entre Miguel Ángel y Rafael. Da la impresión de haber ignorado al primero (cuando menos como pintor) y de haber estimado al segundo —pero juzgándolo—. En general, vivió en frecuentes éxodos silenciosos. "A diferencia de tantos pintores —dice Venturi— que abandonaban su ciudad natal para buscar, en Venecia, inspiración, trabajo y fama, Lotto huye de Venecia y de su corriente pictórica, e intenta —fuera de Venecia— múltiples experiencias." Otro crítico, especializado en el análisis de su obra (Marco Valsecchi), escribe lo siguiente: "Con su fidelidad a la composición tradicional y su predilección por el dibujo y los ritmos bien acusados, el joven Lotto afirma su oposición interior a la noción giorgionesca de luz difusa, que envuelve, en una misma atmósfera, a los seres y a los objetos"...

Como se ve, tanto Venturi cuanto Valsecchi (aquel en lo biográfico y éste en lo técnico) definen a su manera al desarraigado. Desarraigado del suelo de la República, ora en Treviso, ora en Roma, ora en las Marchas y en la Romaña. Desarraigado de la pintura que amaban los maestros de la República, y opuesto —nada menos— que a la invención poética de Giorgione: la luz como solidaridad esencial de los seres y los objetos que el cuadro liga.

Es posible que Lorenzo Lotto haya comprendido —gracias a la contemplación de determinadas obras de Alberto Durero— hasta qué punto la seriedad del dibujo condiciona los éxitos del color. Es probable que el colorismo de sus contemporáneos le haya ofuscado un poco. Es seguro que la maestría de Rafael lo incitó a plantearse, de nueva cuenta, todo el problema de la armonía de las formas: de las formas modeladas por el color, pero no sometidas a él necesariamente, como lo proclamaban entonces los venecianos. La consecuencia fue una pintura muy sincera y muy personal, hecha siempre con honradez, capaz de sacrificar de pronto, por elocuentes, las efusiones gozosas de sus rivales y expresada en cuadros que nos permiten aquilatar, junto a los aciertos del artista, los tanteos y las preocupaciones del hombre

Desde la juventud de Lorenzo Lotto, nos cautiva un *San Jerónimo en el desierto:* el que se halla en el Louvre. Dentro de una subordinación primordial a Giovanni Bellini, el cuadro manifiesta, sobre todo, las cualidades del pintor como paisajista. También pertenece a su juventud el retrato de Bernardo de Rossi, conservado en el Museo Nacional de Nápoles. Obra extraña y un tanto fría (escolar, pero no académica), sobresale por el dibujo incisivo y firme y por la insistencia que puso el autor en asegurar, con el relieve más perceptible, los rasgos del personaje. ¡Cuánto camino tendría que andar el artista para encontrarse —y para legarnos sus obras maestras—! Pienso, por ejemplo, en el *San Nicolás* de la iglesia veneciana *dei Carmini,* en la *Visitación* de Bérgamo (la de la iglesia de San Michele al Pozzo Bianco), en el San Bernardino de la *Pala Martinengo* que se conserva ahora en la iglesia de San Bartolomeo, también de Bérgamo, y en el San Antonino del templo de San Juan y San Pablo, en Venecia. Pero pienso particularmente en el más sugestivo de sus retratos: el de la Galería Brera, el *Desconocido.* Aquí, Lorenzo Lotto logró conciliar finalmente lo que le había enseñado la obra de Durero y lo que había acabado por imponerle —no con su anuencia— el ejemplo lírico del Ticiano. (Los aficionados a este género de comparaciones podrían intentar un paralelo —no inútil— entre el *Desconocido* de la Galería Brera y el *Gentilhombre* del Palacio Pitti.)

Cuando recordamos, en conjunto, el esfuerzo de Lotto, incansable desarraigado, advertimos que no le hacemos plena justicia. Algo falta en su obra, a nuestro entender. Ese "algo" no depende ya de nosotros. ¿Cómo definirlo? Es lo que añade —a cualquier poema, a cualquier pintura o a cualquier música— la adhesión de sus coetáneos. Me explicaré. Cuando apreciamos el *Quijote,* o el *Cid,* o la *Flora* de los Oficios, o uno de los *Nocturnos,* nuestra estimación sabe perfectamente que va a sumarse a la de muchas otras generaciones, las que nos precedieron en el aplauso. Y a una, en particular: a la generación de los responsables de esos trabajos, a la generación española de Miguel de Cervantes y Saavedra, a la generación francesa de Pierre Corneille, a la generación del Ticiano, veneciana e italianísima, y a la generación europea de Federico Chopin. Ese primer tributo admirativo de un público de contemporáneos (y, en lo posible, de coterráneos) comunica a la obra, querámoslo o no, un prestigio íntimo y, en cierto modo, un barniz moral —que, a la vez, la ampara y la vivifica.

No quiero decir que el juicio de los contemporáneos acierte invariablemente. *Fedra* no agradó a los "marqueses" de Luis XIV. Y no es, por eso, menos hermosa. Lorenzo Lotto fue, en Venecia, un incomprendido. Y no por eso nos negaremos nosotros a comprenderlo. Sin embargo, a través de la historia, oscurece un poco el mérito de una obra la circunstancia de que los seres más preparados para entenderla (los de su época) no la hayan visto o no la hayan oído con interés.

Venecia no escatimó sus sonrisas a otros pintores, menos estrictos y personales que Lotto: los que hemos dado en nombrar el Viejo y el Joven Palma. Eran, respectivamente, tío y sobrino. El mayor, Jácopo Negretti, verosímilmente nacido en el mismo año que Lotto, en Serina Alta, inicia hasta cierto grado la era de los modestos, fieles aún a la rica policromía de la ciudad del Dux, pero inclinados a ver el campo y a describir, sin la suntuosidad del Ticiano, los placeres de una dichosa Arcadia entre bíblica y pastoril. No he empleado el vocablo "Arcadia" como un pretexto. La del napolitano Jácopo Sannazaro, muerto en 1530, atraía a los públicos europeos y suscitaba copias e imitaciones en España como en Italia. Puestos a elegir entre el Ariosto y Sannazaro, Ticiano habría optado por el primero; Palma el Viejo hubiera escogido al último. Era él, sin embargo, mucho más natural que el napolitano. Lo concebimos como a un poeta rústico y persuadido. Berenson dice que, acaso por el deseo de preservar, en la vida urbana, la imagen de la felicidad campestre, "Palma el Viejo se puso a pintar sus *Santas conversaciones*, asambleas de personajes sagrados, reunidos bajo hermosos árboles y sobre amenas campiñas". Aquellas églogas religiosas, que gustaron pronto a los entusiastas, no le impidieron reproducir con habilidad determinados motivos muy ticianescos: las bellas ninfas, de carnes tensas y soleadas, como las que vemos en el Museo de Francfort, el tema de Adán y Eva, como en el cuadro de Brunswick, y sobre todo la profusión de esas cabelleras —lluvia de oro— que las venecianas debían, según se afirma, a la pericia cosmética y no a la raza o al clima de su país.

Jácopo Palma el Joven se ilustró, más que nada, como discípulo del Ticiano. Las tentaciones del Tintoretto lo sedujeron. Ello no obstante, a él fue encomendado un notable encargo: el de dar término a la extraordinaria *Piedad* que su maestro dejó inconclusa. De él pueden verse, en el Palacio Ducal, entre otros trabajos, una *Anunciación*, varios retratos de "dogos", diversos símbolos (la *Prudencia*, la *Equidad*, la *Obediencia*, la *Inteligencia*), una alegoría del Dux Loredan y un ambicioso conjunto, más imitado del Tintoretto que del Ticiano: la *Gloria del Redentor, con la Virgen y con San Marcos*.

También pintó, para el Palacio Ducal, un ejecutante rápido y atrevido: el Perdenone. Su verdadero nombre era Giovanni Antonio Regillo. Algunos añaden: de Sacchis. Más joven que el Ticiano, había pasado una temporada en Roma y otra en Cremona, la ciudad de los insuperables violines. No adquirió, por lo visto, allí la menor sordina, pues su pintura se complace en las notas fuertes y en las sonoridades exageradas. A veces, frente a sus cuadros, dan ganas de callar a los personajes. O, por lo menos, de prevenirles: no habléis tan alto; si redujérais un poco el tono, se os oiría mucho mejor.

Dosso y Battista Dossi oscilaron (especialmente el segundo) entre el Ticiano y Rafael de Urbino. Gian Girolamo Savoldo —que, a los 28 años, figuraba como pintor en los registros corporativos de Florencia— pasó en Venecia más de la mitad de su vida. Absorta por la producción del Ticiano, Venecia no tuvo para Savoldo los mismos ojos piadosos que para otros pintores suyos, menos interesantes, quizá. Esa atención —que él no obtuvo, o que obtuvo en proporciones limitadas— la merecía su obra sin duda alguna. Pero su caso se explica sencillamente. Era, por una parte, un retardado. Y, por otra parte, era un precursor. No supo, o no quiso, aceptar la moda. Más que a Ticiano, prolongaba a Giorgione. Y, cuando no lo seguía, se aventuraba en un género muy distinto, como acontece en el *Flautista* de la colección florentina Contini-Bonacossi o en la *Magdalena*, de la National Gallery.

Con Alejandro Bonvicino, apodado el Moretto, no regresamos a la "escuela de los indiferentes", de cuyos discípulos nos hablaba hace años un poeta vestido de novelista, pero sí a la escuela de los modestos. A ella me referí cuando mencioné al más célebre de los Palma: el autor de las *Santas conversaciones*. Esa escuela, que no existió históricamente como tal, es más bien una antología. La organizamos, ahora, seleccionando a determinados temperamentos (como el de Moretto y, más aún, el de Moroni) que prefirieron hablar despacio y con voz delgada. Entre tantas orquestas (la del Ticiano, plácida y majestuosa; la del Tintoretto, rápida y vehemente, y la clara y brillante del Veronés) tiene esa voz delgada su encanto propio. La oímos con atención, porque oírla —en el fondo— nos apacigua.

Moretto era un pintor de Brescia. Allí vivió sus mejores años. Allí realizó sus mejores obras religiosas. Como Sebastiano del Piombo —y como Lorenzo Lotto— Moretto no pudo ignorar al

Ticiano; pero se sintió igualmente atraído por Rafael. Su arte, menos activo y ruidoso que el de sus grandes contemporáneos venecianos, introdujo una nota nueva: de plata más que de oro —y de nácar más que de plata—. Se ha dicho que su *Comida en casa de Leví*, conservada en Venecia, en la iglesia de Santa María de la Piedad, auguraba ya los banquetes del Veronés. No lo discuto. Aunque me pregunto si no podría establecerse una relación semejante entre los balbuceos de la novela burguesa de los principios del siglo XIX y la epopeya de la *Comedia humana*. El resultado sería muy parecido, pues dejaría intacta la reputación de Balzac, como queda intacto, frente a Moretto, el prestigio del Veronés... Más que en tales escenas, encuentro a Moretto en otras anécdotas, impregnadas de familiaridad y ternura conmovedoras. Sirva de ejemplo de esta manera suya el *San Nicolás de Bari presentando unos niños a la Virgen*. Lo guarda la Pinacoteca de Brescia.

Juan Bautista Moroni, lo mismo que Moretto, pertenece al linaje de los pintores lombardos, venecianos circunstanciales. Lo que los siglos han salvado de su trabajo es, sobre todo, su obra de retratista. Y las cualidades que prevalecen en ese capítulo de su obra son su simpatía humana, su lucidez psicológica, y, sobre todo, su capacidad de adhesión sincera con los humildes. Mientras que el Ticiano multiplicaba efigies de príncipes y de reyes, y Tintoretto quería inmortalizar a los funcionarios fastuosos de la República, Moroni buscaba a los más anónimos, hasta el punto de que su retrato más celebrado no se conoce ya por el apellido, sino por la designación del oficio de su modelo. Es "el sastre". Y así se llama.

Los que hayan visitado la National Gallery no habrán podido olvidar este cuadro austero, honesto, limpio, sólido como pocos. Un fondo neutro, pero admirablemente oportuno para la escena. Y, sobre la neutralidad del fondo, con jubón amarillo y gregüescos rojos, un sastre joven. El hombre parece preguntar al espectador (en quien ve, sin duda, a un cliente próximo) cómo juzga la tela que va a cortar con las tijeras que empuña su diestra mano —diestra en los dos sentidos, porque es la derecha del personaje y porque la adivinamos hábil y ejecutiva, a pesar del tamaño del instrumento—. Todo el cuadro está como inmerso en una luz pálida y delicada, que inquiere en los ojos tristes del retratado y que rueda luego, muy lentamente, gota por gota, a lo largo de los botones de su jubón. Hay, en el cuadro entero, no sé qué vaga melancolía, un reproche esbozado y no articulado: algo que nos acoge y que nos detiene; acaso la desazón de haber sorprendido al que trabajaba; quizá la seguridad de que, a su pregunta, no sabremos exactamente qué contestar...

Jácopo da Ponte, más conocido como el Bassano, es un veneciano de su provincia, que residió poco tiempo en la capital. Hijo de pintor (de Francisco el Viejo) y padre de pintores (de Francisco el Joven y de Leandro, sus ayudantes), el Bassano, por la época en que vivió, pudo recibir sucesivamente las influencias del Ticiano, del Tintoretto y, también, la del Veronés. Pero Jácopo da Ponte no poseía el temperamento triunfal —y a veces declamatorio— de esos maestros. Amaba el campo, como lo amó Palma el Viejo. Y lo amaba sin el convencionalismo urbano que, en ocasiones, da a los paisajes de Palma el Viejo ese sabor de "égloga" literaria que señalé cuando hablé de él. Bassano era un artista en verdad rural. Conocía muy bien a su pueblo; le gustaba pasear entre los pastores, charlar con los campesinos, presenciar sus trabajos, sus fiestas y sus tristezas. Cuando nos cuenta, por ejemplo, con un estilo a la par luminoso y simple —como lo hace en un cuadro del Museo Cívico de Bassano— la *Adoración de los pastores frente a Jesús*, la riqueza de su paleta no lo incita a olvidar en ningún momento la descripción de los pies desnudos, sucios de tierra, ni la lana mugrienta del corderillo. Su Virgen no es una Venus disfrazada de campesina. Su San José tiene el rostro de un viejo rústico y generoso; noble sin duda, por la edad y por la función. Asistimos a una reunión de familia, donde el perro y el buey no constituyen tan sólo elementos decorativos, sino animales queridos y conocidos —que el pintor supo ver, desde niño, con aprecio y con gratitud—. La obra se antojaría un presentimiento espléndido de Murillo, si Venecia no se encontrara presente en ella: presente en la luz pausada del paisaje crepuscular, presente en los pliegues del estandarte que, de manera imprevista, dora la escena y presente, sobre todo, en el grupo de ángeles colocado por el artista, como corona, en la parte central del arco que cierra el cuadro.

Discípulo de Bonifacio de Pitati (el veronés, epigono del Viejo Palma), Jácopo da Ponte no demostró la precocidad de algunos de sus predecesores y de sus émulos. Avanzó lentamente, pero sin tregua. Hay que imaginarlo, en la juventud, frente a ciertos cuadros clásicos de la época. Pienso, en estos instantes, en la *Presentación de la Virgen*, por el Ticiano. Jácopo debe haber estimado singularmente, en aquella composición, el detalle realista que otros critican: la vieja vendedora de pollos que, junto a una cesta de huevos, está sentada cerca de la escalera por donde asciende la Virgen niña. De ese realismo (que en Ticiano se nos ofrece como una anécdota deliciosa) Jácopo da Ponte habrá de constituirse el intérprete lógico y pertinaz. Recuerdo, a este respecto, la impresión que me hizo, en la Galería Borghese, otro cuadro suyo: otra *Adoración;* de composición más compacta que la del Museo Cívico de Bassano, pero más conmovida quizá por menos solemne. La Virgen, en esta obra, es de belleza más frágil y juvenil. El pastor, acodado de espaldas sobre una cuba, examina con atención al niño Jesús. Más que adorarlo, lo considera amistosamente, como un experto. Lo ve, cual si fuera el hijo de algún vecino. Hacia el centro, en la parte alta, la cabeza del asno está presentada con religiosa fidelidad. Asocio invariablemente esa imagen tierna del rucio con las de los asnos líricos que circulan por los jardines de Francis Jammes, y más aún, con la que pasea por los suaves diálogos de *Platero*.

No todo es tan pastoril en la producción de Jácopo. Hay, en Milán, en la Galería Brera, un *San Roque* bendiciendo a las víctimas de la peste, que se atribuye a la edad madura del gran pintor. Algunos dan, como fecha del cuadro, el año de 1576. Un sentimiento dramático muy profundo ennoblece esta obra intensa, compuesta sobre el equilibrio de cuatro figuras en extremo distintas y, sin embargo, bien compensadas: la de San Roque, la de la mujer que recibe, de rodillas, su bendición y las de un hombre y un niño, postrados ya por el mal sobre el pavimento. A pesar del asunto trágico, el artista no oscureció su paleta. Mejor así. Después de todo, sobre la vida y sobre la muerte, el sol brilla por igual.

Hablando de otra de sus pinturas (*El reposo en la huída a Egipto*) Valsecchi escribe que, "en ese cuadro, todo obedece a un sentido naturalista que ve las cosas en la atmósfera de un sentimiento familiar. La perspicacia de la mirada no descuida ningún detalle, desde el canasto de telas hasta las ramas cubiertas de hojas, desde la piel de los animales hasta las cuerdas, y desde la flor del seto hasta el velo que flota en torno de la cabeza de la Virgen. Y todo eso sin pedantería... sino, al contrario, con un elemento afectuoso, pues la mirada de Jácopo da Ponte descubre en lo real, además del valor concreto de la verdad terrestre, una gracia natural e intacta. Ese descubrimiento será destacado por toda la pintura europea del siglo XVII, desde los españoles y los holandeses hasta los napolitanos". Y concluye Valsecchi, más adelante: "Bassano inventó, podríamos decir, una luz más íntima, más patética y un estado espiritual melancólico hasta entonces desconocidos".

Al descender del Olimpo, o del Parnaso, que parecían hechos para el Ticiano, la pintura del irreductible aldeano que fue Jácopo da Ponte implicaba hasta cierto punto una abdicación; pero también un seguro paso —fuera ya del Renacimiento—. En las alegorías de los maestros (la *Bacanal* del Ticiano, la *Ariana y Venus* del Tintoretto y tantas fiestas del Veronés) Venecia había acabado por consumir todas las resinas de sus antorchas renacentistas. El hombre para el que esos maestros habían trabajado pretendía pasear sobre la existencia una mirada de semidiós. Quería que alternara su propia vida con divinidades sólidas y tangibles. La ebriedad, para él, era sólo euforia. La Vía Láctea era sólo un chorro que procedía del seno estelar de Juno. La más repentina blancura, en lo verde del campo, le prometía una ninfa irónica. Y el más leve temblor de oro, sobre el azul del Adriático, podía ser la melena de una náyade recobrada...

Pero aquella orgía, sensual y sentimental, de una humanidad excedida en el lujo de sus placeres tenía por fuerza que concluir. Ya el Viejo Palma había principiado a buscar una Arcadia próxima. Ya los desarraigados, como Sebastiano del Piombo y Lorenzo Lotto, habían expresado sus dudas frente a la orgía. Ya los de Brescia, como lo hizo Moroni, habían aceptado ver simplemente en qué consiste el trabajo de nuestros semejantes. ¡Y he aquí que un hombre domiciliado en Bassano y apellidado Da Ponte, se atreve a describir —y a querer— los desnudos pies sucios de los pastores, el polvoso ropaje de las ovejas, la cabeza de un asno que Júpiter no habitó!

A la era mítica, la pintura europea iba pronto a sustituir una perspectiva más recogida y más concentrada, un horizonte menos lujoso aunque más vecino, una bodega en que los faunos serían "borrachos" (los de Velázquez) y una existencia donde los ángeles de Murillo andarían entre pucheros, en las cocinas, para reemplazar a los frailes en oración.

Todos los caminos llevan a Roma. ¿Quién no lo ha dicho? ¿Por qué sorprenderse, entonces, de que todas las rutas, hasta la de Venecia, vayan a concluir en la realidad?

VI. EL SIGLO XVIII: DECADENCIA, PINTURA, FIESTAS

ENTRE el siglo XVI, no escaso para Venecia en problemas políticos mal resueltos, aunque singularmente fastuoso en la historia de la pintura, y el XVIII, donde al cabo predominaron las diversiones, las máscaras y el café, el siglo XVII fue, sobre todo, una era de lenta disgregación: infortunada en lo militar (guerra y pérdida de Candía), oscurecida por las intrigas de otras potencias (conjuración "de los españoles") y, en cuanto al arte, bastante opaca. La arquitectura y la escultura olvidaron las enseñanzas de Palladio y de Sansovino, para internarse en los dédalos del barroco. Prosperaron arquitectos como Longhena, de quien la iglesia de la Salud recuerda el nombre a los muchos turistas desmemoriados, que no conocen la Casa de los Rezzónico. Entre los escultores, suele citarse a Pietro Baratta: el autor de las dos estatuas que tanto pesan sobre la tumba de los Valier. El paisaje tuvo, en pintura, sus oficiantes. Boschini hablaba de Maffei, de Filgher y de Giron. Pallucchini menciona, como "de escaso interés", las obras de Marini y de Briseghella, y dedica más atención a José Heintz el Joven, que murió en Venecia. Procede no olvidar a Luca Carlevaris, originario de Udine. De éste se guarda en Módena, en la Galería Estense, una vista del Rialto que parece un ballet de góndolas. Hay que admitirlo: el balance es más bien modesto.

Pero, de pronto, el final del siglo y los primeros lustros del XVIII se pueblan de cunas prometedoras. Nacen, con intervalos de algunos años, Rosalba Carriera, en 1675; Juan Bautista Piazzetta, en 1682; Juan Bautista Tiépolo, en 1696; Antonio Canal (que llamamos el Canaletto), en 1697; Pietro Longhi, en 1702 y Francesco Guardi, en 1712. Estos pintores —particularmente los cuatro últimos— van a añadir, al mensaje escrito por Ticiano y el Veronés, una posdata ya inesperada: palaciega y espléndida, en las decoraciones de Tiépolo; minuciosa, atrayente, fotográfica a veces, en las telas del Canaletto; íntima y realista, en el caso de Longhi; poética y, por momentos casi romántica, en los cuadros de Guardi.

Confesémoslo desde luego. Los retratos de Rosalba Carriera nos dejan mudos; pero no de admiración. La celebridad de que disfrutaron puede explicarse, hasta cierto punto, por la situación artística de Venecia, en la época de la autora. Sin embargo, cuando piensa uno en los cuadros que producían, casi en los mismos años, Hogarth en Inglaterra y, en París, Watteau, Nattier y Chardin, hay razón para preguntarse qué vieron los críticos europeos en los pasteles de aquella dama, fríos postres áridos y superfluos donde resulta siempre difícil de precisar la calidad del pastel auténtico y la densidad del azúcar espolvoreado sobre el pastel... Mejor no nos detengamos. Después de todo, en ocasiones como ésta, la prisa es galantería.

Piazzetta mezcló asimismo, demasiado frecuentemente, el almíbar con el carbón. De esa tendencia suya nos proporcionan múltiples testimonios los dibujos que hizo para una edición del Tasso. La patrocinó María Teresa de Austria y la publicó en 1745, con privilegio del "excelentísimo Senado" de Venecia, el impresor Juan Bautista Albrizzi. Junto a los empalagosos pastores que abundan en las viñetas de ese volumen, hasta el propio Boucher nos ofrece, en su ilustración de Molière, un modelo de austeridad.

Por fortuna, Piazzetta no se limitó a realizar tales alfeñiques. Italia conserva de él varias obras de mérito incuestionable. Una, en primer lugar: la *Adivinadora*. En este cuadro, que convendrá no omitir cuando se visite, en Venecia, la galería de la Academia, Piazzetta demostró ser un artista probo, dibujante experimentado y hábil compositor. Podría suponérsele excesivamente sumiso a los boloñeses. Pero continúa siendo muy veneciano, a pesar de todo, por los efectos de luz y por la gracia en el movimiento de las figuras.

Tiépolo es ya otra cosa. Quienes no gustan de sus trabajos creen que lo denigran cuanto lo tildan de "mero decorador". ¡Como si decorar fuese tan sencillo, en cualquier edad y en cualquier país! Por supuesto; hay en la gran producción de Tiépolo toda una parte decorativa. Pero también la hubo en el Veronés, y hasta en el Tintoretto y en el Ticiano. Los venecianos se perecieron siempre por decorar. Tenían, con la paleta en la mano, miedo al vacío... Lo importante, por consiguiente, es determinar si, en la obra de Tiépolo, esa parte decorativa es menospreciable. Yo, por lo menos, no la desdeño. Los frescos del Palacio Labia, el *Delfín y la ninfa*, pintados en el Palacio Clérici de Milán, y telas como *El encuentro de Antonio y Cleopatra*, o *Apolo y Marte*, o *El rapto de Europa* y tantas bóvedas consteladas de esbeltas diosas o de conciertos de ángeles casi ingrávidos, son un tesoro de juventud inexhausta para los ojos; una fuente de fábulas infinitas. Junto a ellas, las mejores de Ovidio se quedan pálidas. Nadie pintó jamás con mayor despreocupación. Se adivina, en la rapidez del trazo, la de la mano que lo trazaba. Y esa mano acertaba tan fácilmente, con señorío tan absoluto, que la falta de esfuerzo produce a veces —en nosotros, espectadores— al par que un deleite físico, una especie de cólera, o de impaciencia.

En artistas tan bien dotados, el peligro es el virtuosismo. Y Tiépolo no escapó: fue la facilidad su enemiga siempre. Si hubiese resistido a la tentación de triunfar, de triunfar sin tregua, habría quizá logrado comunicarnos obras más sólidas y durables. Pero... ¿estoy convencido de lo que digo? ¿Serían los mismos ciertos artistas si les quitásemos sus defectos? ¿Cómo imaginar a Verlaine sin sus balbuceos, a Rubén Darío sin sus "marquesas", a Balzac sin sus digresiones y a Tiépolo sin su errante ductilidad? ¿No percibimos (Goethe lo declaró, hace más de un siglo) que tenemos los defectos de nuestras cualidades? ¿Y no entendemos que, en un equilibrio tan frágil y tan precario como el que determina el milagro artístico, quien suprime el defecto está casi a punto de amenguar la virtud que le corresponde?

Arrepintámonos de lo dicho. Y aceptemos a Tiépolo tal cual es, con sus cóncavas perspectivas, siempre dichosas y siempre indemnes; con sus divinidades de cuerpos lentos y de ojos rápidos; con los laúdes y las trompetas de sus arcángeles; a saber: con su instrumental de inventor de fiestas, porque no hay fiestas, cuando menos en la historia pictórica de Venecia, sin convenciones, sin mitos —y sin subordinación a las reglas de un protocolo.

El protocolo de Tiépolo no es muy rígido en apariencia; pero oculta —con celajes incandescentes— incontables normas ceremoniales. Unas provienen de la tradición de Venecia misma. Aprovechan y continúan las técnicas elocuentes del Ticiano y del Veronés. Otras responden al estilo europeo de vida en la época del artista, cuando la Grecia de Sófocles y de Eurípides solía considerarse a través de la óptica de Versalles, como una Hélade "muy Regencia" que París difundía, profusamente, desde la Rusia de Pedro el Grande hasta el Madrid de Felipe V.

Esta adaptación del pintor a las fórmulas aceptadas fue apreciada y agradecida por los príncipes de su tiempo. En 1750,

Tiépolo se encontraba en Wurzburgo. Carlos Felipe de Grieffen-klau le había pedido que decorase su palacio. En Italia, Venecia no logró nunca monopolizarlo completamente. Estamos entera-dos de sus viajes por la península, y seguimos sus huellas en Verona, en Bérgamo y en Milán. Pero la más singular de sus excursiones fue, acaso, la de Madrid. Reinaba entonces Carlos III. La España del período de las luces no oponía obstáculos muy estrictos a las libertades plásticas del pintor. Allí —en el Palacio Real— Tiépolo decoró el Salón del Trono.

No es empresa fácil averiguar cómo aprovecharon algunos jóvenes españoles el estímulo y la lección de Tiépolo. Desde lue-go, la presencia del veneciano en Madrid no pasó inadvertida en manera alguna. Invitado por el Rey, lo mismo que Mengs, Tiépolo contrastaba profundamente con este huésped, imperioso y dog-mático en sus doctrinas. Cabe añadir que los trabajos de tan "insípido sajón", como califica Mayer a Mengs, obtuvieron —se-gún el propio crítico lo confiesa— "un aplauso casi mayor que las obras magistrales de Tiépolo". Tal vez por eso, la mejor in-fluencia de éste hubo de consistir en contraponer, a la fría altivez de Mengs, el ejemplo de un arte rico, encendido, rápido, volup-tuoso —que no insistía ni en la caricia y que daba, al pincel sobre el muro, la ligereza del ala ya presta al vuelo.

Se ha dicho que Goya, en la juventud, se sintió atraído por la vivacidad y la gracia de Tiépolo. Es probable que así ocurriera. Los cartones que el aragonés principió a entregar (a partir de 1776) para la Real Manufactura de Tapices no nos brindan la dimensión auténtica de su genio. Pero su encanto es inolvidable. Ahora bien, en aquel encanto, el recuerdo de Tiépolo (o, para ser exacto, el recuerdo de la pintura que Tiépolo representa) crece y se perpetúa. Los nombres y los asuntos de esos cartones tan españoles (*El cacharrero, La vendimia, La gallina ciega*) evocan más bien un aspecto ulterior del arte pictórico de Venecia: la frescura de su emoción frente a ciertas escenas simples y popu-lares. Precisamente, el hijo de Tiépolo (Giandoménico) introdu-cirá un poco de esa emoción en su *Nuevo Mundo* y en sus frescos de saltabancos y de payasos. Sin embargo, la paleta de Goya, luminosa y alegre entonces, sus cielos claros, sus rojos, sus ama-rillos y sus azules no son de Mengs, ni de Luis Meléndez, ni de Paret. En gran parte, son de Venecia. De este Goya, ameno y decorativo, al Goya de los *Caprichos*, de los *Fusilados de mayo* y de los fantasmas de la "casa del sordo" quedan aún muchas cumbres por escalar. Porque Tiépolo fue un pintor excelente, sin duda alguna. Pero Goya fue más que eso. Fue, y continuará siendo siempre, Francisco Goya. Es decir: una fuerza de la naturaleza y un prodigioso libertador de inextinguibles ansias, como Shakespeare, como Beethoven, como Dostoyevski, como Pascal.

Para volver a Tiépolo, será menester humillar el tono. Parecería injusto considerarlo como a un simple maestro clásico de "ballet" —aunque hay mucho de eso en su producción—. Fosca, entre otros, lo juzga así: "No esperéis que Tiépolo acate las exigencias de la arqueología y de la historia. Lo pintoresco (a saber: lo hecho para que lo pinten) pasa ante todo. Así, en sus obras sobre temas de la fábula y de la historia antigua, los héroes son procónsules romanos, revestidos de áureas corazas y tocados con cascos de muchas plumas; pero las heroínas llevan el vestido de damasco, con verdugado, y el alto cuello de encaje de las venecianas del siglo XVI. A unos y a otras se mezclan turcos acabados de salir de *Las mil y una noches*, patizambos enanos, negros con jubón del color del limón o de las quisquillas. Elefantes y camellos circulan entre las pirámides y las termas; marfileños caballos de ollares róseos se encabritan sobre nubes tornasoladas como el pecho de las palomas... Ante los ojos de Tiépolo, las grandes épocas de la historia se presentan a la manera de un carnaval, donde todos los países y las edades se hallan entreverados".

Retengamos la idea del carnaval. Insistiremos sobre ella más adelante, al hablar del espíritu de Venecia en su largo crepúsculo de isla náufraga. Y pasemos, ahora a las conclusiones de Fosca. "Temo —dice— que algunos traten de resistir a los encantos de este hechicero... Y es que el mundo que Tiépolo nos descubre es un mundo que ha desterrado a las preocupaciones y a la tristeza. Reinan el júbilo y la hermosura. Ese mundo, que celebra una fiesta eterna, es demasiado distinto del mundo roto que conocemos. De allí que muchos de nuestros contemporáneos lo consideren con una mezcla de desconfianza, de envidia secreta y de sordo rencor".

Ésa es, en verdad, la culpa de Tiépolo ante nosotros. Su alegría delata desinterés —e inhumanidad su constante aplauso a los placeres y éxitos de la vida—. Protesté, en párrafos anteriores, por el azúcar de Rosalba Carriera y los almíbares de Piazzetta. ¿Cómo no recordar, aquí, la ambrosía que se desparrama constantemente de las copas que Tiépolo nos señala?... Tantos Olimpos nos desesperan. Eran ya, incluso en el siglo XVIII, artificiales y estériles como hoy. El hambre, la enfermedad y la muerte no se dejan engañar por la gracia de Ganimedes, aunque Ganimedes crea tener toda la gracia vital de Tiépolo. Como una porción costosa de la centuria que iluminó, la pintura de Tiépolo fue una gran máscara. Probablemente, una máscara involuntaria; pero no, por involuntaria, menos falaz. ¿Dónde está el hombre entre esos millares de alas y de violines, de nácares y de náyades? ¿Dónde está el hombre, con su miseria, con sus vergüenzas, con su ira, con su dolor? Un huracán social tenía que barrer esa dicha sin contrapeso, ascensión sin lastre, sin amarre efectivo en la realidad. Tiépolo no lo vio. Y no parece, tampoco, haberlo previsto.

Contemporáneo de Tiépolo (y casi su coetáneo, pues nació en 1697, un año después que él), el Canaletto continúa, asimismo, una tradición veneciana. No la suntuosa que establecieron Ticiano y el Veronés; sino otra, más apegada al placer de reproducir los detalles ciertos, la audacia de una escalera, el escorzo de una columna, la tersura de un mármol o de un estuco —y más atenta, por tanto, a la precisión de las formas arquitectónicas que a la acción de los personajes—. En los albores del siglo XVI, esa tradición era la de Gentile Bellini y la de Carpaccio.

El Canaletto ingresó en la pintura, como escenógrafo. En 1716, lo vemos ya preparar, junto con su padre —y en compañía de su hermano Cristóbal— los decorados para dos óperas de Vivaldi. De su paso por el teatro, retuvo mucho: desde luego, el deseo de comprender con exactitud (y de resolver con habilidad) determinados problemas de perspectiva. Pronto huyó de las tentaciones de su primer oficio; pero nunca del todo, ni a toda hora. Hasta sus mejores "vistas" de Venecia dan la impresión de que algo muy teatral va a pasar allí. Una invisible *diva* está repitiendo no sé qué *aria* detrás de las bambalinas. Un barítono o un tenor, con peluca blanca y casaca de terciopelo, no tardarán en salir a escena. Entre suavísimos *pizzicati*, nos explicarán lo que ocurre —y hasta, acaso, lo que no ocurre...

En 1719, Canaletto abandonó la escenografía y fue a estudiar en Roma. Quería escapar a las técnicas arbitrarias de los decoradores teatrales con los que había, en un principio, colaborado. Quería "copiar la naturaleza". No trataremos de indagar cuáles fueron, en realidad, los modelos que le ofreció la Ciudad Eterna. Se ha hablado de Pannini y de Van Wittel. Lo importante es saber que, de regreso en Venecia, Canaletto empezó a pintar una serie de paisajes urbanos, como la *Plaza de San Marcos*, de la colección Liechtenstein y la *Iglesia de la Salud*, del Museo de Dresde.

A partir de entonces (y con oscilaciones, más o menos visibles, entre la voluntad de dramatizar y acentuar la escena, según ocurre en el *Fonteghetto della Farina*, o, al contrario, de despojarla de toda interpretación demasiado íntima y subjetiva), el pintor se entrega a una producción que, por humilde, por seria y por prolongada, infunde respeto a los críticos más severos. Su asunto fundamental es Venecia: el *Gran Canal, la Aduana y la Iglesia de la Salud, el Gran Canal, el Rialto y la Casa Fóscari, el Gran Canal y la Fiesta de la Ascensión, el Gran Canal y el Regreso del Bucentauro, el Gran Canal y la entrada del Conde Bolagno, el Gran Canal y la Iglesia de Santa Clara, el Gran Canal, visto desde San Vío, el Gran Canal y el espacio de la Piazzetta, el Gran Canal y el Palacio Vendramín, el Gran Canal y el Palacio*

Balbi... A veces, el paisajista lleva su "kodak" (y, con su "kodak", su luz) a otros lugares de Europa. Se instala en la Gran Bretaña. Y toma, entonces, una preciosa "vista" de *Eton*, o de *Badminton*, o del castillo de *Alnwick*. En todas partes se muestra probo, objetivo, nítido y eficaz.

Con la honestidad minuciosa de un holandés, Canaletto conoce, hasta en sus detalles más nimios, los palacios y templos que reproduce. Esos templos y esos palacios son sus protagonistas. Los quiere, tanto como el Ticiano pudo querer a la *Flora* de los Oficios, o el Tintoretto a la *Susana* que habita en Viena. Ha calculado lo que pesa cada cornisa; ha visto envejecer, una tras otra, a todas las casas de la Giudecca; ha medido la ojiva de sus balcones, y hasta sabe el valor que tienen esas irónicas chimeneas, erguidas —de tarde en tarde— sobre los techos de la laguna. (Por la forma de embudo que les dieron sus constructores, tales respiraderos parecen hechos para captar —y vaciar después, en la sombra íntima de las casas— un sobrante del cielo, posible siempre, y no para oscurecer la atmósfera de Venecia con el humo de un fuego, siempre improbable.)

Otros elogiarán la materia plástica del pintor: sus fragantes verdes, sus azules húmedos y profundos (o, al contrario, secos y transparentes), sus sepias, sus rojos, sus amarillos... Yo prefiero elogiar su modestia inmensa. Y, sobre todo, su luz: esa luz sensible, limpia y jugosa, que nos lo afirma, innegablemente, como auténtico veneciano.

A veces, el fotógrafo se impacienta. No se resuelve a copiar exclusivamente lo que está viendo; mezcla lo que imagina con lo que ve. Nacen entonces esos *Caprichos*, que tantos comentarios han suscitado en algunos observadores. Me refiero, concretamente, a una tela de la Colección Albertini, de Roma (la Iglesia Redonda), y a los paisajes fantásticos, reunidos en Windsor. Uno de éstos evoca las ruinas romanas; otro, asocia diversas reminiscencias de Padua; otro, instala el *Colleoni* del Verrocchio junto a un arco del Lacio, casi derruído; otro, por fin, nos da no la versión del Rialto que conocemos, con el puente que conocemos; sino la del imaginario Rialto que Palladio no construyó.

La profusión de su obra ha perjudicado, sin duda, a la gloria de Canaletto. Sin embargo, nadie hizo mayor esfuerzo por difundir los méritos de su patria: una patria que vio, indiscutiblemente, con emoción y con devoción.

Pietro Longhi, más caricaturista, era menos permeable a los atractivos líricos de Venecia. Su producción se inscribe dentro de un género al que el siglo XVIII fue muy propicio: el costumbrismo, la instantánea mundana, la anécdota repentina, humorística en ocasiones, galante a veces —pero nunca esencialmente reveladora—. Sorprende el misterio con que la Europa de aquella época, frívola y disoluta, supo disimular sus placeres·más codiciados: los prohibidos. Afloran, en la pintura y en la novela, los episodios triviales, incluso sentimentales. Son, por ejemplo, los contratiempos de *Mariana*, en el relato de Marivaux. O, para no salir de Venecia, las distracciones que Longhi copia, y que nos llevarán, sucesivamente, a ver al astrólogo de la plaza, a celebrar al rinoceronte del circo, a presenciar el peinado de la coqueta, y a imaginar lo que está cantando esa misma dama, cuando un abate —a quien parece que conocemos— se decide a servirle de acompañante y se sienta, de pronto, ante el clavicordio...

La Francia de Marivaux tuvo, seguramente, aventuras más escabrosas y menos fáciles de contar que las de Mariana. Sabemos, por un indiscreto famoso (el caballero Casanova), que los salones y los vestíbulos de Venecia no se limitaban tan sólo, en su tiempo, a las efusiones mundanas descritas por Pietro Longhi. El periodismo gráfico del artista dejó en la sombra, o por lo menos en la penumbra, una parte importante de la vida de la ciudad.

No le guardaremos rigor por su discreción. El pudor no atestigua siempre una tendencia forzosa a la hipocresía. Anotemos, no obstante, el hecho. Y veamos cómo coincide ese hecho con lo que dijo Jean Giraudoux, hace algunos años, en un estudio sobre Laclos.

La cita será un poco larga, pero no inútil. "Hacia 1782 —escribía el autor de *Anfitrión*— el siglo expirante pudo creer que no dejaría ninguna prueba demasiado escandalosa de su libertad. Lo que iba a legar al siglo siguiente, después de sesenta años de aridez y de cinismo, era *Manon Lescaut* y *La nueva Eloísa*. Una Moll Flanders perfumada y enlistonada, dos héroes cándidos —y suizos por añadidura— tales iban a ser, para la posteridad, los cuadros de familia de un Lassay o de un Richelieu. Hay civilizaciones que fueron un secreto y que han continuado siéndolo, porque ni uno solo de los millares o de los millones de seres que participaron en ellas las traicionaron. La realidad del siglo XVIII, la franqueza de sus costumbres, la total desnudez del alma a la que llegó, corrían el peligro de permanecer en secreto por virtud de la cortesía, de la obsequiosidad oral y, también, de la connivencia, inconsciente o remunerada, de los escritores... Una libertad que no deja huellas y una verdad que no deja pruebas ¡qué obras maestras de verdad y de libertad!"

Hasta aquí Giraudoux. Y, en efecto, sin Laclos y sus *Liaisons Dangereuses*, sin Casanova y sus *Memorias* ¡qué poco sabríamos de la intimidad verdadera y cruel del París de Valmont o de la Venecia del Cardenal de Bernis! Longhi, lo mismo que Chardin —tan superior a él como creador—, no es un especialista de la denuncia. Juega el juego de la decencia. Nos enseña las máscaras; pero no las facciones ocultas bajo las máscaras.

Gustado por los Goncourt —que apreciaban en sus trabajos

ese espíritu de anécdota marginal, y de comentario agudo, que ellos mismos querían para sus notas— Longhi no consiguió, al representar la vida veneciana, ni los soberbios paisajes de Canaletto, ni los aciertos que Tiépolo nos ofrece cuando abandona el Olimpo por unas horas... En Inglaterra, Hogarth resulta incomparablemente más significativo. Y, en los momentos en que se resigna a no moralizar demasiado, más artista y pintor también.

¡Cuánta distancia media entre el discreto indiscreto que es Pietro Longhi y el poeta que nos conmueve en las más bellas obras de Guardi! Con éste, la pintura veneciana se anticipa ya a Federico Amiel y admite cierta experiencia conturbadora: el análisis del paisaje como *estado de alma* de quien lo mira.

Hijo, hermano, padre y cuñado de pintores (su hermana Cecilia fue esposa de Juan Bautista Tiépolo), Francesco Guardi, nacido en 1712, es —cronológicamente— el último de los grandes coloristas venecianos. Y lo fue en el siglo que hubo de contemplar, con el Dux Manini, la extinción de la Serenísima ante las fuerzas de Bonaparte. Autor —en la juventud— de obras de índole religiosa, como la *Pietà* de Munich y la *Madona* de Budapest, no siempre es posible indicar con exactitud cómo participó en los trabajos salidos de la fábrica de su casa. Esto ha complicado bastante el estudio de las decoraciones que ilustran —en Venecia— la iglesia del Ángel.

De todos modos (y aun respetando los méritos de esas obras y, especialmente, los de la *Historia de Tobías*) hay que aceptar que, en ellas, Francesco Guardi estaba todavía buscándose, con fervor y con lucidez. Acaso, mientras vivía en esa búsqueda de sí mismo, la fama del Canaletto le sugirió, para tema de sus pinturas, el paisaje de su ciudad. Pietro Gradenigo habla de Guardi como de un "buen alumno" del Canaletto. La diferencia de edad no era mucha entre uno y otro: más o menos diez años. Pero, antes de los cuarenta, un decenio cambia radicalmente la posición relativa de dos colegas. Lo cierto es que, en determinada etapa de su carrera (sus biógrafos no la fijan con precisión), Guardi sentó, en Venecia, plaza de paisajista.

Llegaba a esa nueva especialidad con la práctica ya adquirida en realizaciones de género muy distinto. Hasta entonces, había tenido que ejercer su imaginación. El paisaje urbano, según lo entendía Canaletto, iba a imponerle fórmulas de obediencia. Otros habrían sucumbido ante tan brusca metamorfosis. A Guardi, al contrario, el cambio lo estimuló. Para asociar la obediencia y la fantasía, recurrió, en ocasiones, a los *Caprichos*. Lo mismo que Canaletto, quiso a veces huir de la realidad, sin salir de ella. Pero su procedimiento más personal y genuino fue diferente. Al pintar todo lo que veía (el Gran Canal, la Piazzetta, el Rialto, la Aduana, el Lido) Guardi trató de añadir a lo que veía un secreto suyo: la resignación de la tarde en que principió a detallar la escena, el sentimiento que le embargaba en el momento de tomar el pincel —un pincel atento, muy reflexivo, y, por fortuna, no siempre ágil.

Todos los cuadros de Guardi no expresan, con igual dicha, esa extraña alianza. Hay muchos que contemplamos con interés, hasta con aprecio; pero no con la gratitud que nos causa un mensaje humano, cifrado durante años sobre la tela, merced a una clave íntima de penumbras, de luces y de colores —y descifrado súbitamente, en el instante menos previsto, por la admiración del espectador—. Éstos son los que yo quisiera recomendar a quienes de veras tengan deseos de conocerle. Mencionaré entre otros, la *Piazzetta*, de la Cà d'Oro, la *Procesión del Dux*, del Museo del Louvre, el *Río de los mendigos*, de la colección Barletti, la *Plaza de San Marcos*, de la Academia Carrara, el *Patio veneciano* de la National Gallery, y, sobre todo, *La laguna*, del museo milanés Poldi-Piézzoli.

En todos ellos (y particularmente en el último), el artista anuncia una época —que podría ser el romanticismo—. Se ha incluído a Guardi entre los precursores de los impresionistas franceses del siglo XIX. Sin duda, cabría establecer una relación entre uno y otros. En arte, las correspondencias son infinitas. Pero se ha dicho igualmente —y con más razón— que, por sus cielos crepusculares, por los tonos de nácar de su paleta y por sus verdes sordos y cenicientos, hay telas de Corot en las que se advierte una vaga reminiscencia del veneciano. No insistamos en estas genealogías. Y dejémonos envolver por el efluvio sentimental de las aguas morosas que pintó Guardi.

Ese efluvio es la confidencia de un hombre fino, de temperamento exquisito y de alma huraña; pero es también la revelación de una alegría moribunda y de una civilización fatigada de reinar para el carnaval. Tiépolo cree aún en las fiestas que nos describe. Canaletto lleva a cabo, con prodigioso rigor, la estadística de los arcos, de las columnas y de los puentes que será menester adornar con guirnaldas y gallardetes para el éxito de esas fiestas. Longhi penetra en las salas y en las alcobas donde están preparándose los señores que les darán, socialmente, su mayor brillo. Guardi pinta, asimismo, ferias y ceremonias; pero tenemos la impresión de que llega tarde para pintarlas. Sentimos que, en el fondo, prefiere la soledad; las perspectivas donde ya sólo pasa una barca delgada y negra; las horas en que podemos oír, en su compañía, cómo van resbalando, sobre el espejo del tiempo, las gotas que se desprenden, rítmicamente, del remo del gondolero.

He calificado de cenicientos los verdes de algunos cuadros. Aplicado a las telas de Guardi, el adjetivo no tiene intenciones peyorativas. Muchos críticos han advertido la predilección del pintor por los tonos lánguidos, apagados, voluntariamente desfallecientes. Ciertos comentaristas hablan de sus rosas marchitas; otros, de sus blancos amarillentos. Y, en efecto, parece que Guardi mezcla, con cada color que elige, una sorda, leve, ideal ceniza.

Quiero ver, en semejante ceniza, un símbolo psicológico. Tras de los fuegos artificiales de tantos júbilos, una ligera melancolía acabó por flotar en el aire diáfano del Rialto. Guardi captó ese polvo, invisible quizá para sus rivales. Su obra establece así un enlace lírico entre las dos concepciones de Venecia que examiné al principio de estos ensayos: la concepción dinámica, dramática —política sobre todo— sin la cual es difícil comprender la grandeza de la República, y la concepción estática, romántica —nostálgica sobre todo— que, a partir de Byron, y más aún, de Barrès, entristece a los muchos recién casados que van a ensayar sus vidas en albergues, más o menos modestos, con ventanas abiertas al Gran Canal.

Después de haber recorrido, aunque sea de prisa y con omisiones, las galerías de la pintura veneciana, nos sentimos mejor dispuestos a ponderar esos dos conceptos, contradictorios en apariencia y, merced al tiempo, no inconciliables. La Venecia que vio Lord Byron —y la que Wagner oyó— justificaba, probablemente a los escritores que aman las ruinas. Tras de varias centurias de predominio, de audacia y de vida intensa, había sonado por fin, para ella, la hora de la contemplación. Se resignó, como el agua de sus canales, a ser reflejo. Pero no procede generalizar a toda su historia esa impresión de decrepitud. ¿No es la fatiga un testimonio último del esfuerzo —y la ceniza una prueba póstuma de la llama?

Venecia atrae aún a los decadentes. Sin embargo, todo lo que les muestra implicó, en otras épocas de la historia, una lección de tenacidad, de energía disimulada y de sabia astucia: un perfil de bronce bajo un antifaz de seda. Femenina como pocas ciudades de Europa, su voluntad de poder no se derrochó en exhibiciones viriles, inútiles a menudo, ni en taludes y escarpas, después de todo fáciles de escalar. Alejó cuanto pudo sus límites inasibles. Y, a semejanza de ciertas damas, cambió de táctica muchas veces, pero no de objetivo.

Lo mismo que su pintura —y antes que su pintura— Venecia pasó de la quietud a la prisa y de la observación a la acción; para regresar, al final de su ciclo heroico, de la prisa a la quietud y de la acción a la observación. Dentro de ese doble refugio, observación y quietud, podemos deleitarnos frente a las obras de Guardi, como Barrès se gozaba en vagar, de noche, por las calles más solitarias y pálidas de Venecia. Pero no juguemos a equivocarnos. Ni esas calles exangües son la ciudad, ni las deliciosas obras de Guardi son, por sí solas, toda la pintura de la ciudad.

Ciertas voces, deliberadamente modernas, se han levantado

para expresar su inconformidad con la idea de lentísimo deterioro y de interminable disolución que exaltó Barrès. No todas proclaman, según lo hago, la razón política de Venecia. Algunas elogian su actualidad en un orden técnico: el del urbanismo. Así, por ejemplo, Le Corbusier aseguró a los venecianos que él no quisiera destruir su ciudad, para renovarla. Fundaba esta tolerancia no tanto en la calidad de sus monumentos, cuanto en el hecho de que —por obra de sus canales, y de sus calles y plazas reservadas al peatón— Venecia, a pesar de sus tradiciones y de sus siglos, puede juzgarse como un modelo de organización bien diferenciada; sigue siendo un conjunto "a la escala humana". Esto último, si pretendiese desarrollarlo, me obligaría a una digresión demasiado extensa. Básteme señalar la satisfacción insólita que produce, en Venecia, el andar a pie. En cualquier calle, en el "campo" más populoso, el extranjero se siente siempre dispuesto y digno, hombre entre hombres y no entre máquinas y animales —o entre máquinas conducidas por animales—. Es curioso que semejante satisfacción no se encuentre impregnada, en ningún momento, de espíritu pasadista. Dentro de las perspectivas de ayer, la noción de hoy nos acompaña y nos guía constantemente.

Pero pasemos... Agradezcamos su estímulo al urbanista y escuchemos lo que nos dice Chateaubriand. Fue él —si la memoria no me defrauda— quien definió a Venecia como *un trofeo*. La definición no es tan sólo hermosa. Es también exacta, desde muchos puntos de vista. Examinemos las cuatro acepciones que la palabra "trofeo" tiene en el Diccionario. En primer lugar, trofeo es el monumento, la insignia o la señal de una victoria. En segundo término, significa un despojo obtenido en la guerra. Pero puede igualmente aplicarse el vocablo al conjunto de armas e insignias militares, agrupadas con simetría y visualidad. Por último —y ya en sentido figurado— trofeo es sinónimo de victoria.

En todas estas acepciones, Venecia nos ofrece, sin duda, el ejemplo de un gran trofeo. Monumento erigido no para combatir, sino para disfrutar de los triunfos navales y mercantiles que la llevaron a organizar un imperio náutico formidable, abundan, en su Basílica y en sus plazas, despojos que atestiguan el éxito de sus flotas. (Pensemos sólo para no detenernos mucho, en la cuadriga de Constantinopla, en la *Palla d'Oro* y en las columnas de San Juan de Acre.) Sus insignias se hallan agrupadas no siempre "con simetría", pero sí con "visualidad". Con tanta visualidad que resultan, en ocasiones, más escenario que insignias, y más teatro que monumento.

Odiada por sus competidores, de Italia y de fuera de Italia, Venecia se mantuvo —fingiendo, a veces— como sinónimo de victoria hasta el día en que una ola no metafórica, pero tampoco marítima (la de los ejércitos mandados por Bonaparte) la aniquiló en lo político, sin destruirla en lo material. Su arte la perpetúa, como una conquista magnífica sobre el tiempo. De ese arte, los exponentes más altos son los pintores.

Cuando hablo de pintores, pienso en los de Venecia, naturalmente: Giorgione, el Ticiano, el Tintoretto y el Veronés. Y no sólo en los de Venecia, sino en los americanos, británicos, germánicos y franceses que, a partir del siglo XIX, fueron a descubrirla —o a descubrirse bajo su luz—. Muchos de éstos optaron por la versión enérgica y sensualista: Eduardo Manet (en *El Gran Canal*, de la colección neoyorquina Webb), Pedro Augusto Renoir (en su célebre *Góndola veneciana*, de la colección Kramarsky), Claudio Monet (en su *Isla de San Giorgio Maggiore*, del Instituto de Arte de Chicago) y Raúl Dufy, en sus acuarelas de la *Cofradía de San Marcos* y de la iglesia de *Santa María de la Salud*, pertenecientes a la colección Louis Carré. Otros, como Turner y Whistler, hicieron suya la versión nostálgica y decadente. El primero en su acuarela del *Arsenal*, del Museo Británico, y el segundo en su *Nocturno en azul y plata*, del Museo de Boston. Entre unos y otros, no sabría decir qué lugar corresponde a las obras de Oscar Kokoschka. Las sitúo en el plano de lo fantástico. Son mármoles, nubes y aguas en frenesí.

Podríamos seguir contraponiendo, a la concepción de la decadencia, la del esfuerzo. Ambas han despertado múltiples ecos en los viajeros que se detienen en la laguna... Pero tengo que terminar. Y prefiero terminar con una pregunta, pues no desearía insistir aquí en un solo aspecto y en una interpretación única de Venecia. Las gardenias —que nosotros, los mexicanos, consideramos flores mortuorias, propias al pésame— son, en otros lugares del mundo, símbolo de placer, de excitante y lujosa efusión vital.

Ahora bien, por la densidad de su aroma, por su belleza decorativa y por la diversidad de los juicios que ha suscitado, ¿no podríamos comparar a Venecia con las gardenias —fúnebres para unos; encendidas, sensuales y vívidas para otros?

Que esta pregunta modulada en voz baja, sea por hoy nuestra **conclusión**.

EN FLORENCIA

¿Será cierto —según lo proclama la Celestina, invocando a Séneca— que los peregrinos tienen muchas posadas y pocas amistades?... No me siento dispuesto a reconocerlo. Sobre todo hoy, ante la amistad silenciosa con que me acoge la incomparable "ciudad del lirio". Vuelvo a ella, por cuarta vez, bajo un cielo húmedo de noviembre. Se hallan en armonía sus tonos grises con el otoño que ha conseguido imponer la edad a mis efusiones, antes tan rápidas, de viajero.

En noviembre, Florencia ya no se empeña en demostrarnos su nombre, como lo hace de mayo a julio. Al contrario. Endurecida por la proximidad del invierno —y liberada, casi absolutamente, de la impaciencia de los turistas— nos ofrece un semblante austero: el más hondo y original de todos los suyos.

Nunca se advierte, como en noviembre, cuán espontánea en los ánimos florentinos es la vocación de la primavera. Tal vocación no requiere aquí, para entusiasmarnos, un panorama convencional. Se trata, si no me engaño, de un abril interior, profundo. Un abril capaz de afirmarse sin el auxilio de los múltiples decorados que necesitan, en otras partes, las estaciones. Un abril de la voluntad y la inteligencia. Lo encontramos en Botticelli, naturalmente. Pero lo descubrimos todavía mejor en ciertas obras del Giotto, de Donatello, de Leonardo, menos sumisas a la tentación literaria del arabesco. Ese abril, Miguel Ángel también lo tuvo. No en la misantropía genial de la senectud, sino en la altivez de los mármoles juveniles. Entre tanta blancura, yergue David su magnífica primacía.

Mientras corre el Arno bajo los puentes —unos en plena reconstrucción— el otoño toscano me va explicando esa primaveral voluntad en la que descubro el secreto íntimo de Florencia. Me rodean pórticos desdeñosos, hurañas plazas, sordos balcones, palacios ensimismados. La piedra es aquí más dura (o parece más dura) que en Nápoles o en Venecia. Como puños de bronce salen de las paredes los porta-antorchas del cuatrocientos. Bajo el invierno de esas fachadas —todavía misteriosa, comprometida y, por eso, más seductora tal vez— la primavera de los patios renacentistas se siente bien custodiada. Cerca de nosotros, en el vestíbulo del hotel, una dama abre su pitillera. Debe haberla comprado en alguna joyería de la ciudad: en *Buccellati*, probablemente. Es una pieza de platería muy florentina: lisa por fuera y sin un solo relieve decorativo. Para compensar esa discreción, el orfebre consteló su interior con delicadas guirnaldas y estrellas leves. Pienso, al mirarla, en la impresión que producen al extranjero algunos edificios célebres de Florencia: la Señoría, el Palacio Strozzi, el Medici-Riccardi. Cerrados —y casi hostiles de tan adustos— nos obligan a recordar las pasiones políticas de una época más rica en dagas que en epigramas. Por dentro, canta la vida: en los labios de un ángel esculpido por el Verrocchio, en el trazo de un "cortile" del Pollaiuolo o en un relato pintoresco y teatral de Benozzo Gózzoli.

Me he referido a un abril de la voluntad. Todo, en Florencia, lo delata constantemente. En los museos, en los palacios, en las iglesias, dos testimonios nos siguen o nos preceden con perseverancia reveladora: el de San Juan Bautista y el de David. Donatello, Verrocchio y Miguel Ángel se encargan de evocarlos en nuestro nombre. Donatello representó al Bautista en la infancia, en la mocedad y en la demacración voluntaria del ascetismo. A David, antes que Miguel Ángel, lo habían exaltado ya Donatello y, también, Verrocchio.

¿Cómo ignorar la fidelidad florentina a esas dos presencias?... Por lo que atañe al Bautista, la explicación religiosa, aparentemente, es bastante simple. San Juan figura entre los patronos de la ciudad. Pero ¿y David? No es menester mucha perspicacia para advertir una relación psicológica entre los dos temas, sobre todo cuando se llega a considerar que los florentinos —por lo menos los escultores— escogieron, de preferencia, la figura juvenil de ambos personajes. No era el rey, en David, lo que perpetuaban, ni el tañedor de arpa que, en Rembrandt, hace llorar de envidia a Saúl, sino el pastor denodado y libre. En cuanto al Bautista, representar su niñez y su adolescencia implicaba un propósito muy preciso: definir su valor de augurio. A uno y a otro van a buscarlos —y a eternizarlos— en la hora primaveral por antonomasia: en la hora de la promesa.

Entro al Bargello. Un párvulo me detiene. Ciñe su cuerpo una piel de oveja, bíblica y campesina. Lleva en la mano un listón estrecho, que podría tomarse por una cinta de pergamino. Eso es, sin duda; pues el niño parece estar poseído por el enigma del mensaje que le ha confiado una fuerza incógnita. Es el Bautista infante, imaginado por Michelozzo. Lo cito sólo como un anuncio de las sorpresas que reserva el Museo a los visitantes. Michelozzo no es Donatello. El rostro de su pequeño San Juan no resiste a determinadas comparaciones. A una, en particular: la que establecemos, no sé si gratuitamente, entre esa imagen de terracota (un poco "alejandrina" a pesar de todo) y, por ejemplo, el extraordinario ángel implorante de *La Virgen de las Rocas*...

Incluso sin aludir a Leonardo de Vinci, nos propone el Bargello aciertos excepcionales. El Bautista joven de Donatello, hermoso como un Antinoo, aunque ya devorado por la llama invisible del sacrificio. Y, más convincente aún, el Bautista niño, de perfil, en alto relieve, absorto ante la indispensable crueldad del destino excelso que está tratando de comprender... Otra escultura de Donatello, el San Juan adulto, no suscita menos mi admiración. Sin embargo, encuentro esa obra más elocuente, menos patética. Interpretaron mejor al San Juan adulto los escultores franceses de la Edad Media. Hay, en la Catedral de Chartres, una inolvidable figura —más despojada y más expresiva.

Pero no quiero intentar en estas notas innecesarios paralelismos. Lo que me importa destacar, por lo pronto, es la significación humana que tiene, a mi juicio, este constante "motivo" estético. El Bautista florentino como presagio, el afán florentino de representar al Bautista en el momento primaveral de la iniciación.

Un designio análogo se descubre en la iconografía de David. Si San Juan se sitúa entre los patronos católicos de Florencia, David —ciudadano honorario y prócer— encarna, con autenticidad formidable, el ideal político de los florentinos. Es David el héroe que nos saluda, merced a una copia de la estatua famosa de Miguel Ángel, en la Plaza de la Señoría, casi a la puerta del *Palazzo Vecchio*. En el Museo, Donatello y Verrocchio lo describen a su manera, cada uno según su estilo. Por lo que concierne al primero ¿quién no recuerda el David desnudo, fundido en bronce? También aquí procuró asociar Donatello a la plástica de los griegos la épica de la Biblia. También aquí los recuerdos paganos le preocupan. Sobre la cabeza de Goliat, el joven David sostiene una inmensa espada: la del caído. Cubre su frente un casco más pastoril que decorativo y más decorativo que protector. Reflexivo ante su victoria, no la desprecia, como el David soberbio de Miguel Ángel: la mide, y la agradece conscientemente.

El David de Verrocchio acaba, apenas, de salir de la adolescencia. No hay alegría, tampoco, en la sonrisa de su semblante. El triunfo, que lo conforta, no lo envanece.

Imaginemos lo que era la vida cívica de Florencia en las postrimerías del siglo xv y los primeros lustros del xvi. Entre el león y el lirio, que la ciudad reunió para gloria de sus escudos, la fiera, frecuentemente, oprimió a la flor. La hoguera en que murió Savonarola había sido precedida por muchas otras. En ocasiones, la libertad parecía la gran desterrada ilustre, como dos siglos antes lo fue Alighieri. No obstante, una y otro continuaban guiando la ambición de los florentinos. El poeta altísimo y la virtud esencial del alma —el fervor de la libertad— constituían, para Florencia, confalonieros menos visibles pero más eficaces que Soderini. Los artistas hubieran podido enmudecer o gemir. Optaron por algo más constructivo: multiplicaron su acción creadora. Los "grandes", conforme a las jerarquías eclesiásticas u oficiales, disponían materialmente de aquella acción. Creían orientarla, según sus gustos y sus orgullos, hacia los monumentos que desti-

868

naban a prolongar su nombre en el porvenir. Espiritualmente, los protegidos vencieron a sus mecenas. Los superaron, al menos, cuando supieron hacerse dignos, como artistas y como hombres, de lo que podríamos llamar ahora el culto intrépido de David: la audacia ante la amenaza.

Los pueblos valen lo que sus símbolos. Éstos —que Florencia eligió tan valientemente— la manifiestan y la prestigian. A pocos pasos del Perseo de Benvenuto (otro elogio a la juventud audaz) ¡qué lección de rigor y de primavera activa proclaman los héroes adolescentes! ¡Con qué lucidez nos dicen que es imposible aventura la de querer mutilar al hombre o abolir en el arte la pasión de la humanidad!

Dejo el Museo. Salgo a la calle. Camino, bajo el cielo de otoño, frío y razonador. Una inscripción me atre. Fue grabada para ilustrar el término de la última Guerra Mundial. Me esfuerzo por traducirla. Dice así: "El once de agosto de 1944 —no donada, sino reconquistada— a precio de ruinas, de torturas, de sangre, la libertad, sola ministra de justicia social, por la insurrección del pueblo... recuperó su sitio en los siglos." Graves palabras, a las que la cercanía del David de Miguel Ángel concede una autoridad indiscutible. Muchos, al pasar por Florencia, piensan en Maquiavelo. No los censuro. Pero, entre *El príncipe* del político y el *David* de los escultores, la historia —es decir el hombre— decidirá.

MEMLING Y BRUJAS

¡QUÉ DESGRACIA que el elogio de Brujas no esté por hacer! Con sus cisnes y sus beguinas, sus torres y sus canales, Brujas es realmente un maestrazgo admirable de la paciencia. El miniaturista y la bordadora resultan sus héroes clásicos. El primero, que esmalta el tiempo, y la segunda, que con alfileres y agujas lo inmoviliza sobre la indiferencia del bastidor. Hay que ver en qué cuevas trabajan estas obreras. La humedad y la sombra les son propicias, pues hay "puntos" que requieren hilos tan delicados que, si la hebra estuviera seca, la menor tensión de la aguja la quebraría.

"Estación de psicoterapia" declaró, hablando de Brujas, Maurice Barrès. ¿De qué males solares, mediterráneos, quería curarse, entre el Minne Water y el Hospital de San Juan, el enlutado D'Annunzio para familias que, a fuerza de desplazarse de España a Italia, se creyó con derecho para escribir *Los desarraigados?*... Aunque en su época no se había aún agregado al vocablo *clima* la enfermiza connotación con que circula entre los modernos, el turista de hoy no tarda mucho en reconocer ese abstracto ambiente de sanatorio que, hace treinta años, los novelistas le atribuían.

Bajo un cielo que la lluvia de la noche anterior ha lavado de todo epíteto, Brujas está disponiéndose a celebrar a su huésped más silencioso, a festejar a Hans Memling.

Una luz delgada, que parece haber sido pulida por Spinoza, limpia cuanto acaricia y comprende cuanto define. Luz humilde, casta, a la que el esplendor mismo del mediodía no añade pompa, beguina entre las beguinas, traductora modesta pero excelente del mundo puro que reflejó, para el placer de nuestra mirada, el maestro de Santa Úrsula.

Lentamente, pacientemente, la erudición ha ido avanzando en el conocimiento del gran pintor. Según ocurre a menudo, tal progreso no se ha efectuado sin destruir múltiples leyendas. Una entre otras: la del soldado de Carlos el Temerario que, días después de Nancy, solicitaba refugio a los religiosos del Hospital de San Juan y, años más tarde, pagaba con cuadros su tratamiento... ¿Por qué razón deplorar que semejante episodio no sea verdad? A la imagen del Memling pobre, enfermo y agradecido que los románticos cultivaban, no me desagrada oponer la del Memling cierto: dueño de un taller de pintura tan pródigo en obras maestras como rico en clientes y en aprendices. Esta versión no sólo se acerca más a la verdad de los eruditos, sino a la tradición de la Bélgica laboriosa. Aceptémosla de buen grado.

Lo que primero sorprende, en las salas cedidas por el Museo de Brujas para esta hermosa "retrospectiva", es la continuidad de la obra que se contempla. Los cuadros que han sido enviados de Alemania, de Francia, de Holanda y de los Estados Unidos añaden valor a la exposición, pero no modifican los habituales propósitos del artista; ni alteran, en más o en menos, su calidad. Bello caso, no de inmovilidad, sino de esa coincidencia constante consigo mismo en que el espectador reconoce al pintor seguro de sus recursos y satisfecho de su doctrina.

Abundan las composiciones religiosas y los retratos. Como ambiente de aquéllas y fondo de éstos, un paisaje armonioso y convencional se desnuda y se abre tímidamente. Conmueve el primor con que cada detalle, cada flor nimia, cada riachuelo y cada línea del emplomado, en algún diminuto vitral, han sido vistos y repetidos. En las escenas de los trípticos más famosos —el del *San Cristóbal* o el del *San Juan*— la acción se presenta en seguida amable, dichosa, quieta. Por comparación con las obras de Van der Weyden, las composiciones de Memling no dan idea de progreso; sino, al contrario, de regresión. Implican un retorno al procedimiento estático de Van Eyck. Nada en ellas recuerda el patético arranque de las figuras en el "descendimiento" del Escorial. Como Fra Angélico, Memling ignora el dolor —o lo transmuta en plegaria, en piedad, en gracia—. En un siglo rico en suplicios, los de sus cuadros no evocan drama ninguno. Y es que todo drama supone profundidad en el tiempo y desarrollo en el porvenir; posibilidades ambas que la pintura de Memling jamás acepta. Incluso en el extraordinario retablo de Lubeck, pintado en 1491, producción de su última madurez, el maestro describe lo que imagina con una dulzura que poco tiene que ver con la tragedia que representa. En el centro, la figura de la Magdalena se impone inmediatamente, como un retrato. Pero ¡qué infinita distancia media entre lo desesperado de la actitud, exigida por el asunto, y la lucidez del rostro sin contracciones!

Suele explicarse este abismo por una ineptitud radical para el sufrimiento. Ineptitud que, a mediados de la pasada centuria, llamó la atención de Eugène Fromentin, el cual —en sus *Maestros de antaño*— la comentó del siguiente modo:

"Imaginad un sitio privilegiado, retiro en que callan las pasiones, cesan los disturbios, las fealdades físicas y morales se transfiguran y, como un lirio, entre ingenuidades y dulcedumbres, brota una serenidad sobrenatural. Tendréis entonces idea del alma única de Memling."

¿Alma única? Sí; si atendemos al extraño poder de trasmutación que redime todas las inseguridades del modelo y, sin alterarla, *perdona* la imperfección de la realidad. Pero alma muy de su siglo y de su país, flor necesaria —y suprema— del "otoño de la Edad Media". Coincidiendo con lo que advertíamos hace poco, al suscitar una explicación de la ausencia de drama en la producción venturosa de Memling, escribía Spengler estas palabras: "La pincelada del siglo xv es una negación del pasado y del futuro. Unos paños del Perugino no nos dicen nada de su nacimiento artístico; están *terminados*, dados, absolutamente presentes." Donde el autor de *La decadencia de Occidente* mencionó al Perugino ¿no sentiría deseo el lector atento de citar a Van Eyck? ¿Y no podríamos nosotros deslizar el nombre de Memling?

Desde este punto de vista, el carácter finito de la pintura de Memling es, acaso, una causa de su piedad. En las telas de todos los artistas que le siguieron, tanto en Flandes como en Italia y en España lo mismo que en Francia, el personaje pintado está siempre a punto de ser ya otro: su realidad es un devenir. En Memling, no.

Acerquémonos, por ejemplo, a su retrato de Martín Van Nieuwenhove. Silencio sólido, religioso. Cabellera abundante, nariz ingenua; boca sin malicia, mentón sensual. Un anochecer del Norte, todavía claro, le alumbra en la mano implorante el oro de una sortija. Un libro, de precioso broche metálico, descansa sobre el reclinatorio. El joven reza. A sus espaldas, por el ventanillo de una vidriera, se asoma un paisaje extraño, nítido, indiferente. Un río, en que el agua no avanza. Un cielo, en que el crepúsculo no progresa... ¿Qué hechizo sutil se desprende de la inmovilidad de este cuarto, de la placidez de esas cosas y de la oración sin palabras del personaje? En los seres que otros pintores nos representan, algo sucede: una celdilla envejece, madura una palidez, cierta mirada se nubla, cierto cabello blanquea... Podríamos hablar en voz alta; inventar una charla con el desconocido. ¿A qué intentarlo? Lo que tenemos delante no es, en efecto, una escena viva; sino el recuerdo de una hora que jamás volverá. Hace mucho que Martín Van Nieuwenhove dejó de pertenecer a la tierra. De la tabla que contiene su imagen, una categoría fue suprimida: la del tiempo, en su melancólica vejación. Reconozcámoslo. ¿Qué importan los relojes que algunos artistas instalan en el aposento de sus retratos, sobre la chimenea del rey o junto al espejo de la cortesana? ¿Qué pueden contra la inmovilidad los arroyos que otros deslizan entre los prados de sus paisajes? Un falsificador lograría, con la más rápida pincelada, mover las saetas de esos relojes. ¿Cambiaría con ello el tiempo del cuadro?

Alguien ha dicho que todo retrato implica una traición. Aun suponiendo que fuese regla tal paradoja, el ejemplo de Memling nos brindaría múltiples excepciones. Su pincel no delata, como el de Goya; ni castiga, como el de Hogarth; ni reflexiona y acusa, como el de Rembrandt. Por el contrario, todo en su obra es respeto y fidelidad. Incluso su ternura, que el espectador reconoce, no modifica lo que transforma sino a hurto de su conciencia y merced a una especie de automatismo en la persuasión. Arte púdico el suyo, para el cual sería difícil encontrar un equivalente en la música o en la novela. Arte que no narra, que no divaga y que, dentro de la misma pintura, supone una delicada exclusión de todo aquello que no provenga de lo más puro de la pintura: honradez de los tonos y de las formas, filtro límpido de la luz.

Después de algunas horas de asombro en su exposición, todo dibujante parece terco; todo colorista, declamatorio. Gran lección de modestia, que agradecemos a Brujas, y que nos enseña con indulgencia a distinguir entre los placeres —que otros pintores nos proporcionan— y la autenticidad de la dicha, que sólo los grandes nos dan.

Brujas, 1939

EL ARISTÓTELES DE REMBRANDT

A REMBRANDT hay que gustarlo, en Amsterdam, dentro del ambiente de la ciudad que por tanto tiempo fue suya, junto a la red de canales en que los árboles se contemplan, hoja por hoja, con la fidelidad escrupulosa con que él se pintara a sí mismo en aquellos autorretratos profundos en los que no se sabe todavía, hoy, si preferir al fantasma o conocer al personaje; palpar, a la luz del sol, la cara del hombre o seguir, en la vaguedad de la sombra, la huella del espectro.

En otros sitios, su obra de visionario naturalista podría parecer a ciertos espíritus una obra falsa, casi teatral. La técnica del artista supone, realmente, una "buena fe" del espectador que no todos los espectadores estamos dispuestos a darle. A un español, por ejemplo, la modesta insistencia que el maestro ponía en acumular el relieve de ciertos tonos se le antojará una torpeza —o un efectismo—. Acostumbrado a distinguir los volúmenes de las cosas con la ayuda de esa luz castellana, rápida y limpia, en que las líneas más vaporosas adquieren de improviso cortante firmeza, el hombre a quien Velázquez enseñó a ver el mundo desde las perspectivas del Prado se encontrará sobrecogido ante Rembrandt, pero no tanto de admiración cuanto de disgusto, de cólera subterránea. Algo que no puedo comparar sino con lo que significa un instante de asfixia para los órganos de la respiración, le nubla los ojos. Un minuto antes, veía. Ahora, se siente ciego. La pintura que se le ofrece no quiere ser gustada exclusivamente con los ojos. Espera hallar también, en el cuerpo de quien la mira, una delicadeza profunda del tacto. Y no porque tenga el holandés, como pueblo, predilección definida por la escultura. Al contrario. No se sirve jamás del cincel. ¿Para qué le haría falta? ¿No le ha dado acaso la naturaleza un instrumento más penetrante —y que modela con más deleite?

En el caso de Rembrandt, la aclimatación fisiológica que todo pintor reclama para entregarse resulta menos difícil bajo el cielo de Amsterdam. En Amsterdam, todo nos ayuda a comprender la exaltación de su estilo. No sólo sus cualidades, sus defectos mismos nos parecen estar en consonancia con una necesidad de la atmósfera, con una costumbre del color, con una fatalidad del clima. Cuando Descartes decía que "la atmósfera de Holanda es una matetria propicia al espíritu" no se expresaba como pintor. Se expresaba como filósofo. Y ello nos explica, indirectamente, lo que hay en todas las telas de Rembrandt de rebelión contra la pintura —de ambición hacia el pensamiento.

Este problema espiritual, no exento de dramatismo para el artista, se halla particularmente visible en el *Aristóteles*.

En esta tela, el pensador ateniense es un hombre de 45 o 50 años, de tez cetrina, larga barba y grandes ojos melancólicos. Seducen en su porte, las manos finas, inteligentes. Una de ellas se apoya sobre un busto de Homero.

Lo que nos sorprende, desde luego, es un anacronismo orgulloso: el traje de Aristóteles. En vez de la blanca túnica que esperábamos, el filósofo está vestido de terciopelo, con majestuosas mangas de raso claro, como un príncipe del Renacimiento. Un amplio sombrero suave le cubre la frente y una gruesa cadena de oro le cruza al pecho haciendo más sordo aún, por musical contraste de resonancias, el color oscuro del fondo. Y no hay más. Ninguna alusión mitológica. Ninguna anécdota científica. Pero la luz derrama sobre la escena una melancolía de tan severo linaje, es tan digno el movimiento con que la mano acaricia la frente del poeta, brota de todo el lujo de Aristóteles una congoja tan insólita, que el espectador se pregunta si su curiosidad tiene o no derecho para interrumpir ese diálogo entre el pensador y la estatua.

Hay otros cuadros de Rembrandt, más famosos, que me interesan mucho menos: la *Ronda de noche* —a la que tanto perjudica, en el Museo Nacional de Amsterdam, la vecindad pintoresca y ruidosa de Van der Helst—, *La lección de anatomía* de La Haya y los mismos célebres *Síndicos* que la crítica profesional se ha puesto de acuerdo para elogiar como su tela más realizada. Sólo la *Novia judía* descubre, a mi juicio, misterio igualmente patético. Pero, por desgracia, la *Novia judía* se resiente de cierta aspereza en la técnica que no advertimos en la figura del *Aristóteles*.

"En el oficio del filósofo —escribe Paul Valéry a propósito de Descartes en Amsterdam— resulta cosa esencial la de no entender a primera vista. El filósofo necesita considerarse como caído de un astro, ser un eterno extranjero. Debe ejercitarse así en el arte de que las cosas más vulgares sean capaces de sorprenderle. Penetrad en el templo de una religión desconocida, examinad un texto etrusco, sentaos junto a un grupo de jugadores cuyo juego no sepáis. Gozad, entonces, de vuestras hipótesis. Tal es, casi siempre, la actitud del filósofo..."

He recordado las palabras de Valéry al contemplar el *Aristóteles* de Rembrandt. Y las creo aplicables no solamente a esta tela —la calidad intelectual del personaje imaginado les daría, aquí, una relación demasiado evidente— sino a todos los buenos cuadros del autor. Los hombres que un Frans Hals o un Velázquez nos pintan están hablando en el retrato o podrían hacerlo cuando quisieran. Los hombres y las mujeres que Rembrandt trata de inmortalizar están siempre rodeados por un silencio perfecto. Cierto abismo los separa de nosotros, nos los hace ininteligibles. Por tal motivo, mirarlos consistirá precisamente en entenderlos.

De este modo interpreto el homenaje que la Universidad de Amsterdam acaba de rendir al artista. ¿No es en efecto Rembrandt una especie de "doctor honoris causa" en la ciencia de ligar el presente de cada ser que retrata con el enigma de su destino?

Amsterdam, 1932

PAISAJE DE GARCILASO

LA MALLA que aprisiona los versos más transparentes y tenues de Garcilaso no es una malla de acero. Su estilo no pertenece al linaje de los estilos heroicos. Pero, entre la melancolía artificiosa de Sannazaro y las diáfanas quejas de Nemoroso existe no sólo una semejanza de clase, sino una diferencia de vibración. Del paisaje, al que los italianos habitualmente se entregan con epicúrea sabiduría, Garcilaso no goza sino a través de una serie de concesiones morales, que iluminan sus versos con luz estoica, más psicológica que sensual.

En arte, el español es un ser para quien el retrato ha superado al paisaje constantemente. La falta de ese especial sentido contemplativo que manifiestan los "paisajistas" se advierte sin esfuerzo en la historia de sus pintores. Ni Velázquez, ni Goya, ni el propio Greco se colocaron frente a la naturaleza con el desinterés de un Ruysdaël o con la abnegación de un Cézanne. Del primero de aquellos maestros conserva el Prado, además de la visión panorámica de Zaragoza (cuadro de Mazo, en el que Velázquez sólo con ciertos grupos colaboró), las dos rapidísimas telas romanas que representan la Villa Médicis. Por el impresionismo del trazo y más aún por la significación reprimida de las figuras, estos paisajes, en la perspectiva de las artes plásticas españolas, son obras únicas y —acaso por eso mismo— proporcionan a quien las mira confortantes lecciones de intimidad.

La regla, empero, es por completo distinta. Tan experto en retratos como en novelas, el español suele poner su realismo en el trato inmediato del ser humano y, por aridez del temperamento o por religioso rigor de la educación, considera que todas las abluciones —incluso las metafóricas que supone la contemplación de un paisaje bello— deben ser castigadas como vicio de paganía. Para un espectador tan escasamente dispuesto a contraer el mal crónico del paisaje, se comprende que la naturaleza haya sido mero pretexto para un juego de índole intelectual. Bien demostró comprenderlo así la manchega "sobrina" cuando, al llegar a la *Diana* de Montemayor, en el escrutinio que el barbero y el cura realizaron en casa de Don Quijote, exigió desde luego el auto de fe y, junto con el incendio de aquel volumen, el de todos los otros, del mismo género. La incitaba a tan grande rigor el temor que tenía de que su tío, una vez aliviado de la enfermedad belicosa que le aquejaba, diese en leer semejantes poemas y, metido a pastor, se dedicase a vagar "por bosques y prados, cantando y tañendo".

Escenario para las divagaciones de un caballero decrépito es, en opinión de la sensata española, el fondo pastoril de las obras que el barbero y el cura descubren entre los infolios consagrados a Florismarte y a Palmerín. Este desdén por las gracias de la naturaleza expresa, súbitamente, una característica de Castilla: la falta de intimidad entre el hombre y el ambiente que le rodea. Acaso la razón de la discrepancia resida en que, como afirma Keyserling, lo que define al paisaje castellano no es lo terrestre, sino lo astral; "el predominio de lo planetario sobre lo vivo". "En el sombrío carácter del Rey Felipe II —agrega el autor de *Europa*— veo yo la prueba del poder elemental de que está dotado el paisaje de Castilla pues dentro de él se deseca, hasta la aridez del desierto, un alma demasiado sensible, sin duda, para resistir a lo áspero de su influjo".

A la luz de estas consideraciones se apreciará lo que significó, para el lector español del Renacimiento, la frescura que brota, secretísima linfa, de las silvas de Garcilaso. Se comprenderá sin esfuerzo, también, por qué motivos raciales y culturales no se descubre en las *Églogas* esa felicidad de vivir, facilidad del beso y del embeleso, que da tan italiana dulzura a la Arcadia de sus maestros. "Garcilaso ama el agua, los árboles y las flores" asegura Azorín, no sin profesoral candidez. ¡Como si el amor de los árboles, en abstracto, y de las flores, en general, fuera por sí solo virtud bastante para definir la vocación idílica de un poeta! Pero ¿no es también Azorín quien, en *Lecturas españolas*, cree encontrar "un parentesco profundo entre Garcilaso, toledano castizo, y Theotocopulos"; sí, una semejanza evidente "entre la espiritualidad refinada de Garcilaso y la espiritualidad etérea del Greco"?... Grave semejanza, si cierta, para quien pasea por los jardines de Virgilio, pues no en vano califica el propio Azorín de atormentada a la sensibilidad del pintor que produjo el *Entierro del conde de Orgaz* y poco habría de compadecerse ese tormento interior, tan toledano como cretense, con la lucidez de Garcilaso. Más que a la obra del Greco, se parece la lírica de las *Églogas* al artificio de los maestros de Rafael. Pienso particularmente en el Perugino, sobre los prados de cuyas telas descansan

cestillos blancos de purpúreas rosas

y me sorprende el recuerdo de un cielo blando, suave, de melancólica transparencia: el cielo de *Apolo y Marsyas,* visto en el Louvre. Es el mismo paisaje sutil, que nada debe ya a los "sfumati" de Leonardo. Y son, por supuesto, las mismas

corrientes aguas, puras, cristalinas

que invoca Nemoroso y que, en el cuadro del Perugino, la flauta de Marsyas conserva en estado de encantamiento. Hasta —para que el parecido entre el uno y el otro resulte más elocuente— en el cielo de ambos las aves

que por el aire claro van volando

huyen perseguidas por un halcón.

Colocados entre la pintura del Perugino y el *Adonis* de La Fontaine, los poemas de Garcilaso, históricamente, son una prueba más de que, en el siglo XVI, el espíritu europeo tenía una contextura que, a pesar de la fluidez de las comunicaciones contemporáneas, no tiene ya. ¡Qué problemas plantea, en efecto, a ciertos regionalistas este gran español de quien el lirismo no fue sino un eslabón de cristal entre el arte espacial de la plástica de Perugia y el refinamiento expresivo de la corte de Luis XIV! De propósito, he mencionado a La Fontaine. Con igual razón hubiera podido nombrar a Racine, de quien inmediatamente me acuerdo cuando alguien cita:

¿Dó está la blanca mano delicada
llena de vencimientos y despojos?...

Y es que lo auténtico, en la obra de un poeta del linaje de Garcilaso, no discurre con el Tajo

en áspera estrecheza reducido;

ni se endurece en la sierra de Cuenca; sino radica en ese pudor castellano frente al paisaje y en esa preocupación varonil por velar ante él todas sus pasiones... Preocupación que Vossler, desde un observatorio germánico, toma sinceramente por heroísmo.

ESTAMPAS ESPAÑOLAS

I. TOLEDO

En 1840, fecha que para los jóvenes ideólogos de la primera generación del siglo XIX marca el principio de una madurez —o la crisis de una burguesía— Teófilo Gautier se pone en camino hacia España, acompañado de Eugenio Piot. Acaba de cumplir 29 años y ha tenido ya tiempo para ensayar el sabor de todas las artes, pero no se ha atrevido aún a romper la corteza que esconde, al gusto de muchos, la deliciosa fragancia de ciertos viajes. Pintor, sus telas no encierran sino una gran violencia, una gran rebeldía de inconforme. Poeta, sus versos sólo contienen la vibración de los materiales con que su ineficacia técnica no supo adornar sus cuadros.

A la orilla de todos los aciertos, en ese punto en que a menudo el sentido crítico traiciona a los hombres, lo que le detiene no es precisamente la crítica, sino el entusiasmo. De la noche de *Hernani*, el rojo del célebre chaleco que sirvió de manifiesto de libertad al Romanticismo le ha dejado ciego. ¿Qué hacer con todo el color, con todos los colores que la humanidad ahorró durante los siglos abstractos en que privaba el *Arte poética* de Boileau? Incapaz de realizar con ellos, en la pintura que lo seduce, la obra maestra a que aspira, el futuro poeta de *Esmaltes y camafeos* se decide valientemente a itinerar. Acaso así, al iluminar una por una —como si fueran estampas— todas las aventuras del viaje, logre definir su mundo exterior, definiéndose también a sí mismo.

Naturalmente, el país que lo atrae es España. La España convencional que sus ojos de romántico llevan ya preparada en las pupilas. Una España que no se resignará a copiar de la realidad sino cuando no pueda obtenerla de la fantasía.

De París a Bayona, el viaje le impacienta. Es demasiado tranquilo. Su avidez no sabría saciarse sino con los manjares que toda una historia de pintorescas anécdotas le promete. Sólo después de traspuestos los Pirineos recobra un poco de su juvenil petulancia. En Vergara, el encuentro con un cura español —el primero que ve— lo llena de júbilo. ¡Pronto, un lápiz y un cartón! En dos trazos hábiles la caricatura, sin casi haber sido empezada, parece ya concluída. ¿La afea una semejanza visible con el Don Basilio de Beaumarchais? No importa. Lo esencial, para este frívolo, es el toque de la primera impresión. La originalidad, el personal sentido de las cosas no le inquietan todavía.

¡Qué lejos andamos aún de la frialdad meticulosa y elaborada de la *Sinfonía en blanco mayor*!

En Burgos, el hallazgo del cofre del Cid le incita a reconstruir toda la hermosa leyenda castellana. No sin cierta malicia, sonríe de la ingenuidad de Casimiro Delavigne, quien se ha referido a ella en uno de sus poemas dramáticos. "El autor —exclama— sustituyó el enorme cofre con una caja pequeñita que, en efecto, sólo podría contener *el oro de la palabra del Cid*". Y luego, con la melancolía de un joven para quien el corazón de los prestamistas no tiene secretos: "No hay judío, ni aun de los tiempos heroicos, capaz de prestar nada sobre semejante bombonera".

Madrid no le agrada mucho, al principio. Encuentra demasiado reseca la campiña de sus alrededores. La plateada ondulación de sus colinas no dice nada a su sensualidad. La belleza entera de Castilla, su perfección elegante y esterilizada no están hechas para complacer la sensibilidad de este hombre que busca en todas partes, por encima de todos los méritos, el color. Por eso invierte los primeros días de su estancia en Madrid en asistir a corridas de toros. Todo en esa fiesta lo atrae: lo mismo el nombre de los toreros que el brillo de los trajes de luces y la música alegre de los tendidos. Hasta en la cabeza de "Sevilla", el picador, su entusiasmo le hace apreciar el parecido de un César del Ticiano.

Frente a Toledo, como buen romántico, lo que le interesa es precisar, bien o mal, la antigüedad de cuanto mira. La Edad Media ha sido ya muy explotada por Victor Hugo. Los primeros años del Cristianismo le parecen decrépitos. ¿Por qué no acudir mejor a la toga de los cónsules Romanos? No contento con esta certidumbre, se deja seducir por toda esa tradición etimológica que quiere descubrir en Toledo la deformación de una palabra hebrea: *Toledoth*, contemporánea acaso de la Biblia.

Por si fuera poco haberla alejado así, dentro del tiempo, Gautier no descansa hasta no aislar también a la ciudad en el espacio, por medio de una doble muralla de peligrosos asaltantes —que su imaginación inventa— y que, sin embargo, se excusa de no haber podido conocer. Sólo después de la rápida visita que emprende, a través de calles y edificios, recuerda sus obligaciones de turista romántico y se improvisa una especie de melancolía desdeñosa, sobre la cual se apoya con indolencia, a lo Chateaubriand. "Acodado —dice— en la abertura de una almena y mirando a vista de pájaro aquella ciudad donde nadie me conocía, donde mi nombre era perfectamente ignorado, caí en una profunda meditación". Pero, en seguida, se recobra de este ligero desfallecimiento. Nada más alejado de la frivolidad de un Gautier que el género melodioso y solitario de un Lamartine. Entonces agrega, de prisa, en una súbita desconfianza de la propia emoción que hace pensar en la sonrisa acre con que Stendhal se desprecia cuando de sí mismo se duele: "Me sentía tan ausente de mí, transportado tan lejos de mi esfera, que todo aquello me parecía una alucinación con el ruido agrio y saltarín de alguna música de vaudeville, en la barandilla de un palco".

En una de mis excursiones a Toledo, quise llegar hasta la ciudad por la carretera de Madrid.

En Illescas, hice una pausa para admirar la reja de hierro forjado de la parroquia y el célebre *San Ildefonso* del Greco. Colocado allí, a medio camino entre Madrid y Toledo, este cuadro es como una preparación al idioma y al goce íntegro de los Grecos que nos aguardan en el Museo de San Vicente, en Santo Tomé y en el tesoro de la Catedral. La tela —de amplias proporciones— se presta admirablemente al conocimiento de las virtudes del gran pintor. Ningún ritmo demasiado trágico la disloca. La luz —una delgada luz amarilla, de iglesia española en primavera— envuelve al santo, en la placidez de una meditación. El movimiento de todo el cuadro, que principia en el terciopelo de la sobremesa, se acentúa en los pliegues del manto verde que protege los hombros y se detiene junto a la cabeza del varón místico, vuelta hacia una imagen de la Virgen. A pesar de su hermosura, el centro del cuadro no es, sin embargo, esta cabeza de silenciosa dignidad, sino la mano que sostiene la pluma, delgada mano en que la voluntad de una perspectiva ideal rompe toda regla de anatomía, reuniendo los dedos anular y medio en uno solo, ansioso de retener la caída de un pequeño libro de horas contagiado de ese deseo de evasión de que todo el cuadro y toda la obra del Greco se resienten.

De Illescas a Toledo, el camino se llena de curvas, de lazos. A uno y otro lado de la carretera comienza a ondular un cielo muy bajo, casi pintado de plata por la promesa de una ligerísima lluvia. De pronto, más bien proyectada por la velocidad de las cosas que descubierta por los viajeros, tropezamos con la Puerta Nueva de Bisagra. Su arco, de proporciones egregias, sirve de cierre lujoso al libro mágico de Toledo.

Ninguna ciudad verdaderamente admirable se entrega de una sola vez al turista y Toledo no podía ser una excepción a esta regla. La primera impresión no capta sino los ángulos más acentuados del conjunto, puntos extremos sobre los cuales el resto de las calles se apoya. A un lado de la Puerta de Bisagra, el hermoso hospital del Cardenal Tavera, en cuya capilla cuatro ángeles de alabastro sostienen, sobre una lápida de mármol, la estatua yacente del Cardenal, una de las obras más puras de Berruguete. Arriba, el Alcázar de Carlos Quinto, con sus cuatro torres de piedra y el recuerdo de las exaltadas exclamaciones del Conde de Benavente contra el Duque de Borbón en el romance del de Rivas. Y, en el centro del caserío visigótico, morisco y renacentista, donde la historia de seis culturas ha dejado sus ruinas, la torre esbelta de la Catedral, en cuyo interior nueve siglos han ido hacinando los tesoros más ricos de la orfebrería y de la pintura.

Sobre esos tres o cuatro compases perceptibles de la silenciosa sonata general, el resto de la ciudad se teje con un angosto ir y venir de callejuelas accidentadas y de pendientes maliciosas, de plazas bruscas. En cada una de ellas, la lentitud de un paseo posterior hará nacer un portal, el vuelo de un arco puro, el fuste de una columna, la forma todavía no vista de un detalle de mérito. Por lo pronto, lo único que nos alcanza es el enigma total del conjunto, la atmósfera de Toledo.

¡Misterio de esas civilizaciones enemigas que el tiempo, gran conciliador, ha ido poco a poco fundiendo en una sola masa reseca! La acción uniformadora de los días, pasando por encima de los relieves de cada época, las ha desnudado a todas del carácter auténtico, agresivamente original, que tuvieron sin duda al nacer. Así se explica que el sentido artístico del visitante necesite separar, como otras tantas capas geológicas, los temas de cada siglo y de cada cultura, poniendo aparte la gruesa piedra gótica que el arquitecto morisco proyectó en el delgado chorro de sus arcadas o clasificando en su verdadero lugar —en su verdadera hora— el trozo de encaje cincelado que burla todavía, con la sonrisa de su leyenda pagana, la solidez católica del muro en que la prisa de los reconstructores la aprovechó.

Si hubiera, en Toledo, un barómetro preciso para señalar las variaciones de los siglos ¿cómo lograríamos establecer una temperatura definida, un clima estable a su alrededor? Por eso preferimos seguir un orden menos tímido que el orden cronológico que el Baedeker nos recomienda. Y así es como entregamos toda la congruencia de la Historia —que el menor de nuestros gestos podría comprometer— a la pequeña voluntad del chico equilibrista, que, con una preciosa calle de Toledo en el extremo de cada brazo, nos ofrece, por dos pesetas, el itinerario de la ciudad.

II. EL ESCORIAL

BUSCAMOS otro rincón en el mapa de España. Otra fecha en la literatura de Francia. Dejamos a Gautier en Toledo y saludamos al Duque de Saint-Simon. Es el dos de diciembre de 1721. El Duque, viendo por fin colmadas sus viejas ambiciones de influencia política, acaba de salir de Madrid. Su objeto es el de informar a la Regencia del buen resultado obtenido, en sus gestiones ante la Corte española, para concertar el matrimonio de Luis XV con su prima, la hija del Rey Felipe V, de España.

El temperamento del Duque, admirable espectador de la historia, le representa sin duda con vivísimos colores todas las escenas de vanidad o de intriga que deben haber ocurrido en París durante su ausencia. ¡Qué delicioso hubiese sido poder anotarlas en el registro de sus *Memorias*! Por fortuna, la petulancia misma de su carácter autoritario —erizado de las más curiosas asperezas heráldicas— le consuela de su ausencia haciéndole sentir todo el orgullo de su situación diplomática. La inquietud del artista y la satisfacción del hombre se confunden así en el espíritu del narrador.

Madrid le ha dejado una dolorosa impresión de pobreza. Ante el recuerdo de los prolijos festivales con que el Rey Sol gustaba de celebrar su propia magnificencia, el modesto ritmo burgués de los Borbones de España parece haberle inspirado cierta idea de decrepitud. ¿Cómo sustituir, en efecto, a los oros de las galerías del Louvre y a la barroca suntuosidad de las terrazas de Versalles la elegancia un poco tímida y el silencio color de rosa de Aranjuez?

La presencia sombría de los últimos Habsburgos parecía durar aún en los pasillos y en las salas del Palacio en que Saint-Simon fue recibido con todos los honores que su dignidad de Embajador y Duque y Par de Francia le otorgan. A este ligero motivo de desencanto —tan natural para la inteligencia de quien haya estudiado la psicología del personaje— habría tal vez que añadir otra, más profunda. Por sus modales soberbios y la altivez de su misticismo nobiliario, Saint-Simon era, aun en la corte de Luis XIV, el último superviviente de esa gran familia de señores feudales "a la romana" que vemos desfilar todavía en los alejandrinos de Corneille. Ahora bien, los hombres de este linaje solemne habían entrado en desuso. En tiempos de Molière, un escritor de comedias los hubiese clasificado entre los "facheux", es decir: pertenecían ya, por la evolución misma de las modas, a la historia antigua. Eran tan viejos como los *Horacios* o como el *Cid*.

Enviar a la Corte de España este brote postrero de la caballería francesa del siglo xv era una decisión del Regente, no exenta de ironía. La brusca actitud de defensa que ligó en seguida a los nobles castellanos contra él lo comprobó bien pronto. A nadie le gusta ver sus propios vicios exagerados en el espejo de los demás. ¿Y qué otra cosa hacía el Duque de Saint-Simon sino ofrecer, a los señores españoles que le recibieron, el espejo de una tradición desaparecida y, dentro de su concavidad un poco opaca, *l'engouement et la morgue castillane*, pero entendidos por un francés?

Al regreso de Madrid, Saint-Simon se detiene en El Escorial. Tiene el deseo de descubrir algún fragmento de la vida o de las costumbres del rey Felipe II. Acaso una narración de esa índole sería curiosa de incrustar, por contraste, en el mosaico paciente de sus memorias.

El Escorial es uno de los esfuerzos de España que los franceses han divulgado mejor. Y, a veces, a pesar suyo. Oigamos, interrumpiéndola a ratos —cuando la fluidez excesiva del gran narrador nos canse— cómo lo descubrió Saint-Simon:

"Esa casa es un prodigio de construcciones de todo género y magnificencia, cuya riqueza enorme en cuadros, ornamentos, vasos de toda especie y pedrerías, no trataré ahora de precisar. Bastará decir que un conocedor de todas estas diferentes bellezas podría dedicarse, durante tres meses, a examinarlas y no las podría agotar. La forma de la parrilla reguló todo el ordenamiento de este suntuoso edificio, construido en honor de San Lorenzo y de la batalla de San Quintín.

"La distancia de Madrid al Escorial se aproxima mucho a la que separa a París de Fontainebleau. La región, muy plana, se vuelve desierta al acercarse al Escorial, que está situado en lo alto de un monte a cuya cima se llega imperceptiblemente. La iglesia, la escalera principal y el claustro grande me sorprendieron. Admiré la elegancia de la Botica y el atractivo de los jardines que no consisten, sin embargo, sino en una larga y amplia terraza. El panteón me espantó por una especie de horror y de majestad. El altar mayor y la sacristía cansaron mis ojos con sus riquezas. La Biblioteca no me satisfizo y los bibliotecarios menos. En el santuario, junto al altar mayor, hay unas vidrieras que pertenecen al apartamiento en que vivió y murió Felipe II. Por esas ventanas oía el rey los oficios. Quise ver estas habitaciones, pero me negaron el permiso de visitarlas. Me dijeron que habían sido clausuradas después de la muerte de Felipe II y que nadie desde entonces había penetrado en ellas. Objeté que el rey Felipe V las había visitado junto con su séquito, pero Louville —que las había visto en aquella ocasión— me dijo que, en total, no eran sino cinco o seis habitaciones oscuras y algunos otros huecos, todo ello pequeño, de maderas carcomidas, sin alfombras ni muebles. No perdí pues gran cosa al no entrar.

"Pasé tres días en El Escorial, magníficamente alojado, como mis compañeros, en apartamientos muy hermosos y grandes. El monje que mostró tan mal humor para con nosotros durante nuestra visita al Pudridero,* no cambió de actitud sino al final del almuerzo que nos ofrecieron como despedida. Lo dejamos sin pena, pero no El Escorial que daría gusto y ocupación, por más de tres meses, a un conocedor verdaderamente curioso."

Como se ve, la actitud de Saint-Simon dista mucho de corresponder al gesto de horror con que algunos liberales franceses modernos se escudan ante el monasterio de San Lorenzo. Sí, acaso un poco de asombro frente a la amplitud o a la frialdad de sus

---

* Alude al disgusto que produjo a dicho sacerdote una observación en extremo impertinente del Duque ante el sepulcro del Príncipe D. Carlos.

muros; un poco de admiración frente a la perfección verdaderamente egipcia del Pudridero... Pero nada más.

Volvamos ahora a Gautier. A este viajero, le conocemos más de cerca. Nada de la soberbia del Duque de Saint-Simon en su fresca sonrisa de colegial en vacaciones. "No se tarda mucho en divisar —dice— recortándose en el fondo nebuloso de las montañas, El Escorial, ese Leviatán de la arquitectura." Y añade: "De lejos, el efecto es muy bello. Parece un inmenso palacio oriental. La cúpula de piedra y las bolas que rematan todas las agujas contribuyen mucho a esta ilusión. Antes de llegar, se atraviesa un gran bosque de olivos. Se desemboca en el pueblo y se encuentra uno frente al coloso, que pierde mucho visto de cerca, como todos los colosos de este mundo. La primera cosa que me chocó fue la enorme cantidad de golondrinas y vencejos que revoloteaban por el aire en bandadas innumerables, lanzando gritos agudos y estridentes. Los pobres pajarillos parecían asustados del silencio de muerte que reinaba en aquella Tebaida y se esforzaban en llevar a ella un poco de ruido y de animación..."

Parodiando la frase de Sainte-Beuve acerca de la célebre golondrina que apareció, allá por 1760, en las *Confesiones* de Juan Jacobo, podríamos decir que esos "pobres pajarillos" de Gautier son los primeros que el Romanticismo posó, en un día venturoso, sobre la frente austera del Escorial.

Un siglo ha bastado, en efecto, desde el viaje de Saint-Simon, para modificar la estructura de una sensibilidad. Donde el Duque no atendió sino a los hechos precisos de una civilización —la forma y el acondicionamiento de la Biblioteca, la pequeñez de las habitaciones reales, la majestad de la Iglesia, la verdad histórica acerca de la muerte del Príncipe Don Carlos—, el poeta no mira sino la ocasión de describir un paisaje. Donde el primero vio un desierto, el segundo nos pinta un bosque. Donde el historiador sonríe, el romántico ensaya un gesto de horror.

¿De dónde ha salido, pues, esta cosa nueva, blando y profundo escenario de nuestras emociones, que tan deliberadamente ignoraron los clásicos y que amenaza borrar, por completo, los placeres y las aventuras de la conversación? Un paisaje de entidades visibles ha venido a sustituir el contrato firmado en blanco con la naturaleza por la generación de los poetas abstractos del siglo XVII francés. Desconocido por la mayor parte de los hombres durante el reinado de Luis XIV, un principio absolutamente nuevo está enseñando a los nietos de Scarron y a los hijos de La Bruyère a sentir esa cosa rara, dulce, áspera, viva, que es nuestra intimidad.

De la confusión de la vida en los pequeños aposentos de los grandes palacios, se ha pasado insensiblemente a la libertad de la existencia en las casas de campo y en las quintas. Del amor en carroza, a lo Madame de Montespan, o del amor en sacristía, a lo Madame de Maintenon, se ha vuelto al falso idilio arcádico y al erotismo pastoril. El campo se ha puesto de moda. Y, con el campo, la melancolía.

A partir de este viaje de Gautier, El Escorial deja de ser, para los turistas, la morada de un rey desaparecido. Se convierte en el fantasma de una monarquía, en la pirámide de un faraón católico, en la tumba orgullosa de una raza suicida. Sin conocerlo verdaderamente, Victor Hugo lo describe en la pesadilla de la *Leyenda de los siglos*. Hace soñar a Schiller y pone una frase de diabólica protesta en los labios de Childe-Harold. Así, durante todo el siglo, su enorme esqueleto de roca viva sirve de tema a la vasta sinfonía del Romanticismo.

EL DÍA DE REYES

Lo PRIMERO que leí de Alfonso Reyes no fue un ensayo, ni una página crítica, ni una nota de erudición. Fue un poema: aquella *Canción bajo la Luna* que Genaro Estrada incluyó en su Antología de 1916.

Tenía yo entonces catorce años, una gran avidez de aprenderlo todo y, lo que más me inquietaba —y ahora me regocija—, una infatigable y ardiente sed de lectura. Los versos de Alfonso Reyes me cautivaron, desde luego, por un encanto verbal: el de su música penetrante. Pero, más aún, por el doble plano ingenioso —poesía sobre cultura, poesía de la cultura— que me agradó descubrir en ellos. Milton, Shakespeare y Byron, para no mencionar al autor del *Retrato de Dorian Gray*, se hallaban presentes en esos alejandrinos, de entre los cuales, segador involuntario, el recuerdo me trae esta breve espiga:

> *y es nuestra paz más blanca que un pensamiento claro*
> *arrullado a la margen de un lago de Ginebra...*

¿Quién era el poeta capaz de encontrar así, hasta en la abstracción de la noche, una lección concreta de claridad? Pronto supe de Alfonso Reyes. Leí sus *Cuestiones estéticas*. Y, poco tiempo más tarde, *El suicida, Visión de Anáhuac, Cartones de Madrid...* El prosista me explicó ampliamente al poeta. Y viceversa. Porque, en la obra de Alfonso Reyes, sería imprudente querer fijar un deslinde arbitrario entre el hombre que canta y el que medita, entre el que sueña y el que razona bien lo que sueña. Uno y otro escriben para buscarse, para entenderse. Por consiguiente, su instrumento mejor es la inteligencia, invención incesante de lo sensible, magia del pensar claro.

De 1916 a 1955, treinta y nueve años han transcurrido. A lo largo de todos ellos, el curioso que soy fue advirtiendo cómo crecía la aurora sobre la noche en cada uno de los temas que trataba de esclarecer este maestro y señor de las transparencias. Como Pablo, combate con armas de luz. Hasta el punto de que lo único que no penetran sus flechas claras es lo que, por naturaleza, obedece a una ley necesaria de oscuridad. A este respecto, citaré aquí, como él, a Arriaza:

> *...el mismo sol se asombra*
> *de no poder dar luz al rasgo oscuro*
> *que condenó el pincel a eterna sombra.*

Acaso esa voluntad de luz, que admiro en sus libros, indujo a Reyes a sonreír amistosamente cuando, al ingresar en El Colegio Nacional, intenté definir la misión de los escritores como un esfuerzo por abreviar, en la medida de lo posible, el dominio de lo inefable. Me refería yo al espacio que media entre dos fronteras: la de cuanto suponemos inexpresable y la de cuanto lo es efectivamente. Limitar el campo de lo indecible —me preguntaba— ¿no es ésa, precisamente, la tarea del escritor? A ella ha consagrado Reyes su obra más alta: su vida entera. Ilustrémonos con su ejemplo.

Pocos casos semejantes al suyo, de abnegación absoluta al ideal de la perfección en la técnica literaria, de fervor por la bella expresión en sí, de respeto al oficio estricto, y de confianza honrada y alentadora en el porvenir de la frase exacta, del párrafo inquebrantable, del capítulo equilibrado, del volumen compacto y leve, como quería Ortega y Gasset, en uno de sus discursos, que fuese invariablemente la pluma del escritor: no de plomo, sino de ala.

He hablado de sus "armas de luz". Intentaré evitar un posible error de interpretación. No siempre son luminosos los que más brillan. Ni los más luminosos son los más lúcidos. Puede ser un reflejo el brillo y no hay que tomar por lámparas a los prismas. La lucidez que aprecio en Alfonso Reyes es el resultado de una laboriosa y constante salud mental. Zum Felde le da dos nombres: saber y gracia. ¿Y no es el saber, el saber con gracia, virtud de una inteligencia libre de dogmatismos?

Tomemos un volumen de Alfonso Reyes. Admitamos que sea *El suicida*, publicado en Madrid por primera vez hace ya treinta y ocho años. Sorprende, ante todo, su actualidad. Llama después la atención este hecho insólito: en un libro de apenas 133 páginas, el autor cita (nos lo revela así el índice alfabético de la edición mexicana hecha por *Tezontle*) nada menos que a 291 escritores, obras y personajes. Si observamos que muchos de los nombres aparecen dos y tres veces —hasta siete, como es el caso con Baltasar Gracián— nos sentiremos autorizados para decir que cada página se apoya en múltiples referencias. Tanta erudición, sin embargo, no sólo no asfixia al poeta (que, en Reyes, da el brazo al crítico) sino que le permite avanzar con mayor donaire, respirar con mayor soltura, ascender con mayor firmeza. En él, como en todos los hombres leales a su cultura, el saber forma parte del ser profundo. Lo que en otros sería ortopedia y máquina de reemplazo —para no describirla como máquina de tormento— es en él esqueleto y nervio, músculo militante, resorte interior vital.

Procedería tal vez buscar la fuerza de ese resorte interior en lo que el mismo Reyes escribe cuando señala, como condición primordial de todo buen crítico, una característica de poeta, y también de héroe: la rebeldía. "El conocimiento crítico del mundo —apunta— es como las yerbas de Mitrídates, que vuelven inmunes a los fuertes y envenenan a los mezquinos". Y añade, poco después: "El espíritu crítico supone un estado de padecimiento. Todo lo reduce a conciencia y la conciencia, en su definición mínima, no es más que dolor".

Parecería que nos hubiésemos distanciado bastante de aquel saber con gracia alabado por Zum Felde. No acertamos a establecer, a primera vista, una relación decisiva entre esa conciencia crítica dolorosa y la sonrisa humana —"miel de años"— que la persona y el trato de Alfonso Reyes evocan en sus amigos. Pero ¿será real el distanciamiento? ¿No convendría ahora pensar en Nietzsche y en lo que exclamaba el solitario de Sils-María en una de sus parábolas más hermosas? "Todas tus pasiones se trasmutarán en virtudes, y en ángeles tus demonios. Antaño, canes salvajes habitaban tu cueva. Hoy se han convertido en pájaros... Con venenos hiciste tu bálsamo... ¡Hermano mío, cuando sientes tu dicha es que has ganado una virtud!"

Esa alegría de la virtud mental, que no lo sería tanto seguramente sin el previo dolor del conocimiento, esa sonrisa a la que Reyes se ha acostumbrado y que nos hemos acostumbrado también nosotros a ver en él, tienen una nombre clásico: se llaman humanismo. Son el producto de una conquista diaria sobre la negligencia, la incuria, la pedantería y la incomprensión. Porque si, en "su definición mínima", toda conciencia es dolor, la vida nos enseña a la postre que la conciencia más generosa es la que sabe enseñorearse de sus angustias y sonreír de ellas, para vencerlas. Cuando "el hombre sonríe —¿no es Reyes quien nos lo indica?— entonces funda la civilización y empieza la historia".

Resulta revelador, a mi ver, que este coleccionista lúcido de sonrisas haya escrito, en alguna parte: "Si la sonrisa fuera un gesto oficial..." Nada menos "oficial" y borlado que su ironía. Porque nada hay tampoco en Reyes del "mandarín". Sus soledades de Cuernavaca no han sido nunca la torre hermética de marfil en cuyo último piso pretenden refugiarse los desdeñosos.

Hubo un tiempo, por fortuna ya superado, en el que ciertos ingenios reprochaban a Alfonso Reyes una indiferencia supuesta para lo nuestro. ¿Qué hacía en Grecia, junto al Partenón, aquel hijo dilecto de Monterrey? Los años se han encargado de explicarnos lo que entonces hacía: servir a México, contribuir a situarlo en lo universal.

Bastaría, para deshacer el mito de aquella supuesta indiferencia, asomarse a la transparente *Visión de Anáhuac*. Tengo el libro, ahora, sobre mi mesa. Lo abro al azar. Encuentro, en seguida, esta nota diáfana: "Lo nuestro, lo de Anáhuac, es cosa mejor y más tónica. Al menos, para los que gusten de tener a toda hora alerta la voluntad y el pensamiento claro. La visión más propia de nuestra naturaleza está en las regiones de la mesa central: allí la vegetación arisca y heráldica, el paisaje organizado, la atmósfera de extremada nitidez, en que los colores mismos se ahogan —compensándolo la armonía general del dibujo; el éter luminoso en que se adelantan las cosas con un resalte individual...—" Pero ¿y qué decir de los comentarios que Reyes ha consagrado a Sor Juana Inés de la Cruz, a Juan Ruiz de Alarcón y a tantos escritores de hoy, de ayer y de antes de ayer? Precisemos un solo ejemplo. Su capítulo sobre las "letras patrias" —aparecido en *México y la Cultura*— tiene el valor de una contribución fundamental, y por todos conceptos indispensable, para la historia de nuestra literatura desde los orígenes hasta el fin de la Colonia.

El mismo Reyes se preocupó, sin embargo, por borrar determinados prejuicios. "Lo nacional y lo universal no son incompatibles —dijo, en alguna ocasión—. Lo uno engendra a lo otro. No se trata de dos arcos que se excluyen, sino de dos círculos concéntricos. Sobre la sustancia universal, lo nacional limita y jardina una zona propia. Si a través de lo nacional no se ve, pues, como por transparencia, lo universal, entonces nos quedamos en ese arte confinado, discreto —color local, realismo costumbrista— que tiene derecho a existir y que siempre dio graciosos frutos, pero que dista mucho de representar el sumo ideal de la literatura."

De todo esto, tan bien pensado como expresado, me interesa recoger una frase muy significativa: "que tiene derecho a existir". En ella se oye una vez más al humanista, a quien reconocemos porque no necesita negar ya a nadie para afirmarse a sí propio y porque se construye sin destruir a los demás. Todas las expresiones del arte, si bien nacidas, tienen derecho a existir. Entre ellas, el humanista pasea su tolerancia, que no es eclecticismo, por cierto, y mucho menos indiferencia. Esa tolerancia es la que más le sirve para medir sin premuras un goce óptimo: el placer de quien se identifica inmediatamente con lo que escoge porque no ignora en ningún momento la razón de lo que prefiere.

Experiencia literaria, deslinde, semántica, técnica literaria... ¡Cuántas veces semejantes preocupaciones han aflorado en la prosa y la vida de Alfonso Reyes! Ocurre que la suerte nos ha ofrecido a un autor cabal, enamorado de sus deberes de hombre de letras como en la noche del primer sueño, del primer verso, del primer cuento, de la primera aventura —real o imaginaria— con la sabiduría del escritor. Las palabras siguen teniendo para él un valor patético de conjuro. Muchos suelen pasar junto a ellas, sin encenderse en deseo frente a las más suntuosas, sin rendirse

891

en bondad a las más humildes. En cambio, la sensibilidad literaria de Reyes las busca, las sigue, las interroga, las goza, las adivina. Su adhesión al oficio le permite prever misteriosamente qué sortilegios pueden brotar del contacto entre un esdrújulo y un agudo, o del encuentro de un sustantivo, rápido y perentorio, con algún epíteto, opulento y fragante en su lentitud.

Imaginemos a un hombre que, amando así a las palabras, tuviese plena conciencia, por su cultura, de lo que esconde cada palabra de tóxico o de manjar, de vitriolo o de ungüento, de perdón o de injuria, de beleño o de dinamita. Un hombre para quien el abuso de innumerables generaciones no hubiese logrado borrar siquiera el perfil más tenue de las medallas verbales más desgastadas por la costumbre. Un hombre para cuyos sentidos el lenguaje estuviese vivo, implacablemente vivo, en perpetua alarma, y siempre en trance de gestación. No estoy seguro de que el destino de ese hipotético ser coincidiese punto por punto con el de Reyes. Pero, en gran parte, pienso que sí. Por eso lo asocio con el recuerdo de otro apasionado de la técnica literaria, amigo suyo también: Valery Larbaud, de quien sospecho que un excelente relato (*Une nonnain*) haya sido escrito principalmente para darse la satisfacción de emplear ese término desusado, provinciano, arcaico y prometedor —"nonnain"— "que no corresponde ya a la realidad social de nuestra época", pero que desempeñaba un papel tan grato "en el vocabulario de La Fontaine".

Como a Reyes, no hay cuestión de técnica literaria que no interese propiamente a Larbaud. En uno de sus libros —llamado *Técnica*— figuran páginas deliciosas sobre la evolución de ciertos intrépidos neologismos, los pecados "por omisión" que cometen algunos críticos, la fantasía temible de las erratas tipográficas, involuntarias aliadas de "John el toreador", duende cosmopolita de las citas en otras lenguas, la importancia de publicar índices correctos de los nombres mencionados en un estudio, la conveniencia de establecer, dentro de una disciplina de especialista, un repertorio de los temas utilizados con mayor insistencia por los poetas, a partir de la época de Petrarca, y hasta el valor retórico, histórico, personal y sentimental de los más modestos signos de puntuación...

En un mundo que tan justa atención concede al perfeccionamiento de la técnica, causa extrañeza el desdén que exhiben no pocos seres para muchas de las técnicas literarias. No aludo ahora a las mayorías, que se inquietan con sobrada razón por el auge que han alcanzado otros progresos, históricamente más espectaculares —y materialmente más destructivos—. Pienso en las minorías; incluso en las que se juzgan más satisfechas y más letradas. De pronto, uno de sus miembros se indigna ante los cuidados que el literato consagra a sus métodos expresivos, como si fuera "bizantinismo", en el campo de estas actividades, lo que, en menesteres distintos, se estima rigor estoico, probidad insospechable, honradez científica, ambición de la obra bien acabada. Hasta suele insinuarse que lo bien hecho, por lo menos en ciertos géneros, demuestra un aliento escaso, incapacidad de ímpetu y de elación. Una falsa herencia romántica es aprovechada así, en ocasiones, para menospreciar el trabajo del artesano —que todo artista lleva en sí mismo— y sin cuya pericia efectiva la inspiración más brillante concluiría, a menudo, en el balbuceo.

Quede aclarado, para los impacientes, que una buena organización del trabajo no podría por sí sola sustituirse al talento creador. No es eso tampoco lo que aseveran hombres como Larbaud y Alfonso Reyes. Ambos lo saben, junto con Ruskin: más aún que el cable, importa el mensaje que el cable trasmitirá. Pero ¿no sería en verdad absurdo romper el cable, en virtud de los méritos del mensaje? Ya afirmaba otro espíritu vigilante que, en la ejecución artística, no hay detalles carentes de validez.

Aunque sepamos bien que se adelgaza el muro
y ya, por transparencia, se ve la eternidad...

Sin proponérmelo, vuelvo al poeta, siempre activo y presente en Alfonso Reyes. Y es que el arte supremo de sonreír descuella singularmente en la charla, en las cartas y en la poesía de este dominador magnífico de la prosa. Hay que releer el libro que publicó, en 1952, con el título de *Obra poética*. Mucho posee. Y de nada se jacta. ¡Es tan moderno en esa *Ifigenia Cruel*, cuya protagonista huye de su historia "como yegua que intenta salirse de su sombra"! Juega con los dioses de la epopeya helénica al invocar a "las cigarras de voz de lirio", según Homero. Y sonríe a la imagen misma de la muerte cuando, en el más conmovido de sus sonetos, le habla de esta manera:

"Más tienes de caricia que de pena".
Eras alivio y te llamé cadena.
Eras la muerte y te llamé la vida.

La *Obra poética* de Alfonso Reyes no implica exclusivamente, para el lector, un solaz auténtico. Lo adiestra en los mecanismos más inasibles y ocultos del escritor; le hace indagar por qué puentes —inesperados, sutiles y a veces frágiles— pasa el hombre de letras, cuando sus méritos son genuinos, de la buena poesía a la buena prosa. En efecto, "la noción de la prosa, como función literaria distinta del coloquio, no es una noción inmediata: supone un descubrimiento".

En Reyes, el más seguro de esos puentes intelectuales es la metáfora, ostensible sin duda en la forma de sus poemas, pero no menos útil, práctica y eficaz en la prosa de sus ensayos. Así cuando Toas, "como dirigiéndose a Ifigenia", resume toda la grandeza de la tragedia en estos sobrios endecasílabos:

Cólmate de perdón hasta que sientas
lo turbio de una lágrima en los ojos.

Así cuando, al despedirse de Morley, murmura Reyes en Berkeley:

Otro no vi más urbano,
más sabio ni más cortés;
que, al recordarlo después,
no se le alcanza la edad
pues en breves horas es
Matusalén de bondad.

Y así, en fin, cuando "por ventura" habla de ciertos ojos

donde un rayo de zafiro
celestemente madura.

De esta adivinación por la imagen nos dan testimonios valiosos dos colecciones tan diferentes, como *Junta de sombras* (1949) y *El cazador* (1910-1921). "Este pensar por imágenes —anuncia Reyes, en la primera de las obras citadas—, es un modo de economía a que conduce la inercia natural del espíritu. A nadie le ha sido vedado; aunque muchas veces, *por esa desconfianza para la poesía que es el mayor pecado de la inteligencia contemporánea* [soy yo quien subraya] usemos, al expresarnos, términos sexquipedales y abstrusos, vaciedades léxicas... creyendo así emanciparnos del pensar metafórico a que sin remedio estamos condenados y cortar el invisible cordón que nos pega al suelo, cuando la verdad es que hacemos de simios del ángel, único capaz de la idea pura."

Un fragmento de este linaje tiene la energía de una protesta y el alcance de una proclama de libertad. ¿Qué epígrafe mejor, por otra parte, para una serie de estudios en la que vemos desfilar frente a nosotros, junto a Safo —"ninfa desnuda de Mitilene, pequeña y morena como las pardas tórtolas"— a Solón "primer ateniense por antonomasia", a Herodoto y a Tucídides, a Protágoras el sofista, a Sócrates y a Platón?

Sí, la maestría de estilista de Alfonso Reyes se revela, sobre todo, en el manejo de la metáfora. Merced a ella logra en el verso extraordinarias condensaciones de música y de pintura, esmaltes psicológicos en los que el brillo de la sabiduría técnica fija materialmente, sin esterilizarla jamás, la humedad espontánea de la ternura. Merced a ella también, en las páginas de sus libros en prosa, realiza síntesis que elogiamos, sin averiguar con exactitud qué es lo que deberíamos aplaudir con mayor vehemencia: si la audacia mental, recóndita e invisible, o la elegancia verbal, aparente y plástica.

Quién más, quién menos, todos padecimos alguna vez, en determinado período de nuestra formación literaria —prehistoria o historia—, lo que no sé si hago bien en llamar el sarampión del superfluo tropo. *Prends l'éloquence et tords-lui son cou*, exclamaba Verlaine. Y nuestro gran Enrique González Martínez, más cinegético pero no menos persuasivo, proponía también a mis compañeros, al salir del aula, en la adolescencia: "Tuércele el cuello al cisne..." A Reyes, una invisible mano, enérgica y tutelar, lo salvó del peligro oportunamente. Sus metáforas son frecuentes, es cierto; pero casi siempre fatales. Entiéndase: inevitables. ¿Y no era ése el consejo de un metafórico prodigioso —el Orfeo sin Eurídice de *En busca del tiempo perdido*— cuando deploraba indulgentemente, desde el pórtico de un libro de Paul Morand, que el entonces joven cronista se contentase, a menudo, con imágenes evitables?

Cabría esbozar aquí un ensayo más, sobre el concepto vital del juego (*homo ludens*), que busca el acierto siempre, sobreponiéndose a las dificultades, deleitándose en los obstáculos, y el concepto sensual del lujo, que sacrifica el acierto a la ostentación. Después de todo, el ensayo no es necesario. El primero de esos conceptos es el que orienta, desde hace mucho, los días y los trabajos de Alfonso Reyes.

Seguro de la amplitud de su información, dueño de sus recursos y experto —como el que más— en el ejercicio de la metáfora, el erudito no pesa nunca excesivamente sobre la gracia del escritor. Todo lo ha leído; pero si "la carne es triste", el espíritu no lo es. Gracias al don metafórico que le honra, el pensador de *El deslinde* nos ahorra mucho de lo que sabe: la relación compleja y siempre inconclusa del tallo y de la raíz, para ofrecernos amablemente —de una idea, de una biografía, de una doctrina o de una época filosófica— el inconfundible perfume, la intensa flor. Poeta de la prosa, le place más invitarnos a comparar las esencias, ya destiladas, que describirnos lo tosco de las retortas y la sinuosidad de los tubos del alambique.

Me he referido a las cartas de Alfonso Reyes. Conservo algunas, de la época en que vivíamos a millares de kilómetros de distancia uno de otro: él en París y en México yo. O él, como Embajador, en Río de Janeiro, y yo, en Madrid, como Secretario de Legación; de una Legación que regía con benévola autoridad un poeta insigne, Enrique González Martínez, y en la cual enaltecía el cargo de Consejero un artífice delicado, incansable orfebre y parnasiano árbitro de elegancias: el autor exigente de *Caro Victrix*.

He releído esas viejas cartas. Amarillea el papel de las más antiguas, mas no el estilo del redactor, siempre igual a sí mismo, e inimitable, en la variedad de los temas, de las cosas y de las décadas. Me parece que fue Benjamín Jarnés quien me hizo notar en cierta conversación hasta qué punto los prosistas más distinguidos se reconocen por el tono de los textos no destinados al juicio público. La prueba podría intentarse con nuestro amigo. Y de ella saldría, sin duda, indemne. Porque la carta es la verdadera cátedra de un ensayista que, como él, prefiere la afectuosa expansión del diálogo al rumor escolar de la conferencia.

En sus cartas está entero Reyes, según lo ven quienes le visitan en la paz de su biblioteca: rodeado de libros, de retratos y de paisajes; cortés ante el teléfono impertinente; con los ojos abiertos a todas las curiosidades de la literatura, del arte y de la existencia; dispuesto a recordar, con la adecuada fruición, lo mismo el sabor de un plato —andaluz, carioca, o morelense— que los tercetos de un soneto dramático de Quevedo, la fuga de la Galatea gongorina, la comicidad de un incidente protocolario, desprovisto en el fondo de consecuencias, los pies de una bailarina vertiginosa, la aparición de un periódico de vanguardia, el olor del tabaco rubio que consumía en sus meses de vacaciones frente al Cantábrico, la plasticidad patriótica del rebozo sobre un pecho indígena y maternal, el discurso de un nuevo miembro de la Academia, o un capítulo de Sahagún, o los últimos versos de Villaurrutia. . .

Se comprende que, al atestiguar tan rica diversidad, José Luis Martínez anote en uno de sus estudios: "Los elementos decorativos de Alfonso Reyes, aquellos que sazonan su prosa, son de todos los matices y de todas las latitudes; de todas las intensidades también, porque se perciben según el paladar más o menos astuto o educado del lector, o según los ímpetus descubridores que se alimenten".

Impresión análoga fue la mía, cuando por primera vez lo traté. Las cartas habían preparado un reconocimiento que, por supuesto, no podía tomarse como anagnórisis. Su charla iba a completar nuestras notas epistolares. Y, de carta en charla, y de charla en libro, no tardó en establecerse una corriente de simpatía —y para él, en mi caso, de íntima estimación—. Así me explico que, en un artículo juvenil (1927), haya trazado mi pluma, todavía entonces más inexperta que ahora, estas líneas que, con veintiocho años de diferencia, acepto sinceramente. "Es un animador. Su correspondencia, sus libros —¿y qué libro suyo no es una carta abierta?— sus poemas, su crítica, su diario, llevan siempre esta dirección: recordar a todos el compromiso de ser fieles al espíritu."

¡Pródigo animador! ¡Noble y querido Reyes! Cincuenta años de fértil inteligencia merecerían ya, por sí solos, un homenaje. Pero crecen las razones para el tributo que le rendimos si se recuerda que, en muchos de tales años, pensar libremente, serenamente, sin petulancia ni subterfugios, no fue tan fácil como lo creen los optimistas.

Dos enormes conflagraciones han sacudido al mundo desde 1905. Numerosos sistemas de vida, de trabajo y de pensamiento, entonces prósperos y cimeros, hoy son escombros. El México que rodeó las mocedades de Reyes no es el de ahora. Un nuevo país se levanta de aquel pasado. Otros, que no él, parecerían supervivientes en este instante de prueba. Pero el autor de *Reloj de sol* (que empezó a saber ser joven desde muy joven) ha labrado la actualidad de su juventud con el heroísmo de su talento. Tiene derecho al mejor laurel. Sonriamos con su sonrisa. Disfrutemos de su humanismo. Entendamos su humanidad. Cincuenta años de claridad y de sabio esfuerzo explican dichosamente la luz de Reyes, el día de Reyes.

París, agosto de 1955

DIVAGACIONES SOBRE ALGUNAS
NOVELAS POLICIACAS

CUANDO teníamos once años, mis compañeros y yo solíamos adquirir —al salir de clase— ciertos cuadernos muy sugestivos, dedicados a las hazañas de Sherlock Holmes. El responsable de aquellos cuentos era Sir Arthur Conan Doyle. Así lo habían averiguado ya algunos compañeros de clase que, desde chicos, se preocupaban por designar con exactitud a los fabricantes de sus placeres: a Conan Doyle, por ejemplo, en literatura.

Aquel Sir Arthur (lo imaginaba yo, en esos días, calvo, obeso y con antiparras) tendría ahora más de cien años. Los tendría, en efecto, si, en 1930, después de otras múltiples aventuras, no se le hubiese ocurrido la de morirse. Venido al mundo el 22 de mayo de 1859, fue hecho "sir" el año en que yo nací: 1902.

Conan Doyle fue un abundoso escritor. Su bibliografía incluye más de veinte títulos, algunos bastante célebres. Hizo novelas. Se interesó por el prestigio de los soldados ingleses en el África del Sur; escribió textos de propaganda durante la guerra de 1914; intentó la crónica de las campañas británicas en Flandes y en Francia; publicó una *Historia del espiritualismo* en dos gruesos volúmenes y dejó, además, un libro de memorias —que confieso no haber leído—. Todos estos esfuerzos no habrían dado a Sir Arthur la reputación de que disfrutó (y que algunas empresas editoriales han reanimado, en ocasión de su centenario) si no hubiese tenido la suerte de descubrir a un personaje muy singular: Mr. Sherlock Holmes.

Ese descubrimiento hizo de Conan Doyle uno de los jefes de fila del género policiaco. Uso esta fórmula prudente, pues resultaría excesivo otorgar a Sir Arthur la preeminencia en semejante especialidad. Para no hablar sino de los grandes —y de los mayores entre los grandes— Balzac y Edgar Poe se le anticiparon. En la *Comedia humana*, todo el "ciclo Vautrin", la *Historia de los trece* y muchos relatos breves anunciaban ya el género. En cuanto a Poe, algunos de sus mejores cuentos son magistrales modelos de relato policiaco. Por lo que atañe a Dostoyevski, hay quien opine que *Crimen y castigo* pertenece también —en otra categoría— a ese linaje de novelas. No lo creo, por las razones que adelante señalaré.

Conan Doyle no se presenta a nosotros tan sólo como un epígono de Poe, accesible y popularísimo. Su Sherlock Holmes merece que lo observemos con simpatía. Del inglés, Sherlock Holmes manifiesta incontables características. Fuma en pipa, viste de *tweed*, bebe cerveza, desayuna huevos, tocino, y te, come tajadas de *roast beef* frío, no se impacienta nunca, habla con flemática pertinencia, ofrece *whisky* a sus visitantes, conoce a maravilla todos los planos de Londres, los ostensibles y los secretos; bosteza cuando está más interesado en lo que sus interlocutores le narran; saluda cortésmente a los seres que le conocen, pero tiene pocos amigos (en realidad uno solo: el servicial Dr. Watson) y, para colmo, no se ha casado.

Por otra parte, advertimos en Sherlock Holmes un respeto constante para la lógica. Frente a cada caso que sus clientes le someten, empieza por observar. La observación lo obliga a subir —a veces materialmente— por una escalera implacable de inducciones y deducciones, hasta el punto de que, con el arte de un prestidigitador, de la ceniza de un cigarrillo o de la huella de un dedo sobre el papel, obtiene para nosotros ese fantasma al que damos habitualmente (por pereza, a menudo) el nombre del criminal. Pero no. El prestidigitador nada tiene que ver con estos procedimientos del policía. El policía, al contrario, es el antídoto del prestidigitador, el anti-prestidigitador por antonomasia. El policía actúa a la inversa del delincuente —o del novelista—. En efecto, éstos, cuando emergen del nivel de la simple mediocridad, deben inventar una sucesión verosímil y útil de coherencias. Lo que nos ofrecen de pronto en el escaparate del librero o en el interior de la alcoba donde el lacayo descubre al huésped envenenado, ha de ser el producto, visible, inmediato y público, de un trabajo oculto, lento y confidencial: *El eterno marido, Madame Bovary* (legibles siempre y en todo idioma) o tal o cual atentado que, si es perfecto, resultará absolutamente ilegible para el psicólogo más sutil.

Como el novelista, el delincuente corrige a su modo —y, si es necesario— fabrica la realidad. Elige una hora, por sombría o por luminosa; escoge una ciudad, un barrio, una calle, una casa determinada; adivina un hábito, anodino o inconfesable; establece una relación entre ese hábito y esa hora; elimina al testigo impertinente, atrasa el reloj sonoro de la antesala, aceita los goznes de la puerta, borra las gotas de sangre que mancharon el pavimento, y, finalmente, con una mano enguantada, coloca entre los dedos todavía no rígidos de su víctima, el revólver que utilizó para asesinarlo. Deja, así, terminada la que imagina su obra maestra.

Pero el policía, como el crítico literario, tiene por oficio la obligación de no dejarse vencer (y menos aún convencer) por una realidad tan llena de convenciones. Esa realidad fabricada, no la acepta *a priori*, cual si fuera un todo hermético y natural. Uno y otro (el policía y el crítico) se sienten comprometidos a desandar el camino andado por el delincuente o el novelista: por el delincuente, hasta el minuto de la desaparición; y, por el novelista, hasta la frase última del epílogo. Lo que importaba a éstos, durante la oscura elaboración de su crimen o de su libro, era alcanzar la síntesis: cerrar la casa maldita, sin dejar huellas sobre la llave; o, en el caso del escritor, hacer que los personajes lleguen al punto final de la narración sin que asomen jamás, ni siquiera indirectamente, las muletas espirituales o materiales con que hubo de sostenerlos, cuando flaqueaban...

A esa voluntad de síntesis, responden el crítico y el detective con una voluntad contraria: la del análisis. Todo parece conjurarse para afirmar que la esposa del banquero arruinado y loco se suicidó. Por eso mismo, el policía tiene el deber de dudar de ello. Todo, en *Rojo y negro* parece inducir a Julián Sorel a enamorarse de Matilde. *Por eso mismo*, el crítico desconfía... A menudo, el análisis más severo no desintegra la síntesis conseguida por el artista y el criminal. La esposa del banquero arruinado se suicidó efectivamente. Efectivamente, en *Rojo y negro*, Stendhal tenía razón. En ambos casos, el policía y el crítico aceptan sin entusiasmo. El éxito de esa realidad fabricada no les complace nunca del todo.

A este respecto, convendría imaginar no al novelista metido a crítico, o al presidiario hecho policía (como Vidocq), sino al policía transformado en delincuente —y al crítico vencido por el deseo de convertirse en novelista: como, por ejemplo, Sainte-Beuve—. ¡Cuántas pequeñas venganzas tomadas sobre el oficio! A fuerza de analizar una serie de robos, el detective podría suponerse capaz de una estafa insigne. Cuando esto acontece, el detective casi siempre fracasa. Como fracasa el crítico, casi siempre, cuando intenta invadir el terreno de la novela. Porque una buena novela y un atentado sin fallas no son simplemente la consecuencia de los errores evitados, sino del equilibrio entre los errores evitados y las audacias cometidas. En este sentido, el novelista y el criminal resultan críticos de sí mismos. Eliminan a tiempo la digresión innecesaria, el adjetivo discutible, el diálogo sentencioso —o la puñalada inútil, la media hora perdida en la portería, el cómplice demasiado locuaz, los zapatos de suela demasiado identificable...

Lo anterior, que algunos juzgarán complacencia en la digresión, era necesario a mi juicio para apreciar las virtudes y los defectos de Sherlock Holmes —y, por ende, las virtudes y los defectos de las novelas policiacas de Conan Doyle—. Por el rigor excesivo de sus análisis, Sherlock Holmes da la impresión de triunfar con excesiva comodidad. Pero triunfa, sobre todo, porque opera en un mundo demasiado permeable a la lógica del detective. Y ese mundo se lo ha preparado a su gusto el mejor de sus cómplices: el autor de sus aventuras.

La vida, por fortuna, no es tan exacta y tan racional como lo pretendía el señor Conan Doyle. En la vida, el displicente inquilino de Baker Street tropezaría a cada momento con obstáculos insalvables. Él mismo los presiente; pero lo manifiesta en términos despectivos. "Los grandes crímenes —asegura— son los más sencillos de descubrir, porque, cuanto más grande es el crimen, más perceptibles resultan sus móviles". En otro relato, Sherlock Holmes exclama: "No. No adivino nunca. Adivinar es una costumbre detestable: destruye la facultad de razonar". Por último, al reprochar al Doctor Watson la emoción con que tiñó el relato de una de sus pesquisas, el policía formula esta frase injusta: "¡Es como si introdujera usted una historia de amor en el enunciado de la quinta proposición de Euclides!"

Veamos todo lo que significan estas científicas arrogancias. En primer lugar, advertimos que Mr. Holmes es un detective limitadísimo. Necesita crímenes puros, "proposiciones de Euclides" en las que no puede entrar ni el más leve idilio. Pero ocurre que la vida es bastante impura y que, en la vida, las proposiciones de Euclides andan mezcladas a toda hora y en todas partes con emociones y con pasiones que ningún matemático intentaría resumir sobre el pizarrón. El delito abstracto es el que más se presta al análisis teórico. Sin embargo, analizarlo es tan infecundo como componer o descomponer un *puzzle*. De allí que Sherlock Holmes desdeñe los "grandes crímenes": están demasiado próximos a la vida. Él necesita un mundo racionalizado hasta el extremo. Y Conan Doyle se lo brinda sumisamente.

En cuanto a los llamados "crímenes simples", las ironías de Sherlock Holmes me hacen recordar a un maestro auténtico del análisis; es decir, a un auténtico lírico: Edgar Allan Poe. En las páginas liminares del *Doble asesinato de la calle Morgue*, releo un párrafo extraordinario. El autor compara el juego de damas y el ajedrez. "En éste —dice— las piezas pueden hacer movimientos distintos y representan valores diversos. Su complejidad parece profundidad... Como los movimientos posibles son no solamente varios, *sino desiguales en potencia*, las probabilidades de error se hallan multiplicadas. De diez casos, en nueve, no será el jugador más hábil quien gane, sino el más atento. Al contrario, en el juego de damas (donde el movimiento específico es simple y no supone sino pocas variaciones) disminuyen las probabilidades de inadvertencia. No encontrándose la atención acaparada por completo, las ventajas obtenidas por cada uno de los jugadores implican una perspicacia mayor".

Dejo a Edgar Poe la responsibilidad absoluta en esta materia. Del párrafo citado, lo que me interesa aprovechar en mi estudio, es algo muy diferente: el concepto de que la verdadera dificultad no está en proporción con la complejidad ostensible de los fenómenos. Para Sherlock Holmes, el caso más complejo es indiscutiblemente el más interesante. Tal vez por ese motivo, el novelista Conan Doyle tiene que esforzarse por inventarle un catálogo de situaciones insólitas: la venganza de un enamorado monógamo entre los mormones, el viaje a Londres (con un pigmeo) de cierto soldado de Agra que anhela recuperar el tesoro de un príncipe hindú, la persecución de un afiliado al Ku-Klux-Klan, y —nada menos— dos casos en los cuales el delincuente se ha hecho desaparecer a sí mismo: el honrado señor Neville St. Clair, reencarnado en el mendigo Hugo Boone y el prudente señor Windibank, quien —para evitar que su hijastra se case, y le prive así de la renta de que dispone— se resuelve a enamorarla con otro nombre, amparado por un disfraz, y huye de ella sólo frente a la iglesia, cuando llega la hora del matrimonio...

¡Qué diferencia entre todos estos argumentos, complicados y deleznables, y los argumentos —simples y trágicos— de los grandes cuentos de Poe! Mencionemos dos solamente: *La carta robada* y *Doble asesinato en la calle Morgue*. En ambos aparece Dupin, el detective francés imaginado por el poeta de *Ligeia*. Entre Dupin y Mr. Sherlock Holmes media la misma distancia que entre Poe y Sir Arthur. Por supuesto, el inquilino de Baker Street no lo cree. O cree, más bien, que esa distancia le favorece. —"¿Piensa usted, sin duda, hacerme un cumplido al compararme con Dupin?" pregunta un día a su eterno Watson. Y agrega en seguida: "Pues bien, a mi juicio, Dupin era un tipo por completo inferior"...

Discrepamos en esto de Sherlock Holmes. Y ya hemos dejado entender por qué. La superioridad de Dupin sobre Sherlock Holmes estriba en que Dupin es un racionalista discreto: confía en la razón, pero no confía en ella exclusivamente. Holmes, al contrario, no acepta ver más allá de sus silogismos. Poe declara en seguida dos cosas. He aquí la primera: el hombre realmente imaginativo es un analítico. Pero he aquí la segunda: "por encima de todo (habla de Dupin) me sentí cautivado por el extraño calor y la vital frescura de su imaginación". No me figuro al Doctor Watson en el difícil trance de tener que elogiar la "frescura vital" y el "calor extraño" de Sherlock Holmes. Un poco después, Edgar Poe se explica más claramente. "Me divertía —escribe— la idea de un doble Dupin: uno, creador, y analítico el otro". Agradezcamos al poeta esa observación. En los relatos del gran norteamericano, la poesía no excluye al análisis, pero el análisis no excluye a la vida. Su Euclides· tolera muy bien la emoción humana. Sus teoremas coexisten con las pasiones. En Sir Arthur (novelista de una generación que se proclamaba práctica y positiva) todo pretende ostentarse como el producto de una inferencia. Procede el autor y, sobre todo, procede su héroe —citemos de nuevo a Poe— como esos personajes que, por considerar con demasiada fijeza la zona del cielo nocturno en que Venus brilla, acaban por conseguir que Venus desaparezca del campo de su visión...

En ocasiones, Sherlock Holmes da la impresión de poseer, él

también, "su instinto". Por desgracia, lo que no tiene es la fe en su instinto. La consecuencia de esto fue sumamente grave para el empedernido solterón de Baker Street: su lirismo era la cocaína. Pero más grave fue para Sir Arthur. Y ha sido todavía mucho más grave para el género policiaco que el éxito de Sir Arthur se encargó velozmente de difundir. En lo que concierne al género, esa consecuencia se llama "arbitrariedad".

El mundo de las novelas policiacas procedentes de Conan Doyle es un mundo arbitrario y seco, sin más dimensión que la del dibujo: el trazo en la superficie. Resulta fácil, ciertamente, adherirlo a cualquier cristal, como una calcomanía; pero, lo mismo que una calcomanía, un poco de humedad lo desprende pronto. ¿Cuál de los fieles de Conan Doyle se acuerda ahora del asunto de muchos de sus relatos? Antes de haber emprendido su relectura, tenía yo en la memoria uno solamente, el más sencillo y el más humano: *La liga de los pelirrojos*. En cambio ¿cuál de los admiradores de Poe podría haber olvidado el tema de *La carta robada* o del *Escarabajo de oro*?

El arte implica siempre artificio. Mas no todo artificio es arte. Sir Arthur no fue un verdadero artista. Y pocas de las novelas que de su escuela emanaron son obras de arte. Son juegos técnicos, como las "palabras cruzadas" que los periódicos nos ofrecen para ocupar nuestro aburrimiento. En la *Comedia humana*, el "ciclo Vautrin" era cosa completamente distinta. Los cuentos de Poe se sitúan, asimismo, en una categoría muy superior. Y *Crimen y castigo*, de Dostoyevski, junto a las aventuras de Sherlock Holmes, es tanto como un Rembrandt excepcional junto a la tricromía de un calendario.

Entramos aquí en un tema mucho más digno de interés que la remembranza de Conan Doyle. ¿A qué obedece la moda del género policiaco? ¿Por qué motivo la mayor parte de las novelas policiacas se hallan al margen de la literatura? ¿En qué consiste la grandeza de esa especialidad? ¿Y en qué consisten sus múltiples servidumbres?

Tratemos de contestar, por lo pronto, a la primera de estas preguntas.

Varias condiciones —sociales y culturales— hubieron de coincidir para suscitar primero la aparición, en seguida el auge y, muy pronto, el automatismo del género policiaco. En lo social, se requerían esencialmente dos circunstancias: una intensificación real en la interdependencia de los individuos y de los grupos y, a la vez, una visibilidad menos ostensible de tal interdependencia. Ambas circunstancias no aparecen, simultáneamente, sino en colectividades urbanas con población abundante y organizadas de acuerdo con una división del trabajo en rápida progresión. La simultaneidad que señalo emanó, en el siglo XIX, de la serie de fenómenos que se conocen, en la historia, con el nombre de "revolución industrial". En el campo, en las aldeas, e incluso en las ciudades de tipo "dieciochesco" (digamos la Ginebra de Rousseau, o la Venecia de Casanova) la materia prima de la novela policiaca existía ya sin duda, como ha existido en todas las épocas, pues el crimen no debe considerarse fruto exclusivo de las capitales "tentaculares" —aunque en ellas se dé con particular frecuencia y complejidad—. Pero ni en las pequeñas ciudades a que he aludido, ni en el campo, ni en las aldeas, rodeaban nunca al delito la misma soledad transitoria y, luego, la misma divulgación sistemática y "orientada" que obedecen ahora (en las grandes urbes, donde cada quien es anónimo a fuerza de hacinamiento) a la relativa indiferencia personal, de vecino a vecino, y, de manera concomitante, al brusco interés abstracto que los nuevos medios de información engendran y sostienen dentro del público.

Este interés abstracto —y persecutorio— necesita que un crecido número de individuos, aunque de ello no se den cuenta en todos los casos, dependan unos de otros muy fuertemente: el asesinato o el robo de la avenida 2 o de la calle x debe afectarles porque podría reproducirse en su propia calle, en su propia casa, en su propio y quieto departamento. Sin embargo, esta causa de interés no explica por sí sola el desarrollo de la novela policiaca. En una aldea y hasta en el campo, los vecinos pueden sentirse igualmente vulnerables frente al peligro. De hecho es allí, en el campo y en las aldeas, donde una solidaridad más rápida se establece ante el agresor. Todos los prójimos se conocen, se tratan, saben más o menos lo que son y lo que pretenden. Para ellos, el criminal no es una incógnita por definición. Con excepciones posibles, pero poco frecuentes, no lo rodea el menor misterio. Es Julián, o Pedro, o Francisca, un hombre o una mujer concretos y familiares... O bien es "el extranjero"; es decir, el intruso, el advenedizo, el señor que llegó cierta vez, en bicicleta o ferrocarril, con el pretexto de buscar un rincón tranquilo y que por ese sólo hecho (o, lo que es lo mismo, porque no formaba antes parte de la tradición y el paisaje autóctonos) se volvió sospechoso en seguida a toda la población.

En perímetros tan estrechos, la interdependencia social es más honda que en las ciudades. Se antoja, casi, biológica. Sin embargo, el elemento social no se presta a los métodos habituales del género policiaco. Falta, en esos perímetros, otra de las dos condiciones que anteriormente indiqué. Falta, en efecto, que —sin dejar de ser real, y hasta abrumadora— la interdependencia se haga invisible, teórica en cierto modo, secreta y técnica al par. Esto último es lo que acontece en las grandes urbes. Entre el abogado y el panadero de la ciudad existe desde luego una interdependencia económica incuestionable. Pero, salvo insólitas coincidencias, no existe entre ellos una relación personal directa, una solidaridad espontánea y sentimental. El pan llega a la mesa del abogado sin que éste sepa de dónde viene, ni si el fabricante del bollo que saborea es lacónico o elocuente, pálido o rubicundo, lampiño o barbilargo, colérico o bonachón. Si, una mañana entre las mañanas, el abogado lee en el periódico que el dueño de la panadería de la esquina fue asesinado, se sentirá afectado como hombre, pero no como amigo y ni siquiera como cliente. Su interés por averiguar el nombre del criminal —que la policía dice "estar persiguiendo"— será un interés abstracto, desprovisto del calor o del odio con que el habitante de una aldea pequeña tratará de encontrar —tal vez por su propio esfuerzo— al asesino del señor Sánchez, o López o Castellanos; esto es, a "su panadero", el inconfundible don Carlos o don Enrique, que hacía "teleras" tan deliciosas, con el que podía jugarse un "paco" todos los jueves, en la trastienda, y que sabía tantas historias de pericos, de locos o de fantasmas...

Moralmente, el caso en que la solidaridad actúa es de categoría superior al suceso en que opera no más la interdependencia. Literariamente, también. Las pasiones que evoca —y aun justifica— el conocimiento individual y directo de la víctima, o del bandido, tocan, en el espacio, a un menor número de personas; pero las tocan de manera mucho más honda. En el tiempo, esa manera es la más durable. Probablemente, si lo hubiese difundido la radio, el rapto de Elena no habría ocasionado la guerra de Troya. Y no leeríamos todavía hoy —en todas las lenguas del mundo— a ese poeta "local" que fue Homero. Encerrado en un escenario de límites reducidos, los hechos adquieren una eficacia dramática y un alcance artístico que pierden si los diluye —como sucede con las fotografías— una amplificación desproporcionada.

Pensemos de ello lo que pensemos, el hecho es éste. Cuanto más densa la población, sus miembros tienen que confesarse menos solidarios unos de otros, aunque no por eso puedan jactarse de ser menos dependientes. Al contrario. Dependen cada vez más. Y dependen de seres cada vez menos perceptibles. Cuando no la acompaña una intensificación de la solidaridad, esta multiplicación de las dependencias crea —en política— controversias sumamente desagradables y permite —en literatura— la propagación de géneros anfibios, como el policiaco. Colocado entre la verdadera novela y el folletón; entre el horóscopo, que es un acertijo en potencia, y el acertijo, que es un horóscopo al revés, el relato a lo Conan Doyle, consagra una era de gran crecimiento urbano, una edad en que los asesinos se volvieron sustituibles; porque, más que entes de carne y hueso, como los criminales que perseguían los habitantes de las aldeas, sin delegar en un técnico su coraje, son incógnitas pertinentes... Lo grave de todo esto es que incógnitas pertinentes (ay, y a veces impertinentes) lo somos también nosotros, en el 99 por ciento de los casos, para los habitantes de las grandes ciudades en que vivimos —o, por lo menos, donde moramos—. De allí el éxito de las novelas policiacas, que no exigen ya (como lo exigían las de Balzac, las de Dickens, las de Dostoyevski y las de Tolstoi) una solidaridad inmediata del público y el autor, y una especie de ósmosis sanguínea entre el lector y los héroes del libro. Los personajes del género policiaco entran y salen de nuestra vida, como entran y salen de ella —sin tocar a nuestra conciencia profunda— muchos de los seres que (fuera de lo que reputamos "intimidad") influyen en nuestros actos. Hasta solemos llamarles como llamamos a esos "elementos", cada vez más despersonalizados, de la existencia contemporánea: el cobrador, el dentista, el plomero, la señorita del teléfono, la cajera del Banco, el agente de tránsito, el policía.

En los párrafos que preceden, intenté resumir dos de las causas sociales del género policiaco. Hay varias otras; pero ésas me parecen las esenciales. Francisco Fosca, en su *Historia y técnica de la novela policiaca*, prefiere detenerse en dos premisas distintas: la mayor familiaridad del lector con el razonamiento inductivo necesario al desarrollo de las ciencias y la organización de la policía como una verdadera administración. "Esas dos condiciones —dice— no se cumplieron, realmente, sino en el siglo XIX". A mi ver, la segunda de las premisas señaladas por Fosca se halla incluída entre las muchas que es posible deducir de cuanto dejo apuntado aquí acerca de una interdependencia social no acompañada siempre, en su evolución, por un aumento eficaz de la solidaridad humana. En cuanto a la familiaridad del promedio de los lectores con el razonamiento científico, juzgaría más adecuado enfocar semejante problema al hablar de las circunstancias que, desde el punto de vista cultural, suscitaron el advenimiento y aceleraron la expansión de las obras que estamos examinando.

Para críticos como Narcejac, la novela policiaca constituye una valiosa especialidad. Cuando está bien hecha, "es un sombrío poema, más cargado de voluptuosidad y de misterio que muchas obras ambiciosas". Si tratamos de esclarecer cuáles son esas novelas policiacas positivamente "bien hechas", la respuesta no es inmediata. Suponiendo complacer a los críticos de que hablo, les proponemos un nombre ilustre: el de Edgar Poe. Sin embargo, según el Sr. Narcejac, no hay que tomar como reglas fundamentales del género policiaco "los tanteos y los prejuicios" de ese escritor. Pensamos entonces en sugerirle un nombre menos glorioso: el de Simenon. Pero Narcejac, que admira a Simenon, protesta enérgicamente. No. Simenon no escribe novelas policiacas. Volvemos a Conan Doyle. Y descubrimos que Conan Doyle no le satisface. Sus procedimientos "postulan un automatismo mental que destruye el interés del relato". Estamos de acuerdo. Pero la indagación sigue en pie: ¿cuáles son esas novelas policiacas técnicamente bien hechas, que prestigian al género y que no incurren en el "defecto" de ser novelas psicológicas? *

Por lo que atañe a la escasa adhesión que solicitan habitualmente de nosotros los autores policiacos, el propio Sr. Narcejac nos depara un argumento que no esperábamos. "El héroe de la aventura —declara sencillamente— no sólo debe ser simpático. Debe, además, imponerse de tal manera al lector que éste delegue en él el *cuidado de pensar en lugar suyo"* ...

A primera vista, parece difícil asociar a la idea de esta pereza organizada de los lectores el requisito histórico mencionado por Fosca: la necesidad de que la clientela esté familiarizada con los métodos del razonamiento científico. En el fondo, si esto último fuese cierto, la oposición resultaría irreductible. Pero, por desgracia, esa famosa familiaridad con la ciencia es uno de los mitos más crueles de nuestra época. Tocamos en este punto, de nuevo, una de las llagas del siglo XIX y del siglo XX: la creencia de que una noción informe, brumosa, vaga y superficial merece incluirse entre las nociones; la hipótesis de que puede uno estar "familiarizado" con lo que no se sabe en profundidad. Es cierto, había ya en 1890 (y hay más ahora) muchos millones de seres que se imaginaban en familiar relación con la ciencia, porque podían, entonces, enviar un cable a Chicago o a Liverpool, o porque toman actualmente pastillas de penicilina para el dolor de garganta, han oído hablar de la bomba atómica y asisten, por televisión, a alguna pelea de box. Este conocimiento epidérmico —que encubre y protege capas de ignorancia terriblemente conmovedoras— no es sólo compatible con la pereza mental que los novelistas policiacos adivinan en sus lectores, sino que casi resulta uno de sus elementos —o, por lo menos, una de sus condiciones indispensables—. José Bergamín dio a uno de sus ensayos un título aparentemente irónico: *La decadencia del analfabetismo*. La historia de la información en el siglo XX inducirá a algún Bergamín futuro a elegir un título semejante: *La decadencia del alfabetismo*.

De esa decadencia —que pretende situar a la publicidad por encima de la cultura— se han aprovechado muy hábilmente los propagandistas del género policiaco, el cual (salvo excepciones notables) podría definirse como un hipnótico ofrecido al gran público en calidad de despertador.

Una galería de detectives famosos —famosos por las novelas que divulgaron sus aventuras— resultaría divertida, aunque menos útil, quizá, de cuanto suponen los devotos del género policiaco. Encontraríamos en ella, catalogados por épocas y países,

* He aquí lo que leo en un libro llamado: *Estética de la novela policiaca*. "La novela policiaca no ganaría nada con transformarse en novela psicológica".

a ocho o diez personajes —no muy distintos unos de otros, después de todo—. He aquí lo que me permitiría yo sugerir a los eventuales conservadores de este Museo. Uno, en primer lugar, modelo entre los modelos: Monsieur Dupin. Huésped de la oscura mansión con que Poe enriqueció el París del romanticismo (y, en París, el barrio de San Germán), el héroe de *La carta robada* se nos presentaría dotado a la vez, por su creador, de tres características perceptibles: su noctambulismo de peripatético abstracto, su glacial insolencia de pensador sin fortuna y su amor al tabaco fumado en pipa.

¿Qué podría intentar el conservador del museo que aquí propongo si tuviese que limitarse a estos datos complementarios? Desde el punto de vista plástico, implican una aportación poco promisoria. Y ésa es la única que el poeta del *Cuervo* nos brinda en los admirables relatos donde campea Monsieur Dupin.

Tal escasez de elementos decorativos nos invitaría a deplorar que Edgar Poe no haya sido, como Balzac, afecto a las descripciones interminables. Sin embargo, pronto lo comprendemos: esa carencia, casi absoluta, de relieve material en el personaje obedece a una voluntad estricta del narrador, señala una necesidad técnica del relato y es, por consiguiente, condición esencial de nuestro placer. En este sentido, Poe lo deja todo —él, tan tiránico de costumbre— al arbitrio de sus lectores. Podemos imaginar a Dupin con monóculo y con bigotes, como uno de los "leones" que visitaban a la Duquesa de Maufrigneuse, o lampiño y sin espejuelos, como Lamartine en la juventud, o —más verosímilmente— como a Poe mismo, devorado por la combustión interior de una inteligencia que brilla sólo cuando se quema.

A cambio de la total libertad en que nos sitúa para crear la semblanza perecedera del personaje, el autor nos impone una esclavitud total en lo que concierne a su verdad imperecedera: el mecanismo de su razón, las operaciones intrépidas de su espíritu. Ignoramos el color de los ojos o la magnitud de las manos de Dupin; pero conocemos (hasta la obsesión, por momentos) los mil resortes, válvulas y engranajes de su maquinaria mental, insustituible. Sabemos que es capaz de observar prodigiosamente y que, sin embargo, no siempre ha menester de observar para comprobar la exactitud de sus deducciones.

Hay, en las *Historias extraordinarias*, un cuento austero, muy apreciado por los lectores anglosajones y, generalmente, poco gustado por los latinos. Me refiero al *Misterio de Marie Roget*. En la trilogía "Dupin", debería ese cuento ocupar el lugar central, entre *Doble asesinato en la calle Morgue* y *La carta robada*. En él, la pareja Poe-Dupin realiza una investigación sin contacto directo con las huellas físicas del delito. Se trata de un estudio llevado a cabo, únicamente, por el análisis de los datos —leídos en los periódicos— acerca de la desaparición y la muerte de una muchacha: Marie Roget. El narrador trasladó al París fantástico de Dupin los hechos acaecidos en Nueva York. Dio a su heroína un nombre que corresponde, en francés, al de una mujer norteamericana —Mary Rogers— víctima de un atentado que tuvo celebridad, a orillas del Hudson. Todo acontece entre cuatro muros: los de la habitación de Dupin. El relato entero es un largo diálogo entre éste y el novelista; un diálogo en que el novelista somete al detective los recortes de los periódicos que comentaron el crimen y el detective resuelve el misterio por la sola y metódica eliminación de los numerosos errores que esos comentarios contienen. No conozco, en literatura, hazaña lógica más precisa. Ni encuentro mejor ejemplo para ilustrar lo que dije, antes, acerca del detective, del policía como anti-prestidigitador; esto es: como crítico de la realidad.

A lo largo del *Misterio de Marie Roget*, Dupin no acude a las maniobras espectaculares de un Sherlock Holmes. No lo vemos extraer del más hondo de sus bolsillos la más amplificadora y ávida de sus lentes. No examinará, al microscopio, ninguna colilla sospechosa. No tomará, en cera, el molde de una cerradura. No perseguirá, sobre el cristal de una lámpara, huellas digitales inexistentes. Ni siquiera se enfundará en ese impermeable "anónimo" —y delator— que usan los policías para ir a conversar con las porteras del barrio donde fue hallado el cadáver inexplicable.

La operación, esta vez, agita exclusivamente signos y símbolos. Avanzamos sobre un plano difícil y, para algunos, inaccesible: el del cálculo de probabilidades. Dupin toma frente a nosotros cada versión de los hechos, como tomaría el buen crítico los fragmentos de la novela o el drama sujetos a su dictamen. Advierte el error en germen; la inclinación —casi imperceptible— que el comentarista, al comenzar a tratar el asunto, dio a la verdad. Sí, casi imperceptible... ¿Qué es un milímetro? Pero un milímetro de desvío en la base de una torre de treinta pisos puede hacer que el último se derrumbe.

Dupin deshace la falsa síntesis; desconfía de la cicatrización engañosa que habían fomentado los redactores de los periódicos; abre otra vez la herida; la desinfecta y,·después de una serie de sondeos y de análisis penetrantes, la vuelve a cerrar victoriosamente. Una nueva síntesis se ofrece ante nuestros ojos: la única posible.

Con Gaboriau, el discípulo parisiense de Poe, el detective gana volumen físico, pero pierde eficacia técnica y, sobre todo, prestancia mental. Los detectives de Gaboriau se han aburguesado terriblemente. Se llaman Tabaret, o Méchinet, como los maridos desventurados en las novelas de Paul de Kock, o como los burócratas satisfechos, en las escenas de Courteline. Han abdicado del celibato. Méchinet, por ejemplo, vive con su esposa: reidora, pequeña, dorada, blanca —y regordeta también, para ajustarnos en todo a la realidad—. Es inquilino de una casa de apartamientos contigua a la calle Racine. Juega al dominó en el Café Leroy y no desdeña el ajenjo, a la hora del aperitivo y del "doble-seis". Cuando recibe instrucciones de la Policía Judicial, su mujercita lo abraza, le anuda bien la bufanda y le recomienda: "Te lo suplico, sé muy prudente". Prudente, lo es sin duda el señor Méchinet. Pero no por eso deja de ser astuto, como los demás detectives inventados por Gaboriau. Sólo que su astucia, procede más de la intuición que del puro análisis. No lo imaginaríamos, como Dupin, en el mundo de las geométricas coherencias. Él necesita su grueso abrigo, sus guantes toscos y un constante ir y venir por los sitios en que los sucesos se realizaron. Habla con los testigos; les interroga, más como juez de instrucción que como agente "de la secreta". Se equivoca a menudo; pero sabe que se equivoca. Y no pone el menor orgullo en empecinarse. Oye los consejos de su mujer, sigue a veces los de su amigo. Acierta al fin, como un robusto profesional. El artista se ha vuelto obrero. La historia "extraordinaria" a lo Poe ha cobrado músculo —ay, y tejido adiposo también—. En la corpulencia, el esqueleto algebraico desaparece. No intento con todo esto menospreciar ni a Gaboriau como novelista ni a sus detectives como técnicos. Al contrario. Lo que el genio realizo, en ocasiones, con Edgar Poe, es difícil querer mantenerlo con el talento, según ocurrió, más tarde, en el caso de Conan Doyle. Tal vez Gaboriau percibió que el relato de género policiaco, llevado a la perfección de lo abstracto por el poeta de *Annabel Lee*, tendría, en lo sucesivo, que nutrirse de lo concreto para durar. De allí las cualidades un poco espesas de sus obras más conocidas: *El asunto Lerouge, El crimen de Orcival* y *El viejecito de Batignolles*. Como sus novelas, cortadas en un paño más sólido que elegante, sus detectives han resistido honorablemente a cien años de uso. Hoy aún muchos profesionales de la policía estarían dispuestos a suscribir estas declaraciones de Tabaret: "La investigación del crimen no es sino la solución de un problema. Cuando el crimen resulta patente, hay que empezar por buscar todas las circunstancias —graves y fútiles—, todas las particularidades, todos los detalles, clasificándolos por su orden y conforme a fechas. Se conoce, así, a la víctima y al crimen. Queda por hallar la x desconocida; es decir; el culpable. La tarea es ardua; pero no tanto como se cree. Se trata de buscar a un hombre cuya culpabilidad explique todas las circunstancias y todas las particularidades anotadas. Todas, entiéndaseme bien. Si se encuentra a ese hombre, es probable que se tenga al culpable. De diez casos, en nueve, la probabilidad se hace realidad"... Al oír estas palabras sensatas se tiene la impresión de que no estamos ya en el tercer piso, donde conocimos a Dupin. Hemos descendido al entresuelo.

Y —¿quién sabe?— al sótano. Pero es un sótano confortable, con tragaluces a la avenida y hasta parece gozar de un sistema especial de calefacción. Sin embargo, frente al Quijote-Dupin, caballero de la investigación analítica, Tabaret, Méchinet y Lecocq, los tres agentes de Gaboriau, tienen algo de Sancho Panza. No lo digo por zaherirlos. En el fondo, la comparación va a llevarme mucho más lejos. No podré limitarla ya a este paralelo superficial entre los dos tipos clásicos de Cervantes. Porque, en efecto, la novela policiaca, tal como Poe la concibió, es, a su modo, un equivalente moderno de la novela de caballerías. Aquí, las doncellas que el hidalgo rescata están a menudo muertas. Pero los endriagos subsisten. Y los hechiceros. Y los malandrines. El detective ha de pasar entre ellos sin mácula y sin temor. Por desgracia, con el tiempo, la novela policiaca necesitó aterrizar, como aterrizaron un día los Amadises y Lanzarotes. Los detectives aceptaron comer y casarse y hacer ahorros. Algunos hasta admitieron que, como Sancho, sus escuderos llevasen bastimentos en las alforjas y doblones en la escarcela. Ahora bien, una novela de caballerías donde los héroes se alimentan visiblemente niega —sin excusa posible— la tradición.

En parte, quiso acomodarse a esa tradición el metódico Sherlock Holmes. Pero, entre Poe y Conan Doyle, Gaboriau se interpone continuamente. Sherlock Holmes se esfuerza por desdeñar a Dupin, aunque lo imite a menudo, como Sir Arthur imita a Poe: desde lejos, por la distancia que impone, al discípulo inteligente, el maestro absoluto y excepcional. A semejanza de Dupin, Sherlock Holmes ambiciona erigirse en matemático de la crítica policiaca. Pero, no menos que Méchinet, el inquilino de Baker Street alardea de un apetito normal, hace honor a los patos que le prepara su cocinera, y, cuando sale a perseguir sombras, desliza un *sandwich* indiscutible en la bolsa de su gabán —por si no pudiera volver a tiempo a cenar en casa—. Junto a Sherlock Holmes, el Doctor Watson resulta un Sancho Panza menos simpático y, sobre todo, mucho más crédulo que el auténtico. Y es que Conan Doyle, responsable de Sherlock Holmes, escribía para lectores muy diferentes de los lectores soñados por Edgar Poe. Su público, inevitablemente más amplio, solicitaba un mínimo de "credibilidad". Los huevos con tocino, el te y las británicas lonjas de buey asado (que menudean en las historias de Sherlock Holmes) se presentaban al escritor como los recursos de un modestísimo realismo. Eran el excipiente vulgar pero necesario, para envolver las sustancias —químicamente impuras— con las que iba a anestesiar Conan Doyle, a muy corto plazo, el sentido común de su clientela.

Sin embargo, el lector, si no es demasiado candoroso (o demasiado veloz) advierte que todos esos detalles constituyen más bien accesorios vanos: utilería impuesta por el naturalismo a los narradores. El novelista se empeña en lastrar con esos accesorios a Sherlock Holmes, para que no se le pierda en las nubes como un aeróstato. Por eso insiste en describirnos sus viejas pipas. (La pipa resulta ser, para el detective, lo que la ganzúa para el ladrón.) Y por eso pone en sus manos cierto violín —de utilidad material menos previsible—. Aunque, acaso, pipa y violín sean en efecto dos instrumentos complementarios para quien debe, por necesidad de su oficio, encerrarse pacientemente a reflexionar entre arpegios de humo y volutas de melodía.

Después de Sherlock Holmes, de nuevo, surge un francés: Arsenio Lupin. La infancia de muchos contemporáneos míos se distrajo con el relato de sus hazañas. Es un personaje menos abstracto que Sherlock Holmes y, consiguientemente, más difícil de definir. Vive sobre una línea fronteriza. Por momentos, piensa como Cyrano, aunque procede a menudo como Rocambole. Mauricio Leblanc, que lo concibió, lo caracteriza con dos palabras, inglesa una y otra francesa: "gentleman cambrioleur". Cada uno de estos vocablos no ofrece problemas de traducción. *Gentleman* equivale a caballero, porque *gentil hombre* o *hidalgo* implicarían un matiz distinto. En la entrada de ciertos sitios públicos, los carteles no indican *damas* de un lado y *gentiles hombres* del otro. Indican, sencillamente, *damas* y *caballeros*. Lo propio ocurre en inglés: *ladies* y *gentlemen*. En cuanto a *cambrioleur*, la palabra *ladrón* no da, en nuestro idioma, sino una equivalencia aproximada, genérica más que específica. Sin duda ésa es la traducción que aceptan los diccionarios. Contentémonos, pues, con ella. Pero si, aislados, los dos términos son traducibles, juntos ya no lo son. Porque "gentleman cambrioleur" constituye una alianza deliberada, algo así como una "entente" cordial. Ligan un concepto anglo-sajón (el del caballero profesional) y un concepto más parisiense aún que francés: el del ladrón de apartamientos —y de apartamientos generalmente lujosos.

Mauricio Leblanc utiliza menos frecuentemente que Conan Doyle las trampas y los recursos seudocientíficos. Lupin ha leído a Bertillon; pero sólo con un propósito: indagar qué datos deberá hacer corregir, en la ficha antropométrica que de él conserva la policía, a fin de invalidar la calidad probatoria del documento y así, en caso de arresto, eludir la identificación. Un cómplice se encargará de enmendar esos datos fundamentales. Sin embargo, a semejantes ardides técnicos, Lupin prefiere los viejos trucos de la novela por entregas: los múltiples disfraces, los corredores secretos, las cajas fuertes que se abren cuando el ratero sabe aplicar cierto naipe bien perforado —el siete de corazones— sobre los bordes, aparentemente insignificantes, de un relieve decorativo...

Mucho se ha escrito acerca de la novela de detectives como supuesta heredera del género picaresco. Frank Waldleigh Chandler publicó en 1907 una obra consagrada a examinar a la vez (con abundancia de erudición) en qué se asemejan y en qué difieren estos dos tipos de relato. Creo haber señalado ya, por mi parte, otro término de comparación: el libro de caballerías. Sería interesante determinar en qué grado (cuando se gozan más de la cuenta con describirnos los "medios" físicos y sociales donde medran sus personajes) los escritores policiacos se aproximan a la técnica picaresca —aunque entonces se alejen precisamente, y sin darse cuenta, de su propia y auténtica dirección—. Lo contrario no es menos cierto. Cuanto menos prolijas y coloridas son en un cuento de detectives las descripciones (esto es: cuanto más abstracto se antoja el juego que propone el autor a nuestra paciencia) más distante del ámbito picaresco nos parece el género policiaco. En cambio, por deshumanizada, más coincide en esos momentos la historia de detectives con los métodos arbitrarios que condenaba Cervantes al referirse a las aventuras de *Florismarte de Hircania* o de *Palmerín de Oliva*.

Todo idealismo esquematiza. Así, en último extremo, la narración picaresca suele acabar en el "esperpento" de un Valle-Inclán. Y también, en postrer instancia, la mejor novela policiaca podría terminar en una ecuación. Pero, mientras no lleguemos a tales exageraciones, el relato picaresco estará impregnado de realidad, en tanto que el policiaco habrá de manifestarse, a la postre, como una evasión singular de la realidad. Empleo aquí el adjetivo con la mayor intención posible. Efectivamente, la evasión a que nos incitan los novelistas, en colaboración con sus detectives y sus bandidos, no es una fuga evidente y fácil. Es, al contrario, una fuga oscura y bastante incómoda. Suprime la realidad merced a una acumulación, más o menos inteligente, de "realidades" convencionales. Tan convencionales así que, combinadas unas con otras, tienen por fuerza que resolver —si el relato es bueno— un problema de geometría moral exclusivamente: el enigma de la novela. En los demás géneros novelescos (y, sobre todo, en la vida misma) la realidad se caracteriza porque los hechos pueden dar, siempre, otras soluciones. Si subo a éste o a aquel tranvía, nadie me certifica que llegaré necesariamente a la terminal. Acaso llegue hasta ella; pero es mucho más probable que descienda yo del vehículo en la calle donde reside el pariente a quien voy a ver y, por otra parte, no es imposible que la idea de una visita no realizada en el centro de la ciudad o el simple encuentro con un amigo me hagan, durante el viaje, cambiar de rumbo. En el minuto en que Sorel conoce a Matilde, Stendhal es dueño todavía de que los dos jóvenes se enamoren. Pero podrían no enamorarse y *Rojo y negro* no sería por ello menos apasionante. En la vida —y en la novela no policiaca— los seres somos proyectos, más predestinados sin duda en el libro que en la existencia —aunque, sin embargo, nunca tan prisioneros de la fatalidad como los héroes de una historia de detectives—. En este punto, han acertado todos los críticos, porque todos saben que la novela policiaca está hecha al revés. En las otras —como en la vida— los individuos son ingredientes de una mixtura que no sabemos nunca, *a priori*, cómo resultará. En los relatos policiacos, lo primero que conocemos, al contrario, es el resultado. Y todo el atractivo del libro consiste en analizar uno a uno los ingredientes, hasta dar con el responsable...

DISCURSOS

EL DESCUBRIMIENTO DEL
NUEVO MUNDO *

LOS ANTIGUOS, que atribuían a los poetas el don misterioso del vaticinio, hubieran podido extender semejante aptitud a los pensadores. Cabe insinuar lo anterior al rememorar que, en los umbrales mismos de nuestra era, un escritor como Séneca deslizó, en su Medea, estos párrafos augurales: "Años vendrán en los que, tras de siglos de espera, el océano nos entregará su secreto. Entonces, el argonauta descubrirá nuevos orbes y se verá que la isla de Tule no es en verdad la región más lejana y última de la tierra..."

En efecto, tales años llegaron. Y así fue cómo —el 12 de octubre de 1492— los compañeros del argonauta que Séneca preveía, descubrieron un nuevo mundo. Esa fecha, de trascendencia sin precedente, es la que hoy América conmemora.

Todo nacimiento conmueve. El de un ser, el de un pueblo, el de una nación. Pero, ¿qué palabras darán idea de este fenómeno portentoso: el nacimiento de un Continente?...

Como si, por intenso, el orgullo de ofrecer a la humanidad una Atlántida recobrada, hubiera tenido que ser negado incluso a la mente genial del descubridor, Cristóbal Colón ignoró hasta su muerte la magnitud verdadera de su proeza. Fruto de la más fecunda sorpresa científica de la historia, América fue para él una avanzada desconcertante de aquel Oriente, pródigo en oro, que su esperanza buscaba —a través del Atlántico— por el camino que ilustraron sus carabelas. Las Molucas, Cipango, Catay, ésas eran las tierras que imaginaba la fantasía del Almirante. Tierras de leyenda, frente a las cuales sus naves hubieron de tropezar con la promesa de un hemisferio desconocido.

De improviso, todas las nociones occidentales cambiaron de alcance y de dirección. A la idea del hombre clásico vino a oponerse, de pronto, una idea más amplia: la del hombre ecuménico, planetario, que no podía ya quedar circunscrito a las reglas de la cultura mediterránea. Esta súbita ampliación de la tierra acentuó el poder del Renacimiento, hizo más complejo el significado de la Reforma y fue indispensable para llegar al concepto de la civilización como fórmula universal.

Durante siglos, una tarea no siempre fácil iba a imponerse a los europeos: sentir a América, entender a América, poblar a América. Durante siglos, el procedimiento elegido para tales finalidades fue la conquista y su aprovechamiento económico, el coloniaje.

* Celebración de la Fiesta de la Raza. México, D. F., 12 de octubre de 1941.

América, sin embargo, aunque utilizada ya por el mundo, no se atrevía a cobrar conciencia completa y clara de su valer. Despojada de sus métodos de trabajo, privada de su estructura —primitiva, sin duda, pero genuina— tuvo que atravesar, por espacio de tres centurias, un variado sistema de adaptaciones. Descubierta por los demás, le faltaba una prueba inmensa: la de descubrirse a sí misma. Esta obra, iniciada a partir de la Independencia, nos interesa ahora directamente.

Hay que reconocer, en efecto, que América no es tan sólo una gran realidad geográfica de territorios extensos y relativamente poco poblados. Es, asimismo, un compromiso perpetuo de dicha y de entendimiento. Durante años, el "viaje a América" significó para las mentes occidentales cierta posibilidad inmanente de fortuna y de redención. Nacido de la aventura, nuestro hemisferio parecía predestinado a ser una eterna promesa, un refugio eterno y un manantial patético de esperanza. Bajo su cielo, el hombre tenía que sentirse indefectiblemente llamado a poner, por encima de todo, su fe en el hombre. Así, en México, el primer grito de libertad vino a enlazarse entrañablemente con un clamor esencial de igualdad y fraternidad. La abolición de la esclavitud, decretada por Hidalgo el 19 de octubre de 1810, fue expresión de ese ánimo generoso que dio a la independencia de América su alcance auténtico y que, años más tarde, marcó, en estas palabras de los principios constitucionales de Apatzingán, una línea de conducta que, en materia internacional, no ha perdido valor ni significado: "Ninguna nación tiene derecho para impedir a otra el uso libre de su soberanía. El título de conquista no puede legitimar los actos de la fuerza."

La inspiración libertadora parece fluir espontáneamente del clima mismo de este Hemisferio y es tan clara y tan perceptible que, por ejemplo, apenas el español Mina, el Mozo, pisa nuestras tierras, cuando declara que "la patria no está circunscrita al lugar en que hemos nacido; sino, más propiamente, al que pone a cubierto nuestros derechos".

Exclamación que revela —desde un principio— el sentido de la vida política americana. Tan pronto como surgieron a la responsabilidad internacional, nuestros pueblos comprendieron que la felicidad de cada uno de ellos dependería, en primer lugar, de la armonía y del equilibrio de todos juntos. Mexicano o peruano, argentino o chileno, uruguayo o venezolano, cada quien era, naturalmente, ciudadano de su República, pero se sentía al mismo tiempo ciudadano de América. Y es que, a través de las diferencias circunstanciales que no afectan lo íntimo de su ser, nuestros países saben perfectamente que la causa de América forma un todo, que es preciso cuidar colectivamente y cuya seguridad no podría garantizarse en la desunión.

De ahí que, en las épocas de inquietud, esa conciencia común

918

adquiera eficacia característica. En los años de general bienestar, la corriente de la amistad panamericana circula calladamente, invisiblemente, como la sangre en un cuerpo sano. Sólo en las horas de prueba se advierte, en cambio, que la menor interrupción de ese ritmo podría ser fatal, incluso para los miembros más vigorosos del organismo que América constituye.

Nuestra juventud representa nuestro máximo privilegio. Por obra de esa juventud, carecemos acaso de los reflejos técnicos defensivos en que se escudan otros países. Pero, merced también a esa juventud, ocurre que poseamos, en altísimo grado, la flexibilidad y la frescura de los instintos, la fe en el futuro y el sentido leal de la cohesión.

Tales condiciones robustecen la confianza en nuestros destinos y nos incitan a persistir en la senda que nos conduce, cada vez más seguramente, a la comunión de nuestros ideales y a la coordinación de nuestros hechos. Por eso creemos que la mejor manera de festejar la hazaña que hoy celebramos es continuarla a cada momento en nuestras conciencias, pues nuestro mundo es tan amplio y sus posibilidades tan eminentes que la mayor parte de su existencia queda por construir.

América está en nosotros: esencial, promisora, intacta. Esforcémonos diariamente por encontrarla y por definirla. Para obra de semejante importancia ninguna contribución es superflua, nadie es pequeño, y cada jornada del año puede significar lo que ésta: la consagración de un descubrimiento.

MISIÓN DE LOS ESCRITORES *

CELEBRAMOS hoy el 21º aniversario de la fundación del Pen Club Internacional. Ante la amable invitación que se me hizo para dirigiros la palabra con tal motivo, reflexioné que no sería, acaso, ni ocioso ni impertinente el considerar aquí, con vosotros, ciertas preguntas que cada instante propone ahora a nuestras conciencias. ¿Qué somos, como escritores? Y, durante los tiempos de guerra, ¿en qué consiste nuestra misión?

Nada más vehemente que el propósito de expresarse. Nace el ser y, en seguida, un mundo incógnito lo circunda. Todo se opone, de hecho, a su voluntad de definición. Le resisten las cosas, con su presencia; le resisten las almas, indescifrables, y, más que todo, le resiste su propio cuerpo, que no lo hospeda sino en la proporción en que lo aprisiona; máquina que gobiernan las leyes de los instintos, los reflejos de la defensa, las necesidades del hambre, el horror de la muerte y los espasmos rápidos del placer. No obstante, pronto se afirma la convicción de que todo ese mundo exterior, macizo e impenetrable, se nutre de la voluntad de quien lo contempla.

Con sólo cerrar los ojos, con sólo abrirlos, el niño más indefenso aniquila un paisaje, niega una aurora o, al contrario, aceptándolos, los devuelve a la realidad imperiosa de lo creado. Un gigantesco poder de conformación yace en el ánimo más humilde, pues nada existe en sí mismo, efectivamente, sino por relación al espectador. Estrellas, árboles y silencios, campos y mares, crepúsculos y países, todo vive en nosotros, para nosotros, y el único testimonio de su existencia depende de nuestro ser.

Durante años, todo niño es poeta porque posee el don de inventar el mundo, jugando con las distancias y con los tiempos, transformando una alcoba en isla, una alfombra en césped, un escabel en caballo, una estatua en dios. Hay que reconocer que esta forma de poesía se adapta difícilmente a las necesidades convencionales de la colectividad en que el hombre se desarrolla. La escuela no tarda en domesticar todas las fuerzas alucinantes del párvulo. Por obra de la enseñanza, suele perderse el sentido mágico del idioma. La actividad, orientada hacia fines prácticos, adquiere un carácter interesado. Lo que era necesidad en la infancia se vuelve lujo en la edad adulta, y la palabra —que en la niñez fue conjuro— se despoja de sus derechos de invocación. En realidad, ciertas mentes no se resignan al pragmatismo moral de este aprendizaje. Para ellas, el placer de expresarse sobrevive

---

* Celebración del 21 aniversario de la fundación del PEN Club Internacional. México, D. F., 1 de diciembre de 1942.

a la utilidad de comunicarse. Así empiezan, materialmente, la grandeza y la servidumbre del escritor.

El problema de la expresión literaria es el más complicado de los problemas espirituales. ¿Qué es lo que mueve a un ser a dedicar lo íntimo de su vida a una actividad que consiste, exclusivamente, en dar forma concreta a sus sensaciones? ¿Por qué razón, en lugar de vivir —como el hombre de acción— o de verse vivir —como el místico— o de averiguar los motivos de por qué vive —como el psicólogo—, el artista no considera que vive sino cuando logra inmovilizar, en una fórmula plástica, los momentos fundamentales de su contemplación?

Todos —hasta el poeta, en las horas no positivas de su existencia— somos sujeto y objeto a la vez: voluntad que anhela, ansiedad que sufre, ambición que marcha, memoria que fluye, puente vibrante entre lo pasado y lo porvenir. Pero lo que caracteriza al problema de la expresión es que el ser que se expresa no tiene historia. Sujeto puro, su actividad abandona todo contacto con los azares circunstanciales de la experiencia y, en el colmo ya de lo personal, se impersonaliza y se entrega entero al objeto exterior en que se recrea.

Para el artista, no existe sino el presente. De ahí la perennidad de sus creaciones, concebidas fuera del tiempo, en un mundo abstracto, que es, por eso mismo, la revelación más concreta de lo real. Una pera de Cézanne y una Virgen de Rafael están hechas de células inmutables. Nada las envejece. Y lo mismo ocurre, en poesía, con las mujeres de Shakespeare, con los reyes de Homero y con los personajes de Pérez Galdós o de Jean Racine. Ahí están, sepultados en las páginas de los libros, aparentemente momificados, aunque siempre dispuestos a reproducir frente a nuestros ojos los mismos gestos, las mismas frases. Como esas semillas que los arqueólogos hallan en los sarcófagos faraónicos y que, a pesar de los siglos, vuelven a germinar en la tierra en que se las siembra, así también las pasiones que el genio deposita en el interior de sus claros protagonistas, al menor contacto con el lector, recobran toda su fuerza y, con patético automatismo, repiten ante nosotros su eterno drama. La paradoja del arte descansa, inquietamente, en este cruce de lo individual con lo general. En tanto que el filósofo y el hombre de ciencia buscan al hombre en sí, en lo que tiene de más genérico —y, a menudo, no encuentran sino fragmentos perecederos de humanidad—, el artista, que no persigue sino casos únicos y exclusivos, da de repente con la cantera misma del Universo. Al apresar el instante, toca lo eterno.

A la luz de estas consideraciones cabe preguntarse: ¿Cuál es el papel del escritor en la sociedad? Hasta ahora, hemos hablado de su grandeza. Empecemos a describirle en su servidumbre. Ante todo, procede una observación. Nada perjudica tanto al poeta como el deseo de agradar a un público conocido. Su verdadera manera de servir a la sociedad no consiste en lisonjearla —ni en zaherirla—, sino en procurar, por todos los medios posibles, ser siempre él mismo. Y esto, precisamente, es lo más difícil. Tan pronto como un escritor adquiere aunque sea un asomo de vaga notoriedad, todo se confabula para arrancarle a la vía auténtica en que trabaja.

Considerando los riesgos de estas incitaciones, hay todavía quien suponga que la más cómoda posición es la del orgullo. Pero aquí también nos aproximamos a un error indudable: el del aislamiento. Si el artista se perfecciona en la soledad, el hombre, en cambio, no tiene derecho a prescindir de la colaboración con las masas que representa. Por grandes méritos que posea, el artista debe comenzar por ser hombre, profundamente. Cuanto más humano sea el escritor, cuanto más se mezcle a las aventuras de la existencia, más probabilidades tendrá de allegar el caudal de sensaciones y pensamientos que su obra requiere para durar. Un Goethe que no hubiese vivido en la Corte de Weimar, un Cervantes que no hubiese peleado en Lepanto, un Quevedo que no hubiese aceptado el amparo del duque de Osuna y un Dostoyevski que no hubiese sufrido ni la epilepsia ni el cautiverio, no serían el Goethe, el Cervantes, el Quevedo y el Dostoyevski que hoy admiramos.

Ninguna escuela supera a la de la vida. En ella se tiempla no solamente la espada del héroe, sino también el espíritu del artista. El poeta, el pintor, el músico mismo, deben hundirse lo más que puedan en las aguas no siempre amenas de la existencia; pero, en las horas de la máxima angustia, su símbolo habrá de ser el de Camoens, quien, según cuentan sus biógrafos, se salvó del naufragio en la desembocadura del río Mekong nadando con un solo brazo, mientras que, con el otro, sobre las olas coléricas, llevaba en alto, como un mensaje, el manuscrito de *Los Lusiadas*.

La grandeza del arte descansa en una aptitud singular para convertir cada error vencido en un nuevo y firme peldaño de la escalera que nos conduce hasta el bien y la libertad. Acaso en este carácter de la obra artística resida la verdadera alianza entre la filosofía de la moral y la filosofía de la belleza. Todo éxito supone, indirectamente, un éxito ético. Y no porque sea necesariamente mejor, desde el punto de vista artístico, el libro que educa o el poema que guía, sino porque la máquina misma de las pasiones, movida por el deseo de lo bello, produce júbilo, paz y serenidad.

Hubo una época en la que el hombre comprendió plenamente esta capacidad de depuración de la poesía. El milagro ocurrió en Atenas, varios siglos antes de Jesucristo. Un sol mágico alumbra aún, en estos momentos, como el frontispicio de un templo dórico, el recuerdo de aquella hora en la cual el hombre, lejos de avergonzarse de serlo, hizo de sí mismo la medida del mundo y el común denominador de la creación. En ninguna edad ha sido tan evidente la comunicación entre el poeta y el ciudadano. Aunque, asimismo, en ninguna ha habido noción más clara de la frontera que entre uno y otro debe imponer el sentido crítico del artista.

Sólo viviendo íntegramente su propia vida, en Salamina como soldado y como consejero áulico en Siracusa, Esquilo y Platón se hicieron dignos de escribir la Orestíada o de dialogar con Sócrates entre los olivares que pueblan las orillas melódicas del Cefiso. Pero, al mismo tiempo, sólo olvidando que aleccionaron en vano a Dionisio el joven o que combatieron sin miedo contra los persas, esos ilustres varones pudieron dar a sus obras aquel tono eterno e impersonal que buscamos inútilmente en otros autores y merced al cual podrían sus escritores sobrevivir incluso a la desaparición total de sus biografías.

Pasear, disertar, discutir, tolerar a Jantipa y sentarse al banquete con Alcibíades, fueron funciones que Sócrates realizó como ejercicios morales de un alma limpia, tensa, elástica, insobornable. Vivir, en suma, representó para los helenos una gimnasia magnífica del espíritu, que deberíamos imitar invariablemente, pues enrarece tanto el ambiente del arte como el desprecio o el odio de la existencia.

Y una de las formas más nobles de la existencia del escritor es la lucha por el derecho y la libertad. En una edad en que la barbarie mecánica de las dictaduras intenta arrasar no sólo a los pueblos independientes, sino a los altos conceptos de justicia, de honor y de humana fraternidad, el intelectual no puede encerrarse dentro del frío egoísmo del *dilettante*. Todo lo obliga a actuar con valor y con decisión.

Evoco un cuadro célebre en los anales del romanticismo: *La balsa de la "Medusa"*. La Medusa fue una fragata que encalló el 2 de julio de 1816. Ciento cuarenta y nueve pasajeros construyeron una gran balsa con las maderas del barco inútil y, por espacio de doce días, se empeñaron en luchar contra la tormenta. Al término de aquel lapso, ciento treinta y cuatro náufragos habían perecido. Los quince restantes lograron ser rescatados tras de múltiples incidentes.

Como tema de esa pintura, eligió Géricault el minuto en que los últimos tripulantes vislumbran la orilla del salvamento. Entre los mástiles rotos y las velas desgarradas, sobre los cadáveres que no se han resuelto a arrojar al mar, los supervivientes se tienden ansiosamente hacia el punto del horizonte en que adivinan la posibilidad de una nueva vida. Dos figuras sobresalen: la de un adolescente de pie que hace con un trozo de tela blanca señales desesperadas en el vacío y la de un hombre sentado, de espaldas a esa promesa. Su brazo izquierdo retiene el cuerpo de un joven muerto. Y, en su mirada, se ahonda la luz de una estoica meditación.

Pienso que nuestra civilización se halla, ahora, como la balsa de la Medusa. Un mar encrespado la envuelve. Un cielo tenebroso la cubre. Muchos son los viajeros que no han podido resistir a las tempestades atravesadas. Sin embargo, la ilusión de llegar continúa enhiesta. Y, en cada uno de nosotros, hay un hombre que reflexiona y otro que espera. Uno, que agita al aire la banderola de sus ensueños. Y otro que busca, en la estela sangrienta, la explicación del pasado y, acaso, el consejo del porvenir.

Aisladamente, uno y otro resultarían truncos, incomprensibles. El que espera, espera con un deseo próximo al frenesí. Y el que reflexiona se opone inconscientemente a la realidad. Pero, juntos, ¡qué significación elocuente tienen sus actitudes! Y ¡cómo nos enseñan que, en los desastres, el equilibrio del alma consiste en una mezcla sensata de pensamiento y de inspiración!

En nuestro tiempo, ambas categorías son necesarias e indispensables. El mundo está en crisis. Un desquiciamiento total siembra la duda y el desencanto hasta en los más intrépidos corazones. No obstante, una voz nos dice que, más pronto o más tarde, volveremos a pisar esa tierra firme en la que edificaremos una nueva época, de justicia, de paz y de dignidad.

ASPIRACIONES Y META DE LA
EDUCACIÓN MEXICANA *

AGRADEZCO al Señor Presidente de la República el deseo que me expresó de que mi primer acto como Secretario de Educación fuese el de concurrir en su compañía a la inauguración de vuestro Congreso. Ello implica una prueba de fe en lo que se propone emprender la Dependencia que ha sido puesta a mi cargo; pero, más aún, en lo que unos y otros conseguiremos si trabajamos unidos estrechamente, bajo el auspicio de los valores espirituales de solidaridad, de conciliación y de patriotismo que deben servirnos de guías en nuestra cruzada de educación.

De esa cruzada vosotros sois los soldados intrépidos y constantes. Nada, por tanto, podía parecerme más adecuado que aprovechar esta oportunidad para indicaros cuáles serán las bases de nuestro programa y cuáles los cauces de la colaboración que habremos de solicitar de vuestra honradez.

A la postre, México valdrá lo que valgan los hombres y las mujeres que en él habitan. Y el valor de las mujeres y de los hombres está en función de su integridad, de su aptitud para el bien y de su concepción social de sus derechos y obligaciones. En suma: de la espontánea subordinación de sus intereses particulares a los intereses de la comunidad.

Todas estas virtudes no se improvisan. Los talleres en que se forja el alma de un pueblo son los hogares y las escuelas. Y, cuando una parte de esos talleres se halla a merced de las tempestades políticas, el equilibrio se altera y los apetitos parciales se sacian a costa del progreso de la nación.

Para que la obra del magisterio redunde en el beneficio que de ella esperamos, hay que apartarla no de las altas aspiraciones de la política —sin las cuales se establecería un contraste absurdo entre el maestro y el ciudadano—, sino de esas apetencias mezquinas, de núcleos o de personas, en las que tantos caudales humanos se han agotado.

Si hemos de hacer de la educación un baluarte inexpugnable del espíritu de México, habremos de comenzar por eliminar toda agitación malsana de sus recintos. Los derechos que habéis logrado son garantías que ninguna autoridad comprensiva intentará desarticular jamás. Lo que importa es que esas garantías no se conviertan ni en un escudo para la inercia, ni en una protección para el ocio ni en trampolines de asalto para eventuales

* Sesión inaugural del Congreso de Unificación Magisterial. México, D. F., 24 de diciembre de 1943.

demoledores. El evitar esos riesgos os interesa tanto como al Gobierno. ¿Cómo, en efecto, podría explicarse que os congregarais para desmentir en común lo que, aisladamente, es materia vital de vuestros preceptos, orgullo de vuestro oficio y lema de vuestras cátedras: la disciplina, el celo patriótico y el respeto sincero del ideal?

Estamos viviendo horas de insólita gravedad. El mundo se encuentra en guerra. Y ninguno podría, hoy, prescindir con honor de las inquietudes que infunde un conflicto tan gigantesco, en el que no son nada más las tropas las que combaten, sino los pueblos y las ideas, las artes, las ciencias y las doctrinas: todas las manifestaciones de la materia y todos los instrumentos del espíritu. Ante esta movilización de conceptos que nos habíamos acostumbrado a juzgar como insobornables; ante esta esclavitud de las técnicas y ante esta imagen de una cultura que —tras de organizar a sangre fría la destrucción— acampa a la orilla de las trincheras, desliza folletos de propaganda en las mochilas de los soldados e inunda el aire con difusiones de cólera y de mentira, es natural que los seres se sientan sobrecogidos por el temor de que, en tan formidable contienda y aunque venzan los adalides de la justicia, salga maltrecha y herida la civilización de la humanidad.

Con razón México se interesa por evitar que prospere sobre la tierra el sistema inicuo que ha cometido tantos delitos. Y con razón los maestros de México procuran unirse más firmemente para defender a la Democracia en lo que tiene de más genuino.

En su último Informe al Congreso, nuestro Primer Magistrado emitió estas palabras confortadoras: "Aspiramos a una enseñanza integral que fomente sin distinción las cualidades que hay en el hombre y no haga de él un esquema trunco, en que la especialización se concrete a reglas mecánicas y automáticas. Que el obrero, el agricultor, el artesano, el artista, el profesionista y el sabio mismo amen su oficio, su arte, su ciencia y su profesión, pero como fragmentos de un todo: el de la comunidad en que colaboran".

"Democrática y mexicana por inspiración, nuestra escuela habrá de ser hondamente social en su actividad. Lejos de nosotros la pretensión de los dictadores que se apoderan del educando como pieza anónima y obediente del sistema despótico que gobiernan. Sin embargo, tampoco estimamos que el papel de la escuela haya de ser en México el de un mero almacén de datos e informaciones. Lo que se sabe vale más por la forma como se sabe y por la finalidad ulterior a que se destina. Por eso, más importante que acumular materiales resulta indudablemente formar criterios."

¿Cómo podrían estos plausibles propósitos no animar a nuestro país? Incorporado a la vida internacional por el descubrimiento de América, México está vinculado a los momentos más luminosos de toda la historia moderna: a la expansión de la sabiduría de Occidente, producida a partir de Colón y de Magallanes; a la aparición de ese nuevo modo de comprender la existencia política del que fueron magníficos testimonios la Revolución Francesa y la declaración de los derechos del hombre y, ahora, al apasionado y viril fervor con que pelean los pueblos libres para derrotar a las fuerzas de la barbarie.

Si agregamos a estas circunstancias universales las que derivan de la evolución de nuestros aborígenes y si añadimos al pensamiento europeo, trasmitido por los colonizadores, el patrimonio de los pobladores indígenas —cuya sangre fluye en las venas de millones de mexicanos— percibiremos lo que significa nuestra República: una síntesis generosa de anhelos y privaciones, de sufrimientos y de alegrías, de realidades y de ideales.

Todos esos ideales y esos anhelos se oponen irremisiblemente a la dictadura de la violencia. No es sólo nuestro Gobierno, es el alma de nuestro pueblo la que proclama la urgencia de suscitar una educación encaminada hacia el bien y hacia la justicia. Es el alma de nuestro pueblo la que nos manda. Y es ella, asimismo, la que deberá presidir vuestras discusiones.

¿Cuáles serán los principios de vuestra unificación? Corresponde a vosotros el precisarlos. Pero es un deber para mí el referirme a los fines que la Secretaría de Educación Pública tendrá que marcar a vuestras tareas. Permitidme, por consiguiente, plantear el problema en sus perspectivas más generales.

Para determinar lo que ambicionamos, conviene ponernos de acuerdo acerca de lo que fuimos y lo que somos. En resumen, nuestra civilización nos ofrece el fruto de dos culturas: la de Europa y la de las colectividades precolombinas. Si la contribución de las masas indígenas —que México tiene a orgullo— es, sobre todo, ostensible en esos factores imponderables que emanan de la sensibilidad y el temperamento; si su influencia se enlaza a nuestro carácter como se adhiere al fuste de las columnas levantadas por los arquitectos de la Colonia la hiedra de los motivos ornamentales, en que el observador reconoce la mano del operario nativo, sensual y cauta; si su lágrima secular es la que irisa de pronto la emoción de nuestra poesía y de nuestra música, ¿cómo, en cambio, negar que las líneas cimeras de nuestras actuales instituciones, nuestra conciencia histórica, la unidad de nuestro lenguaje, el trazo de nuestras reglas jurídicas y la concepción de nuestra responsabilidad internacional hacen de la cultura de nuestra Patria una prolongación matizada, pero inequívoca, de la cultura espléndida de Occidente?

Ahora bien, los dos focos de esa cultura son el criterio claro y concreto de las humanidades greco-latinas y la filosofía piadosa del cristianismo. El primero ha inspirado nuestra inteligencia.

927

La segunda impregna nuestra moral. Uno y otra se hallan presentes en nuestra vida. Y contra ambos está enderezada la máquina destructora del pensamiento totalitario.

Esto nos marca una norma estricta: la de perfeccionar nuestra educación sin traicionar nuestras tradiciones, pero sin promover obstáculos insalvables a la renovación incesante del porvenir. Tendremos que rechazar los procedimientos que modelaban al individuo sin tomar en cuenta a la sociedad, para el solo provecho efectivo de una casta, de un régimen o de un credo, y habremos igualmente de repudiar la crueldad de los dogmas nazifascistas.

De ahí que la educación del carácter nos parezca el precedente y el corolario de toda buena instrucción. En esta materia, la familia debe ser una colaboradora importante de los gobiernos. Mas si el Estado no ha de cegar las fuentes que la enseñanza de la familia le proporciona, tampoco puede olvidar sus primordiales obligaciones de vigilante y de orientador. Una enseñanza que no desenvuelve en los seres el sentido nacional y social, los entrega —por abdicación o por impericia— a todas las amenazas, ya que la superficie más accesible a la corrosión de las propagandas desquiciadoras se halla frecuentemente en la conciencia dúctil de la niñez.

La libertad de creencias es un principio indispensable y vital de la democracia. Precisamente porque así lo apreciamos, pondremos nuestro mayor empeño en acatarlo cumplidamente y consagraremos toda nuestra energía a velar porque los intereses organizados por las creencias no traten de minar esa libertad, que las leyes les aseguran, intentando luchar unas contra otras en nuestro seno e introduciendo subterráneamente en la estructura educativa de México esos gérmenes de discordia y de sectarismo que motivaron en el pasado tantos conflictos, tantos errores y tantos lutos.

Conservaremos intacta la ejecutoria de la Revolución Mexicana. La doctrina social que sustenta nuestra Constitución es una respuesta a los sufrimientos que México padecía durante esos períodos de su historia en los que, bajo el disfraz de un individualismo más aparente que verdadero, se intentó frustrar muchos de los propósitos colectivos esenciales para la libertad y la vida de la República: lapsos oscuros durante los cuales la inacción de las autoridades fue aprovechada no tanto con el objeto de liberar a los educandos del control de los órganos del Gobierno, cuanto para someterlos de hecho a influencias menos visibles, muchas veces extrañas y que podían estar en oposición con las causas legítimas del Estado.

Sin pasividades ni intolerancias, la educación ha de concebir algo más decisivo y fecundo que una somera tarea de ilustración o una simple habilitación de emergencia para ciertos oficios y profesiones. Sabemos cuántos dramas humanos tienen su origen en la contraposición del carácter de un pueblo y las formas externas de su cultura. Y sentimos que sería un error lamentable empeñarse en ceñir arbitrariamente el primero a las consecuencias de las segundas, pues tenemos la certidumbre de que las únicas culturas activas son las auténticas. Es decir: las que brotan, sin deformaciones artificiales, de las raíces de la comunidad.

Reconociéndolo así, proclamamos que en nuestro país la educación ha de tratar de enseñarnos principalmente a valorar nuestra propia alma, a estimar la eficacia de sus virtudes y a reconocer el lastre de sus defectos, asimilando las calidades aprovechables, coordinando las diferencias irreductibles, civilizando, en una palabra, a los grupos que el aislamiento y el abandono han dejado a la zaga del progreso de las ciudades; dando a los centros urbanos interés por las poblaciones del interior; inculcando en unos y en otras el amor de lo autóctono, de lo nuestro y al mismo tiempo despertando en todos una vocación multiforme: la de la vida.

Sólo en un pueblo consciente del abismo que media entre la ciencia de vivir y la paciencia de vegetar, podrán florecer con vigor las manifestaciones más altas de la cultura. Nadie empieza una construcción por los adornos del frontispicio, sino por la obra de los cimientos. Por eso hemos de cuidar de no invertir los términos del problema, de no preferir a lo sólido lo brillante y de no incurrir en esos sistemas de domesticación y de amaestramiento que las minorías imponen de arriba abajo, ya que en todas las ocasiones en que el hombre ha logrado aquilatar su destino con lucidez, ha procedido de abajo arriba, subiendo de la multitud a la selección y haciendo de ésta un símbolo y un resumen.

Lo más entrañable de nuestra empresa radicará en incitar a vivir a la gran mayoría de nuestros compatriotas; porque la sabiduría de vivir no estriba en soportar la vida y en resignarse a llevarla como una carga. Y eso —con mayor o menor estoicismo— es lo que casi siempre hacemos los mexicanos.

Pero no se enseña a apreciar la vida con meras prédicas generales desprovistas de un sentido leal de la realidad. Cuando un maestro se acerca a los miembros de una colectividad despojada y olvidada desde hace siglos por la cultura, lo que éstos necesitan no es un discurso, sino una serie de reglas útiles y sencillas, algunas fórmulas —fáciles de aprender y de retener— para mejorar la técnica en lo que hacen, determinados consejos de salud física y de limpieza moral y, más que nada, calor sincero de simpatía, emoción de fraternidad humana, afecto, estímulo, estimación.

Una existencia pura es la mejor garantía de una enseñanza eficaz. En ocasiones, la bondad del espíritu y la nobleza del corazón valen tanto como un diploma. Os invito, pues, a que no admitáis en vuestro seno sino a maestros de conducta irreprochable y a que colaboréis con la Secretaría de Educación para preparar a las nuevas generaciones de profesores. Por nuestra parte, uno de nuestros mayores afanes consistirá en favorecer la creación de centros de capacitación para el magisterio: institutos normales en cuyos planes de estudio el pedantismo no asfixie a la realidad, las tendencias empíricas no inciten a desdeñar la amplitud del conocimiento humano y el deseo de esa amplitud no induzca tampoco a una imitación servil del pasado o de lo extranjero.

Estoy seguro de que, entre la compañía de un improvisado, que sólo debe su nombramiento a un azar político, y la de un colega salido de un buen plantel, ningún verdadero maestro se sentirá dispuesto a dudar. Todo profesor que aconseja el bien pero acepta el mal y lo practica por comodidad o por cobardía, no es un maestro. ¿De qué serviría instruir a nuestros alumnos si lo que van a leer al salir de la escuela es la constancia entristecedora de nuestras insuficiencias y nuestros vicios? Ante interrogación tan punzante vienen a mi memoria las palabras de Calibán en *La tempestad* de Shakespeare: "Me habéis enseñado a hablar y he aquí lo que ello me ha reportado: sé maldecir..."

Y es que, mientras la Secretaría de Educación no sea un órgano efectivo de definición para la moral pública, llamarla de Educación constituirá a lo sumo un alarde retórico intrascendente.

La civilización suele llevar en sí misma a sus adversarios: el utilitarismo, la especialización exagerada y la creciente desproporción entre la capacidad del talento y el dominio de la virtud. A este respecto, citaré aquí las frases de un distinguido parlamentario noruego: "Si la educación democrática no inyecta en los jóvenes una convicción más honda y apasionada de los valores eternos de la vida que la instilada en la juventud totalitaria, las democracias no sobrevivirán, aun cuando ganen la guerra. Si la educación democrática no puede producir valientes soldados de la paz, creadores de la nueva libertad, hombres que se sacrifiquen gustosamente, jamás lograremos una paz duradera."

Éste, señores, es el aspecto profundo de la cuestión. El ideal de la democracia y la vida de América están tan inextricablemente ligados que ser, para nosotros, es aspirar a ser íntegramente demócratas. Tanto es así que las vejaciones con que las tiranías personales han vulnerado a la democracia no han obtenido sino detener transitoriamente su evolución, originando conflictos en que la sangre de las masas, al derramarse, ha vuelto a sellar ese augusto pacto de alianza que América, en el amanecer de su independencia, firmó con la libertad.

Para que los nuevos mexicanos tengan fe en la educación que les sea impartida, de nada servirá el perfeccionamiento de nuestros métodos, si ese perfeccionamiento no se conjuga con la depuración de nuestra política y con el respeto de nuestras instituciones. Para nuestra cultura, uno de los riesgos más graves puede surgir de que —llevados de la superstición verbalista que singulariza a las colectividades en trance de integración— consideremos que la democracia es una fórmula de repercusión automática, un conjunto mágico, y que basta invocarla en teoría para que opere, pues mientras nuestros actos no se ajusten a nuestros postulados, los niños y los adolescentes de nuestra Patria no entregarán a la educación sino un alma escéptica y angustiada.

Intencionalmente me he referido hasta estos momentos a un solo aspecto de nuestro problema educativo: el de la enseñanza primaria, con sus consecuencias directas en la incorporación de las masas adultas, rurales y urbanas. Juzgo, en efecto, que ese aspecto de nuestra actividad es el que tiene ahora máxima urgencia; pero el hecho de concederle el primer lugar en nuestra atención no nos autorizará a descuidar las posibilidades de la enseñanza técnica ni la necesidad —cada vez más clara— de una correcta formación secundaria, preparatoria y normal, ni, por supuesto, la suprema ayuda de un desarrollo universitario bien coordinado.

El peligro de la acción popular que nos proponemos podría residir en su permeabilidad para algo sumamente nocivo: el afán de improvisación. Si no deseamos caer en generalizaciones simplistas y en gestos líricos, hemos de resistir a la tentación de lo rápido y de lo fácil. Entre crear —por ejemplo— diez misiones accidentales, carentes de dirección y de material, y establecer un pequeño centro, modesto pero efectivo, dotado de útiles y de libros y administrado por profesores conscientes de su papel, nuestra elección no vacilará un solo momento. Lo primero constituirá un espectáculo; lo segundo implicará una labor.

Necesitamos técnicos tanto como maestros. Técnicos de la enseñanza y, también, técnicos de la industria. Sin embargo, cuidaremos mucho de no tomar los métodos por los fines y de no confundir el sentido práctico de la vida con una filosofía utilitaria, de egoísta y espesa mediocridad.

La técnica ha de ser un medio; nunca un propósito último y decisivo. Hay un oficio que priva sobre todos los otros: el de ser hombre. Evitaremos por eso que, para enseñorear a la técnica, se pretenda deformar o empequeñecer nuestra humanidad. Y, ante cualquier perfeccionamiento episódico del instrumental de la civilización, nos preguntaremos como John Ruskin frente al cable que iba a unir por primera vez a la India con Inglaterra: ¿Qué mensaje transmitirá?

Lo que da su importancia al telégrafo no es en verdad, la corriente que lo atraviesa, sino el mensaje que conduce. Y en la función creadora de ese mensaje —que, por lo que concierne a nuestro país, será la lección perdurable de México— esperamos que colaboren con nosotros todos los elementos de enlace que posee la inteligencia: los maestros, las universidades y los periódicos, los pensadores y los artistas, los padres de familia y las agrupaciones representativas de la juventud.

Si me he extendido al daros a conocer los principales lineamientos del programa de la Secretaría de Educación Pública, es porque estimo que en una hora en que hacéis un sincero esfuerzo para lograr vuestra unificación, podrá alentaros sentir que esa unificación que buscáis nos es necesaria y que, una vez lograda, no la utilizaremos para ningún fin estrecho y partidarista, sino para servir mejor y con mayor eficacia a nuestra República.

Nuestras actividades abarcarán en lo sucesivo un escenario muy amplio. Para llevarlas a cabo será menester que el país no pierda confianza en vosotros, que os sienta siempre en un plano superior a la hostilidad de las sectas y a los rencores inútiles de los grupos. Aun separados, sois una fuerza; pero una fuerza de la que suelen salir disidencias, obstáculos y querellas. Juntos, vuestra fuerza será mayor y tendrá, además, un resultado más importante y más respetable: el de actuar paralelamente al espíritu de unidad que anhelamos todos los mexicanos.

LA JUVENTUD Y LA PATRIA *

PARA hablar convenientemente a la juventud se requeriría el dominio de esa palabra que alguna vez definió Rodó como un instrumento capaz de tener, en su insinuación dentro del espíritu, bien la esclarecida penetración del rayo de luz, bien el golpe incisivo del cincel en el mármol, bien el toque impregnante del pincel en el lienzo o de la onda sobre la arena. Porque la juventud lo contiene todo, en ese punto rápido y vulnerable en que la esperanza se hace promesa, el estudio acto, la avidez constancia, realidad la idea y responsabilidad insalvable la vocación.

La vida entera, con sus infinitas posibilidades, rodea a los jóvenes y trata de limitarlos dentro de alguna de sus fórmulas: ambición de gloria, ambición de riqueza, facilidad del deleite o improvisación en la técnica del poder. La ciencia, la política, la fortuna, parecen ofrecerles, de pronto, todas sus ascensiones. Pero, frente a cada camino, surge un enigma. Por eso alguien ha dicho que la juventud es la edad de Hamlet, príncipe de las dudas. Y por eso el deber de la madurez, cuando habla a la juventud, no consiste tanto en apaciguar esas dudas con superficiales atenuaciones cuanto en llevarlas a su último punto de desenvolvimiento, hasta ese término en que —por eliminación de las falsas incógnitas— se acendra la fe interior.

Un mundo injusto, dolorido, violento, sórdido y egoísta, se presenta ante vuestros ojos. En menos de treinta años, ese mundo se ha desgarrado en dos grandes guerras que, por el número de sus víctimas y por la precisión de los métodos destructivos, supera todo, absolutamente todo, lo que el hombre durante siglos pudo intentar para aniquilarse y —también— para envilecerse. Cuanto vuestros profesores os señalaron en las escuelas como un éxito de la civilización —los inventos más ingeniosos de la mecánica y de la química, las elaboraciones más complicadas del arte de razonar y de persuadir— ha perdido súbitamente prestigio de afirmación y, en vez de exaltar la vida, pretende exaltar el odio, el mal, la muerte, lo negativo.

Os habíais educado en el fervor de la inteligencia. Y la inteligencia se ha convertido en una trágica antagonista. Os habíais alistado para rendir tributo a la ciencia humana. Y la ciencia humana se ha transformado en una máquina de agresión. El aeroplano y las radiocomunicaciones os parecían conquistas de paz para llegar más de prisa a vuestros hermanos. Ved lo que llevan ahora los aviones: bombas cargadas con explosivos de efectos

* Inauguración del Congreso de la Confederación de Jóvenes Mexicanos. México, D. F., 1º de julio de 1944.

cada día más desastrosos y arrasadores. Y recordad lo que las dictaduras han transmitido y transmiten desde las difusoras totalitarias: cólera y amenazas, traición y embuste, ira y crueldad.

¿Qué significa ese espectáculo doloroso? ¿Una defección total de las verdades espirituales? ¿Un cambio imprevisto de signo en el balance de todo nuestro progreso?... De ningún modo. Ni la filosofía, ni la ciencia, ni el arte, tienen la culpa del abuso que de ellos han hecho quienes desencadenaron esta inmensa conflagración en la cual, para orgullo de México, hemos aceptado con entereza nuestro papel.

Desconfiad de aquellos que os pongan en guardia contra esas fuerzas que, como fuerzas, adquieren siempre el valor de los hombres que las dirigen y que, crueles entre los dedos de los tiranos, en manos de los libertadores son libertad. Contra lo que habréis de poneros en guardia es contra el oculto adversario de la cultura, que no es —por cierto— la inteligencia, sino la falta de sentido moral de la inteligencia. Y, como jóvenes mexicanos, a lo que deberéis disponeros es a renovar el sentido moral de ese mundo en que vais a tener el honor de participar.

Al imaginar las tareas que os aguardan, siento ante todo la necesidad de afrontar un error común. Aludo concretamente al escepticismo con que numerosos sectores observan nuestros trabajos. Si hubiese venido aquí con el simple deseo de lisonjearos, callaría ese escepticismo, pero un Secretario de Educación que, para complacer a los jóvenes, los engaña, falta al más grave de sus compromisos con la Patria: el de vivir para la verdad y con la verdad y por la verdad. Así pues, veamos qué razones puede haber para desconfiar de vuestro entusiasmo.

Una, en primer lugar —de la que vosotros no sois culpables—: el egoísmo creciente que se descubre en muchos aspectos de la vida contemporánea y que, en no pocos jóvenes, se traduce por un ansia de éxitos inmediatos y una prisa notoria por alcanzar posiciones políticas prematuras. En segundo término, es preciso reconocer una falta de proporción entre los objetivos que se marca a sí misma la juventud y su capacidad científica y de carácter para la lucha por la existencia. Al sentimentalismo romántico ha sucedido, en muchas ocasiones, un pragmatismo materialista que, si produjo en ellas daño evidente —y minó por espacio de años la solidez interior de las democracias— podría redundar en perjuicio grave para un país que, como el nuestro, debe ajustarse a la rectitud permanente de sus principios, ya que, según lo expresó el señor presidente Ávila Camacho en septiembre de 1943, "el idealismo de México ha sido siempre la defensa más pura y la fuerza más alta de nuestra Patria".

Tras de anotar estos motivos de honda preocupación, sería muy fácil —pero también muy injusto— reprochar exclusivamente a los jóvenes un estado de cosas que no se debe tan sólo a ellos. Más que con sus palabras, la juventud nos juzga con sus acciones. Su conducta es el fruto de nuestro ejemplo. En lo que emprende vemos de pronto, como en la ampliación de un espejo mágico, nuestras cualidades y nuestros vicios, hasta tal punto que quien critica a la juventud se acusa indirectamente de no haber ayudado a perfeccionarla, y quien la ataca confiesa que no tuvo en su pensamiento una finalidad augusta que transmite ni un canon que proponer a su emulación.

El papel del educador no ha de consistir en flagelar a los jóvenes que le escuchan, sino en limpiar el ambiente de la enseñanza y enderezar sus diatribas no hacia las víctimas de la desmoralización que campea en muchos sectores sino hacia aquellos que han creado esa desmoralización con el éxito sistemático de sus procedimientos faltos de escrúpulos.

El fenómeno a que me refiero no es sólo nuestro. Es un fenómeno universal. Prueba, por ejemplo, del desistimiento europeo que precedió al actual conflicto, son las palabras que el profesor madrileño García Morente emitió en las conversaciones celebradas en 1933, a iniciativa del Comité de Cooperación Intelectual de la Liga de las Naciones: "Con la Revolución Francesa —dijo en aquella oportunidad— el proceso de liberación iniciado en el siglo XVI alcanza su fin. Nos hallamos ahora en el término de aquel desarrollo y la actual cultura no sabe exactamente qué cosa hacer. Le falta una gran empresa por realizar. Estamos en ese punto en que la libertad no es ya un ideal por conquistarse. Hay que buscar otro, por el que puedan inflamarse los corazones."

Afortunadamente, desde esos días, las democracias han reaccionado en forma espléndida y se han dado cuenta de que la libertad no es una condición estática, pasivamente garantizada por el pasado, sino un derecho que es menester ganar a cada momento y que cada promoción asegura para sí misma con sus privaciones y con sus méritos.

Os encontráis ante los umbrales de un supremo deber: el de cooperar, como mexicanos, en la organización de una convivencia en que cada hombre pueda aceptar, sin rencores ni suspicacias, la cordialidad de los otros hombres y estrechar dentro de las suyas, fraternalmente, lo mismo la mano del europeo y del oriental, que la diestra del africano, labrada en ébano, o la americana, de nuestros indios, fundida en bronce... Todas las razas, todos los pueblos, todos los ímpetus nacionales, tendrán que expresarse en el mundo de la posguerra. Si callara una sola voz, si un solo derecho se conculcase, toda la sangre que el presente conflicto cuesta a la humanidad se habría, indudablemente, vertido en vano. Porque la crisis en que vivimos no se resolverá con una arbitraria especificación de vencidos, de vencedores y de neutrales. Una paz que se estableciese exclusivamente sobre las bases de un equilibrio de circunstancias afortunadas, sería, a lo sumo, un armisticio de los ejércitos. Aprovechando esa tregua, se definirían, tal vez, en los mapas, nuevas fronteras; millares de soldados desencantados regresarían a sus hogares; el comercio, la agricultura y la industria recobrarían quizás, aparentemente, el aspecto de la normalidad. Sin embargo, en lo íntimo de nuestro ser, sentiríamos otra vez ese abismo oscuro que nada colma, sino la fe en una paz sincera y universal.

Con el trabajo de sus braceros, con los productos de sus campos y con los metales de sus minas, México está ayudando, en la medida de lo posible, al esfuerzo de los aliados. El objeto de todos, es uno solo: ganar la guerra. Pero, cuando la guerra termine, corresponderá a los jóvenes de todos los pueblos contribuir a una obra todavía más significativa: afianzar la paz, defender la paz, depurar la paz.

Por lo que a México atañe, a esa obra tendrán que entregarse también todos nuestros jóvenes. Nos habéis oído hablar insistentemente de unión patriótica. Pues bien, la unidad que deseamos no representaría nada valioso, si no estuviéramos decididos a avanzar por el camino de la emancipación económica, cultural y ética del país.

Unidos, sí, pero no como se unen los rebaños para guarecerse de la tormenta; ni como se unen las aves para emigrar en la temporada inclemente de los inviernos, sino como se unen los hombres, cuando son hombres y cuando tienen conciencia de lo que quieren y de lo que implican los postulados que hacen sagrada su firme unión. Unidos para crear, no para derruir; unidos en el progreso, no en la renuncia. Y unidos con la mirada puesta valientemente sobre el futuro; no con el corazón aherrojado por la nostalgia de las cadenas y por el más falaz de los espejismos del retroceso: la inclinación a la esclavitud.

Todavía es hora de que recíprocamente nos enseñemos a aniquilar en nosotros esa humillante afición que exhiben los individuos cuando vacilan entre la dignidad de la independencia, difícil pero fecunda, y la indignidad del consentimiento, cómoda siempre, pero servil.

La juventud es audacia, entusiasmo, ensueño. Por tanto, nunca la lograréis reunir en torno al asta de una bandera que está en derrota: la del temor a la libertad.

Sólo aprendiendo a ser libres tendréis derecho a tomar, mañana, esa arcilla plástica y generosa con que las generaciones modelan conscientemente la estatua viva de la Nación. Pero aprender a ser libres es aprender, a la vez, a ser responsables, cautos y reflexivos. Una libertad sin orden, no es libertad. Y un orden sin libertades, no es democracia.

Empeñaos, por consiguiente, en que no priven en vuestra unión ni uno ni otro extremos: ni la pasión crítica negativa, ni el ciego sometimiento a la tradición.

A fin de que vuestras actividades se desarrollen eficazmente, medid primero la distancia a la que os halláis de las metas que habéis fijado a vuestros propósitos, y advertid en seguida qué cosa os falta para llegar hasta el horizonte de vuestro anhelo. Prepararaos entonces estoicamente, calladamente —y casi me atrevería a deciros humildemente— porque no hay mejor amiga de la intrepidez verdadera que la humildad.

Dejad la arrogancia para los débiles, ya que, si tenéis una fuerza propia, esa fuerza se demostrará claramente por sus efectos, más que por la forma espectacular e inmodesta en que la exaltéis. Que los términos no os dividan cuando los hechos puedan uniros. Si ponderáis la energía que muchos de nuestros grandes predecesores hubieron de derrochar para ponerse de acuerdo acerca de las palabras, comprenderéis la importancia de no colocar la elocuencia sobre la vida, la pasión sobre las razones, y de no incurrir ya más en un error por desgracia muy peculiar de nuestras costumbres: el de preferir el brillo de los debates al respecto de la verdad.

Creo en vosotros, jóvenes mexicanos, y creo en vosotros, más aún que por vuestras virtudes —que deberéis probar con la realidad— por la circunstancia de que nuestro país, en gran parte, es la consecuencia del sacrificio de muchos jóvenes, del heroísmo de muchos jóvenes, del amor y la fe de muchos jóvenes mexicanos. Y, como nuestro Primer Magistrado cree también en vosotros profundamente, os expreso ahora en su nombre el deseo de que la unión de la juventud mexicana se consiga sin detrimento de ninguno de los principios que constituyen el patrimonio espiritual de nuestra República, y os exhorto a no olvidar jamas, en vuestros afanes, la admonición magnífica de Martí: "De altar se ha de tomar a la Patria, para ofrendarle nuestras vidas; no de pedestal para levantarnos sobre ella."

Que sea la Patria, jóvenes mexicanos, esencia y guía, escuela y norma, ejemplo y norte de vuestra acción.

MADRE MEXICANA *

VENIMOS aquí, grandes y pequeños, párvulos y adultos, funcionarios, escritores, artistas y periodistas, discípulos y maestros, a colocar la primera piedra de un monumento que repetirá el que cada uno de nosotros ha levantado en el interior de su corazón para ti, madre mexicana, testimonio humano, familiar y patético de la patria.

Y cuando digo que venimos aquí grandes y pequeños, discípulos y maestros, hablo un idioma que no es el tuyo, porque frente a ti —por larga que sea la ruta que nos separe de la escuela y de la niñez—, todos seguimos siendo discípulos, aprendices de tu indulgencia, alumnos de tu esperanza, pequeños eternamente ante tus lecciones de piedad, de firmeza y de abnegación.

Patria eres, madre, para nosotros, dondequiera que estés. Viva, en el hogar, distribuyendo los goces y las labores, atenuando las penas, venciendo las inquietudes y ofreciendo a todos un afecto tan insondable que, al repartirse, no se divide: se multiplica.

Patria, asimismo, si yaces bajo la tierra, porque es Patria el suelo glorioso en el que descansas. Y Patria, Patria profunda es también la conciencia en que te guardamos todos aquellos que, al regresar de esta fiesta, ya no podremos comparar con el símbolo que exaltamos una presencia consoladora, fecunda, activa, sino el recuerdo de una presencia, el tránsito de una sombra, el eco íntimo de una voz, la imborrable memoria de una caricia y, en el secreto de nuestras almas, la validez de un ejemplar diáfano y sin rival.

Viva o muerta, igualmente, eres consejo, principio, norma. Dentro de nuestros actos, como la semilla en la fruta, como el esqueleto en el cuerpo, bajo la apariencia de lo que llamamos nuestro entusiasmo, nuestra voluntad, nuestro esfuerzo, tú permaneces. Guía constante, cada vez que avanzamos te continuamos. Cuanto más penetramos en nuestra esencia, más completa y más claramente te descubrimos, pues, por mucho que el hombre ascienda no habrá triunfado si no es su triunfo digno de que una madre halle en él un motivo auténtico de confianza para el bien de la vida que da a otro ser. Y, al contrario, cuando en medio de los errores y de las luchas en que olvidamos tus enseñanzas, solemos volver los ojos a tu tristeza o el pensamiento a la imagen de tu verdad, comprendemos que aquellas luchas y esos errores son armas con que te herimos, ya que tú no puedes, madre, querer que sean tus herederos hermanos violentos e inconciliables. Y en

* Colocación de la primera piedra del Monumento a la Madre. México, D. F., 10 de mayo de 1944.

esas horas, el remordimiento se hace promesa: la de merecer tu excelencia por la virtud.

Aquí, en este sitio, tu estatua se erigirá. Metales y piedras de México se combinarán para dar a México una visible prueba de la veneración que sentimos para todas las madres de la República. ¡Que nada turbe tu encarnación dentro de la forma con que el cincel mexicano te represente! Y que desde ese pedazo de cielo que ocupará tu figura imperecedera, no veas nunca marcharse a tus hijos con la sangre ferviente de sus iguales.

¡Porque tú, madre mexicana, sabes mejor que nadie, mejor que nosotros mismos, que no hay lugar para los rencores en la existencia de un pueblo justo y que la grandeza y la dicha de la nación están reclamando lo que tú pides, menos tal vez con tus brazos que con tus lágrimas: nuestra libre, sincera, definitiva, generosa y honrada fraternidad!

EL MUSEO NACIONAL DE HISTORIA *

Nos HEMOS congregado hoy no como funcionarios o periodistas, como civiles o militares, como artistas o historiadores, como colegiales o catedráticos, sino ante todo —y sobre toda otra consideración— como mexicanos. Es decir: como hijos que se dan cita en una de las casas más venerables de la familia histórica nacional, a revisar los valores de un patrimonio que por igual a todos nos pertenece, a respirar el aire de nuestros héroes y a contemplar, en el desfile de las banderas que llevaron a la victoria o que defendieron con honor en el sacrificio, la evocación de otro gran desfile: el del pueblo mismo, que se ha ido pasando de mano en mano y de generación en generación una bandera que no está hecha con materias perecederas, pero que ondea en nuestro corazón cada vez que oímos las notas de nuestro himno y que flota en el mástil más alto de nuestra historia, izada por todos los mexicanos que sucumbieron para que nuestra Patria pudiese vivir con independencia, progresar con decoro y persistir con diáfana rectitud.

Por eso, desde el Primer Magistrado de la República hasta el escolar más modesto se hallan presentes —o, por la limitación del espacio, representados— en esta festividad. Y su presencia no es solamente una presencia corpórea, sólida, perceptible, sino una presencia de espíritu mexicano; pues, aunque el alma de nuestra historia no pueda naturalmente circunscribirse al perímetro de un museo, aunque sus aspiraciones y sus impulsos formen la base de nuestro desarrollo lo mismo en la paz de los campos que en el centro de las ciudades y aunque, donde quiera que un compatriota nace o fallece, la historia entera de nuestro pueblo sigue su curso, hay lugares que, por su esencia, son síntesis nacionales de esa corriente de vida en constante superación.

Uno de esos lugares es este sitio, encumbrado en la cima de una colina elegida por los aztecas como baluarte; paseo durante la época colonial; esbozo de palacio y después de archivo; asiento del Colegio Militar en 1841; pedestal glorioso de las proezas en que perdieron la vida los Niños Héroes; mansión de ornato del Archiduque Maximiliano y, por temporadas más o menos largas, residencia de varios Jefes de Estado durante los últimos años del siglo XIX y los primeros lustros del siglo XX.

Colina estoica, centinela que el Valle envuelve con lo más varonil y más terso de su paisaje: el espectáculo del Ajusco, la perspectiva de los volcanes, la majestad pensativa de un cielo insigne

---

* Inauguración del Museo Nacional de Historia en el Castillo de Chapultepec. México, D. F., 27 de septiembre de 1944.

y el bosque próximo donde se elevan los ahuehuetes como un ejemplo de esa alianza de inmensidad y delicadeza, de fuerza y de tenuidad que sorprende y cautiva en México y que halla en esos árboles seculares su emblema augusto por la ciclópea energía de las raíces, el vigor de los troncos atormentados y la elegancia irónica del follaje, leve como una sombra y persistente y conciso como una máxima.

¿Qué mejor marco podía escogerse para el Museo de nuestra historia que este recinto y este paisaje, que por sí solos son ámbito del pasado, escenario de la ciudad presente, centro de la ciudad futura? Y, para quienes fingen no comprender todavía el alcance de nuestra Revolución, ¿qué mejor testimonio que haya sido un gobierno emanado de esa Revolución el que decidiera que este lugar —antaño morada de Presidentes— fuera entregado al pueblo y que sea ahora un gobierno igualmente emanado de la Revolución el que se honre ofreciendo aquí un tributo a lo más genuino que el pueblo tiene: el amor de sus tradiciones, la custodia de sus reliquias, el orgullo de su ejecutoria como Nación?

Bien está, por cierto, que instalemos este Museo en el Castillo que ocupó antes nuestro Colegio Militar, puesto que, si el estudio imparcial de la historia constituye una garantía de persistencia para la Patria y la misión de un ejército democrático es la de proteger las instituciones que son su producto legítimo de su historia, ¿quiénes podrían con más derecho servir de escudo al acervo histórico nacional que los bronces en que reencarnan los aguiluchos de 1847? Juan de la Barrera, Juan Escutia, Francisco Márquez, Fernando Montes de Oca, Agustín Melgar, Vicente Suárez, sus estatuas hacen la guardia de este establecimiento. Y podemos confiar en la guardia que hacen, porque sabemos que si sus cuerpos cayeron peleando por defenderlo, su ánimo no ha caído e inspirará en todo tiempo a los jóvenes mexicanos un estímulo generoso y una enseñanza ferviente de gallardía y de pundonor.

En semejante sentido de lealtad a lo nacional estriba indudablemente el significado profundo de este Museo. En sus salas alternan las épocas más distintas, los más opuestos semblantes, las antinomias más ostensibles. Como en capas geológicas sucesivas vemos en ellas la impaciente codicia de la conquista hecha por la espada y la evangélica gracia de la persuasión obtenida por el libro, la suntuosidad de los señores de la Colonia y la miseria dramática de los siervos que, por cada misionero a quien respetaron, conocieron y padecieron a quién sabe cuántos encomenderos.

Viene, después, la zona inmortal de la Independencia; los balbuceos de la libertad que nació en Dolores y que, apenas nacida, tuvo que recorrer con los pies desnudos, enjuta y débil, entre los cardos de un trópico sin piedad, todas las rutas de la persecución y de la ignominia. Más tarde, por fin, la emancipación. Pero una emancipación que, frecuentemente, sólo constaba en fórmulas declamatorias, en cláusulas arrogantes, en imitaciones absurdas de imperios y en amagos sombríos de dictaduras.

Época de crisis, de pronunciamientos, de invasiones, de intervenciones. Mutilación de nuestro territorio. Violines austriacos entre el redoble de los tambores de los patriotas. Carrozas con coronas bordadas en el terciopelo de los cojines; tronos precarios; fusilamientos. Y, por encima de ese ir y venir de soldados y de edecanes, por encima de esas iniciales borradas y repintadas, a toda prisa, sobre las portezuelas de los vehículos o en el escudo de las vajillas, por encima de los tratados suscritos en la hora del infortunio, la constancia del pueblo, del pueblo auténtico, fiel a la memoria de Hidalgo, a la energía de Morelos, al holocausto de los cadetes de Chapultepec, a la generación admirable de la Reforma, a la epopeya del 5 de mayo, a la tenacidad de Juárez y, entre defecciones y fugas y sangre y balas, a una empresa apremiante y a un éxito indiscutible: la perduración de lo nacional.

Tras de aquellas etapas, nuevas jornadas de crisis, nuevas sublevaciones. Tres decenios de reelección sistematizada. El noble magisterio de Justo Sierra. Y, en 1910, otra vez el pueblo, el clamor del pueblo exigiendo tierras, invocando sufragios, ansiando escuelas. La elevación y el martirio del presidente Madero. Y, en respuesta al clamor del pueblo, un paso más hacia la realidad de nuestros derechos, un sentido más justo en la distribución de las responsabilidades; la Revolución y la Patria estrechamente unidas en una obra que ningún mexicano honrado podrá negar; la de organizar nuestra libertad sobre la única base estable que tienen todas las libertades: el respeto a la igualdad humana y el concepto de la redención colectiva por el trabajo.

He ahí, señores, lo que veremos una vez más al trasponer las puertas de este Museo. Retratos de hombres que lucharon unos con otros y a menudo unos contra otros; cóleras y pasiones que creyeron por un momento derrocar los principios que, sin quererlo, consolidaban; polvo de siglos y luz de ideas; objetos que duraron más que la voluntad de sus poseedores y espíritu que persiste sobre la caducidad y la inercia de los objetos...

Si estuvieran con nosotros en este instante quienes vivieron y murieron para que México fuese algo de lo que hoy es —y si se hallaran también aquellos que imaginaron otras modalidades para el esfuerzo de nuestro pueblo—; si monárquicos e insurgentes, conservadores y reformistas, liberales y reaccionarios resucitaran, ¿qué consejo mejor podrían proporcionarnos que el de no vulnerar la unidad ascendente de la nación? Ellos, que no admitieron en vida la coexistencia de sus entusiasmos dispares y vehementes, no han logrado evitar que los cubra, por encima de los sepulcros, un amor que es respeto para los héroes y magnanimidad y perdón para los que erraron.

Unos y otros están aquí. De unos y otros fluye nuestro presente. No obstante, por amplio que sea el perdón de México, unos están aquí como constructores, como descubridores, como civilizadores, como libertadores. Ante sus sombras nos inclinamos con íntima gratitud. Ellos han alcanzado por fin el derecho heroico de fraternidad con sus contrincantes y sus rivales. Pero no aceptarían que fuera nuestro recuerdo fosa común y nunca tolerarían que abandonásemos la obra que comenzaron, que su muerte dejó inconclusa y que es la redención general por la libertad, la organización de la libertad en la independencia y el robustecimiento de la independencia por la justicia.

Gran lección de cómo será la unidad de nuestro futuro es, por consiguiente, esta visita, que no supone la contemplación de un archivo mudo. Y lección todavía más elocuente si meditamos en el símbolo que resulta de la confrontación material del museo y de la ciudad.

Dentro de los muros de este Castillo se alza el primero, con sus anaqueles y sus vitrinas, sus repertorios y sus catálogos. Frente a él, la ciudad se extiende: tráfago bullente, dédalo de calles, parpadeo de luces, vida en ignición. Sin embargo, entre la ciudad y el museo, la historia marca una vinculación invisible que ilustra el culto de los abuelos, tal como Renan lo puntualizó en una célebre conferencia. "El hombre —dijo— no se improvisa. La nación, como el individuo, es la resultante de un largo legado de esfuerzos, de sacrificios, de abnegaciones. Tener hazañas comunes en el pasado y, en el presente, una voluntad común; haber afrontado en conjunto vastas empresas; querer intentar otras todavía: ésas son las condiciones esenciales de todo pueblo. En el pasado, una herencia de glorias y de pesares que compartir; en el futuro, un mismo programa que realizar; haber sufrido, gozado, esperado juntos..." ¿No es, acaso, esta suma de circunstancias la que define, bajo el perfil de cambiantes fisonomías, el rostro eterno, la continuidad misteriosa y patética de la Patria?

Los muertos, los grandes muertos mandan aún en nuestras conciencias. Y su ejemplo magnífico nos invita a venir aquí, cada vez que la duda nos sobresalte, a avivar la llamada de nuestra libertad y a escuchar, en su silencio sublime, la voz de México.

MORELOS, MAESTRO DE LA ACCIÓN *

LA VIDA de Morelos debe considerarse como uno de los momentos más puros de la conciencia histórica mexicana.

Fulgurante en la acción, seguro en las convicciones, apasionado y firme en los ideales, estoico en el sacrificio, el héroe nace en la oscuridad, crece en la pobreza, surge a la gloria entre los estruendos de un mundo que cae en ruinas —el de las colonias mantenidas por España durante siglos sobre las tierras americanas— y, tras de recoger de las manos de Hidalgo la lámpara trémula de la libertad, atraviesa como un meteoro el cielo de nuestra Independencia, juega sobre el accidentado tablero de la Tierra Caliente una partida trágica de ajedrez en que son los realistas sus contrincantes y, a lo largo de las casillas de luz y sombra de aquel tablero —días y noches de angustia, de astucia, de sobresalto, de éxito y de infortunio—, mueve las piezas de sus tropas improvisadas con una audacia estratégica en que se alían la intrepidez del genio y la constructiva confianza del fundador.

Grande en los triunfos y en las desgracias, lo encontramos siempre dispuesto a servir una causa que no había de ceñir, a sus sienes, los lauros definitivos de la victoria, pero a la que su mente iba a dar la positiva amplitud nacional que no habían imaginado sus precursores y a la que su fusilamiento, en esta misma tierra, ennoblecida por el martirio, añadiría, el 22 de diciembre de 1815, la sangre de un corazón que nunca latió con indiferencia frente al dolor de sus compatriotas.

Lo vemos, en el paso de los abruptos desfiladeros, frente al espectáculo marítimo de Acapulco o bajo la estrellada frescura de las noches de Tehuacán, rodeado por un ejército cuyos hombres llevan en alto armas que sirvieron más tiempo a la Independencia que los brazos morenos que en constantes batallas las sustentaron. El fondo de su retrato esencial es ése precisamente: el paisaje denso y bravío de nuestro sur; cielos cambiantes, en que a las lluvias más torrenciales suceden con brevísimos intervalos los resplandores más promisores y más serenos; cafetales agrestes, apretándose en puñados de verdor junto a la sombra morada de las colinas, donde las alas de los zopilotes resbalan plácidamente, lisas, rígidas y lustrosas, pavonadas como en acero por los reflejos metálicos de la luz...

Sobre ese fondo solar, se perfila el carácter del personaje: su enérgico laconismo, que en la proclama de un día célebre le inspiró palabras de desprecio viril para quienes gastan el tiempo

---

* Conmemoración del aniversario del fusilamiento de José María Morelos y Pavón. San Cristóbal Ecatepec, Méx., 22 de diciembre de 1944.

en estériles discusiones, su concepto de la grandeza como servicio, que le incitó a preferir al tratamiento de Alteza el prestigio de Siervo de la Nación; su abnegación por la libertad que le indujo a privarse espontáneamente de la autoridad del jefe, convocando al Congreso de Chilpancingo y acatando las decisiones del de Apatzingán.

Lo mismo en las calles de Cuautla, entre el dolor de la pólvora y el hambre de los sitiados, que en las noches de marcha sobre los valles, entre el estremecimiento humeante de las antorchas, Morelos exalta un símbolo y un augurio, un testimonio y un compromiso, una realidad y una ingénita aspiración. Pueblo, y pueblo de México, es el héroe que aquí cayó bajo las balas de los soldados de Calleja. Todo lo grande de nuestro pueblo alentó en su vida valiente y grave, en la amargura de su ironía concisa y tensa, en su amor por la tierra espléndida y maternal.

Como hijo del pueblo, que trató de unificar la independencia, sintió Morelos que era indispensable emancipar a la América mexicana —según llamó a nuestro país el Decreto Constitucional expedido en 1814— no sólo del yugo político de la metrópoli, sino de la tiranía de un sistema económico desprovisto de verdadera justicia social. Esa concepción, en la que se anticipó a muchas de nuestras empresas revolucionarias, cristalizó en la declaración imborrable de Chilpancingo, que no me resisto a leer aquí, porque constituye el monumento mejor a la memoria del prócer que celebramos: "El Congreso de Anáhuac, legítimamente instalado en la ciudad de Chilpancingo, de la América Septentrional, por las provincias de ella, declara solemnemente que, por las presentes circunstancias de la Europa, ha recobrado el ejercicio de su soberanía usurpada; que, en tal concepto, queda rota para siempre jamás y disuelta la dependencia del trono español, que es árbitro para establecer las leyes que le convengan para el mejor arreglo y facilidad interior."

Y agrega: "La soberanía dimana inmediatamente del pueblo. Las leyes deben comprender a todos, sin excepción de privilegiados. Como la buena ley es superior a todo hombre, las que dicte nuestro Congreso serán tales que obliguen a la constancia y al patriotismo, moderen la opulencia y la indigencia y de tal suerte se aumente el jornal del pobre, que mejore sus costumbres y aleje la ignorancia, la rapiña y el hurto."

¿Cuál de nuestros problemas no está expresado —o latente— en esas líneas claras y generosas? ¿Y por cuál de esos postulados no nos sentiríamos resueltos a luchar todavía hoy?

La Revolución de 1910 hizo suyos, profundamente suyos, aquellos designios insospechables y sus hombres vivieron y perecieron, como Morelos, para organizar una soberanía sin privilegios, un patriotismo sin inconstancias y una legislación que proteja al jornal del pobre y que modere a esos dos enemigos de la paz

945

pública: la opulencia de los afortunados y la indigencia de los menesterosos.

Ciento veintinueve años después de la muerte del héroe insigne, venimos aquí a prometerle combatir con tesón contra la ignorancia, el hurto y la rapiña, y velar para que las leyes sean, como él se lo proponía, superiores en todo tiempo al interés de los grupos y a los resentimientos coléricos de los hombres.

Nuestro ideal democrático halla en Morelos un predecesor de máxima calidad. Él se adelantó a todos en el anhelo de dividir la propiedad de la tierra, acaparada por unos cuantos, y de conceder a los pequeños agricultores las facilidades indispensables para su esfuerzo. Antes de que plasmaran en el lema de Tierra y Libertad, él sintió la urgencia de recoger los clamores de todos los despojados y de devolver a los mexicanos la Patria misma, la Patria, en lo que tiene de más constante, el suelo donde reposan nuestros mayores, el suelo donde los hijos de nuestros hijos laborarán.

Pero si esto explica sobradamente el fervor con que acuden a rendirle homenaje los campesinos, no debemos olvidar que hubo en su conducta un valor de alcance más elevado: su voluntad de establecer la unidad de México sobre la base de la democracia.

En un país en el que, por espacio de más de un siglo, tantos caudillos se prolongaron y destruyeron, aplicando a las instituciones más venerables el molde transitorio de su capricho y el arbitrario sello de su fórmula personal, admira ver el respeto con que Morelos pugnó por limitar el poder logrado en el campo de las batallas y el cuidado que puso en no arrojar nunca, sobre uno de los platillos de la balanza, el peso de su espada de vencedor.

Con razón escribe al respecto don Justo Sierra: "Investido de la plenitud del poder ejecutivo, Morelos se hallaba debilitado por la ingerencia que en todo se atribuía la Asamblea, a la cual jamás intentó imponerse, ni pretendió doblegar, dando así un supremo ejemplo de civismo." No importa que esa virtud democrática haya en ocasiones disminuído las posibilidades bélicas del generalísimo. En efecto, con ser admirables sus títulos como militar, juzgamos más admirables aún sus títulos como ciudadano.

Y es frente al ciudadano, frente al ciudadano José María Morelos, ante quien nos inclinamos en este instante, pidiéndole nos enseñe a ser siempre fieles a la soberanía popular, servidores de la Nación, soldados de su independencia, ejecutores de sus propósitos y defensores inquebrantables de sus leyes. Porque él, Morelos, demostró como pocos la validez con que afrontan las grandes almas las responsabilidades crueles de su destino. Y de él podríamos repetir lo que Guillermo el Taciturno exclamó, en una hora de austeras resoluciones: que no es necesario esperar para acometer, ni apoyarse en el triunfo obtenido para perseverar.

946

Todo auténtico héroe es un maestro de la acción. Todo héroe educa. Y la acción de Morelos nos obliga, hoy más que nunca, a cultivar esas cualidades que un pensador francés definió soberanamente cuando afirmó que si la antigua monarquía encontró sustento en la nobleza de la estirpe, el apoyo de las democracias genuinas deberá ser la nobleza de la virtud.

DEBER Y HONRA DEL ESCRITOR *

EL INGRESO de un escritor en el seno de una corporación como la presente no se halla, por cierto, exento de otoñal y severa solemnidad. Y es que no suele penetrar en recintos de esta categoría quien no ha sufrido ese noble estrago con que la edad va arrancando la profusión de las hojas a los árboles encendidos y desnudando a las almas de aquel ropaje de actitudes cambiantes y de palabras innecesarias que se pretende, en los años mozos, confundir con la auténtica juventud.

Distinción de tan alto linaje no es trofeo para el pasado de quien la obtiene, sino estímulo a más rigor en su obra y en su conducta, condición de silencio para muchas estériles fantasías y límite al capricho con que el artista que se deleita eludiendo los métodos regulares cree compensar, en esparcimiento gratuito y en ocio libre, su posición de soldado sin regimiento y de nota sin pentagrama, inasible y sola.

Sin embargo, de semejantes meditaciones —que no niegan la vaga melancolía en que se tiñe la reflexión con la madurez— surge, a la postre, la certidumbre de que la reja del pentagrama, para esa nota que se imagina excluída de ella, representa en el fondo el andamio firme de su orden lógico y natural. Sin sus líneas y sus espacios —limitados, pero precisos— la nota más ambiciosa perdería significado, porque donde no existe una escala, es decir, una relación de valores determinada ¿cómo podría alcanzar su sentido exacto— por cimero que deseáramos concebirlo— el signo, aislado e individual?

Esta lección de modestia es la primera enseñanza que imparte vuestra Academia a sus nuevos miembros. Si la elogio, al entrar aquí, es porque nunca he disimulado mi inclinación para todo lo que despierte sana confianza en una unidad susceptible de hacer que quienes la acepten sean tanto más leales con ellos mismos cuanto mejor perciban y reconozcan que, entre hombres independientes, la uniformidad absoluta denuncia monotonía, pues la unidad verdadera emana del equilibrio, de las libertades armonizadas, de la tolerancia y respeto mutuos.

Aunque no creyera espontáneamente lo que he expresado, según lo creo, me induciría a insinuarlo, entre diversos otros motivos, la circunstancia de que me encuentro sustituyendo a un escritor tan distinto del que yo he sido: el señor don Teodoro Torres, persona de eminentes prestigios a quien consagro un recuerdo de íntima estimación y cuya muerte dejó en las letras de

---

* Discurso de ingreso en la Academia Mexicana, correspondiente de la Española. México, D. F., 11 de abril de 1945.

nuestra Patria un lugar que los adjetivos póstumos no señalan como el vacío patético de una ausencia, sino al contrario, como la presencia definitiva de un ingenio sonriente, lúcido y fiel.

Tras de rendir homenaje a su ilustre nombre y agradeceros muy cordialmente la honra que me habéis hecho al invitarme a sumar mi esfuerzo a las tradiciones preclaras de esta Academia, permitidme, señores, utilizar la atención que otorgáis al recipiendario a fin de discurrir con vosotros, por un momento, acerca de los problemas que nos plantea —como escritores y como hombres— la crisis que aflige al mundo, crisis tan honda y tan inquietante que no hay colectividad capaz de escapar a sus graves incitaciones, ni conciencia que no se sienta comprometida por el deber de buscarle una solución. Estamos atravesando una selva oscura, de la cual hemos de salir a costa de todos los sacrificios, menos de uno: el de la fe en la virtud humana.

En este descenso entre las tinieblas, todos los pueblos, todos los seres —hay que reconocerlo con entereza— tuvimos culpa, aunque sea exigua, por acción o por inacción. Los delincuentes que inscribirá en sus registros la historia son los tiranos: jefes de autómatas, que hipotecaron en su provecho todos los mecanismos de la técnica y de la ciencia, todas las aptitudes de la disciplina y la economía, e incluso —a veces— todas las formas externas de la cultura.

Pero si, en lo político, es un consuelo observar la unanimidad con que las naciones libres se han pronunciado contra la pasión de esos delincuentes, en lo personal no podemos limitarnos a reprobarlos. Sería, en verdad, demasiado cómodo encarnar al mal en unas cuantas cabezas de déspotas sanguinarios ya que, para quienes piensan imparcialmente, resulta obvio que esos déspotas estarían desde hace tiempo en una cárcel o en una clínica si, en la hora en que asaltaron el poder, hubiese habido en el mundo entero una jerarquía activa de los valores espirituales que hiciese inútil la conjuración de su crueldad.

Ése constituye, señores, el problema candente de nuestro tiempo. La crisis en que vivimos es, hoy, una crisis bélica; fue ayer, y será acaso también mañana, una crisis económica. Ha sido, siempre, una insuficiencia jurídica; pero, desde hace ya muchos años, representa algo más alarmante: una crisis ética. De esta última ¿quién tendría derecho a declararse irresponsable? Y, en la responsabilidad de esa crisis, atañe a los escritores, a los intelectuales, a los filósofos, una parte proporcionada a la calidad de su vocación.

Siento que peco aquí contra la serenidad habitual de estas reuniones, al referirme a una angustia viva en vez de ofreceros, pongo por caso, la limpia autopsia de un asunto de crítica literaria. Sin embargo, siento asimismo que, en una era como la actual, no es posible ya para el escritor olvidar al hombre y que, cuando todo está en riesgo de perecer —porque una paz mal organizada traería consigo tantos perjuicios como una serie de convulsiones y de contiendas— venir a hablaros de la decadencia de la elegía, del crepúsculo de la égloga o del desfallecimiento del soneto, supondría de mi parte una lamentable deformación y equivaldría a imaginaros desvinculados del ejercicio de la única profesión para la que todo instituto de esta importancia es academia abierta sobre la tierra: la profesión de los hombres que aman el bien.

Precisamente porque existieron, durante lustros, muchas generaciones que creyeron poder servir a la inteligencia sin servir a la humanidad; precisamente porque existieron, durante lustros, muchos especialistas de la cultura que edificaron en el aire sus utopías y muchos oficiantes del arte que declararon malsano para su obra cuanto excediese el espacio breve de lo que llamaron su "torre de marfil", es por lo que llegó a establecerse, en gran parte de las naciones, un doloroso divorcio entre la vida y la inteligencia, entre la política y la cultura.

Ahora bien, ese divorcio ha provocado tantos desastres que no podríamos atrevernos a acusar de él, exclusivamente, a las mayorías que lo admitieron. Donde el intelectual haya renunciado a sus funciones de orientador, la paz futura requerirá que el divorcio a que aludo desaparezca. Porque si un pensador español habló de la rebelión de las masas antes del conflicto, la inteligencia ha experimentado otras formas sutiles de rebeldía: el orgullo del aislamiento, la negación al servicio público y la creencia de que el civismo es tan sólo oficio, mera especialidad.

Reconstruid —si no— el espectáculo de los años que sucedieron a la primera tremenda guerra de nuestro siglo. Salvo contadas y honrosísimas excepciones ¿qué hicieron los estadistas? Desconfiar de la inteligencia. Y ¿qué hicieron, a su vez, numerosos intelectuales? Apartarse del ágora ciudadana, abdicar de sus compromisos de dirección.

Alejándose así del esfuerzo de los demás ¿cómo cabía esperar que no se alistasen a suplantarlos esos simuladores —seudofilósofos y seudoartistas— que transformaron pronto la ciencia pura en artera táctica de agresión, el talento en habilidad y el arte y el pensamiento en sistemas desenfrenados de propaganda?

En México, el fenómeno que menciono se presentó, por fortuna, con menor acuidad que en otros países. Muchos supieron participar, desde las páginas de sus libros, desde las columnas de los periódicos, desde la tribuna, desde la cátedra, en la obra conjunta de afirmación y, también, de crítica constructiva que exige a los depositarios de la cultura la evolución de la sociedad. Pero no se trata ya de limitar a una Patria la rectitud de esa vigilancia por el espíritu. Para el mundo que va naciendo, entre ruinas, sollozos y bombardeos, metralla y muerte, miseria y sangre, estamos todos, todos los escritores, todos los artistas, todos los pensadores, obligados a imaginar un vivir mejor.

Pasada la hora de los estrategas, vendrá la de los políticos. La diplomacia se empeñará en conciliar muchas diferencias, en ligar y fundir muchas voluntades. No obstante, nuestra cita con el destino es irremisible. A las más generosas Cartas políticas y económicas, están demandando los pueblos la adición de otra Carta fundamental: aquella en cuyas cláusulas se establezca el orden de los postulados morales de la conducta; aquella en la cual, para convivir, todas las razas y todos los continentes se pongan al fin de acuerdo sobre los propósitos de una unión que sería, a lo sumo, precaria alianza de intereses políticos regionales si no consiguiéramos sustentarla sobre una alianza suprema por el espíritu.

Ninguna nación, ningún grupo, ningún individuo se hallará en aptitud de servir a la paz del mundo, mientras esa paz no se afiance en una filosofía de la vida que dé a la vida su pleno significado: el cumplimiento de una misión.

Porque, sin duda, estará muy bien que nos preocupemos por defendernos de los adversarios que encuentra siempre la libertad; mas conviene igualmente no olvidar nunca que no pocos de esos adversarios perecerán por su propio impulso, como castigo de su violencia, según ocurrió con el rival hipócrita de Teágenes cuando fue a derribar de su pedestal a la estatua que los tasios le consagraron. Cayó la imagen del vencedor; pero, al desprenderse, vino a rodar sobre el cuerpo del envidioso y, con su peso, lo sepultó.

En cambio, si de los enemigos del exterior nos salvan frecuentemente las circunstancias, ¿quién podría salvarnos, sino nosotros, de ese enemigo que va en nosotros a donde vamos; que escucha, antes que nosotros, nuestro secreto, por misterioso que sea el mensaje que lo contiene y discreta la voz que a solas nos lo transmite; de ese enemigo que nos derrota, a veces, cuando vencemos y que sólo vencemos cuando logramos dominar en nuestra conciencia el grito del egoísmo, la avidez del odio y la fiebre sórdida del placer?

No conseguirá vivir en paz con sus semejantes quien no sea digno de vivir en paz con su propio yo. De ahí que en estos instantes, en que deseamos estructurar una educación que sirva a la paz, a la democracia y a la justicia, sintamos la extrema urgencia de no apoyar solamente el acento de la enseñanza sobre el aspecto de santa lucha que anima al hombre en la definición de sus facultades políticas y sociales; sino también —y de modo concomitante— sobre el rigor de su equilibrio interno como persona y su capacidad para superar, en sí mismo, el estallido oscuro de las pasiones. O, para decirlo con términos diferentes: no se libera tan sólo al hombre afianzándolo en el uso de sus derechos. Se le libera —y acaso con mayor precisión— colocándole por encima de la esclavitud oprobiosa de sus instintos y haciéndole comprender sus obligaciones para consigo, para con sus iguales, para con la Patria y para con toda la humanidad.

Se ha hablado mucho de los derechos del ciudadano, de los derechos de la mujer, de los derechos del escritor, de los derechos del joven, del técnico y del artista. Hemos ido creando, en todos los órdenes de la sociedad una mentalidad de cobradores insatisfechos. Acontece por consecuencia que quien demanda cumple menos de lo que exige y da en servicio menos de lo que pide para servir. Se instala así, a corto o a largo plazo, durante la paz, un déficit colectivo, que las naciones sólo saben pagar con su aportación para alguna guerra; lo que, después de todo, más que pagar, equivale a querer saldar indirectamente una deuda, merced a la liquidación general de una bancarrota.

Lo anterior nos demuestra que uno de los valores que procede instaurar, dentro del sentido humano de la cultura, es el valor espontáneo, intrínseco, del deber. Pero ya no el deber militar de matar o morir, que aceptan los pueblos cuando se desatan las ofensivas, sino el deber civil de vivir y de hacer vivir conforme a normas insospechables; el deber de sacrificar un poco de nuestro goce, todos los días, para no sacrificarlo en su integridad sobre las aras trágicas de la guerra; el deber de ser fuertes, fuertes a tiempo, en la armonía de una convivencia justa y civilizada, a fin de no tener que aprender a ser fuertes en la contienda, cuando la fuerza se mide por lo que niega y no por lo que asegura, por lo que destruye y no por lo que edifica.

Tenemos, frente a nosotros, el esbozo complejo y arduo de un nuevo mundo. Un mundo que no brotó de un azar de la geografía, sino de una voluntad insistente, compacta, adusta: la historia humana. Ese esbozo será a lo sumo forma insensible, desierta y muda mientras no le comuniquemos un alma propia. Y esa alma sólo podrán transmitirla quienes posean la capacidad de entregar a su obra todo su ser.

Por espacio de muchos años hemos oído a algunos intelectuales opinar de manera abstracta sobre los temas que hacen la paz y la guerra de los países. Incluso a raíz de firmada la tregua de 1918, hubo escritor europeo, de maestría, que definiera la paz como un equilibrio de símbolos solamente. El talento se había engreído en jugar así, no sin temibles irreverencias, con las metáforas. Pero sucede que las metáforas son un momento no más de la realidad: el momento rápido y fotográfico en que la materia se vuelve signo, alusión, emblema. Y comprobamos, por la experiencia de lo sufrido, que nuestro papel inmediato va a consistir en resucitar las figuras yacentes bajo los símbolos.

Si los artistas de antaño se complacieron, viendo cómo se convertía Dafne en laurel y en estatua de sal la mujer de Lot, el de-

952

ber exige que nuestra hora se singularice precisamente por lo contrario y que, al roce de nuestra vara poética o filosófica, vuelva a vivir la mujer de Lot, escapando a su cárcel salobre y frígida, vuelva el laurel a ser Dafne viva y hallemos, bajo los símbolos opresores, la carne trémula y vulnerable por cuyas arterias corra una sangre ya no ficticia, sino roja y ardiente como la nuestra, entre nervios y músculos de verdad.

Quiere ello decir, sin alegorías, que se impone a las nuevas generaciones una tarea cuyos timbres más puros de gloria radicarán en vivificar la cultura, en humanizarla y en combatir contra las áridas abstracciones que estaban amenazando ahogar el arte, la ciencia y el pensamiento.

El alma que aguarda ese nuevo mundo se erguiría mañana airada contra nosotros si no tratásemos todos de fabricarla con lo más acendrado de nuestra fe. Lo que más ha faltado a los constructores de nuestra actual civilización es la fe en el hombre, la devoción para sus ideales y el examen crítico necesario para distinguir con exactitud entre la esperanza y el espejismo.

A la técnica de la prisa es indispensable sobreponer la técnica de la solidez. Que en cada cual se precise la psicología del arquitecto, del "arquitecto de su destino". En ello, los escritores y los artistas de México están tan comprometidos como los de cualquier nacionalidad. Es menester, en efecto, que el mundo que ayudemos a organizar sea un mundo en orden. Y que el orden que lo regule derive de la única disciplina susceptible de conjugarse con nuestro amor a la libertad: el orden por el espíritu.

En un debate, presidido por el profesor Osorio de Almeida, se discutió, hace algún tiempo, acerca de la transformación de los valores de la cultura. Entre otros, hizo uso de la palabra en aquella ocasión un desterrado político de Alemania, Werner Thormann, de quien son las siguientes frases que no me parece superfluo reproducir en este lugar: "En todos los dominios de la vida pública —exclamó el orador— nuestra tarea es la de impedir que el hombre se convierta en un simple instrumento." Y añadió: "Hemos presenciado la liberación de las masas, pero aún tenemos que conciliar esa emancipación con el concepto de la personalidad." A lo que Raymond de Saussure no tardó en objetar: "Una disminución de la responsabilidad individual frente al conjunto de la sociedad, un deseo de pedir todo de ella y de no procurarle nada en cambio, tal fue la característica principal del período de preguerra."

Advertimos que, en esta supuesta antinomia entre la responsabilidad de la sociedad y la responsabilidad de los individuos o entre la emancipación de las masas y el desenvolvimiento de la persona, la solución positiva tendrá que ser, indefectiblemente, una solución moral. Ya en el ocaso del siglo XVIII, Kant aconsejaba: "Obra de manera que trates siempre la voluntad libre y razonable, es decir, la humanidad, en ti y en el prójimo, como un fin y no como un medio."

No hay postulado jurídico que no ilumine este reflector: lo mismo la libertad del ser en la democracia de la nación que la soberanía de los pueblos en la democracia de las naciones; pues lo que el imperialismo económico y el totalitarismo —técnico o práctico— han pretendido ejercer, tanto en el seno de los países como por el avenimiento tortuoso de las potencias, es el uso del prójimo como medio, el empleo del semejante como inferior y el sometimiento de la voluntad —que, por sí misma, es un fin augusto— a transitorias finalidades que alteran la convivencia y desquician el orden universal.

En todas las latitudes, en todos los climas, bajo todos los cielos, los hombres que escriben, piensan y enseñan deben procurar hacer de la paz y la libertad algo dinámico y sustantivo, y no situaciones de tímida estabilidad y de simple exclusión de la muerte y la servidumbre. El interés por la paz y el fervor por la libertad fueron declinando en los pueblos y en las conciencias antes de que estallaran materialmente las hostilidades que padecemos, en parte porque —a la sombra de las nociones de paz y de libertad— habían cristalizado muchas injusticias y prosperado muchas mentiras; pero en parte, también, porque los promotores de la cultura no acertaron a inculcar en las masas una imagen viviente de esas nociones y se contentaron con definirlas por sus límites negativos: la paz, como negación de la guerra, y la libertad, como negación de la tiranía.

Acaece, no obstante, que el ánimo de los individuos y la convicción de los pueblos se enardecen difícilmente por aquello que se les brinda en términos restrictivos y que la libertad y la paz son condiciones que han de estimarse, ante todo, por sus aspectos de afirmación. A partir de Versalles, no fueron pocos los libros que difundieron el odio y el miedo de la contienda. Barbusse y Duhamel, Arnold Zweig y Forgeles, Remarque y Romain Rolland —para no mencionar sino a novelistas de éxito incuestionable— hicieron de sus obras requisitorias vehementes contra la guerra.

Mas, a cambio de aquellas requisitorias, ¿cuántos fueron los escritores que se atrevieron a cantar positivamente los méritos de la paz? Por tenebrosa que fuera la novelística de la guerra, la de la paz destilaba también acíbar y desaliento, pesimismo y desolación.

¿Qué ejemplos de humanidad proponían los literatos más celebrados a sus lectores? En Francia, el inmoralismo de *Los monederos falsos* descritos con tan persuasivo talento por André Gide, y la sociedad decadente que dio pretexto a los admirables análisis de Marcel Proust. En Alemania, el culto de la muerte, de Thomas Mann, y las crueles indagaciones de Jakob Wassermann.

En Italia, los personajes nocturnos de Svevo y de Pirandello. En Praga, las agónicas turbulencias de un Kafka y, en Inglaterra, cuando no las digresiones irónicas de Aldous Huxley, el exacerbado sensualismo enfermizo del *Amante de Lady Chatterley*...

Entre las perspectivas de un armisticio sin grandeza y los cuadros de una guerra sin magnanimidad, lo que germinaba naturalmente, en el público, era la indiferencia. ¿Valía la pena renunciar a la lucha para incurrir en ese marasmo que se nos daba como resumen y anestésico de la paz? A fin de contrarrestar la sensiblería llorosa de ciertas horas de la literatura decimonónica, se exageraron las pretensiones de un intelectualismo geométrico y efectista. Poetas, de angulosa prestancia, llegaron a declarar que el corazón había pasado definitivamente de moda. Antes que de los caracteres, la virtud, la pasión creadora, la entereza y la viril elegancia de la conducta huyeron de las páginas de los libros. Y, si restamos algunas obras excepcionales, la mayoría de la producción literaria esparcida en el mundo entre 1918 y 1940 puede clasificarse en dos largas series: la de los textos que tendían al idealismo, por evasión de la realidad, y la de aquellos que proclamaban, como único realismo posible, la eliminación de los ideales.

¿Qué representaba tan seria antítesis, sino una dimisión moral de la inteligencia? Porque no hemos de resignarnos a que el papel de la inteligencia haya de reducirse a copiar los retratos bajos y los perfiles ignominiosos, sino a tomar, al contrario, los elementos dispersos en la naturaleza y a organizarlos con energía, a fin de proporcionarnos una galería de modelos, dichosos o infortunados, nobles o ruines, pero contrastándolos —como siempre ha ocurrido en las grandes épocas— sobre el fondo de una concepción coherente, inspirada y sólida de la vida.

Todos un poco nos encontramos, en estos días, como Renan, cuando escribió su plegaria sobre el Acrópolis. Todos, en efecto, quién más, quién menos, podríamos, como él, afirmar que "llegamos tarde al umbral de los misterios de la belleza simple y verídica." Porque hemos vivido enfermos de escepticismo y porque, para decirlo con sus palabras, "una filosofía indudablemente perversa nos indujo a creer que lo bueno y lo malo, lo feo y lo bello, el dolor y el placer podían transformarse unos en otros, merced a matices indiscernibles, como los del cuello de la paloma", nos sentimos ahora situados ante el deber de elegir lo bueno con osadía y de rechazar lo malo con decisión, de servir al bien con todas las fuerzas de nuestro convencimiento y de oponernos al mal incansable, perennemente.

Nuestra dignidad —y tal vez no sólo la nuestra— dependerá del acierto con que escojamos entre el camino de la llanura que lleva, entre muelles ondulaciones, a la comodidad y al desistimiento, y el camino de la montaña que va, entre riscos, hacia el heroísmo de la belleza y de la verdad.

La obligación más alta de los artistas y de los escritores de nuestro tiempo es la de devolver a los hombres una esperanza. Pero no la esperanza blanda y afeminada de que la paz equivale a una póliza contra todos los riesgos de la existencia, sino la varonil esperanza de que vivir es aceptar los peligros, sobrellevarlos y saber dominarlos con valentía, en función y por obra de un ideal.

Quiera México que todos sus escritores —los presentes y los ausentes— merezcamos asumir esa obligación. Tal es, señores, el voto que elevo, fervientemente, al unirme a vuestra asamblea.

MARTÍ, PALADÍN DE CUBA *

HACE cincuenta años, el 19 de mayo de 1895, sobre el suelo de Cuba yacía el cadáver de un hombre de frente comba, nariz delgada y ojos que en vida fueron ejemplo de un mirar hondo, sereno, grave, a la vez íntimo y persuasivo... Aquel cadáver era el despojo de una existencia extraordinariamente rápida y lúcida. El corazón que, durante un poco más de ocho lustros, latió dentro de ese pecho fue el corazón de uno de los más generosos americanos: el corazón de José Martí.

¿Por qué camino —de rebeldía y de privaciones— había guiado la voluntad a José Martí hasta aquel encuentro con lo más perdurable de su conciencia que es, en los héroes, la muerte hallada en el cumplimiento de una misión?

Decía Rilke que cada uno de nosotros lleva su muerte en lo más secreto de su persona, como en la pulpa del fruto va la semilla. En efecto, toda biografía no constituye otra cosa que el itinerario de un viaje hacia la cita definitiva consigo mismo; cita que implica la consagración suprema para los grandes, el instante en que el cuerpo desaparece y la piedad de los sucesores se apresta a sustituirlo con el símbolo de la estatua. Pero si hay, en la galería de los constructores continentales, alguna estatua en que el mármol póstumo no se atreve a contener el perfil del hombre que representa, esa estatua, señores, es a mi juicio la del inquietante e inquieto protagonista que hoy celebramos: la estatua vívida de Martí.

Revolucionario, viajero, poeta y batallador, Martí se inscribe, con innegable derecho, en la historia de los más celebrados descubridores americanos; en la tradición de los navegantes, como Colón; en la tradición de los misioneros, como Vasco de Quiroga; en la tradición de los libertadores, como Bolívar, Washington y Morelos.

Para él, América no fue únicamente un hecho, sino un deber; porque este Hemisferio no se ofreció jamás a su entendimiento como un horizonte geográfico limitado, sino como una promesa histórica, de esperanza para toda la humanidad.

El camino al que antes me referí: ese camino que, por mares, valles y serranías, llevó al cantor de la "niña de Guatemala" hasta el combate trágico de Dos Ríos, tenía una meta, una meta augusta: encontrar a América. Pero no a la América destrozada, que recorrieron sus pasos de guía y que sus manos de apóstol acariciaron con devoción, sino a la América libre a la que dedicó

* Homenaje a José Martí en el cincuentenario de su muerte. México, D. F., 19 de mayo de 1945.

sus discursos más penetrantes: esa América que todavía está en formación en nosotros mismos, haciéndose lentamente con lo mejor de nuestras ambiciones y nuestros actos, tropezando aún —para germinar— con nuestros defectos, luchando, en suma, por ser lo que su nombre le augura desde hace siglos: la cuna de un mundo nuevo.

Muchos son los que han visto a América. Menos los que la han comprendido. Pocos, muy pocos, los que supieron sentirla, como Martí. La sintió tan hondo que podría decirse ahora, sin exageración, que América fue para él un padecimiento: algo que no estaba sólo en su espíritu, sino en cada gota del caudal magnífico de su sangre; una tortura tan exclusiva que no había nada, en su pensamiento, que no aceptase la sumisión a esa causa última; un ideal de dominio tan absoluto que hasta la autonomía del artista y la piedad del patriota vivían en su alma como demostraciones de su culto continental.

La sensibilidad, la lectura, los viajes, el trato del europeo, los años de estudio en España e incluso la amplitud de un talento abierto a todas las curiosidades y expuesto a todas las tentaciones, no consiguieron alejar ni por un minuto a José Martí de aquella función primordial, exhaustiva y apasionante: encontrar a América. Todos sus amores, hasta el de Cuba —y entenderán lo mucho que digo quienes recuerden qué poderosas raíces tuvo en su ánimo el patriotismo— fueron para el excelso cubano revelaciones, coincidentes o sucesivas, de un solo amor: el amor a América.

Por eso, en la carta que envió a su madre el 25 de marzo de 1895, antes de partir para la aventura que había de concluir con el holocausto que conocemos, no acertamos a distinguir entre la gratitud del hijo y la pasión del americano y no sabemos si se despide de una mujer o de la tierra entera de un Continente. La carta a que aludo principia así:

"Madre mía: Hoy, 25 de marzo, en vísperas de un largo viaje, estoy pensando en usted. Yo sin cesar pienso en usted. Usted se duele, en la cólera de su amor, del sacrificio de mi vida. Y ¿por qué nací de usted con una vida que ama el sacrificio?... Palabras, no puedo. El deber de un hombre está allí donde es más útil. Pero conmigo va siempre, en mi creciente y necesaria agonía, el recuerdo de mi madre."

Madre América, según él la llamó, ¿qué habitante de este Hemisferio hizo jamás de su vida un ejercicio tan limpio que, al despedirse de ella, tuviera más argumentos que él para hablar así, confundiendo acaso, aunque sin quererlo, el entusiasmo cívico y la ternura filial, la verdad del hombre y la efusión del libertador?

En esas líneas, que son como el testamento de su capacidad poética más insigne —la que advertimos en sus acciones— Martí confiesa, con emocionante modestia, lo que otros claman desde las cumbres: su fidelidad al deber y su vocación para el sacrificio.

Sólo aquel que posee en tan alto grado esas dos condiciones indispensables puede hablar sin falsía de virtud, de rigor y de libertad. Su obra de tribuno abunda en páginas elocuentes, en períodos y cláusulas admirables. Pero su mayor elocuencia vibra en la lealtad de esa vocación para el sacrificio de la que, a veces, como en la carta que he mencionado, más que jactarse, parece excusarse afectuosamente, no sin viril y patética ingenuidad.

¡Noble y estoico José Martí! ¡Qué lección de energía sin arrogancias, de santa cólera sin rencores y, sobre todo, de intensa, de honda autenticidad, es la que se desprende para nosotros de sus páginas más felices! Maestro de juventudes fue en todo instante, lo mismo en 1889, cuando afirmó en Nueva York, durante la velada organizada por la Sociedad Literaria Hispanoamericana, que "sólo perdura la riqueza que se crea y la libertad que se conquista con las propias manos", que cuando exclamó, en 1891: "Yo quiero que la ley primera de nuestra república sea el culto de la dignidad plena del hombre. En la mejilla ha de sentir todo el hombre verdadero el golpe que recibe cualquier mejilla de hombre. Sáquese a lucir y a incendiar las almas y a vibrar como el rayo, a la verdad y síganla, libres, los hombres honrados."

Quien descubre acentos tan convincentes para elogiar al género humano en la dignidad impecable de su destino, no pertenece exclusivamente a la casta de los precursores de nuestra América; se instala, con majestad incontrovertible, dentro del linaje de los forjadores más puros de la solidaridad democrática de los pueblos. Y es a ellos, a los videntes, como Martí, a quienes debemos volver los ojos en estas horas de irrecusable y tremenda definición.

Él hablaba, pensando en la paz que sobrevendría para sus compatriotas, después del fragor de las luchas de independencia. Y nosotros nos reunimos a recordarle, pensando en la tarea de paz que habrá de incumbir —y no a América solamente— tras de esta crisis que ha conmovido, hasta en sus cimientos, la estructura material y moral de la convivencia civilizada.

El consejo de su voz y el testimonio de su conducta cobran por consiguiente, en los actuales tiempos de prueba, una magnitud de prestigios indiscutibles. Sólo siendo sinceros y originales, como él quería, lograremos participar en el intento de dar al mundo una nueva fe. Sólo sintiendo —como él quería— que, frente a la igualdad espléndida del espíritu, no haya desigualdades de razas o de colores, ni de vejez o de mocedad en la obligación, alcanzaremos el plano de inteligencia, de rectitud y de ética madurez que sirve de base a las construcciones políticas permanentes. Sólo buscándola en las entrañas de nuestra propia naturaleza, como él quería, sin abdicaciones ni mimetismos, encontraremos la veta de la universal justicia y de la positiva fraternidad.

Porque él sentía la independencia de su país, como suele sentir el artista, entre los dedos con que se esfuerza por modelarla, el misterioso peso inminente de la medalla en que sus anhelos se perpetúan. Y también nosotros sentimos hoy, por humilde que sea nuestra aptitud para afrontar responsabilidades tan gigantescas, que de la paz que alumbra nuestra esperanza no estará nada más pendiente la libertad de nuestras naciones, sino nuestro concepto de la persona como persona, nuestro sentido íntegro de la vida y nuestro derecho a ver en nosotros mismos, sin rubor, sin hipocrecía y sin malestar.

Éste, después de todo, es el eterno valor de los grandes hombres. Su acción no cesa cuando fallecen. Mientras sus ideas conservan fuego bastante para animar y encender nuestras existencias, están junto con nosotros, viven por nosotros y con nosotros. Por eso, medio siglo después de muerto, para obtener la paz que buscamos, austera y franca, segura y justa, combate al frente de nuestras filas un soldado sin armas, un verdadero soldado libre: José Martí.

México se da cuenta de su presencia. Y —en esta noche de aniversario— la acoge, con emoción.

LA MISIÓN DE MÉXICO ES MISIÓN DE LUCHA *

NINGUNA ceremonia podría avivar en nuestros espíritus la llama de la esperanza como este acto en que el pueblo de la República, representado por delegaciones de los Estados y del Distrito Fedral, viene a honrar la memoria de nuestros próceres.

Sin la independencia del alma por la cultura y el dominio de la miseria por el trabajo, la proclamación de la libertad política es solamente el anuncio de un gran proceso de evolución, contra cuyas posibilidades de éxito se levantan numerosos obstáculos económicos, técnicos y morales.

Adquirir el derecho a ejercer su soberanía entraña, para cualquier colectividad, la aceptación simultánea de compromisos indeclinables, de obligaciones intransferibles y de sacrificios sociales e individuales reiterados, intensos y generosos. Se califica de libre el país que rompe las cadenas de un régimen colonial; pero, en tal despuntar de su autonomía, únicamente es libre, de hecho, su anhelo de organizarse según métodos que proscriban la obediencia servil ante el extranjero.

Pocas cosas conmueven más al historiador que ese grito de fe emitido por la garganta de un cuerpo inmenso cuyos músculos se debaten —como los miembros de Laocoonte— entre todas las sierpes del sufrimiento y frente a todos los riesgos con que lo cerca la codicia insaciable de los demás.

Durante lustros, ése fue el drama profundo de nuestra Patria.

De cuanto creía ser sólo suyo —y que, por suyo, querían arrebatarle los poderosos— ¿qué le pertenecía? No eran suyas, sino de nombre, muchas de las leyes que, entre apremios y convulsiones, había adoptado sin experiencia, sin examen y, en ciertos casos, contra su propia visión de la realidad. No eran suyas, sino de nombre, las formas externas de una cultura que condenaba a infinidad de sus hijos al silencio y a la inacción y que hasta hacía de lo que indica vínculo indestructible —la unidad del idioma— una suerte de privilegio del que, aun ahora, se hallan privados varios grupos étnicos del país. No era suya la estructura económica entre cuyas rejas intentaban moverse sus habitantes. Y, para colmo, no era suyo siquiera el producto de gran parte del suelo que, bajo normas inconfesadas de feudalismo, araban y sembraban sus campesinos.

* Ceremonia ante la Columna de la Independencia organizada por las Delegaciones de los Estados y del Distrito Federal en la Campaña Nacional de Alfabetización. México, D. F., 2 de septiembre de 1945.

Por espacio de más de un siglo, la misión de México hubo por consiguiente de consistir en proporcionar a ese cuerpo preso la libertad que existía sólo, como promesa, en el pensamiento de sus héroes y que, proclamada en sus textos fundamentales, seguía aguardando, impacientemente, la expresión de la vida y de la verdad.

Misión de lucha tuvo que ser la misión esencial de los mexicanos. Y es todavía misión de lucha nuestra misión.

En efecto, en tanto que nuestra tierra no se cultive debidamente, en tanto que muchos de nuestros recursos sigan perdiéndose por carencia de exploración, de explotación; en tanto que todo lo que libramos del vasallaje continúe sometido a la desesperación de la incuria y de la ignorancia, tendremos que sentirnos, todos los días, los insurgentes de una campaña incesante de independencia.

Según lo expresara el señor presidente Ávila Camacho, "en el mundo que nos rodea no existe espacio para aquellos que temen y desconfían". Ser mexicano ha significado inconformidad e insatisfacción. Y tendrá que significar insatisfacción e inconformidad quién sabe por cuánto tiempo; pues, mientras haya en la República millones de hombres y mujeres analfabetos, descalzos y desnutridos, millones de niños sin escuela y cientos de millares de familias para las cuales el hogar es una cocina sin lumbre, un lecho sin abrigo y el amago perpetuo de un mañana sin pan, toda voluntad bien intencionada estará impedida por dos afanes imprescriptibles: nutrir a México, educar a México. En síntesis: libertar a México. Libertarlo del hambre y de la miseria. Libertarlo de la pereza y de la incultura. Libertarlo de la mentira y de la enfermedad.

A emanciparlo de uno de aquellos oprobios tiende actualmente la campaña que libra nuestra nación contra la ignorancia. Soldados de esa campaña son los que asisten al homenaje que hoy nos reúne. Cientos de miles, como ellos, luchan en estos meses por aprender. En capitales y rancherías, pueblos y aldeas, campos y fábricas, cientos de miles, como ellos, tienen entre sus manos una cartilla y, con los dedos endurecidos por el contacto del martillo o del azadón, cientos de miles, como ellos, toman un lápiz, forman el nombre de su ciudad, trazan las letras de su apellido, y, al escribir —por primera vez— la palabra México, sienten, sin duda, que ratifican el pacto augusto que existe siempre entre la tierra que nos da origen y nuestras vidas particulares; pacto que ellos están cumpliendo calladamente; pacto que honra a quienes lo aceptan sin restricciones; pacto de esfuerzo que se transmite de padre a hijo y que va, de generación en generación, afirmando la persistencia de la República y aclarando las perspectivas de su destino.

Entre los grupos que, dentro de breves instantes, colocarán

una ofrenda en esta Columna, hay sonorenses y yucatecos, veracruzanos y michoacanos, poblanos y coahuilenses, tamaulipecos y chiapanecos... Mexicanos de la sierra y de la llanura, de la costa y la altiplanicie, los que habitan junto a los pinos de las montañas y los que viven bajo las palmas del litoral, de todas partes, de todas las latitudes, de Hidalgo, y de Zacatecas, de Oaxaca y de Sinaloa, de Colima y de Guanajuato, han venido a reiterar su respeto a México, su amor a México. Los saludamos con emoción.

México no es solamente una Patria amante para aquellos que saben y que prosperan. Su luz, como la del sol, se reparte entera, sin preferencias ni sectarismos. Pero México aspira a que todos sepan, para que todos puedan servir su causa y servirla bien. Al atender el llamado que nuestro Primer Magistrado hizo a los mexicanos el 21 de agosto de 1944, todos los presentes probaron con elocuencia que no se demuestra exclusivamente la fe en la Patria merced a la sumisión en la hora de los martirios y de la muerte, sino —también— merced a la lealtad en la hora de las tareas y del estudio, con entusiasmo en la vida y para la vida.

Ese entusiasmo en la vida y para la vida es lo que desearíamos inculcar en todos nuestros hermanos. La Campaña contra el Analfabetismo tiene varias finalidades. Una inmediata y directa: enseñar a leer y a escribir a los iletrados. Otra, mediata: sentar las bases de una organización educativa de carácter extraescolar, que nos permita afrontar las dificultades de la posguerra. Ambas son tan indispensables que no me detendré a analizar su importancia frente a vosotros. Pero sí me interesa decir, ahora, algo que desde hace tiempo viene formándose en mi conciencia y que no será, por cierto, una novedad para quienes hayan principiado a instruir a un analfabeto.

A mi juicio, el producto más noble de esta campaña consistirá en haber depurado la noción de unidad de nuestra República y en que los iletrados y los letrados se hayan reconocido unos a otros fraternalmente y hayan comprendido un poco mejor el problema de su existencia, viendo en sí propios —y en sus iguales— cómo hay en todos un mismo fondo de júbilo y de dolor, una misma ambición de justicia y de libertad y un mismo espíritu de bondad, de paz, de progreso humano.

Quien enseña acepta de aquel que aprende una lección a menudo más alta y reveladora. Maestros involuntarios suelen ser muchos analfabetos cuando llegan a nuestros centros, con el ruido del taller todavía próximo en sus oídos y la inmensidad de la tierra todavía impresa en el fondo de sus retinas. Ellos poseen, en ocasiones, el acervo de esas verdades, inocentes, humildes, pero absolutas, sin cuyo aprecio no sería genuina nuestra verdad. Ellos nos traen el mensaje del México que padece, la palabra del México que ha estudiado en los renglones magníficos de los surcos y en la escuela sin cátedra del trabajo. Ellos han visto esa Patria austera, que intentamos nosotros engalanar en las calles y plazas de las ciudades, pero al logro de cuya dicha nunca contribuiremos eficazmente mientras sigamos desconociendo lo que es el amor de esa Patria austera para aquellos que buscan, entre sus manos, el supremo secreto de la virtud.

No debemos, pues, envanecernos de la ayuda que estamos proporcionando a los que no obtuvieron instrucción sistemática en la niñez. Como, en página penetrante, lo ha reconocido un escritor revolucionario, a cambio del alfabeto, en cuyo uso les adiestramos, ellos nos dan la oportunidad de perfeccionarnos en el dominio de otro alfabeto, de un alfabeto que no empleamos, seguramente, para leer lo que dicen los libros y los periódicos, pero que brinda una clave insustituible para entender lo que espera, desde hace siglos, el pueblo de nuestro México.

Y ese misterioso alfabeto del sentimiento, esa clave imperecedera de la piedad —de la piedad para todos los hombres sobre la tierra— habrán de ser, en lo sucesivo, elementos inolvidables en los tratados que definan y consoliden la paz del mundo. ¿De qué serviría, en efecto, el mejor convenio si sus cláusulas primordiales, aunque redactadas en los idiomas más diferentes, se limitaran al valor intrínseco de la letra y no brotaran, más allá del alcance de los vocablos, de la paz persuasiva del corazón?

Si el letrado libera al analfabeto de la ignorancia ¡cuántas veces libera al letrado el analfabeto de sus prejuicios y de sus conceptos superficiales de la felicidad, del provecho y del interés!

He hablado con muchos de los mexicanos que acuden hoy a inclinarse ante la memoria de nuestros héroes. Y he recibido de ellos una enseñanza admirable, que me conforta: la fe de todos en el destino de la Nación, el deseo de mejorar por el estudio y el don de todos, de todos ellos, para la obra del porvenir.

Este aspecto de la Campaña Nacional contra el Analfabetismo concede extraordinario valor simbólico a la ceremonia que presenciamos, ya que precisamente sobre esa doble liberación —la de la incultura y la del egoísmo— tendrá que afianzarse, cada día más, la independencia efectiva de la República.

Con la expresión de este voto, saludo a los mexicanos que se congregan al pie de este monumento, los felicito por su sentido cívico del deber y, por instrucciones del señor Presidente Ávila Camacho, les ruego que, al regresar a los sitios en que residen, transmitan a sus familias y a sus amigos nuestra confianza en el resultado de su trabajo; porque el trabajo de construir una Patria grande, dichosa y justa, es la más digna de las empresas que ofrece a un pueblo la humanidad.

LA HISTORIA, PERPETUA AFIRMACIÓN *

Todo Congreso de historiadores señala a quienes concurren a inaugurarlo el deber de hacerlo con absoluta sinceridad.

Están, en efecto, tan enlazadas las disciplinas de vuestro estudio con lo esencial de nuestra conducta como hombres libres que no habría esfuerzo, mérito o vicio —en nuestras palabras y aun en nuestro silencio— que no acabara por impregnar la materia viva en que tenéis el orgullo de trabajar.

Sois, señores, en mucho, nuestra conciencia. Conciencia activa, a la que es natural que pidamos esas virtudes sin cuyo amparo resultarían prejuicios vuestros dictámenes y aventurado vuestro rigor: la universalidad en el planteamiento de los problemas, el fervor en el patriotismo y la rectitud en el uso de la verdad.

Ninguna parte del mundo se entiende aislada. Cierto distinguido profesor español me indicaba, un día, que su estancia en México le había deparado ocasión propicia para corregir y perfeccionar el conocimiento de su país, porque España vivió en América —y particularmente en las tierras de nuestra Patria— tres de los siglos más importantes de su existencia.

Lo mismo podría decirse de otros países. Para afirmarlo, no sería preciso acudir siquiera a relaciones tan íntimas y fecundas como la que acabo de mencionar. El mundo es uno. Y, así como Goethe colocaba el oído sobre el trémulo pecho de Europa, para percibir las palpitaciones de la Revolución del 89, esperando entender lo que reclamaba, con sus sístoles y sus diástoles gigantescos, el corazón de esa libertad que latía en París, así nosotros, todos nosotros, sin compararnos con el poeta nacido en Francfort, hemos vivido múltiples horas en estos años lejos de las ciudades y de las calles en que pasaban nuestras personas, con la imaginación atenta al estrépito de los aviones germánicos en el cielo de Londres, al disparo de los cañones de Stalingrado o al avance de las tropas aliadas sobre las costas de Normandía.

¿Por qué?... Porque en esos lugares, remotos, se estaba forjando nuestro destino. El destino de una civilización que no admite divisiones artificiales y en el cual nos hallamos constantemente comprometidos, pues dependemos todos los hombres unos de otros y la injuria que, a millares de kilómetros de distancia, cometen las tiranías sobre un conjunto de seres como nosotros, que aprecian la paz y la independencia como nosotros, es una injuria que nos vulnera directamente y una herida que nuestros órganos no delatan, pero de cuyos labios, tarde o temprano, aca-

---

* Apertura de la VII Reunión del Congreso Mexicano de Historia. Guanajuato, 16 de septiembre de 1945.

baría por escapar algo más encendido y valioso que la sangre de nuestras venas: la savia de nuestra fe.

En uno de sus libros fundamentales, escribía Burckhardt: "El mejor estudio de la historia patria será aquel que considere la patria en parangón y en conexión con la historia universal, iluminada por los mismos astros que han irradiado sobre otros tiempos y amenazada por los mismos abismos y el mismo riesgo de caer en la misma noche."

Mientras quiera esquematizarse la historia sin relacionar cada acontecimiento de un pueblo con los sucesos trascendentales de los demás, nos sentiremos tan incapaces de comprenderla como de gustar una sinfonía quien pretendiese escuchar exclusivamente, desde el principio hasta el término de la obra, el individual recitado de su instrumento.

Constituye un lugar común aludir al "concierto de las naciones". Sin embargo, bajo el gastado relieve se advierte aún, en el metal de la fórmula ya oxidada, la incisiva verdad que la troqueló. En cualquier instante, está coadyuvando cualquier país a la realización de la tierra entera. Somos puntos y sólo puntos de un inconcluso tejido inmenso, que, a través del tiempo y del espacio, va describiendo la permanente expansión de lo general. De ahí que todo auténtico historiador, por mucho que limitativamente perfore el campo de una época y de una localidad, baja a la postre a una zona oscura en la cual el más tímido golpe de su piqueta da en esa capa universal y magnética de la historia, donde el polvo no pertenece a ninguna patria, a ninguna raza, porque en ella todas las patrias y todas las razas se mezclan, se reconocen y se confunden.

Sin aspirar a esa solidaridad de carácter póstumo, recoge el historiador su laurel más noble cuando percibe —y logra que sus lectores o sus alumnos perciban, junto con él— esa otra solidaridad, la que más importa: la solidaridad para el éxito de la vida.

Hay colectividades que, o por muy viejas, o porque abrigan la certidumbre de que sus antepasados fueron dichosos, prematuramente dichosos, fuertes y grandes, sitúan la edad de oro en el paraíso de lo perdido. Se sobreviven. Y, dominadas, consciente o inconscientemente, por la idea del apremiante retorno, obran cual ríos que, a cada paso, a cada esguince del cauce y a cada obstáculo del terreno, anhelaran volver a su manantial. En ellas, los movimientos sociales de más cómoda propaganda son los que invocan un imperio abolido, una gloria extinta; es decir: aquellos que, a menudo sin declararlo, buscan una restauración.

Hay, en cambio, colectividades de otro linaje, como la nuestra, que si miran a lo pasado no pueden lógicamente encontrar ahí un remanso en el cual inmovilizarse. Para éstas, el único paraíso posible está en el futuro. Su ayer implica una propulsión incesante hacia las orillas de una promesa que, por comparación con todo lo que aceptaron, tienen derecho a representarse más luminosa y, también, mejor.

Los historiadores que no explicasen por qué las colectividades de semejante naturaleza suelen ser revolucionarias, no habrán captado ni la calidad de su impulso ni los motivos de su confianza en la intrepidez como medio de descifrar sus enigmas propios y recurso para llegar, más de prisa acaso, a su latente y próxima realidad.

Basta seguir la epopeya de nuestro pueblo para persuadirnos de que, incluso cuando se expresa entre continuas zozobras y sobresaltos, la historia es siempre una insistente, terca y magnífica afirmación. Ahora bien ¿cómo podría desempeñar la función que le corresponde el historiador que no respetase el significado patético de ese sí que, de boca en boca y de generación en generación, le trasmiten sus precursores? ¿Y qué atención reserva a los críticos que intentasen, con su escepticismo o con su ironía, acallar ese sí tremendo, pronunciado a veces por quien tenía los pies sangrantes sobre la hoguera del sacrificio, el cuello enjuto bajo la cuerda de la tortura y el pecho desnudo y franco frente a los rifles del invasor?

Para interpretar la amplitud de esa afirmación, no creemos ya suficiente aquel don precioso, de universalidad en el juicio de los fenómenos, que al principio de estas palabras me atreví a proponer a los investigadores de nuestra historia.

Para interpretar la amplitud de esa afirmación, sería ineficaz un talento frío, habituado a la disección de apariencias muertas. Lo que exige reiteración tan apasionada es pasión creadora en quien la comprueba, sensibilidad cordial en quien la traduce y amor, verdadero amor para el pueblo que la sustenta.

O, si queréis que lo diga con términos diferentes: puede ser que haya manifestaciones abstractas del pensamiento, ecuaciones matemáticas, fórmulas químicas, en las que no adivinen los aprendices esa solución interior de continuidad que los joyeros llaman jardín en el esplendor de las esmeraldas y que traiciona, en algunas obras científicas, la inferioridad moral de aquellos que las producen. Mas, en la historia, los defectos morales nunca se disimulan. No existen generaciones a las que salve una historia escrita por intelectuales carentes de un positivo culto a la libertad. Y es que el culto a la libertad, en lo que concierne al historiador, no representa una cualidad adjetiva o un valimiento suplementario, sino una condición intrínseca, indispensable.

He ahí lo que levanta ante vuestro paso tantas y tan sutiles dificultades. En vuestras labores, una verdad exenta de patriotismo envenena el ánimo. Y un patriotismo exento de verdad se destruye a sí propio, defrauda a la inteligencia y acaba por corromperla, pues según dijo el autor del *Espíritu de las Leyes*, "todos estamos obligados a morir por la Patria; nadie a mentir por ella".

No queremos que parezcan los hechos, en vuestras manos, sustancia tan dócil y tan flexible que os sirva para demostrar cualquier tesis preconcebida. Pero no podemos querer tampoco que, en la exposición de los hechos indubitables, falte la base de una profunda y sincera emoción humana.

Entender al pueblo, sentir al pueblo y sentirlo a la vez en la espontaneidad de las masas y en la calidad específica de los héroes, ésa es la misión constructiva de todo historiador concienzudo y probo. Y ésa es, señores, vuestra misión.

La historia de México se desenvuelve ante vuestros ojos. Y ¿qué ha sido esa historia nuestra sino dolor, controversias, pugnas tenaces por definirnos mejor a nosotros mismos?

Tan en el fondo yacía la veta que un siglo no fue bastante para encontrarla, en su pureza limpia y generosa. La Independencia y, después, la Reforma y, después, la Revolución deben examinarse, por consiguiente, como etapas de un mismo viaje para descubrir a nuestro país.

Con sus cualidades y sus defectos, sus asperezas y sus ternuras, sus triunfos y sus derrotas, México está ya aquí. Él es el protagonista supremo del drama de nuestras vidas particulares. En lo que dice —y en lo que calla— vibra una voluntad de justicia que coincide singularmente con la voluntad de justicia que exalta al mundo.

Sabemos, mejor que nunca, que el cimiento más resistente de cualquier paz no estará en el equilibrio de las fuerzas transitorias, sino en la armonía emancipadora de las conciencias.

Medid, por tanto, vuestra aptitud para lograr, en el terreno que os incumbe, esa armonía emancipadora. Y, al caminar entre los cadáveres y las ruinas que dejan las divergencias de lo que ha sido, me permitiréis que os exhorte a reflexionar sobre la lección que encierran estas líneas del Libro de los Jueces: "He aquí —declara el antiguo texto—, he aquí, en el cuerpo del león muerto, un enjambre de abejas y un panal de miel." Así nosotros vemos, ahora, cómo los enjambres de la paz tienen que organizarse entre los escombros trágicos de la guerra.

Enseñanza admirable, que nos induce a no desconfiar de la vida ni aun en las crisis más tormentosas de la cultura; porque, hasta en el casco vacío de los obuses, habrá algún ave que forme nido en la prodigalidad de las próximas primaveras. Y esa enseñanza —que no prohibe, naturalmente, el sagrado hervor de una cólera bienhechora para con aquellos que supusieron que los obuses eran razones y que la luz de una espada podía cegar la lucidez persuasiva de un argumento—; esa enseñanza, que pone siempre, sobre los errores de la nación, la fe en la nación y, sobre los errores de los Estados, la fe en la humanidad; ésa es la enseñanza histórica que conforta; la que nos invitará a regresar, sin odio, a la tarea de merecer y agrandar la Patria y de ayudar a los otros pueblos a hacer del mundo una morada legítima para el alma, donde el perdón no se torne ficticio apaciguamiento ni la concordia resulte débil renunciación.

LA UNESCO Y LA INTEGRACIÓN DEL HOMBRE DEL PORVENIR *

UNA GRAN esperanza nos ha dado cita en este recinto: la de afirmar la cooperación mundial por medio de la cultura.

Con mayor o menor cercanía en lo material, todos los pueblos que representamos han sufrido la angustia de la guerra. Unos en sus ciudades, bajo el cielo ultrajado por la metralla; otros en sus campos, porfanados por el fuego de los cañones; otros en sus fábricas, transformadas durante la emergencia en talleres científicos de exterminio; otros en el comercio de sus mercados, desprovistos súbitamente de los elementos más necesarios para la vida; otros en sus escuelas, convertidas, por un capricho del adversario, en cárceles o en cuarteles, cuando no, por piedad de las fuerzas libertadoras, en albergue provisional para los heridos o en refugio para los millares de seres que el despotismo dejó sin casa, sin familia, sin profesión, sin sitio siquiera en la sociedad.

Muchos de los delegados aquí presentes vienen de urbes que están en ruinas, de países en que son pocas las puertas cuyos umbrales no cruza ahora el deudo de un combatiente: una madre pobre, una viuda enferma, un huérfano desvalido. Pero si la guerra no impuso a todos, con la misma severidad, esa prueba horrenda, si en la distribución de los sacrificios ciertas naciones pudieron juzgarse menos directamente afectadas por la desgracia, ninguna hubo que se creyese ajena al dolor del mundo; ninguna que no sintiera comprometida su esencia íntima en la contienda; ninguna que no entendiese que aquellas ruinas eran las ruinas de una época de su civilización y aquellos lutos constituían el testimonio de que había muerte, en su propia conciencia, muchos egoísmos, muchos prejuicios y muchas maneras erróneas de estimar la vida, la independencia, el deber, la fortuna y la libertad.

Es así como todos nos encontramos ante la misma tarea: empezar una era distinta en la historia humana. La paz, que buscamos durante años, ha sido establecida por los ejércitos. A organizar esa paz, en la esfera de lo político y lo económico, se aprestan los gobernantes, los diplomáticos, los obreros, los industriales, los militares; todos los hombres que a sí mismos se llaman —y por razones que respetamos— hombres de acción.

Acontece, no obstante, que el mundo aguarda algo más que

* Discurso en la Conferencia constitutiva de la Organización de las Naciones Unidas para la Educación, la Ciencia y la Cultura. Londres, Inglaterra, 2 de noviembre de 1945.

un arreglo de límites y de zonas de influencia; algo más que una red de convenios para la explotación y el comercio de sus productos; algo más que un sistema de transitoria seguridad. Y eso, que el mundo aguarda, es un nuevo trato entre las naciones y entre los hombres; un nuevo modo de apreciar los valores de la conducta; un nuevo significado de la alegría, del trabajo, de la esperanza; una nueva meta que proponer al esfuerzo de todos juntos. Sí: una meta que justifique, por su excelencia, el anhelo de marchar hasta ella sin flaquezas y sin reservas.

La amplitud de esta expectativa da una solemnidad innegable a nuestra asamblea. Reconozcámoslo con franqueza. ¿Qué sería de la edad en la que ingresamos si descuidáramos la base intelectual y moral de la educación?

En gran parte, la guerra es siempre el producto extremo de una insuficiencia o de una deformación lamentable de los sistemas educativos de las naciones. Y menciono así esos dos orígenes —primero, la insuficiencia y, después, la deformación— porque advierto que muchas voces se han elevado para indicar como causa de los delitos nazifascistas el extraviado criterio que definió sus regímenes de enseñanza. La observación me parece exacta, aunque incompleta. Es cierto: los postulados totalitarios, que guiaron a los falsos educadores del despotismo, produjeron un daño intenso en la tierra entera. Mas ¿hubiese sido posible implantar y desarrollar esa instrucción para el odio y para la muerte si, en la totalidad de los otros pueblos, hubiese habido un entusiasmo cordial por la democracia, un amor activo de la cultura y, para decirlo cruel pero brevemente, un concepto eficaz de la educación?

¿Qué veían, alrededor de su empeño, los dictadores? Un conjunto de pueblos adelantados en que existían, incuestionablemente, técnicas progresivas, industrias prósperas y tenaces, universidades doctas y prestigiadas; pero en cuyas aulas las opiniones más discrepantes se criticaban unas a otras, se devoraban unas a otras y, en nombre de la máxima libertad, destruían la fuerza interna en que debe apoyarse la libertad.

Y, a la sombra de aquellos pueblos —en cuyo seno la cultura a menudo se presentaba como flor imprevista de invernadero— ¡cuántos otros sin libros y sin escuelas; cuántas comunidades en la ignorancia, cuántas víctimas en potencia para los teorizantes del espacio vital y los doctrinarios del señorío de las razas privilegiadas!

Jamás apreciaremos mejor lo que puede en el hombre la devoción a la libertad que pensando ahora en la enorme desproporción que, durante siglos, dejaron los países civilizados prevalecer entre el proceso cultural de unos cuantos de ellos y el abandono doliente de los demás. Grande, en efecto, ha de ser esa devoción a la libertad cuando ha logrado sobreponerse, aun en las colectividades menos preparadas para la lucha, a la seducción del automatismo y a las tentaciones de la barbarie mecanizada.

Sin embargo, la euforia del triunfo sería demencia si no buscáramos, desde luego, una garantía para evitar que semejante peligro se reproduzca. A buscar esa garantía, hemos venido de todos los continentes, con el deseo de fundar una institución democrática al servicio de la educación y de la cultura.

Permitidme, señores, que os congratule de estar aquí, porque vuestra sola presencia indica elocuentemente una restauración de la fe en los poderes del espíritu. Esa fe nos ofrece un indicio claro de la victoria. Indicio más claro aún que el hecho de ver izadas las banderas de los ejércitos aliados sobre los teatros y los palacios en que declamaban su odio los dictadores. Y signo más venturoso porque demuestra que, habiendo sabido derrotar por la fuerza a sus adversarios, los pueblos libres se disponen a ganar igualmente, por la razón, la batalla interior sobre sus conciencias.

Nunca ha debido más lo mejor de nuestra existencia a las mayorías; porque fue en ellas, en sus filas inmensas de hombres, de mujeres y hasta de niños en las que la fe en el progreso y la libertad despertó el heroísmo anónimo que salvó —una vez más— al género humano. Y, al mismo tiempo, sin paradoja, nunca debieron más el progreso y la libertad a la selección y al rigor de las minorías.

Sin los estados mayores de la técnica, de la ciencia y de la estrategia ¿qué hubieran hecho los pueblos para afirmar sus nítidos ideales? Esta doble deuda que tiene el mundo —la deuda para las masas sacrificadas y la deuda para los investigadores que concibieron los instrumentos definitivos de la victoria— precisa el centro de todos nuestros problemas: encontrar una forma de convivencia en que la creación de las grandes personalidades no suponga olvido para las masas y en que la expansión de las masas no implique la asfixia del individuo.

Todo gira en torno al eje que acabo de mencionar. Y, acaso la solución que ya anuncian los acontecimientos entre los cuales nos agitamos, consista sólo en acercar los extremos de la antinomia tradicional, recordando, como lo dijo hace siglos un espíritu insigne, que "lo que no es útil al enjambre, tampoco lo es a la abeja" y que, por tanto, a la antigua oposición entre los derechos del individuo y los derechos de la colectividad, debe sustituirse una organización de la vida en que el mejor ciudadano sea también el hombre mejor.

Sé lo ambicioso de este programa, que seguirá tropezando —como hasta ahora— con incontables obstáculos económicos, políticos, jurídicos, sentimentales y culturales. Cierta manera exclusiva de definir el nacionalismo y el patriotismo, la soberanía y la

972

independencia, la historia y la geografía, el deber y la libertad, ha impedido que el ser actúe, como individuo, con el mismo fervor con que suele actuar como parte de la sociedad a que pertenece. De ahí la urgencia de deparar un denominador común a su desarrollo. Y ese denominador común sólo podrá brindárnoslo la solidaridad moral de la humanidad por la acción del conocimiento y en virtud de la educación.

Esto, en el plano de su responsabilidad inmediata, lo ha comprendido el pueblo ıde mi país. Así, en plena guerra, México emprendió, como un servicio de defensa civil de carácter obligatorio, una lucha vital contra la ignorancia, señalando, por Ley del 21 de agosto de 1944, a todo el que supiese leer y escribir, la misión de enseñar a un analfabeto.

Para algunos de los delegados aquí presentes, venidos de naciones en que el analfabetismo prácticamente ha desaparecido, podrá parecer anacrónico que haya pueblos en los que, al lado de una *élite* universitaria, y sobre los restos de culturas de gran linaje, millones de jóvenes y de adultos no posean siquiera el dominio del alfabeto. Es posible que hasta germine en su pensamiento esa opinión cultivada, antes de la guerra, por no pocos ingenios occidentales: ¿A qué preocuparnos tanto de la instrucción primaria? ¿No hay lugares en que los analfabetos "son tipos más satisfactorios que los que han pasado por las escuelas"?

Debajo de esta argumentación, se oculta un sofisma amargo. Cuanto más convencidos estemos de la importancia de la alta cultura, más habremos de interesarnos por hacerla llegar a extensiones cada día mayores de toda la población. Lo contrario sería tan absurdo como construir presas en un sistema de riego, sin abrir los canales por cuyo cauce habrían de circular las aguas de aquellas presas para fertilizar los terrenos que las aguardan.

En materia de educación toda parcialidad es de consecuencias desoladoras: lo mismo la mística de la instrucción primaria como panacea universal, que la mística de la instrucción superior, como base de predominio. Y éste es el punto álgido del problema: necesitamos, a la vez, perfeccionar nuestra educación superior y combatir la incultura de los humildes: preparar guías, que interpreten al pueblo con honradez, y pueblos aptos para discutir las fórmulas de esos guías, distinguiendo entre la persuasión de los maestros y el hipnotismo de los tiranos.

Creemos que al intelectualismo del siglo XVIII y al materialismo del siglo XIX, el siglo XX debe oponer el concepto de una integración equilibrada y cabal del hombre, y que, si la educación de la inteligencia fue la ocupación primordial de los sistemas caducos en nuestros días y si la educación de la voluntad llegó a los extremos imperialistas que reprobamos, los horizontes actuales van a exigirnos una enseñanza para la cooperación internacional por la verdad, por la democracia y por la virtud.

Nuestra campaña contra el analfabetismo es ya un intento de realizar ese nuevo concepto de educación porque —dentro de sus limitaciones— trata de educar para la democracia, en la más democrática de las formas: por el esfuerzo de todos en bien de todos y porque educa tanto al que aprende como al que enseña: al que aprende, por lo que aprende, y al que enseña, por lo que avanza en el conocimiento de las deficiencias y los dolores de la Nación.

Veis aquí las razones que me asistían al declararos, hace un momento, que no sólo debían inquietarnos las deformaciones de la educación sino también, y en muy alto grado, su insuficiencia. Esto me induce a añadir ahora: Está bien que constituyamos un Organismo de Cooperación Intelectual, como el que se propone a nuestro consenso. Pero ¿vamos a limitarnos a cambiar opiniones sobre generalidades teóricas discutibles? ¿O vamos a llamar la atención de nuestros gobiernos sobre la necesidad de que se cree y se robustezca un verdadero espíritu de colaboración internacional en favor de la educación?

Entendemos que la organización que se proyecta es un primer paso y, como tal, lo apreciamos y lo aplaudimos. Pero sentimos que deberá seguir a ese primer paso una reunión que afronte valientemente estas tres cuestiones: ¿Qué están dispuestos a hacer los países más ricos y técnicamente más preparados para ayudar a que eleven los otros el nivel de instrucción de sus habitantes? ¿Cómo conciliaremos tal ayuda con el deber de respetar la libertad de cada nación en la elección de sus métodos internos para organizar la enseñanza en su territorio? ¿Y de qué modo coordinaremos esa libertad —que juzgamos inalienable— con la urgencia de decidir acerca de los fines generales de la educación del hombre?

Cuando suscito la primera de estas tres preguntas, no lo hago con el deseo de orientar nuestra conferencia hacia compromisos de sentido unilateral. Creo firmemente, por el contrario, que obligaciones de semejante naturaleza no serían las más propicias para fomentar —entre naciones libres y soberanas— el espíritu de cooperación por el que pugnamos. Pero existen recursos que, sin desdoro para los pueblos, pueden utilizarse merced a un principio de acción multilateral o, por lo menos, bilateral. Pienso, por ejemplo, en la organización de sistemas de becas concertados en proporción de la magnitud de la renta de los países que las otorguen. Si el monopolio de determinadas industrias y de ciertos procedimientos comerciales ha sido el origen de continuas discordias entre los hombres, ¿cómo habríamos de aceptar que se monopolizasen también, por el solo privilegio de la fortuna, los perfeccionamientos de la técnica, los medios de la investigación científica y las conquistas del saber?

Igual proporción debería regir en la distribución de los gastos que demanden otras modalidades, que nuestros gobiernos acepten, para intensificar el intercambio de profesores y de estudiantes, el canje de publicaciones, de películas y de datos informativos, sin que nadie pueda negarse a abrir las fuentes de su conocimiento a quienes las busquen para mejorar los ensayos de su progreso.

La obligación que aquí invoco ha de ser entendida en términos de alcance mucho más amplio por lo que concierne a la educación de los pueblos sujetos a protectorado, a mandato o a régimen colonial. La ignorancia en que muchos de ellos han subsistido es un peligro latente para la paz. Y, aunque así no lo fuese, un postulado de elemental justicia nos impulsaría a reclamar para ellos, por parte del organismo que aquí se crea, una atención preferente, limpia de pasiones políticas, pero vigilante, leal, lúcida y generosa.

Esto me lleva directamente a la segunda de las preguntas que formulé en párrafos anteriores. La educación representa el baluarte más consistente y durable de toda comunidad. Ninguna ayuda internacional en esta materia —en que es el alma misma de un pueblo lo que se toca— puede autorizar al que da esa ayuda a vulnerar el derecho de las naciones para elegir los cauces y las normas legales de la enseñanza que se imparta entre sus fronteras. El texto de la Carta de San Francisco es, sobre este punto, de una claridad absoluta e irrebatible. En su artículo segundo, párrafo séptimo, dice efectivamente: "Ninguna disposición de esta Carta autorizará a las Naciones Unidas a intervenir en los asuntos que son esencialmente de la jurisdicción interna de los Estados."

Sin embargo —y entro, ahora, en el terreno de mi tercera interrogación— el respeto de esos derechos no me parece incompatible, de manera alguna, con la necesidad de fijar, de común acuerdo, las finalidades generales de la educación que asegurará la paz. Tales finalidades son, a juicio de mi Gobierno, las de suprimir los recelos y los rencores, dominar el odio, estimular la solidaridad humana, compensar el ejercicio de la inteligencia pura con la práctica y la estimación del trabajo manual, ahondar, en la formación del ciudadano, el sentido de que ninguna ciudadanía ha de exaltarse por encima de las obligaciones sociales de la equidad universal y hacer, en suma, de toda educación nacional respetuosa de las aspiraciones, de las costumbres y de la autenticidad de la Patria, una base de apoyo para la cooperación internacional en la independencia y en la justicia.

Ahora bien, salta a la vista que una educación así no sería aconsejable en un mundo en el que siguieran privando los abusos imperialistas, la ley del más fuerte y, bajo formas disimuladas, el orgullo arbitrario de las potencias y los prejuicios de las razas que se creen o se dicen superiores.

Sólo tendremos derecho a hablar de libertad, de igualdad y de fraternidad universales, a condición de que nos hallemos dispuestos todos a cumplir esos postulados; es decir: a condición de que la acción internacional y el pensamiento que surja de estas reuniones no estén en abierta pugna. ¿Cuál será el ideal que inspire la verdadera educación? ¿Un ideal de resignación ante el mal? ¿Un ideal de lucha permanente entre los componentes de la sociedad y de las naciones? ¿O un ideal de unión, fundado en realidades tangibles y en medidas que tiendan, leal y sinceramente, al bienestar de los pueblos? No es posible que una educación sustentada en principios inobjetables dé sus mejores frutos dentro de un sistema económico y político que menosprecie la trascendencia de esos principios. La cuestión "¿cómo debemos educar?" está íntimamente enlazada con estas otras: ¿Cómo debemos vivir? ¿Cuál será el régimen del mundo futuro? Y esto es lo que se preguntan millones de seres de todas las razas, de todos los colores y de todas las lenguas; millones de hombres y de mujeres que han sentido, en su carne y en su espíritu, el horror de la guerra y no desean que vuelva a repetirse; millones de hombres y de mujeres que esperan que todos nosotros, los que aceptamos la responsabilidad de pensar y de hablar por ellos, fundemos algo más que una lista de normas y de ideales. Por esa razón, me permito insistir sobre este punto: hay algo más en la cooperación intelectual que un simple intercambio de conocimientos y de ideas, de profesores y de revistas, de laboratorios y de colecciones de museos. Hay algo más importante que todo eso en la base misma de la cooperación intelectual. Es la cooperación de los intelectuales; la fuerza organizada del mundo de las ideas, para impedir que ocurran de nuevo las monstruosas desviaciones que llevaron a los pueblos a resolver su crisis por la violencia.

Cuando se revisa la educación y se la acusa —a ella sola— de no haber sabido contener a tiempo las pasiones que originaron la última guerra, se revela, en parte, un error profundo. La escuela y el libro pueden hacer mucho, seguramente; pero no pueden hacerlo todo. Si cuanto quieren los pueblos que sus maestros enseñen en las escuelas, lo contradicen después, con sus actos, en el comercio, en la banca, en la diplomacia, en los tribunales y en todas partes ¿qué valor de transformación moral podría jamás poseer la escuela? Si no estuviéramos dispuestos a que la ley de la educación fuese la ley de la convivencia, mejor sería no engañarnos con palabras y con promesas sin contenido. Y, por último, si la organización que proyectamos no contara con elementos para hacerse escuchar en las horas graves, si en sus planes reinasen la paz, la bondad y el amor para todos los seres sobre la tierra, en tanto que en las resoluciones políticas y económicas imperaran el egoísmo de las facciones, la voracidad de los poderosos y las injusticias y cóleras del pasado, la historia, mañana, podría acusarnos de algo más que de ingenuidad: de una vasta y sórdida hipocresía. Y, debilitadas por un sistema de educación que no hubiese tomado en cuenta la realidad, toda la realidad, las generaciones del porvenir maldecirían, tarde o temprano, nuestra inocencia.

Ningún maestro, ninguna escuela, educan más que la vida misma. Y si la escuela educa para la paz, mientras la vida educa para la guerra, no haremos hombres, sino víctimas de la vida.

No desconozco que estas consideraciones rebasan el marco de las actividades de nuestra asamblea. Pero dichas actividades valdrán lo que valga nuestra determinación para conseguir que cada uno de nuestros gobiernos y nuestros pueblos sienta que todo aquello que acepte en el plano de la cultura lo ha de comprometer, simultáneamente, en los demás planos de su existencia y, más que en otro, en el plano político de los hechos.

Dentro del espíritu de las reflexiones que acabo de formular, México se asocia, señores, a la noble intención que os anima en estos instantes. Y se felicita de que esta ciudad, que en los días más tenebrosos dio una clara lección de heroísmo sincero, inflexible y sobrio, haya sido elegida por las Naciones Unidas a fin de deliberar acerca de los deberes más elevados que nos incumben: los de contribuir, también, por la educación y por la cultura, a que se estructure una paz sincera, a que se consolide una paz heroica.

MISIÓN DEL MAESTRO *

LOS JÓVENES que forman la generación normalista de 1945 me han expresado el deseo de que pronuncie algunas palabras en esta ocasión. He aceptado, gustoso, porque nada puede ser más confortador que el sentir palpitar, en los estudiantes de ayer, el espíritu de los maestros de mañana.

Línea invisible ésta, que divide al mundo escolar en dos aulas tan parecidas y, en el fondo, tan diferentes. Una, el aula que se deja, apacible y clara, en que la cátedra era sólo un consejo y la presencia de un guía. Otra, el aula que se espera, imaginada más que prevista, donde la cátedra se adivina como un tribunal de vida y una responsabilidad esencial.

De la escuela en que se adiestraron, como educandos, a la escuela en que actuarán, como profesores, estos jóvenes saben perfectamente que hay sólo un paso; pero un paso de inmensas repercusiones.

Y, porque lo saben, han querido que sea usted, señor Presidente, quien dé honor a esta ceremonia con su presencia. Mas yo no ignoro que esta presencia de hoy y de usted no es un testimonio aislado y excepcional. Presente —con el espíritu— lo hemos sentido invariablemente en el interés que ha manifestado por las escuelas en que se estaban formando los alumnos de esta generación. Presente, asimismo, cuando se sirvió usted aprobar el proyecto de erigir esos edificios que, en San Jacinto, serán muy pronto signo expresivo de la atención concedida por su Gobierno al problema de la preparación de nuestros maestros. Presente, cuando en la elaboración de los presupuestos se ha preocupado usted, año tras año, por mejorar las condiciones económicas de los trabajadores de la enseñanza. Y presente, en fin, en todas las horas en que era necesario dar un apoyo a la conciencia profesional de los futuros educadores de nuestro pueblo.

Porque he ahí, jóvenes mexicanos, la misión que habéis elegido valientemente: la de llevar a los rincones más apartados de la República el mensaje límpido de la Patria, la verdad de la Patria que ansía luz, unidad, concordia, justicia y sabiduría.

Gran misión de la que debéis desde ahora sentiros íntimamente satisfechos, ya que no existe ninguna más generosa ni más fecunda y, por mi parte, no conozco más noble esfuerzo que el de entregarse a ella sin restricciones ni timidez.

Constructores de la paz, soldados de la paz, eso habéis de aspirar a ser; porque la paz perdurable del mundo no se edificará

* Entrega de certificados a los componentes de la Generación Normalista de 1945. México, D. F., 10 de diciembre de 1945.

sobre ruinas de odios y de rencores, sino sobre conciencias libres, de hombres y de mujeres enérgicos y optimistas.

Para el que no sabe, el universo es un acoso continuo, una amenaza incesante, una ocasión perpetua de inquietudes y de zozobras. Todavía débil, en vuestras manos, alborea la llama de la enseñanza. Cuidad de ella con rigor y con humildad, pues humildad y rigor enaltecen la biografía de todos los creadores. Y, para ser positivos orientadores de almas cordiales, francas, verídicas y seguras, no os bastará el certificado que hoy recibís.

No hay jamás un examen final para el buen maestro; porque el buen maestro, mientras vive, se examina todos los días. Y no, por cierto, ante jurados amables y comprensivos, sino ante un jurado en extremo exigente: el de la experiencia.

Para convencer a ese juez constante no es suficiente haber estudiado en los libros, ni es suficiente la inteligencia. Al talento y a la capacidad técnica hay que añadir toda la tenacidad del carácter y todos los caudales del corazón.

El heroísmo no surge exclusivamente en las guerras y entre las armas. El más puro heroísmo suele ser el que brota entre las dificultades y la aridez cotidianas, como las flores de ciertos cactos, alimentado por la abnegación y por el sentido del sacrificio.

Que seáis dignos de ese heroísmo es mi deseo más fervoroso. Y que, al término del viaje, cuando dentro de muchos años hayáis cumplido vuestra jornada, cada uno de vosotros pueda decirse a sí mismo: "He servido a México. No sé ya dónde, pero en muchos hogares de mi país hay virtudes en las que mi personalidad se prolonga, alegrías que agradecen mis penas, bocas en cuyos labios mi nombre es bálsamo, sonrisas de esperanza que me bendicen."

EDUCACIÓN CÍVICA *

HE INVITADO a todos los profesores de Civismo de las escuelas posprimarias que la Secretaría de Educación Pública sostiene en el Distrito Federal, a fin de recordarles, una vez más, el profundo interés del Gobierno que preside el señor general Ávila Camacho por mejorar la formación cívica de las nuevas generaciones de nuestra Patria.

La sola comparación de los actuales planes de estudio con los que regían en 1944, indica el creciente apoyo que estamos resueltos a dar a este aspecto de la enseñanza, pues, si figuraban entonces, en nuestras escuelas secundarias, tres cursos de civismo, con dos horas de clase por semana, existe hoy en cada grado un curso especial, con cuatro horas de clase.

La reforma no estriba exclusivamente en la duplicación del tiempo lectivo. Sin la calidad, la cantidad no representaría una promesa de éxito duradero. En efecto, si los profesores fuesen a limitarse a distribuir en cuatro conferencias lo que han aprendido a explicar en dos, lo que mencionamos como un progreso acabaría por ser un inconveniente, ya que, para otorgar a las cátedras de civismo la amplitud de que ahora disfrutan, hemos tenido que modificar el horario todo y, por concederles la extensión que merecen, nos hemos visto en el caso de detener las proposiciones de aquellos que cultivan otras disciplinas y que, por razones obvias, insistían en reforzar sus programas en forma semejante.

Estas observaciones subrayan la trascendental misión de quienes me escuchan y la urgencia en que todos nos encontramos de buscar métodos modernos que permitan hacer de las clases de civismo algo beneficioso en verdad para los alumnos y en verdad útil para el país.

¿Cómo desempeñarían misión tan alta los que no viesen, en su actitud habitual, el mejor discurso? ¿Qué puntualidad podría exigir el maestro impuntual? ¿Qué energía el débil? ¿Y qué devoción por la probidad y por la justicia el maestro injusto?

La autoridad del educador no la impone el acierto del nombramiento. La da el carácter. La ratifica la competencia. Y, entre todos los profesores, los de civismo son los que deben más afanarse por transformar en testimonio su biografía y su cultura en prueba de última apelación. Menciona Montaigne, en alguno de sus ensayos, la burla hecha por Dionisio acerca de los gramá-

* Reunión de los profesores de Civismo y de Historia Patria y Universal, convocada con motivo de la adopción de nuevos planes para las clases de civismo. México, D. F., 14 de febrero de 1946.

ticos que, ignorando sus propios males, describen los de Odiseo, y de los músicos que conciertan sus instrumentos pero no sus costumbres y sus acciones. Nada desmoralizaría más a vuestros discípulos que no hallar, en vuestra conducta, la demostración de vuestro saber.

He dicho y repetido en todos los tonos que no sólo enseña la escuela, y que, tanto o más que la escuela, enseña la vida. Implicaría, por consiguiente, o una falacia demagógica o un candor incalificable aseverar que haremos buenos ciudadanos si no nos esforzamos por ser nosotros, nosotros mismos, también, buenos ciudadanos. Ello equivale a manifestar que, dentro de la escuela, no reduciremos la educación cívica a las cátedras de civismo. Toda la escuela deberá preparar al adolescente para asumir con honor la ciudadanía.

Esto nos lleva a la primera de nuestras conclusiones: el maestro habrá de actuar conforme a un plan general de la escuela entera y los directores tendrán que sentir, en cualquier momento, que si son responsables de los diferentes cursos en los establecimientos que administran, su responsabilidad es mayor aún por lo que atañe a la educación cívica.

Estimándolo así, nos acompañan en este acto todos los directores de los planteles posprimarios en cuyos planes dicha asignatura se halla incluída y, además, los maestros de historia. Los primeros fueron convocados para coordinar más estrechamente sus actividades de orientación. Y los últimos, para atraer su atención sobre la importancia que atribuimos a los lazos que es menester afianzar y multiplicar entre las lecciones de historia y las de civismo.

A nuestro juicio, la educación cívica no consiste en estar solamente enterado de nuestras leyes y del funcionamiento de nuestras instituciones, sino en lograr una conciencia cabal de la libertad y de las obligaciones que la sustentan y que la encauzan, de suerte de comportarnos como desearíamos que se comportaran todos nuestros iguales, sin admitir que los hechos revelen un vergonzoso divorcio entre nuestras reglas y nuestro ejemplo, entre nuestros principios y nuestra vida.

Todas las enmiendas hechas a nuestros planes de estudio y a los programas escolares correspondientes, tienden a abolir esa artificial barrera que han utilizado, con excesiva frecuencia, los polemistas para elogiar la enseñanza académica y menospreciar la práctica o, al contrario, para exaltar la enseñanza empírica y desdeñar el conocimiento teórico imprescindible. Sin los laboratorios y sin el estudio en la biblioteca y el gabinete, el aprendizaje del aula sería simple ejercicio de la memoria y automática aceptación del texto seguido por el maestro. De ahí que estemos tratando de dar cada día mayor significación al trabajo de los laboratorios y los talleres, con incuestionable ventaja de los que estudian lo mismo matemáticas, física y química, que geografía y ciencias biológicas. Pero, si en alguna enseñanza resulta urgente ligar la práctica a la doctrina, es precisamente en aquella que imparten los catedráticos de civismo. Y aquí apunto la segunda conclusión que quisiera ofrecer a los miembros de esta asamblea: no reducirse jamás a la exposición oral, sino animar esa exposición con investigaciones y actividades que acentúen, en el alumno, la formación segura del ciudadano.

La situación psicológica del adolescente es particularmente propicia a la generosidad de una acción social bien inspirada y bien conducida. En mis viajes por la República me he percatado de la colaboración admirable que nuestros colegiales están prestando a sus familiares y a sus maestros en la Campaña Nacional contra el Analfabetismo. Hay que reconocerlo con entereza: muchos adultos quisieran tener la aptitud, el fervor y el entusiasmo cívico, audaz y noble, de la mayor parte de nuestros jóvenes estudiantes. ¿Por qué, entonces, no aprovechar tales condiciones, gracias a una educación activa, haciendo participar al alumno en el mejoramiento del medio en que vive, dentro de los términos que aconsejan la elemental prudencia docente y el respeto del alumno como persona?

La tercera de nuestras conclusiones derivará de la experiencia que alcancemos con los programas que ha aprobado la Secretaría de Educación Pública. Según sabéis, dichos programas fueron trazados con el deseo de que, en el primer grado, el alumno empiece a adquirir un coherente sentido de lo que es el hombre en la sociedad. El tema central del segundo grado es el examen de lo que son los fenómenos económicos, su repercusión en la interdependencia humana y la conveniencia de dar al pueblo una orientación de progreso productivo, conociendo nuestros recursos y explotándolos para un mayor rendimiento en favor de todos los mexicanos. En el tercer grado, y sobre la base de una concepción correcta de los derechos y los deberes, aprenderá el estudiante lo que es el Estado, cuáles son los factores de una nación, qué característica tienen las diferentes formas de los gobiernos y cómo determina nuestra Constitución la organización política y administrativa de la República.

En los tres cursos se atenderá de manera concreta a la realidad nacional, tratando de plantear claramente los problemas que nos son propios, con un criterio democrático que promueva el interés de los educandos por continuar y perfeccionar las mejores conquistas de nuestra historia, dentro de los cauces de libertad y equidad social abiertos por nuestros héroes de la Independencia, afirmados por la Reforma y reivindicados y ampliados por la Revolución.

En este punto, aunque parezca superfluo, os reiteraré que no abrigamos la jactanciosa esperanza de convertir en sociología las enseñanzas del primer grado, ni en economía política las del segundo, ni en filosofía del derecho las del tercero. Conocemos nuestros límites y no pretendemos que un alumno de 12 o de 13 años se inicie con rigor en ciertos estudios que, en su científica plenitud, requieren más largo aliento y son motivo de desarrollo en ciclos ulteriores e, incluso, en escuelas profesionales. Pero tan arbitrario como recargar al adolescente con exposiciones inadecuadas para su edad, sería creerlo ajeno a la curiosidad humana de lo que advierte con sólo oír las conversaciones de sus amigos y las pláticas de sus padres o con sólo pasear la mirada sobre los títulos de las informaciones diarias de los periódicos. Todas las mañanas esos títulos son, para él, un llamado del mundo y una pregunta.

Una guerra enorme ha conmovido a la humanidad. Millones de hombres y de mujeres han padecido dolor y muerte. La paz está construyéndose sobre las ruinas de una época lacerada y entre los restos de una de las crisis más lamentables de la civilización. Muchos de los criminales que provocaron el conflicto y utilizaron las fuerzas acumuladas para esclavizar y vejar a los que vencieron temporalmente, han sido citados ante el tribunal que los juzgará. ¿Sería posible que, frente a sacudimiento tan formidable, no supieran los profesores de civismo llenar las cuatro horas por semana que les señala el plan que hemos adoptado?

Si pasamos de lo internacional a lo nacional ¡cómo se ahondan, ante nosotros, las perspectivas! ¡Cuántas cuestiones sociales propone la realidad a la inteligencia vivaz del adolescente! La heterogeneidad de nuestro medio invade su casa, rodea sus actos, pesa sobre su espíritu. La insolente riqueza y la miseria absoluta se cruzan constantemente en las calles que pisa, en los viajes que emprende, junto a las puertas mismas de la escuela a la que concurre. ¿Por qué son tan pobres nuestros pobres? ¿Por qué la mitad de nuestros hermanos no sabe leer? ¿Por qué, en la mayoría de los hogares de México, no existe un libro y es, muchas veces, un lujo el pan? ¿Por qué ambicionamos ser más demócratas? ¿Cómo podremos llegar a serlo? ¿Qué es la independencia política de un país? ¿En qué consiste su independencia económica? ¿Cuáles son los derechos de cada quién? ¿Qué deberes suponen y por qué causa? ¿Por qué existe, a menudo, un abismo entre lo que prometemos y lo que somos, entre lo que decimos y lo que hacemos?...

Pensad en que estas interrogaciones no se presentarán a vuestros discípulos como los temas, fríos e impersonales, de una lección. Cada una de esas interrogaciones está asociada al drama íntimo de su vida o de la vida de sus parientes. Y no es con fórmulas oratorias como conseguiremos plantear el problema ante el estudiante, sino con verdades, con datos, serenamente, sin conformismos que entrañarían cobardes resignaciones y sin violencias que destruirían el poder unificador, patriótico y efectivo de toda auténtica educación.

Pensad, por otra parte, que el civismo es el nervio de la comunidad y que, por desgracia, la mayoría de los colegiales que asisten a las escuelas secundarias de la República no cuenta con elementos para seguir una carrera; es decir: para acrisolar su vocación cívica en establecimientos de categoría superior. Lo que no intentéis en vuestra cátedra, ningún otro profesor lo intentará para ellos en otra escuela. Al despedirse de vosotros, muchos de esos jóvenes van a ganarse la vida. ¿Y qué hará, con ellos, la vida que conocemos? Obreros insatisfechos, empleados torpes, comerciantes precarios, carne de eterna improvisación.

Dentro de la realidad económica que priva entre nosotros, no nos es dable evitar el salto directo entre un ciclo de transición, como el secundario, y las confrontaciones de la existencia. Pero sí nos es dable fortalecer el vigor moral de quienes están obligados a una inmersión tan terrible, por inmediata, en la lucha por la vida. Más aún que instructivo, el papel de la escuela secundaria es educativo. Y el núcleo de esa función educativa se encuentra en las clases de civismo; porque vuestros alumnos podrán ser o no abogados o electricistas, podrán ser o no ingenieros o farmacéuticos, podrán ser o no médicos o mecánicos, pero indefectiblemente tendrán que ser hombres y mujeres; sujetos de obligaciones y de derechos, miembros de una patria que necesita que todos sus hijos la ayuden y la defiendan, la honren y la veneren, la perpetúen y la prestigien.

Bajo cada obstáculo que hallamos en nuestro ascenso nacional podríamos descubrir un error o una falta de educación cívica verdadera. Porque no basta con enseñar, en el mejor de los casos, a ser ciudadano trabajador, respetuoso de las leyes y las instituciones de la República y deseoso de cooperar con los pueblos que no vulneren la autonomía y el desenvolvimiento lícito del país. Importa extraordinariamente, también, que el profesor de civismo enseñe al alumno a sentir que no debe el concepto de ciudadano estar nunca en pugna con el concepto de hombre y que si lo mejor del hombre se realiza en el buen ciudadano, lo mejor del ciudadano es ser hombre íntegro, hombre dondequiera, en su tierra o fuera de ella; hombre que comprenda y estime a todos los hombres; hombre más allá de cualquier prejuicio y de cualquier sectaria parcialidad.

Ahora bien, ese ciudadano del porvenir habrá de corresponder a un tipo leal, honrado, limpio, enérgico y laborioso; exento de los complejos de inferioridad que tanto daño han causado a los mexicanos; enemigo, por definición, de toda mentira, lo mismo la que se exhibe teatralmente, bajo un ropaje de alardes declamatorios, que la que se disimula y se esconde en el egoísmo. Un tipo de ciudadano que quiera a su patria entrañablemente, sin necesitar engañarse, para quererla, sobre los males y las flaquezas que aún la agobian y que sea digno de comprender esas flaquezas y aquellos males, no para exagerarlos con la ironía o el pesimismo, sino para corregirlos con el trabajo, con el sacrificio, con la virtud. Un tipo de ciudadano veraz en todo; veraz con sus semejantes y veraz consigo mismo; fiel a su palabra; superior a las mezquindades del servilismo gregario y la adulación; que no se cruce de brazos ante las dificultades, esperando que lo salven de ellas, tardíamente, un golpe de suerte, un medro ilegítimo, una astucia vil. Un ser que no abdique de sus derechos por timidez o por negligencia, pero que no lo ejerza abusivamente y que, sobre todo, jamás olvide que la garantía interna de esos derechos radica en el cumplimiento de los deberes, porque, sin el cumplimiento de los deberes, cualquier derecho resultaría un privilegio exclusivo y excepcional. Un ser que ame la vida y que la enaltezca. En fin, un tipo de ciudadano capaz de juzgar de las cosas y de los hombres con independencia y con rectitud, porque sea capaz de juzgarse a sí propio antes que a los otros y que sepa que, por encima de la libertad que se obtiene como un legado, el destino de los pueblos coloca siempre la libertad superior: la que se merece.

Exclamarán algunos: "¡Idealismo!"... Y es cierto, existe en nosotros una voluntad de idealismo práctico, no contrariada —sino acentuada y robustecida— por el deseo de trabajar en la realidad.

La humanidad de nuestros días necesita creer en sus ideales. Y, tanto como creer en ellos, necesita entender que los ideales que se elogian y no se acatan acaban por ser, para los países, lo que la hipocresía es para las personas: confesión de incapacidad y máscara de impostura.

Un escritor que no tuvo el ánimo indispensable para resistir al nazifascismo, escribió hace años —mucho antes de uncirse al carro de los opresores de su nación— estas palabras reveladoras de los peligros que cercan a quien pretende dividir la vida en dos porciones inconciliables: una, la de las realidades, que el ideal no penetra, y otra, la de los ideales, que la realidad no construye: "Al mismo tiempo que ejercía sobre los demás una política de dominio —dijo, refiriéndose al europeo del siglo XIX y de los primeros lustros del siglo XX— propagaba ideas de igualdad. De ahí que un día sus ideas tuviesen que oponerse a sus actos."

Y agregó: "Las teorías permanecen por largo espacio sin validez, y parece en verdad demasiado cómodo darse a sí propio el prestigio de las fórmulas liberales sin dejar por eso de aprovecharse de las posibilidades de un mundo que el liberalismo no organizó. Pero vivimos ahora en una época de sanciones y consecuencias, en uno de esos períodos, positivamente dramáticos, en que las palabras encarnan y van a verificarse en los hechos".

Y así, en efecto, los hechos mismos se encargaron de demostrar a ese autor —a él tanto como a nosotros— que, si una conducta desprovista de normas equivale a la más instintiva de las bestialidades, unas normas que se formulan y no se aplican, se vengan siempre, tarde o temprano, de los mendaces que las ostentan para uso y escarnio de los ingenuos.

Si algún compromiso esencial incumbe, pues, a la escuela, es el de enseñar a conocer y a querer los objetivos más puros de la comunidad. ¡Ay de la escuela y de los maestros carentes de devoción para sus principios! ¿Qué significarían nuestros planteles si hubieran de albergar y de proteger a rebaños de seres que no anhelaran fundir en un solo todo, indestructible y armónico, la verdad que se piensa y la que se vive, la que se hace, la del precepto y la del esfuerzo?...

EL PREMIO NACIONAL DE ARTES PLÁSTICAS *

En el prólogo a la segunda edición de su *Crítica de la razón pura* escribió Kant estas austeras palabras: "Por oposición a las exigencias de nuestras inclinaciones, sólo la representación de nuestros deberes nos proporciona conciencia de nuestra libertad".

Inscribo ese pensamiento sobre el pórtico de esta exposición. Y lo inscribo con optimismo porque, al convocar a nuestros artistas, arquitectos, escultores, pintores, dibujantes y grabadores, la Secretaría de Educación Pública no tuvo en cuenta exclusivamente la necesidad de facilitar los estudios de revisión y de selección del Jurado que otorgará, en 1946, el Premio Nacional establecido por ley el 30 de diciembre de 1944, publicada el 9 de abril de 1945.

Tanto como aquella necesidad, indujo al Gobierno a patrocinar esta Exposición el deseo de recordar a los ciudadanos la función primordial y viril del arte.

En efecto, siendo el arte ante todo expresión del ser, en lo que posee de más genuino e intransferible, constituye a la vez una forma espléndida de confianza en la solidaridad del linaje humano. Hasta en sus realizaciones aparentemente más individuales y más gratuitas, nos brinda siempre un testimonio de la alianza entrañable en que se celebran las conquistas pacíficas del progreso y es una fuerza de cohesión y concordia, que mejora y eleva a la sociedad.

Atenta, de preferencia, a las crisis bélicas y políticas, la curiosidad histórica suele fijarse principalmente en aquellos sucesos que señalan etapas, materiales e incuestionables, de la marcha del hombre en pos de la libertad; expediciones militares o comerciales; revueltas cívicas o económicas; democracias que surgen, bajo arcos de espadas y discursos; coronas que se enmohecen en los bazares de los tiranos; dictadores que caen a los pies de la estatua de sus rivales, sin saber que en los pliegues de la túnica que los cubre llevan el pergamino en cuyos renglones se adivina el estilo del delator...

¿Qué son, no obstante, tantas crisis bélicas y políticas? ¿Qué presencia aislada habremos de atribuir al puñal de Harmodio, a la jactancia irónica de Alcibíades, al ostracismo de Coriolano, a la muerte de César, al patíbulo de Carlos I y a la guillotina de los Convencionistas? ¿Y cómo no percibir el impulso que enlaza todos

* Apertura de la Exposición Nacional de Artes Plásticas. México, D. F., 22 de julio de 1946.

esos torrentes de lágrimas y de sangre con el curso vivificador y cordial de la libertad; de la libertad por la ciencia y por la virtud; de la libertad por la indagación y por la belleza?

Imaginemos, sin el sacrificio de Sócrates, a la generación posterior a Pericles. Y las astucias del príncipe maquiavélico, en la luz del Renacimiento, sin la sonrisa misteriosa y aguda de Leonardo. ¿Qué sería, sin el de Shakespeare, el reinado dramático de Isabel? ¿Y qué el crepúsculo hispánico del imperio sin el perdón del Quijote —y el de Cervantes—? ¿Qué, en fin, podrían las fuerzas sin las ideas, la energía de la experiencia sin la energía de la verdad y el heroísmo arriesgado y súbito de la acción sin el heroísmo, arriesgado y paciente, del pensamiento?

Sin embargo, no apresuremos las deducciones. Esta primacía del espíritu —que está en la base de toda fe en la obra emancipadora de la cultura— nos llevaría a abstracciones también erróneas si, al proclamarla, olvidáramos la relación que existe invariablemente, en el propio espíritu, entre el concepto de sus derechos y el concepto de sus deberes; el compromiso que tiene el héroe, en la acción o en el pensamiento, de responder a las condiciones con que lo ciñen las circunstancias y los vínculos que ligan a toda gran personalidad con las inquietudes de las masas ante las cuales —queriéndolo o no queriéndolo— ejercita el papel de intérprete.

Es aquí, en este punto de nuestro examen, donde cobran toda su nitidez las palabras de Kant, que cité al principio.

No hay en la naturaleza cuerpo sin forma; ni, en el espectáculo de nuestros derechos, facultad sin obligación moral, pues lo que circunscribe una facultad es lo que, a la postre, dándole forma, le da existencia. Así, hasta en la esfera del supremo desinterés; es decir, en el arte mismo, el hombre alcanza su máxima independencia por su máxima intensidad de adhesión a una disciplina.

Se aplaude a veces al que destruye una obligación, sin pensar que invalida indirectamente aquella parte prístina del derecho que, sin descanso ya en esa obligación, pierde contacto eficaz con las realidades. En semejante sentido, la creación estética constituye una cátedra de civismo para los hombres. Libera, sí. Y libera gozosamente. Pero libera acatando sus propias leyes. Y, cuando ocurre que, por pretéritas, o por torpes rompe esas leyes, las sustituye en seguida con otras normas, a menudo más vigorosas y más estrictas.

En pocas actividades se advierte, como en el arte, el problema vital de la libertad. Porque la libertad del artista auténtico —como la del auténtico ciudadano— estriba continuamente en la conciencia interior de un orden; no en la sujeción exterior a una autoridad. Se funda en la concepción coherente de un mundo unido, en el que todas las responsabilidades son solidarias. Y nunca acierta, ni en el minuto de la excepción que aventura el genio, si no es haciendo de ese minuto una confirmación de la regla humana, pues en vez de juzgar sus obligaciones como un obstáculo, las considera como el cimiento de sus derechos y el trampolín que acrecienta su ímpetu de expansión.

El que aprecie en su plenitud este equilibrio trascendental que demuestra el arte, arco iris de paz tendido entre las congojas del individuo y las tribulaciones de la humanidad, apreciará igualmente, sin duda, el interés con que vemos la comunicación generosa que es fácil reconocer entre la aptitud de nuestros artistas y las esencias de nuestro pueblo. Uno y otro van por la misma ruta. Uno y otro buscan la victoria del mismo anhelo. Uno y otro quieren ser lo que oscuramente sienten que son en lo íntimo de sí mismos. Ser lo que México logrará cuando emerja, completamente, no de las relaciones que son fecundas —ya que toda civilización manifiesta un sistema sutil de interdependencias—, sino del sometimiento a la imitación. Y ser perdurablemente, por la expresión de lo perdurable que hay en nosotros; ser cada vez con mayor hondura; con mayor personalidad en lo mexicano y con mayor mexicanidad en lo universal.

La amplitud dada, por disposición de la Ley, a esta exposición —que abarca tanto la arquitectura y la escultura como la pintura, el dibujo y el grabado— incitó al Gobierno del señor presidente Ávila Camacho a agregar al Premio Nacional, de veinte mil pesos, cuatro recompensas de cinco mil, las cuales serán otorgadas de acuerdo con el fallo que emita la Comisión Administradora constituída para el año de 1946. Figuran en dicha Comisión los señores don Justino Fernández y don Manuel Toussaint, como representantes de la Universidad Nacional Autónoma de México; los señores don Federico E. Mariscal y don Salvador Toscano, como representantes de la Academia Nacional de Ciencias "Antonio Alzate", y los señores don Alfonso Caso y don Diego Rivera, como representantes del Colegio Nacional. A todos expreso aquí el reconocimiento de la Secretaría de Educación Pública por la colaboración que se han servido prestarle en la organización del certamen que hoy iniciamos. Y manifiesto, además, mi íntima gratitud para todos los artistas que, dentro o fuera del concurso, decidieron acoger la invitación que les dirigimos a fin de hacer de esta Exposición, en virtud de la calidad de sus producciones, una muestra que fuese digna de la riqueza artística del país.

Revelación de México, es en el fondo, lo más valioso que ofrecen a nuestro aplauso las artes plásticas mexicanas. Exploración y revelación. O, lo que es lo mismo, invención de México, si damos al término invención su acepción sociológica más certera, la que arranca del tiempo todo lo nuevo y sitúa lo que descubre en la sustancia íntegra de lo eterno.

Exploración y revelación que ligan, como la serpiente emplumada de Quetzalcóatl, a las conclusiones del pasado las del presente y las perspectivas ávidas del futuro. Magistral determinación con que los mejores se han encontrado a sí propios buscando a México y han aprovechado, sin pedantismo, sobre el muro, en la tela o en el cartón, muchas de las lecciones de la gran escultura precolombina. Virtud de hallazgo tan sorprendente que hasta en el rostro de un niño contemporáneo, en la curva melódica de un paisaje o en la dispersión angular de los alcatraces de una florista parecen ciertos pinceles y ciertos lápices acentuar el misterio de un cultura que, por sí sola, es historia e historia ardiente: la del pueblo que, en el otoño del altiplano y entre las lanzas de oro de sus maizales se detiene a mirar la extensión del campo, el casco de nieve eterna que corona las sienes de sus volcanes y, posadas al fin sobre la llanura de sus valles serenos, claros y tersos, como escudos caídos, —¿tras de qué hazañas?— las rodelas de jade de sus lagunas.

Entre ese pueblo, que es nuestro pueblo, y la ansiedad de expresión de nuestros artistas se tiende un puente, que es nuestra vida. Siguiendo el impulso público y precediéndolo, muchas veces, con el poder de esa síntesis creadora que da a las afirmaciones más esforzadas de la belleza el valor de una previsión y la solemnidad de una profecía, el arte ha ido eliminando del tránsito de aquel puente no pocos de los estorbos de una experiencia trágica y ya ruinosa.

¿Cómo no comprender, entonces, lo que pretende esta exposición? Ella y las recompensas que a su término se confieren aspiran a presentar a nuestros artistas un testimonio nuevo de nuestro aprecio. Estímulo bien humilde para aquellos que nos conceden un estímulo tan soberbio: el de enseñarnos a confiar en nuestra existencia educándonos, libremente, para sentir con entereza y para ver con sinceridad.

Según repiten los tratados de geometría, fue el sabio Tales quien precisó por primera vez la altura de una pirámide, calculándola por su sombra. Toda nacionalidad y toda cultura pueden medirse asimismo por la extensión de la zona —de influencia viva— que proyectan sobre nosotros. Sólo que, para no equivocarnos, es menester compararlas con otra sombra: aquella —afirmaba Plinio— que alarga al hombre, precisamente, a la hora solar en que son iguales la longitud de su sombra y la de su cuerpo.

Que esta unidad de medida humana sea, en nuestro caso, más que el halago o el amor propio, el respeto de la verdad. México y el arte de México lo merecen. Porque ni México ni su arte tratarán de consolidarse sobre lo falso. Y únicamente el rigor con que se conozcan y se definan les permitirá persistir entre lo adventicio y perfeccionarse y crecer en lo permanente.

TÉCNICA E INDUSTRIALIZACIÓN *

ÉSTE es un día de honda satisfacción para el Instituto Politécnico Nacional. Asociamos hoy, en efecto, en presencia del Primer Magistrado de la República, dos actos de incuestionable importancia para el porvenir de esta Casa de Estudios: la inauguración de los Laboratorios de Investigaciones Biológicas y la instalación del Consejo del Instituto y de la Comisión de las Escuelas Técnicas Ferrocarrileras.

Ambas solemnidades —a las que la sencillez de esta ceremonia proporciona su ámbito democrático— no están unidas tan sólo por una coincidencia en el tiempo. Una y otra obedecen a un mismo propósito pedagógico: el de ahondar, cada año más, la preparación científica de nuestros estudiantes, dando a los trabajos de investigación el rango que por derecho les corresponde y procurando definir, a la vez, mediante actividades de consulta y coordinación, un programa de educación técnica nacional, susceptible de mejorar los esfuerzos hechos hasta este instante.

Hemos seguido con interés las labores desarrolladas en el país a fin de formar un plan para la industrialización eficaz de nuestros recursos. Abrigamos la convicción de que el ideal en que tales labores se inspiran constituye uno de los imperativos sociales de mayor significación para el progreso de México. Sin la liberación económica —que la técnica consolida— la independencia política de los pueblos se ve amenazada constantemente por la avidez de las grandes fuerzas que afectan el equilibrio de la comunidad jurídica internacional.

Toda enseñanza, incluso la más humilde, aquella que tiende apenas a transmitir a los iletrados el conocimiento y el uso del alfabeto, robustece los elementos de la independencia política a que he aludido, deparando a una proporción cada vez mayor de los que reciben sus beneficios cierta capacidad de superación en el orden de la cultura. Pero, en particular, la enseñanza técnica —por la acción constructiva en que se traduce— puede y debe contribuir a la emancipación de las masas desheredadas, puesto que las altas finalidades de una técnica generosa no consisten en fomentar el poder destructivo que la guerra acumula para la muerte, sino en orientar e intensificar el poder de creación que la paz demanda para la vida.

La grandeza de las victorias auténticas de la ciencia estriba,

* Instalación del Consejo del Instituto Politécnico Nacional y de la Comisión de las Escuelas Técnicas Ferrocarrileras e inauguración de los Laboratorios de Investigaciones Biológicas del propio Instituto. México, D. F., 1º de agosto de 1946.

precisamente, en que no las obtiene el hombre sobre los hombres, contra los hombres, según ocurre en las pugnas de las potencias, porque las logra el hombre, en favor del hombre, sobre algo que a todos nos pertenece: la energía vital del mundo, de la que sólo tiene derecho a adueñarse la humanidad, para hacer el bien, por la indagación de la inteligencia y con las armas de la sabiduría.

¿A cuántas preguntas no ha contestado ya la Naturaleza, siglo tras siglo y generación tras generación, desde la época prehistórica en que todo parecía oponer una negativa a la tribulación de los clanes desamparados, hasta esta época de las experiencias atómicas y el radar, en la que vemos disminuir bajo la velocidad de nuestros motores las barreras de la distancia y en cuyos años, merced a la fotografía telescópica, podemos examinar en el microscopio un fragmento inmenso del universo, como si fueran, para el astrónomo, glóbulos de una sangre estelar, misteriosa y lúcida, los millones de astros que componen la Vía Láctea?

No hay fronteras, no hay soberanías territoriales capaces de obstruir permanentemente ese camino de libertad que la ciencia brinda al talento, al estudio y a la constancia. Hay una solidaridad superior entre las verdades, la cual acaba, con el auxilio del tiempo, por anular los más sórdidos egoísmos. Porque el inventor que no pusiese el fruto de su invención al servicio de la cultura, se perdería tarde o temprano en su propio invento, como el explorador que no abriese a sus semejantes la zona que descubriera, moriría a la postre en ella, vencido por su conquista y devorado por su descubrimiento.

Esa alianza esencial entre las verdades no es un acuerdo teórico e idealista. Sobre la alianza está edificada toda la historia. Y así acontece que, por ejemplo, cada vez que un alumno de este Instituto utiliza una escuadra, afronta una ecuación o prepara una fórmula química, lo que hace —a menudo sin darse cuenta— es prolongar la cadena de los esfuerzos innumerables que el hombre ha ido depurando y perfeccionando a través de milenios de atisbos, de hallazgos y de tanteos, y mantener abierta la ruta insigne por la que avanzarán con firmeza sus herederos.

Ello implica para cada estudiante —y, con mayor razón, para cada maestro— una responsabilidad tan precisa en el campo de la investigación como en el dominio práctico de la técnica. Sin la investigación, la práctica incurriría en procedimientos empíricos deleznables y terminaría por adaptarse a una rutina conservadora, arbitraria y superficial. Pero, en cambio, la investigación que desdeña las impaciencias con que aguardan sus conclusiones los irredentos, corre también el peligro de anquilosarse en complacencias de cenáculo y diluirse en estériles fantasías.

He ahí por qué, así como pretendemos que el estudiante lleve en su acervo el sentido práctico de las cosas, la solidaridad moral con sus compañeros, y, al propio tiempo, la devoción por la ciencia pura, la curiosidad del saber desinteresado, y así también deseamos que los diversos planteles de este establecimiento toquen lo mismo los problemas más altos de la técnica superior, en las carreras profesionales y los cursos de posgraduados, que los problemas más inmediatos de capacitación de los obreros especialistas y los trabajadores calificados que tanta falta hacen aún a nuestro país.

Dentro del criterio que expongo, una de las cuestiones que, por encargo de la Secretaría de Educación, examinará desde luego el Consejo que hoy instalamos, es la que se refiere a los planes y a los programas de las Escuelas de Capacitación, cuyo cuadro completará la función educativa del Instituto.

Necesitamos atender este asunto con seriedad y con rapidez, a fin de que, en breve plazo, las oportunidades proporcionadas por esos planes y esos programas a la clase trabajadora, sean conocidas por las empresas y los obreros de aquellas ramas de la vida industrial de México en que la carencia de un personal especializado nos señala el deber de adiestrarlo correctamente.

El propósito de que las resoluciones que a este respecto adoptemos no se alejen un solo punto de la clara noción de la realidad, nos indujo a reservar cinco sitios en el Consejo para aquellas personas que el señor Presidente de la República tenga a bien designar, de conformidad con lo que dispone, en su artículo tercero, el Reglamento emitido el 27 de noviembre de 1945. Dos de esas cinco personas representarán a las empresas de la industria nacional, dos a los trabajadores y una a las financieras industriales.

No creo equivocarme al expresar desde ahora el augurio de que las relaciones que esos nombramientos darán ocasión de afirmar entre los diferentes sectores interesados en el futuro de nuestra técnica, facilitarán la obra de esta Casa de Estudios y ampliarán el horizonte de sus actividades.

Una era trascendental se anuncia indudablemente para los 11 979 estudiantes que, en diversos planteles y en varios grados, reciben instrucción en el Instituto. Los preludios de paz que atraviesa el mundo demuestran, por las dificultades tanto o más que por los aciertos, hasta qué extremo la convivencia internacional exige de cada pueblo, de cada hombre, la entrega máxima, la totalidad de labor, la plenitud en el rendimiento.

Muchas de las angustias que nos alarman cuando el cable nos las transmite, como balance trágico de la guerra, han sido, y son todavía, nuestras angustias. Hay que decirlo con entereza: numerosas insuficiencias que los observadores anotan en otras partes y en las que advierten los efectos de una anormalidad son, en grandes regiones de nuestro suelo, condiciones normales o, por lo menos, estables y conocidas desde hace siglos.

La desnutrición, la insalubridad, la ignorancia, la falta de maquinaria, esas miserias que la conflagración impuso a no pocos países adelantados, esos sufrimientos que claman ayuda y que imploran recuperación, son miserias y sufrimientos que, por pobreza y por deficiencia técnica, entre nosotros parecen crónicos. No; no es posible que aquello que nos conmueve, cuando lo leemos en un informe o en un periódico, deje de conmovernos cuando lo vemos en nuestro propio pueblo, cuando lo padecemos en nuestra propia carne, cuando lo sentimos en nuestra propia vida.

Mientras otros se rehacen, hemos de hacernos. Al ritmo de la reconstrucción universal tenemos la obligación de asociar el ritmo de nuestra construcción. Hay millares de enfermos a los que curar, millares de escuelas que establecer, millares de surcos que fecundar. Cada pena de nuestros compatriotas constituye una muda interrogación. La técnica puede dar una respuesta adecuada a muchas de esas interrogaciones patéticas y fraternas. Como jóvenes, como mexicanos y como técnicos, ésa es la misión que habéis elegido; ésa es la promesa que habréis de elevar a todas horas, todos los días, frente al estandarte de la Patria.

Una ciencia que salve. Una técnica que redima. Si servís estas causas y, sobre todo, si las servís como lo queremos, heroicamente, fervientemente, alcanzaréis a deciros un día —en el día lejano en el que se extinga para vosotros la lámpara del deseo— que no vivisteis en vano ni un solo instante porque cumplisteis, en todo instante, vuestro deber.

PRESENCIA DE BOLÍVAR *

CUANDO se piensa en las circunstancias que rodearon, cual las hadas pretéritas de los cuentos, la cuna del protagonista inmortal de América, se recibe la sensación de que los augurios depositados sobre esa cuna sólo anunciaban, en realidad, una cosa cierta: la vida que ahí empezaba no tendría paz.

Evoquemos las circunstancias a que he aludido.

Por una parte, en lo familiar, un hogar donde la riqueza aseguraba la tradición y permitía el esparcimiento de la cultura; pero que, por la audacia con que la época se gozaba en modificar los canales de la cultura, inducía a alterar esa tradición.

Por otra parte, en lo nacional, una incertidumbre anterior al advenimiento político del Estado; un país que ignoraba su esencia como país y, encerrado en los muros de la Colonia, miraba en la ley extranjera una imposición, en la educación un automatismo de servidumbres, en sus recursos la fuente de sus temores, y en su pueblo el tormento de una conciencia que anhelaba poner en orden lo que esperaba y lo que sufría.

Finalmente —y ya en dominios que no sé si calificar de internacionales, pues la palabra internacional no tenía entonces el valor que nosotros le atribuimos— un conjunto de masas, África, Asia, más perfiladas que definidas por el resplandor de los rayos que desde Europa atravesaban el cielo de un pensamiento del que iba a surgir la Revolución.

Un niño nacido, como Bolívar, el 24 de julio de 1783, podía crecer inclinado hacia el sol de las monarquías desfallecientes. Seguir la causa del señorío crepuscular que, con la sangre, le transmitían sus precursores. O buscar, al contrario, en su propia fuerza, el sentido futuro de la República. Encontrar, en su propio dolor, el dolor del pueblo. Romper la estructura social que le proponía continuidad, conformismo y calma. Vencerse solo. Seguro entonces de su aptitud, vencer después a sus adversarios, de doctrina o de carne y hueso. Descubrir, en su alma, la voz de América. Sentir, dentro de su pecho, el corazón desnudo de un continente. Dar a ese continente un destino humano. Y saber que el destino de un nuevo mundo no puede ser sino el de ofrecerse a la libertad.

Ése —el más duro y el más glorioso— fue el camino magnífico de Bolívar. Camino que, de su América a nuestra América, hubo de conducirle por muchas patrias; camino que le llevó a Roma como discípulo de Plutarco, a Londres como gestor de

* Celebración del aniversario del natalicio de Simón Bolívar. México, D. F., 24 de julio de 1947.

la independencia, a Kingston como profeta del Hemisferio, a Angostura como legislador, a Boyacá como gran soldado, a Bogotá como presidente y, por fin, cierto día, hasta Santa María, como espectador de su propia muerte, poeta de su agonía, y filósofo trágico de sí mismo.

A través de ciudades y de llanuras, entre volcanes y sobre riscos, aquel camino tomó la cordillera por pedestal, fustigó las tinieblas como un relámpago y, tras de despertar en mil partes mil voluntades, cesó de pronto, sin concluir. Porque no podemos afirmar que haya concluido una ruta que todavía estamos abriendo para llegar, con Bolívar, hasta Bolívar.

La sola enumeración de los sitios que visitó y las múltiples condiciones en que tuvo que visitarlos nos revelan muy claramente la diversidad varonil de sus cualidades y la noble abundancia de sus presencias. Presencia, en México y en España, de viajero sentimental. Presencia de candidato a marqués en los salones de Carlos IV. Presencia de investigador de tormentas en el París inquietante del Primer Cónsul. Presencia de diplomático ante el Gabinete británico de 1810. Presencia de vencedor hasta en los desastres. Y, en las victorias, presencia de desdeñoso de la victoria. ¿Qué virtudes americanas no exaltaron el ánimo de Bolívar? ¿Y qué alturas, de las que puede codiciar un americano, no acometió con brío su intrepidez?

Orador, militar, político y estadista, fue al par que el Don Juan de la Libertad, uno de sus mártires más ilustres. Porque, siendo su vocación, la libertad resultó su culto, su fe, su dogma. Y él, que la respetaba como un precepto, la difundió entre las sombras como una aurora y la anunció, entre los odios, como un perdón.

¡Bolívar, progenitor! Y no me refiero exclusivamente a esas hijas dilectas de su osadía, las naciones que arrancó de la esclavitud con la espada o con la palabra. Porque, en sus labios, la palabra fulgía como una espada y en sus manos la espada se estremecía con el ardor de una imprecación. Me refiero, también, a esos otros pueblos que, por remotos, no recibieron de él la existencia misma; pero, a falta de la paternidad que se lega en la sangre de las batallas o en la tinta de las constituciones, reconocen la paternidad de su ejemplo en la persistencia y lo adoptan como su guía, a él para quien América —toda América— fue una sola pasión y un igual deber.

El hombre al que hubiera podido satisfacer el ser padre de patrias, sufrió de serlo. Le ufanaban los estandartes que repartía; pero le angustiaban las posibles rivalidades de esas banderas. Y, tras de dar libertad a muchas Repúblicas, comprendió que la dicha de esas Repúblicas nunca se lograría sino merced a la asociación dentro del derecho, en la armonía de la justicia y por los beneficios recíprocos de la unión.

Esto fue lo que, desde su muerte, nos empeñamos en llamar "el sueño de Bolívar". En nuestros afanes por obtener, cada país por su propio esfuerzo, la independencia, la vida y el bienestar ¡qué lejos estábamos de advertir la posibilidad material de sus concepciones!

Utopía, sueño, quimera... Durante un siglo, ésos fueron los nombres que mereció para muchos políticos realistas la unión de nuestras Repúblicas; porque, mientras cualquier cacique se aseguraba un altar de vergüenza en la cobardía de los esclavos, el paladín de los triunfos y las desgracias, el que llegó a compararse con Don Quijote en la cima desierta de su amargura, no podía arrancar al criterio práctico sino, a lo sumo, el reconocimiento —¿indulgente?— de su capacidad como soñador.

Superando el escepticismo que muchos experimentan ante los poderes del espíritu, hemos aprendido por fin —¡a costa de cuántos sacrificios!— que la derrota no es, a menudo, sino la máscara que protege los rasgos de la victoria, y que entre la aptitud creadora y el entusiasmo no existe más diferencia que aquella que separa, en el litoral del espejo, a la figura y a la imagen. Hemos aprendido que Bolívar, según lo señala Waldo Frank, "aun en su fracaso es el símbolo de la posible victoria de una nueva cultura humana". Y hemos aprendido que, en América, su sueño significa el más positivo factor de todo intento de construcción.

"Lo mismo que a Colón —dice el escritor norteamericano— a Bolívar le faltaba la herramienta para realizar su proyecto." Así fue. Y así debió ser.

LA CONFERENCIA INTERAMERICANA PARA EL MANTENIMIENTO DE LA PAZ Y LA SEGURIDAD DEL CONTINENTE *

UNA DESIGNACIÓN generosa me ha concedido el privilegio de presentaros, Excelentísimo Señor, el testimonio de gratitud de nuestra Asamblea por las elocuentes palabras de bienvenida con que habéis tenido la deferencia de inaugurarla.

En el cumplimiento de la honrosa misión que se me confía, estoy persuadido de interpretar el sentido de todas las delegaciones al expresaros la satisfacción profunda que nos produce el que sea aquí, en el Brasil —siempre tan bien dispuesto a la comprensión de los grandes problemas americanos— donde nuestras Repúblicas se reúnan para consagrar los principios de paz en la libertad y de seguridad colectiva por el derecho que fijan, como puntos de orientación, la geografía moral de este Continente.

Fue también a esta tierra brasileña a la que vinieron, en 1942, los Ministros de Relaciones Exteriores americanos. Vibraba entonces, en las conciencias, la indignación provocada por un delito: el despuntar de una aurora inmersa, frente a Pearl Harbor, en la sangre y el fuego de la metralla.

Protegida, durante mucho tiempo, por los océanos que la ciñen, América se sintió nuevamente en causa. Esos odios que los tiranos, parodiando al aprediz de hechicero de la leyenda, fueron capaces de desatar pero no de vencer y de reprimir, representaban un riesgo inmenso para todos los hombres libres. Las balas que perseguían a un chino en China, a un griego en Grecia y en Guadalcanal a un soldado de los Estados Unidos amenazaban —en cada uno de nosotros— el caudal del honor humano, la patria en que deben tener cabida todas las patrias, la ciudadanía de la virtud.

América asumió, sin tardar, aquella suprema ciudadanía. Refrendadas en Río de Janeiro, las Declaraciones de Lima y de La Habana nos indujeron a proclamar que la paz no basta, porque ni ella —con ser tan pura— podría bastar a quien abdicase de los postulados de la justicia.

Frente al reto del mal, exhortamos a nuestros héroes. Y el Hemisferio se puso en pie.

Sucedieron los días, los meses, los años ásperos de la guerra. Y, para intensificar la colaboración afirmada en el Brasil, mi país

* Inauguración de la Conferencia Interamericana para el Mantenimiento de la Paz y la Seguridad del Continente. Quitandinha, Brasil, 15 de agosto de 1947.

ofreció al Continente, en 1945, la casa en la que conserva las reliquias más nítidas de su historia. Ahí, entre los ahuehuetes del bosque milenario, los delegados de las naciones americanas aprobaron el Acta de Chapultepec.

Lo que fue, en Río de Janeiro, fe en el derecho y conciencia lúcida del peligro, se había convertido ya en confianza del triunfo próximo. Sin embargo, los hombres —con justas dudas— querían conocer el rostro de la victoria.

Ese rostro ya lo hemos visto. Y no podemos decir que nos satisfaga.

A la unión de las esperanzas, acendrada por la contienda, ha seguido en el mundo, en el despertar de la paz, la desunión de los intereses. Continúa mencionándose, es cierto, la igualdad teórica de los pueblos; pero el hecho mismo de mencionarla hace sentir más cruel la inferioridad material de los desiguales. Y mientras los gobiernos, en la incertidumbre internacional, avanzan, para el desarme, con precaución de convalecientes, las facultades mortíferas de la ciencia adelantan a pasos agigantados, con arrestos de atleta en un maratón.

Resulta urgente aprender a vivir de nuevo. Y aprender a vivir una vida nueva. Por desgracia, menos saciados que fatigados, los países vuelven a sentir su pobreza como un estigma y sus recursos, cuando los tienen, como un elemento escaso para emprender la restauración universal. Necesitamos abolir ante todo en el hombre el horror al hombre, la desconfianza y el miedo al hombre. Y, por otra parte, necesitamos justificar esa acción internacional para la concordia con muchas enmiendas fundamentales en la organización económica de la tierra.

Ante la gravedad de una hora de la que todo puede salir —el máximo bien o, acaso, el máximo daño— América acepta con rectitud el llamado de su destino.

¿Cuál es su papel en estos instantes? ¿Ahondar diferencias? ¿Cultivar odios? ¿Fomentar agresiones?... No, por ningún concepto. Porque si en algo América se comprueba y se reconoce a sí misma es en la misión magnífica de la paz.

No por ser moderno resulta joven el mundo en el que vivimos. Al contrario. Cargado de siglos y de conflictos, de cansancios y de rencores, lo que más necesita el mundo contemporáneo es el fermento cordial de la juventud. Inyectar en él esa juventud —que debe ser generosidad, entusiasmo y fuerza— he ahí el compromiso sagrado de todas nuestras Repúblicas.

El don de la juventud constituirá el tributo mejor de este Continente a la paz mundial. Juventud: generosidad y fuerza. Al decirlo, no me refiero a la generosidad como abdicación; ni mucho menos propongo la fuerza como mística de dominio. Aquélla, la abdicación, fue el error de las democracias a partir de la tregua de Versalles. Y ésta, la mística de dominio, fue el atentado peor de los dictadores, su imperdonable crimen contra la civilización.

Comprendiendo que la estatura ideal de este Nuevo Mundo nunca se apoyará sobre la agresión, sino sobre la dignidad de su resistencia a los agresores, el propósito que guió a nuestras repúblicas en el curso de todas las conferencias interamericanas fue el de dotar a la comunidad continental con los medios más adecuados para obtener la pacífica solución de cualquier conflicto. Hemos nacido en un hemisferio que ama la paz y nada de lo que hagamos deberá redundar en detrimento de la paz y de la justicia.

Pero la historia de la humanidad —y, especialmente, la historia de nuestra generación— comprueban, de la manera más dolorosa, que la paz no depende de las voluntades aisladas y que todavía el recurso mejor para preservarla consiste en tomar a tiempo las providencias imprescindibles a fin de asegurarla sin flaquezas y defenderla sin titubeos.

A pesar de las declaraciones de Lima y de La Habana, al producirse, en 1941, el ataque nazifascista contra un Estado del Hemisferio occidental, nuestras repúblicas no contaban con ningún convenio que definiera concretamente su acción común.

Teníamos la ley, pero la ley carecía del requisito de la sanción. En México, los representantes de los países americanos advirtieron el vacío. Así fue como surgió el Acta de Chapultepec, cuya resolución introduce el factor coercitivo, indispensable para el caso de que pueblos pacifistas pudieran verse atacados por otros, que no aceptasen más fronteras y márgenes que la fuerza.

El compromiso de la defensa conjunta figura ya —¡y con qué diáfana exactitud!— en el antecedente más significativo de nuestra agrupación. Me refiero al primer tratado que firmaron, en Panamá, los representantes de Colombia, de Centroamérica, de México y del Perú, el 15 de julio de 1826, ante el estímulo de ese intrépido sembrador que Vuestra Excelencia, señor Presidente, acaba de recordar con tan bella imagen: Simón Bolívar.

Según el artículo tercero de aquel instrumento internacional, "las partes contratantes se obligaban y comprometían a defenderse mutuamente de todo ataque que pusiera en peligro su existencia política y a emplear, contra los enemigos de la independencia de todas o alguna de ellas, todo su influjo, recursos y fuerzas marítimas y terrestres."

Ciento veintiún años han tenido que transcurrir para que nuestros pueblos se percaten del valor innegable de aquella cláusula. Hoy, en 1947, volvemos los ojos a los precursores de 1826. Y rendimos homenaje a sus concepciones, inspiradas en la clarividencia genial del Libertador.

Por cuanto acabo de deciros percibiréis, Excelentísimo Señor, hasta qué punto juzgamos todos como un acierto la invitación que el ilustre Gobierno brasileño hizo a nuestras repúblicas para congregarse en este lugar, así como la esperanza que sin duda ponemos todos en los resultados, espirituales y materiales, de la Asamblea que inaugura Vuestra Excelencia.

En efecto, en el convenio que se prepara nada podría alterar, ni directa ni indirectamente, la intención defensiva del Acta de Chapultepec. No es una alianza bélica lo que venimos a sancionar, sino una asociación jurídica de naciones, libres y soberanas en sus disignios. Unidas para la defensa legítima de sus territorios y sus derechos, nuestras repúblicas no utilizarán esa unión para amenazar a nadie ni consentirán que su solidaridad se interprete, en ningún momento, como si fuera el lastre de un peso anónimo en la balanza política de la historia.

Ahora bien, por trascendentales que nos parezcan los acuerdos que aquí aprobemos, su aplicación sería deficiente si no consiguiésemos mejorar las facultades reales de resistencia de toda América.

La defensa conjunta es un compromiso de la más alta solemnidad. Pero, tan solemne como aquel compromiso, deberá ser el de ayudarnos unos a otros, constantemente, para reforzar la capacidad defensiva del hemisferio en su base misma y no sólo en las prescripciones de los tratados o en la calidad y la técnica de las armas.

En la práctica, las armas y los tratados valen por la aptitud de los brazos que sostienen las armas y por la convicción de los pueblos que ratifican los tratados. Consideremos aquella aptitud y esta convicción.

¿Qué descubrimos, en no pocas regiones de nuestra América?... Pobreza y hambre, ignorancia y enfermedad.

Mientras no luchemos contra esos adversarios inexorables de nuestra seguridad económica —y mientras no luchemos contra ellos con la misma unidad de acción que estamos preconizando para la salvaguardia de nuestra seguridad política— ¿podríamos decir que hemos penetrado en el corazón dramático del problema?

Se impone, en términos apremiantes, la grandiosa tarea de erigir a América en un baluarte de las libertades humanas y de la dignidad democrática de la vida. Para realizar un propósito tan insigne, México estima como uno de los más hondos anhelos del Continente el de aumentar la cooperación económica de todos nuestros países, a fin de que no resulten muchos de ellos inválidos con coraza, artificialmente cubiertos de hierro en los períodos de emergencia, sino colectividades fuertes por su producción, sanas por el aprovechamiento equitativo de sus recursos y resueltas a defender, en lugar de la angustia y de la miseria que para tantas han sido condena injusta, el trabajo emancipador y la producción bien planeada y remunerada en que todas tienen derecho a labrar su felicidad.

Dentro del marco de las Naciones Unidas, la solución jurídica que nos brinda el Acta de Chapultepec es una conquista de alcances incalculables. Pero quedaría trunca si no nos apresurásemos a reflexionar sobre los requerimientos de los países que integran nuestro sistema.

He hablado del Tratado de Panamá. Al hacerlo, sentí ascender nuestro pensamiento hasta las alturas en que Bolívar, con la espada de la victoria, tajó la roca para clavar más profundamente, en la majestad de la cumbre andina, el estandarte de la unidad.

Hace mucho que cada uno de nuestros pueblos tenía una cita con el Libertador. Hoy acudimos a ella, por voluntad de nuestros gobiernos. Sin embargo, el convenio que proyectamos cumplirá sólo una parte de los deseos de Bolívar respecto a la posibilidad de "obtener un sistema de garantías que, en paz o en guerra, sea el escudo de nuestro destino."

Cuanto hagamos para mantener la seguridad, elevará un dique frente a la guerra. Pero la solidez de ese dique dependerá de lo que estemos dispuestos a hacer para vigorizar, en la paz, a nuestras repúblicas.

Naciones débiles por su economía no podrán ejercer acción decisiva y rápida en defensa contra una agresión. De ahí, por ejemplo, que mi Gobierno haya expresado el deseo de que los principios que aquí se adopten sean incorporados a nuestra Carta Constitutiva y que, como lo propuso, esa Carta no resulte una simple codificación burocrática de recomendaciones y de convenios, asimétrica en su estructura por la desproporción entre la obligatoriedad de los compromisos que la fuerza decide y la vaguedad de los votos que aconsejan la ayuda económica y cultural de nuestras naciones.

Nos hace falta un verdadero pacto orgánico del sistema que estamos edificando. Su falta se advertía, aun antes de la celebración de esta conferencia. Pero se advertirá, todavía más, cuando hayamos concluído nuestras labores; porque se verá entonces, con mayor limpidez que nunca, que Bolívar tenía razón cuando reclamaba, simultáneamente, garantías para la guerra y garantías para la paz.

Sólo una paz consciente de los peligros podrá ser, a la larga, una paz segura. Construyamos, por tanto, esa paz consciente. Y construyámosla en la justicia, vinculando todos nuestros recursos, pues, según ha dicho el Presidente de mi país: "Veintiún repúblicas jóvenes, con grandes reservas naturales, energías humanas insospechadas y una larga tradición de convivencia pacífica en el derecho, no pueden menos que constituir un horizonte de esperanza para todos, máxime cuando el sistema interamericano no fue concebido como un aislamiento, sino como una aportación organizada a la causa de la conciliación mundial."

Enunciadas estas ideas que, según hemos tenido oportunidad

de apreciar, constituyen, con diversidad de matices, el común denominador de aspiraciones americanas a las que México ofrece su cálida simpatía, hago uso una vez más del honor que se me confiere para agradecer, en nombre de todas las delegaciones presentes, la hospitalidad de esta noble tierra que, por espacio de tantos años, buscó diamantes y oro en las entrañas de la naturaleza, y que se ha percatado de que los mejores diamantes y el oro más luminoso los lleva su pueblo entero en la bondad de su fuerza y en la fuerza de su bondad.

El Brasil ha sido siempre una inspiración para toda América. El discurso de Vuestra Excelencia, señor Presidente, confirma esa espléndida inspiración. Bajo auspicios de tan elevada calidad, nuestros trabajos tendrán que ser fructíferos.

Esperémoslo así para bien de nuestro hemisferio y para la protección de la paz del mundo.

AMÉRICA ESTÁ NACIENDO *

EN LA capital de esta gran República, escenario de tantas luchas y esperanza de tantos héroes, nos reunimos con el deseo de organizar sobre preceptos inquebrantables, en la igualdad, en la democracia y en la justicia, la concordia de un Continente que, a partir de su advenimiento, ha representado el emblema de aquellas tierras imaginadas por los cartógrafos medievales al miniar esas dos palabras —mar incógnito— que, por espacio de tantos siglos, ocultaron a nuestra América.

¡Mar incógnito!... Los términos que repito no desaparecieron del todo al ceñirse el conocimiento del europeo a nuestra inmensa y fantástica realidad.

Ensangrentada por la conquista y perdida, después, en el vasallaje, otro Cristóbal Colón se necesitaba para adivinar y encontrar a América. Los fundadores de Colombia conocieron en carne y hueso a ese admirable descubridor. En gloria y hueso, debí decir; puesto que, en su patética humanidad, nada evocaba las abundancias perecederas de la materia. Al contrario. En su destino y en su perfil, todo era flecha apuntada con entereza hacia el blanco magnífico del espíritu.

Recordar a Bolívar en Bogotá no es homenaje protocolario, sino inclinación de respeto ante su memoria como guía perenne de nuestra ruta. De la América libre, vigorosa y unida, con que él soñara en el Chimborazo, a la América desunida, pobre y acaudillada, en cuyas aulas muchos de los presentes empezamos a balbucir, cuando niños, los himnos de nuestras patrias, ¡qué abismos no habían cavado la indiferencia, las ambiciones imperialistas, las guerras fratricidas y la lentitud dolorosa que entraña siempre el aprendizaje de la libertad!

Para ascender a las cimas en que el Capitán de los Andes avizoró la cohesión de nuestras repúblicas se hacía apremiante, en el interior de cada país, un desarrollo mejor de la democracia. Y, en lo internacional, era menester un deslinde estricto entre las responsabilidades de la fuerza y la fuerza de los derechos.

Todavía no podemos afirmar hoy que ambas metas se han alcanzado con plenitud. En la marcha del Continente a la democracia, son aún ostensibles las deficiencias y las flaquezas. Pero reconocerlo equivale a manifestar que estamos resueltos a persistir. Por lo que atañe a la esfera internacional —y aunque tampoco se ha conseguido aquel estricto deslinde a que antes me

* Discurso pronunciado en Bogotá, el 31 de marzo de 1948, con motivo de la inauguración de la Novena Conferencia Internacional Americana a la que asistió el autor como Presidente de la Delegación de México.

referí— constituye un presagio muy significativo el fervor con que el hombre contemporáneo siente ya los problemas mundiales como cuestiones que le conciernen y al amparo de una política abierta, de libre discusión y de libre examen, se instala, frente a cada resolución de los gobiernos, como juez imparcial de sus estadistas.

Cuando se piensa en lo que era nuestra unión hace apenas seis lustros y se compara con lo que es, el contraste motiva entusiasmo, y dudas. El entusiasmo no intentaré definirlo. Emana, sencillamente, de las conquistas logradas por todos nuestros países en su recíproco anhelo de comprensión. Las dudas arraigan en una capa más subterránea de nuestro ánimo. Las provocan tres hechos indiscutibles. Por una parte, nuestro sistema ha oscilado al arbitrio de numerosos fenómenos exteriores, debilitándose muchas veces cuando las condiciones del mundo facilitaban el optimismo y robusteciéndose cada vez que la guerra azuzaba, en el horizonte, los corceles del odio y la destrucción. Por otra parte, en cuanto a sus aptitudes económicas, el abismo que media entre nuestros pueblos parece ahondarse más cada día. Y, en tercer lugar, no siempre existe una proporción venturosa entre los ideales que sustentamos, como partes de un grupo continental, y la espontaneidad de nuestros propósitos como países de un mundo urgido por necesidades universales inaplazables.

Ante las dudas que he señalado, nuestro programa nos marca tres vías de solución. Por lo que toca a la ausencia de una cimentación contractual para nuestro orden jurídico, ahí está el proyecto de pacto que redactó el Consejo Directivo de la Unión Panamericana. Por lo que respecta a la desigualdad entre nuestros recursos y nuestras aspiraciones, ahí está el convenio elaborado por el Consejo Económico y Social. Y por lo que se refiere a nuestro concepto sobre la primacía de lo universal, ahí están todas las posibilidades de colaboración humana que encierran los temas de nuestra Asamblea.

La forma en que analicemos estas cuestiones afianzará nuestros principios o denunciará nuestra inmadurez para proclamarlos.

México, cuyo pueblo jamás se conformará con una doctrina internacional elocuente y enhiesta en los postulados pero vacilante y sumisa en las transacciones, se ha percatado del excepcional valor de esta Conferencia. Dentro de ese espíritu, voy a tener la honra de presentaros las opiniones de mi país sobre cada uno de los puntos que he enumerado.

En cuanto al proyecto de pacto constitutivo, empezaré por manifestaros que México es un partidario ferviente y leal del orden interamericano. Pero lo que mi patria anhela es un panamericanismo viviente, eficaz, orgánico. Un panamericanismo que no se olvide de América en el descanso de las victorias y no improvise sus cauces bajo la sombra de las batallas. Para ser más exacto: un panamericanismo integral; es decir: un sistema que, respetando la personalidad de cada país, su cultura, sus leyes y sus costumbres, finque la solidaridad política en una estructura jurídica bien trazada y levante la solidaridad económica sobre el deseo de que cada comunidad se realice y progrese rápidamente.

En tanto que, como miembros de la organización consagrada por la Carta de San Francisco, los pueblos de este hemisferio tienen un conocimiento concreto de sus compromisos y sus derechos universales, ocurre, por paradoja, que ese conocimiento se tiñe de indecisión en sus actividades políticas más cercanas: las que practican, todos los días, con sus vecinos.

La Sociedad de Naciones se estableció por virtud de un pacto. Y, por aplicación de otro pacto —el de las Naciones Unidas— estamos colaborando en el plano mundial. En cambio, nuestro organismo ha vivido sin una constitución. Algunos podrán creer que tal vez haya sido mejor así; porque la ley escrita suele añadir más motivos de pugna que de concordia cuando no existe esa ley moral en que por fortuna reposa el entendimiento cordial de nuestras repúblicas. No desconozco la validez de esos argumentos. Pero acontece que el principio de la igualdad de los Estados se halla abatido, en la práctica, por la desigualdad de los elementos de que disponen. Dejar que la convivencia internacional atestigüe pasivamente los contrastes de esa desigualdad equivaldría a admitir como inexorable la condición del inerme y del desvalido. Y eso en una época en que los débiles son más débiles y los fuertes más poderosos que nunca.

Los fuertes pueden suponer que no necesitan tanto como los débiles de una organización jurídica contractual y que les basta su poderío. En cambio, los débiles buscan un escudo en la ley escrita. Así lo demuestra toda la historia. La legislación, lo mismo nacional que internacional, debe plasmar nuestra evolución en forma ascendente y asegurar el progreso por la justicia, garantizando a todos, débiles y fuertes, los beneficios que emanan del bienestar general.

Además, hay otra razón. Somos tan sólo un grupo dentro de una asociación mucho más compleja: las Naciones Unidas. Por primera vez, todos los pueblos independientes de este hemisferio se hallan ligados por un convenio (el de San Francisco) y por una solidaridad que no tiene fuerza jurídica de convenio; o que la tiene, a lo sumo, para ciertos efectos fundamentales: la solidaridad panamericana.

La ONU reconoce y admite a nuestro sistema, al admitir y reconocer a los organismos que, como el nuestro, no son incompatibles con sus principios y sus procedimientos. Entendiéndolo así, el 2 de septiembre último suscribimos, en Río de Janeiro, un tratado que, para cumplir con las recomendaciones del Acta de

Chapultepec, aplica los métodos de consulta del sistema interamericano y, para enfocar la legítima defensa colectiva, reglamenta el artículo 51 de la Carta de San Francisco.

Con apoyo en tales premisas, la Cancillería mexicana sugirió la conveniencia de que el pliego redactado para atender la IX Resolución de la Conferencia de 1945 tuviera el alcance de un pacto constitutivo. Y que lo tuviera tanto por la coordinación de los instrumentos —ya autorizados, aunque no siempre ratificados— cuanto por el equilibrio entre los compromisos políticos y las actividades que en lo económico, lo social y lo cultural habrán de calificar esos compromisos y por el tino con que se diera al texto una homogeneidad y un sentido actuales.

La sugestión que menciono fue recibida con simpatía por los demás gobiernos del Continente. El Consejo Directivo de la Unión Panamericana resolvió establecerse en Comisión Especial para formular un nuevo anteproyecto de pacto constitutivo. Ese documento es el que vamos a examinar.

No considero que sea esta la ocasión de expresar, detalladamente, los puntos en que la delegación mexicana se halla de acuerdo con el anteproyecto y aquellos en los cuales se permitirá disentir de él. En síntesis, me complazco en reconocer que los autores merecen nuestra gratitud por la probidad intelectual en que se inspiraron al realizar la tarea que se impusieron. Sin embargo —y como era lógico—, hubieron de tropezar con el duro escollo con que tropieza cualquier intento de este carácter: la inquietud que suscitan ciertas innovaciones.

En muchos aspectos, tal inquietud incita a la revisión porque, en suma, amengua la solidez del trabajo entregado a nuestra Asamblea.

Se halla muy lejos de los designios de mi país el concebir nuestra Carta Orgánica como el núcleo de un bloque continental, fundado en el egoísmo y amurallado a la colaboración con el exterior. La universalidad no ha de fragmentarse. Y desvirtuaría de nuestro hemisferio el querer realizar en él un reducto estanco, articulado sólo de nombre con las Naciones Unidas. Por eso no postulamos un pacto vago que, frente a la precisión de la Carta de San Francisco, proporcionara a nuestro sistema el dudoso honor de la ambigüedad y la falsa elasticidad de la incertidumbre. Por eso esperamos un pacto largo, en cuyas cláusulas consten los derechos y los deberes de los Estados que lo suscriban. Un pacto que no excluya la consulta diplomática; pero que, para todos los asuntos vitales, la exalte a la luz del día y le confiera la dignidad de un debate público. Y por eso, en fin, ante el proyecto elaborado por el Consejo Directivo, estimamos que la cuestión primordial se presenta así: ¿Qué es el Sistema Interamericano? ¿Un conjunto de normas, según parece desprenderse de los capítulos básicos del proyecto? ¿O una agrupación de naciones coincidentes en esas normas, según lo deja entender el mismo proyecto, en su artículo segundo, al reiterar que, por derecho propio, todos los Estados americanos son miembros del sistema, como no podían menos de serlo, en consonancia con la resolución adoptada en la VI Conferencia y con los acuerdos tomados en las cuatro primeras acerca del mantenimiento de la Unión de las Repúblicas Americanas?

Nada sería más inconveniente que propiciar confusión en esta materia. Y nada resultaría menos leal que seguir hablando a los pueblos de una unión de países americanos cuando el pacto sólo contempla un elenco de reglas y de principios. Dejar a la solidaridad panamericana con obligaciones circunscritas a los riesgos del exterior y señalar como origen de tan severas obligaciones un pacto endeble; utilizar en los convenios defensivos el léxico obligatorio y preferir —para los demás procedimientos de la colaboración continental— el estilo facultativo; eso sí implicaría una grave quiebra del pensamiento jurídico americano. Y, eso sí nos colocaría ante situaciones insostenibles, porque los vínculos que aceptamos serían extraordinariamente fuertes para la guerra y débiles en extremo para mejorar en la paz nuestra convivencia, lo cual es para nosotros asunto ingente, tarea diaria, horizonte inmediato y normal de nuestra amistad.

La respuesta que den las delegaciones a la pregunta que acabo de formular habrá de repercutir en todas las partes del instrumento que está en estudio.

Basta volver la mirada sobre las conferencias interamericanas para confirmar que nuestro sistema ha crecido al azar de las circunstancias con largos intervalos de incredulidad y de escepticismo y con pasajeros paréntesis de coordinación y de estrecho enlace.

En contraste con la flexibilidad de las recomendaciones aprobadas en esas conferencias, las resoluciones tomadas a partir de 1938 en las juntas de cancilleres han ido adquiriendo un tono cada día más compulsorio. No es extraño, por tanto, que piensen nuestros países: ¿Sólo para afianzar nuestros lazos defensivos tiene auténtica validez el sistema interamericano?

¡Pobre y menguada sería nuestra solidaridad si exclusivamente el peligro extranjero la provocase! Unidos como lo estamos ante el peligro, debemos estar igualmente unidos cuando el peligro inmediato no se presente o cuando no se presente bajo el aspecto de una contienda internacional. Esa unión, concebida para no dejarnos vencer por la incuria y el abandono, es la que nuestros pueblos desean con más vehemencia. Y si el pacto que aquí aprobásemos fuera sólo la codificación de elementos dispares, vagos e informes, habríamos defraudado ese gran deseo. Pero no me resigno a creer que seamos menos resueltos que nuestros precursores. Ellos, que nada tenían, salvo la genialidad de su convicción, erigieron el ideal panamericano sobre la angustia y sobre el desierto. Y nosotros, que hemos vivido de su legado; nosotros, que nos hemos beneficiado de su experiencia, ¿careceríamos del valor de cristalizarla en un cuerpo sólido y sustancial? Invocar el pasado para disimular el presente es argucia de seres que no ven con franqueza hacia el porvenir. No obstante el tiempo transcurrido desde la Junta de Panamá, la unidad continental se halla apenas en sus albores. América está naciendo. Y está naciendo, a cada minuto, entre nuestras manos. Hagamos que nuestras manos sean dignas de saludar ese alumbramiento. Y no limitemos con reticencias mezquinas la prodigiosa vitalidad de nuestro hemisferio; porque, por audaces que hoy nos parezcan las conclusiones que concertemos, América probará que las merecía y que nunca fuimos nosotros tan generosos en idearlas como ella en recompensar nuestra fe en su poder vertical de transformación.

El segundo punto sobre el que expresaré la opinión de México se relaciona con el convenio preparado por el Consejo Económico y Social.

No sólo por su origen, este documento se encuentra indisolublemente ligado a los debates de Petrópolis. Hasta el nombre que dimos al instrumento firmado en Río de Janeiro (Tratado de Asistencia Recíproca) sería un sarcasmo si aceptáramos que la única asistencia que ansían nuestras repúblicas es la asistencia *in extremis*, en la hora trágica del combate. Compartir los riesgos en los casos en que la salvaguardia del Continente lo justifique es un compromiso del rango más elevado. Pero no constituye un compromiso menos solemne el de ayudarnos unos a otros para vivir.

No esperamos que nadie se sustituya al esfuerzo que cada uno de nuestros pueblos tiene, por sí mismo, el deber de desarrollar. Mas, a nuestro entender, cuando esos esfuerzos individuales no alcanzan éxito resultaría imperdonable dejar a cada nación al capricho del infortunio y del aislamiento.

Mientras nos mantengamos en el terreno de las ideas generales, correremos el riesgo de no entendernos porque la diferencia de nuestras economías nos impone diferencias fundamentales de apreciación en el planteamiento de los problemas.

Hay entre nosotros países que principalmente exportan materias primas y países que exportan principalmente artículos manufacturados. Dentro de un fácil determinismo, esta situación ha hecho pensar que el remedio más pertinente consistiría en especializar a cada país para su función rutinaria, atribuyendo a tal entidad el papel de abastecedora de café, a otra el de abastecedora de azúcar, a otra el de abastecedora de máquinas... Y así sucesivamente.

México no participa de aquella euforia distributiva. Y no participa de aquella euforia porque, en América, bajo el solio de la buena vecindad, no podríamos imaginar una interdependencia económica que significara, para las partes, una falta evidente de independencia. Si ha de ser aplicado en términos de justicia, el principio del libre acceso a las materias primas debería completarse con el pago de una retribución adecuada como precio de esas materias, con la misma igualdad de acceso a los bienes de producción, con un verdadero aprovechamiento internacional de las invenciones —a menudo sujetas, por las patentes, a procedimientos de exclusión y de monopolio—, con facilidades para que cada país pueda realizar, en su territorio, una industrialización conveniente y con un ajuste de los mercados que permita colocar los productos de las naciones débiles en condiciones equitativas.

México está convencido de que América no progresará sino con gran lentitud en el caso de que la cooperación continental no se produzca fructuosamente.

Así, mi Gobierno ha preconizado que se reconozca como un deber de todas y cada una de nuestras repúblicas el prestar asistencia económica —dentro de sus posibilidades y de conformidad con sus leyes— a aquellas que necesiten tal asistencia.

La cooperación a que aludo tendría que encauzarse por medio de un Consejo Económico y Social vigorosamente renovado hacia tres propósitos esenciales: otorgarnos, unos a otros, la ayuda técnica imprescindible para una política económica bien planeada, combatir la inestabilidad monetaria y contribuir con los excedentes disponibles para el financiamiento, a través de créditos amplios, de los proyectos nacionales que demanden inversiones a largo plazo.

Se ha dicho que primero es reconstruir y que el desarrollo de los países no destruidos directamente por el conflicto puede aguardar. En efecto, reconstruir es urgente. ¿Pero es acaso menos urgente desarrollar, cuando los que esperan obtener ese desarrollo viven en condiciones tan lacerantes como muchos de los que anhelan reconstrucción?

Encomiamos la noble actitud adoptada frente a una situación que nos conmueve profundamente: la de aquellas regiones martirizadas por la guerra. Desearíamos, no obstante, ver al mismo tiempo las privaciones de los países que por espacio de muchos lustros han sido los mártires de la paz. Al mirar, en las fotografías de los periódicos, a los europeos demacrados por una larga permanencia en los campos de concentración, su espectáculo nos produce tanta mayor amargura cuanto que lo que esos cuerpos exangües y castigados nos traen a la memoria, invenciblemente, es la imagen de nuestros indios.

Y no se piense que ésta es una figura retórica. En su informe sobre el estado de Alemania y de Austria, el señor Hoover señala el desnivel alimenticio que sufre su población. En algunos países americanos las estadísticas de desnutrición no son menos aterradoras que las que él cita. En ellos se presentan, en forma crónica, problemas muy parecidos a los que lamentamos fuera de América. Ahora bien, puesto que pensamos que el mundo es uno, no podemos imaginar que los programas de reconstrucción se restrinjan a un deliberado marco geográfico. Para nosotros, desarrollo y reconstrucción son la misma cosa, ya que podemos ayudarnos unos a otros sin dejar de asistir a nuestros hermanos, las víctimas de ultramar.

Cuando se vuela, como muchos de nosotros acabamos de hacerlo, desde una a otra de nuestras capitales, por encima de las montañas y de las playas americanas, no se sabe de pronto qué admirar más: si la inmensidad de las perspectivas que abre aquí al hombre la maternal y soberbia naturaleza o la enormidad de las injusticias que han gravitado sobre los residentes del Nuevo Mundo, colocando a la gran mayoría de sus países en un marasmo económico paralizante y deformador.

Si quisiéramos materializar en un solo ejemplo los desaciertos que han llevado a la humanidad a esta falsa paz en que gimen los pueblos y las conciencias, bastaría desplegar el mapa de América. Costas feraces. Valles acogedores. Serranías de entrañas henchidas de minerales necesarios para el trabajo... Pero, salvo excepciones incuestionables, sobre tantas riquezas latentes lo que reina es la ley del páramo.

Aridez o jungla. He ahí, en pleno siglo XX, el dilema de muchos de nuestros pueblos. O la desolación del yermo o la devoradora avidez de la selva virgen. En muy pocos sitios el hombre es menos dueño de aprovechar lo que por derecho inmanente le pertenece. Donde no se lo niega el clima, se lo arrebata la explotación despiadada o se lo estorba la esterilidad de un esfuerzo herido por centurias de desnutrición, de incultura y de enfermedad.

¿Cómo explicar nuestra geografía —que nos acusa— sin evocar nuestra historia, que nos perdona?

Exaltamos la unidad de nuestro hemisferio. Pero ¿hay algo más desarticulado que los intereses materiales de estas naciones siempre dispuestas a cantar el principio de su unidad? ¿Dónde está nuestro apoyo colectivo para que múltiples flotas continentales puedan servir mejor todos nuestros puertos? ¿Dónde las corporaciones interamericanas de crédito para fomentar aceleradamente nuestros recursos? Si comparamos los pasos dados en el sendero de la solidaridad política y los que ha intentado nuestro sistema sobre la ruta de la solidaridad económica, observaremos, no sin tristeza, la diferencia.

"Hemos de salvarnos juntos" decimos, cuando se yergue la militar formación de los agresores. Y está muy bien. ¿Pero de esta otra agresión interna, sorda, constante, que hoy destruye una tribu entera y mañana puede morder el cuerpo anemiado de una provincia, qué va a salvarnos?

Fundamos órganos de consulta para garantizar nuestros métodos defensivos. ¿Y, para muchos de nuestros pueblos, qué es, en lo material, lo que protegen esos métodos defensivos? ¡Kilómetros y kilómetros de silencio y de extenuación! ¡Kilómetros y kilómetros sin escuelas y sin talleres! Si izamos tan en lo alto la bandera de la fraternidad ¿por qué no fundar en materia económica otros órganos de consulta? ¿Y por qué no someter a esos órganos de consulta la realidad de nuestros problemas y la necesidad apremiante de remediarlos?

Para asegurar nuestra independencia, los próceres americanos unieron sus corazones y sus espadas. Todavía resuenan, a través de la cordillera, los ecos de la palabra de Bolívar que, en acatamiento de un patriotismo continental, entregaba constituciones a varios pueblos que eran más suyos, por no ser suyos, que la misma región en que vio la luz.

Esa unión, tan ventajosa para nuestra libertad política, sigue siendo urgente para nuestra liberación económica, pues una estructura interamericana verdaderamente sólida no podrá jamás levantarse sobre economías nacionales raquíticas y precarias.

Encaremos, por consiguiente, nuestras dificultades en un ámbito de solidaridad. Y procuremos hallar soluciones que, afirmando el bien del conjunto, tomen en consideración las aptitudes, las leyes y los propósitos de las partes. Sólo así haremos obra acertada, porque los ideales que duran se nutren siempre en la realidad.

He dejado para concluir, el tema relativo a la voluntad de colaboración universal que distingue a la democracia de este hemisferio.

Permitidme que cite aquí el nombre de aquel varón en quien la corona de hierro del gobernante no marchitó jamás la corona de lauros del humanista. Hablo de Marco Aurelio. "Como Antonino —dijo— mi patria es Roma. Como hombre, el mundo entero. Por tanto, sólo lo que a estas dos patrias conviene me es útil a mí."

Así lo sienten y lo comprenden nuestros países. Como Estados americanos, la amistad y la vecindad nos inducen a velar en común por la prosperidad y el prestigio del Continente. Pero nuestra vocación no es la soledad. Y, afortunadamente, en cada ciudadano de América hay un soldado de la libertad y un trabajador decidido a buscar su mejoramiento sin vulnerar a sus semejantes.

La historia y la geografía (mucho más complejas, ahora, que en los tiempos del filósofo emperador) nos sitúan ante responsabilidades más intrincadas. Una de ellas es la de ser fieles ejecutores de nuestros pueblos. Otra consiste en que, dentro de esa fidelidad para nuestros pueblos, contribuyamos en forma solidaria a la realización colectiva de América. Y la tercera —pero no la menos augusta— estriba en que, sin perjuicio de nuestra organización regional, vivamos siempre con insobornable sentido humano. Esto es: que no enarbolemos nuestros principios contra los intereses de esa patria mayor que es la humanidad, hacia la armonía de cuya convivencia van avanzando en conjunto, a través de los siglos, todas las culturas y todas las razas, todos los sistemas y todos los pensamientos.

Sólo serán durables y respetables las resoluciones que suscribamos pensando a la vez en la soberanía de nuestras Repúblicas, en el bienestar de nuestro Continente y en la dignidad del linaje humano. Porque la grandeza de América habrá de descansar en sus aptitudes para cumplir, con igual fervor, esos tres deberes. Y los hechos demostrarán que, cuanto mejor asociemos esos deberes en nuestro espíritu, mejor serviremos también a nuestras naciones como naciones, a nuestro hemisferio como razón de nuestra presencia y al mundo entero como aspiración de nuestra conducta.

La paz es indivisible. Nada de lo que hiciéramos para segmentarla aprovecharía a ninguno de nuestros pueblos. Puente de esperanza y conciliación mundial ha de ser América. Ahora bien, los pilares de un puente de tanta categoría no son el odio y la intolerancia sino la comprensión, la verdad y la independencia. Fortifiquemos, pues, a la democracia en la democracia, sin salir de la democracia, actuando en acuerdo interior con ella, vivificando en la libertad sus instituciones y comprobando sus reglas con el ejemplo.

Durante muchos años hemos repetido en todos los tonos que el derecho era nuestra fuerza y que el nazifascismo estaba minado, incluso en la hora de sus máximos triunfos, porque, entre tantas armas como tenía, una le faltaba, la más espléndida: la fe en la universalidad de la civilización y en la civilización por la libertad.

Esa fe constituye el escudo inviolable de nuestra América. Mantengámoslo sin mancilla.

Señor Presidente, señores Delegados: Temo haberme excedido en el tiempo de este discurso, pero no en la importancia de los asuntos que ocupan nuestra atención. Me servirá de excusa el sentir que nuestra Conferencia se encuentra ante problemas de la mayor calidad humana. Lo que en estas horas estamos forjando es el futuro de un Continente, la auténtica potencialidad de América.

Nos hemos reunido en un crucero sin par. La situación del mundo no puede ser más oscura y más inquietante. Pero habremos de sobreponernos a las tinieblas que nos rodean, pues entre tantas zozobras una luz se mantiene firme: nuestra solidaridad.

Nuestra solidaridad que no está ya en duda, que ha resistido a las pruebas dramáticas del pasado y que habrá de acrecerse y perfeccionarse si se hace más generosa y más constructiva en lo porvenir.

Las labores para cuya realización hemos sido convocados exigen, ante todo, paz y ecuanimidad. Y soy el primero en reconocer que resulta sobremanera difícil conservar la ecuanimidad en un momento en el que apenas si existe paz.

Sin embargo, es demasiado lo que esperan nuestros países de esta Asamblea para que concertemos el Pacto Constitutivo de las Repúblicas Americanas en un ambiente de pesimismo y de agitación. Seguros de nuestra cohesión democrática y de nuestra juventud continental, iniciemos con energía nuestros trabajos. Si obramos con entereza, habremos resucitado a nuestros libertadores, pues la inmortalidad que buscan los grandes hombres es la que les proporcionamos nosotros, los fieles de su culto, con la virtud de nuestros esfuerzos.

Si, por el contrario, retrocedemos, muchas aspiraciones vendrán por tierra. Y habremos así enterrado con nuestras manos, no ya los cuerpos mortales de nuestros próceres, sino la antorcha de sus ensueños, el fulgor de su inteligencia y la estrella augural de su corazón.

Conscientemente, señores, afrontemos nuestro destino.

LOS DERECHOS DEL HOMBRE *

En el marco de la Universidad de París, la Liga de los Derechos del Hombre y del Ciudadano rinde hoy homenaje al esfuerzo llevado a cabo por las Naciones Unidas en su voluntad de formular una Declaración Universal de los Derechos del Hombre. La Unesco se asocia a ese homenaje con entusiasmo. Cuando nuestra Conferencia tuvo conocimiento, en Beirut, de que la Asamblea de las Naciones Unidas había adoptado esa Declaración, los Delegados, unánimes, emitieron el deseo de que la Unesco se afanase por difundir, en los diferentes niveles imaginables, un documento que hace brillar, para la humanidad, una esperanza tan noble. El 29 de diciembre me dirigí a los Estados miembros de esta Organización para invitarles a participar en esa obra de difusión. De todas las respuestas que he recibido, una de las más significativas es la manifestación de esta noche. Pienso, al decirlo, en el valor que da a la voz de Francia una historia consagrada a servir a una civilización en que el hombre pueda afirmarse al mismo tiempo en su diversidad y en su integridad.

Nada en vosotros pretende escapar al hombre. Ni la belleza de vuestros monumentos, ni el orden de vuestras instituciones, ni la claridad de vuestros textos más célebres. Es difícil ofrecer a la humanidad una suma de aportaciones que respondan mejor que las vuestras a un deseo de franqueza y de honradez. Otras culturas han alcanzado cimas filosóficas, artísticas y literarias que fuerzan la admiración. Pero, en la atmósfera de lucidez sin frialdad y de imaginación sin utopías que constituye el clima de Francia, nadie se siente extraño a las otras culturas y cada quien se percata de que nunca encontrará la paz del mundo un cimiento más sólido que el acuerdo de los hombres en un espíritu de justicia y de verdad. En ese espíritu de justicia y de verdad distingo, a la vez el carácter más duradero de vuestros esfuerzos y la ambición última de la Unesco.

La Liga de los Derechos del Hombre y del Ciudadano ha sido siempre una potencia en acción para el triunfo de aquel espíritu. Jamás falló su vigilancia; jamás le faltaron ni valor ni tenacidad cuando se trató de denunciar la injusticia o de exigir reparación para la inocencia.

La Declaración Universal de los Derechos del Hombre viene a inscribir vuestros trabajos y nuestro esfuerzo en su verdadera perspectiva, que es la voluntad de un progreso universal. No pre-

* Discurso pronunciado el 24 de febrero de 1949 en el gran anfiteatro de la Soborna de París.

tendo juzgar esa Declaración en todos sus detalles. No desconozco las reservas —las críticas, inclusive— expresadas a su propósito. Cada derecho supone un correspondiente deber. Quizá, desde este punto de vista, no se haya concedido la importancia que merece a la sugerencia que el 5 de mayo de 1947 ofrecía a mi predecesor el Mahatma Gandhi: "He aprendido a mi madre, iletrada pero muy sensata —decía entonces aquel generoso apóstol—, que los derechos dignos de conservación son los que da el deber cumplido. Así, hasta el mismo derecho a la vida sólo nos corresponde cuando cumplimos con el deber de ciudadanos del mundo."

¿Quiero evocar sólo dos cuestiones, pero decisivas. Cada una de ellas se plantea ostensiblemente. Ante todo, ésta: ¿cuál será el alcance práctico de una Declaración que no prevé sanciones jurídicas? ¿No hubiera sido preferible ligar a los Estados firmantes por una Convención que hubiese tenido el valor de un contrato? Y, por otra parte, ¿en qué sentido va a aplicar cada pueblo esa Declaración?, ¿qué contenido tomarán en cada país conceptos tan generales como, por ejemplo, el de la libertad de expresión y de información? ¿No nos exponemos a ver invocar la seguridad política del Estado para justificar una limitación de esa libertad? Más aún, ¿no cabe temer que ciertos hombres, en el seno de un partido o de una administración, se abroguen la facultad de determinar sin apelación dónde empieza y dónde se detiene la seguridad política del Estado? Y, en el polo opuesto, ¿no corremos también el peligro de ver a las mayorías admitir que la libertad de expresión y de información se halla efectivamente garantizada en una sociedad en que las noticias, si escapan a la censura gubernamental, siguen siendo la materia prima de una industria y de un comercio sometido frecuentemente a los intereses de monopolios de hecho?

Estas observaciones no tienden, ni mucho menos, a aminorar la importancia de la Declaración, sino a hacer comprender hasta qué punto se halla ligado indisolublemente a su aplicación el porvenir íntegro de la UNESCO. A menos que exista cierta unidad entre las concepciones que los pueblos se hacen de los principios de la cultura, toda declaración internacional estará condenada a tener efectos lánguidos y precarios. Por eso, de momento, algunos de sus puntos débiles no me preocupan desmesuradamente. En el actual estado del mundo, un manifiesto más coherente y más ambicioso no hubiera sido sino anticipación teórica sin influencia en la realidad. La misma idea de reforzar la Declaración con una lista de sanciones, o de darle la naturaleza jurídica de un convenio, nos obliga a pensar en el uso que los países más favorecidos podrían hacer de los fallos de un tribunal internacional dispuesto siempre a hacer comparecer ante sí a los Estados económica y militarmente débiles, pero mucho menos resuelto a sentar en el banquillo de los acusados a los Estados más poderosos.

La Declaración Universal de los Derechos del Hombre es, a mi juicio, el texto internacional más rico en promesas que, desde 1945 los Gobiernos hayan suscrito para dar vida a la Carta de San Francisco y para establecer un sólido lazo entre esa Carta y el Acta constitutiva de la UNESCO. Esta Declaración es el primer manifiesto internacional en que se enumeren los derechos del individuo y se precisen las condiciones con que han de cumplir los Estados que quieran respetar la libertad y la dignidad de la persona humana. Es la prolongación del honor del hombre. Y llega a punto en una época en que las fuerzas colectivas se conjugan en todos los terrenos para destruir al ser humano, ya sea propagando el credo de un régimen, ya inmovilizando un estado social que favorece a las minorías dueñas del poder y del capital. Es un llamado apremiante a los gobiernos para recordarles que el hombre existe, que no es un autómata al servicio de los sistemas de dominación política o financiera, que se le debe considerar, no como un medio, sino como un fin, como el único fin que a todos nos interesa.

Ese grito de alarma —que nos trae el mensaje de todos nuestros hermanos, blancos y negros, asiáticos o indios, sabios o ignorantes, ricos o pobres— debe resonar en todos los recintos que, como éste, fueron erigidos para abrigar a la inteligencia y salvaguardar el poder creador del hombre, su frágil destino, libre y responsable.

No es ninguna casualidad que la Universidad de París ponga a la disposición de la Liga de los Derechos del Hombre el edificio en que da una enseñanza que contribuye a afirmar la obra de la UNESCO. También nosotros nos sentimos, en cierto modo, beneficiarios de su acción, seguros de seguir igualmente el camino que debe llevar a difundir la luz hasta el reducto más vulnerable y, por eso mismo, más defendido: hasta el corazón del hombre.

Pero, entendámonos bien. La solidaridad del hombre con lo mejor que tienen los hombres —quiero decir, su facilidad de compasión y de comprensión— no depende de la inteligencia exclusivamente. Esa solidaridad la lleva en sí el hombre desde su nacimiento, como germen de su progreso. Y si bien el clima más favorable para el desarrollo de ese germen es el de la ciencia y de la cultura, conviene no olvidar que, por naturaleza, por vocación, la ciencia y la cultura son instrumentos de paz. Por eso deben aplicarse, sin egoísmos ni reservas, a mejorar la suerte de las masas. Hoy, en la crisis material y moral que atraviesa el mundo, una minoría de mandarines correría el peligro de cavar un abismo entre el hombre y los hombres, entre la paz y la justicia, entre la inteligencia y la civilización.

¿Me permitiréis recordar aquí una anécdota bastante difundida, antes de la guerra, en algunos círculos diplomáticos? Cierto universitario inglés había reunido a cenar a unos cuantos intelectuales amigos suyos. La conversación se veía interrumpida continuamente por un hijo del dueño de la casa, niño de 6 o 7 años que no cesaba de abrumar a los invitados con preguntas inoportunas. Para alejarlo, al padre se le ocurrió proponerle una partida de rompecabezas. Hizo pedazos un gran planisferio que tenía encima de la mesa y ordenó al juvenil preguntón que no volviera a presentarse antes de haber reconstituído el mapa, pegando los trozos del mismo. Creía haberse deshecho de él de esta manera fácilmente y por un buen rato.

Grande fue su sorpresa cuando el niño volvió minutos más tarde con su trabajo terminado.

No tardó en descubrirse el secreto del aprendiz de cartógrafo. El planisferio estaba impreso en un papel cuyo reverso presentaba la silueta de un hombre de pie. Para coordinar los fragmentos el niño no había tenido que apelar a sus conocimientos geográficos, probablemente muy insuficientes, sino a algo mucho más inmediato, a la estructura visible del ser humano. Así, al recomponer la figura del hombre había rehecho el mapa del mundo.

¿No entraña esto para nosotros una advertencia?

Sólo pensando en el hombre y tratando de reconstruirlo (de reconstruir su conciencia, sus esperanzas, su amor al bien) es como llegaremos a rehacer un día, sin demasiadas vacilaciones y sin demasiados errores, el contorno político de la tierra, el mapa económico y social del mundo contemporáneo.

Ése es el deber de quienes, como vosotros en esta Universidad y como nosotros en la UNESCO, consagran sus energías a despertar en el hombre, por medio de la cultura, una eficaz adhesión a la aventura común de la humanidad. Lo que la UNESCO busca entre los ciudadanos de todas las naciones, entre los habitantes de todos los países, es, ante todo, hombres. Hombres que hablan diversas lenguas, que cantan himnos diferentes, que se alínean bajo los colores de diferentes banderas, pero que, con recursos desgraciadamente desiguales, se esfuerzan por superar las mismas angustias: la miseria, el temor, la ignorancia y la enfermedad, a fin de realizarse de la manera más completa posible, gracias a condiciones económicas y culturales más equitativas para todos.

Sí, buscamos hombres. Pero, entre tantas amenazas y compromisos, ¿dónde se encuentra el hombre? Desapareció durante la guerra, devorado por el leviatán-legión. Y ahora que, concluídos los armisticios, debería instaurarse la paz, lo que oímos gemir a través de los muros de los nacionalismos cerrados es la voz del hombre. Esa voz, ahogada por el estrépito de las propagandas de toda índole, nos llega deformada, a menudo, por quienes más deberían transmitírnosla honradamente. Un hecho terrible, la ausencia del hombre, su sumisión a la voluntad de las facciones, hace sobremanera inquietantes los resultados de un sistema internacional que, tendiendo finalmente a una política y a una economía universales, tiene que apoyarse, sin embargo, en realidades locales, nacionales o regionales. La UNESCO se alza contra esa ausencia y contra esa sumisión del hombre. Quienes participamos en sus trabajos nos hemos comprometido a suscitar, hasta el límite de nuestros medios, una vocación de universalidad en la conciencia de todos los pueblos.

LA CIUDADELA DE LOS HOMBRES SIN UNIFORME *

VUESTRA amabilidad me sitúa ante una de las emociones más hondas de mi existencia: la de advertir, en la síntesis de un instante y a la luz de la voluntad generosa que os congrega en este recinto, la pasión con que América se define en favor de la libertad y de la cultura. No puedo atribuir ni remotamente a los pálidos méritos de mi vida un honor tan genuino como el que me dispensa vuestro Consejo. Sé demasiado bien que no soy en estos momentos, para vosotros, sino el depositario anónimo de una gran responsabilidad moral. Y, lo que más me impresiona es que celebréis que tan gran responsabilidad se haya visto depositada, por una serie compleja de circunstancias, sobre un hombre de este hemisferio: es decir, sobre uno de vosotros, sobre el más sorprendido y modesto de todos vuestros colegas.

Celebrar que el peso de ese deber recaiga en un ciudadano de vuestra comunidad entraña, por una parte, para mí, una exaltación de las obligaciones contraídas; pero, por otra parte, me hace sentir hasta qué punto no estoy aislado frente a tantas y tan austeras obligaciones, pues la nobleza con que las apreciáis es el mejor testimonio de la sinceridad con que estáis decididos a compartirlas.

En el fondo, ¿cómo podría no ser así? Si hay algún organismo internacional en el que América puede y debe reconocerse con todos sus entusiasmos y todas sus aspiraciones, ese organismo es, sin duda alguna, el que surgió, al término de la guerra, para defender la civilización con las armas magníficas del espíritu.

Otras manifestaciones interestatales se fundan en el principio de la interdependencia material y política de los pueblos. Para la UNESCO, un principio priva sobre aquel que acabo de mencionar, y es el postulado de la solidaridad intelectual y moral de la humanidad. Ese principio, señores, vivifica todos los trabajos de vuestra Organización y da a nuestro diálogo de este día el indiscutible valor simbólico que me complazco en reconocer.

Los pueblos, como los hombres, no se asocian fructuosamente cuando no flota sobre sus almas la bandera de una esperanza y cuando no se halla inscrita, en la bandera de esa esperanza, la divisa de un ideal. Ahora bien, ¿qué esperanzas y qué ideales pueden solicitar con autoridad tan cimera el espíritu de los pue-

---

* Discurso pronunciado en Washington, el 4 de abril de 1949, durante el almuerzo ofrecido al autor por la Organización de los Estados Americanos.

blos, como la esperanza en la emancipación del hombre por la cultura y el ideal de la paz por la educación?

"¡Moral y luces!", reivindicaba desde los Andes, en el amanecer de la independencia del Continente, una voz que, por el destino del ser que la sustentaba, nos impone aún a nosotros, sus herederos, todo un régimen de conducta, como si fuera, en sí misma, la voz de la libertad. Moral y luces es el clamor gigantesco de un mundo en crisis. Ayer, el clamor de la América en formación. Hoy, el clamor del género humano. Porque, si en los años épicos de Bolívar lo que nacía, a través de las ruinas de la Colonia, era un concepto nuevo de la convivencia política de los países americanos, lo que está en gestación —en estos años crueles de la posguerra— es un nuevo concepto espiritual de la convivencia de todos los pueblos y del entendimiento de todas las razas.

Ese nuevo concepto no podrá ser un concepto político y económico. O, para ser más exacto, no podrá ser solamente un concepto político y económico. Si las naciones se resignaran a una limitación de sus ambiciones políticas y a una restricción de sus intereses económicos, ayudarían tal vez a consolidar entre ellas una interdependencia estática, deprimente para los débiles; pero no avanzarían gran cosa en el camino de la solidaridad dinámica que requiere, para el progreso de todos, el bien de todos.

Sin la colaboración de las almas no habrá jamás un acuerdo pacífico entre los pueblos. Una fe es lo que falta, principalmente, a los países desquiciados de nuestra era. Esa fe no podrá ser ya la fe en la riqueza o en el ímpetu de exterminio de los ejércitos. Los créditos sobre cuyo fondo habrá de girar el linaje humano, no hay bancos que los posean, por enormes que supongamos las reservas de oro de que dispongan. Y las fortalezas tras de cuyo baluarte podrán realizar su vida los hombres en lo futuro, no hay cemento armado, ni piedra, ni acero capaces de construirla durablemente. Porque la materia vence a la materia. Y lo que se erige con la materia, la materia lo pulveriza.

No; la fe que redima al mundo no podrá ser la fe en los instrumentos que inventa el hombre para aumentar su fortuna o su aptitud de dominación, sino la fe en el que inventa y fabrica tales instrumentos; la fe en el hombre. Americanos o africanos, europeos u orientales, hombres somos todos cuantos vivimos, angustiados por controversias minúsculas de prejuicios y de fronteras, de apetitos y de rencores. Hombres que, a menudo, se odian sin conocerse; porque el uniforme con que se visten para pelear es de distinto color o distinta traza del uniforme que llevan, en el combate, los que llaman ingenuamente sus enemigos. Hombres que se engalanan con uniformes; esto es, con disfraces para morir; pero que viven, cuando no luchan unos contra otros, en una misma vulnerable y patética desnudez. Hombres que la guerra transforma en cifras; pero que la paz arranca de pronto a la secuencia gregaria de los signos y de los números, para plantearles los mismos problemas individuales ante cuya incógnita esas fuerzas tremendas que los guiaron en el conflicto los dejan solos, como a Edipo frente a la Esfinge.

Contra esa soledad se alza hoy la UNESCO. Porque la UNESCO no sería nada si se contentase con ser una casa internacional para polémicas y discursos. La UNESCO es la casa del hombre sin uniforme, del que no quiere saber por qué pretextos ha de matar a sus semejantes, sino, al contrario, por qué motivos ha de vivir en la comprensión de sus semejantes.

Es cierto, en el presente estado de cosas, la UNESCO tiene forzosamente que sujetarse a todas las cortapisas oficiales que impone siempre una acción intergubernamental. He ahí su servidumbre. Pero he ahí, también, su fuerza. Porque constituye, en verdad, un homenaje supremo a la dignidad del hombre, como persona, el hecho de que cuarenta y seis gobiernos se hayan reunido para trabajar por el bienestar del hombre, no como agente de expansión o de propaganda de una doctrina o de una cultura, sino como responsable y beneficiario de un legado común, el patrimonio de la civilización.

En nombre de los valores universales que ese patrimonio concilia, saludo en vosotros, representantes de América, a un hemisferio cuya grandeza puede medirse, precisamente, por su vocación de universalidad integral. El hombre, por cuyo progreso pugna la UNESCO, se halla presente en todas las inquietudes de vuestra historia, como figura en el pórtico mismo de la Constitución que supisteis daros, hace ya un año, en la Conferencia de Bogotá. "La misión de América —dice ese texto, en la primera frase de su preámbulo— es de ofrecer al hombre una tierra de libertad y un ámbito favorable para el desarrollo de su persona y la realización de sus justas aspiraciones." Si quisiéramos definir la misión de la UNESCO, no encontraríamos —estoy convencido de ello— términos más exactos ni palabras más significativas.

Por eso, durante esa Conferencia, a la que nada faltó para suscitar el interés de los analistas, ni el destello de la gloria, ni el incendio de las pasiones, ni la consagración dramática del dolor, os atrevisteis a redactar la primera declaración continental de los derechos de la persona humana, anticipación y promesa de aquella que las Naciones Unidas adoptaron en París el 10 de diciembre de 1948.

LA UNESCO sabe que mientras no exista en todos los países, como el denominador común de los derechos que esas declaraciones proclaman, una armonía cultural que, respetando la personalidad de cada nación, dé a los conceptos esenciales en que semejantes derechos se fundan un significado asequible a todos los pensamientos, su aplicación tendrá que tropezar desgraciadamente con los mismos obstáculos materiales y espirituales que han hecho imposible, a través de la historia, la continuidad jurídcia de la paz. La UNESCO sabe que esas declaraciones son, más que nada, en la actual condición del mundo, un programa que sólo podrá realizarse merced a la elevación moral de los hombres y de los pueblos por la cultura. Por eso, una de nuestras mayores actividades está orientada a la difusión educativa de las normas que ofrecen, gracias a esos documentos, una perspectiva de redención para las generaciones del porvenir.

La paz del hombre será sólo mentira e intermitencia si no luchamos por que se erija como una paz afianzada sobre el respeto de todos los derechos de la persona humana. Hasta ahora, hemos asistido a la tregua de los soldados. Durante siglos, la civilización ha vivido entre hostilidades, con paréntesis lánguidos de armisticios. La UNESCO aspira a una paz mejor: la que no se firme con sangre en el campo de las batallas; la que se haga, sin duda muy lentamente —pero la lentitud es seguridad—, en los corazones y en las conciencias, por la verdad y por la virtud.

NADIE ES BASTANTE RICO PARA COMPRAR UN PROGRESO AUTÉNTICO *

Os HABÉIS reunido para estudiar uno de los problemas más inquietantes de nuestro siglo. Me refiero al analfabetismo de millones de seres a quienes llamamos solemnemente nuestros hermanos, que lo son por naturaleza y por vocación; sobre cuyos hombros depositamos el peso de obligaciones cívicas no diversas de aquellas que no aceptamos nosotros mismos y que, no obstante el derecho de todos a la cultura, siguen esclavos de la ignorancia, excluídos, por la miseria, de la igualdad que las leyes les reconocen, víctimas de una situación que no hemos sin duda favorecido, pero de la que seríamos responsables si, conociéndola como la conocemos y confesándola como la confesamos, no hiciéramos nada práctico y efectivo para aliviarla con nuestra ayuda, corregirla con nuestro esfuerzo y procurar suprimirla con nuestra unánime voluntad.

El 10 de diciembre de 1948, los representantes de todos los países americanos adoptaron en la Asamblea de las Naciones Unidas el texto de una Declaración que, en su artículo 26, dice lo siguiente:

"Toda persona tiene derecho a la educación. La educación debe ser gratuita, al menos en lo concerniente a la instrucción elemental y fundamental. La instrucción elemental será obligatoria. La instrucción técnica y profesional habrá de ser generalizada; el acceso a los estudios superiores será igual para todos, en función de los méritos respectivos."

Nobles palabras. Pero ¿qué valor podemos atribuirles si sólo dentro de los límites de la comunidad latinoamericana millones de habitantes no saben leerlas? En el resto del mundo el problema resulta incluso más angustioso. La mitad de la población del orbe es analfabeta. En la época del avión, de la radio y de la física nuclear, la mitad del linaje humano no ha aprendido todavía a leer y a escribir. Cuando hablemos de los derechos del hombre será prudente no olvidar estas cifras trágicas: de cada mil personas, sólo quinientas, aun en condiciones políticas favorables, podrían reclamar por escrito el respeto de esos derechos. Ni siquiera este dato da una idea cabal de la realidad. La distribución del analfabetismo por áreas geográficas dista mucho de ser homogénea. Existen ciertas regiones sin iletrados, y existen

---

* Mensaje enviado el 27 de julio de 1949 a los miembros del Seminario de Estudios reunido en Quitandinha, Brasil, para examinar el problema del analfabetismo en América.

otras en las que sólo una minoría limitadísima ha recibido la herencia de la lectura. En zonas que se miden por series de kilómetros cuadrados, no hay quienes sean capaces de poner, al pie de las órdenes que reciben y de los compromisos que asumen, sino el signo de un gran martirio: el símbolo de su cruz.

Creada para defender la paz en el espíritu de los hombres, la UNESCO tiene que preguntarse: ¿Qué paz es la que le incumbe preparar y consolidar? ¿La paz del siervo, de quien la renunciación es la sola escuela? ¿O la paz del hombre, del hombre redimible por la conciencia de su destino y por su participación inteligente y activa en la libertad común?

Sin educación para todos, el ideal de la libertad de todos tendría que diferirse como una deuda o discutirse como un engaño. El problema del analfabetismo es, sin duda, un problema de educación. Pero no es solamente un problema de educación. Es un drama público. Nos afecta a todos directamente, en lo económico, en lo político, en lo social. ¿Qué importa? —piensan algunos. El nivel de la alta cultura suele no hallarse en relación muy estrecha con el número de personas que saben leer y escribir en un país y un momento dados. La Francia de Luis XIV tenía más analfabetos que la Francia de Napoleón III, y no por eso la promoción de los clásicos con Racine, Pascal y Molière, fue inferior a la promoción de Thiers, de Renan y de Victor Hugo. La España del siglo XVI leía posiblemente menos, en cantidad, que la España de Isabel II. Sin embargo, en la época de esta reina, España no pudo enorgullecerse con poetas como Lope de Vega, dramaturgos como Tirso de Molina y novelistas como Cervantes. Había más iletrados en la Inglaterra de Shakespeare que en la de Dickens. Y, ello no obstante, ni los diplomas escolares añadieron mérito nuevo a las aventuras de Mr. Pickwick, ni la escasez de escuelas menguó los laureles al autor de *La tempestad*.

En los términos que preceden, el asunto está mal planteado. De ahí las conclusiones equivocadas en que determinados espíritus se complacen. Lo propio ocurre cuando se afirma que en algunos pueblos los analfabetos son tipos más satisfactorios que aquellos que pasaron por las escuelas; cuando se pregunta si es útil una educación consistente en dar al analfabeto medios para que lea lo que no vale, acaso, la pena de ser escrito. Y cuando se dice —según lo dijo un gran sudamericano— que el hombre de América no necesita tanto del alfabeto cuanto del arado y del martillo.

Todas estas excusas y, si queréis, todas estas defensas del analfabetismo implican críticas más o menos severas acerca del género de vida que aguarda a los ignorantes cuando, sin dejar de ser iletrados, dejen de ser propiamente analfabetos. Semejantes críticas pueden considerarse plausibles. Pero ¿disminuyen realmente la trascendencia y la urgencia de la cuestión? En todas ellas advertimos una paradójica ligereza, ya que, en lugar de afrontar el problema se gozan en eludirlo.

En efecto, el que haya analfabetos más laboriosos y más amenos de trato que algunos universitarios no significa que la Universidad sea por fuerza un alambique de pereza y una cátedra de amargura; el que necesitemos de arados y de martillos tampoco implica que estén de sobra los libros o los periódicos. Y el que hayan vivido no pocos analfabetos en los años en que algunas plumas afortunadas trazaron las páginas del *Quijote* o los alejandrinos de *Fedra*, no constituyó jamás un motivo, ni mucho menos un estímulo, para que Cervantes imaginara las aventuras del Caballero de los Leones o para que Racine describiera el amor funesto de la madrastra de Hipólito.

No os pondría yo en guardia contra sofismas tan evidentes si no sintiera, día tras día, hasta qué punto en los talentos que nos parecen más penetrantes y dentro de los corazones que se juzgan más firmes está avanzando la errónea idea de que el progreso puede adquirirse materialmente, como si fuera una mercancía, y que con un poco de capital y un puñado de técnicos hacendosos ahorraremos siglos enteros en nuestra lucha por la civilización. Nada más peligroso que este concepto, sólo comparable en su esquemática vanidad al candor de quien supusiera que comprando un fonógrafo y una buena colección de discos podría llegar a componer como Bach o como Beethoven.

Nadie es bastante rico —ni los más ricos— para comprar un progreso auténtico y que en realidad y en derecho le pertenezca. Los pueblos, como los hombres, han de escoger entre dos caminos: o copiar las fórmulas de un desarrollo económico artificial y, por artificial, transitorio y vano; o desarrollarse esforzadamente tomando cada problema desde su origen, lo que demanda ante todo humildad y tenacidad; es decir —y en todos los planos imaginables— educación.

Habréis oído ya probablemente comentar el Plan de Asistencia Técnica que han formulado, junto con la ONU, las diferentes Instituciones especializadas de las Naciones Unidas. La UNESCO ha colaborado en la preparación de ese plan y, durante su reunión del próximo mes de septiembre, la Conferencia General decidirá acerca del programa y del presupuesto que convendría adoptar para aportar, a partir de 1950, una ayuda técnica a los países poco desarrollados.

Se trata de una vasta empresa, en la que procuraremos poner lo más encendido de nuestro entusiasmo y lo más eficaz de nuestra labor. En caso de contar con la aprobación de la Conferencia, estudiaremos —de acuerdo con los países interesados— cuáles son sus necesidades más apremiantes, a fin de enviarles misiones, maestros y consejeros cuya función esencialmente consistirá en sentar bases prácticas para que, sin contrariar en manera alguna la personalidad cultural de la colectividad, la enseñanza técnica y la investigación científica se desarrollen en condiciones mejores y más fecundas.

Soy un convencido de las ventajas que este plan ofrecerá a numerosos pueblos del mundo; pero creo igualmente que ninguna de esas ventajas será durable si no se atiende en primer lugar a la educación. De ahí la importancia que atribuyo, como Director de la UNESCO, a los trabajos en que ahora participáis. La alfabetización no es un fin en sí misma; pero es un medio. Y uno de los medios imprescindibles de todo programa de habilitación social bien concebido y equilibrado. No habrá plan de asistencia técnica que no se apoye —y muchas veces directamente— sobre una seria campaña educativa. Y, donde existan grupos cuantiosos de analfabetos, no habrá campaña educativa que no suponga una enérgica lucha contra el analfabetismo.

Los dictadores nazifascistas desencadenaron el tremendo conflicto, del que apenas está emergiendo la humanidad, en función de principio absurdo: la unidad racial de un régimen imperioso. Los pueblos libres aspiran, en cambio, a una unidad totalmente distinta: la unidad de los ideales humanos dentro del respeto absoluto para la originalidad y la diversidad de las culturas. Si queremos obtener esa unidad de los ideales, necesitaremos que la instrucción no se erija como un fuero y un privilegio. Concluída materialmente la guerra, estamos todos comprometidos a organizar y afianzar la paz. Pero la paz no se organizará nunca de manera durable en un mundo en el que, sin batallas, registramos ya con angustia comunidades enteras de hombres vencidos de antemano. Porque eso son los analfabetos: víctimas de un combate en el cual no han siquiera participado; testigos inocentes y anónimos de una historia que se hace a sus espaldas y, en ocasiones, a pesar suyo; adultos a los que exigimos victorias que no tienen ni las armas elementales para ganar, o niños que preparamos para que sean, cuando crezcan, ciudadanos sólo de nombre.

Años antes de ingresar en la Institución a que pertenezco, colaboré en mi país en una campaña nacional de alfabetización. Al llegar el período de los exámenes, visité una población rural que los inspectores me habían descrito como uno de los puntos en que el esfuerzo había sido más insistente y más fervoroso. En una choza, bajo un techo de paja, una improvisada maestra enseñaba a leer y a escribir a un grupo de campesinos. Unos metros de tela oscura y mal encerada le servían de pizarrón. Tras de haber hecho leer varios trozos a sus discípulos, expresé el deseo de que una, la menos joven, escribiera dos o tres frases, que elegí del cuaderno escolar empleado por la instructora. Sin vacilaciones, la alumna trazó las palabras del texto que le dicté. Me inquietó un poco, más que las faltas de ortografía, cierta mecánica rapidez que podía dar la impresión de un principio de automatismo. Le rogué entonces que escribiera su nombre en el pizarrón. En seguida me percaté de que aquélla, para su mano y para su espíritu, era en verdad una prueba nueva. Tomó el gis con recelo y, muy lentamente, letra por letra, comenzó a dibujar su nombre. Cuando hubo terminado, lo leyó varias veces en voz muy baja. Y, de pronto, ante la sorpresa de todos, se echó a llorar. ¿Qué significaban aquellas lágrimas —que no recelaban, por cierto, ningún síntoma de amargura— sino el pasmo de encontrarse, al fin, a sí misma, súbitamente, tras de años que equivalían, por la ignorancia, a una ausencia del propio ser?

En esas líneas, de caracteres toscos y primitivos, se veía ella más limpiamente que en un espejo, con su pobre pasado a cuestas, humilde y dócil. ¿Y no había en aquellas lágrimas de triunfo, para todos nosotros, una enseñanza y un gran perdón?

El tiempo apremia. No es posible dejar a millones de hombres y de mujeres aislados por la injusticia y segregados de nuestra vida por la incultura. Al acudir a este Seminario, maestros de América, habéis asumido una responsabilidad ante la que me inclino con respeto y con gratitud.

Que el éxito premie vuestras labores. Pero ¿cómo no auguraros éxito, si la misión que os congrega es tan generosa y si os congregáis, para realizarla, en esas tierras espléndidas del Brasil, de las que dijo Stefan Zweig en una página célebre, que en ellas "por la propia fuerza de la vida, como las plantas de la selva, florece la libertad".

SÓLO CON HOMBRES CABALES
LOGRAREMOS CONSOLIDAR
UNA PAZ CABAL *

Este viaje a Florencia ¡qué lección de modestia es para la Unesco! Y, al mismo tiempo, según ocurre invariablemente cuando la modestia no es artificio, ¡qué lección magnífica de ambición! Porque, señores ¿qué miramos en torno nuestro, frente a los hoteles que nos alojan y en las calles que atravesamos, sino un ejemplo de lo que pueden hacer los hombres cuando obran de acuerdo con su corazón y no por mera adhesión pasiva a esos imperativos oficiales que los artistas no admiten sin discusión y sin inquietud?

Desde las orillas del Arno se advierte, como en pocos lugares del mundo, que la sabiduría y la belleza son los sillares del invisible puente que nos conduce del pueblo mismo, con su fe entrañable en el destino colectivo, hasta el alma del hombre, con su rebeldía perpetua contra el destino. El más grande habitante de esta ciudad es un desterrado. Que su *Divina comedia* no nos engañe. Para los espíritus libres, la nostalgia de la patria perdida es el anhelo de una patria siempre recuperable: la humanidad.

Cada estatua que admiramos aquí, cada cuadro ante el que nos detenemos, cada piedra a la que alzamos los ojos desafiaría nuestra insolencia si pensáramos en verdad que nuestra misión puede concebirse como un sucedáneo aceptable de la misión creadora de los artistas, de los poetas y de los sabios. Por fortuna, no lo pensamos. Consciente de la mentira que supondría el querer uniformar esa vida libre, espontánea, valiente, enérgica y vulnerable que es la vida cambiante de la cultura, nuestra Organización no sostiene tal desvarío. Nacida de un pacto en cuya redacción los plenipotenciarios de los gobiernos trataron de hablar en nombre de los pueblos, la Unesco se traicionaría a sí misma si desease alterar la originalidad de los pueblos con los complejos procedimientos de una vasta y pesada administración. Lo que justifica nuestra existencia no es el propósito de crear aquello que nadie puede crear por precepto, con tratados o con leyes, sino el propósito de servir; de servir a los creadores, poniéndolos en relación más directa con los problemas de las masas, y de servir a las masas que, en la angustia de sus necesidades insatisfechas, esperan ansiosamente la libertad por la educación.

* Discurso pronunciado en Florencia, el 8 de mayo de 1950 ante la quinta reunión de la Conferencia General de la Unesco.

Venida del pueblo, al que pertenece, a través de la selección de las minorías, la cultura tarda mucho en volver al pueblo. Seríamos incapaces, en el seno de una asociación interestatal, de competir con la multiplicidad anónima de la vida. Lo que buscamos, con intención mucho más humilde, es abrir los cauces de la comunicación popular en todos los campos en que la cultura se anemia y perece por aislamiento.

Ved ahora cuánta razón me asistía cuando os manifestaba que, al cobrar conciencia de nuestros límites y al confesar nuestra modestia, percibiríamos con mayor claridad todavía nuestra ambición. Porque, si no hay una ciencia UNESCO, ni un arte UNESCO, ni una filosofía UNESCO, hay en cambio muchos desiertos, muchas zonas oscuras entre los hombres. Y esos desiertos y esas zonas oscuras están aguardando un esfuerzo coherente de los Estados para difundir la luz que ningún Estado produce, la verdad que ningún Estado fabrica, el saber del que no es dueño ningún Estado.

Nuestra grandeza será servir. Pero ¿qué pueden hacer 56 países agrupados para consolidar la paz por medio de la educación, de la ciencia y de la cultura? ¿Qué pueden hacer —pensarán algunos— sino lo mismo que hacían ya, sin haberse adherido a la UNESCO?

Tal escepticismo no me convence. Cincuenta y seis países, asociados con un objetivo tan alto, pueden hacer mucho más de lo que hacían por sí solos, en sus propios territorios y con sus propios recursos. Desde luego, pueden convenir en un intercambio constante de informaciones y concertar una lucha orgánica y simultánea contra los obstáculos que se oponen a la libre circulación de los instrumentos de la cultura. Pueden estudiar y ensayar en común técnicas modernas para ayudar al hombre a participar de manera activa en el progreso de la colectividad internacional. Pueden comprometerse a favorecer todas las iniciativas encaminadas a que la educación forme ciudadanos cabales, conscientes de sus derechos, pero no menos conscientes de sus deberes para con los ciudadanos de otra nacionalidad, de otro idioma, de otra raza o de otra religión.

Y, sobre todo, pueden hacer que en los principios orientadores de su política, interior y exterior, prevalezca un espíritu de justicia y una voluntad de concordia capaces de establecer entre los pueblos y los gobiernos ese clima de mutua confianza tan necesario para la paz. Semejante clima es indispensable para el acierto de la UNESCO en la misión que le ha sido confiada. La cultura, la ciencia y la educación no darán sus mejores frutos sino en un ambiente en el que no se descubran, a cada instante, amenazas de guerra.

El miedo corrompe incluso la vocación de la enseñanza y la investigación científica, puesto que tiende a subordinarlas a las necesidades de una nueva conflagración. Por miedo podrían transformarse en instrumentos de muerte y de hostilidad ciertos factores de paz y de entendimiento. De ahí la urgencia que tiene para nosotros el que los gobiernos hagan cuanto esté a su alcance para combatir la obsesión fatídica de la guerra y para actuar como miembros de la UNESCO, no únicamente cuando hablen desde la tribuna de esta Organización, sino también —y quizá más aún— cuando fuera de la UNESCO decidan sobre cuestiones que, por su naturaleza, puedan debilitar el ideal supremo que nos preside.

He aquí lo que 56 Estados se hallan en aptitud de hacer cuando se reúnen.

Pero esto, con ser ya mucho, no sería aún suficiente. Una seguridad colectiva que no descansara sobre una igualdad de oportunidades educativas para todos los hombres y las mujeres que, en lo político, garantizan tal seguridad con sus propias vidas, sería precaria, porque supondría una injusticia fundamental. De ahí un sagrado deber de asistencia mutua. La UNESCO, en cierto modo, ha principiado a cumplirlo. En lo que nos concierne, semejante asistencia no podrá ser exclusivamente una actividad complementaria destinada a favorecer a corto plazo el desarrollo económico de los países desheredados. Cuanto hagamos por colaborar con las Naciones Unidas en la humanitaria tarea que se han impuesto, no nos excusará de continuar nuestro propio programa y de ampliarlo en su ejecución.

Nuestra Constitución nos define como una institución orientada por el deseo de considerar la paz merced a la comprensión internacional y de fomentar la comprensión internacional gracias a la educación, a la ciencia y a la cultura. Esos son nuestros objetivos últimos. Y nada, en cuanto intentemos, deberá separarnos de ellos en modo alguno. Sin embargo, si estamos interesados en que la UNESCO no se pierda en discursos y en votos píos, habremos de admitir que la paz no se salvará únicamente por nuestro esfuerzo y que, carentes de toda autoridad material para limitar los armamentos y para intervenir en las decisiones políticas y económicas capaces de detener los preparativos bélicos, el camino que se nos ha trazado es sin duda el más largo y el menos fácil de recorrer.

Lejos de desalentarnos, las dificultades deben endurecer nuestra decisión. En efecto, la base del sistema político y económico instaurado por las Naciones Unidas, ¿no es la libertad del hombre, el respeto de la persona humana? Sin la voluntad solidaria de la mayorías de todos los pueblos del mundo, la paz sería una falsa tregua, sacudida a cada momento por la amenaza de ulteriores conflagraciones. No operamos nosotros en el terreno en que los hombres se han acostumbrado a esperar que los diplomáticos alcen las plataformas jurídicas de la paz. Nuestra labor es menos visible. Trabajamos en la materia misma de la cultura. Pero la cultura sería inconcebible sin sus necesarios contactos con las realidades económicas y sociales. Para nosotros, la paz no es una premisa y la comprensión internacional no es un postulado. Al contrario. En una y en otra vemos la consecuencia de una serie de esfuerzos que deberán coordinarse para satisfacer la sed de justicia que aflige a la humanidad.

Ha llegado el momento de redoblar los esfuerzos para pasar resueltamente a una acción constructiva. El desarrollo alcanzado por la Organización, la experiencia adquirida en el curso de estos primeros años, la documentación reunida y los estudios emprendidos sobre numerosas cuestiones, la red de las organizaciones no gubernamentales que colaboran con nosotros, todo hace que la UNESCO pueda ahora asumir tareas que rebasen el marco de las sugestiones y los servicios simbólicos a que se limitó hasta la fecha. Pienso, al hablar así, en tareas que impliquen, dentro de ciertos dominios y para cierta región, un cambio efectivo de las condiciones existentes. ¿Habremos de contentarnos con ser un laboratorio de técnicas ejemplares? No son las fórmulas las que llegan a los pueblos, sino las realizaciones. Y para que la colaboración internacional se imponga cada vez en mayor medida conviene ante todo que demostremos con pruebas prácticas su eficacia.

He hablado del esfuerzo económico que incumbe a los Estados miembros. Pero ¿cómo silenciar el esfuerzo moral, sin el cual aquél perdería todo sentido para la UNESCO? Participar en nuestra obra no consiste exclusivamente en depositar una cuota anual en la cuenta de nuestra secretaría. Sin la contribución moral de los pueblos, la contribución financiera de los gobiernos sería ineficaz. Debemos admitir que las condiciones espirituales en que trabaja la UNESCO no son las mismas que en 1945. El soplo de inspiración fraternal que sentimos pasar sobre nuestras frentes cuando nos reunimos en Londres para fundar la Institución en que ahora colaboramos, ha ido debilitándose rápidamente en el mundo.

Desde muchos puntos de vista, la situación de hoy es más angustiosa que aquella que se advirtió al término de la primera Guerra Mundial. Comparad las trabas que el armisticio de 1918 impuso a los vencedores y a los vencidos, con los obstáculos hoy erigidos, no sólo entre los adversarios de ayer, sino entre los aliados de ayer. Nunca, por ejemplo, en tiempos de paz, habían sido los viajes tan necesarios, materialmente tan fáciles y oficialmente tan complicados y tan difíciles. Las fronteras, que la guerra erizó con alambradas y con cañones, se erizan hoy con aduanas inexpugnables y con agobiadores controles de visas y de divisas. Antes eran sospechosos los fabricantes de armamentos. Ahora, hasta los sabios y los poetas son vistos con suspicacia.

Todo es combate o incitación al combate entre ideologías que se juzgan inconciliables. Pretendemos suprimir en los libros de historia para los niños algunas interpretaciones apasionadas, algunas páginas tendenciosas. Y no parecemos alarmarnos sobremanera de que los adultos, los responsables, sigan aplaudiendo en el periódico y en el cine, en el libro y en el teatro, todo lo que complace a un nacionalismo que, fatalmente, tiene que lastimar al nacionalismo de los demás. Aquí mismo, en esta Conferencia, recomendaremos una estrecha cooperación entre los Estados miembros de la Unesco. Pero, ¿reconoceremos solemnemente que esa cooperación, para ser fructuosa debe ser integral y que la cooperación por el espíritu exige, doquiera, un espíritu de cooperación?

Por los dominios en que se ejerce y por la naturaleza de sus métodos, la obra de paz de la Unesco se orienta radicalmente hacia el porvenir. Cuanto más fundamental sea, más lentos serán en manifestarse sus resultados, porque los hábitos de pensar y sentir, que constituyen a la vez el objeto y el modo de nuestra acción, requieren una adaptación paciente y delicada. Ahora bien, ¿estamos seguros de disponer de todo el tiempo necesario? Tal es la pregunta que se plantea invenciblemente a nuestros espíritus. E, incluso, si se mantiene la paz ¿será conveniente que ello se produzca sin que hayamos ayudado a mantenerla? El porvenir es hijo del presente. Y no es absteniéndonos hoy como adquiriremos la autoridad necesaria para propagar mañana nuestro ideal.

Según dije en Beirut, al tomar posesión del cargo para el cual me elegisteis: nuestra tarea consiste en hacer de la Unesco la conciencia de las Naciones Unidas. Sólo que no hay conciencia al margen de la historia. Para que la Unesco sea la conciencia de las Naciones Unidas, es preciso asociarla a su esfuerzo cada día más. Su competencia, de carácter estrictamente técnico, es distinta por cierto de la que tiene la Organización política en cuyo sistema actúa como una de las agencias especializadas. Pero ese propio carácter técnico de la Unesco no debería impedirle participar en la defensa de la paz actual, porque, en rigor, jamás la educación, la ciencia, la cultura y la información de las masas han constituido factores más importantes de los problemas políticos que inquietan al mundo contemporáneo.

Se han atribuido a Leonardo de Vinci estas palabras desoladoras: "El odio es más clarividente que el amor". No nos dejemos vencer por esa amargura, contra la cual el mismo Leonardo luchó con todas las fuerzas de su espíritu. Posteriores a aquella frase son, en su obra, dos sonrisas maravillosas: la sonrisa de la Gioconda y la sonrisa de Santa Ana. Los hombres de hoy se preguntan: ¿qué sufrimientos fueron necesarios para que floreciesen esas dos sonrisas, tan impregnadas de sabiduría y de supremo perdón? No, para Leonardo el odio no fue más clarividente y más fuerte que la bondad. Tampoco deberá serlo para nosotros. Después de todo, si la civilización persiste, ¿no es, precisamente, porque, como la sonrisa de aquellos rostros inolvidables que su pincel nos legó, cada cultura contiene un mensaje de esperanza, afinado y acrisolado por el dolor?

Frente a la crisis del mundo contemporáneo, tan ávido en desear como arrepentido en seguida de haber deseado, pienso en el personaje de un libro célebre: el Rafael de *La piel de zapa*. ¿Recordáis el relato de Balzac? Es la historia de un joven, devorado por la impaciencia del poder y de la fortuna, a quien un anticuario regala una piel de zapa. Esa piel puede dar a su posesor todo cuanto desee. Todo, menos la vida, puesto que la venganza del talismán consiste precisamente en que disminuye de tamaño a cada deseo que satisface y en que su tamaño está en proporción con la duración de la vida de quien lo usa.

Cuidemos, señores, de que ese cuento no sea un símbolo para la humanidad dolorida del siglo xx. Nunca la ciencia nos había obedecido con tan prodigiosa y temible docilidad. En plena vigilia, vivimos una inmensa fábula. Pero ¿no estamos a punto, constantemente, de ser los esclavos de nuestra fuerza? ¿Qué beneficio puede reportarnos el mandar sobre los genios de la naturaleza, si no sabemos mandar en nosotros mismos?

Al término de sus días, abreviados por la eficacia de un talismán —del que más que dueño era, en realidad, el trágico prisionero— el personaje de Balzac lo reconoció: "El poder no agranda sino a los grandes." Ahora bien, para ser verdaderamente grande, el hombre tiene que romper ante todo las barreras del odio y del egoísmo, de la injusticia y de la mentira.

Si no va acompañado por el progreso social, el progreso material puede entrañar un enorme riesgo. Y ¿cómo concebir el progreso social sin la justicia de una educación que libere a todos y sin el estímulo de una cultura de que gocen todos? En el nombre de la Unesco, estas tres palabras se enlazan con nitidez: ciencia, cultura y educación. Los conceptos que corresponden a esas palabras exigen de nosotros un mismo celo; pues si en un mundo sin ciencia la cultura sería una subordinación a la magia y la enseñanza conduciría a un automatismo opresivo, dentro de un universo en el que la ciencia avanzara sola —sin un desarrollo humano de la educación y una expansión generosa de la cultura— el poder acabaría por superar a la capacidad del espíritu que lo rige y los descubridores resultarían, a la postre, los siervos de sus descubrimientos. Vencido por sus victorias y conquistado por sus conquistas, el hombre, entre el imperio de la técnica y las responsabilidades de la libertad, no sabría cómo elegir.

Por fortuna, la humanidad no tiene que abdicar de sí misma para ascender. La paz a la que aspiramos sería una falsa y menguada paz si creyéramos erigirla en una renuncia de la ciencia, en una limitación de la enseñanza o en un "dirigismo" de la cultura. Al contrario; lo que la UNESCO propugna es una solidaridad de hombres libres, o, lo que es lo mismo, de seres capaces de expresarse con plenitud y de realizarse con autenticidad. Sólo con hombres cabales lograremos consolidar una paz cabal.

UNA APREMIANTE LLAMADA *

La historia del mundo podría definirse como la biografía del hombre en lucha por la afirmación de su libertad. Para los individuos, como para los pueblos, vivir constituye en suma una misma empresa: la de realizarse, constantemente, en su conquista del porvenir. Pero el porvenir lo hacemos todos los días y a todas horas, con la ansiedad de un presente en el que avanzamos, como en los bosques los leñadores, tropezando a todo momento con las raíces de los árboles despojados. En otros siglos, bajo esos árboles trabajaron y padecieron nuestros abuelos. Cada esfuerzo atestigua así, sobre la tierra cicatrizada, la continuidad de nuestro destino.

Entre los testimonios de esa continuidad, ninguno más promisorio que la declaración de principios que en esta fecha conmemoramos. ¿Qué son, en efecto, tales principios —los Derechos del Hombre— sino un llamado intrépido hacia el futuro? La voz que lanza un llamado tan apremiante viene de muy remotas generaciones, algunas ciegas, lúcidas otras; mas, a través de los continentes y de las épocas, todas unidas en una marcha que no detienen ni las cadenas de la servidumbre ni las trincheras de la guerra.

Cuando leemos los 30 artículos de la declaración adoptada por las Naciones Unidas el 10 de diciembre de 1948, lo que nos sobrecoge —y a muchos nos avergüenza— no es tanto el hecho de que millares de años hayan tenido que transcurrir para establecer sus preceptos como reglas universales, cuanto la certidumbre de que, aun ahora, la aplicación de semejantes preceptos dista mucho de ser una realidad.

Es cierto, en el plano de sus relaciones políticas, el hombre no había contado, hasta hoy, con un programa de postulados tan nobles y tan precisos. Sin embargo, rara vez su conciencia hubiera podido inducirle a dudar, como ahora, de la lealtad de ese gran programa. Y no es que la situación actual sea más cruel que la de otras épocas de la historia. Sería injusticia desconocer los progresos que ha hecho la humanidad desde los días en que, confusa y atribulada, refugiaba su miedo en la sombra compacta de las cavernas. Pero sería jactancia no confesar que ese miedo sigue en nosotros —y no explicado por los amagos de una naturaleza dominadora, sino causado, precisamente, por nuestro dominio sobre la naturaleza, producido por el temor del hombre

* Discurso pronunciado en La Habana, el 10 de diciembre de 1950, al conmemorar el Segundo Aniversario de la Declaración Universal de los Derechos del Hombre.

ante sus iguales, suscitado por los poderes de que ha investido a los pueblos la inteligencia y exacerbado por el aislamiento en que el hombre vive, en mitad de una multitud que no le acompaña y de una civilización que lo oprime, a menudo, en la medida en que lo sustenta.

Ante la disparidad que existe entre los hechos y los principios, hay pensadores que oponen crítica acerba a la idea misma de haber formulado, en 1948, una Declaración de Derechos de carácter universal. ¿Qué utilidad puede atribuirse —afirman tales espíritus— a una enumeración de derechos que no responden a una situación histórica, puesto que la desigualdad de condiciones económicas y sociales entre los países débiles y los fuertes resulta hoy, acaso, más evidente que antaño, y que, por falta de cláusulas coercitivas, tal enumeración no prevé, para los Estados transgresores, sino una sanción simbólica: el rechazo de la opinión pública?

Basta reunir estos argumentos para percatarse de que uno y otro se contradicen, y para percibir, además, que ni uno ni otro aminoran la verdadera significación del paso dado por las Naciones Unidas al proclamar la Declaración del 10 de diciembre.

Examinemos, en primer término, las conclusiones que se desprenden de la desigualdad de las circunstancias en que viven los diferentes pueblos del mundo. ¿Cómo exigir que una comunidad atrasada, pobre y enferma, disponga súbitamente como por arte de magia, de los elementos imprescindibles —pongo por caso— para dar enseñanza gratuita y obligatoria a todos los niños en edad escolar de su población? Dentro del propio terreno en que trabaja la UNESCO, ¿cómo esperar que, sin un reparto más equitativo de la riqueza humana, las naciones desposeídas logren garantizar ese libre acceso a la cultura y esa libre participación en el progreso científico que la Declaración menciona en su artículo 27?

Todo esto es cierto, por desventura. Sin embargo, lo que se deduce de ello es exactamente lo contrario de lo que intentan deducir quienes censuran la declaración porque no señala sanciones jurídicas eficaces para asegurar el cumplimiento de las normas que consigna. Un pacto sería, sin duda, deseable. A estudiar la oportunidad de establecerlo están consagrados los órganos competentes de las Naciones Unidas. Pero, aun suponiendo que el pacto obtuviera las ratificaciones indispensables para entrar en vigor, el problema de las sanciones tendría que ajustarse a un régimen en extremo flexible de acuerdos, de convenciones y de plazos diferenciales, si no queremos que los desvalidos paguen una vez más por los poderosos y que, como en ciertos apólogos, las ovejas sean inmoladas para pagar las culpas de los leones.

¿Quiere decir cuanto apunto que la Declaración carece de alcance práctico? En manera alguna. Aun para países de recursos muy desiguales, el texto del 10 de diciembre entraña un programa vivo, de responsabilidad y de acción común. Y ese programa es el único plan, no confesional, con que el mundo cuenta para construir la paz en la justicia y en el progreso. Efectivamente, la Declaración Universal de los Derechos del Hombre no es todavía la cristalización de un estado de libertad afirmado por igual en el mundo entero. Efectivamente en la actual condición política de la tierra, no hay un solo país —por adelantado que se le juzgue— que haga honor, por igual, a todos los compromisos que constan en la declaración. Pero, por eso mismo —y subrayo estas tres palabras: *por eso mismo*—, tales compromisos requieren la adhesión solidaria de todos los hombres, sin distinción de raza, de idioma, de credo o de posición social.

Vivimos años de prueba, tercos y crueles. Pero ¿quién nos había prometido una paz risueña, fácil y sin rigor? Tras de dos gigantescas contiendas, ningún espíritu esclarecido podía augurarnos una reanudación resignada de aplicaciones y de viejas, estériles complacencias. Lo he dicho siempre: la paz se gana con energía, como la guerra. Ninguna paz duradera puede erigirse sobre la voluntad en ruinas. Y, acaso, la lección más ardiente de nuestra época haya consistido en demostrarnos, con hechos y no con máximas, que debemos vivir una paz heroica.

Tendremos, después de todo, la paz que merezcamos: precaria, inquieta y atormentada, mientras continuemos jugando el juego de una existencia doble, dividida entre el nacionalismo irreductible y el internacionalismo superficial. Los más serios problemas de nuestro tiempo se resumen en ese drama: por un lado, se acentúa una interdependencia de hecho entre los gobiernos. En un orbe de distancias disminuídas hasta el extremo por las técnicas de la velocidad, todos somos vecinos y —querámoslo o no— todos somos responsables de todos. Pero, por otro lado, esa interdependencia de los gobiernos se acusa a menudo con perfiles inadmisibles para los pueblos. Porque los pueblos no la sienten todavía bien apoyada sobre la única base que, moralmente, podría justificarla: la conciencia de una solidaridad capaz de abarcar al linaje humano.

Mientras subsista un abismo entre el hecho que indico, la interdependencia política y económica, y la conciencia que invoco, la solidaridad social y cultural, el horizonte de la civilización se verá oprimido por amenazas de graves conflagraciones, cuando no por conflictos auténticos y sangrientos. A colmar tal abismo se orientan las diversas instituciones creadas, al término de la guerra, bajo el signo de las Naciones Unidas. Unas, como el Consejo de Seguridad, por la aplicación del derecho y la resistencia ante la agresión. Otras, como la Organización Mundial de la Salud, la Organización Internacional del Trabajo y la Organización para la Alimentación y la Agricultura, por la atención que consagran al mejoramiento de las condiciones económicas y sociales en que viven los pueblos que han de colaborar para el ejercicio de ese derecho de seguridad colectiva, sin cuyo acatamiento todos los otros serían frustráneos. En fin, otras como la UNESCO, han recibido un encargo insigne: el de velar, nada menos, porque, merced a la educación, a la ciencia y a la cultura, aflore algún día esa conciencia común, de una solidaridad activa, en forma digna de superar la interdependencia mecánica de intereses que asfixia totalmente a la humanidad.

El encargo es arduo, lo reconozco. E inmensa, por otra parte, la lucha a que nos obliga. Lucha en que vencer no tendría sentido, pues de lo que se trata es de convencer. Y lucha en que la fuerza no tiene efecto, pues se aspira a algo en que la fuerza no opera: la virtud por la persuasión.

El ideal de las Naciones Unidas descansa sobre dos importantes premisas que nadie podrá desarticular sin falsear por completo nuestros propósitos. La primera de ellas se funda en la necesidad de evitar la guerra. Por obra de esa premisa, que ha recibido el nombre de seguridad colectiva, la paz del mundo es indivisible.

La otra premisa procede de la necesidad en que nos hallamos de fomentar la colaboración internacional para que los hombres de todas las altitudes y de todos los climas puedan conquistar los derechos que como hombres les corresponden. Por obra de esta segunda premisa —que implica una ayuda mutua en materia de alimentación y de agricultura, de comercio y de trabajo, de salud, de ciencia y de educación— el progreso debe ser tan indivisible como la paz.

El siglo XX, al promediar su curso, tiene un programa inmenso por realizar: el de convertir en hechos las palabras de la Declaración del 10 de diciembre de 1948, poniendo la colaboración internacional al servicio de esos millones y millones de seres menesterosos, mortales hoy más que nunca, para quienes la principal virtud de la seguridad colectiva consiste en servir de baluarte al progreso social del mundo. O, para expresarlo con términos distintos: que la solidaridad política de los gobiernos se explica ante todo como el testimonio de una solidaridad más profunda: la solidaridad intelectual y moral de los pueblos.

Celebrar el aniversario de la Declaración de los Derechos del Hombre equivale, por consiguiente, a proclamar los deberes de los Estados ante el destino de la persona humana. Sé que en el alma de Cuba proclamaciones de este linaje han hallado siempre un eco férvido y generoso. Y por eso me congratulo de rendir con vosotros pleito homenaje, bajo el pabellón de la estrella magnífica, a esa otra estrella, invisible a los ojos pero invencible para el espíritu, la que guía, a través de la historia, hacia el respeto del hombre a la humanidad.

NI LABORATORIO MENTAL NI FÁBRICA
DE TÍTULOS *

CRECIDO al amparo de la Universidad, es infinita la deuda que he
contraído para con ella. Una balanza invisible pesa los actos
de cada ser. La que, en mi interior, ha pesado constantemente
los míos, buenos o malos, es una balanza moral construida aquí,
comprobada aquí, en nuestra venerada Casa de Estudios. Su
fiel es el fiel de México.

¿Cómo podría expresaros más claramente la emoción que me
embarga en este momento, cuando la Universidad se ilumina y
se pone en fiesta para conmemorar 4 siglos de historia, y cuando
las autoridades que la administran —entre las que saludo a su
eminente Rector— me llaman a compartir con ellas y con vosotros un regocijo en verdad filial? Pero hay más aún. Yo, que
hubiera podido venir como el más modesto ex alumno a esta ceremonia, recibo en ella una distinción que nunca esperé. Me
veo, de pronto, entre un grupo de mexicanos por los que siento
una admiración acendrada durante lustros. Se me confiere al
mismo tiempo que a ellos —y a un conjunto internacional de
próceres del saber y de la enseñanza— el más alto honor que
puede conferir la Universidad en un día de júbilo. Y me pregunto: ¿qué es lo que premia, en mi caso, el doctorado que se me
otorga? Al advertir lo exiguo de mis merecimientos, he de percatarme, por fuerza, de que este don tiene, antes que nada, el
valor de un estímulo generoso.

Llevado por las circunstancias a trabajar en el seno de una
institución erigida para defender la paz merced a la educación,
la ciencia y la cultura, lo que en tal estímulo más me obliga es
comprender que implica, de vuestra parte, un aliento a perseverar en la empresa internacional en que participo. Aceptad por
ello toda mi gratitud.

En un mundo en que las cicatrices se confunden con las heridas, en un tiempo en que las ideologías se combaten unas a
otras, con tanta violencia y pasión como los ejércitos, frente
a una humanidad a la que sólo el miedo de perecer en común,
parece persuadir, por momentos, de las ventajas de vivir en común, una obra de conciliación intelectual y moral no es, ahora,
fácil ni cómoda. Sin embargo, ¿cuál más urgente? Y, a la postre,
aunque lenta, ¿cuál más fructuosa?

Ciertamente, la educación, la cultura y la ciencia no lograrán

* Discurso pronunciado en el Palacio de Bellas Artes en ocasión del IV
Centenario de la Universidad de México, el 21 de septiembre de 1951.

evitar por su solo esfuerzo y en espacio de pocos años lo que no eviten, con prudente energía, los estadistas. Pero hace siglos que se dice lo mismo, ante cada crisis. Y los resultados de esa abdicación de la inteligencia son demasiado crueles para no intentar una acción conjunta contra el desistimiento de los espíritus. Porque es deber de la inteligencia el generalizar en todos los hombres, por la cultura, el sentido de la responsabilidad popular, a fin de establecer un civismo internacional y hacer de la paz lo que debiera ser toda paz activa: el fruto de una colaboración permanente de todos los pueblos.

Estoy asistiendo, con la representación de la Unesco, a los debates del Consejo Interamericano Cultural. Ahora bien: ¿qué es lo que ese Consejo se propone? ¿Y qué es lo que busca la propia Unesco, sino el robustecimiento de una solidaridad que, por intelectual y moral, no sea exclusivamente el efecto de una alianza política o de un convenio económico?

En esa función de universalidad y de comprensión recíproca, las universidades han precedido valientemente a los Estados. En efecto, ninguna universidad digna de ese nombre puede reducirse a ser un gabinete de investigación, una fábrica de diplomas o, inclusive, un conservatorio de cultura. Si, abrumadas por su papel instrumental —producir profesionistas— las universidades desdeñaran su aptitud más augusta —la de modelar caracteres de hombres capaces de entender, ayudar y querer a todos los otros hombres— la enseñanza superior traicionaría la mejor de sus tradiciones y perdería su más egregio timbre de gloria.

Hombres universales, ejemplares completos de una humanidad verdaderamente solidaria, eso es lo que más falta hace a las colectividades febriles de nuestra época.

Si proyectamos una mirada objetiva sobre el presente de la civilización, advertiremos hasta qué punto el hombre de hoy depende de las técnicas, y en qué proporción el desarrollo de las técnicas depende, a su vez, de la investigación científica desinteresada. Las más sencillas gestiones de la vida social, los actos individuales más simples, están atados —como por hilos invisibles y tenues— a algún invento.

Gracias al aeroplano, a la radio, a la televisión las distancias han sido acortadas para el cuerpo, cuando no suprimidas para el espíritu. Una especie de ubicuidad nos ha sido otorgada. El día, la semana, el mes, el año se han henchido de posibilidades que, antes, hubieran sido juzgadas ilusión de un fantástico novelista. Y esto ocurre, precisamente, en un período de la historia en que el promedio de la longevidad del hombre ha aumentado de manera considerable.

Parece como si, en el transcurso de una sola generación, nuestra existencia hubiera extendido maravillosamente sus límites, en el tiempo y en el espacio. Cuando se escriba la epopeya del siglo xx y, sin omitir el relato de los desacuerdos y de las batallas, se haga el registro de las victorias pacíficas del saber, se llegará a una conclusión que, para vosotros, resulta obvia: la de que hemos vivido —y estamos viviendo— la revolución técnica más profunda que hayan conocido los hombres desde la era en que los habitantes de las cavernas comenzaban a domesticar, no sé si inconscientemente, los elementos que la naturaleza ponía a su alcance.

Lo que esta revolución técnica reserva a la humanidad, no seré yo quien acepte el riesgo de imaginarlo. Muchísimo bien, sin duda; pero acaso, desde otros puntos de vista, muchísimo mal. Basta recordar el conflicto último, para darse cuenta de lo que puede aguardarnos en uno y en otro extremo.

Penetramos así en un terreno muy delicado: el de las amenazas que una ciencia sin equilibrio moral puede representar para la civilización. No pretendo, por cierto, acusar a la ciencia de las destrucciones ejecutadas en su nombre. Hacer responsables a los investigadores —y a ellos nada más— del estado internacional que provoca esas destrucciones, sería descargar fácilmente, sobre una minoría, una responsabilidad que todos compartimos y que, mientras la paz no se consolide, será una responsabilidad mundial. Pero, sin llegar al punto en que la creación de la ciencia escapa a la ciencia ¿no creéis que hasta la ciencia más pura lleva en sí misma un enemigo tácito y cauteloso? ¿Y no pensáis, acaso, que ese enemigo es la abstracción desmedida en que se complace, crecientemente, cada especialidad?

Un admirable químico decía, en la pasada centuria, que la generación de los químicos que habían sabido toda la química estaba llamada a morir con él. Su declaración era una prueba de modestia más que de jactancia, pues quien la hacía se daba cuenta de que la ciencia había entrado en ese periodo de expansión en el que los campos se restringen porque se profundizan y en que los planos se reducen, para poder enfocarlos mejor.

Sin embargo, aun reconociendo el mérito incalculable que implica el ser especialista de algo —y de algo concreto—, me perdonaréis que insista en la necesidad de que el especialista no olvide nunca que su tarea fundamental es la de ser hombre. Fuera del gabinete, la vida existe también. Y cuando mejor comprenda la función social de su actividad en el drama de esa vida exterior a su gabinete, mejor será la contribución del sabio a la ciencia del mundo —y a su conciencia.

"Ciencia sin conciencia no es sino ruina del alma", escribía, hace más de cuatro siglos, un hombre que todavía parece hoy un soberbio enigma, por los contrastes de inteligencia y de instintivos excesos en que se deleitaba. Tal frase adquiere, en nuestra era, trágica actualidad.

La conciencia a que aludo no es solamente aquella que conduce al investigador y al descubridor a una vigilancia constante de sus recursos técnicos y a una subordinación absoluta a las normas de la verdad. Semejante regla me parece primordial requisito en todo estudioso. En su aspecto más perceptible, ésa es la que el público llama, atinadamente, la conciencia profesional del sabio. Pero hay otra, mucho más amplia y, en los mejores, mucho más honda, espejo en que el sabio mira la imagen de su verdad, proyectada sobre la perspectiva completa de la cultura a que pertenece. Ahí, en esa confrontación esencial y conmovedora de lo que se sabe con lo que se es, ahí, sobre todo, es donde se aprecia el valor humano de una verdad. Y ésa, señores, es la conciencia sin cuyo lúcido predominio sería la ciencia tan sólo ruina del alma.

Tal conciencia implica una solidaridad interior de todos los aprendizajes y todas las experiencias del individuo, porque constituye una síntesis —universitaria y universal— que rebasa el marco estrecho de la profesión y asocia, en una sola virtud, la bondad y la inteligencia, la sensibilidad y el carácter, la especialización del sabio y la integridad del hombre.

Ya lo afirmaba en 1910, con su majestuosa elocuencia, don Justo Sierra: "No; no será la Universidad una persona destinada a no separar los ojos del telescopio o del microscopio, aunque en torno de ella una nación se desorganice; no la sorprenderá la toma de Constantinopla discutiendo sobre la naturaleza de la luz del Tabor." Y reconocía, en seguida, que hay problemas eternos que la Universidad no tiene derecho a menospreciar, y en presencia de los cuales "el hombre no es más que el hombre, en todos los climas y en todas las razas". "Es decir —exclamaba magistralmente— una interrogación ante la noche."

No sé si la ciencia, la educación y la cultura podrán dar, por sí solas, una respuesta definitiva a esa tremenda interrogación. Pero sí estoy seguro de que, sin el auxilio de la cultura, de la educación y de la ciencia, toda otra respuesta será precaria.

Apreciar en la vida, incesantemente, la oportunidad de un servicio público, sentirse en cada momento responsable de los demás, como de sí mismo, estimar en los beneficios del saber o del arte, una obligación sagrada de asistencia y de amor para cuantos viven sobre la tierra, ver en la justicia una vocación de fraternidad humana, tratar, en fin, de fundar la paz sobre el respeto de todos los pueblos, he ahí la lección mayor de toda gran Universidad. He ahí la lección que incumbe, en México, a nuestra Casa de Estudios. He ahí la razón del magnífico estímulo que para mí significa el diploma con que me honráis.

He hablado, hasta ahora, a los maestros. ¿Y cómo podría no hablar, ante todo, a ellos, un hombre que les debe las mejores satisfacciones de su existencia? De niño, el primer encuentro con la imagen de un universo lógico y sistemático. De estudiante, el apasionado reclamo de las voces más seductoras de la cultura. Y más tarde, cuando tuvo el singular privilegio de servir en la Secretaría de Educación Pública, el ver cómo la patria se hace todos los días —y cada día— en los ojos del párvulo sorprendido por la revelación magnética de las cosas, o en la mente de los analfabetos que, tras de la fatigosa jornada, en la escuela rural nocturna, deletrean con ansiedad, sobre la humilde cartilla, el amor de México...

Pero no podría terminar sin dirigirme a mis jóvenes compatriotas. Ellos —y sus hermanos del mundo entero— son la justificación esencial de nuestro existir. La lámpara que cuidamos, en el santuario de nuestra intimidad más celosa, no tiene otro sentido que el de poder alumbrarles un poco en la ruta por la que avanzan hacia la luz superior que todavía nosotros no poseemos. Nuestros fracasos nos duelen menos cuando sentimos que su recuerdo podrá ahorrarles un desastre posible o un viejo error. Y nuestros aciertos nos confortan porque pensamos que tal vez consoliden en su conciencia ese optimismo viril que es imprescindible para insistir, hasta la muerte, en la busca incesante de la verdad. Para ellos, que son promesa, la palabra mejor de mi corazón.

Un aniversario, señores, es siempre una cita con el destino. La Universidad Nacional Autónoma acude a esa cita con entusiasmo y con lealtad. Un pasado ilustre la induce a superarse. Un inmenso futuro la aguarda en esa Ciudad Universitaria, cuyas obras vemos con pasmo. Sobre el paisaje austero elegido para su construcción, los edificios de esa ciudad del mañana son el mejor testimonio de la fe que el pueblo y el Gobierno de México depositan en los valores del espíritu.

Ningún símbolo podría representar de manera más vigorosa el augurio que elevo, en nombre de la Unesco y en mi propio nombre, para el porvenir de la Universidad Nacional Autónoma. ¡Que sea, siempre, una fuerza libre, regida sólo por las leyes de la verdad! ¡Que sea, siempre, una fuerza auténtica, expresión genuina y cordial de México! ¡Y que sea, siempre, una fuerza pura defensora sin reticencias de la libertad y la dignidad del hombre!

EN EL V CENTENARIO DE LEONARDO DE VINCI *

No EXISTE tumba de Leonardo frente a la cual inclinar nuestra gratitud, pero acudimos hoy a su suelo natal para enaltecer la memoria de un hombre en el que aspiramos a honrar a la humanidad entera. Y no, por cierto, a una humanidad abstracta. Porque si bien los valores que encarna el genio de Vinci sobrepasan las fronteras del tiempo y del espacio ¿cómo olvidar que Leonardo vivió los años decisivos de su juventud en la maravillosa sociedad italiana de las postrimerías del siglo xv? Conocemos su cuna. La Toscana, tan vibrante de belleza y de claridad, Florencia, "flor eternamente nueva", comparten con Milán y con Roma la gloria de haber iluminado una de las visiones más generosas y libres del mundo. Me enorgullezco de saludar en Italia a uno de esos lugares privilegiados donde la cultura ha sabido permanecer en estrecho contacto con la vida. El humanismo se presenta aquí, no como un culto egoísta, reservado a algunos, sino como un progreso ofrecido a todos.

Los jóvenes que visitan los museos para estudiar la obra pictórica de Leonardo de Vinci, los lectores que hallan en sus disertaciones y en sus notas la presencia de una reflexión siempre vigilante, le rinden el homenaje más merecido. ¿No es así como le aseguran, por encima de las distancias y de los siglos, esa activa inmortalidad que él había previsto cuando —meses antes de morir— afirmó con profética certidumbre: "Continuaré"? Sí, Leonardo continúa. Continúa en todos aquellos que le debemos algo de lo mejor de nosotros mismos: una idea, una inspiración, un gozo de los ojos o un placer de la inteligencia. Placer y gozo que hacen renacer en cada uno de sus admiradores el gusto de contemplar o de comprender y que despiertan en el alma de los más ambiciosos —o los más fuertes— el deseo fecundo de construir. Por intermedio de estos creadores, la continuidad de Leonardo irradia y se perpetúa.

Lo que da un incomparable carácter a esta ceremonia es la dificultad de juzgar a Leonardo sólo como pintor o como escultor, como arquitecto o como físico, como pensador o como naturalista. Todo eso lo fue en grado sumo —y también egregio—. Y no por momentos, durante períodos limitados, al azar de las circunstancias o al capricho de la curiosidad, sino simultáneamente y hasta el término de sus días. Huella extraordinaria de lo que

---

* Discurso pronunciado en Vinci, el 15 de abril de 1952, durante la ceremonia conmemorativa del V Centenario del nacimiento de Leonardo.

digo son los *Cuadernos* en los que solía anotar sus observaciones. Los editores se han visto obligados a clasificarlas en capítulos que las hacen más accesibles y más coherentes por su distribución, pero que, al mismo tiempo, las privan de su virtud más vivificante: la de exigir, de quien se afana por comprenderlas, la cualidad máxima de Leonardo, su don de ubicuidad intelectual.

Pacifista y experto en balística, botánico y geógrafo, fisiólogo y matemático, tratadista, a la par, de la pintura y de la mecánica del vuelo ¿dónde hallar a Leonardo si no es en la imagen cabal del hombre?

No insistiré sobre su universalismo. Pero me impresiona ya su advertencia: "Es fácil ser universal". Porque, aun en su propio tiempo y para genio tan nítido como el suyo, no debía ser tal empresa cómoda ni sencilla. Supongo que habremos de dar a esa frase un sentido particular. La universalidad a que alude no debe ser una universalidad de conocimientos acumulados. Cuando Descartes escribe que el sentido común es la cosa del mundo más compartida, no quiere decir con ello que todos los hombres sean igualmente razonables sino que en todos existe una capacidad igual para reconocer la evidencia. Así, verosímilmente, Leonardo no se refiere a una universalidad de enumeración, sino a la capacidad poco sólita de considerar cada objeto en relación con sus causas o con sus leyes, de centrarlo en el sitio que ocupa dentro de la naturaleza o de la sociedad y de descubrir la función que ejerce y los servicios que puede prestar al hombre. Ser universal no es saberlo todo: es, más bien, ejercitarse en percibir cada circunstancia desde el mayor número posible de puntos de vista y hallar, así, en cada evento la esencia que lo vincula al conjunto del universo. Tal acción requiere, sin duda, el conocimiento de muchas cosas, pero lo que exige ante todo es una virtud magistral del entendimiento: la de saber utilizar lo que se conoce.

Años hubo en que los críticos se placían en imaginar a un Leonardo abstracto, todo sueño y fervor teóricos, inventor de fantasías irrealizables, luz, sin duda, pero de llama que estérilmente a sí misma se consumía. Nada menos exacto ni más infiel. Para quien penetra en el mundo de este hombre múltiple, todo, al contrario, se enlaza y se continúa constantemente: las ciencias y la técnica, la literatura y el arte, el naturalismo más riguroso y el idealismo más encendido.

Todos los conocimientos se articulan en su existencia y todos le inducen a la creación. "Crear, construir, eran para él operaciones indivisibles del acto de conocer y de comprender", dice Paul Valéry. Y, angustiado ante semejante riqueza de perspectivas, el mismo autor exclama: "Tantas miradas —y tan precisas—, tantas observaciones —y tan certeras— no se acumulan en él como una colección de conocimientos especiales clasificados por categorías. El tesoro que amontona no es una suma, en cuyo conjunto las verdades permanecen distintas y extranjeras unas a otras, sino que todas esas observaciones, tan diferentes, se combinan unas con otras sin cesar. Y, así como la variedad de los alimentos se armoniza en la sangre y en la sustancia única del ser vivo, así concurren todas ellas a la formación de un poder intelectual central capaz de las aplicaciones más imprevistas".

Pero ¿a qué citar al poeta del *Cementerio marino*? ¿No fue, acaso, el propio Leonardo quien definió la universalidad de la función intelectual —y me permitiréis añadir de sus responsabilidades éticas— cuando, en un pasaje de los manuscritos de Windsor, anotó estas palabras inolvidables: "Pre-imaginación: la imaginación de las cosas que serán. Post-imaginación: la imaginación de las cosas pasadas"? ¿No unió él así todas sus capacidades analíticas en un haz de síntesis creadora, merced a cuya virtud no sólo logró asociar las disciplinas más diversas, sino el pasado, el presente y el futuro? Visión por todos conceptos digna de quien —augurando a ciertos sabios de nuestra época— se aconsejaba a sí mismo, en otro de sus registros: "Escribe sobre la naturaleza del tiempo, distinta de su geometría".

Leonardo es infatigable. No contento con pasear su mirada sobre la superficie del planeta, traspasa su corteza terrestre y lo devuelve, de pronto, al torbellino del espacio y de la duración. Su divisa es ese "rigor obstinado" que gobierna el conjunto de sus ambiciones y que le guía hasta en sus trabajos menos austeros.

Estudia todo lo que ve y se esfuerza por comprender todo lo que estudia. Para comprenderlo mejor, lo dibuja. Cuando lo ha comprendido, lo reconstruye, es decir, traslada al plano de las combinaciones mecánicas el misterio feliz de la biología. Si desea dibujar una sonrisa, cree que no podrá hacerlo mientras ignore qué clase de contracción de cuál de los músculos de la cara levanta la comisura de los labios. No procede de manera distinta cuando intenta representar una planta, la cólera de un combate o la transparencia súbita de un cristal. Finalmente, lo que pinta es una arborescencia viva, una cristalización verdadera, una composición de fuerzas extraordinariamente sutil, trémula e imperiosa. Ese procedimiento explica sus estudios del vuelo de los pájaros, de las volutas del humo o de los rizos del agua; los analiza en el momento mismo en que procura acertar con su semejanza. Dibujar, para Leonardo, es mucho más que reproducir: es desmontar el objeto y, desmontándolo y demostrándolo, adueñarse de él. Por eso, sus dibujos revelan las estructuras íntimas de las cosas, explican sus mecanismos, permiten pasar con soberana maestría del músculo a la palanca, del esqueleto al engranaje, del ala del pájaro a la hélice del avión. Son, a la vez, apuntes de pintor y croquis rápidos de ingeniero. Pero, ante todo, son bellos. Porque, en el mundo natural, la belleza y la eficacia se conjugan, como la armonía y la economía, o como la elegancia y el vigor.

Espíritu universal y reflexivo, la primera lección de Leonardo es una lección de amplitud humana que nosotros necesitamos, seguramente, en proporción mayor que los hombres del siglo xv. Cuando vemos el orgullo con que muchos de los sabios y de los artistas de nuestros días se confinan en su especialidad; cuando adivinamos la inquietud que ese orgullo no oculta siempre, apreciamos más el valor de ejemplo de aquel magnífico insatisfecho que no dejó, tal vez, más obras maestras al mundo por haber pasado lo mejor de su vida en prepararnos un legado mayor que el de cualquier obra aislada y perecedera: la confianza en la unidad del hombre integral; confianza a la que, tarde o temprano, habrá de corresponder el reconocimiento de la unidad moral del linaje humano. He aquí lo que me place más destacar del testimonio soberbio de su existencia.

La UNESCO, en cuyo nombre celebro la memoria de Leonardo de Vinci, no puede encontrar en el V Centenario de su nacimiento sino nuevos motivos de fe en los ideales por los que lucha, en la esfera oficial que le asigna su Acta Constitutiva. Concebido para los hombres de hoy, el programa de la UNESCO se ordena modestamente, por disciplinas: educación, ciencia, cultura e información. Mas, a través de esas clasificaciones —acaso ya inevitables— alienta una voluntad de síntesis que trata de hacer percibir a los pueblos la necesidad de una concepción humana, y no sólo humanista, de la vida. La UNESCO traduce esa intención en cada uno de sus actos. Para no citar sino un caso, que nos concierne directamente, debo anunciar que nuestra organización ha puesto este año en circulación 45 exposiciones —de ciento cincuenta reproducciones— de dibujos de Leonardo. Esas reproducciones han sido seleccionadas entre las mejores por un comité internacional en el que figuran los más conspicuos especialistas de Italia, de Francia y del Reino Unido. Gracias al sistema que indico, en cuarenta y cinco lugares del mundo se dará simultáneamente en 1952 la misma lección de invención y de lucidez.

Cuando invoca el nombre de Leonardo, la UNESCO ilustra y confirma sus más hondas aspiraciones. Ciertamente, obra de especialistas son muchos grandes descubrimientos. Pero con frecuencia se olvida que éstos no constituyen sólo el fruto del espíritu de especialización. Al contrario, todos los grandes descubrimientos provienen de la aplicación atrevida, en cierto dominio, de hipótesis y nociones que parecían reservadas a otra esfera de la inteligencia y que el genio ensaya con facilidad sobre un campo nuevo, trastornando así todas las costumbres. El saber detallado y preciso del erudito es indispensable; mas lo que fecunda semejante saber es la imaginación. Y lo que auxilia a la imaginación es la multiplicidad de claves y de sintaxis que una inteligencia experimentada logra captar en cada una de sus fugas fuera del surco trillado de su trabajo.

Esta concepción humana de la existencia, que otorga primacía a las actividades superiores del espíritu, impone una actitud social pacífica y pacifista. Consagrada a la paz, y a la defensa de la paz por la cultura, la UNESCO venera en Leonardo a uno de los seres que detestaron la guerra con más ahínco.

Es cierto, su mano escribió a Ludovico Sforza promesas de inventos bélicos que parecen contrastar lamentablemente con su odio auténtico de la guerra; pero la misma mano escribió más tarde:

"Tú, hombre, que gracias a mis trabajos contemplas las obras maravillosas de la naturaleza; si estimas que el destruirlas es acto feroz, reflexiona cuánto más lo es el aniquilar una vida humana. Piensa que ese conglomerado que te sorprende por su complejidad no es nada en comparación con el alma que lo habita y que, en verdad, por grande que te parezca su construcción, es una causa divina la que le permite hospedarla en su obra, y que tal causa no admite que tu rabia o tu maldad destruyan la vida, pues quien no otorga a la vida el precio que tiene, no la merece".

Tan alta profesión de fe corre el riesgo de parecer fuera de lugar en un tiempo en el que hemos visto hacer ruin mercado de la vida humana. Pero la UNESCO adopta como suya esta enseñanza de Leonardo y la encuentra igualmente saludable que su vocación universal.

¡Noble, eterno Leonardo de Vinci! En nuestra época, en que la inteligencia se aísla en compartimentos cada vez más herméticos, cuando la profesión esencial, la de hombre, corre el peligro de desaparecer bajo una serie implacable de certificados, títulos y diplomas ¿cómo no acatar su gran mensaje distante? Lo escribió él al revés, día a día, para ser leído sobre un espejo. Sea ese espejo nuestra conciencia. Advertiremos entonces que todo el honor del hombre está en comprender y no en rehusarse a comprender, en crear y no en destruir, en ser él mismo, genuinamente, pero dentro de una solidaridad efectiva con todas las almas y todas las cosas del mundo. Porque el genio que compraba jilgueros a los vendedores de pájaros italianos, por el solo placer de devolverles la libertad perdida, es el mismo que, como resumen de todos los dolores de su propia experiencia, trazó en sus cuadros las más bellas sonrisas de la pintura humana y que, enamorado de la vida en sus manifestaciones más ondulantes, solía repetir, desde la cumbre de su vejez, *siccome una giornata bene spesa da lieto dormire, cosí una vita bene usata da lieto morire.*

Esperanza, a la postre, vana. Porque cuando se usa la vida hasta el punto en que él la usó, para el servicio del bien, de la verdad y de la belleza, no se muere ya nunca. Se aceptan, todavía, nuevos deberes: los de la inmortalidad.

SERVIDUMBRE Y GRANDEZA
DEL ABOGADO *

¿Qué podría yo deciros que no os hayan manifestado o no vayan pronto a manifestaros, voces más sabias y más prudentes? Cómo hablaros de abogacía, yo que a los veinte años dejé esta escuela, para entrar en la burocracia por la puerta de la literatura con peligro de tener que salir de la literatura por la puerta de la burocracia? ¿Y de qué modo expresaros mis opiniones sobre el Derecho Civil, yo que me sentiría cohibido, en la vida práctica, ante los ardides del más tímido leguleyo?

Es cierto; la realidad no me ha eximido totalmente de alguno de los conocimientos de vuestra profesión. Como diplomático que fui, hube de completar mis estudios fuera de este plantel. Y no siempre pude efectuar tal complemento de información en la paz de una biblioteca; sino entre dos oficios y un cablegrama; frente a la cláusula de un tratado por discutir o ante las intimaciones de una nota por responder.

De esta formación no escolar, en la universidad sin títulos de la vida, podría hablaros con amplitud. Pero imagino que el tema sería juzgado poco oportuno en la celebración docente que nos congrega.

Desde un ángulo diferente, no dejaba de preocuparme la responsabilidad que asume quien discurre en esta ocasión, cuatro siglos después de don Francisco Cervantes de Salazar, catedrático de retórica al que Juan Pablos, el impresor, exaltaba ya como a persona "dotada de tal habilidad para improvisar" que era "temeridad creerlo", según decía... Me apesadumbraba ofreceros una conferencia que no podrá competir, en manera alguna, con la diserta elegancia de aquel varón, cuyos diálogos latinos (por el corte, al menos, si no siempre por las ideas) nos traen a la memoria una herencia admirable del humanismo: el recuerdo de los coloquios de Erasmo, héroe sutil de la mediación y luz imparcial del Renacimiento.

Elogiar a don Francisco Cervantes de Salazar no era tarea que, en realidad, me correspondiese. Pretender imitarle demostraría, por otra parte, jactancia torpe. ¿Qué me quedaba pues como base, para la plática de esta noche?

Un deseo, muy profundo eso sí: el de no estar ausente de vuestro júbilo y no rehusar a los abogados el homenaje de quien no tiene esa profesión. Y, a la vez, una certidumbre: la de que

* Discurso pronunciado en la celebración del IV Centenario de la Facultad de Derecho el día 5 de junio de 1953.

1051

los abogados han sido frecuentemente, en nuestro país, difusores naturales de la cultura. O, para decirlo con un vocablo que no perderá nunca su seducción, "letrados" por excelencia.

Aquel deseo y esta certidumbre dieron al traste con mis escrúpulos. De ahí que me vea, ahora, ante una alegría y un compromiso. La alegría consiste en el placer de saludaros en esta sala, cuyo solo nombre es una exhortación de honradez intelectual. El compromiso estriba en la necesidad de atraer, hasta donde me sea posible, vuestra atención.

Quisiera hablaros acerca de vuestra servidumbre y vuestra grandeza. Estas palabras os habrán recordado ya el nombre de una deliciosa colección de relatos militares del poeta Alfredo de Vigny.

En México, el abogado es muchas veces un hombre polivalente. Por su profesión, debe conocer la Ley. Por los cargos que ocupa, suele aplicarla. Y a menudo, también, la escribe; ya desde una curul, si la política le interesa; ya desde una oficina pública, si un Secretario de Estado lo nombra su consejero. Agregad a lo que antecede que el abogado es, por definición, profesor *in partibus*, cuando no consultor de industriales, banqueros y comerciantes... Y percibiréis hasta qué punto la vida nacional se halla estrechamente vinculada con lo que no me atreveré jamás a llamar vuestro oficio.

Sois, señores, por tanto, para nuestro pueblo, la expresión más inmediata —y una de las más perceptibles— de la Universidad. Tal vez por eso, en cuanto alguien se distingue en cualquier sector (o, sin distinguirse en ninguno, se hace simplemente notorio) le otorga la cortesía popular ese título tan castizo: la licenciatura. Licenciatura que demuestra sólo licencia; por lo menos, de la expresión...

Os encontráis así, no sé realmente si no queriéndolo, en una frontera delicada y mal defendida: la que separa el mundo apacible de la cultura y el mundo dramático de la acción.

En el médico, en el arquitecto, en el químico, la función profesional parece —incluso a los más ignorantes— más especializada. El médico es el conocedor que cura. Se le llama cuando algo extraño se hace sentir en el organismo; porque las vísceras, como los adjetivos, empiezan a ser peligrosas en el momento en que su presencia —normalmente callada— se declara y se manifiesta. El arquitecto, por su parte, es el que construye. Se le va a ver cuando los ahorros familiares ponen al cliente en condiciones de concederse esa exteriorización del yo, en ladrillo y cemento armado, que llamamos "edificar nuestra residencia". En cuanto al químico y a otros profesionales, es tan clara su utilidad específica —y son, para muchos, tan limitadas las oportunidades de recurrir a ella directamente— que me parece superfluo insistir sobre el sentido social de la diferencia que he señalado.

Pero vosotros, señores, estáis atados por hilos firmes y numerosos a casi todas nuestras acciones y a la mayor parte de nuestros proyectos. Y es que México es un país que ha vivido buscándose en la definición de una estructura legal. Sin considerar, por lo pronto, si esa legalidad a la que aspiramos se ha cumplido en todos los casos con estricto rigor, importa desde luego reconocerlo: nuestra concepción de la vida es una concepción de carácter jurídico; pensamos habitualmente en fórmulas de decreto y, cuando las cosas no marchan del todo bien, lo primero que se nos ocurre es proponer una nueva ley o modificar el texto de algún reglamento.

No os revelaré nada nuevo si digo que existen pueblos que creen, sobre todo, en el poder normativo de la costumbre y pueblos que se inclinan más bien a creer en la fuerza práctica de la ley. En unos y otros, hay abogados. Pero la actitud del jurista no puede ser espiritualmente la misma en estos y aquellos casos. Por lo que al nuestro concierne, cabe indicar que, desde antes de alcanzar su independencia política, el mexicano existió dentro de una forma legal. Basta hojear los volúmenes que contienen la recopilación de las "Leyes de Indias" para apreciar la cantidad de jurídica tinta en que hubieron de humedecerse las plumas de la Colonia. Y desde entonces... No contemos nuestras Constituciones, ni las Constituciones de los Estados. Consultemos sólo la lista cronológica de nuestros Códigos, de nuestros Reglamentos, de las enmiendas a nuestros Reglamentos, de las modificaciones a esas enmiendas y de las adiciones a esas modificaciones. ¡Cuántos artículos! Y de nuevo ¡cuánta tinta jurídica!... Pero no sonriamos a la ligera ante tal profusión. Algunos de esos artículos —como quería Nietzsche que lo estuvieran los grandes libros— fueron escritos con sangre. Sangre de la Independencia. Sangre de la Reforma. Sangre de la Revolución.

Al llegar a este punto, debería elevarse el tono. Porque no es ya el estilo cursivo del costumbrista el que aquí procede; sino otro que, por momentos, exige épica dignidad.

Detrás de algunos de los artículos a que aludo estuvieron colegas vuestros, compañeros de nuestros héroes de la Independencia en sus valientes expediciones a través de los montes, valles y ríos de lo que iba a ser, por su obra, la República Mexicana. Colegas vuestros, ministros o consultores de ministros, participaron en los actos que precedieron —o sucedieron— a la aventura imperial de Maximiliano. Y colegas vuestros, muchos colegas vuestros, ciudadanos armados de la Revolución, anduvieron entre generales y coroneles durante las luchas que acabaron por darnos este orden nuevo dentro de cuyos moldes, para muchos de nosotros, se consolidó la juventud.

Un día, en el museo del Louvre, al admirar la concentración lineal del célebre escriba egipcio, me ocurrió pensar en todos esos escribas, famosos unos y otros anónimos, que la vida de

México ha movilizado, de escritorio en escritorio y de combate en combate; a caballo junto con las fuerzas de Morelos; en polvosos coches décimonónicos, durante la presidencia de Juárez, y en los vagones que transportaron, sobre las vías férreas de la Patria, a los hombres de la Revolución.

Nuestra historia está escrita, en gran parte, por abogados. Y no pienso en estos instantes en los abogados-historiadores (entre los cuales los hay insignes), sino en los abogados no historiadores. De muchos de ellos podría decirse lo que de ciertos estrategas afirmaba Jean Giraudoux: que no leían sus victorias, al día siguiente de la batalla, en las columnas de los periódicos, sino la víspera, en el cintilar promisorio de las estrellas.

Sería en extremo sugestiva una historia de México, pensada no con criterio exclusivamente jurídico, ni exclusivamente político, ni exclusivamente militar, sino en forma capaz de fijar una relación precisa —y proporcional— entre los movimientos sociales que dieron origen a algunas de nuestras leyes más importantes y las leyes que provocaron algunos de nuestros movimientos sociales más decisivos. Se vería, entonces, al lado del retrato del caudillo, afortunado o infortunado, el rostro del jurista siempre muy próximo; esto es, el rostro del hombre de mente organizada por el derecho y para el derecho, en cuya existencia todo termina, tarde o temprano por un proyecto de ley.

En los mejores textos, ya aparecen algunos de esos abogados ante la eternidad; pero suele incluirlos el escritor como si se tratara de simples epígonos. Y no fue ésta, lo sabemos perfectamente (y, cuando no lo sabemos, lo presentimos) la significación verdadera de sus figuras.

La importancia que nuestro pueblo concede instintivamente a la palabra que prescribe y que determina ha hecho de vosotros, señores, elementos de enlace, cuando no de dirección, en muchos aspectos fundamentales de nuestra existencia. Por eso insinuaba yo, al principiar, que, no obstante vuestro valor como especialistas (quién en Derecho Penal, quién en Derecho Administrativo, quién en Derecho Civil), resultáis en el fondo y por la fuerza misma de nuestros hábitos de gobierno, los menos especializados de todos los hombres de profesión. Esta calidad, que podríamos resumir —no sin asomos de paradoja —llamándoos "especialistas universales", manifiesta la gran responsabilidad que os espera, si sólo sois estudiantes, o que, si sois abogados ya, pesa desde hace años sobre vosotros.

Es posible que, al veros solicitados no para profesar sino para ayudar a actuar a los administradores, os sintáis defraudados en ocasiones; o, quizás, un poco disminuídos. El oráculo que administra cree perder, sin duda, su aureola délfica... Pero vuestro caso es bien diferente. Y, si creyerais lo que el oráculo, estaríais en un error.

1054

Estaríais en un error, porque lo que da a vuestra profesión su más alto precio y su majestad humana más duradera es, precisamente, esa fluctuación entre lo abstracto y lo concreto que es ley de la vida y, también, vida de la ley. La necesidad de esa fluctuación me ha impresionado, desde muy joven. ¿No es ella, en efecto, el signo más claro de vuestra servidumbre y, al mismo tiempo, el testimonio de vuestra grandeza? Porque lo emocionante en vuestro trabajo consiste —y me disculparéis si me engaño— en que cada caso os presenta la ocasión problemática de un contacto fecundo de lo ideal con lo material.

Os he descrito hasta ahora como legisladores eventuales y como administradores en potencia. Pero tropiezo de improviso con otra realidad, que no quiero callar y que me interesa mucho medir. Sois, igualmente, jueces. Y lo sois siempre.

No me refiero por supuesto, según comprenderéis, a aquellos de vosotros en quienes la investidura de juez ha sido reconocida públicamente, por un acto expreso de autoridad. Me refiero —de manera más general— a los que, aun sin ostentar tan noble investidura, tienen que ejercer un juicio preliminar y certero al abordar el menor asunto, al encargarse de la causa aparentemente más anodina. Es decir: me refiero a todos vosotros sin excepción.

Me refiero a todos vosotros, porque cada litigio exigirá que intentéis ese juicio preliminar en vuestra conciencia, ante un tribunal sin testigos: el de la estimación que tengáis para los valores psicológicos, éticos y sociales que son la materia prima de vuestra actividad.

Estaréis solos en ese juicio. Solos, frente a una balanza sobre uno de cuyos platillos reposa el precepto escrito, la alegórica espada, la densa y compacta masa de los sistemas y de las normas, mientras que, sobre el otro platillo, habrán colocado las circunstancias esa entidad discutible, evasiva, "ondulante y diversa" decía Montaigne, que es el caso humano, flagrante y vivo.

Surgirá ahí el adúltero, por ejemplo. Hombre o mujer, pero mujer u hombre concretos, de carne y hueso, con sus debilidades y sus costumbres, su experiencia o su inexperiencia, su riqueza o su infortunio, su arrepentimiento o su vanidad... O bien, aparecerá el deudor, fortuito o recalcitrante. Pero no el deudor pintoresco de la comedia *dell'arte*, con sus pantalones a cuadros, su nariz de cartón y su mandolina, sino también un deudor concreto, de carne y hueso él también; con sus exiguos sueldos hipotecados durante meses por la enfermedad de un madre tísica, o por las aventuras de un hijo pródigo, o por la pasión de una hermana tránsfuga del hogar.

De un lado, estará vuestra biblioteca: las leyes, bien empastadas y cuidadosamente ordenadas por índices alfabéticos de materias; los tratados, pomposos y doctorales; en suma, toda la simetría del pensamiento y toda la solemnidad prodigiosa de

1055

la abstracción... Pero, del otro lado, estará la vida. La vida, con sus injusticias concretas, o con su justicia concreta y, muchas veces, extralegal. La vida, con sus analfabetos y sus alcohólicos; sus virtudes ocultas y sus lacras hereditarias; sus abismos de cólera y de vergüenza y sus oasis de mérito y de perdón.

Antes de que juzgue el juez, habéis de juzgar vosotros. Y habéis de juzgar, señores, ante eso que nuestro idioma califica admirablemente como el fuero interno de cada persona. Ahora bien, de la rectitud que pongáis en ese juicio a puerta cerrada dependerá algo más que vuestro prestigio público; vuestra fe en el derecho y el respeto que a vosotros mismos os otorguéis.

Porque quien prefiere la forma al fondo de la justicia, quien se abriga en la habilidad del procedimiento con desprecio de la verdad intrínseca de la causa, quien —por interpretación de la letra— vicia el espíritu de la ley, no sólo miente a sus semejantes, se traiciona a sí propio y se hace cómplice activo de la desintegración de la sociedad. Esto, humillante en cualquier lugar, resulta particularmente oprobioso en un país como el nuestro, donde, por la desproporción del saber entre los habitantes de la República, el más modesto universitario es un privilegiado de la enseñanza y el abogado menos ilustre —quiéralo o no— es el depositario de una confianza conmovedora: la que tienen aún en el valor de la ley humana, millones de desheredados de la fortuna.

"La ignorancia de las leyes no excusa su cumplimiento". Este principio ha de entenderse —como lo indica nuestro Código Civil— con un sentido de generosidad para los parias de la instrucción. Hay más, sin embargo. El hecho de ignorar una ley no excusa a quien la vulnera; pero el hecho de conocerla no debe favorecer indebidamente a quien la utiliza. En un pueblo en que los iletrados son todavía legión, el abogado ha de saber imponerse a sí mismo una vigilancia sin tregua: la de no cooperar por ningún concepto, de ningún modo y en ningún caso con quienes ansíen valerse del conocimiento de las formas legales para despojar a aquellos que, en su ignorancia, sólo poseen la fuerza de la razón y el patrimonio desnudo de la justicia.

Aunque se funde sobre un alegato brillante, una sentencia injusta es un deshonor para la comunidad entera que la consiente. Vivimos todos bajo palabra, puesto que la Patria misma es una promesa constante, que nos transmitimos unos a otros de generación en generación y que brilla —siempre joven— de mano en mano, como la antorcha trémula de Lucrecio. El que colabora en una injusticia rompe de hecho esa gran promesa.

He dicho que México ha vivido buscándose en la definición de una estructura legal. Pero ninguna estructura legal basta por sí sola. ¿Qué sería un derecho que nadie aplicara nunca, o que no se aplicara con equidad o que se aplicara sólo con funestas intermitencias?... En la aplicación del derecho os corresponde un deber, del que habéis de sentiros sin duda ufanos: el de evitar que la fórmula técnica prevalezca sobre el sentido profundo de la justicia. Porque, cuando en una actividad cualquiera del hombre, se da más importancia y valor a la forma que a la sustancia y al continente que al contenido se anuncia —a corto o a largo plazo— la ruina de una moral. Y la ruina de la moral implica irremediablemente la decadencia de la cultura a la que sustenta.

Administradores, asesores, negociadores, legisladores —y jueces también, de vosotros mismos— en cada una de las funciones que acabo sumariamente de describir, sois hombres como nosotros; más sagaces y doctos en muchos aspectos, pero tan transidos y vulnerables como nosotros ante las asechanzas del desacierto y los remordimientos del error.

Humanos, muy humanos, tenéis que serlo. Y no sólo por virtud de vuestro carácter, sino por la calidad del papel que habéis aceptado desempeñar en la sociedad. Confesores laicos, se desvelarán frente a vosotros muchos secretos y se desnudarán, con mayor o menor confianza, muchas conciencias. Consejeros o redactores de nuevas leyes, la menor insonoridad de vuestros espíritus al dolor de las masas menesterosas en que esas leyes tendrán por fuerza que recaer, las haría crueles o inoperantes. Jueces de los demás y de vuestras propias definiciones, pecaríais de intolerantes si no adaptarais el precepto genérico —anónimo por genérico— a la situación específica, exclusiva e inalienable del individuo; si no atemperaseis la afirmación de la regla única con la inteligencia más honda, la miel humana, y si no dierais a los ojos vendados de la justicia la videncia sutil de la caridad.

Percibiréis ahora más claramente por qué elegí como título de esta conferencia el de "Servidumbre y grandeza del abogado". Quise seguir, en vuestra compañía, un paralelismo que me interesa exaltar en todas las profesiones: el del especialista y el hombre.

Grande falta hace al siglo xx el huir de dos peligros opuestos y, sin embargo, complementarios: el miedo al especialista y el miedo al hombre. El saber universitario se ha hecho tan complicado y la documentación que cada estudio requiere es hoy tan diversa y tan abundante, que no hay progreso real de la civilización sin una multiplicidad creciente de especialistas. Desconfiar del especialista sería, por consiguiente, dudar de la civilización.

Pero, al mismo tiempo, ese auge impaciente e indispensable de competencias —y de competencias cada vez más estrechas por más profundas, o más profundas por más estrechas— amenazaría la integridad de la cultura si un nuevo humanismo no estuviese en aptitud de coordinar tantas diferencias, de armonizar tantas variedades y de dar al progreso un alma común. Desconfiar de la cultura sería, por consiguiente, dudar del hombre.

Si revisamos, aunque sea brevemente, la enorme labor de meditación, de expansión y de examen crítico llevada a cabo por sabios y por filósofos durante los siglos XVIII y XIX, sentiremos la importancia del nuestro, como etapa de uno de los más poderosos movimientos de renovación de la mente humana. Se comprende la esperanza engendrada, incluso en las masas, por esa fe en el progreso científico que, a pesar de las melancolías y de las brumas decadentistas, singularizó a los intelectuales del novecientos. Las aplicaciones técnicas de la ciencia iban a permitir al fin libertar al hombre —y en grande escala— de muchas esclavitudes físicas. La industria iba al fin a abaratar los productos, de manera de poner al alcance de todos no sólo los artículos de consumo diario, sino otros que —para nuestros antepasados— habrían sido un lujo sin precedente. Un conocimiento mejor de los demás pueblos —y del suyo propio— depararía por fin al hombre una vida más plena, pacífica, lúcida, inteligente.

Ya hemos visto lo que ocurrió. En vez de paz, dos inmensas guerras. Vivimos entre los escombros de aquellas magníficas esperanzas. Parece como si el hombre se declarara hoy vencido por su obra e incapaz de mandar sobre su saber. En ocasiones, hasta los datos con que cada experiencia enriquece el acervo de los laboratorios obligan al investigador, por falta de un equilibrio cultural entre todas las disciplinas, a perder de vista las síntesis necesarias para las construcciones máximas del espíritu.

Y es que, sin la dirección unificadora del alma y sin la primacía de los valores morales, las técnicas, por sí solas, tienden a lo inhumano. Entre los hombres de ciencia (cuyos conocimientos, cuanto más puros, resultan de acceso cada vez más difícil para los no iniciados) y los pueblos, empeñados en trabajos mecánicos cada vez más destructivos de la personalidad, se ha abierto un tremendo foso. Y no hablemos ya aquí del arte que, fuera de algunos islotes en los cuales persiste la humanidad, se deshumaniza conscientemente y, cuando no se pierde en abstracciones incomprensibles, se destila en alambiques de serpentines tan complicados que, a la postre, sólo gozan de él ciertas minorías: aquellas que, por ociosas, se reputan más exigentes, y, por exigentes, se creen más exquisitas.

Sin referirnos, siquiera, al estado político del mundo ¿cómo negar que muchos de nuestros contemporáneos (y hablo, sobre todo, de los que viven en países de evolución histórica más compleja) se preguntan si la vida, según ahora se les ofrece, vale la pena de ser vivida? Algunos atribuyen el malestar de nuestro tiempo a la irrupción en el planeta de una tecnocracia, todavía informe, que no se atreve a exhibirse como lo que es, como el dominio de una selección desprovista de mentalidad superior y que, llevada por la inercia, está reduciendo a la persona humana —en las grandes series en que la incluye— a una combinación mecánica de abstracciones. En la presente fase del desarrollo humano —escribe un novelista europeo— "la sociedad no conoce ya sino algunas de las dimensiones del individuo... El hombre total ha dejado de existir para ella".

Como país joven que es, México no puede —y no debe— dejarse arrastrar por esta marea de pesimismo y por esta afición "deshumanizadora". ¿Recordáis el mito de Her, en *La República* de Platón?... Invitadas a elegir una vida nueva, las almas se presentan ante la virgen Laquesis, hija de la Necesidad. Y estas son las palabras que oyen: "Almas efímeras, vais a empezar una nueva carrera y a entrar en un cuerpo mortal. El genio no os escogerá a vosotras. Sois vosotras las que escogeréis a vuestro genio. La primera a quien caiga en suerte escogerá primero su condición de vida. Y la elección será irrevocable. La virtud no conoce dueño: se acerca al que la honra y huye del que la desprecia. Si erráis la elección, la culpa será vuestra."

Señores, sepamos elegir. Sepamos elegir una cultura que garantice la integridad del hombre. Por vocación y por función, una tarea os incumbe muy señaladamente: la de contribuir a toda obra de reforma intelectual —y de depuración moral— capaz de evitar que se frustre en México el deseo de una cultura verdadera y capaz de evitar, también, que el simple apego automático y perezoso a formas de cultura vacías de contenido detenga el avance de la civilización.

Pensaréis, acaso, que os pido ahora más de lo que profesionalmente tenéis que dar a la colectividad en que trabajáis. En otros términos; pensaréis, acaso, que exagero vuestra grandeza para exagerar vuestra servidumbre. Si alguno me lo dijese me permitiría contestarle que no lo creo. Sois universitarios. Y pensar la Universidad es un compromiso esencial de vuestra conciencia. Por otra parte, una armonía próspera entre las variadas disciplinas de la cultura necesita, antes que nada, un ambiente auténtico de justicia. No hay reforma intelectual que valga donde no se postula y se emprende una reforma ética de la vida.

La justicia es la piedra de toque del destino de una nación. Si el oro que ensayarais en ella resultase a la postre falso, ¿de qué servirían los ditirambos más entusiastas y las más efusivas celebraciones?

Un país se prueba a cada momento, en la solidaridad o en la decepción de sus ciudadanos. Vosotros, como abogados, podéis hacer todavía mucho a fin de que no se altere el valor de prueba de esa piedra de toque de la República. Impartir justicia. Pedir justicia, defender la causa de la justicia... ¿No consiste en esto vuestra misión? Con sólo cumplirla incansablemente, inflexiblemente, ayudaréis a los demás mexicanos a organizar y afirmar una vida nueva.

Antes de concluir, me dirigiré especialmente a los jóvenes estudiantes. Quiero preguntarles: ¿Por qué habéis elegido esta profesión? ¿Por el prestigio social que otorga? ¿Por lo remunerativa que la creéis? ¿Porque durante cuatro centurias —y bajo distintos símbolos— ha sido enseñada en nuestro país?... O, al contrario; porque la estimáis un servicio arduo, porque no apetecéis medrar sin honor en su ministerio y porque no estáis aún satisfechos de lo que ha conseguido México en 400 años de tradición universitaria?

Si éstas fueron vuestras razones —y no las otras— dejadme que os felicite. Porque el único prestigio envidiable es el que proviene de un servicio social bien hecho. La única remuneración que merece buscarse es aquella que no envilece a quien la recibe. Y la mejor manera de celebrar 400 años de tradición académica es disponerse a perfeccionarla, con intención de hacerla más rigorosa, más limpia, más efectiva.

Un aniversario solemne une hoy nuestros corazones. Pero, a mi juicio, todo aniversario nos brinda ocasión propicia para recoger con modestia y con gratitud las enseñanzas del pasado, a fin de modelar con mayor audacia nuestro futuro. Y, para que la grandeza de ese futuro —que ambicionamos digno de México— esté en proporción con el desafío que la vida actual extiende a los pueblos por todas partes, no encuentro sino un camino: el de velar, en nuestra República, por el respeto de la justicia, por la realidad de la democracia y por la humanidad de la inteligencia.

EL PUEBLO ES FUENTE DE TODA CULTURA VIVA *

En una admirable disertación sobre la vida y la obra de Goethe, aseguraba Paul Valéry que el autor de *Fausto* prodigó infatigablemente su ser y sus apariencias, pero nunca desperdició las posibilidades de su futuro, pues —decía— la existencia puede sintetizarse con una fórmula paradójica: la conservación de lo porvenir. Al citar esta frase, me pregunto si no es sobre todo ésa la finalidad de la educación. En efecto, lo que busca en el fondo el educador es defender a su patria de los peligros futuros, garantizarle un porvenir más próspero y más dichoso y afirmar para ella lo que el tiempo podrá otorgarle, siempre que las nuevas generaciones se muestren dignas de prolongar su continuidad y de apresurar su mejoramiento.

Pocas instituciones simbolizan tan limpiamente la voluntad de perduración de un país como la escuela y la biblioteca pública. En aquélla, el maestro ejerce, en persona, su luminoso oficio de persuasión. En ésta, invisibles mentores —muertos o vivos— nos proporcionan su colaboración, sus hipótesis, su consejo, su advertencia distante, su ejemplo ilustre. De allí la emoción de quien tiene la suerte de concurrir a la inauguración de un conjunto urbano como el que hoy nos recibe, en esta prestigiosa y vibrante ciudad de Guadalajara. Siente de pronto cómo se juntan, entre los muros del edificio reciente, mil tradiciones y mil augurios: todas las voces de un gran pasado y todas las esperanzas de un pueblo en marcha y ascensión. Porque las cualidades que más procura el constructor de una biblioteca —la serenidad, el silencio, el recogimiento, la clara quietud del ánimo— son ocasiones de una recóndita lucha: la que nos lleva, tarde o temprano, a la acción creadora; la que nos obliga a mayor rigor en el propio examen, a mayor audacia en la indagación y el descubrimiento y a mayor energía para cumplir con ese deber primordial del hombre que llamamos derecho a la libertad.

En la segunda mitad de un siglo —tan rico en conquistas de la inteligencia, y tan amenazado por algunas de esas conquistas— necesitamos una cultura capaz de hacernos cada día más fuertes y responsables, para ser cada día más libres y más humanos. Vivimos entre los riesgos de una época atormentada, la inmensidad de los requerimientos por atender explica el afán de los investigadores que buscan con insistencia nuevos inventos para

---

* Discurso pronunciado en Guadalajara, el 7 de febrero de 1959, durante la inauguración de la Casa de la Cultura.

agrandar el dominio del hombre sobre las cosas. Pero frente a los méritos de ese afán, no podemos dejar de reconocer el carácter indeclinable de otro requerimiento: el de la cultura, el de un orden intelectual y moral para agrandar el dominio del hombre sobre sí mismo.

Debemos, en consecuencia, favorecer el desarrollo de esa cultura mediante una educación que robustezca el sentido de la solidaridad nacional, a fin de que cada educando sea la promesa de un buen ciudadano. Y, además —en un mundo de intercambios tan múltiples y frecuentes— debemos orientar nuestro proceso educativo hacia una comprensión amplia y justiciera de la convivencia internacional, a fin de que cada ciudadano sea un hombre completo.

Por eso me congratulo de que el Gobierno del Estado de Jalisco, merced a la Casa de la Cultura, haya sabido asociar aquí a las galerías de la ciudad de los libros, las perspectivas del arte, los horizontes de la vida como experiencia plástica o musical, y las sucesiones cambiantes del pensamiento en evolución.

Estoy persuadido de que los que me escuchan entienden la cultura no como un vano lujo del espíritu, sino como una superación necesaria —y, en ocasiones, heroica— de las realidades que nos constriñen. Todas sus intenciones y sus recursos revelan una magnífica vocación: la de exaltar, para bien de la humanidad, el destino esencial del hombre. Sería infecundo, por tanto, pretender construir la obra de la verdad y de la belleza sin comunicación con el pueblo, sin que el pueblo cooperase en su desarrollo y sin aprovechar sus resultados. Hace años, el Instituto de Cooperación Intelectual de la extinta Sociedad de las Naciones organizó, en Madrid, un coloquio sobre el porvenir de la cultura. Un novelista contemporáneo afirmó en aquella asamblea que "el peligro (para la paz de la tierra) reside sobre todo en la existencia de una masa enorme e impenetrable de humanidad en torno a una cultura en la que no participa esa masa de ningún modo". Tales palabras, indiscutibles en lo internacional, tienen también validez en lo nacional.

Cuanto más ampliamente se abra al pueblo esta ciudad de los libros y esta Casa de la Cultura, mejor cumplirán su función social. Y no sólo porque la cultura enriquece el alma del pueblo, la eleva y la manifiesta, sino porque al contacto con el alma del pueblo la cultura se consolida, se acendra y se dignifica. El pueblo es la fuente insustituíble de toda cultura viva, pues nos presenta —a la vez— naturaleza e historia en profundo enlace. Y ya sabemos que las torres de marfil suelen ser deleznables, por egoístas —cuando no estériles, por injustas.

El señor presidente López Mateos, que ha querido honrar esta ceremonia con su visita a Guadalajara, declaró hace pocos días que "la batalla de México está en el surco y en el libro". Realice-

1062

mos ese propósito y estimulemos a todos a realizarlo, no sólo para engrandecer a un país sino a una victoria pacífica: la del trabajo, y una emulación fervorosa: la del progreso.

Sí, estimulemos a todos los mexicanos a perseverar en la obra de redención colectiva que implica siempre en el fomento de la cultura. Al hacerlo, felicitamos a don Agustín Yáñez, culto gobernante y eminente escritor que continúa dedicando las últimas semanas de su administración a inauguraciones de tanta categoría no sólo estatal sino nacional. Y felicitamos también al esforzado y generoso pueblo jalisciense que puede con razón enorgullecerse de haber brindado —y de continuar brindando— una contribución excelente a las artes, las ciencias y las letras de la República.

DEMOS UN ARMA LÚCIDA AL PROGRESO DE LA NACIÓN *

EL DECRETO al que debe su vida esta Comisión marca una etapa importante en la historia de los esfuerzos de la República.

Muchos han sido los planes de educación formulados hasta hoy en nuestro país. Pero lo que da singular relieve a la misión que ahora se nos confía —y lo que nos obliga a medir con mayor modestia la responsabilidad que hemos contraído— es la voluntad de coordinación nacional que habrá de normar incansablemente nuestras labores.

Ilustran de manera indudable esa voluntad las razones que adujo el señor presidente López Mateos, al someter al Honorable Congreso de la Unión la iniciativa que le envió el 18 de diciembre de 1958. "Juzgo —dijo en ese documento— que la experiencia adquirida y las posibilidades exploradas hacen actualmente recomendable la elaboración de un plan capaz de establecer, con aceptable aproximación, el lapso necesario para garantizar a todos los niños de México la educación primaria, gratuita y obligatoria, merced a una mejor coordinación de los trabajos que incumben a las autoridades federales, estatales y municipales y a un positivo incremento en la colaboración de los sectores privados." Y prosiguió en estos términos: "Las estadísticas disponibles nos dan ahora una idea clara de la dimensión del problema, y nos permiten prever, con hipótesis razonables, cómo habrá de evolucionar en lo venidero. Por comparación con los resultados obtenidos, el análisis de los recursos que se invierten en la enseñanza primaria nos indicará la medida del esfuerzo por realizar y nos señalará la cuantía de las aportaciones pecuniarias adicionales que será menester conseguir para lograr paulatinamente nuestro propósito."

Las líneas que acabo de citar fijan la amplitud de nuestra labor, y, también, sus límites. No se trata de formular un plan general, que abarque todos los ciclos del sistema educativo de la nación. Es posible —y aun deseable— que, en lo futuro, otra Comisión sea convocada para que considere el problema de la expansión de la enseñanza secundaria, o de la técnica, o el fomento de las instituciones de altos estudios. Pero, por lo pronto, no son ésas nuestras funciones; sino, exclusivamente, las de estimar con qué recursos económicos, con qué elementos humanos y (si

* Discurso pronunciado el 9 de febrero de 1959 al inaugurar, en la Secretaría de Educación Pública, los trabajos de la comisión creada para formular un Plan Nacional destinado a resolver el problema de la educación primaria en México.

procede) con qué métodos nuevos podrá México asegurar a todos sus hijos, en un periodo que está por determinar, la educación primaria, gratuita y obligatoria. No significa esto, en manera alguna, que no debemos tener presentes —al reflexionar sobre los planes y los programas de enseñanza primaria— la resonancia que cualquier modificación esencial de esos programas y de esos planes tendrá, ineludiblemente, en los otros ciclos educativos. Participará en nuestros debates, el presidente del Consejo Técnico Nacional de la Educación. Tanto él como el delegado sindical, que asiste a nuestras deliberaciones, habrán de velar por que, en el impulso de sus estudios, no se aparte la Comisión de las bases en que se apoya el edificio de la educación posprimaria en nuestro país.

Después de haber observado los límites de la competencia atribuída a la Comisión, estaremos en aptitud de advertir mejor el campo real de esa competencia.

Deberemos, en primer término, allegar todos los datos posibles a fin de esclarecer el volumen de la demanda efectiva de educación primaria en nuestra República. Sobre este punto, nos serán de utilidad incuestionable los consejos y los servicios de la Dirección General de Estadística. La Secretaría cuenta con un material informativo que me complazco en poner desde luego a disposición de ustedes. Por su parte, el Sindicato Nacional de Trabajadores de la Educación ha constituído un expediente valioso, que tuvo la deferencia de darme a conocer oportunamente. Las estadísticas reunidas exigen un minucioso análisis. Urge determinar, por ejemplo, entre otras cosas, cuántos niños en edad escolar no han ido jamás a ninguna escuela y cuántos, en cambio, después de haber seguido el primero, el segundo o el tercer año, abandonaron el plantel al que concurrían.

La deserción escolar no es sólo un fenómeno educativo. El Plan que trace la Comisión podrá señalar las condiciones indispensables para el establecimiento de las escuelas y para la formación de los instructores, pero no estará en aptitud de garantizar, por sí mismo, la asistencia de los alumnos. Sin embargo, es razonable prever que una enseñanza primaria más objetiva, práctica y realista despertará entre las familias rurales (y aludo a ellas especialmente porque la deserción escolar es más perceptible en el campo que en la ciudad), un interés mucho más activo y, sobre todo, más prolongado.

Aun suponiéndolo así, subsistirán otras causas de la deserción escolar, las que nos afligen más hondamente: las económicas. De estas últimas, sólo podrán triunfar el esfuerzo productivo de nuestro pueblo y el mayor rendimiento de su trabajo. Ni una ni otra de ambas condiciones dependen directamente del Plan que habremos de elaborar. Cabe esperar, no obstante, una favorable repercusión de la educación en el mejoramiento de las condiciones económicas de los sectores más desvalidos. O, para expresarme de otra manera: si la deserción de los escolares limita actualmente la expansión de la educación primaria, la expansión de la educación primaria fomentará el progreso de la comunidad y limitará poco a poco la deserción de los escolares.

Volviendo al orden de las tareas que nos incumben, me permitiré manifestar a ustedes que incluso el análisis estadístico de las actuales demandas de educación no constituirá, para nosotros, sino un punto de partida. Inmediatamente, habremos de penetrar en un mundo más complicado y menos fácil de precisar: el de las demandas futuras. Sé que la demografía ha perfeccionado considerablemente sus técnicas y confío en que los especialistas que consultemos podrán indicarnos (dentro de márgenes de tolerable elasticidad) cuál será el ritmo de crecimiento de la población mexicana en los próximos lustros. Pero esta misma indagación, con ser tan delicada, no bastará para dar validez al programa que sustentamos. Nuestro sistema de educación primaria prevé dos diferentes campos de acción: la escuela rural y la escuela urbana. Los recursos, las técnicas y los medios varían sensiblemente según se trate de un plantel de esta o de aquella categoría. Por tanto, importa estudiar, en la medida de lo posible, cuál será la evolución de la población de México, no sólo en lo que concierne a su crecimiento, total y regional, por años o por sexenios, sino por lo que atañe a su probable radicación en las zonas rurales o en las urbanas. Hemos asistido, en los últimos decenios, a una marcha (a veces rapidísima) hacia la ciudad. Conviene tener en cuenta ese movimiento, a fin de no cometer errores de cálculo lamentables.

Me interrumpo un momento aquí, para señalar a ustedes, como elemento hasta cierto punto moderador de nuestra inquietud, una idea que ha ido ganando fuerza en mis propias preocupaciones. Es la siguiente: no me parece posible que, una vez redactado el Plan que nos proponemos, se deje su aplicación al azar del automatismo. Será preciso recomendar que un pequeño órgano permanente vigile su progreso y se mantenga en contacto con los datos que la realidad mexicana le proporcione, a fin de que sugiera periódicamente las medidas oportunas para corregir los errores de apreciación en que hubiesen podido incurrir los investigadores que nos asisten.

Una vez concluido el examen de las demandas de educación primaria —las actuales y las futuras— se abrirá ante nosotros el capítulo de los medios: elementos humanos, obras materiales y métodos pedagógicos capaces de facilitar la acción del país en su obligación de hacer frente a tales demandas. Aquí también habremos de trabajar sobre varios planos y será indispensable que ponderemos, a cada instante, el valor de las previsiones formuladas por los especialistas.

En lo que se refiere al elemento humano (capacitación de los maestros no titulados, promoción de nuevas generaciones de profesores y organización de cuerpos de agentes para la lucha contra el analfabetismo), podremos establecer lo que cuesta, en el presente estado de cosas, cada una de las operaciones que implica su formación. Pero, en realidad, semejante cálculo será insuficiente, ya que, por una parte, tendremos que intensificar muchas de esas operaciones, pues el ritmo de producción de las Escuelas Normales no corresponde, ni siquiera de lejos, a los requerimientos de nuestro pueblo. Por otra parte, tendremos que considerar el aumento legítimo de los costos, efectuando un estudio muy concienzudo de la curva ascendente de los salarios.

Procederá asimismo que no olvidemos una consideración que juzgo de trascendencia. Cualquier programa coherente de ampliación de la educación primaria supone un programa previo: el fomento intensivo de la enseñanza normal. Debemos fijarnos, como propósito mínimo, el de contar, a partir de 1963 (o, a más tardar, de 1964) con ocho mil nuevos maestros normalistas por año. Voy a exponer a ustedes en breve, una iniciativa conforme a la cual podrían instalarse diez escuelas normales regionales que en tres años (los que dura el ciclo profesional) estarían en aptitud de preparar y de titular a cinco mil maestros por ejercicio, en adición a los dos mil ochocientos cincuenta y nueve que se gradúan, ahora, en los planteles existentes. Ya he explicado públicamente las bases de este proyecto. Por eso no entro aquí en mayores detalles, pero me será muy grato mantener informada a la Comisión —cuando lo desee— acerca de las modalidades de su desenvolvimiento posible.

En lo relativo a las obras materiales, el Comité Administrador del Programa Federal de Construcción de Escuelas está en condiciones de indicar a ustedes los precios actuales, por aula y por entidad. Sin embargo, como la edificación de los nuevos planteles tendrá por fuerza que realizarse a través de un periodo de varios años, resultará imprescindible prever el coeficiente probable de variación.

En cuanto a los métodos pedagógicos, sé que algunos de los presentes —como yo mismo— desearían una renovación radical y han pensado en aprovechar los auxiliares audiovisuales: la radio, la televisión y el cinematógrafo. Estos medios de difusión pueden consolidar admirablemente la enseñanza impartida por los maestros y su uso acelerará, en forma extraordinaria, la acción emprendida contra el analfabetismo. En el curso de sus sesiones, la Comisión tendrá oportunidad de oír a los representantes más autorizados del magisterio y a los delegados de las instituciones y las empresas que se dedican al desarrollo de estos poderosos auxiliares de la enseñanza. La adopción de los métodos a que aludo exigirá créditos sustanciales. Pero no es posible seguir queriendo erigir el futuro de México, en pleno siglo xx, con procedimientos anacrónicos y morosos. Sería absurdo desechar la renovación de que hablo sin considerar la erogación que demandará y sin aquilatar la magnitud de los resultados que justificarían, a mi ver, tal erogación.

Me he referido, en los párrafos precedentes, a lo que llamo el capítulo de los medios: el elemento humano, las obras materiales y los métodos pedagógicos. Queda ahora el examen de los recursos necesarios para que el Plan no acabe por convertirse, según he dicho, en una mera hipótesis piadosa. Salta a la vista que el actual presupuesto de la Secretaría de Educación (y, junto con él, todos los presupuestos de educación ejercidos por los Estados, los Territorios y los Municipios de la República) no alcanzarán a dar realidad a nuestro programa. Comprendiéndolo así, el decreto que creó esta Comisión no sólo la invita a "estudiar un sistema de arbitrios que haga posible la ejecución del Plan", sino que, en su artículo segundo, se lo ordena literalmente. Ya, en la exposición de su iniciativa, el señor presidente López Mateos había declarado lo que copio a continuación: "Tengo la certidumbre —dijo— de que el problema no es insoluble y confío en que, *con la ayuda de todos los mexicanos, de cuyo patriotismo estoy persuadido*, podremos llegar a plantearlo en términos válidos desde el punto de vista técnico y equitativos desde el punto de vista financiero."

Subrayo, en el texto presidencial, una frase que estimo característica: *"con la ayuda de todos los mexicanos"*. En efecto, nuestras escuelas no lograrán resultados satisfactorios con el solo esfuerzo de las autoridades y con la asiduidad y el talento de los maestros. Requieren del estímulo, la colaboración y el cariño de los padres de los alumnos y, aún más, del apoyo de todo el pueblo. Por ello, las asociaciones de padres de familia, las juntas cívicas y los patronatos integrados por particulares, deberán ser estructurados y coordinados, con objeto de que participen constantemente en esta campaña de redención nacional. Será menester encauzar, mediante esos organismos, la ayuda que ya comienza a ofrecerse a la Secretaría de Educación Pública en ideas, en dinero y aun en trabajos directos y personales. Dentro de lo que determinan los preceptos de nuestra Constitución Política, la Comisión deberá estar atenta a todas las sugestiones de buena fe. Cuantas iniciativas nos sean presentadas con espíritu constructivo habrán de ser estudiadas conforme a sus méritos, con detenimiento y con probidad. Esas iniciativas demostrarán una vez más el interés nacional por el mejoramiento de la educación pública; interés del que ha dado recientemente un testimonio muy significativo el Honorable Congreso de la Unión tanto al expedir el Decreto del 30 de diciembre último cuanto al dedicar la Cámara de Diputados y el Senado varias importantes sesiones al estudio de este problema y al designar como miembros de nuestra Comisión a los señores senadores Prof. Caritino Maldonado y Lic. Ramón Ruiz Vasconcelos y a los señores diputados Lic. Antonio Castro Leal y Prof. Enrique Olivares Santana.

Pienso que participan ustedes de la confianza expresada por nuestro Primer Magistrado en las altas virtudes de nuestro pueblo. Es cierto, en materia económica, un optimismo excesivo delataría, en nosotros, un candor de crédulos teorizantes. No sería sensato pedir a una colectividad como la nuestra un sacrificio sin proporción prudente con sus recursos. Pero sería cobarde —y antipatriótico— dejarnos de antemano vencer por el pesimismo. México ha sabido siempre vibrar ante todas las causas nobles. Nuestra vocación de justicia es incoercible. Del más pobre al más rico, todos los mexicanos se han dado cuenta de que ha llegado la hora de responder sin vacilaciones a uno de los desafíos más inquietantes que el destino de México lanza a México: atender a los millones de mexicanos que yacen en la ignorancia, continuar —merced a la educación— la obra emancipadora que principiaron los insurgentes de 1810.

No he citado esta fecha por simple afición histórica. Cuando concluya su estudio la Comisión, la República estará disponiéndose ya a organizar la celebración de dos movimientos inolvidables: el sesquicentenario de la proclamación de la Independencia y el cincuentenario de la Revolución de 1910. Extender a todos los mexicanos la educación primaria a que la ley y la vida les dan derecho, ¿no es ése, acaso, el más grande objetivo que podríamos proponer al país para dar su cabal sentido a esa doble celebración? La verdadera independencia y la verdadera libertad no se ganan sin esfuerzo.

El trabajo suplementario que va a requerir de los mexicanos el plan que elabore esta Comisión anunciará la contribución del México de hoy a los ideales que proclamaron sus más ilustres libertadores. Demos a la niñez de nuestro pueblo las aulas y los maestros que necesita. Será la mejor manera de dar un alma —lúcida y vigilante— al progreso de la Nación.

UN MENSAJE DE VIDA Y DE FE
EN EL HOMBRE *

ASISTIMOS hoy al principio de una nueva experiencia continental. La Organización de los Estados Americanos ha resuelto incluir en su acción de asistencia técnica un programa de ciencias sociales aplicadas, dedicado a adiestrar, de manera científica y práctica, a personas que participen en la ejecución de planes concebidos con propósitos de desarrollo económico, y nos ha hecho el honor de escoger, para impartir la enseñanza correspondiente, a un establecimiento de México: la Escuela Nacional de Antropología.

La duración del programa será de cinco años. A lo largo de ese período, en promociones sucesivas, grupos de estudiantes becados por la Organización y pertenecientes a todos los Estados americanos, seguirán los cursos de la Escuela. Bajo los auspicios de las Secretarías de Agricultura, de Recursos Hidráulicos, de Salubridad y Asistencia y de Educación realizarán trabajos de campo en diversos lugares de la República, visitando algunas de nuestras escuelas rurales, ciertos centros de bienestar social rural, los sistemas del Papaloapan y del Tepalcatepec y las regiones en que están llevándose a cabo intensas actividades de organización agropecuaria. Harán, además, prácticas de investigación social en varios de los Centros Coordinadores que dependen del Instituto Nacional Indigenista. Por último, a la enseñanza recibida en la Escuela, y a los trabajos de campo complementarios, se agregarán seminarios y clases en los que especialistas de mérito conocido explicarán a los estudiantes los beneficios de obras de interés público, efectuadas ya en otros países con la intención de acelerar el mejoramiento económico y cultural de sus habitantes.

La experiencia que intenta en México la Organización de los Estados Americanos será muy útil para las naciones que la integran y nos parece, desde luego, digna de encomio. En un mundo en proceso de rápida evolución y en el que existen tantas desigualdades de competencia para la vida práctica, la ayuda técnica constituye, indudablemente, uno de los instrumentos más eficaces de la cooperación internacional. Sólo que, como todos los medios de intensificación voluntaria del ritmo de desenvolvimiento de un país o de un conjunto de países, los planes de ayuda

---

* Discurso pronunciado en el Palacio de Bellas Artes, el 13 de julio de 1959, durante la inauguración de los Cursos de Ciencias Sociales Aplicadas, para los posgraduados becados por la OEA.

técnica suelen tropezar en su aplicación con muchos obstáculos sociales y con no escasas reservas psicológicas. Los expertos nombrados para cumplirlos pertenecen con frecuencia —dada la preparación altamente especializada que se les pide— a pueblos donde la riqueza o la antigüedad de la cultura han concentrado considerables fuentes de saber. Formados en institutos superiores, en los que la costumbre de ciertos niveles de privilegio puede inculcar en el educando una opinión unilateral acerca de la receptividad de las poblaciones menos afortunadas, esos expertos suelen admitir la misión que se les confía como un simple experimento de promoción material a corto o a largo plazo. Imaginan que las comunidades cuyos gobiernos obtienen su concurso están, por ese solo hecho, interesadas en acogerles y que encontrarán en todos los miembros de esas comunidades una aceptación inmediata, desprovista de incredulidad, de recelo y —tal vez— de sentido crítico. En ocasiones, algunos de ellos emprenden el viaje como si fueran los colonizadores de un nuevo régimen absoluto: el régimen de la técnica.

Al llegar a la localidad que se les asigna, si —además de expertos son perspicaces— no tardan en percatarse de que, para que la ayuda técnica resulte fecunda, quienes la ejercen requieren tanto como el dominio de la especialidad en que se graduaron, el conocimiento del medio humano, sin cuya colaboración sería precario su esfuerzo, cuando no contraproducente. Comprenden entonces que toda misión de asistencia técnica necesita el consejo de un antropólogo, formado a la par en la escuela y en la experiencia.

Ningún progreso se impone por la simple aptitud de la teoría. La acción que el progreso exige implica una condición previa: el deseo de progresar. Ahora bien, para suscitar ese deseo —aliado insustituible de la obra técnica— los expertos, nacionales o internacionales, deben estar enterados de las características étnicas, físicas, lingüísticas, demográficas y de la psicología social de los elementos humanos que van a ser no sólo los auxiliares directos sino los agentes indispensables de su labor de renovación.

Así como en un plan coordinado de construcciones —o de reconstrucciones— el arquitecto atiende las advertencias del urbanista, así en todo plan de asistencia. técnica el experto en mecánica de la agricultura, o en electrificación, o en organización del trabajo fabril, o en la adaptación de una zona insalubre, ha de atender las indicaciones del antropólogo. Si éste actúa con probidad, con modestia y con sencillez, su labor facilitará una justa confrontación de lo que somos con lo que son —todavía hoy— millones de pobladores de la tierra en que convivimos.

Gracias a sus trabajos de investigación social, los antropólogos saben que, hasta en los núcleos más primitivos, existe una resonancia humana que procede escuchar y que reclama nuestro respeto. Sus estudios los incitan a adquirir, cada día más, una clara conciencia de la reciprocidad de nuestras responsabilidades y los preparan a depositar una confianza mayor en la solidaridad del linaje humano, por encima de las costumbres, de los idiomas, de las razas y de los grados diversos de desarrollo técnico.

En la forma de una vivienda, en la gracia de un objeto de arte popular, en la melancolía o el entusiasmo de una canción folklórica, en la fidelidad a un rito o en la continuidad de una tradición, los antropólogos nos revelan la actividad de otros hombres, que son nuestros semejantes: de hombres que tratan, como nosotros, de expresarse por la belleza, por la utilidad y por la virtud, procurando inscribir la huella de su destino perecedero en el mundo de las formas y de las normas que, a su manera, juzgan definitivas.

Acaso esa gran lección de fraternidad sea la mejor enseñanza que los antropólogos nos transmiten. En el fondo, al investigar las características de cada sector humano, por desvalido que nos parezca, lo que más buscan es una razón de esperanza para el futuro. De ahí que no sea la antropología social un lujo de la cultura, sino un claro designio de afirmación, más elocuente quizá en eras como la nuestra, cuando algunas inteligencias se empeñan en subrayar el carácter provisional de muchas realizaciones humanas. Para contestar al grito de Valéry ("las civilizaciones somos mortales"), los antropólogos nos indican que, hasta en el caso de ciertas tenaces supervivencias, o de ciertas aparentes ineptitudes, o de algunas trágicas frustraciones, toda comunidad humana nos proporciona un mensaje de vida y de fe en el hombre.

Ese mensaje, venido de cualquier parte, nos interesa profundamente. Pero más nos conmueve, sin duda, cuando surge del Continente donde nacimos, de la tierra que es nuestra Patria o la Patria de nuestros hermanos más inmediatos. América propone a la antropología social una infinidad de problemas y de preguntas. En muchos de los países ligados con el nuestro por vínculos de origen, de historia, de lengua, de sensibilidad y de pensamiento, adivinamos —como en el nuestro— todo un esfuerzo educativo por realizar. Y ese esfuerzo no constituye exclusivamente una perspectiva de estudio para los eruditos y los maestros, sino un reto de acción certera para los técnicos, los economistas y los sociólogos; reto tanto más apremiante, cuanto que abdicar de sus compromisos equivaldría a ignorar la importancia que tienen fracciones irrenunciables del patrimonio cultural de nuestro hemisferio.

La antropología social es para nosotros una disciplina de innegable interés nacional y, asimismo, un vigoroso medio de amistad internacional. No pretendemos encontrar siempre coincidencias, simetrías y analogías indiscutibles. Las diferencias que advierte el especialista, son por sí solas, signos genuinos de una originalidad que no deseamos subestimar por ningún concepto. Nos hemos organizado en asamblea de pueblos libres y no en maquinaria de Estados sujetos a cierta uniformidad predeterminada. Queremos ser solidarios, pero no idénticos: como las voces que asocia el coro y que dan más encanto a quienes las oyen cuando más diferentes son sus registros y más variada la combinación musical en que se articulan.

Sentir las afinidades y las diversidades de los pobladores de nuestra América no nos desconcierta ante el porvenir. Al contrario. De diversidades y afinidades entrecruzadas está hecha la libertad. Y no será el menor beneficio de los estudios que inauguramos el que permita afirmar en quienes los hagan el valor de una fraternidad de factores independientes y, por eso mismo, complementarios. Nada podría ser más significativo para los que pensamos, como lo manifestaron nuestros Gobiernos al establecer los principios de la Carta suscrita en Bogotá el 30 de abril de 1948, que la "unidad espiritual del Continente se basa en el respeto de la personalidad cultural de los países americanos y demanda su estrecha cooperación en las altas finalidades de la cultura humana".

Los estudios a que acabo de referirme despiertan en nuestros pueblos un creciente eco de simpatía. Atestiguan hoy esa simpatía la presencia del señor presidente López Mateos, que ha dado todo su apoyo a la iniciativa a que acabo de referirme, y la visita a México del señor Embajador don José A. Mora, en quien saludamos no solamente al Secretario General de la Organización de los Estados Americanos, sino al internacionalista eminente y al hombre culto, fino y cordial que tiene ya entre nosotros tantos amigos. Nos acompañan también aquí los señores embajadores de las naciones americanas. A todos y a cada uno expreso nuestra gratitud por su voluntad de cooperación. Unos y otros aprecian seguramente la trascendencia de este programa, preparado para contribuir a mejorar el nivel de vida de la población y aumentar la capacidad productiva de los países del Continente.

LA REVISIÓN DE LOS PLANES
EDUCATIVOS *

DENTRO de los principios establecidos por nuestras leyes, nos reunimos hoy para revisar algunos de los planes de estudio y de los programas escolares vigentes en el país. El propósito que señalo exigirá del Consejo una gran voluntad patriótica, un concienzudo trabajo técnico y una actitud intelectual y moral de constante objetividad. En efecto, en el conjunto de los planes y los programas de un régimen de enseñanza descubrimos las huellas de muchas vicisitudes de nuestra historia. En cuanto intentamos modificarlo, sentimos una inquietud semejante a la de algunos campesinos del Lacio, al mediar el Renacimiento. No sabían, cuando tropezaba su arado dentro del surco, si el obstáculo era solamente una piedra inútil, o el mármol de un busto antiguo, digno de respetuosa conservación.

Al releer los planes y los programas en que se funda el trabajo de nuestras escuelas, no siempre resulta fácil determinar con exactitud qué conceptos proceden de un pensamiento al que ofrecemos nuestro homenaje (el de un Gabino Barreda o un Justo Sierra; el de un Antonio Caso o un José Vasconcelos; el de un Moisés Sáenz o un Rafael Ramírez) y cuáles otros yacen en sus renglones por mera inercia administrativa.

Necesitamos obrar con espíritu de continuidad, pero sin tímidos conformismos. Un sistema de enseñanza se distingue primordialmente por la respuesta que proporciona al conjunto de circunstancias en que se aplica. Cuando el progreso cambia las circunstancias, se impone una revisión de muchos de los programas educativos. Esto es verdad no sólo para nosotros y entre nosotros. Un mundo en evolución tan acelerada no tiene derecho a desconocer los problemas que entraña esa evolución, ni debe menospreciar los instrumentos que sus conquistas científicas le deparan. Vivir en la segunda mitad del siglo XX es un privilegio y, al mismo tiempo, una gran responsabilidad. Una gran responsabilidad porque nunca había tenido el hombre mayores obligaciones, ni aceptado mayores riesgos. Un privilegio, porque nunca había dispuesto la humanidad de tantas posibilidades materiales y de recursos técnicos tan valiosos.

Al considerar las metas educativas que la Constitución señala, pensamos en el tipo de mexicano que habremos de preparar en nuestros planteles. Un mexicano en quien la enseñanza estimule

* Discurso pronunciado, en la Sala Manuel M. Ponce, el 29 de julio de 1959 ante el Consejo Nacional Técnico de la Educación.

armónicamente la diversidad de sus facultades: de comprensión, de sensibilidad, de carácter, de imaginación y de creación. Un mexicano dispuesto a la prueba moral de la democracia, entendiendo a la democracia "no solamente como una estructura jurídica y un régimen político", siempre perfectibles, sino como un sistema de vida orientando "constantemente al mejoramiento económico, social y cultural del pueblo". Un mexicano interesado ante todo en el progreso de su país, apto para percibir sus necesidades y capaz de contribuir a satisfacerlas —en la cabal medida de lo posible— merced al aprovechamiento intensivo, previsor y sensato, de sus recursos. Un mexicano resuelto a afianzar la independencia política y económica de la Patria, no con meras afirmaciones verbales de patriotismo, sino con su trabajo, su energía, su competencia técnica, su espíritu de justicia y su ayuda cotidiana y honesta a la acción de sus compatriotas. Un mexicano, en fin, que, fiel a las aspiraciones y a los designios de su país, sepa ofrecer un concurso auténtico a la obra colectiva —de paz para todos y de libertad para cada uno— que incumbe a la humanidad entera, lo mismo en el seno de la familia, de la ciudad y de la nación, que en el plano de una convivencia internacional digna de asegurar la igualdad de derechos de todos los hombres.

¿Cómo y hasta qué punto responden nuestros actuales planes y programas a las intenciones que acabo de enumerar? He ahí la cuestión que propongo a vuestra consulta por encargo del señor presidente López Mateos. Por lo pronto, el Consejo tendrá que examinar esos planes y programas en lo que atañe a la educación preescolar y primaria y a las enseñanzas secundaria y normal. Los primeros temas que apunto parecen fáciles de definir, pero abundan en serias dificultades. Se trata de mejorar la educación que reciben los niños de nuestro pueblo. Y se trata de mejorarla tomando en cuenta que, en las actuales condiciones, la inmensa mayoría de nuestros compatriotas no tiene sino una oportunidad escolar: la que le ofrece el plantel primario. Eso cuando la tiene, pues muchos niños carecen todavía de aula y de profesor.

Procede recordar esa situación para no incurrir en dogmáticos pedantismos. Advertimos, en nuestra escuela primaria, dos males complementarios: la insuficiencia en el orden adoptado para seleccionar y jerarquizar los temas, y la superficialidad en la forma de exponerlos y coordinarlos. El primero exige un mayor esfuerzo de síntesis. El segundo reclama un más cuidadoso rigor de análisis. Tendremos que eliminar —aunque nos pese— muchos detalles, muchas referencias y muchos nombres, para orientar la atención del educador hacia tres metas esenciales: que el niño conozca mejor que ahora el medio físico, económico y social en que va a vivir, que cobre mayor confianza en el trabajo hecho por sí mismo y que adquiera un sentido más constructivo de su responsabilidad en la acción común.

Habremos de equilibrar el tiempo destinado a la información y el destinado a la formación propiamente dicha, disminuyendo tal vez las horas que el niño invierte en escuchar a su profesor, y aumentando aquellas en que, bajo la dirección de su profesor, el niño —por sí solo o en grupo— realiza una actividad que le estimula a comprender lo que el maestro quiere enseñarle y a retener lo que así ha aprendido merced a un procedimiento más eficaz que el de la memoria de la palabra: la memoria de la experiencia.

El estudio que me permito recomendaros nos inducirá muy probablemente a abrir, en los planes y en los programas, una puerta mucho más amplia a los elementos locales y regionales, tan vigorosos en nuestro pueblo. Conviene que la unidad del propósito nacional no imponga al educador una vana uniformidad en los medios y los ejemplos de la enseñanza. Se advierte en determinadas ocasiones, dentro de los planes de estudio y de los programas, un predominio del Distrito Federal. Contra esa inclinación centralizadora habremos de resistir incesantemente.

Os invito a reflexionar acerca de las diferencias que existen, desde el observatorio del pedagogo, entre el medio rural y el ambiente urbano. Queremos que la escuela de tal o de cual poblado, de ochocientos o mil vecinos, sea tan mexicana y tan útil como cualquier buena escuela capitalina, pero sucede que no podrá serlo totalmente del mismo modo, dentro de una utópica identidad, y que una voluntad de unificación sistemática tropezará en muchos casos con singulares dificultades de adaptación.

Frente a nuestro legítimo anhelo de consolidar —como mínimo— una escuela primaria de seis grados para todos los mexicanos, quisiera también que meditarais sobre la circunstancia de que, en múltiples casos, esa escuela primaria completa continúa siendo una aspiración. La deserción escolar —que es un hecho incontrovertible, incluso en las zonas urbanas— adquiere, en el campo, proporciones muy significativas. Se me dirá que, por insuficiencia en el número de aulas y de maestros, en las zonas rurales la mayoría de los niños no puede seguir sino los primeros dos o tres grados. Pero ¿estamos en condición de asegurar que, si todos los planteles contasen con el personal y las aulas indispensables, disminuiría en poco tiempo la deserción? ¿No percibimos, acaso, que el principal motivo es de carácter económico? En incontables comunidades, el aumento del número de maestros no atenuará, como por ensalmo, las privaciones de las familias. Y son esas privaciones las que inducen a muchos padres a preferir, para sus hijos menores, algún trabajo remunerado, por modesto que sea el salario que se le asigne.

Varias son las conclusiones que podríamos deducir de esta situación. Una de ellas nos interesa directamente. En tanto llega a generalizarse el plantel primario completo, ¿no convendría, al revisar los planes, imaginar una mejor distribución de actividades y de estudios en los primeros cuatro grados, a fin de que, sin decapitar el futuro, atendiésemos de manera más efectiva a las demandas presentes de educación? No estoy proponiendo, en manera alguna, una escuela primaria de cuatro años; ni siquiera una instalación resignada al nivel de esa escuela breve, sino un ajuste del plan de estudios que tome en cuenta la realidad de esa deserción y que, por tomarla en debida cuenta, procure dar a los primeros años de la escuela primaria una unidad formativa fundamental. No reduciríamos en nada las oportunidades de quienes se hallan en aptitud de inscribirse en todos los grados. Pero no dejaríamos a los desertores tan desvalidos como lo están en la actualidad. Y los desertores son centenares de miles —no lo olvidemos.

No podréis limitaros a aconsejar una enmienda del plan de estudios sin renovar los métodos pedagógicos. El plan mejor concebido y los programas más coherentes quedarían en letra muerta si no revisarais también los procedimientos que exige su aplicación. Se ha hablado de plétora verbalista. Habremos de precavernos de ese gran riesgo con dos recursos, siempre fecundos: la precisión y la claridad. No os pido que adelgacéis indebidamente la sustancia misma, profunda y viva, de los programas. Pero, al eliminar lo superfluo, os ruego que tratéis de ordenar los temas en forma que ilumine a la vez su importancia intrínseca y su necesaria interdependencia, acentuando los puntos esenciales y relacionándolos entre sí más estrechamente, a fin de aumentar en intensidad los efectos educativos de la enseñanza. Para ello será preciso que los autores de los programas, desde el momento en que los formulen, prevean ya la necesidad de explicarlos, de comentarlos y de recomendar a los profesores los métodos pertinentes.

Importa que no tratemos jamás al niño como a un adulto en miniatura, colocándolo de manera arbitraria ante intereses, problemas, conflictos y situaciones que no corresponden a la psicología de su edad. Pero no importa menos esforzarnos por apreciar positivamente su inteligencia, su imaginación y su admirable poder creativo. Temo —y me excusaréis si me engaño— que no sean pocos, dentro y fuera de México, los profesores acostumbrados a subestimar las aptitudes de sus alumnos. De allí tal vez la superficialidad de que se quejan algunos padres de familia cuando inquieren lo que se enseña a sus hijos en las escuelas. Ocurre que el propio niño percibe a veces esa falta de consideración para cuanto puede entender, aprender y hacer. El periódico, el cinematógrafo, la televisión y la radio, la charla con los adultos, cuando no con sus compañeros, le instruyen en ocasiones más claramente —aunque, entonces, no sin desorden y con incitaciones que pueden perjudicarle— sobre ciertos aspectos de la existencia de su ciudad, del país y del mundo entero. Los planes y los programas generales no deben medirse en función de las personalidades excepcionalmente dotadas, a las que el maestro ha de saber fomentar; pero tampoco deben medirse en función de quién sabe qué torpe, indeciso y oscuro párvulo que nos resistiremos siempre a admitir como ejemplo y modelo de los niños de nuestro pueblo.

Reconozco la prioridad que merece, entre nosotros, la educación primaria. Sin embargo, no se limitarán a ella vuestros trabajos. Antes de la primaria, tendréis oportunidad de considerar la educación que ofrece el jardín de niños. Y, concluído el estudio de la primaria, habréis de emprender otra revisión: la de los planes y los programas de la segunda enseñanza.

La historia de la pedagogía mexicana se precisa, con especial relieve, en las doctrinas que han prevalecido acerca de la formación intelectual y moral de la adolescencia. Mencionaré, a este respecto, tres tendencias fundamentales: la de don Gabino Barreda, toda ella impregnada del concepto positivista; la de don Justo Sierra, que el gran ministro expuso en su discurso inaugural de la Universidad y la de don Moisés Sáenz y sus colaboradores, que no ha perdido adeptos muy distinguidos. La tesis de don Gabino Barreda se encuentra desarrollada en la carta que dirigió a don Mariano Riva Palacio sobre varios puntos relativos a la instrucción preparatoria. Conforme a su criterio científico, la enseñanza secundaria debía concebirse de acuerdo con un programa único, en el que la finalidad social general importaba más que la diversidad de las actividades que el estudiante practicaría en el ejercicio de su existencia. Más sensible al relativismo histórico, aspiraba don Justo Sierra a que la Universidad "hiciera suyos" a los elementos que la escuela primaria envía a la secundaria y que los "hiciera suyos" precisamente en la secundaria, mediante una doble serie de enseñanzas que se sucediesen "preparándose unas a otras, tanto en el orden lógico como en el cronológico y *tanto en el orden científico como en el literario*".

A los pocos años de establecida la actual Secretaría de Educación Pública, una nueva inquietud comenzó a expresarse. La segunda enseñanza no podía ya concretarse a fabricar candidatos para las Facultades de la Universidad. Se buscó entonces, una democratización de la escuela secundaria. La intención de los educadores que, al lado de don Moisés Sáenz, organizaron esa reforma fue muy plausible. Sin embargo, no todas las realizaciones alcanzaron a responder al propósito declarado. Y esto por razones que sería largo enumerar. Me detendré brevemente en tres: el tiempo asignado en total a la educación secundaria y al bachillerato, la dimensión de ciertos programas y la dificultad de una relación acertada entre la formación secundaria, el bachillerato y la vocacional técnica.

En un país con los problemas económicos que el nuestro experimenta, ¿cómo dar a la segunda enseñanza una duración mayor? Se tomó como base el lapso fijado para la instrucción preparatoria. Era de cinco años. Y se optó por dividir ese lapso en un período, de dos años, para el bachillerato (o la vocacional técnica); y otro, de tres, para la secundaria. Aceptado así, por rigor de las cosas, un límite estrecho, se hubiera podido evitar la multiplicidad de las asignaturas sujetas a examen y la abundancia excesiva de los programas. Pero los reformadores no operaban en el vacío. Los rodeaban censores para quienes la educación secundaria debía seguir ostentando una calidad —de prebachillerato académico— dentro de un estudio orientado, de preferencia, a la educación superior.

No deseo eximirme de la parte de responsabilidad que pueda en esto corresponderme. En efecto, cuando afrontamos en 1944 la revisión de los planes y los programas, no percibimos con toda la nitidez necesaria el riesgo de una congestión indebida en los que estábamos formulando para las escuelas de segunda enseñanza. Desde entonces, se han aligerado un tanto los cursos; pero no con la energía que demandaba tal determinación. Y es que una serie de intereses convergentes se opone a la coordinación deseada. En primer lugar, el interés de los maestros especializados, que estiman de buena fe el valor excepcional de la disciplina a que se dedican y a quienes preocupa la idea de perder determinadas horas de clase por semana, pérdida que —si se toman las medidas administrativas del caso— no los afectará. En segundo lugar, el interés de los autores de libros de texto, para quienes algunas reformas podrían implicar un perjuicio. Y hasta cierto punto, el interés de los propios padres de familia, que protestan ante el cúmulo de tareas señaladas a los alumnos, pero que desconfían —o desconfiarían— de una enseñanza de aspecto menos enciclopédico.

Durante un período de la vida en que lo que más debe interesar al maestro es suscitar la vocación de cada educando, afirmar su carácter y enseñarlo a pensar, adiestrándolo sobre todo en el uso de los instrumentos de la enseñanza, los planes y los programas obligan a los profesores a yuxtaponer en la memoria de sus discípulos nociones de todo orden, sin que puedan muchas de ellas arraigar en su personalidad por efecto y obra de la experiencia.

Para centrar a la educación secundaria en su más importante función —la formación de la adolescencia— procede completar la revisión del plan de estudios, de los programas y de los métodos pedagógicos, robusteciendo algunas "constantes": el conocimiento de las matemáticas, que enseñan a pensar con lógica y precisión; el de nuestro idioma, que asegura la claridad y la firmeza de la expresión oral y escrita; el adiestramiento práctico, que sólo se obtiene mediante el trabajo directo en los laboratorios y en los talleres; la educación física, que vigoriza el cuerpo;

y, como base y coronamiento a la vez de toda la estructura, la educación cívica, que esclarece la voluntad de una participación justa en los deberes de la solidaridad humana, nacional e internacional. A mi juicio, esta última —la educación cívica— ha de ser el triunfo mayor de la escuela entera, ya que, aunque expresada necesariamente en horas de lección o de actividad, no puede quedar circunscrita a las cátedras de "civismo", y, mucho menos, en ellas, a explicaciones jurídicas, más o menos persuasivas, o a generalizaciones verbales, más o menos elocuentes; porque son hechos y no palabras los que atestiguan la calidad de nuestra conducta y porque, en realidad, toda la enseñanza impartida en la escuela ha de conducir al alumno a la comprensión de su responsabilidad cívica ante la vida.

Simultáneamente con esos estudios y actividades, la escuela secundaria deberá proporcionar al educando una buena y clara información acerca de la geografía y la historia de su país y del mundo, conocimientos sustanciales (y actualizados) sobre las ciencias biológicas y físico-químicas, el aprendizaje de una lengua extranjera, y una efectiva oportunidad de expresión estética.

Con programas que el maestro pueda realmente cumplir y con "tareas" que el alumno pueda realmente llevar a cabo, una secundaria mejor integrada y más formativa no sólo evitará a los que no siguen otros estudios el sentimiento de frustración que los aflige frecuentemente, sino que contribuirá al éxito de las nuevas generaciones en sus carreras técnicas y universitarias, facilitará la capacitación magisterial y redundará en beneficio incuestionable para la organización de los cuadros docentes que tanto necesita la educación en el campo y en las ciudades.

Tránsito o terminal —terminal para los que no están en condiciones de obtener un adiestramiento superior; tránsito para los que pueden emprender estudios de alcance más duradero— la educación secundaria es el nervio de todo progreso cívico. Si la concibiéramos como un paso obligado al bachillerato, cometeríamos una equivocación. Y no sería nuestro error menos grande si la determinásemos como un simple apéndice de la escuela primaria. El exceso y el defecto de ambición son los peligros que nos amenazan en este caso. Ni jactancia, ni cortedad. Tendremos que defendernos de querer más de lo que podemos. Pero tendremos igualmente que defendernos de creer que no podemos todo lo que podemos. Aquí también deberéis poneros en guardia frente a la tentación de menospreciar las aptitudes de trabajo y de inteligencia de los adolescentes de nuestro pueblo. En un mundo que exige más y más de todos nosotros, sería en verdad absurdo que, con pretexto de simplificar los cursos, los hiciéramos delezenables e inoperantes. Escoger cuidadosamente las metas es nuestra obligación; pero escogerlas no ha de ser degradarlas.

Por fortuna, no avanzamos ahora sin precedentes. Más de

treinta años de experiencia magisterial son un recurso excelente para el trabajo de esta asamblea. Hay en ella quienes conocen muy bien lo que se hace en otras partes del mundo. Su concurso nos será del mayor provecho. Sin embargo, al evocar lo que realizan otros países, convendrá repetir en todo momento que no vamos a proyectar un plan de valor teórico, para presentarlo al aplauso de una academia, sino un plan aplicable a México, con respeto para los ideales y las realidades de nuestra Patria y elaborado en función de los requerimientos de nuestro pueblo.

El Consejo examinará, además, ciertas enmiendas propuestas al plan de estudios vigente en las Escuelas Normales de la República. Si menciono este punto al final de mi exposición no es, ciertamente, porque lo juzgue menos trascendental que los anteriores, sino —al contrario— porque lo estimo tan importante que no me parecería prudente que lo abordarais sin tomar muy en cuenta las conclusiones relativas a los planes correspondientes a los otros ciclos educativos. Necesitaremos adecuar la preparación de los nuevos maestros al nuevo tipo de educación primaria, robusto y ágil, que debería orientar en lo porvenir. Por otra parte, necesitaremos coordinar la enseñanza profesional del educador con el precedente que le brinda la secundaria. Nos percataremos así, una vez más, del estrecho enlace que siempre existe entre todos los grados educativos.

Hace años, al asistir en Monterrey al Segundo Congreso Nacional de Escuelas Normales, expresé una aspiración que la edad no ha disminuído. Queremos, dije —y vuelvo a decirlo ahora—, que el maestro sea ante todo hombre y no un compendio de fórmulas pedagógicas. Ahora bien, educar al hombre no significa sólo hacer llegar a su espíritu ciertos datos de la tradición y de la cultura, sino alentar sus facultades de creación merced al acicate de una enseñanza en que la vida se reconozca como problema: problema eterno, invención constante y perpetuo acoso de obligaciones privadas y colectivas. De semejante prueba no sale indemne quien no convierta a tiempo el legado de lo aprendido en aptitud personal de adaptación y renovación.

Se habla ahora de una peligrosa desorientación de la juventud. Y esa desorientación, por desgracia, existe. Pero no culpemos a la ligera sólo a los jóvenes. Algunos de sus males son el reflejo de defectos que prevalecen en muchos adultos contemporáneos: la frivolidad, la simulación, la inconstancia, el menosprecio de las virtudes "improductivas" y, especialmente, un febril anhelo de conseguir —a todo trance y en cualquier forma— goces, ventajas y lucros de orden material. No acusemos tampoco siempre a la escuela (y a la escuela exclusivamente) de los errores que exhibe una juventud abandonada a menudo a su indisciplina por la despreocupación y el ejemplo de sus mayores. Sin embargo —y aunque no sea la agencia única de la moral de la sociedad—

sobre la escuela recae una responsabilidad de carácter indeclinable. Enseñar a vivir dentro del amor al trabajo bien realizado y en la satisfacción del deber cumplido: enseñar a vivir inculcando en el que se educa un respeto humano, cordial y activo para los derechos de todos sus semejantes; enseñar a vivir en la libertad, pero procurando que cada alumno comprenda, sienta y cultive sus libertades como el efecto de los esfuerzos que ha de hacer para sustentarlas, y para sustentarlas sin detrimento de los demás; he ahí, sin duda, la gran misión que incumbe, en todas las aulas de la República, a los maestros dignos de comprenderla. A facilitar en lo posible esa gran misión deberán servir los planes y los programas que aquí se estudien.

Una observación general, antes de concluir: no deseamos que prevalezca en las deliberaciones del Consejo un criterio prefabricado, sino que cada proyecto sea discutido conforme a sus méritos. No pretendemos acertar al primer ensayo. Cuando se trata del alma de México, todo cuidado es poco y toda prudencia justificada.

Porque eso, señoras y señores, nada menos que eso es lo que ofrecemos a vuestra consideración: la posibilidad de dar a nuestro pueblo una educación más firme, más práctica y más activa; es decir: un alma más vigorosa.

¡Que callen, en este recinto, todos los egoísmos, incluso aquellos que no interpreten el deseo de hegemonía de un temperamento o de una persona, sino el entusiasmo de una modalidad peculiar de la inteligencia o de una disciplina formal de la profesión! ¡Que todos sepan aquilatar en el curso de sus debates la importancia de coordinar un sistema humano, del que sea el alumno realmente el protagonista y no sólo el sujeto, indiferente, dócil o resignado! ¡Que nadie ponga sus ambiciones de especialista por encima del respeto a la integridad del hombre —libre, justo, democrático y responsable— que hemos de fomentar en cada uno de los niños y de los jóvenes que van a nuestras escuelas!

Concluiré esta exhortación haciendo votos fervientes por el éxito de los trabajos que, en nombre de nuestro Primer Magistrado, os confía la Secretaría de Educación Pública. Robustecer, depurar y dar mayor eficacia a los planes que normarán los estudios de las nuevas generaciones de México es un supremo honor. Esperamos que vuestros consejos se inspiren siempre en la imparcialidad y en el patriotismo que exigen estas tareas y que, gracias a la renovación que nos proponemos, sea nuestra escuela cada vez más —como lo quería un admirable gestor de este Continente— sitio en el que, por efecto del conocimiento de sus derechos y por obra del cumplimiento de sus deberes, los ciudadanos futuros se realicen "desde la patria obtenida hasta la pensada, y desde los hermanos en la patria hasta los hermanos en la humanidad".

LA SOCIOLOGÍA Y LA PAZ *

MÉXICO os recibe, señores, con profunda y sincera satisfacción. Venidos de diferentes partes del mundo, hablando lenguas distintas, representando diversos modos de investigar e ilustrar los temas que os interesan, interpretando varios estilos originales de civilización y de cultura, nos habéis hecho el honor de venir a nuestro país a fin de considerar el desarrollo de una de las disciplinas intelectuales que más aliento requieren en estos años de tan prodigiosas conquistas técnicas y tan inestable equilibrio ético: la ciencia que se propone comprender y explicar el hecho social.

Cuando tratamos de proyectar una mirada de conjunto sobre la evolución del saber, nos preocupa la diferencia de ritmo con que han logrado avanzar las ciencias de la naturaleza por comparación con las llamadas ciencias del hombre. En el fondo, unas y otras alternan con nociones tan permanentes como la condición del linaje humano.

Por eso mismo, sorprende a veces pensar que, en su calidad de ciencia, la sociología resulte contemporánea del maquinismo. Siendo sus temas fundamentales antiguos como la historia, no se acertó a afirmarla, durante siglos, en su alta y auténtica jerarquía. Correspondió al XIX, tan calumniado, apreciar el verdadero valor científico de una disciplina que ahora enriquece, con sustanciales acervos, los anaqueles de nuestras bibliotecas.

En poco más de cien años, una legión internacional de sociólogos se ha esforzado por erigir estructuras y métodos ambiciosos, más o menos durables y sistemáticos. La división del trabajo, la imitación, el materialismo histórico, la sinergia social, la conciencia de la especie, el alma colectiva, el organicismo, la encuesta pública, el análisis monográfico, la interpretación de las estadísticas, y muchas otras tesis han desfilado por las páginas de los libros y han encontrado, en cátedras y academias, expositores inteligentes y fervorosos. Algunas han influído, con extraordinaria vehemencia, en la vida práctica de los pueblos.

En varias de esas doctrinas descubrimos la huella de lo que podríamos designar como el resto de un imperialismo científico hereditario. La biología (y, dentro de ella, la fisiología) no tardaron en querer anexarse el fenómeno sociológico.

No insistiré en el valor ejemplar de tales intervenciones. Sin embargo, una relación ha seguido manifestándose de manera muy significativa. Me refiero a la que observa el espectador entre la

* Discurso pronunciado el 31 de agosto de 1960 al inaugurar, en la ciudad de México, el XIX Congreso Internacional de Sociología.

investigación de lo colectivo y la investigación de lo individual. Sociología y psicología se comunican frecuentemente, y no siempre por sendas deliberadas.

Aquí también se impone a los investigadores —incluso a los más persuadidos de la autonomía esencial de su profesión— el acatamiento del humanismo, pues importa a cada especialidad del saber el tomar en cuenta la forma y la proporción en que sus hallazgos particulares pueden repercutir, en lo universal, sobre el equilibrio de las culturas. Cuanto más se encerrara el sociólogo en un perímetro ajeno al conocimiento concreto de la persona humana, mayormente lo agobiaría un determinismo rígido y sin escape. ¿Y qué acontecería con el psicólogo que, haciendo abstracción de las influencias —incontables y reiteradas— que ejerce la sociedad sobre el individuo, olvidara que el hombre es, ante todo, "animal político"?

Se ha repetido en todos los tonos que el hombre no puede vivir sino en sociedad. Cuando se desprende de ella, como en el caso de Robinsón, la prolonga con artificios y la perpetúa indirectamente. He ahí, sin duda, una advertencia para el psicólogo. Pero ocurre, asimismo, que la sociedad está hecha de hombres y de mujeres de carne y hueso y que las normas sociales más flexibles dejan siempre una puerta abierta a esa imaginación de la especie que es la invención del genio, la evasión singular, misteriosa y egregia del individuo por el espíritu.

Ésta, señores, constituye una advertencia también para los sociólogos; advertencia que Max Scheler parecía ya señalarnos cuando indicaba que la grandeza de la ciencia estriba en que el hombre aprende, gracias a ella, "a *contar* cada vez en mayor medida *consigo mismo*". Existe, en efecto, un enlace insustituible entre el destino del grupo humano (municipal, regional, nacional o continental) y el destino de cada una de las personas que en ese grupo —en el que aparentemente se pierden y se confunden— en verdad y sin tregua se configuran.

Acaso el mayor problema de la etapa histórica que vivimos consiste precisamente en la dificultad de tender un puente sólido y accesible entre lo que somos como personas, lo que aspiramos a ser como ciudadanos y lo que debiéramos ser como miembros de la comunidad mundial en cuyo proceso, sin que muchos lo adviertan, todos y a toda hora participamos.

Por eso resulta tan importante que se celebren, en el plano internacional más amplio y más desinteresado, congresos como el que ahora se reúne en nuestro país. Es posible que la paz de mañana no sea el producto de la concordancia a que lleguen, en sus debates, sabios tan distinguidos como vosotros. Pero si la paz de mañana sigue pendiente de la voluntad de armonía de las potencias, la paz lejana, la perdurable —la que habrán de erigir, con inteligencia, audacia y abnegación, los pueblos y los gobiernos— será la obra de muchas generaciones dispuestas a defender el valor de la sociedad sin menospreciar el valor del hombre, y capaces de organizar para cada hombre, por modestas que sean sus cualidades, un lugar de justicia en la sociedad. En la formación de esas nuevas generaciones, corresponderá a la sociología una función esclarecedora de gran relieve.

México, entre cuyos investigadores —desde antes de los días ilustres de Antonio Caso— el estudio de la sociología ha encontrado maestros autorizados y discípulos entusiastas; México, en el que trabaja una Asociación de Sociología que ha organizado varios Congresos Nacionales de positivo interés científico; México, en cuyo pueblo la voluntad de ser libre es y ha sido siempre aceptación viril de las responsabilidades individuales y colectivas que supone la libertad, os saluda por mi conducto muy cordialmente. Y hace votos porque esta asamblea contribuya al desenvolvimiento de una sociología que sirva al hombre, en su biografía perecedera, y que robustezca a la vez la solidaridad del género humano, en su imperecedero afán de superación.

FUNCIÓN SOCIAL DE LAS
UNIVERSIDADES *

AL INVITARME a dirigiros la palabra en esta reunión recordasteis, probablemente, que una fortuna singular me ha permitido asistir a las tres conferencias celebradas por vuestra Asociación: la de Niza, en 1950, la de Estambul, en 1955, y ésta, a la que México se complace en brindar la hospitalidad de su capital. Comprenderéis que mis primeras palabras sean para expresaros mi aprecio y mi gratitud.

No he olvidado el día de diciembre de 1950 en el que, como Director General de la UNESCO, tuve la honra de saludar en Niza a los fundadores de esta institución. En el mensaje que dirigí a los miembros de su asamblea constitutiva, mencioné algunos de los problemas que han continuado inspirando vuestras meditaciones. Éste, por ejemplo: ¿cómo establecer, entre la enseñanza universitaria y la gestión nacional e internacional de cualquier país, una relación que, por respetuosa de la objetividad científica, no degenere en estériles demagogias y que, por libre, por razonada y por efectiva, informe suficientemente a los jóvenes acerca de los deberes que les incumben, no sólo ya como candidatos a médicos o ingenieros, abogados o economistas, químicos o arquitectos, sino como candidatos a ciudadanos cabales; es decir: como candidatos a hombres de verdad, de justicia y de bien?

Los valores que las universidades custodian —decía yo en aquella ocasión— son como seres vivos: crecen cuando se desarrollan, pero decaen cuando se conforman pasivamente con subsistir. Por estimable que sea el celo que pongamos en conservarlos, no los preservaremos si no nos sentimos dispuestos a defenderlos, ni los afirmaremos si no nos preparamos a realizarlos en la acción y para la acción. Limitarnos a custodiarlos sería tanto como aceptar su paulatino y fatal desfallecimiento. A la universidad-museo, preferiremos siempre la casa de estudios viva, conciencia clara en la que resuenan las inquietudes que la realidad propone a los hombres como problemas: como problemas que necesitamos considerar con modestia, para poder afrontarlos, después, con tenacidad.

Han pasado casi diez años desde la conferencia de Niza. Y, no obstante, las cuestiones que solicitaban la cooperación de los universitarios de todos los continentes siguen acosándonos sin

* Discurso pronunciado el 12 de septiembre de 1960 ante la Tercera Reunión de la Asociación Internacional de Universidades efectuada en México, D. F. (Ciudad Universitaria.)

reposo. Así lo prueban los temas que escogisteis en Estambul para vuestras deliberaciones de México. Y es que, como me permití repetirlo en 1955, a orillas del Bósforo, el sabio y el humanista tienen ahora un gigantesco programa por realizar en común: la integración del hombre a la escala del mundo actual, el señorío del espíritu humano sobre las fuerzas que ha ido venciendo su inteligencia.

¿Qué son dos lustros frente a un programa de magnitud tan extraordinaria? Desde el observatorio que nos depara la segunda mitad del siglo xx, nos damos cuenta de las inmensas posibilidades que la centuria nos proporciona y, al mismo tiempo, nos acongojan los errores que han impedido a los pueblos utilizar concertadamente muchas de esas posibilidades para el progreso social, económico y cultural de toda la humanidad. Dos convulsiones mundiales (las de 1914 y 1939) deberían habernos ya demostrado hasta qué punto una convivencia justa sólo podrá obtenerse merced a la decisión de ganar la paz, cada día y cada minuto, con la misma intrepidez y con el mismo fervor que las naciones consagran, cuando estalla la lucha armada, a la necesidad de ganar la guerra.

Ninguna paz verdadera se funda en el ocio y el egoísmo. En consecuencia, mientras no nos sintamos todos solidarios de la obra espiritual y del esfuerzo material que la paz requiere, seguiremos siendo islas infortunadas, soledades incompatibles, inconscientes y trágicos desertores de la unidad moral del género humano.

Ahora bien, nadie debe sentirse más solidario de todos que el que se yergue, por virtud del saber y la cultura, entre la vasta legión de sus semejantes. En pocos seres pueden vibrar tantos ecos de humanidad como en el artista, el filósofo, el sabio y el catedrático que modelan, entre las angustias y cóleras del presente, el rostro del porvenir. Por eso atribuimos los mexicanos tan noble alcance a la misión nacional e internacional de las universidades. Su nombre mismo implica un propósito universal. Su vocación mayor es de colaboración, de servicio, de entendimiento. Y de entendimiento no en la fácil comodidad de las transacciones sino en el arduo acuerdo de la verdad y la libertad.

Libertad y Verdad. He ahí, señores, los dos polos del eje universitario. Libertad para proseguir en la búsqueda eterna de la verdad. Verdad en la afirmación de las responsabilidades sociales, morales e intelectuales que impone la libertad.

"El hombre —opinaba Nietzsche— es el animal *que puede prometer*". Se alían en esta fórmula las dos cualidades cimeras de la experiencia universitaria. En efecto, si la promesa no supusiese, por verdadera, el cumplimiento efectivo que la confirma, sería irrisoria. Por otra parte, nada atestigua nuestra confianza en la libertad como el hecho de poder limitarla conscientemente

1087

merced a la aceptación del deber futuro que representa toda promesa.

Me he detenido en estos comentarios porque veo en ellos el común denominador de las tres cuestiones a cuyo estudio consagrasteis vuestra reunión de 1960: *la universidad y la responsabilidad en la vida pública, la interacción de ciencias y humanidades y la expansión de la enseñanza superior.* Esos temas se hallan vinculados unos a otros estrechamente. En efecto, al abarcar cada año a un mayor número de jóvenes, lo que llamáis "expansión de la enseñanza superior" (que es, fundamentalmente, un fenómeno cuantitativo) obliga a mejorar cada año más los aspectos cualitativos de esa enseñanza; el cuidado que tales aspectos exigen obliga a su vez a buscar una solución al problema que plantea el progreso técnico cuando no lo acompaña el sentido del humanismo y, finalmente, la necesidad de encontrar una solución adecuada a tan delicado problema obliga a quienes la buscan a meditar sobre las repercusiones que puede tener esa solución en la vida pública —nacional e internacional— de cualquier país.

Si pensamos en los sacrificios que implica para los pueblos el mantenimiento de un buen sistema universitario, si advertimos cuán pocos son todavía (a pesar de la expansión de que habláis, e incluso en las colectividades mejor dotadas) los que aprovechan ese sistema y si recordamos a las mayorías que por deserción escolar, por insuficiencia económica o por otras razones, siguen considerándolo un privilegio, comprenderemos que la primera cuestión —¿cómo puede servir la Universidad a la vida pública?— condiciona muchos de los argumentos filosóficos y científicos que acuden a la mente para tratar los otros dos temas.

La misión suprema de la Universidad no es la de actuar tan sólo como un conjunto de facultades y de laboratorios a los que asiste un número más o menos considerable de posibles beneficiarios sino la de constituir un centro en verdad orgánico —de pensamiento y de acción— para la transmisión y el renuevo de la cultura.

Se quejaba Ortega y Gasset, hace treinta años, de que la enseñanza llamada superior se hubiese ido restringiendo prácticamente a la preparación de profesionales y de investigadores. A ese respecto, observaba que, como excusa ante la presión cada vez mayor de los especialistas, los programas contienen siempre algunos cursos de "cultura general". La asociación de estas dos palabras le inquietaba fundadamente. "Cultura —escribía entonces— no puede ser sino general." Y concluía que el uso de semejante expresión revela más bien el escrúpulo "de que el estudiante reciba algún conocimiento ornamental y vagamente educativo de su carácter o de su inteligencia". Antes que Ortega y Gasset, Justo Sierra había reclamado ya para el universitario esa formación desinteresada que no estriba en el desarrollo de las meras funciones profesionales, sino en la continuidad y el renuevo de la cultura. "Nosotros (proclamaba en un párrafo memorable del discurso que pronunció al inaugurar la Universidad Nacional de México) no queremos que en el templo que se erige hoy se adore a una Atenea sin ojos para la humanidad y sin corazón para el pueblo."

Lo dicho por el gran ministro de Instrucción Pública es válido todavía. "Sin ojos para la humanidad y sin corazón para el pueblo", la enseñanza superior conduciría a los educandos a una tecnocracia desencarnada. Si el régimen de los "mandarines" antiguos —eruditos, librescos y formalistas— fue inadmisible, porque paralizaba la vida y oponía protocolarios diques retóricos a su caudal de renovación, ¿qué resultaría del monopolio ejercido por otra serie de "mandarines", técnicamente indispensables, a los que la competencia exclusiva en tal o cual especialidad hubiese logrado desintegrar del interés cotidiano por los problemas de su tiempo y por la condición de los hombres de su país?

Atravesamos una crisis dramática del espíritu. Ambiciosos de saber para más poder, olvidamos frecuentemente que lo que da al poderío material su más fecundo significado es la aptitud de emplearlo para bien de la humanidad.

Ciertamente, las universidades no tienen la culpa del abuso que suele hacerse de los descubrimientos que sus laboratorios propician o de las técnicas que propagan sus enseñanzas. Querer detener la ciencia por miedo a la desviación de sus resultados sería la peor confesión de incapacidad. Pero, precisamente porque la ciencia es incontenible, conviene que las universidades no descuiden jamás su función rectora, en lo social, lo moral y lo cultural. Al fomento de las fuerzas de transformación que la ciencia permite en sus institutos, han de saber agregar el cultivo de esas cualidades imprescindibles de ciudadanía responsable y de acrisolada rectitud ética que pueden servir de freno al uso sin restricción de tan grandes fuerzas.

Nunca la historia se había encontrado en la necesidad de operar con volúmenes demográficos tan enormes. Frente a la coherencia de grupos tan densos y tan compactos de población, pocas veces se había sentido tan sola y tan desvalida la inteligencia, cuando se rehusa a comprometerse en la acción. Y, por contraste, que parecería paradójico, pocas veces la habían solicitado tan insistentemente, con la intención de comprometerla, en su beneficio, las grandes concentraciones políticas del poder y de la riqueza.

En tales circunstancias, volvemos los ojos a las universidades de todos los pueblos y esperamos de ellas una participación decidida en la elevación del nivel moral de la época en que vivimos. Para compensar esa situación de la inteligencia, a que antes me refería, importa mucho a la juventud de todas las razas y todos los continentes robustecer la cultura humana, dentro de un espíritu de concordia y de colaboración universal.

De ese espíritu de colaboración universal deben ser testimonio cada día más eficiente las casas de estudio donde se imparten las enseñanzas más prestigiosas. Casas de estudio, sí. Casas de inteligencia, innegablemente. Pero, al mismo tiempo, casas de solidaridad social en cuyos recintos aprenda el hombre a comprender su destino propio y a servir el de todos sus semejantes. Casas, por consiguiente, de paz activa, donde se formen buenos investigadores y buenos especialistas, pero sin olvidar que al mejor especialista y al más atrevido investigador los completa siempre —y los perfecciona— la voluntad de justicia en las relaciones sociales que sus trabajos pueden y deben favorecer.

No estoy seguro, señores, de haber interpretado, en este discurso, las preocupaciones mayores que precisaron vuestros debates. No fue ésa, tampoco, mi pretensión. Quise expresaros muy francamente un punto de vista que ni siquiera es particular, pues millones de hombres sobre la tierra saben —o por lo menos presienten— que el progreso de la civilización mundial dependerá cada día más del equilibrio que la enseñanza pueda otorgar a los directivos de las nuevas generaciones. Equilibrio entre las humanidades y las técnicas. Equilibrio entre las cualidades de la inteligencia y las del carácter. Equilibrio entre el pensamiento y la acción. Equilibrio entre el fervor por la libertad y el respeto de las responsabilidades que implica la libertad. Equilibrio, en fin, entre el desarrollo de la persona, la fidelidad a la Patria y la solidaridad para todo el linaje humano.

Por eficaz y valioso que sea el esfuerzo aislado de cada Universidad, nos damos cuenta de que otros esfuerzos —en dirección opuesta a la suya— circunscriben su influjo y, por momentos, lo disminuyen. Por eso mismo, una asociación internacional de universidades constituye, para el mundo de hoy, una defensa contra muchos peligros que, por rutina, o automatismo, o intolerancia, amenazan la independencia del pensamiento. La autoridad de una asamblea como ésta es excepcional porque no emana de una voluntad de poder político o económico, sino de una voluntad desinteresada de armonía por el espíritu. Digna de su pasado, la institución que representáis está llamada a un futuro de generosas realizaciones.

Nos congratulamos de que México haya ofrecido el marco moderno de su antigua y noble Universidad a vuestra tercera reunión. Y hacemos los votos más fervorosos por vuestra dicha personal, por vuestro acierto de educadores y por la cooperación cada vez más fecunda de las casas de estudio en cuyo nombre habéis venido a compartir con nosotros, durante algunos días, la fraternidad del esfuerzo, de la inquietud y de la esperanza.

FIDELIDAD DE LA PATRIA *

Los PUEBLOS no se equivocan al considerar el valor de sus grandes celebraciones. Así, aunque el nuestro recuerde con efusión, cada mes de septiembre, dos días faustos —el 16, aniversario de la iniciación, y el 27, aniversario de la consumación de la independencia—, el fervor que dedica a conmemorar la proeza del padre Hidalgo tiene un sentido especialmente lúcido y generoso. Más aún que gozarse en acariciar el laurel del triunfo, México se enorgullece de honrar a quien con audacia y con heroísmo supo ofrecer su existencia entera a la profecía de la nación y el sacrificio de su persona al advenimiento espléndido de la Patria. No; en la prueba vital del tiempo, los pueblos no se equivocan. Y el nuestro acierta cuando sitúa, como aurora de su desenvolvimiento político, el despertar magnífico de Dolores. Apreciamos al que cosecha, pero nos inclinamos ante el que siembra. Y eso fue Hidalgo: un sembrador intrépido de ideal.

Al proporcionarnos el testimonio de lo que ha podido realizar nuestro pueblo en treinta lustros de acción fecunda, esta fiesta cívica nos induce a advertir cuánto espacio media entre la nación que pertenecía (casi completamente, en su albor histórico) a la sustancia ingrávida del anhelo, y la nación tangible, sólida, organizada, que ha tenido que hacerse con alma y cuerpo: en el fuego, como se funde el bronce, o —como se labra una estatua— a golpes de cincel y de voluntad. En la obra colectiva, los esfuerzos de cada uno se han confundido de tal manera con los de todos sus compatriotas que no acertaría nadie ya a desprender, de la integridad de nuestro pasado, lo que fue músculo singular, nervio, lágrima o sangre particulares, y lo que fue y sigue siendo augurio, vehemencia y aliento de todo un país en marcha.

A ciento cincuenta años del día en que Hidalgo llamó a los fieles de su parroquia a fin de anunciarles la libertad, nos aproximamos —persuadidos y reverentes— a la columna erigida para simbolizar nuestra independencia. Y, con palabras o en silencio, nos preguntamos si hemos cumplido el deber ingente que el holocausto del Padre de nuestra Patria señaló por igual a todos los mexicanos.

Esa pregunta da su cabal dimensión a esta ceremonia. Si tratásemos de acallarla, protestarían nuestras conciencias, porque un aniversario de la calidad del que nos congrega constituye una cita austera con lo mejor de nosotros mismos; y nos invita ineludiblemente a comparar lo que somos hoy con lo que nuestros predecesores desearon que fuésemos algún día. Esa pregun-

* Discurso pronunciado ante la columna de la Independencia, el 16 de septiembre de 1960.

ta, inquietante siempre, debemos hacérnosla con rigor. Y podemos contestarla con entereza.

Durante siglo y medio, México se ha esforzado por ser lo que debe ser. Califica a nuestras más hondas aspiraciones una espontánea y sencilla preocupación de autenticidad humana. País genuino, México tiene pleno conocimiento de sus flaquezas; pero, consciente de su vigor, está resuelto a vencerlas, una tras otra, conforme al modo que le es más propio, sin presiones extrañas a la voluntad persistente de su existencia y de acuerdo con su estilo característico de pensar, de querer y de convivir.

No valen tanto los hombres y los Estados por lo que creen que representan; ni siquiera, en términos absolutos, por el disfrute de lo que tienen. Valen, esencialmente, por lo que son. Y, en lo que somos, manda el espíritu. Ahí, en las horas más peligrosas, cuando nos sentimos perdidos en el desierto o a punto de olvidar nuestro rumbo en la tempestad, lo que nos salva a la postre es la confianza con que afirmamos los principios fundamentales de nuestra vida. Ellos son para las naciones lo que la brújula es para los viajeros; determinan y marcan su orientación.

En un siglo y medio, entre alarmas y desconciertos, pero también entre júbilos y entusiasmos, hemos podido apreciar la calidad de nuestros principios. Están inscritos en las páginas más honrosas de nuestra historia y no permitiremos que el desencanto los debilite o que la demagogia de intereses sectarios los adultere. Esos principios, elementales e inalienables, son nuestra fe en el pueblo y en el ejercicio de sus derechos, nuestra devoción a la libertad, nuestra creencia en la democracia y nuestra íntima certidumbre de que sólo dura y prospera lo que se construye con el trabajo, sobre la tierra firme de la justicia.

Cuando comparamos el ambiente en que nuestros libertadores templaron la energía de sus espíritus con el ambiente en que se desarrollan nuestras actividades, nos conforta ver cuánto hemos progresado. Y cuánto hemos progresado sin renunciar a la continuidad moral de nuestro destino. Esto solo supone un éxito incuestionable. En efecto, habríamos tal vez avanzado fácilmente si hubiésemos admitido prescindir de algunos valores que son timbre y esencia de nuestra realidad nacional. Pero ¿podríamos declararnos ufanos de haber avanzado así, con abandono o mengua de esos valores?...

México ha vivido entre múltiples amenazas. Una guerra de invasión lo despojó de una inmensa porción de su territorio. Otra estuvo a punto de convertirlo en un simulacro de imperio. Entre esos conflictos (y antes de ellos, y después de que terminaron) atravesamos dolorosas vicisitudes, asonadas y cuartelazos, fusilamientos y convulsiones, ostracismos y caudillajes. Pero, a pesar de tantas angustias, lo intransferible de México sigue en pie. No lo salvaron sólo sus héroes, sino millones y millones de mexicanos anónimos y tenaces, para quienes la libertad ha constituído una primogenitura que no se vende y la Patria un requerimiento de cada instante, y una misión que se cumple sólo cuando se lega, más depurada y más respetable, a las nuevas generaciones.

El recuerdo de esos millones de mexicanos es el que deseo invocar aquí: el recuerdo de millones de hombres y de mujeres humildes e infatigables, trabajadores de la Independencia, de la Reforma, de la Revolución, insurgentes siempre, pues la lucha por la independencia de México no ha cesado y, mientras sufran las masas desheredadas ignorancia, pobreza y enfermedad, seguirá resonando en las almas claras de nuestro pueblo el grito de redención que vibró en Dolores.

El que observa tan sólo la superficie de nuestra historia se sorprende ante el ir y venir de los sobresaltos, se extravía en la profusión de las impaciencias o se deslumbra frente al incendio de las pasiones. Pero el que no se resigna a permanecer en la superficie y —más allá de los episodios— busca una armonía lógica y necesaria entre las causas y los efectos de los fenómenos, alcanza a reconocer la honrada continuidad en que se precisa la evolución social de nuestro país. Según dijo —en su discurso de Cuzco— el señor presidente López Mateos, "la voluntad de ser independientes nos dio entidad propia, y nuestra fisonomía nacional quedó troquelada por la libertad y la dignidad sobre el metal del mestizaje".

La Reforma, la Revolución, los mejores esfuerzos contemporáneos son actos de una inconclusa gesta emancipadora. Atestiguan la perseverancia de un pueblo que, a través de influencias e imitaciones a menudo contradictorias, se ha encontrado en la obligación absoluta de preservar por sí mismo, día a día y constantemente, su derecho a ser lo que quiere ser.

Las intervenciones extranjeras (y, en repetidos casos, nuestras discordias) nos constriñeron a librar varias veces la misma lucha, abrir varias veces los mismos cauces y rescatar varias veces de la tormenta, como bandera herida pero gloriosa —y más gloriosa por más herida —nuestra esperanza en lo porvenir.

Después del 47, todo parecía esfumarse en el humo de la derrota. Y, sin embargo, México se rehizo. Sobre las ruinas, una generación admirable empezaba a reconstruirlo merced a la reforma de sus instituciones y de sus leyes, cuando otra invasión afectó cruelmente a nuestro país. Y, sin embargo, México se rehizo. Y la comunidad mexicana ganó de nuevo su guerra de independencia.

Por espacio de muchos años, una paz —que parecía de oro y era de hierro— incitó a creer a los teóricos de la fuerza que la dictadura había descubierto por fin el procedimiento práctico para instaurar un progreso exterior al pueblo, ajeno a sus intereses, a sus ideales, a sus propósitos. Y, sin embargo, México se rehizo.

1910 señaló, en las festividades del Centenario, las luces desfallecientes de un régimen caduco y, después, con el estallido de la Revolución, el alumbramiento de un nuevo día. Ese pueblo, tan silencioso, dejó el arado, volvió a combatir y a cantar por su tierra y sus libertades —y volvió a ganar su guerra de independencia.

Pocas historias tan desgarradas; pero, en el fondo, pocas historias tan rectilíneas. Frente a obstáculos diferentes, una misma ola —la que nació en Dolores y se quebró en las Norias de Baján, que revivió con Morelos y pareció deshacerse en San Cristóbal Ecatepec, la que se tiñó en 1847 con la púrpura heroica de nuestros niños pero contuvo en Puebla a los invasores el 5 de mayo de 1862, la que un día se llamó Hidalgo, y también Morelos y Vicente Guerrero, y más tarde Benito Juárez, Melchor Ocampo, Francisco I. Madero, Emiliano Zapata, Belisario Domínguez, Venustiano Carranza y con tantos y tantos nombres como paladines ha levantado en nuestra República la voluntad de perseverar— sí, una misma ola, impetuosa y alta, señala indefectiblemente la dirección de nuestro destino.

E incluso ahora, en este aniversario solemne, no venimos a declararnos conformes ni satisfechos. La independencia que aseguraron nuestros mayores, las libertades que estamos consolidando, constituyen sobre todo para nosotros un desafío: el de cumplir con los compromisos de valor y de actividad, de civismo y de persistencia, que la majestad de la Patria en obra impone a todos sin excepción.

Un país no se afirma nunca en razón de una sola hazaña, con la euforia de un solo triunfo y merced a una sola y brusca expresión de la voluntad. La historia entera del hombre es la descripción de un ascenso lento e incomparable hacia ese equilibrio supremo de libertades morales, intelectuales y materiales, que cada colectividad y cada conciencia deben saber afianzar sin premuras y sin desmayos.

Todas las horas de nuestra vida han de guiarnos en la ardua empresa de forjar la constancia de la nación. No basta con declararnos independientes. La independencia lograda y la libertad poseída peligran cuando los pueblos no se sienten dispuestos a renovarlas con todas sus acciones y todos sus pensamientos.

Durante determinados periodos, padecimos no sé qué falta de convicción en nosotros mismos. Cuanto en la vida de nuestro pueblo constituye color y gracia, música y ardimiento, sensibilidad y carácter, poesía y perdón, fue ignorado o menospreciado por los núcleos sociales más influyentes de ciertas generaciones y encubierto con máscaras adventicias. Esa importación de disfraces, en lo político sobre todo, delataba una amnesia absurda de nuestra historia. Algunos de nuestros predecesores (y no hablo aquí de los precursores, porque no todo predecesor es un precursor) vivieron como el viajero sin equipaje que nos describe un célebre dramaturgo; ansiosos de apropiarse un pasado ajeno, e interesados en descubrir, más aún que su hogar legítimo —eliminado de su memoria— una circunstancia extranjera capaz de justificar, no sin artificio, las ambiciones más egoístas de su presente.

Sin embargo, la fidelidad popular ha vencido siempre a los fabricantes de historias falsificadas. De esa fidelidad popular está hecha nuestra mejor resistencia a las copias intrascendentes. En nombre de ciertas modas, las clases afortunadas de ciertas épocas trataron de negar y desconocer la realidad de lo nacional. Pero, escuchando el sentir del pueblo, han entendido nuestros intérpretes más veraces que no se alcanza lo universal sino por lo humano y que sólo siendo genuinamente podremos asegurar un estrecho enlace entre lo nacional, que no es siempre lo pintoresco, y lo universal, que no es en verdad lo cosmopolita.

Sin complejos —de superioridad en la petulancia, o de inferioridad en la imitación— descubrámonos día a día. Y avancemos sinceramente en el conocimiento concreto de nuestro ser. Así lograremos perfeccionarlo, prolongando una trayectoria que, de la Independencia a la Reforma y de la Reforma a la Revolución, pasa por los momentos más luminosos y por las conciencias más limpias de nuestra profunda unidad política: la que no deberá interpretarse nunca como un vano y precario acuerdo entre oposiciones calladas y recelosas, ocultas en apariencia para mejor combatirse en la oscuridad, sino como insobornable y ferviente alianza de todas las fuerzas patrióticas del país, resueltas a defender en común la integridad moral y material de México, con respecto de los valores por los que México ha pugnado incansablemente y que no podríamos traicionar sin perder nuestro honor civil y sin abdicar de nuestra personalidad histórica inconfundible.

No basta, por ejemplo, en día como el de hoy, recordar a Hidalgo. Hay que hacer, silenciosa y modestamente, pero con tenacidad y con valentía, algo que nos otorgue el derecho de recordarlo. Ser los ejecutores de sus designios representa para nosotros un ínclito compromiso. La mejor manera de honrarlo es luchar por él y por lo que él quiso para su pueblo. Tampoco basta con declarar que amamos a nuestra Patria; porque amarla ha de ser trabajar para engrandecerla. Y cuanto más repitamos que la queremos, más tendremos que construirla al tamaño de nuestro amor.

Conocemos las grandes necesidades que todavía apremian a nuestro pueblo. Hemos sufrido con sus heridas. Tocamos, en carne propia, sus cicatrices. Apreciamos sus incontables aspiraciones. Y comprendemos que nada le ofendería tan duramente como la vanagloria de las palabras, porque la vanagloria de las palabras supondría, en ceremonias como ésta, una actitud de ignorancia o de indiferencia frente a su afán varonil de superación. De superación en la cultura, por la multiplicidad y el mejoramiento de las escuelas, de las universidades, de los institutos técnicos, de las bibliotecas públicas, de los museos y de las salas consagradas a las diversas manifestaciones de las bellas artes. De superación en la fuerza y en la salud, por el combate contra la enfermedad y la desnutrición de los desvalidos. De superación en la economía, por las fábricas y las refinerías, las carreteras y las presas, las centrales eléctricas y los campos petrolíferos, los laboratorios y los talleres, los ferrocarriles, los astilleros y los aeródromos: baluartes imprescindibles de independencia para cualquier colectividad que no se resigne a vivir en el coloniaje —ostensible o disimulado— de los monopolios enormes de nuestro tiempo. Y sobre todo, de superación en la convivencia, por la concordancia pacífica y positiva de nuestros hechos con los ideales que proclamamos: dentro del país, como habitantes de una república autónoma, y sobre la faz de la tierra como hombres dignos de cooperar con todos los hombres libres en la organización internacional de una vida justa.

Si evoco, por consiguiente, nuestro pasado no es sólo para exaltarlo. Es para invitar a mis compatriotas a continuarlo; a continuar junto con Hidalgo y todos sus insurgentes, junto con Juárez y todos los hombres de la Reforma; junto con Madero y todos los hombres de la Revolución, el camino que va del país incierto y predestinado que se buscaba a sí mismo en el ocaso del virreinato, hasta el país cierto y determinado que afirmará su grandeza definitiva con la unión de todos los mexicanos en la democracia y en el progreso.

Porque eso, Padre Hidalgo, venimos a reiterarte al pie de este monumento, a los ciento cincuenta años de tu llamado a la libertad. A tu voz responderemos todos los días con lo más acendrado de nuestra pasión por México. Soldados somos de tu batalla; pero no para destruir lo que era necesario y urgente que sucumbiese, sino para servir lo que es menester ahora que mantengamos: la fraternidad de una patria unida, abierta a todas las claridades del pensamiento y accesible a todas las formas nobles de humanidad.

En estos quince decenios ¡cuántos pesares han encontrado consuelo en tu remembranza! Te prometemos luchar sin tregua contra todo lo que pudiese, por egoísmo, por mezquindad o por cobardía, detener en su avance a nuestros hermanos. Seremos laboriosos para ser fuertes; fuertes para ser libres; libres para ser justos. En la lucha por la prosperidad de México, te llamaremos —de nuevo y siempre— nuestro adalid.

Por fortuna, no sólo penas buscan refugio a la sombra de tu recuerdo. ¡Cuántos anhelos llevan entre nosotros tu nombre prócer! Un nombre que por sí solo anunciaba a nuestro país normas y métodos de hidalguía: hidalguía en el uso de sus derechos y en el cumplimiento de sus deberes; hidalguía frente a los débiles y a los pobres; hidalguía frente a los poderosos y a los violentos; hidalguía en el ejercicio leal de la libertad.

También por eso nos hallamos unidos en la promesa de luchar sin interrupción a fin de que las ternuras que presentiste y los aciertos que propiciaste fructifiquen para bien de todos los mexicanos en todas las entidades de la República y de nuestros semejantes del mundo entero —sin distinciones étnicas o geográficas— en la paz de una convivencia civilizada.

A los ciento cincuenta años del alba que proclamaste, nos damos cuenta de que cada hora y cada minuto nos aproximan sin pausa a ti. En los ejidos y en las ciudades, en las sementeras y en los colegios, en los puertos y en las montañas, en todas partes donde México persevera, un pueblo estoico se yergue serenamente y te dice: "Padre, hemos vivido con la esperanza de merecerte. En el perfil de la Patria joven, que consagramos a tu memoria, la Patria niña que nos legaste tiene derecho a reconocerse. Y puede ahora reconocerse con emoción y con dignidad."

LA LECCIÓN DEL PASADO *

LAS SALAS de este edificio, integrado al paisaje de uno de los escenarios más nobles de nuestra historia, fueron concebidas como una lección amena, objetiva y clara, acerca de algunos de los sucesos que forman parte insustituible de la biografía del pueblo mexicano durante el siglo XIX y los primeros lustros del XX.

Tres son los centros de interés de esta galería: la Independencia, a partir de Miguel Hidalgo, de sus precursores inmediatos y de sus émulos; la Reforma, que había de encontrar en Benito Juárez su augusto símbolo; y la Revolución, sobre cuyo friso, junto a la presencia inmortal de Francisco I. Madero, se enlazan tantas figuras dignas del homenaje de la República.

He elegido esa terminología pedogógica —*centros de interés*— no sólo porque las salas que vamos a inaugurar fueron ideadas como los párrafos sucesivos de una sencilla lección de historia, sino porque, en conjunto, resultan para los niños, para los adolescentes y quizá para muchos adultos, un libro de texto abierto, con sus ilustraciones y con sus mapas, sobre muros que miden, en total, más de dos mil metros cuadrados de superficie.

Pero, aunque hayamos tenido que señalarlo en tres zonas complementarias, el caudal generoso que contemplamos es por todos conceptos indivisible: brota de un solo origen, se dirige a una sola meta, lleva un impulso único. Y lo que más nos conmueve, al considerarlo, es su intensa y valiente continuidad.

Desde las postrimerías del virreinato hasta la Constitución de 1917 (límites cronológicos adoptados para la formación de esta galería) sentimos vibrar en cada recuerdo y en cada escena una voluntad patética de vivir: de vivir como mexicanos y de expresar, como mexicanos, nuestro amor a la libertad.

La madrugada intrépida de Dolores; Hidalgo en Guadalajara, ciudad donde confirmó la abolición de la esclavitud; la ruptura del sitio de Cuautla; el Congreso de Chilpancingo; el juicio de Morelos; el abrazo de Acatempan; la llegada a México del Ejército Trigarante; el nacimiento de la República Federal con la Constitución de 1824; la rendición de San Juan de Ulúa; Gómez Farías y los liberales de 1833; el asalto en Chapultepec al castillo heroico; la concepción del Juicio de Amparo; la Constitución de 1857; las leyes de Reforma; la batalla de Calpulalpan; la victoria del 5 de mayo; la toma de Querétaro por las fuerzas republicanas; la acción educativa de Gabino Barreda; la instalación de!

* Discurso pronunciado en la inauguración de la Galería anexa al Museo Nacional de Historia de Chapultepec y de la Exposición "La lucha del pueblo mexicano por su libertad, desde la guerra de Independencia hasta la Constitución de 1917", el 21 de noviembre de 1960.

1098

primer ferrocarril; las huelgas de Cananea y de Río Blanco; la inauguración de la Universidad Nacional por el Maestro Sierra; el estallido de la Revolución; la entrada de Madero a la capital; la firma del Plan de Guadalupe; el consciente holocausto de Belisario Domínguez; las luchas de los ciudadanos armados de la República; la expedición de la Ley Agraria del 6 de enero de 1915; el Congreso de Querétaro y la Constitución de 1917; es decir, muchos de los momentos más significativos que estas salas evocan y sintetizan son reiteradas afirmaciones de esa voluntad de ser mexicanos que da a los hijos de nuestro pueblo, desde la infancia, la independencia como destino y la libertad como vocación.

En las ilustraciones de esos momentos vemos al héroe (Miguel Hidalgo o José María Morelos, Ignacio Allende o Nicolás Bravo, Vicente Guerrero o Benito Juárez, Gabino Barreda o Justo Sierra, Francisco Madero o Belisario Domínguez, Emiliano Zapata o Venustiano Carranza) rodeado de personajes graves y silenciosos, o agitados y vehementes, de quienes, en la hora estelar del ejemplo vivo, encarna el tácito arrobamiento, interpreta la ansiosa espera, y recibe —por quién sabe qué vasos comunicantes— el denuedo, la llama, la inspiración. Esos personajes (los fieles del párroco de Dolores, los insurgentes del Bajío, las huestes del Monte de las Cruces, los soldados de Morelos y Matamoros, los aldeanos que vieron en Chilpancingo a los congresistas, los cocheros del modesto carruaje de Don Benito en su viaje a través de México, las tropas de Zaragoza, los maestros de la Revolución, los campesinos y los obreros, los maderistas, los zapatistas, los carrancistas y los villistas que encontramos en las reseñas de nuestras luchas) ¿qué son sino el pueblo mismo, pueblo anónimo y vigoroso, perseverante e irreemplazable, del que los guías de nuestra vida actuaron como férvidos mandatarios?

Morelos quiso que le llamaran Siervo de la Nación. Y siervos de la nación han sido todos los grandes hombres que se entregaron a cumplir la misión de México. Su grandeza estuvo precisamente en la eficacia de sus servicios a los ideales auténticos de la Patria. Por eso esta antología nacional, pensada para la vista y para el oído, afirma en nosotros la certidumbre de que el protagonista de nuestra historia es México entero. Y por eso leemos, en el vestíbulo, la inscripción que repito aquí: "Mexicano: Comprende, siente y respeta el esfuerzo de todos los que vivieron a fin de legarte una patria honrosa. El ejemplo de los hombres, las mujeres —y hasta los niños— que lucharon para ofrecerte la libertad, defender tu suelo y afirmar la justicia entre tus hermanos, te guiará en la existencia como en las salas de este recinto. Inclínate ante ese ejemplo. Y procura ser siempre digno del héroe esencial de la Independencia, de la Reforma y de la Revolución: el pueblo al que perteneces."

En efecto, al organizar esta exposición de imágenes populares (que iremos completando y perfeccionando con la cooperación de los historiadores y los artistas que nos deparen su ayuda técnica) lo que intentamos no fue tan sólo atestiguar nuestra devoción para ciertas figuras privilegiadas, sino hacer honrar al México independiente en su integridad, desde los múltiples ciudadanos de cuyo nombre no quedó ni siquiera una huella en el sacrificio, hasta aquellos que —por próceres de la acción— seguiremos situando en el plano magnífico de la gloria.

Ignorados y oscuros unos, célebres otros, todos los que sirvieron lealmente a México merecen nuestra íntima gratitud y para todos los que así lo sirvieron es, sin reservas, en este día de meditación y esperanza, nuestro laurel. Guerrilleros de la Independencia, chinacos de la Reforma, jinetes y soldaderas de la Revolución, muchos de ellos están aquí, reproducidos en el barro de nuestro suelo, conforme a tipos que eternizaron las estampas de la pasada centuria o el pincel de los maestros mexicanos contemporáneos.

Para ellos y con ellos combatió Hidalgo. Para ellos y con ellos se esforzó Juárez. Para ellos y con ellos sufrió México, hasta el punto de que no podríamos decidir, al palpar el tronco de nuestra vida pública, dónde termina el tallo resistente y tenaz del pueblo y dónde empieza, como recompensa del tallo, la flor del héroe.

Un pueblo sin héroes sería una muchedumbre sin voz. Por otra parte, ¿cómo imaginar a los héroes sin el pueblo al que sirven y al que convocan?... Nada es tan persuasivo en la evolución de las sociedades como este diálogo misterioso entre la comunidad popular y la honrada conciencia de sus intérpretes. Ahora bien, cuando hablo de héroes no pienso exclusivamente en los adalides bélicos o en los conductores políticos de un país. Pienso en todos sus guías, civiles o militares, apóstoles de la acción y del pensamiento, sabios, artistas o gobernantes, técnicos o humanistas, inventores de nuevas formas de ser o de legislar: revolucionarios de corazón, porque todo progreso efectivo obedece a una inconformidad previa; poetas de la existencia, porque toda creación supone, en quien la imagina, poesía eficaz y transformadora, y maestros de la conducta, porque todo acierto es lección perenne, enseñanza viva, escuela abierta al llamado del porvenir.

Sí; escuela ha de ser también esta exposición. Sus más frecuentes visitantes serán los niños. Acompañados por sus mentores, vendrán a aprender aquí a admirar y a querer a México. Que sientan cómo se ha hecho nuestro país entre congojas innumerables, pero con ímpetu irreprimible. Que adviertan de qué pobrezas partieron nuestros mayores, cuántas tragedias hemos atravesado y cuántas insuficiencias tendremos todavía que superar, para dar a México la estatura cultural y económica que deseamos. Que comprendan cuántas discordias nos amenguaron, en lo pasado, y cómo puede vigorizarnos la unión patriótica. Que reconozcan hasta qué grado, y aun en las épocas más difíciles, nos salvó la confianza en nuestro destino y la fe en los valores supremos que enaltecen nuestro existir.

Y que, al concluir su paseo por estas salas, tras de inclinarse ante el texto de nuestra Constitución, puedan decirse a sí mismos lo que está escrito en la pared terminal del edificio que inauguramos: "Salimos del museo, pero no de la historia, porque la historia sigue con nuestra vida. La Patria es continuidad y todos somos obreros de su grandeza. De la lección del pasado, recibimos fuerza para el presente y razón de esperanza para el futuro. Realicémonos, en las responsabilidades de la libertad, a fin de merecer cada día más el honor de ser mexicanos."

APÉNDICE

1961-1974

CUANDO Jaime Torres Bodet preparó en 1961 para el Fondo de Cultura Económica estas *Obras escogidas* siguió el criterio de reproducir completos los libros que consideró más importantes, más algunos de sus ensayos sueltos y discursos. Al reimprimir este libro, se ha considerado necesario añadirle una selección de sus escritos desde 1961 hasta su muerte en 1974, de manera de completar el panorama de su obra: los contados poemas que publicó en este lapso, capítulos representativos de sus estudios sobre León Tolstoi, Rubén Darío y Marcelo Proust, y su notable discurso en la inauguración del nuevo Museo Nacional de Antropología. Quedan fuera de esta selección los cinco volúmenes de memorias, que Torres Bodet publicó en sus últimos años, y sería inadecuado fragmentar.

J. L. M.

MARCELO PROUST

RESURRECCIÓN

EL NARRADOR FRENTE A UNA SOCIEDAD QUE SÓLO PUDO VENCER, INVENTÁNDOLA NUEVAMENTE. — ¿MUERTE Y TRANSFIGURACIÓN DE BERGOTTE —O DEL NOVELISTA? — EL EGOÍSMO COMO FORMA DE ABNEGACIÓN. — CONFESOR, BOTÁNICO Y ENTOMÓLOGO. — TANTO COMO EL MODELO, EL FONDO EXPLICA EL RETRATO. — EL ARTISTA Y EL MORALISTA. — UN FRAGMENTO "DE TIEMPO EN ESTADO PURO"

PROUST ha sido elogiado con entusiasmo y, en ocasiones, criticado con amargura. Ha transcurrido menos de medio siglo desde el día en que falleció. Y parece hoy, a muchos, un escritor distante, una momia decorativa, o —cuando menos— una imagen de cera en el Museo Grévin de las letras universales. Hay que reconocer que él mismo hizo todo lo posible por aislarse, por no situarse entre los modernos, por envolverse —sin arrogancia— en el aire de lo inactual.

Atravesó la guerra, de 1914 a 1918, encerrado en su habitación, en su asma y en su novela, dentro de una atmósfera saturada por el vapor de sus incesantes inhalaciones, y rodeado de cartas, músicas, fantasmas, e inacabables pruebas de imprenta. Vivió muchos años entre mundanos, escritores dudosos, cortesanas y homosexuales, inseparables de su memoria y que opacan hoy su celebridad. Hizo más: tomó en serio a no pocos de esos personajes. Describió los excesos del barón de Charlus con la misma imparcialidad —de botánico lírico— que había puesto en observar la incipiente decrepitud de una rama de lilas en flor.

¿Qué lector de Proust no recuerda el pasaje clásico?... "El tiempo de las lilas tocaba a su fin. Algunas abrían —en altas arañas malva— las delicadas burbujas de sus flores; pero, en muchas partes del follaje —donde no hace más de una semana, reventaba su embalsamada espuma—, se marchitaba, disminuido y ennegrecido, un grumo hueco, seco y sin perfume." Ahora bien, ¿cómo podría ese mismo lector haber olvidado —en "Sodoma y Gomorra"— el encuentro de Jupien con el barón de Charlus? Por lo súbito —y lo simétrico— de la simulación que ambos adoptaron, al adivinar su compañerismo en el vicio, ese encuentro hizo decir a Proust: "no se llega espontáneamente a tal perfección sino cuando se encuentra, en el extranjero, a algún compatriota". ¿A qué triste patria pertenecían, pues, esos individuos?

Esnob en su juventud, y retratista del *esnobismo* en su madurez, Proust ha pagado muy caro el precio de sus errores de hombre y de sus flaquezas de hombre de mundo. Su gloria —porque gloria posee— huele a veces un poco a azufre. Y, sin embargo, ¡qué excelso artista! De sus grandes contemporáneos franceses (Claudel, Gide, Valéry) sigue siendo el más releído, el de influencia más duradera y, a pesar de lo que algunos creen su falta de actualidad, el de presencia más positiva. Víctima de una sociedad y de un tiempo que no supo cómo vencer, pues estimó que vencerlos tenía que consistir en resucitarlos, sus concesiones acabaron por ser sus Euménides. Pero, a semejanza de lo que ilustró el poema sinfónico de Ricardo Strauss, su muerte fue también su transfiguración.

Otros novelistas murieron en el desencanto del triunfo, como Tolstoi. Otros, como Balzac, tras de intentar el balance de una vida breve y congestionada. Proust murió, como ciertas velas, tratando de convertir todavía en luz la poca cera que le quedaba; intentando añadir un epíteto fulgurante a cierta frase lenta y oscura; corrigiendo otra de sus muertes: la de Bergotte, en su gran novela. Y digo "otra de sus muertes" porque, de pronto, el Bergotte que pudo haber sido France, o Renan, o Barrès, o alguno de tantos otros autores célebres de esa época, se convirtió, para fallecer, en el propio Proust.

Vemos cómo se describe el narrador a sí mismo, al contarnos la decadencia y el tránsito de Bergotte: "Hacía años que Bergotte no salía ya de su casa. Por otra parte, nunca le había gustado la sociedad, o le había gustado, alguna vez, para despreciarla, como todo lo demás, y del modo que era tan suyo; a saber: no despreciar porque no se logra obtener lo que se pretende, sino despreciar lo obtenido tan pronto como se obtuvo. Vivía con tanta sencillez que no se sospechaba siquiera hasta qué punto era rico. Y quienes lo hubiesen sabido, se habrían equivocado también, suponiéndolo avaro, cuando nadie fue tan generoso. Lo era sobre todo con las mujeres —con las jovencitas, para mejor decirlo—, avergonzadas de recibir tanto por tan poca cosa. Se excusaba él a sus propios ojos, porque sabía que, para producir bien, le era necesario el clima de quien se siente enamorado. El amor —es mucho decir—, el placer, hundido un poco en la carne, ayuda al trabajo del hombre de letras, porque aniquila los otros placeres; por ejemplo, los de la sociedad, iguales para todo el mundo. Incluso cuando ese amor acarrea desilusiones, así al menos agita también la superficie del alma que, de otro modo, permanecería inmóvil, como la del agua en un estanque. He dicho que Bergotte no salía ya de su casa. Y cuando se levantaba en su cuarto, una hora, era para envolverse con chales y capas: todo aquello con lo que uno se cubre para exponerse a un gran frío o para tomar el ferrocarril. Se excusaba de ello ante los raros amigos que dejaba penetrar hasta él, y enseñándoles sus mantas y sus frazadas, explicaba alegremente:

«¿Qué quiere usted?... Anaxágoras ya lo dijo: la vida es un

viaje». Iba así, enfriándose progresivamente, pequeño planeta que ofrecía una imagen anticipada del grande, cuando, poco a poco, el calor se retirará de la tierra y, después, la vida."

¿Cómo no adivinar, en ese retrato, una confesión? La generosidad con que recompensaba ciertos placeres (él hablaba de "jovencitas" a propósito de Bergotte); la repetición —en muy pocas líneas— de dos expresiones iguales ("se excusaba, a sus propios ojos"; "se excusaba de ello, ante sus amigos"); la abundancia de chales, capas y mantas que, tanto como Bergotte, acumulaba él sobre su cuerpo, pobre planeta ya amenazado por el frío que no perdona, todo el fragmento parece autobiográfico, y, en particular, el afán de excusarse, de pedir a los otros perdón... A los compañeros de Proust, ese afán sorprendió muchas veces —y no siempre agradablemente. Lo atribuían a un exceso de cortesía o a una debilidad de cuadragenario, demasiado mimado de niño, tímido y orgulloso a la par.

Pero, si la prolongada enfermedad de Bergotte coincide en mucho con la de Proust, las semejanzas se acusan todavía más cuando éste nos cuenta la muerte de aquél. Allí, el novelista parece estar preparando y considerando su propia muerte. Nos relata cómo cayó Bergotte, fulminado por un ataque —¿de uremia?— en el salón del museo al que había ido a admirar un cuadro de Vermeer. Y así se expresa:

"Estaba muerto. ¿Muerto para siempre? ¿Quién puede decirlo? Es cierto: ni los experimentos espiritistas ni los dogmas religiosos aportan la prueba de la subsistencia del alma. Lo que puede decirse es que todo sucede, en nuestra vida, como si entrásemos en ella con una carga de obligaciones contraídas durante una vida anterior. Dadas las condiciones en que vivimos en este mundo, no hay ninguna razón para que nos creamos obligados a hacer el bien, a ser delicados ni aun corteses, ni para que el artista culto se crea obligado a volver a empezar veinte veces un trozo, a fin de provocar una admiración que importará poco a su cuerpo comido por los gusanos, como el lienzo de muro amarillo que, con tanta ciencia y tanto refinamiento, pintó un artista para siempre desconocido, identificado apenas con el nombre de Vermeer. Todas estas obligaciones —que carecen de sanción en la vida presente— parecen pertenecer a un mundo distinto, basado en la bondad, el escrúpulo, el sacrificio; un mundo totalmente distinto de éste, y del cual salimos para nacer en esta tierra, antes quizá de volver a revivir en la otra, bajo el imperio de esas leyes ignotas, que hemos obedecido porque llevábamos su enseñanza en nosotros, sin saber quién las había trazado: leyes a las cuales nos aproxima todo trabajo profundo de la inteligencia y que son solamente invisibles —y eso hasta cierto punto— para los tontos. De suerte que la idea de que Bergotte no estaba muerto no es inverosímil.

"Lo enterraron; pero, durante toda la noche fúnebre, en los estantes iluminados, sus libros —dispuestos de tres en tres— velaron, como ángeles de alas desplegadas. Y parecían, para aquel que ya no era, el símbolo de su resurrección."

Esa resurrección, en el caso de Proust, ¿ha ocurrido ya? No podemos asegurarlo. Ciertamente, cada año crece la bibliografía —ya enorme— acerca del autor de *En busca del tiempo perdido*. En diferentes idiomas, con diversos formatos, libros, monografías, ensayos y tesis universitarias se acumulan, sobre el cuerpo vibrante de la novela, como capas y mantas se acumulaban sobre el cuerpo aterido del moribundo. Pero, a cuarenta y cinco años de distancia, el hombre está todavía demasiado próximo y, también, demasiado distante —a pesar de sus éxitos— de lo que soñó realizar con la vida, fuera de la vida.

En un tiempo en el que se quieren síntesis rápidas, compendios, manuales, resúmenes, selecciones, su síntesis gigantesca resulta aún demasiado larga, difícil de comprimir y de asimilar. Y, en un mundo preocupado —¡y con cuánta razón!— por los problemas sociales del hombre, parece egoísta un autor que no sintió jamás tales problemas en carne propia y que vivió al margen de la política, tanto en la guerra como en la paz. Sin duda, lo afectó mucho el "asunto Dreyfus". Y los héroes de su "gran mundo" quedaron catalogados, para él: bien, si eran dreyfusistas; mal, cuando no lo eran. Pero ¿le molestó realmente la germanofilia del barón de Charlus? ¿No puso, a cada momento, por encima de cualquier idea de patria, el respeto de esa "patria interior": la que proclama en uno de los capítulos de su novela?

Respecto al "mundo" proustiano, Curzio Malaparte —en la introducción a la fantasía dramática *Por el camino de Proust*— habla de un maniquí, indispensable a la escenografía de esa obra suya. Y asegura que el maniquí —suntuosamente ataviado, pero sin rostro— "no es sino el retrato metafísico de los Guermantes, de aquella raza noble, cruel, desinteresada ('desgraciadamente ingeniosa y parisiense'), en la cual se advierte, como la curva de las aguas que caen en algún dibujo de máquina hidráulica hecho por Leonardo da Vinci, la curva de la decadencia de toda una sociedad..."

Luego, el autor de *Kaputt* se divierte en hacer, a su modo, un análisis "marxista" de *En busca del tiempo perdido*. Para él, la corrupción de las costumbres y la lucha de clases se alían y se confunden en toda la época —oscura y refinada— que se gozó Proust en reproducir. Afirma, a este respecto, el mordaz escritor italiano que "así como se siente correr, a flor de piel, por las venas de los personajes de Saint-Simon, las ideas que serían después las de la Revolución de 1789..., así también se siente cómo principian, en los personajes de Proust, esa confusión, esa inquietud y ese desequilibrio que los nuevos problemas revelados por el marxismo introdujeron en la vida social de Europa".

He dicho que, en términos generales, Proust vivió al margen de la política. No hago, por consiguiente, mías las ideas del párrafo que he citado. Pero no podía dejar de mencionarlas, tanto porque el propio Malaparte no lleva su audacia hasta calificar de marxista a Proust, cuanto porque no hemos de olvidar que una de las últimas páginas críticas de Lunacharski fue, precisamente, un elogio de *En busca del tiempo perdido*.

Al releer esas páginas críticas, nos damos cuenta de que Lunacharski, menos imaginativo o más conocedor del marxismo que Malaparte, no insiste en el valor social de la epopeya proustiana, ni ve en Raquel a una proletaria o en Saint-Loup a un marxista en germen. No; lo que le interesa, en Proust, es que la vida fue para él, ante todo, *su* propia vida. Admite que, en conjunto, Proust debe ser juzgado como un escritor realista. Sin embargo, veamos la imagen que traza de él. "Parece —dice— que Proust declarara a sus contemporáneos: 'Voy a dar un salto atrás y pensar en la vida, a mi manera de artista, con una generosidad sin violencia, envuelto en una inmensa capa de brocado, echado sobre un inmenso diván de terciopelo, presa del tranquilo aturdimiento de una ligera embriaguez. No viviré como se toma un vaso de agua, sino más bien como se saborea, con una atención tensa, la fragancia más refinada de un vino de esplendor incomparable.' " *

Malaparte quería hacer de Proust un crítico —voluntario o involuntario— de la sociedad declinante que le rodeaba. Y, en efecto, Proust fue —inexorablemente— un crítico de esa sociedad, pero no en el sentido político que Malaparte pretendió atribuirle. Lunacharski lo sitúa mejor, aunque no sin ironía, al proyectarlo en la atmósfera de una Sibaris plácida y friolenta. Afortunadamente, acabó por salvarlo de aquella atmósfera —hasta para Lunacharski— la "excelsa profundidad" con que puso en escena "el espectáculo de su vida".

Sea cual fuere la opinión que se tenga de la imagen usada por Lunacharski, lo cierto es que Proust ignoró el placer —y el dolor— del trabajo humilde de los demás. Los imaginó, como imaginó tantas cosas; pero no los sintió realmente. Su imaginación no llegó a encarnarlos. Habla de los obreros, de una joven lechera, sobre todo de los sirvientes, con simpatía y bondad de ánimo. Sin embargo, aquella simpatía y esta bondad parecen, en ocasiones, propinas. Dan la impresión de ser la simpatía y la bondad

* *Sobre Marcel Proust*, traducción de Virgilio Piñera, revista *La Unión*, La Habana, 1966 (núm. 1, año V).

de un aficionado a conceder su perdón a todos. Su gran tipo de sierva, de autoritaria sierva, Francisca —abnegada, leal, pero crítica, reticente y capaz, incluso, de rústicas crueldades— es mitad artista, frente al fogón, y mitad campesina astuta, ante el espectáculo de sus amos. Los cocheros, los choferes, los ascensoristas, los mayordomos, los mozos —que abundan en su relato— no inspiran piedad auténtica. O son viciosos, o tontos, o interesados; o suscitan más bien la atención del lector como esos episódicos personajes que alternan, en los capiteles románicos de las iglesias del centro y del sur de Francia, con las figuras famosas del Antiguo y del Nuevo Testamentos; los carpinteros del arca, los vendimiadores junto a Noé, los portadores de trompetas frente a las puertas de Jericó, y los músicos en el banquete de Herodes, o el labrador que afila su hoz en el mes de junio, o el que calienta, en diciembre, su pan de invierno...

En uno de los párrafos anteriores, empleé un adjetivo que —casi inmediatamente— tuve deseos de suprimir. Dije que Proust parecía *egoísta*. Si mantuve el vocablo, fue con la decisión de explicarlo ahora, y de darme el gusto de corregirlo. No cabe duda: la omnipresencia del "yo", en una obra de la magnitud que atestiguan las diversas secciones de *En busca del tiempo perdido*, constituye un fenómeno sorprendente, y nos da derecho para pensar en cierta voluntad de absorción del mundo por la persona, lo que equivale —aparentemente— a un egoísmo fundamental. Sin embargo, conforme avanzamos en el estudio de la obra de Proust, advertimos que ese "egoísmo" aparente fue, en el fondo, muy relativo. El "yo" del autor trata, en efecto, de comprender el mundo; pero no en el sentido —que sería tiránico— de abarcarlo, sino con el afán, más modesto y platónico, de entenderlo.

Todo artista, por consecuencia de un afán similar, corre el peligro de parecer egoísta a quienes lo juzgan. Pues, para todo auténtico artista, entender el mundo ha de ser entenderlo a su modo, conforme a su propio estilo y en la forma —exclusiva y original— en que su persona lo aprecia, lo siente y lo manifiesta. Y esa exageración del "yo", que nos inquieta a primera vista, y que a menudo nos desagrada, como si fuera un pretexto para eludir las obligaciones sociales del escritor, es, al contrario, una prueba de confianza en la capacidad de adhesión de sus semejantes, un testimonio —conmovedor— de positiva fraternidad humana.

Cada artista se figura que el mundo que pinta, o que esculpe, o que narra, o que erige, o que envuelve en música, es su mundo: el que nadie percibió antes que él; el que nadie comprendió como él. Por eso mismo, se propone enriquecer nuestra realidad con la contribución de la suya propia. Y por eso —esmerándose, corrigiéndose— se empeña en que semejante contribución pueda contener lo más representativo, lo más genuino y lo más sutil de sus experiencias de ser mortal.

Hay egoísmos antisociales. Entre ellos, el del esteta que pretende cultivar el arte por el arte, con exclusión del hombre y preterición de todos los otros hombres. Proust, en la madurez, no padeció egoísmos de esa categoría. Al acercarse a las cosas y a las personas que constituyen su mundo (o sea, en parte, el mundo del narrador), al querer penetrar la esencia de sus secretos más protegidos, Proust da la impresión de decir a esas cosas y a esas personas lo que decía a sus amigos a cada instante: "Me excuso de..." No intenta violar, en manera alguna, el recipiente donde tales secretos se esconden. Si lo violara, desaparecería el encanto artístico del relato.

Lo que Proust anhela es suscitar —en voz baja— una confesión. Tiene la certidumbre de que todo, en el universo, guarda un secreto oculto: lo mismo las rosas de Bengala en el parque de la señora Lemaire, que las últimas lilas en flor, de balsámica espuma, o los árboles vistos durante un paseo por los alrededores de Balbec —y lo mismo la transformación misteriosa de Jupien cuando surge Charlus, que la curiosidad enfermiza de "tía Leoncia" en los domingos lánguidos de Combray, o la forma en que Odette escribe "home" en lugar de casa y elogia, por "smart", a su amigo Swann.

Pero, si deseamos captarlos vivos, tenemos que comprender que semejantes secretos —psicológicos o biológicos— no admiten violencia de nuestra parte. Cuando el autor quiso violar las defensas hipócritas de Albertina, y pretendió averiguar —por sorpresa— la razón de los celos que le inspiraba, tuvo que resignarse a luchar contra una inextricable sucesión de mentiras. Y de mentiras tanto más peligrosas cuanto que, en asuntos de esa naturaleza, las mentiras consiguen siempre adornarse con fragmentos sólidos de verdad.

No sólo mienten, entonces, los hombres y las mujeres. Frente al error que cometeríamos al querer penetrar por fuerza en su intimidad, mentirían también los pájaros y las rosas, los árboles y las casas; sin palabras, por cierto, como Albertina, y sin conciencia de su mentira, pues a los animales, a las plantas y a los objetos les basta, para engañarnos, con mantenerse leales a lo más hondo de su incomunicable razón de ser.

De ahí los "perdones" anticipados que pide Proust a las cosas y a las personas que le interesan. Esos "me excuso", que atribuye a Bergotte (y que él también solía multiplicar, en sus pláticas y en sus cartas), se adivinan en la tierna inquisición que consagra a averiguar lo que nos describe y a obtener la última confidencia de los seres y los objetos que se recatan. No; no aspira a forzar el cerrojo de otras intimidades. Ni "llave falsa", ni "violento insulto" le servirían. Y se da cuenta de que, para aciertos de comprensión y adivinación como los que busca, el mejor recurso de la curiosidad es la espera atenta, la abnegada humildad del espectador. Nada de esto revela mucho egoísmo. Revela, al contrario, una inmensa aptitud de entrega.

Para llegar a una entrega tan absoluta, tan generosa —y tan necesaria a la creación—, el escritor necesita haber superado la impaciencia insolente del aprendiz. De esa impaciencia (que todos hemos sufrido, más de una vez), Sartre formuló un irónico análisis en su obra autobiográfica *Las palabras*. Dentro del libro que cito, Sartre examina —en carne propia —la retórica suficiencia de los adolescentes que se suponen dotados para la literatura. Y dice:

"Por haber descubierto el mundo a través del lenguaje, creí —durante mucho tiempo— que el lenguaje era el mundo mismo. Existir era poseer una denominación registrada, en alguna parte, sobre las infinitas Tablas del Verbo. Escribir era tanto como grabar seres nuevos en esas Tablas. O bien (y ésta fue mi ilusión más tenaz), coger las cosas, vivas, en la trampa de las frases. Si lograba combinar ingeniosamente las palabras, el objeto se enredaría en los signos. Lo habría captado.

"Comencé, en el Luxemburgo, por fascinarme ante un simulacro brillante de plátano. No lo observaba. Al contrario: aguardaba, confiando en el vacío. Al cabo de unos momentos, su verdadero follaje surgía bajo el aspecto de un simple adjetivo, o —algunas veces— de toda una proposición. Había enriquecido así el universo con una temblorosa verdura.

"No deposité jamás mis hallazgos sobre el papel. Se acumulaban en mi memoria, pensaba yo. De hecho, los olvidaba. Pero me daban el presentimiento de mi función futura: imponer nombres. Desde hace ya varios siglos, en Aurillac, vanos conjuntos de blancura están reclamando sentido y contornos fijos. Yo haría con ellos auténticos monumentos. Terrorista, no apuntaba sino a su ser: lo constituiría con el idioma. Retórico, no amaba sino los términos: levantaría catedrales de palabras bajo el ojo azul del vocablo cielo. Construiría para milenios."

La actitud del precoz ambicioso, de quien Sartre sonríe, contrasta singularmente con la de Proust en la madurez. Es cierto: también para Proust la imaginación literaria empezó por ser —en la juventud— un mero ejercicio idiomático en el vacío. Él también, por haber descubierto el mundo a través del lenguaje, pudo suponer —como el niño Sartre— que el lenguaje era el mundo mismo. Pero, a fuerza de ensayos equivocados, de logros fortuitos, de realizaciones frustradas, de rectificaciones intermitentes —y de muchas horas de modestia en la soledad— el autor de *Por el camino de Swann* acabó comprendiendo el duro, el fatal menester de su noble oficio.

Para ser él mismo, tenía que observar obedientemente todas

las cosas. Tenía que ser lo demás, todo lo demás. Para que el narrador pudiese hablar en primera persona, era indispensable que le hablasen antes a él —en primera persona— los seres y los objetos, los motivos de sus paisajes y los perfiles de sus retratos.

Combray, Martinville y Balbec serían suyos en la medida en que les hubiese él logrado inspirar confianza, plena confianza, merced a la solidaridad de la convivencia. Y lo mismo cabía decir del marqués de Norpois, o de Elstir, o de los esposos Verdurin, o de Legrandin, o de Saint-Loup, para no hablar de Gilberta y de Albertina. No conoce el autor con exactitud sino aquello que reconoce, aquello en lo cual plenamente se reconoce. Es decir: aquello en que se repite lo que conoce. Y reconocer, en este sentido, es agradecer.

Por eso las figuras y los instantes supremos de la novela de Proust viven con vida propia. Son —ahora— de todos; pero son de todos porque fueron un día, exclusivamente, de Proust. Arrancarlos a la atmósfera del contexto en que el narrador los situó sería tan imposible —o tan inútil— como querer transportar, sin Illiers, sin las casas y los tejados de Illiers, sin las costumbres y las manías de los habitantes de Illiers, el campanario de la ciudad natal del padre de Proust a algún valle de los Estados Unidos o la pampa de la Argentina. Cada figura, cada episodio, están hechos con la trama del tiempo, que nos parece hoy su fondo, pero que forma parte —integrante e indiscernible— de su prístina realidad. Si nos fuera dable recortar el perfil de Albertina de las páginas de *La prisionera*, no desaparecería solamente Albertina. Desaparecería, al mismo instante, todo el mundo marítimo y parisiense del que es Albertina, para nosotros, una expresión directa, frívola, caprichosa, indolente, sensual y sentimental.

Reconozcámoslo: el poder creador de Proust no aísla nada de lo que observa. El retrato y el fondo son el retrato mismo, el retrato entero. Y, por ejemplo, los hilos con que se encuentra tejido —en la interminable tapicería de la obra— el semblante pálido de la abuela, cuando avanza en la tempestad, son los mismos hilos —claros, densos y tensos— de la lluvia que la rodea... Porque el artista no ignora que, en todos los actos que realizamos y todas las resoluciones que suponemos tomar por nuestro albedrío, destiñe el tiempo, la voluntad y el color del tiempo. Tanto como el modelo, el fondo explica el retrato.

Esa unidad entre el fenómeno transitorio y el tiempo —eterno— dentro del cual el fenómeno se produce, es, a mi ver, la conquista mayor de Proust: la promesa de su constante resurrección. Pero el descubrimiento de una unidad tan difícil de percibir requería dos virtudes inseparables: la aptitud científica en la realización del análisis y la entrega sincera del corazón.

La aptitud científica del poeta ha sido encomiada ya por Maurois. "Proust —dice el autor de *Ariel*— observa a sus personajes con la curiosidad apasionada de un naturalista... Nos sorprendería tanto verlo enunciar un juicio moral sobre Charlus o sobre Albertina como oír condenar a Fabre las costumbres de la cigarra o del escarabajo."

Por lo que atañe a la entrega del corazón, Morand nos cuenta que Proust le escribió, cierta vez, estas palabras inolvidables: "No es posible tener talento si no se es bueno." Se comprende que Stephen Hudson haya afirmado que "el elemento esencial del yo íntimo, en Proust, era la bondad". Y que haya agregado, en seguida: "Esa bondad no tenía nada que ver con la moral. Es menester no confundirla con la rectitud. Y, sin embargo, al buscar otro término para definirla, el que me viene al espíritu es el término de pureza. Tenía la fundamental simplicidad que Dostoyevski encarnó en Mischkin."

Tanto el elogio de Maurois como la afirmación de Hudson tienen, por supuesto, su inevitable contrapartida. En general, el entomólogo Proust —como su colega Fabre, a quien Maurois evoca profesionalmente— se abstiene de emitir juicios morales sobre la cigarra Albertina o sobre el escarabajo Charlus. Pero, en ocasiones, emite sentencias certeras —con más dolor que severidad— y no como censuras concretas sobre estos actos o aquellas frases de sus personajes, buenos o malos, sino como advertencias éticas aplicables a toda la humanidad.

El artista no juzga; pero el moralista previene, deduce y, por momentos, concluye. Lo importante es sentir que, en Proust, el moralista no lucha con el artista; no lo detiene. Trabaja aparte.

Grandes moralistas, que fueron también excelsos artistas de la novela —pienso en Tolstoi— suelen aceptar que la vida condene a sus personajes, mas sin juzgarlos ellos directamente. Optan por que los condene el destino. Así —por ejemplo—, para Ana Karénina, la muerte será el precio del adulterio. Pero Proust no busca la colaboración del destino para condenar a sus personajes. Triunfan, a veces, los más impuros. La señora Verdurin acaba por ser princesa. Sufren, en ocasiones, los más virtuosos. La abuela del narrador muere muy tristemente. Sin embargo, todos, hasta en la propia dicha, precaria siempre, llevan consigo su propio infierno. Desde ese punto de vista, el autor de *En busca del tiempo perdido* —tan bondadoso en lo personal y tan parecido a Mischkin, según Stephen Hudson— resulta más cruel que el profeta entusiasta y duro de *La muerte de Iván Ilich*.

Proust suele preferir la máxima a la censura. Y, por su recóndito pesimismo, sus máximas no pretenden corregir a los otros, pues juzga a los hombres incorregibles. Se conforma con ilustrarlos. Más que consejos, formula observaciones morales, de fina psicología. Asocia, entonces, a la desencantada amargura de La Rochefoucauld, la ironía sensible de Stendhal.

Si es cierto, como lo afirma Fieschi, que Proust fue más lejos que Bergson (el de *Materia y memoria*) al inventar una *scientia mirabilis*, cuyo objeto consiste en hallar "un poco de Tiempo en estado puro", esa ciencia provino, en el narrador, de dos cualidades características: su aptitud para ver, oír y gustar —analizando lo que veía, lo que escuchaba, lo que gustaba—, y su capacidad magnífica de perdón.

¿Perdón? ¿O desprendimiento, más bien, del ser a quien se perdona?... Algo de esto último aflora, no pocas veces, en la imparcialidad singular de Proust; una imparcialidad que no siempre coincide con la simplicidad fundamental que le otorga Hudson. Y es que el espectador, como artista, trató de colocarse lo más cerca posible de su objetivo. Procuró examinar cada poro de la epidermis que acariciaba; distinguir —uno a uno— los pistilos de cada flor; averiguar el por qué de cada pasión, de cada injusticia, de cada gesto, de cada engaño, de cada olvido. Después, satisfecho el artista de lo que había contemplado tan ampliamente, el autor se alejaba del microscopio. Y el moralista (porque —repito— hubo en Proust un moralista de corte clásico) sentía que había entendido ya tantas cosas de los hombres y las mujeres sujetos al microscopio, que podía abstenerse de condenarlos, un poco por la calidad intrínseca de su espíritu, y un mucho por la paradójica certidumbre en que se encontraba de que, cuanto más conocemos a un ser, más suele apartarse él de nuestras pesquisas —y menos, realmente, lo conocemos.

"No juzguéis" es la fórmula consagrada. Y el más importante juicio que Proust emitió en su obra —y eso, indirectamente— fue un juicio de orden estético: la belleza que dura constituye, en sí misma, un bien.

Ese pedazo de tiempo en estado puro del que habla Fieschi, esa imparcialidad de naturalista que comenta Maurois y esa bondad esencial que Hudson compara con la simplicidad absoluta de Mischkin, aseguran la supervivencia artística y literaria del poeta fallecido el 18 de noviembre de 1922.

No sé si Sartre, a quien ya cité, elogia o critica a Proust cuando lo califica de "clásico" y de "francés", aunque parece su aserto más crítico que elogioso, pues lo incluye dentro de un párrafo en el que censura a Proust por no haber inventado —probablemente por "clásico" y "francés"— la técnica novelesca de William Faulkner, que era, a juicio de Sartre, la lógica conclusión de su metafísica. Poetas de la calidad de Breton no incluyen a Proust en la lista de sus autores fundamentales. Y los partidarios de la antinovela lo discuten, e incluso lo niegan con decisión.

A pesar de las divergencias, las oposiciones y las reservas, la gran novela de Proust constituye uno de los monumentos de la literatura europea del siglo xx. Una selección de sus *máximas* ha sido editada por la Columbia University Press. La Oxford University Press le consagró, en 1965, un importante volumen, escrito por Bersani. Y menciono estos casos sólo como indicios —tomados al azar— de una influencia que ha trascendido a muchas universidades del mundo.

En 1956, Raimundo Queneau procedió a una encuesta acerca de los libros que, en opinión de sesenta escritores, maestros y artistas contemporáneos (incluyéndose él en el número), deberían constituir la "biblioteca ideal" del hombre moderno. Abellio, Anouilh, Arland, Arnoux, Audiberti, Bachelard, Bauer, Bazin, Belaval, Berry, Billy, Bosco, Breton, Brisson, Caillois, Cendrars, Claudel, Cocteau, Des Forets, Dhotel, Dorgelès, Dorival, Duhamel (Marcelo), Dumay, Dumézil, Eluard, Fabre, Garçon, Huisman, Izard, Jouhandeau, Kahnweiler, Kessel, Larbaud, Leiris, Lemonnier, Margarita Liberaki, Lunel, Mac Orlan, Maurois, Meckert, Merle, Miller, Mariana Moore, Morand, Nadeau, Parain, Paulhan, Péret, Picon, Poulenc, Prokosch, Rostand (Juan), de Rougemont, Roy, Salacrou, Simenon, Supervielle y Vermeil recibieron las preguntas de Queneau. Dieciséis de ellos se abstuvieron de indicar denominaciones concretas en sus respuestas. De los restantes, treinta y cuatro mencionaron alguna obra de Proust; casi todos: *En busca del tiempo perdido.* Al concluir la encuesta, Queneau hubo de limitar las sugestiones recibidas a un total de cien obras. Por el número de las referencias —y por el sitio que los autores recomendados ocupaban en cada lista— Queneau creyó pertinente formular una síntesis general. En ella, Proust ocupa el tercer lugar, después de Shakespeare y de la Biblia. *Guerra y Paz*, de Tolstoi, no figura sino en el decimosexto: *La Odisea*, de Homero, en el vigesimoséptimo y *La comedia humana*, de Balzac, en el trigesimoprimero.

No propongo, por cierto, esa lista como un ejemplo nítido de equidad. En asuntos de esta naturaleza, ordenar resulta un intento estéril. Pero, como sea, y aunque la encuesta pudiera parecernos parcial —por la escasa proporción de extranjeros consultados—, una exploración como la que cito revela más que una moda. Atestigua la amplitud de una inmensa celebridad.

No carece, pues, de razones Thierry Maulnier cuando manifiesta que, "a despecho de la soledad física del autor y hasta de lo que hay en sus libros de irreductible a las grandes tendencias estéticas o ideológicas destacadas en los principios de nuestro siglo (neosimbolismo, esteticismo aristocrático, naturalismo, nacionalismo, renovación cristiana); a pesar de su decorado mundano, de su exangüe refinamiento, de la luz vesperal en que está bañada, y de que la impregne la renunciación al futuro, la suma novelesca de Proust ocupa tal posición que, en cierta medida y dentro de cierta perspectiva, todo lo que cuenta en la literatura de hoy sigue siéndole tributario, aunque no fuera sino por el esfuerzo hecho para liberarse de ella..." Más adelante, Maulnier aclara que la posición ocupada por la obra de Proust (él la compara, en el orden del pensamiento, con la de Miguel de Montaigne) es de aquellas que "gobiernan el porvenir".

Releo los párrafos de Maulnier, y no dejan de sorprenderme dos frases, a primera vista contradictorias, aunque válidas en sí mismas. Dice el ensayista francés que la obra de Proust ocupa una de esas posiciones "que gobiernan el porvenir". Pero dijo, poco antes, que tal posición la ocupa a pesar de que esté impregnada de una "renunciación al futuro", de la que nos damos cuenta en todos los libros de la novela.*

Ahora bien, ¿cómo puede "gobernar el porvenir" una obra que no enfoca el futuro en manera alguna, y que renuncia a él por anticipado?... Creo estar de acuerdo, en el fondo, con la opinión de Maulnier, y no me inquieta mucho la contradicción aparente que determinados ingenios creerán descubrir en el choque de esas dos frases. Y no me inquieta mucho, porque una cosa es que la reputación de Proust se afirme y se consolide en el tiempo, y otra cosa —muy diferente— que su obra haya estado cerrada, como lo está, al mañana de la esperanza.

En este sentido, el éxito de la epopeya proustiana resulta un síntoma deprimente. Su mundo nace y muere con él, sin abrir caminos, ilusiones, anhelos y expectativas —como no sea la del milagro de su sola y profunda repetición: la resurrección por la magia insólita del recuerdo; la visión del pasado como el futuro más deseable; el eterno viaje de regreso que nos acerca, cada día más, a la ciudad natal de la que partimos...

Acaso el homenaje más justo a esa forma especial de resurrección —el rescate del tiempo vivido, merced al tiempo gastado en recuperarlo— lo haya hecho Curtius al hablarnos de Proust. Recordémoslo.

"Según una vieja crónica céltica —manifestaba el eminente crítico alemán— las almas de los muertos transmigran al cuerpo de animales, de plantas y de cosas inanimadas, y permanecen cautivas hasta el día, que para muchas no llega jamás, en que el azar nos pone en presencia del árbol o en posesión del objeto que constituye su prisión.

"Entonces, escuchamos una llamada temblorosa y compulsiva. Si la comprendemos, el encanto se habrá roto. Las almas se

---

* En su estudio sobre *La temporalidad en la obra de Faulkner* (1939), Sartre manifiesta que tanto Proust como Faulkner "decapitaron" al tiempo; le arrancaron el porvenir.

liberan por nuestra mediación, han vencido a la muerte y siguen viviendo con nosotros. Proust ve en esta presentación de un pensamiento mítico una semejanza para la relación existente entre el alma y su propio pasado. Este pasado no reside ya en el alma sino en otro objeto cualquiera del mundo material, que no sospechamos. Del azar depende el que nos encontremos con ese objeto antes de morir o que no demos con él. El misterio de las cosas nos envuelve, y alberga un tesoro que desconocemos y que, no obstante, nos pertenece. Cualquiera de los encuentros insospechados que nos aguardan puede proyectar un resplandor que ilumine una zona del pasado y que nos devuelva una emoción desvanecida de nuestra vida.

"Demos gracias al olvido. El olvido nos conserva, en toda su fragancia, sentimientos vaporosos que creíamos perdidos y con los que retornan la juventud y el amor. Un soplo húmedo, el aroma de la primera llamarada del fuego en el hogar, un cambio atmosférico —ésos son los mensajeros que nos devuelve el yo pasado. 'La última reserva del pasado, la mejor, es aquella que, cuando todas las lágrimas parecían agotadas, sabe hacernos llorar aún.' "

Pasaron las modas que seducían a Proust. Envejecieron los estilos que interesaron su gusto. Los caballeros y las señoras que nos describe no esperan ya a sus amigos en los salones de amplias ventanas por cuyos cristales, con el sol de la tarde, penetraba el último resplandor del crepúsculo del siglo XIX. Esperan —si es que el verbo esperar tiene sentido alguno para los muertos— la llegada de sus nietos o sus bisnietos hasta sus tumbas. Y las flores que esos familiares lejanos pueden llevarles no les dirán nada muy comprensible acerca del cambiante y desconcertante mundo de hoy.

Han variado los métodos de la vida. Las distancias se han reducido hasta lo increíble. Nueva York, México, Buenos Aires (tan alejados de Legrandin o de Charlus, de Albertina o de la señora de Villeparisis) están actualmente, para los habitantes de las ciudades donde esos personajes vivían, tan cerca —en horas de vuelo por avión— como lo estaban, entonces, Madrid o Roma, en horas de viaje por tren.

Se han olvidado muchas mentiras. Otras se han inventado. Pero Proust permanece inmóvil, en su oficio de asmático taumaturgo. Y cada lector capaz de apreciar *En busca del tiempo perdido*, pasa —una vez al menos— al lado del paraíso obtenido por la conciencia del hombre que lo creó. Ese lector puede sorprenderse, como nosotros, de que una época tan extraña, tan artificial, tan burguesa —y, por momentos, tan enigmática— haya dejado a las generaciones de hoy, gracias a la paciencia de Proust, un fragmento de tiempo en estado puro, un trozo de vida intacta del que no sabemos exactamente qué preferir: si el prestigio de los recuerdos, conquistados por la memoria, o el valor de la realidad, protegida por el olvido.

Tiempo y memoria en la obra de Proust,
Editorial Porrúa, México, 1967, cap. VI.

RUBÉN DARÍO

"CANTOS DE VIDA Y ESPERANZA"

SE APAGAN LAS METÁFORAS Y SE ENCIENDEN LAS LUCES INTERIORES. LA MÚSICA DE LAS IDEAS, SUPERIOR A LA DE LOS VOCABLOS. LAS SINFONÍAS EN SOL MAYOR Y LOS PRELUDIOS ÍNTIMOS Y PROFUNDOS. CREADOR DE UN NUEVO IDIOMA POÉTICO. POR EL SUPREMO ESPLENDOR, A LA MÁXIMA SENCILLEZ.

Dedicados a Nicaragua y a la Argentina, los *Cantos de vida y esperanza* señalan el epinicio del poeta, el vértice de su perfección de artista y su más alta sinceridad de hombre. Hasta entonces, había sido Rubén un escultor parnasiano y un músico simbolista, con intermitencias —o con caídas— que revelaban hasta qué punto el romanticismo de los años de juventud seguía hablando en su corazón. Pero, en *Cantos de vida y esperanza*, ya no es Darío el ejecutante excelente de artificios, formas y estilos aprendidos en otras lenguas e imitados de otras literaturas. De pronto, es él. Nada menos y nada más que Rubén Darío. Y decirlo no es parco elogio.

Desde la primera página del prefacio, habla con la autoridad de quien sabe que está en la cima: "El movimiento de libertad que me tocó iniciar en América se propagó hasta España, y tanto aquí como allá, el triunfo está logrado..." "Mi respeto por la aristocracia del pensamiento, por la nobleza del arte, siempre es el mismo. Mi... aborrecimiento a la mediocridad..., a la chatura estética, apenas si se aminora hoy con una razonada indiferencia." Y concluye: "Al seguir la vida que Dios me ha concedido tener, he buscado expresarme lo más noble y altamente en mi comprensión: voy diciendo mi verso con una modestia tan orgullosa, que solamente las espigas comprenden, y cultivo, entre otras flores, una rosa rosada, concreción de alba, capullo de porvenir, entre el bullicio de la literatura." (La "rosa rosada" y el "capullo de porvenir" son frases que suenan, hoy, a no sé qué lírica prehistoria; pero resultaban acaso, entonces, muy expresivas y las rescata, hasta cierto punto, la "concreción de alba" que deslizó entre ellas Rubén Darío.)

Por otra parte, el prefacio en prosa no era sino una simple entrada en materia. El verdadero pórtico del volumen está en el primer poema: uno de los más bellos y más intensos de toda la poesía en castellano. Mencionarlo es insuficiente. Habría que reproducirlo en su integridad. Y reproducirlo sería superfluo, si no estuviéramos decididos a hacerlo nuestro, por la plenitud de la admiración. Citemos, sin embargo, las estrofas que juzgo más perdurables:

1120

Yo soy aquel que ayer no más decía
el verso azul y la canción profana,
en cuya noche un ruiseñor había
que era alondra de azul por la mañana.

El dueño fui de mi jardín de sueño,
lleno de rosas y de cisnes vagos;
el dueño de las tórtolas, el dueño
de góndolas y liras en los lagos;

y muy siglo dieciocho, y muy antiguo
y muy moderno; audaz, cosmopolita;
con Hugo fuerte y con Verlaine ambiguo,
y una sed de ilusiones infinita.

Yo supe de dolor desde mi infancia;
mi juventud..., ¿fue juventud la mía?,
sus rosas aún me dejan su fragancia,
una fragancia de melancolía...

Potro sin freno se lanzó mi instinto,
mi juventud montó potro sin freno;
iba embriagada y con puñal al cinto;
si no cayó, fue porque Dios es bueno.

En mi jardín se vio una estatua bella;
se juzgó mármol y era carne viva;
un alma joven habitaba en ella,
sentimental, sensible, sensitiva.

. . . . .

La torre de marfil tentó mi anhelo;
quise encerrarme dentro de mí mismo,
y tuve hambre de espacio y sed de cielo
desde las sombras de mi propio abismo.

Como la esponja que la sal satura
en el jugo del mar, fue el dulce y tierno
corazón mío, henchido de amargura
por el mundo, la carne y el infierno.

Mas, por gracia de Dios, en mi conciencia
el Bien supo elegir la mejor parte;
y si hubo áspera hiel en mi existencia,
melificó toda acritud el Arte.

Mi intelecto libré de pensar bajo,
bañó el agua castalia el alma mía,
peregrinó mi corazón y trajo
de la sagrada selva la armonía.

. . . . . .

El alma que entra allí debe ir desnuda,
temblando de deseo y fiebre santa,
sobre cardo heridor y espina aguda:
así sueña, así vibra y así canta.

Vida, luz y verdad, tal triple llama
produce la interior llama infinita;
el Arte puro como Cristo exclama:
Ego sum lux et veritas et vita!

Y la vida es misterio; la luz ciega
y la verdad inaccesible asombra;
la adusta perfección jamás se entrega,
y el secreto ideal duerme en la sombra.

Por eso ser sincero es ser potente:
de desnuda que está, brilla la estrella;
el agua dice el alma de la fuente
en la voz de cristal que fluye d'ella.

. . . . .

Pasó una piedra que lanzó una honda,
pasó una flecha que aguzó un violento.
La piedra de la honda fue a la onda,
y la flecha del odio fuése al viento.

La virtud está en ser tranquilo y fuerte;
con el fuego interior todo se abrasa;
se triunfa del rencor y de la muerte,
y hacia Belén... ¡la caravana pasa!

Hasta aquí, Rubén Darío. El lector de *Prosas profanas* advertirá fácilmente cómo el poeta, durante los años transcurridos desde 1896, fue percatándose de que nada vale si no es genuino. No basta que la metáfora sea hermosa, por opulenta que la juzguemos. Debe ser expresión de la idea y revelación del alma. Ha comprendido, también, que no puede el autor confesarse por meras alegorías, como la del *Reino interior*. Ha de hacerlo con la simplicidad con que los nardos perfuman, con la espontaneidad con que canta el zenzontle y con la espléndida desnudez con que Sirio, en las noches limpias de nubes, brilla en el firmamento. Sedujeron —tal vez demasiado— a Rubén Darío la Galatea gongorina y las marquesas verlenianas; pero ha adquirido por fin un sagrado horror a toda falsía. Le ofende la simulación literaria. Y quiere presentarse como lo que es: como un hombre solo, solo frente a la multiplicidad pintoresca del universo, solo frente a las iras del mar y a la incomprensión de la muchedumbre, solo frente a la amargura del tiempo; solo junto a la fuente que, por la exclusiva calidad de sus aguas, "vence al destino".

Vida, luz y verdad serán sus leyes en lo futuro: aunque sepa que la vida es misterio, "que la verdad inaccesible asombra" y que la luz, la luz esencial, la que cantó Milton, ciega a quienes la miran. ¿Rencores? ¿Odios? ¿Resentimientos?... El poeta se sitúa más allá de todas esas ruindades. Lo que le importa es triunfar de ellas —por la virtud. Y la virtud "está en ser tranquilo y fuerte".

¿Quiero acaso decir con esto que las nuevas poesías de Rubén serán, indefectiblemente, cánticos de alegría? No, por cierto, en el sentido colectivista que da a la alegría el poema inmortal de Schiller. Sí, en cambio, en la emoción heroica, dramática, humana y personalísima que Beethoven supo infundir al poema de Schiller en los coros de su última sinfonía. No hay que desdeñar al dolor. Sería torpe ignorarlo. El dolor existe. E incluso es noble: llama de purificación y crisol hirviente de eternidad. Pero, sobre el dolor, ha de poner el hombre la estrella de una esperanza, pues "la adusta perfección jamás se entrega". Hora tras hora, tenemos que conquistarla.

Ni en *Las ánforas de Epicuro* había llegado Rubén a expresar su verdad con limpidez tan lúcida y tan soberbia. Cayeron para siempre de las manos sutiles de las marquesas los abanicos de la época de Luis XV; callaron las voces de los centauros. Y hasta los reyes cuando pasan por el volumen —como el Rey Óscar— no valen por los brillantes de sus coronas, o por la autoridad de sus cetros, sino porque, "con labios de monarca", lanzan "gritos de hombre".

Si, por absurdo, quisiéramos limitar la poesía española a las páginas de una antología de sólo veinte poemas, uno de ellos sería indudablemente éste: el primero de *Cantos de vida y esperanza*, dedicado a José Enrique Rodó. Dejo, a los aficionados a tales juegos solitarios, el placer de seleccionar los diecinueve restantes. Por mi parte, pienso que —en el conjunto, y mencionando exclusivamente a los poetas nacidos antes de 1900— no podrían faltar los nombres de Jorge Manrique, de Garcilaso, de Fray Luis de León, de San Juan de la Cruz, de Lope de Vega, de Góngora, de Quevedo, de Calderón de la Barca, de Sor Juana Inés, de Gustavo Adolfo Bécquer, de Salvador Díaz Mirón, de Manuel José Othón, de José Asunción Silva, de Enrique González Martínez, de Leopoldo Lugones, de Antonio Machado, de Porfirio Barba-Jacob, de Juan Ramón Jiménez y de Ramón López Velarde. Otros, como es natural, sugerirían listas muy diferentes.

Todos los poetas de lengua española del siglo XX proceden, más o menos directamente, de ese poema: los discípulos de Darío, sus opositores, sus rivales, y hasta los que se sienten ahora tan crípticos, tan audaces y tan modernos que se creerían ofendidos si se les recordara ese antiguo origen.

Los que en 1918 teníamos dieciséis años lo sabíamos de memoria. Los que hoy pretenden no conocerlo, lo leyeron alguna vez y ponen actualmente en negarlo un insano orgullo. A partir de 1925, comenzó a parecer de buen gusto sonreír de quienes confesaban admirar a Rubén Darío. ¿El "modernismo"? ¿Quién aceptaba ser "modernista", o haberlo sido en la juventud? Lo importante era ser ultraísta, dadaísta, estridentista, realista, surrealista, expresionista, existencialista... Y, en efecto, el "modernismo" (como toda escuela artística o literaria, que vive de lo contingente) no duró mucho, y está hoy bien muerto. Pero lo que salva a los grandes creadores es, precisamente, que no naufragan junto con las deformaciones y los vicios de las escuelas en que participaron. El crepúsculo del "Sturm und Drang" no fue el ocaso del joven Goethe. La decrepitud del romanticismo francés no restó méritos perdurables a los verdaderos aciertos de Víctor Hugo o de Vigny. Y es tan grotesco el que niega hoy a Rubén Darío en sus excelencias, por no compartir la estética modernista, como lo sería quien negase el valor de Newton por respeto a Einstein. Incluso el símil de que me valgo no es oportuno, puesto que la ciencia corrige incesantemente a la ciencia, pero, en arte, la perfección es incorregible.

De las cincuenta y nueve composiciones que integran el libro publicado por Rubén en 1905, catorce figuran en la sección titulada propiamente *Cantos de vida y esperanza*; cuatro en un breve intermedio consagrado a *Los cisnes*, y cuarenta y una fueron coleccionadas bajo el rubro de *Otros poemas*. Como todas las distribuciones hechas por Darío en los volúmenes de poesía que editó, la de *Cantos de vida y esperanza* resulta muy discutible. En la primera sección, constan poesías de un lirismo diáfano y puro, como *Pegaso, Torres de Dios, Un gran vuelo de cuervos mancha el azul celeste*, junto con obras de intención artística más compleja (y, en ocasiones, no exentas de propósitos políticos o de ímpetus oratorios) como la célebre *Salutación del optimista*, el poema *Al Rey Óscar, Cyrano en España, Salutación a Leonardo, A Roosevelt, Helios* y *La marcha triunfal*.

No es que no posean tales fragmentos valores indiscutibles. Tesoros melódicos, según ocurre en *Helios* —cuya última estrofa es un positivo alarde de técnica y de armonía—; [1] audacias de vehemencia casi profética, como en la *Salutación del optimista* y la oda *A Roosevelt* y glorias de rítmico lujo y de sonoridades sinfónicas inauditas, como en *La marcha triunfal.* Pero el poeta, por ejemplo, a lo largo de esa marcha, sigue todavía sumiso al artífice. Esculpe, lima, cincela, como quería Teófilo Gautier. Oye los "claros clarines"; desprende de las panoplias "las viejas espadas de los granaderos, más fuertes que osos"; ve los bucles de oro del nieto circundados de armiño por la barba del viejo abuelo y, más que el cortejo de un ejército americano, o español, parece estar evocando las glorias de un triunfo napoleónico, pues hace desfilar frente a nuestros ojos —y junto a nuestros oídos, igualmente asombrados— a quienes, tras de haber desafiado "los soles del rojo verano / las nieves y los vientos del gélido invierno, / la noche, la escarcha / y el odio y la muerte"..., "saludan con voces de bronce las trompas de guerra que tocan la marcha / triunfal".

El caso de la oda *A Roosevelt* es por completo diverso. Aquí, el poeta adopta el tono del Víctor Hugo de *Los castigos.* La iniciación del poema es tan directa y tan efectiva como imprevista. Por otra parte, es muy hábil, pues no olvida a Whitman al hablar de la Biblia, ni a Washington al referirse a Nemrod. Reconoce (y no es poco) que "la Libertad levanta su antorcha en Nueva York"... Pero, en seguida, la protesta del hispanoamericano alcanza acentos inconfundibles. Todo el justo orgullo de una raza oprimida por la economía del dólar y la amenaza del "big stick" se yergue en dieciséis alejandrinos que es imposible, hoy aún, leer sin emoción. Son los siguientes:

> *Mas la América nuestra, que tenía poetas*
> *desde los viejos tiempos de Netzahualcóyotl,*
> *que ha guardado las huellas de los pies del gran Baco,*
> *que el alfabeto pánico en un tiempo aprendió;*
> *que consultó los astros, que conoció la Atlántida*
> *cuyo nombre nos llega resonando en Platón,*
> *que desde los remotos momentos de su vida*
> *vive de luz, de fuego, de perfume, de amor,*
> *la América del grande Moctezuma, del Inca,*
> *la América fragante de Cristóbal Colón,*

[1] *¡Oh rüido divino!*
Pasa sobre la cruz del palacio que duerme,
y sobre el alma inerme
de quien no sabe nada. No turbes el destino.
¡Oh rüido sonoro!
El hombre, la nación, el continente, el mundo,
aguardan la virtud de tu carro fecundo,
¡cochero azul que riges los caballos de oro!

> *la América católica, la América española,*
> *la América en que dijo el noble Guatemoc:*
> *"Yo no estoy en un lecho de rosas"; esa América*
> *que tiembla de huracanes y que vive de Amor,*
> *hombres de ojos sajones y alma bárbara, vive.*
> *Y sueña. Y ama, y vibra, y es la hija del Sol.*

Tras de lo cual, Darío evoca a los cachorros del León de España, y concluye diciendo:

> *Se necesitaría, Roosevelt, ser por Dios mismo,*
> *el Riflero terrible y el fuerte Cazador,*
> *para poder tenernos en vuestras férreas garras.*
> *Y, pues contáis con todo, falta una cosa: ¡Dios!*

Han pasado los años. Relaciones de mayor comprensión recíproca han venido a atenuar las prisas o las presiones del primer Roosevelt. Otro Roosevelt (Franklin Delano) inició incluso, con amplia visión de estadista, una era que hubiese podido culminar en una política de buena vecindad amistosa. El propio Darío, al asistir, en 1906, a la Conferencia de Río de Janeiro, variaría singularmente de estilo al trazar los versos de su *Salutación al águila*. Sin embargo, la *Salutación al águila* vive apenas, con vida precaria y ardua, en las páginas de *El canto errante* ("lo cortés —decía Rubén— no quita lo cóndor"), en tanto que la oda *A Roosevelt* sigue enhiesta, de pie, firme como una advertencia, saludable como un consejo y simbólica como una bandera desplegada en lo alto de un asta de varonía y de dignidad. Por lo que concierne a la *Salutación del optimista*, más importante sin duda que los otros poemas citados en la primera sección de *Cantos de vida y esperanza* (*Cyrano en España*, al rey Óscar y la *Salutación a Leonardo*), su sentido social, histórico y psicológico es por todos conceptos muy significativo. Rubén se niega a dividir, en el caudal de su propia sangre, lo que recibió de la ola española y lo que debe a la ola indígena. Como la mayor parte de los latinoamericanos no contaminados por sectarismos raciales póstumos, quiere la fusión de lo autóctono y de lo hispánico. No es ya ahora Rubén el Darío que increpaba, en su poema a Colón, a los extraños de las célebres carabelas. Su residencia en España, su trato con españoles, su intimidad con Francisca Sánchez, le han hecho sentirse parte de una familia en que fraternizan —más allá de los siglos y de los odios— los herederos de Cervantes y los de Netzahualcóyotl. Acaso en el camino de la reconciliación con los que fueron un día los vencedores, extreme un poco el poeta la efusión del afecto y olvide, con resignada o con voluntaria amnesia, el dolor de los que sintieron, por espacio de tres centurias, el yugo del coloniaje.

Por huir del diálogo peligroso —entre Atahualpa y Pizarro o entre Cuauhtémoc y Hernán Cortés— acude quizás a una fuente prócer, pero distante: la antigua Roma. De allí que hable de Hércules, de Virgilio, de Minerva y no de Coatlicue o de Quetzalcóatl. Pero el propósito general del poema —cuyo autor no tenía en mente a los gobiernos, sino a los pueblos— era, por eso mismo, sincero y noble: "Únanse, brillen, secúndense tantos vigores dispersos; /formen todos un solo haz de energía ecuménica." Y pide que "un continente y otro, renovando las viejas prosapias, / en espíritu unidos, en espíritu y ansias y lengua, / *vean* llegar el momento en que habrán de cantar nuevos himnos".

Si Darío hubiese escrito semejante salutación antes de la desventura española de 1898, lo que juzgamos generosidad humana hubiera podido parecer docilidad política y, tal vez, sumisión endeble y oportunista. Pero la desgracia —tanto como la historia— unía en aquellos años a todos los pueblos que hablaban el idioma de Lope de Vega. Y no era inútil cantar simultáneamente, entonces, "a la nación coronada de orgullo inmarchito" y a los "vástagos altos, robustos y fuertes" que constituían el coro de América, "tras los mares en que yace sepulta la Atlántida".

Junto a esas largas composiciones, que parecen sinfonías escritas en sol mayor, los otros poemas resultan menos vibrantes, pero suscitan en los lectores de hoy un eco más personal, como determinados preludios, de línea melódica simple y tensa, donde nada distrae al auditorio de la expresión íntima del artista y que dan, a quien los escucha, una emoción tanto más directa, sincera y clara, cuanto que no se extravía en las vastas ondulaciones con que una sabia instrumentación ornamenta —cuando no ilustra— los grandes trozos concebidos para el mar polifónico de la orquesta.

He mencionado un soneto (*Pegaso*) cuyos tercetos me han dado siempre una impresión luminosa del sol pagano y de voluntad concentrada de cielo inmenso. Al releerlos, suelo pensar en lo que hubiera podido hacer un Nerval hispánico, sin las brumosas melancolías que condujeron al otro al desequilibrio y hasta al suicidio. Cité, asimismo, *Torres de Dios*, lección de serenidad y de gracia para el poeta:

> ...*poned al pabellón sonrisa.*
> *Poned ante ese mal y ese recelo,*
> *una soberbia insinuación de brisa*
> *y una tranquilidad de mar y cielo...*

Descubro, igualmente, en la poesía que principia con el alejandrino más tenebroso (noche de *Macbeth*, en el castillo en que muere Duncan), *"un gran vuelo de cuervos mancha el azul celeste"*, fragmentos que fueron de ayer, que podrían ser de hoy y que deberían ser de siempre, pues constituyen una exhortación fervorosa de perdón y de paz para todos los hombres:

> *La tierra está preñada de dolor tan profundo,*
> *que el soñador, imperial meditabundo,*
> *sufre con las angustias del corazón del mundo.*

> *Verdugos de ideales afligieron la tierra,*
> *en un pozo de sombras la humanidad se encierra*
> *con los rudos molosos del odio y de la guerra.*

> *¡Oh, Señor Jesucristo!, ¿por qué tardas, qué esperas*
> *para tender tu mano de luz sobre las fieras*
> *y hacer brillar al sol tus divinas banderas?*

> *Surge de pronto y vierte la esencia de la vida*
> *sobre tanta alma loca, triste o empedernida,*
> *que, amante de tinieblas, tu dulce aurora olvida.*

> *Vén, Señor, para hacer la gloria de ti mismo,*
> *vén con temblor de estrellas y horror de cataclismo,*
> *vén a traer amor y paz sobre el abismo.*

> *Y tu caballo blanco, que miró el visionario,*
> *pase, y suene el divino clarín extraordinario.*
> *Mi corazón será brasa de tu incensario.*

Pero donde advierto la evolución más dramática de Darío es en la serie titulada *Otros poemas*. Desde el principio, el retrato de un caballero español evoca, sin que nadie pronuncie su nombre, al príncipe de la iconografía toledana, el cretense Doménico Theotocópuli:

> *Don Gil, don Juan, don Lope, don Carlos, don Rodrigo,*
> *¿cúya es esta cabeza soberbia? ¿Esa faz fuerte?*
> *¿Esos ojos de jaspe? ¿Esa barba de trigo?*
> *Éste fue un caballero que persiguió a la Muerte.*

> . . . . .

> *Tiene labios de Borgia, sangrientos labios dignos*
> *de exquisitas calumnias, de rezar oraciones*
> *y de decir blasfemias: rojos labios malignos*
> *florecidos de anécdotas en cien Decamerones.*

Y con todo, este hidalgo de un tiempo indefinido,
fue el abad solitario de un ignoto convento,
y dedicó en la muerte sus hechos: "¡Al olvido!",
y el grito de su vida luciferina: "¡Al viento!"

Más tarde,

La dulzura del ángelus matinal y divino
que diluyen ingenuas campanas provinciales,
en un aire inocente a fuerza de rosales,
de plegaria, de ensueño de virgen y de trino
de ruiseñor...

deja a leguas de distancia el sentimentalismo burgués y artificialmente campestre del *Ángelus* de Millet. Y, sobre todo, me persuaden los dos *Nocturnos*. El que lleva, en el libro, el número 5:

Quiero expresar mi angustia en versos que abolida
dirán mi juventud de rosas y de ensueños,
y la desfloración amarga de mi vida
por un vasto dolor y cuidados pequeños.

Y el viaje a un vago Oriente por entrevistos barcos,
y el grano de oraciones que floreció en blasfemia,
y los azoramientos del cisne entre los charcos,
y el falso azul nocturno de inquerida bohemia...

y el dedicado a Mariano de Cavia, que sitúo a la altura de *Yo soy aquel...* y de *Lo fatal*. Su belleza estremece al lector con los recursos más espontáneos, más cotidianos y más prosaicos en apariencia:

Los que auscultásteis el corazón de la noche,
los que por el insomnio tenaz habéis oído
el cerrar de una puerta, el resonar de un coche
lejano, un eco vago, un ligero rüido...

En los instantes del silencio misterioso,
cuando surgen de su prisión los olvidados,
en la hora de los muertos, en la hora del reposo,
sabréis leer estos versos de amargor impregnados...

Como en un vaso vierto en ellos mis dolores
de lejanos recuerdos y desgracias funestas,
y las tristes nostalgias de mi alma, ebria de flores,
y el duelo de mi corazón, triste de fiestas.

Y el pesar de no ser lo que yo hubiera sido,
la pérdida del reino que estaba para mí,
el pensar que un instante pude no haber nacido,
¡y el sueño que es mi vida desde que yo nací!

Todo esto viene en medio del silencio profundo
en que la noche envuelve la terrena ilusión,
y siento como un eco del corazón del mundo
que penetra y conmueve mi propio corazón.

¡Cuando surgen de su prisión los olvidados!... ¿Quién no ha sentido, en efecto, durante ciertas horas de insomnio, romperse la solidez de la vida exterior, traicionarnos la connivencia de la soledad inmediata y agrietarse la complicidad del silencio, donde emerge la alcoba, en la sombra, como una isla? Por rendijas imperceptibles, de luz oscura y de murmullos extraños, llegan entonces hasta nosotros, seres inesperados, rostros perdidos, nombres borrosos, calles de ciudades atravesadas rápidamente, huellas de remordimientos o de placeres sumergidos, durante muchos años, en los fondos compactos de la memoria. Son "los olvidados"; los momentos, los paisajes y las personas que aprisionamos, sin quererlo, en lo más secreto de nuestro ser, como si fuera el olvido la cárcel más rigorosa. Ellos, los olvidados, no nos olvidan. Vivos o muertos, establecen nuestra continuidad existencial: subterránea, instintiva y honda. Y, hasta donde pueden, tratan de conciliar las nostalgias de nuestras almas "ebrias de flores" y el desencanto de nuestros corazones, "tristes de fiestas". ¿Quién, por otra parte, no imaginó cierto día haber pasado, sin darse cuenta de ello, junto a las altas murallas del dominio que la esperanza le prometía: "El reino que estaba para él"?

Poesía sin lujo, poesía desnuda, poesía en que las imágenes (pocas, por cierto) corresponden exactamente al criterio que me comunicó alguna vez Antonio Machado, al decirme, en carta fechada en Madrid el 7 de enero de 1925: "Las imágenes no son cobertura de conceptos sino expresión de intuiciones vivas y las ideas están siempre en su sitio: dentro, como los huesos en el cuerpo humano, o lejos, como luminarias de horizonte." Dentro, "como los huesos en el cuerpo", y no solamente por fuera, como túnicas deleznables, más pesadas cuanto más vanas, y cuanto más suntuosas, más ilusorias...[2]

___

[2] El mismo Darío acabó por sentirlo así. En *Historia de mis libros*, la página final (dedicada a *Cantos de vida y esperanza*) constituye un testimonio genuino y conmovedor. "El mérito principal de mi obra —escribe—, si alguno tiene, es el de una gran sinceridad, el de haber puesto 'mi corazón al desnudo', el de haber abierto de par en par las puertas y ventanas de mi castillo interior, para enseñar a mis hermanos el habitáculo de mis más íntimas ideas y de mis más caros ensueños. He sabido lo que son las cruel-

Salvo en *Lo fatal*, Rubén Darío no irá nunca más lejos en el camino hacia el descubrimiento de su entrañable incógnita. Hará versos muy bellos, como éste (*Amor, tu hoz de oro ha segado mi trigo*), que leo en *Propósito primaveral*; o estos, de *Melancolía*:

> Y en este titubeo de aliento y agonía,
> cargo lleno de penas lo que apenas soporto.
> ¿No oyes caer las gotas de mi melancolía?

o estos, del soneto a Cervantes:

> Viendo cómo el destino
> hace que regocije al mundo entero
> la tristeza inmortal de ser divino;

o estos, del poema *De otoño*:

> Yo, pobre árbol, produje, al amor de la brisa,
> cuando empecé a crecer, un vago y dulce son.
> Pasó ya el tiempo de la juvenil sonrisa:
> ¡dejad al huracán mover mi corazón!

Como la vida, *Cantos de vida y esperanza* concluye con una lápida. En ella, un misterioso cincel grabó las líneas más nítidas del poeta, las que podrían constituir su epitafio lírico: los versos de *Lo fatal*. No hay en esos versos ni artificios retóricos, ni complicados andamios técnicos, ni tesis filosóficas doctrinarias. El poeta, como cualquier otro hombre, sabe hasta qué punto ignora lo que no sabe. Y lo que no sabe es, precisamente, lo que toda persona humana quisiera saber con exactitud: de dónde viene y a dónde va...

Envidia al árbol, que apenas siente, y más todavía a la piedra dura, porque ésa ya ni siquiera siente. Pero, en el fondo, le enorgullece no ser insensible y duro. De Montaigne (que evocara en su hermosa elegía a la muerte de Rafael Núñez), Darío ha pasado, por tácitas gradaciones, hasta el gran Pascal de los *Pensamientos*. Se da cuenta de que no es sino "un faible roseau pensant". Lo que, después de todo, no es poca cosa. Se ha despojado de tantas coronas de mirtos y de laureles como soñaba ceñir a sus sienes en los años de la intrépida mocedad. Su reino

dades y locuras de los hombres. He sido traicionado, pagado con ingratitudes, calumniado, desconocido en mis mejores intenciones por prójimos mal inspirados, atacado, vilipendiado. Y he sonreído con tristeza. Después de todo, todo es nada, la gloria comprendida. Si es cierto que 'el busto sobrevive a la ciudad", no es menos cierto que lo infinito del tiempo y del espacio, el busto, como la ciudad, y, ¡ay!, el planeta mismo, habrán de desaparecer ante la mirada de la única Eternidad."

interior no se encuentra habitado (según creía) por reinas, ninfas y diosas, sino por algo que se llama humildemente conciencia: responsabilidad esencial ante los júbilos y los duelos, soledad egregia del hombre frente al destino.

La carne puede todavía tentarle con sus "frescos racimos", y la tumba inquietarlo con sus "fúnebres ramos", pues no ha vencido a la tentación, ni ha dominado totalmente a la angustia. Pero ha comprendido por fin que de angustia y de tentación sucesivas está urdida invariablemente la tela de la existencia, y que, al decir "lo fatal", está diciendo, también, "lo normal". Porque todos, grandes o pequeños, célebres o anónimos, somos iguales a Edipo en su diálogo con la esfinge.

Deliberadamente he dejado para el final de este rápido examen algunos poemas que gozaron —desde el momento de su publicación, o de su lectura, ante auditorios más o menos bien escogidos— de una fama inmediata y de una predilección popular, locuaz y perseverante. Tan perseverante y locuaz que muchos versos de esos poemas corren —hoy todavía— de boca en boca, como "Juventud, divino tesoro, / ya te vas para no volver", o "de las epidemias de horribles blasfemias / de las Academias, / ¡líbranos, señor!"...

No sería indispensable precisar, después de lo dicho, cuáles son las composiciones que tengo en mente. Pero, por si alguno hubiera olvidado sus títulos, los repetiré. Son: la *Canción de otoño en primavera* y las *Letanías a Nuestro Señor Don Quijote*.

Las *Letanías*, concebidas para la declamación más que para la lectura, tenían todos los atractivos capaces de interesar a un sector de letrados poco exigentes: la monotonía del ritmo, el corte de las estrofas, de seis renglones, donde el tercero y el sexto terminan siempre en vocablos de acento agudo; la veneración irrestricta para el protagonista de *Don Quijote* y el desprecio para la "multitud" (a la que no siempre resulta ingenioso, ni propio, ni justo, declarar necia). La imprecación contra las academias parece atrevida. Y, en el fondo, no lo era ya. Verlaine, en su soneto a Calderón de la Barca, había dicho, desde 1892, cosas no menos graves, al escribir "*Salut! Et qu'est ce bruit fâcheux d'académies, / de concours, de discours, autour de ce grand mort...?*" Entre tantos versos hechos para halagar, más que a Nuestro Señor Don Quijote, a quienes buscaban en el recuerdo del soberbio manchego un escudo con qué amparar cierta "hispanidad" (que no necesitaba tanto —por cierto— "la adarga al brazo" y "la lanza en ristre", cuanto el entusiasmo por el trabajo, la democratización de las instituciones, la evolución científica de las técnicas y la realización del ideal en el ejercicio práctico de la vida), una línea se salva, y luce con brillo propio: *Y teniendo a Orfeo, tienes a Orfeón*. Pero ¿no era, acaso, esa sola línea una censura implícita para las otras estrofas, en cuyo desarrollo Orfeón, muchas veces, parece olvidarse de Orfeo?

Por lo que atañe a la *Canción de otoño en primavera*, sé que voy a lastimar muchas susceptibilidades al confesar que la encuentro muy inferior a la inmensa reputación de que disfruta. No insistiré en la reiteración del célebre "ritornello"; aunque el solo hecho de oír aquello de *cuando quiero llorar, no lloro* me ponga en guardia frente al desfile de las "niñas" que poblaron la *plural historia* amorosa del escritor: la que sonreía, "como una flor", la que tomaba su ensueño en brazos y lo arrullaba "como un bebé" y la que juzgaba que la boca del gran poeta era "el estuche de su pasión"...

Escrito cuanto precede, me siento con más libertad para elogiar, ya sin reserva alguna, tres cuartetas de la *Canción*, impregnadas —ésas sí— de una ternura genuina y de una noble resignación ante los estragos que impone la edad:

> *¡Y las demás!, en tantos climas,*
> *en tantas tierras, siempre son*
> *si no pretextos de mis rimas,*
> *fantasmas de mi corazón.*

> *En vano busqué a la princesa*
> *que estaba triste de esperar.*
> *La vida es dura. Amarga y pesa.*
> *¡Ya no hay princesa que cantar!*

> *Mas, a pesar del tiempo terco,*
> *mi sed de amor no tiene fin;*
> *con el cabello gris me acerco*
> *a los rosales del jardín...*

¡Dichoso el poeta que, como Darío, incluso cuando yerra y toma por un violín la guitarra de maderas más insonoras, sabe arrancar de ella —aunque sea por momentos— la musicalidad de un auténtico Stradivarius! [3]

Dar, en el conjunto del texto, a cada palabra importante el valor esencial (que no viole el que tenga en el diccionario) pero que

---

[3] A pesar de todo lo dicho, la fuerza de acción de esos dos poemas sigue siendo tan ostensible, que los incluyo —y no creo que el incluirlos sea un desacierto— en la *Antología de Rubén Darío* también publicada por la Universidad Nacional Autónoma de México y el Fondo de Cultura Económica.

lo enriquezca con un sentido propio, exclusivo, inconfundible e inviolable, es el arte supremo del verdadero gran escritor. Ya, en 1899, Unamuno había adivinado ese problema de Rubén —del Rubén de *Prosas profanas*— al escribirle, en una carta de perspicacia muy penetrante: "Lo que yo veo, precisamente en usted, es un escritor que quiere decir, en castellano, cosas que ni en castellano se han pensado nunca ni pueden, *hoy*, con él pensarse. Tiene usted que hacerse su lengua, y en esta labor inmensa se gastan energías que el escritor clásico aprovecha en expresar las ideas comunes en su país y en su tiempo, cuando estas ideas son vivas, es decir, en las épocas clásicas. Cuando las ideas comunes son muertas, como hoy sucede en España, el escritor, purista y correcto y de irreprochable lenguaje, sólo expresa sonoras vulgaridades..."

Años más tarde, José Ortega y Gasset afirmaría que "las palabras son logaritmos de las cosas, imágenes, ideas y sentimientos, y, por tanto, sólo pueden emplearse como signos de valores, nunca como valores". En su prólogo a *El canto errante*, Rubén Darío hubo de afrontar la cuestión con criterio de poeta, y no de crítico filosófico. "La palabra —dijo— nace juntamente con la idea... pues no podemos darnos cuenta de la una sin la otra..." Y añadió: "En el principio, está la palabra como única representación. No simplemente como signo, puesto que no hay antes nada que representar. En el principio, está la palabra como manifestación de la unidad infinita, pero ya conteniéndola. *Et verbum erat Deus.* La palabra no es en sí más que un signo o una combinación de signos; mas lo contiene todo por la virtud demiúrgica. Los que la usan mal serán los culpables, si no saben manejar esos peligrosos y delicados medios. Y el arte de la ordenación de las palabras no deberá estar sujeto a imposición de yugos, puesto que acaba de nacer la verdad que dice: el arte no es un conjunto de reglas, sino una armonía de caprichos."

No todo es válido en el último párrafo del texto que acabo de citar. Y no lo es porque el propio Darío, al realizar sus mejores poemas, trató de conciliar las reglas de la sintaxis y de la métrica con esa "armonía de caprichos" que invocaba, por derecho propio, como autoridad insigne del escritor. Pero, innegablemente también, acertaba —más, aquí, el poeta que el pensador— al reconocer que cada palabra tiene una vida propia, elástica, ágil, e imprevisible hasta cierto punto. Y que el poeta mediocre es el que se somete al valor vulgar de cada vocablo, en vez de animarse a matizar ese valor, accesible a todos, con un tono personal de su sensibilidad y de su temperamento.

Si la poesía estuviera hecha con palabras de sentido literalmente exacto, si la constituyeran sólo series de logaritmos, traducirla sería una empresa fácil. Y quien ha intentado traducir un poema, por mediocre que sea, se da cuenta de que, en reali-

dad, todo poema es, por naturaleza, intraducible. **Puede recrear-**
se, dentro de ciertas proporciones, si el traductor es poeta de
calidad y si se atreve a inventar una "armonía de caprichos" más
o menos equiparable a la que empleó el autor del poema que
está traduciendo. De allí la importancia de la carta de Unamuno.
Rubén no vivía en una era clásica y, por consiguiente, tenía
que hacerse su propio idioma. Eso fue lo que principió a hacer,
en *Prosas profanas*, y lo que logró, con maestría mayor, en *Can-*
tos de vida y esperanza.

Ahora bien, el español recreado por Darío en su obra cumbre
sería, durante años, el de la poesía española, tanto en España
como en América. Sin esa recreación idiomática, hubieran sido
imposibles —o muy diversos— los aciertos de un Antonio Machado y de un Juan Ramón Jiménez, o los de un Leopoldo Lugones, un Enrique González Martínez y un Ramón López Velarde.
El propio Ortega, al elogiar a Antonio Machado en un artículo
aparecido en 1912, habría de reconocerlo así, con prestigiosa
franqueza.

Citemos algunos párrafos de ese artículo: "Cuando vinimos
al mundo... reinaba una poesía de funcionario. Era bueno un
verso cuando se parecía hasta confundirse a la prosa, y era la
prosa buena cuando carecía de ritmo. Fue preciso empezar por
la rehabilitación del material poético: fue preciso insistir hasta
con exageración en que una estrofa es una isla encantada, donde
no puede penetrar ninguna palabra del prosaico continente sin
dar una voltereta en la fantasía y transfigurarse, cargándose de
nuevos efluvios, como las naves otro tiempo se colmaban en
Ceilán de especias. De la conversación ordinaria a la poesía
no hay pasarela. Todo tiene que morir, antes, para renacer luego,
convertido en metáfora y en reverberación sentimental. Esto
vino a enseñarnos Rubén Darío, el indio divino, domesticador
de palabras, conductor de los corceles rítmicos. Sus versos han
sido una escuela de forja poética."

El resto de la nota de Ortega y Gasset es, quizá, menos imparcial. "Ahora —decía— es preciso más: recobraba la salud
estética de las palabras, que es su capacidad ilimitada de expresión, salvado el cuerpo del verso, hace falta resucitar su alma
lírica." Quedaba restringida por tanto, implícitamente, la acción
del "indio divino" a la de un ortopedista de la lengua, que
hubiese restituido a las palabras una flexibilidad atenuada o perdida por no sé qué anquilosis tradicional; pero ignoraba —o
quería ignorar el filósofo— que hubiera sido imposible devolver
a los vocablos aquella "salud estética" de que hablaba, sin infundirles, simultáneamente, un alma lírica nueva. Mucho me temo
que, al escribir líneas tales, Ortega haya tenido presente más al
Rubén de *Helios* y de *La marcha triunfal* (o tal vez, incluso,
al de *Sonatina* y *Era un aire suave...*) que al Darío de *Lo fatal,*

de *Yo soy aquel que ayer no más decía...* o de los *Nocturnos.*
Porque, precisamente, resucitar el "alma lírica" y no sólo el
idioma de la poesía castellana (superando "la estratificación de
palabras, de metáforas y de ritmos") fue lo que Darío consiguió
hacer en los momentos más persuasivos de sus *Cantos de vida
y esperanza.*

El peligro del autor de *Prosas profanas* (y —naturalmente—
de sus serviles imitadores) habría sido el de contentarse con
las conquistas rítmicas obtenidas, repitiendo los juegos verbales
logrados mediante pólvoras de artificio y prefiriendo a la posible
indecisión del pianista frente al teclado de un piano vivo, la
mecánica perfección de una sinfonola, automática e impecable.

Pero Rubén Darío era demasiado consciente de su responsabilidad de poeta para detenerse en el camino de una renovación
formal, por considerable que fuese. Crear un nuevo idioma poético constituía ya una gigantesca proeza. Sin embargo, lo que
más le importaba a él era emplear ese idioma nuevo a fin de
expresar su verdad profunda. Por eso, a partir de los mejores
Cantos de vida y esperanza, todos sus grandes poemas serán
voces de límpida humanidad, expresiones dramáticas (y hasta,
en ocasiones, humildes) de una sensibilidad tan original como
original había sido el esfuerzo hecho a fin de perfeccionar el
idioma para exponer lo más entrañable de su ser íntimo.[4]

El primer Antonio Machado, al que Ortega encomia muy justamente, no alcanzaría sino más tarde notas más puras y todavía más despojadas de lo que podríamos llamar el placer físico
del idioma. Admirándolo tanto como lo admiro —y reconociendo
que, con el tiempo, alcanzó un clasicismo moderno que, por ventura, no degeneró nunca en neoclasicismo— pienso que las estrofas que cita Ortega, en su artículo de 1912, no eran superiores
a los poemas que Darío publicó, desde 1905, en *Cantos de vida
y esperanza.*

Por ejemplo, cuando Machado escribe:

> *Al borde del sendero un día nos sentamos.*
> *Ya nuestra vida es tiempo y nuestra sola cuita*

---

[4] Nadie conoció mejor que Darío la flaqueza de su carácter y la inflexibi-
lidad de su vocación. Lo que he tratado yo de expresar en los párrafos
que anteceden, lo encuentro, de pronto, admirablemente sintetizado por
el poeta, en el comentario que dedicó a la primera edición de *La paz del
sendero*, de Ramón Pérez de Ayala (1904). "Ahora —escribía entonces— todos queremos ser sencillos... Todos nos comemos nuestro cordero al asador, después de que lo hemos tenido encintado en el *hameau* de Versalles."
¡Con qué pintoresca elegancia se critica a sí mismo —y doblemente, tal
vez: por su actual afán de simplicidad y por su manera difícil de conse-
guirla, atravesando los prados de las aldeas falsificadas por el capricho
de una reina voluble y autoritaria. Sí, "muy moderno", ahora —con la
carne puesta en el asador—; pero ayer "muy siglo XVIII", con su peluca
empolvada bajo el pequeño tricornio negro, de terciopelo!...

son las desesperantes posturas que tomamos
para aguardar... Mas Ella no faltará a la cita;

¿no nos obliga a rememorar las estrofas finales del *Nocturno,*
número 5?:

El ánfora funesta del divino veneno
que ha de hacer por la vida la tortura interior;
la conciencia espantable de nuestro humano cieno
y el horror de sentirse pasajero, el horror

de ir a tientas, en intermitentes espantos,
hacia lo inevitable desconocido, y la
pesadilla brutal de este dormir de llantos
¡de la cual no hay más que Ella que nos despertará!...

Como en América, Leopoldo Lugones, Enrique González Martínez, Gabriela Mistral y Ramón López Velarde, en España, Antonio y Manuel Machado —y hasta el mismo Juan Ramón Jiménez—
trazaron sus propias rutas, con personalísima autonomía, pero
esas rutas no hubieran sido viables sin la revolución realizada
por el genio nicaragüense. Y esa revolución —insisto— no fue
exclusivamente formal, como da la impresión de juzgarla Ortega
y Gasset. No consistió tan sólo en hacer de la estrofa "una isla
encantada" en que los vocablos habrían de probar su capacidad
como inmigrantes dignos de obtener la naturalización esencial
de la poesía.

Arquitecto de una estructura audaz, no podía Rubén haber
dejado vacío ese inmenso edificio de métricas y de ritmos. Según
lo dijo él mismo, en su jardín "se vio una estatua bella; / se
juzgó mármol y era carne viva; / un alma joven habitaba en
ella, / sentimental, sensible, sensitiva". Sí, un alma joven —y
nueva— pobló las salas más atrevidas de ese edificio y, también,
las más pobres, las más oscuras, las más modestas. "Por el
dolor, a la alegría" había cantado el genial Beethoven. Y Darío
hubiera podido agregar: por el supremo esplendor, a la máxima
sencillez.

Rubén Darío, Letras Mexicanas, Fondo de
Cultura Económica, México, 1966, cap. VII.

EL SILENCIO DE CUAUHTÉMOC
RESUENA AÚN

EL GRAN edificio austero, de sobrias líneas y espacios nobles, cuya construcción fue esperada durante lustros, abre sus puertas esta mañana. Y las abre, en septiembre, en Chapultepec.

Tierra egregia la de estos sitios, cerca de la colina inmortalizada por la pasión de los Niños Héroes. Pocas más dignas de sostener el palacio que hoy inaugura el Primer Magistrado de la Nación. ¿Y qué momento mejor para el acto que nos reúne? Septiembre es el mes en que nuestro pueblo conmemora su independencia y engavilla, como su recolección el labriego, la cosecha moral de su libertad. Al evocar su pasado, México mide el tamaño de su presente y en pensamiento y en obra se proyecta hacia el porvenir.

Un poeta de nuestra edad y de nuestra América dijo, en alguna ocasión, que "lo que tiene el árbol de florido, vive de lo que tiene sepultado". Nada más cierto. La raíz es la explicación del tronco, el tronco la de la rama, la rama la de la flor. Cuanto más hondo el cimiento, más aérea y audaz la torre... Así los pueblos. A todas horas y en todas partes, somos los hombres historia viva. Historia que perdura conscientemente en cédulas y tratados, retratos y manuscritos, libros y hemerotecas. O historia que no conserva ningún archivo; tradición que no necesita prenderse a ninguna fecha, a ninguna anécdota; ímpetu que, de pronto, al realizar la menor acción, revela un impulso antiguo, callado e insobornable, y obtiene para nosotros —a veces, sobre nosotros— victorias póstumas, según contaban quienes creían en las batallas que, incluso muerto, ganaba el Cid.

POR LA AFIRMACIÓN DE LO NACIONAL, A LA
INTEGRACIÓN DE LO UNIVERSAL

En el día de honrar a los creadores de tantas culturas decapitadas, mencionar a un campeón de España podrá tal vez sorprender a algunos. Aunque no veo por qué razón. Sangre de España corre también por las venas de millones de mexicanos. Es fuerza, en nosotros, el mestizaje. Avanzamos, por la afirmación de lo nacional, hacia la integración de lo universal. Nuestra vocación no se encuentra desfigurada por prejuicios étnicos o geográfi-

Discurso en la inauguración del nuevo Museo Nacional de Antropología, el 17 de septiembre de 1964.

cos. América es nuestro ámbito natural; México la razón de nuestro destino. Pero el escenario de ese destino lo constituye la tierra entera. Y queremos participar con la independencia en el progreso común de la humanidad.

Monumento de monumentos, el Museo que abrimos hoy al fervor del público mexicano y a la curiosidad de los extranjeros, atestigua la magnitud de nuestro homenaje para las civilizaciones interrumpidas por la caída de Tenochtitlan y de las capitales de otros grandes señoríos. Toda el ansia de manifestar lo inefable del ser y del no ser, que las obras aquí reunidas expresan con patetismo, nos habla de un formidable naufragio histórico. Adivinamos, en los ecos de ese naufragio, la firmeza, el amor, la pena, la sabiduría, la vehemencia y la fe implacable de muchos pueblos que vivieron organizando los métodos de la paz y las tácticas de la guerra con la simbólica ordenación de un rito.

Atentos al tránsito de los astros, entre las lanzas verdes de sus maizales, frente a los discos —de turquesa o de ámbar— de sus cenotes, junto al fresco refugio de sus lagunas, en la cúspide de sus templos, a los pies de sus ceibas o en los valles ceñidos por sus volcanes, los hombres de aquellos pueblos supieron fijar en piedra las estaciones, convertir en deidades coléricas o indulgentes a los elementos de la naturaleza, e imaginaron robustecer el vigor del sol con ofrendas y sacrificios, animándole a proseguir el combate del día contra la noche, hasta el punto de que la aurora —para los últimos defensores de aquel mundo teocrático e imperial— resultaba, más que un triunfo de la luz sobre las tinieblas, una victoria, tan humana como divina, de la vida sobre la muerte.

Desde el monolito de Coatlinchan, que saluda a los paseantes, hasta la misteriosa Coatlicue —que asombra y llama al espectador con la violencia de un grito cósmico— a lo largo de este Museo se desarrolla una sucesión de creaciones ásperas o felices, duras o sonrientes, místicas casi todas. Místicas, pues los seres que las hicieron y las amaron, vivieron bajo el dominio de una emoción religiosa, lo mismo —si eran mayas— cuando situaban un concentrado perfil heráldico sobre los frisos de Uxmal; que cuando reproducían, si eran teotihuacanos, la serpiente emplumada de Quetzalcóatl; labraban, si eran toltecas, los atlantes de Tula; modelaban, si eran zapotecas, las urnas de Monte Albán, o esculpían si eran aztecas, la expectación angustiosa de Xochipilli.

Nos sentiremos siempre alentados y sorprendidos frente a tantas realizaciones; definitivas unas, y desdeñosas, en su trágica perfección; conmovedoras otras por la ternura de la línea frustrada que proyectaban hacia las formas de un mundo nuevo.

EL HOMBRE, HIPÓTESIS SIN DESCANSO, INVENCIÓN SIN TREGUA

Nuestra vinculación con semejantes realizaciones no podría pensarse exclusivamente en términos geográficos, invocando el hecho de que vivimos en zonas donde brillaron algunas de las civilizaciones precolombinas de calidades más eminentes. Ni podría pensarse tampoco, exclusivamente, en términos étnicos, porque circule en las arterias de nuestro pueblo sangre que un día acompasó el pulso de Netzahualcóyotl, agitó el pecho del personaje encontrado bajo las sombras geométricas de Palenque o nutrió la retina de los funcionarios y los guerreros que desfilan, desde hace siglos, sobre los muros de Bonampak.

Las circunstancias de vivir en la misma tierra y de haber recibido —aunque sea en parte— el caudal de la misma sangre, ¿bastan, acaso, para allanar el secreto de los anhelos que esas culturas sintieron intensamente y que, a su modo, soñaron y proclamaron?... Porque el hombre no es sólo una reacción al lugar donde nace y ama, sufre, piensa y desaparece; ni es, tampoco, una pasiva entidad, subordinada al rigor de la biología. Contestación vulnerable, y en ocasiones imprevisible, a las exigencias del medio que lo circunda y al llamado de su linaje, es el hombre también hipótesis sin descanso, invención sin tregua, creación perenne y descubrimiento incesante de los enigmas que le propone su propia esfinge en la ondulación —luminosa y sombría— del universo.

DEPOSITARIOS AGRADECIDOS Y RESPETUOSOS

Entendamos con claridad nuestra posición. La historia es irreversible. Al pronunciar la palabra Patria, no sugerimos por cierto un regreso utópico a la Liga de Mayapán, a la teogonía teotihuacana, a los métodos bélicos de Axayácatl o las normas suntuarias de Moctezuma. Sin embargo, nuestra visión general de México resultaría arbitraria y falsa si no admitiéramos francamente que el cielo que contemplamos, las montañas que nos custodian y la tierra que nos sustenta fueron el marco de una evolución secular, de cuyos trofeos debemos reconocernos depositarios agradecidos y respetuosos. Don Ángel María Garibay lo ha dicho de la manera más persuasiva: "Al cabo de cuatro centurias, alienta en el corazón de cada mexicano un hilo de aquella sangre que se agitó en las emociones ante el sol naciente, encarnado en Huitzilopochtli, o bailó en las alegres fecundidades de las mieses, bajo la lluvia de bendición de un Tláloc que sigue criando el maíz divinizado, pan de las carnes morenas y alegría de los campos, con su cantar de hojas y su rumor de espigas."

Aplastadas por los vencedores, ignoradas o menospreciadas por los ocupantes —cuando no, también, por algunos de sus legítimos legatarios—, las culturas indígenas no desaparecieron jamás del todo. Sus templos habían sido destruidos, o abandonados a la avidez de las selvas próximas. Pero las nuevas creencias no desterraron completamente a los viejos dioses. Agricultores, los indios continúan los cultivos tradicionales. Artesanos, acarician todavía las formas de su cerámica. Y, cuando decoran ciertos muros, determinados muebles y múltiples piezas de orfebrería, se advierte —bajo las líneas de los modelos occidentales— la afirmación de sus concepciones imprescriptibles de la belleza plástica.

¿Cómo admitir que este gran Museo consistiera tan sólo en una profusión de reliquias desencarnadas? Por eso, junto a las joyas de la escultura (cinceladas estrofas de un himno, inaudible ahora en su integridad), nuestros colaboradores buscaron el acompañamiento antropológico indispensable: fondo histórico y etnográfico que subraya el valor artístico de cada objeto en particular y que comprueba, a la vez, la permanencia de ciertos hábitos, vivos aún en las tradiciones de numerosas comunidades de la República.

LAS TRES FUNCIONES DEL MUSEO: ESTÉTICA, DIDÁCTICA Y SOCIAL

Este Museo tiene, por consiguiente, tres funciones complementarias. La primera —puramente estética— obedece al requerimiento de presentar al espectador la obra del pasado, en la soledad de su prístina desnudez. Nada podría sustituir el descubrimiento que cada quien haga de sí propio frente a las experiencias que aquí le esperan. Ninguna lección revelaría tanto al viajero como la obra maestra en su plenitud. Los espacios que hemos tratado de establecer frente a cada una, fueron concebidos para facilitar el diálogo silencioso entre el visitante, que se enriquece con lo que admira y el documento, que despierta y explica su admiración.

La segunda de las funciones a que antes me referí no es ya puramente estética. Es didáctica, sobre todo. Importa que el estudioso comprenda (hasta donde parezca factible, dada la limitación de nuestro saber) el sentido social de las obras que lo cautivan. Ninguna producción, por intemporal que resulte en sus consecuencias, niega arbitrariamente la influencia del pueblo que hizo posible su advenimiento. Y si esto es cierto en términos generales, más lo es en el caso de creaciones que en nada ocultan su relación con el mundo que trataron de eternizar.

La intención didáctica que menciono nos indujo a pedir un

trabajo suplementario —y no siempre fácil— a quienes nos ayudaron en la realización de la empresa: arquitectos, artistas y museógrafos a los que no debo solamente una enhorabuena oficial, sino una honda y personalísima gratitud. Tendió ese trabajo suplementario a relacionar (cuando lo creímos plausible) las manifestaciones de cada civilización con el medio físico, el ambiente étnico, la condición social y el momento histórico en que las investigaciones científicas las sitúan. Mapas, maquetas —y escenas que constituyen hipótesis verosímiles y, con frecuencia, fieles reproducciones— sirven al público en calidad de puntos de referencia, o signos de orientación.

A veces, tales escenas interpelan al espectador en el idioma concreto de ciertos hechos, paisajes, fiestas y ritos que es todavía posible observar en la realidad. A veces, estimulan más bien su aptitud poética, alentando ese don imaginativo sin cuyo impulso la visita a cualquier museo resultaría siempre engañosa. En efecto, por hermoso que juzguemos este palacio —en su vasta armonía de acero y luz, vidrio, mármol, cedro, tezontle y cemento armado—, su positiva importancia estará en función de la actitud de los seres que vengan a recorrerlo.

EQUILIBRIO DE PIEDRA Y ALMA

Figuran, en el *Museo del Hombre*, cerca del Sena, estas palabras de Valéry: "De los que pasan depende que sea tesoro o tumba: que les hable o que me calle..." Tenía razón el autor de *La joven parca*. La belleza de los museos no se hace entender verdaderamente sino de aquellos que saben interrogarla. Y que saben interrogarla con pertinencia y con emoción. Las esculturas más prodigiosas serían sarcófagos si quienes las contemplaran no procurasen hallar, dentro de su original equilibrio de piedra y alma, una respuesta para sus dudas, un perdón para sus errores, una piedad para sus quebrantos y una enseñanza para sus vidas.

¡Original equilibrio de piedra y alma! La frase en que me detengo me obliga a considerar la importancia inmensa de la tercera de las funciones atribuidas a este Museo: la de inspirar a los mexicanos, junto con el orgullo de la historia heredada, el sentido de su responsabilidad colectiva ante la historia que están haciendo y la que habrán de hacer en lo porvenir. Solamente lo auténtico puede contribuir a lo universal. Y solamente lo que contribuye a lo universal acrece en verdad el legado humano.

El mundo intelectual y moral que expresaron los creadores de las culturas representadas en estas salas sucumbió, de improviso, porque los acontecimientos lo sometieron a la más dramática de las pruebas: la de luchar contra algunas técnicas superiores. La poesía, el denuedo, la intrepidez en el combate y el estoicismo ante la muerte —grandes virtudes de esas culturas— no bastaron a compensar, en la hora de la invasión, lo que Spengler llamó "falta de voluntad de potencia técnica".

En nuestros días, la lección que señalo tiene un alcance incontrovertible. Sin confianza en el alma de lo que somos, perdería sentido nuestra existencia; pero, sin los conocimientos y los métodos necesarios para defender nuestra libertad y nuestro progreso, ¿no perderíamos igualmente, junto con la piedra que esculpimos, el alma que sustentamos?

ESPÍRITU Y TÉCNICA

Las culturas, para durar, requieren una infrangible alianza entre la espiritualidad y el dominio técnico. Ante los testimonios de tantas civilizaciones paralizadas, nos prometemos solemnemente no incurrir jamás en deslealtad para los altos designios que postulamos, ni en renuncia frente al esfuerzo de adaptación que reclama, en lo material, la preservación de los ideales que esos designios implican.

Situado (a vuelo directo) entre los rascacielos de Nueva York y los llanos de Venezuela, a mitad del camino de Australia al Bósforo, y a igual distancia de las nieves de Alaska y de las costas cálidas del Brasil, México parece predestinado a un deber de orden universal. La historia confirma esta invitación de la geografía. ¿No se habla, a menudo, de tres Méxicos superpuestos: el precortesiano, el virreinal y el independiente?... La simple enumeración de esas tres etapas demuestra cómo están integrándose en nuestro territorio —y en nuestro espíritu— energías de carácter muy diferente: la evolución anterior al descubrimiento de América, el ímpetu vital que estimuló a los conquistadores y el afán de progreso en la libertad, escogido por nuestro pueblo a partir de Hidalgo.

Colocado en un punto clave, del espacio y del tiempo, México tiene plena conciencia de sus responsabilidades como nación. Por su vecindad con los Estados Unidos y el Canadá —y con las Américas Central y Meridional— nuestro país constituye un puente entre las culturas latina y sajona del Nuevo Mundo. Por los orígenes de su población, es un puente histórico entre las tradiciones americanas precolombinas y las europeas del orbe mediterráneo. Y, tanto por su posición en la esfera terrestre cuanto por la sinceridad de su comprensión para todos los horizontes del hombre, puede ser asimismo un puente —un puente de verdad, de concordia y de paz— entre los pueblos que ven la aurora antes que nosotros y los pueblos que, después de nosotros, miran nacer el sol.

Ahora bien, la audacia de todo puente supone una garantía: la solidez de su estructura. México no lo ignora. De ahí su voluntad de conciliación patriótica. De ahí sus campañas de educación popular, cada vez más vigorosas y más intensas. De ahí su respeto para las fuerzas de la cultura. Y de ahí también su labor, de habilitación técnica, en el campo y en las ciudades.

EL DESTINO, PROEZA ESENCIAL DEL HOMBRE

Muchas de las obras que este Museo conserva equivalen a una apología espléndida de la muerte. El mexicano anterior a la idea del México en que vivimos tuvo un concepto extraordinariamente lúcido del tránsito inevitable y de la catástrofe sin piedad. Tan penetrante sentido de lo que se marchita, de lo que pasa, de lo que desfallece a cada momento y al cabo muere, persiste en muchos de los mexicanos de hoy. Sin embargo, ese mismo sentido se encuentra ahora envuelto en fervor de vida, pues al destino como fatalidad, nuestro pueblo quiere oponer el destino de proeza, como hazaña esencial del hombre, el destino que se hace todos los días con el trabajo, en la independencia y en la virtud. Frente a Coatlicue, tierra con falda túrgida de serpientes, nos inclinamos en doloroso arrobo; pero sentimos que, si "la muerte está en la existencia cual la semilla en el fruto", existencia y muerte se compenetran, para los individuos y las naciones, en torrentes de eternidad.

LOS TESOROS DE CUAUHTÉMOC

La figura de un hombre, en cuyo semblante es ahora perdón la sonrisa estoica, pero será ejemplo siempre la valentía, vela —invisible— a las puertas de este recinto. Pienso en Cuauhtémoc. Un día de agosto, cuatrocientos cuarenta y tres años antes de éste, vio caer la capital de su heroico imperio. La defendió como raras veces se ha defendido un estilo de vida o una forma de pensamiento: contra el sentido de sus presagios, contra la fuerza de sus leyendas, contra el pronóstico de sus dioses. Los tesoros que no entregó están representados aquí. No consistían únicamente —ahora lo comprendemos— en las piezas de oro que pretendían convertir en monedas sus adversarios. Eran los testimonios de la cultura de sus mayores y de todas las que cubría, con alas tensas y dominantes, el águila de su estirpe.

Por los tesoros que no entregó fue llevado al suplicio injusto. Se estremecieron, bajo sus plantas, lenguas de fuego. Pero el silencio de Cuauhtémoc resuena aún. Lo escuchamos, los mexicanos, mientras vivimos. Hasta el extremo de que silencio tan elocuente forma parte profunda de nuestra vida; es como escudo de bronce de nuestras almas y resistencia entrañable de nuestro ser.

Gracias, señor Presidente de la República, no sólo por haber dispuesto que se ofreciera a millares de esos tesoros el monumento que merecían, sino por el entusiasmo y el incansable interés con que examinó los proyectos, consideró los trabajos y orientó la realización de la obra. Gracias, arquitectos, ingenieros, antropólogos, historiadores, museógrafos, escultores, pintores, hombres de letras y obreros todos que, bajo la iluminada dirección de Pedro Ramírez Vázquez, tan diligentemente nos ayudasteis a presentarlos entre estos muros. Gracias personalidades ilustres del país y del extranjero que os asociáis a nosotros en el júbilo de este día.

La ceremonia que nos reúne lo confirma admirablemente: Cuauhtémoc no murió en vano. Junto a los restos de lo que fue la grandeza de un mundo prócer, México se levanta: laborioso, perseverante, atrevido y fiel.

Al honrar los vestigios de su pasado, ese México tiene la convicción de que honra en sí propio, y enaltece en lo universal, el prestigio de su presente y la gloria de su futuro.

POEMAS, 1965-1966 *

PAUSA

Es EL ÚLTIMO día del año. Y me pregunto
si será el postrer año de la vida...

No pongo en la pregunta el menor énfasis,
pues aprendí, hace mucho,
a no insistir en ser, a no instalarme
en casas donde nadie me retiene
y en horas que no son sino caminos
para otras horas que también se irán.

Pero quisiera, al menos,
tocar un poco más la luz, la dicha;
acariciar sin prisa esta delgada
superficie del tiempo que yo no conocía;
oír la voz amada
como jamás la oí, sin ansias ni premuras,
en instantes que no fueran ya andenes
entre expresos de ruido y de impaciencia;
dejar que el sol descubra
en la rama interior la rosa intacta,
distinguir —uno a uno— los colores
de sus pétalos frágiles y ocultos,
y esperar, mientras sube la noche de la tierra,
el gran concierto mudo de las constelaciones.

Viví para los otros, en los otros...
Jamás estuve solo con el alba,
ni solo con el mar, ni con la estrella.

¿Fue biografía siempre mi existencia?

Y no quisiera concluir la obra
que me tocó esbozar, sin una pausa
hermosa, larga y clara de silencio:
un compás de verdad y de ternura,
antes del duro acorde inevitable
que ya me anuncia el río
—cada vez más estrecho— de la música.

31 de diciembre de 1965

* *Obra poética*, Colección de Escritores Mexicanos, núm. 87, Edit. Porrúa,
México, 1967.

PROMESA

A LA ORILLA del mar, en la orilla del aire,
casi al borde del cielo, donde nada
separa ya la vida de la aurora,
donde el ala que pasa
toca sólo el reverso de la noche,
donde nada
distingue al heliotropo de la estrella,
en esa claridad de luz tan alta
que parece una idea, una profunda
promesa de virtud para los hombres
en su pobre verdad de carne y alma...

A la orilla del tiempo, en la playa del día,
cuando todo principia, porque nada
existe ya de cuanto recordamos,
sobre ese azul de hielo que deja en la mirada
la visión de una lámpara encendida,
en ese instante brusco de lo eterno
que media entre la llama
y la memoria fría de la llama,
a la orilla de mar, en la orilla del tiempo
oír la voz secreta, lenta y pura,
que nos dice: —"¡Despierta, el alba sangra!
El mundo es un pedazo de ti mismo.
Toda la poesía está aguardando,
porque no nace aún de tu esperanza
la palabra de amor, la fiel, la clara,
la única palabra
que podría captar este minuto,
¡ay, y librarte, al fin,
de tu pobre verdad de carne y alma!"

Septiembre de 1966

LEÓN TOLSTOI

GUERRA Y PAZ (1)

VISIÓN DE RUSIA EN 1805 Y 1812. EL MUNDO SOCIAL EN QUE
ACTÚAN LOS PERSONAJES. LA FANTASÍA IGUALA Y VENCE A
LA HISTORIA. COMPARACIÓN CON HOMERO Y SHAKESPEARE.
EL REALISMO DE TOLSTOI ES IDEALISTA, NO NATURALISTA.
EL DRAMA DEL PRÍNCIPE ANDRÉS

MEDIABA el estío de 1919. Tenía yo 17 años. Y, además, un remordimiento: el de no haber podido leer, en su texto íntegro, la
novela que mayormente me interesaba. Esa novela era *Guerra
y paz*. Cierta enfermedad (las enfermedades, cuando no graves,
suelen ser magníficas vacaciones) me permitió disponer de las
largas horas indispensables a la inmersión en el mundo de León
Tolstoi.

Nunca olvidaré semejante descubrimiento. Cada vez que releo
Guerra y paz, mi espíritu me transporta al paisaje familiar y
moral en que lo emprendí. Vuelvo a ver mi pequeña alcoba, de
estudiante dispuesto a salir de viaje. Me proponía pasar una
temporada en Europa (proyecto que, entonces, no realicé) y quería sentirlo todo, en aquellos días, provisional: mi trabajo, mis
sueños, mis inquietudes, e incluso mi aprendizaje —ese sí inacabable— de hombre de letras.

De pronto, deshaciéndolo en apariencia, aquella lectura vino a
consolidarlo todo, y cimentó mi entusiasmo en profundidad. Suelo evocar hoy aún la Rusia de 1805, como Tolstoi la describe, con
sus salones —¡tan rusos!— a la francesa. Pienso en Joseph de
Maistre y en Marmont, disfrazados con un seudónimo: el Vizconde de Mortemart. Oigo al Príncipe Kuraguin, padre de tres
fenómenos: la bella Elena, condesa por su marido y hetaira por
vocación; el insolente y vulgar Hipólito, en quien lo fenomenal
era la estulticia, y Anatolio, rival de Elena por lo inmediato del
atractivo físico que emanaba de su persona y por su frío cinismo en la corrupción.

Al lado de esos "mundanos", me asomo a la casa de los Rostov.
Familia alegre en su ruina próxima, que acumulaba deudas para
sus fiestas y multiplicaba fiestas para hacer deudas; nido de chicos y de muchachas, todos tiernos, simpáticos, impulsivos...
Menos Vera que —parodiando a ciertas cantantes, de magistral
infortunio— daba invariablemente la nota falsa, lo mismo en las
conversaciones de sociedad que en las charlas íntimas con sus
padres.

Un poco en segundo término (pero ¿hay segundos términos,

1148

cuando quien mira es Tolstoi?), me siento el invitado más tímido y taciturno de la brillante Ana Scherer, dama de honor de la Emperatriz, que no podía hablar de la Corte nunca sin que una sombra de tristeza oficial le velara el rostro, como si el recordar a su protectora, en cualquier circunstancia y en cualquier sitio, fuese ocasión para tributarle un homenaje discreto, por respetuoso —y melancólico, por lejano... O bien, me rozaba el ala de una túnica arcaica y leve: la de la Princesa Ana Mijailovna, madre del joven Borís, eterna solicitante ante el poderoso, fuera quien fuese, y capaz —por el bien de su hijo— de las gestiones más humillantes y las maniobras más intrincadas.

De repente, cambia la luz de los reflectores. El escenario cambia también. No son ya salones los que me acogen, sino cuarteles, o juntas de militares solemnes y presurosos. Descubro mesas cargadas de planos y planes bélicos. Entra, por quién sabe qué puerta, el Emperador Napoleón Primero. Cuando no es Napoleón (pero comprendo, entonces, que estoy de nuevo en el campo ruso), quien se aproxima es su gran adversario tácito: Kutúzov; un soldado viejo, cíclope infatigable aunque de aspecto siempre cansado, al que importunan las previsiones de sus jóvenes estrategos, que se duerme en las reuniones de su Estado Mayor, y se despide para ir a leer, bajo su tienda de campaña, un anodino relato de Madame de Genlis.

Deslumbrado por el brillo de tantos cascos y tantos galones de oro, mi recuerdo va descendiendo y se detiene en los oficiales de menor jerarquía, o en los que hacen realmente —según Tolstoi— las victorias o las derrotas de los ejércitos: sus elementos anónimos, los soldados. El novelista parece haber vivido familiarmente con cada uno. Sabe el nombre del capitán que manda a los artilleros en el sitio más peligroso de una batalla. Es Tushin. Y no sólo sabe su nombre. Nos indica que, cuando Tushin saluda a un jefe, coloca tres dedos en la visera de su gorra, con un movimiento tímido, muy diferente del que hacen al cuadrarse los militares, pues remeda, más bien, la bendición de un sacerdote.

No se limita Tolstoi a los capitanes. Conoce a los subtenientes, a los cabos, a los sargentos... Cuando desfilan las tropas frente al Príncipe Bagration, ve la triste expresión del soldado que avanza cansadamente y que parece estar repitiendo: "ya lo sabemos", "ya lo sabemos". Nada, en efecto, puede ser nuevo para quien lleva tantas semanas de lucha inútil: ni el descanso, ni la enfermedad, ni la inquietud de la muerte próxima.

Entre los personajes que imaginó León Tolstoi (creando a muchos, los inventados, y recreando a cuantos tuvieron histórica realidad), confieso no haber contado a los que figuran, en *Guerra y paz*, con nombre y semblante propios. El índice de una edición relativamente reciente de la novela señala a más de 120 personas sólo por lo que atañe a las que el autor no inventó. Aludo a los soberanos, a los ministros, a los mariscales y generales (austriacos, franceses, rusos), a los gobernadores de provincia, como el de Esmolensco y el célebre Rostopchin, a varios embajadores y hombres de letras, a determinados actores y hasta a una cantante de ópera, la Semenova, o un profesor de baile, muy conocido en los círculos de Moscú.

¿Qué representan esos individuos, junto a las varias docenas de hombres y de mujeres con que Tolstoi agrandó el pasado de su país? Se adivinan el orgullo que puso en organizar el contacto entre unos y otros, y la satisfacción que le dio ver cómo dialogaban, en ocasiones, los ojos de su mente y los de la historia. Parece preguntar entonces a los lectores: "¿Cuáles son más reales: Kutúzov o el Príncipe Andrés Bolkonski, Napoleón o Pedro Bezújov, Alejandro Primero o Karatáiev?"

La pregunta tiene sentido, porque Tolstoi no perteneció al género de los escritores que desestiman el dato auténtico, sino a la categoría de los que buscan, paciente, insistentemente, el menor detalle: en las memorias, las cartas, los periódicos y las crónicas de una época. Se ha intentado el recuento de los libros que analizó. Encontramos, entre muchos otros, las *Memorias* de Marmont, la *Correspondencia diplomática* de Joseph de Maistre, los *Recuerdos de campaña* del artillero Elías Radoitski, las *Cartas* de María Volkova, una novela de Zagoskin (*Los rusos en 1812*), las *Memorias* de Beausset, Prefecto de Napoleón, el *Cincuentenario de Borodino*, obra de Liprandi, largos textos de Thiers, Bogdanóvich y Danilevski y un libro de Jikharev: *Las memorias de un estudiante*, al que debemos, gracias a la capacidad de Tolstoi para revivir las escenas ciertas y hacérnoslas verosímiles, fragmentos inolvidables de *Guerra y paz*, como el banquete ofrecido en el Club Inglés al Príncipe Bagration.

Repetimos la pregunta: ¿cuáles figuras tienen más realidad? ¿Las que la historia cincela, con el cincel de los vencedores: leyenda estereotipada y, en ocasiones, mentira implícita, restaurada, pulida y abrillantada por los críticos oficiales? ¿O esas otras, que el arte engendra y que, si las concibe Leonardo, pueden ser Santa Ana o San Juan Bautista; si Rafael las pinta, la Fornarina o la Galatea; Macbeth si es Shakespeare quien dramatiza; Moisés, cuando Miguel Ángel esculpe, o Platón Karatáiev cuando escribe Tolstoi?

Se comprende el júbilo demoniaco del novelista no solamente capaz de alargar las listas del censo —y de competir con los métodos del Registro Civil, según pretendía hacerlo el autor de *La piel de zapa*— sino suficientemente robusto para obligar a la historia a servirle obedientemente, obteniendo que los mayordomos friccionen a Bonaparte (no en Santa Elena, según lo cuenta Las Cases, sino antes de la batalla de Borodino, según conviene a su narración) y logrando que el imaginario Nicolás Rostov tenga mayor realce y mayor volumen existencial que algunos mariscales de campo, como Lopujin.

Sólo Homero, en este sentido, fue más allá que Tolstoi. En el doble registro de la *Ilíada* —y de la *Odisea*— héroes y dioses alternan continuamente. En Tolstoi, los que alternan con los mortales creados por el artista, no son Atenea, Hermes o Poseidón, sino mortales creados por el destino y llevados por el destino hasta el trono, o hasta el desastre.

Colaborar con el destino no es, ciertamente, cosa menospreciable. Pero hacer que el destino acepte cooperar con nuestro deseo; tomar la verdad de un pueblo, la pompa de su gobierno, la gloria de sus ejércitos y, con esa gloria, esa pompa y esa verdad, realizar el cuadro que —desde un principio— nos prometíamos, ¿no es esto, acaso, un triunfo sin precedente?

La mayor parte de las novelas históricas suenan un poco a falso, hasta las de Alejandro Dumas, Sienkiewicz o Próspero Mérimée. Tolstoi había tratado de aprender algunas recetas literarias en la *Crónica del reinado de Carlos Noveno*. Encontró el libro bastante frío... Algunos críticos se empeñan en convencernos de la influencia definitiva de Víctor Hugo. No estoy seguro de que tengan tanta razón como lo suponen, aunque no ignoro el interés de León Nicoláievich por *Los miserables*.

Creo, no obstante, que —mucho más que el París de Cosette y de Jean Valjean— ayudó a Tolstoi, en su esfuerzo, una prestigiosa lección pictórica: la del Museo del Louvre. Dije, al dar cuenta de aquella experiencia suya, hasta qué punto le habían seducido Murillo y apasionado Rembrandt. Ahora bien, ¿no advertimos, en *Guerra y paz*, una personalísima alianza entre las cualidades técnicas de Murillo y las virtudes espirituales de Rembrandt?

Lo que salvó a Delacroix del peligro inminente —el melodrama en *tecnicolor*— y a Dostoyevski de la mayor amenaza posible para un psicólogo —el *suspenso* de las novelas por entregas— fue lo que salvó a León Nicoláievich del riesgo de aquellos años: el de verse constreñido por el género, anfibio a pesar de todo, que había adoptado. Como en los casos de Delacroix y de Dostoyevski, su salvación la debió Tolstoi, no a la prudencia, sino a la audacia. Si hubiera sido prudente, habría sentido miedo a sus límites de escritor. El Zar Alejandro o el Emperador Napoleón Primero de *Guerra y paz* tendrían ahora, para nosotros, esa textura de "cosa histórica" que se advierte, aunque no lo quiera Alejandro Dumas, hasta en el Richelieu de sus *Tres mosqueteros* y, aunque Mérimée no lo piense, en el Coligny de su *Crónica*. La textura a que me refiero es tan diferente de la que acostumbra advertir el lector en los demás personajes de esas novelas que, de pronto, las figuras "históricas" se desprenden, como en los cuadros cubistas esos fragmentos —de madera o papel impreso— insertados por los pintores para hacernos sentir la distancia que existe entre la realidad fabricada y la imaginada.

Por audacia —y por orgullo consciente de creador— Tolstoi no teme ese gran contraste. Hombre difícil, y crítico infatigable de cuanto escribe, comprende desde el primer momento la necesidad de documentarse. Según acabamos de verlo, cuando se documenta, lo hace con eficacia y con humildad. Lee, abnegadamente, libros mediocres, sólo para encontrar en ellos el vestigio del dato auténtico, el hecho tal como lo vieron los espectadores que juzga más imparciales.

En el calor de la creación, el genio domina al crítico. Cuando ha reunido todos sus materiales, los lanza al fuego —que les dará consistencia y sonoridad— según lo hacían los fundidores con los metales que utilizaban para moldear las campanas de las iglesias. ¿Quién reconoce, cuando doblan esas campanas, lo que debe su acento al cobre, al estaño o al cinc anteriores a la aleación?... Son bronce ahora: bronce ya para siempre. Como son —y serán para siempre— humanidad patética y portentosa, en el conjunto de la novela, lo mismo los invasores que los defensores de Moscú, lo mismo los vencedores que los vencidos y lo mismo el emperador francés, cuando se hace friccionar con agua de colonia el torso pulido y adiposo, que el pequeño y redondo soldado ruso Platón Karatáiev, cuando, por las noches, para quitarse las botas, pone en ejecución toda una técnica melodiosa de movimientos suaves y circulares.

Hablé de Homero, al referirme a la promiscuidad de sus héroes y de sus dioses. En literatura, hay otro caso parecido al de Tolstoi. Ese caso es el de William Shakespeare. Shakespeare, en cuyas obras Ricardo II o Enrique V, Julio César y Cleopatra son, a pesar de históricos, tan reales y tan patentes como Ariel o como Romeo, como Calibán o como Desdémona. Shakespeare, a quien Tolstoi leyó mucho, pero con reservas y reticencias. Con reservas y reticencias que, en la senectud, habían de inspirarle una fobia vehemente, malsana casi... Esa fobia contaminaría en México a José Vasconcelos, tan tolstoiano que, de su galería de hombres ilustres, eliminó al autor de *La tempestad*.

Vuelvo a pensar en las visitas que hizo Tolstoi al Museo del Louvre, cuando pasó por París en 1857. Murillo y Rembrandt fueron, entonces, sus preferidos. Que lo haya sido Rembrandt, lo entendemos perfectamente. Lo esencial en la obra de Rembrandt es la serie de sus tremendos autorretratos. Autorretrato —y tremendo— es, también, toda la producción tolstoiana. Esto lo comprendió, como pocos, Stephan Zweig. De allí que su ensayo sobre Tolstoi aparezca en un libro en el que figuran Stendhal y Casanova.

Si el entusiasmo por Rembrandt era explicable en Tolstoi, su afición por Murillo nos desorienta. En efecto, entre los españoles, Goya y Velázquez parecerían corresponder mejor a sus gustos. Más Velázquez que Goya, seguramente. Porque Goya se encuentra mucho más cerca de Dostoyevski que de Tolstoi. En cambio —desde el punto de vista puramente artístico— Velázquez podría compararse con el Tolstoi de los días buenos. Ninguna paleta menos diabética que la suya. Lo propio sucede con las mejores novelas de León Nicoláievich. Su inteligencia, como los organismos sanos, quema a tiempo el azúcar que absorbe liberalmente. Si existieran laboratorios donde analizar el estilo (y el estilo, para la vitalidad de la obra, es como la sangre para la nutrición del cuerpo), se advertiría que, en los relatos de Tolstoi, el índice de glucosa se encuentra casi siempre en el límite exacto y, en ocasiones, hasta por debajo de lo normal. Así ocurre también con la pintura de Velázquez; no con la de Murillo.

He aquí, para no detenerme en otras, una diferencia ostensible entre *Los miserables* y *Guerra y paz*. En *Los miserables*, la ternura trasmina el cántaro. Hay momentos en que la efusión del autor, por directa, nos empalaga. En *Guerra y paz*, la ternura existe, innegablemente. Pero está vencida por el talento, asociada —con orgánica perfección— al conjunto vivo, y, de tal modo integrada a la realidad, que desprenderla de ella no es cosa fácil. Hasta el grado de que la emoción de muchas escenas de *Guerra y paz*, el lector no la capta inmediatamente, en el curso de la lectura, sino más tarde: cuando recuerda lo que ha leído. ¿No es eso, precisamente, una característica de la vida?

Porque no hay en la vida, como en los circos, tambores para anunciarnos que ha llegado el minuto de la proeza: que la amazona, en plena carrera, va a dar el salto mortal, o que el equilibrista —en la vuelta más peligrosa de su trapecio— va a suspenderse sobre un solo pie... Por preparados que nos juzguemos, llegamos siempre a las pruebas más dolorosas, o a los paraísos más placenteros, desprevenidos. Sufrimos y gozamos en el vértigo de la hora, arrastrados por la corriente que está escapándose sin descanso, oprimidos por el presente, angustiados ante el futuro. A menudo, cuando creemos que la distancia nos separó sin perdón de nuestra experiencia, afloran de la memoria los vértices de un dolor y de un júbilo verdaderos, no encubiertos y disfrazados por los detalles que, al vivirlos, distrajeron nuestra atención; sino, al contrario, iluminados por el recuerdo, puros de todo estigma, en su valor absoluto de pena o goce definitivos, despojados ya de lo transitorio, invulnerables al tiempo, independientes al fin de las circunstancias.

Así es como suelo evocar las escenas supremas de *Guerra y paz*: aquellas en las que actúan los tres personajes más importantes de la novela. Tan importantes, que no he querido hasta ahora sino citarlos, pues me hubiese apesadumbrado trazarlos con el rápido lápiz al que hube de resignarme para señalar a sus compañeros. Esos tres personajes son dos varones y una mujer. Los varones se llaman Andrés Bolkonski y Pedro Bezújov. La mujer es Natacha: la hija de los Rostov. Andrés y Pedro son dos imágenes de León Nicoláievich. Dividido siempre entre el deseo de hacer y el ansia de ser, Tolstoi proyectó sus inquietudes de acción sobre la persona del Príncipe Andrés Bolkonski y reservó para Pedro Bezújov su capacidad de meditación. Entre uno y otro, Natacha constituye un vínculo candoroso, tierno y apasionado. Novia del primero, el segundo la hará su esposa. Los dos idilios —el que frustró la muerte y el que perpetúa la vida— se desarrollan sobre el fondo de un pueblo en lucha: entre incendios, batallas y emigraciones.

Trataré de aislar en este capítulo —hasta donde no resulte arbitrario— el examen de uno de los dos personajes en cuyos cuerpos soñó reencarnar Tolstoi. Me refiero al Príncipe Andrés. Dejaré el estudio de Pedro Bezújov para el siguiente capítulo. En cuanto a Natacha, estará presente en las dos semblanzas, como lo quiso el destino. O, por lo menos, su ejecutor literario: León Nicoláievich.

Desde las primeras páginas de la obra, surge Bolkonski. Lo vemos llegar a la recepción ofrecida por Ana Scherer. Es un "hombre de mediana estatura, muy apuesto, de rasgos duros". Su mujer, la Princesa Lisa —que se le anticipó en la visita— le aburre extremadamente. Tolstoi se encarga de enterarnos de ello. "Evidentemente —observa— todos los que se hallaban en el salón le eran conocidos y lo aburrían hasta el punto de que le desagradaba verlos y escucharlos. Y, de todas aquellas personas, la que parecía aburrirle más era su bella mujer." Bella sí, pero frívola y, moralmente, insignificante. "Su labio superior, sombreado por un ligero bozo, era más corto que el otro..." Retengamos ese detalle, que el novelista (tan enemigo de Ricardo Wagner) usará con la misma insistencia que puso el autor de *Tristán e Isolda* en señalar la llegada de sus amantes —o de sus héroes— con ciertas notas características, siempre las mismas: su leitmotivo.

El Príncipe Andrés se dispone a dos acontecimientos de los que, en parte considerable, dependerá su futuro: la guerra contra el Emperador Napoleón Primero y el alumbramiento de la Princesa Lisa. Para que su viaje al frente de operaciones no deje a Lisa sin compañía, la lleva hasta Lyssyia Gory, la finca rústica de su padre, el Príncipe Nicolás. Aquí se impone una labor de descifre. Porque Lyssyia Gory es Yásnaia Poliana y el Príncipe

Nicolás, padre de Andrés Bolkonski, recuerda en muchos aspectos al abuelo materno del escritor: aquel General Volkonski que regresaba siempre a Yásnaia Poliana con esas barras odoríferas que Prascovia quemaba para aromar las salas y las alcobas donde pasó Tolstoi los años de su niñez.

En la novela, el Príncipe Nicolás es un ser esquivo y autoritario. Tortura a María, su hija, y conoce perfectamente la infelicidad conyugal de Andrés. Se entabla entre ambos un diálogo muy concreto. He aquí la escena, como la cuenta Tolstoi: "Cuando el Príncipe Andrés entró en el despacho, su anciano padre... se hallaba sentado ante una mesa, escribiendo. Se volvió. —¿Te vas? —preguntó. Y se puso a escribir de nuevo. —Vengo para despedirme. —Bueno, bésame —dijo el anciano, indicándole una mejilla. ¡Gracias! ¡Gracias! —¿Por qué me da usted las gracias? —Porque no pierdes el tiempo, ni te agarras a las faldas de tu mujer. ¡El servicio ante todo! ¡Gracias! Su pluma corría tan de prisa, que salpicaba el papel. —Si tienes que decirme algo, dímelo. Puedo hacer las dos cosas a un tiempo, añadió. —Mi esposa... Me da vergüenza dejarla a su cargo... —¿A qué viene esa tontería? Dime lo que quieres. —Cuando mi mujer vaya a dar a luz, mande usted traer a un médico de Moscú... Que esté aquí.

"El viejo príncipe se detuvo y, como si no entendiera, fijó su severa mirada en Andrés. —Sé que nadie puede ayudar si no lo hace la naturaleza misma —continuó el príncipe, visiblemente turbado... —¡Hum! ¡Hum! —masculló el viejo, sin dejar de escribir. —Lo haré.

"Después de firmar... se volvió bruscamente hacia su hijo y se echó a reír. —Mal negocio, ¿eh? —¿Qué es lo que marcha mal, padre? —¡Tu mujer! —replicó el viejo príncipe... —No entiendo. —No hay nada que hacer, muchacho; todas son iguales. No puede uno descasarse. No temas, no se lo diré a nadie. En cuanto a ti, ya lo sabes."

Cambian algunas palabras más. Y el viejo interrumpe el diálogo. "—Recuerda una cosa, Príncipe Andrés; si te matan, será un dolor para mí, que soy viejo"... Calló. Y, de repente, continuó con voz chillona: "—Pero si me entero de que no te has conducido como el hijo de Nicolás Bolkonski, será una vergüenza para mí."

Encontramos de nuevo al Príncipe Andrés en el despacho de Kutúzov, general en jefe del ejército ruso. Circulan rumores acerca de un desastre sufrido por los austriacos. La llegada del general Mack, derrotado y solo, confirma los pronósticos más pesimistas. Tras de una pequeña victoria rusa sobre Mortier, Andrés recibe el honor de comunicar al Emperador de Austria el resultado de la batalla librada en Krems. Se da cuenta de que la Corte austriaca no ve con exceso de simpatía un éxito, aunque sea pequeño, de sus aliados rusos, sobre todo después de la derrota infligida en Ulm a sus propias tropas. Las noticias empeoran a toda prisa. El puente que debía defender el acceso a Viena (y que estaba minado por los austriacos) no estalla a tiempo. Si lo quiere, Murat podrá avanzar fácilmente por la carretera de Brunn. En la desbandada, Andrés conserva su sangre fría. La conciencia le ordena regresar con los suyos —y pelear, mientras haya modo de hacerlo. Así es como participa en la acción de Austerlitz: gran victoria de Napoleón, pero gran victoria también para el novelista, porque su descripción de Austerlitz contiene páginas admirables.

Tras de las brumas de una mañana de invierno, sale por fin el sol. Y Tolstoi comenta: "Como si sólo hubiera esperado que el sol saliese, Napoleón se quitó el guante de su fina y blanca mano, hizo una señal a los Mariscales y dio la orden de empezar el ataque." Del lado ruso todo se ve mucho más sombrío. "La bruma nocturna no había dejado en las alturas sino una escarcha, que se había transformado en rocío. En el valle, la niebla seguía extendiéndose... No se distinguía nada en el lado izquierdo, donde habían bajado las tropas rusas y desde donde llegaba el traqueteo de los fusiles. Arriba, el cielo aparecía, de oscuro azul y, a la derecha, brillaba el enorme disco del sol." Kutúzov está "de un humor de perros". Andrés sueña, por el contrario, con que ese día sea su Tolón o, mejor aún, su Puente de Arcola. Se prodiga en todas las ocasiones. Cuando Kutúzov se indigna al ver que el abanderado de un regimiento deja caer la bandera, Andrés la recoge y, enarbolándola, exhorta a los soldados a rehacerse. Dejemos, ahora, que hable Tolstoi.

"El Príncipe oía el incesante silbido de las balas. A cada momento, ora a su derecha, ora a su izquierda, se desplomaban soldados. Pero él no los miraba siquiera. Estaba pendiente tan sólo de lo que pasaba en la batería. Distinguió claramente a un artillero de pelo rojizo, con el chacó ladeado. Luchaba con un francés que trataba de arrebatarle el atacador. El Príncipe se fijó en la mirada de odio de aquellos hombres que, al parecer, no comprendían lo que estaban haciendo... '¿Por qué no huye el artillero pelirrojo, si no tiene armas? ¿Por qué no lo mata el francés? Antes de que le dé tiempo de escapar, el francés recordará que tiene una bayoneta y lo matará', pensó el Príncipe Andrés.

"En aquel momento, la suerte del artillero debió de decidirse. Otro francés, armado, se precipitó hacia los dos adversarios. El pelirrojo acababa de rescatar el atacador, con aire triunfante, y parecía estar ajeno a lo que le esperaba. Pero el Príncipe Andrés no pudo ver cómo terminó aquello. Súbitamente, tuvo la impresión de que alguno de los soldados que estaban cerca le había asestado un garrotazo en la cabeza. El dolor no era intenso. Lo desagradable fue que lo distrajo, impidiéndole ver lo que le interesaba.

" '¿Qué es esto? ¿Me caigo? ¿Me vacilan las piernas?', balbució el Príncipe Andrés, desplomándose de espaldas. Abrió los ojos. Quería ver cómo terminaría la lucha... Deseaba saber si el pelirrojo había muerto y si se habían perdido o salvado los cañones. Pero no vio nada. Por encima de él no había nada, excepto el cielo: un cielo alto, inmensamente alto, no muy diáfano, y con algunas nubes grises que se deslizaban lentamente... '¡Qué quietud, qué paz, qué solemnidad! ¡Qué distinto de cuando corríamos, luchando y gritando! ¡Qué diferencia entre la ira estúpida de esos hombres, que se disputaban el atacador, y la marcha lenta de las nubes en ese cielo profundo, infinito! ¿Cómo no habré reparado antes en ese cielo? ¡Qué feliz soy de haberlo descubierto por fin! ¡Todo es vano, todo es mentira! No hay nada, sino el cielo. Pero, acaso, ni siquiera eso exista. Acaso no exista nada, sino silencio y paz. ¡Alabado sea Dios! ' "

Por sí sola, la página que he transcrito tiene un valor muy grande. Su mérito se acrece cuando nos damos cuenta de que la escena no es sino un ensayo para la muerte real del Príncipe Andrés: la que alcanzará, años más tarde, como recompensa de toda su vida, en ocasión y en sitio muy diferentes.

En el estudio que consagré a Dostoyevski, me referí a los novelistas que usan la técnica de la fotografía y a los que emplean el sistema del espectroscopio. El secreto de éste reside en la duplicación de una misma imagen, con ciertas variantes de perspectiva. "Los mayores acontecimientos de las novelas de Dostoyevski —manifestaba yo entonces— no se producen sin una especie de 'ensayo', de prueba previa. Por ejemplo: antes de matar a Aliona Ivánovna, Raskólnikov recorre infinidad de veces el camino que lo separa de la vieja prestamista. Vibra al sonido de la campanilla metálica del departamento. Nada de esto es sorprendente, en quien desea llevar a cabo 'un crimen perfecto'. Pero lo trascendental, en *Crimen y castigo*, es que el lector participa, con Raskólnikov, en el ensayo del asesinato. Dostoyevski nos lleva hasta la escalera de Aliona Ivánovna. Nos hace oír esa campanilla, abrir esa puerta, ver los ojos con que la prestamista trata de descifrarnos. Luego, volvemos a contemplar cómo actúa Raskólnikov en la representación auténtica. Repetiremos la misma escena. Subiremos por la misma escalera. Oiremos la misma campanilla. La puerta se abrirá nuevamente. Y nuevamente se posarán, en nosotros, los ojos de la vieja, penetrantes y recelosos."

Tolstoi no usa el procedimiento de Dostoyevski sino en muy contadas ocasiones. En este caso —el de la muerte aparente del

Príncipe Andrés, como premonición de la muerte cierta— su habilidad conmueve profundamente al lector... Porque el Príncipe Andrés no murió en Austerlitz, aunque una parte de su existencia terminó allí. Terminaron en Austerlitz la frialdad del joven ambicioso, la ironía elegante del mundano, la puntualidad oficial del ayudante de Kutúzov y el aburrimiento del marido de Lisa. Pero no terminaron entonces ni el escéptico taciturno, ni el hermano de la dulce y leal María, ni el aristócrata melancólico. En efecto, a pesar de que los médicos militares lo desahuciaron, Andrés recobra el conocimiento. Cicatrizan sus heridas dichosamente. Y, quiéralo o no, lo recluta otra vez la vida.

Una noche de marzo, la Princesa María —que está atendiendo a Lisa— oye pasos en la escalera de Lyssyia Gory. Es su hermano, el Príncipe Andrés; pero pálido, muy delgado, y con una expresión distinta, "extrañamente tierna e inquieta". Va, en seguida, a la habitación de Lisa. La besa en la frente. —"Alma mía", le dice. (Nunca la había llamado así.) Luego, llega el doctor. Andrés tiene que retirarse.

"Desde la puerta —continúa Tolstoi— se oían unos gemidos semejantes a los de un animal. El Príncipe se acercó a la puerta, con intención de abrirla. Alguien la sujetaba por dentro. —No se puede, no se puede, dijo una voz alterada... Cesaron los lamentos y transcurrieron algunos segundos. De pronto, resonó un grito horroroso. No era Lisa. Ella no podía gritar así... El grito se extinguió y se oyó que lloraba un niño. —'¿Para qué habrán traído a un niño?', pensó el Príncipe Andrés. '¿Quién es? ¿O es que ha nacido ya?'

"Cuando comprendió el significado de ese grito... con ambas manos apoyadas sobre el alféizar de la ventana, lloró. El médico, en mangas de camisa, salió de la habitación. El Príncipe Andrés se dirigió a él. Pero el doctor lo miró distraídamente y pasó sin decir palabra. Una mujer apareció en la puerta. Al ver al Príncipe, se quedó perpleja. Éste entró en el dormitorio. Lisa yacía muerta, en la misma postura en que la había visto cinco minutos antes. A pesar de que sus ojos estaban inmóviles, y pálidas sus mejillas, aquel encantador rostro infantil conservaba la misma expresión. 'Os quiero a todos, no he deseado mal a nadie. ¿Y qué es lo que habéis hecho conmigo?', decía ese rostro sin vida... En un rincón de la estancia, María Bogdánova sostenía, con sus manos temblorosas, una cosa pequeña y colorada, que chillaba."

Ese lamento es el de su hijo. Y ese lamento recuerda a Andrés una obligación importuna: la de vivir. Pero ¿cómo? Para él, la tierra no es —como para su amigo Pedro Bezújov— el reino del bien y de la verdad. Calla cuando le preguntan si cree en una vida ulterior. A veces, como en los momentos en que Pedro le explica su concepción religiosa del mundo, Andrés quisiera seguirle, pero no puede. "Es preciso vivir, es preciso amar y creer que no sólo vivimos hoy, en este pedacito de tierra, sino que hemos vivido ya, y que seguiremos viviendo eternamente allí, en el todo", exclama Bezújov, una tarde en que fueron a ver morir el sol a las orillas del río cercano a la finca de Lyssyia Gory. "Reinaba un gran silencio —dice Tolstoi—. Tan sólo se percibía el débil rumor del agua al golpear las olas contra la balsa. El Príncipe pensó que esas olas murmuraban, apoyando las palabras de Pedro: 'Es verdad. Debes creerlo'..." Pero continúa la vida de Andrés, en la soledad de un inútil estoicismo. Hasta que cierto día de primavera (la primavera es la Reina Mab del realista León Tolstoi) se produce el milagro que he comentado ya en otro libro.

Tres años han transcurrido desde la muerte de Lisa. Andrés va a Riazán. Ve el campo verde, verdes los chopos, verdes los olmos. Al borde del camino, un roble sin hojas sigue fiel al invierno extinto. Como Andrés, aquel árbol seco se rehusa a creer en el mes de mayo. Andrés mira el árbol con simpatía. "Tiene razón mil veces", piensa. "Nuestra vida ya está acabada." Poco tiempo después, va a visitar a la familia Rostov. Lo retienen a cenar. Pasa la noche en el piso bajo del edificio de Otrádnoye, donde los Rostov acostumbran disfrutar de sus vacaciones. Es noche de luna llena. En el piso alto, una ventana se abre sobre la noche. Una voz femenina atrae la atención del Príncipe Andrés. Es la voz de Natacha, la hija de los Rostov. "¡Sonia! ¿Cómo puedes dormir? ¡Fíjate, qué maravilla! Nunca he visto noche tan hermosa. Ven aquí, alma mía. Me pondría de cuclillas, así, me cogería las rodillas, apretadas, muy apretadas, y echaría a volar..."

El Príncipe escuchó un suspiro y, después, el roce de una túnica leve sobre el balcón. "¡Qué le importa mi existencia!", pensó, cuando la oyó hablar, temiendo —sin saber por qué— que dijera algo de él. De pronto, sintió en su alma una confusión de ideas juveniles y de esperanzas, en contradicción con toda su vida. Y se fue a dormir.

Al día siguiente, Andrés se despide de la familia Rostov. Junio ha transfigurado el bosque. Los verdes de la primavera se han hecho intensos, húmedos, vehementes. Andrés busca a su viejo amigo: el roble escéptico y deshojado. ¡Qué brusca metamorfosis! ¿Es creíble que sea ése el árbol que ahora lo envuelve con tantas frondas exuberantes?... Andrés se siente reconfortado por la aptitud de renovación que toda existencia encierra. "No; —se declara a sí mismo— la vida no acaba a los 31 años. No basta que yo sepa lo que hay en mí. Es preciso que lo sepan todos. Es preciso que todos me conozcan, que mi vida no transcurra para mí solo, y que los demás no vivan al margen de mi existencia."

Un nuevo amor empieza entonces para Bolkonski. Él mismo lo ignora aún. No lo comprende del todo, ni siquiera al principio del baile que ofrece en San Petersburgo, para celebrar el 31 de diciembre de 1809, "un gran señor de la época de Catalina

Segunda". En esa fiesta, vuelve a ver a Natacha. Para ella, es el primer gran baile. Para Andrés, puede ser un hastío más. Pero Natacha se encuentra allí. Y Natacha tiene 16 años. Y es la misma que pretendía volar a la luna en la noche de Otrádnoye. Andrés la invita a bailar un vals. Baila ella, después, con otros. Bruscamente, al verla atravesar el salón, para buscar a dos damas, se dice Andrés: "Si se acerca primero a su prima, será mi esposa."

Natacha es el prototipo de lo que Proust popularizará más tarde con las palabras "muchacha en flor". Ardiente, espontánea, alegre, se entusiasma por todo. Ocurre también, a veces, que por nada se nuble el cielo en sus ojos grandes, brillantes, dulces y maliciosos. "Ha sido muy cortejada", según su hermana Vera no deja de comentarlo frente al Príncipe Andrés, con la inoportunidad esencial que es tan propia de su carácter. De chica, era casi fea, delgaducha, brusca, nerviosa. Una amiga de sus parientes la llamaba "el cosaco". Tuvo un noviazgo ingenuo (y no sencillo por prematuro) con Borís, un primo suyo, hijo de la Princesa Ana Mijailovna. Las visitas que empieza a hacer a su casa Andrés —como continuación de la amistad reanudada durante el baile ofrecido por aquel "gran señor de la época de Catalina Segunda", para celebrar la noche de San Silvestre— la llenan, al mismo tiempo, de orgullo, de confusión y de angustia. Desea la compañía de Andrés, y le tiene miedo. Por su parte, Andrés se siente transfigurado. Ha resuelto casarse, rehacer su vida. Va a Lyssyia Gory, a solicitar el consentimiento paterno. El viejo Príncipe Nicolás quisiera oponerse al matrimonio. Pero transige, con una condición: que transcurra un año antes de que se celebren las bodas y que, durante ese año, viaje por Europa el Príncipe Andrés.

El plazo y la ausencia (exigidos por el anciano) serán funestos para los novios. Natacha, que no ha tenido necesidad de aprender a querer, no sabe esperar. Al acercarse la Navidad de 1810, anda por la casa de sus padres "como alma en pena". "—Lo necesito —clama— lo necesito ahora mismo." Algunas semanas más tarde, juega con Sonia a vislumbrar su futuro en el brillo de los espejos. Ella confiesa que no ve nada. Pero Sonia, con mayor fantasía —o con menor escrúpulo—, imagina lo que desea. Y se persuade de estar mirando lo que imagina. Asegura haber visto a Andrés. "—Dios mío", dice entonces Natacha. "¡Qué miedo tengo por él, por mí misma, por todo!"

En Moscú, a donde la llevan sus padres, Natacha conoce al hijo del Príncipe Kuraguin: el famoso Anatolio, conquistador sin delicadeza, cobarde y cínico. Como profesional de la seducción, se da cuenta en seguida del estado de receptividad enfermiza en que se encuentra Natacha. La pretende, la asedia, la compromete y le propone una fuga absurda, que —afortunadamente— no se realiza. Andrés se entera de lo ocurrido. En semejantes condiciones, el matrimonio le parece imposible. Por medio de Bezújov, devuelve a Natacha sus cartas y su retrato. Y decide reanudar sus actividades en el ejército, para resistir a las tropas de Napoleón.

Cuando Alejandro Primero llama de nuevo a Kutúzov, a fin de ofrecerle el mando supremo, el viejo cíclope se acuerda del Príncipe Andrés y lo convoca de urgencia. Sin embargo, Bolkonski declina la honra de figurar en el Estado Mayor. Prefiere su regimiento. Y, con su regimiento, lo encontraremos en la batalla de Borodino. Allí, la tarde del 26 de agosto de 1812,* lo visita otra vez la muerte. O, por lo menos, el anuncio —ya irremediable— de que su vida se acerca al término.

Recordemos la forma en que describe Tolstoi ese anuncio. "Como un pájaro que, en su rápido vuelo, se posa en tierra con un silbido, una granada cayó a dos pasos del Príncipe Andrés, junto al caballo del comandante del batallón... '—¡Al suelo!', vociferó el ayudante de campo, tendiéndose. El Príncipe Andrés permaneció de pie, indeciso. La granada humeante, lo mismo que una peonza, daba vueltas entre él y el ayudante, que se había echado en el límite del prado y del campo, junto a una mata de ajenjo. '¿Es posible que ésta sea la muerte?', se preguntó el Príncipe Andrés, mirando con una expresión completamente distinta, llena de envidia, la hierba, la mata de ajenjo y la nubecilla de humo que despedía la bola negra, al girar. 'No puedo, no quiero morir. Amo la vida, amo la hierba, la tierra, el aire...' Se oyó una explosión y el chasquido de la metralla, semejante a un rumor de cristales rotos. Se percibió un sofocante olor a pólvora. El Príncipe corrió hacia un lado y, alzando una mano, cayó sobre el pecho."

Herido, y en constante peligro de muerte, lo conducen a través de los largos caminos de lo que muchos creen ya la derrota. En una pausa del viaje, el convoy de los enfermos coincide con la familia Rostov, la cual, como tantas otras, tuvo que salir de Moscú. Andrés, semi-inconsciente por la fiebre, se figura estar soñando y ver, en su sueño, a Natacha. Pero un sueño no podría tener tanta realidad. Sí, es Natacha quien se ha acercado hasta su camilla. Es Natacha quien le toma la mano y se la cubre de besos. Es Natacha quien le dice "Perdóneme". Él contesta: "¿Por qué?... Te quiero más y mejor que antes."

Los cortejos avanzan. Con ellos, avanza también la muerte. Por momentos, parece que Andrés quiere recobrarse. Natacha lo cuida, como la mejor de las enfermeras. Pero, de pronto, comprende que todo va a concluir. La voluntad de durar se ha roto, como un resorte, en el corazón del Príncipe Andrés. Empieza la lenta agonía. Una agonía en que nada le será perdonado: ni

* 7 de septiembre, según nuestro calendario.

tener que sonreír a Natacha; ni tener que aceptar las caricias de su hermana María; ni tener que oírla llorar sobre el futuro que aguarda a su hijo —Nikolushka—, huérfano ya de madre y a quien pronto el padre también abandonará.

"Sus últimos días y sus últimas horas —nos refiere Tolstoi— transcurrieron sin nada extraordinario, con gran sencillez. La Princesa María y Natacha, que no se apartaban de su lado, se daban cuenta de ello. No lloraban. Comprendían que no era a él a quien prodigaban sus cuidados (el Príncipe no estaba ya entre ellas, se había ido ya), sino a lo que constituía su recuerdo más cercano, es decir: su cuerpo. Los sentimientos de ambas eran tan intensos, que la parte externa, la parte terrible de la muerte, no ejercía influencia sobre ellas... Cuando el cadáver, amortajado y vestido, yacía en el féretro, todos se acercaron para despedirse de él, y todos lloraron. Nikolushka lloraba a causa de una perplejidad dolorosa que le desgarraba el alma. La Condesa (Rostov) y Sonia por compasión para Natacha y porque el Príncipe Andrés no existía ya. El viejo Conde, porque presentía que pronto tendría que dar el mismo paso."

Y Tolstoi concluye: "Natacha y la Princesa María lloraban también. Pero no por su dolor personal, sino por el enternecimiento beatífico que había embargado sus almas ante el sencillo y solemne misterio de la muerte."

No sé lo que los jóvenes de hoy piensen de una existencia rota, como la del Príncipe Andrés. Quizás el afán de satisfacciones fáciles les inspire cierto desdén para calidades que —según acabó por saberlo el propio Príncipe Andrés— no suelen cotizarse debidamente en la plaza pública. Pero sí puedo hablar, por lo menos, en nombre de quienes, habiendo nacido y vivido en México, teníamos diecisiete años cuando Tolstoi nos dio a conocer, en 1919, al gran herido de Borodino.

Una personalidad tan característica —tan arrogante y tan evasiva, tan acongojada y tan ambiciosa— necesitaba un fondo violento sobre el cual perfilarse y la sombra de un drama donde lucir. Hombres como Pedro Bezújov pueden comprenderse en los días de paz, y también, en los días de guerra. No sucede lo mismo con el Príncipe Andrés. Sus cualidades y sus defectos no se explican sino en función del conflicto que lo rodea. La guerra lo configura. Y, a la postre, lo transfigura.

Existían múltiples diferencias entre la Rusia de 1812 y el México revolucionario en cuyo ambiente vivimos buena parte de la niñez y toda esa primavera de la sensibilidad, de la inteligencia y del carácter que los manuales de pedagogía mencionan al referirse a la educación de la adolescencia... Y, sin embargo, personajes como el Príncipe Andrés no nos eran desconocidos. Amigos o hermanos nuestros (mayores que nosotros, seguramente, aunque no siempre mucho mayores) habían entrado en la lucha por la libertad popular, con alientos muy semejantes a los de Andrés Bolkonski, en sus primeros tiempos de fe en la guerra. Anhelaban el triunfo, como lo había anhelado él, y volvían de las batallas —cuando volvían— como él regresó de Austerlitz a la casa paterna en Lyssyia Gory: humanizados por el dolor de sus semejantes y por la visión personal de la muerte próxima.

Ellos también daban la impresión de haber sido configurados —y, a la postre, transfigurados— por una fuerza más honda que su destino: por la voluntad colectiva de un pueblo en marcha. Cuando hablábamos con ellos, nos inquietaba reconocer cuán inferiores eran nuestras verdades, aprendidas sólo en los libros, por comparación con las suyas, altas y duras, que les había enseñado la acción viril.

En su sonrisa, o en su silencio, como Pedro Bezújov en el amor propio del Príncipe Andrés, adivinábamos cierta recóndita angustia: la del heroísmo que no se jacta de ser heroico; la del valor que conoce todo el precio que deben pagar los hombres —y los países— para ejercer su valor en la realidad.

Por eso mismo, nuestra atención de lectores jóvenes encontraba, en la persona del Príncipe Andrés, más motivos de simpatía que en otros seres de la novela. Con los años, cobró para nosotros mayor significación social la aptitud de solidaridad humana que apreciamos en Pedro Bezújov. Pero, todavía hoy, el Príncipe Andrés sigue asociado en nuestra memoria a la pasión de vencer y de convencer, suprema esperanza para los jóvenes.

La edad logra revelarnos lo que el novio de Natacha Rostov advirtió sin duda, antes de morir: que, por encima del éxito, está el desprecio del éxito, y que, después de todo, en la lucha que libran la vehemencia de los deseos y el afán de quietud del alma, vencerse a sí mismo resulta mucho más arduo —pero también más fecundo— que obtener la derrota de los demás.

GUERRA Y PAZ (2)

COMPOSICIÓN DE LA OBRA. LAS DIGRESIONES HISTÓRICO-FILOSÓFICAS. EL ENEMIGO DE LOS HÉROES. IMPORTANCIA DEL INTRUSO COMO ESPECTADOR DE LA VIDA. PEDRO BEZÚJOV, SU ACEPTACIÓN DE LA MASA HUMANA. KARATÁIEV. ¿LA PAZ ES SÓLO UN EPÍLOGO?

LEYENDO a Tolstoi, Flaubert solía pensar en Shakespeare. Y es que sólo saben admirar bien quienes tienen cierto derecho para ser admirados por los demás. Por eso no nos sorprende la circunstancia de que, descendiendo muchos peldaños en la escalera de los valores, descubramos a Paul Bourget en el acto de condenar a Tolstoi —porque no conocía, según trata de explicárnoslo, el difícil arte de la composición.

Bourget admite, sin duda, los méritos de Tolstoi. "Nadie poseyó nunca —dice— en más alto grado, el don de inmovilizar una fisonomía, una actitud, un paisaje. Y, en seguida, el de desprender el detalle singular y significativo: el que no permite ya confundirlos con ninguna otra fisonomía, ninguna otra actitud, ningún otro paisaje. Ese poder se extiende tanto al mundo exterior cuanto al interior. Los menores sentimientos de sus personajes, Tolstoi los capta y los precisa con una incomparable comprensión de cada especialidad y cada matiz... Así como no existen en todo un bosque dos hojas idénticas, así no existen dos emociones idénticas en un mismo corazón. Tolstoi llega a notar tal diversidad y a volvérnosla perceptible. Ese sentido suyo y esa preocupación de lo individual dan a las escenas a que nos hace asistir una verdadera presencia. Bezújov, el Príncipe Andrés, Natacha, Levin, Ana, Vronski están aquí, en nuestro cuarto. No es que creamos en ellos. Es que los vemos. Si el arte de escribir consistiera sólo en la evocación, Tolstoi no tendría rivales"...

Hasta la frase en que lo interrumpo, estamos de acuerdo con Paul Bourget. Por desgracia, sigue adelante. Y sigue adelante en muy otro tono. "Le falta a Tolstoi —agrega— la cualidad sin la que no existen obras maestras cabales. Esa cualidad (a la que la retórica clásica designaba con un término muy modesto) es la composición." Luego, asegura que *Guerra y paz* y *Ana Karénina* son relatos que "podrían continuar indefinidamente, en que los incidentes se suceden, como las imágenes de un cinematógrafo, sin perspectiva, sin progresión, sin un plan general".

Nos detenemos en este párrafo. ¿Cómo es posible que un crítico inteligente haya desdeñado tan a la ligera los recursos del cinematógrafo y haya entendido tan mal la obra de León Tolstoi? ¿Cómo es posible que, en 1912, año en que Bourget publicó la nota que he resumido, aplicara todavía a la composición novelesca criterios tan limitados? Sí, en 1912; cuando Marcel Proust estaba escribiendo esa novela admirable (y, por lo visto, tan mal *compuesta*) que se encuentra hoy traducida en quién sabe cuántos idiomas y que se llama, en francés, *A la Recherche du Temps Perdu*...

Para Bourget, las grandes novelas de León Tolstoi carecen de principio y de fin. Podrían continuar "indefinidamente". ¡Como si fuera tan fácil hacerlo! No reflexiona Bourget en que la vida es también así. Y no parece pensar que sólo genios de la magnitud de Shakespeare y de Tolstoi pueden competir con esa capacidad de repetición perpetua —y de perpetua renovación— que da a la vida su precio egregio. Después de todo, no protestemos. Agradezcamos la incomprensión de Bourget. A la luz de esa incomprensión, entendemos mejor nosotros que la excelencia

1164

de *Guerra y paz* emana precisamente del hecho de estar escrita, no como si fuera un autor el que la compuso, sino como si fuera la vida, la vida misma, la que hubiese aceptado contarla para nosotros, y para los hijos de nuestros hijos, en un eterno resurgimiento, hasta la conclusión de los sueños y de los días.

Es fácil reprochar a Tolstoi determinados errores y negligencias. Muchos críticos nos señalan ciertos descuidos. Henri Troyat, por ejemplo, observa que Natacha Rostov, de trece años en agosto de 1805, tiene quince en 1806 y dieciséis en 1809. Por su parte, en el prólogo a la edición de *La pléyade*, especifica Pedro Pascal: "Denisov es a veces Demetrio y, en ocasiones, Federovich; la señorita Bourrienne es, a veces, Eugenievna y, en otras, Karlovna; Ferapontov (que atiende una fonda, desde hace treinta años) no tiene sino cuarenta de edad, ¡y Bezújov, en febrero de 1811, ve el cometa de 1812!"

¿Qué importan esos errores? Mucho más graves son en verdad (sobre todo desde el punto de vista de Paul Bourget) las largas digresiones histórico-filosóficas que preceden algunos de los libros en que Tolstoi dividió su obra. Pero ¿perjudican realmente esas digresiones a la composición humana de la novela? ¿No acentúan —tal vez con prolijidad— la importancia de un personaje dividido en millones de rostros y de presencias: la fatalidad de toda acción colectiva en las horas supremas de cualquier pueblo?

Los antiguos historiadores querían explicárnoslo todo por medio de una voluntad divina, capaz de dirigir a los seres "hacia una meta predestinada". Los historiadores modernos —anota Tolstoi— "rechazan las opiniones de los antiguos, pero las siguen en la práctica". Donde unos colocaban a los dioses, otros sitúan a los héroes... Para Tolstoi, el que manda, se figura que manda, pero obedece. Porque la fuerza que mueve a la historia "no es el poder, ni la actividad intelectual, ni siquiera la unión de ambas cosas, sino la actividad de *todos* los hombres que toman parte en un acontecimiento y que se agrupan de tal manera que los que participan de modo más directo aceptan una menor responsabilidad —y viceversa".

Se ha hablado mucho durante los últimos tiempos —sobre todo en política— del *culto de la personalidad* y de la necesidad de abolir semejante culto. Tolstoi se halla en la base de toda lucha contra la sumisión excesiva frente a los héroes. Nadie como él se opuso a la tesis romántica de Carlyle. Su fiebre de iconoclasta lo induce incluso (y no sin lamentable frecuencia) a negar el valor de la intervención social de los grandes hombres. Niega a Napoleón con vehemencia que, en ocasiones, resulta odiosa. No asume parecido arrebato en el caso de Alejandro Primero. Sin embargo, cuando habla del Zar, hace al lector un guiño rápido y malicioso. A fuerza de rehusarse a admitir la importancia histórica de ciertas personalidades inevitables, incurre a veces en una devoción excesiva para lo anónimo. Sería interesante intentar un ensayo sobre las concepciones decimonónicas de Tolstoi y lo que llamaría Ortega y Gasset, en el siglo xx, "la rebelión de las masas".

Las digresiones que he mencionado no son lo mejor de Tolstoi, ni lo más perdurable de la novela. Podríamos suprimirlas, según lo hicieron —en 1873— los editores de *Guerra y paz*, autorizados seguramente por el autor. Y podríamos suprimirlas, porque resultan una reiteración (demasiado larga y abstracta) de lo que Tolstoi realizó, de manera concreta y más efectiva, a lo largo de todo el libro. La conservación de semejantes "exámenes de conciencia" en las actuales ediciones de *Guerra y paz* se explica muy fácilmente. Por una parte, el propio autor quiso restablecer tales interludios en la publicación de sus obras completas. Por otra parte, atestiguan ese incesante diálogo del artista y del moralista al que aludí en los primeros capítulos de este volumen. Diálogo difícil, afirmé entonces. Tan difícil que —al aumentar las preocupaciones del ideólogo, en la producción posterior a *Ana Karénina*— el artista pierde a veces firmeza: se olvida de ser artista, cuando no calla.

En *Guerra y paz*, las preocupaciones del moralista no necesitaban comentarios histórico-filosóficos. Por sí sola, la novela está compuesta de modo tal que el lector concluye pensando —como el autor— que las grandes determinaciones de un pueblo no son producto de la intrepidez de un caudillo, ni de la competencia de un conjunto de cortesanos, de generales y de ministros. Napoleón, a pesar de su inmensa originalidad militar, pierde la partida, porque no quiere lo que todo su pueblo quiere. En cambio, el viejo cíclope ruso, Kutúzov, sin las aptitudes de Bonaparte, acaba por derrotarlo, no porque tenga mayor habilidad táctica o estratégica, sino porque sabe profundamente querer —y querer a tiempo— lo que todo su pueblo quiere, pues la mayor grandeza de un jefe no es el orgullo, sino la sabia prudencia de la humildad.

Dilthey renueva, en cierto modo, la tesis de León Tolstoi. Dos clases de fuerzas cooperan en los acontecimientos máximos de la historia. "Una —dice— la constituyen las tensiones supuestas por el sentimiento de apremiantes necesidades... La otra, la constituyen energías que marchan hacia adelante: un querer, un poder y un creer positivos. Descansan en los fuertes instintos de muchos; pero son esclarecidas y potenciadas por las videncias de personajes destacados." ¿No equivale esta distinción a la que intentaba Tolstoi al hablar de *necesidad* y de *libertad*?

Determinista místico, el autor de *Guerra y paz* disponía, para persuadir a sus lectores, de un medio más convincente que las digresiones que he comentado. Ese medio era su maravillosa intuición de artista. Merced a tal intuición, proyecta una parte de su conciencia en el personaje más significativo de la novela: Pedro Bezújov. Así como el Príncipe Andrés fue el Tolstoi activo, ambicioso, práctico, enérgico y —hay que reconocerlo— egoísta y duro, así Bezújov será el Tolstoi tímido y angustiado, ansioso de placeres, avergonzado de disfrutarlos, perdido en la selva urbana como un civil en el campo de Borodino; tierno y sensible ante los demás, porque sabe que, en los demás, está la razón profunda de su existencia, pues las fronteras sociales entre los hombres son deleznables, injustas y transitorias.

Fue un acierto de Tolstoi el imaginar a Pedro como a un bastardo. Hijo natural de un conde inmensamente rico, Bezújov podrá ingresar —por voluntad de su padre— en la aristocracia petersburguesa. Tendrá palacios, fincas campestres, siervos, carruajes, cuanto desee. Pero tendrá todo aquello por un capricho, de efectos póstumos. La idea de su fortuna estará asociada continuamente, en su alma, al recuerdo de una vergüenza. En todas partes, se sentirá un poco intruso, como se lo hace comprender desde luego la familia legítima de su padre. Ahora bien, ese sentimiento de ser intruso ¿no nos recuerda (ya sin dilemas éticos) lo que Platón pedía para el filósofo: la capacidad de *pasmo*; es decir, la facultad de asombrarse frente a las cosas, la aptitud de no tomarlas nunca como inmediatas, dóciles, transparentes, y dispuestas a ser tan sólo lo que creemos de ellas, sin conocerlas, inducidos no más por la sensación? Todo filósofo auténtico es, en alguna forma, un intruso frente a la vida. Un intruso de excepcional calidad, para quien el objeto aparentemente más insignificante constituye un enigma por resolver, pues suele ser una batería cargada de fuerzas insospechables. Nadie comprende tan hondamente lo que descubre como el que acepta esa condición de recién llegado al litoral de las circunstancias, de hombre nuevo ante lo que mira, sin más derecho que la autoridad que concede a la inteligencia su capacidad de conocimiento y, eventualmente, su poder de adivinación.

No le interesa a Tolstoi comunicarnos cuándo y cómo nació Pedro materialmente. Pero sí le interesa mucho asistir, junto con nosotros, a la solemnidad familiar que va a hacer de Pedro un aristócrata afortunado y, al mismo tiempo, un inválido permanente, un inadaptado social. Nos lleva, entonces, hasta la alcoba donde agoniza el viejo Conde Bezújov. Pedro no sabe qué hacer para que su cuerpo —torpe y espeso— ocupe el menor espacio posible. Se aproxima al lecho del moribundo. Como parece que el Conde desearía cambiar de postura, se inclina para ayudarle. "Uno de los brazos del Conde —observa Tolstoi— cayó inerte, hacia atrás. Hizo un vano esfuerzo por levantarlo. Fuera porque se dio cuenta de la mirada de horror que Pedro fijó sobre el brazo indócil, o porque algún otro pensamiento atravesara entonces su mente, el caso es que (el Conde) esbozó una vaga y dolorosa sonrisa, que no cuadraba bien con su rostro enérgico y que parecía hacer burla de su impotencia... Al ver esa sonrisa, Pedro sintió en el pecho una súbita contracción, un cosquilleo en la nariz, y las lágrimas le nublaron los ojos."

A partir de entonces, un poder —no deseado por él— se adueña de Bezújov. Es el heredero. El viejo príncipe Kuraguin, pariente del difunto, acompaña a Pedro por todas partes. Es preciso salvarlo de los pillos, porque —según repite— Pedro es un joven desamparado. Desamparado sobre todo ante él, que envidia su reciente fortuna y que se empeña en desviar aunque sea unas olas de ese Pactolo hacia su propia heredad. En la empresa, lo ayuda su hija, la hermosa Elena. Un día, viendo ambos una tabaquera pintada por Vinesse, Pedro se acerca a Elena imprudentemente. El busto de la muchacha, "que siempre le había parecido marmóreo, se encontraba a tan corta distancia que, involuntariamente, con sus ojos de miope, Pedro observó el encanto vivo de aquellos hombros y de aquel cuello... Notó el calor del cuerpo de Elena; percibió su perfume, oyó crujir su corsé... "¿No había usted advertido hasta ahora lo hermosa que soy?", parecía decirle Elena. "¿No se había dado cuenta de que soy una mujer? Pues lo soy. Puedo pertenecer a cualquiera. Y a usted también."

Pasan días en los que Pedro duda. Siente que ninguna felicidad le será posible con mujer tan frívola y dominante. Mas no tiene voluntad para resistir. La visita de nuevo. Cierta noche, cuando los demás invitados empiezan a retirarse, se queda solo con Elena. "Estaba avergonzado", comenta Tolstoi. "Le parecía que, al lado de Elena, ocupaba un lugar destinado a otro. 'Esa felicidad no es para ti' —le decía una voz interior; 'está reservada para los que carecen de lo que tú tienes'. Aun tan cerca de ella no se atreve a decirle nada. Pero el viejo príncipe Kuraguin abunda en recursos de padre condescendiente. Abre la puerta del saloncito; se aproxima a la joven pareja y, ante la expectación de Pedro, declara: '¡Alabado sea Dios! ¡Mi mujer me lo había ya dicho! Me alegro mucho... Ella será una buena esposa para ti. ¡Que Dios os bendiga!'"

El eterno intruso no acierta a adoptar una actitud adecuada a la situación. Piensa que "en esos casos, se acostumbra decir algo especial". No recuerda qué. Elena va acercándose a Pedro. "Oh, quítese éstos" —le dice, y le señala los lentes. Pedro obedece. Sus ojos la miran asustados e interrogantes. Quiso inclinarse, para besar la mano de Elena. Ésta, con un movimiento rápido y brusco, apoyó sus labios sobre los de Pedro. A Pedro le impresionó el cambio del semblante de Elena. Tenía una expresión desagradable. 'Ahora, ya es tarde para volver atrás. Además, la quiero', pensó. 'Je vous aime', dijo en francés..." ¡Pero sus palabras sonaron con tal pobreza!

Un matrimonio iniciado bajo semejantes auspicios tenía que cumplir lo que prometía. Y lo cumplió, sin mayor demora. Dólojov, protegido de Pedro y huésped suyo en múltiples ocasiones, hace de Elena su amante. Las alusiones y los anónimos no tardan en avivar los recelos de Bezújov. Un gesto insolente de Dólojov acaba con su paciencia. Lo desafía, aunque —en el fondo— no quisiera matarlo. La única responsable es Elena, piensa.

La descripción del duelo vale la pena de ser citada: "Dólojov iba despacio, sin levantar la pistola, fijando la mirada de sus ojos azules, claros y brillantes, en el rostro de Pedro. Como siempre, su boca parecía sonreír... Al oír la palabra *tres*, Pedro se adelantó con pasos rápidos, desviándose del sendero y hundiéndose un poco en la nieve. Sostenía la pistola con la mano derecha, estirada hacia adelante, cual si temiera herirse con su propia arma... Después de dar seis pasos, vio hacia sus pies. Luego, echó una rápida mirada sobre Dólojov, y oprimió el gatillo según le habían enseñado. Al oír su disparo, se estremeció. No esperaba detonación tan fuerte. Sonrió en su ingenuidad, y se detuvo. El humo y la niebla cubrían a su adversario, como una cortina opaca. En vez del disparo que aguardaba, Pedro no oyó sino pasos precipitados. Finalmente, a través de la bruma, entrevió a Dólojov. Con una mano, se oprimía el lado izquierdo; con la otra, sostenía la pistola. Estaba pálido. Rostov corrió hacia él. Le dijo algo. —'No... No...' pronunció Dólojov entre dientes. 'No hemos terminado.' Dando algunos pasos vacilantes, llegó hasta el sable y se desplomó sobre la nieve. Su mano izquierda estaba ensangrentada. Se la enjugó en la levita. La apretó contra sí. Sombrío y pálido, su rostro se contrajo... Próximo a sollozar, Pedro iba a correr hacia él, cuando Dólojov le gritó: '—¡Al límite!'

"Bezújov se detuvo junto a su sable. Estaban separados por una distancia de diez pasos. Dólojov hundió la cabeza en la nieve. Se llenó de nieve la boca ávida. Luego se irguió y, manteniendo el equilibrio no sin dificultad, logró sentarse. Seguía chupando la nieve que se había llevado a la boca. Sus labios temblaban; pero, en sus ojos siempre sonrientes, brillaba una luz de odio... Levantó la pistola para apuntar. '—¡Póngase de perfil y protéjase con la pistola', aconsejó Nesvitski a Pedro. '¡Cúbrase usted!', gritó Denisov. Con una sonrisa de arrepentimiento y de compasión, Pedro se hallaba ante Dólojov sin defensa... presentándole su ancho pecho. Denisov, Rostov y Nesvitski cerraron los ojos. Al mismo tiempo, oyeron un disparo y el grito de ira de Dólojov. '—¡Lo he fallado!', exclamó, dejándose caer boca abajo. Con la cabeza entre las manos, Pedro se dirigió hacia el bosque, pronunciando palabras incoherentes: '—Es estúpido... ¡estúpido!'"

Una escena muy diferente, pero no menos desagradable, lo espera en su propia casa. Elena pretende increparlo por haber desconfiado de su virtud. Al principio, Pedro trata de dominarse. Ella insiste, e insiste con tal torpeza, que Pedro no logra ya contenerse. "Arrancó el mármol de una mesa y lo blandió, avanzando hacia su mujer." Elena optó por la fuga. "Al cabo de una semana —continúa Tolstoi— Pedro entregó a Elena un poder para administrar sus fincas de la Gran Rusia (que equivalían a más de la mitad de sus bienes) y se fue a San Petersburgo."

En camino a San Petersburgo, Pedro encuentra a un anciano que se interesa por sus desgracias. Principia el desconocido por revelarle que pertenece a una hermandad de masones libres. Para esquivar lo esencial del diálogo, Pedro se apresura a manifestar que no cree en Dios. "—Por eso es usted tan infeliz", le replica el anciano. "Sin embargo, Dios está aquí, en mí, en mis palabras, en ti, e incluso en las sacrílegas frases que acabas de pronunciar." La conversación se hace más profunda. Pedro empieza a ver en sí mismo, como si una luz —que no había advertido nunca— señalara todos los fondos de su conciencia. ¿Qué ha hecho él con los bienes que la suerte le deparó? ¿Qué alivio han recibido de él sus prójimos y sus siervos?... La entrevista concluye, porque se efectúa en una estación de postas y los cocheros engancharon ya los caballos para seguir el viaje. El masón se despide de Pedro, no sin recomendarle que visite en San Petersburgo al Conde Vilarski, para quien le entrega un recado escrito.

No me detendré aquí en las páginas —muy interesantes por cierto— que consagra Tolstoi a contar cómo fue la iniciación de Pedro en la hermandad masónica de San Petersburgo. Lo importante, desde el punto de vista de la evolución del personaje, es la inquietud social que para él resulta de su aceptación de esa nueva fe. Comienza por redactar una guía de lo que se propone llevar a cabo en sus propiedades de la provincia de Kiev. Se traslada después a esas fincas, para ejecutar lo que tiene en mente. Convoca a sus administradores. Con apasionado entusiasmo, quiere desposeerse de los derechos feudales que más le humillan. Exime a los niños y a las mujeres de las jornadas de "trabajo para el señor". Suprime los castigos corporales. Toma las medidas que estima útiles para crear escuelas, hospitales y hospicios en todas las aldeas. Sin embargo, débil siempre frente a los goces de todo orden, alterna su actividad filantrópica con prolongados viajes a la ciudad de Kiev. Vive entre fiestas, cenas y bailes. Por pereza, confía a sus administradores lo que se hubiera hecho mejor con su vigilancia.

Cuando llega la primavera de 1807, toma su coche para volver a San Petersburgo. De paso, visitará sus fincas. Cuanto le enseñan, lo satisface. "Los aldeanos se presentaron ante él dichosos y llenos de gratitud... En una aldea, los campesinos le ofrecieron el pan y la sal y un icono de San Pedro y San Pablo... En otra, mujeres con criaturas en brazos le dieron las gracias por haberlas librado de los trabajos penosos... Pedro vio, en todas las aldeas, los edificios terminados o en construcción, que en breve se inaugurarían como hospitales, escuelas y hospicios y comprobó —en los libros de registro— que las jornadas de trabajo para el señor habían disminuido."

"Pero —añade Tolstoi— Pedro ignoraba que la aldea en que erigían un altar para San Pedro y San Pablo era una aldea comercial, que celebraba su feria en el día de aquellos santos... y que las nueve décimas partes de sus habitantes estaban en la más espantosa miseria. Por órdenes suyas, se habían suprimido las jornadas de trabajo para las madres, pero esas mismas mujeres realizaban en sus casas un trabajo mucho más duro. No sabía que el sacerdote que lo había acogido con la cruz en la mano, gravaba a los campesinos con exacciones y que éstos sólo podían rescatar a sus hijos mediante una fuerte cantidad de dinero. No sabía que los edificios, los construían los campesinos, y que, por tanto, aumentaba así su jornada de trabajo, disminuida sólo en los censos... Gracias a la confortable ignorancia en que lo mantenían sus administradores, Pedro podía "sentirse filántropo" sin esfuerzo.

En San Petersburgo, lo aguardan múltiples decepciones. El afán de emancipación social que, de buena fe, creyó haber demostrado en sus propias fincas, no lo comparten los miembros de la hermandad a que pertenece. Tras de vanos debates, abandona la logia. En su palacio, el aburrimiento lo cerca de día y de noche. Recibe una carta. Es de Elena. Desearía reunirse con él en la capital. Pedro no contesta la carta; pero, a la postre accede. Le sorprende que, durante el tiempo dedicado por él a sus campesinos, Elena haya adquirido —en Europa— una reputación de cultura y de inteligencia. Su salón se convierte en uno de los centros sociales más prestigiados. Se reúnen allí, embajadores, políticos, militares. Todos la admiran, quién sabe por qué razón. En Bezújov todos ven simplemente al marido miope, obeso, rico y original. Borís Drubetskoy (el primer novio de infancia de la precoz Natacha) es de los huéspedes más asiduos. Pedro se dice que no tiene motivos para dudar de ese joven, tan consentido por Elena, pero tan respetuoso ante él. Sin embargo, sospecha. La presencia de Borís lo inhibe y lo paraliza.

Hastiado de la vida que lleva, Bezújov deja a su esposa en San Petersburgo, y se va a Moscú. "En cuanto vio la capilla de Iverskaia, con sus innumerables cirios encendidos frente a los marcos dorados, la plaza del Kremlin, con su nieve casi inmaculada, y las viejas casas de Sivtsov Vrajek", Tolstoi nos advierte que Pedro se sintió "como en un refugio tranquilo". Y añade: "Su bolsillo estaba siempre vacío, por estar abierto para todos. Las obras sociales, los malos cuadros, los cíngaros, las escuelas, los homenajes, las orgías, los masones, las iglesias y los libros, nadie ni nada recibía de él una negativa... En los bailes, siempre que faltaba un caballero, Pedro bailaba. Las señoras jóvenes y las señoritas lo querían porque, sin hacer la corte a ninguna, se mostraba amable con todas."

Una de esas señoritas había sido siempre su predilecta: la novia del Príncipe Andrés. Cuando va al teatro, le encanta apoyarse en la barandilla del palco de los Rostov y charlar con Natacha, de cualquier cosa. Elena, que ha ido a verlo a Moscú, se interesa súbitamente por esa niña. Su interés se explica muy pronto, pues facilita los contactos de su hermano Anatolio con la novia de Andrés Bolkonski. Hay mujeres que, para corromper a las jóvenes, obran como un catalizador. Casi no hacen ni dicen nada: Su sola presencia actúa. Y los escrúpulos de sus pequeñas amigas van disolviéndose poco a poco. Así convence a Natacha la hermosa Elena, para satisfacción de Anatolio y disgusto de Bezújov.

Pedro es uno de los primeros en enterarse del intento de fuga propuesto por Anatolio. Escucha la información, "sin dar crédito a sus oídos". La realidad lo persuade al fin. Habla entonces con Anatolio y le exige que, sin excusas ni pretextos, abandone Moscú. Pedro se siente apenado por la desilusión de su amigo Andrés y avergonzado también —aunque no lo diga— por haber depositado en Natacha tanta confianza. La busca. Y, cuando Natacha exclama que "todo está perdido para ella", brota a los labios de Pedro una confesión. No; todo no está perdido. "Si yo no fuese yo —le dice— sino el hombre más apuesto, el más inteligente, el mejor del mundo, y si estuviera libre, ahora mismo le pediría a usted, de rodillas, su mano y su amor."

No todo es piedad y amor en el Moscú de esa época. Pasan los meses. Natacha enferma y, lentamente, se recupera. Pedro, que teme verla de nuevo, decide alejarse de los Rostov. Mientras tanto, la guerra avanza. Llega el mes de julio de 1812 y, el 15 de ese mes, la nobleza moscovita se reúne en el Palacio Slobodsky. Pedro asiste a la reunión. El propósito de quienes la convocaron es dar lectura solemne a un manifiesto de Alejandro Primero. Sin embargo, las preocupaciones fútiles siguen prevaleciendo sobre las otras, mucho más graves, que —al principiar la junta— los nobles se resisten a comentar. Según ocurre a menudo en casos semejantes, las determinaciones se toman a última hora. Hay que ofrecer al Zar fondos y personal para las milicias. Los que callaban momentos antes son, ahora, los más enérgicos. "No escatimaremos nuestra sangre para defender la religión, el trono y la patria", grita una voz. Se presenta entonces el Gobernador Rostopchin, para anunciar la llegada de Alejandro Primero. Aumenta la emoción de la concurrencia. Hasta Pedro, que había comenzado por objetar ciertos entusiasmos, se arrepiente de sus palabras. Y ofrece a Rostopchin la manutención de mil hombres.

Esmolensco cae en poder de los franceses. El 7 de agosto de 1812, el Príncipe Bagration —en una carta que verá, indudablemente, Alejandro Primero— se permite estas expresiones: "Yo no tengo la culpa de que el ministro sea un hombre indeciso, cobarde, lento e inútil"... Las tropas de Napoleón se acercan más y más a Moscú. Kustúzov toma el mando supremo. En Moscú, Rostopchin manifiesta que no es intención del gobierno prohibir la salida de las familias deseosas de abandonar la ciudad.

Pedro no espera más, y resuelve reunirse con el ejército. Como quien va a un paseo, toma su coche y, después de atravesar Mojaisk, se encuentra en el campo de Borodino. Habla con el Príncipe Andrés; ve a Dólojov (que no murió de los resultados del duelo) conversar con el general en jefe; duerme en una *isba*. Sus criados, a la mañana siguiente, tienen que despertarlo, casi por fuerza, para explicarle que principió la batalla. Miope, gordo, vestido de civil entre tantos uniformes, jinete entre los soldados de un regimiento de infantería, el Conde Bezújov suscita la risa cuando no la indignación —y, por fin, la piedad— de los militares. Su caballo comienza a cojear, pues recibió un balazo. De pronto, Pedro se encuentra en una colina rodeada de fosos. No imagina que sea aquél, como lo es, el punto más importante de la batalla. Con su sombrero blanco, su corpulencia y su afán de mirarlo todo, importuna a todos. Asiste a furiosos encuentros, cuerpo a cuerpo, entre los franceses y los defensores del reducto. Cuando, en su mayor parte, éstos han desaparecido, se aleja él también, como puede. Pasa otra vez por Mojaisk, y regresa a Moscú.

Al caer Moscú, Pedro se halla "en un estado próximo a la locura". Ha llegado a la conclusión de que debe permanecer en la ciudad, ocultar su nombre y atentar contra la vida de Bonaparte. Dos sentimientos —según nos explica Tolstoi— atraen a

Pedro. "El primero es la necesidad de sacrificarse y de sufrir la desgracia común... El otro es un sentimiento vago, exclusivamente ruso, de desprecio hacia todo lo convencional..., hacia todo lo que la mayoría de la gente considera la mayor felicidad del mundo."

Naturalmente, Pedro hace todas las extravagancias posibles. Salva la vida de un oficial francés; cena en su compañía; le revela su nombre y le cuenta hasta sus amores. Al día siguiente, se percata de que su pistola está descargada. Tendrá que matar a Bonaparte con un puñal. ¡Pero hay tantas otras cosas que hacer, en una ciudad ocupada militarmente! Por ejemplo: buscar a una niña que se ha extraviado. Pedro la busca, la encuentra, y no sabe a quién devolverla. A fuerza de maniobras inconcebibles, se hace al fin sospechoso. Va a los lugares en que hay incendios. Golpea a un francés. Los soldados tienen que detenerlo. Varios otros presos están con él. Comparece ante Davout, que lo toma por un espía. Afortunadamente, Davout fija los ojos en Bezújov. Se miraron —dice Tolstoi— y "aquella mirada estableció entre los dos hombres una relación humana, al margen de todas las cuestiones de la guerra y del proceso. Sintieron confusamente una infinidad de cosas: comprendieron que ambos pertenecían a la humanidad, que eran hermanos".

Dura poco, en Davout, tan amable disposición. La llegada de un ayudante de campo le hace olvidar a Pedro. Éste, sin saber exactamente por qué, se ve incluido entre los condenados a muerte. Se pregunta quién fue, en realidad, el ser que lo condenó. "No los hombres que, antes, lo habían interrogado. Ninguno de ellos hubiese querido y, sin duda, hubiera podido hacerlo. Tampoco Davout, que lo había mirado con una expresión tan llena de humanidad. Un minuto más, y el Mariscal comprendía... Fue la entrada del ayudante de campo la que se lo impidió. Sin embargo, ese ayudante tampoco deseaba ningún mal a Pedro; pero, hubiera podido no entrar... ¿Quién era, pues, el que le arrebataba la vida, con todos sus recuerdos, sus pensamientos, sus aspiraciones, sus esperanzas? ¿Quién?... Pedro se dio cuenta de que no era nadie."

Análisis más persuasivo que muchos párrafos de las digresiones histórico-filosóficas a que antes me referí. Pedro percibe que, detrás de ciertas tragedias, no existe en el fondo nadie, ningún culpable, ningún responsable humano. Lo que lo amenaza de muerte en esos momentos no es un hombre determinado, ni siquiera el artículo de una ley. Es una máquina oscura: el orden establecido, la fatalidad de un sistema complejo, de resortes intrincadísimos, la fuerza —anónima y ciega— de un ejército sin piedad.

Son varios los prisioneros que acompañan a Pedro hasta el lugar de la ejecución. Han colocado a Pedro en el sexto sitio. Van a fusilarlos por parejas. Los dos primeros pasan al poste. "Uno de ellos no cesa de persignarse. El otro se rasca la espalda y contrae los labios, como si sonriera..." Resuena una descarga. Pedro, que había vuelto la cabeza para no ver, quiere mirar lo que está ocurriendo: "los franceses, pálidos y con las manos temblorosas, hacen algo junto de un hoyo". Traen ahora a los dos siguientes. Y se repite la escena... Pedro descubre en los semblantes de todos (los rusos y los franceses) el mismo horror. "¿Quién hace esto?", se pregunta. "Todos sufren lo mismo que yo. ¿Quién lo hace, pues?"

Bezújov tarda en comprender que lo han conducido tan sólo allí en calidad de espectador: para que se dé cuenta de cómo un regimiento bien ordenado sabe cumplir las sentencias que dicta un jefe. Al terminar los fusilamientos, los soldados lo llevan al interior de una iglesia, pequeña y sucia. Y, de la iglesia, a una barraca, junto con otros presos. En el ambiente de esa barraca, encuentra Pedro lo que tanto buscó Tolstoi desde el principio de su novela y a lo largo de muchas décadas de su vida: la autenticidad del pueblo humilde de su país.

Esa autenticidad ha encarnado en un hombrecito "todo encogido", de cuyo cuerpo "a cada movimiento que hace, se desprende un fuerte olor a sudor". Se llama Platón Karatáiev. Habla con "voz cantarina" y su acento "es de afecto y de sencillez". Al oírle, Pedro advierte que se le llenan los ojos de lágrimas. "—¡No te aflijas, muchacho!", dice el hombrecito. "¡No te aflijas, amigo! Se sufre una hora y se vive una eternidad."

Pedro no ha comido desde hace muchas horas. El hombrecito le ofrece unas patatas cocidas. "Donde hay jueces, hay injusticia" comenta, sin amargura. "—¿Se aburre usted aquí?", inquiere Pedro. Y el hombrecito contesta: "—¿Cómo no aburrirme? Me llaman Platón Karatáiev... En el servicio, me llamaban *halconcito*. ¿Cómo no estar triste, viendo todo esto? El gusano que se come la col es el primero que muere..."

"—¿Qué dice usted?", interroga Pedro. Creyendo repetir el proverbio que dijo antes, el hombrecito responde: "—Digo que las cosas pasan, no como las planeamos, sino como quiere Dios." Más tarde, agrega: "El destino escoge su víctima. Y nosotros no hacemos sino juzgar: eso no está bien, eso está mal. Nuestra suerte, amigo mío, es como el agua en las redes del pescador. Tiras de ellas y se hinchan. Las sacas, y no hay nada."

Antes de dormirse, Karatáiev reza en voz alta. Pedro le oye decir: "Señor mío Jesucristo, Santos Nicolás, Frola y Laura, Señor mío Jesucristo, perdónanos y sálvanos." Y añade: "Dios mío, haz que duerma como una piedra y me levante como un bollo"...

Sorprendido por dos de los nombres que Karatáiev mencionó, Pedro quiere averiguar qué oración es ésa. "—¿Qué decía usted de Frola y de Laura?" "—¡Cómo!", contesta entonces el hombrecito. "Son los santos patronos de los caballos, hay que apiadarse también de los animales." Y se duerme, con su perro a los pies. Hasta en Tolstoi, es difícil hallar un fragmento de tan sencilla y cordial nobleza. Nada falta —y nada sobra— en la escena ya inolvidable. La noche oscura de la barraca, la emoción de Pedro (testigo de tantos fusilamientos), el fuerte olor a sudor del cuerpo del hombrecito, su voz simpática y cantarina, sus proverbios, tan oportunos como a veces lo son también los de Sancho Panza. Y Rusia, Rusia entera, la de 1812, detrás de Karatáiev: la gleba, la servidumbre, el reclutamiento forzoso, la guerra impuesta, el heroísmo espontáneo e involuntario, la resignación a la vida que no se entiende, a la muerte, que se adivina y que por momentos se desea como un descanso, la fraternidad con los animales tan útiles y tan dóciles, y la suerte que está en las redes del pescador y que, al tirar de ellas el pescador, como el agua que está en las redes, escurre, gotea, y se queda en nada.

Se establece una rara fraternidad entre el Conde Pedro y el soldado Karatáiev. Pedro se ha descubierto por fin a sí mismo, en la barraca de los prisioneros de guerra. La quietud —que había vanamente buscado, todos los días, en sus experiencias y sus congojas— está allí, junto a él. Mejor dicho: está en él, pues ha penetrado en su inteligencia, equilibrado su carácter y dulcificado su corazón. Por vez primera, comprende "el placer de comer cuando se tiene hambre, beber cuando se tiene sed, dormir cuando se tiene sueño, calentarse cuando se tiene frío, y hablar cuando se tienen ganas de hacerlo y de oír una voz humana". Está dispuesto a todo y a aceptar "moralmente todo".

Durante la noche del 6 de octubre de 1812, principia la retirada de los franceses. Los prisioneros de guerra habrán de seguirles en ese viaje. Pedro va con ellos. Karatáiev también. Pero Karatáiev está muy enfermo: tiene fiebre, camina difícilmente. Y el ejército en retirada no desea que los inválidos rusos hagan más lento el convoy. Dos soldados se acercan al sitio en que está descansando Karatáiev. Pedro escucha un tiro. No comprende (o quiere no comprender) lo que significa ese tiro próximo. El hombrecito de movimientos tan suaves y de voz cantarina no volverá a sonreírle ya sino en sueños.

Con la libertad, Bezújov no recobra el afán de buscar otra vez objetivos externos para su vida. Le basta saber que existe, sentir que existe y entender que la existencia más honda tiene un hermoso nombre: se llama perdón. "Antes —observa Tolstoi— Pedro había buscado a Dios en las metas que se proponía. Durante su cautiverio, descubrió que el Dios de Karatáiev era más grande, más infinito e inaccesible que el Arquitecto del Universo..."

En Moscú —porque vuelve a Moscú— Bezújov encuentra a María Bolkonski, la hermana del difunto Príncipe Andrés. Junto a ella, ve a una muchacha toda vestida de negro. Es Natacha Rostov. Una Natacha transfigurada, pálida, envejecida. Tan envejecida y tan pálida que Pedro, al principio, no sabe reconocerla. Sólo la sonrisa que su presencia despierta en el rostro de la muchacha le comprueba que es ella, y que el amor que sentía por ella sigue viviendo en él.

La esposa de Pedro murió. Pedro recibió la noticia al salir de su cautiverio. Se siente libre, por consiguiente. ¿Y Natacha? Algo le augura que, más temprano o más tarde, Natacha renacerá.

Una boda señala, al final del último libro de *Guerra y paz,* el término de la guerra: la de Natacha con Bezújov. Principia la paz. Pero, en la novela de Tolstoi, y no desearíamos que sucediese lo mismo en la vida humana, la paz se sitúa en los límites de un epílogo.

¡Cuántos de los seres que vimos agitarse, esperar, luchar, gozar y sufrir a lo largo de la epopeya, desaparecieron, uno tras otro, en la sucesión de tantas páginas admirables!

Murió la Princesa Lisa. Murió el Príncipe Andrés, desasido de todas las nobles aspiraciones que daban a su semblante ese aspecto enérgico y duro que amedrentaba tanto a su esposa. Murió el padre del Príncipe Andrés, irónico y atormentado, escéptico y sin piedad. La muerte lo humanizó misteriosamente. Él, tan altivo y tan seco, lloró frente a su hija y a su criado. Lloró por Rusia, que suponía derrotada; por su hija, a la que pidió humildemente perdón; por Andrés, de quien tenía escasas noticias. Y lloró, sobre todo, por él: por sus desconfianzas, por sus rigores, por la crueldad de su vida injusta. Murió la bella y sensual Elena, a tiempo precisamente para dejar, en el recuerdo de su marido, una mezcla de compasión y —quién sabe por qué— de remordimiento. Murió Petia, el hermano menor de Natacha, durante el ataque llevado a cabo por un grupo de guerrilleros para liberar a los presos rusos, entre los cuales se hallaba Pedro. Murió Kutúvoz, en 1813, lleno de gloria y de desencanto. Había sido el héroe del pueblo, el vencido impasible, el vencedor humano, cauteloso, perseverante, y siempre consciente de su papel. Pero no había satisfecho al Emperador de todas las Rusias. Intérprete, guía, y tácito servidor de la voluntad del pueblo, no entendía —según dice Tolstoi— las palabras Europa y equilibrio (europeo)... Estaba persuadido de que, liberado ya el territorio patrio, Rusia no tenía por qué aventurarse en otras campañas, lejos de sus fronteras. El novelista escribe, para completar la semblanza del héroe: "A quien encarnaba la guerra popular, no le quedaba entonces sino morir. Y Kutúzov murió."

Con el polvo de todos esos muertos (y de tantos otros, que ni siquiera menciona Tolstoi) está hecha la vida que su epílogo nos anuncia. Desaparecen padres, hijos y hermanos. Pero las familias perduran: con otros padres, otros hijos, otros hermanos. Desaparecen los generales en jefe, los ayudantes de campo, los coroneles, los capitanes, los tenientes y los soldados. Pero otro ejército se reintegra. Y se reintegra en un pueblo nuevo. Los años, las victorias y las derrotas no enseñan nunca a los hombres sino una cosa: que es preciso creer en la vida siempre, y que debemos vivir sin tregua y sin impaciencia, con firmeza, con esperanza y con dignidad.

Semejante lección —tan humilde como soberbia— no la da la guerra exclusivamente, la da el esfuerzo. Y el esfuerzo no necesita de la violencia para ser noble, ni de la muerte de los demás, como escalón para el heroísmo. Suenan quizá demasiado, en la obra espléndida de Tolstoi, los morteros y los cañones. La acción del libro nos obliga a una óptica incómoda y angustiosa: la de contemplar una infinidad de batallas, a la vez con la ayuda del anteojo de larga vista y del microscopio. La maestría del escritor nos conduce hasta las alturas, desde donde se mira —en conjunto— el campo de operaciones. Y, en seguida, nos lleva a los llanos o a las laderas de las colinas, donde observamos cada fusil, cada bayoneta, cada morrión; oímos las expresiones —insolentes o ingenuas— de los soldados; contamos, casi, cuántos botones tienen sus uniformes; nos ensordece el estruendo de la metralla; nos sacude el galope de los caballos y nos salpica la sangre de los heridos. Si el herido es el Príncipe Andrés, no escuchamos tan sólo sus quejas o sus reproches. Escuchamos su pensamiento. Sabemos lo que opina del orgullo de Bonaparte, al término de Austerlitz, o la piedad que le inunda el alma cuando, en la enfermería próxima a Borodino, ve a un cirujano amputar la pierna de Kuraguin, el seductor de Natacha Rostov.

Nada convence y oprime tanto al lector como esa doble visión certera: la del panorama histórico, percibido con catalejo, y la de los hechos más singulares, examinados en su menor detalle, con una lupa. El resultado, en verdad, es único. Único en la historia de la novela. Y, si no pensáramos en Homero, diríamos acaso: único en la historia de la literatura. Porque Stendhal —a quien evocamos ya en otra parte de nuestro estudio— vio tan de cerca la guerra como Tolstoi. Pero sólo la vio de cerca, y con los ojos intrépidos de Fabricio. Le faltó, en cambio, ese dominio absoluto de los movimientos y de las masas que, en Tolstoi, es tan importante.

Como la vida, Tolstoi está entero, siempre, en la evolución del conjunto que anima y en cada partícula del conjunto, por imperceptible que la estimemos. La instrumentación de su orquesta épica le permite alcanzar lo mismo la sonoridad popular de una inmensa banda que las delicadas insinuaciones de un trozo de música de concierto: fondo, límpido y suave, para el monólogo de un solista.

Si pasamos de la música a la pintura, advertiremos —en Tolstoi— la misma abundancia de recursos y la misma amplitud técnica de registros. He hablado de Velázquez, como precursor del genial novelista ruso. Ahora bien, ¿qué sentiríamos si la *Rendición de Breda* tuviese para nosotros —además de las virtudes pictóricas que la ilustran— las cualidades de artistas como Memling o como Peter de Hooch? ¿Cuál sería nuestra sorpresa si, a los grandes trazos solemnes del cuadro que está en El Prado, Velázquez hubiera podido añadir, en la realización de cada detalle, esa perfección de miniaturista que nos conmueve en los interiores, tan minuciosos, de Vermeer de Delft?... Alguien llamó a la Edad Media "enorme y delicada". La convergencia de esos epítetos cobra particular relieve en la obra máxima de Tolstoi.

Frente al espectáculo de *Guerra y paz*, comprendemos que un pensador como Alain haya dicho —desde 1928— que, en ese libro, todo está juzgado, primero, dentro de una fatalidad química: la que deshace a los cuerpos compuestos. "Pero —agregaba Alain— es menester que entremos nosotros mismos en el crisol. Para quienes no hayan hecho tal experiencia, precisa al menos disociar el orden terrible. Porque, aquí, la revista antes de la batalla no es un desfile... No actúan aquí los poderes teóricos, ni estamos frente al mundo de los historiadores, tan bien compuesto. Los planes de los generales escolásticos se ven deshechos antes de acabar de formarse... Kutúzov vencerá por las estaciones, por las pasiones, por el humor. No sabe cómo, pero lo sabe. Se encuentra en el torbellino. Hasta el saqueador moscovita está jugando su juego." Y concluye Alain: "Leed, releed esas páginas inmortales. No esperéis hallar en ninguna parte su equivalente. Un juicio de esa categoría se emite sólo una vez."

Comparo con la opinión de Alain la de un escritor absolutamente distinto al maestro de *Veinte lecciones sobre las bellas artes*. Por ejemplo: Somerset Maugham. "*Guerra y paz* —declara— es la más grande de las novelas. Sólo podía haber sido escrita por un hombre de alta inteligencia y de imaginación poderosa, con amplia experiencia del mundo y penetrante conocimiento de la naturaleza humana. Ninguna novela de alcance tan grande, sobre un periodo tan importante de la historia y con tan vasto despliegue de caracteres, había sido escrita antes. Ni otra como ésa —supongo— será escrita jamás."

No tenemos por qué acompañar al novelista inglés en sus profecías. Pero lo acompañamos —de buen grado— en su admiración.

León Tolstoi. Su vida y su obra, Editorial Porrúa, México, 1965, cap. v.

Í N D I C E

POESÍA

Poesías de juventud

1181

CRIPTA

SONETOS

FRONTERAS

SIN TREGUA

TRÉBOL DE CUATRO HOJAS

AUTOBIOGRAFÍA

TIEMPO DE ARENA

1189

DISCURSOS

APÉNDICE, 1961-1974

MARCELO PROUST

Este libro se terminó de imprimir y encuadernar
en el mes de octubre de 1994 en los talleres de
Impresora y Encuadernadora Progreso, S. A. de
C. V. (IEPSA), Calz. de San Lorenzo, 244; 09830
México, D. F. Se tiraron 2 000 ejemplares.